近代文学研究叢刊
28

谷崎潤一郎 深層のレトリック

細江 光
［著］

和泉書院

はじめに——本書の構成など——

谷崎潤一郎の偉大かつ膨大な文学的業績の本質に迫るため、本書で私は、大別して二つの方向から考察を試みた。一つは、作家として人間としての谷崎潤一郎の本質的な特徴を、その深層心理にまで分け入って究明すること。もう一つは、個々の作品について、谷崎が行なった意識的・無意識的な表現上の工夫・テクニックを解き明かすことで、その素晴らしさの秘密に迫ること、である。

本書では、前者に属する論考を「**第一編　作家論編**」に、後者に属するものを「**第二編　作品論編**」に配列した。

「**第一編　作家論編**」は、さらに「**第一部　谷崎文学の心理的メカニズム——共時的横断的研究——**」と「**第二部　谷崎文学の心理的メカニズム——通時的縦断的研究——**」「**第三部　作家特殊研究**」に大別した。

第一部「**共時的横断的研究**」では、谷崎の生涯を通じて変わらない心理的特徴、中でも常識的な考え方では理解しがたい母に対する愛憎と近親相姦（インセスト）的な欲望、そしてマゾヒズム・フェティシズム・躁鬱気質・肛門性格などを、その深層心理にまで分け入り、一つの起源から派生し枝分かれして行く、言わば樹木状の系譜として整理・説明することを目指した。

また、多数の作品の中に繰り返し現われる特徴的な谷崎文学のモチーフやイメージは、なるべく網羅的に取り上げ、右の深層心理との関連性に従って、体系的に分類・整理し、説明付けようと試みた。その意味では、不完全ながら、谷崎文学の、言わば分類学的「小百科」を目指した。

また、谷崎の伝記的な側面の内、特に母との関係については、第一章「谷崎潤一郎の母に対するアンビヴァレンツ」で、女性関係については、第五章「谷崎潤一郎とエディプス・コンプレックス」の後半（二）「実生活に於けるインセスト・タブーの処理法」で集中的に取り上げ、事実関係の再検討と深層心理からの再解釈を試みた。

しかし、「共時的横断的研究」だけでは、谷崎の西洋崇拝・日本回帰など、心理的な変化の相を、充分取り上げることが出来ないので、**第二部「通時的縦断的研究」**を設けた。ここでも、谷崎の変化の原因を、関西への移住など外的偶然に帰してしまうのではなく、谷崎の内的必然性において理解・説明しようと試みた。

「第三部　作家特殊研究」は、深層心理的ではない特殊なテーマで行なった既発表の作家研究を集めたものである。

「第二編　作品論編」は、さらに**「第一部　谷崎作品の深層構造」「第二部　作品特殊研究」**に大別した。

「第一部　谷崎作品の深層構造」では、六つの作品について、作中であからさまに述べられていない行間や含意・イメージの無意識的なニュアンスから、それぞれの作品の本質を読み取ろうと試みている。

「第二部　作品特殊研究」の第一～五章では、谷崎が作品を書く上で使用した種本を、新たに明らかにし、それと対照することで、作品の本質に新たな照明を当てている。第六章「偽作『誘惑女神』をめぐって」は、一時、谷崎の未発表作品とされた作品が、実は偽作であることを証明したものである。附録1「比較文学ノート」附録2「モデル問題ノート」では、それぞれ外国文学等の影響・モデル問題について、私見を述べて置いた。

本書の谷崎の文章の引用は、現時点では最も完備している中央公論社の愛蔵版『谷崎潤一郎全集』全三十巻（昭和五十六・五～五十八・十一）に拠っている。旧漢字は新字体に改めたが、旧仮名遣いはそのままにした。また、この全集刊行後に発見された逸文については、初出に拠った。また、今日では人権意識に照らして不適切と思われる差別的な用語についても、時代的背景と作品の価値にかんがみ原則として、谷崎の使用法に準じ、特に言い換えを行なわなかった。

本書の中では、第二編・第一部の『春琴抄』論が、現在までの所、私本来の研究目標に最も近付くことのできた到達点であると自ら考えているし、この方向をさらに進めて行くことを、今後の目標としている。もし、本書の中で一章だけを読もうと思われるのであれば、『春琴抄』論を読んで頂きたい。しかし、『春琴抄』論を書くためには、本書の全部が必要だったということも、付け加えて置きたい。

なお、本書の内、ほぼ書き下ろしと言えるのは、第一編・第一部の第三〜六章と、第二編・第二部の附録1「比較文学ノート」附録2「モデル問題ノート」である。他は、既発表論文に基づいているが、第一編・第一部の「肛門性格をめぐって」、第一編・第三部の「谷崎家・江沢家とブラジル」、第二編・第一部の「『痴人の愛』論」「『吉野葛』論」「『春琴抄』」には【補説】を加え、その他の論文にも、本文や注に、加筆修正を施した箇所が少なくない。

＊　　＊　　＊

私が文学研究を始めた時からの永年の夢は、超一流の芸術作品が、そうでないものとどう違うのかを明らかにすることである。作品の表面に現われたメッセージ(例えば戦争反対・民主主義・男女平等等々)が文学的価値と無関係であることは、そうしたメッセージを含む駄作が存在しうる以上、自明である。それならば、芸術的傑作の本質は何処にあるのか？　この疑問は、人類の歴史の中で、まだ一度も本当に科学的に解き明かされたことはない、と私は思う。

私の信じる所では、文学はもともと心理的なものである。読者は物語を単に頭（理性・意識）で理解するだけではなく、心の奥底・無意識から、深く揺り動かされた時に初めて、人生が変わるほどの感動や衝撃を受けるのである。だとすれば、個々の芸術的傑作について、それはなぜ人の心を、無意識にまで届くほどに深く動かすことが出来るのかを、具体的に明らかにすることが最も大切であり、そのためにも、人間の心理・無意識というものを深く掘り下げて理解して置くことが必要だと考えるのである。

本書の副題に用いた「深層のレトリック」という言葉は、私の造語であるが、作者が表現したい無意識的内容に対する読者の反発・防衛・検閲などを抑え、巧みにすり抜け、無意識の奥底から読者を揺り動かすためのレトリック（技法）の意味で用いている（本書『春琴抄』」（一）「始めに」（P657〜）も参照されたい）。

本書で私は、谷崎文学と無意識との関係に迫るために、特に第一編・第一部では、無意識を扱う精神分析学的な考え方を援用することが多かった。それに対する疑義・批判には、次のように答えよう。

およそ文学研究者で、人間の心理について、解釈し、判断することをしないで済まされる者があろうか？　答えは否である。それなら問おう。文学研究者は、どのような知識体系に基づいて、作中人物や作家の心理や無意識を考えるのか？　恐らく、その答えは、心理学または精神分析学でなければ、自分自身の心理や聞きかじった知識に照らして正しい・常識的だと自らが信ずる解釈によって、ということにならざるを得まい。それが、精神分析学より科学的・客観的で、より深い理解に繋がるものだろうか？

フロイトの治療を受けた「狼男」と呼ばれる患者が、次のように回想している。

フロイトはいかにも健康そうで、知性あふれる黒い瞳でじっと私をみつめたが、その眼ざしは、私にはとっても快いものだった。彼はきちんとした身なりをし、自信にあふれていたが、とりわけ私の話に耳を傾けるその態度は、それまで私がかかってきた名声高い何人もの精神科医――彼らには深い心理学的な理解のようなものが欠けていた――とはまるっきりちがったものだった」……「いままで自分を治せなかった〝古典〟精神医学は、すべてのことを、物理的身体的なものからしか考えないという過ちを犯していたし、無意識の存在を知らなかった。そして、この過ちの結果、精神の健康と病気をあまりにも鋭く区別しすぎてしまった。神経症者が何をやってもみんな、病的なことと見なしてしまう。たとえば、私が恋に陥れば、さあ躁状態になったぞ、あれは強迫的なものだぞというふうに記載されるだけなのだ……。ところが、フロイトは、この〝恋〟を私の生きる意味のあらわれ、回復への積極的な企て、というふうに理解してくれた。……だから、フロイトが私に私の幼児期のことや家族関係のことをいろいろたずね、私の連想のすべてに最大限の注意を払って聞き入ってくれたとき、私がこれで救われたと思ったのも無理ないと思う。

（小此木啓吾『現代の精神分析』（講談社現代文庫）に引くガーディナー『狼男とフロイト』より）

私はフロイトを心から尊敬している。ただし、その後の研究によって、フロイトの説にも修正すべき点が見付かっている。そうした点も考慮し、フロイトおよびフロイト以後の研究者の説の中から、私なりに正しいと感じたもののみを採用した。

私は、学問は科学でなければならないと思っているので、実証を何より重んじているつもりである。しかし、科学には、仮説もまた実証と同じくらい重要である。本書では、従来の谷崎研究から一歩を踏み出すために、また、資料の殆どない谷崎の幼少期について考える必要から、大胆な仮説を立てることも辞さなかった。

学問とは、事実を確定するだけでなく、その意味を解釈するものでもある。私が本書で目指していることは、谷崎文学という偉大にして豊饒な世界を、例えば母との関係という、たった一つの（或いは幾つかの）みすぼらしい事実に還元し、その意味を貧しくすることではない。そうではなく、逆に根源は一つであっても、それが、様々な変化に富んだ、それぞれに素晴らしい、複雑な個々の作品、また作品の細部を作り上げて行く様を辿ることなのである。だから、本書（特に第一編）では、取り敢えず抽象的な「原理」を中心に論じてはいるが、それは個々の具体的な細部とその意味を捨象するためではなく、逆にそうした原理を立てることで、細部の意味を、さらに豊かに取り出すためなのである。また、その「原理」も、最初は単純な図式から始めざるを得ないが、その図式からはみ出す部分を切り捨てるのではなく、はみ出した部分をも説明できるように図式の方を修正して行くという、言わば微積分学的なアプローチを意図しているのである。

私が本書で右の意図を完全に実現し得たと主張するつもりはない。粗雑・不完全であることは、私も承知している。また、紙数の都合と能力の限界から、作品の豊かな意味については、「第二編　作品論編」で、一部の作品についてのみ理解を試み、多くは今後の課題として残すことになった。しかし、意図はここにあることを御理解の上、以下の甚だ読みにくい論考に、最後までお付き合い頂ければ幸いである。

目　次

第二編　作品論編

第一編　作家論編

第一部　谷崎文学の心理的メカニスム

——共時的横断的研究——

第一章　谷崎潤一郎の母に対するアンビヴァレンツ

（一）幼少期の母子関係

　これまで、谷崎研究では、潤一郎は母・セキに対してひたすら良い感情だけを抱いており、セキも潤一郎を愛し、特に数え年八歳頃（年齢は以下も数え年とする）までは幸福な幼少時代を送っていたことが、自明の前提とされるケースが多かった。それは、潤一郎が大金持ちの谷崎家に長男として生まれ、九歳の年に父が商売に失敗するまでは、《我が儘に、贅沢に育つた》（『幼少時代』「蛎殻町浜町界隈」）と、『幼少時代』などの回想類で、幼少時代を懐かしみ、また、母・セキの美しさを誇らしげに強調し、創作の中にも、『母を恋ふる記』『吉野葛』『少将滋幹の母』『夢の浮橋』など、「母恋いもの」と呼ばれる作品群があるためである。

　しかし、どういう訳か「母恋いもの」では、主人公達は、潤一郎とは違って、先ず幼くして母と死別または生別し、後に母と再会するか、母の代わりになる女性を得るという設定になっている。この点に注目した野口武彦氏は、その『谷崎潤一郎論』で、潤一郎がセキと死別したのが三十二歳の時であるのに対して、作中の少年が母を失うのは、決まって四〜六歳ぐらいの時であり（厳密に言うと、『母を恋ふる記』では七、八歳、『吉野葛』では四、五歳より前、『少将滋幹の母』では五歳、『夢の浮橋』では六歳、となっている）、それは、弟の精二が生まれたため、潤一郎が母を独占できなくなった時期に当たるとした。この論は、潤一郎が早期に母の愛を喪失したことを指摘したという点で、極めて重要なものであるが、精二誕生以前には幸福な母子関係が成り立っていたとした点に、私はなお疑問を持つのである。

疑う理由は数々あるが、例えば、谷崎の作品では、幼少時代に母を失った孤児を主人公とするケースが、「母恋いもの」以外でも非常に多いことである。男性主人公では（母を失った年齢が明記されている場合は（）内に記す）、『飇風』『人魚の嘆き』『二人の稚児』（三、四歳）『或る少年の怯れ』（四歳）『AとBの話』『或る罪の動機』『顕現』（七歳）『乱菊物語』の赤松政村（七歳以前）『盲目物語』の弥市（十三歳、ただし失明は四歳）『武州公秘話』の武州公（七歳）『蘆刈』の葦間の男（五歳）など、女性主人公では、『人間が猿になつた話』『呪はれた戯曲』『鮫人』の黛薫『蘇東坡』の朝雲『乱菊物語』の胡蝶などがある。

また、孤児でなくても愛に恵まれない淋しい主人公の例として、『法成寺物語』の定雲や『人面疽』の乞食、『兄弟』の兼通、『私』、『愛すればこそ』の山田、『お国と五平』の池田友之丞などがある。『金と銀』の青野は、この世の中では継子扱いされる代わり、芸術という優しい母が一層彼を不憫がって、外の人にはめったに見せない美しい国を内証で見せてくれることになっている。これは、愛に恵まれなかった谷崎が、現実の人生で得られなかった幸福を、芸術の世界で取り戻そうとしていた心理を、反映したものではないのか？

また、真の友達を持たず、孤独とされる主人公の例が、『異端者の悲しみ』『前科者』『白昼鬼語』『アヹ・マリア』『肉塊』『神と人との間』『痴人の愛』『黒白』『猫と庄造と二人のをんな』などにあり、『蘇東坡』の主人公も、立派な理想を持ちながら、世間に用いられず、孤独を嘆く。また、理由は特に示されないが、人生そのものを無意味・空虚・退屈などと感じている主人公の例が、『秘密』『饒太郎』『鬼の面』『魔術師』『鶯姫』『鶴唳』などにある。

これらは、谷崎自身が、幼少時代に孤児的な孤独感に苛まれていたことを意味するのではないのか？　また、谷崎の主人公たちは、他の価値に救いを求めず、一人の女性にすべての価値を与えて、異常なまでに全力でしがみつくことが多いのだが、それは、子供にとって母親が絶対的な存在に見えるような極めて幼い時に、谷崎が母の愛を失ったからではないのか?

もう一つの大きな疑問は、幼少期の潤一郎に暴力性が見られることである。(注1)『幼少時代』「阪本小学校」によれば、潤一郎は、七歳の時、既に《手に負へない腕白坊主の徒ら者》で《悪い子供》《奉公人泣かせ》だった。創作ではあるが、『恋を知る頃』『憎念』では、潤一郎自身を思わせる主人公の少年たちは（前者では十二、三歳以前から、後者では七、八歳以降）、奉公人（特に女中や乳母）を憎んだり、暴力を振るったりしている。『少年』の信一（十歳ぐらい）も、自家の馬丁の息子・仙吉や姉の光子に暴力を振るう。信一や『恋を知る頃』の伸太郎は、セキが潤一郎の名をなまって「じんち」と呼んでいたこと（『幼少時代』「父と母と」）に由来するもので、伸太郎・信一には、幼少期の谷崎自身が少なからず投影されていると考えられる（例えば、女中が付いていないと学校へ行けない・内弁慶など、『幼少時代』との一致が見られる）。

また、自伝的な『うろおぼえ』や、創作の『母を恋ふる記』『恋を知る頃』からは、潤一郎が九歳以前から乳母に暴力を振るっていたらしいことが窺い知られる。(注2)

『親不孝の思ひ出』（4）では、小学校時代の思い出として、《「自分は親不孝の子である」と云ふ苛責の念を、絶えず感》じていたこと、《親たち》（傍線・細江）からしばしば《「親に楯をつく」》などと非難されていたこと、友達が親に大切にされているのを見て羨んだこと、などが回想されている。

幼少期の子供が、この様な暴力性や親に対する反抗を示すのは、余程強い欲求不満がある場合だけであろう。しかも、潤一郎の場合、その攻撃性は、もっぱら父母・奉公人に向けられていたらしいのである。『幼少時代』「阪本小学校」によれば、潤一郎は《家庭では手に負へない腕白坊主の徒ら者の癖に、一歩家の外へ出ると、全く意気地なしで》、《「うーちのなあかの蛤ツ貝、外へ出ちゃ蜆ツ貝」》とからかわれていたと言う（このことは、『少年』の信一や

『恋を知る頃』の伸太郎についても言われている)。また、『ふるさと』には、《私は泣き虫で臆病な子供だつたので、喧嘩したことは殆どない》と書かれている。

攻撃性がもっぱら家族に向かうこと、そして、こうした傾向が、九歳で一家が零落する以前から現われていることからすると、父母との関係がその原因である疑いが極めて濃い。また、乳母や女中に暴力を振るったのも、母に対する恨みが、母に準じる劣位の女性に向け換えられたためであろう。

例えば、アンナ・フロイトは、『自我と防衛』(誠信書房)四章(20)で、母親への愛憎の葛藤を解決するために、十歳頃から別の女性を憎しみのはけ口とすることで、母を愛そうとした少女の例を挙げている。しかし、この解決法も不充分だったので、後には母への非難を自分自身に向けるようになったと言う。潤一郎が乳母や女中に暴力を振るう一方で、親不孝者として自らを責めた心理は、この少女と同じである可能性が高いのである。

野口氏は、精二の誕生で母を独占できなくなったことにショックを受けた、と見るが、セキが潤一郎を深く愛していたのなら、当時は長男が特別扱いにされた時代でもあり、精二が生まれたからと言って、俄に冷たくしたとは考えにくい。(注3)

また、マーラー(M.Mahler)の実証的研究によれば、子供は通常、生後二十四〜三十六ヶ月で、母親の不在に耐えられるようになる(『乳幼児の心理的誕生』(黎明書房)参照)。精二誕生当時、既に満四歳と四ヶ月になっていた潤一郎が、弟が生まれた程度のことで、一生消えない程深い心の傷を受けたというのは、はなはだ疑問である。むしろ、精二誕生以前の極めて早期に母の愛を失ったことが、深い心理的外傷(トラウマ)となり、その根本原因の上に、精二の誕生や一家の経済的没落が副次的な外傷体験として加わり、傷を深めたと見るべきであろう。

実際、幼少時代の潤一郎は、主として乳母に育てられていて、母の愛を感じる機会は、さほど多くはなかったように思われる。『うろおぼえ』によれば、乳母のみよは、潤一郎が生まれた翌日から付けられていた。そして潤一郎は、

『幼少時代』「父と母と」によれば、遅くとも数え年五歳の時には既に、夜は乳母と一緒に寝るようにしつけられており、両親の寝室については何処にあったかすら覚えがないし、潤一郎の最も古い記憶も乳母に関するものかも知れないと言う。『吉野葛』で、津村の記憶の中で祖母（乳母の変形であろう）と母がごっちゃになっていることや、『恋を知る頃』『少将滋幹の母』『夢の浮橋』などの主人公が、幼い時から乳母と寝さされたと設定されていることは、この外傷体験の反復である（『瘋癲老人日記』九月四日の項では、六、七歳の頃、乳母と寝ていた或る夜のことを想い出す）。また、『蘆刈』でお遊さんが、子供を《日頃からばあやまかせに》し、看病の合間に慎之助と会っていた間に子供が肺炎になって死んでしまうことにしたり、『春琴抄』で春琴が生まれた子供をすべて捨てることにしたのも、潤一郎がセキを、そのように自分に対して冷淡な母親だと感じていたせいであろう。

『幼少時代』「蠣殻町浜町界隈」および『幼少時代の食べ物の思ひ出』には、潤一郎が四、五歳の頃は、《家族一同が大きな食卓を囲》むのではなく、自分専用の小さなお膳に向かって、《ばあやにお給仕をして貰つて、一人で食べた》とある。『少年の記憶』によれば、五、六歳の頃には毎日のように乳母に連れられて、人形町界隈を遊び回ったとあるし、『幼少時代』「野川先生」によれば、幼稚園も、小学校の一年目も、乳母が付いて行った。そして、落第して二度目の一年生の時、野川先生のお蔭で《劣等感から脱却》できた結果、ようやく乳母なしでも外に遊びに行けるようになったのである。（注4）

恐らく潤一郎は、生まれてから九歳（二度目の一年生の終わり）頃まで、ほぼ毎日・殆ど一日中、乳母と共に過ごしていたのであって、母との結び付きは極めて不充分だったと推定される。

『幼少時代』「父と母と」によれば、潤一郎が五歳（精二誕生の年）前後の頃、父母は夏にはしばしば大磯に出掛けた（『幼年の記憶』では、《随分長いこと行つてゐ》たとする）。その際、潤一郎はいつも乳母と置いてきぼりにされていたが、それでも潤一郎は《駄々を捏ねたり後を慕つたりはしなかつた》（もし精二誕生がショックなら、置いてきぼりもショックの筈ではないか?)。ところが、その潤一郎は《臆病で》(「阪本小学校」)、道で《ほんのちよつとの間でもばあやを見失ふことがあると、忽ち大声を挙げて喚》くような子供であり、そのために小学校入学を九月まで遅らせ、それでも落第してしまった程だった。(注5)

つまり、潤一郎が母が居ないことに平気でいられたのは、それだけ母との結び付きが弱くなっていたからであり、乳母が一寸の間でも傍を離れることに耐えられなかったのは、潤一郎が極めて幼くして母を失ったために、不安感が強く、失われた母の代わりである乳母に、病的なまでに強くしがみつかずには居られなかったからなのである。(注6)

みよが明治三十一年、六十八歳でなくなった(『うろおぼえ』)時、『春風秋雨録』によれば、十三歳だった潤一郎は、そのショックで、以後、《世はうきもの、あぢきなきもの》と感じ、『山家集』『奥の細道』『方丈記』や『平家物語』の建礼門院などに心を惹かれたと言う。(注7)それ程、みよに対する愛着は強かったのである。

興味深いことに、『恋を知る頃』の十二、三歳の少年・伸太郎は、乳母・おしげが家を空けた夜を狙って殺される。このことは、伸太郎(＝潤一郎)の命を守ってくれるのが、母ではなく乳母であることを意味している。また、伸太郎はおきんに恋し、《お前が居れば、おしげなんぞ居なくつてもいゝよ》と言うが、ここでも選択肢は乳母か恋人かであって、母は問題にされていない。『母を恋ふる記』でも、淋しい夜の田舎道を歩く七、八歳の主人公は、《なぜ乳母が一緒に来てくれなかつたんだらう》と思うが、母が一緒に来てくれなかったことは、別段不思議とも思っていない。

しかし、乳母との間に幾ら強い愛情の絆が結ばれていても、幼くして母の愛を失った淋しさや不安を完全に埋め合わせることは出来ない。『生れた家』には、潤一郎が五歳の秋頃まで住んでいた蛎殻町の本家での(従って、㊇商店へ転居後に精二が生まれるよりは前の)思い出として、夜、乳母と一緒に寝ながら新内流しの三味線を聞いた時、両親は《いつ迄も私を可愛がつてくれるのぢやないだらうか」(中略)奉公にやられるのだらうか」(中略)ばあやが、若し死ぬやうな事があつたら》などと考えたことが記されている（そして、この新内流しが『母を恋ふる記』にも転用される）。『幼少時代』「団十郎、五代目菊五郎、七世団蔵、その他の思ひ出」にも、南茅場町四十五番地時代（潤一郎六〜八歳）のこととして、歌舞伎座の帰りに、《自分の母も忠義のためや貞節のためには私を捨てたり殺させたりすることがあるだらうか、などゝ考へ》たことが記されている。母の愛に安心している子供なら、この様な不安（後出・（四）④「捨てられ不安」）を抱くことはない筈だ。

『幼少時代』「南茅場町の最初の家」では、《六歳ぐらゐまで母の乳を吸つた》記憶が懐かしげに語られているが、恐らくこれは、一旦断乳した後、精二が生まれたために、久しぶりに一寸お相伴に与った時のことであろう。これも、乳児期に充分母に愛されたという体験が無かったために、いつまでも乳に執着していたということであって、積もり積もった不満と不安があったからこそ、乳を吸わせて貰った体験が、それだけ至福の想い出として長く記憶されたものと見るべきである。(注8)

この《母の乳を吸つた》記憶を初めとして、谷崎の母についての回想は、私には、普通の男性の母親への感謝（愛情を持って世話をし、育てて貰ったことへの感謝）よりも寧ろ、美しい女性と思い掛けずデートできた男の自慢話を連想させる。潤一郎は、幼少期に無意識の内に、乳母を母と見なすことで、それなりに心の安定を得るようになった代わりに、セキのことは、憧れの美しい異性のように見る傾向を身に付けてしまったのではないか。そのことが、後年、潤一郎をインセスト的欲望で苦しめる原因の一つになったのではないか、と私は考えるのである（インセストの問題については、「谷崎潤一郎とエディプス・コンプレックス」（本書P149〜）でまとめて扱う）。

（二）中学時代以降

以上、主として幼少期の母子関係を見て来たが、中学以降についても、潤一郎と母との関係は、格別良いものだったとは思われない。『当世鹿もどき』「はにかみや」では、《小学校の高等科から中学校の一二年生頃》、親の言うことを聞かず、《親父やお袋からさんぐ〲叱られて（中略）ほんたうに己は親不孝な子だつた（中略）潔く詫びをしよう》と思うことがあったが、結局言えなかったことを回想している。

また、潤一郎は、一中二年・十七歳の時、親元を離れ、精養軒の住込みの書生になり、一高二年の時に恋愛事件のためにそこを追われると一高の寮に入り、卒業して寮を出た後も、友人の家を泊り歩くなどして家に居着かず、結婚に際しても、長男であるにもかかわらず両親とは別居し、結局、母が死ぬまでの十五年間、母と同じ家に住むことは余りなかった。これは、潤一郎が無意識に母を避けていたためと考えられるが、その原因は、インセスト・タブーの他に、母に愛されなかった恨みもあったのではないだろうか。

『親不孝の思ひ出』（1）では、両親が精二の方に親しみを感じていることに対する僻みもあったと述べていて、この頃、自分は愛されていないと感じていたことが判るが、本当は乳児期からそう感じていたに違いない。

潤一郎は、大学生の頃にも、「遊びに行く金を出せ」と言って、母を泣かせたりした。大正一～三年頃は《放浪時代》で、家を《飛び出したきりめつたに寄り着いたことがなく、たまにふらりと戻つて来ることがあつても、すぐ親たちを怒らせたり泣かせたりして又ぷいと出て行つてしまふと云ふ風で》（『親不孝の思ひ出』（1））（傍線・細江）、長い間姿を見せないために、「潤一郎は死んだのではないか」と母を心配させたりした。

恐らくそのせいであろうか、精二の「潤一郎追憶記」（『明治の日本橋・潤一郎の手紙』）によれば、セキの方も、「潤一と一緒に暮らすのは御免だよ。お父さんが亡くなったら精二と暮らしたい。」と言っていたらしい。

潤一郎は、こうした行動について、《後に私が親たちに辛く当り、分けても父と激しく衝突するやうになつたのは、あの時分の親の仕打ちをいさゝかでも根に持つてゐて、その仕返しをしてやる心が（中略）「潜在的にもなかつた」とはつきり云ひ切る勇気はない。》（『親不孝の思ひ出』（4））と述べている。潤一郎の言う「あの時分の仕打ち」とは、一家の没落後、両親がまだ寝ている早朝に御飯炊きなどをさせられた小学生時代の仕打ちのことであるが、本当の原因は、彼も思い出すことの出来ない乳児期の仕打ちだったのではないか。いずれにしても、母に対して復讐の気持があったことを、潤一郎はここで認めたと言ってよいのである。

大正二年十月二十三日付けの精二宛書簡で潤一郎は、《僕は親子、兄弟と云ふ血縁の関係ある者に対しては、どうも打ち解ける事が出来ない。》《親子兄弟の関係ぐらゐ忌む可く咒ふ可き物はない。》と書いているが、父母に対する敵意、それに父母に愛される精二に対する嫉妬が、原因の一つであろう。[注9]

潤一郎は、母の死の前年の『父となりて』（大正五）でも、自分はエゴイストで、《親兄弟に対しても甚しく冷淡であり、《骨肉の関係も親友の間柄も一切無視して顧みない》、千代子と結婚したのも、《両親の家と云ふものはどうも落ち着きが悪》（傍線・細江）いため、自分の家を形作る道具の一つとしてだったと述べている。

ただし、大正五年三月、鮎子が生まれてからは、《父と母とは日曜ごとに日本橋の家から遊びに来て、初孫を膝に抱へ、庭園の花を賞し、一日を楽しく遊んで帰つた。温順なる予が妻も、ひどく彼等の気に入つて居た。親不孝の予は、せめて予が妻と娘とに、予の代理として、出来るだけ孝行をして貰ひたかつた。》と『異端者の悲しみはしがき』に書いている。この文章が殊勝なのは、母の死の翌月に書いたせいであろう。

セキが千代子を気に入ったことは、精二の「潤一郎追憶記」に、《千代子夫人の温厚な人柄が母の気に入ったらしく、「気立のいい嫁だね。潤一がわが儘なのでかわいそうだ。」と母は云っていた。》とあり、潤一郎の『佐藤春夫に与へて過去半生を語る書』にも、臨終の際に《僕の母は「他人の子のやうな気がしない」と云つて感謝しながら眼を瞑つた》とあるから、間違いない。しかし、セキの気に入ったのは千代子であって《わが儘な》潤一郎ではなかった。小林倉三郎[注10]の「お千代の兄より」(「婦人公論」昭和五・十)によれば、セキは《お前がゐるから、この家へ来るのだ》と千代子に言っていたと言う。『晩春日記』[注11](大正六)五月二日の項に、《われは名だゝる子供嫌ひにて(中略)鮎子を、まだ一遍も掻き抱きたることなきのみか、彼女の前にて笑顔一つ見するだに厭はしう覚え》ると書いている潤一郎が、母と一緒に鮎子をあやしたとも考えにくい。相手役は千代子に任せっきりにしていたのであろう。

同じ『晩春日記』の五月一日の所には、《つね日ごろ、不孝者にて通りし我の、月に一度も親の家など顧みることなかりしに、母が病気を知りたる日よりかばかり心を労せんとは、自らも思ひ設けぬほどなり。》とある。

『雪後庵夜話』の「『義経千本桜』の思ひ出」でも、晩年の母に《京見物をさせるくらゐの旅費は調達出来た筈である》が、《親不孝の私のことだからなか〳〵そんなところまで気が廻らなかつた》と書いている。この他に、谷崎の小説の主人公が親不孝なことをする例が、『The Affair of Two Watches』『羹』『饒太郎』『お才と巳之介』『神童』『鬼の面』『異端者の悲しみ』『肉塊』『痴人の愛』『瘋癲老人日記』などにある。潤一郎は、母の死に至るまで、親不孝者で通したと見て間違いあるまい。

潤一郎は、実生活だけでなく、創作の中でも、意外なことに、セキが亡くなるまでは、決して優しくはしなかった。初期の『The Affair of Two Watches』『少年の記憶』『恋を知る頃』『神童』『異端者の悲しみ』などには母が登場するが、全く美化していないし、母への思慕を語ることもなかった(これは、母の生前にはインセスト・タブーが強く働いていたためもあろう。なお、作家以前の『春風秋雨録』では、比較的素直に母への思いを表わしている)。

以上のことから、『母を恋ふる記』以降の作中の母は、セキが死んだ後で、谷崎が自らの欲望に添う形に後から作り上げたものであって、現実とはかなりかけ離れていると考えた方が良い。むしろ、実際の母子関係が悪かったからこそ、潤一郎は理想の母を作り出さずには居られなかったのだと考える方が、自然であろう。(注12)

ところが、その様に母を理想化した「母恋いもの」の中でさえも、主人公が母に深く愛されたと感じている例はないのである。『母を恋ふる記』では悲しい思いで夜道を一人彷徨い歩かねばならず、『吉野葛』では記憶がない程早くに母を失い、『少将滋幹の母』では父と一緒に見限られたと僻んでおり、『夢の浮橋』でも、四、五歳の頃、既に父母とは別室で乳母と寝さされており、六歳で母を亡くしている。

潤一郎と母との生前の関係が良ければ、母に死なれた後も、死んだ母があの世から自分を愛してくれているという感覚に慰められる筈であるが、その様な作例も見当たらない。それどころか、『ハッサン・カンの妖術』のラストでは、死んだ母は、「お前のような悪徳の子を生んだせいで成仏できない」と潤一郎に恨み言を言うことになっている(『肉塊』に、母に尽くした妻・民子を吉之助が愛するようになった時、「これで私も安心して極楽へ行けます」という母の声を聞いたような気がする、という例があるが、間もなく吉之助は悪女・グランドレンを愛するようになってしまうので、結局、『ハッサン・カンの妖術』の場合と同じことになる)。

谷崎の全作品を見渡してみても、子の側からの母恋いが描かれる例はあるが、子のために自分を犠牲にするような母の強い愛が描かれることや、我が子に対する母の深い理解が描き出されることは、一度も無いのである。

(三)　自己愛人間・セキ

以下は私の想像の域を余り出ないことだが、セキは、自己愛的傾向の強い人で、潤一郎であれ、他の誰であれ、自分勝手な愛し方はしても、相手の気持を本当に理解するような能力は、余り高くなかったのではないだろうか。

セキの自己愛が強かった証拠としては、死ぬことを極端に恐れ、地震や雷をひどく怖がったこと（『「九月一日」前後のこと』、『少年の頃』（「主婦之友」昭和二十五・十一　＊全集未収録））が挙げられる。また、非常に潔癖で、便所から出て来ると、両手の指をホウノキズミで擦って、塩をつけて洗ったりしていた（『私の家系』『少年の頃』、精二『明治の日本橋・潤一郎の手紙』「遠い明治の日本橋」の「南茅場町の家」）とも伝えられているが、これも、コレラなどの伝染病を恐れたのが主たる理由であろう。

また、風呂が長くて磨き立てていたこと（『幼少時代』「南茅場町の二度目の家」、精二『初夏の歓び』（「早稲田文学」大正三・六））、衣装道楽だったらしく、潤一郎にも美衣を纏わせることを好んだこと（『幼少時代』「阪本小学校」）などもナルチシズムの例に挙げられる。（注13）

精二の『生ひ立ちの記』（「早稲田文学」昭和十二・四〜七）によれば、明治二十九年、精二が阪本小学校に入学した時、既に家運は傾いていたにもかかわらず、セキが派手好きなため、三大節には羽二重の黒紋付きに仙台平の袴をはいて登校したと言う。また、倉五郎が相場師をやめて、鎌倉河岸で下宿屋・鎌倉館を経営した時代にも（明治三十五〜四十一）、セキは一家の零落にもかかわらず派手を好み、外出には必ず人力車を使っていたことが、精二の『夏』（『明暗の街』新潮社　大正十一）に記されている。これらは、現在の分を弁えない、幼稚で自己中心的な虚栄的ナルチシズムと言えるだろう。『幼少時代』「幼年より少年へ」にも、《見えを張りたがる母の弱点》という一句があり、潤一郎が《その当時の予が心に事実として映じた事を、出来得る限り、差支へのない限り、正直に忌憚なく描写した》と『はしがき』で言う『異端者の悲しみ』（四）には、倉五郎が《いつ迄立つても昔のやうな了見で居る母親の、我が儘と贅沢とに愛憎を盡か》すのが当然であり、貧乏になった責任はセキにもある、という章三郎（潤一郎）の考えが記されている。

ナルチシズムは元来幼稚なものであるが、潤一郎は『晩春日記』四月三十一日の項に、《感情の激する時は、十七八の娘のやうに埒もなき母上》と書き、また五月一日の項に《医師の申す如く》《丹毒は首全体に蔓延すれば》《概ね減退するもの故、大丈夫なりと云ふに、概ねにては心細しと子供のやうにいぢらしき言葉のうちにも、少からず喜びの色見えて》云々と、五十四歳とは思えない子供っぽい母の姿を書き留めている。四月三十一日の項にに、《君が姉上にはあらずやなど屢〻人に疑はれし若々しき容貌》とあるが、若く見えたのは、精神的に幼稚だったせいもあるのではないか。

私の目にとまったセキに対する次のような人物評も、やはり精神的甘さ・未熟さを示していないだろうか。「セキは些細なことにやたらに感心したり、反感を持ったりする。気まぐれで、ちょいと気に入ると、まるで夢中になってしまう。」（精二『初夏の歓び』）。「倉五郎は厳格だが、セキは子供を甘やかす方だった。潤一郎が女中に無理を言って困らせても、セキは大抵黙って見逃した。」（精二「兄と私の少年時代」『現代日本の文学』月報5号　昭和四十四・十二）。「セキは我が儘でも根は単純。気の勝った、変に口に出して礼など言えない人だった。感じ易い人だった。」（佐藤春夫の『この三つのもの』の中での北村〃谷崎の発言）。

また、『不幸な母の話』に描かれている以下のような母の姿には、勿論フィクションも含まれていようが、幼稚・我が儘・ナルチスティックなどマイナス面に関しては、セキの実態に近いのではないだろうか。《奉公人には気むづかしやで口やかましかつた》が《元気で、おしやべりで、派手好きで、見え坊で、その癖極く気の弱い涙脆い婦人》、《威張り屋のくせに意気地なしで、呑気のくせに神経質で、我が儘な人の好い婦人》、《機嫌買ひで虚栄心が強い》《五十の歳になつてまで駄々ツ子気分が抜けな》い《我が儘な無邪気さがあ》り、ひどく《「死」を怖れる》、そして、艀が転覆して海に投げ出された時、溺愛していた長男が、嫁を救うために自分を突きのけたことを恨み、それを誰でも気が付くような仕方で露骨に態度に表わし、遂に長男を自殺へ追いやるような自己中心的な人間。

ところで、このような母親は、子供を愛するにせよ、愛さぬにせよ、子育てにおいて、適切に振る舞うことが出来たのだろうか。

セキは、潤一郎を乳母まかせにしていたようだが、潤一郎が五歳ぐらいの時には、潤一郎を置いてきぼりにして、大磯で一夏を過ごし、福助に大騒ぎをしたりして、後々まで楽しげに思い出話をしていたと言う。これは、谷崎家が繁栄を極めていた時期のことであり、セキにその気があれば、乳母と潤一郎を大磯に呼ぶことも困難ではなかっただろう。私には、この母親は決して子煩悩ではなく、むしろ自分が遊ぶ方を優先させるタイプだったように感じられる。

精二が生まれた時にも、セキは自分が娘時代からお気に入りだった女の長女を精二の子守としたと言うが（精二『母亡き後』「文章世界」大正六・七）、これも、子育てが好きではなかったからではないか。

この夫婦は、潤一郎・精二の次に明治二十六年に生まれた三男・得三を里子に出し、そのまま養子にやってしまう。次に生まれた長女の園は手許に置いて育てたが、その後に生まれた伊勢（明治三十二）・末（明治三十五）は里子から養女にやり、四男の終平も里子にやろうとしたが、ヘルニアになったため（『親父の話』『東京をおもふ』）、または園が反対したため（終平『懐かしき人々』）、取り止めにした。この時代は、貧乏でも五人ぐらい子供を育てるのは普通のことだったのに、第三子の男の子を既に養子にやっているのは、子供好きでなかった証拠ではないだろうか。

セキの娘の一人・林伊勢は、『兄潤一郎と谷崎家の人々』で、《世の中には乳の出ない人も沢山いるし、家運がかたむいたといっても、私たちよりもっと貧しい人も沢山いる。しかし、よくよくのことがないかぎり子供を手ばなす人はいない。そう思うと、私たちの母は意気地なしの母であったといわれても、私には返す言葉はないように思われる。（中略）全くのお嬢さん育ちで、御飯も満足に炊けず、貧乏のどん底に落ちた時でも、一人の女中は手ばなさなかった。》と述べている。

潤一郎も、『幼少時代』「悲しかつたこと嬉しかつたこと」で、セキが《水仕事や御飯炊き（中略）には馴れ》ていないため、貧乏になってからも《女中を一人だけは置く必要があ》り、女中に逃げられると、仕方なしに、倉五郎や潤一郎が代わりをしたことを記している。女中無しに家事が出来なかったセキは、乳母無しには子育ても出来なかったのではないか。『異端者の悲しみ』（四）で潤一郎は、セキは《横着で怠け者で、一家の主婦たる資格もなければ覚悟もなかつた。》と書いているが、セキは困難に耐えて我慢強く責任を果たして行くタイプではなく、すぐ音を上げ、自分を甘やかすタイプだったとしか考えられない。

ただし、だからと言って、セキが子供を全く可愛がらなかったという訳ではない。

潤一郎の妹・伊勢は、『兄潤一郎と谷崎家の人々』で、セキが子供の中で一番可愛がっていたのは長女の園だったと言っている。特に園が腸結核のため、十六歳で亡くなる前後には、精二の『地に頬つけて』（「早稲田文学」大正四・十）によると、セキは園をもう一年生かしておくためなら今すぐ死んでもいいとまで言ったと言うし、『幼少時代』「父と母と」でも、セキが《我が身に替へてもとその回復を祈》り、《死なれた時、傷心のあまり一度に老けて白髪が殖え、顔に黄色味を帯びるやうになつた》ことが記されている。(注14)

先にも述べた通り、セキは殊のほか死を恐れる人だった。そのセキが、園の身代わりに死んでも良いとまで思ったのは、園を自分以上の理想の分身とし、自分と同一視して居たからに違いない。つまり、園に対する愛は、強かったが、極めてナルチスティックなものであって、初めて生まれた女の子ということで、自分の分身と思えたことが、この寵愛の理由だったと思われる（園については確実な写真が伝わらないので、セキと顔が似ていたかどうかは定かでない。『新潮日本文学アルバム　谷崎潤一郎』七頁の写真で、末・伊勢の間に立っているのが園なら、母親似であるが）。

セキが園以外で最も愛したのが、母親似の精二だったことも、右の推測を裏書きする。精二は「我が母の記」（『教壇生活30年』東方新書）で、大勢の子供の中で、自分が最もセキに愛された、と書いている。大勢と言っても、手許で育てたのは四人だけで、園を除けば、潤一郎・精二・終平の三人だけだし、『親不孝の思ひ出』などから見て、潤一郎もそう思っていたようであり、これは信じてよいだろう。そして潤一郎は、精二が愛されるのは母親似だからだと考えていた。潤一郎が、『少将滋幹の母』の滋幹に、母親似の弟・敦忠が時平の死後も母と一緒に暮らしていることを羨ましがらせ、自分は父親似だから母に愛して貰えないのだ、と考えさせていることが、その証拠である。(注15)

しかし、精二の『凡夫凡婦』(「新潮」大正十三・八)によれば、セキは自分の気に入った下町の良家の美しい温順な娘を精二の嫁に貰って、精二と一緒に暮らしたいと願っていたので、精二が恋愛し、結婚したいと言い出した時には、ひどく悲しそうな顔をして、それから二、三日口をきかなかった、と言う。精二の『生ひ立ちの記』によれば、セキは前からいつも、《私は潤一郎と一緒に暮す気はない。今に精二に私の好きな嫁を貰つて、精二と一緒に暮すのだ。》と言っていた。ここには、セキの身勝手で自己中心的な愛し方が顔を覗かせている。(注16)

精二はまた、セキに愛されたにもかかわらず、七歳頃まで小児夜驚症(『谷崎精二選集』所収『凹面鏡の窓』)があったり、学校から帰って来ても、ちっとも遊びに出歩かず、母を継母ではないかと疑ったりもするような憂鬱な少年で(『憂鬱な少年』「文章倶楽部」大正七・四)、大正三年、二十五歳の時にひどい神経衰弱になり(『生ひ立ちの記』「早稲田文学」昭和十二・四〜七)、昭和十二年、四十八歳の時に乗物恐怖症・広場恐怖症になる(『病気のこと』「文芸」昭和十三・五)など、潤一郎と同様、神経症的な人格に育っている。勿論、遺伝的な要素も考えられるが、セキの人格や子育てにも問題があった可能性も、少なくない。

精二は、「遠い明治の日本橋」(『明治の日本橋・潤一郎の手紙』)で、セキを、《根は善良》だったが《口喧ましく、《母の病的な神経質には父も子供たちも困らせられたが、一番気の毒なのは女中だった。女中が何か粗相をすると、母は怒って三十分から一時間位小言を云い続けた。》《食物に関して両親のしつけは殊にきびしく、御飯一粒こぼしても、醤油一滴こぼしても、すぐ「あ、もったいない」と注意された。茶碗の中に一粒の米を残すことも許されず、お米を粗末にすると眼が潰れると叱られた。》《子供の時分私たちは室内は勿論、戸外でもばたばた足音を立てて歩くことを厳重に戒められていたので、運動会以外、私は駆けて歩いたことがほとんどない。》潤一郎の大学生時代、《ヒステリイ性の母は》倉五郎より《もっと口汚く兄をしばしば罵った。》小学生の潤一郎が、セキの許しを得ずに稲葉先生の見舞いに行った時、《ヒステリイ性の母》が興奮し、《真青な顔をして身体中をふるわせて》猛り立った、と描いている。セキには、ナルチシズムや先に挙げた非常な潔癖症以外にも、このような性格的な偏りがあり、《根は善良》でも、子供たちに母に愛されているという安心感を与えることが難しかったのかも知れない。

なお、谷崎の描くヒロインには、『痴人の愛』のナオミや『春琴抄』の春琴に代表される様に、虚栄心が強い、自己中心的、感情が変わりやすい、芝居気がある、浪費生活をする、等の特徴を持つ者が多い。こうしたタイプは、一般に「ヒステリー性格」と呼ばれ、母性の未発達を本質とする幼児的な性格類型なのである（弘文堂『精神医学事典』「ヒステリー」の項参照）。谷崎のヒロインは、直接的にセキをモデルにしたものではなく、谷崎の願望が生み出したイメージなのだが、それでも、これらの特徴と全く同じではないにせよ、類似したものがセキにあったことは、充分考え得ることのように、私は思うのである。

（四）母性喪失に対する反応

谷崎自身が乳幼児期に母の愛を失ったと自ら感じていたことを示す比較的直接的な資料は、ほぼ以上に尽きる。しかし、谷崎の生涯および文学には、早期の母性喪失に対する反応とでも解釈しなければ理解できないような現象が、他にも数多く現われているのである。それを以下、①「母への固着」、②「厭世的・自閉的傾向」、③「悪人意識と反社会的攻撃性」、④「捨てられ不安」、の四種に分けて見て行こう（マゾヒズム、フェティシズム、エディプス・コンプレックスについては、別に章を設けて論じる）。

①母への固着

精神分析学によれば、過去に重要な意味を持っていた或る人物に対してアンビヴァレントな葛藤に満ちた感情を抱き、そのことが心理的な障害になっているような場合には、その人物に似た人物（或いは似た状況）に出会うごとに、同じような感情・態度・ファンタジーなどを無意識の裡に繰り返し抱いてしまうという「転移」現象が起こる。谷崎の場合も、母に似た女性に出会う度に、それを理想の女性と感じ、母に対したのと同様の感情・態度・ファンタジーを、その女性に対して抱いていたと考えられる。

その傍証として、谷崎の作中では、男性主人公の好きな女性のタイプが、予めはっきりと脳裡に刻み込まれているとする設定が、しばしば成されていることが挙げられる（特に『金と銀』以降、『白昼鬼語』『アヹ・マリア』『肉塊』『青塚氏の話』など）。これが谷崎自身の現実を反映したものであったことは、『佐藤春夫に与へて過去半生を語る書』の中で、《ほんの仮初の情人を作るとしても、僕には予め頭の中に或る一つの影像があつて、そのイリユウジヨンに当て篏まるやうな相手でなければ（中略）手を出す気に》なれないと述べていることからも判る。谷崎の場合、この《影像》が母に由来することは、『女の顔』の中で、自分にとって《一番崇高な感じ》がする女性は《空想の中で》思い浮かべる《若い美しい》母であると語っていることなどから、疑いの余地がない。

母への固着は、従来、谷崎と母の関係の良好さを証明するものと考えられて来たが、精神分析学によれば、この様な「転移」を引き起こすのは、アンビヴァレントな対象であって、ひたすら良い関係にあった対象ではない。谷崎の如く生涯にわたって強く母に固着し続ける人間は、むしろそれだけ早期に取り返しがつかない程ひどく母を喪失し、そのことによって生じた心理的外傷を解決できずに反復し続けた人間であると考えるべきであろう。谷崎の作品で、主人公の友人・家族・恋人などとの関係に、甘え・甘やかしの傾向が強く見られることも（友人では『AとBの話』、家族では『不幸な母の話』、恋人では『痴人の愛』『春琴抄』『瘋癲老人日記』など）、潤一郎が幼児期に、母への甘えを満たし得なかったためと考えられる。

また、谷崎が幼少時代に母と正常・良好な関係を持てていたのなら、インセストやマゾヒズム・フェティシズムなど、異常性欲の傾向を、後年、示すこともなかった筈であろう。

異常性欲の内、例えば、女性の肉体への執着・マゾヒズム・強い女性を求める傾向などは、無力な幼児期に母性を喪失した不安感と死の恐怖感から、強い母の庇護を求める幼児的メンタリティーがそのまま残ったものと理解される。また、母への固着が強過ぎて（また父・倉五郎が弱過ぎて）、エディプス期の葛藤を正常に克服できなかったことから、大人の男になれず、女性化願望やナルチシズム・幼児性が強く残ったと考えられる。

谷崎にはまた、女性崇拝の傾向が強くあり、それが母に対する感情の「転移」であることは、疑いを入れない。このことも、一見、潤一郎と母との関係の良好さを示すもののように見えるが、崇拝はもともとアンビヴァレントな感情で、近付きたいという思いと同時に、近付くことへの強い恐怖の念を含んでいるものなのである。（注17）

普通の男は、恐怖を感じさせるような女性ではなく、安心して対等になれる女性との恋愛を選ぶのだが、『饒太郎』『雪後庵夜話』などに明らかなように、谷崎は対等な恋愛を好まず、崇拝できる女性を求め続けていた。例えば、松子に宛てた昭和七年十月七日付け書簡を読むと、立腹して睨み付けた松子の姿に崇拝の念を掻き立てられ、表面上は困って謝る風を装いながら、本心ではむしろ喜んでいることが見て取れる。

では何故、谷崎はその様に恐ろしい女性を求めるのか？　幼児期の子供は、親の方に問題がある場合でも、親は完全で、拒否されるのは自分の方が悪いからだと考えるものである。恐らく潤一郎は、自分につれなく、恐怖感を与えた母を、そのまま理想化してしまったので、冷たくされて初めて母と感じ、有り難く感じるようになってしまったのである。(注18)

このことの別の現われとして、谷崎の作品の中には、理想女性を絵・彫刻（仏像・人形、時に屍体や眠った状態など）・映画の中の女性・天上のイデアなどで表わすものがしばしば見られる（「谷崎潤一郎とエディプス・コンプレックス」（一）④（オ）（vi）「彫像・人形・屍体」（本書P194）参照。イデア論については、「谷崎潤一郎・変貌の論理」（二）「始発期から西洋崇拝期へ」（本書P365〜）・「谷崎潤一郎と詩歌」（本書P467〜）参照）。これは、一つにはフェティシズムの現われであり、「移行対象」・代用品でもあり、また一つには、性交不能にして、インセスト・タブーを避ける必要からでもある。しかし、同時にそれらの女性像は、ただ一方的に憧れることしか出来ない存在、話し掛けても答えの返って来ない、抱き締めても反応しない、近寄り難い拒否的な存在であり、潤一郎に対して冷たいと感じられた母の本質を表わすものと考えられるのである。

また、谷崎には、冷たい体の女性を好んだらしい形跡があり、これも拒否的な母を象徴するからだと私は推測する。瀬戸内寂聴の『つれなかりせばなかなかに』（中央公論新社）に引く和田六郎（ペンネーム・大坪砂男、谷崎の知人で、谷崎の妻・千代子と恋愛事件を起こした）の妻・徳子が六郎から聞いた話によれば、「谷崎は体の冷たい女が好みで、それを自分がじっくり暖めてやるのが好きだった。谷崎が千代を嫌った本当の理由は、千代は体が温かかったからだ」と言う。

谷崎に実際にこういう好みがあったことを裏付けるものとしては、『捨てられる迄』（二）の幸吉が、ヒロインの《血色が好すぎる為め、いつも顔が桜色に上気(のぼ)せて居る事》が《気に入らない》という例がある。また、谷崎の作中には、『人魚の嘆き』の人魚のように、体が極度に冷たいヒロインの例や、『蘆刈』『春琴抄』のように、ヒロインたちの足が冷え性で冷たく、前者ではおしづ、後者では佐助が足を温めるという例がある。

この他、ヒロインの体の冷たさを印象付ける描写を拾ってみると、『金と銀』の栄子についての《青黒い、擦硝子に似た冷めたさを持つた（中略）皮膚の色》（第二章）、マータンギーについての《燐の炎のやうな冷たい美しさ》（第三章）、『白昼鬼語』の纓子についての《氷の如き冷たさを帯びた目鼻立ち》、『母を恋ふる記』の母についての《月の光が編笠を滑り落ちて寒さうに照らしてゐる襟足》《其のお白粉は、美しいと云ふよりも（中略）寒いと云ふ感じの方が一層強かつた》、『西湖の月』の酈小姐についての《皮膚は（中略）冷めたい青白い色をして居る》、『鮫人』の林真珠についての《冷めたい感じがするほど青白く冴えた肌》、『肉塊』（五）のグランドレンについての《此の女はあの冷めたさうな皮膚の色をこんな暖かい色に変へても、依然として冷めたい。》、『盲目物語』のお市の方についての《寝雪のやうにとぢこもつておくらしなされ（中略）お顔のいろの白さなど、ぞうつと総毛だつやうにおぼえたさうでござります。》、『青春物語』「京阪流連時代のこと」の《厚化粧をしてその唇を青貝色に光らしてゐたあの時分の京の女は、何と冷めたく美しかつたことであらうぞ》、『春琴抄』の春琴についての《色飽く迄白くして襟元などは見てゐる者がぞく〳〵と寒気がするやうに覚えた》、『夏菊』（その三の一）の汲子についての《御寮人を見ると、汗が引つ込むやうな気がした》、『細雪』（上巻（二十二））の雪子についての《ぞうつと寒気を催させる肌の色の白さ》、『鍵』（一月十七日）の郁子についての《僕ハ妻ガ一生懸命酔ヒヲ隠シテ冷タイ青ザメタ顔ヲシテキルノヲ見ルノガ好キダ。》、『メモランダム』の《眉を剃り落し、歯を黒く染めた（中略）ぞつと寒気がするやうな凄艶な顔（中略）私に取つて魅力のあるのはさう云ふ顔である。》等がある。『鍵』（一月廿九日）の主人公は、《蛍光灯ノ明リノ下ニ妻ノ全裸体ヲ曝シテ見タイト云フ》夢を叶えるが、これも、蛍光灯の青白い光のせいで、体が冷たそうに見えることを好むからであろう（ちなみに、当時の蛍光灯は、今のものより光がはるかに青白かった）。谷崎の作中には、月の光やアーク灯に照らし出される夜のシーンが多いが、これも冷たい体への好みと関連する所があろう。また、彫刻（仏像・人形）や屍体を理想女性とする傾向も、冷たい体への好みと関連しよう。ワイルドの『サロメ』への関心も、冷

たい肉体と関係すると考えられる。(注19)

この他、雪女のイメージが、『二人の稚児』の《雪の精》のような鳥、『白昼鬼語』で纓子が《白羽二重の寝間着》を着て《雪女郎のやうな姿》になる所、『白狐の湯』で白狐を《雪女》や《雪の精》になぞらえる所、に現われる。谷崎が好む女性が、白い肌の女性にほぼ限られているのも、色白だったセキに似ているという理由の他に、体が冷たそうに見えることも関連しているかも知れない。

拒否的なヒロインという意味では、この他、主人公（または谷崎）を苦しめる悪女たちや、我が儘勝手な猫たちも、谷崎にとっては一種の理想女性であった筈である。(注20)

また、昭和に入って谷崎は、一見善良そうに見えて、悪性を潜ませた女性や、『細雪』の雪子の様に、悪性はないが、何を考えているのか分からない女性に心を惹かれるようになる。これは、善悪の分裂が統合された形でもあるが（「谷崎文学における分裂・投影・理想化」（本書P53～）を参照）、本当の心を明かさないという特徴は、彫刻などと同じく、拒否的な冷たい母を表わすものであろう。

②厭世的・自閉的傾向

次に、厭世的・自閉的傾向としては、母に愛されなかった外傷から、世界に対して基本的に不信感・無意味感を抱くペシミズム・ニヒリズムの他、同じ理由から対等な他者と愛情関係を持つことが出来なくなったために、自己愛の段階に留まるエゴイズム・ナルチシズムや、自由に操作できるものとしての他者だけを愛するフェティシズム、現実から背を向け空想や創作の世界へ引きこもってしまう傾向、などが数えられる。

谷崎のエゴイズム・ナルチシズム・フェティシズムについては、引例の必要もあるまい。

ペシミズムについては、谷崎は、むしろ明るく積極的な現世的享楽主義者ではないかと疑問に思われるかも知れない。しかし、谷崎の享楽主義は、現世を丸ごと肯定するものではなく、通常の人間関係・社会生活の多くを無視し、自分の気に入った一小部分（美衣・美食・美女など）だけに過剰に執着するものである。また、享楽への極めて旺盛な意欲の蔭には、自らのペシミズムや死の恐怖から逃れたいという谷崎の願望が秘められていると考えられる（「躁鬱気質と谷崎潤一郎」（本書P263〜）を参照）[注21]。

谷崎のペシミズム・ニヒリズムは、『春風秋雨録』（明治三十六）辺りから顕著になるが、中学・高校時代には禁欲的な宗教・哲学志向の形を取り、作家となってからは、インド・中国・ヨーロッパ・イデアの世界など、理想の別世界に憧れる傾向としても現われている。

また、谷崎の作品では、孤児や、愛に恵まれない人物が主人公となり、その淋しさから逃れることが行動の動機になっているケースが非常に多い（例は本章（一）「幼少期の母子関係」に挙げて置いた）。これもペシミズムの現われである。

その他、現実に対する絶望や不平不満が、現実社会の中で生きる意欲の喪失や倦怠になる例が、『秘密』『熱風に吹かれて』『捨てられる迄』『法成寺物語』『鬼の面』『亡友』『人魚の嘆き』『魔術師』『鶯姫』『異端者の悲しみはしがき』『十五夜物語』『白昼鬼語』『鶴唳』『或る罪の動機』『アヱ・マリア』などに、快楽・美・芸術・悪などを追求する根拠としてのニヒリズムの例が、『饒太郎』『神童』『鬼の面』『検閲官』『私』『「カリガリ博士」を見る』『アヱ・マリア』『青塚氏の話』などにある。

また、歴史小説では、谷崎は、敗れ去った男たちと自己を同一視する傾向がある（『吉野葛』『盲目物語』『乱菊物語』『聞書抄』『少将滋幹の母』、戯曲では『信西』『法成寺物語』『お国と五平』『顔世』など）。これも一つには、谷崎自身が母の愛をめぐる競争の敗者だからでもあろう。

谷崎の自閉的傾向の現われとしては、文壇づきあいを避けていたこと（『客ぎらひ』）や、「我といふ人の心はたゞひとりわれより外に知る人はなし」という歌や、『雪後庵夜話』（2）で、小説家の喜びとして《全く他人と没交渉で仕事が出来、自分だけの世界に閉ぢ籠つてゐられる有難さ》を挙げているような孤独癖を指摘できる。

また、谷崎は女性に対する憧れが極めて強かったにもかかわらず、現実の女性と恋愛関係を持つことが極めて困難だったという事実も挙げられる。例えば『父となりて』・昭和六年一月二十日付け古川丁未子宛潤一郎書簡、および創作の中（『異端者の悲しみ』『前科者』『金と銀』『富美子の足』『黒白』など）で、本当の恋愛を経験したことがないこと、女を恋しているように見える時にも、実際にはその女の中に自分勝手な幻影を見ているだけであることが語られている。谷崎の恋愛は、相手に自分の理想のイメージを投影する極めて自閉的なものであり、また、しばしば相手を自己の理想の分身視している点から言うと、ナルチシズムの段階に留まるものと言えるのである。

『当世鹿もどき』などで言う谷崎のはにかみ癖も、乳幼児期に、世界および他者に対する基本的信頼感（エリクソンの用語）が充分確立されなかったことに起因するものであろう（「谷崎潤一郎とフェティシズム」（三）「谷崎のフェティシズムの本質」（本書Ｐ126～）も参照されたい）。

③悪人意識と反社会的攻撃性

ウィニコットは、非行少年の反社会的行動は、一、二歳時の母性喪失に対する反応であると説いている（「性格障害の精神療法」『情緒発達の精神分析理論』岩崎学術出版社）。非行・反社会性・悪は、もともと現実原則（現実社会の秩序や長い目で見た合理的な損得）を無視し、幼児的な快感原則（他人のことを考えない、また目先の快楽）に囚われた行動をしてしまうことであり、幼児的なものである。従って、母との関係に重大な問題があったことが原因で、大人への成長が妨げられ、問題行動が生じるという解釈は、常識で考えても充分納得の行く所であろう。

谷崎は、決して非行少年にも犯罪者にもならず、実生活では健全な市民生活を送っていたけれども、しかし、谷崎が既に小学生時代から自分を親不孝者（悪人）と感じていたことは、先に見た通りである。

また、谷崎の特に大正期の作品では、男性主人公が悪人意識を抱いている例が非常に多い。彼らは、悪女の誘惑に勝てないことを嘆いたり、良心の呵責に悩んだり、悪に快感を抱いたり、時には殺人の罪を犯したりもする。そして、自らを悪人や悪の芸術家、背徳狂・悪魔・異端者などと考えるのである。

もっとも、佐藤春夫が有名な「潤一郎。人及び芸術」（「改造」昭和二・三）で指摘しているように、谷崎の主人公たちは、実際には余り悪人らしく見えない。例えば、殺人者が出て来る作品も少なくはないのだが、殺人者から冷酷さ・兇悪さを感じることはないし、現実に人が死んだという恐ろしさも、リアルには感じられない。所詮作り話という感が強い。(注22)

悪人とされる主人公は概して幼稚で、殺人であれ、その他の比較的軽い悪事であれ、幼児的な甘えや恨み・妬みなど、快感原則への囚われが強過ぎ、自制心が足りないために、周囲に迷惑を掛けている例が殆どである。

また、それら悪人には、彼らを甘やかして悪を助長するような妻（モデルは千代子）やパトロン（モデルは笹沼源之助）が付いていることも珍しくない。

例えば、『或る調書の一節』の主人公・Bは、自分の利益と快楽、即ち快感原則を行動の唯一の原理として、他人を平気で犠牲にする極悪人である。ところがBは、普段は妻を愛さず虐待しているのに、妻が警察に訴えることもせずに、《何卒改心して下さい》と泣いて頼む時にだけ、妻に神を感じる。それは、谷崎にとっては、悪い子である自分を無限に許し甘やかす母こそが理想の女神だからであろう。しかしBは、妻を泣かせると、《それで罪が消えたやうな》気分になってしまい、再び悪事を繰り返し、決してやめないのである。(注23)

また、《親に捨てられた子供のやうな》淋しさから浮気したお艶を殺す『お艶殺し』（五）の新助や、《解せられざる悲しみ》を繰り返し訴え、独りぼっちで淋しいから《僕と一緒に救はれない人間になつてくれ》と言う『AとBの話』（4）のB、[注24]さんざん踏みつけにして置きながら、澄子に《お前が居なけりゃあ淋しいんだ。》と最後に告白する『愛すればこそ』の山田、同じく朝子を虐待しつつ、捨てられると淋しくなって取り戻す『神と人との間』の添田、なども、幼児的な悪人の例と言えよう。

これら多数の例を見ると、谷崎の悪人意識の根底にあったのは、やはり、幼少期に母の愛を失った心の傷であると考えた方が良さそうである。早期の愛情喪失を体験した子供は、自分は駄目な子・悪い子だから愛して貰えないのだと考え、自分を責める。これが、後々まで谷崎が、自分は悪人だとする良心の呵責に悩まされた第一の原因であろう（精神分析学的に言うと、これは子供を愛さない母の超自我を取り入れた結果である。「躁鬱気質と谷崎潤一郎」（本書P263〜）参照）。

この場合、子供は本当は悪い子ではない訳であるし、また、悪人意識は幼少期に刷り込まれたもので、後年の現実とは無関係なので、悪人意識は現実離れしたノイローゼ的なものになりがちである。また、愛して欲しい当の母から悪い子というレッテルを貼られているので、それを不当だと反発する気持と、母に愛されたい欲望とが、激しく葛藤して、成人後もこれを解消することが難しい。谷崎の悪人意識も、基本はそうした葛藤に充ちたノイローゼ、言わば道徳的心気症（ヒポコンデリー）なのだが、佐藤春夫には、それが単に現実離れした法螺（charlatanism）としか理解できなかったのである。

フェアベーンの『人格の精神分析学』（講談社学術文庫）第Ⅰ部・第一章・3によれば、母に愛されなかったと感じた乳児は、自分の愛情を悪いもの・無価値なものと感じてしまうと言う。谷崎の場合もこうした傾向が強く、谷崎の悪人意識の中心には、「本来愛すべき家族・友人・女性を、本当の意味で愛することが、自分には出来ない」という劣等感・孤独感があったらしいのである。

例えば、創作の中で、悪人とされる主人公から被害を受けるのは、大部分がその妻か愛人（虐待や殺し）・友人

（借金踏み倒し・三角関係など）・家族（親不孝など）など、本来愛すべき人たちである。また、『AとBの話』（1）では、悪人・Bについて、《彼は生れつき愛と云ふものを持たない男だつた。》悪人は《愛を知らない為めに孤独に陥る、さうしてその孤独を慰めようとしてますます悪を働く。》と説明しており、同様の説明は『前科者』にもある。『愛なき人々』という題の作品もある。

実生活でも、告白『父となりて』を読むと、谷崎は、自分がいかに我が子を愛さないかを縷々説明し、また自分が《甚しいエゴイスト》で、《金銭を、自分の利益の為めにのみ費し》《親兄弟に対しても甚しく冷淡で》《交友と云ふものも頗る稀》で、《ほんたうの意味の恋愛と云ふものを感ずる事》も出来ないと、親子・兄弟・友人・男女の間に本来あるべき真の愛情を、自分が持ち得ないことを強調（恐らくは無意識に誇張）している（自分の悪・劣等性をひどく誇張して考えてしまうのは、躁鬱気質の特徴である。「躁鬱気質と谷崎潤一郎」参照）。

しかし現実には、良い友達が出来なかった訳では決してなく、文学関係では「新思潮」の仲間・大貫晶川・木村荘太・後藤末雄らや、佐藤春夫・上山草人・武林無想庵・吉井勇・志賀直哉・辰野隆等々、文学以外では小学校以来の笹沼源之助、一高以来の津島寿一・岸巌・杉田直樹ら、その他、妹尾健太郎・森川喜助・サバルワルなど、多数の例がある。また、親友・笹沼源之助に、金銭的な援助を度々して貰っていたらしいことは、『釈明』『青春物語』「「新思潮」創刊前後のこと」などから分かるが、笹沼の方では迷惑とも思っていなかったようで、その友情は死ぬまで続いた。

ただし、（決して生涯を通じてという訳ではないが）一時期の谷崎に、親・子・弟・妹などに対して甚だしく冷淡な、エゴイストの面があったことは、『親不孝の思ひ出』『異端者の悲しみ』等から確認できる。しかし、それは、自分の愛情を悪いものと信じて、自ら家族や友人から遠ざかろうとした結果と見るべきであろう（弟・妹たちに対して、必ずしもいつも冷淡だった訳ではないことについては、「谷崎家・江沢家とブラジル」（本書P527～）参照）。

谷崎が自分を人交わりのならぬ悪人と感じていたことは、『父となりて』で、《私のエゴイズムは骨肉の関係も親友の間柄も一切無視して顧みない。》と説明していることや、『異端者の悲しみ』（三）の章三郎が、《自分の性格が我が儘で不道徳で、頗る非社交的に出来て居る事を》自覚して、深い友情を持とうとしないこと、そして、『前科者』（二一）の主人公が、《己はたしかに悪人》なのだから、《どうか其の積りで、己を出来るだけ（中略）遠ざけしをしないやうに努めて居たのである。それ故私は、自分と他人とに不愉快な感を与へる事を恐れて、成るべく世間へ顔出（中略）ゆめ〳〵己に近づいたり、尊敬したりしてくれるな。》と読者に訴えていることなどから分かるのである。

『父となりて』を書いた頃、谷崎は、こうした自分の傾向を《「悪」の力》《悪魔の美》に繋がる《エゴイズム》として無理に肯定しようと試みつつ、《「良心」の威嚇》《人道の警鐘に脅かされ》ていた。

谷崎の日本回帰以前の作品で、男性主人公の愛が、概ねいつも悪女に向けられるのも、また、愛するにせよ愛されるにせよ、愛は自分と相手を損ない（『愛すればこそ』！）、悪い結果を招きがちであったのも、谷崎が自分の愛を悪いものと感じていたためであろう。『父となりて』で、《「悪」の力を肯定し讃美しようと》するのも、悪い愛は悪魔に向けるべきだからであろう。

②「厭世的・自閉的傾向」で挙げたような自閉的傾向も、対人関係に自信が持てないことが関係しているであろう。

この他、谷崎の場合は、母に対するインセスト的な性欲があり、そのことも、自分を悪人と責める良心の呵責を齎していた筈である（「谷崎潤一郎とエディプス・コンプレックス」（本書P149～）参照）。インセスト的な性欲は、父や弟に対するエディプス的な敵意を生み、さらに悪人意識を増幅したであろう。また、インセスト願望を満たすためには、娼婦的悪女とのマゾヒズム的な性関係が必要であるため、谷崎は普通の善良な女性を愛せず、悪女に惹かれることからも、自分が悪人であることに確信を持ったに違いない。

また、マゾヒズム・フェティシズムなどの異常な性欲を持っていることは、谷崎が神に呪われた悪魔と自分を感じる原因となった筈である。『異端者の悲しみ』（四）の《誰が己を、天に逆つて生きなければならないやうな人間に生んだのだ。》という叫びから、我々は、性倒錯が狂気に近い精神の異常として、かつ犯罪に近い不道徳な行為として厳しい目で見られていた時代に、谷崎が受けたであろう精神的苦痛と孤独に、思いを馳せる必要があろう。(注25)

＊　　＊　　＊

しかし谷崎は、自分の悪性を、自虐的にばかり考えていた訳ではない。母に愛されなかった子供は、「自分は悪い子だ」と思う一方で、当然ながら、「悪いのは自分ではない」と反発もするものである。そして、母や周りの世界に、疑惑・反抗・攻撃性を向け始めるのである（「躁鬱気質と谷崎潤一郎」（三）「アーブラハムによる精神分析学的研究」（本書P278～）参照）。

谷崎の場合にも、当然、攻撃的側面が見られる。既に幼少期に、母への憎しみを乳母や奉公人に向け換えて、暴力を振るっていたことは、先に見た通りである。成人後、特に妻・千代子を虐待したのは、母への憎しみを妻に向けたものと解される。弱い者いじめを痛快と感じる心理があったことについては、「谷崎文学における分裂・投影・理想化」（一）「分裂」（本書P56～）を参照されたい。

また、生家が没落してからは、潤一郎は父の言うとおり、「自分たちが貧乏しているのは、社会が父のような正直で徳義を重んじる男を用いようとしないためだ」と心から信じ、世を憤ったので（『幼少時代』「幼年より少年へ」）、谷崎の攻撃性は、社会の不当さへ向けられて行った。

谷崎は、高等小学校から一中時代にかけては、稲葉清吉先生の影響を受けて、一大宗教家か一大詩人か一大哲学者（『春風秋雨録』）たらんとしていたが、その際、マホメット・ルター・日蓮など、攻撃的な指導者を理想的人物と考えていたこと（明治三十五年の『時代と聖人』『日蓮上人』。『神童』（四）でも《ウオルムスの会議に於けるマルチン、ルウテル》に自らを比している）や、日蓮を《大英雄》《精神界の大王》（『日蓮上人』）と評していること、『春風秋雨録』で軍人と商人を軽蔑していることなどから、宗教・哲学・詩への志向には、永遠の精神的価値への憧れの裏返しとして、俗世間の普通の価値観に対するかなり攻撃的な軽蔑が、既にひそんでいたと考えられる。(注26)

それが、精養軒の書生になってからは、貧富の差を見せつけられ、自らの貧苦を不当な迫害と感じさせられた所から、谷崎は次第に社会に対する敵意をあからさまにし始める。明治三十六年十二月に「学友会雑誌」に掲載された『春風秋雨録』では、《富者を憎む念》、世を呪う気持が激しい言葉で書き連ねられる。同じ号に掲載された『歳末に臨んで聊(いささか)学友諸君に告ぐ』では、《他日社会に立ちて天下の輿論に抗し（中略）社会を敵として論難せんと欲するものは乞ふ我が論説欄に於て其論を主張せよ》と呼び掛けている。翌年五月の『文芸と道徳主義』では、《個人主義の反逆＝本能意志の満足を主張して現代文明の大破壊を企てたる》ニーチェやバイロン・ゴーリキーらの《現代文明に対する大なる憎悪の念》《社会の偽善者に対する呪咀復讐の心》に共感するとし、同号の新体詩『述懐』では、《あゝ君ゆるせ（中略）歌をしよまば世の人の／罪をばとはにならすべく／文をしかゝばいつはりの／世とたゝかはむおのが願を。》と言い、『死火山』（明治四十）では、《世をのろひ他人をにくむおもひ胸に凝りて（中略）我につらき、われをさげすむ世の人に復讐せんず一念の外、愛もなく歌もなく、黙々として日々書籍にむかひぬ》と書いている。

また、「校友会雑誌」の『前号批評』「シエレーを愛す――沙木菴君」（明治四十・三）では、「《一定の規矩縄墨の中に跼蹐》する《君子人は生涯人生の裏面に横溢せる偉大なる或る物に感触せずして死する薄運児》だ。吾人は、仲尼・ワーズワース・フランクリンを退け、天才荘子・バイロン『チャイルドハロルド』・シェレーを取る。《罪てふ黒き悪魔が蔭にも紅き涙の花は咲く》。《解脱の境に円満微妙の快楽を貪》るよりは、《執着の絆に苦悶転輾》する方が良い。業平・近松を解せなければ、西行・芭蕉も解らない。故にシェークスピア・ゾラ・ゴーリキーを愛する。」と書き、悪魔主義的文学観がかなり鮮明になって来ている。

既に小中学生時代に一大宗教家・哲学者を目指した時、そこには父母および社会への依存を否認し、自分を父母や社会より偉大な存在、特別に選ばれた例外者と見なす万能感が含まれていたと考えられる（例えば『神童』に、そうした傾向が窺われる）。ただ、その時点では、強い禁欲主義が、欲望のストレートな主張を阻んでいた。それが、社会＝不正という感覚に刺激されたことと、禁欲主義を捨て去った結果、不当にも潤一郎を愛さなかった両親（特に母）に反抗し、社会・道徳に敵対しようとする悪魔主義へと発展して行くことになったのであろう。

こうした傾向は、作家デビューを果たし、自己主張が可能になると、ますますエスカレートし、『刺青』には特にそのことが象徴的に現われている。

清吉はもともと攻撃的な性格で、男たちを屈服させることに快感を抱いていた。彼が刺青を施すことによって生み出した女も、彼の愛欲を満たす対象ではなく、最初から男社会全体を攻撃することが目的の最終兵器と言ってよい。清吉は、刺青の魔力によって彼女に乗り移り、社会に報復しようとしているのである。

後の『創造』もまた、社会に害毒を流す絶世の男女両性具有的美男子を作り出す話であるし、『人面疽』では、愛して貰えなかった恨みから、乞食が人面疽に生まれ変わって、相手の女だけでなく、その女を通じて社会にも復讐するのである。

また、悪魔主義の一種として、天才には悪も許されると考える例が、『神童』『鬼の面』『金と銀』の大川に見られ、『呪はれた戯曲』の井上（＝佐々木）は、「才能ある芸術家である自分と平凡な女に過ぎない妻とならば、己の命の方が貴いから、お前が死ぬのが正当の順序だ」と言って、妻を殺してしまう（もっとも、後で佐々木は自殺するが）。

この様に悪を正面切って肯定し、自ら悪のヒーローとなろうとする悪魔主義的傾向は、イデア論の導入後、次第に弱まって行く。しかし、イデア論もまた、かつて、一大宗教家か一大詩人か一大哲学者を目指した時と同様、現世の諸価値を超える永遠・絶対のイデアに与る（あずか）ことで、芸術家ならぬ一般人を軽蔑するものであった。そのことは、『検閲官』（大正九）の《芸術家が普通の人間の仲間入りをしたくないのは、われわれの目的が此の世の中にはなくて、あの世の中にあるからです。》という言葉が証明する所である。

イデア論の導入後、ヒーローとしての悪人意識は消えて行くが、自虐的なもの・良心の呵責としての悪人意識は、根強く残った。そのことは、同じ『検閲官』に《宗教や芸術の有り難いところは、悪人が悪人のまゝでも天へ昇れる道のあることを教へてくれる点にあるのです。》とあることからも分かる（同様の考えは、『小僧の夢』『或る時の日記』にも出る）。

ところで、谷崎が社会を批判・攻撃する場合、転倒される価値観の代表は、男尊女卑である。これは、谷崎が父の男根（ファルロス）を拒否し、母に男根を与えていたことと、谷崎のエディプス・コンプレックス（インセスト的性欲）が原因であり、母を自分から奪ったと考えられる父や弟、男性全体、ひいてはそうした不当な迫害を容認している世界全体に恨みを抱いていたからであろう（「『春琴抄』」（六）「終わりに」（本書P757〜）も参照されたい）。

もとより、悪を復権することには、社会が抑圧・排除していた悪のエネルギーを善用し、硬直した既成の価値秩序をより柔軟で豊かなものへ解体・再編成するという文化的意義があり、だからこそ悪の芸術が成り立つのだが、谷崎の場合、右の如き心理的背景があったことは見逃せない。

谷崎文学には、反社会的な悪女が多数登場するが、それらは単に谷崎のマゾヒズムから要請されるだけでなく、男性中心の社会の秩序・道徳を攻撃するためにも必要だったのである。(注27)

谷崎はまた、父・長男を中心とした家父長的・男尊女卑的な家秩序に対して拒絶的である。実生活でも常識的な親子関係や夫婦関係を拒否しているし（『父となりて』『雪後庵夜話』など）、墓も父母とは別に作り、自分の愛した松子・重子らとだけ一緒にした。

作中でも、常識的な夫婦愛や家族愛を描くことはない（『細雪』の場合も、女系家族の姉妹愛で、通常の家族愛とは異質である）。また、家・家族の秩序より、理想女性を唯一絶対の女王化することを志向しているため、『蘆刈』では姉が妹の夫に、『鍵』では母が娘の婚約者に、『瘋癲老人日記』では父が息子の嫁に手を出すという反家族的行動に出るし、『夢の浮橋』では妻を息子に譲渡し、『蘆刈』『春琴抄』『少将滋幹の母』『夢の浮橋』では母が子供を捨て、『痴人の愛』『春琴抄』では子が生家を捨て、『マンドリンを弾く男』『蓼喰ふ蟲』『蘆刈』『少将滋幹の母』などでは、妻が夫を捨てる。夫による妻殺しは『呪はれた戯曲』『或る少年の怯れ』『途上』『日本に於けるクリップン事件』に出るし（『嘆きの門』(三)では《殺したも同様》とされ、『柳湯の事件』では殺したと妄想する）、その他の家族同士の殺人が、『或る少年の怯れ』（兄が弟を）『鶴唳』（娘が父の愛人を）『鍵』（妻が夫を）『夢の浮橋』（妻が姑を）にある（『異端者の悲しみ』では、兄は妹を憎み、その死を半ば望んでいる）。その他、夫が妻をないがしろにし、他に恋人を求める例も多い。しかも、こうした行動について、当事者たちが家制度の価値観に基づいた罪悪感を抱くことはない。

また、家制度では、跡継ぎの長男が大切にされるが、谷崎の場合、作中の男女関係で、主人公が新たに子を成すことは殆どない（これは、主にエディプス・コンプレックスとインセスト・タブーのせいであろう）。実人生では、初夜に妊娠させて鮎子が生まれた失敗例（『父となりて』）があるだけで、最愛の松子にさえ中絶させた（『初昔』『雪後庵夜話』）。作中では、『春琴抄』が殆ど唯一の例外だが、この場合も生まれた子供はすべて捨てている（『猫と庄造と二人のをんな』の猫の仔さえも捨てている）。他の作中で、夫婦に子供があるケースは、鮎子か清治・恵美子（松子の連れ子）をモデルにしているもの（『蓼喰ふ蟲』『細雪』など）にほぼ限られている。

また、『十五夜物語』『卍』『蘆刈』『鍵』『夢の浮橋』などには、一人の女性を女王様のようにして、夫婦や親子などで崇拝するというモチーフがあるが、これは、母が女王であるような家族が谷崎の理想だったからであろう。『不幸な母の話』もある意味ではそうである。

ところで、女性中心主義の谷崎の小説では、男性主人公は、マゾヒズムの実践によって、男尊女卑を転倒する役割を果たすことが多く、ヒロインほど反社会的攻撃性は目立たない。ただ、谷崎の男性主人公がなす悪の種類としては、金を借りて返さない例が非常に多いことが注目に値する（例は、『The Affair of Two Watches』『幇間』『春の海辺』『饒太郎』『鬼の面』『異端者の悲しみ』『或る男の半日』『前科者』『金と銀』『鮫人』『私』『AとBの話』『愛すればこそ』『神と人との間』『痴人の愛』『金を借りに来た男』『黒白』などにある）。盗み癖のある女に心を惹かれるという例（『饒太郎』『瘋癲老人日記』）もある。潤一郎自身、若い頃には、友人から借りた外套などを返さなかったり、借金を踏み倒したという話も多い（明治四十四・五・三十一付け和辻哲郎宛書簡、大正四・十二・二十七付け中根駒十郎宛書簡、大島堅造の『回想の八十年』「大阪常安橋南詰の旅館大津屋」、君島一郎『朶寮一番室』に出る藤井啓之助との逸話など）。

こうした心理を理解する上で参考になるのは、必要がなくても盗んでしまう強迫的な盗み癖（Kleptomanie）の心理である。福島章氏の『犯罪心理学入門』（中公新書）によれば、これは、乳児期に母の愛に恵まれなかった人間に現われ、盗品は母乳や母の愛の象徴になっており、窃盗者は、本来自分に与えられる筈のものが間違って他人の所にあるので取り返すだけだと感じている、と言う（注28）。

谷崎の小説『私』の主人公は、まさにこの種の窃盗常習者である。さしたる傑作とも思えぬ『私』を、谷崎が《自分の今迄の全作品を通じてもすぐれてゐるものの一つと思》（『春寒』）っていたのは、自分の深層心理を表現した作品だったからであろう。

自分は不当に不幸（孤独）にさせられていると感じて復讐する『悪魔』『兄弟』『AとBの話』『或る罪の動機』『お国と五平』なども、類似の心理と考えられる。

例えば『兄弟』（三）の兼通は、《幼い折から妙に陰鬱で、片意地で、可愛がられない少年》であり、人に愛され自分より出世する弟・兼家に対して、激しい復讐を行う（これは、精二に対する感情の表現であろう）。

また、『AとBの話』では、愛にも財産にも芸術的才能にも恵まれているAに対して、Bは、「Aがあんな幸福を授かってそれを正しい報酬のように思っているのは不公平だ。Aの幸福を出来るだけむしり取ってやろう。それで差し引き勘定が付く」と考え、Aの創作をBの名で発表することを要求し、「そうすれば君は不当に虐げられていることを感じるだろう。その孤独な感じが僕ら悪人の常に味わっている心持ちだ」と言う。

『或る罪の動機』では、世の中を非常に淋しく味気なく感じている孤児の主人公が、今までの不公平を多少取り除くために、偶然の幸福を必然の報酬のように思っている幸福そのものの立派な博士を殺してしまう。

『お国と五平』では、不運にも女々しい男に生まれ付いてしまった池田友之丞が、お国との婚約を破棄され、しかも誰にも同情して貰えない淋しさから、《世の中と云ふものに楯をつく気で、伊織どのを殺してやつたのぢや》と言う。

これらの作品からはっきり見て取れるのは、谷崎自身が、自分は不正に幸福（≒母の愛）を奪われ盗まれた、だから、自分には他人の幸福を傷付けて復讐したり、他人から幸福を暴力的に取り返す権利がある、と感じていたことである。

谷崎には、自分が悪人に生まれたのも、他の人間が善人に生まれたのも、天または神（本当は母）の責任であり、善人の方が悪人より幸福になるのは不公平だという考えがあって、『AとBの話』（3）で詳しく述べられている。これも、本当は、自分が母（≒天や神）によって不当に「悪い子」（≒悪人）にされ、他の子供が母に愛される「良い子」（≒善人）になって幸せになっているのは不公平だ、という恨みが変形したものであろう。

この他、谷崎の作中には、自分の悪を、生まれつきであり、矯正不能、天・神のせい、と責任転嫁する例が、『鬼の面』（八）『異端者の悲しみ』（二）（四）『前科者』（一）（二）『金と銀』（一）『私』『AとBの話』（1）『或る調書の一節』『お国と五平』『或る罪の動機』などに、また、生まれつき意志薄弱で、悪しき快楽への誘惑に抵抗できないと言い訳する例が、『麒麟』『鬼の面』（八）『異端者の悲しみ』（二）『亡友』『前科者』（八、十、十六、十九〜二十二）『金と銀』（第二、三章）『鮫人』（第一篇第一、二章）『神と人との間』（四）『痴人の愛』（七）などにあるが、これも類似の心理に発するものと考えられる（谷崎自身、実際に誘惑に弱かったことは、木村荘太の《自分に最も触れた谷崎の性格は、誘惑に対してのその不可抗力だ。自分は異常に、止め度なく、度外れに幾多の誘惑の中に落ち込んで行く谷崎を屢見た。》（「谷崎の人と作品」「新潮」大正六・三）という証言から分かる）。

また、谷崎に特徴的な傾向の一つに、快楽・浪費・贅沢を肯定する価値観があるが、これも、幼少時代に母によって、また生家没落によって、不当に奪われたものという思いが根底にあるために、倍にして返して貰おうという気持になるのであろう。

谷崎には、エディプス・コンプレックスもあるが（「谷崎潤一郎とエディプス・コンプレックス」（本書P149〜）参照）、エディプス・コンプレックス自体も、早期の母性喪失を、父に盗まれた結果と見なすことから発生するものと言えよう。そのことは、命名のもとになったオイディプスが、乳児期に父母に捨てられ、のちに王位と母を父から奪い取っていることからも明らかであろう。

この様な母性喪失に対する報復の心理は、他の作家たち、中でも初期のロマン主義者には、しばしば見られるようである。(注29) 例えば弟に父の愛と恋人を奪われて盗賊団の首領となるシラーの『群盗』や、人に裏切られ欺かれて遂に海賊となるバイロンの『海賊』（バイロンの母はヒステリーで、バイロンの片脚を不具にしたのもこの母であると言う）、叔父に父を殺され、母と王位を簒奪され、報復するシェークスピアの『ハムレット』（シェークスピアは少年時代に生家の没落を経験した）、愛する宮を資産家に奪われ、高利貸となって社会全体に報復しようとする尾崎紅葉の『金色夜叉』（紅葉は早く母を失っている）、親友に裏切られ、婚約者まで奪われた結果、神さえ呪う世捨て人となり、金を蓄えることだけを目的に生きるジョージ・エリオットの『サイラス・マーナー』、この他、泥棒詩人のヴィヨン、乞食・泥棒・男娼だったジャン・ジュネ（捨子だった）や、掏摸に好意を持つ泉鏡花（早く母を失った）などがある。シラーは『群盗』で、フランス革命政府から名誉市民の称号を与えられたが、これは、フランス革命自体が、不当に恵まれないと感じている大衆の欠損感から発生しているからであろう。ロビン・フッドや鼠小僧などの義賊に人気があるのも、同じ理由からと考えられる。(注30)

また、復讐の鬼となる人物（デュマの『モンテ・クリスト伯』、ブロンテ（彼女も早く母を失った）の『嵐が丘』のヒースクリフ、メルヴィル（少年時に彼の生家は没落した）の『白鯨』のエイハブ船長など）や社会から心を閉ざして孤立する人物（ヴェルヌ『海底二万マイル』のネモ船長など）なども、報復のヴァリエーションと言える。

伯母に育てられ、エゴイズムのない愛を得られなかった芥川龍之介が、『羅生門』で盗賊に変身し、継母に育てられた中島敦が、『山月記』で《己の傷つき易い内心を》誰にも理解して貰えなかった李徴の虎への変身を描くのも、同様に考えられる。母子関係に問題の多かった夏目漱石に、財産（『虞美人草』『こゝろ』など）や女性（『坊つちやん』『三四郎』『それから』『門』『行人』『こゝろ』『明暗』など）を取る／取られる話や、社会から心を閉ざす人物の例（『坑夫』『こゝろ』『行人』など）が多いのは、当然であろう。

ところで、谷崎の場合には、こうした心理の裏返しとして、自分が成功し、幸福を得た時には、今度は誰かがそれを不当なものとして取り返しに来るのではないかと不安に感じる傾向があったようである。この不安は、『悪魔』『金と銀』『少年の脅迫』『痴人の愛』『マンドリンを弾く男』『黒白』『乱菊物語』『少将滋幹の母』『鍵』などに現われている。これらの作品で、攻撃して来るのが、主人公のドッペルゲンガー的な人物や、影のようにはっきりしない、薄気味悪い存在であるのは、それが谷崎自身の内なる攻撃性の投影だからであろう。(注31)

なお、他人のものを本当は自分のものであるように感じたり、自分のものを簡単に他人に取られそうに感じたりするのは、一つには、自他の境界線が曖昧な乳児的な精神構造の現われでもある。

④捨てられ不安

乳児期以来、母に捨てられたと感じていた谷崎にはまた、母ないしは理想の女性から捨てられるという不安が強く、そのことは種々の形で現われている。

例えば、谷崎の作品には、恋人に裏切られたり捨てられたりする話が多い。これは、精神分析学で言う「反復強迫」に当たり、母に捨てられた体験を反復しているのであろう。その傍証として、女に捨てられたり、奪われた際に、母を見失った子供のように感じる例が、『お艶殺し』（二）（五）『女人神聖』（十六）『神と人との間』（六）『乱菊物語』「夢前川」（その四）『少将滋幹の母』（その五）にある。

また、谷崎が理想の女性と出会った場合には、相手が理想的に見えれば見える程、母の時のように、また自分は捨てられるのではないかという不安が募ったようである。実生活で言えば、松子との結婚をかなり長い間ためらっていたのは、一つにはそのためもあろう。また、千代子との離婚後、女中との結婚を考えたり、貧家の出の無学で女中タイプのお和佐と結婚する話を『吉野葛』で書いたり、丁未子と結婚したりしたことも、三回の結婚相手がすべて潤一郎より十歳以上年下の女性であることも、自分より弱い、捨てられにくい女性を選ぼうとした結果であろう（最初は、数え年三十歳で二十歳の千代子と、二度目は四十六歳の時に二十五歳の丁未子と、三度目は五十歳の時に三十三歳の松子と結婚している。せい子とも、彼女が十六歳の時、三十二歳で肉体関係を持った）。

創作においても、『痴人の愛』の譲治などには、大人の女性を恐れる傾向がはっきり見て取れるし（譲治は二十九歳の時、十六歳のナオミと結婚しているなど。「『痴人の愛』論」（本書P591〜）参照）、谷崎のヒロインには、十代後半の女性が多く、二十代以上であっても幼児的性格の持ち主が多い。（注32）

また、女性の側にハンディーを与えて、主人公が優位に立てるようにしているケース（『痴人の愛』のナオミの出自の卑しさ・『アヱ・マリア』のソフィアの不具・『春琴抄』の盲目および顔の破壊など）や、ヒロインを落魄流浪させるという形で弱めるケースも多い。(注33)

「母恋いもの」でも、『母を恋ふる記』の母は鳥追い女という被差別者・貧民、『吉野葛』の母はもと遊女で一種の狐（「『吉野葛』論」（本書P641〜）を参照）、『少将滋幹の母』は夫と子供を捨てて権力者になびいた裏切り者・浮気者で、尼になってから再会する、『夢の浮橋』の経子はもと祇園の舞妓で贋の母、と、いずれの場合も、実際の母・セキにはなかった負の要素が付け加えられている。(注34)

また、小田原事件のように、実生活に於いて実際に女性に捨てられそうになった際には、母に捨てられるというかつての不安が強く再燃し、それが事件を複雑なものにする一因になったと考えられる。(注35)

松子との恋愛時代には、捨てられ不安がなくなりそうだが、『盲目物語』『武州公秘話』『蘆刈』『顔世』『聞書抄』など、却って別離ないし不幸に終わるものばかり書いている。これは、松子を崇拝する余り、自分は松子に値しない存在で、捨てられるのではないかという不安が生じたためであろう。潤一郎の松子に対する畏怖と劣等感がいかに強かったかは、松子をモデルとした女性がすべて身分違いの高貴な美女として仰ぎ見られていることや、『春琴抄』で、春琴が当初、佐助との結婚を断然拒否し、春琴の顔が破壊されて初めて真の夫婦になれること、また、実生活でも、潤一郎が松子の下男として振る舞おうとしたこと、などから知ることが出来る。

潤一郎は、子供の頃、財産を失った倉五郎が母に恨み言を言われるのを聞いて育った。そのことが、豊かな生活が出来ない男は母に捨てられるという考えを植え付けたのであろう。『蘆刈』や『少将滋幹の母』でも、ヒロインは金持の手に渡るのが当然とされている。千代子と別れ、丁未子と結婚する頃から、梅ノ谷の家を売り払うなど、谷崎が貧乏に苦しんでいたこと（松子「源氏余香」『倚松庵の夢』にも出る）は、松子との結婚をためらったり、捨てられ不安が消えなかったことの一因にもなっているだろう。

　その後の作品も、『猫と庄造と二人のをんな』は、可愛がっていた猫のチュウの老化に対する反応（執筆中に死亡）、『細雪』は重子・信子が結婚して離れ行くことに対する反応として書かれたものである（「谷崎潤一郎と戦争」（三）「『細雪』執筆中の谷崎」（本書P502～）を参照）。

　戦後の作品群には、殆どすべてインポテンツが取り上げられており、戦後、老人性インポテンツに陥った谷崎が、捨てられ不安を再燃させたこととの関連性が認められる（「戦後の谷崎潤一郎」（本書P417～）を参照）。

　以上、駆け足で見て来たが、谷崎の文学および実生活に現われた種々の徴表から見る限り、潤一郎の無意識には、自分は母に愛されなかったという印象が深く刻み付けられていたとしか考えられない。また、そう考えて初めて、これまで充分に理解も評価もされて来なかった一群の作品の意味や、小田原事件の謎など、種々の問題が解明できる。また、谷崎以外の作家たちについても、同様の心理的解明が可能な場合が少なくないと、私は考えているのである。

注

（1）　早期の母子関係に問題のあった夏目漱石にも、同様の暴力的傾向があったことは、『道草』から窺える。
（2）　『うろおぼえ』では、倉五郎の商売失敗のため、南茅場町五十六番地の裏長屋に転居する明治二十七年九歳の時より以前からとなっている。『恋を知る頃』は虚構の部分も多いが、伸太郎の父は日本橋の豊かな木綿問屋で、商売失敗以前となる。ただし、『母を恋ふる記』では、商売失敗以後となっている。
（3）　なお、野口氏の立論は、『春風秋雨録』に出る商売失敗による南茅場町五十六番地への移転を、明治二十四年の南茅場町四十五番地への移転と混同し、二十三年十二月の精二誕生とほぼ同時だったとする誤解に基づいている。『幼少時代』「南茅場町の最初の家」によって訂正すると、四十五番地の家は、その前の《浜町時代よりは体裁のよい、先づ中流の商人の邸宅》で、《広い通りの角にあ》り、二十五年の天長節に潤一郎を着飾らせるなど、谷崎家の生活は裕福だった。しかし、二十六年（得三の誕生年から推定）には家計の節約が必要になったらしく、一家はそこを引き払って㊅商店の店の奥に移り住み、ここで得三が誕生するがすぐに里子に出す。そして、店に住んでから一年ぐらいで、いよいよ本当に没落して、南茅場町五十六番地に逼塞するのだが、二十七年六月二十日の大地震は、『幼少時代』によれば、㊅商店で体験しているので、その後、年内に転居したと見るべきであろう。

心理学者・南博氏の「母性からの逃走」（『谷崎潤一郎研究』八木書店）では、『幼少時代』―悲しかつたこと嬉しかつたこと」に出る六～七歳の時、母からお灸を据えられたこと、十二～三歳の時、鉄の棒で叩かれたことが、苦痛を与える母のイメージを焼き付け、マゾヒズムに繋がったと推定しているが、六～七歳という年齢は、精神構造を変える程の消しがたい刻印を残すには遅すぎるし、また、いじめとかではなく、合理的な理由があって、このレベルの体罰を加えた程度では、大したショックにはならない。それよりも、体罰はなくても、恒常的に、余り愛して貰えないと感じ続けることの方が、遙かに深い心の傷を残すのである。

（4）この《劣等感》は、セキが（主観的には甘やかしとしての愛を注ぐことはあったかも知れないが）自分から独立した個人としての潤一郎に与えた評価・信頼の低さに由来するものであろう。

（5）木村小舟『少年文学史』別巻・第一章第四節「少年時代の追憶」によれば、当時の小学校は毎年春秋二回に分けて、新入学を許していた。

小学校に付き添い無しには行けなかったという例は、文学者では、内田百閒（「郷夢散録」「中国民報」昭和十・二）・堀辰雄（『幼年時代』）などに見られ、一般にも明治の初期には珍しくなかったことが、長谷川如是閑『ある心の自叙伝』「小学校時代」に出る。しかし、家の中と外とで極端な違いを見せた谷崎と同じくらい病的なケースは内田百閒ぐらいのもので、他は今日でも保育所・幼稚園の登所・登園時によく見られる風景と同様、正常の範囲内と見て良いと思われる。

（6）『少将滋幹の母』には、母に捨てられた滋幹が、乳人（＝乳母）の讃岐に連れられて母に再会し、抱きしめられるシーンが描かれ、作品末尾もその変形バージョンで閉じられている。『母を恋ふる記』でも、《潤一》が母に再会する末尾のシーンは、同工異曲と言える。これらの再会シーンの原型が、『幼少時代』「父と母と」に描かれた、五歳頃の夏に大磯から帰ったセキを迎えた時の情景であり、またその時の潤一郎の感情であったことは、較べてみれば明らかだ。こうした転用が可能であり、また好んでなされたのは、五歳頃の潤一郎が、実質的に母を失った悲しみと諦めと、再び母の愛を得たいという強い願望を持っており、その感情の複合体（コンプレックス）が生涯にわたって持続していたからであろう。

(7) 建礼門院に心を惹かれたのは、建礼門院が我が子＝安徳天皇を失ってメランコリーに沈む母だからであろう。

(8) 潤一郎の創作では、主人公が母と同一視している理想女性と抱き合うシーンで、甘い匂いを嗅ぐことになっているケースが見られる（『母を恋ふる記』『痴人の愛』『乱菊物語』『少将滋幹の母』など）が、その心理的原点はここにあろう。『蘆刈』『夢の浮橋』では、成人の主人公が実際にヒロインの乳を飲んでいる。谷崎の母乳に対する欲求不満と憧れは、晩年まで続いていたのである。

(9) ただし、林伊勢の『兄潤一郎と谷崎家の人々』によれば、兄妹同士だと妙なはにかみに囚われて、ものも言えなくなる傾向が兄妹全員にあり、潤一郎が最もひどかったと言う。

(10) 小林倉三郎は、千代子・せい子の兄であるが、作家たちに原稿用紙を販売する仕事を途中から始めた。このことは、倉三郎自身の文章「原稿用紙屋の話」（「中央公論」昭和十三・十）に詳しい。改造社版『谷崎潤一郎全集』月報11（昭和六・八）に、東京高田町雑司ケ谷「久楽堂」が「谷崎潤一郎・佐藤春夫両先生肉筆短冊頒布」の広告を出しているが、昭和十年三月九日と昭和十二年九月二十二日付けの小林倉三郎宛佐藤春夫書簡の宛先が、《小石川区小日向台町三ノ九八久楽堂こと小林倉三郎》となっており、昭和三十六年九月六日有島生馬宛書簡まで、春夫の書簡には、久楽堂原稿用紙を用いた例がしばしば見られる。これは、春夫が千代子と結婚したせいでもあろう。恐らく佐藤春夫との繋がりからだろう、倉三郎は、太宰治とも親しくなり、井伏鱒二『亡友』長尾良『太宰治　その人と』浅見淵『昭和文壇側面史』「潤一郎と『春琴抄』」などに、「倉さん」などとして出ている。津島美知子の『回想の太宰治』「寿館」によれば、『虚構の春』の《田所美徳》は倉三郎で、太宰治の支持者になっていたという。

(11) ついでながら、この日記は、四月が三十一日まであるが、四月三十日付けの記事の中に、帝劇でバンドマンの「田舎兄弟倫敦見物」を見たことが出、増井敬二『日本のオペラ（明治から大正へ）』（民音音楽資料館）によって、実際は四月二十八日であることが確認できる。従って、『晩春日記』の五月一日は、実際は四月三十日と考えられる。

(12) その作業が、母の死後、そして父の死の直前に始まるのは、父母の死によって、恨みとインセスト・タブーがかなり弱められたためであろう。

(13) 谷崎の母と幾分似通った例として、萩原朔太郎の母の例を、朔太郎の娘・萩原葉子の『父・萩原朔太郎』から要約的に紹介して置く。

朔太郎の母・ケイと潤一郎の母・セキの共通点としては、衣裳道楽がある。

ケイは美人で衣装道楽であった。ケイが一番愛していた娘（佐藤惣之助と結婚したアイ）はケイに顔が似ていて美貌だった（そのためにケイは、アイを自分の分身として愛したと推定できる）。ケイはアイとデパートへ行って高価な反物を娘に買うのが楽しみで、二人揃って買い物に出掛ける習慣だった。そのため、アイはケイ以上に衣装持ちだった。或る時、孫の葉子がベルベットの服をねだった所、ケイは朔太郎からも「買ってやってくれ」と言われて仕方なしに服地を注文したが、いざ生地が届くと、葉子には断りなしに、それでアイのコートを仕立ててしまった。そして葉子には、「叔母さん（アイ）のような器量よしなら何を買っても張り合いがあるけど、その顔じゃねえ。欲しがる前に一度鏡で見るといいよ」と冷たく言い放った。

朔太郎は顔が母親似だったので、ケイは朔太郎を自分では愛しているつもりだったようだが、実際には全く独りよがりな愛し方で、朔太郎の気持・神経・感受性などは、全く尊重も理解もしようとしなかった。

葉子がじかに見聞したのは朔太郎の晩年のことであるが、ケイはまるで小さな子供に対するように朔太郎に口うるさく干渉し、世話を焼き、朔太郎が言うことを聞かないと、やかましく騒ぎ立てるのだった。例えば、御飯をぼろぼろこぼす子供のような癖があった朔太郎のために、前掛けを一杯作って掛けさせ、「朔太郎の前掛け」と名札を貼った抽斗（ひきだし）にしまっておいてやるとか、「朔太郎がつまづくと危ないから」と道に転がっている石を除けに行くとかである。朔太郎は汚な好きで、みすぼらしい服を平気で着るばかりか、風呂嫌いで下着も替えようとしなかったし、書斎は決して掃除させなかった。一方、ケイは極端に綺麗好きであるため、絶えず愚痴・小言を言い、朔太郎に風呂へ入って下着を替えるよううるさく説得したり、書斎を無断で掃除して、朔太郎の書きかけの原稿なども容赦なく捨ててしまったりした。それに対して朔太郎は、まるで小さな子供のように、黙って母の言いなりになるか、黙って知らん顔をしてやりすごすかだった。

朔太郎は最初の妻・稲子と離婚した後、二度目の妻・美津子とは非常にうまく行っていたのだが、ケイはあからさまに嫉妬し、一年で嫁を追い出してしまった。朔太郎は仕方なしに、母には内緒でアパートを借り、そこで死ぬまで時折、美津子と会っていたと言う。

朔太郎は誰に対しても気が弱く、人と眼を合わすことも出来ないほどで、不愉快な時にも怒ることが出来ず（作中ではよく怒っているが）、忙しい時に客が来ても断れない、といった人だった。神経質で食も細く、体も痩せ、無口で声も小さかった。一方、ケイは大柄で背も高く、病気知らずで、気が強く、声も大きかった。朔太郎は生涯を通じて孤独・憂鬱・厭世的だったが、それは、一つにはこの母に悩まされながら、死ぬまで離れられなかったせいであろう。

谷崎の母は、朔太郎の母よりはずっとましだったと思われるが、ナルチストという点では、共通する所が感じられなくもない。朔太郎がもっぱら鬱病タイプであるのに対して、潤一郎が明るい躁の側面を持つ躁鬱タイプである（「躁鬱気質と谷崎潤一郎」（本書P263〜）を参照）のは、遺伝的なものでなければ、母との力関係によるのであろう。

谷崎と朔太郎は互いに気が合ったようだが、この両者と気が合った友人・辻潤も、その母は派手好きで我が儘な人だったと言う（三島寛『辻潤』金剛出版）。同じ様な母を持つ彼等は、人格に共通する所があったからだろう。

(14) 精二の「我が母の記」（『教壇生活30年』東方新書）によれば、セキは毎朝起きるとすぐ神棚の前に端座して、一時間近く園の病の快癒するように熱心に祈り、園が死んだ日の朝まで一日も欠かさなかった。精二の『離合』によると、セキは園を人力車に乗せて、東京大学のI博士の許へ連れて行き、診断を仰いだが、無駄だった。精二の「我が母の記」によれば、園が「とうとう私、帝劇も見ないで死んでしまうのだわね」と死に際に呟いたので、セキは帝劇を見に行こうとしなかった。精二の『家を出づる迄』（『早稲田文学』大正三・二）によれば、園の死に際して、セキは悲嘆の余り、気が狂わんばかりで、園の死後は、すっかり元気をなくし、「もう私はお園に逝かれては後に何の楽しみもない」と溜息をついては愚痴をこぼした。

(15) 『神童』の春之助はお母さんそっくりと言われていたのに、勉強ばかりして醜男になってしまったことを後悔する。

(16) この精二の結婚に対する母の反応は、『不幸な母の話』のモデルに使われた可能性がある。なお、精二の「遠い明治の日本橋」（『明治の日本橋・潤一郎の手紙』）によれば、精二が十七、八歳の頃、真夜中にセキが息が止まって苦しがり、精二が近所の医者を呼んで来たが心臓にもどこにも異常がなかったという出来事が記されている。これも、『不幸な母の話』に使用された可能性がある。

(17) 宗教学者R・オットーは、『聖なるもの』で、宗教的感情の基底に畏怖（tremendum）と魅惑（fascinans）という相反する一対の感情が存在することを指摘している。

(18) 坂口安吾・三島由紀夫などに見られる不感症的で冷酷な理想女性も、安吾の母・三島の祖母を理想化したものであろう。

(19) 『サロメ』への言及は、『人魚の嘆き』『既婚者と離婚者』『白昼鬼語』『鮫人』『月の囁き』対談「一問一答録」（『映画時代』大正十五・九）座談会「熱海閑談」（『心』昭和二十七・七）にある。『法成寺物語』の四の御方は言わば日本のサロメ、『金と銀』のマータンギーは言わばインドのサロメである。

(20) ボードレールが猫や悪女を愛し、「ヴィーナスとフール」で理想女性を彫像で表わしていることは、谷崎の共感を呼んだようだが、ボードレールもまた母に裏切られた人間だったことに注意すべきである。

(21) 谷崎には、明るく享楽的で、丸々と肥え太っているというイメージがあるが、実際には作家デビュー頃まではノイローゼ的で痩せており（『青春物語』「神経衰弱症のこと、並びに都落ちのこと」）、大正時代には、『友田と松永の話』のように、太ったり痩せたりを繰り返していた（円地文子との対談「芸術よもやま話」昭和三十九）。これらは、谷崎の中に厭世的傾向が強くあって、それを克服しようとする楽天的志向との間で強い葛藤を生じていたことを示すものであろう。それが太る／痩せるというコントラストとして現われるのは、食に関わるという意味では口唇期的であり、また両極端の間を揺れ動くという意味では肛門性格的反動形成である。

(22) 谷崎の作中の殺人は、悪女に引きずられたり、愛人や妻との葛藤から犯行に及ぶケースが最も多く、『お艶殺し』の新助『柳湯の事件』のK『呪はれた戯曲』の佐々木『或る調書の一節』のB『お国と五平』の友之丞『本牧夜話』のセシル『愛なき人々』の梅沢『無明と愛染』の無明の太郎（『白日夢』の青年、ただし幻想）『日本に於けるクリツプン事件』の小栗の、九（ないし十）例がある。また、副主人公が同様の理由で人を殺すケースは、『続悪魔』の鈴木『法成寺物語』の道長『恐怖時代』の伊織之介『或る少年の怯れ』の幹蔵『金と銀』の大川『途上』の湯河『神と人との間』の穂積『マンドリンを弾く男』の影の男『一と房の髪』のジャックの九例ある（うち『続悪魔』『法成寺物語』『或る少年の怯れ』『金と銀』『神と人との間』『マンドリンを弾く男』では、主人公が殺される）。この他に『盲目物語』『武州公秘話』『顔世』で、秀吉・武州公・高師直が、それぞれお市の方・桔梗の方・顔世を手に入れようとして、柴田勝家・筑摩家・塩冶一族を滅ぼす。なお、女性が男性主人公を殺す例は省く。

(23) 他にも、『鶴唳』『愛すればこそ』『神と人との間』（十九）『肉塊』『友田と松永の話』『夏菊』などの夫を無限に許し続ける甘い母親のような妻たちや、『AとBの話』のAの母（モデルは笹沼源之助の母であろう）などの例がある。パトロンが甘やかして悪を助長する例は、『前科者』『金と銀』にある。また、多少、悪いことはしていても、本人が無邪気（＝幼児的）であるために、つい許してしまう『幇間』『春の海辺』の吉川『美男』『異端者の悲しみ』（二）のような例もある。『異端者の悲しみ』（三）の章三郎は、友人達に許して貰おうと、故意に幇間的に振る舞う。

(24) 善人の側が、救い上げるのではなく、自分が悪人の所まで落ちて行ってやろうと決意する例が、『愛すればこそ』（第二幕）の澄子、『神と人との間』（十九）『顕現』（その五）などにある。

(25) 谷崎の作中では、《背徳狂》という言葉が、『異端者の悲しみ』（二）の章三郎『白昼鬼語』の纓子『愛すればこそ』の山田などに対して使われる例がある。この言葉は、一八二二年に、J.C.Prichard が提唱した moral insanity という分類概念に発するもので、犯罪者になるのは、道徳的狂人に生まれついた人間であるとする犯罪心理学説の用語である。谷崎の時代には、こうした学説がまだ生きていて、谷崎の心を脅かしていたことも、知っておく必要がある。

谷崎の作中ではまた、「気が違う」「気が狂う」「気が変になる」といった言葉を、今日なら発狂とは考えない程度の異常に対しても使用しているが、これも、精神医学の水準が低く、偏見が横行していた時代の影響であろう。例えば、『悪魔』の佐伯は、お雪のハンカチの洟（はな）を舐めながら、気違いの谷底へ突き落とされるような恐怖を感じる。『饒太郎』（五）で、お玉に縛って貰った饒太郎は、気が狂ったと自分で思う。『小さな王国』の貝島も、子供たちが作ったお札で買い物をしようとして、気が違ったと思う。『白狐の湯』の角太郎は、気が違って狐憑きになったとされる。『痴人の愛』（二十七）で、譲治はナオミの背中を剃りながら、気が違ったなと感じる。この他、性倒錯を見せる人物が、気違いじみた人間として描かれる例が、『富美子の足』『赤い屋根』『青塚氏の話』『武州公秘話』（巻之五）などにある。

(26) 谷崎は、高等小学校時代に幸田露伴の『二日物語』を暗唱するぐらい繰り返し読んだというが、この作品の中の崇徳院は、怨念によって全世界の破壊を目指すバイロン的・悪魔的な存在として迫力を持って描き出されている。そこに谷崎は共感したのであろう。

後年、谷崎は木村鷹太郎の『文界之大魔王』（明治三十五・九）に導かれ、次第にバイロン的反逆者に共鳴するようになって行った。この点については、「谷崎潤一郎と詩歌」（本書P467〜）参照。

(27) 尾崎紅葉の『伽羅枕』や樋口一葉の『にごりえ』に、反社会的な娼婦が登場するのも、作者の社会に対する攻撃性の現れであろう。

(28) ウィニコットも、前掲書で、非行少年が盗みに走る傾向を指摘している。法律は父の次元で、盗みは父の分配に対する異議申し立て・是正の試みとも言えるだろう。例えば、法律家的な父から幼児期に虐待を受けた江戸川乱歩（『彼』参照）が、後に犯罪者型の推理小説作家（『陰獣』参照）になったのも、Kleptomanie と関連しよう。

(29) ロマン主義以降の芸術家の多くが、幼少時代に抱いた父母への何らかの不満から作品を生み出し、悪を復権している。古い秩序を破壊し、進歩を目指す近代芸術には、幼少時代に根を持った攻撃性と悪の復権が必要だからであろう。

(30) 金持を泥棒視するものには、プルードンの『貧困の哲学』や、ブレヒトの『三文小説』などがあり、漱石にもそういう感覚がある。

(31) ドッペルゲンガーのイメージは、もともと母の愛を争う父や兄弟のヴァリエーションと考えられる。谷崎の場合も、父や弟に母の愛を奪われたという感覚が出発点にある。
なお、谷崎は、小田原事件の際に、佐藤春夫に殺されるのではないかという妄想を抱いて、それを防ぐことを目的の一つとして、自分に当たる人物が殺される『神と人との間』や『マンドリンを弾く男』を書いた可能性がある。『黒白』(一)で、作家の水野が、「小説とそっくりの殺人を実行して、作者を犯人に仕立て上げるという小説を書いておけば、自分がそうした目に遭わされることを防げた」と悔やむ箇所は、こうした発想が谷崎にあったことを裏付けるものである。

(32) ヒロインの年齢が十代であることが明記されている例は、『刺青』『少年』『羹』『恋を知る頃』『饒太郎』『おオと巳之介』『女人神聖』『少年の脅迫』『人間が猿になつた話』『鶯姫』『艦褸の光』『魚の李太白』『金と銀』『嘆きの門』『秦淮の夜』『西湖の月』『富美子の足』『鮫人』『天鵞絨の夢』『鶴唳』『青い花』『永遠の偶像』『彼女の夫』『肉塊』『痴人の愛』(初対面時十五歳、ラストでは二十三歳)『蘿洞先生』『赤い屋根』『馬の糞』『青塚氏の話』『白日夢』にある。明記されない例でも、印象としては十代であることが多い。
また、谷崎の描くヒロインで人格が幼稚な例としては、『不幸な母の話』の他に、『幇間』『永遠の偶像』『愛なき人々』の玉枝、『痴人の愛』のナオミ、『卍』の光子、『蘆刈』で《いつもの童顔が幼稚園の子供の顔のやうにみえて二十を越した人のやうにはおもへなんだ》と言われるお遊さん、『春琴抄』の春琴、『細雪』(上巻(六))で、《だゞつ児じみた所があつて(中略)よく悦子を相手に本気で喧嘩することがあつた。》、中巻(二十六)で《泣く時に腕白じみた童顔になる》と言われる幸子、ほか多数の例がある。

(33) 落魄流浪の例としては、『五月雨』『うろおぼえ』の叔母『人魚の嘆き』の人魚『十五夜物語』『艦褸の光』『顕現』『吉野葛』の母狐・お和佐『蘆刈』で《大名の児を預かつてゞもゐるやう》とされるお遊さん『夏菊』の汲子『猫と庄造と二人をんな』のリリー『初昔』のモルガンお雪『雪』、亡命ロシア人(『独探』『アヹ・マリア』『痴人の愛』『一と房の髪』)等がある。谷崎の義経好みも、これと関連する(『アヹ・マリア』『吉野葛』)。また、女性を主人として、自分が従者になって一緒に旅をしたいという願望が谷崎にはあり、これも落魄した高貴な女性と共に流浪するというイメージを好んだせいであろう。例は、『饒太郎』『少年の脅迫』『母を恋ふる記』『お国と五平』『痴人の愛』『友田と松永の話』の順礼『蓼喰ふ蟲』の順礼『乱菊物語』『吉野葛』の静御前との道行き『蘆刈』『春琴抄』の春琴の手曳き『野崎詣り』『湘竹居追想』所引・昭和七年九月十四日潤一郎書簡などにある。

（34）ヒロインに賤性を与えている例としては、他に『少年』光子＝妾の子『飈風』癩病患者『恋を知る頃』おきん＝妾の私生児『饒太郎』お縫＝車夫の娘『創造』お藍＝芸者の私生児『お才と巳之介』お才＝鳶の者の娘『神童』お鈴＝妾の子『鬼の面』藍子＝私生児『金と銀』マータンギー＝旃陀羅『天鵞絨の夢』第二の奴隷＝漁夫の子『鮫人』黛薫＝貧民窟の娘『本牧夜話』ジャネット＝ロシア系ユダヤ人『痴人の愛』ナオミ＝銘酒屋の娘『続蘿洞先生』生野真弓＝癩病患者、などがある。

（35）小田原事件後の作品などに捨てられ不安に対する反応が見られることについては、「谷崎潤一郎とエディプス・コンプレックス」（二）③（ウ）「小田原事件」（本書P222～）を参照。

【付記】本章は、「谷崎潤一郎の母――その否定的側面をめぐって」と題して「甲南国文」（平成十二・三）に発表したものに、今回、加筆・訂正を施したものである。

第二章　谷崎文学における分裂・投影・理想化

――クライン派理論の応用――

潤一郎が、幼児期から母に愛されない淋しさや不安を感じさせられていたことは、「谷崎潤一郎の母に対するアンビヴァレンツ」（本書P５～）で概ね証明できたと思う。が、潤一郎が心に傷を受けた時期については、依然として議論の分かれる所であろう。そこで、もう一つの傍証として、メラニー・クラインの精神分析学説を取り上げたい（クラインの学説は、誠信書房版『クライン著作集』に拠った）。

クラインによれば、誕生から生後三、四ヶ月までの乳児は、無力で現実を客観的に正しく認識することが出来ないため、快適な状態にある時には自分を「万能」の存在のように錯覚し、不安を感じた時には、「妄想的・分裂的態勢」と呼ばれる原始的で非現実的・妄想的な心のメカニズムによって対処する。この時期には、母は、自分とは別の独立した人格としてではなく、欲求を満たしてくれる自分自身の疑似的な延長物として認知されているだけである。そして、乳房が自分を満足させてくれた時には、自分が感じた愛着を「投影」して、それを「良い乳房」と認識する。と同時に自分自身も良い存在と感じる。しかし、そうでない時には、自分が感じた欲求不満・攻撃衝動を「投影」して、それを「悪い乳房」と認識する。と同時に自分自身も悪い存在と感じる。しかし、この時期の乳児には、「良い乳房」と「悪い乳房」、良い自分と悪い自分という両極のイメージを統一することがまだ難しい。そして「悪い乳房」・悪い自分が「良い乳房」・良い自分を滅ぼしてしまうのではないかという不安を感じる。そこで、悪いイメージは外界に放り出し「投影」し、良いイメージだけを心の中に「取り入れ」、両者を「分裂」させて置こうとする。しかし、悪いイメージを「投影」された外界は恐ろしい迫害的なものに感じられ、それが「良い乳房」と良い自分を滅ぼすのではないかという非現実的・妄想的な恐怖に囚われる（例えば空腹時に泣き叫ぶ乳児は、この様な迫害者に襲われていると感じている）。そこで乳児は、「良い乳房」に幼児期特有の非現実的魔術的な「万能感」を「投影」し、極度に「理想化」することで防衛しようとする。また、現実の乳房（母）にしがみついたり、愛されることで、自分を守ろうとする。また、自分自身も「万能」であると見なすことで、この不安を「否認」しようとしたり、心の中で（ファンタジーにおいて）「悪い乳房」を攻撃・破壊しようとすることもある。

三、四ヶ月頃を過ぎると、乳児は母を人格として認識できるようになり、次第に「抑鬱的態勢」へ移行し始める。即ち乳児は、良い母も悪い母も同じ一人の母の一面であること、母は自分のためだけにある便利な道具などではなく、自分の思い通りにコントロール出来るものではないこと、母も自分も「万能」ではないこと、母の愛も無条件のものではなく限りがあること、母は基本的に父の命令に従うこと（これは後のエディプス・コンプレックスの先駆となる）、などを受け容れねばならない（これは広い意味での「去勢」と言える）。そして、母を過度に「理想化」することなく、現実的に理解できるようになって行く。と同時に、自分自身も「万能」であるどころか、母に依存している無力な弱者であることに気付き、母がしてくれた親切に対して「感謝」の気持が生まれる。すると、乳児は自分が乳房＝母に対して欲求不満から攻撃的な感情を向け、傷付けたというファンタジーに対して罪悪感を抱くようになる。そして、自分の力で乳房＝母を修復するファンタジーを抱く（これをクラインは reparation「償い」と呼ぶ）。これがうまく行くと、乳児は自分の愛情は良いもので、憎しみより強いものだと思えるようになる。

こうして、幼児は母子分離を受け容れ、自立した個人としての自分に誇りを持てるようになり、同性の親を手本にしつつ個性の完成へ向かう。

「妄想的・分裂的態勢」は自己中心的で、そこでの主要な感情は、自分が「悪い乳房」に「迫害される不安」であったが、「抑鬱的態勢」になると、自分が愛する母などを傷付けたり失望させるのではないかという「他者に対する罪悪感」に変わるのである。

このようにして「妄想的・分裂的態勢」の心のメカニズムは弱まるが、完全に消えてなくなる訳ではなく、「抑鬱的態勢」と共存し続ける。クラインが「態勢（position）」という用語を選んだのも、これらが一過性の別々の「段階（stage）」や「時期（phase）」ではないことを強調するためである。

以上は健全な発育過程であるが、母子分離が早過ぎたり、母との愛情・信頼関係が不充分であった場合には、「妄想的・分裂的態勢」が成人後も強く残り、良い対象（および自己）が悪い対象（および自己）によって破壊されてしまうという非現実的・妄想的な不安が強く、分裂・理想化・投影・同一視などの原始的な防衛が活発に用いられることになる。これらの防衛は、幼児期に自他の境界がまだ曖昧だった時のもので、本当は自分の中にある要素を他者の中にあると見なしたり（投影）、他者の中にある要素を自分のものと思ったり（同一視）、相手の価値を実際以上に高く評価（理想化）することで、自分の価値や安全性が高まったように思いなすことなのである。

もし、谷崎のごく早期の母子関係に問題があったなら、「妄想的・分裂的態勢」が強く残る可能性が高い。そして実際に、谷崎の文学では、分裂、自他の境界の曖昧さに基づく投影・同一視、理想化、万能感などが、極めて重要な意味を持っているのである。以下、順に確認して行こう（ただし、万能感については、躁鬱気質との関連性が強いので、「躁鬱気質と谷崎潤一郎」（九）「躁的防衛と万能感」（本書Ｐ313～）で扱う）。

（一）分　裂

自伝的要素の強い『憎念』の主人公は、七つ八つの頃から、《新参の女中が見えると当分其の女が馬鹿に気に入つて、今迄可愛がつて居た古参の女中を憎み出す。（中略）私には気に入つた女中と同様に、憎らしい女中の存在が必要でした。》（傍点・細江）と語っている。『アヱ・マリア』（7）の主人公も、六つ七つの頃から、白い人形およびその後継者である様々な「白」を《崇拝》し、《えこひいき》すると同時に、赤い人形およびその後継者を《軽蔑》し、《苦め虐げ》る傾向を明瞭に示している。

こうした例は、自分を充分に愛してくれなかったセキに対して、潤一郎が、愛と怨みの入り混じったアンビヴァレントな感情を抱いていたこと、そして、そのアンビヴァレンツを「良い乳房」（『憎念』では新参の女中、『アヱ・マリア』では白い人形）と「悪い乳房」（『憎念』では古参の女中、『アヱ・マリア』では赤い人形）へと、一対をなすように「分裂」させて「投影」する《必要》（『憎念』）があったことを示すものと言える。

この場合、新参の女中・白い人形（「良い乳房」）は、「理想化」し、母そのものと見なし、同時に、秘かに良い自分・真の自分と「同一視」するという操作が行われていたと考えられる。また、攻撃される古参の女中・赤い人形は、本当は憎むべき悪い母（「悪い乳房」）であると同時に母に愛されない谷崎自身でもある。[注1]

一般に、愛情欲求が満たされないと、自分は愛されない悪い存在だという意識が高まる。その時、外部の比較的弱い劣った存在へ愛されない自分を投影し、それを攻撃すると、自分が良い強い存在に変わったような気がし、快感を感じるのである。《憎むと云ふ事は（中略）ほんたうに愉快なもので》《若し世の中に憎らしい人間が居なかつたら、どんなに私の心は淋しいか判りません》という『憎念』や、《意地の悪い人間は、その意地悪さを発揮する相手がゐないと淋しい》という『神と人との間』（十四）、「イヤな奴」の顔が見られないと淋しい、会って、腹の底で軽蔑してやるのは面白いという『黒白』（一）、《暴君の快楽》を言う『捨てられる迄』（三）、また『神童』（五）『馬の糞』『為介の話』『黒白』などに見られる軽蔑する相手への執拗ないじめ、一時期、実生活でも作中でも、千代子に対して酷い虐待を行ったことなどは、谷崎のこうした心理の現われであろう。

愛憎を一対のものに「分裂」的に投影するこうした傾向は、例えば谷崎が西洋を崇拝する時には、西洋と対をなす日本を極端に悪く言い、せい子を愛する時には、千代子を虐待し、関西を賛美する時には関東を嫌い、晩年に千萬子を賛美する時には、妻の松子や娘の恵美子を悪く言う（例えば『谷崎潤一郎＝渡辺千萬子往復書簡』（中央公論新社所収の昭和三十四・二・十六付け千萬子宛潤一郎書簡など）といった形でも現われる。このように好きも嫌いも極端になりがちで、しかも、ある切っ掛けから、好きが嫌いへ（嫌いが好きへ）と反転してしまうという傾向は、精二の『初夏の歓び』などによれば、セキにもあったようで、潤一郎にはこうした母の影響（または遺伝）もあったのであろう。

こうした「妄想的・分裂的」傾向は、谷崎の生涯を貫くものではあるが、特に日本回帰（昭和三年頃）以前の作品には、それが顕著な形で現われる。

例えば、女性の登場人物の場合には、善悪（また美醜・強弱）の両極端に分裂させつつ一対を成さしめ、その間に分身的な繋がりを持たせている例が多い（『少年』の光子と肖像画、『十五夜物語』『金と銀』『嘆きの門』『或る少年の怯れ』『鮫人』『鶴唳』『彼女の夫』『本牧夜話』『アヱ・マリア』『肉塊』『愛なき人々』『白狐の湯』『無明と愛染』『痴人の愛』『友田と松永の話』など（注2））。

大正五年頃から導入されたイデア論も、「良い乳房」を天上のイデアまたは天国的な世界へ、「悪い乳房」を地上の悪女へと「分裂」的に投影させつつ、イデア的原型とその粗悪な似姿という形で、分身的な繋がりを持たせるのに都合が良かったことが、導入の原因の一つだったと考えられる（イデア論については、「谷崎潤一郎・変貌の論理」（二）「始発期から西洋崇拝期へ」（本書P365〜）・「谷崎潤一郎と詩歌」（本書P467〜）参照）。このことは、イデア論導入の切っ掛けになったゴーティエの『ボードレール評伝』の読後感『ボオドレエルの詩』（『社会及国家』大正五・六　＊全集未収録　「甲南国文」（平成三・三）で紹介して置いた）に、ボードレールは《人間の堕落、癈頽、罪悪（中略）の美を歌つたけれども、彼は寧ろ其の美を通して、其の美の奥に潜む永遠に憧れ不滅を慕うて居たのであつた。彼に美感を齎らす所の地上のもろもろの現象は寧ろ永遠の実在、――永遠の美の表徴に過ぎなかつた。》《彼はスピリチユアル、グツドの外に、永劫不滅のスピリチユアル、イイヴルがあつて此の世を支記（ママ）して居るやうに観じて居る。》という一節があることからも推察できる。spiritual good と spiritual evil の一対は、「良い乳房」・「悪い乳房」に対応するものであろう。[注3]

それが日本回帰後は、両極端への分裂が目立たなくなり、人間的な弱さを含んだ普通の女性がヒロインとなり（広い意味での「去勢」の受け容れ）、また、一見善良そうな女性の内に、悪性が潜んでいるというモチーフが好まれるようになる（『正宗白鳥氏の批評を読んで』や『細雪』『少将滋幹の母』『鍵』『夢の浮橋』『瘋癲老人日記』など）。これは、谷崎の人格的な成熟によって、善悪を統合する「抑鬱的態勢」が優勢になったためと解釈される。[注4]

男性の場合も、日本回帰以前には、善悪（美醜・強弱）に分裂しつつ一対を成し、その間に友人やライヴァルなど、分身的な繋がりを持たせている例が多い（『法成寺物語』『兄弟』『二人の稚児』『金と銀』『鮫人』『AとBの話』『愛すればこそ』『永遠の偶像』『お国と五平』『神と人との間』『マンドリンを弾く男』『一と房の髪』『青塚氏の話』など）。

また、一種の二重人格を扱った『友田と松永の話』を初めとして、主人公の中で自己分裂的な葛藤を示す例も少なくない（『父となりて』の善悪、『ハッサン・カンの妖術』の東西・魔術と科学など）。

また、男性主人公の主要な感情は、自己中心的で、自分の欲望が満たされる期待や快感か、自分が「迫害される不安」や怒りであった。(注5)

それが、日本回帰後は、やはり両極端への分裂が目立たなくなり、人間的な弱さを含んだ普通の男性が主人公となる（広い意味での「去勢」の受け容れ）。そして男性主人公の主要な感情は、自分が愛する女性を幸せにする喜びか、傷付けたり失望させたのではないかという「他者に対する罪悪感」に変わるのである（『盲目物語』『蘆刈』『春琴抄』『猫と庄造と二人のをんな』『細雪』など）。

日本回帰は、中年期に入ると共に「抑鬱的態勢」が優勢になり、これらの分裂が緩和され、弱者としての自己を甘んじて受け容れることが出来るようになったために可能になったと解釈される。(注6)

（二）投　影

「投影」は、「分裂」と共に、谷崎文学の中心的な特徴で、悪女には、「悪い乳房」、悪人には谷崎の内なる悪が投影され、理想女性には、「良い乳房」や谷崎の内なる良いものが投影されている。そして、男性主人公の中には、理想女性に自己を投影して分身と見なす例が多い（『痴人の愛』『蘆刈』『春琴抄』『少将滋幹の母』『夢の浮橋』など）。理想化された悪女の場合も、『刺青』のように、男性主人公の分身などの形で同一視される場合が多い。実生活では、せい子を妖婦にするように育てたケースがこれに当たる（佐藤春夫の『この三つのもの』（七章）で北村＝谷崎は《お雪（＝せい子）はこの意味では僕の分身なのだ》と言っている）。男性に対しても、実生活において、佐藤春夫を自分と同一視して千代子を譲渡したケースや、作中で父が息子を自分と同一視するケース（『蘆刈』『夢の浮橋』）などがある。

『恐怖時代』『鮫人』『乱菊物語』『武州公秘話』『少将滋幹の母』など、多数の男性が登場する作品では、主要な人物の多くが谷崎自身のいろんな側面の「投影」であったりする。例えば『少将滋幹の母』では平中に道化的な部分が、国経・時平・滋幹にそれぞれ老年・壮年・少年期の谷崎が投影されるなど。

「悪い乳房」の悪女たち以外への投影の例としては、谷崎の地震恐怖症（『幼少時代』「南茅場町の最初の家」『病蓐の幻想』『「九月一日」前後のこと』）などの恐怖症・臆病さが、外界に恐ろしい迫害者を投影する傾向の現われであり、医者に対する心気症的な恐怖感（『青春物語』「神経衰弱症のこと、並びに都落ちのこと」『韮崎氏の口よりシユパイヘル・シユタインが飛び出す話』『高血圧症の思ひ出』）は、外界の迫害者を再び内部に取り込む「取り入れ」という逆の投影の結果、自分の内部に死を招く危険なものが入り込んでいると考えるためと解釈される（漱石の場合には、外界に恐ろしい迫害者を見る被害妄想が甚だしい（注7））。

また、『恋を知る頃』『恐怖時代』『お艶殺し』『或る少年の怯れ』『痴人の愛』『卍』『黒白』『乱菊物語』『鍵』など、周りの人々が共犯・陰謀関係にあるというストーリーも、谷崎の内なる敵意・攻撃性を、周囲に投影したものと言えよう。

（三）理想化

「理想化」は、作中で賛美されるすべてのもの（ヒロインや賛美される土地・時代、死後世界など）に働いている。

谷崎文学の大きな特徴の一つが、ヒロインや土地・時代を現実的・客観的に扱わず、極めて主観的に、強く「理想化」・ユートピア化する傾向にあることは、誰の目にも明らかであろう。これは、「妄想的・分裂的態勢」において、「悪い乳房」が「良い乳房」と自分を滅ぼすのではないかという妄想的な恐怖を抱き、「良い乳房」に非現実的魔術的な「万能感」を「投影」した傾向の残存である。クラインが「羨望と感謝」（著作集5）で述べているように、「理想化」は、（例えば女性を）愛する能力の強さからではなく、被害を受けるという強い不安から、防衛のために生じるものなのである。従って、谷崎が「理想化」した空間は、多くの場合、「良い乳房」を感じさせる母性的な空間であり、口唇期の乳幼児的な幸福、即ち母乳（美味しいもの）をお腹一杯飲め（食べられ）る快感、満ち足りてうとうとしていられる（或いはぐっすり眠れる）快感、母の肉体または暖かい優しい柔らかいものに包まれている快感、母に愛され、危険なものから守られ、すっかり安心できる快感、時間が無限にあるという快感、厳しい父の禁止・叱責に遭わない快感など、の変形されたものが、しばしばそこに見出されるのである。

谷崎が異空間や歴史的過去にしばしば心を惹かれたのも、今の現実とは別の世界には、乳幼児的な楽園幻想を投影しやすかったからである。現実原則が支配する世界に対して一線を画した別世界には、普段抑制されている欲望を投影して、そこに快感原則が支配する快楽のユートピアがあるように夢想されやすい。例えば、厳しい性道徳から逃れたいと思っているキリスト教徒は、非キリスト教世界には、性の楽園があると思い込みやすい。逆に抑圧の強い人は、そこに悪魔的な性的退廃があると思い込みやすい。また、どの宗教も、死後の別世界には、極度の「理想化」を施して、完璧な幸福が永遠に続く天国や極楽など（「良い乳房」の後継者）を夢想する一方で、死や罪に対する恐怖（「悪い乳房」の後継者）を投影して、恐ろしい地獄も、別に創り出すのである。

谷崎の作中に登場する時空間の内、先ず死後世界について見ると、これには西洋的なものと日本的または東洋的なものとが区別できるが、いずれも母（「良い乳房」）と結び付けられて「理想化」された永遠世界である所に、谷崎の特徴が現われている。

先ず、西洋的な方は、西洋崇拝だった大正時代に見られるもので、キリスト教の天国やイデア論のイデアの世界を思わせるような抽象的な世界である。例は、『金と銀』ラスト『早春雑感』『或る時の日記』『検閲官』『アヱ・マリア』ラスト『肉塊』（二）『青塚氏の話』などに見られるが、『金と銀』ではそこに《美の国の女王》が居ることになっているし、『アヱ・マリア』『肉塊』などでは聖母マリアがそこに居る。

一方、日本的または東洋的な死後世界の一つは、極楽などの浄土で、『十五夜物語』『二人の稚児』ラスト『卍』ラスト『春琴抄』などがそうである。『ハッサン・カンの妖術』は、「倶舎論」の須弥山宇宙観に拠っている。そして、いずれの場合でも、やはり母または理想女性とそこで一緒になれることになっている。男女が心中する『恐怖時代』『マンドリンを弾く男』、また、心中に誘い、結果的に一緒に死ぬ『月の囁き』では、死後世界のイメージは曖昧だが、死後の別世界での方が、この世でより幸福になれるというイメージがあり、これは、浄土を目指す『十五夜物語』の心中や、心中はしないが『二人の稚児』『春琴抄』にも見られる。

また、昭和戦前期には、死者の魂が、由縁の土地の辺りに永遠に漂い続けるという日本的な死後世界のイメージが用いられ、しかるべき場所に訪ねて行けば、母・理想女性と再会できるとイメージされている（これについては、「昭和戦前期の谷崎潤一郎」（二）「イデア論の地上化」（本書P390～）を参照されたい）。

次に、谷崎が「理想化」したこの世の時空間として代表的なものは、海外では、強く美しい白人女性の住む西洋、古いものが生き続けるインドと中国、日本国内では特に関西であり、時代としては、平安時代・江戸時代などであった。

谷崎が大正七年の中国旅行中、《地震の恐怖から完全に解放された》（『「九月一日」前後のこと』）のも、現実に大地震が少ないというだけでなく、地震恐怖の原因がそもそも「悪い乳房」の投影であるのに対して、憧れの中国には

「良い乳房」を強く投影していたためもあろう。

谷崎が描き出した現世の時空間の特徴を要約してみると、美しい女性の存在は絶対の条件であるが、その他には、豪華で美しい建築・調度・衣服、経済的繁栄（これらは生家没落の恐怖と関係しよう）と、（A）温暖な気候、（B）美味しい食物と酒、（C）生存競争・立身出世競争がない長閑さ・平和さ、（D）快楽に対して積極的・肯定的な社会であること、などが中心となろう。そして、これらはすべて、「良い乳房」と乳幼児的な幸福に通じるものなのである。

（A）温暖な気候は、母の肌のぬくもりに通じる。インド・中国（特に江南）については、例を挙げるまでもなかろうが、谷崎は関西についても、『朱雀日記』「近江の国」『関西文学の為めに』『私の見た大阪及び大阪人』『東京をおもふ』『旅のいろ〳〵』などで、その暖かさを繰り返し褒め讃える（このことと躁鬱気質との関連については、「躁鬱気質と谷崎潤一郎」（八）「躁的防衛と喪の作業」（本書P298〜）を参照）。谷崎が描く時には、東京でも横浜でも、みな暖かく感じられるぐらいである。実際、季節も春や夏が選ばれる例が多い。登場人物名にも、脇役には『細雪』のお春どんなど、「春」を付けることが多い。主役クラスでは、『春の海辺』の三枝春雄、『神童』の春之助、『鶯姫』の壬生野春子、『魚の李太白』の春江、『春琴抄』の春琴などの例がある。

この他、例えば風呂に浸かることの快楽は、『彷徨』（二）などに出る他、『蓼喰ふ蟲』（その十一）で淡路人形浄瑠璃を見ている時の《此の快感は恰も明るい湯槽の中で、肌にこゝろよいぬるま湯に漬かつてゐるのに似てゐる。あたゝかい日に布団にくるまつてうとうとと朝寝坊をする、——そののんびりした、ものういやうな、甘いやうな気分にも似てゐる。》という表現は、谷崎にとって、乳幼児的な幸福がどんなに重要なものであったかを示す分かりやすい例となっている。

谷崎には、後でも述べるように水死願望があるが、それは風呂に浸かることと共に、生暖かいものに包まれる羊水回帰的な願望と解釈できる。

（B）美味しい食物と酒が、母乳の延長線上にあることは、言うまでもないだろう。谷崎は西洋料理・中国料理も好きで、『美食倶楽部』のような作品もある。谷崎が関西に住み着いたのも、『上方の食ひもの』に言う料理と酒のうまさがその一因だった。

（C）生存競争・立身出世競争がない長閑さ・平和さは、母と幼児の安心と遊びと快楽の世界に通じるものであろう。生存競争・立身出世競争がない豊かな社会の目立った例としては、『刺青』『幇間』『人魚の嘆き』『細雪』などがある。

長閑さが強調される例としては、『旅のいろ〱』の春の大和路を関西線の普通列車で行く《無限の悠久を感ずる数時間》、『刺青』冒頭『象』『幇間』冒頭『人魚の嘆き』『蓼喰ふ蟲』（その十二）などがある。

また、眠る快楽を強調した例としては、朝寝の快楽が『朱雀日記』の「加茂川」、昼寝の快楽が『異端者の悲しみ』冒頭『鶯姫』（第一場）『夏日小品』『天鵞絨の夢』『旅のいろ〱』などにある。『饒太郎』冒頭の《午餐の後の、食欲の満足と四肢の倦怠とが、彼を生れたばかりの嬰児の如く無邪気にさせて、時々とろとろと……怪しい睡魔に駆られながら、他愛もなく机にうなだれる。》という描写には、乳幼児的なものがはっきり見て取れる。

阿片に酔うて眠るように死にたいという『捨てられる迄』（四）の願望や、『西湖の月』の実践例、麻酔薬で眠らせて貰う『饒太郎』（五）、睡眠薬を毒薬と思って女に飲ませて貰いたいという『赤い屋根』（5）の欲望、理想の女性に見守られながら死にたいという『残虐記』（1）などは、母に抱かれながら眠りに落ちる赤ん坊が、母の体と自分が一体化すると幻想しているのに近い心理であろう。[注8]

谷崎はまた、箱根や塩原のような《突兀たる峰巒や、その間を縫ふ千仞の谷などと云ふやうな景色》（『為介の話』）を嫌い、地形的にもなだらかな、母の肉体を思わせる土地を好む傾向があった（『蓼喰ふ蟲』（その十）『きのふけふ』）。《女性的な、柔和な円みを持つ丘》という『友田と松永の話』（4）、《あたゝかい慈母のふところに抱かれたやう》という『蘆刈』の描写の他、『蘇州紀行』の山、『鶴唳』の《愛らしい丘》、『吉野葛』（その二）の妹背山なども、乳房の象徴と理解して良いだろう（『吉野葛』（その三）では、《二つまで食べた》《ずくし》もまた、乳房の象徴となっている）。桂川と宇治川のY字型合流点にある『蘆刈』の中洲、高野川と加茂川のY字型合流点にある『夢の浮橋』の糺の森は、母の恥部のメタフォアとも解される。

（D）快楽に対して積極的・肯定的な社会は、厳しい父による禁止が働く以前の母子の世界に通じるものであろう。谷崎の西洋崇拝の大きな原因がここにあったことは、『独探』『友田と松永の話』（5）などから明白である。谷崎の作品に祝祭的なもの（お祭り騒ぎや花見など）が出て来るのは、祝祭は社会が快楽を手放しで認める時だからである。例は、『象』『誕生』『彷徨』（二）『少年』『幇間』冒頭『捨てられる迄』ラスト『人魚の嘆き』『魔術師』『二月堂の夕』『蓼喰ふ蟲』（その十一）『乱菊物語』「小五月」『細雪』（上巻（十九））『幼少時代』「お神楽と茶番」などに見られる。

ところで、谷崎の西洋崇拝は、もともと別世界を理想化し、そこに欲望を投影したものであった。従って、そこから最終的に日本回帰できたのが、関西という谷崎にとっての別世界に住んだ時、つまり新たな理想化と欲望の投影が可能になった時だったのは、必然的なことなのである。『雪後庵夜話』（1）で、谷崎は松子姉妹に対する自分の《感情の底には、東京人の大阪人に対するエキゾチスムもあつたと思ふ》と言い、《東京人の眼から見ると、京大阪の女性たちは、われ〳〵に比べて幾分か人間離れしてゐるやうに感じられる。》（同「「義経千本桜」の思ひ出」）と述べているが、《人間離れして》見えるのは、「良い乳房」を投影して「理想化」しているからに他ならない。また、潤一郎が《努めて東京風を避けて大阪風に同化しようとし》（同（1））、料理も《東京流は不味いもの、田舎臭いものとして卑しめ》たのは、東京に「悪い乳房」と悪しき過去の自分を投影し、軽蔑・排除することで、関西および松子姉妹と自分自身の理想化を促進したかったからなのである。

ついでながら、谷崎が「理想化」した空間には、しばしば眠気を誘うような暖かさ・長閑さが感じられるが、こうした要素は、読者の道徳的理性的警戒心を緩ませ、読者に別世界への移行を受け容れさせたり、作中で主人公が味わう快感に共感させる手段（深層のレトリック）としても用いられている（これは「『春琴抄』」（五）「谷崎の文学的勝利の秘密」（本書P733〜）で述べた作品を読者の非難から守る「ディフェンス」の一種である）。

例えば、『刺青』で刺青を施し始める直前の《日はうらゝかに川面を射て、八畳の座敷は燃えるやうに照つた。水面から反射する光線が、無心に眠る娘の顔や、障子の紙に金色の波紋を描いてふるへて居た。》という描写。これは、暖かさと静けさと水の流れが読者の緊張と警戒感を失わせ、この後、行なわれる娘の意志に反した犯罪的な施術に対しても、道徳的に批判する気持を失わせる効果がある。

或いは、『少年』冒頭で塙信一の家に招待されるという異変は、《空が霞んで（中略）ぽか〱と日があたつて、取り止めのない夢のやうな幼心にも何となく春が感じられる》日に起こるために、主人公が《日頃は弱虫》と馬鹿にしていた信一の《品位に打たれ》《うつとりとして了》うという突然の変化に対しても、読者は理屈を捏ねて、咎め立てしようという気にならない。

『幇間』冒頭でも、日露戦争で《世間一帯が何となくお祭りのやうに景気附いて居た》時という時代設定と、《四月の半ば頃》の《晴れ渡つた麗らかな日曜日》で花見客で賑わっているというお祭り気分の力で、この作中で三平のすることが、何でも許せてしまうようになるのである。

以下、簡単に作品名だけを列挙して置くが、夢見心地に誘ううららかな春や初夏の日差しが出て来る例は、右の他にも、『麒麟』『少年の記憶』『恋を知る頃』（第二幕）『捨てられる迄』ラスト『春の海辺』（第一幕）『朱雀日記』「近江の国」「平安神宮」「大極殿趾」『饒太郎』（一）『金色の死』（十二）『お艶殺し』（三）『懺悔話』ラスト『創造』ラスト『法成寺物語』（第一幕）『お才と巳之介』（五）『神童』（三）『鶯姫』（第一、二場）『或る男の半日』冒頭『異端者の悲しみ』（一）『魚の李太白』冒頭『西湖の月』冒頭『鮫人』（第一篇第二章）の南の回想『蘇東坡』（第一幕）『鶴唳』冒頭とラスト『蛇性の婬』（第百一、百四、百二十八場と百二十六場の後のタイトル）『或る顔の印象』冒頭『アヹ・マリア』（4）『肉塊』（一、二、五）『雛祭の夜』（第三十五場）『蘿洞先生』冒頭『赤い屋根』（1）『友田と松永の話』（4）『顕現』（その三）『蓼喰ふ蟲』（その十一）『乱菊物語』「発端」（その二）『東京をおもふ』『少将滋幹の母』（その八）『老いのくりこと』などに見られる。一見して明らかなように、作品の冒頭に用いられるケースが最も多く、次いでラストが多い。

　夕暮という時間帯が重要な機能を持つ例は、『朱雀日記』「鳳凰堂」『少年の記憶』『饒太郎』（一）『人魚の嘆き』『魔術師』冒頭『肉塊』（二）『二月堂の夕』ラスト『卍』（その四）『蓼喰ふ蟲』（その三）『吉野葛』（その二）『蘆刈』『春琴抄』冒頭『旅のいろ〳〵』『細雪』（上巻（十九））『少将滋幹の母』ラストなどに見られる。夕暮は、昼の世界と夜の世界の変わり目なので、昔から「逢魔（あふま）が刻（とき）」「大禍時（おほまがとき）」と言われる。夕暮には、道徳的理性的な意識のレベルが低下し、夢見心地に誘われやすいせいであろう。これを谷崎は、うまく利用しているのである。

　この他、小道具ではあるが、香炉から立ち上る香煙、或いはその匂いが効果を発揮する例が、『麒麟』『颱風』『秘密』『創造』（三）『金と銀』（第三章）『天鵞絨の夢』（第一の奴隷の告白）『鮫人』（第一篇第二章。これは煙草だが同様に考えて良い）『蛇性の婬』（第百七十二場）『肉塊』（七）『蓼喰ふ蟲』ラスト『雪』などに見られる。[注9]『夏日小品』の「香」には、《香は人間の魂を酔はせる。》とある。良い香りは、谷崎にとっては母の特徴である。また、立ち上る煙には、自分が水の中にいるような錯覚を与え、リラックスさせるという効果もあろう。

やはり母に結び付く小道具として、香水の例が、『麒麟』『少年』『白昼鬼語』『或る顔の印象』『アヹ・マリア』（4）『痴人の愛』（九）（二十五）『青塚氏の話』『日本に於けるクリップン事件』ラスト『顕現』（その七）『乱菊物語』「二人侍」（その三）「夢前川」（その二）『少将滋幹の母』（その八、九、十一）などにある。

乳幼児的な眠りの快楽に結び付く麻酔薬・睡眠薬の例も、『刺青』『秘密』『饒太郎』（五、六）『鬼の面』（七）『白昼鬼語』『嘆きの門』（二）『柳湯の事件』『鮫人』（第三篇第二章）『マンドリンを弾く男』『赤い屋根』（3、5、6）『白日夢』（第一場）『黒白』（八）『卍』（その二十九、三十二～三）『蓼喰ふ蟲』（その五）『過酸化マンガン水の夢』『鍵』（一月廿九、卅日、四月廿～廿三日）『瘋癲老人日記』（七月二十三日、九月二十四日）などにある。

阿片の例も、『病蓐の幻想』のボードレール「人工楽園」への言及、『捨てられる迄』（四）『人魚の嘆き』『美食倶楽部』（一九）（二〇）『西湖の月』『天鵞絨の夢』（第一の奴隷の告白）『鮫人』（第一篇第二章）などにある。

酒の力を借りる例は、『捨てられる迄』（三）『饒太郎』（五）『小僧の夢』（（二）の二）《芸術家が空想の世界を作って此の世の苦患を超越するやうに、凡人は酒の力に依つて辛うじて救はれるのだ。》『黒白』（七）『武州公秘話』（巻之五）の松雪院『少将滋幹の母』（その五）などにある。『人魚の嘆き』では、酒を飲ませると、人魚が人間の言葉を語る通力を回復する。

また、浅草の見世物を見る前にあらかじめ酒を飲んで置くことで、舞台と自分の妄想が入り混じるという例が、『小僧の夢』（（二）の四）に、人形浄瑠璃を見る前に酒を飲むことで、人形が実際に生きて動くような印象が得られるという例が、『蓼喰ふ蟲』（その二、十二）と『初昔』にある。

なお、谷崎は神経衰弱の際、酒で死の恐怖を紛らしていた（『The Affair of Two Watches』『恐怖』『異端者の悲しみ』（四）『青春物語』「神経衰弱症のこと、並びに都落ちのこと」）。

以上の他に、谷崎の作中には、以下のような「理想化」された別世界の類型が見られ、そこに快感原則が支配する（時に反社会的な）理想世界が夢想される傾向が見られる。

（A）ミニチュア世界

ミニチュアは、現実世界の中にありながら、それ自体で自己完結した別世界を現出するものである。

例は、『少年』の人形たちの世界、『西湖の月』の《箱庭》としての西湖、『天鵞絨の夢』（第二の奴隷の告白）で温夫人が夢で見るミニチュア世界、『鶴唳』の「鎖瀾閣」と《可愛らしい殺人》、『雛祭の夜』の人形たちの世界、『蓼喰ふ蟲』（その二）の杯の《密画》、《フエアリー》としての人形の小春、（その十二）の淡路人形浄瑠璃（『初昔』にも、文楽を《小さい人間が生きて動いてゐる》《美しい幻覚》と見る谷崎の見方が示されている）、『細雪』（下巻（二十五））の魔法瓶に写った室内、『夢の浮橋』で母子相姦に準ずる出来事が起こる《玩具の建物のやうな》合歓亭など。

『映画雑感』には映画をミニチュア世界として見る見方が示されている。

（B）密室や家など、社会から隔絶され、自己完結した空間

自宅や別荘の類は、主人公が世間の目や批判を気にせず、好き勝手に振る舞える空間であり、また最も簡単に手に入る空間なので、作中によく現われる。以下は特に顕著な例である。

『刺青』の清吉の寓居の二階座敷、『少年』の塙邸と、西洋館の二階、『饒太郎』（五）（六）の西洋館、『創造』（三）の部屋、『魔術師』の公園と魔術師の小屋、『金と銀』（第三章）で青野が《マアタンギイの閨》の幻を見る画室、『白昼鬼語』で殺人が行なわれる部屋、『嘆きの門』（二）の築地の居留地の傍の西洋館、『天鵞絨の夢』の温秀卿の別荘と地下の琅玕洞、『鶴唳』の星岡邸、『白狐の湯』の温泉小屋、『肉塊』（七）の深夜のスタジオ、『痴人の愛』の西洋的なお伽噺の家、『蘿洞先生』『続蘿洞先生』の書斎、『二月堂の夕』の夜の二月堂のお堂の下、『青塚氏の話』の西洋館、『日本に於けるクリップン事件』の鍵のかかる文化住宅、『卍』の柿内家（外観は洋館、寝室は西洋間）、『武州公秘話』（巻之二）の首装束が行なわれる小屋の屋根裏部屋、『蘆刈』の淀川の中洲、慎之助の家、巨椋池の別荘、『春琴抄』の春琴・佐助の家、『顔世』（第二幕）の湯殿、『少将滋幹の母』（その十一）の敦忠の山荘、『夢の浮橋』の五位庵および合歓亭、『瘋癲老人日記』の老人の部屋と、行け行けになっている隣の浴室、『陰翳礼讃』の「わらんじや」、日本座敷、島原の角屋など。

西洋館・画室（アトリエ）・スタジオ・豪邸・別荘・文化住宅などが選ばれるのは、日本の現実から切れていることと、一般の日本家屋より密閉性が高いという利点のせいであろう。また、二階・屋根裏部屋・地下室には、地上的現実との間に一線を画する意味があると考えられる。また、密室や家には、人を保護し、リラックスさせるなど、子宮に通じる所もあろう。

（C）水の中の世界・ガラスの向こう側

水の中は、人間が生きる地上の世界とは、明らかに別の世界である。

例は、『人魚の嘆き』、『柳湯の事件』、『西湖の月』、『天鵞絨の夢』、『肉塊』（四）で説明される水族館への好みと、その後、制作しようとする人魚とプリンスの映画、『月の囁き』で稚児が淵の水面に山内綾子が浮かぶ所、『白狐の湯』、『マンドリンを弾く男』ラスト、『乱菊物語』「発端」（その二）の舟幽霊、「海島記」（その二）の人喰い沼など。『不幸な母の話』の兄は、海＝故郷＝母の居る場所と感じる。

主人公が女の瞳の中に海を感じるという例が、『お才と巳之介』（二）『アヱ・マリア』（3）『肉塊』（四）（五）『一と房の髪』にあり、これも、それらの女が別世界の住人である刻印と見てよいだろう。

その他、ガラスの向こう側のショー・ウィンドウの中が水底と同一視される『魚の李太白』『青い花』のような例もある。

これらの内、『西湖の月』『天鵞絨の夢』『不幸な母の話』『マンドリンを弾く男』『乱菊物語』には水死願望が感じ取れる。これは、水には子宮内の羊水に通じる所があるからだろう。青い液体に屍体を溶かされてしまいたいという『白昼鬼語』の欲望は、羊水回帰願望と言って良い。同様の例は『捨てられる迄』（二）にもあり、そこにワイルド『ドリアン・グレイの肖像』の名が挙がっていることから、その由来が判明する。一方、ガラスで隔てられるケース（『人魚の嘆き』『天鵞絨の夢』『肉塊』）は、インセスト・タブーの一線を表わすものであろう。この点については、「谷崎潤一郎とエディプス・コンプレックス」（一）④（オ）（iii）（え）「人魚」（本書P188〜）参照。

(D)　闇の中の、或いは闇を通り抜けた後の、光の空間

例は、『ハッサン・カンの妖術』の暗闇の上野公園でミスラ氏に声を掛けられる所、『母を恋ふる記』の、夜、月の光を浴びながら歩く世界、『アヱ・マリア』（4）で映画「アナトール」を観る場面、『顕現』（その八）で暗い渡殿を通る場面、また、（B）で挙げたものの内、『刺青』『少年』の西洋館、『魔術師』の魔術師の小屋、『白狐の湯』、『肉塊』、『二月堂の夕』、『青塚氏の話』、『武州公秘話』、『蘆刈』の淀川の中洲と巨椋池の別荘、『少将滋幹の母』ラスト、などにある。

夜の闇は、死や罪悪に通じる空間なので、闇を通り抜けた後の光の空間は、死や罪悪に通じる存在や、死後の永遠世界に通じる存在が出現するのに相応しい場所として、好まれるのだろう。『恋愛及び色情』で語られている《昼と夜とは全く異なつた二つの世界》という感覚とも、関係しよう。『武州公秘話』巻之二「法師丸人質となつて牡鹿城に育つ事、並びに女首の事」で、法師丸が前夜の出来事を振り返る所にも、この感覚が現われる。

また、谷崎の窃視症的傾向や、次に取り上げる（E）の「まぼろし」とも関連する場合がある（窃視症的傾向については、「『春琴抄』」（四）⑤（ア）「佐助の失明と目からの体内化」（本書P702〜）を参照されたい）。谷崎の映画好きも、闇の中で光の世界を覗き見ることと関係があることは、『魔術師』『人面疽』『肉塊』（四）『アヹ・マリア』（4）『映画雑感』から分かる。

『肉塊』（四）では、闇を通り抜けた後の光の空間への憧れが、映画・パノラマ・水族館への憧れと結び付けて説明されている。パノラマへの言及は、『秦淮の夜』『生れた家』にもある。山本笑月の『明治世相百話』「ジオラマとパノラマ」によれば、パノラマに入る時には、《入口から三、四十間は暗闇の長廊下でまごまごしながら階段を上り、中央の観覧台へ出るとパッと明るく物凄い戦場が眼前に展開》するという風であった。

（E）まぼろし・夢

まぼろしは、この世のものではない別世界のものが、一時的にこの世に姿を現わしている状態と考えられる。

例は、『少年』の蝋で目を塞がれた状態でピアノを別世界の物の音のように聞く所、『金と銀』（三）のマータンギーの閨、『白昼鬼語』の殺人現場を見た感想、『柳湯の事件』、『母を恋ふる記』、『或る少年の怯れ』、『青い花』の妻子と母の幻、『肉塊』（七）のアーク燈の下で見る噴泉、(注10)『痴人の愛』（二十）のナオミの古ぼけた写真、『二月堂の夕』ラスト、『蓼喰ふ蟲』（その二）と（その十二）の人形浄瑠璃と、（その九）の福ちゃんとラストのお久のほの白い顔、（その十）の封建の世から抜け出して来た幻としてのお久、『乱菊物語』「発端」（その二）の舟幽霊、『武州公秘話』（巻之二）の首装束、（巻之四）の桔梗の方との初対面、『蘆刈』の語り手が浮かべるいにしえの幻、お遊さんの顔の描写、『春琴抄』の古ぼけた写真と内界の眼で見た来迎仏のような春琴、『初昔』の人形浄瑠璃の見方、『少将滋幹の母』ラストの母、『夢の浮橋』の《生暖かい懐ろの中の甘いほの白い夢の世界》、『当世鹿もどき』「顔のいろ〳〵」の漾子姫、『恋愛及び色情』の夜の幻影としての女、『陰翳礼讃』の闇の中の漆器、書院の障子、闇の中のほの白い顔、青い口紅を付けた顔（これは『青春物語』「京阪流連時代のこと」にも出る）、目に見える闇、『雪』の地唄「雪」から谷崎が浮かべる幻想、『伊豆山放談』「美人の今昔」などに見られる。

夢も、現実とは異なる別世界を見ているとも考えられる。例に、『鶯姫』『母を恋ふる記』『白日夢』『過酸化マンガン水の夢』などにある。『蘆刈』で葦間の男が語る異様な愛の物語も、最後に葦間の男が消える夢幻能的な語り方から、一種の夢と見ることが出来る。

（F）永遠なる芸術や美の世界

谷崎は、しばしば芸術や美そのもの、映画の永遠性を言う。これも、不完全であり、また死を避けられない現実からの脱出願望の現われである。

例は、『玄奘三蔵』『詩人のわかれ』『異端者の悲しみはしがき』『異端者の悲しみ序』『活動写真の現在と将来』『襤褸の光』『前科者』ラスト『金と銀』（第三章）（第五章）『柳湯の事件』『早春雑感』『或る時の日記』『検閲官』『鮫人』（第一篇第一章、第二章）『芸術一家言』『AとBの話』（4）（5）『青塚氏の話』などにある。

以上のように、谷崎文学には、分裂・投影・理想化等の傾向が顕著に見られ、しかも、その多くが「良い乳房」・「悪い乳房」に関連している。これらは、潤一郎のごく早期の母子関係に、重篤な問題があったことを示唆するものだと私は思うのである。

なお、谷崎は躁鬱気質と推定できるが、躁鬱気質者は、エディプス期（三～五歳）以前に母の愛を失った体験を持つとする説が有力である。この点については、「躁鬱気質と谷崎潤一郎」（本書P263～）を参照されたい。

注

（1）マゾヒストは、自分を攻撃する人物を理想化し、「良い自分」「真の自分」と見なし、攻撃される自分を「悪い自分」と見なしている。こうした心理については、「谷崎潤一郎とマゾヒズム」（本書P77～）で取り上げる。

（2）谷崎は、初子・千代子・せい子や松子姉妹、萩原朔太郎の妹たちなど、美人姉妹を好んだ。これも、姉妹がこのような投影を可能にするためだった可能性が高い。

なお、日本回帰については、「谷崎潤一郎・変貌の論理」（本書P363～）を参照。

（3）『小僧の夢』（大正六）に「永遠の善と共に永遠の悪もある」という考えが出て来る。これは、『ボードレール評伝』の直接の影響であろう。

（4）「肛門性格をめぐって」（本書P327～）で述べるが、白い肌から黄色味がかった肌へと好みが移るのも、「抑鬱的態勢」への移行の現われであろう。

（5）特に大正五年頃までは、男根的な自己確立への志向が顕著であり、だから、自伝的な作品（『饒太郎』『神童』『鬼の面』『異端者の悲しみ』など）や、自分の考えを登場人物に直接語らせる作品（『金色の死』『創造』など）、告白『父となりて』など、自分とは誰かを明確にしようとする作品を多く書き、自分独自の「芸術論」（大正二・十・二十三付け谷崎書簡など）も、大正二年から四年にかけて、書こうとしていたのだと思われる。自らを悪人と規定しようとしたことも、一面から言えば、自己確立の方法の一つだったと言える。

（6）なお、この様な善悪の分裂から統合への発展は、例えば夏目漱石にも顕著に見られ、初期には善玉悪玉がはっきり分裂していて、被害妄想が強かった（『吾輩は猫である』『坊っちゃん』『虞美人草』など）のが、『坑夫』『三四郎』『それから』辺りから、同じ一人の人間（作者の分身と見られる主人公でさえも）が、その時々に善悪両面を示すという理解に発展し、『それから』『門』『こゝろ』のように、自分が他者を傷付けたという罪責感が強まる。これは、漱石も谷崎同様、極めて幼い時期に、母性喪失を体験したためであろう。満二歳から祖父母に育てられた志賀直哉の場合も、初期は妄想的な雰囲気の中で、悪玉と戦うものが多いが、大正六年以降は、自分が他者を傷付けたという罪責感が強まる。「分裂的・妄想的態勢」が比較的強く感じられる作家には、他に、生後四十九日目から祖母に育てられた三島由紀夫、満三歳で母を亡くした川端康成などがある。

（7）フロイトも、「制止、症状、不安」等で、こうした神経症的な不安の原型は、乳幼児が母を見失った時の不安であり、神経症とは、既に幼児ではなくなっている成人が、幼児的不安を克服できないでいる状態であるとしている。

（8）ちなみに谷崎は、死・屍骸などの言葉を気絶しているだけの場合にも使用する癖がある。例えば『恐怖時代』（第二幕第二場）には、《伊織之介が屍骸の止めを刺さうとする》《屍骸は（中略）ばた〱と藻掻きながら》といつたト書きがある他、まだ息のある人物を《屍体》と呼ぶ太守のセリフがある。『月の囁き』、『乱菊物語』ラストでも、気絶しているだけの人物を《屍骸》《死んでゐた》などと呼んでいる。『武州公秘話』（巻之二）の首になって娘に見詰められたいという願望が、死ねば知覚を失う以上、実現不可能なものであることは、作中で語り手が指摘しているが、これらは、谷崎の死の感覚自体の曖昧さを示唆するものかも知れない。

（9）芥川の「我鬼窟日録（別稿）」の大正八年六月九日の記事や、「支那に遊ぶ竹林（ママ）氏夫妻」（「読売新聞」（大正九・五・二十五）の武林無想庵についての記事）、「余技・趣味・娯楽」（「文章倶楽部」大正十一・一）等によって、この時期に谷崎が香料を蒐集していたことが分かるが、これは、ワイルドの『ドリアン・グレイの肖像』（第十一章）・ゴーティエの『ボードレール評伝』・ユイスマンスの『さかしま』のいずれかの影響と見られる。

『鮫人』（第一篇第二章）の《南》が葉巻の匂いから《上海から杭州へ旅行した時の汽車の沿道の光景》を思い出す場面は、『ボードレール評伝』の《詩人は（中略）『麝香とハバナ煙草』の香を語る。それは彼の魂を陽光に恵まれた岸辺へ運んで行くが、そこには、生温い青空に棕櫚の葉が扇型に浮出し、調子のよい横揺れの波に乗って船の檣がゆらいでいる。》（田辺貞之助訳）という一節の直接の影響であろう。

（10）谷崎はアークライトを好んだようで、他にも『朱雀日記』『捨てられる迄』『魔術師』『少年の脅迫』『金と銀』『母を恋ふる記』『アヱ・マリア』『陰翳礼讃』などに使用例がある。

【付記】　本章は、「甲南国文」（平成十二・三）に発表した「谷崎潤一郎の母――その否定的側面をめぐって」の一章を独立させ、今回、加筆・訂正を施したものである。

第三章　谷崎潤一郎とマゾヒズム

谷崎文学の大きな特徴の一つが性的倒錯であることは、誰もが認める所であろう。そして、谷崎に見られるマゾヒズム、フェティシズム、エディプス・コンプレックスなどは、いずれも、母との関係の異常に原因があると考えられるのである。

（一）谷崎はマゾヒストか？

マゾヒズム（masochism）とは、相手から身体的または精神的な苦痛や屈辱を与えられることによって性的快楽を得る傾向のことで、この種の快楽を好んで描いた作家ザッヘル・マゾッホの名を取って、精神科医クラフト・エービングが一八八六年に命名したものである。

谷崎にマゾヒズムの傾向があることについては、これを作品の中だけの虚構と疑う説もあるが、彼の創作中に頻繁に登場することと、[注1]彼自身が『はしがき』で《唯一の告白書》と称した『異端者の悲しみ』（五）で、自らを'Masochist'としていること、大正五年の『父となりて』で、《私は或る作品の中でコンフエッスしたやうなアブノオマルな所がある》と述べ、それが、主人公を'Masochisten'とした大正三年の『饒太郎』（三）を指すらしいこと、『雪後庵夜話』「「義経千本桜」の思ひ出」で《被虐性の傾向のある私》と言っていることなどから、信じて良いと私は思う。

成人後の谷崎の性生活の実態は、殆ど知られていないが、『異端者の悲しみ』（五）によれば、明治四十四年には、娼婦によってマゾヒズムを満たしていたようである。また、『父となりて』によれば、《「刺青」を書き、「捨てられるまで」を書き、「饒太郎」を書いた時分には》（つまり明治四十三年から大正三年にかけては）《病的な官能生活を、極めて秘密に実行して居た》と言う。

　また、昭和二十七年の夏頃、谷崎がお気に入りのお手伝いのヨシの足の拓本を取った後、背中を踏んで貰って、「痛い、痛い、痛いけどいい気持だ」と言ったというヨシの証言（伊吹和子『われよりほかに』（講談社）による。ヨシは、『瘋癲老人日記』のモデルの一人と言える）や、昭和三十八年八月に、渡辺千萬子に谷崎が「頭を踏んでくれ、それ以上のことは望みません」と頼み、踏んで貰ったという千萬子の証言（「婦人公論」（平成十三・二・二十二）の瀬戸内寂聴との対談）もある。

（二）谷崎がマゾヒストになるまで

　マゾヒズムの心理は複雑に入り組んでいるが、谷崎の場合、母の愛の喪失が直接・間接にマゾヒズムの原因になっていると考えられる。

　谷崎におけるマゾヒズム発生の瞬間を、その時点で客観的に記録した文章は、当然、残っていない。しかし、前引『父となりて』で、《コンフエッスした》と言われ、谷崎なりに自らのマゾヒズムを分析したものと思われる『饒太郎』（三）によれば、饒太郎＝潤一郎が自らのマゾヒズムを《おぼろげながら自覚したのは》、歌舞伎座で、公暁に殺される《女のやうな優雅な実朝卿》を羨ましく感じ、公暁役は小学校の美少年に勤めて貰い、自らが実朝になって、殺され、首を掻き斬られる光景を想像し、嘗て経験したことのない快感に襲われた時と言う。この芝居は、『幼少時代』「団十郎、五代目菊五郎、七世団蔵、その他の思ひ出」でも回想されており、田村成義編『歌舞伎年代記続々編』から、明治二十六年三月の「東鑑拝賀巻（あづまかがみはいがのまき）」と分かる。潤一郎はこの年、数えの八歳である。

しかし、私の見る所では、『アヱ・マリア』（7）に描かれている相撲人形のエピソードの方が、谷崎におけるマゾヒズム発生の瞬間を、より的確に捉えたものなのではないか、という気がする。

もとより、『アヱ・マリア』は、全体としてはフィクションであるが、幾つかの理由から、この相撲人形のエピソードについては、かなり谷崎の事実（或いは少なくとも心理的事実）が織り込まれているのではないかと感じられるのである。

例えば、『アヱ・マリア』（7）で、五、六歳の頃、相撲人形で遊んだとされる場所は、《神田の錦町の（中略）家の奥の、薄暗い土蔵の側の板の間》であるが、（8）の方で、《前に云つた土蔵の側に私の祖父の隠居所があつて、その部屋の中にマリアの像が置いてあつた。》とあり、これは、『幼少時代』「蛎殻町浜町界隈」で、《本家の一番奥の行きどまりにある》《土蔵の観音開きの前の、板の間を跨いだところに離れ座敷の入り口があつ》て、その離れ座敷にマリア像があったとする説明と、《神田の錦町》という所以外は、完全に一致している。潤一郎が本家に住んだのは、明治二十四年、六歳までだから、年代的にも合っている。

また、『アヱ・マリア』には、母に連れられて見に行った『八犬伝』の芝居の中の対牛楼の舞台で、女（＝女田楽朝毛野）に変装した色の白い美少年（＝犬坂毛野）が、赤っ面の館（やかた）の主（あるじ）（＝馬加大記）を斬り殺すところを見て以来、白い人形を贔屓にするようになったとあるが、田村成義編『歌舞伎年代記続々編』で調べてみると、潤一郎八歳の明治二十六年一月五日から市村座で上演された「犬荘子噂高楼（いぬのそうしうわさのたかどの）」が該当し、「歌舞伎新報」同年一月の一四三七号に、この時の対牛楼の場の正本も掲載されて居る。私が調べた限りでは、これ以外に、それらしい上演記録は見出せなかった。『幼少時代』によれば、この時期に市村座へ行った例はないが、演目が子供向きだったのと、セキがファンだった福助が犬坂毛野をやったので、観に行ったのではないだろうか。

『幼少時代』「蛎殻町浜町界隈」および『少年の記憶』によれば、大観音で八犬伝の芳流閣の場面を人形で見世物にした時にも、潤一郎は乳母に連れられて見に行っているし、もう少し大きくなってからであろうが、『直木君の歴史小説について』には、「『八犬伝』の芳流閣の血戦の条を少年時代に愛誦した」とあるなど、『八犬伝』は好きだったらしい（志賀直哉との対談「回顧」（「文芸」昭和二十四・六）でも、「『八犬伝』は全部通読はしないが、読んでいた。七五調だから暗誦した。」と発言している）。

また、『アヹ・マリア』では、小学生時代に牛若丸を崇拝し、《友達の中で自分の一番好きな子供を心ひそかに牛若丸になぞらへてゐた》とあるが、これも事実のようで、『異端者の悲しみ』（一）にも、《幼少の頃》《正成や義経を崇拝した時代があつた》とあり、『幼少時代』「文学熱」の項には、時期は遅いが、大和田建樹の『日本歴史譚』の『九郎判官』（明治三十）などを繰り返し愛誦したと出る。

また、美少年崇拝の傾向については、『私の初恋』で、《小学校の同級生の美少年に》同性愛的憧憬を感じたことを告白している。小説ではあるが、『饒太郎』（三）でも、牛若丸のことこそ言っていないが、《六つか七つ》の頃、同じ源氏の《女のやうな優雅な実朝卿》に憧れたことや、小学校時代に《同級生の美少年》を《崇拝の的》とし、《白井権八》になぞらえ、雲助に扮して居る自分を殺してもらうマゾヒスティックな空想に耽ったことが語られている。

また、『アヹ・マリア』では、最初は様々なものが「白」になったのが、後には《女の中にばかり「白」を見出すやうになつた。》と書かれているが、これも、『饒太郎』（三）の《子供の時代には男女の区別なく崇拝の的にしたものが、大人になるに従つて女性ばかりを尊敬するやうになつた》という一節と一致する。

もとより、証拠を挙げて事実だと証明することは（また事実でないと証明することも）不可能である。しかし、『アヱ・マリア』でマゾヒズムに関連して述べられている「白」の物語と心理は、一部プラトン的な本体と影という比喩が用いられている所はあるが、全体としてはプラトンとも違うし、またクラフト・エービング、フロイトら、マゾヒズムを取り上げた当時の精神医学書にも類似の説明はなく、そうした書物からの受け売りとも思えない。また、誰にでも洞察できるありふれた心理でもない。谷崎独特の心理を自ら分析した結果であるとしか思われない。従って、かなりの程度、当時の潤一郎の心理的事実を反映しているものと仮定して、論じることにする。

『アヱ・マリア』によると、主人公は、《五つか六つぐらゐ》の時、赤と白の相撲人形によく相撲を取らせていた。その際、主人公は、《赤が好きであると同時に白が憎くてたまら》ず、何とか白が負けるように工夫し、赤が勝つと《恰も自分が憎い敵にでも打ち勝つたやうな喜びを覚え》たと言う。これをクラインの精神分析学説によって解釈すると、この場合、赤と白は一対であり、それを強弱両極端に分裂させて意味付けようとしている点から見て、赤に「良い乳房」、白に「悪い乳房」が投影されていたことは間違いないと考えられる。

ところで、ここで憎まれ攻撃されている「白」は、後には逆に崇拝され、「理想女性」と同じ意味を持つようになる所から、当初は「悪い乳房」としてのセキを意味していたと思われる。一方、赤い人形の方は、《ズッと強さうに見えた》から《好きだつた》とされていることや、歌舞伎で赤っ面は暴力的な強い男を表わすことから、攻撃的な強い男性、理想化された父を表わすと考えられ、そこに自らを投影して、スーパーマンになって悪い母と母に愛されない駄目な自分（弱い去勢された自分）を懲らしめる快感を味わっていたと解釈できる。このことは、先に「谷崎文学における分裂・投影・理想化」（本書P53〜）で見た『憎念』の例と共に、潤一郎が自分を愛してくれないセキに対して、恨みを抱いていた証拠と言える。

ところが、《八犬伝の芝居》で女装した美少年が赤っ面の男を斬り殺すのを観たことが切っ掛けとなって（明治二十六年一月以降）、主人公の人形に対する感情は突然ひっくり返り、今度は逆に、《優雅、武勇、智慧、品格（中略）の象徴として白い方を見、赤い方をその反対の醜悪なもの、塊として見た。》《一方を完全な美の現れのやうに、他の一方をそれの全く反対のやうに想像し》たと言う。ここでも、赤と白は一対であり、今度は白に「良い乳房」、赤に「悪い乳房」が分裂的に投影されているという以外には、前と何ら違いはないようにも見える。が、実はこの時が、谷崎におけるマゾヒズム心理発生の瞬間だったと考えられるのである。

何故なら、赤が白を虐待していた時には、主人公は赤にしか感情移入していなかった。しかし、反転後は、主人公は攻撃する白の側だけでなく、虐待される赤の側にもマゾヒスティックに自己を投影し、《自分が赤になつた気持で、／「白さん、どうぞ御免なさい》云々と赤のセリフを言ったりしているからである（鼠の時にも、主として家来の人間として振る舞っている）。

フロイトは、「本能とその運命」などの中で、マゾヒズムにはサディズム的な攻撃性が先行し、その攻撃性が自分自身に向け換えられつつ、自分を攻撃する相手をも、空想において自分と同一視する時に、マゾヒズムが成立する、と説いているが、『アヹ・マリア』では、まさにその通りになっており、これが実際の経過だった可能性が高い（フロイトは、後には「死の欲動（タナトス）」によってマゾヒズムを説明するようになるが、私は支持しない）。

この時、「赤」には、主として母に愛されない駄目な自分を投影し、それを「仮の自分・悪い自分」とし（時に母・女性を崇拝しない男性一般もそこに含め）、「白」には、理想化した母（セキとイコールではない）を投影すると同時に、それを「真の自分・良い自分」と見なすことで、自分を素晴らしい存在だと感じ、万能感的な幸福を手に入れるという心理的トリックが使われていたと考えられる。

『日本に於けるクリツプン事件』には、《総べてのマゾヒストが理想とする》女は、《浮気で、我が儘で、非常なる贅沢屋》と書かれており、谷崎の場合もそうだと言って良いのだが、これも、マゾヒストは一般に、幼い頃、母に充分愛されなかったために、自己愛（ナルチシズム）が傷付けられ、自分の欲望を主張する自信がなく、過度に抑制してしまう傾向を有するので、「真の自分」としての理想の女性＝ナルチストに、自分が幼児期に充分味わえなかった幼児的な欲望を代行させ、代理的な満足感を味わいたいと願っているからであろう。[注2]

谷崎のマゾヒズムは、この逆転劇で、ほぼ確立・固定したようである。そのことは、『アヱ・マリア』で、逆転劇以後、崇拝の対象が、白い人形、鼠、蟻、鈴吉の足、牛若丸と次々に変わって行っても、主人公が一貫して奴隷や家来、降参させられる側に身を置いて、マゾヒスティックに振る舞っていることが示唆している。また、『饒太郎』（三）で、自らのマゾヒズムを《おぼろげながら自覚した》と言う「東鑑拝賀巻（あづまかがみはいがのまき）」が、「犬荘子噂高楼（いぬのそうしうわさのたかどの）」の二ヶ月後であることとも、これは符合するからである。

『アヱ・マリア』の主人公は、最初は白い人形にあらゆる美徳が備わっているように空想していたが、後には鼠や蟻や鈴吉の足のように、常識的には何一つ優れた所のないものを崇拝するようになった。これは、自分自身を貶めたいというマゾヒスティックな欲望の方が、崇拝への欲望より強くなったからだろう。『饒太郎』（三）でも、《初めのうちこそ身分の高い、美しい男女でなければ崇拝する気にならなかつたが、しまひにはどうかすると下女だの子僧（ママ）だのが馬鹿に気に入つて、さう云ふ下賤な人間にいぢめられる方が却つて余計面白いやうにもなつた。》と述べられている。

それにしても、潤一郎は何故、どのようにして、そして他ならぬこの時期に、マゾヒストへと変貌したのか？

まず、その心理的なメカニズム（何故、どのようにして）については、先に述べた初期のフロイトの「本能とその運命」と、それを発展させたライヒの『性格分析』での説明が、おおむね当て嵌まりそうである。

それらを踏まえつつ、現代の精神分析学説をも取り入れ、私なりに敷衍して述べると、マゾヒズムの出発点は、愛情欲求の挫折（フラストレーション）である。そこから、父・母・外界、谷崎の場合は特に母に対する攻撃が行なわれる。これが白い人形に対する最初の攻撃の局面に当たる。また、潤一郎の幼少期の暴力的傾向もこれであろう。しかし、こうした攻撃は、処罰に対する恐怖や罪悪感を生む。特に母に対しては、攻撃すれば、ますます愛されなくなり、捨てられてしまうという不安も生じるだろう。そこで、母への攻撃性は抑え込まれる。そして、愛されないのは自分が悪いとして、攻撃性を自分自身へ向け換えたものがマゾヒズムなのである。そのことで、強い母からお許しが出、戻って来てくれたり、愛してくれたりすることが期待されているのである。勿論、母への敵意・攻撃性は、一面では、肛門期的に反動形成され、母への愛情から、さらに崇拝へと変形されたのであろう。[注3] 多分、

ライヒは、「マゾヒストは、早期の幼児期に、一人置き去りにされる恐怖を強烈に体験している」としているが、『アヱ・マリア』の主人公が、《私はどんなにその白い人形のおかげで、幼い頃の孤独な月日を慰めたゞらう。（中略）その白い人形を自分の唯一の味方とも思》ったと述べていることは、谷崎のマゾヒズムが、母を失った孤独感を打ち消す必要から生まれたものであることを、はっきり示すものと言えるだろう（この場合は、実際に母が戻って来る訳ではなく、幻想の中で理想の母としての「白」を作り上げるだけなのだが）。

フロイトが「マゾヒズムの経済的問題」で示した《マゾヒストは小さな、頼りない、依存した、ひとりでは生きてゆくことのできない（中略）いたいけな子供として取り扱われることを欲している》という解釈が、谷崎の場合も、マゾヒズムの最も根源にあった心理と言って良い。

次に、母への攻撃がマゾヒズムに転ずるのが、明治二十六年であった理由であるが、それは、この時期が、精神分析学で言うエディプス期の終わりに当たり、母への性的愛着を続けるか、母が父のものであることを受け容れるか、決断しなければならない時期だったことが、大きく作用したと考えられる。正常な場合は、性的な意味では母を断念しなければならないのだが、早期に母の愛を失った孤独感が強かったのと、多分、父・倉五郎とも愛情関係がうまく成り立っていなかったことが原因で、潤一郎は逆に、母が父のものであることを受け容れず、母への性的愛着を続け

るという決断をしてしまった、と考えられる（エディプス期の葛藤が、この様に正常な形で解決されなかったことは、後に潤一郎がインセスト的な性欲傾向を持つ原因になったと考えられるが、これについては、「谷崎潤一郎とエディプス・コンプレックス」（本書Ｐ149～）で詳しく論じる）。

潤一郎がこの様になってしまう徴候は、既に明治二十四年、浜町時代に、潤一郎が風呂に入る際、《父の股間の一物を気味悪がつて（中略）「恐いよう」と云つて泣いた》こと（『幼少時代』「蛎殻町浜町界隈」）、そして同年三月、団十郎の景清が自ら両眼を潰す場面に強い印象を受けたこと（同「団十郎、五代目菊五郎、七世団蔵、その他の思ひ出」）に現われていた（失明は去勢を象徴する）。

そして、父の男根を否定したいという願望は、『アヱ・マリア』の主人公が、逆転劇の後、赤い人形＝父の男根象徴である鼻を特に敵視し、《或る時は赤の鼻づらを床に擦りつけて、白の前で（中略）お辞儀さしたりし》、最後には《ナイフを持つて来て赤い人形の鼻の先をゴリゴリと削つた》りしている所に、明瞭に示されているのである。或いは、赤い人形全体も、男根（白い人形の白は女性の乳房や顔）と連想で結ばれ、そのために攻撃対象に選ばれたのかも知れない（ちなみに、赤を黒く塗り潰したのは、大便攻撃であろう）。

谷崎のマゾヒズムは、大きく分けて二種類あるのだが、その一つはこの様に、父という邪魔者の男根を否定すると共に、自らも男・大人であることをやめ、セキが強く美しく見えた乳幼児期に戻りたいという去勢願望と、同時に相手の理想女性の方に、谷崎が理想化したセキと同様の強さ・男根を与えること（理想化された「良い乳房」を投影すること）を目的とするものと言って良い（これを仮に「幼児回帰型マゾヒズム」と呼ぶことにする）。

谷崎の去勢＝幼児退行願望は、谷崎文学で、表面上マゾヒズムの形を取らない場合でも、少年・子供っぽい男・臆病者・女の様な男・女性化願望を持つ男・女装する男・幇間・不能者・老人など、男らしさ・男根性を持ち合わせていない男性が主人公クラスになることが多く、かつそうした人物を常に肯定的に扱っていることからも分かるのである。

「幼児回帰型マゾヒズム」は、大人として男子としての体面に余りこだわらない人の場合は、余り目立たない穏やかな形を取ると考えられるが、体面へのこだわり・幼児退行願望の抑圧が強ければ強い程、抵抗を封じ得る特別に強い女性に強制して貰う必要が大きくなり、激しい目立つ形になると考えられる。第二次大戦以前の西欧で、縛られ鞭打たれるといった目立つタイプのマゾヒズムが普通で、標準的に見えたのは、一つには、男は男らしく強く勇敢でなければならないという価値観が、今日の日本とは比較にならない程強かったせいではないか、と私は思う。(注4)谷崎の場合は、芸術家であるため、幼児性というものを、芸術を生み出す重要な要素として高く評価しており（ちなみに、私・細江もそうである）、男らしさ・大人らしさへのこだわりが余りなく、右に挙げたような様々な形で、去勢や幼児退行を表現し、縛られ鞭打たれるタイプは例外的にしか現われない。このことも、谷崎が真のマゾヒストではない、と誤解される一因となったと思う。

逆転劇以後の谷崎のマゾヒズムの変化・発展については、詳しいことは分からないが、『饒太郎』では、マゾヒズムの傾向は一旦消失し、十一、二歳頃から復活したとして、幾つかの例が挙がっている。一時消失したのは、精神分析学で言う潜伏期（小児性欲が衰退し、思春期まで新たな性欲の発達が起こらないおおよそ満六歳から十二歳ぐらいまでの時期）に入ったからであろう（ただし、『アヱ・マリア』『私の初恋』によれば、同性愛の傾向は、この間も続いていたようである）。

十一、二歳頃のマゾヒズムの例として、時期が特定できるのは、明治二十九年一月に明治座で「義経千本桜」を観た時、自分も「五幕・鮨屋の場」の小金吾のように《生首になつて》、若葉の《内侍に忠節を尽したいと云ふ誘惑を感じ》、それが後年の『武州公秘話』の女首の話になったという『雪後庵夜話』「「義経千本桜」の思ひ出」の証言である。

ほぼ同じ頃と推定できるのは、まだ野川先生が担任だった阪本小学校尋常科（七〜十二歳）の時、村井弦斎の『近江聖人』を大変に愛読したというエピソードである[注5]。恐らくそれは、この作品に、マゾヒズム・フェティシズム・母恋いなど、谷崎の基本的な欲望を満たす要素が備わっていたためであろう。

即ち、中江藤樹が幼くして母と別れ、一人前の士分になるために学問修業をする所や、大変な苦労をして母に薬を届け、またすぐ別れなければならない所に、潤一郎はマゾヒスティックなものを見ていたのであろう。また、藤樹が母を愛し、母が唯一人で暮らしていて、父や兄弟などのエディプス的ライヴァルがいない所も大いに気に入ったであろう。また、母が水仕事に馴れないのにそれをしている点は、家事が出来ないのに、零落して困っていたセキと共通し、皹（あかぎれ）が出来た母の足に藤樹が手ずから薬を塗る所は、潤一郎のフット・フェティシズムを刺激したであろう。恐らく、潤一郎が聖人たらんとしていた時代（高等小学校から一中四年の途中まで）には、暗黙の内に、自分が中江藤樹のようになって、母に愛されたいと考えていたに違いない。

また、明治三十一年五月二十五日発行の「学生倶楽部」第三号に掲載された『五月雨』は、幼稚なものながら、谷崎自作のフィクションに、一種のマゾヒズムが現われた最初と言える。自らを虐げ、苦痛（罰）を堪え忍んでいれば、最後には許され喜びが与えられるというマゾヒズムの構造は、吉田金次郎という我慢を象徴する主人公の命名（言うまでもなく二宮金次郎から取ったもの）に既に現われているが、ストーリーも、父・栄二が病死したために、小学校を中退して《下駄ノハ入レヤ》という卑しい職業に従事しなければならない辛い境遇に耐え、夜中の一時に起きて勉強し、朝四時から米を炊き（早朝の御飯炊きは、『親不孝の思ひ出』によれば、潤一郎が実際にやらされ、厭で仕方がなかったことなのだが）、悪少年に対しても我慢して謝り（これは韓信の股くぐりから取ったらしい）、友人が余分に渡そうとしたお金は受け取らず、紙入れを拾ったお礼も受け取らないなど、我慢に我慢を重ねた結果、最後に億万長者の養子にして貰えるというもので、極めてマゾヒスティックである。

また、父が早死にし、弟も妹もなく、独力で母を守り養っている点は、父に対するエディプス・コンプレックスの現われで、病死する父の「栄二」という名前には、弟・「精二」に対する殺害願望も隠されていよう。

中学高校時代のマゾヒズムについては、殆ど何も分からないが、『饒太郎』(三)によれば、大学一年の時に、谷崎はクラフト・エービングの著書("Psychopathia sexualis"であろう。座談会「谷崎文学の神髄」(「文芸」臨時増刊「谷崎潤一郎読本」昭和三十一・三)で、谷崎は、「クラフト・エービングやハヴロック・エリスは、杉田直樹に面白いと聞いて読んだ。ロムブローゾの話もよく聞いた」と語っている。)を読んで、自分のような傾向がマゾヒズムと呼ばれること、同傾向の人々が多数存在し、有名な芸術家の中にも例があることを知ったようである。このことは、谷崎がマゾヒズムを創作の重要なモチーフとすることを勇気付けたに違いない。(注6)

さらに、明治四十三年五月に、偕楽園の十八歳の女中・おきんに恋をしたことは、谷崎のマゾヒズムの歴史に、一時期を画す出来事であった。潤一郎は、これ以前に、穂積フクとの恋愛を経験していたが、それはマゾヒスティックなものではなかったようである。今回は、五月十八日付けの大貫寃の手紙に、「父は《紙屑拾ひ》、《姉は今某紳士の妾》で《油断のならぬ淫婦》だから、おきんの品性も想像が付く。しかし《僕は其の人に欺かれてもよい、弄ばれてもよい、殺されてもよい。(中略)夫となれずば、甘んじて其の人の狗、其の人の馬、其の人の豚とならう。》」と書いており、おきんは、潤一郎が毒婦タイプの女性に対するマゾヒズムを見せた最初の確実なケースなのである。

このおきんに対するマゾヒズムは、「幼児回帰型マゾヒズム」を基礎としつつ、そこから派生した、相手が悪女でなければならない第二段階のマゾヒズムと思われる(仮にこれを「インセスト型マゾヒズム」と呼ぶことにする)。これは、大人の性欲が芽生えるとともに、母と多かれ少なかれ同一視した女性にインセスト的な性欲を向ける傾向が谷崎に生じ、その罪悪感から逃れるために必要になったと考えられる。即ち、根底には幼児退行の願望があるが、そこにプラスアルファとして、悪女から被害を受けることでインセストの言わば罰金を支払ったことになるのと、積極的に誘惑した悪女の方にインセストの罪を転嫁できることとで、罪悪感が軽減できることに重要な意味があり、そのため、相手が誘惑的な悪女であることが条件になるのである。この場合、悪女は、無意識においては一種の母、クラインの「悪い乳房」に当たると考えられる。

このタイプのマゾヒズムは、大きな罰・被害を受けることが大切なので、比較的派手な目立つ形を取ることになる。おきんへの恋愛は、第二次「新思潮」の創刊と重なり、崇拝する女性を得ると俄に創作力を高める潤一郎にとって、これは絶好の巡り合わせであった。初期の傑作諸短編を谷崎に書かせた功績の幾分かは、彼女にあろう。

この時を以て、谷崎の二種類のマゾヒズムが出揃い、完成し、以後、死ぬまで変わることはなかったと考えられる。

(三) 体面の問題

谷崎のマゾヒズムの根源は（幼児回帰型であれ、インセスト型であれ）、可哀相な幼児に戻ることで強力な理想の母を手に入れようとすることにある。谷崎は、ごく幼い時に母の愛を失ったために、自分は無価値な弱い赤ん坊だという劣等感が強く深く心に刻み込まれており、その思いは、その後のどんな成功体験によっても、打ち消すことは出来なかったのであろう。しかし、社会で生きて行くためには、そうした弱い幼児としての自分は押し隠し、強い振りをし、立派な一人前の男としての体面を維持しなければならない。谷崎がはにかみやだったのも、彼がこうした二重性を抱え込んでいたのが大きな原因だったであろう。（注7）マゾヒズムというものが必要になる大きな原因の一つは、羞恥心や恐怖心が働くため、この贋の外面・体面を自力では捨てられないので、強い女性によってそれを叩き壊し、真の自分＝無力な幼児に帰してもらわねばならない所にあるのである。（注8）

先に述べたように、谷崎は、当時の男性としては、体面へのこだわりが余りない方であるが、それでも外面と内面の分裂は、矢張りあった。以下、その証拠として、谷崎の作中で、主人公たちが大人の体面・強者の仮面に縛られて苦闘したり、そこから解放される喜びを味わっている事例を幾つか見て置こう。

例えば、初期の『捨てられる迄』の（三）で、幸吉は、酔った勢いで、《「三千子さん、僕は今迄あなたに向つて（中略）『強者』の仮面を被つて居ました。しかしあれはみんな（中略）負け惜しみです。（中略）僕は（中略）ほんたうの弱者なんです》と告白する。すると、《彼は今日までの心の苦痛が快く流れ去るやうに感じた。（中略）彼は小ひさな意地を捨て、真実の哀れな姿のままに、自分の命を女の掌中に委ねようとするのであつた。彼は俄に安心した。》とある。幸吉は、この時、初めて本当の自分＝弱い幼児に戻れ、安らぎを感じるのである。ただし、幸吉は、最終的には三千子に捨てられてしまう。幼児・弱者に戻ることには、それだけ危険もつきまとうのである。

『武州公秘話』巻之一「武蔵守輝勝の甲冑の事、並びに松雪院絵姿の事」には、武州公の肖像画にこと寄せて、その外面と内面の分裂を指摘した次の様な描写がある。

　南蛮胴の鎧と云ひ、水牛の抱角に帝釈天の兜と云ひ、邪推をすれば、内面の弱点を人に見透かされまいとして、強ひてさう云ふ威嚇的な扮装をしたと思はれぬでもない。が、たゞでさへシヤチコ張つた甲冑姿が、此の異様な装身具のために一層不自然さを増して、いかにもギコチなさゝうである。（中略）鎧と体とが離れ〴〵になつて、しつくり身についてゐないのみか、己れを護り人を威嚇する筈の武具が、却つて彼自身に無限の苦しみを与へるところの足枷手枷のやうに見える。（注9）

ここでは武州公の鎧が、自分が実は無力な幼児であることを無理に押し隠し、強い男としての体面を保とうとする苦しい努力の象徴となっている。そして武州公は、秘密の性生活以外の場では、戦国の武将として、死ぬまで強い男を演じ続けねばならなかったのである。

また、『青い花』の岡田は、自分が銀座の真ん中で、急に《発狂し》、《「わあッ」と子供のやうに泣き出》し、《あぐりちやん、あぐりちやん、僕はもう歩けないんだよう！　おんぶしておくれよう！（中略）早く洋服を脱がして柔かい物を着せておくれ》と《だゞを捏ね》、それを十八歳のあぐりが《恐い伯母さんのやうな眼つきで睨める。》という場面を空想する。この例では、《足枷手枷》のように窮屈な洋服と岡田の理性が、幼児性を抑え付け、大人の体面を維持させていたが、《発狂》によって理性の歯止めが失われることで、彼本来の幼児的願望が露わになる。このような描き方がなされるのは、幼児的な衝動を解き放つことに、谷崎自身が発狂の恐怖を感じていたせいであろう。

岡田のこうした姿は、《往来では始めてだけれど》あぐりと《二人きりの部屋の中ならいつでも丁度こんな風に泣く》とされていることから、谷崎のマゾヒズムにおいて、幼児退行が重要な要素・動機であったことが分かる。《恐い伯母》という言い方からは、マゾヒズムのパートナーが強い母に見立てられていたことも推察できるのである。

『青い花』同様に激しい幼児退行を見せるのは、『瘋癲老人日記』（十月十三日）で、老人の督助が《十三四ノ徒ツ子ノ声ニナツ》て、《颯チヤン、颯チヤン、痛イヨウ！》と泣き出す場面である。ここでも督助は、《己ハ実際気ガ狂（ちが）ツタンヂヤナイカナ》と恐れる。そして、最終的に、督助は母親役の颯子に逃げられる。

『夢の浮橋』でも、二十歳の糺が、継母の乳を呑みながら、《思はず、「お母ちやん」と、甘つたれた声を出》す。糺は自分の《狂気染みた心》に動揺するが、継母との関係はうまく行く。しかし、世間はそれを許さず、天罰のように、継母は糺の妻によって殺されてしまう。

別の意味でラディカルなのは『魔術師』である。この主人公は、ラストで魔術師の魔法によって半羊神（ファウン）（ローマの牧神だが、ギリシャのパンやサテュロス同様、悪魔と同一視されているのだろう）に変身し、《人間の威厳や形態》

を失うと同時に、《人間らしい良心の苦悶が悉く消えて、太陽の如く晴れやかな、海の如く広大な愉悦の情》を得る。この場合は、人間の形態そのものが、大人の仮面・体面や道徳・超自我を象徴するものとして脱ぎ捨てられるのである。ただし、恋人によって忽ち邪魔をされるのだが。

同じく《人間》を虚偽として批判するケースとしては、『独探』に、Russian Bar で、(注10)《野蛮な露骨な、偽るところなく羞づるところなき女たちの挑発的な攻撃》に《狼狽した》浅川の《上品ぶつた態度の中に、「獣」に対する「人間」のつまらなさを》主人公が見るという例がある。また、『鬼の面』(三)には、壺井が、海水浴の男女に《無限の自由と放肆》《人間の仮面を脱ぎ棄て（中略）獣の本性に復つ》た《歓楽》を見ながら、《卑怯にも人間の仮面を脱ぎ得》ぬ自分を恥じる所がある。

もっと穏やかな例として、小説ではないが、『半袖ものがたり』で、谷崎は、関西人の着る不格好な半袖を初めて着てみた時の心境を、《私は、それを着た日から敢て肉体ばかりではなく、心の上の虚飾や見えや浅はかな偉がりが除かれて、急に精神が自由の天地に濶歩し出したのを覚えた》と語っている。ここでは半袖を着ることが、大人の男、特に東京人、エリート文化人、インテリとしての体面を捨て去ることを象徴している（一年半後の『猫と庄造と二人のをんな』は、そうした体面のない庶民的世界への憧れから生まれた作品なのである）。

大人でありながら体面から自由で、子供に戻れる人間は、谷崎にとって、常に一つの（困難な）理想像であった。例えば、第二次「新思潮」（明治四十三・十二）の“REAL CONVERSATION”で、谷崎は《僕は幇間つてものを書かうと思つてる。頭を擲られて耻しめられやうが、馬鹿にされやうが一向苦にしないんだ、そんな事は。そして自分ぢや何か斯うしつかりしたものを持つてゐる。》と言い、「幇間は、浅草の仲見世で平気で六方を踏んで見せるようでなければ駄目だ」と語っていた。実際、『幇間』の三平は、体面を超越しているが故に、大人でありながら子供でもある。三平に、《何とも云へぬ可愛気があ》り、目隠しや鬼ごっこに無邪気に興じることが出来、《人から一種温かい軽蔑の心を以て（中略）可愛がられる》のは、そのためである。『幇間』のラストを誤解してはならない。そこにはいかなる苦汁もなく、また騙したつもりで騙された梅吉や榊原の旦那に対するいかなる優越感もない。そこにあるのは、《人に可笑しがられたい》病い、即ち子供として大人に愛されたいという欲望だけなのである。

この他、体面にこだわることの別の現われとして、善悪の問題について、谷崎が強がって、悪人（＝強者）たらんとしつつ、実は良心の苛責に苦しめられる弱者だったという告白が、特に小田原事件と千代子の問題に関連して、彼の作中にたびたび現われる。悪人は本来、道徳から解放された自由人（快感原則しか知らない幼児）の筈なのだが、谷崎の描く悪人には、道徳的苛責から逃れようとして、無理に悪人になっている例が多いのである。

例えば、『彼女の夫』では、河合＝佐藤春夫が、黒田＝谷崎は《偽悪者に過ぎない（中略）上ツ面は強がつてゐるけれど、あれで非常に気が小さい方ですからね》と言い、『愛なき人々』（第一幕）では、玉枝＝せい子が梅沢＝谷崎に、《あなたは駄目よ！　口の先ばかり強がつたつてお腹の中は弱いんだから》と言う。『神と人との間』（四）では、添田＝谷崎が朝子＝千代子について、《妙に彼奴の前へ出ると傲然と威張りたくなつちまつて、詰まらない事で叱り付けたりなんかして、素直な気持ちになれないんだよ》と穂積＝佐藤春夫に告白する。そして、『佐藤春夫に与へて過去半生を語る書』では、小田原事件で千代子との離婚を撤回した心理を次のように説明している。僕は《わざと彼女を邪魔にするやうな態度を取つてみせた（中略）。僕は（中略）自分の弱さをサラケ出すのがイヤだつたのだ。》しかし僕が《ひたすら彼女を追ひ出しにかかつてゐるやうに解されてゐるのを発見したときに、僕の強がりはポッキリ折れたのだ。》と。

谷崎が、無邪気で自然な幼児に帰りたいと思いつつ、大人の体面や強がりを捨て去ることが出来ないで苦しんでいたことが、以上の例から分かるであろう。

谷崎文学の変遷を見ると、マゾヒズムは、『蓼喰ふ蟲』から昭和三十年頃までの所謂日本回帰の時期には、（無いという訳ではないが）比較的目立たない穏やかな「幼児回帰型マゾヒズム」が中心になっており、その前後の期間に目立っている。これは、日本回帰以前には、セキからの独立が達成されず、インセスト願望が強かったため、悪女による派手な攻撃を伴う「インセスト型マゾヒズム」が多く現われたことと、当時は男としての男根的欲望・強者たらんとする西洋的な自己主張が比較的強かったため、無力な赤児に戻りたいという欲望と体面との葛藤が激しく、マゾヒズムも劇的な形になって、目立ったと考えられる。右に挙げた体面との葛藤の例も、日本回帰以前と、昭和三十年以降、西洋的な要素が復活して以後のものが殆どである。

それが、日本回帰の際には、弱者としての自分を受け容れられる心境になったことで体面へのこだわりも弱まり、また、セキからの分離独立が、日本回帰と同時にかなり達成されたために、インセスト願望も弱まり、「インセスト型マゾヒズム」が余り必要でなくなった結果、穏やかな「幼児回帰型マゾヒズム」が中心になり、マゾヒズムが目立たなくなったと考えられる（「谷崎潤一郎・変貌の論理」（三）「日本回帰の中心点」（本書Ｐ370～）を参照）。

しかし、晩年には、迫り来る死の恐怖から逃れるために、若い女性の体内に吸収・合体されたいという願望が強まったため、再び悪女による派手な攻撃を伴う「インセスト型マゾヒズム」が現われ、また、若く強い女性と結び付く西洋趣味が目立つようになったと考えられるのである（「戦後の谷崎潤一郎」（三）（本書Ｐ457～）を参照）。

(四) 谷崎のマゾヒズムのパターン

次に、谷崎文学に現われるマゾヒズムの形態を大雑把に分類・整理し、その主な特徴と、母との関係を確かめて置こう。

①女性化願望

谷崎がマゾヒストになったのは、明治二十六年、エディプス期の終わりに当たって、普通なら母への性的愛着を断念し、父のような男らしい男になろうとする筈の所を、父ではなく母を自己の理想像・手本として選んだために、自分の男根を否定しようとするのが、一つの理由と考えられる。

従って谷崎には、女性になりたい、出来れば母のような美しい女性（または女性的美男）になりたいという願望があった筈である。これは、積極的・肯定的、またナルチスティックな願望なのであるが、そこに、自分の自然な男性性（男根）を否定しようとする面があるために、谷崎のマゾヒズム全体を根底で支える重要な心理となるのである。

実生活に於ける女性化願望の最も顕著な現われは、谷崎が「支那の宦官の気持を知るためにカストラチオン（ドイツ語 Kastration 去勢手術）をやりたい」と言い、木下杢太郎が止めたというエピソードである（雨宮庸蔵『偲ぶ草』参照）。これは、東大の皮膚科にいた（昭和十二年五月から二十年十月までのことである）木下杢太郎（太田正雄）から元「中央公論」編集者の雨宮庸蔵氏が聞き、谷崎にも直接訊ねた所、「事実その通りである」と確認を得たものである、と私は雨宮氏から伺っている。谷崎は、第二次「新思潮」（明治四十三・十二）に出た座談会“REAL CONVERSATION”で、「支那の宦官を書くんだ。」と発言しているので、去勢手術を望んだのは、その頃のことであろう。

また、本章（二）「谷崎がマゾヒストになるまで」で言及したように、『私の初恋』で告白されている七、八歳の頃からの美少年崇拝の傾向は、男女両性具有的な色白の美少年に、自分の女性化願望を投影した結果と考えられる。こうした美少年崇拝の世界を作品化したいという願望が谷崎にあったことは、『稚児序』に明確に述べられている他、『二人の稚児』『顕現』、そして『朱雀日記』「近江の国」の『秋夜長物語』への言及などからも想像がつく。

『瘋癲老人日記』冒頭に出る《若山千鳥》は、『ふるさと』で《今日のシスターボーイの先駆とも云ふべき世にも美しい若衆であつた》と書かれている新派の女形・若水美登里のことであるが、一高の同級生・津島寿一の『谷崎潤一郎君のこと』に、《谷崎は若水に対して讃辞を惜しまなかった。（中略）彼の女形の姿態に何ともいえぬ性的の魅惑を与えられるということを口ずさんでおった》という証言がある。[注11]

谷崎が六代目菊五郎の熱烈なファンであったのも、芸が優れ、顔が谷崎に似ていてかつ美男だったことの他に、女形を演じる菊五郎に、自分の女性化願望を投影できたこともあったのではないか、と私は疑っている。

次に、谷崎の作中に女性化願望が現われた例を列挙して置く。

先ず、母のような美しい女性になりたいという先に述べた願望に関連して、主人公が自分の顔が母親に似ず、父親に似ていることを残念がる例が、『女人神聖』（三）『少将滋幹の母』（その十一）『夢の浮橋』にある。

顕著に女性化した主人公または脇役の例としては、『秘密』と『捨てられる迄』特に（四）以下の幸吉と、『女人神聖』の由太郎、『恐怖時代』の磯貝伊織之介、『卍』の綿貫、およびラストで柿内氏が第二の綿貫になる所、『顕現』（その八）（その十二）の鶴菊丸などがある。

女装は、『秘密』の他、『幇間』『仮装会の後』にも出る。『饒太郎』（三）の主人公も、《女のやうな優雅な実朝卿の姿にいでたち、》《首を掻き斬られ》たいと願う（首を斬られることは去勢を象徴する）。『金色の死』（五）の岡村も、《女柄の反物を仕立てさせては其れを着込んで歩いて居》たし、《化粧》もしていた。[注12]

化粧は、『秘密』『捨てられる迄』（二）『お才と巳之介』（三）にもある。『春の海辺』（第一幕第一節）で、春雄は暇さえあれば、毎日鏡ばかり見ているので、娘に《お化粧をして》いると言われる。

また、《人間の肉体に於て、男性美は女性美に劣る》とする『金色の死』（九）、男女《両性の長所が交らなければ完全な美は得られない》とする『創造』（二）、釈迦・キリストも中性に近く、ギリシャ彫刻や観音・勢至菩薩も中性の美を表わしているのだと主張する『卍』（その二十一）、また『魔術師』のように、実際に《絶世の美男》にして

《曠古の美女》である両性具有者の例もある（男女両性具有的な肉体に対する谷崎の好みについては、「谷崎潤一郎とエディプス・コンプレックス」（一）④（イ）(iii)「乳房が豊かでない女性」（本書P168〜）を参照されたい）。

谷崎の作品には、初期のものを中心に、男性主人公または脇役の肉体が女性的であることが肯定的に描かれているケースも多い。例は、『颱風』『秘密』『熱風に吹かれて』（二）『捨てられる迄』（二）『お才と巳之介』（二）『鮫人』（第三篇第四章）の金公『青い花』などにある。『お国と五平』の友之丞も、五平に《剣術はお下手でも人品だけはお立派な、女（をなご）のやうに色の白い優しいお方》と言われている。戦後では『鍵』の木村が《陰険》（三月廿八日）、《日本人離れのした色白の皮膚》（四月六日）とされているのは、女性的男性という意味であろう。

女性的肉体については、『捨てられる迄』（二）から、ワイニンガーを紹介した片山孤村の『男女と天才』（明治三十九・一）の影響もあったことが分かる（『男女と天才』への言及は『羹』（六）にもある。第二次「新思潮」（明治四十三・十）に、杉田直樹が「生理学上より見たるオツトウ、ワイニンゲル」を寄稿しているので、杉田からも話を聞いていたと推定して良い。『蓼喰ふ蟲』（その五）に出る母婦型・娼婦型も、ワイニンガーの唱えた説である）。

谷崎の肉体が実際にも女性的だったとする証言としては、佐藤春夫の『この三つのもの』（六章）に、北村≒谷崎の《体格》は《女性の骨格を見るやうに全く扁平な骨盤を持つてゐた。》とする例がある。

女性的とは書かれていないが、自分の肉体の美しさに見惚れる『彷徨』（二）『羹』（四）の主人公のような例もあり、谷崎自身に実際そういう傾向があったのではないか、と感じられる。昭和八年刊行の『青春物語』には、明治末期の谷崎の珍しい裸体写真が挿入されているが、これは谷崎が自分の女性的肉体を誇りとして写真に撮ったものであろう。

しかし、自分の肉体を女性的として自画自賛するような谷崎のナルチシズムは、作家デビュー当初には或る程度散見されたが、間もなく、理想女性を自己の分身とし、その女性に献身するという形（普通のマゾヒズムの形で、作家デビュー当初から、こちらの方が多かった）に、ほぼ統一されて行く。これは、どうしても本物の女性にはなれない・かなわないという断念があって、やむを得ず女性崇拝に転じたのであろう。[注13]

そのことは、例えば『秘密』で美女になりすましていた主人公が、三友館で観客の人気を奪った芳野に対して、最初《嫉妬と憤怒》を感じた後、それが《次第々々に恋慕の情に変つて行》ったという例や、『少年』で最初、《女のやうな信一》の《傀儡》となっていた主人公が、本物の女である光子の奴隷になるという例などからも窺い知られる。

また、『法成寺物語』（第一幕）の恐ろしい醜男・定雲が、《美しい御仏を作るよりも、己れが御仏のやうな美男であつたら》と願い、それが叶わぬ故に、《せめては己れの魂なりとも、此のやうに卑しい体から救ひ出して、自ら刻んだ菩薩の尊像へ打ち込んで了ひた》いと言う所からも窺われるだろう。そして、定雲が（第二幕）で、四の御方を菩薩に刻む仕事が自分を《始めて生きがひのある心地》にしてくれたとしている所から、定雲が本当に成りたいのは、四の御方のような美女であることが推察できるのである。

『神童』の醜男・春之助は、ラストで《若しも神様から「天才と美貌と孰れか一つを撰べ。」と云はれたら》美貌を取ると言う。が、《あらゆる悪事が美貌の女に許されなければならない》と春之助が考えたり、自分の顔は、折角美人の母親似だったのに、過度の勉強などで駄目にしてしまったと後悔している所から、春之助にとっての美貌も、母親に似た女性的な美貌と推測できる。

谷崎の作中にはまた、妹・娘など同性に崇拝されるヒロインが、『十五夜物語』『卍』『蘆刈』『春琴抄』『鍵』にあり、『麒麟』『天鵞絨の夢』『鶴唳』『過酸化マンガン水の夢』『夢の浮橋』では、逆に同性の嫉妬によって殺されたりひどい目に合わされる女性の例が見られる。『鍵』の敏子の父に対する敵意と母に対する不可解な献身も、母に対する激しい敵意を抑圧し、反動形成したものと考えられる。少なくとも郁子は、二月十九日の日記で、概ねこのような意味の解釈を下している。

これらの例からも、谷崎の女性崇拝の奥底には、本当は谷崎自身が美女になりたいのになれなかった、という密かな嫉妬と憎しみが隠されていた可能性が高いと考えられる。例えば、谷崎の妻・千代子（および千代子をモデルとするヒロイン）に対する虐待や、『少年』『柳湯の事件』『肉塊』『春琴抄』などに見られるヒロイン（『鬼の面』では脇役）の顔に対する攻撃、少なからず存在する美女が不幸になる作品群は、こうした嫉妬の現われという面も持っているのであろう（それ以外の面については、「肛門性格をめぐって」【補説】（本書P352〜）、「谷崎潤一郎・変貌の論理」（三）「日本回帰の中心点」（本書P370〜）、「『春琴抄』」（二）②「谷崎の日本回帰と幼児心理」（本書P663〜）、「『乱菊物語』論」（四）（本書P885〜）参照）。

潤一郎は、自分よりセキに愛されていた十歳下の妹・園にも嫉妬していたらしく、そのことは、『異端者の悲しみ』『女人神聖』などにはっきり現われている。この、園に勝ちたいという潤一郎の思いが、同性、特に妹的女性に崇拝されるヒロインを生み出したのであろう。

ところで、谷崎の女性崇拝が、自分自身が美女になることを断念した結果であることは、普通の男性には起こりえない特殊な崇拝の形態を、谷崎の作品にもたらしている。

例えば、男が美女に乗り移り、吸収され、合体してしまう『刺青』や『人面疽』は、女性化願望の特殊な実現形態と言えるし、女に殺されたいと願うマゾヒスト達の多数の例も、実は、女性の内に自分が吸収同化されてしまうことを、暗黙の前提としているものと解釈される。

例えば、『富美子の足』のラストで、塚越老人が、死ぬ前に、牛乳やソップを染み込ませた綿を富美子の足の指の股に挟んで舐らせて貰ったり、顔を踏んで貰いながら大往生を遂げる所も、富美子の足＝乳房に顔を押し付けられ、授乳されながら眠りに落ちる赤子の状況を再現したものと見ることが出来る。『瘋癲老人日記』（十一月十七日）の、颯子に踏まれながら、《彼女ノ意志ノ中ニ予ノ意志ノ一部モ乗リ移ツテ生キ残ル》という部分や、幼い子供が眠りにはいる時のように、（母に）見守られながら死にたいと願う『白昼鬼語』（注14）『残虐記』や、『武州公秘話』（巻之二）の哀れな醜悪な首（赤ん坊の象徴であろう）になって少女に見詰められたいという願望の場合は、母体への吸収同化の幻想であることが、比較的分かりやすい例である。

また、主人公が美しい自分の妻を見せびらかし、自慢したいと考える『痴人の愛』（八）（十一）『卍』（その二十二）の綿貫『少将滋幹の母』（その三）（その五）や、自分は身を引いて、蔭からそっと愛する女性を見守りたいと願う『月の囁き』の老人『痴人の愛』（二十五）『蘆刈』『残虐記』（この場合は妻を幸せにするために自殺する）『少将滋幹の母』（その五）『夢の浮橋』（妻を息子に譲る父）も、美しい女性を真の自分、醜い自分は仮りの姿と見る心性の現われであろう。

女性を自分の好みに合わせて改造しようとする『ドリス』（その一）『吉野葛』『武州公秘話』『鍵』『瘋癲老人日記』等も、その別の形と見られる。自分が多少とも手を加えたということが、相手を自分の作品＝分身のように見做す根拠となるからである。従って、自分が創った戯曲や映画で、女性に好みの役を演じさせたいという『アヹ・マリア』や『肉塊』に現われる願望も、女性改造の一種と言える。『春琴抄』で、火傷後の春琴に過去の驕慢な春琴を演じることを強いる所や、実生活での佐助ごっこ等も、同様である。谷崎が一時期、熱心に映画や戯曲を作って、せい子に出演させたりしたのも、一つにはこのためであろう。

谷崎の男性主人公は、他の男に愛する女を奪われても、あまり嫉妬しないことが多い。これは、基本的にはマゾヒズムの一種で、母に父と浮気されるという悲哀をいつも感じていた幼児の地位に、自らを置き直すものと解釈できるが、谷崎が女性を自分以上に本当の自分と感じているせいもあるようで、このことは、佐藤春夫の『この三つのもの』（七章）の中で北村＝谷崎が語っている次の様な言葉によっても裏書きされるのである。

お雪のあの性格は、先天的素質の上へ、僕が妖婦としての教養を傾注したのだ。僕は思ひのままの女一疋を創造してみようと乗出したのだ。お雪はこの意味では僕の分身なのだ。(中略) だからこそ僕は、お雪が橘やその外の男などを沢山相手にしたところが、何とも思へやしない。

谷崎が嫉妬を感じないのは、理想の女性に真の自分を見ると同時に、同じ女性を崇拝する他の男達に、仮りの自分の仲間・分身を見る傾向のせいもあったようで、『痴人の愛』の譲治が浜田に親近感を抱いたり、『蘆刈』『夢の浮橋』で、父が息子を自分の愛の後継者にしようとするのは、その例と考えられる。

この様に、谷崎自身が女性という側面を持っていたことは、性欲を満たせばそれで良いという世にありふれた女好きの男どもとは違う谷崎の主人公たちを正しく理解するために、是非、必要な視点である、と私は考える。

②女性拝跪

女性を聖母マリア・永遠女性・女神・菩薩・天女・女王・高貴な女性などとして崇拝するだけで、それに比べて自分は極めて卑小な存在であると感じ、超えがたい一線が両者の間にあるものを、一つの類型として「女性拝跪」と名付けて置く。崇拝される女性は、極度に理想化された「良い乳房」に当たり、男性主人公は、幼児のように卑小な存在になっている。これらのヒロインは、積極的に男性主人公を攻撃することは、稀である。基本的には「幼児回帰型マゾヒズム」に近い。

聖母マリアの例は、『生れた家』『アヹ・マリア』ラスト『肉塊』(二)(六)『神と人との間』(八)(十七)(十八)『饒舌録』『蓼喰ふ蟲』(その三)『恋愛及び色情』『幼少時代』「蛎殻町浜町界隈」などにある。

永遠女性の例は、『前科者』(一七)『金と銀』(第三章) とラスト『肉塊』(二)『青塚氏の話』『饒舌録』『蓼喰ふ蟲』(その二)『恋愛及び色情』、翻訳だが『ヴイナスと愚人と』(『ボードレール散文詩集』)などにある。

女神に譬えられたり、女神が登場する例は、『捨てられる迄』(二)(三)『独探』『魔術師』の恋人『小僧の夢』(二)の十二)『詩人のわかれ』ラスト(ヴィシュヌは女神ではないが、インドの美の女神として描かれている)『金と銀』(第三章)(第五章)『呪はれた戯曲』の襟子、および玉子の涙『AとBの話』(3)のAの母『或る調書の一節』『肉塊』(二)『一と房の髪』ラスト『青塚氏の話』『日本に於けるクリップン事件』『黒白』(七)(八)『蓼喰ふ蟲』(その三)(その八)『乱菊物語』「小五月」(その一)(その二)などにある。

菩薩(観音など)に譬えられる例は、『幇間』『法成寺物語』『二人の稚児』『金と銀』(第三章)『無明と愛染』(第一幕第二場)『顕現』(その四)(その十)『卍』(その八)とラスト『乱菊物語』「発端」(その一)「小五月」(その二)「室君」(その一)『蘆刈』『春琴抄』『少将滋幹の母』(その八)とラスト『瘋癲老人日記』(十一月十四、十五日)などと、翻訳だが『三人法師』(中)にある。

天人・天女は『独探』『天鵞絨の夢』(第一の奴隷の告白)『顕現』(その三)『乱菊物語』「発端」(その一)「二人侍」(その三)「燕」(その四)などにある。

女王は『刺青』『麒麟』『少年』『捨てられる迄』(三)(四)(九)『魔術師』(ただし両性具有者)『金と銀』ラスト『小さな王国』(男子であるが、沼倉が大統領になり、貝島先生も家来になる)『天鵞絨の夢』『アヹ・マリア』(7)(ただし鼠と蟻の王)『肉塊』(十一)のプリンセス役のグランドレン『赤い屋根』(4)『日本に於けるクリップン事件』『乱菊物語』「発端」(その一)(その二)「室君」(その二)などにある。

女性の方が遙かに身分が高い例は(ただし主従の例は次に回す)、『法成寺物語』の四の御方と定雲『人面疽』の華魁と乞食『痴人の愛』(二十五)の譬え話『吉野葛』(その四)の重の井と馬方三吉『蘆刈』の微禄した慎之助父子と再婚後のお遊さん『少将滋幹の母』の時平の北の方となってからの滋幹の母と国経・滋幹、などにある。

白人女性の日本人男性に対する優越性という形を取る例は、『独探』『アヱ・マリア』(2)(3)(8)『痴人の愛』などにある。

③奴隷・従者・奉公人など

崇拝する女性を主人と仰ぎ、自分はその卑小なる奴隷・従者・奉公人などとして仕え、世話をするというパターンである。例は、『少年』『饒太郎』(三)(五)『魔術師』(ただし両性具有者)『天鵞絨の夢』第一の奴隷『痴人の愛』ラスト『盲目物語』『春琴抄』などにある。これらのヒロインは、積極的に男性主人公を攻撃することは、稀である。基本的には「幼児回帰型マゾヒズム」に近い。

潤一郎が、実生活でも松子の下男になっていたことは、書簡類や松子の『倚松庵の夢』所収「倚松庵の夢」「源氏余香」、『湘竹居追想』(二)などから分かる。

④落魄・流浪・陋巷趣味

谷崎には、落魄したり、流浪漂泊したりすることへの趣味がある。これは、母を喪失したこと、生家が没落したことに対する感傷的な自己憐憫や、現実に対する厭世・逃避願望とも絡み合ったマゾヒズムの一形態と考えられる。既に『五月雨』『春風秋雨録』『うろおぼえ』にこうした傾向は現われているし、『近江聖人』に強い感銘を受けたのも、この心理が背景になっていたであろう。

例としては、『十五夜物語』『艦褸の光』『人面疽』『母を恋ふる記』『或る漂泊者の俤』『月の囁き』の乞食の老人とその娘で華族の養女になった綾子の対比、『肉塊』(二)の朝鮮・満州などへの旅、(十一)の清朝の親王の娘と鉄公の対比、『痴人の愛』(二十五)の田舎の穢い親父が娘の、一介の貧書生がかつての許嫁の、出世した姿を見るという譬え話、『蘆刈』の零落した慎之助と別荘に住むお遊さんの対比、『少将滋幹の母』の時平の北の方になった元の妻と国経の対比、などがある。

また、『谷崎潤一郎文庫』月報12号の座談会での松子の発言によると、谷崎は「大阪の浮世小路（現・中央区高麗橋通と今橋通の間にある小路の通称。大正頃まではまだ粋な妾宅や侘び住居式の家が見られた。）みたいな所に住みたい、そうでなければ道修町に住みたい」と言って、あちこち家を探したことがあったと言う。谷崎自身も『初昔』で、松子との結婚が取り止めになったら、大阪の船場か島之内辺の路地の奥の長屋を借りて住みたいと、むしろ楽みに思ったことを書いている。こうした陋巷趣味も、マゾヒズムの一形態なのであろう。

また、右のヴァリエーションとして、理想女性と一緒に旅をしたいという願望が谷崎にはある。

例としては、『饒太郎』（三）お芳ちゃんと無人島へ『少年の脅迫』（九）『お国と五平』『アヱ・マリア』（7）ただし牛若丸と『痴人の愛』（四）『友田と松永の話』（1）の順礼『蓼喰ふ蟲』（その十二）の順礼『乱菊物語』ラストの弥四郎と胡蝶『吉野葛』（その四）の静御前との道行き『蘆刈』などがある。

この内、『少年の脅迫』『蘆刈』以外には、落魄・流浪というイメージが含まれている（順礼は身をやつしているので、落魄・流浪に含めて良いだろう）。

実生活でも、こうした旅を実行し、特に松子との恋愛時代には、従者・下男として振る舞っていたことは、『野崎詣り』や松子『湘竹居追想』（二）の旅の思い出などから分かる。

基本的には「幼児回帰型マゾヒズム」であろう。

⑤間男されても腹を立てない、浮気な女・三角関係をむしろ喜ぶなど

浮気・姦通されることで男の面子を潰されるという被害にもかかわらず、妻・愛人に対する恋慕を変えないという

パターンである。例は、『麒麟』『幇間』『恋を知る頃』（第三幕第一場第一節）の伸太郎『捨てられる迄』『饒太郎』（六）『お才と巳之介』ラスト『金と銀』（第三章）『秋風』『青い花』『永遠の偶像』一雄と渡辺の会話『痴人の愛』ラスト『赤い屋根』（5）『日本に於けるクリップン事件』『鍵』（一月十三日）『瘋癲老人日記』（六月十九日）（八月五日）などにある。先にも引用したが、佐藤春夫の『この三つのもの』（七章）でも、北村＝谷崎は、《僕は、お雪（＝せい子）が橘（＝今東光）やその外の男などを沢山相手にしたところが、何とも思へやしない。》と言っている。これらのヒロインは、浮気とは別の形でも男性主人公に被害を与えることが多い。基本的には「インセスト型マゾヒズム」に近い。

フロイトが「「愛情生活の心理学」への諸寄与」第一章「男性に見られる愛人選択の特殊な一タイプについて」で指摘しているように、息子から見れば、母は父を間男としている浮気者である。その意味では、間男されることは、幼児回帰の一種でもある。

⑥肉体的なマゾヒズムの古典的な形態

一般に最も良く知られているマゾヒズムの形態は、縛られて鞭で叩いてもらうようなタイプであろう。このタイプは、谷崎にはむしろ稀である。そのために、谷崎はマゾヒストではなく、クラフト・エービングらの真似をしただけだと思う人もあるようだが、それはマゾヒズムを理解しないために生じた誤解である。

女に鞭打たれる例は、『饒太郎』（六）『蘿洞先生』『日本に於けるクリップン事件』に、女に縛られる例は、『刺青』の絵の中の犠牲の男『少年』『饒太郎』（五）『日本に於けるクリップン事件』に、残酷な刑罰の例が『麒麟』に、踏まれる例が、『刺青』の絵の中の男たち『少年』『魔術師』『富美子の足』『春琴抄』『瘋癲老人日記』（十一月十七日）などにある。

鞭打ちは、西洋では小中学生に対してよく行なわれた体罰であるから、強制的に幼児回帰させてもらえるという意味で、マゾヒストに好まれたのであろう。縛られることは、生後数ヶ月の身動き出来ない赤子の状態への回帰と考えられる。踏まれることは、価値の否定という意味合いが大きいが、谷崎の場合、フット・フェティシズムとも結び付いている。

相手が悪女であることを必要とする「インセスト型マゾヒズム」である。

⑦顔に対する攻撃

顔は人格の象徴であり、顔に対する攻撃は、価値の否定という意味合いが大きい。基本的には「インセスト型マゾヒズム」であろう。

例は、『麒麟』罪人に対する酷刑『少年』『金色の死』（六）『お才と巳之介』ラスト（『四季』「歌舞伎の中の残酷趣味」で言及されている「黒手組助六」序幕の権九郎から想を得たものであろう）『富美子の足』ラスト『本牧夜話』（第二幕）『腕角力』『神と人との間』（十九）顔が腫れ上がる『青塚氏の話』顔に排泄物をかける、などにある。

また、鼻（『憎念』『アヱ・マリア』（7）『腕角力』『武州公秘話』）や目（『盲目物語』『春琴抄』『聞書抄』）に対する攻撃は、去勢を象徴する。『武州公秘話』（巻之三）で、則重が《兎唇（みつくち）》にされて、《赤ん坊が物を云ふやうな》ふがふが声になる所も、去勢と幼児退行を表わす。『幇間』等の坊主頭も去勢の意味を持つ。

谷崎には、美男または美しい女性になりたいという願望があり、その裏返しとして、「美的マゾヒズム」とでも言うべき醜男の例が、谷崎独特のものとして目に付く。例は、『創造』（一）『法成寺物語』の定雲『お才と巳之介』（一）『神童』（七）『鬼の面』（二）（三）『亡友』『小僧の夢』（一）の五）『仮装会の後』『人面疽』『痴人の愛』（九）（十）『武州公秘話』（巻之二）醜い首に憧れる『少将滋幹の母』（その十一）『瘋癲老人日記』（六月十九日）、ハーディーの翻訳『グリーブ家のバアバラの話』などにある。

⑧殺されること

基本的には「インセスト型マゾヒズム」であろう。

女性に殺されたり、それを望む例は、『刺青』『恋を知る頃』（第三幕第二場第二節）『捨てられる迄』（一）（四）（五）（九）『饒太郎』（三）（五）『白昼鬼語』『月の囁き』『赤い屋根』（5）『武州公秘話』（巻之二）『残虐記』（1）『瘋癲老人日記』（七月十二日）などにある。

腹上死、セックスのため精力を吸い取られて死にそうになるなどの例は、『颱風』『続悪魔』『金と銀』（第三章）『青い花』『痴人の愛』（二十）『友田と松永の話』（5）『青塚氏の話』『黒白』（八）『鍵』などにある。

これらはいずれも、母なる女性に殺されることで、永遠に母の中に吸収・合体されるという幻想に基づくものである。

殺されることの一種として、特に「首を切られること」を望む例がある。これは、⑨の「物質化」の一種とも言える。首を切り落とすことは、明らかな去勢象徴である（力を失わせることと、細長い人体自体が、男根に見立て得るためであろう）。首だけになると動けないことと、大人の首の大きさは赤ん坊のサイズに近いという点から、赤ん坊への幼児退行も意味しているだろう。

例は、『饒太郎』（三）『金色の死』（十三）『武州公秘話』（巻之二）『雪後庵夜話』「『義経千本桜』の思ひ出」にある。

⑨動物化・物質化

動物化の例は、『魔術師』奴隷は孔雀・蝶々、主人公は半羊神『少年』犬の真似『富美子の足』犬の真似『痴人の愛』(三)(十四)(二十七)馬『アヱ・マリア』(7)南京鼠・蟻の奴隷、などにある。実生活では、おきんへの恋を告白した明治四十三年五月十八日付け大貫宛書簡に、「夫となれずば甘んじてその人の狗・馬・豚となろう」と書いた例がある。

動物化は、価値を低めるという意味合いが大きいが、『魔術師』で言われているように、動物化や物質化によって人間(＝大人)の《威厳や形態》を捨てることで、《良心の苦悶》や体面から解放されて、幸福になれると考えられているようである。

物質化の例は、『少年』蝋燭の燭台『捨てられる迄』(一)液体化『魔術師』豹の皮・燭台・サンダル『白昼鬼語』液体化『富美子の足』富美子の足の踵か畳『顕現』(その九)箏『武州公秘話』(巻之二)首『春琴抄』墓石『瘋癲老人日記』(十一月十七日)骨になって颯子の重みを感じる『雪後庵夜話』「『義経千本桜』の思ひ出」首になりたい・鼓の皮に張られた親狐、などにある。

物質化は、動けなくなるので、価値を引き下げるほかに、赤ん坊(液体の場合は羊水)への回帰という意味があろう。

動物化と物質化とは、基本的には「インセスト型マゾヒズム」であろう。

⑩老人化

性的能力を失った老人は、去勢された男性という意味で、マゾヒズムの一形態になる。また、老人の醜さは、⑦で述べた「美的マゾヒズム」を満たすものと言えるだろう。谷崎の作中の老人は、インポテンツになっていても、言わば精神的な性的欲望は衰えて居らず、このタイプは基本的に、「インセスト型マゾヒズム」である。

例は、『信西』（七十四、五歳。ただし、女性との絡みはない）『鶯姫』大伴先生（五十五、六歳）『富美子の足』塚越（六十三歳）『或る漂泊者の俤』（五十歳前後。ただし、女性との絡みはない）『鮫人』服部（二十七歳）『アヹ・マリア』ミスタ・エモリ（四十恰好）『蘿洞先生』（四十三～六歳）『赤い屋根』小田切（四十二、三歳）『青塚氏の話』（五十二、三歳）『蓼喰ふ蟲』美佐子の父（六十歳近い）『少将滋幹の母』国経（七十七、八歳）『鍵』（五十六歳）『瘋癲老人日記』（七十七歳）などである。

端役では、『月の囁き』綾子の父、『痴人の愛』（二十五）の譬え話の中の田舎の親父の例がある。

四十代でも老人扱いされる例があり、『鮫人』の服部に至っては、二十七歳にして《早くも老衰と病弱の影が漂うて居る》（第一篇第二章）とされる。これは、谷崎の躁鬱気質と神経衰弱の影響のようである。

また、老人性でないものも含めてインポテンツの例を挙げて見ると、『飈風』『熱風に吹かれて』（一）『柳湯の事件』『呪はれた戯曲』『友田と松永の話』（5）『卍』（その二十）綿貫『少将滋幹の母』（その三）『鍵』妻の欲望に応えきれない『残虐記』の今里増吉（原因は原爆の被爆）『夢の浮橋』の糺の父（腎臓結核でセックスが禁止される）『瘋癲老人日記』などがある。『佐藤春夫に与へて過去半生を語る書』では、千代子との《最後の五六年と云ふものは、殆んど性的能力を喪失したかとさへ思つた》と言う。

谷崎は、若い時にもインポテンツに陥った時があるらしいが、これも谷崎の躁鬱気質と神経衰弱の影響のようである。

谷崎は、敗戦時六十歳であり、戦後間もなく老人性インポテンツに陥ったため、谷崎の戦後作品の殆どで、インポテンツが重要なモチーフとなっている（「戦後の谷崎潤一郎」（三）（本書P457～）参照）。

(五) 幼児性・幼児回帰の願望がマゾヒズム以外の形で現われる例

谷崎の幼児性や幼児回帰の願望が体面との葛藤を伴う場合には、多かれ少なかれマゾヒズム的な形態が必要になるが、もっとストレートに幼児回帰の願望が実現される例も少なくない。それを以下に分類して例示する。

①少年化

少年は、大人の男に比べれば、去勢された存在である点が、谷崎の去勢願望にかなった筈である。また、少年には大人の性的能力がないため、インセストの問題から自由である点にも、少年期の魅力の一つがあったと考えられる。

谷崎が回想的な文章で、幼少時代を懐かしんだものは、まだ若い時からあり、『春風秋雨録』『友におくるうた』『野いちご会詠草』『くさぐさ』「冬の夜」『うろおぼえ』『少年の記憶』『生れた家』『上海交遊記』(4)『都市情景』『饒舌録』『恋愛及び色情』『私の見た大阪及び大阪人』『大阪の芸人』『初昔』『きのふけふ』『幼年の記憶』『或る時』『幼少時代』『親不孝の思ひ出』『ふるさと』『幼少時代の食べ物の思ひ出』と、質量共に豊富である。これは、谷崎の幼児回帰願望の強さを表わすものと言えよう。これは一つには、若く美しい母と一緒に暮らせ、経済的にも恵まれていた時代を、谷崎が後になって美化・神話化して記憶していたせいでもあろう。また、十三歳になるまでは、大人の性欲に悩まされることもなく、少年らしい夢と希望と豊かな空想に満ちた日々を送ることが出来ていたからでもあろう。

作中で、幼児回帰の願望を主人公が明確に表明する例は、『彷徨』『秘密』『神童』などにある。

例えば、『彷徨』(一)の猪瀬は、谷崎同様、小学校時代から神童とうたわれ、一高に入学する。猪瀬はキリスト教の影響で、《幼い時分の闊達な気象から、沈鬱な物を考へ込むやうな性分に変（ママ）わり、《宗教家哲学家を以て世に立たうと云ふ決心》をするが、一高入学後、《若やいだ歓楽》を自らに禁じているうちに肋膜になってしまい、闘病生活を経て、キリスト教の影響は付け焼き刃だったことに気付き、《これからは子供の時のやうな自由なのんびりした生活をしよう。》と決心するのである。この主人公は、一高の同窓生・小林良吉と親友・大貫晶川の経歴を借りた部分もあるが、本質は『神童』と同様、谷崎の精神遍歴をなぞったものと思われる。（注15）

『神童』の主人公も、ラストで《十二歳の小児の頃の趣味に返つて、詩と芸術とに没頭すべく決心》する。

『秘密』の主人公は、《もう一度幼年時代の隠れん坊のやうな気持を経験して見たさに、》身を隠す。

作中の主人公が幼少時代を懐かしんだり、回想する例は、『羹』（八）『饒太郎』（一）『鬼の面』（五）『アヱ・マリア』（7）（8）『痴人の愛』（二十四）『蓼喰ふ蟲』（その二）（その九）『吉野葛』（その二）『蘆刈』『瘋癲老人日記』（九月四日）などにある。

主人公が幼かった頃の若く美しかった母への母恋いをモチーフとするものには、『母を恋ふる記』『乱菊物語』「小五月」（その一）「夢前川」（その二）『吉野葛』『蘆刈』『少将滋幹の母』『夢の浮橋』などがある。

主人公が少年である例は、『少年』『恋を知る頃』『憎念』『華魁』『神童』『女人神聖』『二人の稚児』『或る少年の怯れ』『白狐の湯』『雛祭の夜』『顕現』などである。

女に捨てられたり、奪われた際に、母を見失った子供のように感じる例は、『お艶殺し』（二）（五）『女人神聖』（十六）『神と人との間』（六）『乱菊物語』「夢前川」（その四）『少将滋幹の母』（その五）にある。

②幇間

谷崎が幇間を、信念を持って体面を超越し、無邪気な子供に帰ることが出来る理想の人物像と考えていたことは、先に"REAL CONVERSATION"と『幇間』によって見た通りである。『饒太郎』（三）でも谷崎は、幇間は、金のために媚び諂う卑屈な人間なのではなく、《已むに已まれぬ愉快に駈られ》る《無邪気》な人間なのだと弁護している。『神童』（七）の春之助も、巧みな話術で主人夫婦から女中まで楽しませる呑気な商人たちを、《彼等のやうなのが本当に人間らしい、幸福な生涯》かも知れないと羨む。

谷崎の描く幇間の殆どは、従って、金持に雇われる職業的な幇間ではなく（『幇間』の三平も、趣味が昂じて職業にしているだけである）、無邪気・剽軽・呑気で、周りの人々みんなを楽しませるのが大好きな、最も子供に近い男たちである。

谷崎自身も若い頃、幇間のように巧みな話術で、人を楽しませていたことは、『客ぎらひ』『青春物語』「大貫晶川、恒川陽一郎、並びに萬龍夫人のこと」『異端者の悲しみ』（三）から、窺い知られる。

作中での幇間的な人物の例を列挙すると、先ず主役クラスでは、『幇間』『饒太郎』『お才と巳之介』『異端者の悲しみ』、脇役では、『恐怖時代』珍斎『鮫人』（第三篇第四章）水木金之助『乱菊物語』幻阿弥『武州公秘話』道阿弥『少将滋幹の母』平中などがある。

幇間的な人物たちは、谷崎の登場人物の中でも、幼児性が強く現われることが多い。例えば、『幇間』の三平に対しては、《誰でも（中略）頭を撲つとか、鼻の頭をつまむとか、一寸からかつて見たい気にな》ると書かれている。これは、子供に対する可愛がり方であるし、三平が雛妓に足をすくわれた後、目隠しをされたまま《「由良さん」のやうに両手を拡げて歩み出》す所は、「あんよは上手」を連想させる。

『鮫人』（第三篇第四章）の水木金之助（金公）の描写を見ると、《やつと湊つたらしの時期を過ぎたばかりのやうな、子供々々した締まりのない円顔》《色白でふつくりした柔かさうな女性的な肉附き、甘つ垂れた口のきゝやう、下つた眼尻（中略）小柄な体格、不恰好に短い手足》と、赤ん坊そっくりである。

『乱菊物語』「室君」（その二）で、幻阿弥が《「かゝゝゝげろふさまア！」と、いぢめられた子が母親にでも訴へるやうに》救いを求める所も、代表的なものと言える。

幇間は、笑いをもたらす存在であるが、幇間以外でも、谷崎文学に見られる喜劇的傾向は、男性的な体面をぶちこわす所から生まれる場合が多い（「比較文学ノート」の『蘇東坡』の項（本書P911〜）も参照されたい）。谷崎が武者小路実篤を高く評価したのも（『我が日・我が夢序』『奉天時代の杢太郎氏』『文壇昔ばなし』対談「芸道対談」（「婦人倶楽部」昭和二十六・四）など）、武者小路の幼児性に惹かれたからであろう。

谷崎には、こうした幼児的な面・幼児性に憧れる面と、その一方で、極めて高い知性と、成熟した大人としての側面が共存していた。

内山保『一分停車』（アサヒ書房）の「二本のパイプ」によると、恐らく昭和三年十二月、内田百閒と内山がたまたま佐藤春夫邸で谷崎と同席した後、内山が「谷崎さんて、馬鹿に偉い感じのする人ですねえ」と言うと、百閒は「谷崎は今の日本の文壇では、ゲーテみたいなものだからね」と答えたと言う。また、伊藤整・武田泰淳・三島由紀夫・十返肇が昭和三十一年一月に谷崎と座談会をした帰途、参加者たちは、「会ってますます大人物という感じをおぼえた」と語り合っていたと言う（十返肇「『鍵』の文豪」「週刊読売」別冊　昭和三十一・七・十）。

また谷崎の作品と実際に会った時の印象のギャップに驚いたという証言もある（高木治江『谷崎家の思い出』の治江の父の発言など[注16]）。

佐藤春夫も、「潤一郎。人及び芸術」（「改造」昭和二・三）で、谷崎文学の悪魔主義的傾向と《私生活に於ける彼の寧ろ徳望者に近いやうな生活態度》とのギャップを指摘している。『父となりて』では、家族にひどく冷淡なようなことを書いているが、実際は必ずしもそうではなく、弟妹などに対しても面倒を見たことは、「谷崎家・江沢家とブラジル」（本書P527〜）にその一端を記して置いた。

谷崎にはまた、ひどく礼儀正しい所があり、戦争で疎開中の昭和二十年七月、勝山で野崎益子に『細雪』の原稿の清書を依頼した時には、益子を上座に座らせ、大変丁寧に依頼したと言う（吉野順子「谷崎潤一郎の疎開生活」「明治文化研究」昭和四十五・六）。昭和二十六年十月には、『源氏物語』現代語訳に協力していた玉上琢弥を招待し、自分の定宿である芝明舟町の福田家の、いつも自分が泊る一番の部屋に泊め、朝食は玉上氏を上座に据えて、共にしたと言う（玉上琢弥「『谷崎源氏』をめぐる思い出」（中）「大谷女子大国文」昭和六十一・十二）。昭和二十九年五月に潺湲亭を訪ねた十返肇も上座に座らされている（前掲・十返肇「『鍵』の文豪」）。谷崎から著書に序文を貰うことになって、昭和三十二年二月に挨拶に行った勝見豊次は、その折の谷崎の《礼儀の正しさには全く恐入つてしまつた。》と回想している（「谷崎潤一郎先生」『随想自然薯』）。

しかし、自由奔放な面を見せる時もあり、例えば伊沢蘭奢の「或時の印象」（「不同調」大正十五・九）には、四、五年前、神田の中華料理店・維新号で会食した際のエピソードが紹介されている。それによれば、谷崎は「今度出る〇〇は旨いんだぜ。素敵だぜ。」と唾を飲み込んでいたが、やがてソワソワと部屋を出て行き、ボーイから湯気の立つ大丼を受け取って戻るや、矢庭にペッペッと唾を吐き入れ、「さあ俺の唾が入ってるぞ、食べる勇気があるか」と言い、皆が呆れている間に、独りでムシャムシャやり出した、と言う。

谷崎にはまた、女性には親切でも、男性には冷たいという印象もあるが、例えば、丸尾長顕の「谷崎先生の心の片隅に」（没後版『谷崎潤一郎全集』月報第二十号　昭和四十三・六）には、「深夜、酔っ払った丸尾長顕とその友人の則武亀三郎が、夙川の谷崎宅を叩き起して、「何か食べさせて下さい」と言うと、谷崎はフグの干物を手ずから焼いてくれた。やがて則武亀三郎が座敷一杯にゲロを吐き散らしたが、谷崎は少しも怒らず、家人を呼んで片付けさせた」という証言もある。相手が男性でも、例えば佐藤春夫とは、誘い合わせて一緒に銭湯に行くような仲だった。笹沼源之助や上山草人との友情については、拙稿「笹沼源之助・谷崎潤一郎交流年譜」（「甲南国文」平成十一・三）・「上山草人年譜稿」（「甲南女子大学文学部　研究紀要」平成十四・三～連載中）を参照されたい。

谷崎の人格には、分裂があるため、このように二重人格的な複雑さ（不誠実という意味ではない）がしばしば見られるので、よく注意する必要がある。

幼児性との関連で、もう一つ、注意して置きたいのは、谷崎文学は、全体にエロティシズムの文学と言って良いのだが、にもかかわらず、キスであれ愛撫であれセックスそのものであれ、大人の普通の性愛が、日常的・常識的な文脈で表現されることは、実は極めて稀だ、ということである。もとよりそれは、戦前の厳しい検閲と、戦後も続いた性表現に厳しい道徳的風潮のせいもあるが、むしろ主たる原因は、谷崎の女性に対する態度が、距離を置いた空想の投影や崇拝、幼児的母子的な関係であるケースが多いためなのである。マゾヒズムもフェティシズムも、本来、幼児性欲の一種で、幼少期には珍しくないが、成人後まで残る点に異常性があるのである（フロイト「性欲論三篇」参照）。本当のマゾヒスト・フェティシストではない大多数の読者にも、谷崎の文学が理解・愛好されるのはそのためである。

幼児性というものに対しては、幼稚・下等・無意味なものとしか感じ得ない人たちも居るようだが、幼児や少年の心には、大人が失いがちな繊細で豊かな感受性と想像力・創造性があり、大人の常識的価値観とは異なる発展の可能性がある（その多くは摘み取られてしまうのだが）。例えば、大人は現実性・実用性・道徳性に囚われているが、子供は遊びや玩具や装飾や破壊・浪費、悪の楽しみ、そして様々な夢や空想の価値を知っているのである。

幼児に帰ろうとする谷崎の願望は、現実社会・文化の常識的価値観を疑い、吟味し、人間の原点・初心に帰って、人間の本当の幸福・自由・生きる意味 etc. を追求させる原動力となったものとして重視せねばならない。それは、マゾヒストならぬ高度に知的な読者にとっても、谷崎文学が大きな意味を持つゆえんなのである。

注

（1）マゾヒストと明記される主人公の例だけでも、『饒太郎』『異端者の悲しみ』『少年の脅迫』『前科者』『金と銀』『青い花』『日本に於けるクリップン事件』『武州公秘話』があり、他にも、マゾヒズムの現われる例が多数ある。

（2）谷崎が理想女性を真の自分と見なす傾向については、「『象』・『刺青』の典拠について」（本書P795～）で例を挙げて説明している。

（3）谷崎が妻の千代子を虐待したり、創作の中でも、稀に女性に対して攻撃性を向けることがあるのは、谷崎がもともと母に向けていた攻撃の残存と考えられる。

（4）ルース・ベネディクトの『菊と刀』などが指摘しているように、欧米に比べて日本では、欲望のままに行動する幼少期の子供の在り方こそが、人間本来の姿だという考え方が強いと言われている（欧米にもない訳ではないが）。谷崎文学に見られる幼児退行的表現が、他の性倒錯的表現に比べて、日本の一般読者大衆の嫌悪感を誘わなかったのは、このためであろう。後述するように、『武州公秘話』で西洋風の《南蛮胴の鎧》、『青い花』で《洋服》が、体面を保とうとする苦しい努力の象徴になっているのは、欧米の方が大人の男子の体面への拘りが強いことを、谷崎が無意識に感じ取っていたせいかも知れない。

（5）『幼少時代』「稲葉清吉先生」に出る。ただし、石川悌二『近代作家の基礎的研究』によれば、東京府の公文書の記録では、稲葉先生は明治三十一年五月四日付けで高等科へ勤務替えの申請が出ているので、潤一郎の高等科一年までは野川先生が担任だったかもしれない。『近江聖人』を愛読したのが尋常科時代だとしても、明治二十七年（九歳）の生家没落以後、恐らくは三、四年生（十～十二歳）の時ではないだろうか。

（6）クラフト・エービングの“Psychopathia sexualis”の中で、谷崎に影響を与えたのは、第四章（F. J. Rebman の英訳ではⅣ. General Pathology）であろう。影響を与えた可能性の高い箇所を列挙すると、
・症例六十八の後で、ルソー『告白録』のマゾヒズムが取り上げられている所（『春琴抄』で言及されている部分）とロムブローゾの『天才論』によって、ボードレールのマゾヒズムとサディズムとフット・フェティシズムを指摘した所は、谷

崎を勇気付け、『饒太郎』（三）で触れられている。
・妻の白い肌を見ると性的不能になるという症例十四が『友田と松永の話』（5）に、
・女性の小便を飲むという症例二十四・五十一・八十一・八十三と、女中がプードルに爪先を舐めさせているのを見て射精し、頼んで同じことを繰り返させ、後には自分がプードルに代わって女中の足を舐め、射精したという症例八十が『少年』に、
・恋人に手を石炭や煤で黒く染めさせると満足する男と、女の全身にオイルを塗り込まないと勃起・射精しない男の症例三十四が『柳湯の事件』に、
・女の顔に石鹼の泡をたて、剃刀で剃ると射精するという症例三十七と、馬になって女を乗せる症例五十八が『痴人の愛』（二十七）に、
・娼婦に頼んで自分の手足を縛り、目隠しをし、窓のカーテンを閉め切り、ソファーの上に放置して出て行って貰い、半時間後に戻って来て貰い、満足してお金を払うという症例六十四が『饒太郎』（五）に、
・足が萎縮したり、奇形の女性に性的興奮を感じる症例九十四〜九十六が『アヹ・マリア』（8）に、
それぞれ影響を与えた可能性がある。
また、
・猫が大好きという症例五十・百二十四、
・男だが女性体型という症例五十、
・娼婦を相手に、母に叱られる小学生にもどる症例六十六、
などは、それぞれ谷崎の猫好き、女性化願望、幼児退行願望を自覚させる切っ掛けになった可能性がある。
・また、第四章の各所で、自慰が神経衰弱など様々な害毒を齎すと書いている点は、潤一郎の親友・大貫雪之助の明治三十八年四月十六日の日記に《マスターベーションの話盛んなり谷崎は十三の時よりついこの間迄トゥワイス・イン・ア・デイにしてサクセッシブリーなりきといふ、驚くべし彼のエナージー》（瀬戸内晴美「大貫晶川ノート」『かの子撩乱その後』）とあるような自慰の習慣を、《道徳上の罪悪》（『神童』（七））であり、かつ《生理的にも（中略）戦慄すべき害毒を齎す》（同）ものとし、また、その誘惑に勝てない《自分は天性意志の弱い人間》（『鬼の面』（三））《悪魔的な卑しい習慣》に囚われた《罪の子》（同（七））などと、酷く気に病ませ、鉄道恐怖症などの神経衰弱について、《子供の時分から、

あんまり不自然な肉欲に耽つて、霊魂を虐げ過ぎた為め》（『異端者の悲しみ』（四））などと思わせる原因になった可能性がある。

（7）『当世鹿もどき』「はにかみや」の他、『佐藤春夫に与へて過去半生を語る書』『青春物語』「紅葉館の新年会のこと」『雪後庵夜話』などで、谷崎は自分がはにかみやであることを告白している。『饒太郎』（四）の主人公や『青塚氏の話』の青塚氏、『韮崎氏の口よりシユパイヘル・シユタインが飛び出す話』の韮崎氏も、はにかみやとされている。小島政二郎『聖体拝受』（二十一）には、講演会での潤一郎のはにかみぶりが描かれている。沢田卓爾は、対談「荷風・潤一郎・春夫」（『群像』昭和四十・十）で、「谷崎ははにかみ屋なので、好きだった石井小浪の顔を見ても、にやにや笑って帰るだけで、誘い出して食事をする所までも行かなかった。」と証言している。

（8）メダルト・ボスの『性的倒錯』（みすず書房）で詳しく取り上げられているクロッツという人物の症例を参照されたい。

（9）《内面の弱点》は、直接には武州公が《被虐性的変態性欲者》（『武州公秘話序』）であったことを指すのであろうが、さらに根本的には、武州公の内なる幼児性を指すと見て良い。なお、『武州公秘話』巻之二「法師丸人質となつて牡鹿城に育つ事、並びに女首の事」で、法師丸が《襟元まで赧くなつた顔を傲然と擡げて（中略）威容をつくろ》ふ姿なども、幼児的な面を無理に隠そうとする例として挙げられる。

ただし、これらは男らしさ・強さが特別に強く要求される戦国時代の武将という設定だからであって、実際の谷崎は、もっとはるかに柔軟だった。恐らく谷崎は、通俗ものとして「新青年」に連載するのに相応しい作品にするために、激しい外面と内面の分裂を生じさせる設定をわざわざ選んだのであろう。

（10）この Russian Bar は実在したらしい。生田蝶介の「私娼に引かれて」（『解剖刀下　女百態』須原啓興社　大正五・四）によれば、京橋区南佐柄木町二番地に「露西亜カフェホール」があり、酒は一杯五十銭、ローザ、リレー、ルーシーの三人の女が居たが、三ヶ月で閉鎖されたと言う。

（11）「シスターボーイ」はデボラ・カー主演の映画「お茶と同情」に出てくる「シスターボーイ」という名称から、昭和三十一年に流行語となった。丸山（現・美輪）明宏など、女装した男性ホステスに使われた言葉である。なお、『瘋癲老人日記』では、《若山千鳥》と《同衾シ、事ヲ行フニ至ツ》たことになっているが、座談会「卍のコンビ女の秘密を語る」（『婦人公論』昭和三十九・九）によれば、谷崎自身の体験ではないようである。

若水美登里については、渋沢青花の『浅草っ子』（毎日新聞社）にも、《ほんとうの娘としか思えなかった》との言及がある。「梨園残芳録」（「演芸画報」昭和九・一）によると、《変態》で《亭主があ》った。昭和九年一月二十一日死亡時の「東京朝日新聞」記事によれば、本名は北沢浜之助、明治十五年横浜羽衣町生まれ。享年五十三歳であった。

(12) 服装倒錯（transvestism）について、フェニヘルは男根を持つ女性への願望とする。他に、女性との同一化、エディプス的な近親相姦願望に対する処罰などの説があるが、谷崎の場合、いずれも当てはまり得る。

(13) フロイトは、「レオナルド・ダ・ヴィンチの幼年期のある思い出」のⅢで、「すべての男性同性愛者は、ごく早い幼年期に、男勝りの母親に対する激しい性愛的な結び付きを体験しているが、母への性愛を抑圧しなければならないために、自分を母の位置に置き、母と一体化し、美少年を母に愛されたかつての自己の分身として、自己愛的（ナルチスティック）に愛するのだ。」と述べている。同性愛だけでなく、ナルチシズムにも、性愛を母へ向けることを避けるという意味があると考えられる。谷崎が、セキへのインセスト願望と、母と一体化しようとする女性化願望と、自分の女性的肉体へのナルチシズムの傾向を示し、さらに、青年時代までは、美少年崇拝の傾向まで示していたにもかかわらず、結局、男性同性愛者にならなかったのは、ナルチシズムを、自己の分身としての女性への崇拝に転化できたからであろう。

一方、三島由紀夫は、マザー・コンプレックスと強いナルチシズムから、男性同性愛者になった。私は同性愛を批判するつもりはないが、彼のナルチシズムと、そこから派生する狂気に近い現実否認（谷崎の『春琴抄』でさえ、三島に比べれば遙かに現実的である）は、三島の芸術の最も個性的な優れた特徴であると同時に、アキレス腱でもあったと思う。三島が、自殺するその年に、『新潮日本文学　第6巻　谷崎潤一郎集』の「解説」で谷崎の『金色の死』を取り上げ、「谷崎はこの作品を否定することで、自殺に導くナルチシズムを回避した」と説いたのは、偶然ではあるまい。

(14) 『白昼鬼語』では、絞め殺された男の首が赤ん坊のように女の《膝の上》に載っていることや、屍骸が《恰も泣き喚いて居るだゞッ児が母親に抱き起されて居るやうな塩梅に》と描写されていることも、死が幼児回帰であることを暗示している。また薬液で溶かされることは、羊水回帰と考えられる。

(15) 君島一郎の『朶寮一番室』によれば、小林良吉は山形県最上郡古口村出身なので、同村出身者を主人公とする谷崎の『彷徨』執筆に、恐らく協力していると思われる。また、谷崎が明治四十三年二月に山形の新聞社に入社しようとした時に、就職を世話したのも、恐らく小林だったと考えられる。

キリスト教関係は、大貫晶川がモデルらしい。晶川の妹・岡本かの子の「処女時代の追憶」によれば、かの子が女学校五年（明治三十九・四〜四十・三）の頃、晶川はキリスト教徒になりかけたが、信じ切れず、芸術と宗教の不一致に悩んでいたと言う。

(16) 松子夫人の親戚に当たる布谷伊忠氏の夫人・敬子さんから直接伺った所では、「敬子さんの目から見て、谷崎潤一郎は、六十年間生きて来た中で出会った最高の人だった。風格があり、威厳があった。眼光が鋭く、心の奥底まで見透かされる感じがした。頭の良い、一分の隙もない、きちんとした立派な人。奥さんを取り換えっこしたとかポルノまがいの小説を書くとかいうイメージとは全く違っていた」、というお話であった。

【追記】　精神分析学によれば、幼児期には「多形倒錯素質」と言って、サディズム・マゾヒズム・フェティシズム・窃視症・露出症・同性愛などの素質が、誰にでも備わっている。その中の一つまたは複数が、成人後まで強く残存した場合に、異常な性倒錯となるだけなのである。谷崎の場合、マゾヒズム・フェティシズムの傾向が特に目立つので、本書では特に一章を割いて論じて置いたが、詳しくは触れられなかった窃視症・露出症・同性愛・サディズムなどの傾向も谷崎に見出されることに、ここで注意を喚起して置きたい。

窃視症は、生後一、二年の乳幼児期、即ち母子が見つめ合うことで愛情や一体感を確認する時期に、母子関係に問題があった人に起こりやすいと言われる。谷崎の窃視症的傾向については、「『春琴抄』」(四)⑤(ア)「佐助の失明と目からの体内化」(本書P702〜)を参照されたい。

また、窃視症と露出症は裏表の関係で、前者は見ること、後者は見られることで、他者と一体化しようとするものである。

ライヒも『性格分析』で強調していることであるが、谷崎に限らず、マゾヒストには、自分が虐待されている所・苦しんでいる所を、なるべく誇張し、しっかり見て貰おうとする傾向、即ち露出症的傾向が伴うようである。これは、マゾヒストが母に見守って貰うことが大切だった生後一、二年の乳幼児期まで退行し、母に許され、愛されたいと願っているためではないか、と私は考える。谷崎の露出症的傾向については、「『日本に於けるクリップン事件』論」

（本書P619～）と「『春琴抄』」（三）「春琴の「実像」の物語と谷崎自身の心の遍歴」（本書P666～）を参照されたい。

なお、『痴人の愛』の譲治の語り口には、恥ずかしいこと（聞く側が気恥ずかしくなるようなこと）を、多数の読者の前で臆面もなくあけすけにしゃべってしまう、そして表現も大袈裟になるという、露出症的な傾向がある。谷崎は、譲治を幾分〝鈍い〟男に設定することで（文体的にも、故意に紋切り型の言い回しを使うなどして、〝鈍さ〟を演出することで）、はにかみ屋の自分を裏返し、批評的距離を置いて（ただし肯定的に）、自らの欲望の真実（女性崇拝・マゾヒズム・露出症など）を表現することに成功したのである。

後年の『鍵』『瘋癲老人日記』も、隠すべきことを隠さずに書くという日記本来のアンビヴァレンツを巧みに利用した、露出症的傑作と言えよう。

【付記】　本章は概ね書き下ろしであるが、「別冊国文学」No.54『谷崎潤一郎必携』（学燈社　平成十三・十一）に掲載した「マゾヒズム」と、「国文学　解釈と教材の研究」（平成四・十一）に掲載した「谷崎潤一郎――マゾヒストの夢」の一部を、取り込んでいる。

第四章　谷崎潤一郎とフェティシズム

（一）谷崎はフェティシストか？

フェティシズム（fetishism）とは、異性の肉体の一部（髪・手・足・排泄物など）や身につける物（靴・下着など）、或いは異性を象徴するもの（革製品・毛皮・ビロードなど）に対して、普通人が感じる以上の特別の魅力を感じ、異性自身よりも重要な性対象とする傾向を言う。また、性対象が特別の条件（特定の髪の色・肌の色・衣服の種類・身体障害など）を満たすことを要求する例もある。

谷崎にフェティシズム、特にフット・フェティシズムの傾向があったことは、作品からも明らかと言えるが、実生活でも、佐藤春夫の『この三つのもの』に、北村＝潤一郎が「お雪＝せい子の足ほど美しいものはない」と言っていたことが出るし、小島政二郎の『聖体拝受』（十五）にも同様の例がある。また、渡辺千萬子の足を鍾愛したことは、『谷崎潤一郎＝渡辺千萬子往復書簡』（中央公論新社）、「婦人公論」（平成十三・二・二十二）に掲載された瀬戸内寂聴と千萬子の対談、などで確かめられ、潤一郎が武智鉄二の弟子・御木きよらの脚を愛撫・接吻し、「君の脚は日本一だ、こうやって触っている時が一番幸せなのだよ」と繰り返し言ったという武智鉄二の証言（「歌舞伎俳優論　沢村訥升」「演劇界」昭和五十一・三）もある。谷崎自身も、『雪後庵夜話』（1）で、《私は恋愛に関しては庶物崇拝教徒》と書いている。この他、谷崎が恋愛時代に、松子の切った爪を貰って、「根津夫人の爪」と上書きして、大切に保管していたものが、今でも遺されている（『細雪』（中巻（二十九））では雪子が爪を切る場面が印象深く描かれている）。

（二）谷崎のフェティシズムの始まり

谷崎がフェティシストになったのは何時からか。この点については、確実な資料はない。だが、『アヱ・マリア』（7）では、主人公が、自分には《フエテイシズムに似た心持で》女や様々な物を《崇拝する》傾向があると言い、《白や赤の人形がまるで人間の心を持つたもの、やうに思へた》《五つか六つぐらゐの》時に、自分が赤い相撲人形をえこひいきし、記憶を遡ってその起源を探った結果として、ことが、最も古い事例だとしているので、谷崎の場合も、大体五、六歳頃からフェティシズムの傾向があったと見て置いて、大過ないだろう。

ところで、『アヱ・マリア』によれば、この時、主人公は、白い人形を弱者、赤い人形を強者と見立てていた。これは、精神分析学的には、愛してくれない母に対する憎しみを白い人形にぶつけるという意味が、第一に考えられる。また、主人公が「自分は弱者なのではないか」という去勢不安を打ち消すために、赤い人形に感情的に同一化し、赤い人形（＝父または理想の男性）を男根的強者、白い人形（＝母）を去勢された弱者に見立てたもの、とも考えられる。

しかし、父の男根をフェティッシュとした時期は短期間で終わり、「谷崎潤一郎とマゾヒズム」（本書P77～）の所で検討したように、明治二十六年一月に「犬荘子（いぬのそうし）噂 高楼（うわさのたかどの）」で、《女に変装した》《色の白い美少年》・犬坂毛野が、《赤い顔をした強さうな》男を斬り殺すのを見たこと（これは一種の去勢である）が切っ掛けとなって、主人公は、白い人形＝母＝強い男根の所有者として崇拝するようになった。これは、この時期がエディプス期の終わりで、潤一郎が父の男根を拒絶し、母に男根を与える道を選んだためであると考えられる。

フロイトは、「性欲論三篇」と「呪物崇拝」で、フェティッシュの本質を母の男根とし、フェティシズムとは、男性が自分の去勢不安を克服するために、母の去勢を否認しようとして、母の男根を象徴するものをフェティッシュとすることだ、と説明した。これは大筋では当たっていると思うが、谷崎の場合は、「谷崎潤一郎とマゾヒズム」の所で確認したように、明らかに自分の男根を放棄して、幼児化または女性化しようとする傾向が強いので、弱い自分を守ってくれる強い母を望んだことが、母の去勢を否認するフェティシズムを発生させたと考えるべきである。谷崎の生涯を貫く特徴的なフェティシズムは、従って、数え年八歳のこの時から始まったとすべきであろう。

『アヹ・マリア』では、相撲人形の後にも、次々に様々なものが、間断なく「白」（ただし必ずしも色が白いとは限らないが）＝母＝男根的な高い価値を有するフェティッシュとして崇拝されたとされている所から、これ以降、「白のフェティシズム」は、谷崎の中で定着したと思われる。

『私の初恋』などで、《ホモ、セクスアリス》の萌芽として語られている《七八歳の時分》からの歌舞伎の女形や子役、小学校の同級生の美少年らへの感情も、真の同性愛ではなく、美少年に（自分の女性化願望を投影し）男根を有する白い母を幻想した「白のフェティシズム」と見た方が良いだろう。

『アヹ・マリア』で、白い人形を崇拝するようになった時に、《赤い人形の鼻の先をゴリゴリと削つた》のは、鼻＝男根象徴に対するフェティシズムの始まりと見て良い。

また、《赤が倒れると、その腹の上に白を乗せて、そこをぐん〳〵と踏み躙らせ》、赤が不意打ちをやっても《脚の下に組み敷》き《ギユウギユウ云は》せる、とある所から、足を力の座、男根象徴とする「フット・フェティシズム」の傾向も、同じ頃から芽生え始めたと見て良さそうである。赤＝父の男根を崇拝する時には、特別の男根象徴は必要ないが、白＝母には本来男根がないので、代わりのものとして足が男根に見立てられることになったのであろう。『アヹ・マリア』に出る店の小僧・鈴吉の足だけを崇拝したというフット・フェティシズムのエピソードは、いつ頃のことか分からないが、十歳の春頃に「五条橋」を踊った娘に憧れたというエピソードよりは前であるらしい。『憎念』の小僧・安太郎と関連するとしたら、やはり七、八歳の頃かも知れない。

　フット・フェティシズムの現われとして年代的に確実なものとしては、明治二十九年一月に、明治座で「義経千本桜」を観た時に、福助が足に白粉を塗っていなくて、赤いのが気になって仕方がなかったという回想が、『幼少時代』「団十郎、五代目菊五郎、七世団蔵、その他の思ひ出」にあり、『雪後庵夜話』「「義経千本桜」の思ひ出」では、このことを、《異性の美しい足に対する私の庶物崇拝は、もうその時分からなのである。》と、自らフット・フェティシズムの初期の例と認めている。また、明治三十一年一月、真砂座で「しらぬひ譚」などを見たのと同じ頃、偕楽園の門の所で、人力車に乗ろうとしている家橘（後の十五世市村羽左衛門）の白い脛を見て驚いたという回想（『幼少時代』「同」）もある。明治三十一年五月の『五月雨』で、主人公の職業を《下駄ノハ入レヤ》にしたのも、フット・フェティシズムと関連するだろうし、同じ頃、『近江聖人』を愛読した際にも、「皹（あかぎれ）が出来た母の足に藤樹が手ずから薬を塗る所」に強い感銘を受けていたと私は想像する。『恋を知る頃』や『お国と五平』で、恋人の足の手当をする所には、『近江聖人』の影響があろう。

（三）谷崎のフェティシズムの本質

フェティシズム発生の詳しいメカニズムやフェティシズムの本質については、フロイト以外にも幾つかの説があるが、谷崎の場合は、母に関する不安を癒すことが、その最も根本的な意味であると私は考える。以下、ウィニコットの言う「移行対象」の延長線上にフェティシズムを位置づける説（『アメリカ精神分析学会　精神分析事典』（新曜社）の「フェティッシュ」の項を参照）と、母の去勢に対する否認というフロイトの説、そしてゲープザッテル（Gebsattel）の説を援用しつつ、クラインの説も加味して説明する。

先ず、ウィニコットの言う「移行対象」とは、母親と離れねばならない時に、安心感を得るために、幼い子供が母親代わりにする物を言う。例えば、口に入れてしゃぶる自分の指、シーツや毛布、乳児の喃語、縫いぐるみの人形、柔らかいおもちゃなど、母親を思い起こさせるような特徴（匂いや感触・音など）を、多少とも備えているものが選ばれる。(注1)

「移行対象」は、普通は、子供の健全な発育を助ける物であるが、母子関係に問題があって、「移行対象」が過度に重要なものになると、フェティッシュ的になってしまうと言われている。恐らく「移行対象」は、普通は単に母を思い出させ、慰安的代用品になりさえすれば良いのだが、弱い母ではなく強力な母の保護を求める子供たちは、母の男根の象徴を求め、フェティッシュにしがみつくようになるのであろう。

谷崎の場合も、まだ幼い無力な時に母に置き去りにされたため、乳母なしに居られず、そのために小学校を落第する程に、強い不安を抱いていた。そのために潤一郎は、クラインの言う「良い乳房」を強く理想化して、強力な男根を持つ母のイメージを作り出し、それをフェティッシュとしてしがみつかねばならなかったのである（日本回帰後は、抑鬱的態勢への移行が進み、男根的な母像へのしがみつきも軽減されたと考えられる）。『アヱ・マリア』の主人公が、白い人形を崇拝し、《どんなにその白い人形のおかげで、幼い頃の孤独な月日を慰めたゞらう。ほんとに臆病で神経質な子供だつた私は、まだその時分は友達もなし兄弟もなかつたので、その白い人形を自分の唯一の味方とも思》ったと語っていることは、このことの傍証となろう。

『アヱ・マリア』では、《「白」を崇拝する感情は、あの人形を知る以前から、恐らく私が生れた時から、たしかに心の中にあつた。》と書かれているが、これは、「白」＝「良い乳房」は、誕生から間もなくに、「妄想的・分裂的態勢」と呼ばれる心のメカニズムによって生み出されるからで、この部分を書く際に、谷崎が自らの心の奥底を探って見た時に、確かにそういう実感があったのであろう。

また、主人公が成長するにつれて、「白」＝《「好きな物」》が《始終いろ〳〵に変》ったのは、「良い乳房」は様々なものに投影可能だからであり、《崇拝する物》が《常に一つ》であって、二つ以上にならなかったのは、「良い乳房」は一つであるからであり、ゼロにもならなかったのは、「良い乳房」無しに生きるのは、不安だったからであろう。

ただし、『アヱ・マリア』で、《「白」の本体》（8）を結局、聖母マリアとしているのは、実際に聖母マリアが出発点にあったからではない。これは、『アヱ・マリア』執筆当時の谷崎の白人女性崇拝と、祖父・久右衛門が遺した聖母マリア像の記憶と、《「白」の本体》が実は理想化された「良い乳房」、即ち理想化された母に対する願望であることが合わさって、『アヱ・マリア』では、そういう形に落ち着いたというだけである。

ところで、『アヱ・マリア』で、主人公ミスタ・エモリにとって、《六つか七つ》（7）の時から《四十恰好》（2）になるまでに好きになったもの、好きになった女性すべてが、結局は「白」だったとしたことは、主人公＝谷崎にとって、最初の白い人形だけでなく、それ以後の性的対象・女性たちがすべて母の代用品としてのフェティッシュだったと谷崎が解釈し、主張したということである。これは、作者・谷崎が、何歳になっても守ってくれる幻想の母への依存を断ち切れず、恋愛対象にもそれを求めていたことを反映するものであろう。そして、このことこそが、谷崎を、ごく普通の生身の女性に満足できず、異常に理想化された、またインセスト的な性対象を求める人間にし、マゾヒズムやフェティシズムなどの幻想に救いを求めざるを得なくした原因なのである。

しかし、谷崎のフェティシズムの本質を解くには、これだけではなお不充分である。フェティッシュには、単に母に守られたいというだけでなく、母を所有し自由に支配できるようになりたいという積極的な野望が、大きく作用しているると考えられるからである。

＊　　　＊　　　＊

この問題を考えるために、フロイトが「快感原則の彼岸」で解釈している、生後十八ヶ月の男の子のエピソードを例として挙げよう。フロイトによれば、この男の子は、母に置き去りにされるという苦痛な体験を克服するために、母を象徴する糸巻きを投げ捨てては取り戻す「Fort／Da（いない／いた）」遊びを繰り返すことで、自分を母に支配される無力な存在から、母を消し去ることも復活させることも自由に出来る強力な主体に変えたというのである。『アヱ・マリア』の白い人形、そしてその後に「白」になった様々の肖像・鼠・蟻・鈴吉の足 etc. は、自由に支配できる所有物であるという意味では、この糸巻きと（また「移行対象」とも）、同じではないだろうか。

もし、フェティッシュが単に男根象徴なら、大きければ大きいほど良い筈だが、実際には、フェティシストは、むしろ小さなものをフェティッシュとして愛する場合が多い。谷崎も手足の小ささ・精細さを褒めている例が少なくない。例えば『美食倶楽部』（十四）『富美子の足』『青い花』『アヱ・マリア』（2）のニーナ（7）のワシリーと早百合子『痴人の愛』（十二）『瘋癲老人日記』（九月五日）の母の足などである。これは、コントロール可能な独占所有物にしたいという欲望の方が優先されるからであろう。

子供は一般に、母を自分の望み通りにコントロールしたり、自分の独占所有物にすることは出来ない。それでも普通はそのことに次第に慣れ、本来、自分の所有物にはならない他者というものとの良い接し方を身に付け、社会性のある大人に成長して行く。しかし、幼児期に母に置き去りにされた谷崎のような人間には、「母（または母と同一視している理想女性）は、自分のような無価値な者のためには側にとどまってくれない」という強い劣等感があるため、母・理想女性を逃がさないために、それをコントロール可能な独占所有物＝フェティッシュに変え得た時に、初めて本当に安心でき、リラックスできるのではないか。同じことを別の言い方で言うならば、ひたすら自分にとって都合良く空想した理想の母をうまく投影できるものをフェティッシュとし、その母＝フェティッシュと一人二役で芝居を楽しんでいる時が、成人後も、谷崎が本当の幸福を味わう時だったのではないか。私は、谷崎のフェティシズムの本質の一つは、ここにあると考える。

フェティシズムは、もともと宗教学において、呪物（フェティッシュ）の中に超自然的な力を見る呪物崇拝や、偶像を神と崇める偶像崇拝を意味する言葉として作られ、それが性倒錯の一種を表わすために転用されたものである。恐らく、宗教的フェティシズムと性倒錯としてのフェティシズムの共通点は、本来コントロールまた所有不可能な対象（宗教的には超自然的な力・神、性倒錯においては母・理想女性）を、コントロール可能なものの中に封じ込めることにあるのだろう。

谷崎の場合、しばしば理想女性を神仏になぞらえ、宗教的に崇拝しているが、これは、「良い乳房」に幼児期特有の非現実的魔術的な「万能感」を「投影」し、極度に「理想化」していた心理が、成人後も続いていたためである。谷崎がフェティシストにならねばならなかった原因の一つには、この様に神に近く空想してしまった相手とは、フェティッシュの中に封じ込めでもしない限り、接することも出来ないという事情もあろう。

『赤い屋根』（４）で、繭子を《女王》にすることが、《奴隷》にすることと同じとされるのも、『日本に於けるクリツプン事件』で、《女神の如く崇拝》することが、実は《人形》《器具》とすることだとされるのも、『恋愛及び色情』で、《自分の家の仏壇にある仏像》は《所有品》だが、《人はその前に跪き（中略）勤めを怠れば罰を受けることを恐れる。》と説明したのも(注2)、崇拝しつつ所有物として支配するフェティシズム固有の矛盾なのである。

谷崎が実際、理想女性に対して、相手をコントロールできないという不安を持っていたことは、例えば『痴人の愛』（一）の譲治が、二十八歳になるまで《異性との交際》もできず、女《道楽》も普通の見合い結婚もせず、自分より十三歳も年下の《小娘》・ナオミを選ぶ、といった例からも分かる（「『痴人の愛』論」（本書P591〜）参照）。谷崎の作中で、ヒロインが十代だったり、性格的に子供っぽかったりする例が多いのも、大人の女性ではコントロールできないという不安が強かったからであろう。

女性に対する恐怖感は、『二人の稚児』『武州公秘話』（巻之二）にも見られ、醜さ故に女性に対して劣等感や気後れを感じる例は、『創造』（一）『お才と巳之介』（二）『鬼の面』（九）『黒白』（四）『少将滋幹の母』（その十一）にある。

また、白人女性に対して恐怖感を抱く例が、『独探』『人魚の嘆き』『本牧夜話』『一と房の髪』『白狐の湯』『アヱ・マリア』『肉塊』『痴人の愛』『友田と松永の話』にある。

その他、女性の側にハンディーを与えて、主人公が優位に立てるようにしているケースなど、幾つかの類型については、「谷崎潤一郎の母に対するアンビヴァレンツ」（四）④「捨てられ不安」（本書P42〜）を参照されたい。

弱々しい女性（またはそれに準ずるもの）を愛する例は、『二人の稚児』小鳥『秦淮の夜』花月楼『鮫人』（第一篇第一章）林真珠『二月堂の夕』『痴人の愛』春野綺羅子『乱菊物語』胡蝶『盲目物語』お市の方『春琴抄』写真の春琴『夏菊』汲子とその母『細雪』上巻（六）（二十二）雪子『親不孝の思ひ出』などにある他、千代子をモデルとしたヒロインは、概ね性格的に弱いおとなしい女性である。

ところで、谷崎には、もう一つ、母・理想女性を自由にコントロールし、所有できる場所があった。それは文学である。事実、谷崎は、殆どの作品で、母・理想女性をテーマにし、谷崎の分身と思しき男性主人公を母・理想女性と出会わせ、ドラマを創り出している。つまり、谷崎にとって文学とは、幼い頃の孤独な人形遊びの続きであり、本来コントロール不可能な神の如き母・理想女性を、空想の世界で自由に操り、作品の中に封じ込めるフェティシズム的な所有支配の一つの形式だったのである。(注3) そうでなければ、どうして次のような文章が書かれようか？

昔私は一塊の土で造つた人形や、牛若丸の絵姿を種に子供の智慧でさまぐ〵な筋を仕組み、取り止めもない妄想に耽つて日を暮らした。そして今では？――――やつぱり私はいろ〳〵の女を材料にして物語を編み、同じやうな妄想に浸つてゐるではないか。

（『アヹ・マリア』（7））

「小説家であることの幸福」と云ふやうなエッセイを、私はときぐ〵書きたくなる。全く他人と没交渉で仕事が出来、自分だけの世界に閉ぢ籠つてゐられる有難さは、たゞひとり小説家のみが享受出来る。私は家庭の中にあつても妻や妻の一族に窺ひ知られない孤独の世界を持ち、いつでも気が向けばそこに逃げ込んで籠城し、子供が好きな人形を並べて楽しむやうに、数々の幻想の人形を並べて何人の掣肘も受けることなく自由な時を過すことが出来るのは、ひとり小説家のみに許された特権であると考へてゐる。(注4)

（『雪後庵夜話』（2））

一般に、作家は現実に生きることより、空想に生きることを愛しているものであるが、谷崎の場合は、愛する女たちすら排除した書斎だけが、本当の自分に帰れる空間だった。それは、谷崎にとって、何よりも大切だった母・理想女性は、現実には決して得られることがなく、ただ空想の中でだけ、一緒に居られる存在だったからに違いないのである（「谷崎潤一郎の母に対するアンビヴァレンツ」（四）②「厭世的・自閉的傾向」（本書P26～）も参照されたい）。

このことは、ゲープザッテルのフェティシズム論とも、符合している（以下は、邦訳「フェティシズムの現象学」（「現代思想」昭和五十三・七）に基づき、細江が要約したものである）。

即ち、フェティシストは、母（または父）に対する愛情的固着から離れられないでいるために、現実の異性との対等で相互的な愛情交流が出来ず、異性の人格はむしろ性愛の障害物となってしまう。そのため、精神を持たない物体の内に、自分が安心して愛することの出来る恋人のイメージを投影し、疑似的な愛情関係を空想することで満足を得るしかない。それは子供の人形遊びの心理の延長線上にあるものである。また、フェティシストの愛は、思春期の少年少女が、空想的な憧れを他者に抱く場合と同じで、長所も短所もある現実の真の他者を愛しているのではなく、そこに理想化した自己像を投影して憧れているだけなのである。

ゲープザッテルが指摘している問題は、谷崎自身も自覚していて、随筆・書簡・自作などの中で、自分の恋愛が、相手の肉体に自分の勝手な幻想を投影するものでしかないことを、繰り返し説明している。(注5)

例えば、随筆『父となりて』(大正五)の中では、《全体私は或る作品の中でコンフエツスしたやうなアブノオマルな所があるので、今迄自分が夢中になつて熱愛する程の女に出会つた例(ためし)がない。》と述べている。昭和六年一月二十日付けの古川丁未子宛の書簡では、《私は過去に於いて恋愛の経験が二三度ありますが、ほんたうに全部的に、精神的にも肉体的にもすべてを捧げて愛するに足る女性に会つたことはなかつた。》(「読売新聞」平成三・八・二十二夕刊など　＊全集未収録)と言っていて、これは、丁未子となら真の恋愛が出来るという意味であったが、それも幻想で、二人の関係はすぐに破綻する。そして昭和七年九月二日付けの松子宛の手紙では、《私には崇拝する高貴の女性がなければ思ふやうに創作が出来ないのでございますがそれがやうく今日になつて始めてさう云ふ御方様にめぐり合ふことが出来たのでございます》と書いている。松子との関係は長続きしたが、それは、松子が「倚松庵の夢」(『倚松庵の夢』)などに書いているように、潤一郎のイメージに合わせて振る舞うように、松子が努力した結果であった。

創作の中でも、例えば、『秘密』の女は、《あなたは私を恋して居るよりも、夢の中の女を恋して居るのですもの》と正しく指摘している。『饒太郎』(三)では、《饒太郎の恋と云ふものは、男女相愛の関係から発生するのではなく、男は女を愛し敬ひ、女は男を虐げ卑しめる時に生ずるのであつた》と説明される。『異端者の悲しみ』（三）での説明は、ゲープザッテルと完全に一致しており、《人間と人間との間に成り立つ関係のうちで、彼に唯一の重要なものは恋愛だけであつた。其の恋愛も或る美しい女の肉体を渇仰するので、美衣を纏ひ美食を喰ふのと同様な官能の快楽に過ぎないのであるから、決して相手の人格、相手の精神を愛の標的とするのではない》とされている。『前科者』（一七）でも、《己がたまく〵、一人の女を恋するのは、その女の中に自分勝手な幻影を見て居るのであつた。（中略）強ひて己にも恋愛があると云ふならば、その相手は己の頭の中に住む幻影の女である》と言う。『黒白』（七）の水野は、《女性崇拝者》であるが、《女を余り美しく、余り神に近く空想するものだから、実際にぶつかつてみると、いつも幻滅を感じさせられる》。《今日迄数多くの女の肌に触れて来ながら、一度も女の「心」に触れたことがない》。その他、『鬼の面』『金と銀』『AとBの話』『赤い屋根』でも、主人公には真の恋愛が出来ないとしている。

なお、『前科者』のKは、ゴーティエの『ボードレール評伝』を引いて、《ボオドレエルの詩の中にある女性は、箇々の、現実の女ではなく、典型的な『永遠の女性』である。（中略）君のやうなMasochistの頭の中にある女の幻影も、やつぱり或る一人の女性ではなくて、完全な美しさを持つ永遠の女性なんだらう。だから現実に行きあたると、直ぐに失望するのだらう》と言い、主人公も首肯する。谷崎のイデア論は、ゴーティエの『ボードレール評伝』から発想されたものであるが、その心理的基盤は、原型となるセキへの固着とフェティシズムにあると言って良いだろう[注6]（イデア論については、「谷崎潤一郎・変貌の論理」（二）「始発期から西洋崇拝期へ」（本書Ｐ365～）・「谷崎潤一郎と詩歌」（本書Ｐ467～）参照）。

この他に、相手の人格を無視するとは言っていなくても、主人公の側にあらかじめ理想の女性のイメージがあって、そのタイプにぴったり当て嵌まる女性を探し求める例が、『金と銀』『白昼鬼語』『青い花』『肉塊』にある。しかし、いずれの例でも結局はうまく行かない。フェティシストの理想は現実離れしたものであるから、ぴったり当て嵌まるように思う場合も、所詮は錯覚に過ぎないからである。

従って、主人公の好みに合うように、邪魔になる相手の人格を変えてしまおうとする例も何種類かある（これは魔術的・万能感的なものである。「躁鬱気質と谷崎潤一郎」（九）「躁的防衛と万能感」（本書P313〜）参照）。

一つは、女性の人格を（『吉野葛』以外は悪の方へ）改造しようとする例で、『刺青』『捨てられる迄』（二）『饒太郎』（三）『赤い屋根』（4）『吉野葛』（その六）『武州公秘話』（巻之五）『鍵』（一月十三日）『瘋癲老人日記』（六月十九日）（七月十二日）（八月五日）などにある。

実生活でも、谷崎は大正五年にせい子を引き取り、自ら英語を教え、本を読ませ、女子音楽学校に通わせた（松本慶子『彼岸花』（青娥書房）など）。佐藤春夫の『この三つのもの』（七章）によれば、お雪＝せい子について北村＝谷崎は、《お雪のあの性格は、先天的素質の上へ、僕が妖婦としての教養を傾注したのだ。僕は思ひのままの女一疋を創造してみようと乗出したのだ。》と語っており、人格改造の実践だったことが分かる。少女を自分の理想通りに養育しようとする『嘆きの門』『永遠の偶像』『痴人の愛』は、すべてせい子がモデルで、人格改造の一種である。

意味は違うが、離婚しやすいように妻の人格を改造しようとする例が、『既婚者と離婚者』『蓼喰ふ蟲』（その五）にある。

改造まではしないが、見かけだけ、主人公の望むタイプ・役を演じさせるという例もある。『饒太郎』（五）のお玉ことお縫、『日本に於けるクリップン事件』でマゾヒズム＝芝居とする所、『黒白』（七）（八）の売笑婦。『春琴抄』で火傷後の春琴に過去の驕慢な春琴を演じることを強いる所や、自分が創った戯曲や映画で女性に好みの役を演じさせたいという『アヹ・マリア』（1）や『肉塊』（二）に現われる願望も、これである。実生活では、一時期、松子に春琴を演じさせていた（松子の『倚松庵の夢』所収「倚松庵の夢」「源氏余香」等参照）。

『秘密』『少年の脅迫』（九）『白昼鬼語』『肉塊』（七）などでは、女や少年の方から主人公好みの役柄を演じて誘惑してくれる。『捨てられる迄』（一）（四）（七）などでは、主人公・ヒロイン双方が芝居を演じる。『武州公秘話』巻之三「法師丸元服の事、並びに桔梗の方の事」では、《被虐性の性欲を持つ人は（中略）相手の女性を己れの注文に応ずるやうな型に当て嵌めて》実際とは違った風に空想することがよくある、としている。実際とは違った風にヒロインを理想化して空想する例は、『柳湯の事件』『春琴抄』『少将滋幹の母』（その八）『瘋癲老人日記』などにも見られる。

人形のような女性をヒロインとする『友田と松永の話』『蓼喰ふ蟲』や、女中タイプのお和佐と結婚する『吉野葛』などは、人格が余り邪魔にならない従順な女性を選んでいる例と言える。古風な女性の例は、他に『夏菊』『夢の浮橋』などにもある。谷崎は、実生活でも、千代子との離婚直後に、一時期、自家の元女中・宮田絹枝や偕楽園の女中と結婚しようとした。

何を考えているのか分からないような無口な女性も、男の側で勝手にいろんな風に想像でき、それを投影しやすいタイプと言えよう。『正宗白鳥氏の批評を読んで』で、描いてみたいと言っていた、《何事にも慎しみ深く、感情を殺すことにばかり馴らされて》、《いろいろな背徳な感情のかげが淡く胸中を去来し》ても《それらを少しも外に出さな》かった昔の女性というのは、その一例である。『雪後庵夜話』（1）に描かれている、落ちぶれた根津家の《黒塚の鬼でも棲みさうな家》から重子を救い出した時のエピソードなどから見て、重子は非常に無口な人だったらしい。潤一郎が重子を非常に高く評価し、『細雪』の主人公にしたのも、そのためと考えられる。実作では、『細雪』の雪子以外では、『少将滋幹の母』『夢の浮橋』の経子がこのタイプで、『鍵』の教授夫人も、物語の最初においてはこのタイプに近い。

谷崎は、女性の顔だけでなく、肉体からも空想をめぐらす人なので、肉体を改造しようとする例が、『捨てられる迄』（二）『創造』『ドリス』にある。野村尚吾『伝記谷崎潤一郎』が説くように、せい子と岡田時彦を結婚させようとしたのは、『創造』の実践を意図したものだった可能性がある。

また、『恋愛及び色情』には、《西洋には遠く希臘の裸体美の文明があり、（中略）さう云ふ国や町に育つた婦人たちが、均整の取れた、健康な肉体を持つやうになるのは当然であつて、われ〳〵の女性が真に彼等と同等の美を持つためには、われ〳〵も亦彼等と同じ神話に生き、彼等の女神をわれ〳〵の女神と仰ぎ、数千年に溯る彼等の美術をわれ〳〵の国へ移し植ゑなければならない。（中略）青年時代の私なぞはかう云ふ途方もない夢を描き、又その夢の容易に実現されさうもないのに此の上もない淋しさを感じた一人であつた。》とあり、谷崎が日本人女性全体の肉体を改造したいと考えていたことが分かる。(注7)

また、それ故に、関東大震災の折には、東京はきっと西洋的な街に変わる、そうなれば、十年後の日本の少女たちは、《姿も、皮膚の色も、眼の色も、西洋人臭いものになり、彼女たちの話す日本語さへが欧洲語のひゞきを持つ》（『東京をおもふ』）だろうと予想して、谷崎は喜んだと言う。『痴人の愛』は、谷崎が十年後を待ちきれずに小説で先取りしたものである。そこでは、譲治がナオミを西洋風の家で、洋服、洋食（特にビフテキ）と、海水浴などで活発に育て、《精神の方面では失敗したけれど、肉体の方面では立派に》（七）改造に成功するのである。

以上のフェティシズムの例の中に、「肉体」の魅力を言うものが幾つもあったが、潤一郎にとって女性の肉体は、フェティシズムの幻想を投影するための単なる土台以上のものであり、また普通の男性のように、単に性欲を刺激するだけのものでもなかったらしい。

例えば『鬼の面』（九）の壺井は、金弥という芸者の《肉体美を眺める時、アスピレエシヨンの対象となる可き何物もないやうな荒漠たる世の中にも、纔に一とすぢの生命の頼りを見つけ出したやうな心地がする》と言う。『雪後庵夜話』（3）には、《顔の美醜などは問題でない。頸、肩、背筋、腕、胸、臀、脚、等々の一つ一つが持つ弾力、盛り上り、色つや、逞しさ。私は日常見馴れてゐる自分の周囲の女たちの、肉体の部分部分にそれ〴〵の長所があるのにふと気がついて瞠目することがある。梅原龍三郎君の裸婦によく見るムッチリと肥えた赤みを帯びた肉体、私は殊にあれに魅せられる。あゝ云ふものを見ると、俄に世間が明るくなつたやうに感じ、やはりなか〳〵死んではならないと思ひ、何かゞムクムクと腹の底から湧き上つて来る。》とある。

谷崎にとって女性の肉体は、幼児期に死の恐怖から守ってくれた母の肉体、死に抗し、生きる力を与えてくれる生命そのものの象徴だったのではないかと私は考えている。言わば、女性の肉体自体が男根（≒生命・エネルギー）の象徴であり、フェティッシュだったのであろう（「谷崎潤一郎とエディプス・コンプレックス」（一）④（イ）（ii）「肉付きのよい女性・大柄な女性」（本書P166～）、「同」（一）④（カ）（iii）「貴種流離譚」（本書P202～）等の例も参照されたい）。

（四）谷崎のフェティッシュの種類

以下、谷崎文学に登場するフェティッシュの例を、整理してまとめて置く。フェティッシュとなるものは、基本的に母の男根を象徴するものと見て良い。

①白い肌

白は、優秀性を表わすが故に、フェティッシュとなるのであろう。

『アヱ・マリア』の例では、蟻や鈴吉の黄色い足の裏のように、明らかに白くないものも「白」に含められているが、谷崎が小学生の頃は色白の美少年の、その後は女性の「白い肌」を、重要なフェティッシュとするようになって行ったことについては、一々例は挙げないが、谷崎全集の随所に証拠がある。谷崎の作品のヒロインの大部分は色白とされているし、白へのこだわりは、『陰翳礼讃』にもよく現われている。一時、白人女性を崇拝するようになったのも、肌の白さが大きな要因だったことは、疑いを容れない。

白い肌に対するフェティシズムは、色白だったセキに由来する所が大きいと思われるが、歌舞伎の白塗りのヒロインや、義経など日本の伝統的な英雄たちのイメージからも影響を受けたようで、『アヱ・マリア』の白い人形が、その最初の結節点となったようである。

なお、日本回帰後の『吉野葛』『陰翳礼讃』などでは、和紙が女性の肌の象徴・フェティッシュとして用いられている（「肛門性格をめぐって」（本書Ｐ327〜）・「『吉野葛』論」（本書Ｐ641〜）参照）。

②足

足は、性器の手前にあることと、その形と、靴＝女性器とした場合、そこに挿入されること、等々から、男根象徴になりやすいと言われる。また、踏みつけにされるというマゾヒズムの要求（クラフト・エービング説）や、足の臭い匂いが肛門性欲を刺激することも、足がフェティッシュに選ばれる要因とされる（フロイトが「性欲論三篇」に付けた自注）。谷崎の場合は、男根象徴が中心であろうが、マゾヒズムも肛門性欲も関係しているだろう（谷崎の肛門性欲については、「肛門性格をめぐって」参照）。

谷崎の作中に現われるフット・フェティシズムの主な例は、『刺青』『少年』『悪魔』『恋を知る頃』（第二幕第七節）『熱風に吹かれて』（六）『憎念』『饒太郎』（一）『創造』（四）『魔術師』『詩人のわかれ』『美食倶楽部』（一四）『母を恋ふる記』『西湖の月』『富美子の足』『青い花』『お国と五平』『白狐の湯』『アヱ・マリア』（４）（７）（８）『肉塊』（十）『痴人の愛』（十二）『マンドリンを弾く男』（第一場）『赤い屋根』（５）『青塚氏の話』『続蘿洞先生』『春琴抄』

『東京をおもふ』の《私の求めるものは（中略）ハイヒールの沓がぴつちり嵌まる爪先の尖つた可愛い足》という一節『幼少時代』「団十郎、五代目菊五郎、七世団蔵、その他の思ひ出」『鍵』（一月一、廿九日）『夢の浮橋』『瘋癲老人日記』『台所太平記』（第二回）『雪後庵夜話』「『義経千本桜』の思ひ出」などにある。

『メモランダム』では、《からだ全体の美では劣るが》《手足だけで云へば日本人の方が西洋人に優つてゐる。》《足の美しさにかけては日本婦人が一等であらう。》と言っている。

『アヱ・マリア』で跛足のソフィア、『続蘿洞先生』で、梅毒と癩病のために鼻と足の指が欠けている女を愛人にするのは、日本回帰で弱い去勢された女性を志向するようになったためと考えられる。

③鼻

顔の真ん中に隆起している鼻は、男子の腰の真ん中に隆起している男根と、類比されやすい。『The Affair of Two Watches』に《鼻は猥褻也。》とあるのも、谷崎が鼻を男根象徴と見ていたことを暗示している。なお、谷崎には「鼻の孔」に対するこだわりもあったが、これは肛門象徴と見られる（「肛門性格をめぐって」（本書P327〜）参照）。男根の根元附近に肛門があることと、鼻の先端の下に鼻の孔があることが類比されるからであろう。

鼻に対するフェティシズムの始まりは、『アヱ・マリア』に描かれている、八歳頃に、赤い人形の鼻を削った頃と考えられる。谷崎が、『武州公秘話』で男性の鼻を切り取ることに異様な程の関心を示していること、そして、鼻を《肝腎なもの》《大切な物》（巻之二）と呼び、鼻のない首を《女首》（同）と呼んでいることは、谷崎が鼻を男根象徴と見なし、それを母の独占物として、他の男性に与えたくないと感じていたことを証明している。

谷崎が、高い鼻筋の通った綺麗な鼻を、優れた男根の象徴として好んでヒロインに与えたことは、『秘密』『悪魔』『お才と巳之介』（二）『鬼の面』（九）『白昼鬼語』『嘆きの門』（一）『母を恋ふる記』『西湖の月』『富美子の足』『天鵞絨の夢』（第一の奴隷の告白）『肉塊』（四）『神と人との間』（一）『白日夢』（第一場）『武州公秘話』（巻之一）（巻之四）『夢の浮橋』などの例から分かる。『痴人の愛』（十一）のナオミの獅子鼻も、先がつんと上を向いているという意味らしい。(注8)『乱菊物語』「むしの垂れ衣」（その三）でも、胡蝶姫と雛鶴姫の勝負は、鼻の差で決まる。

逆に『続蘿洞先生』で、梅毒と癩病の為、鼻と足の指が欠けている女を愛人にするのは、日本回帰で弱い去勢された女性を志向するようになったためと考えられる。最晩年の『瘋癲老人日記』（七月十日）で、《鼻ガ長クテ高スギル顔ハ嫌ヒダ》と書いているのも、そうした嗜好の変化の現われであろう。

④手

フロイトは『精神分析入門』第十講「夢の象徴的表現」で、手も男根象徴としている。谷崎はしばしば手や指の美しさに言及しているが、指は小さい男根を象徴するものであろう。

例は、『美食倶楽部』（二十五～七）『西湖の月』『青い花』『神と人との間』（十一）『顕現』（その九）『黒白』（四）『乱菊物語』「燕」（その三）『吉野葛』（その五）『武州公秘話』（巻之二）などに見られる。

『東京をおもふ』では、《日本の女の手の美しさは西洋人以上》と褒めているし、『メモランダム』でも、《からだ全体の美では劣るが》《手足だけで云へば日本人の方が西洋人に優つてゐる。》とし、《手だけで云へば中国婦人の方が日本婦人以上であらう》と言っている。

⑤肉体

谷崎にとっては、女性の肉体自体がフェティッシュであったと私は考える。

特に肉付きのよい女性や大柄な女性、男女両性具有的・中性的な女性の肉体（これらは女性としては男根的と言える）を好んだことについては、「谷崎潤一郎とエディプス・コンプレックス」（一）④（イ）（ii）「肉付きのよい女性・大柄な女性」（本書P166〜）と（iii）「乳房が豊かでない女性」（本書P168〜）を参照されたい。

また、女性の肉体を隅々まで知ろうとする例が、『熱風に吹かれて』（六）『お才と巳之介』（二）『永遠の偶像』『アヱ・マリア』（1）（7）『痴人の愛』（十八）（二十）『青塚氏の話』『春琴抄』『鍵』（一月廿九日）（二月廿四日）などにある。「『春琴抄』」（四）⑤（ア）「佐助の失明と目からの体内化」（本書P702〜）も参照されたい。

ついでながら、谷崎の女性の描写に注意しながら全集を通読してみると、谷崎がいかに女性の肉体を隅々までよく観察し、様々なタイプの特徴をよく描き分けているかが分かる筈である。

⑥彫像・人形

彫像・人形、そして⑦の「屍体」、⑧の「眠れる美女」、すべてフェティッシュとしての女性の肉体の物質性をより明確にしたものと言える。

彫像の例は、『あくび』『金色の死』（十一）（十二）『法成寺物語』『青い花』『永遠の偶像』『アヱ・マリア』（4）『肉塊』（七）『痴人の愛』（二十）ただし写真（二十六）の《大理石のヴィナスの像にも似たものが》見えて来る所『二と房の髪』『瘋癲老人日記』（十一月十四日）の菩薩像などにある。『瘋癲老人日記』（十一月十六日）の仏足石もそのヴァリエーションと言える。翻訳ではあるが、『グリーブ家のバアバラの話』『ヴィナスと愚人と』（『ボードレール散文詩集』）などにもある。

『春琴抄』では、春琴・佐助の墓石が、それぞれの彫像でもあり、男根象徴でもある（「『春琴抄』」（四）⑤（キ）「墓＝死の否認の完成」（本書P727〜）参照）。

人形の例は、『少年』『少年の記憶』『魚の李太白』『感覚的な『悪』の行為』『アヱ・マリア』（7）『雛祭の夜』『青塚氏の話』『饒舌録』『日本に於けるクリツプン事件』『ドリス』（その一）《人形を造るやうに「女」を造る。》『蓼喰ふ蟲』『幼少時代』「文学熱」の「新八犬伝」『浄瑠璃人形の思ひ出』などにある。『乱菊物語』「小五月」（その二）で十二人のそっくりな顔の傾城が並び、その中のかげろふ御前が《自己催眠に陥つて、精神のない形骸になつてしまつたやう》に見えるシーンも、人形のモティーフの特殊例と言える。

右の中でも、特に『法成寺物語』では彫像が、『アヱ・マリア』『青塚氏の話』『日本に於けるクリツプン事件』『蓼喰ふ蟲』では人形が、重要な役割を果たしている。文楽人形は、日本回帰に際しても、古典的な女性タイプのイデアとなって、重要な意味を担った。

人形タイプの女性・無口な女性・人格改造・女体改造などについては、先に述べたので略す。

⑦屍体

彫像や人形に準ずる特殊な形態として、美しい、または魅力がある屍体を描いたものを挙げると、『鬼の面』（五）ボードレールの"The Corpse"（ただし、ボードレールは犬か何かの死骸のつもり）、『柳湯の事件』ただし幻想、『西湖の月』『天鵞絨の夢』（第三の奴隷の告白）ただし本当は死んでいない、『月の囁き』冒頭の池田輝雄とラストの章吉と綾子、『本牧夜話』ラスト、『肉塊』（二）（六）（七）で言及されるミレーの《オフエリア》、『白日夢』『乱菊物語』「海島記」（その二）《人喰ひ沼》、『顔世』ラスト、などがある。

この内、『柳湯の事件』『西湖の月』『天鵞絨の夢』『肉塊』『乱菊物語』は、谷崎の水死（≒羊水回帰）願望と関連する。『月の囁き』の屍体は彫刻化の例と言える。『日本に於けるクリツプン事件』では、人形が巴里子の屍体と同一視されている。

谷崎にはまた、冷たい体の女性を好んだらしい形跡があり、これも、彫像・人形・屍体と関連すると思われるが、これについては、「谷崎潤一郎の母に対するアンビヴァレンツ」（四）①「母への固着」（本書P22〜）を参照されたい。

⑧眠れる美女（Sleeping Beauty）

屍体と関連する眠れる美女（Sleeping Beauty）の例は、『刺青』麻睡剤で眠らされた女、『金色の死』（十三）ジョルジョーネのヴィーナスとクラーナハのニンフを模した《生ける画面》、『金と銀』（三）マータンギーの閨、『天鵞絨の夢』の温夫人、『肉塊』（七）（十二）のグランドレン、『痴人の愛』（十三）、『鍵』（一月廿九日）（二月廿四日）にある。

なお、Sleeping Beautyは、日本には稀で、西洋で人気のあるモチーフである。文学では、エロスとプシュケー、ペローの『眠れる森の美女』、グリムの『いばら姫』、絵画では、ジョルジョーネやティツィアーノの「眠れるヴィーナス」、ミレーの「オフィーリア」などが有名である。谷崎の場合も、西洋の絵画からの影響が強いと思われる。

⑨歯

歯は、口唇期的な攻撃性と関係することが、アーブラハムによって指摘された。フロイトも、『精神分析入門』第十講「夢の象徴的表現」で、歯を失うことは去勢を意味する、としている。従って、歯は男根象徴と解釈できる。

綺麗な歯並は、『美食倶楽部』（一四）『秦淮の夜』『痴人の愛』（五）（十）等に見られる。『白昼鬼語』では、纓子の金歯と八重歯が愛嬌を添える、と書かれている。しかし、日本回帰後は、綺麗でない歯の魅力が、『蓼喰ふ蟲』（その二）（その十二）お久の茄子歯『懶惰の説』で描かれたり説かれたりするようになる。これは、日本回帰に際して、弱さを復権する動きの一つの現われと考えられる。

⑩その他

『永遠の偶像』に光子の首だけの彫刻、『アヱ・マリア』（1）に、早百合子について、その《金色のちゞれ毛の鬘を被つ》た《白珊瑚の珠のやう》な顔を《可愛い桐の箱にでもしまつて置きたい！》と主人公が考える例がある。首を斬るのは去勢に当たるので、これらは、日本回帰に向かって、弱い去勢された女性を復権して行く動きの一つの現われと考えられる。

『痴人の愛』（九）には、ナオミの涙の玉を結晶させて取って置きたいと思う例があり、『蓼喰ふ蟲』（その一）には、美佐子の父が《骨董好き》で《書画だの茶器だのをいぢくるのはつまり性欲の変形だ》という一節がある。

『白狐の湯』には、白狐の白い肘と脛、足の赤いおできがルビーのように美しいという例がある。これは、乳首の象徴であろう。『アヱ・マリア』（7）に出る、亡命ロシア人の七歳の男の子・ワシリーの肌の《南京虫》に喰われた《あとがピンク色にブツブツ脹れて数珠のやうにつながつてゐるのが、いた〳〵しくも美しいやうに思へた。》という例も、乳首と関連があるかも知れない。

なお、女性の排泄物への谷崎のフェティシズムは、「肛門性格をめぐって」（本書P327〜）で扱うので、そちらを参照されたい。

また、谷崎の作中に登場する主な動物（蜘蛛・狐・蛇・人魚・豹と猫・鳥）については、「谷崎潤一郎とエディプス・コンプレックス」（二）④（オ）（iii）「動物」（本書P186〜）で、インセスト・タブーによって禁じられた女性の象徴という観点から扱っているため、ここには取り上げなかったが、これらはフェティッシュとしても考察しうるものである。何故なら、動物は一般に、何を考えているのか分からず、男の側で勝手にいろんな風に想像でき、それを投影しやすい。また、谷崎が選んだ動物は、形態または人間に危害を加えうる点から、男根象徴となりうるからである。

注

(1) ウィニコット『児童分析から精神分析へ』(岩崎学術出版社)所収「移行対象と移行現象」参照。
谷崎の作中に登場するものの内、着物(『蘆刈』『少将滋幹の母』(その九))・眠りに就く時などの音(『母を恋ふる記』の三味線・『吉野葛』の機織り・『夢の浮橋』の添水)・母を思い出させる甘い香り(『母を恋ふる記』『痴人の愛』(二十五)『顕現』(その七)『乱菊物語』(「夢前川」(その二))『少将滋幹の母』ラスト『夢の浮橋』)・睡眠薬(『赤い屋根』(5)『瘋癲老人日記』)などは、幼児が使う「移行対象」そのものではないが、それに類似したものと言えるだろう。これは、谷崎に、「移行対象」に依存する傾向が強いことを示していると私は考える。

また、潤一郎が、実生活で美衣・美食・薬品類を好んだことも、肌や口に快感を与えたり、自分の命を守ってくれたりするそれらのものに、母や乳房を感じていたからであり、これも広い意味での「移行対象」に準ずるものとして良いだろう。

なお、『蘆刈』『少将滋幹の母』の着物の例は、倉五郎がセキに先立たれてから、日毎に元気を失い、夜は寝酒を飲んでセキの蒲団にくるまって寝ていたというエピソードからアイデアを得た可能性が高い。精二の『さだ子と彼』(「新潮」大正九・五)、『生ひ立ちの記』(「早稲田文学」昭和十二・四～七)参照。

(2) 《罰を受けることを恐れる。》という所からは、谷崎が理想女性に、いつも「子供を叱り付ける怖い母」の面影を見ていたことが窺われて興味深い。

(3) フロイトは「精神現象の二原則に関する定式」で、次のように述べている。
現実原則が介入してくると、それまで現実検討に拘束されずに、もっぱら快感原則に支配されていたある種の思考活動は、別あつかいされるようになった。それは空想であり、子供の遊びとともにはじまり、成長してからは白日夢として継続し、現実の対象をよりどころとすることをやめるのである。　(引用は『フロイト著作集6』(人文書院)による)
また、ウィニコットは「躁的防衛」で、《空想と白日夢は、外的現実の万能感に満ちた操作である》(引用は『児童分析から精神分析へ』(岩崎学術出版社)による)と述べている。

ただし、文学は単なる子供の遊び・空想・白日夢、幼稚な現実逃避ではない。文学とは、現実以上に高い価値を有する遊び・空想・白日夢を、現実原則から守り、現実の方を変える、高度に文化的・知的な営みだ、と私は考えているし、その様な意味で、谷崎文学を高く評価しているのである。

（4）『「つゆのあとさき」を読む』で、『水滸伝』に《しよざいのない人が退屈しのぎに無数の人形を作つてみたり並べてみたりしてゐるやうな寂寞と空虚とを感じる。》と述べている所は、谷崎と違って《冷酷》《虚無的》だという趣旨ではあるが、谷崎自身の孤独と通じるものを感じ、人形遊びという共通性を見抜いたものと考えたい。

（5）芸術から、不道徳・不健全・反民主的・女性差別的 etc. など、自分の価値観に反するものを追放したがる人々が居て、このような谷崎の傾向に対しても非難が浴びせられて来た。しかし、人間の心の奥底にある無意識・欲望を（それらはしばしば異様・醜悪に見えるものだが）正確に捉えた作品は、優れた芸術として素直に受け容れるべきであり、そういう態度だけが、人類に進歩・向上を齎すものだと、私は確信している。

（6）ヒッチコックの映画「めまい」は極めてフェティシズム的かつイデア論的である。この映画の主人公は、最初に恋した女（自殺したと思われている）に似た女（実は同一人物）に、無理矢理、最初の女と同じ服装・髪（髪型も色も）にさせる。ヒッチコックはマザコンであり、ブロンドの冷たい美人が好きで、恐怖映画ばかりを作り、体型は肥満体で、肛門性格的な潔癖症で、完全主義者で、次々と新しい技術的可能性に挑戦するなど、谷崎と多くの共通点を有する興味深い人物であり、谷崎も彼のテレビ番組「ヒッチコック劇場」を、晩年好んで見ていたと言う（恵美子さんによる）。『過酸化マンガン水の夢』に出るクルーゾー監督の「悪魔のような女」も、ヒッチコックが原作を読み、映画化するつもりでいたものなのである。

（7）なお、島崎藤村も、パリでロシア・バレエなどを見た感想「露西亜の舞踏劇とダヌンチオの「ピサネル」」（『平和の巴里』）で、西洋には古代ギリシャ以来、人間の肉体の美を尊重する伝統があることに思いを致している。

（8）本来は、「獅子舞の獅子の鼻のような低くて小鼻が開いた鼻」を意味するが、英語に'short, turned-up nose（短く上を向いた鼻）'を意味する'snub nose'という言葉があり、これを日本語に訳す時には獅子鼻を当てる習慣になっている。「『ドリス』と"Motion Picture Classic"」（本書P841～）で紹介したが、『ドリス』には、《唇の方を覗いてゐる鼻》をつんと《上向きに直》す「アニタ」整鼻器の広告について、《西洋人は獅子ツ鼻を喜ぶと見えて》とコメントしている例がある。また、'snub'には「冷ややかに鼻であしらう」という意味があるので、谷崎は、短いが上を向いた鼻で、つんとすましているという意味を込めて用いたと推定したい。その傍証として、『秋風』に、ナオミのモデルとなったせい子（作中ではS子）についての、《S子は（中略）ツンと西洋人のやうに上を向いた鼻の先に冷やかし笑ひを浮かべて居る。》という一節があることを指摘して置く。

【付記】　本章は概ね書き下ろしであるが、「別冊国文学」№54『谷崎潤一郎必携』（学燈社　平成十三・十一）に掲載した「フェティシズム」を、取り込んでいる。

第五章　谷崎潤一郎とエディプス・コンプレックス

（一）谷崎にインセスト的な性欲はあったか？

「谷崎潤一郎とマゾヒズム」（二）「谷崎がマゾヒストになるまで」（本書Ｐ78～）の所で触れたように、『アヱ・マリア』等から、潤一郎は数え年八歳の明治二十六年、エディプス期の終わりに当たって、母への性的愛着を続け、父を拒絶する決断をしたと推測できる。また、乳母を母代わりにして育てられたことも、乳母を普通の意味での母、セキは異性として見る傾向を生じさせ、谷崎にインセスト的傾向を持たせる一つの要因になった可能性が考えられる（「谷崎潤一郎の母に対するアンビヴァレンツ」（本書Ｐ５～）参照）。

従って谷崎は、思春期以降、大人の性欲が芽生えると、セキに対するインセスト的な性欲という問題を抱え込んだと想像できるのである。この想像が当たっているかどうか、創作と実生活での事例について、検討を試みよう。

①母恋いの例

谷崎が、セキへの思慕を直接表白したものとしては、『春風秋雨録』『晩春日記』『異端者の悲しみはしがき』『伊香保のおもひで』『生れた家』『女の顔』『初昔』『幼年の記憶』『或る時』『幼少時代』『おふくろ、お関、春の雪』『当世鹿もどき』の「書生奉公の経験」などがあり、谷崎がセキに対して、普通以上に強い思いを抱いていたことを確認するのは容易である。しかし、インセスト的な要素ということになると、『幼少時代』に一例、『女の顔』に多少見られる程度である（具体的には後で取り上げる）。

母恋いの感情が表われた随筆類は、他に、『上海交遊記』の欧陽予倩の母への気持、『初昔』の橘孝三郎の母恋いへの共感とモルガンお雪への気持、『親不孝の思ひ出』（3）の庄七と祖母への共感、などの例があるが、いずれもインセスト的な要素はない。セキの肉体的特徴に言及した『陰翳礼讃』にも、インセスト的な要素はない。

また、一般に「母恋いもの」と呼ばれている谷崎の作品『母を恋ふる記』『吉野葛』『少将滋幹の母』『夢の浮橋』の中で、インセスト的傾向が露骨なのは『夢の浮橋』だけであり、『吉野葛』にはインセスト願望が見られるが、『母を恋ふる記』では微かに感じられる程度であり、『少将滋幹の母』には、インセスト願望は殆ど感じられない。

母恋いのモチーフを含む作例は、他に『神童』『十五夜物語』『ハッサン・カンの妖術』ラスト『不幸な母の話』『痴人の愛』（二十四）『二月堂の夕』『顕現』『乱菊物語』赤松上総介『蘆刈』『乳野物語』『瘋癲老人日記』（九月五日）などがある。この内、インセスト願望が見られるのは、『乱菊物語』と『蘆刈』である。

こうして見ると、谷崎がインセスト願望を明瞭に表現した例は極めて少ない。しかし、だからと言って、谷崎がインセスト願望を持たなかったとは断定できない。何故なら、インセスト願望に対してはインセスト・タブーが働くので、谷崎自身も明瞭な表現や意識化は、しにくかった筈だからである。表面的にはインセスト的な要素が見られないとした右の諸作品についても、深層の無意識についてまで検討すれば、（例えば、母以外の女性に母を見ているなどの形で）インセスト願望が見出される可能性は、十二分にあるのである。

また、母子相姦的な事柄を、文章に書いて発表することに対しては、強い社会的反発が予想され、特に戦前の日本では、余程の覚悟なしには出来なかったという事情もある。例えば谷崎は、インセストとは異なるものだが、戦後の性解放の風潮を利用して『鍵』を発表しようとした所、国会で問題になり、そのため、最初の構想とは違うものにせざるを得なかった（NHK編『文壇よもやま話』（下巻）青蛙房）。だから、『夢の浮橋』の時には、疑似的とは言え、母子相姦が『鍵』の時のような社会問題にならないか、何度も嶋中社長に電話をかけて、念を押していたと言う（伊吹和子『われよりほかに』（講談社）「三の章『夢の浮橋』前後」の「小説の出来るまで」）。こうした事情も考慮に入れつつ、慎重に吟味する必要があるのである。

②比較的直接的なセキとの関係

谷崎の実生活で、セキに対するインセスト的な性欲が現われた例としては、『幼少時代』「父と母と」の、《私はよく、母が美人に見えるのは子の欲目ではないか知らん（中略）と、さう思ひ〳〵した。顔ばかりでなく、大腿部の辺の肌が素晴らしく白く肌理（きめ）が細かだつたので、一緒に風呂に這入つてゐて思はずハツとして見直したこともたび〳〵であつた。》という一節を挙げることができる。母と一緒に風呂に入るような年齢で、(注1)この様に母の肉体に対して、異性としてのエロティシズムを感じ取っているのは、異常であろう。

谷崎が、父や弟を排除して母と二人だけで暮らすというエディプス的な物語『五月雨』を書いたのは、十三歳の時であり、村井弦斎の『近江聖人』を愛読し、その母恋いに共感したのも同じ頃と想像される。『近江聖人』でも、母は夫を失い、貧乏に苦しんでおり、それを主人公が助けようとする所に、倉五郎に取って代わろうとする谷崎の欲望が刺激されたと考えられる。

また、明治四十年前後の一高時代、晩秋の月の冴えた夜に、深川富岡公園近傍の陋屋に、(注2)旧友・野村孝太郎を久しぶりに訪ねた潤一郎は、《月あかりの魔法》か、野村の母の美しさに強い印象を受け、《かう云ふ母がある野村に、妻などを持たせる要はない（中略）此の人を後生大事に守つて行くことで満足すべきだ》と思ったと言う（『幼少時代』「文学熱」）。こういう感想を抱いたのは、潤一郎の心の奥底に、一生セキと二人っきりで暮らして行きたい気持が

あったからに違いない。(注3)

明治四十年六月に一高の「校友会雑誌」に発表された『うろおぼえ』は、或いはこの野村の母の印象に刺激されて生まれた作品かも知れない。『うろおぼえ』のクライマックスが秋の月夜であるのも、野村を訪ねた夜の月の印象に由来する可能性がある。

『うろおぼえ』のヒロインである《叔母様》の直接のモデルは、叔父の二代目久右衛門が離別したお菊さん（『幼少時代』「二代目谷崎久右衛門」参照）で、《ちよいく〱茅場町へ行ら(ママ)しつては阿母様としんみり話をして御帰りになる》という所と《御高祖頭巾》は、伯母の半が再婚後、愚痴をこぼしに来ていたエピソード（『生れた家』『幼年の記憶』）を転用したものである。この二人を合体させたのは、二人ともが不幸な結婚に泣かされていたからで、そこに潤一郎は、後に『吉野葛』で取り入れたような、家を追われる「葛の葉狐」に通じる悲しい母を見、陋屋に住む野村の母とも重ね合わせていたのであろう。

しかし、《叔母様》の悲しみは（そして後の『母を恋ふる記』の母の悲しみも）、本当は、セキの愛を失った幼少時代の谷崎の悲しみが投影されたものであり、だから末尾近くで主人公は、《あゝ今一度（中略）子供となつて若い叔母様のお膝に乗つて見たい》と願うのである。その意味では《叔母様》は、本当はインセスト・タブーを回避するために偽装され、美化・理想化されたセキなのである（『母を恋ふる記』で、セキを最初《小母さん》、次いで《姉さん》と呼ぶのも、同じ理由からである）。

『うろおぼえ』で《叔母様》とのことになっている、雨の中、相乗りの人力車で歌舞伎座から帰ったというエピソードも、実は『幼少時代』「団十郎、五代目菊五郎、七世団蔵、その他の思ひ出」で回想されているセキとの想い出であり、その時、潤一郎は、《自分の母も忠義のためや貞節のためには私を捨てたり殺させたりすることがあるだらうか、などゝ考へ》ていた。また、『うろおぼえ』ラストに出る新内流しも、潤一郎が乳母と一緒に寝ながら聞いて、両親は《いつ迄も私を可愛がつてくれるのぢやないだらうか」（中略）奉公にやられるのだらうか」》（『生れた家』）と考えた想い出に繋がっている。つまり、『うろおぼえ』は、母を失う悲しみを隠されたテーマとする作品なのである。

『うろおぼえ』執筆時、潤一郎はまだ精養軒で住み込みの書生を続けており、母とは別居中であった。しかし、セキに対する欲望とはうらはらに、潤一郎は、精養軒を逐われた後も、寮に入ったり友人の家を泊り歩くなどし、結婚の際も別に家を持ち、結局、十七歳で精養軒に住み込んでからセキが死ぬまでの十五年間、同じ家に住むことは殆どなかった。これは、セキに対するインセスト願望があるため、罪悪感が刺激されるのと、倉五郎・精二・園らに対するエディプス的な敗北感のためと考えられる。セキが亡くなるまで、実生活でも創作中でも、母に対する愛情を見せることがなかったことも、同様に考えられる（「谷崎潤一郎の母に対するアンビヴァレンツ」（二）「中学時代以降」（本書P12～）参照）。

しかしセキの死後には、谷崎は、例えば随筆『女の顔』（大正十一）の中で、母への思いを次の様に告白しているのである。

私は空想の中で屢〻亡くなつた母の姿を浮かべます。それも臨終の際の姿ではなく、いつ、どんな時の顔だか知れないが、多分私が七つか八つの子供だつた頃の、若い美しい（私の母は美しい女でした）母の顔を浮かべます。それが私には一番崇高な感じがします。

しかもこれに続けて、谷崎は《女性が崇高に見える時は、その女性を恋ひしてゐる時です》とも言っている。この二つを結びつければ、谷崎は母に恋しているのだとも、恋人の内に母を見ているのだとも言うことができるのである。

谷崎の作中では、男性主人公の好きな女性のタイプが、予めはっきりと脳裡に刻み込まれているとする設定が、しばしば成されている（『金と銀』『白昼鬼語』『アヹ・マリア』『肉塊』『青塚氏の話』など）し、『佐藤春夫に与へて過去半生を語る書』によれば、谷崎自身も、《ほんの仮初の情人を作るとしても（中略）予め頭の中に或る一つの影像があつて、そのイリユウジヨンに当て篏まるやうな相手でなければ（中略）手を出す気に》なれなかったらしい。この《影像》は、『女の顔』から見て、若い頃のセキに由来する可能性が高い（ただし、写真のように実物そのままの《影像》ではなく、理想化され、変形されていると思われるが）。

　意見は分かれるかもしれないが、潤一郎が恋愛対象または結婚相手とした女性達、即ち穂積フク・千代子・せい子・丁未子・松子は、いずれもセキと顔のタイプが似ているように私には思える（千萬子は例外で、映画「悪魔のような女」のシモーヌ・シニョレのタイプのように思うが）。

　潤一郎はまた、セックスをする際に、浅ましいこと・不潔なことという感情を、しばしば感じさせられていたらしく、『恋愛及び色情』（昭和六・四～六）では、《私なぞもしば〳〵覚えのあることで、妻は云ふ迄もないが恋人に対しても、直後暫くは、――最も短くて二三分間、長くて一と晩以上一週間も一箇月も、――離れてゐたくなるのが常で、過去の恋愛生活を振り返つて見るのに、さう云ふ感じを起させなかつた「相手」と「場合」とは殆ど数へる程しかない。》と告白している。[注4] 私はこれも、潤一郎が異性にいつも母を見てしまうために、インセスト・タブーが多かれ少なかれ作用し、罪悪感を抱いてしまうせいではないかと考えている（なお、ここに言う《妻》は千代子であろう）。

　潤一郎は、神経衰弱気味の時には、性的快楽を追求する際に、死の恐怖すら感じることがあったらしいが、これもインセストの罪悪感から、罰としての死を恐れたのではないか。例えば、明治四十三年十二月五日に、「歓楽の里へ行くと死の恐怖を感じる」と大貫に語ったことは、「晶川日記抄」（「朱欒」大正元・十二）に出ている。また、『貢の十人斬り』や『黒白』（一）によれば、谷崎は吉原で流連中、貢や源五兵衛のような男に斬り殺されないだろうかという不安に襲われるのが常だった。『青春物語』「神経衰弱症のこと、並びに都落ちのこと」には、《何事に依らず、強烈な官能的刺戟には恐怖が伴つた。》とあり、『悪魔』『熱風に吹かれて』(一)などに、そうした例がある。

また、潤一郎には自分は早死にするという強迫観念があって、『饒太郎』(六)にも出るし、『「九月一日」前後のこと』では、《四十になる迄の間に、きつと東京に安政程度の地震がある》と思い、それを乗り切れるかどうか不安に思っていたことが記され、『高血圧症の思ひ出』でも、《せいぐ〳〵四五十歳まで生きられゝば幸ひである」と云ふ(中略)コンプレックスは六十歳過ぎまで続いてゐた。》と書かれている。しかし、『高血圧症の思ひ出』にも言うように、潤一郎は五十歳を過ぎて肛門周囲炎の手術をしたのが、初めての病気らしい病気で、実際には滅多に医師の厄介にならなかつたぐらいに健康だったのである。つまり、早死に恐怖は妄想であり、その原因は、谷崎自身は意識していなかったようだが、インセストの罪悪感によるものではないかと私は思う。

『「撫山翁しのぶ草」の巻尾に』の中で、潤一郎は、笹沼源之助がスペイン風邪で肺炎になっても、死の恐怖を感じなかったことを例に挙げ、それは《自分のやうな善人はめつたなことで死ぬものではない》と安心できるからだと説明しているが、これは裏を返せば、潤一郎が、自分は悪人だから早く死ぬと思っていたということである。

この他にも、谷崎の作品には、自分は悪人だから天罰を受ける、と考えるケースが少なくない。『異端者の悲しみ』(四)の主人公は、悪人ゆえに天罰を受けて、死ぬか発狂するのではないかと考える。『亡友』の大隅君は、自分が《瀕死の病に罹つたの》は《畢竟天罰であると自ら》日記に書いている。『金と銀』(第七章)の青野は白痴になるが、悪人だから当然の罰を受けただけだと、誰からも思われる。『愛なき人々』(第二幕)で、淫婦の玉枝が梅毒に加えて肺を悪くしたと聞いた小倉は、《あの女にもやつぱり罰が中つたんだな》と言う。『神と人との間』の添田は、《悪人だと云ふ意識のある人間には、不幸が一層恐ろしく感じられる。それが当然の報いだとしか思へないから》(六)と語り、《僕は天罰を受けて死ぬんだ》(十九)と言って息を引き取る。『黒白』(一)の水野は、《積悪の報い》で死刑になるのではないかと恐れる。『瘋癲老人日記』の督助も、(十月二十三日)の日記で、死の刹那に積み重ねた悪事の数々を思い出すことを恐れている。

この他、作中で悪人・悪女が殺されたり逮捕されたりする例が、『続悪魔』『お艶殺し』『前科者』『途上』『私』『或る調書の一節』『或る罪の動機』『本牧夜話』『愛なき人々』『神と人との間』『マンドリンを弾く男』『一と房の髪』『日本に於けるクリップン事件』『黒白』に、自殺する例が『恐怖時代』『呪はれた戯曲』に、病死する例が『AとBの話』『彼女の夫』(これは余命一年)等にある。これらにも、谷崎自身のインセストの罰に対する恐怖が投影されているだろう。

谷崎はまた、生涯に三度も『源氏物語』を現代語訳し、合計するとほぼ十年もの歳月をこれに費やしている。これは、『源氏物語』が日本文学を代表する傑作であるからという以外に、もう一つ重大な理由として、光源氏が幼い時に母・桐壺の更衣を亡くし、母に対する思慕から、桐壺の更衣に似ていると言われる藤壺と姦通し、さらにその藤壺の姪に当たる紫の上を略奪・結婚したインセスト傾向に対して共感したせいもあったに違いない。『恋愛及び色情』で、《光源氏の藤壺に対する憧憬の情》を、《男が女の映像のうちに何かしら「自分以上のもの」「より気高いもの」を感》じた例として特に取り上げているのも、そこに近親相姦的な母恋いが含まれていることに、自分と通じるものを見出していたからであろう。

③エディプス的競争相手に対する敵意

(ア)父に対する敵意

母にインセスト的欲望を抱く人間は、エディプス的なライヴァルである父に対して、当然、強い敵意を抱く筈である。そして実際に、潤一郎は父・倉五郎に対して、極めて冷淡な態度を取っている。そのことは、『親不孝の思ひ出』『父となりて』などによって確認できる他、小説ながら、『The Affair of Two Watches』『異端者の悲しみ』などからも想像が付く。倉五郎についての谷崎の回想は、セキについてのものに比べると、数も少なく、内容からも、尊敬や愛情は殆ど感じ取れない。

また、谷崎の作品には、母性思慕や女性崇拝は頻繁に登場するが、父、または父親的な人物に対する主人公の良い感情を描いた例は、皆無に近い。

谷崎は、自作の主人公が、その父親と少しでも交渉を持つことすら好まなかった。父親が作品の始まる前か途中で死んだ（または生き別れになった）と明記されている例だけでも、『五月雨』『飇風』『熱風に吹かれて』『饒太郎』『金色の死』『創造』『お才と巳之介』『人魚の嘆き』『女人神聖』『二人の稚児』『白昼鬼語』『小さな王国』『嘆きの門』『或る少年の怯れ』『不幸な母の話』『鶴唳』『肉塊』『痴人の愛』『友田と松永の話』『乱菊物語』『吉野葛』『盲目物語』『武州公秘話』『猫と庄造と二人のをんな』『少将滋幹の母』『夢の浮橋』『瘋癲老人日記』と多数にのぼる。しかも、父の死を悼み悲しんだ例は殆ど無い。セキの死後間もなくに書かれた『女人神聖』（二）では、倉五郎をモデルにした沢崎鉄三郎に、セキとそっくりの死に方をさせている。これは「死んだのが倉五郎なら良かったのに」という気持の露骨な現われである。

死んだと明記されていなくても、谷崎の作中には通例、父親は出て来ず、出て来るのは例外的な場合だけである（例えば『神童』『鬼の面』のように自伝的な作品など）。また、父親が居ると明記しつつないがしろにする『春琴抄』のような例もある。また、主人公が父親似であることを残念がる例が、『女人神聖』『少将滋幹の母』『夢の浮橋』にある。

もしこれがエディプス・コンプレックスのせいでなく、倉五郎の不甲斐なさに対する不満に過ぎなかったのであれば、自らの理想の父親像を描き出すような作品も書きそうなものだが（例えば夏目漱石は、『三四郎』の広田先生や『こゝろ』の先生などに、父親願望を投影している面があるが）、そういう例は一つもない。

また、『蘆刈』『少将滋幹の母』『夢の浮橋』などでは、父と息子が母恋いをうまく分け合うことで、例外的にうまく行くことになっている。このことは逆に、母恋いをうまく分け合えないこと、即ちエディプス・コンプレックスこそが、父子関係がうまく行かない原因であることを示すものと言えるだろう。

（イ）兄弟姉妹に対する敵意

エディプス・コンプレックスのもう一つの現われは、精二との関係である。『当世鹿もどき』の「はにかみや」には、《小学校の二三年頃までは喧嘩した覚えもございますけれども、それから後は妙にはにかみ合つて、あんまり口を利かないやうになりました。》とある。前に挙げた『父となりて』や大正二年十月二十三日付けの精二宛書簡などにも、兄弟関係のぎこちなさが現われている。

潤一郎は、創作の中でも兄弟の関係を描くことは殆ど無く、男兄弟は作中から原則として排除されている。男性主人公が一人息子（男兄弟が居ない）と明記される例は、『五月雨』『彷徨』『羹』『恋を知る頃』『熱風に吹かれて』『お艶殺し』『人魚の嘆き』『女人神聖』『真夏の夜の恋』『鶴唳』『肉塊』『痴人の愛』にあり、長男と明記される例は、『金色の死』『神童』『友田と松永の話』『武州公秘話』『蘆刈』『少将滋幹の母』『夢の浮橋』にある（長男と書いてあっても、弟は出て来ない場合が多い）。男兄弟があるともないとも明記はしてないが、名前や作品の内容から、一人息子または長男と思われる例も多い（『饒太郎』『創造』『鬼の面』『永遠の偶像』『白狐の湯』『アヱ・マリア』『無明と愛染』『顕現』『吉野葛』『盲目物語』『春琴抄』『猫と庄造と二人のをんな』など）。兄弟があると明記されているものは、『お才と巳之介』『異端者の悲しみ』『兄弟』『或る少年の怯れ』『不幸な母の話』『少将滋幹の母』『夢の浮橋』

などだが、『兄弟』は藤原兼通・兼家兄弟の激しい争いを描くものだし、『或る少年の怯れ』は兄の弟殺し、『少将滋幹の母』は、母と暮らす弟・敦忠を兄が羨望するというものである。なお、『AとBの話』は従兄弟同士だが、BはAの家で育てられたため、兄弟に近い。そして、二人は敵対して争うことになる。

潤一郎は、精二の他、セキが妹・園を寵愛することにも強く嫉妬し、園の死を半ば無意識に望んでいたらしい。そのため、園が実際に死んだ際には強い罪悪感を抱き、それが『異端者の悲しみ』を書く動機になったと推測できる。妹に兄が敗れ去る『女人神聖』にも、園に対する劣等感が現われている。『芸術一家言』で漱石の『明暗』をこっぴどくけなした原因の一端も、津田の妹・秀子に対する嫌悪感にあったと思われる（「谷崎潤一郎とマゾヒズム」（四）①「女性化願望」（本書P95～）も参照されたい）。

（ウ）子供を作ることに対する忌避

『父となりて』からも分かるように、谷崎はどの妻についても、子供が出来ることを甚だしく嫌った。例えば、昭和二年九月一日精二宛書簡に《子供がきらひで避妊してゐる》と書いているし、佐藤春夫の『この三つのもの』の中での北村＝谷崎の発言によれば、「お八重＝千代子との時は、結婚初夜から避妊するのもどうかと思って避妊しなかったら、ユリ子＝鮎子が出来てしまっただけで、次の夜からは避妊していた」と言う。谷崎に子供が生まれたのは、この失敗による生涯ただ一度だけで、後に最愛の松子が妊娠し、子供を生みたがった時にも、強く反対し、中絶を強いた。『雪後庵夜話』（1）によれば、その時、谷崎は、《私の子の母と云ふものになつたM子を考へると、彼女の周囲に揺曳してゐた詩や夢が名残りなく消え去つてしまふのを感じ》《さうなればこれまでのやうな芸術的な家庭は崩れ、私の創作熱は衰へ、私は何も書けなくなつてしまふかも知れない》と松子に説いたと言う。そして、昭和三十八年、七十八歳での感想としても、《ほんたうに作らないでよかつた》とし、自分と父・倉五郎の例を挙げて、《M子が私の子を生んでゐた場合の》息子と憎み合う《葛藤を想像して怖気を震ふ。》と言っている。『当世鹿もどき』の「はにかみや」でも、娘ではなく《もしも実子の息子が生れて、一端の人間に成人してましたら、よほどお互に取つて附けたやうな、奇妙な関係になつてたでございませうな。》と書いている。(注5)

谷崎は、妻に男の子が生まれた場合に、その子と自分の間に起こるエディプス的葛藤を恐れたのであろう。また、自分が母のように感じている妻に子を生ますというイメージの罪深さにも恐れをなしたであろう。また、谷崎は理想女性に幼児性を求める傾向が強いので、子供の母になると、大人の女性になってしまうことも、嫌ったであろう。もっとも、松子には既に二人の子供があった訳だが、重子らが母親役を務め、松子には幼児的な所があったので、谷崎は松子を愛したのであろう。また、自分に向けるべき愛を、妻が子供に向けることにも、強い嫉妬を感じた可能性がある。潤一郎は妻に、自分一人だけの母になることを強く望んでいた筈だからである。『肉塊』（二）と『神と人との間』（二十）に、主人公が妻に、夫と子供と《孰方が可愛い？》と尋ね、夫への愛の方が強いことを確かめる所があるのは、潤一郎のこうした心理の現われであろう。

いずれにせよ、谷崎は、創作の中でも、男性主人公が愛するヒロインに子供を生ませることを嫌った（『猫と庄造と二人のをんな』では、リリーの仔猫すら全部余所へやるか捨ててしまう）。男性主人公に子供があるケースは、愛するヒロインとではなく、邪魔な妻・千代子と鮎子をモデルにしている場合か（『嘆きの門』『鶴唳』『青い花』『肉塊』『神と人との間』『友田と松永の話』『蓼喰ふ蟲』）、松子の連れ子（『夏菊』『細雪』『瘋癲老人日記』）をモデルにしたものが殆どで、千代子と鮎子がモデルの場合は、主人公が妻以外の女性に恋することが、ストーリーの中心になっている。『鍵』の娘・敏子の場合は例外で、特定のモデルはなく、父親殺害に手を貸す不気味な存在として描かれている。

『蘆刈』『春琴抄』『少将滋幹の母』『夢の浮橋』では、ヒロインが自分の子供を捨てることによって、子供よりセックス・パートナーの方を大切にしていることが、肯定的に表わされる仕組みになっている（『少将滋幹の母』の場合は、捨てられる子供・滋幹の方が主人公になっているが。[注6]）

④作中の女性像と母との関係

（ア）脳裡に刻まれる母

『女の顔』によれば、潤一郎が屢々思い浮かべる母は、潤一郎が《七つか八つの子供だつた頃》、つまり父を拒絶し、母への性的愛着を続ける決断をした頃のセキとされている。

興味深いことに、谷崎の作中で、母の面影がはっきりと主人公の脳裡に刻み込まれた年齢が明記される場合には（例は僅かしかないが）、概ね七歳前後が選ばれている。しかも、その母の面影は、多かれ少なかれ、異性として見られているのである。

例えば、『顕現』では、文殊丸が七歳で母と別れて寺に入る直前に見た母の美しい顔が、（その一）で描かれている。そして（その十）での文殊丸の夢の中では、（その九）で御簾の内で箏を奏でた高貴な女性と母、また遠い先の世から文殊丸と契りを籠めた性的誘惑者で、殺されたことになっている小君と母が、重なり合っている。『顕現』は中絶されたが、この文殊丸の夢は、その後のストーリー（母の分身となる女性への恋着）を予兆するものだったに違いない。

『少将滋幹の母』では、滋幹が五つの時に《母の容貌を心から美しいと思つた》《一瞬》が描かれ、《その時の目鼻立の印象と、その美しさの感銘とが、長く脳裡に焼きつけられて、生涯消えずにゐた》（その八）とされている。しかも、この時の母は、平中の手紙に心を奪われ、母というより一人の女・異性になっていた時の母なのである。

母を恋い慕い続ける滋幹は、幼い時に見た美しい母のイメージを壊したくないばかりに、六十歳を越えた母に会うことをためらう。ここにも、母を美しい異性として見ようとする谷崎の強い傾向が見て取れる。滋幹はしばしば比叡山の横川を訪れ、その帰りに雲母坂を降りさえすれば、すぐにも母に会いに行けるのに、何年も《自分で自分を制して》《外の道を選》び続け、最後に、春の夢心地に《ふと、急に心が惹かれ》て雲母坂を下って、思いがけず美しい《妖精》（その十一）のような母との再会を果たすのであるが、この展開は、母と滋幹を隔てる超えてはならない一線、インセスト・タブーの存在をあらためて感じさせるものとなっている。

『アヹ・マリア』（7）（8）の主人公ミスター・エモリは、自分が《六つか七つの幼い時分》から求め、憧れ続けて来た《「白」—「女」—彼女は私の肉体の母たるばかりではない。私の生活、私の思想、私の意念、私の持つてゐる凡べてのもの、母ではないか。》と言い、《「白」の本体》は、本当は《六つか七つぐらゐの頃》に仰ぎ見た聖母マリアであって、それを《「白」の中に加へなかつた》のは、性欲の対象にすれば《罰が中りはしないか》と畏れ、《その徳を汚すのを恐れた》からだと語っている。性欲の対象にすると罰が当たるということは、聖母マリアがインセスト・タブーの働く対象、即ち母であることを意味する。つまり、主人公の性欲は、結局、母に向けられているのである。そして、ミスター・エモリが最後に手に入れたソフィアは、グノーの「アヹ・マリア」を歌い、ミスター・エモリにとっては、彼女をマリアのように崇めることと、《彼女の白い肉塊を愛する》ことが、一つになる。つまり、母＝聖母の分身・ソフィアを性的＝インセスト的に愛するのである。

ミスター・エモリの母との関係・母に対する感情は一切語られていないが、《幼い頃》《孤独》（7）だったと言うからには、母の愛に心を満たされてはいなかったのだろう。谷崎も、セキに不満であったが故に、祖父・久右衛門が遺した聖母マリア像や様々なフェティッシュ・女性たちに理想の母（「良い乳房」）を投影し、インセスト的性欲も向けた。そのことが、こういう形を取って表現されたと考えられる（後で述べる『肉塊』の小野田吉之助についても、母との関係・母に対する感情は殆ど語られていないが、母の愛に心を満たされてはいなかったからこそ《幼い頃から内気に、陰鬱に、孤独に》（一）育ち、聖母マリアに憧れるようになったのであろう）。

母（または聖母マリア）の面影が脳裡に刻み込まれる例ではないが、『母を恋ふる記』でも、谷崎は夢の中で七つか八つの子供に帰って、若く美しい鳥追い姿の母に出会う。鳥追い女は売春も行なう芸人であり、母をその姿にしている所には、性的ニュアンスが少なからず感じられる。また、主人公が鳥追い女（実は母）に「姉さんになって欲しい」と言うのは、年上の異性への憧れの、幼い表現と言ってよいだろう。

これらの事例は、潤一郎の母に対する性愛的固着が数え年八歳頃までに決定付けられたことの傍証となろう。右の諸例では、大人の肉体関係にまでは至らないが、七歳前後で刻み込まれた母の面影を追い求めた果てに、多かれ少なかれインセスト的な性関係を実現してしまう例も、ない訳ではない。

例えば『肉塊』（六）の吉之助は、《七つ八つの折に聖母マリアの像を見たのが》始まりで、永遠女性としての《幻のグランドレン》にそれが繋がって行ったのだと考える。聖母＝母としてよければ、吉之助がグランドレン（一応《幻のグランドレン》とは区別されているが）と肉体関係を生じた後、社会的に破滅するのは、インセストの罰と考えられる。

『吉野葛』の津村の場合、《記憶の中にある唯一の母の俤》は《四つか五つの折》のもので、母か祖母かも定かでないが、その折聞いた「狐噲（こんかい）」の歌詞には、子の母恋いと大人の男女の恋の両方の意味が籠められていると津村は解釈する。そして津村は、《自分の母を恋ふる気持は（中略）少年期の恋愛の萌芽と関係がありはしないか》、自分が四、五歳で初めて「狐噲」を聞いた時に思い描いた《幻は母であると同時に妻でもあつたと思ふ。》（その四）と語り、母の姉の孫に当たるお和佐について、《何処か面ざしが写真で見る母の顔に共通なところがある。育ちが育ちだから、女中タイプなのは仕方がないが、研（みが）きやうに依つたらもつと母らしくなるかも知れない》（その六）と言って、インセスト的な結婚を実現するのである。

紀は、『夢の浮橋』の紀は、六つの秋に母と死別し、《ぼつちやりとした円顔の姿を朦朧と浮かべ得るだけである》。紀は、養母を実母と混同するように育てられ、二十歳の時に養母の乳を吸いながら、《思はず、「お母ちやん」と、甘つたれた声を出》し、肉体関係を生じる。これが谷崎の全作品中で、最も母子相姦に近いものである。しかし、この疑似母子相姦に対する罰は、親戚一同からの非難となって降りかかり、遂に養母は紀の妻によって殺されてしまうのである。(注7)

『蘆刈』の場合は、慎之助とその息子である葦間の男との間で役割分担があるので、単純ではないが、葦間の男が初めて父に連れられてお遊さんを見に行ったのは、七つか八つの時である。葦間の男は、実母のおしづと、五歳ぐらいの時に死別したことになっているので、伯母に当たるお遊さんに対する感情は、半ばは母・半ばは異性に対するもの、つまりはインセスト的なものだったと想像できる。

しかもこの場面では、父子は、広い屋敷の外の生け垣から覗き見することしか出来ず、身分的にも、過去の経緯からも、お遊さんとの間には、超えてはならない厳しい一線が引かれている。このことが、両者の間にインセスト・タブーがあることを感じさせる。

時間的にはこれより以前、葦間の男の父・慎之助は、未亡人であるお遊さんと恋仲になり、その乳を飲んだ。これは二人が母子関係になることの象徴であろう。その後、二人は《まくらを並べてね》るようになるが、《最後のものまではゆるさなんだ》とされている。最後の一線を超えないことは、やはりインセスト・タブーの存在を暗示する。しかし、葦間の男が、「お遊さんの《貞操》が《けがされてをらなんだとは申せないかもしれませぬ》」と言うように、実質的にはセックスをしたも同然で、インセストに対する罰のように、三、四年後には、お遊さんが慎之助と会っている留守に、先夫との間の息子が肺炎になり、死んでしまう。また、親類間にも悪評が立ったため、お遊さんは金持と再婚させられ、慎之助との仲は裂かれてしまうのである。

母の面影が刻み込まれていたかどうかは書かれていないが、『蓼喰ふ蟲』の要は《女性崇拝者》で、西洋には恋人のうちに《聖母の像を空想する》（その三）女性崇拝の精神があるが、日本にはそれがないことを淋しく感じていた。それが、文楽の人形を見て、古風な《容易に個性をあらはさない》《人形の小春こそ日本人の伝統の中にある「永遠女性」のおもかげではないのか。》（その二）と感じるようになる。谷崎の母は元治元年（一八六四）生まれで、『幼年の記憶』では、「セキは若い頃、おはぐろをつけ、眉を落としていた。文楽人形や歌舞伎の女形等を見ると、母を思い出して懐かしい」と言っている。谷崎にとって、文楽人形は母を連想させるものだった。そして作品の最後で要は、妻の父の妾という形で一種の義理の母となっている文楽人形のようなお久を、自分の《第二の妻》にしたいという《途方もない夢》（その十四）（＝エディプス的な夢）を自分が抱いていたことに気付く（ただし、実際には、二人の関係はこれ以上には進まない）。

『乱菊物語』の赤松上総介は、「夢前川」（その二）で、胡蝶と抱き合いながら、《かうしてそなたに抱かれてゐると、何だか昔、お母様のふところに抱かれてゐた時分が想ひ出される》と言う。そして、胡蝶の《衣の匂》は、《まだ頑是ない年頃の時分、夜な〱自分を抱いて寝てくれた母の衣に焚いてあつたの（中略）と同じ香であつた。》と書かれている。しかし、まるで近親相姦に対する罰のように、胡蝶は敵に奪い去られてしまうのである。

この他、母子相姦ではないが、『小野篁妹に恋する事』に、篁が腹違いの妹を妊娠させ、死なせたという『篁物語』（古くは『篁日記』と呼ばれ、谷崎はこちらを採っている）に出る近親相姦の話が、取り上げられている。

（イ）セキの特徴と共通点を持つ例

文学作品のヒロインは、絵画作品とは違って、言葉によって抽象的に描かれるだけなので、実際のセキとの類似・相違を確かめることは難しい。谷崎の作中の、セキを直接モデルとした人物像や、回想や随筆の中での描写・言及ですら、必ずしも明確な、また一貫したイメージは結ばない。

そのため、限界はあるが、谷崎の回想や随筆の中で描かれているセキの特徴が、創作中の理想化されたヒロインたちにどの程度見出されるか、出来るだけ検討して見よう。

(i) 色白

セキが色白だったことは、『幼少時代』「父と母と」で強調されている。谷崎が一時期、白人女性崇拝に至ったのも、色の白さに谷崎が非常な価値を認めていたからである。その意味では、谷崎の作品のヒロインの大部分が色白とされていることは、セキとの大きな共通点の一つと言える。

谷崎は、『幼少時代』「父と母と」で、セキは《深窓に垂れ籠めて暮らしてゐたので》今の人とは違う白さになったのかもしれないと説明しているが、『盲目物語』のお市の方については、《ながのとしつき日の眼のとゞかぬおくのまに寝雪のやうにとぢこもつておくらしなされ》た白さ、『春琴抄』の春琴についても《奥深い部屋に垂れ込めて育つた》白さとしており、セキとの結び付きがより強められている。

(ii) 肉付きのよい女性・大柄な女性

谷崎は、女性の肉付きのよさに非常に執着するが、それは、一つにはセキが、背は低かったが《肉付が非常によかつた》(『幼年の記憶』)せいであろう。(注8)

谷崎の作中で、背丈は高くないが肉付きが豊かだと語られている例は、日本回帰の時期を中心に、『艦褸の光』『肉塊』(五)グランドレン『蓼喰ふ蟲』(その十)お久『盲目物語』お市の方『春琴抄』春琴などに見られる。

また、谷崎は乳房に対する口唇期的な執着が強かったので、筋肉であっても、はち切れんばかりに膨らんだものに、「良い乳房」を連想し、美しく力強く生命力に溢れるものとして好んだのであろう。これについては、例えば『雪後庵夜話』（3）で、死の恐怖について語った後、《梅原龍三郎君の裸婦によく見るムッチリと肥えた赤みを帯びた肉体、私は殊にあれに魅せられる。あゝ云ふものを見ると、俄に世間が明るくなつたやうに感じ、やはりなかく死んではならないと思ひ、何かゞムクムクと腹の底から湧き上つて来る。》と述べているのが、一つの傍証となろう。

さらに、谷崎は、女性に男に負けない強さを求めるので、その意味でも力強い肉体を望んだと考えられる。ヒロインの引き緊まった筋肉を特に言っている例としては、『捨てられる迄』（一）『人魚の嘆き』などがある。

谷崎が一時期西洋崇拝になった原因の一つも、白人女性の肉付き・体格のよさにあって、例えば『饒太郎』（七）では、《西洋のすつきりした、立派な肉体を持つた婦人達が出て来る》活動写真を見ると、《あゝ己は西洋へ行きたいな。あんな荘厳な、堂々とした婦人の肉体を見る事の出来ない国に生れたのは己の不幸だ。（中略）こんなちぽけな体格と、ぼんやりした色彩と、浅薄な刺戟しかない日本に居ながら、立派な芸術なんか出来るもんか。》と思うのである。

日本回帰に際して書かれた『恋愛及び色情』でも、《西洋には遠く希臘の裸体美の文明があり、（中略）さう云ふ国や町に育つた婦人たちが、均整の取れた、健康な肉体を持つやうになるのは当然であつて、われくの女性が真に彼等と同等の美を持つためには、われくも亦彼等と同じ神話に生き、彼等の女神をわれくの女神と仰ぎ、数千年に溯る彼等の美術をわれくの国へ移し植ゑなければならない。（中略）青年時代の私なぞはかう云ふ途方もない夢を描き、又その夢の容易に実現されさうもないのに此の上もない淋しさを感じた一人であつた。》と述べ、《日本の女性には》《弱々しい綺麗さはあるにしても、真に男子をその前に跪かせるやうな崇高な美の感じはない。》としている。（注9）

谷崎が贔屓にした女優にも、京マチ子や春川ますみがあり、晩年の『路さんのこと』でも、《ブリジッド・バルドーやマリリン・モンローのやうな、所謂グラマアな女性の方が好きだ》と語っている。

セキは、《身長は至つて低く、やうく五尺そこくで》（『幼少時代』「父と母と」）あったが、乳幼児の目からは、母は大きく立派に見える。だから、谷崎の脳裡には、そうした若く大きく美しい母のイメージが刷り込まれていたのであろう。谷崎は自分より大きい女性に、それだけ強く母を感じたに違いない(注10)（「『痴人の愛』論」（本書P591〜）も参照されたい）。

従って、谷崎の作中では、肉付きがよいだけでなく、背も高めの大柄な女性がヒロインになっているケースが多い。例は、『悪魔』照子『颶風』『恋を知る頃』おきん『熱風に吹かれて』（三）（四）英子『捨てられる迄』（一）（二）三千子『饒太郎』（四）お縫『春の海辺』梅子『女人神聖』（五）光子『金と銀』（二）栄子『嘆きの門』（三）房子『西湖の月』鄘小姐『秋風』S子『永遠の偶像』八重子『アヱ・マリア』（2）ニーナ『痴人の愛』（九）シュレムスカヤ（十四）ナオミ『一と房の髪』ミセス・オルロフ『瘋癲老人日記』（九月五日）颯子『台所太平記』（二）初などにある。『幼少時代』「文学熱」によれば、野村孝太郎の母も大柄で、そのことを谷崎は賞賛している。

『肉塊』（十一）で榻に横たわる王女役のグランドレンと、その頭と足の所に立つ唐子人形のような丫鬟、『卍』ラストで観音になる光子と脇仏になる柿内夫妻、『乱菊物語』「海島記」（その一）で《沖の唐荷、中の唐荷、地の唐荷という三つの島が《恰も室君の座右に侍く女童のやう》に見えるという記述、『武州公秘話』（巻之一）の井田駿河守の女・てると首、『春琴抄』の春琴の約六尺の墓石と佐助の四尺足らずの墓石は、それぞれ前者（グランドレン、光子、室君＝かげろふ、井田駿河守の女・てる、春琴）を大きな母なる存在として印象付け、柿内夫妻・首になった男・佐助などを、子供や赤子のように感じさせるためのものであろう。

(iii) 乳房が豊かでない女性

潤一郎の妹・林伊勢の『兄潤一郎と谷崎家の人々』「潤一郎、精二とその弟妹」によると、セキは《乳房は男のようで、一人の子の乳も出なかった》と言う。これは正確ではなく、潤一郎・精二の時には出たようであるが、三男・得三は里子に出され、長女・園の時に《乳が出なくなつてゐた》ことは、『幼少時代』「幼年より少年へ」によって確認できる。また、『鍵』の妻・郁子は脚はO脚で、乳房も豊かでないが、主人公は、《昔ノ日本婦人式ノ》《私ノ母ダトカ伯母ダトカ云フ人ノ歪ンダ脚（中略）ノ方ガ懐シクテ好キ》で、《胸部ヤ臀部モ》《中宮寺ノ本尊ノヤウニホンノ微カナ盛リ上リヲ見セテヰル程度ノガ好キダ》（一月廿九日）と言っている。『陰翳礼讃』でも、《中宮寺の観世音の胴体》の《紙のやうに薄い乳房の附いた、板のやうな平べつたい胸》が《昔の日本の女の典型的な裸体像ではないのか》と言っている。

谷崎が乳房が豊かでない女性を好む傾向が、若い時からのものであることは、佐藤春夫の『この三つのもの』（七章）で北村＝谷崎が、お雪＝せい子と肉体関係を生じた頃、《お雪はまだほんの小娘だつた。少年とも少女ともつかないやうな肉体をしてゐた。僕には女ではあのころの中性的な様子が最も魅惑的なのだ。》と言っていることと、「文章倶楽部」（大正九・四）の一記者による「谷崎潤一郎氏訪問記」でも、「まだ本当に女だか男だか分らないような感じのする十五、六位の女の体つきが非常に好きだ」と語っていることから確かめられる。

谷崎の作中で、男女両性具有的・中性的な肉体が強調される例としては、『創造』『魔術師』『鮫人』（第二篇第一章）林真珠『卍』『鍵』がある。また、特に肉体についての言及がなくても、谷崎の特に日本回帰以前の作品には、ティーンエイジャーをヒロインにしているケースが非常に多く、これも乳房の豊かでない肉体を好んだことが、一つの原因と推測できる（「谷崎潤一郎・変貌の論理」の注（14）（本書P383）参照）。

なお、中性的な肉体を好む他の理由としては、（vi）に挙げる精神的に幼児的な女性を好んだことと、潤一郎が父の男根を拒否し、母に男根があると信じようとする傾向を持っていたことも関係があるだろう。

ただし、谷崎は痩せた女性は好まなかった。中性的であっても、肉付きのよい女性を好んだことは、ほぼ一貫しているようである。

(iv) 江戸っ子

潤一郎の母・セキは、その父・谷崎久右衛門が、深川は小名木川べり釜屋堀の鍋釜製造業「釜六」で総番頭をしていた元治元年（一八六四）に生まれているから、江戸っ子であることは間違いない。以後、明治十一年までの久右衛門・セキの動静は全く分かっていないが、精二の『生ひ立ちの記』や『明治の日本橋・潤一郎の手紙』「遠い明治の日本橋」の「祖父・伯父など」によれば、「釜六」の主人が幕末に討幕運動に加わり、江戸お構いとなった留守を久右衛門が預かったと言うから、セキは明治の初めまでは深川近辺で育ったと推定して良いだろう。『The Affair of Two Watches』『岡本にて』『雪後庵夜話』「「義経千本桜」の思ひ出」にも、セキは深川っ子と出る。『不幸な母の話』の江戸っ子の母は、直接セキをモデルにしているのだろう。

作中のヒロインで深川っ子と思われる例は、『刺青』のヒロインと、『鮫人』の、元は神田辺りで代々薬屋をしていた旧家だが、落ちぶれて深川の猿江かどこかに住んでいる者の娘・林真珠、だけである。この他、『お艶殺し』のお艶が、日本橋の質屋の一人娘だったが、深川芸者になっており、また、『恐怖時代』のお銀の方は、元柳橋芸者だが、大名・春藤家の深川辺りの下屋敷に住んでいる。

深川の芸者は、粋と張りと意気地を尊んだと言われ、男性的な所があったらしいが、天保の改革で深川の岡場所が弾圧を受けたため、柳橋に逃げ、そこに深川芸者の伝統が伝えられたと言われている。明治以降は、地方出身の新政府高官が新橋芸者を贔屓にしたのに対抗して、成島柳北ら旧幕臣が柳橋を贔屓にしたのも、江戸っ子の粋を伝えていたからである。江戸っ子・谷崎は、大学入学後、笹沼源之助を金づるとして、始終、柳橋で遊んでいたと言う（『青春物語』「「パンの会」のこと」）。自作の中で、柳橋関係者をヒロインとした例は、『幇間』の柳橋芸者・梅吉、『恋を知る頃』の柳橋の待合の娘・おきん、『富美子の足』の元柳橋芸者の富美子である。

その他の江戸っ子としては、『饒太郎』の八丁堀の車夫の娘・お玉（お縫）、『お才と巳之介』の両国辺りの鳶の者の娘・お才、『人間が猿になつた話』の霊岸島辺りの呉服屋の娘・お染、『痴人の愛』の浅草千束町の銘酒屋の娘・ナオミ、『赤い屋根』の出生地不明だが江戸っ子だと言う宮島繭子、『瘋癲老人日記』の、出生地不明だが元N・D・T（日劇ダンシングチーム）の踊子で、浅草辺りにいたこともあるらしい颯子などがある。

出身地不明のケースも多いが、『黒白』までの谷崎作品に登場する女性の多くは東京在住で、江戸っ子に準じて考えられる。

ただし、日本回帰の時期（昭和三〜三十）には、江戸・東京出身のヒロインは居ない。これは、谷崎がセキからの分離・独立を或る程度果たしたことと、関西の女性とセキを全く違った存在と考えることで、インセスト・タブーを回避しようとする心理と関係するのであろう（「昭和戦前期の谷崎潤一郎」（二）「イデア論の地上化」（本書P390〜）参照）。

（v）お嬢さん育ちで家事をしないこと

セキがお嬢さん育ちの箱入り娘で、家事を余りしなかったことは、『異端者の悲しみ』『或る時』『幼少時代』「幼年より少年へ」『当世鹿もどき』「書生奉公の経験」などに出る。

谷崎が、実生活でも妻が世話女房タイプになることを嫌っていたことは、『雪後庵夜話』（1）の《何よりも私は、世話女房と云ふが如き存在を家の中に持ち込みたくなかつた》という一節などに、はっきり示されている。従って、作中の理想のヒロインには、家庭的・世話女房タイプは殆ど居ない（千代子をモデルとした家庭的タイプの女性登場人物は、殆ど常に虐待されている）。

丁未子と結婚した際、潤一郎が「料理は女中にさせればいい」と言って、料理をさせようとしなかったことは、高木治江『谷崎家の思い出』や丁未子の「四月の日記の中から」（「婦人サロン」昭和六・六）などから分かる。

家事をしないタイプは、さらに（あ）「高貴な女性・金持の女性」（こちらは特に言及がなくても、自ら家事をすることはないと考えられる）と（い）家事をすべきなのにしない「怠け者・だらしないタイプ」、に分けられる。谷崎家は素町人だが、贅沢な暮らしをしていた時代の母のイメージを美化すると、容易に（あ）の高貴な女性になる。

（あ）高貴な女性・金持の女性

例としては、『麒麟』南子『彷徨』静江『少年』光子『秘密』芳野『羹』美代子『熱風に吹かれて』英子『捨てられる迄』三千子『饒太郎』蘭子『お艶殺し』お艶『懺悔話』『法成寺物語』四の御方『神童』お幹『鬼の面』倉子・藍子『恐怖時代』お銀の方『鶯姫』壬生野春子『十五夜物語』お波『女人神聖』光子『仮装会の後』S伯爵未亡人『人面疽』菖蒲太夫『魚の李太白』春江『天鵞絨の夢』温夫人『月の囁き』綾子『鶴唳』妻『愛すればこそ』澄子『お国と五平』お国『痴人の愛』旗本の子孫で、祖母は鹿鳴館時代にダンスをしたというナオミ（ただし眉唾）『白日夢』葉室千枝子『顕現』少将の未亡人『卍』徳光光子『乱菊物語』かげろふ・胡蝶『盲目物語』お市の方とその娘達『武州公秘話』松雪院・桔梗の方『蘆刈』お遊さん『春琴抄』春琴『顔世』『夏菊』汲子『聞書抄』一の台の局『細雪』蒔岡姉妹『少将滋幹の母』などがある。

（い）怠け者・だらしないタイプ

例としては、『恋を知る頃』おきん『異端者の悲しみ』章三郎の母『十五夜物語』お波（廓で覚えた怠け癖が直らない）『金と銀』栄子『永遠の偶像』三姉妹『彼女の夫』瓜子『痴人の愛』ナオミ『赤い屋根』繭子『猫と庄造と二人のをんな』福子『細雪』お春どんなどがある。この内、『金と銀』から『赤い屋根』までは、せい子がモデルである。

（vi）人格の幼児性

「谷崎潤一郎の母に対するアンビヴァレンツ」の（三）「自己愛人間・セキ」（本書P15～）の所に詳しく書いたよ

うに、セキには人格的に未熟・幼稚な所があった。

谷崎の描くヒロインで人格が幼稚な例としては、『不幸な母の話』の他に、『鶺鴒』梅吉『永遠の偶像』光子『愛なき人々』玉枝『痴人の愛』ナオミ『卍』（その三）光子『蘆刈』《いつもの童顔が幼稚園の子供の顔のやうにみえて二十を越した人のやうにはおもへなんだ》というお遊さん『春琴抄』春琴『細雪』《だゝつ児じみた所があつて（中略）よく悦子を相手に本気で喧嘩することがあつた。》（上巻（六））とか、《泣く時に腕白じみた童顔になる》（中巻（二十六））と言われる幸子、ほか多数の例がある。

また、作中人物が我が儘な女性への好みを明言している例は、『春の海辺』（第一幕第一節）『永遠の偶像』『愛なき人々』（第二幕）『痴人の愛』ラスト『黒白』（七）『蘆刈』『春琴抄』等にあり、『日本に於けるクリップン事件』では、《総べてのマゾヒストが理想とする》のは《浮気で、我が儘で、非常なる贅沢屋で》あるとしている。谷崎は猫を愛したが、『当世鹿もどき』の「猫と犬」では、猫の《我が儘なところが又たまらなく可愛い》とし、《猫を可愛がる男、猫の云ひなりになる男は、大概女性にも云ひなりになる》フェミニストだとしている。

谷崎は昭和七年十月七日付けの松子宛書簡でも、《我がまゝを仰つしやいます程、昔の御育ちがよく分つて来て、ますく〵気高く御見えになります》と言っていて、松子にも幼児的なものを見て喜んでいる。せい子や『台所太平記』の女中・《百合》を贔屓にしていたのも、彼女達の幼児的な所が気に入ったからであろう。

この傾向は、ほぼ生涯を通じて変わらなかったようである（なお、幼児的な女性を好むのは、谷崎自身の幼児性とも関係がある）。(注11)

（ⅶ）古風な女性

セキは、元治元年（一八六四）生まれで、先にも引いたように、『幼年の記憶』では、「セキは若い頃、おはぐろをつけ、眉を落としていた。文楽人形や歌舞伎の女形等を見ると、母を思い出して懐かしい」と言われている。『初昔』では、昭和十三年四月に帰国したモルガンお雪の《人形のやうな、近代味の全くない》《純粋に日本的な婦人の顔》にセキと共通なものを見出している。また、『親不孝の思ひ出』（3）では、セキは《封建的空気の中に育つた、字を書かせればお家流でした丶めると云つた風な昔気質》とされている。

谷崎自身も、江戸の面影を色濃く残した日本橋で生まれ、幼少期から歌舞伎など江戸の文化に触れながら育ったし、非現実の世界に憧れるロマン主義的な資質からも、日本の歴史的過去への憧れが強かった。

そのため、谷崎は、作家デビュー前から一貫して、日本の古典文学を愛好しており、「新思潮」に参加した当初は、「話が有職故実の範囲を出なかったので、『刺青』が出るまで誰も谷崎を重く見ていなかった」（後藤末雄「谷崎君の性格の正体」「新潮」大正六・三）程であった。作家デビュー直後の『誕生』『象』『刺青』『麒麟』『信西』はすべて歴史物だし、大正三年から昭和三年にかけて西洋崇拝の傾向を見せた時期にも、歴史物を断続的に発表している。ただし、『恐怖時代』あたりまでの歴史物のヒロインは、悪女タイプである。それらを「外見だけ古風な女性」とすると、性格的にもおとなしい「内面的にも古風な女性」が登場するのは、『人間が猿になつた話』など千代子をモデルにしたヒロインたちが最初と言える。しかし、千代子タイプの女性は、初期には虐待・冷遇されることが多かった。

古風な女性が好まれるようになるのは、従って、小田原事件で谷崎が心を入れ替え、千代子を高く評価しようとした『或る調書の一節』以降であり、さらに本格的になるのは日本回帰の時期である。それ以前と以後は、時代を歴史的過去にとっていても、近代的な自己主張の強い女性がヒロインになることが多い。

歴史物以外で特に古風さが強調されている例だけ挙げて置くと、人形のような女と評される『友田と松永の話』のしげ女と『蓼喰ふ蟲』のお久、お家流の字を書く『吉野葛』の津村の母、「蘭たけた」顔の『蘆刈』のお遊さん、手習いをする『夏菊』の汲子、『夢の浮橋』の茅渟と経子、無口で何を考えているのか分からないような所のある『細雪』の雪子などがある。

西洋的要素が復活した昭和三十年代にも、『鍵』の郁子のO脚について、主人公が《昔ノ日本婦人式ノ》《私ノ母ダトカ伯母ダトカ云フ人ノ歪ンダ脚ヲ思ヒ出サセル脚》（一月廿九日）だから好きだと言っているケースがあり（『妻を語る』『老いのくりこと』にも同様の意見が見られる）、『夢の浮橋』にも、古風なヒロインが登場する。

(viii) セキのエピソードを転用した例

谷崎は私小説作家ではなく、事実に寄り掛かった作品作りはしない。従って、セキのエピソードを作品に転用した例は少なく、また無意識的なものが多いと思われる。

『幼少時代』「父と母と」で大磯から帰った母を迎えた時の再会シーンは、『母を恋ふる記』ラストや、『少将滋幹の母』（その八）及びラストで滋幹が母に抱きつく場面に転用されている。

『幼少時代』「南茅場町の最初の家」に出る六歳で母の乳を吸った思い出は、『夢の浮橋』に転用され、変形された形で『蘆刈』にも使われている。また、その時の乳の匂いは、『母を恋ふる記』ラストに用いられている。また、乳の匂いとはされていないが、『痴人の愛』（二十五）『顕現』（その七）『乱菊物語』「夢前川」（その二）『少将滋幹の母』ラストで、主人公が母と再会したり、母の代用品となる女性を獲得したりする場面で、甘い匂いは、その女性が母であることの印として用いられている（悪しき性的誘惑者について、良い匂いが強調される例は、『少年』『日本に於けるクリップン事件』などにある）。

『幼少時代』「阪本小学校」に出る、母が潤一郎に美衣を纏わせることを好んだ想い出は、『女人神聖』に使われている。

『幼少時代』「南茅場町の二度目の家」に、セキが便所に入ろうとしたら、便所の下からぬっと片手が出た、というエピソードが出て来る。これは『人間が猿になつた話』に転用されている他、『武州公秘話』（巻之四）で武州公が桔梗の方と便所で初めて会う場面も、これを変形したものと言える。

『幼少時代』「団十郎、五代目菊五郎、七世団蔵、その他の思ひ出」で回想されている、雨の中、歌舞伎座から母と相乗りの人力車で帰った想い出は、『うろおぼえ』『秘密』に転用されている。

母との観劇体験は、『吉野葛』の妹背山の所や、『蓼喰ふ蟲』で弁天座に入る所に使われている。

セキが亡くなる時に、顔が腫れ上がったことは、『女人神聖』父『嘆きの門』先妻『神と人との間』添田『春琴抄』春琴に用いられている。

以上からも明らかなように、谷崎は、セキの様々な特徴の中から、それぞれの時期の自分の志向に合致する部分だけ取り出し、美化・誇張してヒロインの特徴を作り出している。従って、それぞれの時期によって、セキを原型とする理想女性像も大きく変化する。私小説作家が同一モデルを使って複数の作品を書く場合のような、直接的な類似や人物像の一貫性は余りないが、だからと言ってセキと無関係と判断すべきではない、と私は考えている。

（ウ）母と同一視される作中の女性像の幾つかの類型

次に、セキと直接共通する所はないが、主人公との関係が母親的と言えるヒロインの例を見て行こう。

先ず、愛する女を失った男が、自分を母を見失った子供のように感じる例が、『お艶殺し』（二）（五）『女人神聖』（十六）『神と人との間』（六）『乱菊物語』「夢前川」（その五）『少将滋幹の母』（その五）にある。

右以外で、妻を母と同一視する例が、『十五夜物語』（第一幕）母の遺言で、『肉塊』（二）母の遺言で、『乱菊物語』赤松上総介が「小五月」（その二）「夢前川」（その二）で、『吉野葛』（その四）妻も母も未知の女性（その六）面ざしが似ている、『鍵』（一月廿九日）O脚、などにある。

逆に、妻の方が夫を子供と同一視する例は、『肉塊』（九）『夏菊』（その一の五、六）『猫と庄造と二人のをんな』の品子にある。男を際限なく甘やかす『AとBの話』のAの母、『或る調書の一節』の妻、『愛すればこそ』の澄子なども、同類と言って良いだろう。

息子が恋人を持つことを許さない恐ろしいグレート・マザーという印象を与えるヒロインとして、私は、『麒麟』の南子（霊公を孔子から取り戻す）、『天鵞絨の夢』の温夫人（第一の奴隷の恋人を毒殺しようとする）、『顕現』の文殊丸の母（小君を殺させる）、『過酸化マンガン水の夢』の呂太后（戚夫人を人彘にして孝恵帝に見せる）、を挙げたい。『不幸な母の話』の母は、甘えん坊であるが、結果的には、母より妻を愛した息子を罰して自殺させる、恐ろしい母となっている。私は、霊公・第一の奴隷・文殊丸・孝恵帝・『不幸な母の話』の兄に、母から自立できない気弱なマザコン青年を感じる（ついでながら、『春琴抄』で春琴を失明させたとされる春琴の末の妹の乳母、『少将滋幹の母』（その九）で滋幹が母に会いに行くことをやめさせたらしい乳人の衛門、『夢の浮橋』で糺に経子との不倫の噂を告げる乳母には、息子の恋人を攻撃する母のイメージが微かに感じ取れる。これは、潤一郎が乳母・みよを母代わりにしていたせいであろう）。

浮気する妻や恋人もまた、母の一類型と言える。「谷崎潤一郎とマゾヒズム」（四）⑤「間男されても腹を立てない、浮気な女・三角関係をむしろ喜ぶなど」（本書P104〜）にも書いたが、フロイトは、「「愛情生活の心理学」への諸寄与」第一章「男性に見られる愛人選択の特殊な一タイプについて」で、「母に性的に固着している男性が、人妻や浮気者の女性を好きになるケースがある。また、一人の女性をめぐって三角関係になることを、むしろ居心地好く感じる者もいる。これは、母は息子にとって人妻であり浮気者であり、息子は母をめぐって、父と三角関係にあったからだと解釈できる。」としている。

実生活では、佐藤春夫の『この三つのもの』（七章）に、北村（＝谷崎）が、「僕は、お雪（＝せい子）が橘（＝今東光）や《その外の男などを沢山相手にしたところが、何とも思へやしない。》」と語る例がある。小田原事件も、谷崎の三角関係願望と関係があろう。千代子が和田六郎と恋愛した際の冷静な対応（本章（二）③（オ）「和田六郎（大坪砂男）と千代子の事件」で述べる）や、戦後に松子に浮気を勧めたケース（松子「薄紅梅」『倚松庵の夢』）などにもこうした傾向が現われている。

作中の例としては、『幇間』『恋を知る頃』（第三幕第一場第一節）『饒太郎』（六）庄司との三角関係『お才と巳之介』（十）卯三郎との三角関係『金と銀』（第三章）（第四章）大川との三角関係『青い花』『永遠の偶像』『痴人の愛』ラスト『赤い屋根』『卍』『蓼喰ふ蟲』阿曽との三角関係『鍵』（一月十三日）などに見られる。『日本に於けるクリツプン事件』には、マゾヒストが一般に浮気な女を好むことが述べられているが、マゾヒストには、インセスト的欲望を母に抱いているケースが多いからであろう。

（エ）インセスト的な罪悪感を投影された女性像

次に、母と一見無関係に見えるが、インセスト・タブーによって谷崎が感じていた罪悪感を投影されたと解釈できるヒロインの例を見て行こう。

（ｉ）誘惑的な悪女たち・不幸を齎す不吉なヒロイン

谷崎の文学の一つの大きな特徴は、誘惑的な悪女や主人公に不幸を齎す不吉なヒロインが、しばしば登場することである。このことと、女性崇拝や母性思慕、イデア論といった谷崎の他の特徴を、統一的に説明できない限り、我々は谷崎を理解できていないと認めざるを得ないであろう。

谷崎は、『親不孝の思ひ出』（3）で、セキは《品行の悪い女》では全くなく、《至つて有り来りの（中略）昔気質で、仮にもいやな噂など立てられたことは一度もない。》と明言している。『異端者の悲しみはしがき』でも《善人》とし、『おふくろ、お関、春の雪』でも、「またかのお関」という毒婦物について、《私の母など、は似ても似つかないもの》と言っている。その他、精二・終平・林伊勢など、潤一郎の弟・妹の回想にも、セキが悪女的だったとする情報は、ただの一度も出て来ない。従って、谷崎の悪女が、セキを直接モデルとして出て来た可能性はない。

しかし、フロイトは、「「愛情生活の心理学」への諸寄与」第一章「男性に見られる愛人選択の特殊な一タイプについて」で、「母に性的に固着している男性は、浮気者・悪女・娼婦タイプなどを好む傾向がある。それは、息子を裏切って父とセックスをする憎らしい悪女・娼婦だからである」と解釈している。また、同論文の第二章「愛情生活の最も一般的な蔑視について」では、「母に性的に固着している男性は、インセスト・タブーのために、愛情と官能を分離し、天上的な愛と動物的な愛に分裂させ、相手を高く評価する時には性欲を抱くことが出来ず、相手を軽蔑する時（娼婦へと引きずり下ろした時）だけ性欲を抱くことが出来るようになる」とも説明している。

私も、これらの説明に賛成である。谷崎のイデア論も、性欲は悪女に、精神的な愛は天上の聖なる母に捧げるというパターンと見て良い。

谷崎の場合は、インセスト的な性欲と母に愛されなかった恨みに由来する悪人意識にひどく悩まされていたので、相手が善人では罪悪感が強くなりすぎるため、特に悪女をセックス・パートナーにする必要が大きかった。悪女という訳ではないヒロインが、主人公に不幸を齎す例があるのも、インセストに対する罰と考えられる。

また、谷崎はマゾヒズムの欲望も強かったので、男性を踏みにじる強い女性を求める結果、男性をひどい目に逢わせたり、殺したりして去勢する悪女を求めるという事情もあったと考えられる。

作中で、主人公が、はっきり女が悪人や殺人鬼であることを希望する例は、『刺青』『饒太郎』（一）『白昼鬼語』

『瘋癲老人日記』（七月十日）にある。

程度は色々だが、悪女的、または積極的な性的誘惑者、または不幸を齎す不吉な存在と言えるヒロイン（または両性具有者）が作中に登場する例は、『刺青』『麒麟』南子『少年』光子『幇間』梅吉『飈風』吉原の女『秘密』芳野『悪魔』『続悪魔』照子『恋を知る頃』おきん『捨てられる迄』三千子『饒太郎』お縫『お艶殺し』お艶（『創造』）『法成寺物語』四の御方『お才と巳之介』お才『恐怖時代』お銀の方『亡友』房子『人魚の嘆き』人魚（『魔術師』魔術師）『小僧の夢』メリー嬢『十五夜物語』お波『少年の脅迫』『前科者』モデル女『人面疽』菖蒲太夫『二人の稚児』『金と銀』栄子『白昼鬼語』纓子『嘆きの門』房子（ただし中絶のため定かでない）『柳湯の事件』瑠璃子『富美子の足』富美子『天鵞絨の夢』温夫人『鮫人』林真珠『月の囁き』山内綾子『愛すればこそ』秀子『蛇性の婬』県真女児『青い花』あぐり『永遠の偶像』光子『彼女の夫』瓜子『本牧夜話』ミス・ジャネット・ディーン『アヹ・マリア』早百合子、ニーナ『愛なき人々』玉枝『白狐の湯』ローザに化けた白狐『神と人との間』幹子『肉塊』グランドレン『無明と愛染』愛染『腕角力』光子『痴人の愛』ナオミ『赤い屋根』繭子『一と房の髪』オルロフ夫人『青塚氏の話』由良子『日本に於けるクリツプン事件』コーラ、エセル・ル・ネーヴ、巴里子、カフェエ・ナポリの踊り児『顕現』小君『卍』光子『黒白』フロイライン『乱菊物語』かげろふ御前、戦さの原因となる胡蝶『盲目物語』お茶々、戦さの原因となるお市の方『武州公秘話』首装束を行なっていた井田駿河守の女・てる、桔梗の方『蘆刈』お遊さん『春琴抄』春琴『顔世』戦さの原因となる顔世『細雪』妙子『少将滋幹の母』本院の侍従、滋幹の母『過酸化マンガン水の夢』シモーヌ・シニョレ、呂太后『鍵』郁子、敏子『残虐記』むら子『夢の浮橋』経子、沢子『瘋癲老人日記』颯子『台所太平記』百合など、非常に多い。

これらのヒロインと主人公の出会いの中には、どちらか（或いは両方）が予め脳裡に描いて待ち焦がれていた宿命の相手として描かれている場合がある。例は、『刺青』『創造』（これはプラトンの『饗宴』のアリストファネスの説に基づいている）『法成寺物語』四の御方と良円、『人魚の嘆き』『十五夜物語』（第一幕）お篠が友次郎とお波の恋愛事件を《前世の約束事》と言う、『二人の稚児』ラスト、『白昼鬼語』園村と纓子、『嘆きの門』（二）菊村が《自分が今日此の家へ来る事は、生れた時から定まって居た宿命なのではあるまいか》と考える、『月の囁き』章吉と綾子、『肉塊』（六）吉之助とグランドレン、（七）映画の中のプリンスと彫像にそっくりの人魚、『顕現』（その一）文殊丸と小君、『乱菊物語』「夢前川」（その二）赤松上総介と胡蝶、『鍵』（四月六日）木村との出会いは《前の世からの約束事》、などである。

宿命の出会いは、殆どの場合、破滅的な結果を齎す。これは、ヨーロッパで十九世紀末に流行したファム・ファタル（femme fatale）の影響でもある（『法成寺物語』には、明らかにワイルドの『サロメ』の影響があるし、『羹』（三）には、宗一が宿命の恋を歌ったロセッチの“Sudden Light”のような感情を美代子に持ちたいと願う例がある）。が、《予め頭の中に》恐らくはセキの《影像》を常に抱いていた（『佐藤春夫に与へて過去半生を語る書』）という谷崎にとって、宿命の出会いとは、即ちセキの似姿との出会いだったであろう。

谷崎の主人公たちが、しばしば悪女の誘惑に対して全く抵抗できないのも（例えば『金と銀』（第三章）の青野『痴人の愛』の譲治『神と人との間』（四）の添田ら）、単に性欲の問題と言うよりも、相手がセキの似姿であり、それが主人公たちのインセスト的欲望を掻き立てるからだと私には思えるのである（なお、「躁鬱気質と谷崎潤一郎」（三）「アーブラハムによる精神分析学的研究」（本書Ｐ278～）で、悪女を谷崎の「エス」の投影とする解釈の可能性を簡単に説いて置いた）。

この他に、悪女の表現方法の一つとして、私が「自らの毒性に悩み苦しむ女」と名付けているタイプと、ヒロインの肌が濁りを含んで黒ずんで見えるとされるケースがあるが、これについては、「肛門性格をめぐって」の【補説】（本書Ｐ352～）を参照されたい。

(ii) 賤性を付与されたヒロイン

インセストの罪悪感は、賤性という形でヒロインに付与される場合もある。

例えば、潤一郎の母・セキは、良家のお嬢様で、賤性は全くなかったのに、『母を恋ふる記』の母は、鳥追い姿で登場する。鳥追いは、江戸時代、新年に非人の女たちが編笠をかぶり、三味線を弾き、鳥追歌を歌って家の門前で金品を貰った風俗習慣で、売春も行なった。そのような存在に母を貶めたのは、谷崎が感じていたインセスト的な罪悪感を投影した結果としか考えられないのである。『吉野葛』で津村の母の前身を遊女にし、(注12)『夢の浮橋』で糺の義母・経子の前身を祇園の舞妓としているのも、同様に考えられる。『母を恋ふる記』で母を《狐が化けてゐるのだ》と思い、『吉野葛』(その四)で津村が《自分の母が狐であつてくれたらばと思》うのも、また『少将滋幹の母』で、母を、平中と浮気し、夫・国経を捨てて時平に走る女としたのも、『乱菊物語』で赤松上総介が母と同一視する胡蝶が、簡単に浦上掃部助に身を許してしまうのも、賤性を付与した例と言える。

賤性を付与されているその他の例としては、『少年』光子＝妾の子、『飈風』癩病患者に性的牽引を感じる、『恋を知る頃』おきん＝妾の私生児、『饒太郎』お縫＝車夫の娘、『創造』お藍＝芸者の私生児、『お才と巳之介』鳶の者の娘、『神童』お鈴＝妾の子、『鬼の面』藍子＝私生児、『恐怖時代』お銀の方は大名の妾だが元柳橋芸者、『魔術師』(両性具有者だが) 魔術師＝混血児、『襤褸の光』女乞食で梅毒か癩病にかかっているかもしれない、『少年の脅迫』不良少女、『金と銀』マータンギー＝古代インドの旋陀羅（チャンダーラ）族（＝賤民、非人）の女、(注13)『白昼鬼語』纓子＝背徳狂の不良少女、『小さな王国』（男子だが）沼倉＝流れ者の職工の悴、『天鵞絨の夢』第二の奴隷＝漁夫の娘（これは、当時は女性は泳げないのが普通だったせいもある）、第三の奴隷＝ユダヤ人、『鮫人』黛薫＝貧民窟の娘、『本牧夜話』ジャネット＝ロシア系ユダヤ人、『アヱ・マリア』ソフィア＝跛足、『肉塊』グランドレン＝混血児、『痴人の愛』ナオミ＝銘酒屋の娘、『続蘿洞先生』生野真弓＝癩病者との結婚、『蓼喰ふ蟲』ルイズ＝混血児の娼婦、『春琴抄』春琴＝盲人、『瘋癲老人日記』颯子＝ろくろく学校も出ていない、半年位NDTにいて、浅草（ストリップ？）やナイトクラブにもいた、などがある。『鍵』の郁子の彎曲した足も、ここに入れて良いかも知れない。(注14)

この他、後で④（カ）（iii）「貴種流離譚」で挙げる落魄・流浪するヒロインたちも、ここに含めて良いと思うが、例は省略する。

（オ）インセスト・タブーの一線が引かれている例

作中で、主人公にとって母親的な存在であると書かれていなくても、主人公と相手の女性との間に超えてはならない（超えられない、セックスを不可能とする）厳しい一線が引かれている場合は、インセスト・タブーの表現と解釈できる。また、セックスをした場合に、重大な被害（罰）を受けなければならないような場合も、インセスト・タブーの表現と解釈できる。そうした例を分類・整理し、以下、順に見て行く。

（i）失明

中でも注意されるのは、主人公が盲人である『盲目物語』『春琴抄』『聞書抄』の三作品である。何故なら、フロイトのエディプス・コンプレックスの命名の由来となった「オイディプス王」の物語で、オイディプスは父を殺して母と結婚した自分を罰するために、自ら目を潰しているからである。これは、一般に去勢象徴と解釈されている（眼球は睾丸と同一視される場合があるとも言われる）。

盲人は、愛する相手を見ることすら禁じられており、そこにもインセスト・タブーの一線が感じられる。

ただし、『聞書抄』の順慶が、愛してはならない一の台の局を見まいとして目を潰したのに、失明後は《良心の制裁》がなくなって、却って（心の眼で）よく見えるようになってしまうのは、罰を受けたために却ってインセスト的欲望の歯止めがなくなったということであろう。

　主人公が盲人でない場合でも、例えば『顔世』で、顔世の顔を最後まで観客に見せないようにしたのは、絶世の美女というイメージを壊さないようにするという現実的な理由もさることながら、インセスト・タブーで禁じられた存在を象徴的に表わす無意識の意図もあったかも知れない。

　また、『蘆刈』のお遊さんの顔が《うすものを一枚かぶつたやうにぼやけてゐて》はっきり見ることが出来ないとか、実際に巨椋池の別荘に見に行った時にも、《生け花が邪魔に》なって、顔がよく見えないという設定になっているのは、最後に語り手と共に消えてなくなる幻（まぼろし）として設定されているせいもあるが、インセスト・タブーで禁じられているせいもあろう。

　なお、谷崎の作中に失明のモチーフが現われた最初は『少年』で、蝋で目をふさがれつつ光子のピアノを《別世界の物の音のやうに》聴きほれる場面、次いで『金と銀』（第七章）で、白痴になって《人間の世の色彩が》目に映らなくなった事実上の盲人・青野の魂が、死後の世界の美の女王に会う場面である。『無明と愛染』で、死を前にした高野の上人が、毒婦・愛染を観音と見る例も、盲いた目に映った幻であった。

（ⅱ）異人種

（あ）白人女性

例は、『少年』『饒太郎』『金色の死』『独探』『人魚の嘆き』『魔術師』『或る男の半日』『青い花』『本牧夜話』『アヱ・マリア』『白狐の湯』『肉塊』『痴人の愛』『友田と松永の話』『一と房の髪』（『ドリス』にも出る筈だった）『蓼喰ふ蟲』『細雪』『過酸化マンガン水の夢』などにある。西洋崇拝の時期に多く、特に登場人物と言えるような形で出る例は、横浜時代（大正十・九〜十二・八）および関西移住直後三年間に集中している。

白人女性は、谷崎の男性主人公達にとって、憧れの対象であると同時に死や破滅や恐怖を齎す不吉な存在でもある。例えば『少年』の光子は、西洋館の中で洋服を身に纏い、西洋人に変身することで、少年達を奴隷にする。『独探』の主人公は、軽井沢で白人女性に取り囲まれ、恐しさの余り逃げ出してしまう。『人魚の嘆き』の人魚は、白人女性のイデア、即ち理想にして原型であるが、この人魚は男に死を齎す不吉な存在でもある。『本牧夜話』のジャネットと『一と房の髪』のオルロフ夫人は無理心中を誘発するし、『白狐の湯』でローザに化けた狐もまた角太郎に死を齎す。「死」こそ齎さないが、『アヱ・マリア』のニーナは主人公に接触恐怖を感じさせ、失恋させるし、『肉塊』のグランドレンも主人公を社会的に破滅させる。『痴人の愛』では、シュレムスカヤ伯爵夫人が譲治に接触恐怖を感じさせ、白人的なナオミが譲治を引きずり回し、被害を与える。そして『友田と松永の話』では、スーザンの白い肌が松永に死の恐怖を感じさせ、結局そのために彼はパリから日本に逃げ帰ってくる。

これは、谷崎に白人女性を母と同一視する傾向が強く、インセスト・タブーが強く働くためと考えられる。その原因としては、白人女性は色が白く、色白のセキを理想化した存在と感じられること、白人女性は一般に日本人より大柄で、子供から見た母のように感じられること、白人女性は日本人とは明らかに異なり、別世界の存在と感じられ、そこにインセスト・タブーを暗示する超えがたい一線が感じられること、白人の白さは、完全な清潔さや純粋性を象徴し、インセストの罪悪感を掻き立てること、そして最後に、白は死の色で、生命力と性欲の抑圧を含意すること、が考えられる（なお、白人女性については、㈡「実生活に於けるインセスト・タブーの処理法」でも、やや詳しい説明を追加する）。

（い）中国人女性

中国人女性の場合は、白人ほどはっきりとした一線を日本人との間に引くことは出来ないと思われるが、日本の現実からは、海を境にはっきり切れているので、日本では働くインセスト・タブーを気にしないで済む相手と、谷崎は感じていたようである。

『鶴唳』では、主人公・靖之助の母が死ぬと同時に、妻との夫婦関係がうまく行かなくなる。これは、妻に母を求める傾向が、母の死によって強まったためと解釈できる。靖之助は、妻を日本に残して中国に渡り、そこで理想の女性を見出し、快適な性生活を送ったらしい。しかし、無一文になったため、彼女を連れて妻のもとに帰国すると、靖之助の娘が、母の敵として、この女性を殺してしまう。これは、インセストの罰と言えよう。

この他、『麒麟』の南子や『過酸化マンガン水の夢』の呂太后には、息子（夫であるが、息子的イメージのある霊公・高祖）が自分から独立することを許さない恐るべきグレート・マザーとしての母の面影がある。『刺青』で言及される末喜も代表的な毒婦像である。毒婦は、インセストの罪悪感を投影したものと言える。

中国人女性は、この他『秦淮の夜』『西湖の月』『天鵞絨の夢』（ただし、初出では実は日本人とされていた）『鮫人』林真珠（ただし中国人と間違えられるだけ）『肉塊』（映画「耳環の誓い」のプリンセス）などに出る。また、支那服を着る女性の例が、『肉塊』『港の人々』『赤い屋根』『日本に於けるクリップン事件』『鴨東綺譚』に見られる。しかし、いずれにも、白人女性ほど明確な意味付けは読み取れない。谷崎が西洋崇拝から日本回帰する途中の過渡的な存在だったからであろう。

(う) インド人女性

インド人女性は、『玄奘三蔵』『ラホールより』『金と銀』に出るが、『金と銀』のマータンギーがサロメ的な毒婦として登場する以外は、際立った例はない。インドへの関心自体が、西洋崇拝から日本回帰する途中の、極く短期間の過渡的な現象だったからであろう。

(iii) 動物

動物も、人間とは明らかに異なる別世界の存在であり、セックスを行なうことも、普通は不可能である。そこにインセスト・タブーの一線が象徴される。

（あ）蜘蛛

『刺青』では、女郎蜘蛛が男性の精気を吸い取り、死に至らしめる毒婦の象徴となっている。女郎蜘蛛が網で虫を縛り上げ、その生き血を吸う所や、毒々しい色合いも、毒婦にふさわしい（「『象』・『刺青』の典拠について」の注(22)（本書P817〜）を参照）。『陰翳礼讃』には、闇の奥に籠もる昔の日本女性が、《土蜘蛛》のように闇を吐き出すというイメージも出て来る。

（い）狐

谷崎の作中では、狐は女に化け、男の精気を吸い取ると考えられている。これは、もと中国起源の考えで、古く日本に伝わったものと言う（吉野裕子『狐――陰陽五行と稲荷信仰』（法政大学出版局）参照）。女に化けた狐は、セックスをした相手に死を齎すため、禁じられた母と娼婦的悪女を融合させる象徴となる。狐が白人女性に化けて主人公を殺す『白狐の湯』が、そのもっとも典型的な例と言える。『吉野葛』も、狐を中心的なテーマとした作品であるが、特殊な設定になっているので、「『吉野葛』論」（本書P641〜）を参照されたい。その他に、『少年』で光子が狐になる例、『母を恋ふる記』で母を白狐だと思う例、『痴人の愛』（十三）（二十五）でナオミを見て狐を連想する例、『顔世』（第二幕）で高師直が顔世を見て、「今のは狐ではなかったか」と思う例がある（種本となっている『太平記』巻二十一「塩冶判官讒死事」には、狐のことはない）。『紀伊国狐憑漆掻語』は民話的で、傾向を異にする。

（う）蛇

上田秋成原作の『蛇性の婬』の蛇は、狐と同じく精気を吸い取る。これは、中国起源の考え方である。蛇はまた、形態的に男根を連想させるので、男子から男根を奪い取るような強力な毒婦を表わすのに用いられる。

例えば、『少年』の光子は自由に蛇を操れると脅す。『魔術師』は生きた蛇の冠を頭にかぶっている。『少年の脅迫』と『白昼鬼語』のヒロインは蛇の腕輪をする。『白昼鬼語』のヒロイン・纓子は、男を殺す時（実は演技だが）、《銀の鱗の模様の附いた》帯を締めており、この帯は蛇を象徴している。『白昼鬼語』の纓子が弄ぶ紐や、『月の囁き』で綾子が首飾りとし、殺人にも用いる金の鎖も、蛇に近い。

蛇の比喩的な使用例は、『創造』（三）『鬼の面』（三）『天鵞絨の夢』（第一の奴隷の告白）などにもある。『人魚の嘆き』の人魚は、魔法で海蛇に変身する点、蛇に近い（注15）。

西洋の女優がワイルドのサロメを演じる時には、金の蛇の腕輪をはめるのが一つの型になっており、大正四年に松旭斎天勝がサロメを演じた時には、小山内薫の助言に従って、金の蛇の腕輪をはめたと言う（川尻清潭「楽屋風呂」「演芸画報」大正四・八）。谷崎の蛇の用い方にも、西洋の影響が大きいと思われる。

（え）人魚

谷崎の作中の人魚のイメージは、男を誘惑し破滅させるというもので、ヨーロッパ起源である。本物の人魚の例は『人魚の嘆き』だけであるが、水中の人魚と主人公は、所属する世界を異にし、水甕のガラスで隔てられていることと、人魚との恋は男に死を齎すとされていることが、インセスト・タブーを表わしている。

この他、人魚の扮装をする例が『金色の死』（十四）『肉塊』（七）、人魚の真似をする例が『秋風』、人魚同様に泳ぎ回る例が『天鵞絨の夢』にある（『天鵞絨の夢』にはガラス越しの恋というモチーフもある）。『鮫人』（第二篇第三章）にはオペラ女優、『アヱ・マリア』（3）にはニーナを人魚と呼ぶ例がある（『鮫人』の題名は人魚を意味するが、中絶されたため、その真意は分からない）。『秘密』のヒロインや『鬼の面』（三）の藍子も人魚になぞらえられている。『乱菊物語』「発端」（その二）の舟幽霊は、人魚と関連性のある『オデュッセイア』のセイレーンやドイツのローレライ伝説を日本化したものである。『人魚の嘆き』に《ライン河の川上には、昔から人魚が住む》とあるのがローレライのことで、《鳥のやうな両足を具へて、地中海の波の底にも（中略）折々形を現わして人間を惑わす》と言われているのが、セイレーンのことであろう。ローレライの歌は、『秋風』でS子（せい子）、『痴人の愛』（四）でナオミが歌っていて、せい子・ナオミの人魚性を暗示している。

人魚ではないが、言わば眼の中に海を持つ危険な女と言える例が、《稚児が淵の断崖よりも深さうな、碧瑠璃の波の色よりも鮮やかな》瞳を持つ『お才と巳之介』（二）のお才、《碧色の瞳》が《海の色を想ひ出させる》『アヱ・マリア』（3）のニーナ、《海のやうに深い瞳》を持つ『肉塊』（五）のグランドレンや『一と房の髪』のオルロフ夫人などに見られる。また、直接主人公の生命を脅かす訳ではないが、女性の美しい水死体は、谷崎の羊水回帰願望から派生する水死願望の現われと見られる。例は、『柳湯の事件』『西湖の月』『天鵞絨の夢』『月の囁き』（この二作品の例では後で息を吹き返すが）と、『肉塊』で言及されるミレーの《オフエリア》にある。また、舟ごと湖水に沈む『マンドリンを弾く男』（これは、『西湖の月』に描かれている月夜の西湖での印象に基づくらしい）、水底の部屋で阿片を吸う『天鵞絨の夢』の温夫人、『痴人の愛』（十三）で《真つ青な水の底にでもあるもの、やうに》見えるナオミの寝姿、『不幸な母の話』で母を見失った海を《自分の幼い折に住んで居た故郷（ふるさと）》のように感じる例、『白昼鬼語』の、殺されて、ペパーミントのような青い不思議な液体に屍体を溶かされてしまいたいという願望（『捨てられる迄』にも類似の願望が現われる）も、水死願望に関連するものと言える。

谷崎が青い酒・ペパーミントに特別の愛着を示したのも（『饒太郎』（五）『金色の死』（十四）『天鵞絨の夢』（第二の奴隷の告白）など）、こうした願望に関連するものと見て好いだろう。

（お）豹と猫

生きた豹が実際に作中に登場する例はないが、『金と銀』（三）『青い花』でヒロインを豹に譬えている。また、『ねこ』で、谷崎は、《豹は猫に最も近いやうです。僕は豹を飼ひたいと思つてゐます。（中略）美しくて（中略）悪魔のやうに残忍で（中略）好色で美食家で》と語っている。この言葉からも、谷崎が豹に、男を傷つけ、命をも奪いうる悪女を見ていたことは明らかである。これはヨーロッパの影響で、ヨーロッパでは、シェークスピアの時代に、美しいが気性の激しい女を豹（panther）に譬えることが流行し、クノップフなどベルギー象徴派の画家もファム・ファタル（宿命の女）のイメージをこれに託している（『世界百科大事典』（平凡社）「ヒョウ」の項参照）。

豹という言葉を使っていなくても、女性を抽象的に「猛獣」や「野獣」の比喩で語っている例は、『捨てられる迄』『饒太郎』『二人の稚児』『金と銀』『白昼鬼語』『月の囁き』『蛇性の婬』『痴人の愛』『一と房の髪』『蓼喰ふ蟲』『武州公秘話』などに見られる。また、佐藤春夫の『この三つのもの』（六章）でも、北村（＝谷崎）は、お雪（＝せい子）を猛獣に譬え、《僕は家畜よりも猛獣が好きだ。我儘でいき〳〵としてゐる。》そして《嚙み殺される惧れ（中略）のためにもつと猛獣を愛するかも知れない。》と語っている。

『金と銀』『月の囁き』『蛇性の婬』では、男に襲い掛かって餌食にしようとする女を猫のイメージで語っている。しかし、大正末期に実際に猫を飼い始めてからは、猫の印象も変わったようである。『当世鹿もどき』「猫と犬」では、《猫好きの人間にはその我が儘なところが又たまらなく可愛い》《猫好きの人間にはフエミニストが多い》と語っていて、猛獣というニュアンスではなくなって来ている。実際、『ドリス』（その二）のペルシャ猫は《亡国的に、おつとりとしてゐ》て、『細雪』（下巻（四））に《雪姉（きあん）ちゃんの鼾、猫の鼾みたいやわ》とある雪子のイメージに繫がって行く。

『猫と庄造と二人のをんな』の牝猫・リリーの場合は、庄造が五、六年前、一度リリーを捨てようとしたこと、そして今回また品子に渡してしまったこと、リリーが《此の二三年めつきり歳を取り出し》たこと、《ほんたうにリヽーの死に遭ふことがあつたら、》《親兄弟に死に別れでもしたやうな悲嘆に沈》むだろう、とされていることなどから、母のイメージが強く、セキに対して冷たかった潤一郎の罪悪感が投影されていることが分かる。

しかし、戦後の『瘋癲老人日記』では、颯子に猫目石（キャッツ・アイ）を買ってやることが、颯子＝猫というイメージを作り出し、悪女のイメージと再び結び付いている。

（か）女性の体毛

潤一郎には、日本回帰以前にはうぶ毛の多い女性を好む傾向があり、これも、相手を動物的なものとして感じられるためだったようである。

例としては、『人魚の嘆き』の《無数の白毫のむく毛が、鬖々と生えて》いる人魚、『鮫人』（第二篇第三章）の《銀色の尨毛》が密生している《部分は日本人よりも西洋人の肌に近く》《猫や海豹の毛皮を連想させ》《一種の鬼気を帯びて居た》という林真珠、『アヱ・マリア』（４）の中の映画「アナトール」に登場する《猫の毛のやうにかゞやいて見える》裸体の女がある。『肉塊』（五）のグランドレンについても、《頰の肌は（中略）日の光を（中略）猫の毛のやうに柔かく吸ひ込んでゐる》という描写がある。また、『母を恋ふる記』には、母の《真白な肌の色》を《狐の毛のやうに思》い、《毛でない物が、あんなに白くつやくとねこ柳のやうに光る訳がない》と思う所がある。

谷崎が白人女性を好んだ理由の一つには、その毛深さが動物を連想させることもあったようである。『白狐の湯』で、ローザに化けた狐についてのト書きに、《びろうどのやうに細かい毛の生えた、白い肌がきらく光つて》とあることが傍証となろう。ただし、谷崎は日本回帰後は、『恋愛及び色情』で、《西洋の婦人の肉体は（中略）遠く眺める時は甚だ魅惑的であるけれども、近く寄ると（中略）うぶ毛がぼうぼうと生えてゐたりして、案外お座が覚めることがある。》と正反対のことを言い出す。

（き）鳥

鳥は空高く飛翔するため、多くの民族によって、魂の象徴と見なされている。谷崎の場合も、死後の魂か、夢の中の、セックスの対象になしえない清らかな存在として用いられる例がある。『異端者の悲しみ』冒頭では、章三郎が夢に白鳥を見る（ただし、変じて裸形の美姫になるが）。『鶯姫』では鶯が夢の中で鶯姫に変わる。『ハッサン・カンの妖術』のラストでは、谷崎の母・セキが輪廻転生して鳩になっており、『二人の稚児』では、前世で愛欲によって瑠璃光丸を迷わそうとした女が、その罪によって、現世では白い鳥に生まれ変わり、比叡山で修業中の瑠璃光丸に見取られて死ぬ。『春琴抄』の鶯・雲雀・迦陵頻迦は、明らかに天上的・イデア的なものと関連している（「『春琴抄』」（四）⑤（ウ）「鳥」（本書P713～）参照）。『おオと巳之介』（二）の《丹頂の項のやうにすつきりした頸筋》という表現や、『魔術師』で白人女性を白鳥に、『アヹ・マリア』（3）でニーナの腿を小鳥になぞらえた例、『盲目物語』でお市の方・お茶々の声を、鶯と鳩を一つにしたような声と讃えた例、『少将滋幹の母』（その九）で白楽天の詩「鶴を失ふ」の逃げた鶴とヒロインを重ねる例には、セックスの対象に出来ないというニュアンスがあろう。『鶴唳』には、靖之助の愛する《真白な》鶴と《鶴のやうな》中国人女性という一対が登場するが、《真白な》鶴は、セックスの対象になしえない母を表わし、《鶴のやうな》中国人女性は、母に似ていながらセックス可能な愛人を意味しているのであろう。

一方、『痴人の愛』（三）で、ナオミを《小鳥》に喩える時には、完全に所有・支配できる愛玩物という意味であるが、（八）で《「小鳥の籠」》から出そうとダンスを始めた途端、ナオミが《小鳥》でなかったことが、明らかになるのである。

(ⅳ) 身分の差

女性の方が身分・経済力などが遙かに上で近寄りがたく、その差がインセスト・タブーの超えがたい一線を表わす例が、『法成寺物語』『鶯姫』『人面疽』『人間が猿になつた話』（男が猿）『お国と五平』（ただし、一線を越えて姦通している）『愛すればこそ』（政府高官の家に生まれた澄子が、身分違いの山田の所まで落ちて来る）『肉塊』（十一）

（映画「耳環の誓い」の清朝の親王の娘と車夫の倅・鉄公）『痴人の愛』（二十五）（譬え話の中の父と娘、貧書生と許婚）『吉野葛』（重の井と馬方三吉、静御前と狐忠信）『盲目物語』（弥市および若い頃の秀吉にとってのお市の方）『蘆刈』（お遊さんの再婚後）『春琴抄』『聞書抄』などにある。

逆に女性の方が身分が低い例は、『颱風』（癩病患者）『襤褸の光』『母を恋ふる記』（鳥追い）『顕現』（その十一）で語られる蘆刈説話）『吉野葛』（「葛の葉」では人間より母狐は下。津村とお和佐も、津村の方が身分が高過ぎるが結婚に漕ぎ着ける）などにある。

谷崎文学には、男性が女性を自分より遙かに優れた存在として仰ぎ見、触れることも出来ない例が、ここに挙げた以外にも多数見られるが、それらも、その心理的意味は、同様に理解できる。

（v）人妻

人妻は、社会的・道徳的に禁じられた対象である。

「谷崎潤一郎とマゾヒズム」（四）⑤「間男されても腹を立てない、浮気な女・三角関係をむしろ喜ぶなど」（本書P104〜）および、先に④（ウ）「母と同一視される作中の女性像の幾つかの類型」にも書いた通り、母は息子にとって人妻であるため、母に性的に固着している男性が、人妻を好きになる傾向を見せるケースがある。

谷崎の作中で人妻がヒロインになる例は比較的少ないが、『熱風に吹かれて』英子『一と房の髪』『蓼喰ふ蟲』お久『盲目物語』お市の方『武州公秘話』桔梗の方『蘆刈』お遊さん『顔世』『聞書抄』一の台の局『少将滋幹の母』時平・平中から見た滋幹の母『瘋癲老人日記』颯子の例がある。

日本回帰以前に例が少なかったのは、初期の谷崎がティーンエイジャーを好んだことが主たる原因であろう。明治・大正期の性道徳・検閲の厳しさも、影響しているかもしれない。

実生活では、大正元年夏頃、真鶴館の女将・須賀と姦通したことがあった（本章（二）②「結婚以前」参照）他、松子と千萬子の場合が、人妻への恋愛と言える。

(vi) 彫像・人形・屍体

彫像・人形は、フェティシズムの対象ともなるが、性交不可能であり、禁じられた対象の象徴ともなる。また、彫像・人形は、人間の寿命より長くその形を保つので、永遠性の象徴ともなる。

彫像・人形に準ずるものとして、谷崎の作中では、美しい屍体や眠れる美女（Sleeping Beauty）のモチーフが登場するケースがある。

例は「谷崎潤一郎とフェティシズム」（四）⑥「彫像・人形」⑦「屍体」⑧「眠れる美女（Sleeping Beauty）」（本書P142〜）で挙げたので略す。

谷崎にはまた、冷たい体の女性を好んだらしい形跡があり、これも、彫像・人形・屍体と関連すると思われるが、これについては、「谷崎潤一郎の母に対するアンビヴァレンツ」（四）①「母への固着」（本書P22〜）を参照されたい。

(vii) 永遠女性

永遠の世界に住む理想化された女性は、地上の人間には手の届かない禁じられた対象である。

谷崎は、大正五年頃から、地上の娼婦的悪女を聖母マリアのような天上の聖なる永遠女性の粗悪な分身とする自己流のイデア論を編み出し、創作の根底に据えた。従って、この頃から、イデア論のイデアの世界を思わせる抽象的な永遠世界に、理想女性が住むと考えられているケースが見られるようになる。例は、『前科者』（十七）『金と銀』ラスト『早春雑感』『或る時の日記』『検閲官』『アヱ・マリア』ラスト『肉塊』（二）『青塚氏の話』などにある。

一方、極楽など、東洋的な永遠世界に理想女性が住むと考えられているケースは、『十五夜物語』『ハッサン・カンの妖術』『二人の稚児』ラスト『卍』ラスト『春琴抄』、などである。

また、昭和戦前期には、死者の魂が、由縁の土地の辺りに永遠に漂い続けるという死後世界のイメージが用いられ、『蘆刈』のお遊さんは死後、永遠女性になったと印象付けられる（本頁については、「昭和戦前期の谷崎潤一郎」（二）「イデア論の地上化」（本書P390～）も参照されたい）。

(viii) 月・太陽

月も太陽も、天上の永遠の存在であるので、谷崎は、理想女性を月ないし太陽と結び付ける傾向がある。これらも、地上の人間には絶対に手の届かない、強く禁じられた対象である。ただし、月も太陽もアンビヴァレントで、善悪両方の女性像になぞらえられている。

月を「永遠の生命」の比喩とする例は、『鮫人』（第一篇第二章）にあり、月と永遠を結び付けるその他の例は、『母を恋ふる記』『天鵞絨の夢』（第三の奴隷の告白）にある。『恋愛及び色情』では、《古への男》《に取つては、月が常に同じ月である如く、「女」も永遠に唯一人の「女」だつたであらう。》と、月を永遠女性の比喩としている。また、『雪』では、地唄「残月」を、《これこそ真に日本人の死を美化したもの、極限であり、われ〳〵の死後の魂の行き着く所を示したものだ》と評している。

月は欠けても再び満ち、満月は円い乳房に似ているので、乳児が破壊し修復する乳房の象徴ともなりうる。谷崎文学では、永遠女性・理想女性が月と同一視されたり、母子再会場面を月が照らし出すケースが多いが、その無意識の意味はここにあろう。

月と同一視される永遠女性・理想女性の例としては、『詩人のわかれ』ラストで《満月の夜に似た皎々たる光》と共に現われる《妖麗なギシユヌの神》（男性の太陽神だが、ここでの印象は、両性具有的・女性的である）、『十五夜物語』の友次郎の死んだ母、『金と銀』ラストの美の国の女王、などがある。『盲目物語』の弥市は、お市の方を悟りへ導いてくれる《真如の月のかげだ》と言う。『蘆刈』のお遊さんは、死後も毎年、八月十五夜になると復活するのだから、一種の満月である。

母子再会場面を月が照らす例は、『母を恋ふる記』『少将滋幹の母』ラストにある。『うろおぼえ』は叔母だが、母に準ずるものと言って良いだろう。『幼少時代』「文学熱」に語られている野村孝太郎の母との出会いも、月夜であった。この他、遠く離れた恋人同士が、互いを思いながら月を仰ぎ見る例が、『羹』（三）と『肉塊』（十一）の映画の中の清朝のプリンセスと鉄公にある。

ぼんやりとほの白く光る顔の持ち主（『蓼喰ふ蟲』の福ちゃん・お久『武州公秘話』（巻之四）の桔梗の方『陰翳礼讃』）も、月に準ずる存在と見て良い。

一方、『不幸な母の話』では、母の喪失を月のない夜の海で表わし、『春琴抄』では、春琴がその美貌を失う日を月のない《三月晦日》に設定している。

月はまた、不吉な呪われた女性を表わすのにも用いられる。これには、ワイルドの『サロメ』の影響もあろう。『法成寺物語』（第二幕）の四の御方は、《下界の人が月の光を拝むやうに》定雲から仰ぎ見られている。『月の囁き』の綾子は、《月の光を見ると奇妙に興奮する》という《一種の精神病者で》月夜に二度、殺人を犯す。これは、英語にlunaticという言葉があるように、月を狂気と結び付ける西洋の観念から影響を受けたもので、谷崎が訳しているボードレールの詩「月の賜物」「画かんとする願望」などからの示唆もあったであろう。

同じく不吉な女性である『人魚の嘆き』の人魚の場合も、不老不死の薬を盗んで月宮に入ったという月の女神・嫦娥に譬えられ、ラストで、《天上の玉兎》＝月が《海に堕ちたかと疑はれる》ことが象徴するように、理想女性（母）

そのものではなく、天上世界から現世に落とされた《背徳の悪性を具へ》た存在になっている。これは、嫦娥にもともと悪性があるせいもあろう。

人魚の膚は《白いと云ふより「照り輝く」と云つた方が適当なくらゐで》《骨の中に発光体が隠されて居て、皎々たる月の光に似たものを、肉の裏から放射するのではあるまいかと、訝しまれる程》と言われるが、体が光るヒロインの例は、他にもある。例えば、『金と銀』（第三章）で《肉体が恰も龕燈の奥にまたゝく火影の如き物体から成り立つて居》るとされるマータンギー、『天鵞絨の夢』で死んだ嫦娥に譬えられる第二の奴隷の屍体（第二の奴隷は、第三の奴隷に《日頃の》《悩みと苦しみ》を忘れさせ、《天地の悠久を思は》せる美しいスペクタルを現出する。しかし、毒殺の危険を招くような危険な恋をしてしまう不吉な女でもある）、『肉塊』（十）で、グランドレンが夜の海で泳ぐ際、《彼女の存在は一個の仄かにぎらぎら燃える海の上の鬼火とな》るというシーン、などがある。

悪女・不吉な女性を表わす月の形象の一類型に、三日月のように細く光る眼がある。例えば『刺青』の娘が悪女に変身して意識を取り戻す際には、《其の瞳は夕月の光を増すやうに》輝いたと描写される。『法成寺物語』（第一幕）で、四の御方をモデルにした菩薩像も、眼に《夕づ、の光のやうな》《潤ひ》がある。『母を恋ふる記』の母も、《す、きの穂のやうに細い眼》であるが、これは狐をイメージしたものであろう。『肉塊』（七）で目を覚ましたグランドレンについても、《夕づつが光を増すやうに》という表現が使われている。『捨てられる迄』（一）の幸吉が、《円い眼よりも細い眼の方に余計惹き付けられ》、三千子の《針の如く閃々と輝く細い眼の光に》特に魅力を感じるのも、三日月のような眼のヴァリエーションであろう。細い眼の悪女には、他に『悪魔』の照子、『アヱ・マリア』（4）のグロリア・スワンソン、『痴人の愛』（十八）のナオミの《睫毛の蔭から纔かに此方を覗いてゐる細い眼つき》（ただし、これはこの表情に伴う一時的なものである）、などがある。『武州公秘話』（巻之二）では、松雪院の絵姿について、《その眼は切れが長く、非常に細く、威厳のある眼瞼の下に針のやうに冴えてゐる瞳は（中略）一脈の寒さを覚えさせる》としているが、これは松雪院の不幸な生涯が表情に出たものである。

暗い夜に、極めて明るい部屋で自らの恐ろしい本質を開示する『少年』の光子、『魔術師』の魔術師（両性具有者だが）、『白昼鬼語』の纓子、『武州公秘話』の首装束をする女なども、ここに入れることが出来る。

このように月が死や悪と結び付くのは、夜の闇黒が悪・呪い・死を連想させるのと、月の冷たい光が冷酷さや死を連想させるためであろう。永遠性自体、死後のものであるから、死と永遠性とは、もともと一対・一体のものである。谷崎の作中の月には、しばしばそうしたアンビヴァレンツが感じられる。

月と死が結び付く例としては、右の他に、月の光が心中場面を照らす『十五夜物語』『マンドリンを弾く男』、月の光が屍体を照らす『西湖の月』『天鵞絨の夢』『月の囁き』『少将滋幹の母』（その九）なども挙げられる。その他、『白狐の湯』『武州公秘話』（巻之二）の薬師寺弾正殺害でも、月光と死は密接な関係にある。

また月光が悲しみと結び付いている例が、『うろおぼえ』『母を恋ふる記』『天鵞絨の夢』『蘇東坡』『月の囁き』『アヱ・マリア』（6）『乱菊物語』「夢前川」（その五）『蘆刈』などにある。これは死者・失われたものを悲しむ喪の作業と関係がある（「躁鬱気質と谷崎潤一郎」（八）「躁的防衛と喪の作業」（本書P298～）参照）。

なお、谷崎の作中では、月光に準ずるものとして、アーク燈（ライト）が好んで用いられる。例は、『魔術師』『少年の脅迫』（八）（不良少年たちに襲われる直前）『金と銀』（六）（大川が青野を殺しに行く直前）『母を恋ふる記』（田舎のお媼さんの家で邪慳にされる直前）『肉塊』（七）（グランドレンに誘惑される直前）などにある。また、蛍光灯が『鍵』に出る。

谷崎ではまた、月ではなく太陽と結び付けられる女性も、大抵、悪女であるようだ。『アヱ・マリア』（4）のヴァンパイア女優のビーブ・ダニエルズ＝《誘惑の魔の女王》は、《スクリーンの上で》《白日の源を成す》と言われ、太陽と結び付けられるし、『肉塊』（六）では、《吉之助に取つて、グランドレンの存在は恰も太陽の輝やきと同じだつた。》とされる。『一房の髪』のオルロフ夫人は、紅い燃えるような髪が《月の暈のやうに》広がり、《獅子の首を見るやうな壮観》だったと言われる。《月の暈》と言ってはいるが、紅という色や、ライオンはしばしば太陽の象徴となる動物であること、最後に焼け死ぬ点などから、オルロフ夫人は太陽と見て良い。また、『卍』（その三十三）では、柿内夫妻は《藻抜けの殻みたいに》なって、《たゞ光子さん云ふ太陽の光だけで生きてるやうに》される。

ヒロインの名前で、光と関係のある『少年』『女人神聖』『永遠の偶像』『腕角力』『卍』の光子、『小僧の夢』の不良少女・三枝光子、また、『悪魔』の照子は、いずれも悪女タイプであり、『鶴唳』の娘・照子は殺人を犯し、『武州公秘話』の井田駿河守の女（むすめ）・てるは、首装束を行なう。(注16)

太陽もまた円い乳房に似ているため、母なる女性を連想させるが、太陽の持つ欠けることのない強さ、熱で焼き尽くす激しさが、悪女と結び付くのであろう。私は、『天鵞絨の夢』の温夫人や『春琴抄』の春琴も、太陽と意図的に結び付けられていると考えている（「『天鵞絨の夢』論」（本書P575〜）、「『春琴抄』」（四）⑤（カ）「太陽」（本書P723〜）参照）。

（カ）女性像の二重化

谷崎が母に対して、インセスト願望と、インセスト・タブーから来る恐怖というアンビヴァレントな感情を抱いていたことは、谷崎が真の欲望の対象である母と、その粗悪な贋物としての分身とに女性像を分裂させ、母の方は、憧憬の対象・セックスを禁じられた対象にとどめ、粗悪な贋物としての分身の方で性欲を満たす、という傾向が見られることからも、分かるのである。

谷崎が『恋愛及び色情』で、《西洋には「聖なる婬婦」、もしくは「みだらなる貞婦」と云ふタイプの女が有り得るけれども、日本にはこれが有り得ない》と嘆くのも、分裂させざるを得なかった理想化した母と娼婦とを、再び統合したい（即ち近親相姦を行いたい）という夢を谷崎が抱いていた証拠と言える。

谷崎が『乱菊物語』「発端」（その二）で、遊女が菩薩の化身だったという花漆の伝説に言及したり、『蘆刈』の語り手に、《姪をひさぐことを一種の菩薩行のやうに信じた》いにしえの遊女たちに憧れさせ、それに応える形でお遊さんを出現させたのも、母と娼婦を再統合する試みと言って良い。

(ⅰ) 本体と影

女性像を二重化するやり方の一つは、天上の本体＝理想化された母と地上の影＝粗悪な分身という形を取るもので、これはゴーティエの『ボードレール評伝』に触発され、プラトンのイデア論を真似て編み出されたものである（「谷崎潤一郎・変貌の論理」（二）「始発期から西洋崇拝期へ」（本書P365〜）参照）。

例えば、『アヱ・マリア』（7）（8）では、聖母マリアを《本体》としての「白」とし、主人公が様々なものや女性達を好きになったのは、結局、それらが「白」の本質を部分的に持っていたからだと解釈するのである。同様の考えは、『前科者』（一七）でKの《頭の中に住む幻影の女》を実際の女の中に見ようとするが幻滅するという所や、『金と銀』ラストで、栄子が美の国の女王の影像だったとされる所、『青い花』で、岡田の頭の中にある《裸体の女の大理石の像》があぐりの《原型》であり、《それが此の世に動き出して生きて居るのがあぐりである》とする所、『肉塊』（二）で、聖母マリアのような女性を理想としていた吉之助が、（六）で、生身の悪女・グランドレンの肉体に、マリアの似姿（《幻のグランドレン》）を見出す所、『青塚氏の話』で、青塚氏と思しき人物が語る《『由良子型』と云ふ一つの不変な実体が（中略）いろいろの影を投げる》という所、などに現われる。『顕現』では、清水の観音が身代わりになって小君を救ったり、文殊丸の夢の中で、清水の観音と小君が同一視されていることから、清水の観音が天上の永遠女性、悪女・小君がその悪しき分身である可能性が高い。

（ⅱ）絵や写真・人形など

谷崎の作中では、絵や写真・人形などをイデア的な理想の原型とし、それと似た女性をその分身とするという形で、二重化が施される場合がある。絵や写真・人形は、性交不可能であり、かつ人間の寿命より長持ちする所から、永遠女性に見立て得るのである。

例えば、『少年』で西洋館の壁に掛けられていた《西洋の乙女の半身像》と光子である。勿論、理屈の上からは光子が原型で、肖像画は光子の似姿なのだが、光子が普段の和服姿ではなく、珍しい洋服姿で描かれていることから、この肖像画が、光子に潜む天上的・超越的な優越性の証拠となるのである。なお、この西洋館に隠されている《厚い金の額縁》に入った《油絵》の肖像画のイメージは、祖父・久右衛門の《人気のない離れ座敷》に遺されていた《大きな金色の額縁の中に》入った《マリヤの像》（『生れた家』）に由来している可能性が高い。

この他、『金と銀』では、マータンギーの絵の方が、栄子よりは原型（美の国の女王）に近い。

『肉塊』（二）には、映画の方が本体で実物の方が影だという考えが現われる（『青塚氏の話』にも出る）。これは、フィルムに写された世界が半永久的に変わらないことから生まれる発想である。（六）では、《七つ八つの折に》見た《聖母マリアの像》（二）では《ラファエロの画いた》ものと言う）がグランドレンの原型とされている。また、（七）で制作中の映画の中では、大理石の彫刻が原型となり、その通りの美女を捜し求めるというストーリーになっている。

『痴人の愛』では、メアリー・ピックフォードやシュレムスカヤ伯爵夫人が原型で、（二十五）で一瞬、ナオミがシュレムスカヤと重なる。シュレムスカヤは、譲治には《握手してさへ済まないやうに思はれ》（九）る禁じられた存在だったので、原型たり得たのである（「『痴人の愛』論」（本書P591～）参照）。

『卍』では、最初園子が《楊柳観音》（その一）の絵を描こうとすると、光子に似ていると言われるという形で、光子が観音の悪しき似姿であることが示される。そしてラストでも、光子を描いた観音の画像を本尊として壁に飾って心中を図るのである。その際、それが真の観音ではなく贋物だという自覚があったことは、《此の観音様の手引やつたら、あて死んだかて幸福や》（その三十三）（傍線・細江　傍点・谷崎）という園子のセリフが証明している。

『蓼喰ふ蟲』では、文楽人形の小春、そして《小春と共通なもの、ある》（その二）《人形のやうな女》（その一）であるタイプとしての《「お久」》（その十四）が、日本の《「永遠女性」》（その二）とされている。

『春琴抄』では、理屈には合わないが、《古い絵像の観世音を拝んだやうなほのかな慈悲を感》じさせる春琴の写真や《観念の春琴》が、原型としての永遠女性で、現実の春琴がその粗悪な似姿と言って良い。

『夢の浮橋』では、実母を原型、義母をその似姿とすることで、限りなくインセストに近いセックスを実現する。

『永遠の偶像』は、こうした原型と似姿の関係を、やや滑稽化して喜劇としたものである。

なお、インセストとは無関係だが、『刺青』で末喜を描いた絵と「肥料」の絵は、悪女の絵がイデア的原型となる例と言える。

また、絵と登場人物がそっくりであるとする例が、『女人神聖』（六）で、鳥居清長の錦絵の男女と由太郎について、『富美子の足』で、『偐紫田舎源氏』の挿絵の女と富美子について、見られる。これは、絵と比べても負けない程、完全な美しさであることを言おうとしたものであろう。

なお、美術の理想を生身の肉体で実現しようとする『金色の死』『創造』、生身の女を菩薩像に刻む『法成寺物語』などは、谷崎が現世主義的だった初期の作品で、反現世的なイデア論とは方向が正反対になっている（「谷崎潤一郎・変貌の論理」（二）「始発期から西洋崇拝期へ」（本書Ｐ365～）参照）。

（ⅲ）貴種流離譚

折口信夫が命名した「貴種流離譚」は、高貴な存在が賤なる存在に身を窶してさすらうという物語のパターンであるが、この場合、高貴な女性が同時に賤なる存在でもあるという二重性が、一人物の中で生じることになる。そこにはまた、その女性が、男性主人公が受けるべき罰を予め引き受けてくれている、または、潤一郎に対して冷たかったセキが受けるべき罰を受けている、というイメージも結び付く場合があるだろう。

潤一郎の場合、早期に母の愛を失い、また生家の没落を実際に体験しているため、『五月雨』『春風秋雨録』『うろおぼえ』などの作家以前の習作に、既に貴種流離譚のモチーフが現われている。特に『うろおぼえ』には、追放された母のイメージがあり、これは後の『母を恋ふる記』などの先駆と言って良い。『幼少時代』に出る『近江聖人』から受けた感銘（「稲葉清吉先生」）や、野村孝太郎の母から受けた印象（「文学熱」）も、ここに入れるべきだろう。

作家になってからのものでは、『人魚の嘆き』の人魚を、《人間の測り知られぬ通力を持ちながら》、つまり人間以上の高貴な存在でありながら、《背徳の悪性を具へて居る為めに、人間よりも卑しい魚類に堕され》たとし、また、本来の故郷であるヨーロッパという《浄い、慕はしい天国》から中国へ連れて来られたと設定したのが早い例である。

なお、人魚の場合は、もともと上半身（精神的側面）は人間＝高貴で、下半身（性的側面）は魚＝下賤であるという二重性を持っていることにも、留意すべきである。

この他の例を列挙すると、『十五夜物語』『母を恋ふる記』母が鳥追いという一種の賤民の娼婦になって流浪していること、『アヱ・マリア』（8）亡命ロシア人・ソフィア、『痴人の愛』（一）ナオミが《まるで西洋人のやう》なのにカフェの女給をしていること、（二十三）元は旗本の家柄なのに、今は銘酒屋であるという出自、（八）亡命ロシア人となったシュレムスカヤ伯爵夫人の境遇、『顕現』小君、『乱菊物語』胡蝶、『吉野葛』「狐噲」「葛の葉」の狐、吉野に関連する静御前などの貴種流離譚（「『吉野葛』論」（本書P641～）参照）、『蘆刈』遊女の売春が菩薩行であるという考え、《大名の児を預かつてゞもゐるやう》とされるお遊さん、『夏菊』汲子、『猫と庄造と二人のをんな』庄造に捨てられたリリー、『初昔』モルガンお雪、『雪』嵯峨に侘び住まいする佳人のイメージ、などがある。

『肉塊』（四）で《ものうげに、やるせなげ》な《亡国の美人》の《疲れたやうな表情の底に云ひ知れぬ鬼気を含み、誘惑を帯びてゐる》と評されるグランドレンや、『ドリス』（その二）の《いくらか魯鈍なところがあつて、亡国的に、おつとりとしてゐる。》というペルシャ猫も、ここに含めて良いだろう。

「谷崎潤一郎とマゾヒズム」（四）④「落魄・流浪・陋巷趣味」（本書P103～）で例を挙げて述べたように、谷崎には理想女性と一緒に落魄・流浪の旅をしたいという願望もある。

『吉野葛』（その五）の《寒さにいぢめつけられて赤くふやけてゐる傷々しい》お和佐の指のようなケースも、若い女性の聖なる生命力が賤なるものに包まれている一種の貴種流離譚だと私は考える。

同様の例は他にもあり、『襤褸の光』では、十六、七歳の女乞食の《着物の破れ目の間から、いたいたしく露出して居る二の腕》の《たつぷりした肉附き》に、《腐爛する物の中に、猶且腐爛し切れない、盛んな、潑溂とした新鮮な力がある事を、感じ》、『痴人の愛』（十三）では、ナオミの眠っている時の肌の白さについて、それは《汚れた、きたない、垢だらけな布団の中の、云はゞ襤褸に包まれた「白さ」であるだけ、余計私を惹きつけました。》と言う。

『蓼喰ふ蟲』（その十）では、風通・一楽などの古着を着せられ、地味に作っているお久の《指紋がぎらぎら浮いてゐる桜色の指先のつや〳〵しさ》や、《気の毒なくらゐ若さに張り切つて》いる《肩や臀のむつちりとした肉置(しし)き》が指摘されている。

『武州公秘話』（巻之二）の首装束の場面では、《夥(おびただ)しい首、「死」の累積》の中に居ることで、《今や十分に肉体の発育しきつた年齢にあつた》《娘の持つ若さと水々しさと》が《一層引き立つて見えた》とされている。

『鮫人』（第三篇第四章）で、楽屋で若い女優たちが衣裳を脱ぎ、化粧を落とすにつれて、《処女の肉体の浄らかさ》《潑剌とした生命の神秘》が輝き出るという描写も、こうした類型のヴァリエーションと見て良い。

また、男性についてであるが、『饒太郎』（一）には、一高生・庄司の《靴足袋の紺の色に染まつて、全体が脂の為めにどす黒く汚れて》いる足に、《青年時代の活力が潜んで居るやうに感》じ、《其の汚れ工合が却つて余計彼の心を惹きつけるやうに覚えた》と言い、『アヱ・マリア』（7）では、貧しい亡命ロシア人の《乞食のやうな》男の子・ワシリーを一度風呂に入れてやって以来、その子を見ると、《そのきたない着物の下にある白いぷり〳〵したものが……あの肉塊が非常に可愛らしいもの、やうに眼の前に浮かんで来る。》と言う。

最後に、インセストとは無関係だが、『或る漂泊者の俤』にも、貴種流離譚の印象があることを指摘して置く。

(iv) 天上を見上げる女性像

女性像の二重化のもう一つのパターンは、地上にあって天上を見上げる女性像である。これは、本来、天上に属していながら、地上に落とされ、天上に憧れているという印象を与えるもので、貴種流離譚の一種とも言える。

また、『生れた家』に、聖母マリア像の《天を仰いで合掌して居る神々しい聖女の眸（まなざし）は、頑是ない当時の私にも不思議な威厳と畏れとを感じさせた。》とあるように、天上を見上げる姿は、聖母マリア像によく見られる。これは、地上の罪深いものたちの罪を神に取りなす姿で、無限の慈悲を表わすのである。

谷崎の作中では、右の二つのニュアンスで、ヒロインが天上を見上げるシーンが好んで用いられる。

また、大正期頃の西洋の映画では、ヒロインが天上を見上げるような顔が、しばしばクローズ・アップにされたようで、そこからの影響もあったようである。(注17)

先に映画からの影響であることがはっきりしている例を挙げると、映画シナリオ『月の囁き』には次のようなシーンがある（《C、U》はクローズ・アップのことである）。

《女の横顔のC、U。女窓を開くと同時に月の光がさつと流れ込む。女の顔に嬉しさうな晴々とした情が表れる。やがて祈るが如き眼つきをし、手を上げて大空の月を抱き込まうとするやうな挙動。（中略）女の顔のC、U。以前の表情が次第に昂まつて、感激の極その瞳には涙が一杯に湛へられる。さうして、遂には恍惚とした、涙に酔つたやうな表情になる。》《両人の顔。C、U。両人頬をすり寄せたまゝ、うつとりとして空を見上げる。両人の目より止め度なく涙が流れて居る。》《山内家庭園。綾子と章吉C、U。両人顔を擦り寄せ、空を見上げながらさめざめと泣く。涙が頬を伝はつて流れる。》

『肉塊』（五）には、制作中の映画の中で、水中の人魚が何か言おうとすると、《その言葉は（中略）泡になつてガラスの面を伝はる》。人魚は《思はずその泡の光に驚いて、不思議さうにそれを見上げる。……」／一瞬間、グランドレンの容貌は世にも美しい永劫の輝きに充ちて吉之助の心を打つた。讃嘆すべきもの、崇拝すべきものの凡てがそこにあつた。／「待つた！　その表情を変へてはいけない！　クローズ・アップ！」》という場面がある。

映画関係以外の例を挙げて行くと、先ず『秘密』には、女が《男と対談する間にも時々夢のやうな瞳を上げて、天井を仰》ぐという描写がある。比喩的ではあるが、『人魚の嘆き』の人魚の瞳は、《魂の奥から、絶えず「永遠」を視詰めて居るやうな、崇厳な光を潜ませて居ます。》と描かれる。これも比喩的ではあるが、『襤褸の光』でも、ロセッチの描いた女に似ている吉原の花魁の瞳が、《天使的（あんぢえりつく）》で、《その瞳は（中略）此の世の物を視る瞳ではなく、寧ろ天を仰いで、「永遠」の光を憧憬するに適して居る》とされる。『母を恋ふる記』には、母が天上の月を仰ぎ見ながら涙を流す場面がある。『天鵞絨の夢』では、橄欖閣という五層楼の頂辺の部屋に住む第三の奴隷が、中天にさしかかった月に向かって、ヴァイオリンを弾く場面がある。『或る調書の一節』の極悪非道の主人公は、妻が《あたしを打つならいくら打つてもようござんすから何卒改心して下さい、お願ひですから、……」ッて云つて、涙が一杯たまつた眼でもつて私をじつと見上げる時》《女房の眼が一番気高く清浄に見え》《眼の中に神様のやうなところが現れる》と言う。『肉塊』（五）には、グランドレンが《夢みるやうな顔を擡げて》《ずつと向うの方の》横浜の外人墓地の《山の上にある一つの十字架》を見る場面がある。『ドリス』（その二）には、《猫はいつでも、じーッと上の方を見る時に、その眼が最も悧巧さうな輝きに充ち、愛くるしい感じを与へる。》という一節がある。『顕現』（その一）には、清水寺に参籠している小君の母を描いた《柱に体を支へさせて、眼をことさらに押し開きつつ、首を仰向けに擡げてゐる。（中略）格子の隙(ひま)からほのぼのとさし込む朝の光りに、顔は雪のやうに白く輝やかしい。》という一節がある。

また、男性ではあるが、一人の道化が巨大なヴィーナス像の台座にしがみつき、女神を打ち仰ぎ、《わたくしのやうな者でも、やつぱり永遠の『美』を味はひ楽しむ為めに生まれて来たのでございます》と訴えるという例が、谷崎が訳した『ヴィナスと愚人と』（『ボードレール散文詩集』）にあり、『鮫人』（第一篇第一章）では、服部をこの道化になぞらえている。

なお、こうした天上志向は、谷崎が西洋崇拝だった時期のものなので、日本回帰後には、使われなくなる。

（二）実生活に於けるインセスト・タブーの処理法

①概説

谷崎には母に対して、幼児期から複雑な愛憎のアンビヴァレンツ、分裂・葛藤があり、思春期以降は、そこにインセスト願望とインセスト・タブーによる恐怖感というもう一対のアンビヴァレンツが加わったと考えられる。これらの複雑なアンビヴァレンツは、谷崎の作中にも現われているが、同じ問題を実生活でも処理する必要から、谷崎は、特にセキ死後の日本回帰以前と、昭和三十年以降に日本回帰以前に戻る傾向が現われた際には、母に対する次のような三種類の感情と、それに対応する三種類の母に似た女性の、言わば三点セットを必要とし、用意していた、と私は考える。即ち、

（A）インセスト的でないプラトニックな（または幼児的な）母恋いの感情――この感情を向ける対象は、セキを理想化したり、西洋の永遠女性・聖母マリアをモデルにして創り出され、性的には禁じられた母である。殆どの場合、現実とは別の死後の永遠世界に空想される存在で、神・仏に近く、慈悲深く、悪人としての谷崎をも許し、救済することが期待されている。今仮に「理想化された天上の母」と呼んで置く。実生活では、横浜時代に白人女性を、「理想化された天上の母」に近い存在として崇拝した、と私は解釈する。(注18)

（B）母への憎しみの感情――そのはけ口は、千代子（および千代子をモデルにしたヒロイン）が代表的で、母と強く同一視しているため、セックスはうまく行かない。千代子タイプに対しては、虐待が（作中では殺害も）行なわれる場合もあった。谷崎が千代子に悲しい音楽を感じ、嫌ったこと（『佐藤春夫に与へて過去半生を語る書』）にちなんで、これを「悲しい母」タイプと呼ぶことにする。

母への恨みが強かった日本回帰以前の谷崎には、「悲しい母」もまた、はけ口として是非必要だった（精神分析学的に言うと、谷崎が「超自我」に取り入れた厳しすぎる母を象徴し、それ故に、悪女以下に扱ったり、虐待することで、その支配に反抗したのであろう。「躁鬱気質と谷崎潤一郎」（三）「アーブラハムによる精神分析学的研究」（本書P278～）参照）。また「悲しい母」を一人確保して置かないと、他の母に似た女性と（「悪しき性的誘惑者」であっても）セックスがしにくいという問題もあって、必要とされたと考えられる。

谷崎（または男性主人公）が、「悲しい母」と一緒になって悲しむ時、悲しみは甘い感傷・自己憐憫となり、母への許し・和解が生じると考えられる。例えば『母を恋ふる記』ラストなどがそれに当たる。しかし、潤一郎はそうなることを嫌い、極力避けようとしていた。何故なら、潤一郎の母に対する恨みは深く、許したくなかったからである（この点については、「躁鬱気質と谷崎潤一郎」（八）「躁的防衛と喪の作業」（本書P298〜）を参照されたい）。

（C）母へのインセスト的な性的欲望――これを処理するためには、お金目当てなどで性的に谷崎（または男性主人公）を誘惑する「悪しき性的誘惑者」が、セックス・パートナーとして選ばれる。そういう女性は、（実際には母に似ている所に価値があるのだが、）一見、母からは遠く懸け離れた存在に見えるし、セックスをしても、インセストの罪は誘惑した悪い女の方にあると責任転嫁するのが容易であり、また悪女から受けた被害が罪の償いになるので、良心の呵責を余り感じずにセックスが出来るからである（「谷崎潤一郎とマゾヒズム」（二）「谷崎がマゾヒストになるまで」（本書P78〜）で説明した「インセスト型マゾヒズム」に当たる）。実際に悪女でなくても、谷崎が悪女だと空想できるタイプであれば、「悪しき性的誘惑者」に含まれる。

実生活ではせい子・千萬子がこのタイプの代表例である。もっとも、二人とも実際には「悪しき性的誘惑者」だった訳ではないのだが、自由奔放な性格や容貌の印象から、谷崎にはそのように空想できたということらしい（注19）。

日本回帰以前は、母に対するアンビヴァレンツが激しかったが、日本回帰の傾向が強まるにつれて、母との和解と母からの独り立ち＝インセスト傾向の抑制も進み、セキへの憎しみの感情やインセスト・タブーによる罪悪感・恐怖感は弱まる（「躁鬱気質と谷崎潤一郎」（八）「躁的防衛と喪の作業」も参照されたい）。また、セキは江戸っ子であるから、関西の女性は母と区別され、インセスト・タブーを余り感じないで済むようになった。その結果、母とセックス・パートナーを、明確に区別する必要性も薄れて行く（ただし、丁未子・松子への移行期には、過渡的に、千代子・松子らを禁じられた母に見立てた時期があったと私は考える）。また、善と悪を別々に投影するクラインの所謂「妄想的・分裂的態勢」から、同一人物の中に善悪両面を見る「抑鬱的態勢」への移行も進んだと考えられる（「谷崎文学における分裂・投影・理想化」（本書P53〜）参照）。さらに、谷崎自身が母親役となり、理想女性を我が子のように愛し世話することで、理想の母子一体状況を創り出すという方法も、『アヱ・マリア』『痴人の愛』辺りから用いられ始める（「『春琴抄』」（四）③「分離不安の克服と母子一体的関係の実現（口唇期）」（本書P691〜）参照）。その結果、日本回帰後の丁未子・松子は、「理想化された天上の母」タイプと「悪しき性的誘惑者」タイプの特徴を大幅に緩和した上で混ぜ合わせたような存在になる。即ち、理想化はするけれども、かつてのように神・仏・聖母マリアのように絶対化はせず、地上の生身の人間のレベルに留め、身分の高い女性に見立てられる程度に抑制される。と同時に、「悪しき性的誘惑者」の側面も、悪性をお茶目ないたずらや我が儘程度にまで緩和して引き継ぐ。そして、「母」の要素を多かれ少なかれ持ちつつセックス・パートナーとなる。これを今仮に、「やや理想化された母／妻／（時には子）」タイプと呼んで置こう。

一方、「悲しい母」タイプは、セキに対する憎しみが解消されて行く結果、男性主人公が憎しみを向け、虐待するようなタイプとしては消滅する。ただし、セキに対する幼少期の恨み・悲しみは若干残るので、作中では、「やや理想化された母／妻／（時には子）」タイプの女性が、運命に翻弄されて不幸になったり、死んだりするケースがしばしば見られる。例えば、『三人法師』（昭和四）の尾上殿、『乱菊物語』（昭和五）の胡蝶、『吉野葛』（昭和六）の津村の母・静御前、『盲目物語』（昭和六）のお市の方、『蘆刈』（昭和七）のお遊さん、『春琴抄』（昭和八）の春琴、『顔世』（昭和八）の顔世、『聞書抄』（昭和十）の一の台の局、『猫と庄造と二人のをんな』（昭和十一）の猫など。これらは、潤一郎が母なる女性の喪失に耐え、心の中に「良い母親イメージ」を確立するために必要な作業だったと考えられる（「躁鬱気質と谷崎潤一郎」（八）「躁的防衛と喪の作業」（本書P298〜）、「『春琴抄』」（二）②「谷崎の日本回帰と幼児心理」（本書P663〜）も参照されたい）。

また、「悲しい母」タイプの名残として、谷崎は、重子をセックスを禁じられた母と見立てることで、松子との性関係に残っているインセスト的な要素を緩和しようとしていたと私は考える。このタイプは、亘二および重子をモデルとした作中人物だけなのだが、これを今仮に、「淋しい母」タイプと名付けて置く。

また、谷崎には、自分の内なる悪しき部分や暗い部分を、「悪い乳房」として他者に投影し、排除しようとする傾向が、日本回帰後も残っていたようで、潤一郎・松子の悪しき部分や暗部・不幸などを重子に投影する傾向があったことも感じ取れる。『細雪』の蒔岡家における雪子と、「悪しき性的誘惑者」的な面を持つ妙子の二人に、蒔岡家の暗部・不幸を背負い込む役割があるのは、こうした谷崎の傾向の現われであろう。[注20]

谷崎の暗い部分を投影される悪女以外の作中女性としては、日本回帰以前にも、例えば『十五夜物語』のお篠、『赤い屋根』に出るせむしの従妹・お美代などがあったし、昭和三十年以降の『鍵』の不気味な暗い娘・敏子や『夢の浮橋』の沢子も、そうした例と考えられる。

日本回帰の時期は、日本回帰以前の三点セット程はっきりとはしていないが、実生活では基本的に、「やや理想化された母／妻／（時には子）」（松子）と「淋しい母」（重子）の二点セットになっていたようである。

戦後になると、再び日本回帰以前の西洋的要素が復活して来る。谷崎は昭和二十年に数え年六十歳であり、死から逃れるために、若い女性の肉体に吸収されたいという願望が強まったことが、日本回帰以前のマゾヒズムを復活させた原因と考えられる。『過酸化マンガン水の夢』『鍵』『瘋癲老人日記』では、「悪しき性的誘惑者」タイプがヒロインとなっている（『少将滋幹の母』の母にも既に悪女性が見られる）。『残虐記』のヒロインは、ニュアンスを異にするが、主人公の自殺は、「インセスト型マゾヒズム」である。『夢の浮橋』では、ヒロインは重子タイプだが、インセスト的なセックスの後、殺害される。

実生活では、「悪しき性的誘惑者」タイプの千萬子の登場が重要で、他に同タイプのシモーヌ・シニョレ・炎加世子らの映画女優たち、また女中・ヨシや御木きよらなどが居た。また、松子の評価が著しく下がったのに対して、重子が千萬子に匹敵する評価を維持していたことが興味深い。これは、重子が無口で、何を考えているのか分からない所が、想像力を刺激したためではないかと私は考えている。

以下、これらの仮説を確かめるべく、谷崎の恋愛および結婚相手について、年代順に主要な変化を辿って見よう。

②結婚以前

谷崎の初恋の相手、穂積フクは、残された写真で見る限り、谷崎と性的関係のあった女性の中でも一番母・セキに似ているようである。この恋は、谷崎が家庭教師として住み込んでいた精養軒に、明治三十八年三月からフクが小間使いとして勤め始めたことで始まり、同年秋の夜長に穂積フクの身の上話を聞いて、《さてもよく似し身上かなと共に泣きたること》(『死火山』)があった後、三十九年春、フクは主人の不興を買って新橋に芸妓屋を営む伯母のもとに逃げ帰った(『死火山』)が、同年五月にフクの方から《恋ひしき〳〵谷崎様へ》と書いた手紙が来て(明治四十三・五・十八付け大貫宛書簡)、俄に恋が燃え上がった。しかし、フクは伯母に芸者にされる運命だったようで、逢うこともままならなかったらしい。それでも、明治四十年秋に谷崎が一高の朶寮一番室に入った時には、既に肉体関係を生じていたらしいと君島一郎が『朶寮一番室』に書いている。が、むしろ、容易に会えなかった間にこそ、プラトニックな恋愛感情が燃え上がり、肉体関係が生じてからは、むしろ急速に冷めたのではないかと私は思う。明治四十三年五月十八日付け大貫宛書簡で、三十九年初夏に初恋を経験してから毎年初夏になると《昔の恋を夢みて居た》とか、《それ以来は柳橋》等々に《幾人の女の肌にふれてもつひぞ味はず、忘れ切つて居た此の》恋の《おの丶き》、と言っている点から、この恋は、実質的には極めて短命だったと見られるからである。また、『私の初恋』で、フクを《純潔な無邪気な処女》と言い、大貫宛書簡でも、《淫婦》と思われるおきんとは正反対に《可憐な清浄な女》としている点からも、(A)「インセスト的でないプラトニックな母恋いの感情」の対象だった時に価値を持った女性だったと推定したい。(注21)

フクに次ぐ《第二の恋》(前引・大貫宛書簡)の相手は、偕楽園の十八歳の女中・おきんである。おきんについては、写真が伝わらないため、セキと似ていたかどうかは確認できない。「谷崎潤一郎とマゾヒズム」(二)「谷崎がマゾヒストになるまで」(本書P78〜)で説明したように、これは「インセスト型マゾヒズム」の最初の明確な現われであり、おきんは、「悪しき性的誘惑者」《淫婦》(前引・大貫宛書簡)と見なされた最初の恋人と言って良い。この時点では、セキがまだ健在であり、インセスト・タブーはそれ程強くは働かなかった筈だが、潤一郎には恋人と母を同一視する傾向が、それだけ強かったということなのであろう。

また、おきんへの恋は、笹沼源之助に《媒介者》となってもらって結婚する予定だったフクを裏切ること(前引・大貫宛書簡)であり、その意味では、「悪しき性的誘惑者」と「悲しい母」タイプというセットが既に成立し、フクに「悲しい母」役が或る程度割り振られていたとも考え得る。

なお、潤一郎は、『麒麟』や『幇間』を書いていた時代(明治四十三年秋から四年夏)に、笹沼源之助の賛成を得て、セキを偕楽園に伴い、おきんを見せ、笹沼を通じて結婚を申込んだが、あっさり断られたと言う(『幼少時代』「偕楽園」)。(注22)

潤一郎は、明治四十五年六月末、京都旅行から帰京後、セキの姉・半の所有する旅館・真鶴館で『羹』を執筆したが、その間に半の息子・江尻雄次の妻・須賀と姦通したらしい。このことは沢田卓爾が「放浪時代の谷崎」(没後版『谷崎潤一郎全集』月報第2号　昭和四十一・十二)・対談「荷風・潤一郎・春夫」(『群像』昭和四十・十)で証言している。谷崎が『親不孝の思ひ出』（1）で、この頃、放浪生活を送った原因の一つに、《女についての問題もあつて、そのことを親たちに感づかれるのを私は最も恐れてゐた》と言うのは、この件であるらしい。君島一郎も『朶寮一番室』で、谷崎から《人の女房と通じた》話を聞かされたと言っている。須賀についても写真が伝わらないため、セキと似ていたかどうかは確認できない。ただ、大正元年八月十二日付け沢田卓爾宛谷崎書簡からは、須賀が谷崎好みの子供っぽさを持ったお転婆だったことを窺い知ることが出来る。また、この書簡に出て来る《寝坊をしてゐる客の顔へ、墨やらお白粉やら塗りつけ》る悪戯は、『鬼の面』『柳湯の事件』『腕角力』『武州公秘話』などで、顔に絵の具類を塗りつけるシーンに影響を与えたと思われる。

谷崎はまた、友人・恒川陽一郎と結婚した芸者・萬龍に、一時期、惚れ込んだ気配があるが、これは小さなエピソードに留まった。『熱風に吹かれて』の肺病の斎藤は恒川陽一郎、英子は萬龍を或る程度モデルにしていて、恒川から萬龍を奪い取りたいという谷崎の願望を実現した内容になっていた。だから谷崎は、大正三年十二月の『麒麟序』で、「《口にするだに冷汗を覚ゆる程の劣等なる作品》で《公にしたるを衷心深く耻づる》故に、大正三年までの全集としての『麒麟』からは削除した」と述べ、以後も出版を禁じ、全集にもいれなかったのであろう。『鬼の面』の芸者・金弥と芳川も、萬龍と恒川がモデルであろう。私は萬龍の写真から、セキに通じるものを感じるが、どうだろうか？

また、親友・笹沼源之助の妻・喜代子は、江戸前の美人で、佐藤春夫の『この三つのもの』（七章）によれば、喜代子が少々谷崎に惚れていて、怪しいという噂が立ったこともあるという。『春の海辺』（大正三）は、そのことを題材にしたものらしい。谷崎も好きだった可能性は充分考えられるが、姦通などはなかったようである。

おきんの次に、重要な「悪しき性的誘惑者」になったのは、千代子・せい子の長姉・初子である。初子についても写真が伝わらないため、セキと似ていたかどうかは確認できない。初子は我が儘一杯に育った陽気な豪傑肌の芸者で、向島に割烹料理屋「嬉野」を経営していて、これが笹沼源之助の別荘の隣だった関係で、谷崎が出入りするようになったらしい。『この三つのもの』（七章）では、出会いは京都旅行後で、潤一郎より《二つぐらゐ上》で《三十》を《越してゐた》と言う。谷崎は大正三年に数え年二十九歳だから、二人の出会いは早くても大正二年ということになる。[注23]

『この三つのもの』によれば、この頃の作品に出る《妖婦や毒婦はみんな》初子から暗示を得たものだという。恐らく、『捨てられる迄』辺りから『恐怖時代』辺りまでに出る悪女が、初子をモデルとしたものであろう。また、『この三つのもの』によれば、谷崎は初子とならば結婚してもいいと思い、申し込んだが、旦那がいるからと断られ、代わりに千代子を勧められ、初子の妹ならきっといいだろうと思って結婚したが、一週間と経たぬ内に後悔したと言っている。

③最初の妻・千代子

（ア）結婚から性生活の破綻へ

谷崎の最初の妻となったのは、右のような事情で結婚した、初子の妹・千代子であった。千代子は、セキと顔のタイプが似ていると、私には思える。挙式は大正四年五月二十四日である。

沢田卓爾は、伊藤整との対談「荷風・潤一郎・春夫」（前掲）で、大正八年、本郷曙町時代に、谷崎が「こんなトンカツが食えるか」と怒鳴りつけた例などを挙げて、谷崎が千代子を虐待し、千代子も鮎子もいじけていたことを証言している。その他、佐藤春夫の『この三つのもの』・今東光の『十二階崩壊』などにも同様の証言があることから、これは事実と見てよいだろう。

このように千代子を虐待するのは、谷崎がセキに抱いていた恨みを向けたためで、千代子はこの時、私の所謂「悲しい母」になってしまっていたのである。

しかし、二人は結婚してすぐにこうなった訳ではなく、『佐藤春夫に与へて過去半生を語る書』によれば、《十六年の長さに比べれば云ふに足らない程だけれど、それでもときどき、夫婦らしい喜びに浸つた短かい期間がないでもない。たとへば新婚後の数ヶ月間は（中略）兎も角も幸福に暮らした筈だ。》と言う。そして、《僕は今でもさう思ふが、夫婦関係の不調和を除けば、その他の点で千代子は僕とソリの合はない女ではない。（中略）が、それにも拘はらず凡べての不幸が夫婦関係の不調和から生れた。》と、説明している。

それなら、新婚後数ヶ月間は続いた幸福な夫婦関係（＝性生活）を破綻させた原因は一体何だったのか？　それは、一つには、千代子の妊娠だったと私は考える。と言うのも、今日知られている資料で、潤一郎と千代子の関係の破綻を示す最も早い日付のものは、大正四年（年代推定・細江）九月十七日付け精二宛潤一郎書簡の[注24]《私は自分自身の結婚に就いてすら、目下後悔してゐる》という言葉である。これは、結婚して四ヶ月足らず、鮎子誕生の約六ヶ月前のものである。『父となりて』には、《結婚してから四月五月（よつきいつつき）と立つうちに、妻の体にだん〳〵妊娠の徴候が見え始め》たと書いているが、この手紙の時点で、妊娠はほぼ明らかになっていたであろう。先に述べたように、谷崎はどの結婚相手とも、子供を作ることをひどく厭がっていた。それは、相手を母と同一視する傾向が強かったためだと私は考える。それなのに千代子が妊娠し、鮎子が生まれたことが、二人のセックスを困難にし、ひいては二人の関係を破綻させる一因となったのであろう。

この推定を裏付けてくれるのは、『嘆きの門』（大正七）である。この作品では、前妻（≒千代子）との間に子供が生まれてから、夫婦関係がうまく行かなくなったとされている。恐らくこれは、千代子との間の事実をそのまま使ったものであろう。

谷崎は大正五年には既に離婚を考えていて、大正六年一月六日の「大阪朝日新聞」には、円満離婚の方法をめぐる対話劇『既婚者と離婚者』を掲載している。これが「大阪朝日新聞」のみに掲載されたのは、千代子に知られることを恐れたからであろう。『既婚者と離婚者』の既婚者の文学士（＝谷崎）は、「離縁したら、一生自分の運命が呪われているような不愉快な気分になるに違いない」ために離婚できずにいるとされており、これは、『呪はれた戯曲』『神と人との間』『蓼喰ふ蟲』『佐藤春夫に与へて過去半生を語る書』などにも現われる心理である。が、本当は、これは、千代子を母と見なすために、離婚が母捨ての罪悪感と、母を失う「捨てられ不安」を刺激するために、踏み切れなかったのであろう。

谷崎にインセスト的傾向があり、それが夫婦関係を脅かすとしたら、大正六年五月十四日のセキの死は、千代子とのセックスをさらに困難にした可能性が高い。何故なら、セキの存命中は、千代子がどんなにセキと似ていようとも、インセスト・タブーはそれ程強くは働かない道理である。しかし、セキが死んでしまえば、母との同一視が強まり、インセスト・タブーもそれだけ強く働き、性生活は極めて困難になる筈だからである。

こうした困難が実際にも起こったらしいことは、セキの死後に書かれた『鶴唳』（大正十）および『友田と松永の話』（大正十五）で、主人公の母が死ぬと同時に、千代子をモデルとした妻と主人公との夫婦関係がうまく行かなくなり、主人公は『鶴唳』では中国へ、『友田と松永の話』ではヨーロッパへと独り旅立つこと、しかも旅先では、快適な恋愛および性生活を満喫できたとされている所から、充分推察できる。中国やヨーロッパの女性は、日本人からすれば別世界の存在であり、そのために母との直接的な同一視は避けられ、インセスト・タブーも避けられることが、海外への脱出の理由・目的であろう（ただし、白人女性はセキ以上に理想的な白さのために、セックスという不潔な行為は禁止されているという感覚を与え、却ってインセスト・タブーが強まったらしい。《松永》が結局日本に逃げ帰り、谷崎も日本回帰するのは、そのためであろう）。

セキの死から間もなくに書かれた『十五夜物語』（大正六）もまた、この解釈の裏付けとなる。と言うのは、この作品では、お波（≒千代子＋『幼少時代』に出る野村孝太郎の母）が、夫・友次郎（≒潤一郎）の母の薬代のために吉原に身を沈めるという自己犠牲的な姑孝行を行なう。が、その甲斐もなく友次郎の母（≒セキ）は病死し、死に際に嫁に感謝して、「自分の死後は嫁のお波（≒千代子）を母と思え」と遺言することになっている。これは、千代子がセキを献身的に看護した事実（『佐藤春夫に与へて過去半生を語る書』・佐藤春夫『この三つのもの』に出る）を、こういう形に変形して取り入れたものに違いない。が、セキが「千代子を母と思え」と遺言したという話は伝わっていないので、「お波を母と思え」は、セキの死によって、谷崎の中で千代子＝セキという同一視が強まったことを、母の遺言という形に置き換えて表現したものと解釈すべきである。

ところが興味深いことに、母の死後、年期が明けて帰って来たお波に対して、友次郎は、《そなたが此処へ帰つて来てから、わしは何だか、急に自分と云ふ者が浅ましくなつて来た。（中略）そなたより外に女を知らぬ私の体が、遊里へ通ふ男たちと、違はぬやうに思はれて来た。》と語る。これは、お波（＝千代子）＝母という同一視が強まったために、お波（＝千代子）とのセックスが浅ましいインセスト的なものと強く感じられるようになったということであろう。そして、これが谷崎自身の実感であったことは、先に（一）②「比較的直接的なセキとの関係」で引いた『恋愛及び色情』で、セックスの《直後暫くは（中略）離れてゐたくなる》と書いていることから分かるのである。

この他、『嘆きの門』で、前妻（≒千代子）の死に方がセキの死に方とそっくりに描かれていること、『肉塊』（大正十二）でも、主人公の母が「自分の死後は嫁の民子（≒千代子）を母と思え」と遺言することになっていること、そして、民子が《いつまでたつても大きな子供のやうな夫を、憎めないばかりか一層いとほしくなるのだつた。》（九）と夫を自分の子供視する所があること、そして、『肉塊』でも主人公が結局、民子を捨て、グランドレンという

悪女に走ることなどは、セキの死後、千代子とセキとの同一視が強まり、セックスが困難になっていた証拠となろう。（注25）

（イ）せい子の登場

セキの死によって、セキの存命中より遙かに強くインセスト・タブーが働くようになったことは、谷崎の性生活を危機に陥れたはずであるが、この時、谷崎は危機を打開するために、千代子をほぼセックスレスの「悲しい母」とし、母への憎しみのはけ口として虐待する一方、千代子の妹・せい子を「悪しき性的誘惑者」とし、セックス・パートナーとすることで、インセスト的なセックスの罪悪感はせい子に責任転嫁し、さらに、自分を救済してくれる「理想化された天上の母」（＝永遠女性）を空想の世界に作り出し、イデア論によって、その三者を原型とその似姿として結び合わせる、というシステムを作り上げた、と私は考える。

事実、谷崎がせい子と肉体関係を生じるのは、セキが亡くなる直前か直後であるし、イデア論も、ほぼこの前後に急速に確立されるのである（イデア論については、「谷崎潤一郎・変貌の論理」（二）「始発期から西洋崇拝期へ」（本書Ｐ365〜）・「谷崎潤一郎と詩歌」（本書Ｐ467〜）参照）。

松本慶子のせい子へのインタヴュー（『彼岸花』青娥書房）によれば、せい子は明治四十四年、十歳の時、長女・初子が経営する向島の割烹料理屋「嬉野」に引き取られ、大正五年、十五歳の時に「女学校へ行かせてやる」と言われて、向島の谷崎家に引き取られたが、谷崎は「俺が教えるから」と言って、学校は半年程で辞めさせた。浅草オペラ好きの谷崎は、せい子をオペラ歌手にするつもりだったらしく、大正六年から女子音楽学校に通わせ、その間に、肉体関係を生じたと言う。潤一郎と肉体関係を持ったのは、大正六年五月初旬で、千代子が鮎子を連れてセキの看病に行って居た間に寝込みを襲われたのだ、と説明している。

一方、佐藤春夫の『この三つのもの』（七章）では、北村（≒谷崎）は、お雪（≒せい子）と肉体関係を持ったのは「母の死後間もなく」で、「以後、千代子よりせい子との方が、事実上、夫婦らしく暮らして来た」と言っている。母の死の直前か直後かは確定しがたいが、直前だとしても、セキの死が近付いたことが、谷崎の千代子と母の同一視を強めさせ、千代子に代わる性対象を求めさせることになったと見て良いだろう。

せい子が選ばれたのは、せい子もセキと顔が似通っていること、足の美しさ、それに自由奔放な所が不良少女的で、「悪しき性的誘惑者」役に持ってこいだったからであろう（『この三つのもの』によれば、最初から《妖婦》にするつもりで、谷崎が教育したらしい）。

また、千代子とせい子のような、顔の似通った、性格は対照的な（『この三つのもの』で北村（＝谷崎）がそう言っている）姉妹は、インセストと愛憎から来るアンビヴァレンツを投影するのに適していたことも、大きな理由であろう。と言うのは、インセスト願望を持つ男性は、母に似ているけれど、母とは異なる女性とセックスをしたい。この「似ているけれど違う」という関係を再現するには、美人姉妹が一番、相応しいのである。千代子を母と置けば、せい子は母に似て非なる存在になるからである。イデア論についても同じである。理想化されたセキをイデアとすれば、千代子もせい子もその劣等な似姿と見なせ、母に対する憎しみやインセスト的な性欲のはけ口に出来るからである。谷崎は、そもそも千代子との結婚を決意する際に、いずれこうした三点セットのシステムに、美人姉妹が役立つ時が来ることを、予感していた可能性が高いと私は思う（後年、萩原朔太郎の妹との結婚を考えたのも、美人姉妹だったからであろうし、松子との結婚の際にも、美人姉妹であることが、魅力の一つとなっていたであろう）。

『この三つのもの』（七章）で北村（＝谷崎）は、肉体関係を生じた時、《お雪（＝せい子）はまだほんの小娘だった。少年とも少女ともつかないやうな肉体をしてゐた。僕には女ではあのころの中性的な様子が最も魅惑的なのだ。》と言っている（この問題については、本章（一）④（イ）(iii)「乳房が豊かでない女性」を参照されたい）。大正六年一月に発表した『魔術師』の、両性具有的な魔術師は、十五歳時のせい子がモデルであろう。これ以後の谷崎の作中の「悪しき性的誘惑者」は、せい子をモデルとしていると思われる例が非常に多い。

比較的確実な例を列挙すると、『魔術師』・『少年の脅迫』・『金と銀』（栄子。これはせい子と音が近い）・『白昼鬼語』（纓子。これもせい子と音が近い）・『嘆きの門』（前妻の妹・房子。これは千代子と離婚し、せい子と結婚したいという願望の露骨な表現であり、そのせいもあって中絶されたのであろう）・『柳湯の事件』（瑠璃子。これはせい子が大正七年十月以前から八年五月頃まで、日本橋檜物町から芸者に出た時の名前である。永井荷風「毎月見聞録」・雑誌「主潮」（大正八・六）無署名記事・「中央文学」（大正八・七）「最近文壇消息」欄参照）・『呪はれた戯曲』の襟子・『富美子の足』・『真夏の夜の恋』（浅草の歌劇女優・黛夢子。「夢子をアメリカの音楽学校へ入れ、世界的オペラ俳優に仕立てたい」というのは、せい子を音楽学校へ入れた谷崎の夢であろう）・『或る少年の怯れ』の瑞枝・『秋風』のS子・『途上』の久満子・『鮫人』の林真珠・『愛すればこそ』の秀子・『青い花』のあぐり・『永遠の偶像』の光子・『彼女の夫』の瓜子・『或る顔の印象』（美奈子。これは、せい子と瀬戸内寂聴の対談「谷崎潤一郎『痴人の愛』のモデルと言われて」（「婦人公論」平成五・七）に出るせい子が江川宇礼雄と二、三週間、京都へ駆け落ちした事件から発想したものだろう）・『本牧夜話』のジャネット・『愛なき人々』の玉枝・『アヹ・マリア』の早百合子・『神と人との間』の幹子・『無明と愛染』の愛染・『痴人の愛』のナオミ・『赤い屋根』（繭子。これは、前掲・瀬戸内寂聴との対談に出るせい子の最初の結婚相手・前田との関係がモデルらしい）・『青塚氏の話』の由良子などがそうである。

一方、千代子をモデルとした「悲しい母」タイプの妻が、作中でないがしろにされたり、虐待されたり、殺されたりする例を列挙して見ると、『既婚者と離婚者』（大正六）『嘆きの門』（大正七）『呪はれた戯曲』『或る少年の怯れ』（大正八）『途上』（大正九）『鶴唳』『愛すればこそ』（大正十）『彼女の夫』『本牧夜話』（大正十一）『愛なき人々』『肉塊』『神と人との間』（大正十二）『無明と愛染』（大正十三）『マンドリンを弾く男』（大正十四）『友田と松永の話』（大正十五）『黒白』『蓼喰ふ蟲』（昭和三）となる。

ただし、『春寒』で《一人の女の哀れさを感じさせたい》と言う『途上』や、小田原事件以後の作品については、一見虐待しているだけのように見えて、作者としては、実は千代子タイプに高い評価を与えようとしているものが多いので、注意を要する（この点については、次の（ウ）「小田原事件」で述べる）。

なお、セキの死後の谷崎の創作には、『女人神聖』以後、分身的・兄弟的な二人を対比するドッペルゲンガー型の作品が増え、特に善人と悪人を対比するタイプのものが多く見られる（『兄弟』『前科者』『二人の稚児』『金と銀』『鮫人』『AとBの話』『愛すればこそ』『神と人との間』『マンドリンを弾く男』『青塚氏の話』『黒白』。『友田と松永の話』では、同一人物が善悪両極を揺れ動く）。これは、セキの死後（また小田原事件後は千代子を佐藤春夫と取り合ったため一層）、性対象を母と同一視する傾向が強まり、母を取り合う兄弟的エディプス的な葛藤とインセスト的罪悪感が強まり、その処理策の一つとして生じた現象と考えられる。

（ウ）小田原事件

大正九年末から十年にかけて起こった小田原事件は、谷崎が自分から佐藤春夫に千代子を譲ると言い出して置きながら、土壇場で急に白紙撤回してしまったために起こったものである。これは、先にも『既婚者と離婚者』に関連して述べた通り、谷崎には、千代子＝母との離婚が、母を捨て母に捨てられることに等しいと無意識の裡に感じ取られていたことに原因があろう。『佐藤春夫に与へて過去半生を語る書』には、《別れることを長いあひだ躊躇した》理由の一つとして、《千代子から僕と云ふものが忘れられるのが淋しかつた》ことと、再婚後の千代子が不幸になることを恐れたことを挙げている。前者は母に捨てられる不安、後者は母を捨てる不安と理解される。

また、『佐藤春夫に与へて過去半生を語る書』によれば、小田原事件で谷崎が千代子を佐藤春夫に譲渡しようとしたのも、捨てたかったからではなく、千代子を《何んとかして幸福にしてやりたい》と思ったからであり、それが

《ひたすら彼女を追ひ出しにかかつてゐるやうに解されてゐるのを発見した》時、潤一郎は譲渡話を撤回したのだと言う。潤一郎は、《彼女に憎まれて別れたくはないのだ。別れた後も（中略）君を見ること僕の如く（中略）君の中に僕と云ふものがあると思つて欲しかつた》。ただ、その真意を隠し、《わざと彼女を邪魔にするやうな態度を取》り、真意は佐藤が《蔭へ廻つて彼女に話してくれるものと期待してゐた》と言う。要は、離婚後も佐藤と谷崎が一緒に千代子を愛し、千代子も佐藤と谷崎を同じように愛し続け、佐藤と谷崎は親友であり続ける、という風にしたかったのであろう。

ところが、千代子も佐藤も、谷崎が千代子を嫌って佐藤に押し付けようとしていると受け取り、二人の関係が恋愛へと進むにつれて、潤一郎は妻も友人も失い、一人ぼっちにされるという情勢になって来た。その時の気持は、『神と人との間』で、妻に逃げられた瞬間の添田（＝谷崎）の気持が、《独りぽつちにさせられた！》《此れがほんたうの孤独なのだ》《子供だつたら、わあツと大きな声を揚げて泣いたに違ひない》（六）と描かれているように、母に捨てられた幼児の心境だったのであろう。添田が最後に穂積（＝佐藤）に向かって、《僕は朝子を（中略）君のものを（中略）取つてゐたんだ、悪いと知りつつ（中略）さうしなけりやあ淋しかつたもんだから》（十九）と告白していることも、母に捨てられる不安の再燃が、譲渡撤回の原因だったことを裏書きしている。

小田原事件直後、数年間の谷崎の作品に、幼少期の「捨てられ不安」の再燃と解釈できる現象が、数多く見られることも、右の解釈の傍証となろう。

例えば、捨てられる不安を打ち消すために、悪人（谷崎）を無限に許し、決して捨てない母としての千代子の話を次々と書いていること（大正十年に『AとBの話』『或る調書の一節』『愛すればこそ』、大正十一年に『彼女の夫』『本牧夜話』、大正十二年に『愛なき人々』、大正十三年に『無明と愛染』）。そして、『佐藤春夫に与へて過去半生を語る書』によれば、この時期には千代子とうまく行っていたと言う。この頃、頻りに戯曲を書いているが（大正十年十二月『愛すればこそ』～大正十四年一月『マンドリンを弾く男』)、映画にせい子を出演させた罪滅ぼしとして、舞台で千代子に当たる人物を活躍させたいという気持も働いていたのではないか(『肉塊』も、主人公の妻・民子が映画で成功したように、千代子を映画に出したいという気持もあって書かれた可能性がある)。

また、淋しい心の持ち主を描いたり、捨てられる不安を攻撃性に転化して、不当に不幸にされたことに復讐する作品を次々と書いていること(大正十年に『不幸な母の話』『私』『AとBの話』、大正十一年に『或る罪の動機』『お国と五平』、大正十二年に『肉塊』)、また、幼少期の淋しさと不安を思い出して書いたり(大正十年『生れた家』、大正十二年『アヱ・マリア』の人形遊び)、セキを理想化して、《一番崇高な感じ》がする女性はセキだと語った『女の顔』(大正十一)を書いていること、などもそうである。母に死なれ、ナオミにも捨てられそうになる『痴人の愛』(大正十三～十四)も、捨てられる不安に関係があろう。

(エ)小田原事件後の白人女性＝母という見立て

ところで、谷崎は、『佐藤春夫に与へて過去半生を語る書』で、小田原事件の直後暫くは、千代子の《心を迎へるやうにし》、《今迄にない睦ましい夫婦》になり、《「床の間の置き物」にはしてゐなかつた》(つまりセックスが出来た)。《当時、僕の頭の中に他のもう一人の婦人の幻影がなかつたとは云はない》が、《最早やその婦人と後ろぐらい遊戯をつづけてはゐなかつた》、と語っている。《もう一人の婦人》はせい子以外には考えられない。つまり谷崎は、この時期、せい子とセックスするのをやめ、千代子と専らセックスをしていた筈である。だとすれば、谷崎は千代子を母と同一視するのをやめた筈であろう。しかし、それはどのようにして、可能になったのだろうか?

私は、谷崎が小田原事件直後に横浜に移住して、洋館に住んで一日中洋服と靴で過ごし、ダンス・ギター・英会話を始めるなど、極力西洋式に生活したことや、作中に白人女性や聖母マリアを持ち出したりしたことが、従来考えられて来たように、谷崎の西洋崇拝が頂点に達したからではなく、一つには千代子とのセックスを可能にしようという努力の結果だったのではないか（もう一つには、日本回帰して小説が書けなくなることを恐れたためではないか）、と考える。つまり谷崎は、セックスを禁じられた「理想化された天上の母」を、聖母マリアや白人女性に投影することで、千代子とのセックスを可能にしたのである。

谷崎は、『佐藤春夫に与へて過去半生を語る書』で、横浜への転居後、大正十一年と十二年の春に、千代子・鮎子を伴って、京都・奈良に遊んだのは、《佗びしい古美術や古建築を背景にして彼女と云ふものを眺める時、僕の心も次第に彼女に惹かれるやうになるであらうと思つたからだつた》、と言っている。これも、千代子を古風な日本的女性の極端に置くことで、白人女性との距離を極大化しようとする試みだったと考えられる。

このことは、谷崎の当時の創作にも現われている。そもそも谷崎の作中に、生身の白人女性が、登場人物と言えるレベルで出て来るケースは意外に少なく、大正十一年七月の『本牧夜話』が最初で、『白狐の湯』『アヱ・マリア』『肉塊』『痴人の愛』『一と房の髪』『友田と松永の話』（『ドリス』にも出るはずだったらしい）『蓼喰ふ蟲』『細雪』だけなのである（ただし、登場人物と言えないレベルまで含めれば、本章（一）④（オ）（ⅱ）（あ）「白人女性」で示したリストのようになる）。『細雪』の場合はセックスとも恋愛とも無関係だし、『蓼喰ふ蟲』のルイズは西洋崇拝との訣別を表わすために出されただけである。これらを除くと、性愛がらみで出る例は、『本牧夜話』から『友田と松永の話』までの満四年の間に集中していることが分かる。そしてこの期間は、谷崎が千代子を妻として性的に愛そうと努力した期間とほぼ一致しているのである。

これらの作品で、白人女性または聖母マリアは、セックスを禁じられた対象としてか、或いは、性的関係が恐ろしい結果をもたらす存在として意味付けられている。

『本牧夜話』では、ジャネット（≒せい子）が、主人公のセシル（≒谷崎）を無理心中に追い込む。しかし、作中で高く評価されているのは、一見そうは見えにくいかも知れないが、実は初子＝千代子なのである。セシルからどんなに虐待されても《私馬鹿だから》と繰り返し、《捨てられたら（中略）台所の隅にでも置いて貰つて、コックにでもアマさんにでも使つて貰ふ》《あの人より外に愛する人はない（中略）それが私の道なんだもの》（第一幕）と言う初子の慎ましい愛に、観客は同情し、感動すべきなのである。幕切れのセリフを言うのが初子であるのも、高い評価の現われである。『映画化された「本牧夜話」』で谷崎が、《アレキシフが初子を口説》き、初子が決然とはねつける所を《肝心な場面》と言っているのも、そこに初子の貞操の堅固さが強く表わされているからである。

『白狐の湯』では、ローザに化けた狐が角太郎（＝谷崎）に死を齎す。しかし、目立たないながら、角太郎を救おうと、身の危険も顧みずに必死の努力を続けるお小夜＝千代子が、実は高く評価されているのである。幕切れでも、角太郎が死んでいると聞いて駆け出すお小夜に焦点が当てられているのは、そのためである。

『アヹ・マリア』（2）では、ニーナが主人公に《不思議な恐れ》を感じさせ、失恋させる。それに対して、この作品末尾に出るソフィアという悲しい白人女性は、「理想化された天上の母」を貴種流離譚の形で地上化したタイプと考えられる（貴種流離譚については本章（一）④（カ）（ⅲ）「貴種流離譚」参照）。ソフィアは聖母マリアと半ば同一視されているが、貴種流離的な亡命ロシア人であり、跛足でもあることが、言わば主人公とのインセストの罰を予め引き受けた形になるので、主人公との性愛も可能になるのであろう（セックスの有無は曖昧であるが）。なお、この作品の最初に出て来て、主人公を捨て去る早百合子のモデルは、せい子である。

『肉塊』の主人公は、グランドレンに誘惑されて社会的に破滅するが、古風な日本女性の妻・民子（＝千代子）は、主人公からも高く評価され、映画女優としても成功する。

『痴人の愛』の譲治（＝谷崎）は、シュレムスカヤ伯爵夫人や、（二十五）で白人女性に変身したナオミ（＝せい子）に対する感情を、《もうさうなると情欲もなく恋愛もありません、……私の心に感じたものは、さう云ふものとは凡そ最も縁の遠い漂渺とした陶酔でした。》と言う。これは、白人女性がセックスを禁じられた対象だからである。ナオミは白人ではないが、白人に似ているため、ナオミとのセックスは、譲治を酷い目に遭わせる。

『一と房の髪』のオルロフ夫人は、三人の男を操り、無理心中を惹き起こす。

『友田と松永の話』では、主人公（≒谷崎）は途中からスーザンの真っ白な肌が急に恐くなって日本に逃げ帰り、奈良の極めて古風な、千代子を思わせる妻・しげとの暮らしで癒される。そして語り手はしげを《今時の女に珍しい、奥床しい婦人》（1）と高く評価している。

なお、『友田と松永の話』では、谷崎の作品としては例外的に、しげとの間に、結婚の翌年に生まれた妙子（モデルは鮎子）の他に、結婚から十四年後に次女・文子が生まれたことになっている。これは、潤一郎が千代子とセックスを行ない、妻として扱おうと努力していたことの反映であろう（ちなみに、潤一郎と千代子の結婚から十四年後は、昭和三年で、『友田と松永の話』発表からは二年後に当たる）。

この他、聖母マリアへの言及が、やはり小田原事件後に急に増え、大正十年九月の『生れた家』から始まって、『アヹ・マリア』『肉塊』『神と人との間』『饒舌録』『恋愛及び色情』まで続くことにも注目したい。

『肉塊』では、主人公が、妻・民子の母に対する献身的な看護を見て、母への愛が妻への愛と一つになり、《お前は己の妻だけではない、亡くなつた母の形見なのだ》（二）と、母と妻を同一化しているにもかかわらず、妻とのセックスに何の問題も生じない。これは、主人公の理想女性が、《七つ八つの折に》見た《聖母マリアの像》（六）で、それが妻・民子とははっきり別のものとされているからであろう。

『神と人との間』（八）では、出産した添田（≒谷崎）の妻・朝子（≒千代子）から、穂積（≒佐藤春夫）が《キリストを抱いてゐるマリア》を連想するものの、すぐに彼女が魯鈍・愚昧な《子を生む機械》にされるという恐れに取って代わられ、朝子に聖母マリアのイメージを与えることは、拒否されている。

『アヹ・マリア』（8）で主人公が、自分の性欲の対象に聖母マリアを加えれば《罰が中りはしないか》と《畏れ》ることと、《横浜へ引き移つて》からニーナや映画女優たちの《目鼻立ちに一つ〳〵マリアの俤を仄かに感じ》るようになったとしていることは、白人女性全体を、聖母マリア同様、セックスを禁じられた対象にするため、と考えられる。

また、谷崎は、『佐藤春夫に与へて過去半生を語る書』で、《当時、僕の頭の中に他のもう一人の婦人の幻影がなかつたとは云はない》と認めているように、この時期にもまだせい子への恋愛感情は持ち続けていて、しばしばせい子をモデルとして作品にも描いている。ところが、以前、せい子と実際に肉体関係があった時に比べると、この時期には、せい子がより白人に近付けられるという傾向が見られるのである。これは、せい子を性対象から遠ざける必要から起こったことであろう。

その最初の例は、大正十一年三月の『青い花』のあぐり（≒せい子）で、《若い西洋の婦人と云ふ婦人が、悉く洋服を着たあぐりに見える》程、あぐりは白人的な女になっている。が、主人公は、あぐりのせいで疲労困憊し、妻のお咲（≒千代子）や死んだ母に心を惹かれたりもするのである。同月の『永遠の偶像』は軽い喜劇であるが、そのヒロイン・光子（≒せい子）も、《私の脚はまるで西洋人のやうだつて誰にでも褒められるんだから》とか、《ベーベ・ダニエル（中略）にプロフイールがそつくり》などと言われている。

『本牧夜話』のジャネット（≒せい子）は、ロシア系ユダヤ人だが、明らかにせい子がモデルで、舞台上演（大正十二・七）の際も、日活が映画化した際も（大正十三・九・五封切り）、せい子自らが演じている。ジャネットがセシルを破滅させること、初子（≒千代子）が高く評価されていることは、既に触れた通りである。

『アヹ・マリア』（1）の早百合子（≒せい子）については、その《金色のちゞれ毛の鬘を被つ》た《白珊瑚の珠のやう》な顔を《可愛い桐の箱にでもしまつて置きたい！》と主人公は言う。これは、カールした金髪で人気を博したメアリー・ピックフォードとせい子を重ね合わせているのであろう。しかし、主人公は早百合子には振られるが、ソフィアを得て幸せになるのである。

『痴人の愛』のナオミ（≒せい子）は、名前も体付きもハイカラで、顔はメアリー・ピックフォードに似ている。『赤い屋根』（1）の繭子（≒せい子）（二十五）では殆ど白人女性に変身する。しかし、譲治を酷い目に遭わせる。『赤い屋根』（1）の繭子（≒せい子）は、《西班牙風の薄青い皮膚》で、《西洋娘のタイピスト》に間違えられそうだと言われる。しかし、主人公をひどく嫌い、虐待する。『青塚氏の話』の由良子（≒せい子）は、《日本のマリー・プレヴオスト》と言われる。しかし、主人公を疲労させ、死を早める。

以上が、小田原事件後数年間の、千代子を《「床の間の置き物」にはしてゐなかつた》時期の傾向である。しかし、これは、そう長くは続かなかった。『佐藤春夫に与へて過去半生を語る書』で谷崎は、千代子との《結婚生活に於ける最後の五六年と云ふものは、殆んど性的能力を喪失したかとさへ思つた》と語っていて、これは大正十三、四年以降を指すからである。

千代子を古風な日本女性と見立てると、セキとの差異化が難しくなることが、うまく行かなかった原因の一つであり、また、大正十四年五月の『二月堂の夕』辺りから、日本回帰が進み、白人女性を母と見なすことが次第に難しくなって来たことも、一因だったのであろう。

（オ）和田六郎（大坪砂男）と千代子の事件

千代子は、恐らく大正十五年夏頃から、和田六郎と恋愛事件を起こす。谷崎一家と和田六郎（後の作家・大坪砂男）とが親しくなった切っ掛けは、大正十二年八月、箱根小涌谷ホテルに避暑に行って、鉱物学者・和田維四郎一家（『大坪砂男全集』解説・都築道夫によれば、六郎はその第六子、明治三十七年二月一日、東京牛込生まれ、東京府立第四中学校卒。この時は、東京薬学専門学校に在学中。千代子より八歳年下）と知り合ったのが最初で（谷崎終平『懐かしき人々』）、翌大正十三年八月、有馬温泉有馬ホテルに谷崎一家が滞在中、和田六郎と再会したと言う。そして大正十五年四月、探偵小説ファンだった和田六郎は、科学的名探偵になろうと薬学を学んで警視庁刑事部鑑識課理化学室に勤務したが、多くの失敗と少しばかりの手柄を残して飛び出してしまい、その足で岡本に谷崎潤一郎を訪ね、内弟子にして貰ったと言う（大坪砂男「わが小型自叙伝」「別冊宝石」昭和二十四・八）。

駿台岳人の「関西移住の顚末」（改造社版『谷崎潤一郎全集』月報11　昭和六・八）によると、潤一郎は大正十五年夏、親戚が寄寓し、家に居ては落ち着いて仕事がしにくいと言って、別荘を借りて独居したと云うが、《親戚》はカモフラージュで、本当は和田六郎だったのであろう。(注26)

終平の『懐かしき人々』によれば、「好文園時代に和田六郎が岡本の家に下宿し、京都に陶芸を習いに行った。そして好文園で、谷崎の勧めで千代子と和田六郎が実験的に夫婦生活を始め、潤一郎は下宿人の体でいた。千代子が二、三ヵ月の児を流産した時も、夫としての役目を冷静に務めた。」と言う（「文芸家協会ニュース」（昭和四十・二）所載の大坪砂男の訃報にも、《京都にて製陶術を学ぶ。》とある）。(注27)

『谷崎潤一郎家集』に、《われは山荘に妻は好文園に住みける頃》という詞書きを付けた《秋風に草木も人もかれかれて　こころごころの日を佗ぶる哉》という歌があるが、この山荘は、岡本梅ノ谷の井上とみ方で、昭和二年頃の秋、和田六郎と千代子が同棲し、潤一郎は井上とみ方に居た時代のことを歌ったものであろう。(注28)

昭和三年三月二十五日から連載の『黒白』に、別れた妻と再会する場面があるのは、和田六郎と千代子が結婚する場合を想定したものであろう。しかし、昭和四年一月二十六日から谷崎家に秘書として住み込んだ高木治江の『谷崎家の思い出』に和田が出て来ない所を見ると、これ以前に、和田六郎は東京へ帰ったと見える。しかし、昭和四年二月二十五日付け佐藤春夫宛書簡（「読売新聞」平成五・六・二十五朝刊）に、《千代はいよいよ先方へ行くことにきまつた、三月中に離籍の手つづきをすませ、四月頃からポツポツ目立たぬやうに往つたり来たりしてだん〳〵向うの人になると云ふ方法を取る、神戸へ家を持つさうだ。（中略）今日東京から和田の兄なる人が和田と同伴で来訪、スッカリ話がついた。》とある。瀬戸内寂聴『つれなかりせばなかなかに』（中央公論新社）に引く和田六郎の妻の証言によれば、「六郎は新生活の準備のため、東京へ帰っていたが、その後、手紙を見た佐藤春夫が谷崎の所へ飛んで来て、千代子と一晩寝ずに語り明かした。千代子はその時、佐藤春夫に問い詰められて泣いたと言う。このことはいち早く東京の六郎に通報された。それは六郎に心酔していた終平の仕業かも知れない。六郎はカッとなったようで、その場で訣別の手紙を千代子に送り付け、以後一切この件から手を引いたと言う」。終平の『懐かしき人々』によれば、佐藤春夫が和田六郎に、「千代子を生涯愛して行く自信はあるか」と訊ねたのに対し、「それは判らない」と和田六郎が答えたことと、千代子との年齢差、鮎子のことなどもあって、結局、別れたらしい。昭和四年五月二日付け佐藤春夫宛書簡で、谷崎は千代子との離婚中止を知らせている。

和田との事件が始まってからは、千代子はもはや実質的に妻ではなくなったようだが、谷崎は恐らく、その間に、再び千代子を母と見なすようになったと想像される。母はエディプス的な息子から見れば、父と浮気する女だからである。

（カ）千代子との離婚まで（過渡期）

谷崎が《殆んど性的能力を喪失したかとさへ思つた》という五、六年間の女性関係は、資料が乏しく、よくは分からない。ただ、その頃から、「猫に埋れる潤一郎君」（「文芸時報」大正十五・五・二十五）、「『猫の家』を訪ねて」（「大阪朝日新聞」大正十五・十一・二十三）などに見られるように、猫を飼うことに心を向けたり、大正十五年十一月に文楽座で「法然上人恵月影」を見て以来、文楽人形好きになったり、関西の、地形的になだらかな、母の肉体を思わせる土地を好むなど、フェティシズム的傾向を発展させて行き、それが日本回帰後の作品に活きることになる。

女性との関係では、大正十四年には祇園の吉はつに出掛けるようになっており（大正十四・三・二十八付け浜本浩宛潤一郎書簡など）、昭和二年五月には、『蓼喰ふ蟲』のお久のモデルとなった吉はつの芸者と淡路島に行っている（大谷晃一『仮面の谷崎潤一郎』・宮崎修二朗『環状彷徨』・山口政幸「『蓼喰ふ蟲』論のためのノート〈Ⅰ〉」など）。その他に、ダンスホールの女を好きになったりもしたことはあるらしく、昭和二年三月二十二日付けサバルワル宛書簡に、「パリジャンにシルバー嬢とは別のいい娘を見つけた」とあったり、昭和二年九月七日付けサバルワル宛書簡では、元パリジェンヌの売れっ子で、嘗て潤一郎に失恋の苦渋を舐めさせたさせたじゅん子が東京で落ちぶれていると聞いて、彼女に自分の献身的な愛を伝えてほしいと頼んでいたりする（注29）。

昭和二年三月一日には松子との最初の出会いがあり、徐々に付き合いが始まり、昭和四年夏から翌年一月頃に掛けては、岡本梅ノ谷の谷崎邸での週一回の地唄舞の稽古に、松子・重子・信子が加わった。

また、昭和三年十二月から、谷崎は『蓼喰ふ蟲』の連載を開始し、日本回帰を成し遂げた。これは、同時に母との和解と母からの独立、クラインの「妄想的・分裂的態勢」から「抑鬱的態勢」への移行が、かなり（と言っても決して完全にではないが）進展したことを意味している。また、「昭和戦前期の谷崎潤一郎」（二）「イデア論の地上化」（本書P390～）に書いたように、谷崎の母・セキは江戸っ子であるから、関西の女性は母と区別され、インセスト・タブーを余り感じないで済むようになった。その結果、「理想化された天上の母」「悲しい母」「悪しき性的誘惑者」の三点セットは、（二）①「概説」に述べて置いた「やや理想化された母／妻／（時には子）」と「淋しい母」の二点セットへと、次第に変化して行ったと考えられる。

そのため、過渡的な『蓼喰ふ蟲』では、美佐子（≒千代子）は「悲しい母」だが虐待されず、ルイズは「悪くない性的誘惑者」になっている。『乱菊物語』では、かげろふは「悪しき性的誘惑者」だが、主人公の赤松上総介とは無関係だし、胡蝶は悲しい女で、はっきり「母」に見立てられているのに、セックスできるのである。

こうした変化もあってか、昭和五年八月、谷崎は千代子を親友・佐藤春夫に譲る形で母を捨てる罪悪感を抑え込み、漸く円満離婚を実現させた。それでも、九月には、『乱菊物語』の末尾として、赤松上総介が、失った母と同一視していた胡蝶を奪われることを書き、その直後から、失われた母を回復する『吉野葛』を書き始める。そして、次々と再婚相手を物色し、異常なまでに急いで次の再婚相手を決めた。これも、母に捨てられた不安を一刻も早く解消する必要からであろう。

松子と瀬戸内寂聴との対談「愛と芸術の軌跡」（『つれなかりせばなかなかに』）によれば、千代子との離婚後、潤一郎は松子に「誰かいい人を世話して欲しい」と言い、松子が世話して会わせた人もあったと言う。根津家が健在である以上、二人の結婚は、まだ考えられなかったのである。

谷崎は、昭和五年正月と三月に、元谷崎家の女中だった宮田絹枝の兄・七郎に絹枝との結婚を申し込んだが、七郎に拒絶される（「山陽新報」昭和五・十一・二十三）。昭和五年十月には、北陸を経て上京し、兼ねてから意中にあった偕楽園女中との結婚を申込むが、つい先だってその女中は嫁に行ったと知らされ、ひどく失望した（『幼少時代』「偕楽園」）。しかし、この頃、古川丁未子とも手紙を遣り取りし、大きな顔写真を送って貰ったことは、昭和五年十一月二十九日付け古川丁未子宛書簡（「大阪春秋」（平成十四・六）に三島佑一氏が紹介した）に明らかである。丁未子は、在学していた大阪女子専門学校の武市遊亀子・江田治江が続いて谷崎の秘書になった関係で、昭和三年十二月に初めて谷崎邸に遊びに行き、以後、就職先を谷崎に世話して貰うなど、断続的に付き合いが続いていたのである。

さらに同年十二月十五日には、萩原朔太郎の妹・愛子と見合いをするために上京し、二人で三日ばかり、毎日、芝居見物や食事に出かけたが、意に満たなかったらしい。この時、潤一郎は「アンドンのかげで一日じゅうお針をしているような女が好きだ」と朔太郎に言ったという（「津久井幸子さん、萩原愛子さんにものをきく」「萩原朔太郎研究会会報」16号)。そして、十八日に帰宅と同時に新聞記者の取材に遭い、十九日の「大阪毎日新聞」(七)面に「求婚條件・七ケ條」が出た(「甲南国文」(平成十六・三)で記事全文を紹介した)。そして翌昭和六年一月十二日頃上京して丁未子に求婚し、結婚が決まるのである。

④丁未子

二度目の妻・丁未子とのセックスは、千代子の時とは違って、極めて順調だったようである。元「中央公論」編集者・雨宮庸蔵氏が谷崎本人から聞いた話によれば、最初は一日平均二、三回で、それが一ヶ月続き、その後は一日一回づつ一年近く続いたと言う。また、性的には丁未子の方が松子より良かったと潤一郎は言っていたと言う。

私は、丁未子もセキと顔が似ていると思うのだが、それでいてセックスに支障がなかったのは、一つには、この時、潤一郎が、憧れの松子を、千代子に代わる性的に禁じられた母に見立てていたせいだと考える。

その傍証となるのは、谷崎が、女性に対しては好みがうるさい筈なのに、僅か一年の間に、元谷崎家女中・宮田絹枝、偕楽園女中、萩原朔太郎の妹、古川丁未子と、四人の相手を結婚の候補として考え得た事実である。これは、谷崎の脳裡には、既に松子が理想の相手(母)として確立されていたが、松子との結婚は現実問題として不可能だったため、結婚相手には真に理想的な女性(母)を求めないことにしたためであろう。ちょうど『吉野葛』の津村が、女中タイプのお和佐を、心の恋人である「母」の粗悪な似姿として、自分好みに育てて行ったように、谷崎は、可塑性に富む若い女性を引き取って、自分の理想のタイプに改造するつもりだったからであろう(こうした発想が谷崎にあったことについては、「谷崎潤一郎とフェティシズム」(三)「谷崎のフェティシズムの本質」(本書P126～)参照。

ただし、丁未子に対する谷崎の感情は、急速に恋愛へと高まったらしく、昭和六年一月二十日付けの熱烈なラブレターが遺されている)。

この頃谷崎が、松子を禁じられた母に見立てていたことは、丁未子との結婚に際して書かれた『盲目物語』という作品のあり方にも、現われているように私は思う。

潤一郎は、『盲目物語』発表の一年後に、《自分は盲目の按摩のつもりで》《始終》松子《の事を念頭に置》(昭和七・九・二付け松子宛潤一郎書簡)いて、お市の方を書いたと告白しており、お市の方のモデルが松子であることは明白である。しかし、これを丁未子に幻滅し、浮気をしたと取るべきではない。『盲目物語』の執筆開始は、丁未子との挙式(昭和六・四・二十四)とほぼ同時期と推定されるし、(注30)昭和六年十一月の『佐藤春夫に与へて過去半生を語る書』で、潤一郎は、《丁未子との結婚に依つて、始めて(中略)精神的にも肉体的にも合致した夫婦と云ふものの有り難味が(中略)分つた》と書いている。また、『盲目物語』執筆中の谷崎の書簡を見ても、丁未子との関係が破綻する徴候は全く見られない。にもかかわらず、松子をお市の方に見立てたのは、お市の方が、史実の上で、言わば「悲しい(或いは淋しい)母」だったことと、松子を禁じられた母にする必要性からであろう。

お市の方は、《四人にあまるお子たちの母御》(傍線・細江)であり、信長によって《夫をうばゝれ子をうばゝれ》、最後は柴田勝家と共に死ぬ「悲しい(或いは淋しい)母」であった。

お市の方はまた、弥市(=潤一郎)とは全く身分が違い、按摩も着物の上からするだけで、直接肌に手を触れることは出来ず、盲人の弥市には見ることすら出来ない、という風に、インセスト・タブーを象徴する厳しい一線で禁じられた対象である。むしろこの一線を引くために、谷崎はわざわざ盲目の按摩に自己を仮託した、と言うべきだろう。『盲目物語』末尾で、お市の方への想いを、弥市は女房子供に詳しく話したことがない、と語っているのも、女房＝セックスの相手と、お市の方＝禁じられた母を、全く違った存在として隔てる意味があろう。

また、弥市は、お市の方の死について、《わたくしの一生は(中略)おくがたの御さいごの日にをはつてしまつた》

と述懐し、《それがわたくしの三十二のとしでござりました》と語るが、数えの三十二歳は、谷崎で言うと大正六年、セキを亡くした年に他ならない。これは偶然ではあるまい。

その一方で、潤一郎はまた、『盲目物語』の中で、お市の方の娘・お茶々をお市の方の分身とし、丁未子に擬していたようである。お茶々（淀君）は、身分の高い高貴な女性でもあるが、同時に、日本の歴史上の人物の中でも特に悪いイメージを与えられて来た女性の一人である。そして、『盲目物語』の中でも、浅井長政との別れの際に《いやぢやく〵ときつう》むずかったり、秀吉に面と向かって《そなたは猿に似てゐるのかえ》と言い放ったり、京極高次との結婚話を《浪人ものはいやです》とはねつけたり、弥市の悪口を聞こえよがしに言ったり、親の敵の筈の秀吉に身を任せ、親不孝の罰で滅びたとされるなど、「悪しき性的誘惑者」を緩和した、気が強く我が儘なイメージを与えられている。従って、丁未子をお茶々に見立てることは、インセスト的なセックスをしやすくしたに違いないのである。お茶々のイメージは、（二）①「概説」で説明した「理想化された天上の母」タイプと「悪しき性的誘惑者」タイプの特徴を大幅に緩和した上で混ぜ合わせた「やや理想化された母／妻／（時には子）」に適合する最初の例と言えるものなのである。

谷崎が丁未子をお茶々に見立てたことの傍証になるのは、弥市が燃える北の庄城からお茶々を負ぶって逃げる時、お茶々の体が昔のお市の方そっくり（分身）であることに気付き、《なんだか自分までが十年まへの若さにもどつたやうにおもはれ（中略）このおひいさまにおつかへ申すことが出来たら、おくがたのおそばにゐるのもおなじではないか》と考える所である。何故なら、この感想は、求婚して一週間後の昭和六年一月二十日付け丁未子宛潤一郎書簡（「読売新聞」平成三・八・二十二夕刊など）の《今一度、私に青春の活力と情熱を燃え上らして貰いたいのです。》という言葉や、千代子との離婚を前提として書かれた『蓼喰ふ蟲』（その二）の、《夫婦別れをしようと云ふのは、自分も美佐子ももう一度自由に復(かへ)つて、青春を生きようためではないのか》という一節に丁度対応しているからである。

『佐藤春夫に与へて過去半生を語る書』で谷崎は、《殆んど性的能力を喪失したかとさへ思つた》という最後の五、六年間には、《ひよつとすると、自分は此のまま老衰してしまふのではないかと云ふ不安を抱くやうになつた。》と書いている。潤一郎は、「老境に入り、枯淡になってしまえば、小説が書けなくなる」という不安を強く抱いていた(『或る時の日記』『支那趣味と云ふこと』)。その意味でも、丁未子に期待する所は大きかったし、既に昭和六年二月三日から肉体関係を生じて(高木治江『谷崎家の思い出』)、『盲目物語』執筆開始以前から、《肉体的にも合致した夫婦と云ふものの有り難味》を教えて貰っていた谷崎であるから、丁未子を若返りの薬＝お茶々＝お市の方の分身、と見立てることは、極めて自然なことなのである。

『盲目物語』では、弥市はお茶々に冷たくされる(これは悪女性を表わす「インセスト型マゾヒズム」であろう)が、その代わりに、秀吉がお茶々を手に入れ、《親より子にわたる二代の恋》を遂げることになっている。その折の秀吉の気持を弥市が見抜くという設定にしたのは、この二人を共に、お市の方≒松子に思いを寄せる潤一郎の分身とするためであろう。谷崎は、現世の幸福の絶頂を極めた藤原道長が好きだったようで、『誕生』と『法成寺物語』に描いている。従って、谷崎は秀吉のことも好きであったろうし、秀吉贔屓の大阪人(松子ら)に同化しようとする所もあったに違いない(『初昔』や『細雪』(下巻(三))から、松子が豊太閤贔屓で、淀君にも関心を持っていたことは確かめられる)。『聞書抄』を関ヶ原の戦いに敗れた石田三成側の立場から書いていることからも、そう考えられる。

また、谷崎が、秀吉がお市の方の姪に当たる蒲生氏郷夫人にも想いを掛けたことを書き添えているのは、光源氏が母・桐壺の更衣に面影の似た藤壺・紫の上を求めたことを読者に連想させることで、秀吉に自分の母恋いを仮託するためであろう。

念押しになるが、『盲目物語』で谷崎は、お茶々(丁未子)をお市の方(松子)の不満足な代用品としては描かなかった。秀吉は、お市の方の死を知った際にはひどく不機嫌になるが、お茶々を見ると上機嫌になったと描かれている。このことは、丁未子（〃お茶々）が居れば、松子（〃お市の方）は、（少なくともそばには）居なくても良いという当時の潤一郎（〃秀吉）の感情を反映している筈である。

しかし、谷崎の感情は、恐らく昭和六年十一月に西宮の根津家別荘に同居した辺りから、急速に松子の方に傾いたらしい。これは、この年九月頃から、根津商店の経営危機が表面化し（注31）、松子が谷崎の手の届く存在になって来たことが大きな原因だったと考えられる。『盲目物語』では、お市の方（〃松子）は秀吉（〃谷崎）にとって《高嶺の花》だったとされていたが、今はそうではなくなったのである。

谷崎は、十二月には、単行本『盲目物語』の『はしがき』を、松子に頼ることを意味する「倚松庵」という号を用いて書く。そして、この単行本には、松子をモデルにした北野恒富の「茶茶」の絵を口絵として使った。これは、この頃に、松子をお市の方（禁じられた母）、丁未子をお茶々（セックス可能な相手）とすることをやめて、松子を結婚相手（お茶々）として望むようになったからだと私は考える。そして、この本が刊行された昭和七年二月、魚崎の家で、潤一郎は松子に「お慕い申しております」「どのような犠牲を払っても貴女様を仕合せに致します」（松子『倚松庵の夢』所収「倚松庵の夢」）と求愛するのである。

丁未子との新婚時代に書き始められたもう一つの作品『武州公秘話』には、谷崎のこの心変わりが、若干、影を落としている可能性がある。

と言うのは、『武州公秘話』には、武州公と性的には切れていた不幸な妻（私の所謂「悲しい母」）として、松雪院という女性が、「新青年」（昭和六・十）への連載第一回から出て来る。この女性は、最終的には、丁未子をモデルにして書かれたと考えられるのだが、「松」を含む命名からしても、また、第一回分の原稿の執筆時期が、遅くとも八月初めで、八月二日完成の『盲目物語』と同時期である点からも、当初は松子がモデルだった可能性が高いと私は思う。この頃はまだ、潤一郎は、『盲目物語』の時と同様、丁未子との結婚生活を長く続けて行くつもりで、松子を禁じられた母に見立てていた筈だからである。

しかし、翌昭和七年二月には、潤一郎は松子に愛を告白し、松子の『湘竹居追想』に引く昭和七年八月十五日付けの潤一郎書簡によれば、谷崎は、この前夜に、丁未子に松子のことを話し、丁未子が身を引いてくれることになった。恐らくは、丁未子に松子のことを話す一、二ヶ月前に書かれた部分が、昭和七年八、九月号の、武州公と松雪院との結婚と新婚生活の破綻を描く部分であり、この松雪院は、明らかに丁未子に見立てて描かれている。谷崎は、『盲目物語』の時は松子に割り振っていた禁じられた母の役を、丁未子に移し替え、松子を「悪しき性的誘惑者」にやや近い桔梗の方に見立てることで、松子とのセックスを可能にしようとしていたに違いないのである。(注32)

桔梗の方（≒松子）は、身分の高い高貴な女性であり、しかも人妻である。インセスト・タブーを強く感じていた従来の谷崎なら、禁じられた母にして、武州公（≒谷崎）との性関係は生じさせない所であろう（『盲目物語』以前に人妻への恋慕を描いた例は、『熱風に吹かれて』『一と房の髪』『蓼喰ふ蟲』のみで、作中で肉体関係が生じるのは、西洋人をヒーロー・ヒロインにした『一と房の髪』だけである）。ところが、谷崎は桔梗の方に、夫の鼻を狙うという悪女性をも与え、武州公と姦通させるのである。これは、当時は根津清太郎の妻だった松子と結婚したかった谷崎の願望を、半ば実現したものであろう。

ただし、桔梗の方の悪女性は、あくまでも父の恨みを晴らすための一時的な手段に過ぎず、目的を達成すると、打って変わって良き妻に戻り、武州公を失恋させる。谷崎はこうすることで、松子をかつてのような「悪しき性的誘惑者」一辺倒にするのではなく、悪女性と禁じられた母の側面や善良さを併せ持ち、セックス・パートナーにもなりうる女性、私の所謂「やや理想化された母／妻／（時には子）」に仕立て上げることに成功したのである。谷崎が、この頃、実生活でも、松子に悪女的側面も併せ持たせようとしていたらしいことは、昭和七年十月七日付け松子宛潤一郎書簡（「泣いてみろ」と言われたのに潤一郎が泣かなかったので、怒っている松子に詫びる内容）などから、窺い知ることが出来る。

なお、桔梗の方の夫・筑摩則重は、松子の当時の夫・根津清太郎の位置を占める人物であるが、《兎唇(みつくち)》になって《赤ん坊が物を云ふやうな》（巻之三）ふがふが声になる所と、鼻＝男根を完全にそぎ落とされてしまう所は、明らかに谷崎の幼児退行願望・去勢願望の実現なので、則重もまた谷崎自身と見るべきだろう。この様に、作中の複数の男性登場人物に谷崎自身を投影することは、『恐怖時代』『鮫人』『乱菊物語』『少将滋幹の母』などにも見られる。『武州公秘話』ラストで、筑摩則重が、長男（モデルは根津清太郎と松子の息子・清治）こそ殺されたが、一人娘のお浦どの（モデルは根津清太郎と松子の娘・恵美子）と、《貞淑な妻》・《慈愛深き母》に戻った桔梗の方と三人で、《感激に充ちた生活を送つた》としたのも、自分たちの将来を言祝ぐためだったのであろう。

武州公は四十三歳で死ぬという設定になっているが、谷崎のような死を恐れる人間が、自分をモデルにした主人公を、最初から四十三歳で死ぬと明記して物語を始めることは、普通考えられない。四十三歳という年齢は、谷崎に当て嵌めると昭和三年に当たる。谷崎は、『蓼喰ふ蟲』で日本回帰する以前、そして松子姉妹との付き合いが本格化する以前の自分を武州公に見立てていたのではないだろうか。その様な意味でも、筑摩則重をもう一人の谷崎と見ることは、適切であると私は思うのである。

⑤松子と重子

谷崎が松子と初めて肉体関係を持ったのは、昭和七年八月十五日以降、間もなくであろう。これは、松子の『湘竹居追想』（二）に、潔癖な潤一郎は、丁未子に松子のことを《話すまでは夫婦の契を交すことはなかつた》とあり、丁未子に話したのは昭和七年八月十四日夜であることから、そう推定できる。同年十二月からは、本山村北畑字天王通りの借家で同棲し始めたことも、『湘竹居追想』（一）に出る。以後、昭和三十年頃まで、谷崎を取り巻く女性関係には殆ど波瀾なく、常に松子・重子が中心を占めていた。(二)①「概説」に述べて置いた「やや理想化された母／妻／(時には子)」＝松子と「淋しい母」＝重子の二点セットの時代である。従って、以下は主に作品についてのみ、簡単に見て行く。

松子との夫婦生活については、上山草人夫人・三田直子の「谷崎潤一郎先生と松子夫人」(「主婦の友」昭和三十三・一)の中に、「潤一郎は松子と毎日セックスをするので、松子に泣かれた。」という証言がある。私が直子さんの娘に当たる高橋梅代さんから伺った所では、この随筆は谷崎が書くように勧め、文章も殆ど谷崎が書いたものだということなので、その内容は信じて良いだろう。

谷崎は、松子をセックス可能な相手とした時、当初暫くは丁未子を禁じられた母に見立てたであろうが、その後は誰を禁じられた母としたのだろうか？　私は松子の妹・重子が母に見立てられたのではないか、と考える。ただし、「悲しい母」と「悪しき性的誘惑者」の必要性がもう薄れていた時期なので、「余り悲しくない母」であり、また、潤一郎が攻撃性もあからさまな性欲も向けることのない、(二)①「概説」で述べた「淋しい母」としてである。

そう考える理由の一つは、谷崎は、以前、初子・千代子・せい子の美人姉妹を好み、その中の千代子に母親役を振ることで、せい子とのセックスを可能にしていたという前例があって、松子の時にも、松子・重子・信子の三姉妹プラス恵美子をセットで崇拝し、下男(恵美子にはオヂイ)(注33)として仕え、そこから『細雪』が生まれたという事実があることである。美人姉妹に谷崎が惹かれるのは、それが、母とその分身という役割分担によって、インセスト願望を処理するのに適しているからだ。そして、松子姉妹の中では、重子が最も母親タイプなのである。

重子は一生、松子のそばにくっついて居た人で、松子が根津清太郎と結婚すると、根津家に泊り込み、松子と一緒に暮らすようになった(『雪後庵夜話』(1))。そして、松子が谷崎と結婚すると、谷崎家に同居し、途中、昭和十六年に渡辺明と結婚し、東京に住むが、やがて戦火を逃れて谷崎家と一緒に疎開し、戦後は、谷崎・渡辺両家が京都に住んだため、昼間は殆ど谷崎家に来ていたと、私は松子の娘・恵美子さんから聞いている。そして、昭和二十四年、渡辺明の死後は、また谷崎家に同居し、亡くなるまで一緒に暮らしていた。

重子は母親タイプ・主婦タイプで、松子と昭和十五年頃まで仲の良かった木場貞子の証言に依ると、松子は全然主婦業の出来ない人で、着物でも何でも脱げば脱いだで散らかしっぱなしだったので、家事から清治や恵美子の学校のことまで、重子が何から何まで裏できちんとしていたと言う（稲沢秀夫『秘本谷崎潤一郎』）。

昭和四年一月から五年八月まで谷崎家で秘書をした高木治江の回想『谷崎家の思い出』にも、「松子の娘・恵美子は母親代りの重子に全くよく懐いていた」と出る。『細雪』でも、幸子（≒松子）の娘の悦子（≒恵美子）は、雪子（≒重子）にとてもよく懐いている。重子は料理も上手で、後には谷崎家の台所を預かっていた（これらは恵美子さんから伺った）。

また、『細雪』（中巻（十五））では、雪子（≒重子）は京女だった母親に似ているのに対して、幸子（≒松子）は父親似として対照されている。『雪後庵夜話』（1）でも、松子・信子は《たしかに大阪女らしいが、京女の母の性質を何処やらに受け継いでゐるのは》重子である、と書かれている。このように松子と重子の間に一線を引いているのは、セックスの禁じられた対象と許される対象を分けるためであろう。

谷崎には、京女を古風な女性にして母と感じる傾向があったようで、『蓼喰ふ蟲』で、妻の父の妾という形で禁じられた対象であるお久も、京女とされていた。『初昔』では、昭和十三年四月に帰国したモルガンお雪の《京女》の《人形のやうな、近代味の全くない》《純粋に日本的な婦人の顔》にセキと共通なものを見出し、異様なほどの思い入れを以て彼女の動静に一喜一憂したことを告白している。『細雪』の雪子（≒重子）もまた、京女の血を引き、《時代後れ》（下巻（十七））の女である。雪子という命名自体、モルガンお雪に由来する可能性もある。

この様に、重子の家庭婦人的な面、古風さ、京女だった母親に似ていること、恵美子の母代わりだったこと、などから、潤一郎が重子に母に通じるものを感じていた可能性は、極めて高いように思われる。潤一郎が重子に対して、終始、松子に匹敵するぐらいの高い評価を与えていたのも、そのためだろう。

『雪後庵夜話』ラストで谷崎は、二十三、四歳（昭和四、五年）の重子が、右足の親指に瘭疽を患って、毎日夙川から自家用車のスチュードベーカーで、阪大の皮膚科に通っていた時、《真つ白な繃帯の先から可愛い足の指が四本新芽のやうに覗いてゐるのを、私は世にも美しいものに思つて眺めたことがあつたのを今も忘れない。》と語っており、『細雪』（中巻（二十九））の爪切りのシーンにも、あっさりとではあるが、重子の足が描かれている。

また、谷崎は、昭和八年から十二年まで、松子に対する時は、奉公する気持を表わすために、『盲目物語』の弥市に近い「順市」または「順一」の名で手紙を書いていたが、その時期には、重子（また信子）に対しても同様の名前で手紙を書いている（昭和十年から十六年にかけての谷崎全集所収書簡155・170・195・202・207・722）。

また、潤一郎の重子への高い評価を窺わせる代表的な文例を挙げて見ると、昭和十八年五月十六日付け重子宛書簡の《貴女様は御自身台所の用を遊ばすやうなお人柄にあらず手足を御損じなされ候ては第一明さんに対しても小生申訳無之候》、『疎開日記』の昭和十九年二月廿七日《三ちゃんの話に重子さんの手が見るも傷ましく割れてゐる由、あの手足の美しき人がと胸がつぶれる思ひす》、昭和十九年七月二十九日付け重子御寮人様宛書簡の、『細雪』は《小生の最大長篇にて且一番の傑作になるつもりですが御蔭様にてかういふものができました事を深く感謝して居ります》という感謝の言葉。そして、潤一郎が晩年、千萬子に愛を移し、松子に冷淡になった後も、重子への評価が変わらなかったことは、『谷崎潤一郎＝渡辺千萬子往復書簡』（中央公論新社）所収の昭和三十六年九月十五日付け千萬子宛書簡に、《私はアナタと小さいおバアちやんが同じ程度に好きで尊敬してゐます　二人は両極端で反対な所が好きです家内は別ですが他にこの世界中でこの二人以上に好きな女性はゐません（中略）相反してゐますが二人共人格に文学的香気が実に高い（中略）二人共私に取つてはオールマイティーの存在です　貴重品の気がします》と書いていることからも分かるのである。

ところで、重子が一種の「母」になっていたという私の考えが正しいとすると、谷崎が丁未子と離婚して松子と結婚した際に（丁未子が一瞬、「悲しい母」になった後に）、重子が新たに母の地位に就く瞬間があった筈である。私は、それが、『蘆刈』に現われているのではないかと考えるのである。

『蘆刈』のお遊さんのモデルが松子であることは、潤一郎が昭和七年十一月八日付け松子宛書簡にはっきり書いている。おしづのモデルについては何も言われては居ないが、重子が少なくとも部分的なモデルであることは、はっきりしている。例えば、おしづは《月のうち半分ぐらゐは》姉の嫁ぎ先である《粥川の方へとまりに行つてゐる》とあるが、これは、根津家に重子・信子が一緒に暮らしていたことがモデルである。また、おしづは《姉様孝行》で、お遊さんと慎之助（≒潤一郎）の仲を取り持つが、これは、恐らく昭和七年夏、まだ根津夫人だった青木の松子のもとへ谷崎が通っていた頃、重子が努めて谷崎と《M子との間を取り持つやうにし、女中たちに訝しまれないやうに、必要とあれば自分がわざと二人の仲間に加はつて見せたりした》こと（『雪後庵夜話』（1））がモデルであろう。また、『蘆刈』では、お遊さん・慎之助・おしづが一緒に旅に出て、おしづだけ《次の間にねどこをとらせる》ことになっているが、これは、『蘆刈』執筆中の昭和七年十月二十日に、潤一郎・松子・重子とで行なった彦根への旅がモデルになっている。ただしこの時には、松子・重子が一部屋を取り、夜中に松子が潤一郎の所へ忍んで来たのだが、この旅館が臨検に遭い、危ない所を、刑事の配慮と《身を以て庇つてくれた》重子の親切で助かったと、『雪後庵夜話』（1）で感謝している。(注34)

以上の理由から、おしづ≒重子とすることには問題はないだろう。そのおしづは、最初、慎之助の妻となりながらセックスをしない。その意味では、慎之助から見て禁じられた母になっていると言える。また、おしづがお遊さんに仕える在り方は、《大名の児を預かつてゞもゐるやうに》という比喩や、お遊さんに《添ひ寝をする》ことからも分かるように、母が子供に対して尽くす在り方に近い。『蘆刈』の場合はむしろその意味で、おしづが母、お遊さんが子供（私が（時には子）とした部分）の印象が強いのである。そして最後に、おしづは慎之助の子供・葦間の男を生んだ母でもある。もっとも、この意味での母としての印象は薄いが…。

一方、お遊さん＝松子の方は、母と悪女の両面を持ち、セックス・パートナーとなる「やや理想化された母／妻／（時には子）」タイプと言える。何故なら、先ず最初に、お遊さんは一人息子にとっての母であり、社会的に男が手を出すことを厳しく禁じられた人妻に準ずる未亡人であり、禁じられた母と言って良い。また、慎之助に自分の乳を飲ませるので、慎之助にとっても一種の母である。そして、慎之助に《最後のものまではゆるさなんだ》所に、インセスト・タブーの一線が感じられる。しかし、葦間の男が、「お遊さんの《貞操》が《けがされてをらなんだとは申せないかもしれませぬ》」と言うように、実質的にはセックス・パートナーに殆ど成り終えている所が、インセスト・タブーを余り感じなくなったこの時期の特徴と言ってよい。

また、悪女性については、一人息子をないがしろにして死なせたことと、慎之助との実質上の姦通、おしづを自分の都合で慎之助と結婚させた我が儘が大きなものである。もともとお遊さんは、《姪をひさぐことを一種の菩薩行のやうに信じた》いにしえの遊女の再来であり、菩薩の聖性と遊女の娼婦的悪女性を併せ持つ設定なのである。この他、《もうよいといふまで息をこらへてゐてほしい》といった子供っぽい悪戯を好む所は、（時には子）の本領を発揮している部分である。

なお、『蘆刈』執筆中の昭和七年十月十八日付け妹尾健太郎宛書簡に、谷崎は、《根津清太郎氏の心中もまだ多少疑はしく松子夫人離別のこと果して可能なりや（中略）小生と結婚の事を森田家其他にて容易に承知いたすや否や等のこと随分疑問》としている。『蘆刈』で、お遊さんと慎之助が結婚できずに終わるのは、こうした情勢を反映した面もあったと思われる。

次の『春琴抄』は、『蘆刈』と共に、松子がヒロインとして最も輝いた作品である。『春琴抄』については、本書P657〜に詳しい論を書いたので、ここではごく簡単にだけ触れて置く。

春琴は、大商人の娘で、長女ではなく、美人姉妹の中で一番の美人など、密かにセキと結び付けられている。また、春琴の顔の破壊と、佐助の心の中でのその修復は、セキの死亡時に顔が腫れあがったことと、乳児期に潤一郎が行なったセキの乳房に対する攻撃と、その修復・死の否定を無意識に表わしているのである（「『春琴抄』」（四）④「セキの死の否認と谷崎の愛の修復力の神話化（口唇期）」（本書P698〜））。また春琴と佐助との間には、主従の身分差と、目明きと盲人の差という形で、インセスト・タブーの厳しい一線が示されており、その一線を超えた罰として春琴の顔は破壊され、佐助も自らを罰して失明＝去勢する。しかし、佐助の失明によって春琴の顔は修復され、二人は永遠の幸福を得る。つまり、『春琴抄』は、インセストを重要なテーマとしつつ、それを言わば解決し、完全なハッピーエンドを齎したという意味で、生涯唯一最高の傑作となったのである。

なお、小さな脇役に過ぎないが、春琴の母を谷崎が《しげ女》と名付け、《京都麩屋町の跡部氏の出》、即ち京女とした所には、谷崎が重子を「母」に見立てていたことが現われている、と私は考える。そして、これ以降は、文学的には松子の比重は下り坂に向かい、次第に重子が重要になって行ったと私は見ている。それは、インセスト的な性欲を処理するというモチーフが、日本回帰後の様々な努力・工夫によって、『春琴抄』を最後に重要性を失って行き、松子との関係が余りにも円満になってしまったことと関係があろう。『春琴抄』以後、『細雪』以前に、創作上の行き詰まりが感じられるのも、その原因は同じ所にあろう。文学者には常に見られることだが、作家を苦しめていた問題が解決され、幸福になると、作品が書けなくなってしまうという皮肉な現象である。

続く『顔世』『夏菊』『聞書抄』は、（二）①「概説」で述べたように、若干残っていたセキに対する幼少期の恨み・悲しみの現われで、ヒロインが運命に翻弄されて不幸になったり、死んだりするケースと言って良い。これらは、潤一郎が母なる女性の喪失に耐え、心の中に「良い母親イメージ」を確立するために必要な作業だったと考えられる。

『顔世』のヒロインは、《先帝の御外戚》《早田宮》の娘で《弘徽殿の西の台》という高貴な女性であり、絶世の美女でありながら、出雲の国の塩冶判官高貞の《北の方》になっていたが、横恋慕した高師直が奪い取ろうと戦さを仕掛けたため、戦いに敗れた夫とともに自害する。その内容は、『太平記』巻二十一「塩冶判官讒死事」に基づくものであるが、『太平記』では、顔世が塩冶の一族によって刺し殺された上、家ごと焼き払われたことになっているのを、谷崎の方では自害に変え、敵将・山名時氏らにその美貌を確認させているのは、創作意図から言って当然の改変であろう。また、『太平記』では、顔世の化粧を落とした素顔を見せることで幻滅させようとすることになっていたのを、裸体を覗き見することにしたのは、谷崎の志向に合わせたものである。なお、『太平記』では、顔世の子供は三歳と五歳の男子と妊娠中の胎児となっているが、谷崎は顔世に、七歳の少女と五歳の男の子があったという設定に変えた。これは、松子の連れ子・清治（当時九歳）と恵美子（同五歳）に近い点からも、ヒロインは松子に見立てられていると見て良いだろう。子供の年齢を変えたのは、最後に殺されることになるので、わざと変えたものであろう。

『顔世』の中心は、高師直が顔世に向けた性欲が満たされないで終わる所にあり、その意味では、インセスト・タブーによって禁じられた聖なる母がテーマと言える。しかし、こうしたテーマは、既に『春琴抄』で極限まで追求した後であったため、二番煎じの凡作に終わっている。

『夏菊』は、商売に失敗して零落した根津清太郎をモデルとしていたため、根津清太郎から抗議され、中絶した作品である。そのため、テーマもはっきりしない。しかし、ヒロイン・汲子は、《五人のきやうだい達のうちで自分が誰よりも母のおもざしに生き写しであると云はれ》たという点や、子供の時、父から《うじ〳〵した気心の分らない厭な娘だ》（その一の二）と言われたこと、《めつたに自分の意見と云ふものを、はつきり述べたことがなかつた》《時勢遅れ》（その一の七）《内気な女》《消極的な強靭さ》《淋しい性質や風貌》（その三の一）といった描写から、松子よりむしろ重子をモデルとした可能性が高く、『雪後庵夜話』（1）に描かれている青木の荒屋（あばらや）で、清楚な重子が《今にも誰かに汚されさうでゐて微塵も汚れに触れることなく生きて》いた時のことをイメージして書いたと思われる。貴種流離譚タイプの作例と言って良いだろう。汲子は母親似であるだけでなく、夫・敬助に対して、《子に縋られた母親のやうな不憫さやいとしさを》（その一の六）感じるとされ、「淋しい母」としての印象が強い。

私は、『夏菊』の頃から、谷崎に文学的インスピレーションを与える女性は、松子よりむしろ重子になっていたのではないか、と推測している。それは谷崎が、この頃から、『正宗白鳥氏の批評を読んで』（昭和七・七）に言う如く、《何事にも慎しみ深く、感情を殺すことにばかり馴らされて》、《いろいろな背徳な感情のかげが淡く胸中を去来しても《それらを少しも外に出さな》かった昔の女性に強く心を惹かれるようになっていたからである。重子は松子のように華やかではなく、無口で一見陰気だったため、谷崎のイマジネーションを掻き立てたのであろう。

『聞書抄』も二番煎じ的であるために筆が進まず、遂に中絶した作品で、凡作である。ヒロインの一の台の局は、菊亭右大臣春季の娘で関白豊臣秀次の正室という高貴な女性であるが、秀次が秀吉に対する謀反の疑いで切腹させられた際に、処刑される。ヒロインが殺される作品群の一つである。この一の台の局も、《御夫婦とはたゞ名ばかり》（その四）の「淋しい母」で、おみや御前という十一歳の娘を可愛がっている所から、恵美子を可愛がっていた重子がモデルと推定したい。

『聞書抄』では、順慶が一の台の局に対して恋心を抱くのを防ごうとして失明するが、却って肉眼で見た時よりよく見えるようになってしまう所が、中心テーマであろう。これはインセスト・タブーに関連するものだが、『春琴抄』を最後に、このテーマは力を失っていた。

なお、『聞書抄』では、秀次の乱行の一つとして、母・一の台の局とその連れ子・おみや御前の両方をセックスの相手にしていたことが書かれているが、これは家族秩序を破壊するインセスト的な性倒錯の一種で、後の『鍵』の木村と郁子・敏子母子との三角関係に繋がるものである。

続く『猫と庄造と二人のをんな』では、猫のリリーがヒロインになる。直接のモデルは谷崎の可愛がっていた鼈甲猫のチュウであるが、この作中では、リリーが人間の女性のように見られていることと、猫は口をきけないという点から、無口な重子との繋がりもあると私は考える。『ドリス』（その二）の《亡国的に、おつとりとしてゐるペルシャ猫と重子との類似や、『細雪』（下巻（四））に《雪姉（あん）ちゃんの鼾（いびき）、猫の鼾みたいやわ》とあることも、想起される（この作品については、「昭和戦前期の谷崎潤一郎」（六）「イデア論の終焉（現実への回帰）」（本書P407～）で詳しく取り上げているので、参照されたい）。

昭和十六年四月二十九日、重子は渡辺明と結婚して、東京に移り住む。谷崎は松子と結ばれて以来、松子・重子・信子と恵美子の女系家族を、全体として大切にし、愛して来たので、これは重大な喪失となった。『細雪』は、谷崎がこの日が来ることを予め予想し、三姉妹が一緒に暮らせた日々の思い出を美化・永遠化すべく、細かくメモを取って、準備を続けていたものである。谷崎にしては珍しく、性をテーマとすることなく、新たな境地を開く傑作となった（「昭和戦前期の谷崎潤一郎」（六）「イデア論の終焉（現実への回帰）」参照）。

その『細雪』でも、雪子（≒重子）が一番の主人公であると谷崎が考えていたことは、『「細雪」瑣談』『「細雪」を書いたころ』や、前引・昭和十九年七月二十九日付け重子宛潤一郎書簡などから明らかである。ここからも、谷崎の重子への高い評価が窺える。

⑥戦後

谷崎は、敗戦時に数え年六十歳であり、目前に迫って来た死の恐怖から逃れるために、若い女性≒母の肉体に吸収されたいという願望が、歳と共に、また高血圧など体調の悪化に伴って強まって行ったと考えられる。さらにそこに、

『少将滋幹の母』執筆中からは老人性インポテンツも加わり、性行為への憧れも強まった。これらが合わさって、谷崎の作品および実生活に、日本回帰以前の「インセスト型マゾヒズム」を復活させることになったと考えられる（「戦後の谷崎潤一郎」（三）（本書457～）参照）。ただし、日本回帰以前には、「理想化された天上の母」「悲しい母」「悪しき性的誘惑者」の三点セットが見られたが、戦後には、天上的女性像の復活を見ることはなかった。その代わり、重子が母タイプの理想像になっていた可能性が高い。「悲しい母」の役割は、主に松子に与えられるようになって行く。「悪しき性的誘惑者」は、実生活では千萬子が代表的であるが、(注35) その他、映画の中の悪女タイプの女優たち（シモーヌ・シニョレ、炎加世子 etc.）や日劇ミュージック・ホールのダンサーなどからもインスピレーションを受けていたと思われる。

こうした変化は、既に『少将滋幹の母』から現われ始めている。この作品では、戦前からの古典回帰の美学が、基本的には踏襲されているため、性的印象はさほど強くはないかも知れない。しかし、国経夫妻の性生活は、（その三）でかなり露骨に描かれている（敗戦後の性解放の風潮がまた、それを可能にしたという面もある）。

また、滋幹の母と国経・時平・平中の関係は、全く性的・三角関係的（＝エディプス的）であるし、インセスト・タブーの一線は、人妻（時平・平中から見た国経の妻時代）・会うことが困難（平中・国経・滋幹から見た時平の妻時代）・セックスの不能（国経に現われた老人性インポテンツの徴候）などの形で引かれており、それをめぐって物語が展開することや、エディプスの夢想を実現させる父から息子への母の平和的な譲渡というモチーフ（ただし谷崎は自らを父の側に置いて考えているのであろう）が、伯父・国経から甥・時平への譲渡という形で実現されていることなどから、インセストのテーマが作品の中心を占めていることは、明白と言える（滋幹の母恋いにインセスト的な要素があることについては、本章（一）④（ア）「脳裡に刻まれる母」で述べた）。

また、滋幹の母は、一見善良そのもののようでありながら、実は平中と姦通し、国経・滋幹を平気で捨て去るなど、

「悪しき性的誘惑者」的である点、『正宗白鳥氏の批評を読んで』以来、暖めてきたモチーフの実現と言えるが、これも「インセスト型マゾヒズム」が復活したことを意味する。国経が自らを犠牲にする所も、全くマゾヒズム的である。本院の侍従の平中に対するサディズムは、滋幹の母だけでは悪女性が足りないと谷崎が感じて、挿入したものであろう。滋幹の母のモデルは、一応、松子とも考えられるが、無口で《心の奥でどんなことを考へてゐるの》（その三）か分からないという中心部分は、重子タイプのように思われる。

『少将滋幹の母』以後暫くは、谷崎の体調の悪さ、『源氏物語』現代語訳などもあって、本格的な創作は発表されなかった。が、昭和二十六年の『乳野物語』は母恋いの、同年の『小野篁妹に恋する事』は兄妹ながら近親相姦のモチーフを扱っている。また、この年には千萬子が清治と結婚し、谷崎との同居が始まっている。

昭和三十年の『過酸化マンガン水の夢』になると、谷崎の変化は、誰の目にも明らかなものとなった（故に、「谷崎潤一郎・変貌の論理」（本書P363～）で、この年以降を「西洋復権期」と位置付けた）。一人で勇敢に日劇を見に行く美津子や、「悪しき性的誘惑者」シモーヌ・シニョレ、呂太后、春川ますみに対して、松子は日劇も一人では見られず、映画「悪魔のような女」も見るに耐えない心臓の弱い女として貶められる。「悪魔のような女」では、妻の心臓病を利用して恐怖でショック死させるが、恐らく谷崎は、心臓の弱い松子を殺害するという空想すら抱いていたのであろう。「悲しい母」の役が、遂に松子に廻って来たのである。

三十一年の『鍵』の郁子は、脚はO脚で、乳房も豊かでないが、それを主人公は、《昔ノ日本婦人式ノ》《私ノ母》と共通する特徴で、それが《好キダ》（一月廿九日）と言う。谷崎は、『陰翳礼讃』『妻を語る』『老いのくりこと』でも同様のことを書いている。つまり、郁子は肉体的にセキに似ているのである。また、郁子は《古風ナ京都ノ旧家ニ生レ》た京女と設定されているが、これも谷崎の場合、セキおよび重子に通じる特徴と見なされるものだった。また、郁子が《心ニアルヿヲ容易ニ口ニ出サナイ》点は、重子に似ている。郁子の「悪しき性的誘惑者」への変貌のストーリーは、重子や京女が象徴していた「母」を、娼婦的な「悪しき性的誘惑者」に変貌させたいという谷崎の願望を表わすものと言える。また、人妻および三角関係のモチーフはエディプス的であり、教授から若い木村への（半ば共犯的な）郁子の譲渡も、父から息子への母の譲渡に当たるモチーフなのである。

三十三年の『残虐記』は、モデル的には重子・松子・千萬子とは無関係のようだが、母に見守られながら眠りに落ちる幼児のように、妻に見守られながら死ぬことで、妻＝母の内に吸収されようとする幻想がはっきり現われている。また、増吉から野本への妻の譲渡は、父から息子への母の譲渡に当たるモチーフと見て良い。

三十四年の『夢の浮橋』に至っては、父から息子への母の譲渡が露骨に実行され、産みの母と区別が付かなくなった育ての母と、主人公が肉体関係を生じるという、あからさまなインセストの物語となっている。同時に、インセストの罪悪感も働いていたことは、ラストで経子が殺されることが示している。この殺害が、経子・糺・沢子の三角関係から起きていることも、エディプス的である。

経子は、京女で、《喜怒哀楽をあまり顕著に表はさない性格》で《ぼうつとしてゐるやうで案外複雑なところがあるらしい》点、重子を連想させる。また、死んで行く夫を《夜昼休む暇もな》く看護し、糺が《母にこんな我慢強い、辛労に耐へる一面があるのを知つて驚》く所も、『細雪』（上巻（六））で、《二日も三日も徹夜で看護》するような《仕事に、誰よりも堪へられるのは雪子なのであつた。》と書かれていることを想起させる。(注36)

最後の傑作『瘋癲老人日記』では、千萬子が「悪しき性的誘惑者」としてヒロインの座に着き、松子は《婆サン》として貶められる「悲しい母」になっている。母を求める谷崎の欲望は、ここでは、督助が赤ちゃん返りして「颯チャン！　颯チャン！　痛イヨウ！」と泣き出す所に、あからさまに現われている。また、息子の妻に父・督助が恋をすることは、エディプスの三角関係の変形ヴァージョンであるし、人妻（颯子）への恋と、浄吉・春久も含めた三角関係のモチーフも現われている。

実際には書かれなかったが、谷崎が昭和三十八年十月に、伊吹和子氏に語ったと言う「天児閼伽子（あまがつあかこ）」の出て来る小説では、主人公の老人（＝潤一郎）は、後妻（＝松子）と別れ、若い女・魑魅子（ちみこ）（＝千萬子）と同棲し、セックスのし過ぎで狭心症で死ぬことが予定されていた（伊吹和子『われよりほかに』）。この小説も、殺されることで、体内に吸収されて生き続けるという幻想に関連するものになる筈だったのであろう。

以上、谷崎とインセストとの関係を概観した。私は、谷崎のすべてをインセスト的な性欲で説明できると言うつもりは毛頭ないが、谷崎の創作及び実生活の正しい理解に、この観点は絶対に欠かせないと確信するものである。

注

（1）精二の『初夏の歓び』によれば、精二は数え年十歳まで母に連れられて銭湯に行ったと言う。潤一郎も、ほぼ同じだったと推測して良いだろう。

（2）「中学世界」（明治三十四・十二）の「抒情文」賞外秀逸として、深川区富岡門前山本町十番地・野村孝太郎の「名残の一挿」が掲載されている。谷崎が訪ねたのは、この家であろう。

（3）《月あかりの魔法》のもとで、野村の母に見出した《疲れた美しさ》が、『十五夜物語』のお波の造形に繋がった、と私は想像している。『十五夜物語』で、月光が重要な意味を帯びているのは、そうした経緯とも関係があるのではないだろうか。なお、『十五夜物語』が、その直前にセキと死別した悲しみと結び付いていることは、谷崎自身も『「十五夜物語」の思ひ出』で認めており、ここからも、セキと野村の母との結び付きが確かめられる。

（4）『黒白』（七）の主人公も、セックスは天気の良い昼間にした方が《良心の苛責》がないと言っている。『蓼喰ふ蟲』（その十二）でも、同様のことが言われている。

（5）私が平成八年九月二十九日に、元「中央公論」編集者・雨宮庸蔵氏から伺ったお話でも、谷崎は「松子が妊娠した時、松子が赤ん坊におっぱいを飲ませることを想像すると、絶望感に襲われた」と語っていた、とのことだった。

ただし、谷崎としては唯一の例外として、『初昔』末尾（昭和十七・九）で、松子との子供が欲しいと書いていることが、一つの疑問として残る。谷崎のこの考えが余り長続きしなかったことは、『当世鹿もどき』『雪後庵夜話』からも明らかであるが、ちょうど構想・執筆しつつあった『細雪』の、谷崎としては例外的に家庭的な作風と関連する心理とも考えられる。また、『初昔』は、松子の妊娠中絶を後半で大きく取り上げているので、潤一郎の強い希望で殺害した胎児に対する罪の意識が、こうした発言をさせた可能性も高い。『初昔』で、鮎子の出産＝孫の誕生をラストに持って来たのも、妊娠中絶という暗い話題を打ち消すためであることは、明らかであろう。『細雪』に、幸子の流産を出し、ラストに妙子の赤ん坊の死を書き込んだ背後にも、殺した子供に対する潤一郎の贖罪の意図がありそうに私は思う。

（6）　秦恒平氏は、「蘆刈」「夢の浮橋」（『谷崎潤一郎』筑摩書房）で、『蘆刈』で慎之助とおしづの子と明記されている葦間の男と、『夢の浮橋』で糺の父と経子の間に産まれたとされている武を、前者は慎之助とお遊さんの子、後者は糺と経子の子と、どちらも確かな根拠なく主張している。テクストを無視するその粗雑な読み方は、少なくとも研究者には受け容れがたいものであるし、愛する女性に子供を産ませることを極度に嫌った谷崎の性癖から考えても、誤読としか考えられない。

谷崎は、『蘆刈』では、お遊さんへの慎之助の母恋い的かつ憧憬崇拝的恋愛の感情を表現する方法として、父だけでなく子も一緒にお遊さんを垣間見する場面を設定し、母恋い的ニュアンスを強化したのである。このことは、『吉野葛』（その四）で、《徳川時代の狂言作者は、案外ずるく頭が働いて》《三吉の芝居なども》《表面親子の情愛を扱》いつつ、三吉は《姫君と母》を《等しく思慕の対象》にしている、即ち母恋いと妻恋いが一つになっている、とした後、続けて、《それが葛の葉の芝居では、父と子とが同じ心になつて一人の母を慕ふのである》と言っていることからも、確かめられるはずである。一方、秦氏が言うように、もし葦間の男がお遊さんと慎之助の間の実子だったならば、慎之助・お遊さん・葦間の男は本当の三人家族になってしまう。それでは、折角の垣間見のシーンにも、夫の妻に対する愛、息子の母に対する愛という常識的な家族愛しかないことになってしまう。また、葦間の男の母がお遊さんでは、谷崎があれ程嫌い恐れたエディプス的ライヴァル関係が慎之助と葦間の男の間に生じてしまう。それでは、慎之助のお遊さんへの恋をそのまま葦間の男に継承させることも出来ないことになる。だから、谷崎は、多少の不自然さは我慢してでも、敢えて子（葦間の男）の母を別（おしづ）にしたのである。秦氏の読み方は、そうした谷崎の折角の工夫を台無しにし、悪く単純化するものだと私は考える。

また、『夢の浮橋』では、糺の父が、大正十三年秋に「腎臓結核で余命一、二年」と診断され、あとに遺される妻・経子を息子・糺に譲渡しようとする異様な心理が谷崎の狙っている眼目なのである。ところが、秦氏が、経子が糺と姦通して妊娠したとするのは、腎臓結核という診断が下るより前の大正十三年八月である。これでは、父が妻を息子に譲渡しようと決意する前に、勝手に二人が姦通したことになってしまう。しかも、糺は自分が妊娠させ、子を産ませた当の相手（経子）の乳を飲んで「お母ちゃん」と甘ったれた声を出したことになる。インセストに対して余程鈍感な人間でなければ、こんなことは書けるはずがない。従って、秦説は誤読である、と私は考える。

(7) 肉体関係の有無は、作中ではぼかされているが、谷崎が「『越前竹人形』を読む」で、《糺が父の生前にその命を受けて継母の経子を事実上の妻とするのであるが》と述べていることから、はっきりする。

(8) 『陰翳礼讃』では、セキを含めて明治二十年代の女性には《中宮寺の観世音》や《人形の心棒》のような胴体しかなかったと述べているが、これは、谷崎としては極めて異例である。

(9) ただし、『恋愛及び色情』では、日本回帰の必要性から、《西洋の婦人の肉体は（中略）見たところでは（中略）いかにも日本人の喜ぶ堅太りのやうに思へるのだが、実際に手足を摑んでみると、肉附きが非常に柔かで、ぶくぶくしてゐて（中略）充実した感じが来ない。》と貶してもいる。

(10) ちなみに、谷崎は身長五尺二寸（『青春物語』「神経衰弱症のこと、並びに都落ちのこと」）、約一五七・六センチと、当時としても背は低い方だった（『痴人の愛』『武州公秘話』『瘋癲老人日記』の主人公も五尺二寸とされている）。

(11) フロイトは、「ナルシシズム入門」で、「ナルシスティックな女性・小児・猫・滑稽家、そして極悪人さえもが一般に魅力的に見えるのは、我々が捨てざるを得なかったナルシシズムという幸福な心的状態を、彼等が保持し続けていることが原因だ」と述べている。谷崎の場合、幼少期に傷付けられた自己愛（ナルシシズム）の代償を、自己の分身的な性愛対象に求める傾向が特に強かったことも、幼児的な女性や悪女・猫などを好む原因になっていたと考えられる。

(12) 津村の母が遊女であることは、昭和四年十二月七日付け嶋中雄作宛潤一郎書簡（水上勉『谷崎先生の書簡』）によって確認できる。

(13) マータンギーのことは、「首楞厳経」「摩登女経」「摩登女形中六事経」「摩登伽経」「鼻奈耶」（第三）などに出る。「鼻奈耶」では《道有旃荼羅女。名鉢吉蹄。於井汲水。時阿難詣井乞水。（中略）時女報阿難。我是摩鄧伽種。》とあり、摩鄧伽が個人名ではなく、「種」を表わし、「鉢吉蹄」が個人名であることは明らかで、幸田露伴の『プラクリチ』は、「鼻奈耶」の「鉢吉蹄（プラクリチ）」を採ったものである。「首楞厳経」では《遭大幻術摩登伽女》となっていて、個人名のようにも読める。谷崎は「首楞厳経」に拠ったのであろうか。

摩登女が阿難尊者に恋をしたという話は、サロメが洗礼者（バプテスマ）・ヨハネに恋したという話に似ており、谷崎もワイルドの『サロメ』の影響を受けていると考えられる。なお、阿難と摩登女のことは、坪内逍遥の『阿難の累ひ』や岡本かの子の『阿難と呪術師の娘』にも作品化されている。

摩鄧伽が最下層の身分で、非アーリア系不可触民であることについては、坂内龍雄氏の「マータンガについて」(「印度学仏教学研究」昭和五十二・十二)などを参照されたい。

(14) 谷崎が用いた差別的な用語・観念をここではそのまま用いたが、私個人はこれらの差別に反対であることを、ここにお断りして置く。

(15) 谷崎の死後に残された創作メモに出てくる「ミゾロチミ子」という名は、美女に変じたみぞろが池の大蛇(=魑魅魍魎)と契る小栗判官のエピソードに、また「三条」姓は小栗の父・三条の大臣兼家に、「甘栗」姓は小栗に基づくものと思われる。また、同じメモに出る「尾形」姓の登場人物たちは、『延慶本平家物語』に《背に蛇の形ありけり、これによりて姓をば尾方とぞ申しける》と書かれた大蛇の神裔・緒方三郎の伝承を念頭に置いて構想されたものであろう。この創作メモに、閼伽子・水分・真名井・采女など、水と関係する名前が散見することをも併せて考えると、この作品は、谷崎の他の作品にもしばしば登場する、水と蛇と女を重要なモチーフとするものとなる筈だったように思われる。なお、小栗と尾形という人名の組合わせは、『日本に於けるクリップン事件』にも見られる。

(16) ただし、『病蓐の幻想』のお光だけは、千代子がモデルで、おとなしい女である。

(17) 谷崎は、明治四十四年の『秘密』で既に映画館内のシーンを設け、大正六年の『活動写真の現在と将来』では、《予は(中略)久しい以前から、熱心なる活動の愛好者であつて、機会があればPhotoplayを書いて見たいとさへ思つて(中略)二三冊外国の参考書を読んだ事もあり、日活の撮影所などを見せて貰つた事もあつた》と書いている程である(「活動画報」(大正六・八)の「話のたね」に、谷崎が上山草人と一緒に日活向島撮影所を訪ねたことが出ている)。特に、クローズ・アップになった女優の顔に、永遠なるものや崇高なものを感じると述べた例は、『活動写真の現在と将来』『女の顔』『映画のテクニック』に見られるので、「天上を見上げる女性像」が映画の影響だった可能性は十分考えられると思う。

(18) なお、谷崎の作中には、「理想化された天上の母」の地上化された存在で、悪女ではないヒロインが、貴種流離譚として現われる例が見られるが、実生活ではこのタイプは現われないので、ここでは略す(本章(一)④(カ)(iii)「貴種流離譚」・「『吉野葛』論」(本書P641〜)参照)。

(19) 『武州公秘話』(巻之三)で、マゾヒストは実際にはそうでないのに勝手に相手を残忍な女性と空想する傾向がある、と書いており、『前科者』（一七）でも同様の説明をしている。

(20) 伊吹和子『われよりほかに』（講談社）によると、谷崎の創作ノート中の『影』という作品は、松子と重子を光と影に譬え、重子をヒロインとする作品で、昭和二十八年頃から既に創作ノートに記入されていたと言う。このことも傍証となろう。

(21) 『「門」を評す』（第二次「新思潮」創刊号）の「恋は永劫不変のものではない」という論は、フクへの初恋の後、おきんに恋した体験に基づくものである（なお、『「門」を評す』は、「白樺」創刊号に武者小路実篤の「『それから』に就て」が掲載されたことを意識して書かれている）。フクを小説のモデルに使った例としては、『死火山』、『羹』の美代子、『鬼の面』のお君がある。また、『異端者の悲しみ』（一）で章三郎が独り言に言う《お浜ちやん》もフクであろう。

(22) 『明治大正文学全集谷崎潤一郎篇解説』によれば、『恋を知る頃』は、おきんの幻を頭に描きながら書いたと言う。

(23) 中河与一の『耽美の夜』、小林倉三郎「お千代の兄より」（「婦人公論」昭和五・十二）、町の蛮人「女難の谷崎潤一郎」（「女の世界」大正四・十）、松本慶子『彼岸花』（青娥書房）などに説明がある。ただし、食い違う所も多々あり、真相は現段階では決定しがたい。

(24) 精二は、『明治の日本橋・潤一郎の手紙』で、この書簡を大正五年四月十七日のもの（文末の日付も四月十七日）として掲載しているが、中央公論社の全集では、封筒欠・年代推定と断った上で、大正五年九月十七日のもの（文末の日付も九月十七日）としている。しかし、この手紙の文中には『おオと巳之介』への言及があり、《今度ぐらゐ不快な気持ちで創作し事はない。（中略）文学者の中に、あの小説を非常に褒めてくれる人があるさうである。（中略）今の一般の文壇の浅薄なのを悲しむ。》とある。従って、大正四年九月に『おオと巳之介』が雑誌に掲載されて間もない頃に書かれたと私は判断した。仮に大正五年だとすれば、『おオと巳之介』の後に、『独探』『神童』『鬼の面』『恐怖時代』などを書いた後で、《今度ぐらゐ》云々と書いたことになり、不自然であろう。

また、大正五年の秋は、十月に『病蓐の幻想』を脱稿し、『早春雑感』によれば、『人魚の嘆き』と『魔術師』も十月頃から腹案が出来るなど、一時期のスランプを脱しつつあった時である。従って、この書簡の《私は自分の芸術家としての根本の立ち場に就いても、ひどく迷つたり悲しんだりして居る最中だ》等の記述とは、時期が合わない。こうした点からも、前年のものと私は推定したい。

(25) 千代子との性関係の破綻は、『佐藤春夫に与へて過去半生を語る書』に詳しいが、その他では、大正六年の『晩春日記』五月四日の所で、深夜、千代子が泣いて《君は妾を疎んじたまふにあらずや、つれなし》などと掻き口説く所や、大正八年五月の『呪はれた戯曲』で、主人公・佐々木（＝谷崎）と妻の玉子（＝千代子）との間には、《近頃ではもう肉体と肉体との間にすらも、夫婦的関係は殆ど存在して居ないのだ。》と書かれている所、そして、『蓼喰ふ蟲』（その八）で、要（＝谷崎）は美佐子（＝千代子）を《結婚してから一二年の後、次第に性的に彼女を捨てかけてゐた》と書かれている所、などにも現われている。私が平成八年九月二十九日に、元「中央公論」編集者・雨宮庸蔵氏から伺ったお話でも、谷崎は「千代子と六ヶ月間ぐらいセックスしないことは屢々あった」と語っていた、とのことだった。

(26) この時に借りた《別荘》が、後に買い取って、自らの設計で和洋中折衷の豪邸を建て増しすることになる岡本梅ノ谷の農家・井上とみ方であることは、「神戸又新日報」大正十五年七月二十四日（九）面記事「芝居に少し／地震の事を／谷崎氏の来着」、および「映画時代」（大正十五・九）に掲載された岡田嘉子との対談「一問一答録」と、古川緑波の「編輯日記」によって確認できる。

(27) もし大正十五年夏に既に事が始まっていたとしたら、終平の記憶とは違って、兵庫県武庫郡本山村北畑時代の終わり頃になる。谷崎一家は、大正十五年十二月には本山村岡本好文園二号、昭和三年五月には好文園四号に転居するが、その間、千代子と和田は夫婦生活を続け、谷崎は好文園と井上とみ方を行き来していたのであろう。なお、梅ノ谷の豪邸は、昭和三年十一月には完成していたらしいことが、「週刊朝日」（昭和三・十一・二十五）の記事「文壇噂ばなし」から分かる。

(28) この歌は、「スバル」（昭和五・七）に『秋、冬、春』として発表した短歌の中にも含まれている。『岡本にて』によれば、谷崎が歌を継続的に作り始めるのは、昭和四年三月以降のようであり、「相聞」に珍しく短歌十首をまとめて発表したのも昭和四年十一月のことである。従って、過去の和田の事件のことを想い出して、昭和四、五年に詠んだものの可能性が高いと私は考えている。

(29) サバルワル宛書簡は、ともに芦屋市谷崎潤一郎記念館所蔵で、第12回特別展図録「志賀直哉と谷崎潤一郎」に、後者の書簡を私が翻刻した。ケーショー・ラーム・サバルワル（Sabarwal）は、一八九四年五月十七日ペシャワール生まれ。一九一五年来日以後、一貫して印度独立運動に献身。一九二五年、天理外国語学校に就職し、奈良に住む志賀直哉と知り合い、武者小路実篤・谷崎潤一郎・佐藤春夫とも友人となった。「読売新聞」（昭和九・一・二十五）記事「外人の「日本研究家は語る」【1】日本は印度を指導せよ　サバルワル氏との対話」・井伏鱒二「私の文学的生活」「嘗ての亡命客」・網野菊『雪晴れ』所収「サバルワルさん」・「志賀直哉日記」・『夢野久作の日記』・「永井荷風日記」などが参考になる。

(30) 今日知られている限りでは、『盲目物語』の構想に触れた最も早い文章は、昭和五年四月二日付け中央公論社社長・嶋中雄作宛書簡（水上勉『谷崎先生の書簡』中央公論社）の、《今後新聞以外へ発表する第一の小説は貴誌へ差し上げる（中略）コレの腹案は先日も申し上げた通り出来てゐます 百枚ぐらゐになります》という一節である。

実際には、これ以降に《新聞以外へ発表》した最初の小説は『吉野葛』で、二番目が『盲目物語』である。が、この同じ書簡に、《「葛の葉」は読み返しましたがどうも感心しません、あれは童話に書き直して婦人雑誌か少年雑誌へ出したいと思ひます》とあるのが、後に『吉野葛』になる作品なので、この時点では、谷崎は『吉野葛』より先に『盲目物語』百枚を書き上げ、「中央公論」に掲載するつもりだったことが分かるのである。事実、谷崎は昭和五年秋に、福井市の北の庄城跡（柴田勝家・お市の方の古跡）などを訪れた（谷崎『木陰の露の記』「大阪毎日新聞」昭和十一・一・八）後、お市の方と浅井長政の肖像画がある高野山に登って、『盲目物語』の執筆に取りかかるつもりだったらしい。しかし、高野山が寒過ぎて仕事が出来なかったため、急遽予定を変更して吉野へ移り、『吉野葛』を先に書くことにしたのである（稲沢秀夫「『吉野葛』の里」『聞書　谷崎潤一郎』思潮社）。

谷崎が『盲目物語』を構想した時期が、発表より一年以上も前の、昭和五年春以前だったというこの事実は、潤一郎が新婚の丁未子に幻滅して松子と結婚したくなり、そこで『盲目物語』を書いたという解釈を否定する。昭和五年春は、潤一郎が丁未子と結婚する以前であるばかりでなく、千代子と離婚するよりも更に以前だからである。『盲目物語』は史実に立脚する歴史小説だから、その構想が丁未子との結婚後に大きく変わったとも考えにくい。対等の夫婦関係より、理想の女性を遠くから崇拝するマゾヒズムの方を好む谷崎の心理を考えるならば、『盲目物語』執筆当時の潤一郎は、松子をお市の方のような手の届かない憧れの女人・禁じられた母としつつ、丁未子と結婚することにも、充分満足できたと解釈した方が自然であろう。新婚の丁未子をそばに置きながら、松子をイメージした『盲目物語』を書くという行為も、谷崎にとっては予定の行動であって、決して丁未子に幻滅した結果の後ろめたい浮気などではなかった、と考えられるのである。

谷崎の『私の貧乏物語』によると、『盲目物語』は、二百枚を一日二枚ずつ、《準備の時間は別として、百日以上、多分完全に四箇月を要して》書き上げたと言う。『盲目物語』の完成は、昭和六年八月二日朝の「中央公論」編集長・雨宮庸蔵宛書簡に《唯今原稿二十三枚全部御送りいたし候　二百五枚にて完結に相成候》（「芦屋市谷崎潤一郎記念館資料集（二）雨宮庸蔵宛谷崎潤一郎書簡」所収）とある通りである。とすれば、執筆開始は、「完全に四箇月」なら昭和六年四月一日頃、「百日」でも四月二十日頃ということになる。

また、「平成八年明治古典会七夕大入札会目録」に出た昭和六年六月七日付けの雨宮宛書簡に、《唯今やつと七十枚迄脱稿いたし御送申上候》とあり、同年六月十五日付け雨宮宛谷崎書簡に、《唯今別封にて原稿九十枚目までおくりました　つきましては先日の二十枚分と今回の二十枚分と、四十枚分の稿料高野山宛御電送下され度右至急御願ひ申上ます》という一節がある。この二つの書簡から、潤一郎は、昭和六年五月十九日に高野山に登る以前に、岡本梅ノ谷の家で、『盲目物語』の原稿を五十枚目まで書き上げ、既に中央公論社に送っていたことが分かるのである。

一日二枚ペースで五十枚を書き上げるには、二十五日かかることを考えると、高野山に登る約一ヶ月前の四月二十日頃が執筆開始時期と見るべきだろう。丁未子と結婚式を挙げたのは、昭和六年四月二十四日であるから、この事実からも、『盲目物語』が丁未子への幻滅によって生まれたとする解釈は、否定されることになるのである。

(31)　九月二日付け丁未子より妹尾喜美子宛書簡（秦恒平『神と玩具との間』）に《根津様の方のこと気にかゝります》とあり、九月五日付け池長孟宛谷崎書簡（高見沢たか子『金箔の港』筑摩書房）に大阪の某（根津清太郎）氏所有美術品売却の話が出ており、九月十四日付け朝鮮銀行仁川支店・岸巌宛書簡に、「近頃根津商店も景気が悪いので、朝鮮銀行への借金返済を待って貰えるように根津清太郎から仲介を頼まれた」とある。この後、潤一郎と丁未子は、滞在中の高野山から下り（岡本梅ノ谷の家は釘付けにして売りに出し、家財道具も処分していて帰れなかったため）、孔舎衙（くさか）村（現・東大阪市）にあった根津商店の社員寮に身を寄せた後、夙川の根津邸の別棟に、松子等と隣り合わせに住むのであるが、『初昔』によれば、孔舎衙村の社員寮も夙川の家も、その時、既に《整理のために売り物に出》されていて、買い手が付くまで根津夫妻もそこに住んでいるという没落振りだったのである。

日本の経済は、昭和四年十月二十四日に始まった世界恐慌以来、「昭和恐慌」と呼ばれる大不況に陥っており、さらに昭和六年七月には、五月にヨーロッパで発生した金融恐慌のため、一層の悪化を見た。根津商店の危機の背景には、こうした景気の動向もあったと考えられる。

(32)　昭和六年二月一日印刷納本の「新青年」三月号編集後記には、《やがて近き将来に谷崎潤一郎氏の大作が頂けることになつてゐる》とあり、既に『武州公秘話』執筆の約束があったことが判る。これは、丁未子と婚約したのとほぼ同時である。そして、同年六月一日印刷納本の「新青年」七月号編集後記には、《いよいよ谷崎潤一郎氏が九月号から本誌へ長篇を執筆して下さることになつた。長い間の御約束でもあり、同時に大分前からの腹案でもあるしするので（中略）読書界を席捲する程の大力作たるは疑ひない。》と出ている。つまり、『武州公秘話』の構想は、かなり早くからあり、全体の構想がほぼ固まったから、連載に踏み切ったと推測できる。

昭和六年十月号から昭和七年二月号までの四回分は、首装束と薬師寺弾正の鼻を劓る所であり、これらは恐らく最初の構想通りと思われる。当時「新青年」の編集部員だった乾信一郎の『「新青年」の頃』（早川書房）によれば、この頃は、例えば十月号なら七月末か八月初めまでには印刷工場へ原稿を渡さねばならなかったと言う。奥付では八月一日印刷納本、九月一日発行となっている「新青年」昭和六年九月号の巻末「戸崎町風土記」に、《本号からと期待した谷崎潤一郎氏の連載長篇は、氏の御転居やら何やらで、遂に間に合はなかつたが、十月号には必らず御目にかける事ができる。》と出ているのは、九月号の締切（六月末）には間に合わなかった『武州公秘話』の原稿が、十月号の締切（七月末）には、既に届いていたからであろう（昭和六年七月四日付け妹尾夫妻宛谷崎書簡に言う《先約のもの》が、『武州公秘話』のことと私は考える）。つまり『武州公秘話』は、高野山に移ってから、『盲目物語』と並行して書き進められ、七年二月号までの分は、高野山および孔舎衙でほぼ書き上げられた可能性が高い。しかし、それ以後のストーリーは、谷崎が六年十一月から夙川の根津別荘に同居し、松子に対する恋愛が急に進み、昭和七年二月頃には愛を告白するまでになったため、その影響で若干の変更がなされた可能性がある。昭和六年十二月と七年三月の二回、連載を休み、四月号も、武州公が桔梗の方の《崇拝者》となる経緯を描く直前の所までで筆を止め、《再三休む訳にも行かないので、辛うじてこれだけを締切に間に合はせました》という作者の断り書を付けなければならないぐらい僅かしか載せられなかったのも、構想を手直ししたことがその原因と私は推測する。四月号から新たに登場した桔梗の方のモデルが松子であることは、五月号に付された木村荘八の挿絵が、松の木の根元に小さな庵を描いた絵で、「倚松庵」を意味し、後に谷崎の原稿用紙「倚松庵用箋」に用いられている図柄であることからも疑問の余地はない（乾信一郎が前掲書で語っている東京から夙川まで『武州公秘話』の原稿を催促しに行った思い出は、昭和六年夏ということになっているが、時期は明らかに記憶違いである。私は、六年十二月末締切りの七年三月号の原稿が間に合わなかったため、七年一月に四月号の原稿を居催促に来たのではないかと想像している）。

こうした経緯（いきさつ）があった後、八、九月号で、武州公と松雪院との結婚と、新婚生活の破綻が描かれるのだから、この松雪院は、丁未子を念頭に書いたものと考えて良い。しかし、この松雪院の描き方は、当初の構想とは違ったものになった可能性が高い。また、「武州公が新婚当初から桔梗の方のことで頭が一杯で、松雪院に興味を持たなかった」（巻之五）とされているのは、丁未子との新婚当時の谷崎の心境ではなく、執筆時点での心境を投影したものと読むべきである。「武州公が松雪院を残虐な女性に仕立てようとして失敗したために、再び桔梗の方に惹き付けられた」（巻之六）としていることも、作中での理由付けであって、潤一郎が丁未子を捨てて松子を選んだ真の理由と考えるべきではない。これが真の理由なら、松子は残虐な女性だったということになるが、そうでなかったことは明白である。また、桔梗の方が（巻之六）の終わりで、《貞淑な妻》《慈愛深き母》に戻って武州公と絶縁したという記述も、松子と潤一郎が順調に恋愛街道を突き進んでいた事実から、単にストーリー展開上の都合と考えられる。

(33) 潤一郎の昭和九年七月四日付け松子宛書簡（松子『湘竹居追想』（八））の《トーチヤンは此の頃よく私のことを「オヂイ〳〵」とお呼びになりました、そのこゑが一日も早うきゝたうござります》という一節や、オヂイと名乗って恵美子に宛てた昭和十年七月六日付け書簡（観世恵美子さん所蔵）などから分かる。

(34) 昭和七年十月十八日付け鮎子宛書簡に、この旅行の予定が、十月二十四日付け妹尾健太郎宛書簡に、臨検にあったことが書かれている。松子の「八景亭と湖魚料理」（『蘆辺の夢』）によれば、この時、泊まったのは彦根の楽々園だった。

(35) 女中・ヨシに背中を踏んで貰う時には、ヨシが「悪しき性的誘惑者」の役割を果したらしい（伊吹和子『われよりほかに』）。

(36) 伊吹和子氏は『われよりほかに』で、経子が初稿では「静子」または「静」であり、『蘆刈』のおしづを連想させることを指摘されている。

【付記】本章は、「谷崎文学における女性像」（「芦屋市谷崎潤一郎記念館ニュース」平成四・一）で極く簡単に素描して置いたものを、今回、大幅に拡充したものである。

第六章　躁鬱気質と谷崎潤一郎

「谷崎潤一郎の母に対するアンビヴァレンツ」（本書P５～）で挙げた数々の証拠から、谷崎が極めて早期に母の愛を喪失したと感じていたことは、ほぼ間違いないと私は考える。

また、「谷崎潤一郎の母に対するアンビヴァレンツ」の（一）「幼少期の母子関係」でも述べたように、谷崎文学には、厭世的で孤独な暗い男性主人公が、意外に多く登場する。例えば、谷崎作品の中でも自伝的要素の強い『神童』の瀬川春之助は、十二歳の時、遊戯や運動をせず、本ばかり読むため、《恐ろしく陰鬱で、無口》（一）な少年になる。同じく自伝的な『鬼の面』の壺井耕作も、《陰鬱らしい貧相な青年》（一）である。その他、『恋を知る頃』（第三幕第一場第一節）のト書によれば、伸太郎は《恐ろしく陰鬱になつてゐる》し、『小僧の夢』の庄太郎は、《極めて陰鬱な表情を持つた》（一の一）小僧、『兄弟』の兼通は、《幼い折から妙に陰鬱で、片意地で、可愛がられない少年》（三）、『鶴唳』の靖之助も《陰鬱》、『肉塊』の小野田吉之助も、《幼い頃から内気に、陰鬱に、孤独に暮らした》（二）といった具合である。(注１)

また、谷崎が原因のはっきりしない罪悪感に悩まされていたことも分かっている。

これらの事実から、私は、谷崎に鬱病的傾向があったのではないかという疑いを抱く。ただし、谷崎の人物も作品も、どちらかと言えば、明るく楽しい肯定的・享楽的な側面の方が強い。従って、単相性の鬱病とは考えられない。

テレンバッハが『メランコリー』（みすず書房）で説いているように、単相性の鬱病タイプ（メランコリー親和型）

と躁鬱病者とでは、人物像にかなりの相違がある。メランコリー親和型は、小心で、上司・同僚・家族らとの関係を傷付けまいと臆病なまでに慎重に気を配り、生真面目で、些細な失敗も恐れ、悪いことなど絶対にしようとしない。私の印象では、『幼少時代』などに描かれている潤一郎の父・倉五郎が、メランコリー親和型にかなり近い感じであり、潤一郎には、几帳面・勤勉・良心的な面もあるにはあるが、自己主張が強く、自由奔放な面もあり、印象は全く違う。

従って、谷崎は単相性の鬱病タイプではなく、躁と鬱が交替する躁鬱気質（循環気質）の可能性が高い。そこで、次に過去の主要な躁鬱病研究を紹介しつつ、躁鬱気質という観点から見ると、谷崎について新たにどういうことが見えてくるかを、示すことにする。

（一）クレッチマーの循環気質と肥満型

クレッチマーは、『体格と性格』（一九二一）で、健常者・病者を含めて、人間の気質を、①循環気質②分裂気質③粘着気質の三種に分類し、その気質的特徴が病的になったものが、それぞれ①躁鬱病②分裂病③癲癇であるとした。また、それぞれの気質は、①肥満型②細長型③闘士型の体型と結び付きやすいとした（ただし、気質・体型とも、両親が異なるタイプに属していれば、子供は混合型になるので、単純に三分割されるという意味ではない）。肥満型については、典型的な肥満体型になるのは通常三十代になってからで、鬱期に体重が激減することも稀ではないとした。

クレッチマーによれば、循環気質に属する人の中にも、躁に近い者から鬱に近い者まで幅があり、それぞれが時によって、普段より快活になったり沈鬱になったりする気分変動を見せる。しかし、循環気質全体を通じて、その本質は率直自然で、実行力ある実際家や官能的な享楽家、おしゃべりで陽気な人、などが多い。また、不快や悲しみを味わわされる機会をなるべく避けようとする傾向がよく見られる（このことは後出（八）「躁的防衛と喪の作業」で、もう一度取り上げたい）。

循環気質の文学者の特徴としては、素朴な人間味・自然さ・心からの誠実さ・生に対する肯定的な態度・あるがまの存在に対する愛・特に人間そのものとその民衆的な性質に対する愛などをクレッチマーは挙げ、抒情的才能・演劇的才能は乏しく、散文・叙事的物語に向いていて、その詩的な美しさは、見事な色彩や、個々の描写の豊かさ、そこに漂う温かい心情にあり、構成力は劣るとした。

クレッチマーはまた、『天才の心理学』で、ゲーテが循環気質で、ほぼ七年周期で創作の高揚期を迎えていたことを、メービウスの研究に基づいて論じている。(注2)

私の見る所では、谷崎には、クレッチマーが挙げた躁鬱気質者の性質（傍線を施した所）の多くが備わっていたように思う。

谷崎は、基本的に弱点も含めた人間性および欲望、特に性や食欲など身体的欲望に対して肯定的であり、知識人的・観念的にならず、色彩豊かで五感を動員した豊かな具体的描写力があり、日本の近代文学者・研究者に多い悪癖である深刻癖が余りなく、逆に喜劇的な要素が日本の近代作家の中では比較的多い方である。詩歌の作品は殆ど取るに足らず、戯曲は数はかなりあるが、小説に比べると芸術的独創性に欠ける。温かい心情という点については、『饒舌録』に、『大菩薩峠』の《底を流れてゐるものは机龍之助を中心とする氷のやうな冷やかさ、骨に沁むやうな寒さで》、戯曲にする場合、自分では《温か過ぎる》としているのは、自らを知る言であろう。

構成力については、日本が生んだ文学者の中では、谷崎は抜群に優れた構成力の持ち主で、作家デビュー当初から、短編については、構成も優れた傑作『刺青』『少年』などを書いている。中編についても、特に円熟期には、『吉野葛』『盲目物語』『蘆刈』『春琴抄』らの傑作群がある。しかし、本来の意味の長編小説（数多くの人物を登場させ、波瀾に富んだストーリーを展開させるもの）は、どちらかと言えば不得手で、未完に終わったもの（『羹』『鮫人』『乱菊物語』『武州公秘話』『聞書抄』など）が多い。完成したものも、登場人物が少なく、長めの中編小説という印象のものが多い。また、長さからは長編小説と言えるものであっても、初期の自伝的な作品群や『女人神聖』『肉塊』『神と人との間』『友田と松永の話』『黒白』などはレベルが低く、優れた作品であっても、『蓼喰ふ蟲』は美佐子・お久・ルイズのエピソード、『少将滋幹の母』は平中・時平・国経・滋幹のエピソードが、充分融合しているとは言えず、『細雪』『台所太平記』は、種々のエピソードを時間順に繋いで行って、緩やかな纏まりを付けただけであり、『痴人の愛』『卍』『鍵』『瘋癲老人日記』は、登場人物が少なく、世界が狭い。もとより谷崎は、これらの作品で、長編としての欠点を補って余りある効果を上げてはいる。しかし、千年に一人と言われる小説の天才・谷崎の中では、長編小説の構成力が、一番弱い部分だったのではないかと私は思う。

次に、クレッチマーが重視している体型で見ると、谷崎の体型は典型的な肥満型である。しかも、作家デビュー以前、ストレスが多かった時期には、写真を見ても明らかに痩せていて、例えば中学時代には体重十一、二貫（約41～45kg）（『朱雀日記』「島原」）だった（中学時代の身長は不明だが、『青春物語』「神経衰弱症のこと、並びに都落ちのこと」によれば、成人後は五尺二寸（約157・6cm）だった）。また、小田原時代には、神経衰弱で体重が恐ろしく減ったことがある（『恋愛及び色情』による。当時の写真も参照されたい）。

しかも、谷崎は、『友田と松永の話』で、きっかり四年周期で若返って西洋趣味になり、盛んに欲望を満たし、二十貫（75kg）位まで肥満する時期（言わば躁）と、神経衰弱になって老け込み、日本趣味になって、十一貫余り（41～42kg）まで痩せ細る時期（言わば鬱）とを、交互に繰り返す主人公を描いている。その上、谷崎は、円地文子との対談「芸術よもやま話」（NHKラジオ第一放送　昭和三十・九・十三）で、《あれは、わたしし自身の体験から思いついた事で、わたしが何度も非常に太って、それからそのうち非常に痩せて、それからまた太り、そういう変化が自分にあって、あんまり非常に痩せて、それでそれから思いついたんですね。》と語っている。[注3] 瀧田樗陰「谷崎氏に関する雑談二三」（「新潮」大正六・三）によれば、谷崎は「太ろうと思えば太れ、痩せようと思えば痩せられる」と言っていた（「文章倶楽部」（大正六・十二）の「谷崎潤一郎はどんな人か?」も参照）。

また、瀧田樗陰の同じ文章によれば、谷崎ほどその時の気分や体の具合で表情が激しく甚だしく変化する人は一寸見当たらない位で、調子の良い時には六代目菊五郎そこのけの色男に見えるが、日によっては顔色も薄黒くなり、眼も病的な光を放って、まるで菊五郎の扮した悪党坊主のように見える時もある、と言う。北原白秋夫人・菊子（大正十年四月二十八日結婚）も、「谷崎が小田原の白秋の木菟の家に二、三度遊びに来たが、顔色が青黒くて気味が悪かった」と証言している（北原東代『立ちあがる白秋』（燈影舎）参照。谷崎が横浜に転居する大正十年九月以前のこととされている）。これは、樗陰が「顔色が薄黒くなる」と言った、気分の悪い時のことだろう。小田原時代には、先にも述べたように、神経衰弱で体重が恐ろしく減ったというから、こういう顔色の日が多かったのかも知れない。今東光も、「変化に富んだ表情」（「新潮」大正十三・二）で、谷崎の表情の変化に富むことを指摘しているが、こうした表情及び気分変動の激しさも、躁鬱気質の証拠となるだろう。

作中人物ではあるが、『黒白』（七）の主人公は、《凡べて悪事を働くには、カラリと晴れた青空の見える日に限る。》何故なら《お天気さへよければ不思議に良心の苛責がない。それほど天気の影響に支配されるのは彼の体質のせゐであらうか、或ひは彼のやうに孤独な生を送つてゐるものは、始終晴れやかな色彩に触れないでは、直ぐにも哀愁が襲つて来るせゐであらうか。》と考える。[注4] この様に天気によって気分が大きく左右されることも、躁鬱気質を感じさせる。また《始終晴れやかな色彩に触れないでは、直ぐにも哀愁が襲つて来る》というのは、鬱傾向が強い躁鬱気質の現われであろう。

この他、『颱風』に描かれたインポテンツと激しい性欲の交替現象も躁鬱気質の現われかも知れない。谷崎の性欲が強かったことは、明治三十八年四月十六日の大貫雪之助日記（瀬戸内晴美の「大貫晶川ノート」『かの子撩乱その後』参照）、上山草人夫人・三田直子の「谷崎潤一郎先生と松子夫人」（「主婦の友」昭和三十三・一）、元「中央公論」編集者・雨宮庸蔵氏が谷崎から直接聞いた「丁未子とのセックスが、最初は一日平均二、三回で、一ヶ月続き、その後は毎日一回づつ一年近く続けた」という話、等から分かる。しかし、その一方で、インポテンツも、『颱風』以後、『熱風に吹かれて』『柳湯の事件』『呪はれた戯曲』『卍』（綿貫）に出る他、四十代の主人公を老人扱いする『アヹ・マリア』『蘿洞先生』『赤い屋根』や『友田と松永の話』の松永時代には、インポテンツ的印象がある（戦後は老人性インポテンツに陥ったため、『少将滋幹の母』の国経『残虐記』（原因は原爆の被爆）『夢の浮橋』（腎臓結核でセックスが禁止される）『瘋癲老人日記』に出る）。『佐藤春夫に与へて過去半生を語る書』で谷崎は、千代子との《最後の五六年と云ふものは、殆んど性的能力を喪失したかとさへ思つた》と述べている。これは、大正十三、四年頃から昭和五年八月の離婚までを指すのだろう。

谷崎の作中には、幇間的な話上手の人物がよく登場する（主役では『幇間』『饒太郎』『おオと巳之介』『異端者の悲しみ』、脇役では『捨てられる迄』杉村の弟『恐怖時代』珍斎『乱菊物語』幻阿弥『武州公秘話』道阿弥『少将滋幹の母』平中など）。しかし、『客ぎらひ』によれば、谷崎は若い頃は、愉快なおしゃべりを得意としたが、後には次第に無口になったと言う（『青春物語』「大貫晶川、恒川陽一郎、並びに萬龍夫人のこと」（昭和七）では、《今日のやうな話下手になつたのは、江戸つ児の軽佻浮薄な癖がしみぐ〵厭になつて、中年頃から自分で自分をたしなめるやうに仕向けたせゐである》と書かれている）。また、はにかみやで、講演は大の苦手だった。これも躁鬱傾向と関係があるかも知れない。

小此木啓吾氏の「孤独」（『笑い・人みしり・秘密』創元社）によれば、軽躁的な人物・社交的な人物は、おしゃべりや人との活発な接触や気分の高揚によって自分の孤独（鬱）を否認してしまうと言う。『異端者の悲しみ』（三）に、章三郎（＝潤一郎）は、《如何なる他人に対しても、赤誠を吐露して、真剣に物を云はうとする気分が起らなかつた。（中略）けれども彼は（中略）人間を馬鹿にしながらも、彼等と一緒に酒を飲んだり、女を買つたり、冗談を云つたりする事は好きであつた。十日も二十日も友達の顔を見ずに居ると、淋しくて淋しくて溜らなかつた。彼の胸の中には、閑寂な孤独生活に憧れる冥想的な心持ちと、花やかな饗宴の灯を恋ひ慕ふ幇間的な根性とが、常に交互に起つて居た。》とある。孤独を望む時と、逆に社交的なおしゃべりで躁的な気分になろうとする時が交互に起こるのは、やはり躁鬱的な現象であろう。[注5]

この他、谷崎の作中には、明るいヒロインも多数居るが、逆に暗い淋しい千代子タイプの女性たち、無口な『細雪』の雪子のような女性たちも多いこと、また、男性主人公にも、明るい人物と、悪人や暗い性格の人物たちがいることが、谷崎の躁鬱二つの面を反映しているのではないかと私は思っている。

今日の研究によれば、躁鬱病は遺伝的気質が基になり、そこに家族的環境や不幸な出来事が加わって発症するとされている（ブライアン・クイン『「うつ」と「躁」の教科書』原著・二〇〇〇年版、邦訳・紀伊國屋書店）。谷崎の父・倉五郎は、先に述べたように、単相性の鬱病タイプ（メランコリー親和型）に近い印象がある。一方、母・セキには、クラインが「喪とその躁鬱状態との関係」（著作集3　誠信書房）で「軽躁患者は過度の賞賛・理想化や軽蔑・価値引き下げをしがちであり、またあらゆることを大袈裟に受け取り、過大に考える傾向も見られる。」と述べている軽躁患者的な所があったように思われる。例えば、セキには「些細なことにやたらに感心したり、反感を持ったりする。気まぐれで、ちょいと気に入ると、まるで夢中になってしまう」（精二『初夏の歓び』）傾向があり、他者をひどく高く評価したかと思うと、急に評価を下げたりするような所があったらしい。また、『晩春日記』四月三十一日の項で、《感情の激する時は、十七八の娘のやうに埒もなき母上》と書かれたような感情の振幅の激しさや、『少年の頃』（「主婦之友」昭和二十五・十一　＊全集未収録）に描かれている「便所から出ると、ホオノキズミと塩で手を洗う」黴菌恐怖症や、「雷の音を聞くと、顔色を変えて蚊帳の中にじっとすくんでいる」ような大袈裟な雷恐怖症も見せていた。潤一郎は、遺伝的に、父から鬱的なものを、母からは躁的なものを受け継ぎ、そこに、後で述べるような問題のある家庭環境が加わって、躁鬱的になったのであろう。

次に、私は、主に谷崎の代表的傑作が執筆された時期と恋愛を指標として、気分的高揚の頂点とどん底になる時期を推定した年表を作って見た（躁・鬱という言い方は、病的というニュアンスが強いので、【ピーク】・【谷】という書き方にする。【谷】の方は、【ピーク】からの下降・どん底・回復の全局面を含むものとした）。谷崎自身が、『友田と松永の話』を書いたように、自分の中に周期的な気分変動の存在を感じていた以上、彼の生涯にそうした変動の痕跡を探し求めることも、あながち不当な試みとは言えまい。ただし、作家以前の部分は、利用できる情報が余りに少ないので、私も自信はない。

第一回

【ピーク】明治十九～二十年（一八八六～七）満〇～一歳。母が潤一郎の愛情欲求に応えていたと推定される時期（詳しくは本章（三）（四）（五）で後述）。

【谷】母がしつけ中心に態度を変えたことが原因と推定（詳しくは本章（三）（四）（五）で後述）。乳母がそばにいないと家の外へ出られない（鬱）と、家の中では我が儘乱暴をほしいままにする（躁）という両極性を示し、小学校一年を落第した。

第二回

【ピーク】明治二十六年（一八九三）満七歳。野川誾栄先生のお蔭で一転優等生になり、乳母も必要としなくなる。『アヹ・マリア』によれば、「八犬伝」の芝居（明治二十六年一月らしい）で、女に変装した犬坂毛野が、馬加大記を斬り殺すところを見て以来、マゾヒズム・フェティシズムの傾向が現われた。同じ頃、聖母マリア像に強い印象を受ける。『饒太郎』によれば、公暁に殺される女のような実朝を羨ましく感じた（この年三月の「東鑑拝賀巻」）。『私の初恋』によれば、数え年七、八歳の頃から同性愛的な憧憬を、歌舞伎の女形・子役、同級の美少年などに抱いた。

【谷】『親不孝の思ひ出』に言うように、小学生時代、親不孝という苛責を感じていた。

第三回

【ピーク】明治三十一年（一八九八）満十二歳。稲葉清吉先生に可愛がられ、回覧雑誌「学生倶楽部」に、幼いながら作品を発表し始めた。大貫雪之助日記によれば、潤一郎はこの年から射精を経験し、毎日二回マスターベーションを行った（瀬戸内晴美「大貫晶川ノート」『かの子撩乱その後』）。『私の初恋』によれば、数え年十一、二歳の頃、汽車の中で見た令嬢にうっとりしたのが、女性の美を知った最初。小学校高等科二、三年（明治三十一、二年）の頃から、某美少年に恋をする。

【谷】明治三十一年（後半か？）に乳母のみよが死んでから、世は憂きもの・あじきなきものと思うようになった（『春風秋雨録』）。

第四回

【ピーク】明治三十五年（一九〇二）満十六歳。前年、一中に入学。秀才の名をほしいままにし、この年、「少年世界」「学友会雑誌」で活躍。

【谷】精養軒・北村家での奉公生活の苦痛から、『春風秋雨録』以降、社会に対する敵意が表面化。

第五回

【ピーク】明治三十九年（一九〇六）満二十歳。穂積フクと恋愛。

【谷】神経衰弱になる。『青春物語』に言う所の「インフェルノ時代」である。

第六回

【ピーク】明治四十三～四年（一九一〇～一一）満二十四～五歳。偕楽園女中・おきんにマゾヒスティックな恋をし、爆発的な創作力が現われ、『刺青』『少年』など初期の傑作を書いた。『創作前後の気分』（大正五）で、この頃は《書くものが一々傑作のやうに思はれた》と言っている。

【谷】明治四十五年の京阪旅行を切っ掛けに、神経衰弱・鉄道恐怖症などに悩まされる。大正四年（年代推定・細江）九月十七日付け精二宛書簡で、《私は自分の芸術家としての根本の立ち場に就いても、ひどく迷つたり悲しんだりして居る》とあり、スランプに悩む。

第七回

【ピーク】大正五〜六年（一九一六〜七）満三十〜三十一歳。大正五年、せい子を引き取り、大正六年、セキの死の前後に肉体関係を持つ。セキの死後、千代子を父と同居させ、せい子と同棲。イデア論を導入し、『人魚の嘆き』『魔術師』などを書き、創作力を回復。瀧田樗陰宛の大正六年四月九日付け書簡で、《私は、去年の秋から暮れへかけて、「病褥（ママ）の幻想」や「人魚の嘆き」を書き出した時分から、自分の芸術が少しづつ進歩しつゝ、ある事を感じました。》とし、先日、妻の千代子に《己の胸には芸術的感興が漲つて居るやうな気がして居る》と語ったことを伝えている。

【谷】創作活動は次第に停滞。映画・戯曲制作に力を注ぐ。小田原時代（大正八年十二月〜十年九月）には、激しい神経衰弱にかかって体重が恐ろしく減った。『鮫人』の服部、『青い花』『アヱ・マリア』などに疲労感が現われる。『肉塊』連載中（大正十二年一〜四月）に瀧田樗陰から、里見弴の『多情仏心』に甚だしく見劣りすると非難され、自分でもスランプを自覚していた（『文壇昔ばなし』）。しかし、この間に、セキに対する「喪の作業」が徐々に開始され、「悲しい音楽」や弱い女性（千代子）を次第に肯定できるようになって行ったことは、谷崎とその文学が成熟するための重要なステップとなった（後出（八）「躁的防衛と喪の作業」参照）。小田原事件と、関東大震災で関西に移住したことは、一つの転機となった。

第八回

【ピーク】大正十三〜四年（一九二四〜五）満三十八〜九歳。大正十二年頃から神経衰弱が軽快（『「九月一日」前後のこと』）。『痴人の愛』を書き上げる。連載中断時の『「痴人の愛」の作者より読者へ』で、《此の小説は、私の近来会心の作であり、且は非常に感興の乗つて来た際です》と述べている。

【谷】創作活動は停滞気味。『友田と松永の話』には疲労感が現われている。『佐藤春夫に与へて過去半生を語る書』では、千代子との結婚の《最後の五六年と云ふものは、殆んど性的能力を喪失したかとさへ思つた》と言う。これは、大正十三、四年頃～昭和五年八月の離婚までを指すか？　しかし、この間に、セキに対する「喪の作業」が進み、クラインの「抑鬱的態勢」への移行がかなり達成されたことは、谷崎とその文学が成熟するための重要なステップとなった（後出（八）「躁的防衛と喪の作業」参照）。

第九回

【ピーク】昭和四～八年（一九二九～三三）満四十三～七歳。昭和七、八年にピークを迎える松子（『蓼喰ふ蟲』までは祇園の芸者）との恋愛により、創作活動は最も充実した時期を迎える。『蓼喰ふ蟲』『吉野葛』『盲目物語』『蘆刈』『春琴抄』などの名作と、多数の優れた随筆を書き上げた。

【谷】創作活動は停滞。『源氏物語』の翻訳に逃げた感がある。『春琴抄』執筆後、疲労感を感じ、松子との結婚が取り止めになってもいいと考えたことが、『初昔』に出る。

第十回

【ピーク】昭和十七～十九年（一九四二～四）満五十六～八歳。『細雪』上巻・中巻を完成。

【谷】太平洋戦争の激化と敗戦後の混乱、高血圧症の始まりなどもあって、『細雪』の下巻執筆は大幅にペース・ダウンした。

第十一回

【ピーク】昭和二十三〜四年（一九四八〜九）満六十二〜三歳。『細雪』下巻完成と『少将滋幹の母』完成。

【谷】『源氏物語』改訳や高血圧のせいもあるが、創作活動は停滞。

第十二回

【ピーク】昭和三十〜三十一年（一九五五〜六）満六十九〜七十歳。『鍵』完成。

【谷】右手が書痙で不自由になったせいや狭心症のせいもあるが、創作活動は停滞。

第十三回

【ピーク】昭和三十六〜七年（一九六一〜二）満七十五〜六歳。千萬子が谷崎家の人となったのは昭和二十六年、潤一郎の千萬子に対する恋愛感情の昂進が見られたのは昭和三十三年頃から。しかし、それが作品『瘋癲老人日記』に結実するのはこの時。

【谷】『源氏物語』改訳や高齢による健康状態悪化のせいもあるが、創作活動は停滞し、昭和四十年、満七十九歳で死去。

この年表では、気分的高揚のピークの間隔は、短い方で四年、長い方で九年、平均は五・三年となる。

仮に『刺青』（一九一〇）・『人魚の嘆き』『魔術師』（一九一七）・『痴人の愛』（一九二四～五）・『春琴抄』（一九三三）・『細雪』（一九四三～八）・『少将滋幹の母』（一九四九～五〇）・『鍵』（一九五六）・『瘋癲老人日記』（一九六一～二）を代表作として選び（この選定に異論を唱える人は少ないと思う）、その発表（開始）年の間隔を調べると、七・七・九・十・六・七・五年で、平均値は七・三年となる。

もとより、こうした方法には、気分変動と創作力はそのまま対応するのかとか、他の外的要因を考慮に入れる必要はないのかなど、問題点が沢山ある。また、この年表自体も大雑把なものに過ぎない。しかし、谷崎に創作力と気分の波があったこと自体は、概ね認めて良いことのように私は思う。

なお、潤一郎の弟・精二は、「遠い明治の日本橋」（『明治の日本橋・潤一郎の手紙』）で、自分のノイローゼは二十年位を周期として起こってくる、と述べており、精二にも循環気質的要素があった可能性が考えられる。

（二）気分の季節的変動

最近の研究状況を紹介したブライアン・クインの『「うつ」と「躁」の教科書』に、躁鬱病（現在は双極性（気分）障害と呼ばれる）の特徴の一つとして、気分の季節的変動（通常、冬に鬱になり、夏に軽躁になる）が挙げられているが、これは、谷崎にも概ね当て嵌まるようである。

例えば、入梅（または新緑）とともに神経衰弱になるという記述は、『熱風に吹かれて』（大正二）『饒太郎』（大正三）『晩春日記』『或る男の半日』（大正六）『白昼鬼語』（大正七）『伊香保のおもひで』（大正八）など、繰り返し見られる。

しかし、神経衰弱は鬱とは異なるようで、『創作の気分』（大正六）では、「入梅時分が一番書けない。その前の若葉の頃は、興奮して空想は湧くが、書けない。真夏も興奮しすぎて、よく書けない。一番書けるのは十二月、一月時分だ」と述べている（同年の『或る男の半日』も同じ）。

もっとも、これも『人魚の嘆き』『魔術師』を冬に書き上げて間もない時のバイアスがあるようで、『早春雑感』（大正八）では、「十二月は金が欲しいせいか一生懸命になるが、一月、二月の極寒の季節は全く駄目、三月半ば時分から四、五月にかけて、冬眠していた芸術的本能がぽつぽつ目覚めて来て、空想が活発に働く。ただし、創作を書き出せるのは、その空想が一編の物語にまとまるのを待ってからである。」と述べている。『映画雑感』でも、映画は白昼夢であるから、夜より昼間、秋冬より春夏、《殊に五月の末から六月へかけての初夏の頃（中略）が、一番いろいろの幻想を起させる。》と書いている。

谷崎が真夏を好んだことは、他にも、日本文章学院編『大正五年　文章日記』に寄せた《私は夏が大好きだ　七月と八月は一年中で一番好きな月である　夏の光は恐ろしくてさうして美しい　「生」の圧迫と歓喜とを最も強く感ずるのは夏である》（＊全集未収録）という文章や、『東京にて（夏と人）』（昭和十一）の談話《私はどうも冬より夏が好きです、暑いとか寒いとかいふやうなことはどうでもいいが、夏の明るい気持が好きです。》から確認できる。

また、最晩年の『雪後庵夜話』では、「義経千本桜」の影響としてであるが、幼少時から《秋より春が好き》と言っている。

春から夏にかけて空想が活発になり、夏を特に愛するというのは、動植物の生命活動の自然な高まりと一致しているようで、谷崎自身、『早春雑感』で、《畢竟春が来て草木の葉が芽を吹くやうに、芸術的空想が頭の何処かでぶつぶつと醗酵し始める》と書いている。《「生」の圧迫と歓喜》（『大正五年　文章日記』）とか《夏の明るい気持が好き》（『東京にて（夏と人）』）という所にも、死を恐れ、明るく元気なものを愛し求めた谷崎の心理的特徴が見て取れるようである。

なお、『蓼喰ふ蟲』（その五）には、離婚するなら春がよく、秋は悲しくなるから一番いけない、という議論も出て来る。

（三）アーブラハムによる精神分析学的研究

初期の精神分析学者・アーブラハムの「心的障害の精神分析に基づくリビドー発達史試論」（『アーブラハム論文集』岩崎学術出版社）では、躁鬱病の原因および特徴は、概ね次のように整理されている。

①体質的要因については、直接的遺伝は少数。口唇愛が体質的に強い。

②患者は口唇期的な欲望が強く、乳を吸うこと・食事、殊に顎の運動は並はずれた快感をもたらす。また、この面に関するあらゆる拒絶に対して極端な不快反応を示す。

③患者は母のお気に入りだと感じていた時期の後、エディプス期（三～五歳）以前に幻滅を味わわされ、自己愛をひどく傷つけられている。また、父からも愛を得られず、自分は完全に見捨てられているという印象を持っている。

④患者は両親に対して強いアンビヴァレンツ（愛憎）を抱いている。患者は母の喪失を防ぐために、口唇期の心理

によって、母を自我の中に「取り入れ」るが、同時に母に向けた自分の敵意をも「取り入れ」る。躁鬱病者が行う病的な自己非難は、実は「取り入れ」た人物（母親）によってなされ、その非難の内容は、実は「取り入れ」た人物（母親）に対する患者の批判でもある。（注6）

⑤患者の中では、自己像の過大評価と過小評価、陽性自己愛と陰性自己愛とが混交していて、鬱状態では自己を批判し、過小評価するが、母に由来するそうした評価に納得している訳ではなく、実は密かに反発し、逆に妄想的な過大評価を自分に与えようとする傾向を持っている。それが、鬱状態では、「自分は大悪人だ」といった誇張した言い方に現われる。

⑥患者は近親相姦願望が強く、父に対する敵意が強い。

⑦患者は、最初の愛の幻滅をその後の人生で繰り返す。

①②に関して言うと、谷崎が乳を吸うことを好んだことは、六歳ぐらいまで母の乳を吸っていたという『幼少時代』「南茅場町の最初の家」の記述から明らかであろう。作中では、『蘆刈』『夢の浮橋』が顕著な例である。成人後も、谷崎の口唇期的な欲望、美味しい食物への執着がどんなに強かったか、食事の時間が遅れたり、まずい物を食べさせられたりした時に谷崎がどんなに腹を立てたかは、例を挙げる必要もないくらい有名な事実である。松子夫人の「吉野葛」遺聞」（『倚松庵の夢』）には、乱杭歯でしゃにむに肉を裂く谷崎の壮烈な食べっぷり（咀嚼ぶり）が紹介されている。また、「奇人物珍人物座談会」（「文学時代」昭和七・一）に、「谷崎は肉が好きで、グッチャ〳〵音をさせて食うのがすごく楽しいらしい。随分大きな音をさせる」という小野賢一郎の興味深い指摘がある。三宅周太郎も「作と人との印象（其二）―谷崎潤一郎氏に就いて―」（「新潮」大正十一・十）で、《谷崎氏は口の中でぴちやくちやと音を立てながら盛に物を食はれる》と証言している。

③については、谷崎が極めて早期に母の愛を喪失したと感じていたことが当てはまる（「谷崎潤一郎の母に対するアンビヴァレンツ」（本書P５～）を参照）。父に愛されたかどうかを判断する資料は乏しいが、谷崎の書いたものを見ると、父を常に無視または軽視しており、殆ど愛情を持っていなかったことは明らかである。

④について。潤一郎の母に対するアンビヴァレンツについては「谷崎潤一郎の母に対するアンビヴァレンツ」を参照。父についても右に述べた。「取り入れ」については、例えば谷崎は、『父となりて』で、自分は子供を嫌う《甚しいエゴイスト》で《親兄弟に対しても甚しく冷淡》だと書いているが、これは母の「お前は親不孝者だ」という潤一郎に対する批判を無意識に「取り入れ」たものであり、かつ、「お母さんこそ子供の私を嫌った《甚しいエゴイスト》で、私に対して《甚しく冷淡》だったではありませんか」という無意識の非難と見て良い。アーブラハムも依拠しているフロイトの「悲哀とメランコリー」が説いているように、彼ら鬱病者の自己非難は、彼らが愛した人間に対する告発にして反逆であり、だから、彼らは自分の欠陥とするものを羞じも隠しもせず公表し、また自分がひどく不当な目にあっているかのように振る舞うのである。

この他、母の「取り入れ」が創作に現われた例としては、谷崎の女性化願望が現われた『秘密』等の作品、特に『捨てられる迄』（四）で《恋愛の結果が、女性的感化を男性の上に齎さなければ其の恋愛は虚偽である》という所や、『春琴抄』において佐助が春琴に同化して行くプロセス、ナオミの母親役を演じる『痴人の愛』の譲治、などが代表的である（谷崎に、母を手本として女性として自己を形成した側面があることについては、「谷崎潤一郎とマゾヒズム」（四）①「女性化願望」（本書P95～）参照）。

なお、谷崎は、妻に対しても「取り入れ」の傾向が強い。その典型的な例は、松子と結婚した際で、潤一郎は、松子の家風や大阪風に、自分も家庭も完全に染め上げようとし、関東風を極力排斥したのである（『雪後庵夜話』など）。

また、潤一郎は妻・千代子をも「取り入れ」てしまっていたらしい。『呪はれた戯曲』を例に取ると、主人公・

佐々木（＝潤一郎）は、悲しい女である妻・玉子（＝千代子）を厭い、《自分は妻の顔を忘れ、妻の肉体を忘れ、妻の魂をも忘れ得る境涯に這入りたい。それ等の物を自分の頭から拭ふが如く滅却し去つて、全然彼女の影響の圏外へ自己を解放してしまひたい！》と思うが、それがどうしても出来ず、《彼女がどんな遠い所へ追ひやられて外の男を亭主に持たうとも、やっぱり彼女の魂は》自分の《魂の中に生きて居る》こと、妻が悲しめば、自分も悲しくなることを感じ、妻の魂を消すために殺害してしまうのである。

離婚後の妻の幸・不幸がそのまま自分の心に響くために、離婚が容易でなくなる、という説明は、この他、『既婚者と離婚者』『神と人との間』（十六）で『呪はれた戯曲』がモデルの「夜路」という作品を説明した部分『蓼喰ふ蟲』『佐藤春夫に与へて過去半生を語る書』にも出るので、千代子との離婚が困難だった原因の一つは、実際にこれだったのであろう。また、『魔術師』ラストで、半羊神（ファウン）になった主人公と恋人（モデルは千代子であろう）の頭の角が絡み付いて離れなくなってしまう所も、「取り入れ」の表現であろう。常識では解しにくい心理だが、一旦「取り入れ」た女を消し去ることは、容易ではなかったようである。この心理は、二番目の妻・丁未子と別れる時にも働いたようで、潤一郎は松子に「丁未子を幸せにしなければならない、そうでなければ我々も幸せになれない、我々の幸福に影の差すようなことがあってはならない」と言い、離婚後の生活にも心を砕いたと言う（松子「源氏余香」『倚松庵の夢』）。

谷崎はまた、相手が母や妻でなくても、愛するものに対する「取り入れ」傾向が強かったらしい。西洋崇拝の時には、横浜で完全に西洋的なライフスタイルを実践したり、『友田と松永の話』で、西洋人ジャック・モランに変身してしまう人物を描いたりしていること、そして、中国趣味になると、『天鵞絨の夢』『鶴唳』で中国人に成りきってしまう人物を主人公にし、実生活でも支那服を着込み、中国風の家を建て、中国の寝台などの家具を揃えたりしたことが、その一例である。

『武州公秘話』に、桔梗の方が、鼻を失った父・薬師寺弾正の死に顔を見て以来、父の夢に悩まされ、夫・筑摩則重を犯人と思って、その鼻を武州公に頼んで削ぎ落とさせる、という話があるが、この桔梗の方の心理は、鼻のない父を「取り入れ」てしまったもので、谷崎自身の心理から類推し、投影したものと思われる。

なお、谷崎の実生活でも作中でも、日本回帰以前には、千代子に代表される善良なタイプとせい子に代表される悪女タイプが、殆ど常に一対をなしていた（「谷崎潤一郎とエディプス・コンプレックス」(二)「実生活に於けるインセスト・タブーの処理法」（本書P207〜）参照）。これは、母を取り入れた「超自我」の部分を千代子タイプに投影し、「超自我」に反逆する「エス」の部分を悪女タイプに投影するためもあったのであろう。谷崎がしばしば千代子を母と同一視していたことからも、そう考えられる。谷崎および彼の主人公（これは「自我」に当たるものと考えられる）が、悪女の誘惑に対して、抗いがたい牽引を感じてしまうのも、それがもともと自分自身の「エス」の声だったから、とも考えられるのである。例えば、『武州公秘話』（巻之二）で、《今迄の彼は、自分が心の主(あるじ)であり、心の働きはどうでも思ひ通りに支配することが出来たのだが、その心の奥底に、全く自分の意力の及ばない別な構造の深い〳〵井戸のやうなものがあつて、それが俄かに蓋を開けたのである。》と描かれるように。

この意味では、谷崎の悪女の物語は、「ドッペルゲンガー」物の特殊なケースと考えられる。通常は、主人公の同性の分身が「ドッペルゲンガー」となって、主人公の「エス」（作品によっては「超自我」）を表わすのだが(注7)、谷崎が本質的に女性として自己を形成していた側面があるために、異性が分身になっていると解釈できるのである。

⑤について。谷崎の病的な自己非難、自己を過小評価する傾向の現われとしては、小学生時代からの親不孝意識（『親不孝の思ひ出』）、成人後の悪人意識の他、谷崎の主人公の殆どが、男らしい大人の男ではなく、少年・老人・不能者・子供っぽい男・臆病者・女の様な男などであることが挙げられる。また、マゾヒズム・女性拝跪の傾向も、自分を相手の女性（≠母）より遙かに詰まらない存在と卑下する結果である。

逆に密かな過大評価の現われとしては、谷崎が『父となりて』『異端者の悲しみ』等々で自分を悪魔・大悪人・背徳狂のように言うのが、その一例と言える。例えば、谷崎の作中で、金を借りて返さない、人を騙して金を巻き上げる、たかるなどの悪事を働く小悪人が「悪人・背徳狂・悪魔主義者」などと呼ばれる例が、『春の海辺』『鬼の面』（七〜九）『異端者の悲しみ』（二）『或る男の半日』『前科者』『金と銀』『私』『AとBの話』『愛すればこそ』『神と人との間』にある。佐藤春夫が、有名な「潤一郎。人及び芸術」（「改造」昭和二・三）で、谷崎の悪人意識が誇張されたものであることを指摘したのは正しいが、それが躁鬱気質の病理であることまでは洞察できなかったため、谷崎が本当に苦しんでいることが理解できず、善人・偽悪家の法螺（charlatanism）に過ぎないと決め付けた所は、的はずれであった（悪人意識については、「谷崎潤一郎の母に対するアンビヴァレンツ」（四）③「悪人意識と反社会的攻撃性」（本書P28〜）を参照されたい）。なお、谷崎は、『黒白』（昭和三）で、自ら「悪魔主義とは金を借り倒すことに過ぎない」と戯画化して、以後「悪魔主義」という言葉を使わなくなるが、これは、母をめぐる谷崎の心の葛藤が、日本回帰につれて、かなり解決された結果であろう（昭和三十七年九月十四日付けサイデンステッカー宛書簡では《「悪魔主義」と云はれることは私も最も不愉快に感じてゐた》と書いている）。

なお、谷崎の場合、悪人意識は、躁の時には積極的な悪魔主義的な意味を持って現われたが、鬱の時にはネガティヴな良心の呵責となって現われた。谷崎が一中時代に極度に道徳的禁欲的な聖人（大宗教家・大哲学者など）を志向していたのは、稲葉先生や『近江聖人』の影響などもあって、密かに母の評価を期待しつつ、自己の悪を徹底的に撲滅し尽くそうとした試みであるが（ここには肛門期的完全主義も現われている）、そこにも過大な自己評価（聖人など）が容易に見て取れる。

それが、明治三十七年頃から一転して、《エゴイズム》《「悪」の力を肯定し讃美しようと》し、《悪魔の美に憧れる》《悪魔主義》（『父となりて』）の芸術家としての否定的アイデンティティ（エリクソンの言う意味において）を作り上げようとしたことが、潤一郎の「超自我」の中に含まれる母から「取り入れ」た厳しすぎる部分の支配を振り捨てる躁的防衛の試みの一つだったと言える。そのことは、宗教家・哲学者を目指すことをやめる決意をした時に《前途に》《再び光明が輝き出し》《十一二歳の小児の頃の趣味に返》る『神童』のラストや、『魔術師』で半羊神(ファウン)に変身すると同時に《人間らしい良心の苦悶が悉く消えて、太陽の如く晴れやかな》気持になれ、有頂天になる所などからも、分かるだろう。西洋近代の「悪魔」は、本来、神と道徳を踏みにじり、万能感と解放感に有頂天になっている躁病的存在なのである。

右は悪の過大評価だが、積極面の躁的過大評価の例としては、自作の主人公を天才とした『刺青』『信西』『法成寺物語』『神童』『鬼の面』『異端者の悲しみ』『襤褸の光』『前科者』『金と銀』『鮫人』があり、特に『神童』(四)(六)『鬼の面』(六)(八)『金と銀』(第五章)などには、主人公(または副主人公)が魔術的な万能感を抱くなどの例がある。

⑥近親相姦願望と父に対する敵意については、「谷崎潤一郎とエディプス・コンプレックス」(一)③(ア)「父に対する敵意」(本書P156～)を参照されたい。

⑦最初の愛の幻滅をその後の人生で繰り返す傾向は、特に谷崎の作品に良く当て嵌まる。谷崎の作品の多くは、悪女に苦しめられる話か、理想女性を結局は失う話なのだから(「谷崎潤一郎の母に対するアンビヴァレンツ」(四)④「捨てられ不安」(本書P42～)参照)。

なお、アーブラハムは、前掲の論文の中で、躁鬱病者には口唇期だけでなく肛門期への固着・退行もあるとし、患者の食糞傾向や便秘傾向などを指摘しているが、これも谷崎に当て嵌まる(「肛門性格をめぐって」(本書P327～)を参照)。

また、同論文でアーブラハムが紹介している患者は、自分が乳を吸う幼児に帰る空想の他に、自分が女性の乳房を持っているという空想、そして母になって授乳するという空想も好んだと言う。これも、谷崎の女性化願望の傾向、およびヒロインに対して母親役を演じる傾向と類似している（「谷崎潤一郎とマゾヒズム」（四）①「女性化願望」（本書P95〜）、「『春琴抄』」（四）③「分離不安の克服と母子一体的関係の実現（口唇期）」（本書P691〜）を参照）。

また、アーブラハムは、テレンバッハが『メランコリー』で引く論文“Ansatze zur psychoanalytischen Erforschung und Behandlung des manisch-depressiven Irreseins und verwandter Zustande”(1912)で、躁鬱病者には、同一人物に対する愛憎のアンビヴァレンツがあること、その憎悪を抑圧する際、外界への投影が起こり、「人々は私を愛さず憎む。だから私は不幸で憂鬱なのだ」と感じる、と説明している。これも、谷崎に母に対する強い愛憎のアンビヴァレンツがあり、かつ、「自分は誰にも愛されず淋しい」という孤独を強く感じていたり、時にはそれを「自分が悪人であるせいだ」と理由付けていたことと合致するのである（「谷崎潤一郎の母に対するアンビヴァレンツ」（一）「幼少期の母子関係」（本書P5〜）を参照）。

（四）家族的背景の研究（1）コーエン

コーエンらのグループによる先駆的な実証研究（M. B. Cohen, G. Baker, R. A. Cohen, F. Fromm-Reichmann, E. V. Weigert, “An intensive study of twelve cases of manic-depressive psychosis.” ‘Psychiatry’ 1954; 17: 103-37. アリエティ、ベムポード『うつ病の心理』（誠信書房）によって紹介する）によれば、対象となった十二人の躁鬱病者の症例すべてで、家族的背景に次の四つの特徴が共通に見られた。

①母親は子供の完全な依存を好み、子供が無力な幼児だった時にはその子との関係を楽しむが、子供が個性化し、反抗したり、歩き回るような独立した行動を行うようになると、憤り、「彼を見捨てる」という脅迫によって、手に負えない行為を何とか制御していた。

②家族は社会からの疎外感を抱いていた。ただし原因は、少数派宗教の信仰、経済力の相違、家族の病気など様々であった。

③家庭内にあっては、母親の方が強く、父親は経済的・社会的に不遇で、母親から批判・軽視されていた。

④子供は、家族の低い社会的身分を取り消すために、功績を立てるよう期待されていた。患者は、後期児童期には、その成績や努力によって、家族内で特別の、或いは少なくとも好ましい立場を確保していた。ただし、その評価は成功に対するもので、子供の個性に対する真の関心に基づくものではなかった。

私の見る所、この研究結果の中で、病気の原因として一番根本的なものは、①の、患者の乳児期には母親が比較的によく愛情を注ぐが、満一、二歳頃からは子供の愛情欲求を裏切るようになることであって、これはアーブラハムの結論と完全に一致する。

恐らく躁鬱病者は、母の愛を失ったことで自己愛を深く傷つけられ、④にあるように、母の期待に添う活躍をすることで、自分の価値と母の愛を回復したいという欲望に強迫的に駆り立てられるのであろう。そのため、子供は成人後も、心の内なる厳しい母（「超自我」の一部分）の要求を満たせた時、またはその支配を振り切る躁状態の時には気分が高揚するが、母から批判されそうな状況が続くと落ち込み、鬱になるのであろう。

コーエンらが発見した残りの②～④の特徴は、愛情喪失の影響を、後の成長段階で強化したものと、私は解釈したい。即ち、③患者の家庭では、父が弱く母が強いため、患者は特に母に依存し、母の態度・価値観に強い影響を受け、

「超自我」に取り込んでしまう。その母は、夫が頼りにならず、②一家が苦境に陥っているせいもあって、④社会的評価と直結するような成果を性急に子供に求めがちである。そのことが、もともとありのままの子供を無条件で愛することが出来ない母の傾向①④を強める。そのため、子供は母の期待に応えようとして、躁鬱患者になるのである。

ところで、コーエンらが発見した家族的背景の特徴は、潤一郎の場合と、驚くほどよく似ている。

先ず①についてであるが、「谷崎潤一郎の母に対するアンビヴァレンツ」（本書P５～）で述べたように、谷崎には、母の愛を早期に喪失したことを思わせる症状が見られる。セキは早くから潤一郎の世話を乳母にまかせて居た。これは、段々言いなりにならなくなって行く潤一郎に、手こずった結果かも知れない。『親不孝の思ひ出』（４）には、小学校時代、両親から《何かと云ふと、「親に楯をつく」「親を馬鹿にする」「罰あたりだ」「云ふことを聴かない奴だ」「今にロクな者になりはしない」など丶》言われ、《裕福な友達の家へ遊びに行つて、「私がこんなことをしたら、内のお父ツつあんやおツ母さんだつたらどんなに非道い叱言を云ふか知れないのに」と思つて、親たちから大切に扱はれてゐる友達の境遇を羨み、貧家に生れた身の不幸を悲しんだことも、私には一再ならずある。》と述べられている。潤一郎の父母に、子供が親の言いなりになることを強く求め、それに従わないと非難・攻撃する傾向が強くあったことは、確かと見て良いだろう（『不幸な母の話』の母は、語り手からは好意的に見られているものの、その内実は、子が自分とは別の人間であることを理解しない我が儘勝手な母親であり、セキの一面を表わしていると推定できる）。

その一方で、潤一郎が《六歳ぐらゐまで母の乳を吸》（『幼少時代』「南茅場町の最初の家」）わせて貰えたというのは、そうした甘え・依存を好む傾向がセキにあったせいであろう。精二が「兄と私の少年時代」（『現代日本の文学』月報５号　昭和四十四・十二）で、「倉五郎は厳格だったが、セキは子供を甘やかす方だった」と回想しているのもそのためであろう。

C・ライクロフトが「夢スクリーン研究」（『想像と現実』岩崎学術出版社）で取り挙げている患者も、谷崎およびその母と極めて多くの類似を示している。即ち、この患者の兄姉のうち二人は鬱病で自殺した（潤一郎の弟・精二も鬱病的であったことについては、「谷崎潤一郎の母に対するアンビヴァレンツ」（三）「自己愛人間・セキ」（本書P15〜）を参照）。母親は支配的な性格で、彼は母を恐れ、また反面、理想化していた（潤一郎の母に対する感情にも両面性がある）。ライクロフトの印象では、この母親は、子供が成長して行くのを不快に感じる人で、子供が全面的に自分に依存してくる場合にしか愛することが出来ず、離乳の時期はかなり遅かったらしい。父親は温和で辛抱強く出しゃばらない人だった（倉五郎に類似）。患者は自分の男らしさに自信がなく、また、マスターベーションに対する深い罪の意識を持っていた（谷崎の場合は、むしろ女性化願望を抱いていた。また、マスターベーションに対する罪の意識については、「谷崎潤一郎とマゾヒズム」の注の（6）（本書P116〜）を参照されたい）。分析の結果、彼の罪業感は、母への意識的な敵意をめぐるものであった。妻に母を投影しているために、セックスはうまくいかなかった。妻を意識的には理想化していたが、意地悪をしたいという強迫的な衝動を持っていた（潤一郎と千代子の関係に酷似していることに注意されたい）。

次に②についてであるが、潤一郎の一家は、父・母・潤一郎ともども、経済的な零落について、社会からの疎外感を抱いていたと推定できる。

その経緯を簡単に振り返って置くと、潤一郎の祖父・久右衛門の大成功の御蔭で、倉五郎・セキは、結婚以来、贅沢な暮らしを続けていたが、明治二十七年、（注8）潤一郎が数え年九歳の年に、倉五郎が米の仲買に失敗したため、それまで営んでいた㊅商店をやめて、南茅場町の裏長屋に逼塞せざるを得なくなり、以後、一家は再び昔の豊かな暮らしに戻ることは出来なかった。

『幼少時代』「幼年より少年へ」によれば、没落後の倉五郎は、夕飯時に、新たに勤め始めた兜町の人たちや世の中全体に対する不平不満をくどくどとセキに訴えていた。潤一郎は父の言うとおり、自分たちが貧乏しているのは社会が父のような正直で徳義を重んじる男を用いようとしないためだと心から信じ、時には世を憤る余り、それを作文に書いて稲葉先生に見せたりした。母のセキも、倉五郎が悪いのではないと思おうとしていたが、昔の栄華を忘れることが出来ず、時々喧嘩になると、「こんな惨めな境涯にまでさせられたのは誰のせいなのだ」と、久右衛門が折角分けてくれた財産をなくしてしまった倉五郎を責めていた。精二の『明暗の街』の「夏」によると、倉五郎・セキが鎌倉河岸に下宿屋・鎌倉館を営んでいた時代（明治三十五～四十一）でもなお、セキは派手好きで、外出する場合にはきっと人力車へ乗って行くなど、貧乏生活を厭う気持が強かったようである。

潤一郎も、明治三十五年、精養軒の書生になってからは、貧富の差を見せつけられ、自分は社会から不当な迫害を受けていると感じ、世の中全体を呪うようになった一時期がある（「谷崎潤一郎の母に対するアンビヴァレンツ」（四）③「悪人意識と反社会的攻撃性」（本書P28～）参照）。

次に③についてであるが、谷崎家では、倉五郎は婿養子で、セキが資産家の家付き娘であった上に、倉五郎のせいで零落したため、父親より母親の方が強かったらしい。『或る時』によれば、零落後は、夜具布団なども、母のは父より上物の綿や絹布が使ってあり、朝も父の方が先に起き、母は寝坊した。ばあやも女中も居なくなってからは、御飯も父が朝早く起きて炊いていたと言う。

④については、『幼少時代』「小学校卒業前後」によれば、潤一郎は尋常小学校で、三年までは笹沼源之助と交互に首席を占めていたが、四年生から二人の少年に追い抜かれた。すると父母は、《「仕様がないねお前は。もつとしつかりしないかい」など、代る〴〵》潤一郎を《責め、軽蔑したり激励したり口惜しがつたりした》と言う。子供を愛するよりも、結果を求める親の姿がよく現われている。一中時代の『春風秋雨録』にも、《両親は（中略）我の立身出世の後名誉あり財産ある学士、博士となるをたのしみに（中略）其日〳〵をおくり玉ふなり。》と書かれている。小学校時代から成績優秀で、一中でも秀才の名を轟かし、一高・東大へ進学した潤一郎は、当然、一家の希望の星だっ

た筈である。潤一郎の方も、期待に応えようと努力したらしく、例えば『当世鹿もどき』「書生奉公の経験」では、一中二年で精養軒の北村家に奉公した際、「両親のためにもきっと偉い人間（政治家か実業家）になって見せる」と心に誓ったと回想している。小中学時代に潤一郎が猛勉強し、聖人君子たらんとしていた際には、愛読した村井弦斎の『近江聖人』で、少年時代の中江藤樹が母の期待に応えるべく、母と別れ、一人前の士分になるための学問修業をする所に、自分と共通するものを見て、中江藤樹のような聖人になって母に愛されたいと期待していたらしい。このことは、『春風秋雨録』の中江藤樹、『幼少時代』「稲葉清吉先生」の『近江聖人』への言及から推測できる。(注9)

ただし、『親不孝の思ひ出』（4）には、「没落後、女中の居ない時には、時々、父に代わって冬の朝などに一人だけ早起きをさせられ、御飯焚きをさせられるのが厭だった。両親を恨む気持と、出来れば二宮金次郎や万吉のようなあっぱれな子になりたいという気持が、交錯した。」とあり、父母の期待に応えたいと思う一方、余り愛してもくれないのに要求ばかりしてくる父母を憎み怨む気持も抱いていたようである。

そのため（他にインセスト・タブーも関係するであろうが）、潤一郎の心は次第に親たちから離れ、大学時代には全く家に寄りつかず、両親をないがしろにするようになる。『親不孝の思ひ出』等から見ても、潤一郎は、母の期待が親の身勝手に過ぎず、決して愛ではないということに早くから気付いており、母に反抗することで、母との関係を断ち切ろうと試みた面もあったようである。

しかし、作家となってからの谷崎を見ると、創作力が著しく昂進するのは、有名な松子宛昭和七年九月二日付け書簡にあるように、理想女性を見出した時である。谷崎にとって、理想女性は結局セキに代わる理想の母であり、母に高く評価されたいという願望が、生涯を通じて谷崎の創作の原動力になっていたことは、疑いを容れないのである。

『盲目物語』『武州公秘話』『顔世』で谷崎が、南北朝や戦国の武将達も、美しい女性を求めて戦さを したと登場人物に言わせ、また、作中で行なわれる戦さについても、『乱菊物語』を含め、概ねその解釈で一貫させているのは、

母・理想女性を生きる糧とし目標とする気持が、それだけ谷崎に強かったからであろう。(注10)

(五) 家族的背景の研究 (2) アリエティ

鬱病者・躁鬱病者の家族的背景については、アリエティの所見も『うつ病の心理』にまとめられている。コーエン等の研究と一致する所も多いが、紹介して置く。

アリエティによれば、鬱病・躁鬱病になる人は一般に、

①乳児期から(両親や周囲の)重要な大人の影響(習慣・価値観など)を即座に受け容れ、口唇期的に「取り入れ」る傾向が強い(クレッチマーが言う「率直自然さ」に対応するものであろう)。この傾向はややもすると、他者に過度に依存する病理的症状にまで発展する。こうした受け容れ・「取り入れ」の傾向はまた、食物にも適用され、過食・肥満、不満時に食物に代償満足を求める傾向の素因を作る(これは、アーブラハムの①②とも一致し、クレッチマーが指摘した肥満型と循環気質の結び付きの原因であろう)。

②加えて、患者の母親は、義務感が強く、出産後しばらくは、赤ん坊が求めるだけの世話を与えるが、出生二年目、またはさらに早期に態度を突然変え、それまでと打って変わって、自分の気に入るようにしつけるべく、多くの要求を子供に課すようになる(これはアーブラハムの③、コーエンの①と一致する)。この態度の急変は、時に重大な精神的外傷を残す。以後、子供は世話と愛情を得るために、両親の期待に沿って生きねばならなくなる。

③患者の両親は、一般に自分の生活に不満であり(これはコーエンの②③に対応する)、仕事と責任を増やす子供

たちに、無意識の恨みを抱いている。しばしば患者の家庭は子沢山である。この恨みは、通例、こんなに苦労して育ててやったのだから、子供には親を喜ばせる義務があるはずだという考えに形を変えて現われる（これはコーエンの④に対応する。『不幸な母の話』の母の心理の背景にも、無意識の恨みがあるだろう）。こうして子供は、親が持っていた強い義務感を受け継がされる。

④鬱病になる人は第一子が一番多く、第二子がそれに次ぐという統計もある。例えばBerman（1933）のものでは48％、Pollock（1939）のものでは39・7％が第一子である（これは、子沢山の家では親の不満が年を追って増大しやすく、第一子が親の重荷を軽減することを一番期待されやすいからであろう）。

アリエティの研究を谷崎と比較して見ると、先ず、④の「長男」が潤一郎に当て嵌まり、鬱病になりやすい立場にあったことは、注目に値する。

また、①の「両親や周囲の習慣・価値観などを取り込む傾向」も、谷崎に見られる。例えば谷崎は、幼少時代の親たちの生活習慣・年中行事などを、後々までよく記憶し、懐かしみ、大切にしていた。また、父・倉五郎が商売に失敗して家が没落した時、父の愚痴を真に受け、自分たちが貧乏しているのは社会が父のような正直で徳義を重んじる男を用いようとしないためだと心から信じ、世を憤る余り、それを作文に書いて稲葉先生に見せたりした（『幼少時代』「幼年より少年へ」）。また、地獄・極楽や、嘘をつくと御閻魔様に舌を抜かれることも、小学生時代、半分は信じていたという（『幼年の記憶』）。谷崎は、生涯の間には、悪魔主義に走ったり、親や妻・千代子に対してむごい態度をとった一時期もあるが、基本的には、悪魔的にねじくれたプライドと自虐とか、反抗・復讐を喜ぶような所は殆どなく（母に対してはあるが）、人間不信・猜疑心・被害妄想もなく、複雑なのは無意識だけで、意識的人格は、親や先生の言うことに素直に従うような、良くも悪くも作家にしては駆け引きや複雑な裏のない、正直・誠実・率直で、真っ直ぐな人柄であったと私は感じている。谷崎自身、『雪後庵夜話』（1）で、永井荷風と比較して、《私は恋愛に関しては（中略）生一本である》と言い、また《私には先生のやうな反骨や社会批評の精神がない》と述べているのは、全くその通りだったと思う。

なおまた、アリエティの言う「他者に過度に依存する病理」は、谷崎の場合、母代わりとなる理想女性に対する過度の依存・しがみつきという形で現われている。

②の「母親が態度を突然変えたこと」については、（四）「家族的背景の研究（1）コーエン」の①に関連して述べたので繰り返さない。

③の「子育てを負担に思い、恨みを抱く傾向」が谷崎の母にあったことは、得三、伊勢、末を幼い時に養子にやり、終平も養子にやろうとしたことなどから、充分、可能性があると私は思う（「谷崎潤一郎の母に対するアンビヴァレンツ」の（三）「自己愛人間・セキ」（本書P15～）を参照）。

なお、ブライアン・クインの『「うつ」と「躁」の教科書』によれば、双極性障害（躁鬱病）は、従来は子供には稀な病気だと考えられていたが、現在では、単に見逃されて来ただけではないか、と考えられつつある。十歳以下の子供の場合、双極性障害の徴候は、大人とは違って、苛立ち・癇癪や、ものを壊したり攻撃的になったりする問題行動の形で現われるが、子供が癇癪を起こす原因は、他にも沢山あるので、診断は難しいと言う。「谷崎潤一郎の母に対するアンビヴァレンツ」（本書P5～）で指摘した幼少時代の潤一郎の暴力傾向は、躁鬱病の早期の現われだった可能性もあるのである。

（六）躁鬱病に伴う「恐慌性障害」と「強迫性障害」

ブライアン・クインの『「うつ」と「躁」の教科書』によれば、鬱病や双極性障害（躁鬱病）には、他の精神疾患が伴うのが普通で、中でも多いのが「物質乱用」「摂食障害」「不安障害」「恐慌性障害」「強迫性障害」などだと言う。谷崎の場合、この内、「恐慌性障害」と「強迫性障害」の存在が認められる。

「恐慌性障害」とは、特に明白な理由もなく、突然、激しい死の恐怖にとらわれるというもので、患者はパニック発作に襲われた場所（例えば商店・橋・トンネル・地下鉄・エレベーターなど）から出られない、という不安のために、そうした場所を避けるようになる。

谷崎の場合、『青春物語』「神経衰弱症のこと、並びに都落ちのこと」などで述べているように、明治三十九年頃から種々の死の恐怖に悩まされるようになり、鉄道恐怖症（『The Affair of Two Watches』『悪魔』『恐怖』『きのふけふ』、弟・精二も後になった）や地震恐怖症（『病蓐の幻想』『「九月一日」前後のこと』『幼少時代』「南茅場町の最初の家」）などの、恐慌性障害の症状を呈していた。

なお、恐慌性障害患者の約半数は、小児期に母親から離れて学校へ行くことに強い恐怖を抱いていた人であり、谷崎には、これも当て嵌まるのである。

次に「強迫性障害」であるが、この中にも色々な種類があり、谷崎に多少とも見られたものとしては、「強迫観念」「強迫性パーソナリティー」「心気症」「性的強迫と性的倒錯」「衝動抑制の問題」などを挙げることが出来る。

「強迫観念」とは、自分では考えるつもりがないのに或る思考が頭の中から去らないというもので、谷崎の場合、

『異端者の悲しみ』（一）『黒白』（一〜三）『細雪』（上巻（二十五））に強迫的な独り言の例がある。この内、少なくとも『異端者の悲しみ』は、谷崎の体験を書いたものであろう（恵美子さんは、子供の時に谷崎の独り言を聞いたことがあると言う。また、重子のお見合いの相手で、独り言の癖がある人というのは知らない、とのことだった）。

「強迫性パーソナリティー」と言うのは、不安が強く、優柔不断で、ある物事の同じ面を、前向きな解決策に達することなく、いつまでも繰り返し考える「反芻癖」の傾向を持つ人格である。谷崎の場合、普段こういう傾向があった訳ではないが、千代子との離婚問題についてだけは、この傾向が現われたと言える。『蓼喰ふ蟲』や『佐藤春夫に与へて過去半生を語る書』に、その優柔不断極まりない反芻振りが描かれている。

「心気症」と言うのは、心身の些細な不調を重大な疾患の徴候ではないかと恐れる傾向で、谷崎がそうであったことは、『青春物語』「神経衰弱症のこと、並びに都落ちのこと」・『韮崎氏の口よりシユパイヘル・シユタインが飛び出す話』・『高血圧症の思ひ出』から分かる。また、『不幸な母の話』の母もそうであり、これはセキの実像にかなり近い可能性がある（「谷崎潤一郎の母に対するアンビヴァレンツ」（三）「自己愛人間・セキ」（本書P15〜）参照）。

「性的強迫と性的倒錯」は、セックス、マスターベーション、性的倒錯に対する強迫的な欲望がある場合で、谷崎のマゾヒズム、フェティシズムなどがこれに入る他、明治三十八年四月十六日の大貫雪之助日記（瀬戸内晴美の「大貫晶川ノート」『かの子撩乱その後』参照）によれば、谷崎は十三歳の時から毎日二回マスターベーションを行っていたと言う。『神童』『鬼の面』『異端者の悲しみ』には、マスターベーション癖への言及がある。

また、元「中央公論」編集者・雨宮庸蔵氏が谷崎から直接聞いた「丁未子とのセックスが、最初は一日平均二、三回で、一ヶ月続き、その後は毎日一回づつ一年近く続けた」という話や、上山草人夫人・三田直子の「谷崎潤一郎先生と松子夫人」（「主婦の友」昭和三十三・一）に出る「潤一郎が松子と毎日セックスをするので、松子に泣かれた」というようなエピソードからすると、かなり強迫的な性欲があったとも考えられる。

「衝動抑制の問題」では、浪費癖は生涯続いたようであるし、癇癪傾向は、特に若い時に見られたようである。

（七）躁鬱病と夫婦関係

Sandor Rado の "The Problem of Melancholia"（'International Journal of Psycho-Analysis' 1927; 9: 420-438. 前掲『うつ病の心理』によって紹介する。E・ジェイコブソン『うつ病の精神分析』（岩崎学術出版社）「6・循環性うつ病の精神分析理論」にも同様の症例が紹介されている）によれば、躁鬱病者は、最愛の人に対しても、相手の愛を確信すると、次第に冷淡に扱い始め、やがて横暴に専制的に支配するようになる。しかし、そのために愛する人が耐えかねて逃げ出すと、鬱病になり、後悔し、罪の許しを乞い、取り戻そうとすると言う。これは、谷崎の小田原事件によく似ている。また、松子と瀬戸内寂聴との対談「愛と芸術の軌跡」（『つれなかりせばなかなかに』）・松子の『湘竹居追想』（二十三）・松子の「薄紅梅」（『倚松庵の夢』）等によると、潤一郎は、松子との結婚に際しても、普通の夫婦になると自分の我が儘が出ることを心配していたようだが、それは、右のような心理傾向が自分にあることを、潤一郎自身、自覚していたからであろう。

これらは、アーブラハムが前掲「心的障害の精神分析に基づくリビドー発達史試論」で指摘しているように、躁鬱病者が幼い時に母に愛を裏切られたために、母に一方で愛、他方で恨み・怒り・憎しみという相矛盾したアンビヴァレントな感情を同時に抱いており、その感情を妻に向けるからである（谷崎が千代子や松子を母と同一視していたことについては、「谷崎潤一郎とエディプス・コンプレックス」（二）「実生活に於けるインセスト・タブーの処理法」（本書P207〜）を参照）。前に引いたC・ライクロフトが「夢スクリーン研究」で取り挙げている患者の場合も、妻に母を求めると同時に、母への敵意も投影してしまうことが、妻に意地悪をしたいという強迫的な衝動になっていた。

ところで、ブライアン・クインの『「うつ」と「躁」の教科書』によれば、躁病患者の離婚率は、鬱病患者の七倍にのぼる。これは、躁鬱患者は、特に躁の時には、我が儘勝手な批判や癇癪を繰り返すため、配偶者が堪えられなくなるからである。しかし、躁鬱患者は、配偶者がどう対応しても癇癪を爆発させるため、時には配偶者が追い詰められ、「自分が何をしても無駄」という学習性の無力感に囚われ、何も主張できなくなったり、鬱状態に陥ってしまう場合もある。しかも、別居しようとすると、患者は見捨てられる不安から激しく反応し、威嚇的になったり自殺を仄めかしたりする。配偶者の方も、冷たくすることに罪悪感を感じていたり、自分に依存している人間がいることに喜びを感じているケースがある。そのために、解決や治療が非常に困難になってしまうことも珍しくないと言う。私は潤一郎と千代子の関係も、これに近かったのではないかと思う。

谷崎の千代子に対する虐待については、沢田卓爾が、伊藤整との対談「荷風・潤一郎・春夫」（「群像」昭和四十・十）で、曙町時代（大正八）に、谷崎が「こんなトンカツが食えるか」と怒鳴りつけた例などを挙げて、谷崎が千代子を虐待し、千代子も鮎子もいじけていたことを証言している。その他、佐藤春夫の『この三つのもの』・今東光の『十二階崩壊』などにも同様の証言があることから、事実と見てよいだろう。谷崎自身の『佐藤春夫に与へて過去半生を語る書』でも、《当時は叱つたり怒つたりしたことがあつたにしたところで、叱るそばから直ぐに自分の身勝手なことに気がついて、却つて哀れさを催してゐた》と、それが身勝手で不当なものだったことを認めている。

しかし、谷崎によれば、千代子は《夫の仕打ちを恨みながらも罪を己れの愚かさに帰して、ふつつかに生れた我が身の不幸を歎いてゐる昔風の女》（同）だったと言う。ここから、千代子にはもともと自虐的な傾向か罪悪感があって、そのために、谷崎の不当な攻撃を不当と考えることが出来なかった可能性が考えられる。千代子は、幾ら虐待されても離婚しようともせず、実家に逃げ帰ることもなかったらしい。千代子をモデルにした谷崎の創作でも、常にそうである（『神と人との間』（五）（六）に、一度逃げようとして失敗する例があり、『マンドリンを弾く男』では、佐藤春夫らしき人物と一緒に逃げるが、いずれも純然たるフィクションと見てよい）。小田原事件の時も、千代子は《到底》谷崎と《別れる勇気のないことを自覚して》（『佐藤春夫に与へて過去半生を語る書』）元の鞘に収まったと言う。

千代子はまた、潤一郎に依存されていることに喜びを感じて居た可能性もある。例えば、『肉塊』（九）の民子が《いつまでたつても大きな子供のやうな夫を、憎めないばかりか一層いとほしくなるのだつた》という所や、モデルは千代子ではないが、『夏菊』（その一の六）の汲子が敬助に対して《子に縋られた母親のやうな不憫さやいとしさを も感じる》という所、『猫と庄造と二人のをんな』の品子が庄造を《子供を一人歩きさせてゐるやうな、心許ない、可哀さうな感じがする》という所などから、少なくとも潤一郎には、妻に母親役を演じて欲しいという願望があったことが分かる。千代子をモデルにした『愛すればこそ』（第二幕）で、千代子に当たる澄子が、潤一郎に当たる悪人・山田と《一緒に堕落してやるのが、ほんたうに山田を愛する道だ》と言って、山田から虐待されながら、どこまでも堕ちて行って、逃げ出そうとしない所にも、そうした印象がある。

作品は潤一郎の一方的な幻想だった可能性もあるが、潤一郎と千代子の関係の解決に長い年月がかかった原因は、潤一郎が躁鬱気質だったことに加えて、千代子の対応に（或いは人格にも）問題があったせいではないかと私は考える。

（八）躁的防衛と喪の作業

谷崎文学の中には、鬱病を思わせる厭世的で孤独な暗い主人公や悪人意識を持つ主人公が、特に日本回帰以前には、意外に数多く登場している。にもかかわらず、谷崎文学の全体的な印象は明るい。これは、谷崎と同時代の代表的な評者たちの受けた印象でもあった。

例えば、正宗白鳥は、谷崎は日本には珍しい《牡丹の花のやうな絢爛な色彩を有つた芸術家》で、その《初期の作品は》、当時の文壇に《栄養不良見たいな瘦形な作品の多かつた中に、くり〳〵とよく太つた悪たれた小僧見たいな小説であつた》と語っている（「谷崎潤一郎と佐藤春夫」昭和七・六）。日夏耿之介は、「谷崎文学の民族的性格」（昭和十四・二）で、《谷崎は（中略）残忍な迄にその逞しい健康を酷使して、芸に於ても生に於ても羸弱な変質者心理に向つて不断にあこがれてゐた。が、渠自らは決して変質者ではない。》と断じる。広津和郎は、「四五の作家に就て」（「新小説」大正七・十二）で、潤一郎が「余り健康的なのを憾みとする」と書いた。芥川龍之介は、『あの頃の自分の事』（大正八・一）で、谷崎に《病的傾向》があることは認めつつ、それは《云はば活力に満ちた病的傾向だつた》と評している。小林秀雄は「谷崎潤一郎」（昭和六・五）で、『饒太郎』『富美子の足』などについて、《病的に腐爛した臭ひは少しも漂つてをらぬ、死の影もない、絶望の影もない、その味はひは飽く迄も健康で、強靱である》と評した。

谷崎には、実際、明るく積極的な面の方が強かった。そしてエネルギッシュだった。それは事実である。しかし、クレッチマーの言葉「循環気質の人間には、不快や悲しみを味わわされる機会をなるべく避けようとする傾向がよく見られる。」を、もう一度思い出して貰いたい。谷崎もまた、暗いもの・悲しいもの・淋しいもの、即ち抑鬱的なものを避けよう、否認しようとする傾向、即ち、クラインの所謂「躁的防衛」（『クライン著作集』3の「躁鬱状態の心因論に関する寄与」「喪とその躁鬱状態との関係」、ウィニコットの『児童分析から精神分析へ』所収「躁的防衛」参照）が強くて、それが谷崎文学の世界に暗いものが入り込むことを防いでいた面もあるのである。

例えば、谷崎が淋しさを嫌ったことについては、元「中央公論」編集者・雨宮庸蔵氏の証言がある。昭和十年七月十日頃、単行本『武州公秘話』の跋文を依頼するために、谷崎が雨宮氏と正宗白鳥の洗足池畔の家を訪ねた際のことである。

谷崎氏は『東京をおもふ』という随筆によつても明らかであるやうに淋しさが嫌である。東北的淋しさがたまらなく嫌ひなのである。洗足池畔の丘山にある正宗氏の玄関に杖をたてあたりを眺めながら『実にいやだね、淋しいね、僕にはこんなところでは原稿はかけない』とさへ叫ぶ。夏の青葉滴るこの池畔になほ深い淋しみの底を感得する神経に僕は虚をつかれたもののやうに『え、そんなに淋しいですかね』と反問したくらゐである。谷崎氏が関西に居をする所以のものは京阪の地が空気明るく物資に豊富にしてこの淋しき情を覚えぬものにもよるのである。

（昭和十一年四月十六日雨宮庸蔵日記より）

例えば谷崎は、イプセンを嫌った。『「夜の宿」と「夢介と僧と」と』（明治四十四・一）では、《僕は「ボルクマン」のやうな痛切に胸を撲たれる恐ろしい芝居は、寝ざめが悪くつてあまり見る気になれぬ。深刻なる人生と云ふものは、実生活の方で神経衰弱になる程味はつて居る。此の上芝居で念を押して貰はなくつても沢山である》と言う。『劇場の設備に対する希望』（大正二・四）でも、イプセンの社会劇を好まない理由として、《それでなくても現代人に通有な煩悶懊悩は極めて痛切に私の頭を苦しめて居る。此の上まざ〳〵と劇に迄仕組んで、眼の前に展開されては、殆んど正視するに堪へない。》と述べ、自分が近代劇や新派より歌舞伎を見に行く理由として、《劇其の者には飽き果てゝ了ひながら、私は自分の身の寂しさを忘れる為め、しよざいなさを紛らす為めに、劇場内の暖い空気を恋ひ慕ふ事が多い。》と言い、「そのためには金持が集まる一流劇場でなければ足を踏み入れない、貧乏人は見たくない、幕間には美衣を着飾った美しい女性客達を見、《喰べ物は凡べて一流の美味を賞翫したい》」と言っている。

『鬼の面』（九）の壺井は、芸者・金弥の《豊かな艶々しい肉体》を前にして、《此の女の肉体美を眺める時、アスピレエションの対象となる可き何物もないやうな荒漠たる世の中にも、纔に一とすぢの生命の頼りを見つけ出したやうな心地がする。美しい女の肉体を愛する人間は、勿論彼一人に限つては居ない。（中略）しかし彼等は、其の外にも猶さまぐ〳〵な生の興味を持つて居る。（中略）世の中に女が居なければ生きがひがないと思ふ程、人生に失望しては居ない。其処が彼等と自分との著るしい相違点で（中略）従つて又、彼等は壺井程深刻に痛烈に、女性を渇仰し要求しては居ないのである。》と説明されている。

『アヱ・マリア』では、《人は食ふや食はずでも生きて行かれないことはないが、心に憧れの的を持たずには生きられない。》（5）《眼に触れるものに一つとして美に値する対象がなくなつてしまつても、それでも無理にでも見附け出す。見附け出さずには生きてゐられない。それは孤独であればあるほど、淋しければ淋しいほど、猶さうなる。》（6）と言う。『黒白』（七）にも、《孤独な生を送つてゐるものは、始終晴れやかな色彩に触れないでは、直ぐにも哀愁が襲つて来る》という一節がある。

谷崎には、孤独感や人生の無意味感も強かったのだが、鬱的な気分に引き込まれることを恐れ、積極的に快楽を貪ることや恋愛などによって、その鬱に打ち克とうとしていたのである。

谷崎が美食家でありかつ大食漢であったことは有名だが、これさえも、単に胃の丈夫さや元気さの現われと見るべきではない。先の『劇場の設備に対する希望』でも、淋しさ・所在なさを、美味しい食物で紛らわしたいと述べていたが、もっと興味深い例は『鮫人』の服部である。二十七歳の服部は、洋画家として世間の評価を得られないというストレスのかかる状況の中で、東京および世間を軽蔑しながら、万年床を敷いた浅草の長屋に引き籠もり、風呂にも入らず不精に寝て暮らし、神経衰弱的な死の恐怖に悩まされ、《早くも老衰と病弱の影が漂うて居る》（第一篇第二章）という鬱病的な人物である。しかし、服部は最後に残った欲として、食欲にだけ異様に執着する。その理由として『鮫人』では、《何か頼りになりさうなもの、——さうだ、此の世の中にはそんなものはない筈だが、若しあるとすれば此の一瞬間の「満腹の気持」だけだ。（中略）人間は胃の腑へ物を詰め込む以外に、何をもつとしつかりと所有することが出来るか？　金持の財産だつて学者の知識だつてこんなにたしかに、どつしりと重々しく体中へこたへるやうな所有の感じは得られないぢやないか！（中略）どんなにか彼は空腹を恐れた事であらう！》（第一篇第一章）と書かれている。

恐らく、乳児にとって空腹は、自分の生命と母の愛、即ちこの世のすべてを喪失する危機として感じられ、だからこそ身も世もあらぬ大声で泣き叫ぶのであろう。そして、母乳で満腹すると、母の愛に一杯に満たされ、満足しきった顔で眠りに落ちるのであろう。恐らく谷崎は、成人後もこの乳児の感覚を持ち続け、美食・大食によって鬱病的な喪失感（その根源は母の喪失である！）と戦ったのであろう。だから、食事の時間が遅れたり、不味いものを食べさせられることを、あれ程までに嫌ったのである。佐藤春夫の「天才と努力の限界」（「帝国大学新聞」昭和二・五・十六）に、「谷崎は飢えている時は憂鬱だそうである」という証言があるのも、空腹と鬱が結び付くことの一証拠となろう。

鬱病を打ち消す力強いもの・明るいものへの志向は、音楽に関しても現われる。例えば『独探』（大正四）では、西洋の声楽家が《率直に壮大に人生の悲哀や歓喜を》《咽喉の張り裂けるほど胸板の撓む（しわむ）ほど真実な声を放つてうたつて居ること》、西洋の《器楽が澎湃たる怒濤の如く豪宕の気に充ち、汪洋たる大海の如く瑰麗なこと》を賛美し、日本音楽を亡国的・退嬰的と非難する。『煉獄序』（大正七）では、比喩としてではあるが、《私はどちらかといふと、淋しい優しいメロディーに富む文学よりも、豪宕にして複雑なるシムフォニーの文学を好む》と述べている。『友田と松永の話』（5）（大正十五）では、西洋には《イキだのさびだのと云ふイヂケた趣味でなく、声高らかに歓楽を唄ふ音楽がある。》ことを賛美し、《気が滅入るやうな》（つまりは鬱病的な）《薄暗い国を飛び出して》《十のものなら十二分にも味はふと云ふ積極的の享楽主義》の西洋に移住する。『饒舌録』（昭和二）でも、西洋音楽は、子供の頃《プカプカドンドンの楽隊で》聞いてさえ、《血が湧き胸が躍り、心がひとりでに浮き立つて来て足拍子を踏んだ。それに引き換へ日本の音曲は（中略）寂しい琴の音や（中略）芝居のチヨボで聞かされる憂鬱な、重苦しい、涙を誘ふやうなでんでんと云ふ三絃の響きで（中略）それが少年を動かす場合があるとすれば、天真爛漫に伸びて行く心を徒らに厭世的に》つまりは鬱病的にさせるだけだと言い、《東洋の芸術には（中略）凡べての方面で、進んで人生を肯定し、享楽しようとする分子が少い。おほざつぱに云へば悲しみの芸術、逃避の芸術、控へ目の芸術であつて、激情的、跳躍的、歓楽的、奮闘的でない。》《同じ控へ目主義でも（中略）支那のは形式は控へ目であるが、内容はその枠の外へハミ出すほど充実してゐる。（中略）だから控へ目であつても、コツテリとした厚みがあつて弱々しいところがない。然るに日本のは（中略）非常に弱々しく淡々しい。》と説いているのである。

＊　＊　＊

谷崎がこの様に鬱に打ち克とうと努力したことは、非難はできないが、谷崎はさらにそこから一歩を進め、悲しみそれ自体をも、鬱に繋がるものとして抑圧し、否認しようと試みていた形跡がある。これは、精神の健康を損なう危険な試みであった。

例えば、『佐藤春夫に与へて過去半生を語る書』で谷崎は、千代子との関係について、《僕は何よりも実に彼女の涙を恐れた。それは僕を、悲しむ理由のない時にでも悲しくさせた。》と言い、《多分あの「晩春日記」なぞが、僕の書くものに些か悲しみの調子の現はれ出した最初であらう。あの時分から、僕には彼女の存在が一つの悲しい音楽になつたのだ。僕が彼女をいよいよ疎んずるやうになつたのは、こんなところにも原因があるかも知れない。なぜなら、色彩の強烈な、陰翳のない華麗な文学を志してゐたあの頃の僕には、彼女の奏でる悲しい音楽が（中略）甚だ禁物だつたからだ。僕は（中略）腹を立てた。時にはそれに打ち負かされる自分を忌ま忌ましく感じた。（中略）それは僕自身のうちに矢張り涙もろいところがあつたからだ》と語る。そして、小田原事件の時、自分が《わざと》千代子を《邪魔にするやうな態度を取つてみせた》のは、《自分の「かんどころ」》即ち《感傷的な弱点》《涙もろいところ》《に触られるのが、自分の弱さをサラケ出すのがイヤだつた》からだ、と説明している。

　これが谷崎の本音であったことは、例えば『嘆きの門』（三）（大正七）で、青年詩人・岡田敏夫（＝潤一郎）の前妻（＝母としての千代子）がセキそっくりの死に方をした後、《彼の発表する感想や詩の中にも今までに見られなかつた感傷的な悲哀な情緒が織り込まれるやうになつた》、とされていることからも分かる。

また、『呪はれた戯曲』（大正八）の主人公・佐々木（＝潤一郎）も、《悪魔が神を恐れるやうに》妻・玉子（＝千代子）の涙を恐れる。《彼女の心の琴線が一とたび哀音を奏で始めれば、佐々木の心の琴線も（中略）忽ち相応じて同じ調を響かせる》《果ては口惜しくも（中略）佐々木までがつい涙をこぼしさうになる。》それを厭う佐々木は、離縁しても、妻の不快な記憶が享楽生活の妨害になることを恐れ、また、《悪人なら悪人として飽く迄も徹底した方がいゝのだ》という考えから、遂に妻を殺害する。

　戯曲『彼女の夫』（大正十一）の小夜子（＝千代子）も、夫について、《あの人は私が泣けば自分もつい悲しくなつて、泣かずには居られないんですから。（中略）――「己はお前のやうな悲しい女は大嫌ひだ」ツて、よくそんなことを申しますの》と言っている。[注11]

また、『不幸な母の話』（大正十）では、長男に裏切られた後、《母の存在その物が、悲しい音楽》となるが、この《悲しい音楽》は、完全に悪い意味で用いられている。

　これらの例から、谷崎が悲しみを抑圧しようとし、そのために千代子を嫌ったことは、ほぼ確認できる。

《色彩の強烈な、陰翳のない華麗な文学を志してゐた》頃、谷崎はそれを、単に好き嫌いの問題と考えていたか、或いは西洋的な優れた文学を目指しているつもりだったのかも知れない。しかし私は、谷崎が悲しみを抑圧しようとしたことには、本人も気付かない、もっと重大な意味が隠されていたと考える。

谷崎の悲しみの中で、最も中心的、最も根源的なものは何であったか。それは、幼くしてセキの愛を失ったことと、自分が母（及びその愛）を喪失したこと自体を、極力否認しようとしていたに違いない。また、潤一郎は、自分が幼い頃セキに依存し、セキを愛していたこと、そして今もなお愛していることすらも、躁的防衛によって否認しようと努めていたのであろう。潤一郎が、小学生の時からセキに従順でなく、大学生になってからは家に寄りつかず、セキが亡くなるまでは、一度もセキへの愛情を作品に漏らすこともなく、セキを美化することもしなかった（「谷崎潤一郎の母に対するアンビヴァレンツ」（二）「中学時代以降」（本書P12〜）参照）のも、（愛されなかった恨みやインセスト・タブーもあろうが）一つにはそのためだったに違いない。[注12]

ここで、アーブラハムの所論を思い出して置こう。躁鬱病者の鬱状態は、母から「取り入れ」た厳しすぎる「超自我」のせいである。患者はその支配に反発する余り、逆に過大な評価を自らに与えようとし、躁的になる。従って、明るい谷崎とは、基本的に、躁的防衛による母からの解放・独立の努力であり、その（大抵は一時的な）成果なのである。

『佐藤春夫に与へて過去半生を語る書』で谷崎は、自分の《涙もろいところ》を《感傷的な弱点》とし、泣くこと＝《自分の弱さをサラケ出す》こととしていたし、『初昔』では、自分の作品に《センチメンタリズムが少しもない》ことを、佐藤春夫からは欠点と言われたが、自分ではそれを《得意にさへ感じてゐた》と言っていた。これは、「取り入れた母」を丸ごと捨て、悲しみを抑圧しきることが、「僕はお母さんより強いし、お母さんなんか必要ない」とする幼児的・万能感的な勝利に繋がるからであろう。

谷崎の初期の悪魔主義が、この点からよく理解できることは、既に（三）「アーブラハムによる精神分析学的研究」で、⑤に関連して略説したので繰り返さない。が、補足的に言うと、『友田と松永の話』で谷崎が、「西洋崇拝＝太る・悪魔主義（＝躁）」VS「日本回帰＝痩せる・観音信仰（贖罪）（＝鬱）」という対立図式で、自らの分裂葛藤を自己診断したのは、概ね正確な認識だった。

『友田と松永の話』（1）で松永は、母の死の直後から妻に対する仕打ちが変わり、《折々京大阪へ鬱を散じに》（傍点・細江）行くようになったとされている。これは、母の死＝喪失という事態が、松永（≒谷崎）を《鬱》に陥れるからである。そして、母の死から約半年後、妻の《妊娠中》に松永は第一回の《洋行》に旅立つのだが、これは、妻が子を産めば、松永が密かに母と同一視していた妻の愛を、子に奪われることで、さらに母の愛の喪失に直面しなければならないので、そのことに耐えられなくなって、逃げ出したと見るべきだろう（妻を母と同一視することや、その妻との間に子供をなすことが、インセストの罪悪感を増したのも原因の一つではあろうが）。

旅は、自分が属していた現実から逃げ出す最も簡便な方法である。谷崎が、十七歳の時、精養軒に住み込みの家庭教師になって以降、セキが死ぬまでの十五年間、殆ど母と同居しなかったのも、母からの逃亡であった。特に『親不孝の思ひ出』（1）に言う大正一～三年の「放浪時代」は、その極点であり、母から離れることで、《さまぐ〵な悪徳》を可能にし、「超自我」に「取り入れ」た母の支配から脱するためのものであった。母の道徳を否定することは、母からの独立を達成し、母への愛を否認し、母を失った悲しみを振り捨てることを可能にするからである。（注13）母からの別居・放浪は同じ東京市内を出ないものであったが、松永の場合は、遠く海を隔てた世界に逃げ出すことで、母の支配を、さらにもっと完全に振り落とそうとしたと言って良い。そしてそれに成功した結果が、躁的になり、太り、道徳面では悪魔主義的な生活をする、ということなのである。松永が友田という殆ど別の人格になってしまうことは、逆にそれくらいにしないと、谷崎は母の呪縛からは逃れられないということであろう。しかも、それでも友田は、結局、松永に戻り、日本回帰せざるを得ないのである。

母からの逃走としての旅は、既に『鶴唳』にもあった。ここでは、主人公は漢詩人だった祖父と母に育てられ、祖父の方が母より重要だったという設定になっている。谷崎としてはほぼ唯一の例外で、母を捨てやすくするための工夫であろう。主人公は、祖父の死後、《陰鬱》になり、大学を出ても仕事をせず、《一日ムッツリと鬱ぎ込んで居る》という鬱状態になる。その後、結婚して（妻は千代子がモデル）一旦は立ち直るが、母が死ぬと《再び青年時代の懊悩と寂寞とに囚はれ》、鬱になり、妻ともうまく行かなくなる。そして、二度と戻らないつもりで中国に旅立つ。それでも、結局は日本に帰っては来るが、中国から連れて来た妻と中国風の建物に閉じ籠もり、完全に中国人として生活するのである。

この二つの小説は、谷崎の西洋崇拝と中国趣味の心理的な意味を説き明かしている。西洋と中国は、セキへの愛と依存とセキの喪失を否認し、セキを完全に振り捨てることを可能にするための別世界なのである。靖之助が中国人に成りきろうとするのも、松永が別人格の西洋人に成りきるのも、そのためである。谷崎が、先に引用した『饒舌録』などで、西洋と中国の明るさ・強さ（躁）を言い、日本の暗さ・弱さ（鬱）を言っているのも、日本＝セキのもとにいれば鬱に囚われ、セキから逃げ出すと躁になる谷崎の気分の投影という面があろう（しかし、「谷崎潤一郎とエディプス・コンプレックス」（本書P149～）で説いたように、白人女性・中国人女性に、理想化した母を投影していたこともまた、事実なのであるが）。

谷崎にとっては、関西もまた、セキから逃げるための移住先だった。セキは江戸っ子で、関西に来たことすらなかったのだから。『雪後庵夜話』で谷崎が、松子姉妹にエキゾティシズムを感じていたと言うのは、関西＝外国にしたいからでもあろう。そして、『私の見た大阪及び大阪人』・対談「女性を描くことども」（「婦人朝日」昭和二十三・二）・対談「昔の女今の女」（「婦人公論」昭和三十三・十一）で、「関東・東京の女性には異性を感じない」と言ったのも、関東と関西の間に、無理にも一線を引きたかったからであろう。

谷崎は『東京をおもふ』で、東京人には《何処かに淋しい影が纏はつてゐるやうに思はれてならない》と言い、東京の淋しさ（侘びしさ・貧弱さ etc.）を繰り返し強調する。と同時にそれは、《自分の両親（中略）などに共通した特長である》と言っている。その一方で、谷崎は、『私の見た大阪及び大阪人』で、《摂河泉の国々もい、が、これから西へ行けば行くほど土の色が白くなり、気候が一層温かになり、魚がます〳〵甘くなり、景色がいよ〳〵明るくなる。》と言う。ここでも、淋しさ（鬱）は、関東＝セキのもとにいれば鬱に囚われ、関西＝セキから逃げ出すと躁になる谷崎の気分の投影という面があろう。

＊　　＊　　＊

しかし、悲しみや母への愛、母と母の愛の喪失の事実を抑圧・否認することで、母から逃れるという試みは、客観的現実および自己内面の真実を直視しないことであり、従って、真の成功は齎さない。谷崎がセキから真に独立するために必要なことは、「喪の作業」だったのである。

「喪の作業」とは、フロイトの「悲哀とメランコリー」で導入された精神分析学の用語で、愛する対象を失った際に、強い苦痛と悲しみを感じ、愛する対象の思い出に没頭し、他のことに関心を向けることも積極的に行動することも困難になるが、時間が経つにつれて悲しみと苦痛は次第に薄らぎ、あきらめが生じ、回復する、という正常な過程を言う。

これが正常に行なわれず、病的になるのは、失われた対象に対してアンビヴァレントな感情を抱いている場合か、失われた対象と自己を同一視している場合である。先に紹介したアーブラハムの所論の④「患者は両親に対して強いアンビヴァレンツ（愛憎）を抱いている。患者は母の喪失を防ぐために、口唇期の心理によって、母を自我の中に「取り入れ」るが、同時に母に向けた自分の敵意をも「取り入れ」る。」と言うのは、幼児期に母の愛を失った際の、病的な「喪の作業」の結果である。

谷崎は、セキに対して強いアンビヴァレンツ（愛憎）を抱いていた。それが母を「超自我」に「取り入れ」つつ、悲しみや母への愛、母と母の愛の喪失の事実を、躁的防衛によって抑圧・否認するという無理な試みを続けさせる原因であった。

しかし、谷崎も、大正六年にセキが亡くなってからは、次第に本来の「喪の作業」を開始したようである（「谷崎潤一郎・変貌の論理」（四）「日本回帰への（イデア論的）過渡期」（本書P375～）も参照されたい）。『佐藤春夫に与へて過去半生を語る書』で、《多分あの「晩春日記」などが、僕の書くものに些か悲しみの調子の現はれ出した最初であらう。》と言うのは当然で、セキに直接・間接に関わるものとしては、その後、『十五夜物語』『ハッサン・カンの妖術』（大正六）『母を恋ふる記』（大正八）『不幸な母の話』（大正十）が書かれ、『生れた家』（大正十）で母を懐かしみ、『女の顔』（大正十一）で若く美しい母を恋し続けていることを告白し、『肉塊』（大正十二）でも、母親が民子を可愛がるよう遺言して亡くなり、母への愛と妻への愛が一旦は一つになる（結局、また破綻するが…）。

同時に、悲しみ泣くことに対しても、肯定的な作品が現われ始める（ただし、『呪はれた戯曲』（大正八）『不幸な母の話』（大正十）『彼女の夫』（大正十一）『饒舌録』（昭和二）等、悲しみを厭うものや、日本を捨てる『鶴唳』（大正十）『友田と松永の話』（大正十五）と交錯しながらではあるが…）。

『女人神聖』（一四）（大正六～七）の由太郎は、女性化願望が強く、泣くことで《自分の女らしい美しさが発揮されるやうに》感じるというやや特殊な例だが、『人間が猿になつた話』（大正七）では、死んだ父の写真を出して来ては涙ぐんでいるお染を肯定的に描いている。次いで、『母を恋ふる記』では、全編に悲しみが通奏低音のように流れている。そして母は《泣いてゐる事が、いかにも好い心持さうで》、夢の中の潤一郎も一緒に泣く。『秦淮の夜』（大正八）では、目に《底の知れない哀愁に充ちた潤ひを帯び》た花月楼（ホワイエーロー）という女に、主人公は強い愛着を覚える。『天鵞絨の夢』（大正八）では、第三の奴隷が、月夜に涙を流しながら、ヴァイオリンでセレナーデを弾く。『鮫人』（大正九）では、服部の《痴呆じみた瞳の中にも時々閃めくことのある深い悲しみを帯びた清(すゞ)しい耀き》（第一篇第一章）の裏にこそ、《彼の憧れつゝある永遠なものが影を宿して居る》（第二篇第三章）とされる。『蘇東坡』（大正九）でも、月夜に琵琶を奏でて悲しい歌を歌う。『月の囁き』（脱稿は大正九・十）では、月夜に綾子の語る言葉の《悲哀を籠めた情調が、美しい音楽のやうに章吉の胸に沁み入る》。ラストで章吉は、綾子に心中に近い形で殺されるが、美しい悲しみの情調は、全編を通じて変わらない。

大正九年末から十年にかけての小田原事件は、母に捨てられる体験の反復であり、自分が千代子（≠母）をどんなに必要とし、依存していたかを自覚させ、「喪の作業」を促進する効果があったであろう。

そのせいかどうか、『或る調書の一節』（大正十）では、兇悪な強盗犯・殺人犯である主人公が、妻に泣いて意見をして貰うと一緒になって泣き、罪が消えたような好い気持になり、妻の目に神様を感じる（ただし、その後、また犯罪を繰り返すのだが…）。

大正十一年と十二年の春、谷崎は千代子を京都・奈良へ連れて行くが、『佐藤春夫に与へて過去半生を語る書』によれば、それは、《侘びしい古美術や古建築を背景にして彼女と云ふものを眺める時、僕の心も次第に彼女に惹かれるやうになるであらうと思つたからだつた》。恐らく谷崎は、そうすることで、千代子の悲しい音楽を肯定できるようになりたかったのであろう。

その成果かどうか、『アヹ・マリア』（大正十二）には悲しみの情調が終始流れていて、ソフィアが《グノーのアヹ・マリア》を歌うと、主人公は《聞いてゐるうちに涙がこぼれた、ほんたうに悲しい好い歌だと思つた。》と言い、ソフィアの顔や瞳が、《何だかマリアのそれのやうに有難く思へた。》（8）と言う。『肉塊』（二）（大正十二）では、主人公が《朝鮮、満洲、支那、西伯利(シベリア)などを旅した際、《夕方などに（中略）橋の袂にうづくまつて運河の水を見てゐたりすると、彼は訳もなく涙が流れた。この涙の裏には何かしら悠久なものを慕つてやまない感情がある、自分が詩人だつたらばそれを歌に唄つただらう》と考える。また、母の臨終の際に妻・民子が流した涙に、《永遠な美しさ》を見出す（ただし、その後グランドレンに誘惑されるが…）。『痴人の愛』（大正十三〜四）の（二十四）では、母に死なれた譲治が、《此の大いなる悲しみが、何か私を玲瓏たるものに浄化してくれ》たと感じる（ただし、直ぐにナオミに誘惑されてしまうのだが…）。そして、『友田と松永の話』（5）（大正十五）で松永は、最初嫌っていた日本の《あの神秘的な、つゝましやかな三絃の音色、余情を含んださびのある唄声、嘗てはゴマカシのイヂケた趣味として排斥したものが、不思議にも今は、それを想像したゞけでも荒んだ神経が静まるやうな感じを覚え》、日本に逃げ帰るのである[注14]（ただし、鬱的状態から回復すると、また西洋志向に逆戻りするのだが…）。

昭和二年から谷崎は地唄を習い始めるが、それは悲しみ・淋しさ・侘びしさを多量に含んだ音楽であった。

私は、セキの死後、潤一郎が徐々に（決して一気にではないが）、セキに対する「喪の作業」を進め、セキの死を素直に悲しみ、セキへの愛も自覚し、セキに対する恨み・憎しみも、消し去ることは出来ないにせよ、幾分か軽減し、言わば和解に近付いたのではないかと考える。だから谷崎は、無意識の世界でセキと繋がっていた悲しみや涙を抑圧する必要がなくなり、肯定することが可能になって行くのだろう。

そしてそれは、谷崎が、「超自我」に「取り入れ」ていたセキの非難からも、或る程度解き放たれ、自分を極度に過小評価する悪人意識・マゾヒズムや、逆に極度に過大評価する天才意識・悪魔主義などの両極端の傾向から、より常識的な穏やかな心境（クラインの「抑鬱的態勢」）へと移って行けた原因ではないかと思う。

そうして、こうした一連の変化が、セキから逃避するための西洋崇拝や中国趣味から、日本（少なくとも関西）への回帰を可能にした（すべてではないにしても）かなり大きな要因だったと私は推測するのである。

母の死から日本回帰までの作品の中に、悲しみを、良い意味であれ悪い意味であれ、特別に重視した作品が幾つか見られるのに対して、日本回帰後は、喜びも悲しみも躁も鬱も、バランス良く備わっている印象を受けるのは、既に「喪の作業」がかなり進んでいたからであろう。

そして、日本回帰後の作品の方が、母恋いやインセスト願望が比較的露骨に現われる傾向があることも（『乱菊物語』『吉野葛』『蘆刈』など）、「喪の作業」を経て、母からの独立が或る程度達成された結果、意識的に扱えるようになったことが一つの要因と見たいのである。

ただし、「喪の作業」は日本回帰によって終わった訳ではない。それどころか、日本回帰後の多くの作品で、「喪の作業」はむしろ作品の中心テーマになっている。ヒロインは男性主人公に理想女性（良い母親）のイメージを与えながら、死亡したり、奪い去られたりして失われる、または手に入らない。例えば、『蓼喰ふ蟲』（昭和三〜四）のお久、『三人法師』（昭和四）の尾上殿、『乱菊物語』（昭和五）の胡蝶、『吉野葛』（昭和六）の津村の母、『盲目物語』（昭和六）のお市の方、『武州公秘話』（昭和六〜七）の首装束の女と桔梗の方、『蘆刈』（昭和七）のお遊さん、『春琴抄』（昭和八）の春琴、『顔世』（昭和八）の顔世、『聞書抄』（昭和十）の一の台の局、『猫と庄造と二人のをんな』（昭和十二）の猫、『細雪』の雪子、『少将滋幹の母』の母、『夢の浮橋』の経子など。しかし、お久・尾上殿・津村の母・お遊さん・春琴・一の台の局・少将滋幹の母などは、主人公の心の中で半ば永遠化され、現実には失われても心の中で美化され、生き続ける。これは、愛していた人に死なれた時の健全な「喪の作業」で、ごく普通に起こることである。

また、『乱菊物語』の上総介と胡蝶、『蘆刈』の語り手と葦間の男、『春琴抄』の火傷以後の春琴と佐助、『猫と庄造と二人のをんな』の庄造とリリーのように（『蘇東坡』や『アヱ・マリア』にも先例はあるが）、不幸な者同士が、その喪失感・孤独感を媒介として、心が一つに結ばれるというモチーフが強く現われることや、『初昔』で老境（＝若さの喪失）と涙脆くなったことを強く肯定していることなども、「喪の作業」の一つの形であろう。

谷崎は、こうした作品を書き続けながら、自らの心の傷を、少しずつ癒し、心境を深めて行ったのであろう。だから、この時期の谷崎の作品には、人生の酸いも甘いも知り尽くした人にのみ可能な、叡智と心の安らぎが感じ取れるのである。

（九）躁的防衛と万能感

「谷崎文学における分裂・投影・理想化」（本書P53〜）で紹介したように、クラインによれば、人間は誰でも、乳幼児期には、「妄想的・分裂的態勢」と呼ばれる心理的傾向を示し、非現実的・魔術的な「万能感」を自分自身に抱いたり、他者に投影したりする。それは、幼児期の現実の無力さを否認させ、ひどい劣等感・鬱状態に陥ることを防ぐという意味で、有用なものでもある。しかし、大人になり、現実の自分の力に自信を持てるようになると、「万能感」はむしろ現実を誤認させ、危険な思い上がりを招くだけのものとして、軽蔑・警戒されるようになるのが普通であろう。特に近代においては、客観的・現実的な科学的・合理的な思考が何よりも大切にされるようになったため、（児童文学や娯楽作品は別だが）大人の芸術としての文学においては、「万能感」的なものは軽蔑され、忌避されるようになった。写実主義・自然主義の文芸思潮は、その代表例であったし、二十世紀文学にアンチヒーロー・タイプが多いのも、一つにはそのせいである（人間の平均化と管理社会化のせいでもあるが）。

しかし、谷崎の場合は、ごく幼い時に母の愛を喪失したため、「妄想的・分裂的態勢」が成人後も強く残った。また、躁鬱気質であるため、鬱的傾向を打ち消す必要から、鬱的な現実を否認し、万能感に頼ろうとする傾向が強かったと考えられる（クラインが「躁鬱状態の心因論に関する寄与」で述べているように、万能感こそは何よりも躁状態を特徴づけるものなのである)。

先に(八)「躁的防衛と喪の作業」で述べた母への依存・愛・母の喪失の否認の例が、現実否認の一例であるが、『春琴抄』の佐助が、春琴の顔が破壊されたという鬱的な現実を、自ら失明することによって否認し、極楽のような世界へ躁的に舞い上がってしまうという例が、鬱的な現実を否認し、万能感に満ちた躁状態になってしまう最も過激な例と言える。

『春琴抄』ほど極端な例はさすがに少ないが、谷崎文学には、万能感はしばしば現われる。このことは、他の近代作家と大きく異なる谷崎の特徴である(三島由紀夫は、谷崎と同じくらい万能感的な傾向が強い例外的な作家であるが、三島の場合、万能感は、主として少年のナルチスティックな思い込みという形で現われ、谷崎とは現われ方が異なる)。

谷崎における万能感の現われ方には、幾つかのパターンがあるが、一つは、「谷崎文学における分裂・投影・理想化」(三)「理想化」(本書P60〜)で既に概説した、ヒロインや土地・時代を現実的・客観的に扱わず、極めて主観的に、万能感を投影して、強く「理想化」・ユートピア化・「良い乳房」化する傾向である。これについては繰り返さない。

また、もう一つの特徴的なパターンは、魔術的な力によって、客観的(科学的)現実をねじ曲げて、人間の欲望を実現してしまうというケースである。これは、特に日本回帰以前に多い。

谷崎の盟友だった佐藤春夫にも、魔術的なものへの憧れは見られるが、春夫の場合は、はっきり大人のメルヘンというジャンルを意識し、一時的な現実逃避、嘘を承知の楽しいお伽噺として、《夢見心地になることの好きな人の為めの短篇》と銘打たれた『西班牙犬の家』や『李太白』などの作品を書いている。しかし谷崎は、《(お伽噺)―佐藤春夫君に贈る―》として発表した『魚の李太白』と、子供向けの映画シナリオ・お伽劇『雛祭の夜』以外では、なるべくリアルなものとして魔術を描こうとしている。谷崎の万能感・現実否認は、春夫の場合よりも、それだけ強く激しい欲望だったのである。

「魔術」には、メルヘン的なものの他にも、オカルティズム的世界観と結び付くものや秘密結社の儀式魔術など、様々な種類・側面がある。が、谷崎にとっての魔術とは、主に自分の欲望が即座にその通りに実現することであり、幼児期の万能感から直接流れ出たもの、快感原則がその本質だと言って良い。

谷崎の作中で、魔術という形を取らずに、そうした万能感的な欲望実現の願望が現われる例としては、例えば、『病蓐の幻想』の主人公が、「痛くないぞ!」と命令すると痛みが消え、好きな歯を選んで神経を集中するとその歯が痛み出すように感じるという例や、『異端者の悲しみ』(一)の章三郎が、自分は《自分で勝手な夢を織り出す能力を持つて居る》と思い込む例、『過酸化マンガン水の夢』の主人公が、《或る程度までは自分で自分の夢を予覚し、時には支配することとさへも出来るやうな気がする》例がある。

また、『神童』(六)の春之助が、間違った筈の答案が百点になっているのを見て、《己はあらゆる自由と我が儘とを先天的に許されて居るらしい。つまり己のやうなのが天才なのだ。》と考え、彼の悪徳を看破した飯炊きのお辰が、周囲の人々に虐待されて逃げ出したことについて、自分《に刃向ふものはみんなあの通りになるのだ》と思い上がる例や、《運命の神に愛されて居る》と思う『鬼の面』(六)の壺井の同様の例も、幼児的万能感の例と言える。

また、『肉塊』(二)には、《映画といふものは頭の中で見る代りに、スクリーンの上へ映して見る夢なんだ。そしてその夢の方が実は本物の世界なんだ。》という一節がある(『映画雑感』と『アヹ・マリア』(4)にも、類似した考えが現われる)が、これも、客観的現実を軽視し、自分の欲望(《夢》)の方が《本物》であるべきはずだと考える幼児的万能感と言って良い。

また、同じく『肉塊』(二)には、《己は脚本を作る。さうしてそれを頭の中で夢にして見る。(中略)それから己はその幻に似たものを、（中略）男や女の中から捜し出す。その場合に、己の幻こそ本体なので、俳優たちはその影なのだと己は思ふ。（中略）己は人間を材料に使つて、永久の夢を作つてゐるのだと、さう考へる――その考へ自身の中に、云ふにいはれない愉快がある。》という一節がある（『アヱ・マリア』（1）にも、同様の考えが現われる）が、これも、自分が現実世界の万能の支配者になりたいという願望なのである（この他、女性の人格や肉体を、自分の理想通りに変えてしまおうとする例については、「谷崎潤一郎とフェティシズム」（三）「谷崎のフェティシズムの本質」（本書P126～）参照）。

谷崎の場合、こうした幼児的な万能感・快感原則への憧れが、魔術への憧れを生んでいる。従って、谷崎の魔術は、現実原則の一種である法律・道徳・常識などに反する反社会的な悪の性質を帯びることがしばしばなのである（「谷崎潤一郎の母に対するアンビヴァレンツ」（四）③「悪人意識と反社会的攻撃性」（本書P28～）で述べたように、谷崎の悪人・悪女たちの多くは、社会の現実・道徳を顧慮することが出来ず、性急に快感原則に従って行動してしまう幼児的な人物であったことを想起されたい）。

以下に、谷崎の作品で魔術的な力（西洋的な魔術の他に、日本の土俗信仰的なもの・仏教的・インド的呪術も見られる）が重要な役割を演じている例を列挙してみると、『刺青』（魔術としての刺青）『信西』（予知能力）『少年』（光子の変身や魔力）『幇間』（催眠術）『秘密』（現実を魔術的に変容させたいという願望に導かれる）『創造』（美男・美女を結婚させて理想の美男を人工的に作り出すというマッド・サイエンティスト的な自然への介入）『病蓐の幻想』（歯の痛みを音階に変え、花に変える所）『人魚の嘆き』（人魚の魔力）『魔術師』『鶯姫』（羅生門の鬼・阿部（ママ）晴明らの魔力）『小僧の夢』（メリー嬢の催眠術応用の手品）『玄奘三蔵』（行者たちの力）『詩人のわかれ』（ヴィシュヌ神の出現）『ハッサン・カンの妖術』『ラホールより』（行者たちの力）『人面疽』『二人の稚児』（小鳥への輪廻転生）『金と銀』（マータンギーの閨の幻想やラストで青野の魂が美の国の女王と出会う所）『白昼鬼語』（屍体を溶かす所）『人間が猿になつた話』（猿の魔力）『小さな王国』（沼倉の魔力）（注15）『魚の李太白』（魚がしゃべる）『呪はれた戯曲』（作品が現実を支配する）『天鵞絨の夢』（温夫人のテレパシーによる殺人）『蛇性の婬』（蛇の魔力）『白狐の湯』（狐の魔力）『アヱ・マリア』（フェティッシュの魔力）『雛祭の夜』（人形が動く）『痴人の愛』（二十五）でナオミが白人女性のように変身する所）『マンドリンを弾く男』（ラストでマンドリンが聞こえる所）『友田と松永の話』（松永が四年周期で別人のように変身する所）『日本に於けるクリップン事件』（人形が主人公を追い詰める）『黒白』（小説に書いたことが現実になってしまう所）『乱菊物語』（幻術・人喰い沼・蚊帳）『紀伊国狐憑漆掻語』（狐の魔力）『覚海上人天狗になる事』『少将滋幹の母』（ラストで母に抱きついた際に、《六七歳の幼童になつた気が》する所）となる。魔術的なものがしばしば社会の良識に反するものとなっていること、またそうした場合の方が、作品の中で魔術的な力が占めるウェートが大きいことが、ここから分かるであろう。

この他、ドッペルゲンガーのモチーフも、魔術的なものと言えよう。これは、エディプス・コンプレックスに関連するものではあるが、理性的・道徳的にセルフ・コントロールし、自己完結しているかのように振る舞う「近代的自我」の秩序に対する谷崎の敵意・違和感とも結び付いているだろう（こうした敵意については、「『春琴抄』」（六）「終わりに」（本書P757～）でも触れて置いた）。

例は、『饒太郎』（三）（クラフト・エービングの読後感）『法成寺物語』（九体の菩薩像）『ハッサン・カンの妖術』（上野の夜道で）『人面疽』（映画の中の自分が本物）『金と銀』（第五章）（青野と大川。ポー『ウィリアム・ウィルソン』への言及もある）『天鵞絨の夢』ラスト（鸞鏡宮）『永遠の偶像』（よく似た三組の男女）『呪はれた戯曲』（戯曲の中に戯曲があり、それが無限に反復される）『AとBの話』『肉塊』（七）（フィルムの中の無数のグランドレン）『マンドリンを弾く男』（影の男）『二月堂の夕』（似た婆さん達）『青塚氏の話』（沢山の人形）『黒白』（蔭の男）『乱菊物語』『小五月』（その二）（十二人の傾城が並ぶ）『顔世』（第一幕）（十二人の女房が並ぶ）『残虐記』（今里と野本）などにある。

また、超自然現象が出て来なくても、谷崎の男性主人公たちが理想女性（中でも悪女たち）に感じる抵抗不可能な魅力は、みな魔力と言って良いのである（「魅」も英語の charm も、本来、魔的なものを意味するのだから）。

谷崎の魔術的なものへの関心は、幼児的万能感に由来しているものなのだから、そこから当然予想されるように、谷崎は少年時代から、魔術的なものへの関心が強かったようである。例えば、『少年の記憶』では、店の職工が地震を起こして見せたことや、大観音の屋根の上で人形が動き出したこと（これは『幼少時代』「蛎殼町浜町界隈」にも繰り返される）を回想している。

谷崎はフェティシストで、人形に心があって生きていると考える傾向があるせいか、魔術的なものの中でも、人形が動くことに対する関心は、殊の外、強かったようである。

例えば、『幼少時代』「文学熱」によれば、十三歳の時、《小説と云ふもの丶楽しさ》を《思ふ存分に味はせてくれた最初の作品》も、《犬張子》が《生きて活動すると云ふ》巌谷小波の『新八犬伝』であり、《さう云ふことが実際にあつてくれ丶ばよいと願つた》と言う。同じ年に友達と作っていた回覧雑誌「学生倶楽部」第三号に潤一郎が書いた『日本歴史雑話』（一）「武田勝千代」にも、木馬が急に動き出して口をきく場面がある。

成人後も、比喩ではあるが、『朱雀日記』「祇園」で芸子の舞を《「左小刀（ひだりこがたな）の人形」が動き出したやうに神韻漂渺として（中略）甘い想像の国に誘うて行く》と形容している。「左小刀」は、惚れた傾城の姿を左甚五郎が人形に彫ると、人形に魂が入って動き出すというピグマリオンのような趣向の歌舞伎舞踊である。谷崎は「左小刀」に強い感銘を受けていたに違いない。この他、『魚の李太白』では造り物の鯛に、映画シナリオ『雛祭の夜』では人形や兎に口をきかせている。『白狐の湯』では、縫いぐるみの仔狐を登場させるが、『雪後庵夜話』「「義経千本桜」の思ひ出」によれば、この場面は、十一歳の時に見た「義経千本桜」の川連法眼館の場に大勢で出る縫いぐるみの仔狐が心に残っていて、三十八歳の時に書いたものなのである。

谷崎は、昭和初期に文楽に熱中し、『蓼喰ふ蟲』にも文楽や淡路の人形浄瑠璃を登場させているが、この時も人形に心を惹かれたのであって、義太夫節の方はむしろ嫌いであったことは、『饒舌録』によって明らかである。また、浄瑠璃のストーリーの残酷さや不合理性については、『初昔』『当世鹿もどき』「はにかみや」『所謂痴呆の芸術について』『浄瑠璃人形の思ひ出』などで、繰り返し批判している所である。

谷崎が文楽や淡路の人形浄瑠璃を誉め讃えている文章を見ると、小春＝フェアリー、淡路の人形浄瑠璃＝お伽噺の国とする『蓼喰ふ蟲』（その二）（その十一）、《お伽噺的要素が好き》とする『所謂痴呆の芸術について』、《お伽噺的光景》《童話的（中略）光景》を言う『浄瑠璃人形の思ひ出』と、子供時代と同じ感覚で、人形が動くことに心を惹かれていることが分かる。『初昔』でも谷崎は、《人形芝居を見る時はなるべく舞台から遠く離れた後の席を選ぶ》。《さうする方がアラが見えないで、いかにも小さい人間が生きて動いてゐるやうに感ぜられ（中略）るのが好きだからである》と書いている。人形が生きて動く世界が、現実原則を無視できるお伽噺の国・魔法の国であることは、言うまでもないであろう。

客観的（科学的）現実をねじ曲げて、人間の欲望を実現してしまうという意味では、夢もまた、「万能感」的である（夢に過ぎなかったとすることで、歯止めは掛けてあるのだが）。谷崎の作品では、夢の中で平安時代にタイム・スリップする『鶯姫』や、夢の中で子供に戻って若く美しい母と再会する『母を恋ふる記』、歯科医院で気絶している間に妄想的な夢の世界が展開される『白日夢』、睡眠薬のせいで夢うつつの間に幻想を見る『過酸化マンガン水の夢』の例がある。『蘆刈』で葦間の男が語る異様な愛の物語も、最後に葦間の男が消える夢幻能的な語り方から、一種の夢と見ることが出来る。

谷崎の大正期の作品には、主人公を芸術等の天才とする例が少なくないが、これらも、当然、万能感の例であり、

『刺青』『信西』『法成寺物語』『神童』『鬼の面』『異端者の悲しみ』『襤褸の光』『前科者』『金と銀』『鮫人』などに見られる。

また、天才には悪事を働いても許される特権が与えられているという感覚も時折顔を出し（『神童』『鬼の面』『異端者の悲しみ』『金と銀』『呪はれた戯曲』）、これも万能感の一種である。

万能感のもう一つの類型は、先に（三）「アーブラハムによる精神分析学的研究」で触れたように、積極的に道徳を踏みにじって悪の快楽を欲しいままにしようとする悪魔的・悪魔主義的なものである。これは、谷崎の場合、「超自我」に取り入れてしまった「母」に対する反抗という意味が大きい。

しかし、谷崎は、『父となりて』で言うように、一時期、《エゴイズム》《「悪」の力を肯定し讃美しようと》し、《悪魔の美に憧れる》《悪魔主義》の芸術家を目指したものの、自らは良心の呵責を免れることが出来なかったので、男性主人公が単独で万能感を味わう例は少ない。弱い者いじめをして楽しむ『憎念』『神童』『鬼の面』『神と人との間』『馬の糞』『為介の話』『黒白』などの例があるだけである。

ただ、作中の悪女たちに託して、悪の万能感を味わおうとする例は多い。『刺青』『麒麟』『少年』『捨てられる迄』『魔術師』（両性具有者）『白昼鬼語』『天鵞絨の夢』『痴人の愛』『乱菊物語』『過酸化マンガン水の夢』『鍵』『瘋癲老人日記』などがそれである。

万能感と言うと、有頂天の歓喜・快楽とのみ結び付きそうであるが、逆に、自分が理解も対処もできないような（その意味では相手に自分に対する万能の力があるような）敵に付け狙われているのではないかという疑いを抱いた時には、「無気味」という印象（不安の一種）が生じ、さらに、それが現実の死の危険となって身近に迫ったと感じられる時には、「恐怖」にまで高まるものなのである。

谷崎には、この種の「無気味さ」を中心とした作品の例も多い。例えば、『信西』『悪魔』『続悪魔』『病蓐の幻想』

『人面疽』『人間が猿になつた話』『小さな王国』『呪はれた戯曲』『或る少年の怯れ』『或る罪の動機』『マンドリンを弾く男』『黒白』『鍵』などである（先に挙げた魔術の例と、重なるものが少なくないのも当然である）。

幼児的な万能感が強かった谷崎は、それを味方（「良い乳房」）として外界に投影する時には大きな幸福感を得たが、逆に敵（「悪い乳房」）として外界に投影する時には、「無気味さ」や「死の恐怖」を感じざるを得なかった（「谷崎文学における分裂・投影・理想化」（二）「投影」（本書P59～）で述べたように、谷崎は「悪い乳房」を外界に投影し、地震や病気をひどく恐れていた）。谷崎の作中に、しばしば「無気味さ」や「死の恐怖」が登場するのは、谷崎が実際にそういうものに脅かされていたためであると同時に、それを作品化することで、不安や恐怖を乗り超えようとしたからでもあろう（こうした心理は、谷崎に限らず、多くの人に見られる。それが、怪奇や恐怖を中心とした文学・映画・テレビ等の作品が、無数に生み出される所以であろう）。

谷崎はこのように、魔術的に幸福が成就する作品や、逆に魔術的な力の犠牲になる無気味で恐ろしい作品を数多く書いている。しかし、谷崎という人は、両面性のある人で、現実離れした魔術を夢想（或いは恐怖）するのはその半面に過ぎず、残りの半面では、理性的な眼で、現実を冷静に見ていた。一般に、魔術的なものを作中に持ち出すことは、現実的な読者からの反発・嘲笑を買いやすいのだが、谷崎は、それを防ぐために作中で周到な防御策を講じることの出来る人だった。このことが、谷崎文学に構成の論理性・緻密さを齎す一因になっていることにも注意を喚起して置きたい。防御策の例としては、「谷崎文学における分裂・投影・理想化」（三）「理想化」（本書P60～）で挙げて置いた、眠気を誘うような暖かさ・長閑さの利用などがある。本書では詳しく論じることが出来なかったが、「『春琴抄』」（五）「谷崎の文学的勝利の秘密」（本書P733～）も参照されたい。

永井荷風は、谷崎の随筆を《まるで演説をしているようですね》（成瀬正勝「偏奇館訪問」『森鷗外覚書』）と評したと言うが、実際、谷崎の小説も随筆も、そしてその文体も、読者を説得し共感させせようという強い意志と目的意識を感じさせる。しかも、谷崎の人柄を反映して、それがあくまで正攻法・真っ正直で、情熱的・エネルギッシュである。文章も、理性的に吟味され、建築的・論理的である。がっしり組み立てられていて、どこを叩いてもびくともしない。そして無駄や脱線を嫌う。非論理的な飛躍や奇抜な感覚的表現を喜ばない。

しかし、論理一辺倒ではなく、感情は豊かで、センチメンタリズムは嫌うが、憧れや思慕、また少年の自己憐憫のようなそこはかとない甘い悲しみはよく現われる。感覚は鋭く、視覚以外にも、聴覚・嗅覚・味覚・触覚・温感などを使うのがうまい。視覚的なものについては、日本回帰以降、その限界を充分自覚し、読者の想像力を生かして使う方法を意識的に工夫している。一作毎に技術面での創意工夫を凝らす名人肌である。文章のリズム・呼吸はゆったりと、安定しており、調和的である。これは作品の内容・気分にも言え、内容と形式が調和している。これらは、クレッチマーが循環気質の文学者の特徴とした諸点と一致すると私は考える。(注16)

最後に、谷崎には、好きになると、その対象（人であれ、物であれ）を猛烈に高く評価し、絶賛・崇拝する傾向があるが、これは母に愛されなかったために強かった鬱傾向、すべてを無意味・無価値と感じてしまう厭世的・否定的傾向に打ち克つために、それだけ肯定の仕方がファナティックに、普通人からすると大袈裟という印象を受けるものにならざるを得なかったのであろう（「谷崎潤一郎の母に対するアンビヴァレンツ」（四）②「厭世的・自閉的傾向」（本書P26〜）・「谷崎文学における分裂・投影・理想化」（一）「分裂」（本書P56〜）参照。なお谷崎は、『雪後庵夜話』（1）で、《私は恋愛に関しては（中略）ファナチックであ》ると、自ら認めている。三島由紀夫や晩年の森鷗外の fanaticism も、根は同じ所にあろう）。つまり、谷崎の狂信・大恋愛・崇拝・絶賛の傾向、そして強い性欲や猛烈な食欲、生命力に満ちたものを礼讃する傾向は、鬱（否定のエネルギーに囚われた状態）に対する反動形成的な躁的なもの（全面肯定の夢）であろう（谷崎の宗教的傾向については、「昭和戦前期の谷崎潤一郎」（本書P385〜）参照）。谷崎が何かを絶賛する時に、しばしば、同時にそれとは対照的な何かを猛烈に否定・軽蔑・攻撃する傾向を見せたのは、否定的傾向が先にあるが故に、それを向けるはけ口が必要だったからでもあろう。

谷崎はまた、実生活では一貫して死をひどく恐れていたが、その一方で、彼の作中の主人公たちは、しばしば死をむしろ望んでいる。それは、主にマゾヒズムによる、そしてしばしば母体に吸収される幻想と結び付いたものではあるが、これも、もともと谷崎には、自らを無価値・無意味と感じ、死を望む鬱傾向があって、それに打ち克つために、実生活では死を恐れ、作中では、死を永遠の生命に変える道を模索していたからであるように私には思われる。

以上のように、谷崎の躁鬱気質を視野に入れることは、これまで充分に理解できなかった谷崎の様々な側面に、有益な照明を当てることを可能にするのである。

注

（1）『神と人との間』の《穂積》は、佐藤春夫をモデルとする所も多いが、その《生来の陰鬱と、人間嫌ひと、無口》（八）など、谷崎自身を投影している部分も多いことに注意しないと、この作品および作者・谷崎の本質を見誤ることになる。また、鬱的側面を有する谷崎のヒロインたち（例えば『痴人の愛』（一）のナオミ、『春琴抄』の春琴、また『細雪』の雪子ら重子をモデルとしたヒロインたち）には、谷崎自身が投影されていると見るべきである。

（2）日本の作家では、宮沢賢治について、周期は必ずしも一定していないが循環気質とした研究が、福島章『宮沢賢治　芸術と病理』（金剛出版）にあり、私もこの診断に賛同したい。

（3）一高時代からの友人・君島一郎の『朶寮一番室』の中にも、潤一郎が太ったり痩せたりしたという証言がある。即ち、《既に向陵（注・一高）を去ってからでも、彼は時々われわれの前に現われる。ある時にはやせてどうも元気がなく例の江戸っ子調の言葉も出ないと思うと、次ぎには大分ふとって弁舌さわやかである。（中略）彼が最も痩せ衰えて現われたのは、大学を中途退学して秋田の何新聞からか招聘されて行くときだった》。秋田（山形とも言う）の新聞社に入社しようとしたのは、明治四十三年二月のことで、一高時代の山形出身の友人（小林良吉？）の世話で決まったが、結局中止した（野村尚吾『伝記谷崎潤一郎』による）。

（4）ここで言う《悪事》は、主に女を買うことであるが、天気の良い昼間にセックスをすると憂鬱にならないという考えは、『恋愛及び色情』と『蓼喰ふ蟲』（その十二）にも出る。

（5）『前科者』でも、悪人である主人公（≠谷崎）は、《心中常に孤独を感じ、寂寞に悩んで居》（五）て、《その堪へ難い孤独から紛れ（ママ）ようとして》《頻りに世間との交際を求める》が、それは《賑やかに冗談を云ひ合つたり、酒を飲み合つたりするのが目的》（六）に過ぎない、としている。

（6）ジェイコブソンも、『うつ病の精神分析』（岩崎学術出版社）で、躁鬱病者にとっての愛情対象は超自我に当たるとしている。

（7）「ドッペルゲンガー」については、マリー・ボナパルトの「二重性格の文芸」（「精神分析」昭和二十九・五）を参照されたい。

　ドッペルゲンガーに関連するものとして、『乱菊物語』に、苦瓜助五郎元道が、一面では、家島に善政を敷くれっきとした領主であると同時に、裏では海賊の頭でもあり、二重人格的に善と悪の世界を自由に往き来しているという設定がある（「海島記」）。これは、谷崎の魔術的な変身願望と、「超自我」から自由になりたいという万能感的な願望を実現したものと言ってよいだろう。

（8）二十七年秋と推定したい。『現代小説全集「谷崎潤一郎集」著者年譜』では、明治二十六年とするが、この年譜は間違いが非常に多いもので、信用できない。明治二十七年六月二十日の大地震と七月二十五日の豊島沖の海戦時、谷崎一家がまだ㊇商店に住んでいたことは、『幼少時代』「日清戦争前後」の回想から確実である。『うろおぼえ』で没落を九歳の時としているので、二十七年中と見て良いだろう。この年は、一月から七月にかけて二割近く急騰した米価が、七月中旬から九月中旬にかけて豊作説が出て、一割近く急落した（『新聞集成明治編年史』巻末東京期米記録図表による）。そのあおりで、秋に倒産したのではないだろうか。

（9）「谷崎潤一郎とマゾヒズム」（二）「谷崎がマゾヒストになるまで」（本書P78〜）も参照されたい。稲葉清吉先生を理想の父に見立てて、その評価を期待する心理も働いていたであろう。

（10）『盲目物語』の場合は、『奥書』でも言及されている『祖父物語』の解釈を、一応、典拠としているが、本質は谷崎の解釈と言って良い。

（11）『瘋癲老人日記』（十月十九日）の日記にも、《若イ時カラ女房ナドニ始終意地悪ヲ云ヒツヾケテ悪党ガツテキタガ、ソノ女房ニ泣カレルト、カラツキシ意気地ガナク負ケテシマフ。ダカラ一生懸命ニソノ泣キドコロヲ女房ノ奴ニ知ラセナイヤウニシテ来タ。》とあることを指摘して置く。これは谷崎の事実を書いたものであろう。

(12) 母以外でも、例えば、『親不孝の思ひ出』(2)に、《祖母の、情愛の籠つた(中略)叱言》を《一種の甘い音楽のやうに》聞いている内に、《今にもホロリとしさうになつた》ので、《慌て》て《家を飛び出し》たという例がある。

(13) 谷崎には転居癖があったが、これも鬱から逃れるための方法だったに違いない。今東光の『十二階崩壊』によれば、谷崎は転居の際、家財道具の殆どを屑屋に売り払い、新しい家具を買ったと言うが、そうすることで、厭な過去を清算しようとしていたのであろう。

(14) もっと以前にも、悲しみや泣くことを肯定的に扱うものが皆無だった訳ではない。作家以前の習作『うろおぼえ』で、美しい叔母と自分の辛い境遇を重ね合わせて、自己憐憫の甘い悲しみに耽る例や、『神童』(一)(大正五)で、主人公が親不孝を反省して泣いた時、《自分の胸の中が、最も聖人に近くなつて居る事を感じた》という例がある。

(15) 『小さな王国』については、伊藤整が《経済的な拘束が人間の自主性を奪》う危険を描いた《谷崎潤一郎の全作品の中で最も特色のある現代社会の批判性を備へた作品》(『谷崎潤一郎の文学』中央公論社)と評したように、谷崎の作品としては、社会性のある唯一の例外と見る見方がある。が、作家は自分の本質に外れた唯一例外の作品など書きはしない。『小さな王国』は、他者に対する魔術的な支配力をテーマにした、谷崎に多い作例の一つである(悪女が男性主人公を支配することが多いが、『魔術師』(両性具有)『人面疽』『マンドリンを弾く男』『黒白』(男)『日本に於けるクリツプン事件』(人形)『アヱ・マリア』(種々のフェティッシュ)など、例外もある)。紙幣発行などの問題を取り上げたのは、『幼少時代』「小さな王国」で明らかにされているモデルが行なったことをなぞったのと、現実世界から経済的に独立した別世界を作り上げてしまう所に、魔術的な力が一層強く感じ取れるのを面白いと思ったからであって、伊藤整のような見方は見当違いである。生徒をコントロールすべき教師・貝島が、逆に理性を失ってしまうことをラストに持って来ているのも、魔術的＝反現実的なものが現実仕会の秩序を浸食することに、谷崎の(同時に恐怖も含むアンビヴァレントな)欲望があるからである。

『小さな王国』は、異様に肥大化した子供の「ごっこ遊び」を描いているが、「ごっこ遊び」の精神・趣向は、『少年』『幇間』『秘密』『痴人の愛』『春琴抄』『鍵』などにも見られる。これは、幼児退行の願望以外に、「ごっこ遊び」には、子供が空想の世界で、大人の世界を魔術的・万能感的に所有・支配するという側面がある点が、特に谷崎の気に入ったからでもあろう。

伊藤整は、谷崎に思想性があると主張したことで知られているが、「思想性」という言葉の意味が、日本のインテリが喜ぶ観念的な思想のことであるなら、全く見当違いであって、谷崎にはそのような浅薄なものはない、と断言して置きたい。また、伊藤整は、死や破壊の恐怖のみを言っていて、谷崎には、恐怖しつつそれを望んでいるアンビヴァレンツがあることに気付いていない点も、大きな欠点として指摘して置きたい。

(16) ついでながら、谷崎はまた、頭でっかちな知識人作家とは違って、指導者づらをして社会を批判したり、いかに生きるべきか、お説教を垂れるようなことは決してなかった。青年にありがちな深刻癖・観念的な議論などもない。小賢しい心理分析をして、人間というものを知り尽くしているかのような自慢顔をすることもないし、学を衒い知識をひけらかすこともなかった。機知を弄し、読者の意表に出て才気を見せびらかすような自慢がましい小手先の芸（警句・アフォリズムのたぐい）も見せなかった。「新思潮」時代に谷崎は、英文版の『ドリアン・グレイの肖像』を和辻哲郎から借りて読み、返す際に、「君がアンダーラインを引いてない所（アイロニカルな警句でない所）の方が面白かった」と言った（『若き日の和辻哲郎』）。警句は一文だけで自己完結し、却って作品全体の完成度を損なう。谷崎は、作品の部分として、完全に役目を果たすセンテンスを書くことを、最初から知っていたのである。

【付記】本章は、今回、書き下ろしたものである。

第七章　肛門性格をめぐって

――シンポジウム「〈性〉という規制」より――

私は、性をフロイト的な広い意味に捉らえつつ、中でも肛門性格という問題に特に焦点を合わせ、具体的には谷崎文学を例に引きながら、論じて行こうと思っています。先ず最初に、前提となるフロイトの学説を簡単に振り返って置きましょう。

フロイトは、人間における性的なものを、まず、大人の性、我々が普通セックスと呼んでいる種類のものと、まだペニスやクリトリスなどが本来の活動を始める以前の幼児性欲の二つに区分します。更にフロイトは、幼児性欲を三つの段階に区分し、おっぱいを吸う事を中心とする口唇期（一歳半まで）、大便の排泄を中心とする肛門期（二～四歳）、ペニス・クリトリスを中心とする男根期（三～七歳）に分けます。人間における性的なものは、これらの幼児性欲の段階を順次経過した後、思春期になって目覚めた性器を中心とする体制に再編成され、大人のセックスへと移行する訳ですが、その発達がうまく行かないと、種々な程度で様々な精神医学的症状が現われたり、口唇・肛門・男根期のどれかに偏った特殊な性格になったりする、と考えられています。

これを人間の精神形成という観点から見ますと、口唇期の段階では、自己と他者との区別がまだかなり曖昧であり、セルフ・コントロールという事も殆ど問題になりません。それが肛門期になりますと、トイレのしつけが始まり、この時初めて人間は、欲望のままに生きる事を諦め、母親の命令に従って、自分の欲望を支配・制御し、時に断念する事を学ぶのです。この自己支配の問題から、罪責感を産み出す「超自我（スーパーエゴ）」の形成も始まりますし、支配と服従の問題から、攻撃性やサディズム及びマゾヒズムも生まれると考えられます。

この発達段階に固着する人間、つまり肛門性格の人間は、自然な欲望と、自分自身をコントロールしようとする超自我とが乖離し、強迫的な性格になります。素直に快楽を追求せずに我慢しようとする事、すべての物事を自分が決めた通りにきちんとコントロールしないと気がすまない事、等がその特徴です。また、超自我が強過ぎる為に、恥や罪の意識も強くなります。一方また、肛門期の幼児には、母親の言いつけを聞かずに、大便を出さずにおこうとする願望も強くありますから、人の言う事を聞かない強情・頑固な性格になったり、やりたい事とやるべきだと思う事の分裂から、同一人物が矛盾対立する二面性を示し、礼儀正しさと無礼、几帳面さとだらしなさ、吝嗇と浪費、優しさと攻撃性といった正反対の性格を合わせ持つとも言われています。

＊　　　＊　　　＊

以上の様な肛門性格の特徴を念頭に置いて、谷崎の生涯と文学を眺め渡して見ますと、思いの外に符合する所が多い事に気が付きます。

谷崎の芸術上の完全主義・凝り性、私生活における義理堅さ・礼儀正しさ・時間厳守[注1]、また『細雪』（昭和十八〜二十三）等からも感じ取れるように、年中行事や儀式のように型に塡ったものを好む事なども、肛門性格の特徴です。谷崎のマゾヒズムも、強すぎる超自我と本来の欲望との間に強い葛藤が生じ、罪悪感が生まれる為、欲望を満たす時には同時に自らに罰を加えて罪滅ぼしをしようとする肛門性格的傾向と関係があると考えられます。谷崎の小説には、大小便への言及がかなり頻繁に出て来ますし、『厠のいろいろ』（昭和十）というトイレを論じた随筆も書いています。また、面白い事に、谷崎は生涯にわたって、便秘を非常に気にしておりました[注2]。これらも、谷崎が肛門性格だった事を推測させます。

＊　　　＊　　　＊

さて、もし潤一郎が、実際に肛門性格だったとするならば、そうなった原因は、一体何だったのでしょうか？　私は、原因の一つは、母・セキのトイレのしつけ方にあったのではないかと想像しています。その事を幾らかでも裏付けてくれそうなものに、『少年の記憶』（大正二）と題する回想があります。この中で、谷崎は五、六歳の頃、よく鉄道馬車に乗ったが、馬が途中で糞をするのを《少しも穢いと思はぬのみか、肛門の周囲の筋肉が奇妙に伸縮する工合を、面白さうに熟視するのを常とした。》と言い、また、泥を捏ねて《円形の土手を築いて、其の中へ放尿をし合つた後、又其の土を崩して弄んだが、それさへ穢いと思はなかつた。》と回想しています。また、同じ文章の中には、次の様な一節もあります。

> 五六歳の時分、私は毎晩母に促されて入浴するのが面倒でならなかつた。（中略）私はやれ石鹸が眼へ沁みるとか、やれ湯が熱いとかだゞを捏ねて、手足をバタバタ藻掻きつゝ泣き叫んだ。「いゝ子だから大人しくするんだよ。阿母さんは穢い子供が大嫌ひ！」などゝ欺し賺されても、私はいつかな承知しなかつた。（中略）私には大人の清楚、汚穢と云ふ意味は好く合点出来なかつた。

この例からも分かるように、幼少時代の谷崎は、大小便にむしろ愛着を示していて、親によって清潔さを強制される事には、全く納得していなかったのです。

ところが、谷崎のお母さんという人は、また取り分け綺麗好きでありました。潤一郎の弟・精二が、『遠い明治の日本橋』に、次の様に書き残しています。（注3）

> 私の母は病的に神経質だった（中略）母は綺麗好きで、便所から出ると、塩と軽石で手を三十分位ごしごし洗わ

なければ気が済まなかった。冬になると指先がすっかり割れてささくれ立ったが、それでもやめなかった。

この様に糞尿に対する強迫的な不潔恐怖を示す母親が、息子に対してどういうトイレのしつけをしたかは、容易に想像できるでしょう。潤一郎は、大小便への愛着を断念するように強制された事が一種の外傷体験（トラウマ）になっていて、その為に生涯にわたって大小便を復権しようとする無意識の願望を持ち続けた人だったのではないかと私は考えるのです。

＊　＊　＊

大便は、社会にとっては単に嫌悪すべき無価値なものに過ぎませんが、肛門性格の人間にとってはアンビヴァレントな存在です。つまりそれは、嫌悪すべきもの、抑圧すべきものであると同時に、触ってみたい、手に入れたいものでもある訳です。谷崎には、最初、嫌悪していた不潔なものを、何かの切っ掛けから、急に熱愛し始めるという例がありますが、これは谷崎の大便に対するアンビヴァレンツの現われと解釈する事が出来るでしょう。(注4)

例えば谷崎は、関東大震災後、関西に移住したての頃、『阪神見聞録』（大正十四）を書いて、大阪の人が満員電車の中で子供に大小便をさせる無神経さを罵倒していますが、(注5)その後間もなく、大の大阪人贔屓になって、大阪賛美の為に『私の見た大阪及び大阪人』（昭和七）を書きます。ところが、そこでも大阪の家の中の不潔さを言い、《江戸っ児は襤褸を着てゐてもふんどしと履き物だけは新しいのを誇りとしたと云ふが、あれでみると大阪人の下着類は定めし不潔であらうと察せられる。》と書いています。つまり谷崎は、大阪人が不潔だという認識を変えたのではなく、不潔な大阪人が好きになってしまったのです。

また、これは小説ですが、『アヱ・マリア』（7）（大正十二）という作品の主人公は、店に丁稚奉公をしている鈴吉という少年の足だけを、鈴吉の人格とは無関係に崇拝するようになります。それも、最初は畳の上に座っている鈴吉の《臀の下に重ねられてゐた黄色い足の裏》を見て、《「なぜ人間にはあんな不作法な足なんてものがあるんだらうなあ」（中略）「せめて足袋でも穿いてゐたらい、のに」と、ひそかにその足を憎ん》でいたのに、《厭だ〳〵と思つてゐるうちにいつの間にやらひよいと好きになつ》て、その《皮膚に黒いひびの這入つたむくんだ汚い足》を崇拝するようになるのです。《臀の下》という位置や《黄色い》汚い《足の裏》という言い方から見て、足の裏は大便に近いものと考えられます。実際、人間の体の中で、足の裏は最も下の方にあり、最も下等で不潔な部位と言えるでしょう。だとすれば、足の裏を舐めてみたいなどと感じる谷崎のフット・フェティシズムもまた、肛門性格に由来する部分が大きいのではないかと考えられます。（注6）

＊　＊　＊

ところで谷崎は、自分の理想とする女性に対しても、大便に対してと同様、憧れと恐怖の混在するアンビヴァレンツを、生涯にわたって示し続けております。これは、谷崎の人格は、肛門期にその基本構造が出来上がっていた為、後に女性に対して大人の性欲が生まれた時に、女性もまた大便と同じ様にアンビヴァレントな存在になってしまったからではないか、と考えられます。谷崎が、生涯にわたって女性を愛しつつ恐れ、性的快楽を追求しつつ、罪や死の恐怖に悩み続けたのは、一つには母・セキに対するインセスト・タブーのせいだと考えられますが、もう一つには、谷崎にとって、女性は言わば大便そのものだったからではないか、と私は思うのです。

この仮説は、大胆に過ぎるように思われるかも知れませんが、谷崎には、自作の女性主人公を大便と結び付けようとする奇妙な傾向が、実際にあるのです。

例えば、『乱菊物語』「燕」（その三）（昭和五）と『少将滋幹の母』（その六）（昭和二十四〜二十五）には、平中が本院の侍従の排泄物を見る有名な話が使われています。（注7）また『武州公秘話』（巻之四）（昭和六〜七）では、武州公が便所に通ずる地下道を通って、憧れの桔梗の方との初めての出会いを便所で果たす話や、的場大助が桔梗の方の糞溜の底で、《真に文字通り芳しい最期を遂げた》事などが語られています。『春琴抄』（昭和八）には、春琴について、《お師匠様は厠から出ていらしつても手をお洗ひになつたことがなかつたなぜなら用をお足しになるのに御自分の手は一遍もお使ひにならない何から何まで佐助どんがして上げた入浴の時もさうであつた》と書かれています。つまり春琴のお尻の穴は、佐助が拭いたり洗ったりしていた訳です。(注8)『猫と庄造と二人のをんな』（昭和十一）には、雌猫のリリーのフンシが、繰返し出てきます。そして庄造は、《僕リ、ーとは屁まで嗅ぎ合うた仲や》と自慢します。『ドリス』（その二）（昭和二）では、雌猫の《ドリスは平気で、極めて鷹揚に部屋のまん中へ垂れ流しをする。恐らく此れほど悠然と、女王の如き威厳を以て、支那絨毯の絢爛な敷き物の上へ糞尿をするものはないであらう。》と書かれています。『細雪』が雪子の下痢で終わる事は有名ですが、妙子も赤痢になり、下痢が《余り頻繁なので、起きて、椅子に掴まつて、御虎子（おまる）の上へ跨がつたきりであつた。》（下巻）と描かれています。(注9)

以上は比較的穏やかな例ですが、もっと過激なものとしては、例えば『青塚氏の話』（大正十五）のラストに、青塚氏と思しき人物が、由良子そっくりに作った人形の大便を自分の顔に掛けて喜ぶという話があります。また、戦後の『過酸化マンガン水の夢』（昭和三十）には、洋式水洗便所の中で、他ならぬ自分の大便が女に変わるという顕著な例が見られます。

『馬の糞』（大正十四）と題する小説では、友人の細君を毛嫌いする男が、こんな女と結婚するのは《ビフテキの代りに馬の糞を喰ふ》ようなものだと言って、厭がらせをします。彼が嫌いな女性を《馬の糞》と呼ぶのは、彼にとって女性はいい糞か悪い糞かどちらかであって、いい糞なら食べてもいいと思っているからでしょう。(注10) 実際、戦後の対談「忘れ得ぬことども」（昭和二十二）の中で、辰野隆が谷崎に《君は中学時代に、惚れた女ならクソでも食うつていつてたね》《今でもそんな気もちがあるかい》と聞くと、谷崎は《やア、ないこともないが……。》と答えています。(注11)『痴人の愛』（十一）（大正十三～十四）には、ダンス・ホールに行った後、急にナオミに幻滅を感じ始めた譲治が、帰りの電車の中で、次の様に思う場面があります。

ちやうど私の座席からは、彼女が最も西洋人臭さを誇つてゐるところの獅子ツ鼻の孔が、黒々と覗けました。(中略) 此の鼻は (中略) まるで私の体の一部も同じことで、決して他人の物のやうには思へません。が、さう云ふ感じを以て見ると、一層それが憎らしく汚らしくなつて来るのでした。よく、腹が減つた時なぞにまづい物を夢中でムシヤムシヤ喰ふことがある、だん〴〵腹が膨れて来るに随つて、急に今迄詰め込んだ物のまづさ加減に気がつくや否や、一度に胸がムカムカし出して吐きさうになる、——まあ云つて見れば、それに似通つた心地でせう。

ナオミの鼻の孔は、恐らく肛門を象徴しています。譲治はナオミを、良い大便(ビフテキ)と思って食べていた所、実は馬の糞だったと分かって吐き気を催すのが、この場面でしょう。

『悪魔』(明治四十五)には、ヒロインが鼻をかんだハンカチを、主人公がぺろぺろと舐める場面が出て来ますが、この場合も、鼻の孔は肛門に、鼻汁は、鼻糞という言葉がある事からも、大小便に準ずるものと考えられます。(注12)『青塚氏の話』では、由良子そっくりのゴム人形を作った青塚氏は、その人形に鼻の孔があり、鼻糞まであることを自慢にし、しまいには《此の鼻糞の味はどうだらうか》と言い、中田にも《それを舐めて見ろ》と言うのです。

『少年』(明治四十四)には、狐ごっこの場面があり、狐になったヒロインの光子が、狐の糞(うんこ)と小便と称して、足で踏み潰した饅頭・鼻汁で練り固めた豆炒り・白酒の中へ痰や唾吐(つばき)を吐き込んだものを《私》や仙吉に食べさせます。(注13)すると信一が、《今度はあべこべに貴様を糞攻めにしてやる》と言って、皆で光子の顔を餡ころ餅でぐちゃぐちゃにします。餡が大便の代わりになる訳です。作品の最後の方で、光子は仙吉と《私》を縛り上げ、額の上に蝋燭を載せて座らせますが、この場面でも谷崎は、二人の顔を覆い尽くした蝋について、わざわざ《鳥の糞のやうに溶け出した蝋》という形容を与えています。そして、ラストで光子は、《私》や仙吉に《鼻の穴の掃除を命じたり、Urine を飲ませたり》しますが、この《鼻の穴》も肛門の象徴でしょう。(注14)この様にヒロインの大小便を愛する一方で、愛するヒロインの顔を大便まみれにしようとする事は、谷崎の女性への愛着が、大便への愛着の延長線上にあるとでも考えない限りは、理解できないと思います。

『肉塊』（五）（大正十二）という小説には、美しい白人女性・グランドレンの顔を、映画撮影の為に黄色に塗り潰す例がありますが、この場合の黄色い絵の具も大便と考えて間違いないと思います。『幼少時代』「日清戦争前後」（昭和三十～三十一）には、明治二十七年の地震の際、母の白い胸に筆で墨を黒々と塗り付けたという思い出話が出て来ます。恐らくこれは、実際には夢で、胸を墨で汚す事は、顔を絵の具で塗り潰すのと同様、大便を塗り付ける性的な行為の代理象徴となっているのでしょう。

潤一郎は『痴人の愛』のナオミを浅草千束町の銘酒屋出身としたり、『母を恋ふる記』（大正八）で自分の母を鳥追いの姿で登場させるなど、ヒロインの出自を殊更、下賤なものにしたがる傾向がありますが、これもヒロインを不浄なもの、ひいては大便と結び付ける為の設定と考えられます。

女の顔を絵の具でぐちゃぐちゃにする例は、『鬼の面』（四）（大正五）という小説にもありますが、この作品の主人公は、絵筆よりもむしろ短刀で、《餅を捏ねるやうに顔中を捏ね返して見》たいと考えます。『春琴抄』で春琴の顔を破壊する事も含めて、これらは顔そのものを大便に変えて捏ね返したいという事でしょう。

谷崎は、大便を捏ね回したいという欲望が強かったと見えて、『柳湯の事件』（大正七）という奇妙な小説も書いています。この小説の主人公は画家で、ぬらぬらした物質――蒟蒻や《心太(ところてん)、水飴、チユーブ入りの煉歯磨（中略）とろゝ、肥えた女の肉体》等が大好きで、画家になったのも《さう云ふ物質に対する愛着の念が、次第に昂じて来た結果だらう》と言います。そして、自分の情婦に対しても、シャボンを顔に塗りたくったり、体中に布海苔をぶっ掛けたり、《鼻の孔へ油絵具をべっとりと押し込んだり》していじめます。ここでも鼻の孔は、肛門と同一視されており、油絵具やぬらぬらした物質は大便であると考えられます。彼が油絵具を鼻の孔へ押し込むのは、大便は肛門の中にあるべきだからでしょう。そして、この主人公は《肥えた女の肉体》も、ぬらぬらした物質、つまりは大便と同列に並べているのです。谷崎が女性の肉体を大便と同一視し、女性の肉体を大便の様に捏ね回したいと感じていた可能性は、決して小さくないと私には思われます。

『憎念』（大正三）という小説では、主人公が丁稚の安太郎の鼻の孔を見て、《「何と云ふ醜い、汚ならしい、鼻の孔だらう。」（中略）「人間の顔には、どうして鼻の孔なんぞが附いて居るのだらう。」》と思い、《飯を喰ふ時にはキツと其の恰好が眼先へちらちらして気持ちを悪くさせ》るので、安太郎を憎むようになります。その憎しみは、《我れ我れが食事の最中に或る汚穢な事物を想像する時、何とも云へない、嘔吐を催すやうな不愉快》と同じだったと言います。明らかにこの例でも、鼻の孔は肛門と無意識に同一視され、それ故に嫌悪されています。

ところが、主人公には、この安太郎が手代の善太郎に暴力を振るわれた際の《歪んだ顔つきや、悶え廻る手足の恰好が甘い誘惑物のやうに一種不思議な牽引力を以て写つて居ました》。その為に主人公は、もう一度、安太郎が善太郎に殴られる所を見ようと、陰険な策略を巡らすのです。主人公はこの欲望を《しんこ細工》を例に取って説明しようと試みます。即ち、《あのグニヤグニヤした、柔かい、粘ツこい物質》《あの物質を自由勝手に伸ばしたり圧しつけたり摘まんだりする手触りが、子供には無意識に面白かつたのです。（中略）私は全くそのやうな好奇心から、もう一遍安太郎ののた打ち廻る光景（ありさま）を眺めたくなつたのでした。（注15）》と。谷崎は気付いていませんが、ここに語られている物質を捏ね回す快楽も、恐らくは、大便を捏ね回す快楽です。安太郎は、大便と同一視されるが故に、一方では吐き気を催させながら、他方では捏ね回してみたい欲望もそそるのです。《醜く、色黒く、而も豊かに肥えて居る彼の体質》

が、擲ったり抓ったりしてみたい気持をそそるとされている事も、安太郎と大便との類似性を感じさせます。

老人性痴呆症になったお年寄りは、しばしば自分の大便を手で摑んで捏ね回したり、食べたりするそうですが、これは、人間には本来そういう欲望があるのだが、普段は抑圧していて、痴呆症になると抑圧が取れるのだと考えられます。子供が泥遊びを好むのも、実は大便を捏ねる代わりであり、世の母親達がそれを厭がる本当の理由も、そこにあると思われます。先に引用した『少年の記憶』(注16)の泥んこ遊びでも、泥は元々大便の代わりだからこそ、それに小便を混ぜようという発想が浮かぶのでしょう。

＊　　＊　　＊

ところで、谷崎の女性その他に対する趣味・嗜好には、生涯に少なくとも二回、劇的な変化が起こっております。一回目は青年時代で、それまでは大変な優等生・学校秀才で、禁欲的な聖人・君子たらんとして居たのが、百八十度方向転換して、性的快楽の探求者に変身した時です。二回目は関西移住後、それまでの西洋崇拝・白人女性崇拝から日本回帰して、関西崇拝・古典的日本女性崇拝に変わった時です。それでは、この二回の大変身の際に、谷崎の肛門性愛はどの様に変化したのでしょうか？

最初の優等生時代には、谷崎の肛門性愛は、もっぱら禁欲的に、我慢する力として機能していた事が、容易に想像できます。それでは、白人女性崇拝の時代にはどうだったのか。

結論から先に申しますと、白人女性崇拝の鍵を握っているのは「白」という色そのものであり、「白」は、一切の不潔なものを拒絶する色、大小便の完全なる否定と考えられます。一方、白人に対してしばしば日本人の象徴とされる色は「黄色」でありますが、谷崎にとって「黄色」は糞尿の色だったと思うのです。

西洋崇拝の時期、谷崎は黄色い日本人を軽蔑していますが、例えば『為介の話』（大正十五）という日本回帰直前の中絶作品では、アメリカ風の白いズボンと白靴の流行が日本人を尚更醜くすると書き、また、不愉快な大阪の新聞記者を描写するのに、彼の《汗でぬらぬら光つてゐる襟頸や、垢づいたカラー、曲つた蝶結びのネクタイ》《泥だらけな白靴》等の不潔さを指摘し、更にその上、彼の《歯糞の附いた黄色い歯》を見て吐き気を催したと書いています。しかも主人公は、二人の新聞記者の内、比較的《色白》で、《白靴》も《汚れてはゐたけれど踵が曲つてゐな》い方の新聞記者を選び、彼をこれ見よがしにえこ贔屓して見せるのです。ここでは明らかに「白」は清潔で優れたもの、「黄色」は《歯糞》に繋がる不潔で嫌悪すべきものとなっています。

ところが、日本回帰後に書かれた随筆『懶惰の説』（昭和五）の中では、谷崎は逆に《清潔と整頓を文化の第一条件とするアメリカ人》を揶揄するようになり、《今にアメリカ人は鼻の穴から臀の穴まで、舐めてもいゝやうにキレイに掃除をし、垂れる糞までが麝香のやうな匂を放つやうにしなければ、真の文明人ではないと云ひだすかも知れない。》と言ったり、ハリウッドの映画俳優たちの《白い汚れ目のない歯列を見ると、何となく西洋便所のタイル張りの床を想ひ出す》と言ったりします。そして、便所をひどく汚くする中国人への共感を語り、《八重歯や茄子歯》が失われて行く事を嘆き、老人の歯は《煙草のやにで黄色く汚れて》いる方が、《皮膚の色ともよく調和して、のんびりした、悠々迫らざる感じを抱かせる》と主張します。ここでも「白」は明らかにトイレの清潔さと結び付けて考えられていますが、谷崎は日本回帰すると同時に、「白」を排斥し出し、それまで嫌っていた「黄色」を弁護し始めるのです。(注17)

谷崎には、西洋崇拝と日本回帰の問題を直接にテーマとして取り上げた『友田と松永の話』（5）（大正十五）という小説がありますが、その中で、《黄色い顔》の日本人・《黄色い国》日本を嫌ってパリに渡った西洋崇拝の主人公・松永が、日本回帰する切っ掛けも、愛人・スーザンの真っ白な肌が、何故だか急に恐くなって来た事でした。そして、間もなく松永は、《女の肌の色も、真つ白いのよりも黄色が、つてゐる方が、和やかであり（中略）真に自分を心の底から労つてくれるやうな気が》し始め、日本の事を《想像したゞけでも荒んだ神経が静まるやうな感じを覚え》、とうとう日本へ逃げ戻って来るのです。

ところで、日本が懐かしくなり始めた時、松永の耳元には、次の様な囁き声が聞えて来ます。

此のピカピカしたガラスや金属の食器でもつて物をたべて旨いと思ふか？　此のテーブル・クロースはどうだ？　此の磁器の皿はどうだ？　成る程清潔には違ひないが渋みも深みもないぢやないか。

ここで清潔な洋食器の事が出てくるのは、西洋および「白」が清潔の象徴であるからに違いありません。松永は、西洋の清潔な白さに追い立てられて、日本に逃げ戻ると言っても過言ではないでしょう。

同じく日本回帰をテーマとした作品『蓼喰ふ蟲』（昭和三〜四）でも、明らかに不潔なものが復権されようとしています。例えば、ヒロインのお久は、古風な京女で、茄子歯と八重歯があり、ハイカラな美佐子はそれを《不潔で野蛮》（その二）と酷評しますが、『懶惰の説』の谷崎同様、主人公の要は《さう云ふ非衛生的な歯を治療しようともしないところに》心を惹かれます。淡路で人形浄瑠璃を見る場面（その十一）では、見物席の通路で子供に小便をさせる母親が描かれます。『阪神見聞録』でなら、罵倒の対象とされる筈のものですが、ここでは牧歌的なのどかな雰囲気を強めるのに役立てられています。また、美佐子の父は、谷崎の『厠のいろいろ』と同じ《雪隠哲学》（その十四）を説き、お久に鶯の糞を使わせています。『春琴抄』の春琴もそうですが、お久は絶えず顔に鳥の糞を塗りたくっている訳です。そして、ラストで要は、白いタイル張りの浴室とは対照的に不潔そうに見える薄暗い長州風呂に入って、お久と結婚したような気持になります。この『蓼喰ふ蟲』という小説に安らぎが満ち満ちている事と、こうした不潔の復権とは、恐らく無関係ではありません。

日本回帰後の谷崎の美意識のエッセンスとでも言うべき随筆『陰翳礼讃』（昭和八〜九）にも、同様の現象が見られます。美を論ずるこの随筆を、潤一郎は、いきなりトイレの話から始め、《日本の厠は実に精神が休まるやうに出来てゐる》と言い、白いタイルを張り詰めた西洋式のトイレにすれば《清潔には違ひないが》、精神が休まらないと言います。また《西洋人は垢を根こそぎ発き立て、取り除かうとするのに反し（中略）因果なことに、われ〳〵は人間の垢や油煙や風雨のよごれが附いたもの、乃至はそれを想ひ出させるやうな色あひや光沢を愛し、さう云ふ建物や器物の中に住んでゐると、奇妙に心が和やいで来、神経が安まる。》と言います。日本人全員がそうであるかどうかはともかく、少なくとも谷崎にとっては、大便、或いは大便的な不潔なものが、心に安らぎをもたらすのです。谷崎の場合、これは、母によって清潔を強制される以前の乳児期にまで幼児退行したいという願望の現われでもあります。[注18]だから谷崎は、『厠のいろいろ』で、《便所の匂には一種なつかしい甘い思ひ出が伴ふものである》と書いているのでしょう。

「白」は、大便を抑圧する強迫的な色です。そして、大便を強迫的に抑圧するのは谷崎の母・セキであり、清潔好きな西洋人です。しかもセキは、大変色の白い美人でした。ですから、西洋崇拝時代の谷崎の中では、母・セキと「白」と白人女性は、一つに混じり合い、愛すべきものであると同時に、大便を抑圧する恐ろしいものともなっていたのでしょう。

しかし、日本回帰後の谷崎と言えども、セキを否定したり、女性の白い肌の価値を否定する所までは行きませんでした。『陰翳礼讃』の中で谷崎は、白人と日本人の肌の色を比較して、《日本人のはどんなに白くとも、白い中に微かな翳りがある。》と言い、その《翳り》を《清冽な水の底にある汚物》《どす黒い、埃の溜つたやうな隈》《薄汚い蔭》《薄墨のしみ》[注19]等と言い換えています。この黒い汚物は、大便のメタフォアでしょう。だから谷崎は、黒人の血が少しでも混じった混血児を徹底的に追求し排除しようとした南北戦争当時の白人達に、共感を示すのです。

『陰翳礼讃』に於いて谷崎は、《われ〳〵の先祖は、明るい大地の上下四方を仕切つて先づ陰翳の世界を作り、その闇の奥に女人を籠らせて、それを此の世で一番白い人間と思ひ込んでゐたのであらう》と書いています。つまり陰翳は、純白でない日本人を、可能な限り白く見せる便法として礼讃されているに過ぎないのです。ところが、同じ『陰翳礼讃』の中で谷崎は、トイレに関して、《あゝ云ふ場所は、もやくとした薄暗がりの光線で包んで、何処から清浄になり、何処から不浄になるとも、けぢめを朦朧とぼかして置いた方がよい。》と述べています。だとすれば、陰翳で包み隠さねばならぬ日本女性の純白ならぬ肌もまた、一種の不浄、即ち大便に他ならないのです。

しかし、汚物を含んだ白、大便を拒絶しない白は、谷崎にとって安らぎの色でした。『陰翳礼讃』の中で谷崎は、《唐紙や和紙の肌理(きめ)を見ると、そこに一種の温かみを感じ、心が落ち着くやうになる。同じ白いのでも、西洋紙の白さと奉書や白唐紙の白さとは違ふ。西洋紙の肌は光線を撥ね返すやうな趣があるが、奉書や唐紙の肌は、柔かい初雪の面のやうに、ふつくらと光線を中へ吸ひ取る。（中略）西洋人は食器などにも銀や鋼鉄やニツケル製のものを用ひて、ピカピカ光る様に研き立てるが、われくはあゝ云ふ風に光るものを嫌ふ。》と述べています。ここで谷崎が、紙の肌あいについて語る語り方からは、谷崎が紙を、実は女性の白い肌のメタフォアとして語っている事が感じ取れます。西洋紙の光線を《撥ね返す》肌は、大便を拒否する白人女性の肌であり、光線を《吸ひ取る》唐紙や和紙の肌は、大便を受け入れる日本女性の肌なのです。だからこそ、ここでも『友田と松永の話』同様、ピカピカ光る清潔な洋食器が、比較の対象として呼び出されるのです。(注20)

谷崎が、白人女性崇拝から日本回帰し、黄色や大便を復権するのは、こうして見ると、谷崎が大便を徹底的に抑圧するような清潔な「白」の世界に憧れつつも、自己の内なる大便への願望を抑え切れなくなった結果と考えられます。谷崎は青年時代、聖人君子たらんとしていて、結局、我慢できなくなり、快楽追求へと方向転換していますが、白人女性崇拝は、言わば快楽追求路線内での聖人君子志向で、それがまた崩壊するという一種の振り子運動が起きているようです。そう思って見ると、確かに白人女性崇拝時代の谷崎には、何か無理をして背伸びしている様な印象がありました。『支那趣味と云ふこと』（大正十一）は、その最も端的な現われだったのでしょう。

谷崎は白人女性崇拝の時期に、自分の小説の主人公を、頻りに悪人・背徳狂・悪魔主義者などと呼ぶようになりますが、これは、自己の内なる性欲を、悪として否定する超自我の働きが、この時期、特に強まって、良心の苛責を感じる事が、実際に多くなっていたからでしょう。超自我は、谷崎にあっては大便を抑圧する傾向が強い訳ですから、良心の苛責と大便の抑圧と白人女性崇拝とは、相互に切っても切れない関係にあった訳です[注21]。

以上の様に、肛門性愛という視点は、谷崎文学を考える上では、極めて有効であると私は考えます。

＊　　＊　　＊

肛門性格についてのフロイトの仮説が正しいものであるならば、それは、谷崎に限らず、肛門性格の作家すべてに、それなりの有効性を示す筈であります。例えば、尾崎紅葉を例に取って考えてみましょう。

紅葉は幼い頃から極めて几帳面で、真っ直ぐであるべきものが曲っていたり、角が円くなっていたりする事を嫌いました。また、例えば花の形をした菓子があるとすると、その花びらが少しでも欠けていたりするものは、嫌って見向きもせず、形が完全無欠でない限りは手も触れなかったという事です（松原至文『明治文豪伝之内　尾崎紅葉』）。後年、文章に凝りに凝った事も考え合わせると、紅葉には、肛門性格的な傾向があったと考えられます。

ところで、肛門性格の人間には、お金を溜め込む人が多いと言われています。肛門期の幼児にとって、大便は母親に対する最初のプレゼントでありますから、大便とお金や黄金は、無意識の内に同一視され易いのです。事実、大便と黄金は、神話や童話の中でもしばしば同一視されます。谷崎の『陰翳礼讃』の中にも、《金屏風》や《能衣裳》等の美しさが取り上げられていますが、これらも実は、糞尿のメタフォアであると考えられます[注22]。

それでは、こうした事実を『金色夜叉』（明治三十～三十五）に当てはめて考えると、どういう事になるでしょうか。『金色夜叉』の貫一は、お金を軽蔑しているにもかかわらず、高利貸になってまでお金を溜め込もうとします。

これは矛盾した行動に見えますが、肛門期の幼児が母親に対して不満を抱いた際、強情を張って大便を出す事を頑固に拒み続け、大便を溜め込む事で、母に復讐しようとするのと同じと考えれば、すんなり理解できるように思われます。

貫一がこの様な行動に出る下地は、彼の生い立ちに求められます。貫一は早く両親に死なれていますが、この事は、心理的には両親によって捨てられたのと同等の意味を持つからです。その貫一にとって、宮は単なる恋人ではなく、失った父母兄弟すべての身代わりでした。(注23)ところが、死んだ両親の代役を果たすべき筈の鴫沢夫妻が、その宮を富山唯継と結婚させようとし、宮もまた貫一を捨ててしまったのです。ですから、宮および鴫沢夫妻に対する貫一の恨みは、普通の青年が失った恋人に対して抱く普通の感情とは全く違い、むしろ、子供が自分に対して不当に冷たかった父母の仕打ちを恨む気持の方に、遥かに近いものとなるのです。貫一は、《身は人と生れて人がましく行ひ、一も曾て犯せる事のあらざりしに、天は却りて己を罰し人は却りて己を詐》(中篇（七）)ったと考え、天と人に対して恨みを抱きますが、この場合の天は、父の正義を象徴するのでしょう。正しくあるべき父も母も、不当に自分を迫害したという怨念——そこには、幼くして母を失い、父にも捨てられたように感じていた紅葉自身の怨念が込められていた筈です。肛門性格の紅葉は、その怨念を、大便としてのお金を溜め込むという形で表現したのです。

貫一は、高利貸を《極悪非道》《白日盗を為す》《悪事》と自ら《知つて身を堕した》(中篇（弐）)訳ですから、その行動は、エリートになれる筈だった自分の未来を自ら葬り去る一種の自殺行為であります。(注24)それは、子供が、自分を愛してくれるべき筈の父母に期待を裏切られた時に、復讐的に自分自身を傷付けようとする行動と解釈してよいでしょう。勿論それは、幼稚な子供じみた行動でありますが、紅葉もそれは自覚していて、間貫一という名前には、間抜けが一人という意味が込められている位です。(注25)

貫一は、宮がどんなに反省し、謝罪しても許しませんが、それは、紅葉が、幼い自分を捨ててあの世へ行ってしまった冷たい母・庸に対する恨みを、宮に振り向けているせいでしょう。紅葉の死んだ母が帰って来ない以上、宮に対する恨みが晴れる事も、あってはならないのです。

紅葉の腹案では、最後に怒りの解けた貫一は、《情死救済の広告をなして、五十余人の命を助け、一文無しになる》予定だったようですが、自分の財産を基金にして、その利子で救うとか言うのではなく、一挙に全部使ってしまうのは、溜め込んだ財産は大便に過ぎず、一挙に出してしまう方が、むしろ気持がいいからだと思われます。(注26)

以上、簡単ながら、肛門性愛という視点が、谷崎以外にも有効である事を示し得たと思います。

【補足】

顕著に肛門性格を示している作家として、もう一人忘れてならないのは、三島由紀夫であります。

三島の異常な幼少時代については良く知られていますが、例えば、まだ三島が赤ん坊だった頃、授乳は正確に四時間置きと決められ、授乳時間まで祖母によって厳密に決められていました。三島はこの祖母の命令におとなしく従うという訓練を小さい時から叩き込まれた結果、自分の自然な欲望を強く抑え込む肛門性格になったと考えられます。三島の母は、祖母からの隔世遺伝として、三島の《礼儀礼節義理立て報恩、人との約束の時間厳守、几帳面さ》等を挙げていますが、これらはいずれも肛門性格の特徴を示しています。また、三島は《幼少のころから日本古来のしきたり、行事というようなものがとても好きで（中略）大人になってからも（中略）毎年の豆撒きの時など、先頭に立ち（中略）物凄い大きな声で、「鬼は外、福は内」とどなりながら豆を撒き、それから家族中に各自の年より一つ多い数の豆をひろわせて十円玉と一緒に包ませ、自分みずから近所の四つ角まで持って参り、帰りには掟に従い決して振り返らないという調子で（中略）この念には念の入った信心振りは死ぬまでやめ》（平岡梓『伜・三島由紀夫』）なかったという事です。この様にしきたりや型を強迫的に大切にするのは、言うまでもなく肛門性格の特徴です。

その三島が自らの同性愛的傾向をテーマとして書いた『仮面の告白』の中で、《汚穢屋》の青年を、《私の半生を悩まし脅かしつづけたもの》つまり同性愛的欲望の《最初の記念の影像》としている事は、三島の同性愛がもともと肛門性愛から生じたものである事を示唆しています。そして、主人公が《糞尿汲取人》という職業に、《そこから私が永遠に拒まれてゐるといふ悲哀》を感じるのは、三島が糞尿まみれになる事を望みつつ、祖母によって強く禁止されていた事を想像させるのです。

『仮面の告白』の中では、金色のものがしばしば重要な意味を持っていますが、これは糞尿のメタフォアであると考えられます。例えば、生まれた時に主人公が見たと言う金色に光る盥の縁もそうです。主人公の憧れる《兵士たちの汗の匂ひ》も《黄金に炒られた海岸の空気のやうな匂ひ》とわざわざ言い換えられます。ラストのダンスホールのシーンでも、主人公が心を惹かれる青年について《腋窩のくびれからはみだした黒い叢が、日差しをうけて金いろに縮れて光つた。》という描写があります。中でも面白いのは、夏祭りの金の御神輿が出て来る事です。三島が神輿を担ぐ事に憧れ、後に実際にやらせて貰った事は有名ですが、金の鳳凰をてっぺんにつけた金色の神輿は、京都の金閣寺と余りにも良く似ております。小説『金閣寺』には、特に糞尿に関するイメージは出て来ないようですし、作中では、金閣寺は概ね太陽と同一視されているようでありますが、太陽の金色が、三島において糞尿と結びついている可能性は、決して小さくないと私は考えます。

ところで、金閣寺を建てたのは足利義満ですが、彼は世阿弥を寵愛した男色家でありました。世阿弥は能の完成者で、谷崎が『陰翳礼讃』で能衣裳を賞賛している事は先に述べた通りです。三島も能が好きでしたが、ドナルド・キーン、小西甚一との座談会「世阿弥の築いた世界」で三島は、世阿弥の一番偉い所は、アンティノウスの様に容色が美しかった事だと言っています。やや大風呂敷を広げるならば、金閣寺も能も、いかにも肛門性格好み、同性愛者好みの対象なのです。

三島にはまた、戦後版『金色夜叉』とでも呼ぶべき『青の時代』という小説があります。この小説では、主人公の父親がひどく几帳面な人物で、例えば《麦藁帽子》をかぶるにも、《帽子の紐を顎のところで几帳面に花結びに結んで》いて、しかも《その結び目の長さも左右が寸分ちがはない。》とされています。主人公は、この父親のせいでひどく几帳面な、肛門性格の人間に育ち、一高・東大に進学後、高利貸になるのです。

彼は、自分には自然さというものが欠けていて、普通の人生から疎外されているという感覚に悩まされ、次の様に考えます。

僕のやることなすことは、結局かういふ世界と自分の間に屹立してゐる硝子の壁を壊すに足りない。考へてもみるがいい、北極探険の大冒険家だつて、一日一回は厠へ行かなければならないだらうに、僕は用便については一言も触れてゐない探険記を鵜呑みにしたわけだ

つまり、彼を普通の人生から疎外するのは、他ならぬ大小便の抑圧なのです。

ところで、この小説の最初には、文房具店にある巨大な鉛筆の広告模型を主人公が欲しがる話が出て来ます。主人公の父は、この広告模型を主人公に買い与えた上で、無理矢理、海に捨てさせ、《ほしいものがあつても、男は我慢をせなけりやならん》という肛門性格的な教訓を与えます。この鉛筆は、主人公が遂に自分の物に出来なかった平凡な幸福の象徴として、作品の最後にも再び登場して来ます。三島は恐らく、ペンシルはペニスの象徴というフロイトの解釈を念頭に置いて、主人公が《贋物の英雄》（『青の時代』序）である事を象徴させるつもりで、作品の最初と最後に置いたのだろうと思われますが、本当は、むしろ大便の象徴とすべきでしょう。その形や、緑色に金文字付きという色合いもそうですが、それが張り子の模型であって、現実には全く何の役にも立たない所が、いかにも大便的で

す。大便は、平凡な幸福の為には、是非とも必要なものだったのに、『青の時代』の主人公には、最後まで手に入らないのです。[注27]

三島の文学は、概して作者が人工的・意志的に作り上げたものという印象が強いように思われますが、これは、自分自身をも作品をも、強く意志的にコントロールしようとする肛門性格の現われと考えられます。三島がボディー・ビルディングやボクシング・剣道等によって、意識的に自己の肉体と精神を改造しようと企てた事も、文体を作家にとってのザインではなくゾルレン（『自己改造の試み』）と考え、意志と鍛練によって文体を支配しようとした事も、安部公房との対談「二十世紀の文学」で、《無意識というものは、絶対におれにはないのだ》と発言した事も、不感症の女に心を惹かれた事も、すべて肛門性格的な自己支配の願望の現われと言えるでしょう。

三島は晩年になって、切腹に強い憧れを抱くようになりますが、私はこれも肛門性格と関係があると思います。何故なら、自殺の方法には、頭や心臓をピストルで打ち抜くとか、首を吊るとか、色々な遣り方がありますが、切腹は、その中でも最も肛門に近い場所を破壊する死に方です。また、切腹は、大便の詰まったおなかを裂いてそこから排泄する行為とも、我慢に我慢を重ねて溜め込んだ肛門的攻撃性を一気に噴出させる行為とも、解釈できるからです。切腹に関心を持ったもう一人の作家・森鷗外にも、肛門性格的傾向があり、だからこそ三島は鷗外を愛好したのではないでしょうか。

鷗外について詳しく語る時間がないのは残念ですが、鷗外が、医学の中で特に衛生学を研究対象に選んだのは、彼の不潔恐怖症の現われでしょう。また、彼の描くヒロインが、『舞姫』（明治二十三）のエリスにせよ、『雁』（明治四十四～大正四）のお玉にせよ、貧家の出身でありながら、必ず身ぎれいとされている事、高利貸への関心を『雁』で示している事、鷗外の自己抑制の強さなど、すべて肛門性格的傾向の現われと考えられます。

＊　　＊　　＊

以上の様に、肛門性格という視点は、幾人かの優れた作家の研究に、少なからぬ貢献を成し得るものと考えられます。しかし、私が抱いている野心は、実はもっと遠大なものなのです。と申しますのも、肛門期は、自らの欲望に対するセルフ・コントロールの在り様を決定する時期ですから、肛門期にこそ、所謂「近代的自我」——近代に於ける自我と欲望の問題を解く鍵があり、更に言えば、肛門期の研究は、近代そのものの起源を解き明かす事にさえ繋がって行くと、私には思えるからです。近代の芸術とそれ以前の芸術を比較する時に我々が直感する差異——それを「近代性」と呼ぶならば、「近代性」は確かに「肛門性格」と繋がっている。——これが私の現時点に於ける見通しであります。

注

（1）谷崎恵美子の「永かった青春に別れる」（「若い女性」昭和三十五・三）によれば、「潤一郎は規律正しい時計の如く正確な生活を送っている。食事の時間なども、五分でも遅れると怒り出す。性急で、外出の時も、一時間前には洋服と着替えて、時間待ちをしている。趣味があるようでない。賭事遊びは大嫌い。スポーツ一切も好まない。花造りをするでもない、魚釣りなど殊にじれったがって、我慢が出来ない」と言う。
　精神分析学者・アーブラハムは「肛門性格の理論のための補遺」（一九二一）で、「多くの肛門性格者は、時間を失うことを絶えず心配している。彼らには自分一人で仕事と共に過ごす時間だけが完全に利用し尽くされたものと映る。彼らは仕事を中断されることを嫌い、無為怠惰・娯楽を嫌う」と書いている。谷崎は時間を無駄にすることを嫌っただけでなく、『雪後庵夜話』（2）で、書斎に松子すら入らせず、《全く他人と没交渉で仕事が出来、自分だけの世界に閉ぢ籠つてゐられる有難さ》について語っていて、「自分一人で仕事」をすることに対する執着も非常に強かった事が分かる。

（2）例えば『青春物語』「神経衰弱症のこと、並びに都落ちのこと」に《私は日々下剤を用ひ、もし一回でも通じが止まると不安になつた。》、『或る時の日記』に《毎朝あるべき筈の通じが一日止まつてもそれが気になる。》、全集未収録の昭和三十年十月二十一日付け川田順宛葉書（「浪速書林古書目録」平成六・二）に、《便通のことは小生も毎日気に致しをり滞る時は下剤を用ひても通じるやうに致し居り候》とある。小説ではあるが、『異端者の悲しみ』（一）にも、《「脳が悪かつたら便秘に気を付けないといけない。」先日医科の友達にこんな忠告を受けてから、彼は毎日湯水を飲んで、出来るだけ多く通じをつけるやうに努めて居た。》とある。潤一郎が健脳丸をよく飲んでいたことは、谷崎の『恐怖』『青春物語』「神経衰弱症のこと、並びに都落ちのこと」、長田幹彦「奇人物珍人物座談会」（「文学時代」昭和七・一）、喜多壮一郎の「谷崎潤一郎氏と健脳丸」（「文芸春秋」昭和九・八）、「文章倶楽部」（大正九・四）一記者の「谷崎潤一郎氏訪問記」などから分かる。当時この薬は、「便秘の人は常に服用せば中風又は卒中等を未発に防ぐ」と広告されている。

なお、これは私の余りに個人的な印象かも知れないが、象という動物には、かなり大便的なイメージがあるような気がする（大江健三郎には肛門性格的な特徴があり、その『河馬に噛まれる』の河馬は、もっとはっきり大便的である）。そして、谷崎の喜劇『象』で、象が半蔵門につっかえて通れないというラストシーンから、私は便秘を連想する。それがこの喜劇の喜劇性を高めている、と感じるのは私だけであろうか？

（3）谷崎潤一郎の『少年の頃』（「主婦之友」昭和二十五・十一）にも同様の記述がある。『異端者の悲しみ』ラストで、死んで行く妹が、《かあちゃん、……あたい糞（うん）こがしたいんだけれど、此のまゝしてもいゝかい。》と母の許可を得る所にも、谷崎の母の不潔恐怖が窺われる。

（4）谷崎は、好き嫌いの差を極端に誇張し、また反転させる傾向がある。西洋崇拝から日本回帰したり、江戸っ子自慢から関西贔屓に変わるなど。これは肛門性格の特徴で、肛門期には、不潔なものへの愛着を打ち消すために、逆に極端な清潔好きになる（また反抗を従順さで、無礼さを礼儀正しさで、弱気を強がりで、嘘つきを馬鹿正直で、露出症を過度の羞恥心で）といった風に、一つの欲望を正反対の欲望で打ち消す「反動形成」という防衛方法が用いられるためである。

（5）『為介の話』にも同様の罵倒がある。

（6）フロイトが自らの「性欲論三篇」に付けた自注やアーブラハムの「足とコルセットのフェティシズム」で、足の臭い匂いが肛門性欲を刺激することも、足がフェティッシュに選ばれる要因としている。

谷崎の『饒太郎』（一）にも、汚い足への関心が現われている他、『瘋癲老人日記』（十一月十七日）に出る足の拓本作りでは、颯子の足を朱墨で汚す事自体が一種の快楽となっている。

（7）『少将滋幹の母』（その九、十）では、国経が不浄観を行ない、女性の肉体を大小便を含む不浄不潔な汚物の塊りとして見ようとする。

（8）『蘆刈』のお遊さんについては、ここまで露骨ではないが、《風呂場でからだを洗ふのにもほとんど自分の手といふものを使はない》とされている。

(9) 『細雪』(中巻(五))に出てくる阪神大水害の描写も、《水は黄色く濁つた全くの泥水で(中略)黄色い水の中に折々餡のやうな色をした黒いどろ〱のものも交つてゐる。》といった具合で、見ようによっては自然界の下痢とも考えられる。

(10) 『過酸化マンガン水の夢』でも、ぬるぬるした半流動体の葛の餡かけに包まれた鱧の真っ白な肉から春川ますみを連想し、その後、自分の糞便がシモーヌ・シニョレ、次いで人彘にされた戚夫人になる。この様に女性の肉体は、一方では大便と繋がり、他方ではおいしい食べ物に通じているのである。これは、「躁鬱気質と谷崎潤一郎」(三)「アーブラハムによる精神分析学的研究」(本書P278〜)で述べたように、谷崎に口唇期的固着と肛門期的固着の両方があるためであろう。

谷崎が女性の肉体と食物を結び付けている口唇期的な例としては、食糞的なもの以外にも、『美食倶楽部』(一二三)以下に、闇の中で口の中に侵入して来た女性の指が、ハムの味がするぬらぬらした柔らかい物質に変質し、最後には白菜の茎(じく)になるという例がある。この他、主人公がヒロインの乳を飲む『蘆刈』『夢の浮橋』や、『金と銀』(第三章)で、栄子が情人と逃げると、青野は《脂つこい物を喰ひ過ぎた為めに胃腸を悪くしたやうな》心地がしたという例、『富美子の足』で、富美子の足をしんこ細工に譬える所、塚越老人が死ぬ前に、牛乳やソップを染み込ませた綿を富美子の足の指の股に挟んで舐らせて貰うという例、『詩人のわかれ』のラストで、ヴィシュヌ神の足の指先から、《ザムボアの汁が、滴々としたゝり落ち》る例、『嘆きの門』(一)で房子の手が水蜜桃の汁で濡れているシーン、『悪魔』の照子の足や『女人神聖』(二)の光子の手足を「はんぺん」に、『神と人との間』(十二)で幹子の指、『夢の浮橋』で母の足を「摘入(つみいれ)」に譬えた例などがある。逆に食物が女性を象徴している例としては、『吉野葛』に、「ずくし」が乳房を象徴しているという例がある。「『春琴抄』」(四)⑤(ア)「佐助の失明と目からの体内化」(本書P702〜)で述べた佐助が春琴を目から呑み込むことや、「躁鬱気質と谷崎潤一郎」(三)「アーブラハムによる精神分析学的研究」で述べた母や妻に対する「取り入れ」傾向も、口唇期的なものである。

(11) この話は辰野隆の「旧友谷崎」(『谷崎潤一郎』)にも出る。『The Affair of Two Watches』では、原田が《あの女の糞なら嘗めるがナ私や。》と言い、谷崎を思わせる《私》こと山崎が《糞を嘗めるは好かつた。僕は賛成だ。》と言う。

(12) 吉田精一「谷崎潤一郎・人と作品」(『吉田精一著作集』十巻)によれば、谷崎は、「これは空想ではなく体験であった」と杉田直樹に語ったと言う。

(13) 狐は体の色も大小便を連想させ、尻の穴がよく見え、菊＝肛門と結び付けられる動物である。谷崎が、女に化けた狐に対する憧れと恐怖のアンビヴァレンツを示すのは、狐が大便を本質としている為かも知れない。

(14)　谷崎が作中で鼻の孔に言及した例は、『少年』『飈風』『憎念』『玄奘三蔵』『柳湯の事件』『痴人の愛』『二月堂の夕』『一と房の髪』『青塚氏の話』『懶惰の説』『武州公秘話』(巻之二)『夢の浮橋』『瘋癲老人日記』などにある。大部分のケースでは、汚いものとして、肛門と無意識に同一視されているようだが、『瘋癲老人日記』で《彼女ノアノ鼻ノ孔ガ奥ノ奥マデヨク見エ(中略)薄イ鼻ノ肉ガ紅ク透キ徹ツテ見エタリスルノハ悪クナイナ》と思う所や、『夢の浮橋』の生みの母についての同様の記憶では、性器との同一視が働いているかも知れない。

谷崎には、女性の鼻を男根象徴として崇拝するフェティシズムがあるが、その事と、鼻の孔を肛門象徴とする事とは、表裏一体の関係にあるのかも知れない。

(15)　『富美子の足』には、富美子の足をしんこ細工に譬えて誉め讃える所がある。また、『ドリス』(その一)には、《亜米利加と云ふ国では、女の白いしなやかな体を飴細工か粘土のやうに心得てゐるらしい。(中略)それが実に愉快ではないか。》という一節がある。

(16)　『お才と巳之介』のラストに、巳之介が泥まみれになる場面がある。これは「歌舞伎の中の残酷味」(『四季』)に語られている「黒手組助六」序幕の影響だが、大便まみれになりたいという谷崎の願望と関連しよう。『少年』で、少年たちが物置小屋で泥んこになるのも、同様に考えられる。

(17)　「黄色」を復権する動きとしては、『肉塊』(五)(大正十二)でグランドレンの顔を映画撮影の為に黄色に塗り潰す例が初期の予兆的なもので、『二月堂の夕』(大正十四)で《顔は黄色味を帯びて青白く冴え(中略)亡くなつた自分の母や伯母の俤を思ひ出させる、品のいゝ懐かしい婆さんたち》が御詠歌を踊るシーンは、はっきり日本回帰と結び付いている。『赤い屋根』(大正十四)でも、ヒロインは黄色い服で登場し、指輪の金をもっと黄色くしようとする。『吉野葛』(昭和六)では、黄色を基調とした秋の吉野と狐を取り合わせているし、津村を国栖村へ導く祖母の手紙も、《こんがりと遠火にあてたやうな》色である。『痴人の愛』の頃から、谷崎が黄土色の罫線の原稿用紙を用いている事にも、注意すべきであろう。

なお、クラインの考え方で説明すると、「白」は、「妄想的・分裂的態勢」において、過度に理想化された「良い乳房」で、その反対側には「悪い乳房」＝「黒」が考えられる。それに対して「黄色」は、両極端が統合され、中庸を得た「抑鬱的態勢」への移行の現われと考えられる。

(18)　谷崎の小説には、『痴人の愛』のナオミや『猫と庄造と二人のをんな』の福子、『細雪』のお春どんのように、不潔さを強調される女性が出て来る事があるが、これは清潔を強制されないという意味で、潤一郎には好ましいタイプだったと思われる。

(19)『細雪』（上巻（十二））以下で雪子の顔に現われるシミは、ラストの下痢同様、彼女を大便と結びつけるものであり、また、戦後の『鍵』（昭和三十一）の中で、大学教授の夫が、妻・郁子の体にシミがないか、残る隈無く調べる時、《臀ノ孔マデ覗イテ見》（一月廿九日）るのも、肌のシミが大便のメタフォアだからである。

(20) ピカピカ光るものの意味については、【補説】参照。和紙が女性の肌のメタフォアであったことは、『吉野葛』で、和紙に書かれた津村の祖母の手紙が、祖母の皮膚そのものと同一視されていることからも分かる（「『吉野葛』論」（本書P641〜）参照）。また、フロイトも、『精神分析入門』第十講「夢の象徴的表現」で、紙を女性象徴としているのである。

(21) 佐藤春夫は、「潤一郎。人及び芸術」の中で、潤一郎の《寧ろ徳望者に近いやうな生活態度》等から、潤一郎の悪魔主義をシャラタニズムに過ぎないとしているが、『父となりて』等からも分かるように、潤一郎は実際に良心の苛責に苦しんでいたからこそ、作品の中で、その問題を取り上げたのである。

(22) 谷崎は、『厠のいろいろ』で、倪雲林が作ったという蛾の翅を敷きつめた便器を絶賛しているが、それは、《金茶色の底光りを含んだ》蛾の翅が、大便を黄金に昇華する美的イメージになっているからであろう。なお、倪雲林が実際に作ったのは鵞鳥の羽毛を敷きつめた便器で、谷崎は聞き間違えから、勝手にイメージを膨らませて行ったのである。志賀直哉・谷川徹三ほかによる「書と画と庭園を語る座談会」（「瓶史」昭和十二・一）参照。

(23)『金色夜叉』（中篇（七））参照。なお、後編（七）の二で、貫一は孤児になった事が諸悪の根源だったと鰐淵直道に語る。続続（弐）で塩原の景色を見た貫一が、《偶ま人中を迷ひたりし子の母の親にも逢ひけんやうに》感じ、夢に見たのと同じ百合を見て、《宮ははや此に居たり》と思う事が、宮との和解の予兆となっている。

(24) 日本には、古くから、成仏を拒否して生きながら鬼になるという生き方のパターンがある。貫一がそのパターンを踏襲している事は、『金色夜叉』という題名からも明らかである。

(25)『金色夜叉』続続（弐）の二で、貫一が《宿帳を御覧、東京間抜一人と附けて在る》と言う通り、確かに間貫一（はざまかんいち）は「間貫け一（まぬけいち）」とも読める。

(26)『多情多恨』の鷲見柳之助も、勤勉な勉強家である所、また大の風呂嫌いで、妻に強く勧められても週に一度しか入らない所、義母に居留守を使った程度のことを、大罪でも犯したように気に病む所などに、肛門性格的な傾向が見られる。鷲見は、親兄弟のない孤児で、人間不信・社会不信が強い点と、（紅葉は肯定的に描いているが）良くも悪くも極めて子供っぽく、母親願望が強い（最初は妻・類、次いでお種にそれを向ける）点、間貫一とよく似ている。鷲見が米の値段も知らない程、お金に無頓着なお坊ちゃん（前篇（五））とされたり、鷲見の親友・葉山誠哉が、金持の木沢の後妻候補が沢山いること、ヨーロッパでは七十歳の伯爵の所へ十八歳ぐらいの娘が喜んで嫁ぐことを罵倒する所（後篇（四））にも、『金色夜叉』同様、金銭（＝大便）蔑視の感覚が見られる。

紅葉の人格は、表面的には、『金色夜叉』の荒尾譲介、『多情多恨』の葉山誠哉のような、陽気な親分肌だったようだが、これは、早期に父母を失った暗い少年としての自分を打ち消し、自らが望む理想の父にして母タイプへと反転させたものであろう。

なお、有島武郎が自分の財産を完全に放棄しようとした事や、宮沢賢治が財産に対して否定的で、日蓮宗のような極めて攻撃的な宗教に心酔した事も、厳しい父に愛されなかったと感じていた彼らに、肛門性格的な傾向があった事を示すものと考えられる。

(27)『青の時代』には、この他にも、父に部屋に閉じ込められた主人公が、便意を催した為に降参する話や、ドイツ哲学を厠がついていない大建築に譬えて非難する所など、肛門性格に関連する部分が散見される。

【付記】本章は、平成六年十月二十三日にお茶の水女子大学で行なわれた日本近代文学会・秋季大会のシンポジウム「〈性〉という規制」において、「肛門性格をめぐって」と題して口頭発表したものの原稿である。ただし、シンポジウムでは時間が足りなくなった為、本論の一部は省略し、予定していた【補足】も全く断念せざるを得なかった。また、注は、「甲南女子大学　研究紀要」（平成七・三）掲載時に付け加えたものである。いずれも今回、さらに手直しした。以下の【補説】は、今回、新たに付け加えるものである。

【補説】

谷崎潤一郎が肛門性格になった原因として、私は潤一郎の母・セキのトイレット・トレーニングを候補に挙げて置いたが、他にも原因が考えられるので、ここで紹介する。

一つは、躁鬱病との関連である（谷崎の躁鬱傾向については「躁鬱気質と谷崎潤一郎」（本書P263〜）を参照して頂きたい）。

アーブラハムの躁鬱病者についての論文「心的障害の精神分析に基づくリビドー発達史試論」（『アーブラハム論文集』岩崎学術出版社）に拠ると、躁鬱病者には、一般に肛門期への固着が見られる。そして、肛門期には、欲望対象（母）は所有対象＝糞便と等価と見なされる。患者は、対象（母）の喪失によって鬱になっている訳だが、それは、患者の無意識にとっては、糞便（母）が排泄されて、なくなったことを意味している。そこで患者は、排泄された糞便（母）を口唇期的に呑み込み、自我の中に再建しようとするか、または敵意を持って絶滅し尽くそうとする。それが患者に、糞を食べるという空想として出現する、と言うのである。

シンポジウムで指摘したように、数は少ないが、谷崎の作中には、大小便・鼻糞などを口に入れることが実行されたり、イメージとして登場する例がある（『少年』『悪魔』『痴人の愛』『馬の糞』『青塚氏の話』『少将滋幹の母』）し、単に女性と大小便を結び付けようとする例なら、もっと沢山あった。これは、谷崎の躁鬱気質、および母に対する愛憎と関連する可能性が高い。

谷崎の場合、自分を捨てた悪い母＝黒い大便だったとすれば、エディプス期のインセスト・タブーや母に対する敵意のために、母（黒い大便）への愛着が肛門期的に反動形成された結果が、白い大理石としての白人女性＝冷たい彫刻だったのではないか？

アーブラハムの前掲論文が引くフェレンツィの論文「金銭に対する関心の個体発生史について」（一九一四）によれば、幼児の快感は、柔らかで捏ねることの出来る材料から、先ず固い粒状のものに、次いで清潔な輝く表面を持った小さな堅固な対象物へと移行して行く、と言う。後に行く程、大便は美化された訳であり、色も白に近付く程、大便から遠ざかる理屈である。

後藤末雄の『鴉』（「新小説」大正五・六）によれば、向島の谷崎の書斎の違棚には、裸体の石膏像が幾つも乗っていた、と言うし、君島一郎の『朶寮一番室』によれば、向島時代、谷崎は女性性器を石膏で型どった物を、神器のように大事に捧持し、ためつすがめつ審美の極致とばかりに我を忘れて見とれていた、と言う。白い石膏もまた、黒い大便としての母の肉体を反動形成したものであろう。

しかし、白は大便を美化・抑圧し過ぎているため、セキへの恨み・敵意が弱まると共に、黄色が復権されるのではないか。その際に谷崎が、ピカピカ光るものへの嫌悪を語ったのも、フェレンツィが言うように、ピカピカ光るものは、大便を最も美化・抑圧したものだからであろう。『蓼喰ふ蟲』や『陰翳礼讃』においては、白人女性と西洋紙は、谷崎の性欲に潜む僅かなインセスト的要素をも、穢れ・黒いシミ＝黒い大便として絶対に許さないものの象徴であり、黄色みを帯びた日本女性と和紙は、そうしたインセスト的要素をも許し、受け容れてくれるものとイメージされているのであろう。『陰翳礼讃』で取り上げられている中国人が愛する《玉と云ふ石》も羊羹も、フェレンツィの言うような意味で、大便を少しだけ美化したものなのだろう。

なお、谷崎にとって、鬱と不潔なものは、密接な関係があったようで、『柳湯の事件』の主人公は、《僕に取つては、精神の憂鬱と肉体の不潔とは全く一つの感覚で》《心が沈んで居る時は、体中に垢が溜つて悪臭を放つて居るやうに感ぜられ》たと言う。また、《湯へ這入る元気がないほど沈滞しきつて居る時》には、《肉体の不潔をも寧ろ楽しむ様な心持》になると言っている。『鮫人』（第一篇第二章）の服部も、鬱病的であるが、殆ど風呂に入らず、《その不潔の底に沈湎する事を秘密な楽しみにもした。》とある。若い頃、谷崎は朝、先ず風呂に入ることがよくあったようだが、これも鬱対策の意味があったのかも知れない。

谷崎には、精神的・神経的に疲労を感じる鬱傾向の時には、ものぐさになったり、零落して陋巷に隠れ住むような生活に憧れたり、大便的・不潔なものを懐かしんだりする傾向があるようである。大正七年の『襤褸の光』『金と銀』

『柳湯の事件』、八年の『或る漂泊者の俤』、九年の『鮫人』（特に服部）、十一年の『青い花』、十二年の『アヱ・マリア』、十五年の『友田と松永の話』に、そういった傾向が断続的に現われる。日本回帰も、『友田と松永の話』に描かれているように、また『懶惰の説』や『陰翳礼讃』が説くように、清潔過ぎる西洋の白の世界から、大便的・不潔なものを許容する日本的なものに戻った結果なのではないか、と私は考える。日本回帰後の谷崎の作品に、安らぎが漂っているのも、一つにはそのためであろう。

＊　　＊　　＊

谷崎が肛門性格になった原因として、もう一つ考えられるのは、エディプス期に母に対して性愛を向けた際の罪悪感・去勢恐怖から、肛門期への退行が生じた可能性である。

潤一郎は、『少年の記憶』で、五、六歳頃には大便的なものを穢いと感じなかったと回想している。五、六歳頃なら、既にエディプス期に入っていたと考えられるので、これは肛門期への退行の結果だった可能性がある。『アヱ・マリア』（7）によれば、谷崎は、「八犬伝」の芝居（明治二十六年一月市村座の「犬荘子噂高楼（いぬのそうしうわさのたかどの）」と推定）を見た頃から、白い人形を崇拝するようになったらしいが、これは、潤一郎が父の男根を拒絶し、母に男根を与え、母への性愛は放棄せず、母を手本として成長する道を選んだ結果と考えられる。その際に、母を象徴する人形が「白」になったのは、インセスト的な性欲を肛門期に退行させ、不潔恐怖症的に反動形成した結果ではないか、と考えられる。

また、「白」崇拝の前に、「白」を憎み、攻撃する段階があったことから、母を憎む感情が、この時同時に肛門期的な反動形成によって打ち消され、崇拝へと変形された可能性が高い。

谷崎が急に清潔好きになった時期は、他に少なくとも二回あったことが知られるのだが、それらはいずれも、性欲の抑圧と関係している。

一度は、十五、六歳の頃から声変りが始まると共に、《俄に綺麗好になつた》（『少年の記憶』）ことで、これは、思春期に入った際に、母に対するインセスト的性欲が高まるのを抑えようとして、肛門期へ退行させ、不潔恐怖症へと反動形成した可能性がある。

もう一度は、昭和八年七月から翌年二月にかけて、谷崎が本山村北畑西ノ町四四八番地の家に、女中と二人で住んでいた時で、『初昔』によれば、《身の周りを綺麗にすることが好きになり出して、拭き掃除を女中にやかましく云い、《塵一つ落ちてゐても、眼についたら直ぐに拾つて捨てないと気が済まな》くなり、また《整頓癖が附》き、松子の《長い髪の毛が落ちてゐるのを発見して、何だか急に室内の空気が濁つたやうに感じたことがあつた》と言う。そして、《独身生活の味も捨て難い》、《これから一生独身で》も《いくらでも独りで楽しく生きて行ける方法があるやうに思へた》と言う。結婚に邪魔が入ったという訳ではなく、谷崎自身が松子との結婚を取り止めにしたい誘惑に駆られたというのである。

これは、松子を余りに理想的な母と感じていたために、松子との結婚が怖くなり、逃げ出したくなったのであろう。整頓癖・潔癖症が俄に現われたのは、やはり男根的性欲を抑圧し、肛門期に退行させ、不潔恐怖症に反動形成した結果であろう。

これらの事例から、谷崎の肛門性格がエディプス的葛藤からの逃避のために生じた可能性が考えられるのである。

なお、肛門性格になった原因は一つだけである必要はないので、これらすべての複合と見て置いて良いだろう。

＊　　　＊　　　＊

次に、シンポジウムで触れたヒロインの顔に対する大便攻撃についてであるが、クラインの「分裂的機制についての覚書」（著作集4）・「羨望と感謝」（著作集5）などによれば、乳児は乳房に対する羨望から、排泄物や自分の悪い部分を母の乳房の中に突っ込もうとしたり、母を支配するために母の身体に侵入しようとしたりすると言う。このことと、乳児は乳房と顔を同一視する傾向があること（Almansi "The face-breast equation" 'Journal of the American Psychoanalytic Association' 1960. など）を併せて考えると、『少年』『柳湯の事件』『肉塊』などに見られるヒロイン（『鬼の面』では脇役）の顔を汚そうとする攻撃や、『春琴抄』の春琴の顔に対する攻撃は、潤一郎がセキの乳房に向けていた攻撃の反復とも解釈できる（女性化願望を持つ潤一郎の、女性（＝乳房）に対する羨望の現われという側面もあろう）。

また、谷崎には、『刺青』『人面疽』『鍵』『瘋癲老人日記』など、男性主人公が自分の悪い部分を理想女性に注入して、悪女化して行くというモチーフがあり、これも同様の現象として理解できる。

谷崎の作中には、「自らの毒性に悩み苦しむ女」とも言うべき悪女の表現類型があるのだが、これも同様に理解できそうである。この表現類型は、ヒロインが苦しい病気で死ぬか、誰かに首を絞められて殺された顔、苦い薬を飲まされたような顔を見せる、またはそういう顔を主人公が見たがる、という形で現われるもので、『人魚の嘆き』『金と銀』（第二章）『白昼鬼語』『アヹ・マリア』（1）の早百合子『肉塊』（七）『痴人の愛』（十三）などに例がある。これは、ヒロインに毒性が注入された、クラインの言う「自分の悪い部分を母の乳房の中に突っ込んだ」というイメージを谷崎が好んだ結果、現われたものであろう。

また、谷崎の主人公に、ヒロインの肌が濁りを含んで黒ずんで見える所に惹かれる傾向があることも、同様に考えられる。例としては、『金と銀』（第二章）の栄子の《青黒い、擦硝子に似た冷めたさを持つた、奇妙に澄んだ皮膚の色》、『西湖の月』の酈小姐の《底の方を掻き廻すと澱んだ濁り水がぶく〳〵と湧き上つて来る古沼のやうな感じを与へる》という肌、『富美子の足』の富美子の《曇硝子のやうな鈍味を含んで》いる肌、『鮫人』（第二篇第三章）の林真珠の《冷たい感じがするほど青白く冴えた肌には曇り硝子を日に透かしたやうな幽かな深い光沢があ》るという所、『肉塊』（五）のグランドレンの《透き徹つた、曇りガラスのやうな皮膚の感じ》、『痴人の愛』（一）の女給時代のナオミの《顔色なども少し青みを帯びてゐて》《無色透明な板ガラスを何枚も重ねたやうな、深く沈んだ色合をしてゐて、健康さうではありませんでした。》という所、『蓼喰ふ蟲』のルイズの《何処やらに濁りを含んだ浅黒い皮膚のつや》（その十二）が要を惹き付けたという所、『過酸化マンガン水の夢』のシモーヌ・シニョレの《濁つた疲れたやうな皮膚》、などがある。

これらは、肌が純白でなく、『陰翳礼讃』に言う「玉（ぎよく）」のような所に、内的な悪（大便）が感じ取られ、そこに魅力がある、ということなのであろう。『少年』で、西洋館から聞こえるピアノを《水草が緑青のやうに浮いて居る》《古沼の水底で奏でるのかと》疑う所や、『魔術師』で、《魔術の王国》を《真暗な、腐つた水のどんよりと澱んだ、じめ〳〵とした沼が》取り巻いていると設定した所にも、光子や魔術師の悪（大便）を象徴する意味があるのだろう。谷崎独自の毒婦の表現として、注意して置きたい。

＊　　＊　　＊

アーブラハムの前掲論文やフロイトの「欲動転換、とくに肛門愛の欲動転換について」によれば、肛門期の幼児は、大便を自分が作り出した生産物と見、また排便は、自分が作り出した大便を母にプレゼントする愛情行為と見なしている。肛門性格の人間は、成長後もこうした感覚を強く残しているので、黄金やお金を大便と同一視して、出し惜しみする吝嗇（＝便秘）傾向か、逆の浪費傾向（＝排便の快感）を示したり、愛情の表現として、お金やものをプレゼントする傾向を示すのである。

谷崎にもそうした傾向が見られ、例えば、気に入った女性に対しては、高価なものをプレゼントをする癖があった（気に入りの女中や千萬子・春川ますみなどにプレゼントした事例が知られている）。

また、谷崎のマゾヒズムで、女性から受ける被害の中心は、お金を巻き上げられることであり（『前科者』『金と銀』『肉塊』『痴人の愛』『瘋癲老人日記』など）、ひどい場合には、無理にお金を作ろうとして悪事に手を出し、社会的に破滅するケースもある。

谷崎は、その生涯を通してみれば、吝嗇家では決してなく、むしろ相当な浪費家だったが、『父となりて』（大正五）で見ると、三十歳位の頃は、《甚しいエゴイストで》《自分の所有して居る金銭を、自分の利益の為めにのみ費したかつた。》《骨肉の関係も親友の間柄も一切無視して顧みない。》《それでなくても充分でない私の収入の一部分が、子供の為めに割かれるのかと思ふとそれが苦痛でならなかつた。》《自分の収入の全部を挙げて遊蕩費に供さなければ承知》《出来なかつた》といった風に、他者を愛さない場合の吝嗇性は徹底している。そして、その吝嗇性の本質は、愛する自分にのみお金をプレゼントする（《金銭を、自分の利益の為めにのみ費したかつた。》）という所にあるのである。

また、《自分の生活と芸術との間に見逃し難いギヤップがあると感じた時、せめては生活を芸術の為めに有益に費消しようと企てた。》（傍線・細江）というように、生活の時間も所有物と見なし、それを無駄なく《有益に》《費消》し尽くそうという発想や、赤ん坊（鮎子）の《盛んなる叫び声を聞くと、第二の「我」に私の活力が奪ひ取られて行くやうな恐れを持つた。》という感じ方にも、肛門性格が現われているようである。

第二部　谷崎文学の心理的メカニスム

——通時的縦断的研究——

第一章 谷崎潤一郎・変貌の論理

——所謂日本回帰を中心に——

谷崎潤一郎の文学を考える上で、日本回帰の意味をどう理解するかは、避けて通れない課題である。しかしこの問題は、西洋と日本の客観的本質をいくら考究しても、解ける事はないだろう。それは、事の本質が谷崎の個人的主観的欲望にあるからであり、谷崎の場合、西洋崇拝も、一時の迷妄とは片付けられないからである。そこで本章では、精神分析学的な観点を導入する事で、谷崎の欲望の中に、西洋崇拝と日本回帰を共に生じさせた真の動因を見出し、新しい解釈を提示したいと思う。

（一）谷崎のメンタリティー

谷崎のメンタリティーで、大きな特徴をなすのは、死に対する強い恐怖感である。潤一郎は幼い頃、母や乳母が付いて居ないと家の外にも出られなかったり、歌舞伎を見た帰りには、自分もあのように母に捨てられるのではないかと不安に思ったりする少年だった（『幼少時代』「阪本小学校」）。成人後も、神経衰弱に苦しみ、地震（『幼少時代』「南茅場町の最初の家」）・床屋・医者（『青春物語』「神経衰弱症のこと、並びに都落ちのこと」）を恐れるなど、その臆病は生涯変わらなかった。従って、谷崎の女性崇拝の根源にも、幼い頃、死の恐怖から守ってくれた母なるものへの固着があった事が、当然、推測されて来るのである。

例えば小田原事件で、土壇場で千代子との離婚を撤回した奇妙な行動の意味も、『神と人との間』で妻に捨てられた寂寞を、《子供だつたら、わあツと大きな声を揚げて泣いたに違ひない》(六)と表現している事などから、母に対する分離不安に等しいものだったと推定できる。谷崎が女性の肉体そのものに非常な執着を示したのも、単なる性欲の他に、幼時に自分を安心させてくれた母の肉体を求めていたせいもあろう。(注1)

谷崎文学理解に於いて常に問題になるインセスト願望・マゾヒズム・フェティシズムなども、母親の保護を求める幼児的メンタリティーと関連するものと考えられる。

インセスト願望は、性的パートナーの内にまで母を求めてしまう結果であるし、谷崎のマゾヒズムには、無力な幼児に戻って強い母によって守られるか、或いは母に殺される事で、永遠に母の中に吸収・合体されるという幻想が働いていたと思われる。(注2)

また、フェティシズムは、足などのフェティッシュを母の男根の代わりと見なす事で、母が男根を持たない弱者である事を否認しようとする欲望と解釈される。谷崎の場合、男勝りの性格や高い身分的権威・権力、また身体的には高い鼻・美しい手足・豊かで力強い肉付き、時には少年を思わせる少女の男女両性具有的肉体などがフェティッシュとなる。また、色の白さも優越性の象徴となっており、例えば『アヹ・マリア』では、白い人形は赤い人形より美しく強く、赤い人形の鼻の頭(＝男根)を切り取るものとされている。

谷崎にはこの他、自らが美女(または女性的美男)になりたいという願望もあった。これはナルチシズムの一種であるが、幼い頃の潤一郎が、父親ではなく若く美しい母を自己の理想像として育った為と解釈される。(注3)

この願望は、私が「始発期」及び「(現世主義的)西洋崇拝期」と呼んでいる時期の作品に、特に頻繁に現われる(『飈風』『秘密』『熱風に吹かれて』『捨てられる迄』『金色の死』『創造』『法成寺物語』『神童』など)。しかし、ナル

チシズムは次第に理想女性（＝一種の母）に投影され、自己の分身としての女性への献身という形を取るようになる。(注4)

谷崎文学は、以上のような様々な欲望を、谷崎の分身である男性主人公とヒロインとの関係を通して実現する所にその主眼がある。とすれば、西洋崇拝も日本回帰も、男女主人公像の問題として、谷崎の欲望からその意味を解釈すべきであろう。以下、この観点から、谷崎の変化の意味を中心に、考察して見たい。

なお、私は、谷崎の変化の過程を、大略以下のように整理して考える事にする。

①明治四十三年～大正三年……（現世主義的）始発期
②大正三年～五年……（現世主義的）西洋崇拝期
③大正五年～昭和三年……（イデア論的）西洋崇拝期
　うち大正六年～昭和三年……日本回帰への（イデア論的）過渡期
④昭和三年～十年……（イデア論的）日本回帰の時代
⑤昭和十年～三十年……日本回帰安定期
⑥昭和三十年～四十年……西洋復権期

（二）始発期から西洋崇拝期へ

谷崎は、稲葉清吉の影響下に禁欲的な宗教家・哲学者たらんとしていた一時期の後、激しい煩悶を経て、逆に道徳・宗教を全否定するような極端な現世主義的信念を抱いて作家となった（「谷崎潤一郎の母に対するアンビヴァレンツ」（四）③「悪人意識と反社会的攻撃性」（本書P28～）を参照）。従って、「始発期」から「（現世主義的）西洋崇拝期」にかけて（明治四十三〜大正五）は、殊更に道徳を否定し（『刺青』『麒麟』『憎念』『饒太郎』『金色の死』『鬼の面』『異端者の悲しみ』など）、死後の世界・来世など彼岸的なものを否定し、エゴイスティックに、他者を犠牲にしてでも、生きている間に可能な限り肉体的快楽を貪る事を、無理にも肯定しようとする傾向が甚だしかった。

この事は、例えば、谷崎が大正五年、「（現世主義的）西洋崇拝期」の終わりに書いた『父となりて』(注5)で、これまでの自分がいかに《甚しいエゴイストであった》か《「悪」の力を肯定し讃美しようとし》ていたかを語っている事からも窺い知ることが出来るだろう。また、『親不孝の思ひ出』の、《大正一、二、三年頃》《の私は放浪時代で、さまざまな悪徳に身を持ち崩してゐた。》「日本橋箱崎町の両親の家には、一、二年前に飛び出したきり滅多に寄りつくことがなく、たまに戻ってもすぐ親たちを怒らせたり泣かせたりして又ぷいと出て行ってしまうという風だった」、という回想からも、知られるのである。

この時期は、精神より肉体を重視する傾向も甚だしく、浮世絵より刺青を選び、女性の人格を変えてしまう『刺青』、《文士や画家の芸術よりも（中略）化粧の技巧の方が、遙かに興味》が多いとする『秘密』、《西洋人のチャリネは芝居よりももつと芸術的だ》という『金色の死』、生身の人間を交配して美男子を作り出す『創造』などは、その現われである。(注6)

宗教に対しても全く否定的で、『法成寺物語』の定雲は、《眼に見えぬ御仏よりも、眼に見ゆる》四の御方を信じると言うし、道長も、四の御方こそ《麿が帰依する随一の仏》と言い、法成寺の観音勢至像を四の御方そっくりに作るという冒瀆をなす。『金色の死』の岡村は、自らの全身に金箔を塗って、如来の姿になるという冒瀆を敢えて行う。『鬼の面』の壺井は《ただ肉欲の満足と現世目前の快楽とのみを知つて》《神霊の世界は空に等し》いとする。イデア論が最初に登場する『神童』も、結局それを否定し、《霊魂の不滅を説くよりも、人間の美を歌ふ》事を選んで終わる、といった工合である。

その結果、美の理想は《全然実感的な、官能的な》（『饒太郎』）《眼で見たり、手で触つたり（中略）出来る美しさ》（『金色の死』）に限られ、〝永遠の美〟というようなものは全く出て来ない。(注7)『饒太郎』で言うように、《小説の上で其の美を想像するよりも、生活に於いて其の美の実体を味ふ方が、彼に取つて余計有意味な仕事となつて居る》から、理想の女性も、今ここで現実に手に入れようとする事になる。告白的な『異端者の悲しみ』（大正五・八脱稿）でも、架空的な天国・夢幻的な楽園ではなく、《現実の世に執着しつゝ、どうにかして楽みを求め出したかつた》と書かれている。従って、谷崎は芸術の価値さえ現実の快楽の下に置き、放蕩生活（『親不孝の思ひ出』に言う「放浪時代」）にのめりこんで行く事になった。

『羹』執筆中の大正元年八月十二日付け沢田卓爾宛書簡では、《金の為めに書く》のは《面倒臭》いと言い、大正二年十月二十三日精二宛書簡では《僕に取つては life of art の方が art of life よりも重大である》と書いている（『饒太郎』にも同じ意味のことが書かれている）。君島一郎は、『朶寮一番室』で、谷崎から《俺は実際の生活が大事なんで、それが俺の芸術なんだ。好きな為たい放題の生活をしたいんだが、それにはもと手がいる。金がないと出来ないから書いて、そしてそのたしにする。楽しんで経験してそれを材料にしてまた書くんだ。遊んで楽しく暮して行くかねがあれば俺は別に書かないでもいいんだ》と聞いたと回想している。

しかしながら、谷崎の理想とするような強い女性を現実に求める事は、当時の日本では極めて困難な事であった。だから、西洋崇拝が最初に顕在化した大正三年九月の『饒太郎』（三）で、谷崎は、「西洋の Prostitute は、Masochisten のあらゆる歓楽の注文に応じてくれるが、《気の弱い日本の女子》には《男の要求にまかせて残忍な悪戯を演ぜんとする程の豪胆なる女を見ない。》その為、饒太郎は《纔かに自分の想像を小説に作つて、心密かに恍惚とするより外はなかつたが》《何とかして一度はその想像を実際に経験して見たい》《そんな希望が年を経るまゝにだんだん急激になつて、しまひには（中略）外の事には一切何等の趣味も緊張も感じないやうになつた》」と書いている。谷崎が「始発期」から、次の「西洋崇拝期」に移行する原因の一つは、ここにあった。

さらに、当時白人は、世界を支配する優越人種と考えられていたし、白人女性の鼻の高さ・美しさと肌の白さ・《崇高なる肉体》(『恋愛及び色情』)は、谷崎の目に、母・セキを更に理想化した強力な男根的価値として映ったであろう。『饒太郎』も、《西洋のすつきりした、立派な肉体を持つた婦人達が出て来る》活動写真を見ると、《あゝ、己は西洋へ行きたいな。あんな荘厳な、堂々とした婦人の肉体を見る事の出来ない国に生れたのは己の不幸だ。》と思うし、『金色の死』『創造』などでも、西洋人の肉体の立派さが、繰り返し羨望されている。谷崎の西洋崇拝の根源は、白人女性が、どんな理想の日本女性よりも理想的な自己の分身、最美最強の存在として、谷崎の目に映った事にあるのである。

更に、近代の西洋文明が、率直且つエネルギッシュに人生の快楽を肯定している点が、谷崎を魅了した(『独探』『友田と松永の話』『饒舌録』など)。また《旧き日本が捨てられて、まだ新しき日本が来たらず、その孰方よりも悪いケーオスの状態》(『東京をおもふ』)の東京に対する嫌悪も、この傾向に拍車をかけた。

しかし、白人女性とは、日本で交際する機会は殆どなく、映画などを通じて憧れる事しか出来なかった。西洋への移住も考えるが、実行には金銭面など大きな困難があった。ここに、谷崎が直ぐにも「(イデア論的)西洋崇拝期」へ移行せねばならない一つの必然性があった。イデアとその影の二元論は、西洋と日本を媒介し、白人女性の似姿として、白人的な日本女性を崇拝する事へと道を開くからである。

しかし、イデア論への移行には、もっと重大な原因があった。「始発期」から「(現世主義的)西洋崇拝期」にかけて、極端な現世主義を取っていた谷崎が、次第にその限界を感じ始めていた事がそれである。それは、芸術を現実の快楽以下とした事が、彼を芸術上のスランプに陥らせた為でもあり、また、彼岸的なものを否定する事が、快楽の終わりである死に対する恐怖を、耐えがたいまでに増幅させた為でもあり、また、良心の呵責を神経の弱さと見なし、無理にも圧伏しようとした試みが成功せず、絶えず悪人意識に悩まされていた為でもあった（『父となりて』など）。

谷崎は、このスランプを打開する道を探るために、大正二年十月二十三日付け精二宛書簡によれば、《少しく大規模に文学、哲学、科学の諸書を渉猟して》《僕独特の「芸術論」を》《純学術的の》《大冊》として書き上げるつもりで、この手紙の頃には、《自分の精力の大部分を此の方へ費して居》たらしい。(注8) しかし、結局、谷崎は、芸術について納得の行く信念を得ることは出来なかった。大正四年（年代推定・細江）(注9)九月十七日付け精二宛書簡に、《いつかお前に話をした芸術論を、書かないまでも頭の中へ築き上げようと勉強して居る》と書きながら、同時に《私は自分の芸術家としての根本の立ち場に就いても、ひどく迷つたり悲しんだりして居る最中だ》(注10)と書かざるを得なかったのは、その為である。この少し前の『ひとりごと』（「まぐれ星」大正四・五　＊全集未収録）に、《「かうである」とか、「かう感ずる」とか、たつた今書いたことが、直ぐに後から疑はしくなつて来る》と言い、大正五年五月の『父となりて』末尾でも同様のことを言っているのは、潤一郎の陥った煩悶と混迷がそれだけ深かったためであろう。

しかし、この後間もなく、大正五年の春に、谷崎はゴーティエの『ボードレール評伝』(注11)を読む。そして、この本の中で、ボードレールが淫売や邪悪な腐敗の女との快楽を貪りつつ、失墜と過誤と絶望の底からベアトリーチェの気高い幻に両腕を差伸べていたこと、ボードレールの詩の中にある女性は、箇々の現実の女ではなく、典型的な「永遠の女性」であることに示唆され、これを以前から知っていたプラトンのイデア論と結び付けることで、地上の娼婦的悪女を天上の聖なる永遠女性の粗悪な分身とする自己流のイデア論を編み出したのである。(注12) その事は、『前科者』のKが、『ボードレール評伝』を引いて、《ボオドレエルの詩の中にある女性は、箇々の、現実の女ではなく、典型的な『永遠の女性』である。彼はUne Femmeを歌はないでLa Femmeを歌つて居るのだつて。——君のやうなMasochistの頭の中にある女の幻影も、やつぱり或る一人の女性ではなくて、完全な美しさを持つ永遠の女性なんだらう。だから現実に行きあたると、直ぐに失望するのだらう》と語っている事から、明らかである。

この時、芸術は谷崎にとって、インセスト願望を抱く自分が《悪人のまゝで解脱し得る唯一の道》（『或る時の日記』）、即ち娼婦的悪女によって性欲を処理しつつ、天上の永遠女性としての母を憧憬できる救済の原理として確立されたのである。

こうして、「始発期」と「（現世主義的）西洋崇拝期」の作品には出て来ない〝永遠〟という言葉が、『人魚の嘆き』以降、最高の美の性質を表わす言葉として、頻繁に用いられるようになる。

と同時に、谷崎は長いスランプから脱し、大正六年四月九日付け瀧田樗陰宛書簡に言うように、大正五年の《秋から暮れへかけて、「病褥（ママ）の幻想」や「人魚の嘆き」を書き出した時分から、自分の芸術が少しづつ進歩しつゝ、ある事を感じ》《芸術的感興が漲つて》来るのである。

イデア論は、谷崎に死後の生・来世への真の信仰を抱かせる事こそなかったが、その後長く、谷崎の疑似宗教となったのである（『早春雑感』『或る時の日記』など）。

（三）日本回帰の中心点

谷崎の日本回帰については、関西移住以後にその転機を見るのが、これまでの一般的理解であった。もとより、関西の風土・文楽・地唄・松子などとの出会いも、日本回帰を促した重要な要素ではあるが、その何れかが日本回帰の本質をなすとは言い難い。

関西に行ったから日本回帰したという説明は、明治四十五年に京阪旅行をした時に、なぜ日本回帰しないのか説明できないし、西洋に行かないのに西洋崇拝になった理由も説明できない。それとも西洋の映画を見たから、とでも言うのであろうか？

私は、谷崎が西洋崇拝になり、その後、日本回帰したことを、たまたま関西へ行ったとか、映画を見たとかいう、単なる偶然の結果として説明するつもりはない。西洋崇拝も日本回帰も、谷崎の本質に根差した必然であったと考える。それが必然であるならば、西洋崇拝も日本回帰も、谷崎の本質という同じ一つの原因から生じた相異なる二つの結果として、説明されねばならないだろう。

私は、谷崎文学の本質・中心は、谷崎の理想女性にある、と考える。とすれば、日本回帰の中心もまた、白人女性或いは白人的な日本女性から、日本的女性へのヒロインの変化にある筈であろう。しかし問題は、それが何故、可能だったかである。

そもそも谷崎に西洋崇拝が生じたのは、白人女性が日本女性以上の男根的価値を有する優越者・強者だと認められたからであった。それならば、日本回帰に際しては、逆に日本女性の方が白人女性に対する優越者・強者になったのでなければならない、と一応は考えられる。

しかし、例えば『陰翳礼讃』で、谷崎は《中宮寺の観世音の胴体》こそ《昔の日本の女の典型的な裸体像》とした上で、《あの均斉を欠いた平べつたい胴体は、西洋婦人のそれに比べれば醜いであらう。しかしわれ〳〵は見えないものを考へるには及ばぬ》と言う。また、《われ〳〵の先祖は（中略）闇の奥に女人を籠らせて、それを此の世で一番白い人間と思ひ込んでゐたのであらう。肌の白さが最高の女性美に欠くべからざる条件であるなら、われ〳〵としてはさうするより仕方がない》と言い、結語の部分でも、《皮膚の色が変らない限り、われ〳〵にだけ課せられた損は永久に背負つて行くものと覚悟しなければならぬ》と言う。つまり谷崎は、白人女性が日本女性より優越するという考えを、本質的に変えた訳ではないのである。『恋愛及び色情』（昭和六）でも、西洋婦人の《崇高なる肉体》が日本にない事を嘆いていた。そして、昭和七年の『私の見た大阪及び大阪人』によれば、昭和二年の「モン・パリ」以降、谷崎は宝塚のハイカラなレヴューのファンであり続けていた。

とすれば、他に考えられる可能性は、谷崎が自己の理想女性に、強者である事を求めなくなった、という事だけである。かつては、美しい者は男たちを支配・征服し、犠牲にする女王でなければならなかった。だから、日本女性に白人女性が優越した。それが、必ずしも強者・優越者でなくても、或る意味で美しければ良いという事になれば、日本女性の良さを認める事が可能になる訳である。

事実、日本回帰の時代には、従順な日本女性（『細雪』）や殺されたり不幸になる女性（『盲目物語』『顔世』『聞書抄』）、田舎者・女中タイプ（『吉野葛』）、全面的に受け身で世話をされるタイプ（『蘆刈』『春琴抄』）、人形（『蓼喰ふ蟲』）、猫（『猫と庄造と二人のをんな』）など、男根的価値をさほど持たない、寧ろ弱者とも言い得るようなヒロインが殆どなのである。(注13)

また、作中で旧来型の強い女と弱い女を対比して、弱い女の方に軍配を挙げるという趣向も見られる。『蓼喰ふ蟲』の美佐子とお久の対比に既にその傾きがあるが、『乱菊物語』では、《かげろふも美しいには美しいが、優しさ、弱々しさ、露にも堪へぬ細々とした清らかな風情は、此の女に及ぶべくもない》と、弱い胡蝶姫を絶賛する。『春琴抄』の春琴も、最初は強い悪女だが、火傷で《高慢の鼻を折》られた事で、却って本当の幸福をつかむ。佐助は《過去の驕慢な春琴》を《内界の眼》で見続けたとされるが、実際には、《細やかな愛情が交され》、二人一緒に《極楽浄土》にいるかのように感じていたのだから、《来迎仏》や写真の春琴同様に、慈悲深い菩薩の様にイメージしていた可能性が高い。

ところで、谷崎の理想女性は、彼自身の理想の自己像の投影である。とすれば、こうした理想女性の変化を齎したものは、理想の自己像の変化でなければならない。言い換えれば、谷崎自身が抱いていた強者・優越者たらんとする願望が、弱まった事こそが、日本回帰の根本的な原因でなければならない。

事実、「始発期」から「西洋崇拝期」にかけての谷崎には、エリート・天才意識が強く、男性主人公も、天才的芸術家であったり、神童や一高・東大の学生や学士であったりする事が多かった。例えば『幇間』の三平すらも、元神童であり、幇間としてもスターで、隅田川で東京中の注目を集める。『信西』も、当時、学者として知られた人で、《天下に一人位は、あの愚な義朝の勇気よりも、此の信西の臆病の方が貴いものぢやと云ふ事を知つてくれる者があらう。》と自ら慰める。『刺青』『秘密』『捨てられる迄』のように、強者たらんとする男性主人公の欲望が、女性崇拝に先行する例もある。女性化願望が現われる作品が多かったのも、当時は女性＝強者・優越者だったからである。

この時期にはまた、芸術についても《自分で自分独得の美の世界を建設する》（『鮫人』）西洋流の個性的芸術を目指し、《西洋臭い文章を書くこと》を願い、《自分の文章が英語に訳し易いかどうかを始終考慮に入れて書いた》（『現代口語文の欠点について』）と言う。

この様に自ら強者たらんと望む事は、ナルチシズムであり、人格的には幼稚な段階である。この時期の谷崎が、個人的な悪人意識の問題や千代子とせい子を巡る問題を繰り返し作品化し、芸術的価値を落としているのも、一つの原因はそこにあろう。

この頃の谷崎のヒロインたちに、ティーン・エイジャーが多く(注14)、男根的であると同時に子供っぽい我が儘さを示しているのも、その為であろう。

それが日本回帰の時代になると、ヒロインの年齢は上昇し、より大人らしくなる(注15)。また、強者・優越者たらんとする芸術家やエリートに代わって、盲人や無力な男・温和な中年男性などが主人公になる。そして、悪人意識の問題は消失する(注16)。一種の弱さである老境というものも肯定するようになるし（『蓼喰ふ蟲』『蘆刈』）、歴史の敗者を積極的に取り上げるようにもなる（『乱菊物語』『吉野葛』『盲目物語』『顔世』『聞書抄』『少将滋幹の母』。或る意味では『細雪』も）。

実生活でも、松子の下男になる事を喜びとし、『半袖ものがたり』では、半袖を着た日から《虚飾や見えや浅はかな偉がりが除かれて、急に精神が自由の天地に闊歩し出したのを覚えた》と述べている。

また、芸術に関しても《大人の読む文学》を言い、《何も殊更に異を樹てたり、個性を発揮するばかりが芸術家の能事ではない、古人と自分との相違はほんの僅かでいい（中略）或ひは又、それが少しも現はれず、古人の偉きな業績の中に全然没入してしまふのも悪くはない》（『芸談』）とし、『文章読本』でも、《自分の学問や、智識や、頭脳の働きを見せびらかさうとしたり、未だ前人の云はない用語を造つてみようとしたり、自分だけ偉がらうとする癖、——異を樹てようとする根性を改めること》を説くようになるのである。

こうした自己の弱さの積極的な肯定は、幼児としての自己の肯定であり、マゾヒズムの別の形と考えられる。マゾヒストは、本当は無力な幼児としての段階に固着しつつ、強い立派な大人の男としての体面を保とうとし、その為に苦しんでいるのが常で、強い母の役を演じられる女に無理矢理幼児に引き戻して貰う事で、本来の自己に還るというのがSMプレイの意味である。従って、弱い自己を肯定できるようになれば、マゾヒズムは最早や必要ではない。日本回帰後の谷崎の作品や随筆に、何か本来の自分に還ったというような安らぎの雰囲気が漂っているのも、また、あからさまなマゾヒズムが目立たなくなるのも、恐らくその為であろう。(注17)

谷崎の日本回帰が、関西移住後に完成されたのも、一つには関西の街並が、谷崎の少年時代の東京を想い出させる事で（『都市情景』『私の見た大阪及び大阪人』）、谷崎が弱い自己・幼児に還る事を助けたからであろう。

東京が武士的で、男らしさ・男の強さにこだわり、また国家への責任感や理想主義が強いのに対して、特に大阪には、本音の欲望や、人間の弱さを肯定する現実主義的風土があることも大きかったと思われる。

また、温暖で穏やかな関西の母性的風土も、母親役を演じる女性の代役を演じたと思われる（『友田と松永の話』『蓼喰ふ蟲』『吉野葛』『蘆刈』）。

関西の土地が、弱い日本的女性が美しくかつ高貴な存在であり得た王朝貴族文化を連想させる事も、影響したかも知れない。

（四）日本回帰への（イデア論的）過渡期

日本回帰の中心が、谷崎自身及び理想女性の弱さを肯定する事にあるとするならば、その変化はいつ頃始まったと見るべきであろうか。私は大正六年二月の『鶯姫』を、その最も早い徴候と認めたいと思う。近代以前の日本を舞台にしたそれ迄の作品では、ヒロインがすべて強い女だったのに対して、『鶯姫』の壬生野春子は、無邪気なお姫様に終始し、男性主人公の大伴も、男として衰弱した老人になっているからである。大伴は、関東出身にもかかわらず、平安京に憧れて、京都の女学校の国語教師になっているのだが、これは谷崎自身の願望を表わしたものと考えられ、この点でも日本回帰の先駆と認められる[注18]。

この年五月には、谷崎を更に日本回帰に押しやる大事件が発生する。即ち母・セキの急死である。この事件の影響は様々あるが、その第一は、母の死を認めたくない谷崎が、それまでの現世絶対主義を改め、『人魚の嘆き』から受け入れ始めたイデア論の上で、死後の世界の存在を認める方向を強め、天上世界に聖母マリア・月（嫦娥）などの形で、永遠の母なる存在を見るようになって行く事である。この年九月の『十五夜物語』は、その最初の現われと言える。

影響の第二は、谷崎文学に悲しみの情調が齎された事である。もっとも谷崎自身は、これを千代子の悲しい音楽の影響とし、《色彩の強烈な、陰翳のない華麗な文学を志してゐた》当時の谷崎にとっては厭わしいものだったとしている（『佐藤春夫に与へて過去半生を語る書』）。が、そもそも谷崎が《陰翳のない華麗な文学》を望んだのは、彼が現世絶対主義的で、死の恐怖感が強かったことに原因があると私は考える。谷崎は死の恐怖を忘れる為にも、ひたすら明るく楽しい事を求め、少しでも悲しい事・暗い事に対しては心を閉ざそうとし、その結果が自然主義嫌いやセンチメンタリズム嫌いともなり、女性の肉体への執着や西洋の積極的快楽主義への賛同ともなったと考えるのである（「躁鬱気質と谷崎潤一郎」（八）「躁的防衛と喪の作業」（本書P298〜）も参照されたい）。

イデア論と母の死はこの状況を変え、死後の世界と永遠性の次元が一応確保された結果、死すべき運命を持つ人間の弱さ・はかなさや悲しみをも、或る程度、受け入れる余地を生じたのであろう。事実、これ以降の谷崎の作品には、永遠への憧れと共に、永遠ならざる人間の悲しみが、徐々に現われるようになる。そして、悲しみや涙は、真善美への憧れによって自分を浄化したり、天国に相応しい存在へ高めたりするものとなって行く（『或る調書の一節』『痴人の愛』など）。また、天上の永遠女性と結び付けられた白人女性は、日本人よりもっと悲しい存在とされるようにさえなるのである（『アヱ・マリア』）。

影響の第三は、妻・千代子の再評価である。千代子は親孝行でセキに気に入られており、セキは臨終の際、《「他人の子のやうな気がしない」と云つて感謝しながら眼を瞑つた》（『佐藤春夫に与へて過去半生を語る書』）と言う。(注19)この事が、千代子を肯定する方向へ谷崎を押しやり、長い葛藤を経て、弱い日本女性全般の肯定へ進み出る一つの出発点になったと考えられる。なお、センチメンタリズムの復権と千代子の再評価については、丁度この頃から交友の生じた佐藤春夫の強い影響も加わった筈である。

これ以降の谷崎には、邪魔になった妻を殺す話（『呪はれた戯曲』『或る少年の怯れ』『途上』）や妻を虐待する話（『愛すればこそ』など）が幾つもあるが、それらは千代子に対する嫌悪を端的に表現したもののようでいて、実はそうではない。『春寒』では『途上』について、《殺人と云ふ悪魔的興味の蔭に一人の女の哀れさを感じさせた》かったと言っているし、小田原事件後、千代子と《今迄にない睦ましい夫婦だつた》（『佐藤春夫に与へて過去半生を語る書』）時期にも、一見妻を虐待するように見える『或る調書の一節』などを書いている。虐待は千代子に対する心の葛藤の表現であり、その原因は、千代子を母と同一視した為に生じるインセスト・タブーと、日本回帰に対する谷崎の抵抗感だったと思われる。小田原事件自体も、そうした谷崎の複雑な心理を、佐藤も千代子も谷崎自らも、よく理解できなかった結果なのである。

弱い女を肯定する傾向は、大正七年の『人間が猿になつた話』、八年の『母を恋ふる記』『秦淮の夜』『呪はれた戯曲』『西湖の月』『或る少年の怯れ』、九年の『鮫人』『途上』、十年の『不幸な母の話』『或る調書の一節』『愛すればこそ』、十一年の『青い花』『お国と五平』『本牧夜話』、十二年の『アヱ・マリア』『神と人との間』『肉塊』、十三年の『無明と愛染』、十四年の『マンドリンを弾く男』『二月堂の夕』、十五年の『友田と松永の話』など、時に虐待の形を取り、西洋崇拝と交錯・葛藤しながらも、断続的に現われて来る。

と同時に、白人女性のイメージにも変化が生じる。例えば、『女の顔』で谷崎は、小説ではバルザックの『絶対の探求』のジョセフィンほど崇高な感じを与える女性はないと言っているのだが、実はジョセフィンは、傴僂で跛足で、徹底的に夫に献身する女性、つまり弱者であり、日本的な女性なのである。

ジョセフィンの直接の影響は、『アヱ・マリア』の跛足の少女・ソフィアに現われているし、『肉塊』で永遠女性を求めて映画にのめり込む吉之助とその妻・民子との関係も、究極の物質「絶対」を求めて財産を蕩尽するバルタザールと、彼を愛し、支えようとした妻・ジョセフィンの関係を、換骨奪胎したものであった。また、『肉塊』で吉之助が惚れ込むグランドレンは、《あの白さは西洋人の白さとは違ふ。何処かに東洋的なところがある》とされ、日本化された白人になっている。

谷崎は、関東大震災の折、十年後の日本の少女たちは、《姿も、皮膚の色も、眼の色も、西洋人臭いものになり、彼女たちの話す日本語さへが欧洲語のひゞきを持つ》（『東京をおもふ』）と予想し、喜んだと言う。（注20）『痴人の愛』は、その日が来るのが待ちきれなくて、先取りして実現したものであろう（「『痴人の愛』論」注（21）（本書P612〜）参照）。が、この作品でも、ナオミが似ているとされるピックフォードは、ぼろ着をまとって母代わりになる明るく元気な少女役を得意とした、身長一五〇センチの女優であり、ここにも日本的な女性像に接近する傾向が見られるのである。

一方、西洋崇拝と日本回帰の間で揺れ動く自身の葛藤を明瞭に表明した創作・評論も、現われ始める。大正六年十月の『ハッサン・カンの妖術』はその最初の例で、父に対する反発から西洋的な思想感情を身に付けたインド人が、再びインドの魔法の世界に呼び戻されて煩悶する話である。大正八年頃からは、《われ〳〵は結局小説戯曲を以て西洋のに劣らない芸術を作り出せるか（中略）考へさせられる機会が多く》（『芸術一家言』）なり、その結果が、大正九年の『鮫人』『或る時の日記』『芸術一家言』、十一年の『支那趣味と云ふこと』、昭和二年の『饒舌録』になる。この時期に、善人対悪人、佐藤対谷崎、千代子対せい子タイプの対立・葛藤を描く作品が多数書かれるのは、前者が日本回帰、後者が西洋崇拝と繋がっていた為でもある。

実生活に於いても、大正七年・十五年の中国旅行は、西洋崇拝と日本回帰の妥協形成と見るべきであろう。（注21）横浜時代（大正十〜十二）には、大正十年春の『蛇性の婬』ロケを切っ掛けに、十一年春・十二年春と、連続して関西に旅行する。従来は、西洋式ライフ・スタイルを徹底したこの時代に西洋崇拝の頂点を見るのが普通だったが、これは寧ろ、日本回帰すれば小説が書けなくなると思っていた谷崎が、自己の内なる日本回帰の進展に恐れを抱いて試みた最後の抵抗と解すべきであろう。この関西旅行が、京・奈良を千代子にふさわしい土地と見てのものだった事（『佐藤春夫に与へて過去半生を語る書』）は、日本回帰と関西移住が、共に谷崎の理想女性の変化の結果である事を暗示している。

谷崎は昭和二年頃まで、西洋崇拝を続け、洋行を夢見続けていた訳だが（「『痴人の愛』論」の注（24）（本書P614）を参照）、一方で、既に大正六年頃からこの様に日本回帰の欲望も感じ始め、数年間の葛藤を経て、関西移住後、急速に日本回帰したと見るべきなのである。

（五）（イデア論的）日本回帰の時代

「（イデア論的）日本回帰の時代」と「日本回帰安定期」「西洋復権期」については、章を改め、別の角度から論じてみたいので（「昭和戦前期の谷崎潤一郎」（本書P385～）・「戦後の谷崎潤一郎」（本書P417～）を参照）、以下は概観にとどめる。

日本回帰への動きは『鶯姫』から既に見られるが、私が昭和三年を「西洋崇拝期」の終焉とするのは、①昭和二年の『饒舌録』ではまだ迷いが吹っ切れていないこと、②昭和二年四月四日付け嶋中雄作宛書簡によれば、まだ洋行の考えを捨てきっていないらしいこと、③『蓼喰ふ蟲』が、西洋崇拝からの日本回帰をテーマとして取り上げ、決着をつけた作品であること、④『蓼喰ふ蟲』以降、西洋崇拝とは無縁の、日本的な作品が続くこと、による。

また、私が「（イデア論的）日本回帰の時代」を独立した一時期として立てるのは、「西洋崇拝期」に特徴的だったイデア論が、この時期にはまだあり、昭和十一年以降の作品には無いこと、昭和十一年以降の作品には、新たに別の特徴が現われること、そして、本来西洋的なイデア論と日本の風土・宗教を巧みに、また或る意味では無理矢理接合した所に、この時期の諸作品の優れた特徴があると考えられること、による。

イデア論は、『蓼喰ふ蟲』では、同じ一つの文楽人形が小春・梅川・三勝などになりうるが故に、日本の永遠女性にしてイデアと見なされる、という形で現われる。『乱菊物語』（特に「小五月」（その一、二））では、《平素は（中略）神殿の御神体のやうに御簾の奥深く垂れこめてゐ》て、七年に一度の祭でしか一般には姿を見せず、《生身の普賢菩薩》と言われる《かげろふ御前》の、《個性的な「美」が眼立たぬ》《典型的な美女の輪郭》《日本人に、殊に（中略）南国の日本人に共通な、ある理想的な端麗な容貌》がイデアとなる。『恋愛及び色情』では、夜の闇の中の誰ともつかぬ没個性的な日本のいにしえの女たちがイデア的存在となる。『吉野葛』では、津村の母・静御前・狐などにイデア的原型が認められる。『蘆刈』では、菩薩及び満月がイデアで、古えの遊女とお遊さんが、その分身である。『春琴抄』では、佐助は《現実の春琴を以て観念の春琴を喚び起す媒介とした》と、はっきり観念＝イデアの語が使われているのである。

これらは、西洋のイデアに該当するものを日本の伝統の中に見出し、イデア論と日本の伝統の融合・調和に一応成功したものと言える（実際には日本に永遠女性の伝統はなく、『陰翳礼讃』でもかなり無理な嘘をついているのだが、それについては次章「昭和戦前期の谷崎潤一郎」（本書P385〜）を参照されたい）。

この時期の作品が技術的に成功した要因としては、『文章読本』に結実している日本語に対する本質的な考察と音声面の重視、及び西洋的リアリズムへの反省から現実の視覚的再現描写を抑制し、日本女性が白人女性に比べて劣っている肉体的要素を朧化し、読者の想像力を掻き立てるように、表記を含めた様々な工夫を行なったことが挙げられる。が、作品の骨格をなすものは、永遠女性や永遠なるもの（例えば『陰翳礼讃』）を求める事、そして肉眼否定・心眼（想像力）の美学であり、それは、肉眼では見る事の出来ない永遠のイデアを説くイデア論から得た発想であった。それらは言わば西洋の眼から解釈し直した日本であり、だからこそ過去の伝統をも超える画期的なものと成り得たのである。

しかし、谷崎のイデア論は、『春琴抄』を以てほぼ終焉を迎え、その後は、『少将滋幹の母』に肉眼否定の美学の、

『夢の浮橋』に原型とその似姿の名残りを見る程度である。『顔世』『夏菊』『聞書抄』を「(イデア論的) 日本回帰の時代」に含めたのは、顔世や『夏菊』の汲子には、永遠女性 (典型的な日本的美女) としての性格が残っていることと、『聞書抄』の順慶は、失明後、死後の永遠世界の一の台の局を心の眼で見続けたと思しいことが一つの理由であり、もう一つには、昭和十一年の『猫と庄造と二人のをんな』が、永遠女性や永遠性抜きの散文的現実を、イデア論とは異なる新たな手法で作品化することに成功し、『細雪』への道を開いた画期的なものだと考えているためである。

『春琴抄』以後、イデア論が急速に終焉を迎えたのは、イデア論は本来、日常的現実とは別次元の世界に住む永遠女性を描くためのものであるのに、昭和七年末以降、松子が谷崎と同居するようになって、次第に日常的な存在と化して来るにつれて、松子を描く方法としては、相応しくなくなってしまったからであろう。しかし、その事が谷崎の作品数を著しく減少させた事は否めない。

イデア論の終焉から、西洋的要素が復活して来る『過酸化マンガン水の夢』までの二十年間に、谷崎が書き得たフィクションは、『猫と庄造と二人のをんな』『細雪』『少将滋幹の母』だけだった。これは、二度にわたる『源氏物語』現代語訳・戦争・老齢と高血圧のせいばかりではあるまい。結局、谷崎文学の本質が、日本人が伝統的に滅ぶべきものと見て来た生身の肉体を永遠化しようとする、寧ろ西洋的なものだった所に、この様な結果を齎した真の原因があったと私は思うのである。

注

(1) 『雪後庵夜話』(3) に、若い女性の肉体を見ると死の恐怖を忘れ、生きる意欲が湧いて来ると書いている事も、その傍証となろう。

(2) 『刺青』では実際に合体する。睡眠薬を毒薬と思って飲む『赤い屋根』、女に見守られながら死のうとする『残虐記』もこれに関連する。また『捨てられる迄』『白昼鬼語』で、死体を溶かされる事に憧れるのは、羊水回帰の願望と見られる。

(3) 心理学者・南博氏の「母性からの逃走」(『谷崎潤一郎研究』八木書店) に指摘がある。

(4) 『青春物語』刊行の際に、明治末期の自分の裸体写真を挿入したのは、初期のナルチシズムを記念するものであろう。

(5) 『父となりて』の終わりで、これが出来るだけ正直に書いた《告白》であることを谷崎は自ら認めているので、信頼性は高い。

(6) 君島一郎『朶寮一番室』には、向島時代の谷崎が、女性器を石膏で型取った物を神器のように大事にしていたことや、谷崎から「お前には女体が分からない」と言われたことが紹介されている。また、後藤末雄の『鴉』(「新小説」大正五・六)にも、向島の谷崎の書斎の違棚に、裸体の石膏像が幾つも乗っていたことが記録されている。谷崎が『父となりて』で、《私の頭はマテイリアリステイクに出来上つて居るので》《到底ほんたうの意味での恋愛と云ふものを感ずることが出来なかつたのであらう。》と言っているのも、このように激しい肉体主義的傾向を念頭に置いての発言であろう。

(7) 『法成寺物語』で定雲は、四の御方の《果敢ない現身の美しさに、鑿の力で永劫の命を与へる》と言うが、それは、木像が物質的に長持ちするので、四の御方の《肉身の色香は枯れ萎んでも、私の刻んだ菩薩の色香は褪せる憂が》ないという意味で、現世を超える霊的永遠性を言うものではない。逆に『神童』(一)には、プラトンの「ティマイオス」を読んで、《観念のみが永遠の真の実在》と考える所があるが、この永遠性は美とは結び付かず、《精神の貴む可く物質の卑む可き》という現世の全否定になってしまい、ラストでは《己は霊魂の不滅》(＝永遠)《を説くより人間の美を歌ふために生れて来た》という形で反転してしまい、霊的永遠性と現世の美は、遂に結び付くことなく終わる。

(8) 大正三、四年の『饒太郎』『金色の死』『創造』に含まれる観念的な芸術論は、この時に考えたことを書いたものであろう。

(9) この書簡の年代推定の根拠については、「谷崎潤一郎とエディプス・コンプレックス」の注(24)(本書P257)を参照されたい。

(10) 拙稿「谷崎潤一郎新資料紹介(1)」(「芦屋市谷崎潤一郎記念館ニュース」平成七・九)に全文を紹介して置いた。

(11) 読んだ時期、及び読んだのが英訳の "Charles Baudelaire His Life by Theophile Gautier" tr. by Guy Thorne, Greening & Co. London. 1915. であったことは、谷崎の全集逸文『ボオドレエルの詩』から判明した。この逸文については、「甲南国文」(平成三・三)で紹介・解説して置いた。

(12) 谷崎がプラトンに言及した文章としては、既に一中時代に『無題録』『春風秋雨録』(明治三十六・九、十二)があるが、作家デビュー後では『創造』(大正四)『神童』(大正五)が早い。しかし、『創造』では、両性具有に関連して『饗宴』に言及するだけだし、『神童』では、純然たる反＝現世的な形而上学として登場するだけで、その上、主人公は最後に哲学を捨ててしまう。また、プラトンにとってのイデアとは、例えば真の三角形であり、「大」そのもの、「等」そのものなどであって、永遠女性とは関係がない。従って、谷崎流イデア論は、『ボードレール評伝』から生まれたものなのである。これ以降で谷崎が文章中でプラトンに言及した例は、『早春雑感』（大正八・四）末尾の《芸術家の直観は、現象の世界を躍り超えて其の向う側にある永遠の世界を見る。プラトン的観念に合致する。――かう云ふ信仰に生きて行かうとするのが、真の浪漫主義者ではないだらうか。》という一節と、『青塚氏の話』（大正十五）で《此の世の中には（中略）『由良子型』と云ふ一つの不変な実体がある》ことの説明の中で使われている程度で、あとは『饒舌録』と『幼少時代』にあるだけである。

(13)　『アヱ・マリア』の跛足のソフィア、『続蘿洞先生』の、梅毒と癩病の為、鼻と足の指が欠けている女は、去勢された女性を恋人に選ぶ先駆的な例である。

(14)　ヒロインの年齢が十代であることが明記されている例は、『刺青』『少年』『羹』『恋を知る頃』『饒太郎』『お才と巳之介』『女人神聖』『少年の脅迫』『人間が猿になつた話』『鶯姫』『襤褸の光』『魚の李太白』『金と銀』『嘆きの門』『秦淮の夜』『西湖の月』『富美子の足』『鮫人』『天鵞絨の夢』『鶴唳』『青い花』『永遠の偶像』『彼女の夫』『肉塊』『痴人の愛』（初対面時十五歳、ラストでは二十三歳）『蘿洞先生』『赤い屋根』『馬の糞』『青塚氏の話』『白日夢』にある。明記されない例でも、印象としては十代であることが多い。

(15)　『蓼喰ふ蟲』のお久は二十二〜三歳、『三人法師』（翻訳）の尾上殿は十八〜九歳ぐらい、『乱菊物語』の胡蝶は二十三歳（ライヴァルだった雛鶴姫は十八歳）、『吉野葛』のお和佐は十七〜八歳、『盲目物語』のお市の方は弥市より四歳年上で、弥市が初めて見た時に二十二歳、三十六歳で自害、『武州公秘話』の松雪院は十五歳、桔梗の方は初対面時二十歳だが武州公より一歳年上、『蘆刈』のお遊さんは、初対面時二十三歳、葦間の男が初めて見た時は三十六歳か、『春琴抄』の春琴は初対面時九歳、十七歳で妊娠、三十七歳で火傷、五十八歳で死去、『顔世』の顔世は死亡時に七歳と五歳の子供が居た、『夏菊』の汲子には九歳の子供が居る、『聞書抄』の一の台の局は順慶が初めて見た時、既に三十二歳、『細雪』は冒頭で、幸子が三十四歳、雪子が三十歳、妙子が二十六歳、末尾では、それぞれ五歳、年を取っている。

(16)　どうやら大正十二年頃までに神経衰弱が（『九月一日』前後のこと』などから推定）、大正十四年頃までに糖尿病が（神代種亮との対談「谷崎潤一郎と語るの記」（「読売新聞」大正十五・一・九〜十）などから推定）ほぼ快癒するのも、この事と無関係ではあるまい。

（17）『青い花』で、マゾヒストの主人公が洋服を和服に着替えて子供に還ろうとする事は、マゾヒズムと日本回帰の同一性を暗示する。なお、谷崎の肛門性格との関連で言えば、強者たらんとしていた時期は、肛門的抑圧の強い強情我慢の時期だったと言える。
（18）谷崎が大正七年三月頃から約一年にわたって京都移住を決行するつもりだった事は、「時事新報」大正七年一月七日記事、大正七年三月十一日恒藤恭宛芥川龍之介書簡によって確かめられる。また、同年九〜十一月の『嘆きの門』では、主人公が一時、上方の芸者屋の主になっていたという設定がなされている。
なお、『鶯姫』の王朝趣味は、以前からあったものが、西洋崇拝の下でも地下水的に生き延びていたもので、大正四年の『ノートブックから』と『法成寺物語』、五年の『一人一景（旅の印象）』などを経て、日本回帰を齎す原動力の一つとなったと推定できる。
（19）この事実は『十五夜物語』『肉塊』などにその儘使われ、『嘆きの門』や『AとBの話』でも、変形されて転用されている。
（20）関東大震災による中断を挟んで大正十三年二月の「婦人公論」に掲載された『神と人との間』の（十）で、穂積が東京丸の内のホテルで、ダンスに興ずる西洋人臭い目鼻立ちの女たちを見て、《いつの間に日本にもこんな女たちが生れるやうになつたのだらうか》といぶかる所にも、十年後の、さらに西洋化した日本女性への谷崎の期待が感じ取れる。
（21）大正七年の旅行について、『東京をおもふ』では、「西洋へ行って西洋人の生活に同化し、彼等を題材に小説を書き、一年でも多く留まりたかったが、金と妻子のため、それができないので、満たされない異国趣味をわずかに慰めるため、支那に遊んだ。」とする。が、逆に、小島政二郎の『聖体拝受』（十三）によれば、「潤一郎はヨーロッパなんか行きたくない、インドへ行きたい、その手始めに支那へ行きたいと言って、過去の全作品を春陽堂に売る交渉に来た」と言う。真相は不明だが、中国に対しても相当の関心がなければ、長期間、旅行するはずはないので、日本（東洋）回帰と西洋崇拝の妥協形成と見たい。

【付記】本章は、「国語と国文学」（平成九・五）に発表したものに、今回、加筆したものである。

第二章　昭和戦前期の谷崎潤一郎

――その宗教性を中心に――

（一）イデア論の成立まで

芸術は、古来宗教と共にあり、高度に理性的な現実認識を保つ近代の芸術と云えども、究極的には、生の意味と個の魂の不死性があるという幻覚、即ち救済の神話を産み出すべきものである。谷崎の偉大さも、無神論的・非共同体的な現代に相応しい宗教的救済神話を産み出し得た所にあると私は考えている。（注１）

谷崎の場合、神話創出の原動力となったのは、彼が幼い頃から抱いていた死に対する強い恐怖感だったと私は推測している。彼が女性の肉体にことのほか執着したのも、単なる性欲と言うよりも、生まれて直ぐに赤子を死の不安から守るのが母の肉体だからであり、また潤一郎は、その安心感を、幼児期の早い段階で失ったからであろう（「谷崎潤一郎の母に対するアンビヴァレンツ」（本書P５～）を参照）。谷崎の文学が、通常の恋愛小説ともポルノグラフィーとも、またリアリズムの女性描写とも明らかに異質なのは、彼が女性の内に、自らを死から救済してくれる宗教的な女神像（≠母）を見ているからなのである。

死からの救済を求める谷崎の宗教性は、最初は稲葉先生の影響もあって、仏教・儒教・老荘思想・キリスト教等への関心として、一中時代の文章、『時代と聖人』（「少年世界」明治三十五・一）『日蓮上人』（「同」明治三十五・二）

『無題録』（「学友会雑誌」明治三十六・九）等に現われていた。『春風秋雨録』（「同」明治三十六・十二）には、小学校卒業時から、釈迦牟尼の如き一大宗教家となるか、西行・杜甫の如き一大詩人となるか、プラトン・カントの如き一大哲学者になりたい、と思っていたこと、また、精養軒の書生になって貧富の差を見せつけられた事から社会不信に陥り、哲学・文学・宗教書に救いを求めようとした経緯が具体的に記され、新体詩『述懐』（「同」明治三十七・五）にも、同趣旨のことが象徴的に語られている。自伝的な『神童』『鬼の面』でも、主人公は宗教家志望だったとされているし、『小僧の夢』でも、「もし自分に官能的欲望がなかったら、宗教家・哲学者にもなれた」と言っている。

しかし、既成宗教は結局、何れも谷崎に拠り所となる信仰を与えるには至らなかった。その事は、信仰に安住できた科学以前の太古蒙昧の民を羨み、《神に勝ち、虚無に勝つ》大思想家の出現を翹望した『文芸と道徳主義』（明治三十七）に明らかに見て取れる。また、第二次「新思潮」を始めた時の『「門」を評す』（明治四十三・九）でも、《信仰の対象なく、道徳の根底なく、荒れすさんだ現実の中に住する今日の我々が幸福に生きる唯一の道は、まことの恋によつて永劫に結合した夫婦間の愛情の中に第一義の生活を営むにある（中略）其の恋は単なる性欲満足の恋でもなければ、徒に美しきものに憧るゝ恋でもない。（中略）我々もならうことなら宗助のやうな恋に依つて、落ち付きのある一生を送りたいと思ふ。けれども其れは今日の青年に取つては到底空想にすぎないであらう。》と、女性への恋愛に宗教的信仰の代替物を求めざるを得ない事情を語っていた。こうした厭世観は、谷崎のすべての作品の根幹をなすものだと言っても、言い過ぎにはなるまい。

既成宗教に絶望した谷崎は、作家デビュー当時には、死後の世界や道徳を無視して、エゴイスティックな快楽追求に徹しようとした一時期もあった（「谷崎潤一郎・変貌の論理」（本書P363〜）を参照）。しかし、その時期でさえ、谷崎は、言わば無意識の内に、主人公の死を、理想女性＝母に吸収・救済される母胎回帰と幻想しているのである。

例えば『刺青』では、主人公の魂が刺青を通じて理想女性に吸収される（「『象』・『刺青』の典拠について」（本書

P795〜）を参照)。『創造』でも、主人公の《魂》は、彼の作品、即ち養子夫妻に生まれた理想の美男子に《打ち込まれて居る》。『法成寺物語』の定雲は、四の御方を菩薩像に刻んで、《私が此の御像へ自分の魂を打ち込んだやうに、あなた様も御自分の魂を、此の御像の御姿の中へ、封じ込めてお了ひなさりませ。》と言う。二人は道長に殺されてしまうが、魂は菩薩像へ打ち込まれ、合体したと考えられる。

『恋を知る頃』『捨てられる迄』には、理想の女性に殺されることで、その女性＝母胎に吸収されるという幻想があろう。『捨てられる迄』の主人公が、女の手で《五体を溶解され》て《秘密に此の世を去ることが出来たら》幸福だろうと考えているのも、羊水回帰の願望であろう。

また、『捨てられる迄』の主人公は、谷崎同様、死を恐れる臆病者で、死の恐怖を感じないまま、エクスタシーの状態で歓楽のさなかに死ぬことを望んでいたが、それを実現したのが『飈風』『金色の死』と言える。これは真の救済ではないが、宗教抜きで死の恐怖を克服することが、ここでも問題になっているのである。

谷崎はまた、『父となりて』で、《「悪」の力を肯定し讃美》する《傾向を何処迄も押し進めて、自分の宗教とする》ことを望んでいた。神の代わりに《悪魔の美》を信仰の対象にまで高めようとする――ここにも、谷崎の宗教的傾向が、現われているのである。

しかし谷崎は、大正五年頃、ゴーティエの『ボードレール評伝』を切っ掛けとして自己流のイデア論を編み出し、以来、これを自己の疑似宗教として、芸術の根底に据える様になった。それは、地上の娼婦的悪女を、天上の聖母マリア的な聖なる永遠女性（＝母）の粗悪な分身とする事で、インセスト的な欲望を満たしつつ、その責任は悪女に転嫁し、母なる女性と共に、自分も永遠の生命を得ようとするものであった（イデア論導入の経緯については、「谷崎潤一郎・変貌の論理」・「谷崎潤一郎と詩歌」（本書P467〜）参照)。

谷崎が、東洋の宗教（仏教・儒教・神道など）を選ばず、キリスト教の聖母マリア信仰とイデア論だけからなる疑似似宗教を創り出したのは、谷崎にとっては、美しい母なる女性が永遠化される事と、自分も死から救済される事と、自分のインセスト的な性欲やその他の欲望が何らかの意味で満たされる事が、是非とも必要な条件だったからである。

キリスト教以外の諸宗教は、聖母マリアと同程度に谷崎の願望を満たしうる女神を持たず、また、永遠性を言う場合、現世の個人の魂がそのまま永遠化されるのではなく、「個」としての現世的性格を失ったり、輪廻転生という形で永遠性を得るとする。また、現世的な欲望は、悟りの妨げとなる悪しき誘惑として退けられるのが普通である。(注2)

それに対して、古代ギリシャのイデア論や西洋近代のキリスト教には、美や恋愛が永遠性に通ずるという、谷崎にとって特に有難い考え方があり、地上的快楽に対しても肯定的だったので、都合が好かったのである。『検閲官』で、主人公が《若し凡人に、永遠の命――不朽の魂が存在することを刹那的にでも知らせるものがあるとすれば、それはたゞ恋愛の力だけです。》と説くのは、近代のキリスト教的な考えを踏まえたものであるし、谷崎は『恋愛及び色情』でも、《西洋の男子はしば〱自分の恋人に聖母マリアの姿を夢み、「永遠女性」の俤を思ひ起すと云ふが、由来東洋には此の思想がない。》と嘆いている。

ただし、谷崎は、キリスト教を信じた訳では全くなく、厳しい道徳的な裁き手としての父なる神や、神による天地万物の創造や、恐ろしい地獄、最後の審判と復活、神の息子・キリストによる救済等は全く無視している。悪魔も、比喩的には使っているが、キリスト教徒が考えるような悪魔が、実際に作中に登場することは一度もない。

谷崎にとっては（日本回帰後も）、宗教とは即ち善と救済の永遠世界の謂いであって、悪は自分が生きているこの世のものでなければならなかった。「地獄があるなら、自分はそこへ落とされて恐ろしい罰を受けるに決まっている」――その恐怖感があるからこそ、谷崎は悪人のままで自分が救われる、地獄抜きの、自分用の宗教を無理矢理に作る必要があったのである。

その事は、《悪人のまゝで、地獄へ堕ちずに天へ昇らうとするには、どうしても芸術の路を行くより外はない。》という『小僧の夢』（大正六）や『検閲官』（大正九）『或る時の日記』（同）の同様の一節から明らかである。

谷崎が作り出した自己流のイデア論は、一時のスランプから確かに谷崎を救い出した。しかし、芸術家としての谷崎にとって、日本の伝統と斯（か）くも異質な宗教性に立脚し続ける事には、やはり無理があった。

イデア論では、白人女性が永遠女性のモデルになる為、白人的な日本女性でないと肯定しにくい事、また、日本の歴史・風土・信仰がイデア論と調和しない為に、自己の文学に取り入れにくくなった事は、大きな問題であった。

更に、イデア論では、結局、娼婦的悪女や地上的なものは、粗悪な似姿以上のものにはならず、真の意味で地上的な快楽が肯定される訳ではない事、また、永遠女性が余りに絶対的なもの・天上的なものであり過ぎる為に、近づくのが困難で、娼婦的悪女によって処理される性欲も、結局、浅ましいものとされ、良心の呵責が完全にはなくならない事も大きな問題であった。

こうした状況を反映して、日本回帰以前の谷崎の小説では、主人公が本当の幸福を手に入れる例は殆どなく、大抵は永遠女性に憧れるだけで終わっている。また、主人公が日本の現実に対して不平不満を抱き、白人女性の住む西洋へ移住したいと願っているケースも多かった。この様に、作品の中ですら真の幸福が実現できない事は、作者・谷崎にとっても、満足できる事ではなかった筈である。

その為に谷崎は、イデア論を編み出して間もなく、大正六年頃から日本（または東洋）回帰への誘惑を感じ始める。しかし、『或る時の日記』『支那趣味と云ふこと』『饒舌録』などで言うように、現世的また個人主義的な欲望や野心の価値を否定する東洋的な悟りの心境を受け容れると、小説が書けなくなってしまうという恐怖感が大きかった為に、谷崎は、日本回帰の願望と西洋崇拝との間で、長い葛藤を閲（けみ）する事になるのである。（注3）

(二) イデア論の地上化

谷崎が日本回帰するためには、自らを死から救ってくれる①「不死性」と、崇拝するに足る②「永遠女性」と、③「自分を罪から救ってくれるもの」を確保でき、かつ日本の文化・風土と調和するという四条件を満たす新たな疑似宗教体系の発明が必要だった。

①「不死性」について、先に述べると、谷崎は昭和三年頃、イデア論を言わば地上化し、アフリカの多くの部族やアイヌ人に見られるような最も素朴な死後観念、即ち、死後も生前と殆ど同じような生活を続けているという死後観念と、死者の魂が由縁の土地の辺りに一定期間漂っているという仏教以前からある日本古来の死後観念を合わせて、さらにそれを美化・永遠化したようなもの――いま仮に「地霊的永遠世界」と名付けて置くが――それを自らの死後観念とする事で、日本の文化・風土と調和する「不死性」を確保することに成功し、前述の状況を打開する条件の一つを獲得したと私は考えている。

日本人の死後観念は、谷崎にとって幸いなことに、曖昧・多様であるが、その中で最も伝統的で、かつ近年まで生き残って来たものは、肉体から離脱した魂が「山中他界」へ行って、そこに一定期間住み続け、お盆などに定期的に子孫を訪れるが、次第に個性を失い、三十三回忌ないし五十年忌の弔い上げを区切りとして、御先祖様の集団の中に溶け入ってしまうというものである。

谷崎のものは、これともまた違って、お盆などに定期的に子孫を訪れる事はなく、御先祖様の集団の中に溶け入ってしまうこともない。死者の魂は、「山中」に限らず由縁の土地の辺りに永遠に漂い続け、懐旧愛惜の気持を持った人の心にのみ応えてほのかに姿を現わす、といった風なものである。

こうした発想の心理的基盤の一つは、懐かしい思い出のある場所へ行った時に、懐かしい過去が失われずにそのままそこで生き続けているように感じるという、恐らく誰にもある心理と思われる。

谷崎の作中にこうした心理が現われた早い例としては、『鬼の面』（五）で、壺井が歌舞伎座へ行く際、《其処へ行けば自分の幼い姿や母の顔が、見物席の何処やらに残つて居さうな心地がした。》と感じる例がある。

また、もう一つの心理的基盤としては、いにしえの面影を良く保っている名所・旧跡などを訪れた時に、そこに生きた歴史上の人物、或いはその土地を舞台とした文学作品中の人物の魂が、今でも亡霊として、そこに漂っているような気がするという、これも誰にでもある心理が考えられる。これは、能の世界では頻繁に用いられているもので、谷崎には、能からの影響もあったと私は推測している（「谷崎潤一郎と詩歌」（本書P467〜）で、少しだけ触れて置いた）。

この心理が谷崎の作中に現われた早い例としては、『秦淮の夜』で、《花牌巷》という町が、明朝の時代に《宮廷の女官や役人の衣服を拵へる職人達が住んでゐた》場所だと聞いて、《今でもさう云ふ職人達が（中略）刺繍の針を動かしては居ないだらうか。》と空想する例がある。『鶯姫』で、羅生門の近くの女学校の教師が、昼寝の夢の中で平安時代にワープするのも、同様の着想である。戦後になるが、『雪』で、地唄の「雪」を聞くと、嵯峨の草庵に《侘住みをしてゐる四十歳前後の佳人の姿を連想》し、《私はしば〳〵自分自身が遠い昔にその女を知つてゐたやうな、（中略）今もなほその場所へ行けばその女が住んでゐるやうな気がするのである。》という例なども、ここに含めて良いだろう。

谷崎はもともと日本の古典文化、特に平安時代のそれに憧れを持っており、関西にある古典文学関連の名所旧跡への関心が深かった。従って、関西移住後は、そうした場所に、過去の歴史が生き続けているという感覚を抱く事も多かったであろう。例えば、『雪後庵夜話』の「「義経千本桜」の思ひ出」には、《関西の花の名所へ行けば何処かその辺で若葉の内侍や静御前の幻に行き逢へるやうな気がし、或る時は自分が狐や権太になつて鼓や笛の音に誘はれてさまよひ出ることがあるやうに思つた》とあり、これが『吉野葛』の創作を支えた心理であることが、その傍証となる。

『饒舌録』から想像するに、谷崎が歴史小説に対する強い意欲・関心を掻き立てられたのは、大正十五年からのようである。それは、関西の風土に過去の歴史が生き続けているという感覚が呼び覚ました意欲・関心であり、イデア論の地上化を推進する上でも、それが大きな力となったに違いない。『蓼喰ふ蟲』から『春琴抄』に至る日本回帰後の傑作群が、すべて歴史小説か歴史と関係の深い現代小説になっているのが、その一つの証拠である。（注4）

こうした心理に支えられた「地霊的永遠世界」は、それでは、どのように日本回帰後の谷崎の宗教性を担っているのか。例えば、日本回帰確立の最初の作品と言うべき『蓼喰ふ蟲』の場合、（その二）で弁天座に入る時に、母との観劇の思い出が蘇り、《一瞬間遠い昔の母のおもかげ》（＝母の亡霊）が要の《こころをかすめ》る。これは、お久＝母＝永遠女性という関係を仄めかしたものであり、要が変わり始める予兆ともなっている。（その九）では、お久の「ゆき」を聞くうちに、《福ちゃん》の《ほの白い顔》の美しさに胸を突かれたという《要の中にあるフエミニズムの最初の萌芽》となった体験が蘇る。この《福ちゃん》もまた日本の永遠女性に連なる一種の亡霊である。そして、いよいよ（その十）で、淡路島洲本の古い街並みを歩きながら、《今から五十年も百年も前に、ちやうどお久のやうな女が、あの着物であの帯で、春の日のなかを弁当包みを提げながら、矢張此の路を河原の芝居へ通つたかも知れない。（中略）まことにお久こそは封建の世から抜け出して来た幻影であつた。》と感じた時、お久を日本の永遠女性とし、要が日本回帰する事が決定されたと言える。この旅からの帰途、要はルイズに会って西洋崇拝に終止符を打ち、その次の章で、美佐子との離婚問題もまた、実質的に決着するのだから。（注5）

『吉野葛』では、主要な舞台となる吉野という土地柄に、もともと伝説がそのまま今に生き続けている「地霊的永遠世界」としての性格がある事が、冒頭から強調されている。そしてそれを補強するように、（その二）では《私》が、妹背山の方を見ながら、《今でもあのほとりへ行けば久我之助やあの乙女に遇へるやうな、子供らしい空想に耽つた》りする。津村は、狐と関わる吉野の国栖出身の母の血を引き、狐に関する事に幼い時から心を惹かれ、そこへ行けば《母に会へるやうな気がして》《信田の森》を訪ねた事もあった。そして、狐忠信が初音の鼓にされた亡き母を恋い慕ったように、祖母および母の皮のような古手紙に導かれて、遂に母の故郷・国栖を尋ね当てた時にも、《何処かその辺の籬の内に、母が少女の群れに交つて遊んでゐるかも知れな》いと感じる。そして実際に国栖で見付けた母の姉の孫・お和佐と結ばれ、幸せになる。吉野という「地霊的永遠世界」と、千年生きた狐の皮を張ったという初音の鼓や、日本を代表する美女・静御前の伝説が結び付く事で、永遠女性としての母狐との幸せな結婚の物語が成立するのである（「『吉野葛』論」（本書P641～）を参照）。

『蘆刈』では、語り手は、水無瀬にあった離宮の跡地を訪ね、そこで後鳥羽院の昔を追懐すると、遠く鎌倉時代の《管絃の余韻、泉水のせゝらぎ、果ては月卿雲客のほがらかな歓語のこゑまでが耳の底にきこえてくる》。語り手は、続いて淀川の中洲へ渡り、いにしえの遊女を追懐する。このようにいにしえを追懐する精神の姿勢が、地霊的な葦間の男を呼び出し、葦間の男の追懐の物語を聞くことを可能にするのである。

その際、語り手は《人間のいとなみのあとかたもなく消えてしまふ果敢なさをあはれみ過ぎ去つた花やかな世をあこがれる》が、ラストの一句《いまでも十五夜の晩に（中略）生垣のあひだからのぞいてみますとお遊さんが琴をひいて腰元に舞ひをまはせてゐるのでござります》は、《人間のいとなみ》は《あとかたもなく消えてしまふ》のではない、地霊としてその場所で永遠に生き続けるのだと、死と無常を否定し、不死性への信仰を与えてくれるものなのである。

また、『蘆刈』固有の現象であるが、語り手が追懐したものは、お遊さんの物語の中で、望み通り再現される事になっている。即ち、水無瀬の離宮で後鳥羽院が《あそびをのみぞしたまふ》たことは、巨椋池の別荘で《お月見をして遊んでゐる》お遊さんによって再現されるし、罪深い遊女でありながら、また生身の普賢とも信じられたいにしえの遊女は、罪深い女でありながら、慎之助・おしづ・葦間の男から崇拝されるお遊さんがその再来なのである（「お遊さん」という名前にもその事が示されている）。後鳥羽院の晩年の不幸すらも、慎之助・おしづによって再現されている（なお、後鳥羽院自身も、紫式部の時代を追懐する人として登場し、それをまた谷崎らしき語り手が反復する仕組みになっている）。

これらは、いにしえのものは形を変えて再現されるという円環的な永劫回帰の時間意識と言えよう。『蘆刈』全体を満月が照らし出しているのも、欠けては満ちる月の円環性ゆえであり、毎年八月十五夜になると、お遊さんが月見の宴をするというのも、毎年同じ事が繰り返される円環性によって、永劫回帰を暗示するものであろう。

なお、お遊さんが再婚させられた後、落ちぶれた父子が、巨椋池の別荘で、月見の宴を垣間見する場面は、普通なら悲劇にしかなりえない。しかし、お遊さんは、慎之助と別れる時にも、一滴の涙を落としただけで《晴れやかに嫁いで行ったし、月見の宴でも《無邪気に》興じて《ころ〳〵笑》って《遊んでゐる》。その事も、この世には、喜びと悲しみ・浮き沈みはあっても、《何も彼も此れでよかつたのだ、世の中の事は苦しみも悲しみも皆面白いと云つたやうな、一種の安心と信仰を与へてくれる文学》（『芸談』）に『蘆刈』をしているのである（お遊さんと満月および乳房との関係については、「『春琴抄』」（四）⑤（カ）「太陽」（本書P723〜）を参照）。

『春琴抄』でも、冒頭の墓地の場面で、《二つの墓石》が《今も浅からぬ師弟の契りを語り合つてゐるやうに見え》、佐助が春琴の傍らに《鞠躬如として侍坐》し、《恰も石に霊があつて今日もなほその幸福を楽しんでゐるやうである》とする事で、春琴は永遠女性であり、佐助も共に「地霊的永遠世界」で、永遠の幸福を楽しんでいるというイメージが作り出されるのである（詳しくは「『春琴抄』」（四）⑤（キ）「墓＝死の否認の完成」（本書P727〜）を参照）。

『少将滋幹の母』でも、ラストは、日本古来の死後観念である「山中他界」に当たる場所で、半ば亡霊、半ば幻想としての、《夕桜の妖精》のような美しい尼僧姿の母の顔が、《円光を背負つてゐるやうに見えた》とすることで、母自体を神聖化し、永遠女性へと変容させている。

この他、後の『瘋癲老人日記』でも、骨になっても墓の下で、颯子の重みを感じて見せるという辺りに、地霊的な死後観念が見られる。

なお、盲人が心の目で思い浮かべつつ語る『盲目物語』『春琴抄』『聞書抄』の世界は、失われた懐かしいものを回想するという心理的基盤において、「地霊的永遠世界」と共通するものであり、盲人は此の世と地霊的な死後世界を媒介する霊媒的な存在と言って良いと思う。

次に第二の条件②「永遠女性」について述べると、例えば、日本回帰第一作『蓼喰ふ蟲』の要は、《宗教的なもの、理想的なものを思慕する》《女性崇拝者》で、西洋には恋人のうちに《希臘神話の女神を見、聖母の像を空想する》女性崇拝の精神があるが、日本にはそれがないこと、特に《仏教の影響を離れた》江戸以降のものの低調さを淋しく感じていた。それが、文楽の《人形の小春こそ日本人の伝統の中にある永遠女性のおもかげではないのか。……》と感じたことが、日本回帰の切っ掛けとなる。ここでは、《昔の人の理想とする美人は、容易に個性をあらはさない》《「人形のやうな女」》であることと、文楽では同じ人形が小春にも梅川にも三勝にもお俊にもなることが、生命を持たない人形の不死性と相まって、イデアとしての永遠女性のイメージを可能にしているのである。

『饒舌録』によれば、谷崎が文楽人形を愛好するようになるきっかけを作ったのは、大正十五年十一月の「法然上人恵月影(めぐみのつきかげ)」であるが、これは、一つには、人形の首が《実に上人らしい慈愛と威厳との充ち溢れた、麗しい顔立ちであつた》せいであり、また一つには、原作者が坊さんで、《古い浄土教の思想と情操とを、たゞ有りのまゝに素直に唄つてゐ》て、《宗教と文学とが未だ分離しない以前の、云はゞ原始的の説教節(ママ)でも聴くやうな気持であれを聴くことが出来》、《宗教文学としての浄瑠璃の持つ魅力》を《沁み〴〵と感じた》からであったとされている。このように、文楽人形が宗教と結び付いた事が、後に文楽人形を「永遠女性」に見立てる前提条件になった事に、注意を喚起して置きたい。

ところで、日本回帰後の永遠女性は、その後も人形だった訳ではない。『蓼喰ふ蟲』ラストで既に、《或る特定な一人の女でなく（中略）一つのタイプ》としての「お久」が永遠女性のイデアとされており、それは殆ど古風な《「人形のやうな女」》でありさえすれば、永遠女性に準ずる存在になれるということだったのである。

さらに、『恋愛及び色情』になると、昔の日本の系図に「女子」「女」としか記入されていないことと、昔の日本の夜は真の闇で、昼とは全く異なった別の世界であり、女は夜の世界の魑魅・幻影の如くであったこと、個性が重視されなかったことなどを理由に、日本のいにしえの女性すべてが《永遠に唯一人の「女」》、即ち一種のイデアとしての永遠女性に格上げされる。これは、谷崎がいにしえの日本を、そのまま永遠女性の世界と考えたがっていた事から出た仮構で、歴史学的にはとんでもない出鱈目であるが、ともかくこれで、日本回帰の第二の必要条件はクリアされた訳である。

イデア論の時には、地上的現実から隔絶した高い場所にしか、永遠女性は存在できなかったが、その地上化が成し遂げられた後では、ひどく簡単に永遠女性を作り出すことが出来るようになって来るのである（なお、昭和三年頃から十年頃にかけての谷崎の作品では、イデア論を捨てた訳ではなく、この様に西洋のイデアに該当するものを日本の伝統の中に見出すことで、イデア論と永遠女性を日本化したという点に、注意を喚起して置きたい。「谷崎潤一郎・変貌の論理」（五）「（イデア論的）日本回帰の時代」（本書Ｐ379〜）参照）。

次に第三の条件③「自分を罪から救ってくれるもの」についてであるが、谷崎が絶えず感じさせられていた罪悪感の主な原因は、インセスト的な性欲にあったと考えられる。イデア論の時には、天上の永遠女性を母と見なし、娼婦的悪女に責任転嫁することでセックスを可能にしていたというのが私の解釈であるが、日本回帰に際しては、谷崎の母・セキが江戸っ子である事を利用して、谷崎は、関西の女性を関東の女性とは全く別世界の存在と思いなすことで、インセストの罪悪感からかなり救われたのではないか、と私は考える。

その証拠として、『雪後庵夜話』で谷崎が、松子姉妹に対する自分の感情の《底には、東京人の大阪人に対するエキゾチスムもあつたと思ふ》と、まるで外国人のように言い、《東京人の眼から見ると、京大阪の女性たちは、われ〳〵に比べて幾分か人間離れしてゐるやうに感じられる。》とさえ述べていること、また、『私の見た大阪及び大阪人』で《東京の女は女の感じがしない》と言い、対談「女性を描くことども　源氏物語と細雪」（「婦人朝日」昭和二十三・二）で、「今は、関東・東京の女は、殆ど女・異性のような感じがしない、全然興味がない」と言い、対談「昔の女今の女（文豪秋の夜話）」（「婦人公論」500号記念　昭和三十三・十一）でも、「東京の女は性的な意味では一番嫌い。日本橋・本所・深川方面の女はいくら綺麗でも嫌い」と言っている事が挙げられる。[注6]

また、谷崎は、日本回帰以前には、インセスト的な性欲を、小説の中で明確に描くことはなかったのに、日本回帰後は、それが或る程度可能になったという事実もある。例えば『蓼喰ふ蟲』（その十四）で、要は、妻の父の妾という形で一種の義理の母となっているお久を、自分の《第二の妻》にしたいと思っていた事に気付く。『乱菊物語』の赤松上総介は、「夢前川」（その二）で、胡蝶を自分の母のように感じている。『吉野葛』でも、津村は自分の母恋いと妻恋いが一つであり、母の俤を求めてお和佐と結婚することを明確に認めている。『蘆刈』では、慎之助がお遊さんの乳を飲む。こうした事が可能になったのは、インセスト・タブーが緩んだからであり、その原因は、関西と関東の間に引かれた一線だったと私は考えるのである。[注7]

以上が、日本回帰時代（昭和三年から三十年）の谷崎を支えた疑似宗教体系「地霊的永遠世界」の概要である。

谷崎の「日本回帰」と言うと、谷崎が既成の日本の伝統的世界にただ帰っただけのような誤解を招きがちであるが、実態は勿論そうではなく、「地霊的永遠世界」も、日本の伝統的死後観念などではない。例えば、（一）「イデア論の成立まで」で述べたように、悪人意識の強い谷崎は、自分用の宗教から地獄を排除しようとするので、「地霊的永遠世界」にも地獄はないのである。

「地霊的永遠世界」に比較的近い能の世界では、名所旧跡を諸国一見の僧が見に来ると、その名所ゆかりの人物の亡霊が現われて、成仏できずにいる事を訴え、回向を頼むというストーリーがよく用いられる。しかし、能の「江口」を踏まえ、夢幻能の形式を真似て書かれた『蘆刈』には、回向を依頼する条（くだ）りはない。つまり、成仏など望まれていないし、地獄・餓鬼・畜生・修羅道も、あるとは信ぜられていない。そもそも「江口」では、一見華やかに見える遊女達の内面の苦しみ・罪業観と人生無常観が眼目であるのに、『蘆刈』では、いにしえの遊女であれ、その再来にして子供と妹を犠牲にした不良マダムのお遊さんであれ、罪人とは見なされず、ただひたすら美しいものとされ、永遠に亡霊として、地上に留まり続ける事だけが、望まれているのである。

『少将滋幹の母』でも、仏教的悟りを求めて行なわれる不浄観は、母の美しさに対する冒瀆として、非難の対象になるだけである。そのラストシーンは、能の「墨染桜」の後ジテの、白い花帽子をかぶった墨染桜の精の影響が強い。しかし、「墨染桜」では、桜の精は、仁明天皇の死を悲しんで出家し、さればこそ後ジテの時は尼僧姿で現われる訳だが、『少将滋幹の母』にはそういう通常の仏教的ニュアンスは全くない。「墨染桜」では、桜は今後、墨染に咲くのだが、『少将滋幹の母』では、美しいピンクの花を咲かせ続けるとしか考えられない終わり方である。

また、谷崎は、日本古来の死後観念の内、先祖と家の観念は受け入れなかった。先にも述べたが、「地霊的永遠世界」の死者は、お盆などに定期的に子孫を訪れる事はなく、御先祖様の集団の中に溶け入ってしまうこともないのである。これは、谷崎にインセスト的な願望があって、父を敵視し、妻（＝母）が自分の子を産む事を恐れる傾向が強く、反＝家的なメンタリティーを持っていた為であろう。

例えば谷崎は、『蘆刈』『春琴抄』『少将滋幹の母』等では、ヒロインに子供を捨てさせている。また、『春琴抄』では、春琴と佐助の墓は、鵙屋家・温井家の墓とは別にある。家の価値を認めない谷崎は、佐助や弥市の奉公も、武州公の忠誠も、家に対するものではなく、美しい女性個人に対するものとしているのである。

谷崎は、日本回帰したと言っても、日本の総てを受け入れた訳ではない。武士道・儒教的家族道徳・東洋的諦観・村的な共同体意識等は決して受け入れなかった。

また、女性崇拝や永遠女性は日本の男尊女卑の伝統に反するものであり、文楽人形に永遠女性を見たり、『吉野葛』で「狐噲（こんかい）」「重の井」「葛の葉」等に母恋いと妻恋いの融合を見たりするのは、全くの牽強付会（こじつけ）に過ぎない。

そもそも日本人は、無常観（または無常感）が強く、個人の霊魂が永遠不死を得るという西洋的な発想は、基本的にない。現世的な欲望や生きる事に執着し続ける者は成仏できず、鬼や幽霊になるとされ、執着を残さず、安らかに御先祖様の集団や大地に溶け入り、成仏することこそが、常に求められて来たのである。常に死を恐れ、西洋的「永遠不死」に殊の外執着した谷崎の文学は、その意味で、決して日本的にはなり得ないのである。

日本回帰後の谷崎文学は、イデア論の時に比べれば、日本の風土と調和しやすくなってはいたが、谷崎独特の強烈な個性を失うことは、決してなかったのである。

（三）地霊的死後観念の利点

（一）「イデア論の成立まで」で述べたように、かつて谷崎がイデア論を採用していた時代には、作中ですら真の幸福を実現する事が困難であったのに対して、日本回帰後の谷崎の作品には、しばしば幸福感が充ちている。それは、地霊的な死後観念を採用した効果だと思われるのだが、それでは、地霊的な死後観念には、どういう利点があったのであろうか。

先ず第一に、それ迄は遠い天上に居た永遠女性が、主人公にとって容易に手の届く存在になった事である。例えば『蓼喰ふ蟲』では、地上の文楽人形が、『青塚氏の話』の様に天上の永遠女性の分身としてではなく、それ自体で永遠女性となる。『蘆刈』の地霊化したお遊さん、『少将滋幹の母』の《円光を背負つ》た母とも、地上で再会できる。『春琴抄』では、墓を並べて死後の幸福を享受できる。

この時期の作品や随筆には、それまで余り見られなかった安らぎの雰囲気が濃厚に漂っているが、安らぎとは、始源的には、母に守られて安心できる状況のもとで発生する感情であり、これは永遠女性＝谷崎の失われた母が得られたことが、主たる原因であろう。

第二に、それ迄の天上界は、キリスト教の天国に近いもので、そこに到達する事は、谷崎のように罪深い人間には、かなり困難と感じられていた（不可能という事ではない）。然るに、「地霊的永遠世界」は、死ねば誰もが行く所である。従って、死後の世界に住む永遠女性も、以前は絶対的な女神のように極度に理想化されてイメージされていたのに対して、今は単に死んだ美女達というように近くなり、人間的弱さや不完全性をも持った近付きやすい存在となった。例えば『蓼喰ふ蟲』の人形の小春・お久タイプ、『吉野葛』の静御前・お和佐、『盲目物語』のお市の方・お茶々、『蘆刈』のお遊さん、『春琴抄』の春琴、『少将滋幹の母』らは、いずれも美人という以外は、普通の女に近い。『恋愛及び色情』では、往古(いにしえ)の日本女性は総て、夜の世界（＝死の世界）の魑魅・幻影（＝永遠女性）とされる（理想女性の不完全性つまり去勢を受け容れることは谷崎の人間的成長とも関連する。「谷崎文学における分裂・投影・理想化」（本書Ｐ53〜）・「谷崎潤一郎・変貌の論理」（本書Ｐ363〜）を参照）。

永遠女性が近付きやすい存在となった結果、ヒロイン達はより慈悲深く寛容になり、男の方も、自らの人間的弱さを苦にする必要がなくなる。また、時には女性が男達の罪（＝谷崎のインセスト的な性欲）を身に受け、代わりに浄化してくれる存在とイメージされる様にもなった。売春を菩薩行と信じた往古の遊女達と『蘆刈』のお遊さんや、妾のお久、また悲劇的な運命に見舞われる『三人法師』の尾上殿、『乱菊物語』の胡蝶、『武州公秘話』の松雪院・桔梗の方、『春琴抄』の春琴、『顔世』、『夏菊』の汲子、『聞書抄』の一の台の局などのヒロイン達は、そうした機能を受け持たされていると考えられる。松子との実際の関係に於いても、インセストの問題は、松子が女主人（御寮人様）として罪の責任を負う事と、潤一郎の献身・奉仕を罰代わりとなす事で、解決していた部分もあったかも知れない。

また、永遠女性の住む永遠の世界はごく身近な場所・「地霊的永遠世界」になり、『陰翳礼讃』では家の中に迄それが充満する様になった（但し、『陰翳礼讃』の家は、家族や日常生活を排除して初めて成立する死と永遠を巡る瞑想の空間でしかない。だから、日本の現実にも、谷崎の小説の中にも、この様な家は、実は一度も存在したことはないのである）。

また、死ねば誰でも地霊的存在になれ、地上に留まれるという事から、谷崎の死への恐怖感が薄らいだ。『蓼喰ふ蟲』以降、『蘆刈』『芸談』『初昔』など、谷崎が年老いる事を急に恐れなくなるのは、主としてこの為であろう。（注8）人間の死すべき運命や老境を肯定的に取り上げられるようになったことは、『芸談』で言う《老境に達した者に心の糧を与へるやうな文学》《過去の生涯を清算し、何も彼も此れでよかつたのだ、世の中の事は苦しみも悲しみも皆面白いと云つたやうな、一種の安心と信仰とを与へてくれる文学》《「心の故郷を見出す文学」》を、この時期、谷崎に求めさせ、また谷崎自身がそうした作品を生み出すことを可能にした原因と言えよう。

第三に、イデア論に伴っていた日本蔑視・天上に対する地上蔑視が解消された結果、少なくとも、地霊的な見立てが可能な近代化以前の古い美しい日本については、全面的に肯定賛美できる様になった。中でも、美しい永遠女性の地霊が漂っている様な土地（広くは関西、狭くは『吉野葛』の吉野等）は、極めて高く評価される様になった。『私の見た大阪及び大阪人』などで、谷崎が関西を讃美したのは、その効果である。

第四に、地霊的な死後観念の、過去の時間・歴史が失われる事なく、その儘その場所に霊として生き残っているという感覚は、この時期の谷崎の、関西の風土を巧みに活かした一連の創作活動を、強く支えるものとなった。

例えば、北尾鐐之助の著書『近畿景観』の紹介文『『近畿景観』と私』(「大阪毎日新聞」昭和十一・四・二十一＊全集未収録)で、谷崎は次のように述べている。

著者は、私の小説の愛読者でもあると見えて、芦刈や、盲目物語や、聞書抄等のことを、それに関係のある土地々々の項で言及してをられるが、正直のところ、私があれらの作品を書いたのは、矢張あゝいふ土地に対する愛着が、一つの重要な力となつてゐたと思ふ。たとへば私は、もし淀君が小谷で生れて、淀の城の主となり、大阪で死んだのでなかつたら、また三成が伊吹山の麓で生れて、佐和山の城主となり、加茂の河原で首を刎ねられたのでなかつたら、恐らくこの二人の美女や英雄にあれほどの興味は抱かなかつたかも知れない。また巨椋池や、大淀の流れや、水無瀬の風光にあくがれを持つてゐなかつたら、お遊さんのような女の幻影も、大和物語の連想も、浮かんで来なかつたに違ひない。そんな次第で、近畿地方に対する私の執拗な偏愛は、歴史物は勿論のこと、「まんじ」や「蓼喰ふ虫」以後の現代物の舞台にまで影響を及ぼしてゐるのである。(注9)

ここには『蘆刈』『盲目物語』『聞書抄』『卍』『蓼喰ふ蟲』の名前しか挙がっていないが、そこに『友田と松永の話』『顕現』『乱菊物語』『吉野葛』『春琴抄』『顔世』『猫と庄造と二人のをんな』『細雪』『少将滋幹の母』『鍵』『夢の浮橋』を加えて見ると、関西移住後の谷崎が、いかに関西各地の風土に刺激を受け、また風土の特色を活かして創作を行なっていたかが、良く分かるはずである。

中でも、特に『蓼喰ふ蟲』から『聞書抄』に至る期間の大半の作品と『少将滋幹の母』は、地霊的な永遠女性抜きには成り立たないものだったと言える。

また、『蓼喰ふ蟲』『吉野葛』『蘆刈』に、土地を訪ね、その地霊を呼び覚まし、歴史を紐解く紀行文的性格があるのも、地霊的なものを活かし、また必要としたこの時期ならではの工夫だったことが、深く肯かれるのである。(注10)

(四) 反現実的主観主義(幻視の関西)

谷崎文学の歴史の中でも、イデア論が地上化された昭和三年から八年は、作中に幸福感が充ち溢れた顕著な一時期を画している。しかし、その幸福の本質は、昭和の関西の現実を楽しむ所にはない。寧ろこの時期の谷崎文学は、極端な迄に反現実的で、科学と工業の近代に、完全に背を向けたものだったからである。

谷崎は、当時の現実を覆っていた不況、軍国主義への傾斜、浮薄なアメリカニズム、エロ・グロ・ナンセンス、またビルと工場の都会等々を完全に無視し、自作から閉め出していた。地上楽園の様に描かれるのも、関西の古い部分だけであり、小説は関西の過去にのみ目を向けたものだった。この時期の作品には、時間がゆったり流れ、のどかな印象を与えるものが多いが、これも日々の生活の時間を、死後の永遠性に接近させた結果であろう。

この頃の谷崎は、松子姉妹ですら、エキゾティックで人間離れした(『雪後庵夜話』)、つまりは非現実的な存在として見ていた。従って、作中に漂っているのも、現実的日常生活的な幸福感ではなく、以前は憧れるだけだった永遠女性と天上の永遠世界が、漸く手の届くものになったという宗教的な喜びだったと見るべきだろう。

しかし、本当は、真の永遠女性を現実に手に入れる事など、出来る筈もないのである。谷崎は、イデア論の操作と、類い希な想像力と言葉の魔術で、永遠女性を手に入れたという幻想を、いかにも本当らしく創り上げ得たというに過ぎない。それでも、その幻想を真に必要としていた谷崎にとっては（またその幻想を半ば信じ得る読者にとっては）、それだけでも、この上ない喜びなのである。

だから、この時期の谷崎は、本当らしさについてしばしば語り（『饒舌録』『現代口語文の欠点について』『春琴抄後語』）、本当らしい印象を創り出す為に、実在の史料に基づいて語る振りをする等（『日本に於けるクリップン事件』『武州公秘話』『春琴抄』『聞書抄』、後の『少将滋幹の母』も）、様々の工夫を凝らしている。

また、この時期の作品には、『アヱ・マリア』『痴人の愛』の単純さに比べて、『吉野葛』『盲目物語』『蘆刈』『春琴抄』では、主要な語り手と補助的語り手や客観的とされる史料との関係が、複雑化または洗練されて居るのも、その現われである。

また、この時期の作品には、現実を客観的に正しく認識するより、主観的に現実を無視・歪曲してでも、永遠女性を手に入れたかの様な幻想を作り上げ、宗教的な幸福を勝ち取る方を良しとする作者の考えが、はっきり読み取れる例もある。

例えば『吉野葛』では、《私》に元文二年（一七三七）の位牌を静御前のものと信じる大谷氏に親しみを感じさせ、《せつかく主人が信じてゐるなら信じるに任せておいたらよい》と弁護させている。お和佐は《初音の鼓》と呼ばれるが、これは贋物の母という意味であり、また、信じれば贋物も本物と同じになるという意味でもある。『吉野葛』全体に、非科学的な伝説や迷信を散り嵌めているのも、津村の幻想を擁護する為である。

『春琴抄』の語り手が、佐助の言葉が主観的で信用できない事を繰り返し指摘するのも、佐助を批判する為ではなく、逆に主観的な憧憬・願望・信仰にこそ真の幸福がある事を強調する為であった。そうした考え方は、火傷で醜悪な顔になった春琴を、佐助が眼を潰す事で、来迎仏の様に見るという所に、はっきりと現われている。

佐助は後年、《盲目になつてから（中略）お師匠様と唯二人生きながら蓮の台の上に住んでゐるやうな心地がした》

と語っている。この様に、永遠の世界が、地上の今ここで手に入ったかの如くに感じる為に、有効な手だての一つが、佐助が選んだ様に、視覚的操作によって現実を見るのを止め、想像力・心眼の力で、この世を死後の永遠の世界に変容させてしまうというトリックであった。

見る事の出来ない弥市にとってのお市の方・順慶にとっての一の台の局、そして顔世、また《眼のまへがもや〱と翳つて来るやうで》はっきり見えないお遊さん、どんな顔か一度も描写されることがないお和佐等は、その実践例であり、『陰翳礼讃』の美学も、その目指す所は同じである。（注11）

また、『盲目物語』以降の谷崎の作品では、普通ではない句読点の打ち方や文字遣い等によって、テクストをわざと読みにくくする工夫がなされているが、これも、明確なものは想像の余地をなくし、半ば隠されたものは想像力を掻き立てるからである。

この時期の文章論『現代口語文の欠点について』や『文章読本』『春琴抄後語』などで、谷崎が写実的描写や心理描写に疑問を呈し、言い尽くそうとせず、想像力を掻き立てる様な表現にすべき事を説いているのも、この為である。

（五）イデア論の地上化と喪の作業

谷崎の日本回帰を可能にした心理的成長変化の一つとして、「谷崎文学における分裂・投影・理想化」（本書P53〜）にも記したように、クラインの言う「妄想的・分裂的態勢」から「抑鬱的態勢」への移行の或る程度の達成がある。イデア論の地上化も、実はこの事と関連・連動して生じている面があると私は考える。

そもそも谷崎のイデア論の根底にあったのは、クラインの「妄想的・分裂的態勢」の心理状態であった。即ち、セキとの関係が良くなかったために、「悪い乳房」に「迫害される不安」が強く、それがノイローゼ的な悪人意識や死に対する恐怖感となっていた。それを打ち消すためには、極度に理想化された永遠女性に守って貰う必要があった。根源が強い恐怖である事は、谷崎の理想女性自体も、またその悪しき分身も、しばしば死や破滅をもたらしかねない恐ろしい存在となる事の一因であった。イデア論で、永遠女性が天上高くに祭り上げられ、主人公との間に大きな隔たりがあるのも、近付きたいけれど近付くのが怖いという恐怖心の現われだったのである。

それが、「抑鬱的態勢」への移行の或る程度の達成の結果、女性を過度に理想化せず、善悪両面を併せ持つ普通の人間として見ることが可能になった。その結果、永遠女性も、天上高くに祭り上げず、地霊的存在にすることが可能になり、イデア論を地上化できた。これが一つの理由である。

さらにもう一つの理由として、私はセキとの関係の変化を考える。

イデア論の時代の谷崎は、インセスト願望のせいもあって、セキの生前、母への愛を否認していたし、セキの死後は、今度は、喪失の悲哀（悲しい音楽）を拒絶し、「喪の作業」と母に対する攻撃の修復・償いを適切に行なわなかった（「躁鬱気質と谷崎潤一郎」（八）「躁的防衛と喪の作業」（本書Ｐ298〜）を参照）。

しかし、時間は掛かったものの、小田原事件などを経て、谷崎も次第に母への愛と喪失の悲哀を認め、「喪の作業」即ち喪失を悲しみ、攻撃を償う事が出来るようになって来た。

だから、日本回帰後の作品のヒロインは、いずれも母子分離を可能にする「良い母親イメージ」と言え、しかも死亡するか、奪い去られるなどして失われつつ（＝母子分離）、「喪の作業」の結果、男性主人公の心の中にイメージとして生き続けることになっている（『蓼喰ふ蟲』（昭和三〜四）のお久、『三人法師』（昭和四）の尾上殿、『乱菊物語』（昭和五）の胡蝶、『吉野葛』（昭和六）の津村の母、『盲目物語』（昭和六）のお市の方、『武州公秘話』（昭和六〜七）の首装束の女、『蘆刈』（昭和七）のお遊さん、『春琴抄』（昭和八）の春琴、『顔世』（昭和八）の顔世、『聞書抄』（昭和十）の一の台の局、『猫と庄造と二人のをんな』（昭和十二）の猫など）。

また、『蓼喰ふ蟲』では観劇に関して、『吉野葛』では妹背山に関して、セキとの懐かしい記憶が転用され、それが理想女性との出会いの前触れになっていること、『春琴抄』が全体として、顔が腫れ上がって死んだセキの死を否認し、顔を修復する神話であることも、「喪の作業」が当時の谷崎の課題であったことを証明するものであろう（「『春琴抄』」（二）②「谷崎の日本回帰と幼児心理」（本書P663〜）、同（四）④「セキの死の否認と谷崎の愛の修復力の神話化（口唇期）」（本書P698〜）を参照）。
（二）「イデア論の地上化」で述べたように、イデア論の地上化の心理的基盤は、自分の過去を懐かしく思い出すことや、歴史的懐古という、いずれも失われた過去への愛惜追慕の心理である。それは、愛するものの死の現実を認め悲しみつつ、死者を心の中で愛し、活かし続ける「喪の作業」の同類と言って良い。イデア論の地上化は、こうした「喪の作業」を行なう必要からも起こったと考えられるのである。

（六）イデア論の終焉（現実への回帰）

しかし、死後の世界に住む永遠女性を志向していたこうしたイデア論的な創作方法は、昭和七年末以降、谷崎が松子と同居を始め、松子が日常的な存在に化すと共に、行き詰まりを見せ始める。谷崎はこうなる事を予感し、なるべく夫婦らしくならないように努力はしていたが、(注12)それにも自ずから限界があった。

松子姉妹をモデルとした現代小説『夏菊』（昭和九）の中絶は、モデル問題が直接の原因ではあったが、あのまま書き続けても、さしたる成功は望めなかったように私には思われる。

谷崎がこの時迫られていたのは、永遠女性をヒロインとし、反現実的な永遠世界で、不死性を追求することから脱却し、松子と過ごす日々のささやかな幸福を作品化する方法の発見であった。それは当然、現代小説でなければならず、この課題は、後に『猫と庄造と二人のをんな』と『細雪』という二つの現代小説によって、見事な解決を見るのである。

『夏菊』の失敗は、現代小説を意図しているにもかかわらず、ヒロインを余りに型通りの古典的な女性として美化し過ぎている事と、その古典的美意識に照らせば、ヒロイン以外の登場人物たちの世界は引き立て役にしかならず、愛情を持って描き得なかった点にあったと私は思う。だが、『顔世』（昭和八）『聞書抄』（昭和十）が失敗したことが示しているように、歴史的過去に時代を設定して理想の美女を描いて見ても、それはもはや二番煎じにしかならなかった。『春琴抄』以前と同じ方向で、新しい世界を構築するには、永遠女性を追求する宗教的情熱が、既に衰え始めていたのであろう。

この時、谷崎が、『源氏物語』現代語訳という五年半に及ぶ大事業に踏み出したのは、当面の生活費を確保し、将来の飯の種ともする意図であろうが(注13)、同時に『源氏物語』の世界に起き伏すことで、現実の日本に半ば背を向け、松子＝永遠女性という幻想を維持しながら、次なる飛躍のための準備期間ともする意図があったに違いない。その傍証としては、既に『蘆刈』の慎之助が好む女性が《品のよい上臈型の人、裲襠を着せて、几帳のかげにでも座らせて、源氏でも読ませておいたらば似つかはしいだらうというような人》とされていたこと、昭和八年三月（年月推定）松子宛書簡（松子「薄紅梅」『倚松庵の夢』所収）の《源氏は御寮人様が御読み遊ばすために出来てゐるやうな本でござります》という一節、松子姉妹と恵美子の写った花見の写真に感激し、《此御四人の方々は平安朝の絵巻物から抜け出していらしつたやうな》云々と書いた昭和十一年五月六日付け松子宛順市書簡、「『源氏物語』を訳していると御寮人様の幻が目の前に浮かんでくる。『源氏物語』は御寮人様の住んでいらっしゃる世界だ」という同年十月十五日付け書簡（松子「薄紅梅」『倚松庵の夢』所収）などを挙げることが出来る。

宗教的な永遠女性抜きの現代小説を書くという課題は、しかし、早くも『猫と庄造と二人のをんな』（昭和十一）で、一応の達成を見た。これは、『源氏物語』現代語訳中の作であることからも分かるように、松子を脇に取り除け、『源氏物語』の世界にしまって置き、松子抜きの世界として作られたものである。

谷崎は、昭和七年十月七日の松子宛書簡で既に、腰元・お茶坊主・執事として松子に仕えると書いていた。『猫と庄造と二人のをんな』に繋がったのは、一つにはそうしたマゾヒズムであり、また、『半袖ものがたり』（「大阪毎日新聞」昭和九・七・二十四〜二十七）で、不格好な半袖を初めて着てみた時の心境を、《私は、それを着た日から敢て肉体ばかりではなく、心の上の虚飾や見えや浅はかな偉がりが除かれて、急に精神が自由の天地に闊歩し出したのを覚えた》と語っているような、大人の男としての体面・鎧を捨て去った庶民的世界の自由さ・安楽さへの憧れである。

また、直接の切っ掛けとなったのは、昭和十年七月四日に、銀座で会った西洋文学通の旧友から受けた忠告だった。同年七月六日付け松子宛書簡によれば、谷崎はこの旧友から、《作家が年を取ると、歴史小説ばかり書いて現代物が書けなくなる、それは生きた社会に触れることを避け、書斎に籠てカビ臭い古い本ばかり読むからさうなるのだ》と言われ、《己は芸術家だとか、文学者だとか云ふ考へを捨てゝ、せめて二三年の間でも、心の底から下男下女と同等になつてみること》、《出入の魚屋や八百屋の小僧など、心易く交際し、無智な人々の社会層に触れて見る》ことを勧められ、《はつとして眼がさめた気が》し、《どうして今迄、さう云ふ方面へ眼を向けなかつたのかと、耻しくな》り、《源氏が済みましたら、その友人が教へてくれた方針のもとに、》《下男下女を通して見た関西婦人の生活を描く計画》を《主婦之友社の友人に》話して賛成された、というのである。

谷崎は、既にこの一ヶ月程前の『身辺雑事』（「サンデー毎日」夏季特別号　昭和十・六・十[注14]　＊全集未収録）で

「これからは現代もので、阪神地方の有閑階級を書きたい」と書いていて、これが『細雪』に繋がる構想の最初の萌芽だったと推定できる。しかし、友人の忠告を得て、松子の属する《有閑階級》ではなく、松子の下男としての潤一郎が属すべき関西の庶民の世界へと心を向けた時、直ぐにも書けたのが、『猫と庄造と二人のをんな』だった訳である。

『猫と庄造と二人のをんな』は、完全な現代小説で、地霊的な土地や歴史とも関係なく、イデア的な死後の永遠女性も出て来ない。そして、人間的な弱点に満ちた現実社会の庶民の暮らしを、どたばた喜劇的な散文性として、肯定的に取り込むことに成功していた。

しかし（と言っても「良くない」という意味ではないが）、『猫と庄造と二人のをんな』では、まだ潤一郎のセキに対する償いが、主題を成している。

庄造は三十歳近くなっても《母親に甘える癖》があるとされているが、それは、幼い時から母と、本当の意味ではうまく行っていなかったという事であろう。何故なら庄造は、《母親からも女房からも自分が子供扱ひにされ、（中略）その不服を聴いてくれる友達もなく、（中略）独りぽつちな、頼りない感じが湧いて来るので、そのために尚リ、ーを愛してゐた》と、書かれているのだから。庄造がリリーを、《撫で肩の美人》のようなイキな感じがしたとか、飼い始めた頃は《七つか八つの少女》という感じだったとか、初めての御産の時には《何とも云へない媚びと、色気と哀愁とを湛へた》眼をしたなどと、人間の女性と同一視するのも、母や妻では満たされない感情をリリーに向けているからなのである。

しかし、庄造は、五、六年前、一度リリーを捨てようとした。そして、今回また品子に渡してしまった。その事で庄造は、《非常に薄情な、むごいことをした》という思いに責められている。また、リリーが《此の二三年めつきり歳を取り出し》た事も、庄造からすれば、自分の年老いた母を捨てた様に感じてしまう原因である。また、リリーがその眼に、いつからか《悲しげな色》を浮かべるようになったのは、自分が《いつでもたつた二人ぎりの、淋しい心細い生活ばかり味はせて来た》せいだと庄造は考え、さらに、リリーの産んだ仔猫をすべて余所にやってしまった事では、《もつと〳〵済まないことをしたと思ふ》のである。庄造は、最近リリーが死ぬ夢を何度も見て、夢の中では《親兄弟に死に別れでもしたやうな悲嘆に沈み、涙で顔を濡らし》たばかりか、《ほんたうにリ、ーの死に遭ふことがあつたら、彼の嘆き方は夢の中のそれにも劣らないやうな気がするのである》。

　こうした庄造のリリーに対する感情の中に、谷崎のセキに対する罪責感が塗り籠められていた事は、恐らく間違いない。と同時に、ラストの《誰にもまして可哀さうなのは自分ではないか、自分こそほんたうの宿なしではないか》には、母なるものを早期に奪われた事に対する谷崎の抗議もまた、籠められているのである。

　ところで、『猫と庄造と二人のをんな』には、これまでの谷崎の作品にはなかった新しいテーマが登場していることに注意すべきである。それは、死すべき人間の無常性である。永遠女性を捨てたことが、必然的にこのテーマを呼び寄せるのである。

　『猫と庄造と二人のをんな』では、猫が人間より遙かに早く年を取る事が効果的に利用され、リリーが僅か十年の内に娘から老婆になってしまう所に、死すべき人間の無常性が印象付けられる。そして、死すべきもの・失われるべきものであるからこそ、リリーが《あの時はあんな顔をした、あんな声を出したと云ふ記憶が》、それだけ一層懐かしく愛惜され、美しく特権化されるのである。

　『細雪』を構成する方法的原理も、また同じである。宗教的な永遠性に代えて、死すべき人間の無常性を受け入れつつ、愛(いと)しいものと過ごした日々が流れ去り失われて行くのを、古語の愛(かな)しさの意味で愛し惜しみ、幸福だった時間を特権化・神聖化することである。

　谷崎は、『細雪』の蒔岡姉妹を、決して死後の、或いは不死の永遠女性にしてはならないことを自覚している。だから、いろいろ弱点もある生身の女性と設定しつつ、それを愛情を持って抱き止め、美化するような描き方にしている。また、彼女たちが、実際の年齢よりずっと若く見えることは、繰り返し強調しているけれども、死すべき人間の運命に従い、年を取ることもまた決して否定はしていない。雪子の顔にはシミさえ浮かぶ。そして最後には、雪子・妙子は結婚し、去って行かざるを得ない。しかも、妙子の結婚は、下層階級への転落と言わざるを得ないだろうし、雪子が御牧との結婚を喜んでいないことは、ラストの数行に明確に示されている。(注15)

他にも、姉妹が経験する人生の一寸した不幸・悲しみは決して少なくはない。悦子の不眠症・猩紅熱、幸子の流産、妙子の赤痢、不調に終わる雪子の縁談の数々。また、姉妹の周囲では、戦争と阪神大水害を筆頭に、本家が東京に移り、没落すること、シュトルツ家の人々やカタリナが日本を去ること、山村さく・板倉の死など、大小様々な不幸もある。

しかし、人間的な悲しみの隣には、人間的な喜びもまたあるものなのだ。キューキュー鳴る帯・ウサギノミミ・お春どん・悦子が慈姑（くわい）を転がす・花見・蛍騒動・カタリナのお婆ちゃんの真似をする妙子・言葉遊びの数々 etc.etc. 作中に鏤められた楽しい場面は些細なものばかりかも知れない。しかし、人生からこうした喜びを取り捨ててしまったら、後に、何が残るだろうか？

小さな喜びと小さな悲しみが交互にやってきては、どちらも永遠に過ぎ去ってしまう――それが人生というものであろう。『細雪』は、そうした時間性に素直に立脚している。しかし、ただそれだけなら、単なるリアリズム小説になるだろう。『細雪』はやはり、どう見てもリアリズム小説ではない。それは、『細雪』の世界を、谷崎が松子姉妹と恵美子に対して抱いた（そして貞之助や幸子がこの姉妹に対して、雪子が悦子に対して抱く）強い愛着が貫き支え、特権化しているからである。

この愛着故に、『細雪』は、不可逆的に過ぎ去ってしまう人生の時間を、何とか押し止めたいという愛惜によって彩られている。例えば、上巻（十九）の花見で、毎年同じコースを通り、写真も《いつも写す所では必ず写し》《ごくつまらない些細なことでも》前の年にした通りの事をするという辺りには、来年も皆が今年と同じで変わっていないようにと祈る呪術に近いものがある。幸子が《年を取るにつれて、昔の人の（中略）花を惜しむ心が（中略）身に沁みて分るやうになつた》と言うのも、《散る花を惜しむと共に、妹たちの娘時代を惜しむ心も加はつてゐた》からである。それは広く言えば、「もののあはれ」・無常、人生に付き物の不如意である。

『猫と庄造と二人のをんな』で、庄造は、リリーが《あの時はあんな顔をした、あんな声を出した》と断片的に記憶していたが、それと同様に、『細雪』を読み終わった読者は、特に重大という訳でもない様々なシーンが、断片的に頭に残っていることに気付くだろう。それは、谷崎が、実際の姉妹や恵美子やその他の人物たちの印象に残った言動を、アルバムに写真を貼るように、数年間にわたってメモし、書き留めて置いたものの中から、選りすぐって、作品のあちらこちらに鏤めて置いたからなのである。(注16)

こうした書き方は、しかし、『細雪』で唯一度成功しただけで、二度と用いられることはなかった。何故なら、三姉妹と恵美子に対して谷崎が抱いたような、余程強い持続的な愛がなければ、そしてまた、重子・信子が結婚して去って行くことがあらかじめ分かっていた『細雪』のような状況がなければ、愛惜によって、過ぎ行く日常的な時間を特権化・神聖化することは、出来ることではないからである。

それからあともう一つ、『細雪』だけに見られる特徴がある。それは、『細雪』以外の谷崎の作品は、常に一人の女神を情熱的に激しく崇拝する、言わば一神教的な世界であるのに対して、『細雪』だけは、三姉妹と悦子をセットにして、より温和な愛着を注ぐ、言わば多神教的な世界になっている事である。それは、打出や反高林時代の谷崎の家に、重子が同居し、信子も頻繁に遊びに来ており、潤一郎が三姉妹と恵美子を、すべて主人側の人間として、松子と同様に敬い崇め、御奉公の対象に加えていたためである。恐らく、谷崎は、こうした多神教的世界の文学における扱い方を、『源氏物語』から学んだのであろう。

以上の様に、谷崎文学の変化・発展の原因を充分に理解するためには、谷崎の死に対する恐怖と、女性による宗教的な救済への渇仰と、その変化を考えに入れる事が、是非とも必要なのである。

谷崎は、『猫と庄造と二人のをんな』と『細雪』では、松子を得た事で、宗教性から離脱する方向を示していたが、『少将滋幹の母』以降、また新たな展開を示す事になる。その主たる原因は、戦後間もなく谷崎が陥った老人性インポテンツと、老齢と共に目前に迫って来た自らの死にあるというのが、今の私の見通しだが、詳しくは、「戦後の谷崎潤一郎」（本書P417〜）に委ねる事にしたい。

注

（1）紙数の都合で充分な説明が出来ないので、この点については、マリー・ボナパルト『クロノス・エロス・タナトス』（せりか書房）の「無意識と時間」を参照されたい。谷崎文学の芸術的完成度の高さも、作品を永遠化しようとする願望の強さと無関係ではないだろう。

（2）キリスト教の教義から言えば、マリアは神ではないが、民衆の信仰の実態は、女神同然だったと言って良い。また、多神教では、女神はあっても唯一絶対性を持たないのに対して、キリスト教は一神教であるため、マリアに絶対性がある事も、谷崎を惹き付ける原因だったであろう。また、キリスト教も元来は現世否定的だったが、近代以降の実態としては、欲望肯定的になっていた。

なお、谷崎は『幼少時代』「蛎殻町浜町界隈」では、祖父が遺したマリア像を、《西洋の国の女神》と書いている。

（3）佐藤春夫の『「風流」論』「一、序説」（「中央公論」大正十三・四）にも、大正八年頃、谷崎が風流を《菜食主義的の美食と呼んでしかしそれが人々から青春を奪ひ、人々を消極的なものにするといふので（中略）ひどく怖れを抱いてゐるかのやうであつた》という証言がある。『鮫人』では、服部と南に、東西の宗教観・芸術観を代表させることで、自らの葛藤を表現している。

（4）『乱菊物語』以前の歴史小説は、『刺青』（『麒麟』）『お艶殺し』『お才と巳之介』（『人魚の嘆き』『玄弉三蔵』）『兄弟』『二人の稚児』『顕現』（『カストロの尼』『三人法師』）だけである。（）内は外国物と翻訳の歴史小説である。ただし歴史劇も含めると、『誕生』『象』『信西』『鶯姫』『法成寺物語』『恐怖時代』『十五夜物語』（『蘇東坡』）（『蛇性の婬』）『お国と五平』『無明と愛染』と数は多くなる。しかし、いずれも短く、スケールが小さい。

（5）なお、《巡礼》に行くお久にも、要は地霊的永遠性を感じた可能性がある。と言うのは、平凡社『世界大百科事典』真野俊和氏執筆の「巡礼」の項によると、巡礼の際、笠に書く《迷故三界城、悟故十方空、本来無東西、何処有南北》という文言は、真言宗や禅宗の葬儀で棺や天蓋に書く四句の偈で、死装束にもなる白衣や杖と合わせて巡礼者の死を象徴していると言われるからである。つまり巡礼するお久は、死者でありながら札所を巡歴する地霊的永遠女性と言えるのである。

（6）セキは、日本橋で潤一郎を産み育てた。そして、『The Affair of Two Watches』『岡本にて』『雪後庵夜話』によれば、セキは深川生まれであった。

ただし、昭和三十五年一月の『伊豆山放談』「美人の今昔」では、石黒敬七『写された幕末』の辰巳芸者・深川芸者等を粋・幽艶と誉め讃えている。『伊豆山放談』の「べつたら」の項でも、「関東だき」と「べつたら」に対して《江戸人として（中略）腹に据ゑかねる》と言っている。昭和三十年以降は、西洋的要素が復活して来ており、関西崇拝にも変化が生じているのである。

（7）この他にも、セキに対する「喪の作業」の進展によって、インセスト的傾向自体が弱まることも関係するだろう。

（8）松子と結婚後、潤一郎は恵美子に対して、好んで「オヂイ」と名乗っていた。老境を恐れなくなる兆候は、『鶯姫』（大正六）に既に見られる。そして、この作品には、日本回帰の兆候も、歴史的過去がその儘生き残っているという感覚も、既に現われているのである。

（9）全文の紹介・解説は、拙稿「谷崎潤一郎全集逸文紹介3」（『甲南女子大学　研究紀要』平成四・三）を参照されたい。

（10）谷崎には、日本文化の特徴の一つとされる自然崇拝の傾向がなく、作中で、自然の風景や生き物を描写することも滅多にない。例外的に風景や動物を描いているように見える場合も、実際はそこに母の象徴を見ている（風景については「谷崎文学における分裂・投影・理想化」（三）「理想化」（本書P60〜）、動物については、「谷崎潤一郎とエディプス・コンプレックス」（一）④（オ）（ⅲ）「動物」（本書P186〜）参照）。昭和三〜十年の「（イデア論的）日本回帰の時代」、中でも『蓼喰ふ蟲』『吉野葛』『蘆刈』は、谷崎としては、極めて例外的な作品なのである。

なお、自然崇拝の傾向は、人為を排することに繋がり、日本の芸術作品の構成の弱さの原因になっている。谷崎が、西洋人と同様に人工的秩序を尊び、作品に堅牢にして緊密な構成を持たせたことの根源は、ここにあろう。また、母なる自然に対する不信は、谷崎の地震恐怖症とも結び付いているのだろう。

(11) 谷崎は映画を好み、実際の制作にも携わった経験があり、視覚的操作というものを熟知していた。盲目や陰翳の世界と、それとは正反対の『乱菊物語』のスペクタクル性とは、実は同じ盾の両面なのである。

(12) 松子の「倚松庵の夢」(『倚松庵の夢』)所引の「創作家に普通の結婚生活は無理」という潤一郎書簡や、「薄紅梅」(『同』)の「一般の夫婦の結び付きでなくという約束の下に成立した間柄だった」という辺り、松子『湘竹居追想』(二十三)の「最初は平安朝の様式に出来たらと望んでいた」等々がその例である。

(13) 松子の「源氏余香」(『倚松庵の夢』)に、「昭和八年頃、仮住居に同じ屋根の下に起き伏しするようになった頃が貧乏のどん底で、『源氏物語』現代語訳完成後、漸く貧乏から解放された」とある。

(14) 全文の紹介・解説は、拙稿「谷崎潤一郎全集逸文紹介3」(『甲南女子大学　研究紀要』平成四・三)を参照されたい。

(15) 御牧実は、下巻(二十七)に説明がある通り、側室の子(庶子)で、学生時代に分家しており、華族様ではなく平民である。その上、財産も定職もなく、頭は禿げていて色は黒く、好男子ではない。下巻(三十四、五)から、辰雄も貞之助も、この結婚に必ずしも満足していないことは明らかである。

(16) 『細雪』のためのスケッチとしては、『続松の木影』が遺されており、その中から『細雪』に実際に使われたシーンも少なくない。『続松の木影』という題名から見て、他にもスケッチがあった事は充分考えられる。

【付記】　本章は、「国文学　解釈と教材の研究」(平成十・五)に発表したものに、今回、加筆したものである。

第三章　戦後の谷崎潤一郎

――新資料に寄せて――

この度、私は、昭和三十四年二月二十八日発行の日劇ミュージック・ホール「白日夢」パンフレット（表紙題名は“GRAND NU FOLLIES ‘LOVE VICE VERSA HATRED’”）をたまたま入手し、谷崎潤一郎の談話『観客になって楽しみたい』が掲載されているのを発見した。よって、以下に若干の解説を加えた上で、同パンフレットに載った演出者・丸尾長顕の一文「夢中で迎える七周年」と共に、翻刻・紹介したい。

また、この機会に、従来あまり研究されて来なかった谷崎潤一郎とストリップ（或いはストリップ的なもの）との関係について、私が調べ得たデータを年表形式にまとめ、併せて戦後の谷崎の変貌について、若干の私見を述べて見たい。

（一）新資料紹介

日劇ミュージック・ホールの「白日夢」は、谷崎潤一郎の『白日夢』と『白狐の湯』をもとにして作られたヌードショウで、昭和三十四年二月二十六日から五月五日まで、日劇ミュージック・ホールの七周年記念豪華公演と銘打って、上演されたものである。

パンフレットによれば、プログラムは、第一部「白日夢」が、プロローグ・踊る字幕・白日夢（A）（B）（C）・飛び出す白狐・白狐の湯（A）（B）の全八景。谷崎が贔屓にしていた春川ますみが、「白日夢」の令嬢役などで出演。「白日夢」のドクターは益田隆、「白狐の湯」のローザは、オーストラリア人のピーチェス・ブラウンが演じた。

第二部は「残酷物語」と題され、むち・血の酒宴・恋の歌・めくらとアベック・ドラムとドラム・恍惚・春風のいたづら・恋と私・トランペットは浮気もの・もも切り魔のクシャミ・楽しいステップ・血に飢えた男・いとせめて・花見ごろも・いも虫ごろごろ・グランドフィナーレの全十六景。「恍惚」に谷崎が推薦した谷内リエ、「いも虫ごろごろ」と「グランドフィナーレ」に春川ますみが出演した。

谷崎の『観客になって楽しみたい』によれば、谷崎は『白日夢』と『白狐の湯』を原作として提供した外には、《部分的に案を出し》ただけということである。その《案》の具体的な内容は、この一文からは、谷内リエを《思う存分踊らして欲しいと注文を出し》たこと以外、分からないが、丸尾長顕の「夢中で迎える七周年」によれば、《ヌードをフロントの穴へ突落すこと》や《グランギニョールのようなものを》出すことなど、《色々》と《相談》に応じ、そこから第二部「残酷物語」の「血の酒宴」「恍惚」「血に飢えた男」は、生まれたとのことである。

ただし、『谷崎潤一郎＝渡辺千萬子往復書簡』（中央公論新社）所収の昭和三十四年三月三日付け千萬子宛書簡では、《残酷物語のところは全く丸尾さんが書いたもので　私は関知してゐません》と言っている。が、これは裏を返せば、第一部「白日夢」についてはかなり関わったということだろうか。三月五日付けの潤一郎宛千萬子書簡には、「白狐の湯」のローザ以外の役の人たちについて、《伯父様がこの間おっしゃってゐたやうにそれぐ〳〵の色に毛も爪もそめてシッポをつけて》出るのが良い、と書かれているので、潤一郎と千萬子が細かな演出について話し合っていたことは確かである。

【注】丸尾長顕の著書『回想小林一三』（山猫書房）や『日劇ミュージック・ホールのすべて』（美研出版）によれば、「白狐の

湯」は丸尾が翻案して脚本を書いたが、「白日夢」の部分は谷崎自身が書いたとしているが、真偽は今の所、不明として置くべきだろう。

丸尾の「楽屋のおもかげ」（「中央公論」昭和四十・十）によれば、谷崎は「この次には脚本を書いて演出するよ」と言っていたとのことであり、谷崎の『観客になって楽しみたい』でも、《乗り出して、演出まで引受けてみたい気持もある》と語っているので、谷崎がかなり積極的だったことは確かなようである。

谷崎が推薦したという谷内リエについては、不明の点が多いが、前引・昭和三十四年三月三日付け千萬子宛の潤一郎書簡にも、《あのジョセフィンベーカーに似てゐ（ママ）谷内リエの踊りも素晴らしいさうです》と書かれ、「週刊平凡」（昭和三十七・四・二十六）の記事「〃これが女の新しい魅力だ〃といわれる谷内リエの秘密」では、彼女の踊りを見た谷崎が、「まったくセクシーな女だ。こんなすばらしい女が日本にいたとは知らなかった」と言った、とされている。吉行淳之介の『変った種族研究』（角川文庫）に収録された谷内リエとの対談の解説には、「東京生まれ。松蔭高女卒。身長一六三センチ、体重四九キロ。ダン・矢田ダンサーズ出身。渡米五回、ラスベガス、マイアミの一流ナイト・クラブに進出。黒人ムードを持った異色のダンサーとして「ライフ」誌に紹介される。帰国後、「ラテン・クォーター」に常時出演。赤坂・六本木界隈の夜の女王として君臨する。愛称・クロちゃん」と出ている。また、橋本与志夫・石崎勝久『THE NICHIGEKI MUSIC HALL』（東宝出版　昭和五十七）によれば、昭和二十八年一～二月の「一日だけの恋人」に出演した後、昭和三十三年十一～十二月の「夜ごと日ごとの唇」に六年ぶりに出演して、強烈な個性を見せた、とある（谷崎も見に行った。年表参照）が、日本では、余り人気は出なかったようである。丸尾長顕『日劇ミュージック・ホールのすべて』（ただし谷口リエと誤る）にも、「日劇MHの初期に一度登場したことのある非常に特異なエキゾティックな踊子で、毎日日光浴をしてわざと肌を黒く焼いていると言われていた。ショウ・ダンサーとしては第一人者で、ラスベガスに出演して以来、名声高く、帰朝後また日劇MHの舞台に立った。日本人より外人受けのする踊子」とある。丸尾長顕の『肉体と恋愛』(紀元社)では、谷口(ママ)リエは蜂のようにウエストが細く、その踊りは扇情的でコケティッシュでしびれるような頽廃の魅力を持っていた、とする。実際に谷内リエの踊りを見た渡辺清治氏によれば、彼女の踊りは身のこなしが日本人離れしていて、歯切れが良く、そして粘りのある、見ていて気持ちのいいものだったそうである。日本でよりアメリカで評価されたこの踊子に、谷崎が早速目を付けたことは、谷崎の優れた鑑賞眼を示すエピソードと言ってよいのではないだろうか。

ついでながら、谷内リエは、昭和三十七年四月には、日劇ミュージック・ホールの十周年記念公演「そっと乳房は夢を見る」に出演して、一時的に注目を集めたようで、前引の「週刊平凡」の記事(舞台写真入り)が出た他、谷内リエ自身が「婦人公論」五月号に執筆したり、「毎日グラフ」四月二十二日号で大江健三郎と対談したりしている。

＊　　＊　　＊

観客になって楽しみたい

谷崎潤一郎(談)

日劇ミュージック・ホールは好きで、度々見ているし、小説に書いたこともある。

乗り出して、演出まで引受けてみたい気持もあるのだが、今回は初めてだから、「白日夢」と「白狐の湯」の二つの作品を提供して、あとは、部分的に案を出して、丸尾君に構成も演出も任せることにした。

しかし、出来上った脚本を見ると、残酷なところがあるので、あれは困る、演出で柔かくしておくようにと、頼んでおいたが、どうなることかと心配だ。

谷内リエはショウの踊子としては異色のある存在だと思う。一番ミュージック・ホール的な踊子だから、是非、谷内に思う存分踊らして欲しいと注文を出しておいたが、それが実現したので楽しみだ。

またヒイキの春川ますみが、私の作品だからというので「白日夢」に出演してくれるのは、まことに嬉しい。これを最後に映画界に入るそうだから、そのはなむけになればありがたい。

益田隆が「白日夢」のドクターに扮するのも、変っていて面白いと期待している。

とにかく私の作品や案が、どんな風にミュージック・ホールの舞台で演出されるか、ちょっと見当が付かないが、今までと違った多少異色あるショウになりそうだから、わたしはむしろ、観客の側に廻って楽しみたいと思っている。

少し健康をそこねているので、舞台稽古に立ち合えないのが、かえすがえすも残念だ。

＊　　＊　　＊

夢中で迎える七周年【演出家の手記】

丸尾長顕

とうとう七年という歳月が、流れてしまった。全く、無我夢中の七年でした。
でも、やっと日劇ＭＨの基礎は確立したように思うのです。近着のアメリカの雑誌“ESCAPADE”を見たら、色々と日劇ＭＨの記事や写真を掲載して
（日本のベスト・ショウは日劇ＭＨで見られる。アメリカ人や旅行者や日本の上流階級が主な観客で、いつ

も満員である)

と、紹介してくれました。

決して自惚れるワケではありませんが、新しい演劇のジャンルとしてのMHが、よくここまで成長したものだと、沁々嬉しく思います。これもみな観客の皆様のお蔭であると感謝しています。

満七周年を迎えて、痛切に感じることは、サル真似でない日本独自のヌード・ショウを立派に開花せねばならぬということです。

谷崎潤一郎先生に御案を頂いて、その第一の花を開かせたのがこの「白日夢」です。

先生は日劇MHをヒイキにして下すって、殆んど毎公演御覧になりますが、松子夫人からも

「ミュージック・ホールを見た後、二三日は大変機嫌がいいんですよ」

というお手紙をもらったほどです。

そこで、関西以来三十年以上も親しくして頂いている御厚情に甘えて、御無理を願ったところ、言下に、御快諾を得たので、飛び上るほど嬉しく思いました。

「先生の御覧になりたいショウを上演しようではありませんか」

というのが、私の提案でした。

第1部は先生の作品「白日夢」と「白狐の湯」を中心に構成しました。

武智鉄二先生も「白日夢」をテレビで放送する企画をもっていられたので、大いにそのお知恵を拝借しました。

「白狐の湯」は度々上演された傑作ですが、思い切ってMH向きにアレンジさせて頂きました。先生は苦笑いしていられましたが、白狐に扮する白人の水に濡れた肌の美しさを充分に出してみたいと思います。日本舞踊も出来るマンボの名手、豪州生れのピーチェス・ブラウン嬢を得たことは、この上もない喜びです。

第2部の「残酷物語」は、色々先生と相談して構成しましたが、さて、脚本が出来上ってみると

「こんな血が滴るようなショウは残酷すぎて、怖いよ」

と、叱られました。

「ヌードをフロントの穴へ突落すことは出来ないかね?」

という先生の案から「血の酒宴」が生れました。

「谷内リエ君は今まで見た一番面白い踊子だから、あれに存分に踊らせてみたら――」

との御提案から「恍惚」が、グランギニョールのようなものをということから「血に飢えた男」が、そして、「細雪」にある

いとせめて花見衣に花びらを
秘めておかまし春の名残りに

という歌を、私は大変好きなので、その和歌の心をショウ化して見たのが「花見ごろも」です。こんなわけで第2部は谷崎先生に捧げるショウといった形になりました。

谷崎先生が御ヒイキの春川ますみが、一年半ぶりに先生の作品というので出演することになりました。彼女はこの舞台を最後に映画界に専念するそうです。

＊　　＊　　＊

（二）谷崎潤一郎とストリップ（或いはストリップ的なもの）との関連略年表

◆明治三十八年◆（一九〇五　乙巳）（数え年二十歳）

9・2〜15　歌舞伎座で、手品師・松旭斎天一・天勝一座が帰朝披露公演を行う。天勝は当時珍しい付けまつ毛にアイシャドーという化粧で、「羽衣ダンス」では、紗の薄絹の羽衣にスパンコールをあしらい、二十歳の天勝のセミ・ヌードをちらつかせるというエロティシズムが爆発的人気を呼んだ（松旭斎天勝『魔術の女王一代記』かのう書房）。

※この時かどうかは分からないが、谷崎が天勝の舞台を見たことは、『青塚氏の話』によって確認できる（「モデル問題ノート」の『小僧の夢』の項（本書P935〜）も参照されたい）。

◆明治四十五年（大正元年）**◆**（一九一二　壬子）（数え年二十七歳）

この年　アメリカで、マック・セネットがキーストン社を設立。メイベル・ノーマンドを中心に、短篇slapstick喜劇を量産し始め、一九一六年（大正五年）まで続けた。その間に、bathing beautiesと呼ばれる水着美人を登場させるようになり、谷崎も『痴人の愛』（四）で言及している。

◆大正二年◆（一九一三　癸丑）（数え年二十八歳）

12・1　電気館でフランス映画「プロテア（Protéa）」封切り。大正五年十一月までに、第二・三・四編も封切られた（『日本映画作品大鑑』）。『魔術師』に言及があるので、谷崎も見たと考えられる。萩原朔太郎・室生犀星がこの映画のファンになった他、尾島菊子の『プロテア』（「仮面」大正三・二）

や江戸川乱歩の『屋根裏の散歩者』に言及がある。
※植草甚一の「江戸川乱歩と私」によれば、プロテアに扮したジョゼット・アンドリオは、背の高い豊満な大女で、黒い肉襦袢を全身に纏っているが、それが体にぴったりついて、裸のようにエロティックに感じられたと言う。

◆大正三年◆（一九一四　甲寅）（数え年二十九歳）

12・4～17　『金色の死―或る富豪の話―』連載（「東京朝日新聞」）。
※ロダンの彫刻への言及や、アングルの「泉」、ジョルジョーネの「ヴィーナス」、クラナッハの「ニンフ」の活人画が登場するのは、厳しい検閲をかいくぐるために、西洋の芸術の権威を利用し、裸体を描いたものと言える。こうした手法は、『金と銀』『永遠の偶像』などにも用いられている。ロダンへの言及は『青い花』『痴人の愛』（二十六）にもある。
※ディアギレフのロシア・バレエ団の演目（「薔薇の精」「牧神の午後」「カルナヴァル」「シェヘラザード」）への言及がある。官能的な衣裳とエロティシズムに対する関心からであろう（「比較文学ノート」の『金色の死』の項（本書P906～）参照）。
※『金色の死』には、活人画的なものも登場する。荒俣宏の『奇想の20世紀』（日本放送出版協会『エロトポリス』（集英社文庫）などによれば、一四六一年ルイ十一世のパリ入城の際に全裸美女が水の精セイレーンに扮して道ばたに立つなど、西洋中世の王侯貴族は裸体の活人画（tableaux vivants）を楽しみ、十九世紀になると、活人画が民衆相手の見世物や舞台に登場した。また、秦豊吉の『宝塚と日劇』（いとう書房）によれば、ドイツでは、一九〇九年に画家フランツ・トーマンの発案で「金のヴィナス」という名で、女が全身に金粉を塗って舞台に出た。彫刻の名作を手本にした

活人画が流行したのもその頃である。これらが『金色の死』や、後の『青い花』『アヱ・マリア』『肉塊』（七）『痴人の愛』（二十六）などの影像シーンに影響した可能性がある。

◆大正六年◆（一九一七　丁巳）（数え年三十二歳）

1・22〜29　浅草常盤座で、伊庭孝・高木徳子が「女軍出征」を初演。未曾有の大当たりとなり、浅草オペラ黄金時代の先駆けとなった（増井敬二『日本のオペラ（明治から大正へ）』民音音楽資料館）。「女軍出征」については『痴人の愛』（八）に言及が有り、谷崎が見たことが確認できる。『鮫人』は、浅草オペラを主要な題材としたものである。

※谷崎も大ファンになったが、それは、当時の日本女性はまだ和服を着ていたのに対して、浅草オペラでは洋服を着るので、体の線が外から見え、露出度も比較的高かったからである。谷崎は『東京をおもふ』で、《私の求めるものは、生き生きした眼と、快活な表情と明朗な音声と、健康で均斉の取れた体格と、さうして何よりも、真つ直ぐな長い脚と、ハイヒールの沓がぴつちり篏まる爪先の尖つた可愛い足と、要するに外国のスタアの肉体と服装とを備へたやうな婦人であつた。私はそれに似たものを見るためにしば〳〵金龍館や日本館や観音劇場のオペラへ行つた。》と述べている。

2・17　帝国館でアメリカ映画「海神の娘（Neptune's Daughter（一九一四））」封切り。アネッテ・ケラーマン主演（『日本映画作品大鑑』）。『痴人の愛』（四）にこの映画、『肉塊』（七）にケラーマンへの言及がある。

※当時は女性は泳ぐことすら稀で、水着も肌を殆ど露出しないものが使われていたが、ケラーマンは元水泳選手で、腕と脚を完全に露出し、体に密着したワンピース水着を着用したために逮捕された事すらある先駆者だった。

4・27、28　増井敬二『日本のオペラ（明治から大正へ）』および谷崎の『晩春日記』によれば、谷崎は、帝劇でイギリスの興行師モーリス・バンドマンの喜歌劇団の“THE HIGH JINKS”と「田舎兄弟倫敦見物」を見た。洋装の白人女性を見るためであろう。『痴人の愛』（二十五）『東京をおもふ』で言及している。

◆大正八年◆（一九一九　己未）（数え年三十四歳）

9・1～15　帝劇でロシア・グランド・オペラ団公演。谷崎も見に行ったらしく、『本牧夜話』『饒舌録』『メモランダム』で言及している。『痴人の愛』（九）で言う《外人団のオペラ》もこれであろう。

◆大正九年◆（一九二〇　庚申）（数え年三十五歳）

6・25　電気館でセシル・デミル監督「男性と女性（Male and Female（一九一九））」封切り（『日本映画作品大鑑』）。谷崎が見たかどうかは不明。

◆大正十年◆（一九二一　辛酉）（数え年三十六歳）

4・1　オペラ館で「醒(めざ)めよ人妻（Old Wives for New（一九一八））」封切り。谷崎が見たかどうかは不明。

※ウォーカー『ハリウッド　不滅のボディ&ソウル　銀幕のいけにえたち』（フィルムアート社）によれば、セシル・デミル監督が初めて大々的に入浴シーンを出した作品。以後、これがデミル作品の売り物の一つとなる。デミルの映画では、美女が露出度の高い、豪華なファッションを見せることも特徴となっていた。

※デミルの映画は、『肉塊』『痴人の愛』の着想に深く影響した他、『白狐の湯』『顔世』などの入浴シーンにも影響したか？（「『痴人の愛』論」**【補説】**（本書P614～）参照）

8～　大正十二年九月の関東大震災まで、谷崎は、横浜に住む。谷崎は社交ダンスと英会話を習い、花月園へ時々踊りに行った（今東光「師」・谷崎『私のやつてゐるダンス』など）。これも洋装の（白人）女性と触れ合うためであろう。大正七年末の中国旅行の際、上海のカルトン・カフェーのマネージャーから、「将来このダンスホールを東京へ持って行こうと思う」と言われた時、日本の警察が許すはずがないと思って、淋しくなったと『東京をおもふ』にあるように、また、『痴人の愛』（十四）でナオミに言わせているように、大正期の日本では、社交ダンスすら、風紀を乱す厭らしいものとして、政府からも一般社会からも指弾されがちだった。

◆大正十一年◆（一九二二　壬戌）（数え年三十七歳）

2・3　電気館でセシル・デミル監督の映画「夫を変へる勿かれ」封切り（『日本映画作品大鑑』）。谷崎が見たかどうかは不明。

5・12　電気館でセシル・デミル監督の映画「何故妻を換へる?」封切り（『日本映画作品大鑑』）。谷崎は、『アヹ・マリア』（4）で、「何故妻を換へる?」と「アナトール」に関して、《ド・ミルは女の足を映すのが好きなんだな》と書いているが、事実、デミルの他の映画「男性と女性」などにも、女性の美しい足のクローズ・アップは繰り返し出て来る。

8・23　帝国劇場でセシル・デミル監督の映画「愚か者の楽園」封切り（『日本映画作品大鑑』）。『アヹ・マリア』（4）で言及されている。

9・12　横浜のゲーテ座でセシル・デミル監督の映画「アナトール」上映。ゲーテ座では、観客が外国人であるという理由から、映画に対する検閲が、日本の他の映画館に比して寛大だったと言う（升本匡彦『横浜ゲーテ座』）。『アヹ・マリア』によれば、谷崎はこの映画をゲーテ座で見たらしいが、それは、この頃、日本では映画に対する検閲が厳しく、性的な場面だけでなく、キス・シーンすらフィルムから切り取られることがしばしばだったためであろう。

※『アヹ・マリア』（４）では、この映画のキャバレーの場面に、大理石の彫像と見まごう裸体女性が出るとされているが、実際には、ギリシャ・ローマ風の tunic を着ている。しかし、ビーブ・ダニエルズ演じる毒婦 Satan Synn は、作中で The Unattainable と題された A Tableau Vivant（活人画）に、裸体に近い恰好で出演している。

※キャバレーのショウ「生きた大理石像」は、秦豊吉『日劇ショウより帝劇ミュージカルスまで』によれば、秦豊吉が見た一九二〇年頃、既にロンドンのヴァライエティー劇場では珍しい出し物ではなくなっていた。

★戦前の日本では、西洋の裸体文化に直接接することは出来なかったが、谷崎は映画・絵画彫刻・天勝・浅草オペラ、また社交ダンスなどから、間接的にではあるが、貪欲にそれらを吸収しようとしていたように思われる。ただし、昭和三年以降敗戦までは、所謂日本回帰の結果か、裸体文化への関心を示す記録を見出すことは、出来なかった。

以下、戦後の部分では、谷崎の恋愛や体調関係の事項も併せて記載する。

◆昭和二十一年◆（一九四六　丙戌）（数え年六十一歳）

11下旬　京都市左京区南禅寺下河原町五十二番地に転居。「潺湲亭」と名付ける。この頃、京都の名士が招かれた桂離宮拝観の会で、奥村富久子は樋口富麻呂に伴われて参加し、初めて谷崎と会った。その数日後、谷崎が樋口富麻呂を通じて、女性の能や仕舞は見たことがないので、拝見したいと申し入れ、奥村富久子が仕舞を三番舞って見せた（林和利「谷崎潤一郎と能・狂言（上）」「能楽タイムズ」

昭和五十八・一・一）。

※以来、谷崎は奥村富久子と交際を続け、昭和二十三年十二月一日付け富久子宛書簡では、「小生は貴女の門弟、崇拝者の一人」と言い、二十四年二月五日付け書簡では、「貴女様の伝記を書くこと御許可頂き、光栄。京都の伝統美のすべてが貴女様の一身に集まっているように思う」と書き送っている。『鴨東綺譚』でも、富久子を登場させる予定だったようだが、その前に中絶した。

12中旬 ?　前京都市長・和辻春樹の紹介状を携えて、市田（旧姓）やえ子が訪ねて来る（『京洛その折々』では国井夫人）。以来、交際が続いた。谷崎は、やえ子の特殊な個性にも関心を抱いたようであるが、やえ子の四人の娘たちにも心を惹かれていたらしい（『鴨東綺譚』・瀬戸内寂聴「一つ屋根の下の文豪」『有縁の人』など）。

12・19　女中募集の新聞広告により、五味和子が勤め始める（「京都新聞」昭和二十二・十・十七記事「美しき女中」）。

※谷崎は一時期、五味和子を好きになり、昭和二十二年六月に松子が嫌って追い出したのを、家を借りて囲ったが、すぐに厭になったと言う（前掲・「京都新聞」記事と、恵美子さんの証言による）。

◆昭和二十二年◆（一九四七　丁亥）（数え年六十二歳）

1・1～20　東京新宿の帝都座五階劇場で上演された「ヴヰナス誕生」が**日本に於けるストリップの嚆矢**。ただし、大きな額縁の中で半裸のモデルがポーズを作り、わずかの時間、幕を開くだけだった。翌年九月まで帝都座では同種の作品が次々に上演された（秦豊吉『日劇ショウより帝劇ミュージカルスまで』）。

5・11　前京都市長・和辻春樹の紹介で、和辻夫人が京大の辻博士を谷崎邸に連れてくる。『細雪』下巻の完結が近かったが、執筆を禁じられる、酒も禁じられる（『高血圧症の思ひ出』『京洛その折々』）。

※『「細雪」瑣談』によれば、《下巻の初めを書いてゐたころ、血圧が非常に高くなつて、医者に執筆を停められ（中略）半年ほどブラ〳〵してゐた》。**→高血圧症の始まり。**

夏の初め　高島屋社長・飯田直次郎から阪大内科・布施信良博士の自家血注療法を教えられる。八月の或る日、阪大病院布施内科へ行く。血圧150〜200。治療を受けて数日後、二回目に行った時には、120〜180と顕著な効果が出たので、昭和二十四年五月末、下鴨に転居した頃まで、三年くらい治療を続けた。一時中断していた『細雪』下巻の執筆も再開できた（『高血圧症の思ひ出』）。

8・1〜14　帝都座五階劇場で空気座が、田村泰次郎原作「肉体の門」を上演。半裸のリンチ・シーンで人気を呼ぶ（同年九月四日〜十月二日、十一月一日〜二十五日　同劇場で再演）（秦豊吉『日劇ショウより帝劇ミュージカルスまで』）。

◆昭和二十三年◆（一九四八　戊子）（数え年六十三歳）

3・3〜　浅草の常盤座で、劇団「新風俗」が街娼の実態を写実的に演出した「闇の夜の手記・悲しき抵抗」などで旗揚げ公演。ヘレン滝らが出演。踊りながら全裸に近いストリップを見せたのは、これが本邦初で、大評判になった。永井荷風が楽屋を訪ねるようになって、ジャーナリズムの話題となったのもこの頃（『松竹七十年史』）。

※「映画についての雑談」（谷崎潤一郎・高峰秀子「オール讀物」昭和二十三・五）で、谷崎は「今度東京へ行った時、帝都座ショウや常盤座を初めて見た。「肉体の門」は見たかったけれど見られなかった」と発言。

※座談会「谷崎潤一郎をかこむ座談会　観る話・食べる話」（「読物時事」昭和二十三・九）で、谷

5・27

崎は「『肉体の門』の芝居は、空気座ではなくインチキなのを京都で見たが面白かった。帝都座は、この間、益田隆のを見た。ハダカの中ではあれが一番いい」と発言。昭和二十三年二月一日〜三月二日　帝都座五階劇場公演「踊る益田隆」のことか?

午後、谷崎は、親友・笹沼源之助の子息・笹沼宗一郎とその妻・千代子とともに、常盤座・ロック座を観に行く（笹沼千代子日記）。

※『松竹七十年史』によれば、この日の常盤座は、川端康成原作「浅草紅団」とデカメロンショウ「覗かれた女線」。

※常盤座はヘレン滝、ロック座はメリー松原の時代（橋本与志夫『ヌードさん』筑摩書房）。

※ヘレン滝・メリー松原ともに、笹沼千代子はとても美人だと思ったが、潤一郎は好まなかった。常盤座には、既に行ったことがある風だった。ヘレン滝は、花道から観客の顔や頭を撫でていた。楽屋へ行ったのは日劇の時で、この時は行かなかった。千代子がストリップに同行した際は、これ以後、喜美子と一緒だったことがあるだけで、松子・笹沼喜代子・宗一郎と行ったことはないと記憶している（平成八・九・十六笹沼千代子さん私信）。

※笹沼千代子は、ストリップはこの時が初めてで、不潔という感じがしてショックを受けた。ストリップを見に行くことは、実家（犬丸家）には話してなかった。客席は男ばかりで、品が良いとはとても言えなかった（平成九・五・二十五笹沼千代子さん私信）。

※佐佐木茂索との「特集対談　潤一郎夜話」（NHKテレビ　昭和三十・十一・二十三）では、「ストリップは昔、一時、戦後一番初めの時分は見たけど、間で長い事また見ませんでした。」と発言している。しかし、全く見なかった訳でもないようである。

10・16　※村松梢風の「現代作家伝（1）谷崎潤一郎」（「新潮」昭和二十七・一）には、谷崎が「熱海から稀に東京へ来る時には用事はそこ〳〵にして秘書を連れて浅草へストリップを見に行く。「荷風先生とぶつかると困るなあ」と言いながら、どうかすると一日に四軒も覗くことがある。」と出る。

嶋中雄作宛書簡。「「毎日新聞」連載物は『武州公秘話』続編を止めて、他のもの（『少将滋幹の母』）を既に執筆開始」とある。

※この頃か？　潺湲亭に起き伏しする頃、谷崎は「たのめつる人の手枕かひなくて明けぬる朝の静心なき」と詠んだ。或いは他の女性の場合ならと松子が本心で浮気を勧めてみたが、淡々と聞き流していた。谷崎の方が松子に「浮気をしても構わないよ」と涙を流しながら、思い決したように言ったこともあった。この時、『少将滋幹の母』の原稿が机の上に載せられていた（松子「薄紅梅」『倚松庵の夢』）。**↓老人性インポテンツの始まり。**

◆昭和二十四年◆（一九四九　己丑）（数え年六十四歳）

4・29　京都市左京区下鴨泉川町五番地に転居、「後の潺湲亭」と呼ばれる。以後、昭和三十一年十二月までここに住む。

※潤一郎は下鴨の潺湲亭時代から、よくストリップを見に行くようになった。清治も一緒に行くことがあった。東京でもお供をした。日劇ミュージック・ホールでは、奈良あけみが出て居た（昭和二十八・一〜三十二・十二）ことが記憶に残っている（平成十・八・二十三渡辺清治氏直話）。

8・20　日劇小劇場（後の日劇ミュージック・ホール）が本格的なストリップ・ショウ「女の楽園」を上演。以後、昭和二十七年一月まで、ストリップ・ショウを継続する（橋本与志夫『ヌードさん』）。

※谷崎は、『過酸化マンガン水の夢』で、日劇ミュージック・ホールを「日劇小劇場ミュージック

一ホール」と呼んでいる。恐らく日劇小劇場時代にも、見に行ったのであろう。

◆昭和二十五年◆（一九五〇　庚寅）（数え年六十五歳）

4　「主婦の友」に「文豪谷崎潤一郎先生と石坂洋次郎先生の春宵対談」掲載。自らのインポテンツを仄めかす発言あり。

◆昭和二十六年◆（一九五一　辛卯）（数え年六十六歳）

2・6〜3・27　第一回帝劇コミックオペラとして菊田一夫作「モルガンお雪」上演。主演・古川緑波、越路吹雪。大量のヌードダンサーが出演（橋本与志夫『ヌードさん』）。

3・3　古川緑波から谷崎宛書簡。「『モルガンお雪』を一度見て欲しい。裸も出る。松本四郎も一緒」とある。

※「北原三枝も出ていたが、気が付かなかった」と『老いのくりこと』にあることから、谷崎が見たことが確認できる。

4　「芸術新潮」に徳川夢声との対談「谷崎潤一郎素描―芸道漫歩対談6―」掲載。自らのインポテンツを明言している。

5・2　渡辺清治と千萬子が結婚する。**→千萬子との交流の始まり。**

7・15　笹沼喜代子夫人と江藤喜美子の帯に谷崎が和歌を揮毫する際、激しい眩暈に襲われる（『高血圧症の思ひ出』）。

8中旬？　上山草人が映画「源氏物語」出演のために来京した時、谷崎と、夜、二人で京極を散歩し、ストリップ・ショウを見て帰ったことがあった（和田利政「上山草人の思い出」「樟蔭文学」昭和二十九・六）。

年末か二十

※谷崎は京都でも九条などのストリップによく行っていた（平成十・八・二十三渡辺清治氏直話）。
※千萬子さんの証言（平成十二・四・七直話）に拠れば、谷崎が誰かと千本ミュージックに行って、エログロで気持ち悪かったと言っていた事があった。しかしその時期は不明。ストリップへは、関西では余り行かなかったと思う。大阪まで行ったという記憶もない、とのこと。
※恵美子さんの証言（平成十二・四・八電話）に拠れば、京都では一度、潤一郎・松子・重子・恵美子の一家全員で、京極の映画館のような所へ綺麗なストリップを見に行き、ヒロセ元美のファン・ダンスを見た。京都時代には、祇園吉はつの娘・かず子がよくお供していた（細江注・吉はつの員（かず）子の名は、『京羽二重』に見える）。九条か伏見かへ見に行った時、気持ち悪くなり、吐きそうになったと、帰ってから言っていた。大阪へも、かず子がお供したのではないか。恵美子さんは、一度、一人で日劇ミュージック・ホールへ行った。根津清太郎存命中（昭和三十一年四月十五日以前）。松子は後で知ったので、潤一郎にも伝わっていたかも知れない（細江説・或いは『過酸化マンガン水の夢』で美津子のこととして書かれているのは、この事がヒントになったか？）。
※京都時代に谷崎がいつも診て貰っていた山口博医師の証言（平成十二・四・十六電話）によれば、山口氏が谷崎と一緒にストリップに行ったのは、一度だけで、京極の西側の小さなストリップ小屋だった。下鴨に移る前後（昭和二十四年頃）か？　ストリップと言っても、パンティーは、はいていた。谷崎が、「この子はどこがいいと思うか？」と聞いたので、考えた挙げ句、「へその形がいいんじゃないですか」と答えた所、谷崎も「そうなんだよ！　へその形がいいんだよ」とひどく御満悦だった。

　伊東で小児科を開業していた古くからの友人・泉田知武に血圧を計って貰う。極めて高かったが、

七年の初め　知らされず（『高血圧症の思ひ出』）。

◆昭和二十七年◆（一九五二　壬辰）（数え年六十七歳）

1・18　大倉喜七郎の招待により、松子が重箱へ行く。志賀直哉・広津和郎夫妻・福田蘭童夫妻などと一座（志賀直哉日記）。

※潤一郎は起きると眩暈がするので欠席ということで、蘭童が松子を代わりに誘い出した。松子は、潤一郎が高血圧で、『源氏物語』の原稿が続けにくくなっていること、好きなコキールやビフテキが食べられないこと等を語った（福田蘭童「谷崎さんと生麩」「小説新潮」昭和三十・七）。

1・31　公職追放が解けた小林一三が東宝社長に返り咲き、ストリップ追放を宣言して日劇小劇場は一旦、閉鎖し、日劇ミュージック・ホールとして再スタートすることになる（橋本・石崎『THE NICHIGEKI MUSIC HALL』）。

※この時、丸尾長顕が日劇ミュージック・ホールの五人の運営委員の一人に就任。丸尾長顕は大阪時代から谷崎に弟子入りの約束をしていたので、「日劇ミュージック・ホールを引受けることになったので、暫く小説は書けません」と断りに来た。すると谷崎は、「それはその方がいいだろう。俺は俺を楽しませてくれるミュージック・ホールの責任者になっててくれる方が有り難い」と言った（丸尾長顕『回想小林一三』）。

3・16～31　「東京のイヴ」で日劇ミュージック・ホールこけら落とし公演。高級な音楽ショウの上演を目標とし、舞台装置を岡本太郎に依頼し、出演者には越路吹雪ら一流所を集めたが、全くの不入りのため、公演は三十一日までで打ち切られた（橋本・石崎『THE NICHIGEKI MUSIC HALL』）。

※「東京のイヴ」の時には、谷崎も招待された（平成十一・九・二十二渡辺清治氏私信）。

※丸尾長顕の「夢中で迎える七周年」（日劇ミュージック・ホール「白日夢」パンフレット　昭和三十四・二・二十八）によれば、谷崎は日劇MHを殆んど毎公演見る。松子からも「ミュージック・ホールを見た後、二、三日は大変機嫌がいいんですよ」という手紙をもらった。

※丸尾長顕は、日劇ミュージック・ホールの案内状を、毎回、谷崎に送っていた（平成八・九・十九笹沼千代子さん直話、平成九・五・二十五笹沼千代子さん私信）。

4・4　松子・重子と新橋演舞場の春のをどり昼の部を見に行った際、新橋駅到着直前に異常が生じる。十二日まで、福田家の二階座敷で仰臥（『高血圧症の思ひ出』）。

※右半身が多少不自由になり、二十九年秋まで寝たり起きたりの生活が続く（『台所太平記』）。

4・25～5・25　日劇ミュージック・ホールで「ラブ・ハーバー」。丸尾長顕の意見で、ヌードを復活させた。以後、次第にヌードが主体になる（丸尾長顕編『日劇ミュージック・ホールのすべて』）。

※以後、日劇ミュージック・ホールでは、猥褻感の強いストリップ・ティーズに対して、最初から半裸体でするヌード・ショウを目指すようになった（石崎勝久『裸の女神たち』吐夢書房）。

※谷崎が日劇ミュージック・ホールを好んだのも、その為であろう。渡辺清治氏（平成十・八・二十三直話）によれば、「潤一郎は局部丸出しはグロテスクだと言い、日劇ミュージック・ホールのような綺麗なヌードを好んだ」と言う。

6・7　十一世茂山千五郎狂言小謡・小舞公演「細雪」。

※茂山千之丞『狂言役者――ひねくれ半代記』（岩波新書）によれば、千五郎の還暦祝いの会のために谷崎に頼み、千之丞の節付け、千五郎の型付けで発表。当日谷崎は東京にいた。プログラムの誤植について叱られ、下鴨に御詫びに行く。その一ヵ月ほど後、新京極のストリップ劇場で大きなマ

スクをした谷崎と会う。
※雑誌「京都」（昭和二十八・十一）のストリッパーの座談会「京都とストリップ」に、京極小劇場（当時は京都で唯一のストリップ劇場。これ以前には京極大映もストリップだった）に「谷崎潤一郎が一度見に来たようだ」とある。

6・28
熱海の別荘「雪後庵」で、前日、灸を据えて貰った所、朝から体調に異変、欄間に掛けてあった伊藤博文の額の文字がはっきり読めなくなっていた。終日安静。この後、耳下腺炎が二、三日、三叉神経痛が一週間以上、記憶の空白が約十日間など、障害が次々に起こり、沼津の飯塚直彦博士の診察を受ける。笹沼夫人・登代子・喜代子の見舞いを受ける。病室で暫く話したが、会話に辻褄を合わせることは出来たが、相手と自分の関係は解っても、相手の名前は思い出せなかった。八（七？）月二十一日まで病床にある。その後も二、三年間激しい眩暈が続き、昭和三十四年になっても完治していない（『高血圧症の思ひ出』）。

7
吉井勇が、初めて浅草の公園劇場と美人座を見、美人座支配人・森福二郎と話す。その時、吉井は「谷崎君もストリップ見るために髪を分けるって言ってたよ。顔を知られたくないためらしいな」と語った（森福二郎『はだかの楽屋』）。

8初め
『源氏物語』新訳の第一稿は「行幸」、タイプライター原稿は「常夏」「篝火」あたりまで進んでいた。**死を考え、涙が止らないこともあった**（『高血圧症の思ひ出』）。

夏頃
松子の従妹（布谷？）の紹介でヨシ（『台所太平記』の百合）が女中として勤め始める。
※ヨシが来て暫くして、仲田の前の雪後庵から海の方へ二、三軒降りた所に借りていた仕事場で、谷崎は、毎日ヨシの足の拓本を取った。谷崎はヨシの口封じに指輪かネックレスを買い与えようと

したが、ヨシは断った。拓本作りに疲れると、ヨシに背中を踏んで貰って、「痛い、痛い、痛いけどいい気持だ」と言ったと言う（伊吹和子『われよりほかに』講談社）。→『瘋癲老人日記』のモデルの一つ。

9・2　松子・重子と上京、神経科のQ博士の診察を受ける。二週間仕事を休み、薬を飲むことになったが、眩暈は一層悪化した（『高血圧症の思ひ出』）。

10・23　（十一月六日嶋中鵬二宛書簡では二十四日）気分転換のために、冬に向う京都に敢えて戻る。松子・重子・恵美子の他に、森田紀三郎も京都まで付き添ってくれた。迎えに出ていた運送店の主人に背負われないと駅のブリッジを渡れないなど、眩暈がひどかった（『高血圧症の思ひ出』）。

10末　A県のN氏を再び呼んで、十二月末まで灸を据えて貰うが、眩暈は悪化する一方だった（『高血圧症の思ひ出』）。

11・17　猛烈な眩暈に襲われる（『高血圧症の思ひ出』）。

◆昭和二十八年◆（一九五三　癸巳）（数え年六十八歳）

3、4頃　健康状態好転。五月には河原町あたりまで散歩に出たり、松竹座や朝日会館を覗いてみたり出来るようになっていた（『台所太平記』『高血圧症の思ひ出』）。

夏頃　血圧が落ち着く。ただし、眩暈は続く（『高血圧症の思ひ出』）。

7・15～8・30　日劇ミュージック・ホール「人魚の恋文」第六景の雪だるま役で、春川ますみ（昭和十～）が初舞台。

※ただし、日劇小劇場時代にも、メリー・ローズの名で、バーレスクに出演したことがある（橋本・石崎『THE NICHIGEKI MUSIC HALL』）。

※新聞で好評を得た。自慢は劇場一を誇る九十二センチのバスト。シモーヌ・シモンに似ているので、劇場内では通称・シモンちゃん。身長五尺二寸八分、十五貫（「週刊新潮」昭和三十一・十・八）。

※ダルマちゃんがニックネームになった（丸尾長顕編『日劇ミュージック・ホールのすべて』）。

※以後、春川ますみは、昭和三十二年九月まで、OSミュージック・ホール出演などのために四回休んだ以外は、日劇ミュージック・ホールのすべての出し物（まる四年間の二十一公演）に出演した。

※谷崎は春川ますみの大ファンで、千萬子が何度もミュージック・ホールにお供した（渡辺千萬子「見せてあげたい最近のファッション」『谷崎潤一郎文庫』月報4）。

◆昭和二十九年◆（一九五四　甲午）（数え年六十九歳）

この年あたりから　『過酸化マンガン水の夢』では、家人（松子）と珠子（重子）から日劇ミュージック・ホールに連れて行って欲しいと言われていたことになっている。

7・9　大阪梅田に日劇ミュージック・ホールの姉妹劇場OSミュージック・ホール開場。こけら落としに春川ますみも出演（橋本・石崎『THE NICHIGEKI MUSIC HALL』）。

※谷崎はOSミュージック・ホールにもよく行った（平成十・八・二十三渡辺清治氏直話）。

※『過酸化マンガン水の夢』に《同じミユウジツクホールでも大阪のOSKの方が居心地よし》とあるのは、OSM（OSミュージック・ホール）の誤りであろう。

◆昭和三十年◆（一九五五　乙未）（数え年七十歳）

2・15　「内外タイムス」四面に日劇ミュージック・ホール「恋には七つの鍵がある」についての記事。三島由紀夫はギリシャを舞台に「恋を開く酒の鍵」、村松梢風は中国、東郷青児はパリ、小牧正英はロシア、北条誠はスペイン、トニー谷は国定忠治、三林亮太郎は仮想国。

3・4　「内外タイムス」四面に日劇ミュージック・ホール「恋には七つの鍵がある」広告。《開場三周年記念特別公演　三島由紀夫・村松梢風・東郷青児・小牧正英・北条誠・トニー谷・三林亮太郎共同脚本　丸尾長顕構成・演出》出演者ジプシー・ローズ・伊吹まりの写真入り。

※三月四日から四月二十四日まで（橋本・石崎『THE NICHIGEKI MUSIC HALL』）。

3・26　「内外タイムス」四面に、ＫＲ（ラジオ東京テレビ）が日劇ミュージック・ホールの「恋には七つの鍵がある」を四月八日から毎週金曜十二時十分から二十分間、八回にわたってテレビ放送すると出る。

春　『過酸化マンガン水の夢』では、家人（松子）と珠子（重子）が河原町の京劇で映画「裸の女神(Ah! Les Belles Bacchntes!)」を見たことになっている。平成十一・九・二十二渡辺清治氏私信によれば、家族揃って見に行った記憶があるとのこと。

※「内外タイムス」（昭和三十・四・二）四面「裸の女神」広告に《今パリで評判の艶笑人気バレスクがそっくり御覧になれます！　長篇総天然色　裸の女神　パリ一流芸能人総出演　監督ジャン・ルービニャック》とある。

6・4　大阪三越劇場で関西オペラ公演。武智鉄二演出「白狐の湯」。谷崎の作品の初めてのオペラ化であった。狐の入浴シーンにヌードが出て話題になった（橘弘一郎『谷崎潤一郎先生著書総目録』）。

※「朝日新聞」（六・十二）三面「人　寸描」欄によれば、谷崎は京都で稽古に立合った。

※権藤芳一「武智鉄二資料集成（5）」（「上方芸能」百四号）によれば、六月十一〜十二日。木下順

二『赤い陣羽織』と二本立て。第一回オペラ・プティ公演。入浴シーンはストリッパーのスタンド・インで紗幕ごしに見せた。

7　『過酸化マンガン水の夢』では、美津子（千萬子）が一人で「恋には七つの鍵がある」を観に行き、ジプシー・ローズが良かったと言うことになっているが、「恋には七つの鍵がある」は三月四日から四月二十四日まで。確認は出来ないが、実際には谷崎が見たか？

※「国文学」（平成十・五）のインタビュー「渡辺千萬子氏に聞く」によれば、千萬子が一人でミュージック・ホールへ行ったというのはフィクション。ミュージック・ホールへは必ず谷崎と一緒。谷崎は丸尾長顕と親しく、終わると楽屋へ行って、裸の美女に取り囲まれて、すごく嬉しそうだった。

8・8　『過酸化マンガン水の夢』によれば、谷崎は、家人（松子）・珠子（重子）を連れて、日劇ミュージック・ホールで、丸尾長顕脚本の「誘惑の愉しみ」全二十景を見る。春川ますみが気に入る。猫のような感じのする顔、シモーヌ・シモン式の顔でないと愛着を感じない。

※「誘惑の愉しみ」は七月二十三日から八月二十八日まで（橋本・石崎『THE NICHIGEKI MUSIC HALL』）。

8・9　『過酸化マンガン水の夢』によれば、日比谷映画劇場に「悪魔のような女」を見に行く。

※「国文学」（平成十・五）のインタビュー「渡辺千萬子氏に聞く」によれば、「悪魔のような女」は、谷崎が見て来て「千萬ちゃん、あれ面白いから見ておいでよ」と勧めた。

11・3～12・26　日劇ミュージック・ホールで「桃色の手袋」。小浜奈々子が初出演。以後、昭和四十七年二月に引退するまで、トップ・スターとして活躍。

※谷崎は小浜奈々子も好みだった（丸尾長顕「楽屋のおもかげ」）。昭和三十七年に楽屋で一緒に撮った写真が『新潮日本文学アルバム　谷崎潤一郎』にある。

※小浜奈々子は『過酸化マンガン水の夢』と『柳湯の事件』を武智鉄二が映画化した「紅閨夢」（昭和三十九・八・十二封切り）にも特別出演した。

11・23　夜九時十五分からNHKテレビで佐佐木茂索との対談「谷崎潤一郎夜話」放映。「ストリップはよく見る」と語る。

◆昭和三十一年◆（一九五六　丙申）（数え年七十一歳）

1、　「中央公論」に『鍵』を連載。

※郁子が木村を相手にアクロバットのような真似をした、とあるのは、ストリッパーが行うアクロバティック・ダンスを念頭に置いたものであろう。

正月以来　高血圧症が起こる（『嶋中鵬二氏に送る手紙』『鴨東綺譚著者の言葉』）。

5〜12　OSミュージック・ホールで武智鉄二がヌード能「能楽教室」と称して「羽衣」「海人」「唐相撲」のパロディーを演出した（権藤芳一「武智鉄二資料集成（6）」「上方芸能」百五号）。

9・1〜30　※谷崎が見て、非常に感心した。そこで武智鉄二が谷崎作品のヌード化を申し入れ、快諾を得た。『鍵』『猫と庄造と二人のをんな』『白狐の湯』『刺青』などをオムニバス形式でヌード化し、装置は小磯良平、音楽は朝比奈隆、演技指導は森繁久弥、バレエは近藤玲子に依頼する予定だったが、種々の事情から実現しなかったと言う。谷崎は、OSミュージック・ホール専属のコメディアン立原博らについて、「大阪にはいいコメディアンがいるね」と感心していたと言う（改田博三『上方ヌード盛衰記』みるめ書房）。

11・16～12・26　日劇ミュージック・ホールで「三つの饗宴」上演。第一部は、武智鉄二構成・演出のヌード能「能楽(のらくら)コント」で、「羽衣」「葵の上」に基づく。谷崎が見たかどうかは不明。

◆昭和三十二年◆（一九五七　丁酉）（数え年七十二歳）

2・5　武智鉄二「私の芸術とエロティシズム」（『裁かれるエロス』）によれば、武智鉄二が『過酸化マンガン水の夢』の映画化を企画したが、スポンサーの都合で流れた。

この年　深夜一時から日劇ミュージック・ホールで開かれた深沢七郎の『楢山節考』出版記念会に谷崎も出席。丸尾長顕の司会で、中央公論新人賞審査員伊藤整・武田泰淳・三島由紀夫の挨拶、正宗白鳥の祝辞、深沢七郎による自作「楢山節考」ギター独奏の後、友情出演でストリップ・ショウが演じられた（巌谷大四『懐かしき文士たち　戦後篇』）。

※深沢七郎は、昭和二十八年、桃原青二の名でギタリストとして日劇ミュージック・ホールに出演。丸尾長顕の勧めで『楢山節考』を書いた。

※中央公論新人賞受賞後間もなく、丸尾長顕と嶋中鵬二が付き添って、赤坂の福田家で、深沢七郎を谷崎に紹介し、門下に加えるよう依頼した。その後、熱海の谷崎邸へ丸尾長顕が深沢七郎を連れて来たこともあったが、その時、深沢七郎が手土産として用意した田舎饅頭を食べた谷崎が、渋い顔をしたので、入門の件は言い出さなかった。それから間もなく、日劇の楽屋で丸尾長顕に会った際、潤一郎は、「深沢を弟子にすることはいやだね、正宗君にでも頼み給え」と断った。これは、深沢七郎が正宗白鳥の所に出入りして、便所の拭き掃除をしていることが、その頃、話題になっていたせいもある（丸尾長顕「楢山節考ざんげ」「経済往来」昭和五十五・十一、十二、五十六・一　入門依頼の際の写真もある）。

5　『私の好きな六つの顔』(談)を写真付で「中央公論」臨時増刊号に掲載。春川ますみも登場する。

5・29　午後、笹沼千代子とストリップに行く(笹沼千代子日記)。

※日劇ミュージック・ホールだとすれば、「そよ風さんお耳を掻いて頂戴」で、五月二十三日から七月二十一日まで(橋本・石崎『THE NICHIGEKI MUSIC HALL』)。

※平成九・五・二十五笹沼千代子さん私信によれば、メリー松原・ヘレン滝・ジプシー・ローズ・春川ますみが出ていたことは覚えているので、「そよ風さんお耳を掻いて頂戴」ではないかと言う。

※谷崎は笹沼宗一郎夫人・千代子をよく日劇ミュージック・ホールへ連れて行った。男と一緒に行くのは嫌がった。谷崎は丸顔が好きだった。戦後の屋台や闇市がある時代に、千代子を浅草のストリップ劇場へ連れて行ったこともあった。舞台のすぐ傍へ行ってじっと見上げていたと言う(稲沢秀夫『秘本谷崎潤一郎』)。

※谷崎が福田家から車で笹沼千代子らと一緒に行くと、必ず丸尾長顕が日劇小劇場の小さい入り口まで出迎えて案内してくれた。谷崎は春川ますみが特に贔屓だった。千代子を待たせて置いて、ストリッパーに会いに行って「触ってくるよ」と楽屋へ螺旋階段を登って行った。千代子は、「心臓麻痺を起こさないでよ」と言った。潤一郎は嬉しいとよだれを垂らした。御飯の時もそうだった(平成八・九・十九笹沼千代子さん直話・平成九・五・二十五笹沼千代子さん私信)。

7・26〜9・15　「一つの船に二人の船長」を最後に、春川ますみは日劇ミュージック・ホールを退団(橋本・石崎『THE NICHIGEKI MUSIC HALL』)。

※以後、フリーでナイト・クラブなどのフロア・ショウに出演(『日本映画俳優全集・女優編』「キネマ旬報」増刊　昭和五十五・十二・三十一)。

12・15　※この時、谷崎は、「どんな所でもいいから、あなたが出演する時はお葉書下さい」と葉書を書き送った（「週刊文春」昭和四十・八・二十三）。

午後、笹沼千代子と一緒に日劇ミュージック・ホールの「シスター・ボーイ」を見る。虎の門の福田家で食事。熱海へ帰る（笹沼千代子日記）。

※正しくは「メケメケよろめけ」（十一・十四〜十二・二十八）。この頃から丘るり子がスターの仲間入りを果たす（橋本・石崎『THE NICHIGEKI MUSIC HALL』）。

※「内外タイムス」（十一・十四）四面広告によれば、出演者は、小浜奈々子・丘るり子のほか、両性の美貌ジーナ敏江・古川敏郎、バー青江、バー・ジミー、ボン・ヌールのシスターボーイら。

※谷崎は丘るり子も好きだったと言う（丸尾長顕「楽屋のおもかげ」）。

12・17　千萬子宛書簡。「笹沼のトヨちゃん、キミちゃん、千代子さんの三人がシスターボーイが大勢出演している日劇M・Hを見せてくれろと云うので、昨日案内しました。その帰りにフジヤ・マツムラの前を通りかかったので、この三人に見て貰ってハンドバッグを買い、そちらへ発送させました」とある。

◆昭和三十三年◆（一九五八　戊戌）（数え年七十三歳）

1・6　『私の言葉』を「週刊新潮」に掲載（＊全集未収録　拙稿「谷崎潤一郎全集逸文紹介3」（「甲南女子大学　研究紀要」平成四・三）で全文を紹介）。

※この前、日劇ミュージック・ホールの「ゲイ・ボーイ」を見に行った、とあるのは「メケメケよろめけ」のこと。

2・27　日劇ミュージック・ホールの「これはカックン！（ショックやわぁ）」で、インテリ・ヌードの草

～5・5　分け・小川久美がデビュー。ただし、丸尾長顕「楽屋のおもかげ」によれば、乳房が小さいので谷崎は好まなかったと言う。

4・14　松子・千萬子・清治とナイトクラブ田園に春川ますみのナイト・ショウを見に行く。春川ますみが挨拶に来るのを待つ間に松子と踊る。十年来踊ったことはなかったのだが、近頃熱海にナイト・クラブが出來、そこで二、三度踊り、癖が付いた。春川ますみは、M・Hを止めてからどこへ行っていたのか様子が分からなかったので、あれから後の動静を聞く。M・H時代より少し体が肥え過ぎたように思われる。京都にいるうちにもう一度会う約束をする（『四月の日記』）。

7・20　日劇ミュージック・ホールへ行った（七・二十一千萬子宛書簡）。
※演目は「夏の夜はいたづらもの」（七・三～八・十七）で、小浜奈々子・月城ゆり・丘るり子・瞳はるよ・朱雀さぎり・シャンバローなどが出演（橋本・石崎『THE NICHIGEKI MUSIC HALL』）。

7・21　千萬子宛書簡。「昨日、僕は日劇のミュージック・ホールへ行きました。すっかり顔ぶれが変って美人ぞろいになり、出し物も大へん面白くなりました。今度君が來たら是非案内したいと思っています」とある（渡辺たをり『祖父　谷崎潤一郎』）。

7・27　千萬子宛書簡。《M・Hの方は君と二人だけで行くことにしました、（ばばは二人とも既に見に行つて来ました）》とある。

9・6～10・28　日劇ミュージック・ホールの「恍惚！　魅惑の瞬間」に島淳子初出演（橋本・石崎『THE NICHIGEKI MUSIC HALL』）。
※谷崎は島淳子も好きだったと言う（丸尾長顕「楽屋のおもかげ」）。

10・28　朝、山口広一宛書簡。「新世界のヌードショウなどもちょいと覗いて見たい気がしています」とある。

※昭和三十一年頃から、関西のストリップ界から、局部をも隠さない特出しショウが始まり、関東地方でも、東京の都心以外は、特出しショウになって行った。しかし、日劇ミュージック・ホールは方針を変えなかった（石崎勝久『裸の女神たち』）。

11・20　虎の門福田家に、登代子・喜美子・千代子が訪ねて来る。一緒に日劇のストリップへ行く。お茶を飲んで、別れ、福田家に帰る（笹沼千代子日記）。

※演目は江戸川乱歩原案のヌード連続殺人「夜ごと日ごとの辱」（十一・一〜十二・二十七）で、小浜奈々子・六年ぶりの谷内リエなどが出演（橋本・石崎『THE NICHIGEKI MUSIC HALL』）。

11・28　止宿先の虎の門の福田家で笹沼源之助の金婚式のお祝いの袱紗の箱に揮毫中、右手に麻痺が起こる。三ヵ月の静養を医師から忠告される。**→以後右手に疼痛を覚え、執筆が不自由となる。**

※丸尾長顕の「谷崎先生の心の片隅に」（没後版『谷崎潤一郎全集』月報第20号　昭和四十三・六）によれば、右手が痛むようになってからは、寒い日には日劇ミュージック・ホールに行かなくなった。

12・15　千萬子の潤一郎宛書簡。「十二月の初めにはまたストリップや映画をおねだりしようと楽しみにしておりましたのに。」

12・31〜34・2・22　日劇ミュージック・ホールの「愛撫の園」で、多喜万利デビュー（橋本・石崎『THE NICHIGEKI MUSIC HALL』）。

※昭和三十五年五月十九日の笹沼千代子日記によれば、谷崎は多喜万利がお気に入りだった。

※丸尾長顕編『日劇ミュージック・ホールのすべて』によれば、映画スター・佐山亮の遺児。松竹

歌劇団出身。六歳からバレーを始めたモダン娘。身長168㎝。マリー・ローランサンの少女のような特異で妖麗な風貌。
※改田博三『上方ヌード盛衰記』によると、多喜万利は目のつり上がったエキゾチックな容貌で、くねくねした感じのスローものが得意。日本人より外人向き。

◆昭和三十四年◆（一九五九　己亥）（数え年七十四歳）

1・1　千萬子の潤一郎宛二月一日付け書簡によれば、日劇ミュージック・ホールで谷崎作品を上演することは、丸尾長顕の年賀状に早々と印刷してあったと言う。

1・29　千萬子宛書簡。「日劇ミュージック・ホールで四月から僕の『白日夢』にヒントを得たものを上演するので是非見て下さい」とある。

2・26〜5・5　**日劇ミュージック・ホール七周年豪華公演「白日夢」**（橋本・石崎『THE NICHIGEKI MUSIC HALL』）。

2・26　千萬子宛書簡。「日劇ヌードショウは五月上旬まで長期興行の由」とある（渡辺たをり『祖父　谷崎潤一郎』）。

?28?

2・28　**日劇ミュージック・ホール「白日夢」パンフレットに、谷崎の談話『観客になって楽しみたい』掲載**。＊全集未収録

3?　雑誌「日本」五月号に掲載する「谷崎潤一郎対談（第二回）」のために、熱海の自宅で春川ますみと対談する。「昨日、東大の沖中先生がもう絶対大丈夫だと言ってくれた」「春川ますみの猫みたいな所が好きだ」「お正月の春川ますみの映画「グラマー島の誘惑」は見られなかった」「ストリップの和服はいつもお粗末すぎる。すぐ簡単に脱いでパッと裸になっちゃう、そんな感じなんだ。もっ

と良いものをキチンと着ていて、それで裸になる方がいい」「『白日夢』を見に行くのは四月になるだろう。まだ外に出たことがないんだから。庭には出るがね」「ヌードは夫婦で見るのは面白くない。一人に限る」「春川ますみの楽屋へは行ったことがなかった。あそこの楽屋は風通しが好くて涼しくて夏はいい」「病気が好くなったら君の舞台を見に行きましょう」などと語る。

3・8　千萬子宛書簡。「小浜ナナコ休演は私も甚だ残念に思っていました。あの子がローザになってくれたら、変なオーストラリア人などよりずっといいのですが残念です」とある（渡辺たをり『祖父谷崎潤一郎』）。

※ローザは「白狐の湯」のローザで、オーストラリア人のピーチェス・ブラウンが演じた。

4・13　「内外タイムス」三面に、春川ますみの映画出演についての記事。川島雄三監督「グラマ島の誘惑」の慰安婦役、青柳信雄監督「続社長太平記」に出演後、木村恵吾監督「一刀斎は背番号6」に出演中。東京映画と専属契約を結び、川島雄三監督「貸間あり」と佐伯幸三監督のアクション映画に出演が決まっている。

4・25　笹沼千代子と日劇へ行く。春川ますみが出演（笹沼千代子日記）。

※「白日夢」のこと。

※丸尾長顕「楽屋のおもかげ」では、「谷崎は見なかった」とするが、誤り。

※丸尾長顕は、新聞に出た春川ますみのステージ写真をわざわざ京都の谷崎邸に送って来た（渡辺たをり『花は桜、魚は鯛』）。

5　雑誌「日本」に対談「谷崎潤一郎対談（第二回）」（谷崎潤一郎・春川ますみ）掲載。

6　虎の門病院と東大病院で診察。右手の疼痛は、生命に関わるものではないが治療法がないと知り、谷崎はひどく落胆する（伊吹和子『われよりほかに』・松子「右手だけの手袋」）。

※如何にすれば楽に死ねるかということばかり考えていると潤一郎は松子に言った（松子「右手だけの手袋」）。

9?～　日曜夜十時半から四十五分までフジテレビで「ピンク・ムード・ショウ」という番組が始まり、日劇ミニージック・ホールのヌードがお茶の間へ進出した（石崎勝久『裸の女神たち』・橋本与志夫『ヌードさん』）。

※改田博三『上方ヌード盛衰記』によると、十時五十分から十一時五分まで。出演は、日劇専属の多喜万利・島淳子らと、ゲストで奈良あけみ・春川ますみ・丘るり子など。

10　『夢の浮橋』を「中央公論」に掲載。

※『夢の浮橋』の評判が悪かったのは、口述筆記だったためだと考えた谷崎は、理想の秘書を探し始めた。丁度その頃、観世栄夫・恵美子の縁談について頻繁に出入りするようになった武智鉄二の弟子のMが気に入り、Mが来ると必ずハイヤーを呼んで、ドライブに出掛けた。谷崎はMを秘書にしたいと考えていたようだが、Mは女優を目指していたので、都合が悪かった（伊吹和子『われよりほかに』）。

※Mは、御木きよら。本名・森某、魚河岸問屋の娘。『瘋癲老人日記』の颯子の足の部分は御木きよらがモデル。谷崎は暇さえあれば、御木きよらの足を愛撫し、接吻し、「君の足は日本一だ、こうやって触っている時が一番幸せなのだよ」と繰り返し言ったという。武智鉄二によれば、沢村訥升の下半身は、御木きよらに似ていた（武智鉄二「歌舞伎俳優論　沢村訥升」「演劇界」昭和五十一・三）。

※渡辺清治氏によれば、御木きよらは谷崎の秘書。武智鉄二の所で恵美子の友達だった（平成十・八・二十三渡辺清治氏直話）。

◆昭和三十五年◆（一九六〇　庚子）（数え年七十五歳）

5・19　電話で千代子・喜美子を誘って、日劇に行く。多喜万利がお気に入り（笹沼千代子日記）。
※「内外タイムス」によれば、五月十二日初日、岡田恵吉構成・演出「街の噂・東京の下半身（内緒で覗きましょう）」。多喜万利のほか、美保みどり、浜みなと、リタ・エレン、パリのミュージック・ホールにも出演していたシャンソン歌手デデ・ドゥ・モンマルトルなどが出演。

8・9　炎加世子のデビュー映画・大島渚監督「太陽の墓場」封切り。炎加世子は、昭和十六年生まれ。昭和三十五年四月に、恋人と心中未遂事件を起こした後、映画界に入った。『瘋癲老人日記』で言及される。

9・27　午後八時から九時までNHKラジオ第二放送で「教養特集　文壇よもやま話　谷崎潤一郎さんを囲んで」（谷崎潤一郎・池島信平・嶋中鵬二）放送。のち『文壇よもやま話（下巻）』（青蛙房　昭和三十六・十二）に収録。「ミュージック・ホールへは時々行く、楽屋へ案内される」などと語る。

10・17　午後、猛烈な心筋梗塞の発作に襲われる。上田英雄の指示で、以後十月一杯は自宅で臥床（『当世鹿もどき』「病床にて」）。**→以後、心臓病に苦しむ**。

10・31　寝台自動車で東大・上田（英雄）内科に入院（『当世鹿もどき』「病床にて」）。

12・12　退院。以後、銀座東急ホテルに宿泊し、予後の様子を見る（『当世鹿もどき』「病床にて」）。

12・24　銀座東急ホテルを出て、五十余日ぶりに熱海に帰る（『当世鹿もどき』「病床にて」）。

◆昭和三十六年◆（一九六一　辛丑）（数え年七十六歳）

5・18 熱海の松子から丸尾長顕に電話、日劇ミュージック・ホールの座席二枚依頼（丸尾長顕「楽屋のおもかげ」）。

5・19 春川ますみが日劇ミュージック・ホールに出演。谷崎はハンティングにグレエの夏のインバネス、和服、ステッキ、痛む右手に手袋をはめて、開演二十分前に、スラックスをはいた女性を連れて駆け付けた。座席はいつもの前から二列目。ショウの後、丸尾長顕が春川ますみの楽屋に案内した。何枚も写真を撮る。谷崎は、スレンダーな近代的肉体より、やや太り肉タイプが好み。アクロバットは気持が悪いと言っていた。この次は、脚本を書いて、演出すると言っていたが、果たさなかった（丸尾長顕「楽屋のおもかげ」）。

※演目は「申訳ない！　ヤボな殿方カンケイない」で、春川ますみ・小浜奈々子・多喜万利などが出演（橋本・石崎『THE NICHIGEKI MUSIC HALL』）。

※丸尾長顕『回想小林一三』グラビアに、日劇ミュージック・ホールの春川ますみの楽屋を訪れた御木きよら・谷崎潤一郎・丸尾長顕の写真がある。谷崎はステッキを持ち、手袋をはめている。「楽屋のおもかげ」に言う「スラックスをはいた女性」は御木きよらであろう。

※丸尾長顕「楽屋のおもかげ」には、この日が日劇ミュージック・ホールを見た最後だったと思う、とあるが、誤り。

10 対談「伊豆山閑話」（谷崎潤一郎・円地文子）（「風景」）。

※「ヌードはたまに東京へ行くと、一寸見に行く」「贔屓は春川（ますみ）」「多喜万利も知っている」などと語る。

11 「中央公論」に『瘋癲老人日記』連載開始（〜昭和三十七・五）。

※颯子が日劇ダンシング・チームを辞めた後、浅草辺にいたこともあるらしい、とあるのは、ストリッパーをしていたことを仄めかしたもの。また、シャワー・ルームで老人がネッキングをする際、颯子はミュージック・ホールの踊子がはくようなサンダル・ヒールを故意にはいて来る。

◆昭和三十七年◆（一九六二　壬寅）（数え年七十七歳）

2　春川ますみが東京新聞記者・映画評論家・松谷浩之と結婚（橋本・石崎『THE NICHIGEKI MUSIC HALL』）。

※谷崎邸に挨拶に行った帰り際、松谷が「これからも二人で伺わせて頂きます」と言うと、谷崎はニコリともせず、「いや、春川君一人の方がいいよ」と答えた（「週刊文春」昭和四十・八・二十三）。

3・1〜5・6　日劇ミュージック・ホールの開場十周年記念公演「そっと乳房は夢を見る」に春川ますみが出演（橋本・石崎『THE NICHIGEKI MUSIC HALL』）。

※谷崎が見たかどうかは不明。

5・10〜7・1　日劇ミュージック・ホールで「黒いハットにピンクの貴婦人」。小浜奈々子が出演（橋本・石崎『THE NICHIGEKI MUSIC HALL』）。

※この時か？　日劇ミュージック・ホールの楽屋で小浜奈々子と一緒の谷崎の写真あり。同じ時か？　高輪プリンス・ホテルのプールで、シンクロナイズド・スウィミングを見る谷崎の写真あり。撮影は共に山田健二（『新潮日本文学アルバム　谷崎潤一郎』に掲載）。

◆昭和三十八年◆（一九六三　癸卯）（数え年七十八歳）

夏　軽微な心臓発作で検査を兼ねて心臓研究所の付属病院に入院、一ヵ月以内で退院（松子「終焉のあとさき」『倚松庵の夢』）。

8・30〜10・27　日劇ミュージック・ホールの「七いろの欲望」で、歌舞伎舞踊「黒塚」のヌード化が好評（橋本・石崎『THE NICHIGEKI MUSIC HALL』）。谷崎が見たかどうかは不明。

11半ば　内幸町イイノホールで開かれた芸術祭大衆芸能部門参加の催し「寄席'64」にヌード能「小町」が上演された。谷崎が見たかどうかは不明。

12・29〜39・2・24　日劇ミュージック・ホール「女だけの夜の正体」で、観世栄夫監修により、ヌード能「小町」上演（橋本・石崎『THE NICHIGEKI MUSIC HALL』）。観世栄夫は谷崎の義理の娘婿に当たるが、谷崎が見たかどうかは不明。

◆昭和三十九年◆（一九六四　甲辰）（数え年七十九歳）

2？　心臓発作が頻々と起こり、再び心臓研究所に入院。二時間にわたる大発作もあった（松子「終焉のあとさき」『倚松庵の夢』・伊吹和子『われよりほかに』）。

3頃　食欲不振が著しく、癌に違いないと言って、二度も胃の透視をして貰ったが、癌ではなかった。一点を凝視する時が目立って多くなり、無口になった。後にこの食欲不振が前立腺肥大症と知った（松子「終焉のあとさき」『倚松庵の夢』）。

6　『路さんのこと』掲載（「マドモアゼル」）。武智鉄二監督映画「白日夢」に主演する路加奈子について。「日本風の細面の美人より、ブリジッド・バルドーやマリリン・モンローのような、グラマーな女性の方が好き」とある。

6・21　武智鉄二監督映画「白日夢」封切り。路加奈子主演。御木きよらが煙草売りの女役、奈良あけみが患者役で出演。
※武智鉄二「なぜ私は『白日夢』をつくったか」（『三島由紀夫・死とその歌舞伎観』）によれば、谷

崎は試写を見て、少し長いと言った。

※稲沢秀夫『秘本谷崎潤一郎』によれば、谷崎も見に行き、まあまあの出来と評価していたらしい。

同『聞書谷崎潤一郎』によれば、「今度はカラーでやりたい」と言っていたと言う。

8・12　『過酸化マンガン水の夢』と『柳湯の事件』による武智鉄二監督映画「紅閨夢」封切り。小浜奈々子も出演。

10・5　「週刊文春」にグラビア「湘碧山房　新居でくつろぐ谷崎潤一郎氏」掲載。「『紅閨夢』のようなばかばかしいものは見ません」と発言。

◆昭和四十年◆（一九六五　乙巳）（数え年八十歳）

1・8～3・9　お茶の水の東京医科歯科大学付属病院に入院。気心の知れない医師や看護婦にカテーテルの出し入れをされるのが不愉快で、死にたい、死にたいと言い暮らしていた。前立腺肥大症の手術を受ける（『七十九歳の春』）。

3・9　退院。暫く赤坂の観世栄夫の家で二十日ほど静養する（『七十九歳の春』）。その後は極めて体調が良く、血圧も下がり、心臓発作もなく、食欲旺盛で、右手の痛みを忘れる事もあった（松子「終焉のあとさき」『倚松庵の夢』）。

※恵美子さんの証言（平成十二・四・八電話）によれば、赤坂に御木きよらが来て、一緒に日劇ミュージック・ホールへ行った。

7・30　急性心臓衰弱のため死去。

◆昭和五十九年◆（一九八四　甲子）

3・24　日劇ミュージック・ホール閉鎖。

（三）戦後の谷崎潤一郎

谷崎潤一郎は、敗戦当時、既に満五十九歳であり、『過酸化マンガン水の夢』で作風の転換を示した時には、満六十九歳に達していた。ここからも想像されるように、戦後の谷崎が新たに直面しなければならなかった最大の問題は、自らの老いであった。

具体的には、谷崎は戦後間もなく老人性インポテンツに陥り、年表にその一端を示して置いたように、高血圧や心臓病にしばしば苦しめられ、自らの死についても、焦眉の問題として考えない訳にはいかなくなっていた。『過酸化マンガン水の夢』以降の作風の転換も、これらの問題と無関係ではあり得ない。

私見によれば、谷崎が生涯にわたって一貫して女性の肉体に非常な執着を示したのは、幼児期に彼を死の不安から守ってくれたのが、若き日の母の肉体だったからである。

だとすれば、自らの老いを感じ、死の恐怖が強まるにつれて、若く健康な生命力に溢れた女性の肉体への執着が強まるのも当然である。しかし谷崎は、インポテンツの結果、もはや女性と直接に肉体的な交渉を持つことは出来なくなっていた。このことが谷崎にとって極めて大きな問題だったことは、インポテンツが『少将滋幹の母』の国経、『鍵』の教授（ただし、精力減退に対する抵抗という形で）、『残虐記』の今里増吉（原因は原爆の被爆）、『夢の浮橋』の糺の父（腎臓結核でセックスが禁止される）、『瘋癲老人日記』と、殆どの戦後作品で重要な設定となっていることからも窺える。

年表に示したように、谷崎が老年に至って、しかも体調が悪い時に頻りにストリップ通いをするのも、また、女体の表現を抑制していた日本回帰の作風から転換したのも、死の恐怖から逃れるために、若い女性の肉体を強く求めたことの現われと考えられるのである。

ストリップ的なものと谷崎の作品との関連としては、例えば、『鍵』と『瘋癲老人日記』で、主人公がヒロインの裸体を見ることに抱く強い執着と危ない方向へ一歩一歩進んで行くサスペンス、『鍵』で、風呂場で倒れた郁子を木村と運ぶ場面、谷崎としては初めての性行為の露骨な描写、郁子のヌード写真を木村に見せる所、敏子の覗き、などに、ストリップと通ずるものが感じられる。

また、『鍵』で、郁子が木村を相手にアクロバットのような真似をした、とあるのは、一部のストリッパーが行ったアクロバティック・ダンスを念頭に置いたものであろう。

『瘋癲老人日記』では、颯子が日劇ダンシング・チームを辞めた後、浅草あたりにいたこともあるらしい、とあるのは、颯子が元ストリッパーをしていたことを仄めかしたものであろう。また、シャワー・ルームで老人がネッキングをする際、颯子がミュージック・ホールの踊子がはくようなサンダル・ヒールを故意にはいて来るのも、ストリップの影響であろう。

以下、谷崎の戦後の変化をやや具体的に最初から辿り直して見ると、先ず戦後間もなくインポテンツに陥った谷崎は、松子に捨てられるという不安を刺激され、それを『少将滋幹の母』の国経によって表現した。しかしこの時点では、同時に壮年の時平・平中、少年の滋幹にも自己を仮託しており、まだ老年の危機感はさほど強くなかった。また、ヒロインには概ね松子と重子をブレンドしたものをイメージし、滋幹の母には、平中と姦通し、国経と滋幹を捨て去るような悪女性も、多少復活して来てはいるが、その美学はまだ日本回帰の延長線上にあった。

この頃、既に谷崎は、奥村富久子・市田やえ子・五味和子などに、新しいヒロインの可能性を模索していたが、当時は、アメリカナイズされた戦後の日本に背を向けようとしていたこともあって、松子から別の女性に乗り替える所までは、結局、行けなかったのである。

敗戦一年後の志賀直哉との対談「文芸放談」（「朝日評論」昭和二十一・九）では、「これからも今までの続きで、『春琴抄』『蘆刈』の様な昔物語的なものと『細雪』の様な現代ものの両方を書いて行く」と言っていたが、志とは逆に、谷崎が戦後の日本に背を向けるようになって行った事は、『過酸化マンガン水の夢』を発表するまでの十年間に、戦後の新しい日本を一度も小説に描かなかったことが、何よりもはっきりと示している所である。

『過酸化マンガン水の夢』以前に発表された創作は、『細雪』下巻と『少将滋幹の母』だけで、創作に準ずるものが『都わすれの記』『月と狂言師』『A夫人の手紙』『乳野物語』『小野篁妹に恋する事』と『源氏物語』の新訳、そして随筆類は、過去の回想か、純日本的なものを讃美するものか、能・狂言・歌舞伎・日本舞踊・落語など古典芸能関係者についてのものばかりなのである。

露骨に戦後に対する反感を表わした例もあり、例えば『小野篁妹に恋する事』では、篁の『本朝文粋』所収の漢文について、《要するに「私にはこんなに漢籍の知識がある」と云ふことを振り廻してゐるだけのもので、独創的な思想もなければ表現もない。恰も今日の大学生に、英米人や仏蘭西人や蘇聯人の真似をして得々たる青年があるのと同じく、平安朝の大学生は一にも二にも中国に律(のつと)つて及ばざらんことを恐れてゐたのであらう（中略）千年の昔に源氏物語を生んだことがわれ〳〵国民の誇である一面に、かう云ふ文章が名文として持て囃された時代があることは、われ〳〵日本人の事大主義、属国根性を示してゐるやうで情(なさけ)なくもある。》と日頃の憤懣を漏らしている。

また、日本人が洋服を着てする翻訳劇に対して、繰り返し反対していること（辰野隆との対談「忘れ得ぬことども」（「週刊朝日」昭和二十二・十一・三十）、志賀直哉との「対談」（「新文学」昭和二十三・一）、座談会「芸を語る」（「小説新潮」昭和二十三・二）、座談会「細雪の世界」（「婦人公論」昭和二十五・三））や、東京の若い女性の言葉に対する嫌悪感を繰り返し表明していること（志賀直哉との前掲「対談」、長谷川如是閑との対談「女性を描くことども　源氏物語と細雪」（「婦人朝日」昭和二十三・二）、対談「文豪谷崎潤一郎先生と石坂洋次郎先生の春宵対談」（「主婦の友」昭和二十五・四））などからも、戦後の日本に対する敵意が窺える。

戦後文学に対しても、座談会「青春回顧」（「小説界」昭和二十四・八）では、「戦後の若い人のものは読まない。面白くないから」と言い、「毎日グラフ」（昭和二十六・四・一）の「話題の人　春は京へお引越し　谷崎潤一郎氏」では、「大岡昇平の『武蔵野夫人』を読んでみたが、世間で言うほどいいとは思わなかった。戦後文学は殆ど読んでいない。」と発言している。

かくも同時代に背を向けてしまっては、小説が書けなくなるのも無理はない。だから谷崎は、『少将滋幹の母』『乳野物語』の後、『源氏物語』改訳の仕事に逃れたのであろう。

しかし、その間に松子の老齢化も進み（昭和三十年に満五十二歳）、潤一郎の方も、高血圧やめまいに悩まされるなど、生命力が衰えるにつれて、若い生命力に溢れたヒロインの必要性は、切実さを増したと推定される。（注1）そこに現われたのが、渡辺千萬子であり、春川ますみに代表される日劇ミュージック・ホールのダンサーたちであり、京マチ子・淡路恵子・有馬稲子・炎加世子・「悪魔のような女」のシモーヌ・シニョレやマリナ・ヴラディ、ブリジッド・バルドーらの映画女優たちであり、また御木きよらや女中・ヨシなどであった。

昭和三十年十一月の『過酸化マンガン水の夢』は、新しいヒロインとして、日劇ミュージック・ホールの春川ますみ（昭和十年生まれ）、シモーヌ・シニョレを登場させ、脇役的ではあるが、嫁の千萬子（昭和五年生まれ。作中では美津子）も登場させ、松子離れをはっきりと示している（故に、「谷崎潤一郎・変貌の論理」（本書P363～）で、この年以降を「西洋復権期」と位置付けた）。

作中、春川ますみに魅せられたことを記した後に、《このこと家人には語らず心中ひとり左様に思ひしのみ》とわ

ざわざ注記してあるのも、松子との心理的な隔絶を明示するためであろう。(注2)

また、この作品では、一人で勇敢に日劇を見に行く美津子(注3)や、恐ろしい女であるシモーヌ・シニョレや呂太后に対して、松子は日劇も一人では見られず、映画「悪魔のような女」も見るに耐えない心臓の弱い女とされ、貶められている。映画「悪魔のような女」は、妻の心臓病を利用して恐怖でショック死させるというストーリーであるが、恐らく潤一郎は、心臓の弱い松子を殺害するという空想すら抱いたことがあるのであろう。(注4)

こうした松子離れと同時に、この作品では、女に殺されるというかつてのマゾヒスティックな空想が、復活し始めている。まだ明瞭ではないが、ニコルのミッシェル殺しや人彘がそれを暗示する。そして、私見によれば、女に殺されることは、谷崎にとって、その女の命の中に自分が吸収されて生き続けることを意味するものであり、死を乗り越える有力な手段の一つだった。しかし、こうした幻想を可能にするためには、ヒロインが若く強いことが重要であり、その為もあって、『過酸化マンガン水の夢』以後のヒロインたちは、もはや松子をイメージしたものではなくなっているのである。例えば『鍵』のヒロインは、誰をモデルにしたとも言えないが、妻を強い悪女に変えたい（或いは取り換えたい）という潤一郎の願望を満たすべく書かれたものであることは、郁子の悪女への変貌を語るストーリーから疑いを入れない。そして主人公は、郁子の変貌の御蔭で、性的エクスタシーに於いて、《自分ハ今死ヌカモ知レナイガ刹那ガ永遠デアルノヲ感ジ》（三月十九日）ることで、死の恐怖を乗り超えるのである。

『瘋癲老人日記』になると、千萬子が新たなヒロインの座に着くばかりでなく、松子が《婆サン》として貶められるようになる。そして督助は、颯子の仏足石の下で、《彼女ノ意志ノ中ニ予ノ意志ノ一部モ乗リ移ッテ生キ残ル》（十一月十七日）ことを、死に対する救済として夢見るのである。谷崎が昭和三十八年十月に、伊吹和子氏に語ったと言う「天児閼伽子（あまがつあかこ）」の出て来る小説でも、主人公の老人（＝潤一郎）は、後妻（＝松子）と別れ、若い女・魑魅子（ちみこ）（＝千萬子）と同棲し、セックスのし過ぎで狭心症で死ぬことが予定されていた（伊吹和子『われよりほかに』）。

『鍵』『残虐記』『瘋癲老人日記』、および「天児閼伽子」の出て来る小説は、谷崎が自らの死を、ヒロインの内に吸収されるという方法で乗り越えようとした試みの系列と考えられる。『鍵』は、セックスを通じて妻に生命力を吸い尽くされるという幻想であり、『残虐記』は、母に見守られながら眠りに落ちる幼児のように、妻に見守られながら死ぬことで、妻‖母の内に吸収されようとする幻想であり、『瘋癲老人日記』は、督助が赤ちゃん返りして颯子を母とすること（十月十三日）と、遺骨を踏まれることで、颯子‖母の内に生き続けんとする幻想である。

一方、男性を自分の分身とし、理想女性を譲渡することによって死を乗り超えようとする試みもあって、これは『少将滋幹の母』『鍵』『残虐記』『夢の浮橋』に見られる。

『少将滋幹の母』では、国経から時平へ北の方が譲渡される。ただし、国経も時平も不幸に終わる。『鍵』では、教授が死へ追いやられ、木村に取って代わられる。ただし、木村と郁子の関係も安泰とは思われない。『残虐記』では、今里増吉が、自分の分身のような野本鶴二にむら子を譲渡する。が、この作品は中絶する。『夢の浮橋』は、最初の茅渟から第二の茅渟へという第一の危ない橋（‖夢の浮橋）と、子から夫へ、母から妻へという第二の危ない橋を渡る話である。しかし、冒頭、池の土橋の下にあった深い穴が暗示していたように、破滅の淵が、結局、彼らを飲み込んでしまう。（注５）

この様に、この系列の解決法は、すべて不成功に終わっている。これは、谷崎が自己の分身・後継者としたい程の男性を、現実に見出すことが出来なかったからであろう。

前章「昭和戦前期の谷崎潤一郎」（本書P385～）で見て来たように、昭和戦前期の谷崎文学には、宗教的な安らぎと幸福感が濃厚に漂っていた。しかし、戦後（特に『過酸化マンガン水の夢』以降）の谷崎文学からは（右の二系列いずれであっても）それが消えている。母の体内に吸収されるという救済の幻想はあっても、（天上的・地上的にかかわらず）永遠の死後世界が復活することはなく、虚無感の方が遥かに目立つ。快楽はしばしば味わわれるが、そこにはいつも、谷崎が直視せざるを得なかった死＝虚無の不安・焦燥のざらつきが感じられる（これは、希望より絶望が優位に立つような肉体的コンディションとも関係があろう）。そしてストーリーは、性がらみによる家族同士の殺人（『過酸化マンガン水の夢』の「悪魔のような女」『鍵』『夢の浮橋』）や自殺（『残虐記』）・残虐行為（『過酸化マンガン水の夢』の人彘）、人妻の不倫（『少将滋幹の母』『鍵』『瘋癲老人日記』）、父の息子の嫁に対する恋と妻や子供に対する冷淡（『瘋癲老人日記』）といった風に、いわゆる悪魔主義の時代よりさらに無惨に、夫婦・親子の関係を踏みにじるものとなっている。これは、第二次大戦によって旧来の秩序・価値観が失われたことに対する嫌悪感（当時、全世界的に見られ、実存主義などを流行させたもの）と、同時にむしろそれを歓迎もした谷崎のアンビヴァレンツとも関係していよう（恐らくその根底には、谷崎が幼少期に抱いた父母に対する恨みと敵意がある）。

だが、だからと言って、この時期の谷崎の作品の価値が低いという訳ではない。就中『鍵』『瘋癲老人日記』は、不可避の死に直面しているからこそ、それだけ一層、生（性）の快楽にしがみつく人間の本質を直視し、肯定した見事な達成であり、技術的にも、谷崎文学の最後を飾るに相応しい傑作となったのである。

注

（1）谷崎は、晩年の『雪後庵夜話』で、松子には《「しぶとい根性」と云ふものが余りにも欠けてゐる》のに対して、三姉妹の中では重子が《誰よりもしぶとい》と書いている。谷崎が最後まで重子を高く評価したのに、松子の評価を大きく下げた原因の一つは、こうした松子の弱さにあったのだろう。

（2）この一年前、「週刊朝日」（昭和二十九・十一・十四）の『妻を語る』で、谷崎が全く妻を語ろうとしなかったのも、松子を賛美する気持を失っていたからであろう。

なお、『過酸化マンガン水の夢』では、この時が春川ますみを見た最初のように書いているが、これは作中の都合でそうしただけで、本当はもっと前から見ていた可能性もあるように思う。

（3）「インタビュー渡辺千萬子氏に聞く」（「国文学」平成十・五）によれば、「美津子（千萬子）が独りでミュージック・ホールへ行ったというのはフィクションで、いつも必ず谷崎潤一郎と一緒だった」、との事である。或いは、恵美子が一人で日劇ミュージック・ホールへ行ったことを、千萬子のことにすり替えたのかも知れない。

（4）心臓の弱いヒロインが殺害されるというモチーフは、『夢の浮橋』にも用いられているが、経子の殺害は、松子との離別願望によるものと言うより、インセストに対する罰と考えるべきであろう。

（5）ついでながら、『夢の浮橋』で、糺が経子の形見の武と二人で暮らす結末になっているのは、当時谷崎が、千萬子の娘・たをり（武とほぼ同年）を溺愛し、千萬子やたをりの顔を見ていると作品が書ける（渡辺たをり『祖父　谷崎潤一郎』）と言う程になっていた為であろう。

【付記】本章は、「甲南女子大学　研究紀要」（平成十二・三）に発表したものに、今回、加筆したものである。

なお、「谷崎潤一郎とエディプス・コンプレックス」（二）⑥「戦後」（本書P249〜）も参照されたい。

第三部　作家特殊研究

第一章　谷崎潤一郎と詩歌

——そして音楽・声——

（一）作家以前の谷崎

谷崎潤一郎は、明治以降最高の小説家であり、随筆にも優れた作品を数多く残している。が、こと詩歌に関する限りは、見るべき成果に乏しいと言うのが一致した見方であろう。しかし、谷崎の小説家としての活動は、時に強く時には弱いながら、常に何らかの形で詩歌と関わりを持ち続けていたのである。以下、詩歌が谷崎の作家的生涯に重要な影響を与えた時期を中心に、谷崎と詩歌の関係を概観してみたい。

谷崎潤一郎が最初に詩歌と出会ったのは、高等小学校に於ける稲葉清吉の教育を通じてだったと言って良かろう。ただし、稲葉清吉の理想は、儒教的仏教的聖人君子に西洋の哲学を加味した人材を育てる事であり、詩歌と言っても、そうした理想と矛盾しない事が前提となって居た。だから、谷崎が一中四年の時に書いた回想記『春風秋雨録』でも、小学校時代の自分は、釈迦の如き大宗教家か、西行・杜甫の如き大詩人か、プラトン・カントの如き大哲学者になりたいと思っていたとし、同じく一中四年の時に書いたやはり回想的な新体詩『述懐』でも、小学校時代に師の君から《なさけも深き詩人（うたひと）がことばの花をめでよかし／めぐみは弘きいにしへの聖の道を学べかし》と勧められたとしているのである。

一中入学後も、潤一郎は稲葉清吉のこうした価値観・詩歌観の支配下にあって、例えば一中二年の時の論文『道徳的観念と美的観念』では、至誠を衆生に注ぐ者は聖人、天然の風物に向ける者は詩人となる、などと論じていた。従って、彼が最初に試みた創作も、杜牧の「清明」を模倣した『牧童』、頼山陽の「蔵王堂。大塔皇子に感じて作る」を模倣した『護良王』などの漢詩や、(注1)『時代と聖人』『日蓮上人』などの論文だったのである。

潤一郎が作家としての独自の道を発見する為には、こうした稲葉清吉の影響下から脱し、既成道徳を大胆に踏みにじる反逆的な立場を確立する必要があった。その一つのきっかけとなったものが、木村鷹太郎の『文界之大魔王』(明治三十五・九)だった。

『明治時代の日本橋』(＊全集未収録　永栄啓伸『谷崎潤一郎――資料と動向』(教育出版センター) 所収) などによれば、谷崎はこの評伝に導かれて、原書のバイロン詩集を愛読するようになった。(注2)その結果谷崎は、『春風秋雨録』(明治三十六・十二) 以下明治四十年までの間に、新体詩『友におくるうた』・『述懐』・論文『文芸と道徳主義』などの中で、『サルダナパルロス』『ドン・ジュアン』『カイン』『チャイルド・ハロルド』に言及しているのである。

谷崎が初めてバイロンに言及した『春風秋雨録』は、同時に稲葉清吉的な道徳の世界に対する疑念を、初めて表明したものでもあった。生家の没落と、精養軒経営者・北村家での書生生活を通じて味わった富者に対する怨恨と、性欲の圧迫に煩悶していた潤一郎は、恐らく『海賊』のコンラッドが、人の世の裏切り・忘恩・嫉妬などに傷つけられ、遂に神と人間社会全体を敵視するようになる所や、『カイン』のルシファーの反抗、『サルダナパルロス』の反戦平和主義・個人主義・快楽主義、『ドン・ジュアン』の風刺などに、それぞれ共鳴する所があったのであろう。『述懐』では、バイロンの《人をの丶しり世を嗤ひ／酒と色とにたはむれし／その一生をおもひては／われは詩人をのぞみけり》と歌い上げている。

こうして稲葉清吉の影響を脱した潤一郎は、漸く文学へ、そして快楽の追求へと自らの方向を定めるのであるが、その際短期間ではあるが、「明星」派の影響圏内に居た時期のあった事も見逃してはならない。例えば新体詩『友におくるうた』（明治三十六・十二）・『述懐』（明治三十七・五）は、鉄幹の「人を恋ふる歌」のあからさまな模倣であるし、晶子の影響も、歌『みづぐき』（明治三十七・五）『野いちご会詠草』（明治三十七・十二）に顕著である。後者は「谷崎星橋」と「明星」風の雅号まで用い、中の一首《理想それはあまりに高く清かりき此の世人の世詩のくにならず》では、自ら星の子と称した「明星」派の、天上志向への共鳴を見せている。後年の谷崎の所謂イデア論には、こうした「明星」派的浪漫主義を受け継いだ面もあるのだろう。

潤一郎の文学仲間であった大貫晶川と恒川陽一郎は、共に新詩社の同人となり、明治四十年から「明星」を中心に、盛んに詩歌を発表し始め、潤一郎は先を越された焦りをすら感じていた。観劇の際、友人・津島寿一を与謝野夫妻に紹介したり（注3）、恒川の自宅で開かれた短歌会に参加して、与謝野寛・吉井勇・北原白秋の指導を受けた（注4）などのエピソードも、明治四十年のものである。

潤一郎は結局新詩社には入らず、小説と戯曲に目標を絞って行くのだが、詩歌への関心も決して失った訳ではなく、明治四十四年十一月号「朱欒（ザンボア）」の『そぞろごと』までは、時折歌を論じたり、自作の詩歌を発表したりし続けて行くのである。

（二）スランプからの脱出

『刺青』『少年』など一連の優れた短編小説で、華々しいデビューを飾った後に続く大正初期の数年間は、谷崎が長編小説への道を模索しつつ、次第にスランプに陥って行った時期である。

その原因の一つは、『饒太郎』によれば、《彼の所謂『美』と云ふものが全然実感的な、官能的な世界にのみ限られて居る為めに、小説の上で其の美を想像するよりも、生活に於いて其の美の実体を味ふ方が、彼に取つて余計有意味な仕事となつて居る》為である。これは言い換えるなら、実人生の快楽とは別の芸術的快楽の原理を、彼がまだ把握できていなかったという事であろう。

そしてもう一つの、更に大きな原因は、『父となりて』で語られているように、谷崎が快楽を追求しようとすると、絶えず良心の呵責に脅かされるという問題だった。私の解釈によれば、これは谷崎が母に対して強いインセスト願望を抱いていた為に生じた葛藤である。

潤一郎は、この二つの問題を解決し、安心を得ようと、ドイツ語・フランス語を勉強し、《文学、哲学、科学の諸書を渉猟して、来年か再来年あたりまでに、僕独特の「芸術論」を書く（中略）その「芸術論」の出でたる後に、始めて全然力を創作に注がう》（大正二・十・二十三精二宛書簡）と計画するが、結局挫折し、《私は自分の芸術家としての根本の立ち場に就いても、ひどく迷つたり悲しんだりして居る》（大正四（年代推定）・九・十七精二宛書簡）と告白せざるを得なかった。

こうしたスランプを脱出する大きなきっかけとなったのが、ボードレール、より厳密にはゴーティエの『ボードレール評伝』だった。『ボオドレエルの詩』[注5]によれば、谷崎が『ボードレール評伝』を読んだのは大正五年の春。そして同年早くも《秋から暮れへかけて、「病褥（ママ）の幻想」や「人魚の嘆き」を書き出した時分から》谷崎は、《自分の芸術が少しづつ進歩しつゝある事を感じ》（大正六・四・九瀧田哲太郎宛書簡）、スランプを脱するのである。

ゴーティエの『ボードレール評伝』では、ボードレールは《淫売》や《邪悪な腐敗の女》との快楽を貪りつつ、《失墜と過誤と絶望の底から》《ベアトリーチェの気高い幻》に《両腕を差伸べ》ていたとし、《ボオドレエルの詩の中にある女性は、箇々の、現実の女ではなく、典型的な「永遠の女性」》とする。[注6]これが、地上の娼婦的悪女を天上の聖なる永遠女性の粗悪な分身とする谷崎の所謂イデア論の原型となり、谷崎《独特の「芸術論」》の代役を果たした事は、『ボオドレエルの詩』や『前科者』などから明らかである。この時、芸術は谷崎にとって、インセスト願望を抱く自分が《悪人のまゝで解脱し得る唯一の道》(『或る時の日記』)、即ち娼婦的悪女によって性欲を処理しつつ、天上の永遠女性としての母を憧憬できる救済の原理として確立されたのである。

(三) 詩と音楽と

谷崎は、『羹』でロセッチの "Sudden Light" に言及したり、『鬼の面』で『悪の華』の "The Corpse"(注7) を引用するなど、早くから西洋の詩に対する関心を示してはいたが、その関心が俄に高まるのは、ゴーティエの『ボードレール評伝』を読んだ後、『病蓐の幻想』(大正五・十一)からである。思うにこれは、イデア論が確立されて、天上の永遠女性を表現する必要が生じた事と関係があるのであろう。

スランプ時代の谷崎の文学は、《小説よりも絵画の方が、絵画よりも彫刻の方が、彫刻よりも演劇の方が、演劇よりも舞台に現はれる俳優の肉体自身の方が、一層痛切な美感を齎す》という『饒太郎』の言葉が示しているように、視覚的・物質的な美の描写に偏し過ぎていた。元来視覚は、この世の事物を捉える事に向いている。それに対して、音というものは、それ自体目に見えないものであるが故に、同じく目に見えない幽界に働き掛ける力を持つと信じられ、世界のどの民族でも、音や音楽性を持つ言葉が呪術や宗教と結びつき、神降ろし・祈り・呪文・神託などに用いられて来たのである。(注8) この世の外に存在する永遠女性を表現する為に、視覚性に替わって音楽性を導入する事(厳密には再導入する事)が、急務となって来た所以である。

今その経過を辿ってみるならば、先ず『病蓐の幻想』でランボーの「母音」を引用した後、翌大正六年一月には、『人魚の嘆き』に「無韻長詩」という角書きを、『魔術師』に“A Poem in Prose”という副題を付して発表している。成功したとは言い難いが、小説と詩を融合させようとする意欲は明らかであった。この内『人魚の嘆き』では、人魚を白人女性の原型(イデア)としてイデア論を初めて導入し、『魔術師』では、《腐敗と悪臭と邪曲とに附き纏ふあらゆる汚物》(『ボオドレエルの詩』)にボードレールが美を発見した事に影響を受けている。[注9]

続く二月には、『反古箱』と題して、詩を作ろうとする時に、日本語の語彙の貧弱さが不利に働く事を嘆いた随想を発表した後、四月の『玄弉三蔵』では、エピグラフに英訳『リグ・ベーダ』を掲げ、『ラーマーヤナ』を歌った功徳で聖者になった尼について、《詩は人間の言葉の中で、一番神に近いものなのだ。われ〳〵の棲息する世界の内で、詩だけが永遠の生命を持ち、宇宙の霊魂と合致するのだ》と詩を礼讃する。

同じ月の『詩人のわかれ』も、《人間の世の浅ましい栄華を捨てゝ、浄い楽しい詩の世界の、永劫の快楽(けらく)に身を委ねた》詩人・F(北原白秋)に対して、インドからヴィシュヌ神が迎えに来て褒美を与えるという内容であった。[注10]

同月には、旧作ながら自作和歌四首を含む『私の初恋』や、詩的効果のために漢字の音韻と形態の美を生かしたいとする随想『詩と文字と』も発表されている。

そして五月には、伊香保温泉で萩原朔太郎・室生犀星と初めて会い、これから散文詩を書くと話し、「感情」九月特別号に詩を寄稿する約束までした(「感情」六月号「編輯後記」)。もっとも実際には果たさなかったのであるが…。

その後も、大正八年六月には『西湖の月』で、アルベール・サマン作・堀口大学訳「相伴」を引用したり、[注11]同年十月と九年一月には翻訳『ボードレール散文詩集』を発表したり、間の八年十一月には、『或る漂泊者の俤』で、自らボードレール風散文詩を試みたり、[注12]大正十三年七月には翻訳『タゴールの詩』を発表したりしているが、こうした詩または詩的な小説を書く試みは、思わしい成果を挙げる事が出来ず、次第に放棄されて行く。しかし、勿論詩と音楽の必要性が失われた訳ではない以上、それは別の形で果たされなければならなかった。谷崎が、これ以降も自作の小説の中に、主に西洋や中国の詩歌をしばしば引用するのはその為である。(注13)

一方また、『反古箱』や『詩と文字と』に現われた、日本語をもっと詩的な言語にしたいという夢も、長く消える事なく続いていた。その事は、大正十一年五月一日付けの萩原朔太郎宛書簡で、朔太郎の詩は目に触れる度に注意して読む事、最近詩が好きになり、英詩ばかり読んでいる事を述べ、われわれは《弖力のない、金属音の少ない》詩に不向きな《日本語を開拓して、もつと美しい言葉にしようではありませんか。さうすればきつといい詩が出来ます。》と呼びかけている事からも分かるのである。(注14)

こうした詩歌への道に対して、この時期もう一つの手段として選ばれたのは、音楽そのものを引用したり、音楽の比喩を用いたりするという方法だった。ただしこの方法は、既に『少年』で、光子の肖像画で白人女性・天上の永遠女性としての光子を表わすと共に、《別世界の物の音のやう》なピアノの音でも表わすという形で使われていた。(注15)また、『神童』で、プラトンの読後感を音楽を聞いた後の恍惚感に喩えたのも、永遠女性ではないが、永遠性の表現方法であった。

『ボードレール評伝』読後の例としては、『小僧の夢』(大正六・三)が早く、ワグナーの「タンホイザー」から受けた恍惚感を、《自分が前の世で出遇つた覚えはありながら、此の世へ生れて来た瞬間にすつかり忘れてしまつたものを、今改めて囁かれるやうな感じ》とイデア論によって説明し、それとメリー嬢の犠牲になるマゾヒスティックな歓びとが類似していると語られている。

その後も、例えば『母を恋ふる記』では、語り手は夢の中で、《自分が此の世に生れる以前》に見たような景色の中を歩いて行く内に、新内の流しを弾く若く美しい鳥追い女になっている死んだ母と再会する。そして夢から覚めた語り手の耳には、《三味線の音が(中略)彼の世からのおとづれの如く遠く遥けく響いて》来る。『天鵞絨の夢』では、美しい月夜に中国の永遠女性とも言うべき月の女神・嫦娥を思わせる少女の死骸が、ヴァイオリンを伴奏に水の上を浮かび流れる場面が一編のクライマックスとなっている。『アヹ・マリア』では、ヒロインがグノーの「アヹ・マリア」を歌い、《「サンタ、マリア」と（中略）唄ふ時の（中略）瑠璃色の大きな瞳が、何だかマリアのそれのやうに有難く思へ》る。『痴人の愛』では、ナオミが白人女性のように変身する場面で、譲治はその感動を《此の世の外の聖なる境から響いて来るやうなソプラノの唄》になぞらえるのである。(注16)

元来谷崎は音楽好きで、明治の下町に生まれた為に、西洋音楽に触れるのこそ大正時代を待たねばならなかったが、若い時分から端唄・長唄・清元や羽左衛門の声色などを得意とし、一中節を習った事もある。(注17)それが所謂西洋崇拝の時期には、浅草オペラのファンになり、せい子を女子音楽学校に通わせ、横浜時代にはダンスとギターを始めた。関西移住後は、地唄の三味線を練習する一方で、宝塚歌劇のファンでもあった。谷崎は松子に、自分は絵よりも音楽からイマジネーションが湧くタイプだと語っていたとも言う。(注18)従って、谷崎文学には元々音楽性が豊かで、最初期の『象』『麒麟』『幇間』『羹』などにも、既に歌や音楽が比較的多く含まれていた。だから、イデア論を確立した後の谷崎が天上の永遠女性を描く時、音楽を利用しようと考えるのは極めて自然な成り行きだったのである。

なお、これに関連して、谷崎は、『或る少年の怯れ』や『不幸な母の話』で、邦楽を好む女性（嫂・母）が西洋音楽の出来る女性に死に追いやられるという、言わば音楽対決の構図を用いている事、また『痴人の愛』では、流行歌やダンス音楽がナオミの堕落と結び付き、宗教的な音楽がナオミの聖性を表現するという対比の構図を用いている事を指摘して置く。(注19)

(四) 昭和の谷崎

谷崎の所謂日本回帰は、永遠女性を白人から日本女性に替える事を中心とするもので、永遠性への志向を廃棄するものではなかった。その事は、『春琴抄』の《めしひの佐助は現実に眼を閉ぢ永劫不変の観念境へ飛躍したのである》という一節などから明らかであろう。従って、詩と音楽に対する谷崎の態度も、基本的には変わっていない。その事は、前引・『玄弉三蔵』の中の《詩は人間の言葉の中で、一番神に近いもの》という言い方に対応して、『顕現』に、今様を讃えた《すぐれてめでたい音律には経文と同じ功徳がござる》という科白がある事からも窺われよう。

ただ、作中で引用される詩歌・歌謡の種類は、日本中心に変わった。(注20) また、謡曲にも関心が示され、『乱菊物語』で「室君」、『吉野葛』で「二人静」、『蘆刈』で「小督」が、言及または引用される他、恐らく『蘆刈』には「江口」、『春琴抄』には「弱法師」、後の『少将滋幹の母』のラストには「墨染桜」の尼僧姿の桜の精が、それぞれ若干の影響を与えている。(注21)

昭和二年夏からは、十数年ぶりに短歌が作られ始める。三好達治が「「都わすれの記」について」(「新文学」昭和二十三・十二)で評した通り、短歌史上の意義は認め難いが、古典の精神に参入するための訓練と見るべきものであろう。

作中にも和歌の引用が増えるが、抜き差しならぬ程の重要な役割を果たしている例は、余り多くない。ただ、ホトトギスについては、冥土の鳥としてのイメージをうまく生かして、既に『母を恋ふる記』のエピグラフに、『万葉集』の「いにしへに恋ふる鳥かも…」を使った例があるのを始めとして、『吉野葛』で、死出の山を思わせる「くらがり峠」の歌に関連して、そこでホトトギスを聞いた思い出を入れたり、『夢の浮橋』冒頭に自作《ほとゝぎす五位の庵に来啼く今日…》を掲げるなど、何れも死んだ母を恋い慕うという作品のテーマと密接な繋がりを持たせている。『夢の浮橋』では更に、「ねぬなは」で壬生忠岑の「寝ぬ名は立たじ」の歌を暗示した後、《撫でるも母ぞ／抱くも母ぞ》や《寝たか寝なんだか枕に問へば／枕正直もんで寝たとゆた》という子守唄を出し、母子相姦を暗示している。渡辺秀夫著『詩歌の森』（大修館書店　平成七）によれば、ホトトギスはセックスが禁止された五月の恋を表わすとの事なので、インセスト的な谷崎の作品に合っていたのかも知れない。(注22)

この他、『細雪』（上巻（十九））で、《古今集の昔から、何百何千首となくある桜の花に関する歌（中略）が、わが身に沁みて分るやうになつた。》という一節が、失われ行く美の哀惜という『細雪』のテーマを象徴している所や、『少将滋幹の母』のラストで、《山吹の花が、清水の方へしなだれかゝつてゐる》風景が、『万葉集』の高市皇子（たけちのみこ）の「山吹の立ちよそひたる山清水汲みに行かめど道の知らなく」を暗に踏まえて、黄泉の世界を暗示しているケースなどは、成功例であろう。

小説中に自作の短歌を使用した例としては、『乱菊物語』（「発端」（その二））のかげろふの歌《侘びつゝも今日を頼めし…》と、『卍』最終回（昭和五・四）に、光子の歌として載せた二首が最初と思われる。

佐藤春夫の「最近の谷崎潤一郎を論ず」（昭和九・一）によれば、昭和八年春の初めに谷崎は、歌日記の形式で小説を書いてみたいと語った事もあるようだが、これは実現しなかった。(注23)

第二次大戦中には俳句を試みた時期もあり、『細雪』の幸子の月見の句と『A夫人の手紙』に用いられているが、それ以上の展開はなかった。(注24)

音楽についても、永遠女性と結びつく事は、以前と変わりがない。ただ、音楽の種類が、西洋音楽から日本の音曲に変わる際に、文楽人形と共に、菊原琴治検校の果たした役割が極めて大きかった事には、注意を払うべきである。(注25)

例えば、谷崎の日本回帰を決定づけた作品『蓼喰ふ蟲』では、弁天座で、ハイカラな美佐子は義太夫節の、美佐子の父はジャズの悪口を、それぞれ言い合う。要も元々は美佐子と同じで、義太夫節を嫌っていた。それは、義太夫が要の女性崇拝と相容れないと思われたからだった。しかし、文楽人形に永遠女性の面影を見出した事から、要は変わり始める。そして、お久の地唄「ゆき」を聴く内に、要は子供の頃によく「ゆき」を唄っていた隣の福ちゃんのほの白い顔を、偶然に見た体験を思い出す。(注26) そして、それを要の女性崇拝の起源と意味づける事で、作者は要を決定的に日本回帰させ、美佐子と別れさせるのである。これが前述の音楽対決の日本回帰版である事は、言うまでもないだろう。

戦後の『雪』で谷崎は、《ほんたうに深い感銘を以て「雪」を聞いた記憶が残つてゐるのは、（中略）阪急岡本の好文園に住んでゐた頃》即ち昭和二、三年で、《凡そ日本固有の音楽といふものは（中略）婬靡で低調なものが多く、人の心を高い所へ引き上げるやうな幽玄なものや瞑想的なものは殆ど絶無に近いのであるが、「残月」はその中にあつて珍しくも高揚の精神に満ちてゐる。（中略）殊に菊原検校のを聞いた時は、地唄といふものをまだよく知らない頃であつたので、その驚きは大きかつた。》《ほんたうに自分の魂を「心の故郷」へつれて行つてくれるものは、矢張「雪」や「残月」のやうな自分の国の古典音楽に限る》と述べている。

恐らく潤一郎は、西洋音楽に代わって女性崇拝を託すに足る音楽を地唄に見出した事で、初めて完全に日本回帰できたのではあるまいか。これもまた音楽対決の話と言える『友田と松永の話』（大正十五・一〜五）で、西洋には《声高らかに歓楽を唄ふ音楽がある。(注27)》と考えて西洋に渡った主人公が、神経衰弱に陥り、《神秘的な、つゝましやかな三絃の音色、余情を含んださびのある唄声、嘗てはゴマカシのイヂケた趣味として排斥したものが、不思議にも今は、それを想像したゞけでも荒んだ神経が静まるやうな感じを覚え》、遂に日本に逃げ帰るという物語を書きながら、いま一つ積極的に日本的なものを肯定し切れずにいた谷崎が、『蓼喰ふ蟲』でそれを果たし得たのは何故か。『友田と松永の話』発表後の大正十五年十一月、「法然上人恵月影」をきっかけとして、文楽人形に日本の永遠女性の面影を発見した事と、それに続いて昭和二年六月から菊原検校に地唄を習い始めた事が、決定的な要因になったのではないか。その経緯が、『蓼喰ふ蟲』における要の変化の段取りにも反映しているのではないか、と私は考えるのである。[注28]

事実これ以降も、作中で重要な役割を果たすのは常に地唄である。例えば『吉野葛』では、津村の母の原型的イメージは、生田流の「狐噲（こんかい）」を琴で弾く《上品な町方の女房》で、津村は浄瑠璃・生田流の箏曲・地唄という大阪の《三つの固有な音楽》と童謡の影響を受けつつ、母の形見の琴、そして初音の鼓という楽器に辿り着くのである。ここには聖なる天上世界は出て来ないが、その代わりに母や静御前があり、音楽はそれらの聖なる女性へと津村を導いて行く。

『蘆刈』では、お遊さんが琴のお浚いに出て、おすべらかしに裲襠を着て「熊野（ゆや）」を弾いた時に、慎之助はお遊さんを恋い慕うようになる。そして葦間の男は、今でも巨椋池の別荘で、十五夜の晩に琴を弾くお遊さんの姿を見る事が出来ると言う。ここでも琴は、古しえの遊女の生まれ変りでもあるお遊さんの、聖性を示現するものとして機能している。

『春琴抄』の春琴も、生田流の箏曲・地唄の天才であり、目を潰した佐助の内界の眼には、極楽からの《来迎仏》の如くに映る聖なる存在である。

この他、戦後の『夢の浮橋』でも、生母・継母ともに、生田流の琴が得意だった事になっているし、『顔世』でも、絶世の美女・顔世の美しさは、《有明の月の隈なくさし入ります所に（中略）琵琶を掻き鳴らしていらつ（ママ）しやいましたお姿のあでやかさ》と、音楽と結び付けて描写されているのである。

（五）声と方言と

音楽を愛した谷崎は、人の肉声に対しても極めて敏感な耳を持っていた。声の気に入らない女中は辞めさせ、声が気に入った女中の為には、《ものいふ時はおのづからこゑ玉をなす》と歌に作って、贈ったりした程だった。(注29)

その谷崎が若い頃から好んでいたのが関西の言葉で、明治四十五年に京都で聞いた大原女の言葉が忘れられないと漏らしていた事を、芥川龍之介が「良工苦心」（大正七・一）に記録している。従って、関西移住後は当然、《関西婦人の紅唇より出づる上方言葉の甘美と流麗とに魅せら》れて（『卍緒言』）『卍』を書いたのを皮切りに、関西言葉を取り入れた作品を次々に書いて行った。

『私の見た大阪及び大阪人』（昭和七・二〜四）では、大阪の女性の声を褒め称えた後、琴唄を《大阪の女が謡ふと（中略）殊に声の美しい人のを聞いてゐると（中略）裲襠を着た高貴な上﨟の姿が髣髴として浮かんで来る》と述べている。これは恐らく松子を念頭に置いて書かれた文章で、『吉野葛』（昭和六・一〜二）・『蘆刈』（昭和七・十一〜十二）でヒロインに琴を弾かせているのも、同じ理由からであろう。(注30)

方言による作品の中でも、『細雪』は声のシンフォニーと呼ぶべきもので、使われる言葉の種類も、古い船場言葉・芦屋の上流階級の言葉・板倉や女中などの庶民の言葉・神戸弁・名古屋弁・東京の標準語・ざあます奥様の言葉・外国人の変な日本語・悦子ら子供の言葉・学生の言葉、真面目な会話・社交的やりとり・言葉遊び、電話・手紙・場内アナウンスと、さながら言葉の見本市の観を呈している。しかもそれらの声は、人物の個性やタイプの直接的な表現と言えるものにまでなっている。これは、谷崎の耳が産み出した、真に独創的な企てであり、また類い希な達成であった。

谷崎は、『文章読本』の中で、《音調の美》《文章の音楽的効果》を強調し、韻文こそ《国文の粋とも申すべきもので、散文を作る上にもその精神を取り入れることが肝要であります。》《折角リズムに苦心をして作つた文章も、間違つた節で読まれると云ふ恐れがあるので（中略）私はいつも、自分の書くものを読者がどう云ふ抑揚を附けて読んでくれるかと云ふことが気になります》などと述べている。谷崎の文学的達成は、詩歌や方言・文体など、すべて言葉の音楽的要素に対する鋭敏な感覚と意識的な探求によって、終始一貫、強く支えられていたのである。

注

（1）『中学時代の土岐君』によれば、潤一郎は一中時代、習字の先生だった岩佐眉山に漢詩を直して貰っていた。

（2）福田清人の『十五人の作家との対話』（中央公論社）にも、同様の発言がある。

（3）津島寿一の『谷崎潤一郎君のこと』によれば、明治四十年五月、東京座で上演された英語劇「シーザー」を見に出掛けた際の事。

（4）谷崎の『吉井勇君に』『白秋氏と私』および、吉井勇の「旗本の次男の様な扮装」（「新潮」大正六・三）に出る。『白秋氏と私』によれば、この時白秋は《六波羅の大路にまろぶ油壷》云々の歌を詠んだというが、この歌は「明星」（明治四十・十一）に「新詩社詠草」として出ている。

なお、新体詩『海』（明治三十五）には、島崎藤村の『若菜集』の影響が感じ取れる。

（5）大正五年六月「社会及国家」に掲載。全集未収録。拙稿「谷崎潤一郎全集逸文紹介1」（「甲南国文」平成三・三）で紹介・解説した。谷崎が『ボードレール評伝』を所蔵していたことは、瀧田樗陰の「谷崎氏に関する雑談二三」（「新潮」大正六・三）によって確認できる。

佐藤春夫の「潤一郎。人及び芸術」（昭和二・三）によれば、潤一郎は「ゴーティエで面白いのはボードレール全集の序文（『ボードレール評伝』のこと）だけだ」と言い、「『金と銀』の白痴になった芸術家の頭の中の世界は、失語症に陥って後のボードレールをゴーティエの筆によって知った事に暗示された」と語ったと言う。

谷崎がボードレールに関心を抱き始めたのはいつ頃からか、はっきりと決める手掛かりはないが、『青春物語』「神経衰弱症のこと、並びに都落ちのこと」によれば、一高時代から読んでいたようである。『饒太郎』によれば、大学一年の時、クラフト・エービングを読んで、ボードレールがマゾヒストだと知ったと言う。そのせいか、後藤末雄の「「新思潮」回想記」（「新思潮」復刻版別冊）によれば、第二次「新思潮」時代、谷崎は『悪の華』を英訳で愛読していたと言う。そして、大正三年九月に発表した『饒太郎』は、当初『悪の華』と題される予定だった（「中央公論」大正三年八月号掲載予告）。

（6）『ボードレール評伝』からの引用は、田辺貞之助氏の翻訳『ボードレール論』（創元社　昭和二十三）によった。

（7）谷崎は『鬼の面』で、この詩を《女の屍骸》の描写としているが、実際は犬か何かの死骸である。なお、この詩は『少将滋幹の母』の不浄観の着想にも、遠く影響を与えていると考えられる。

（8）音によって幽界と交渉を持つという発想は、夏目漱石の『幻影の盾』『草枕』『三四郎』、内田百閒の『サラサーテの盤』などにもあり、音楽に聖性を見る例は、樋口一葉の『琴の音』・泉鏡花の『歌行燈』・川端康成の『雪国』などにもある。

（9）ボードレールから影響を受けたと思われる作品としては、この他、「醜が美に勝つ事があるのは、女は人間より悪魔を好くことがあり、醜男だけが悪魔の美を持っているからだ」とする『仮装会の後』（大正七・一）や、《女乞食の美しさを歌つた》ボードレールの詩（「赤毛の女乞食に」）が《暗示して居るやうな美しさを云ひ現はした積り》という『襤褸の光』（大正七・一）、『ボードレール評伝』に言及した『前科者』（大正七・二〜三）、ボードレールの「ヴィーナスとフール」「画かんとする願望」「二重の部屋」「あるマドンナに」等の詩から多大な影響を受け、“Bien loin d'ici”にも言及し、失語症になって死んだボードレールの最期をモデルとする『金と銀』（大正七・五）と特に大正七年に多い。その後は、ボードレールの「ヴィーナスとフール」に言及した『鮫人』（大正九）、ユゴーが《ダンテは地獄を見て来た詩人であるが、君は地獄に生れた詩人だ》と言ってボードレールを推挙したことを、両者の偉大さを示すエピソードとして紹介した『芸術一家言』（大正九）（ただし、これはバルベイ・ドールヴィルの言葉で、Sturm が自らの英訳ボードレール詩選集に付した 'Charles Baudelaire: A Study' に、ユゴーの言葉と共に出ている）、《ポオやボオドレエルは甘いものだ、己こそほんたうの悪魔派だ》とBに言わせている『AとBの話』（大正十）（ただし、谷崎自身の考えという訳ではあるまい）あたりまでで言及・影響ともにほぼ終わり、後は『青春物語』「神経衰弱症のこと、並びに都落ちのこと」の回想（昭和八）と、ボードレールの影響で猫好きになったという『当世鹿もどき』「猫と犬」（昭和三十六）があるだけである。

（10）大正三年八月二十五日の「読売新聞」「よみうり抄」に、《北原白秋氏　来年は印度方面へ赴く志ありと》という記事が出ている。この頃、日本では、一九一三年、タゴールのノーベル賞受賞などを切っ掛けに、一寸したインド・ブームのようなものがあり、その影響も考えられる。例えば、大正三年十月には、再興第一回院展に今村紫紅の「熱国之巻」が出品され、同月、高楠順次郎・木村泰賢の『印度哲学宗教史』が刊行され、同月と翌十一月、松村みね子訳のタゴールの詩が「心の花」に掲載された（以後、タゴールの紹介・評論が徐々に盛んになり、翌四年には流行現象となる）。翌四年二月にはタゴールの『森林哲学・生の実現』が翻訳・刊行され、五月には木村泰賢の『印度六派哲学』が刊行され、十月十一～三十一日の第二回院展には、荒井寛方の「乳糜供養」と佐藤朝山の彫刻「沙倶牟多羅姫（シャクンタラ）と陁遮牟陀王（ドウシャンタ）」が出品され、同月、仏教学者・河口慧海が将来したインド・チベット・ネパール物産展が東京美術学校で開かれた。翌五年六月には、十日にタゴールが来日し、講演を行い、日本美術院で、十一、二日にインド画展が開かれ、複数の雑誌でタゴールが取り上げられた。翌六年九月十～三十日の第四回院展には、荒井寛方の「仏誕」が出品された。

しかし、谷崎がインドや中国の江南など、南国に心を惹かれた背景としては、ボードレールが二十歳の時、アフリカ東部のモーリシャス島に旅をし、それが霊感源の一つとなった事実を『ボードレール評伝』で知った事の方が、恐らく大きかったであろう。『ボードレール評伝』を読んで半年後、南京の貴公子が南洋を経て地中海に向かう『人魚の嘆き』と、《南洋や南米の植民地であつたやうな、或は支那か印度辺の船着場であつたやうな気もする》町を舞台とする『魔術師』を発表したのが、谷崎の南洋志向の最初の現われであることも、その証拠となろう。

ただし、さらに広い視野に立つなら、ボードレールも谷崎も、十九世紀西洋の芸術家たちを捉えた南国へのエキゾティシズムの例として分類できよう。

(11) この訳の初出は大正五年五月「文明」、大正七年四月『昨日の花』所収。谷崎は後にこの引用を削除した。『西湖の月』は、或いは、この詩に触発された作か。ただし、これは上田敏の『海潮音』にも一部省略した形で訳載されている。また、「文明」同号に掲載されたサマン作・堀口大学訳の「われ夢む…」も『西湖の月』と関連するか。また、サマン作・堀口大学訳の「クレオパトラ」（初出「文明」大正五・十二）と『金と銀』のマータンギーの閨の幻想とは関連する可能性がある。

(12) この作品は、ボードレールの散文詩「寡婦」「老香具師」などから影響を受けた可能性がある。

(13) 西洋では、イマジストのエミイ・ローウェルの詩を『本牧夜話』（大正十一）でいち早く引用するなど、最新の動向にも注意を払っていたようである。

また、谷崎が作中で、小説家を含む文学者のことを、ドイツ語の Dichter の意味で《詩人》と呼んだ例が、大正三年九月の『饒太郎』から大正十二年一月の『アヱ・マリア』まで、幾つも見出される。これは、谷崎が西洋の詩に特に重きを置いていた時期と、概ね重なっていると見て良いだろう。

谷崎は、漢詩文に対しては、一中時代から常に深い関心を払っていたが、大正七年秋の中国旅行を切っ掛けに、『西湖の月』『鮫人』『蘇東坡』『鶴唳』など、八年から十年にかけて、漢詩を引用したり、漢詩人に言及することがやや増加する。しかし、『支那趣味と云ふこと』に言うように、谷崎は漢詩の世界が《創作的熱情を麻痺させる》事を恐れていたせいもあって、本質的な変化とはならなかったし、大きな成果にも結び付かなかった。むしろ、日本回帰後の『武州公秘話』の漢文の序や、『蘆刈』『春琴抄』『少将滋幹の母』や『瘋癲老人日記』における漢詩文の使い方に、技巧の冴えが見られる。

なお、小説中に詩歌・歌謡を頻繁に引用する事は、谷崎の際だった特徴の一つで、近代では他に、泉鏡花・幸田露伴などの例がある位のものであろう。

(14) 永井荷風も、例えば明治四十一年二月二十日の西村渚山宛書簡（『断腸亭尺牘』其十三）で、《文章詩句をある程度まで音楽と一致させたい（中略）即ヴェルレーヌやマラルメの詩のやうにしたい》と述べているが、谷崎への影響については不明である。

(15) 永遠性を絵で表わす事は、ワイルドの『ドリアン・グレイの肖像』から学んだものと思われる。

(16) 谷崎は、戦後の『ラヂオ漫談』（昭和二十八）で、バッハ・ヘンデル等、キリスト教の宗教音楽が大廈高楼であるのに比べて、仏教音楽は貧弱極まりなく、それが《現代のわれ〳〵に仏教が魅力を喪失するに至つた要因の一つ》ではないかと述べている。谷崎の宗教音楽への愛着の深さが良く分かる一文である。

(17) 長田幹彦の「谷崎潤一郎論」（「中央公論」大正五・四）・「京都時代の谷崎君」（「中央公論」昭和八・八）、後藤末雄『句集柳絮』所載・後藤芳子の「偲ぶ草」、「文章倶楽部」（大正六・十二）の「文壇風聞記」による。谷崎自身、『私の見た大阪及び大阪人』で《元来私は若い時分から声自慢で、聞き覚えの端唄や長唄を呻つては相当お座敷で持てた方だ》と言っている。『幇間』の三平、『盲目物語』の弥市、『春琴抄』の佐助、『聞書抄』の順慶などを、音曲を好み、得意とする人物に設定しているのは、こうした谷崎の音楽好きの反映である。

(18) 松子の「谷崎の趣味」（『谷崎潤一郎文庫』月報7）による。

(19) 『佐藤春夫に与へて過去半生を語る書』で、千代子を悲しい音楽に喩えている事もこの事と関連するが、「躁鬱気質と谷崎潤一郎」（八）「躁的防衛と喪の作業」（本書P298～）で詳しく取り上げているので、そちらを参照されたい。

(20)「『乱菊物語』論」（本書P871～）で、高野辰之『日本歌謡史』などを谷崎が利用したことを紹介して置いた。
(21) 謡曲への関心を示した早い事例としては、『無明と愛染』で「黒塚」、『一と房の髪』で「石橋」を引いたケースがある。また、謡曲「合浦」は、漁夫の釣り上げた鮫人を里人が買い取って逃がしてやると、鮫人が感謝して里人に息災延命の宝珠を与えて海に帰るという話で、『人魚の嘆き』『鮫人』に影響した可能性がある。
(22) 平凡社『世界百科大事典』飯島吉晴氏執筆「雨」の項に、《忌月である五月に降る長雨の期間は、『万葉集』などでは「あまつつみ」と言われ、田植前の物忌を意味した。折口信夫によれば、この期間は田の神が来ているので、普通の男女は会ってはならぬとされ、後に「ながめ」は男女関係を絶って非常に憂鬱な気分で暮らさねばならぬことを言うようになった》とある。
(23) 吉井勇に『水荘記』以下の歌物語の試みがあるが、関連は不明である。
(24) 松子『倚松庵の夢』の「細雪余談」に八句紹介されており、『A夫人の手紙』の句と一部共通する。
(25) 拙稿「谷崎潤一郎関連資料・松阪青渓著『菊原撿校生ひ立の記』紹介」（『甲南国文』平成九・三）も参照されたい。
(26) 谷崎の実体験の中に、「福ちゃん」のモデルが実在した事は、『都市情景』から分かる。『饒太郎』に「お芳（よっ）ちゃん」として出るのも、モデルは同一人物であろう。
(27)『独探』以来の考え方である。永井荷風の「音楽雑談」に同様の考えが述べられているが、谷崎への影響については不明である。
(28) ただし、これは事の順序であって、日本回帰の根本的な原因は、こうした外的な出会いではなく、それを切っ掛けとして変わることを可能にしていた谷崎の内的な変化にこそ求めるべきである。この点については、「谷崎潤一郎・変貌の論理」（本書P363～）を参照されたい。
(29) 松子の「秋声の賦」（『倚松庵の夢』）による。歌は、『谷崎潤一郎家集』に、昭和三十八年の作として収録されている。
(30)『蘆刈』自筆原稿複製本（中央公論社　昭和五十九）に添えられた松子の文章によれば、『蘆刈』執筆に先立って、谷崎が松子に生い立ちを書くように言ったので、松子は朝子と自分が六歳の六月六日から琴を検校に出稽古して貰っていたこと、十年ほどして奥許しを受ける事になり、下げ髪に裲襠を着て、検校も普通りの装束で、古式豊かな舞台で奥組を一曲弾じた事などを話した、と言う。ただし、『夢の浮橋』の場合は、松子よりむしろ重子をイメージしたと、私は考える。この点については、「谷崎潤一郎とエディプス・コンプレックス」（二）⑥「戦後」（本書P249～）を参照されたい。

【付記】　本章は、『詩う作家たち』（至文堂　平成九・四）に発表したものに、今回、加筆したものである。

第二章　谷崎潤一郎と戦争

――芸術的抵抗の神話――

谷崎潤一郎は、第二次大戦中、国家権力による弾圧を受けながら、『細雪』を書き続けた為、谷崎は《戦争と戦争政治にたいする不同意をこの作品に託したので、作者の非協力と逃避の文字のうらにこそ、言外の抵抗がつらぬかれていたのであろう》（黒田秀俊『知識人・言論弾圧の記録』白石書店　昭和五十二）などと評されるようになった。が、果して谷崎は、本当に反戦と芸術的抵抗を貫いた作家なのであろうか。日本の敗戦からちょうど五十年の節目を迎えるこの機会に、谷崎の戦争観を再検討し、併せて『細雪』の意味についても問い直して見たい。

（一）日清日露戦争から日中戦争まで

谷崎が最初に経験した戦争は、数え年九歳の時の日清戦争である。『幼少時代』（昭和三十〜三十一）によると、幼い谷崎には戦争の理由はよく呑み込めなかった。しかし、『老いのくりこと』（昭和三十）によれば、中国人を「チャンチャン」又は「チャンチャン坊主」と蔑称した事は、彼も例外ではなかった。

谷崎少年は以前から武者絵が好きで、よく学校の休憩時間に石盤に描いていたが、《日清戦争になつてからは、専ら戦争画に興味を感じて、軍艦の種類や、軍服の階級別等に注意を払ひ、それらを細かく画き分けるのが楽しみであつた》（『幼少時代』）と言う。そして、毎日の様に絵双紙屋の店の前に立って、三枚続きの戦争の錦絵に眼を輝かして見惚れていた。中でも《成歓の役に勇名を馳せた喇叭卒白神源次郎の戦死の図、原田重吉の玄武門の門破り》等々は、『幼少時代』執筆当時、七十歳前後の谷崎の記憶にも残っていた程である。谷崎は、絵双紙屋の《店先で図柄を覚え込んで来ては、熱心にその真似をして描いた》と言う。『春風秋雨録』（明治三十六）では、《われ幼きより、最も嫌ひしは軍人にて（中略）たとへ名声を世界にふるひ、功名を天下にたつとも、他人の生命を奪ひ、刃をふるひて血を流すは、これをしも人の道にかなへりとやいはむ》と述べた谷崎だが、自分がなるのでない限りは、必ずしも常に軍人を嫌った訳ではなかったらしい。

明治三十一年には、阪本小学校の回覧雑誌「学生倶楽部」に、黄海海戦での日本の勝利などを描いた『学生の夢』の他、『楠公論』『桜井駅』を寄稿し、一中入学後も、三十四年の「学友会雑誌」に漢詩『護良王』、三十五年には藤田東湖の「和文天祥正気歌」を引用した『道徳的観念と美的観念』や『小島高徳（ママ）桜樹に題する図に』と題した歌を載せるなど、忠君愛国の傾向も既に現われていた。また、三十六年の『無題録』で、《吾人の愛する所は雄偉の筆を以て物したる悲痛なる文字なりとす。》として、Thomas Campbell の "The Downfall of Poland" を引いているのは、民族主義への共感という点で注目される。

日露戦争開戦時には、谷崎は数え年十九歳、中学四年になっていたが、『シンガポール陥落に際して』（昭和十七）によると、《毎朝日比谷の第一中学校へ通ふ途中、当時銀座尾張町の四つ角にあつた某新聞社の楼上高く掲示される号外の記事を読んでは血を沸き立たした》。分けても国交断絶後の最初の海戦でロシア軍艦二隻撃滅の報を読んだ時、それから奉天の会戦、日本海々戦の時の《国民的感激》は、昭和十七年になっても忘れられないと述べている。また、『直木君の歴史小説について』（昭和八〜九）でも、《嘗て日露戦争の時、「此の日天気晴朗なれども浪高し」「殆んど舷々相摩せんとするが如くに」と云ふやうな海軍公報の文章が有名になつたことがあつたが、われ〳〵日本人はあゝ云ふ豪壮な戦争の記述を読むと、いつでも血湧き、肉躍るのである。》と述べている。

明治三十七年十二月の「学友会雑誌」に載った谷崎の『春期撃剣部小会記事』には、《撃剣は是れ実に我大和民族の固有せる武術、須く世界に向つて誇称すべき也。況んや目下の時局に際し、彼の広瀬中佐によつて本邦の武術の真価の世界に発揮せられたる今日に於てをや。》とある。しかし、谷崎の日露戦争観を最もよく伝えているのは、同じ時に「学友会雑誌」に載った新体詩『起てよ、亜細亜』であろう。

> 聴け、悪虐の罪の声、黒竜江の血の流れ、実に大神も怒ります、権威に誇る白人が、／かよわき民の血をすゝり毒の剣を振ふ時、欧亜の土を撼し、成吉思汗の霊いかん。』（中略）黄金の財(たから)殖やすには賢(さか)しき支那の商人(あきうど)よ／汝利欲の念をすてゝ、こゝに社稷を顧みよ／威海衛上ひるがへる旗のしるしを如何にみる／膠州湾辺たゞよへる艦(ふね)を何国(いづこ)のものと観る。（中略）見よや日出づる東の方光充満(みち)たる大八洲国(おおやしまぐに)／高天原におはします神の仰をかしこみて／亜細亜の救世主(ぐせしゅ)、神の御子(みこ)すめら大君太刀とりて／文明の仇、世界の敵、蛮露を討てと起ちたまふ。／兵馬堂々海をこえて再おこる神の軍（中略）あゝ勇しき扶桑国の日本男児の様にならひて／一人も余さず皆奮ひ起て亜細亜の蒼生八億余万。』

帝国主義的な悪しき白人、個人主義的で国家を顧みない中国人、アジアの救世主・日本――素朴な正義感と英雄崇拝に裏付けられたこの図式が、谷崎の脳裏に意外に深く刻み込まれていた事を、我々は後に確認する事になるだろう。

その後、明治三十八年二月「学友会雑誌」に載せた新体詩『たゝかひ』では、《彼の東欧の天地より世を憤る声たかく大獅子吼するトルストイ》と当時日本でも話題になったトルストイの非戦論に言及しているが、続けて《されどそは唯仇なりき人類智識味うして高き教を仰ぎ得ず／黙せよ聖(ひじり)道を説く／（中略）／まことや全智全能の神のすべます世の中は／人と人とのかりそめの小き罪の「たゝかひ」を容るゝに余る弘さあり》と、非戦論は高尚すぎると否定している。

作家デビュー後の谷崎は、間もなく西洋の文学と文明に心酔するようになった為、彼の文章に反西洋的な言辞が姿を現わす事は、長らくなかった。第一次大戦時には、非難・賛美、いずれの反応も示していない。その谷崎が日本回帰し、反西洋的になって行くのは、もとより彼の内的必然性に関西移住などの外的偶然が加わった結果であるが、その外的要因の一つには、大正十三年五月にアメリカで成立した排日移民法案もあったように思われる。(注1)

この排日移民法案に対しては、既に四月二十一日に、東京の十五の新聞社が、共同宣言を発表して反対し、五月十八日には、上野公園で、反対のための対米問題国民大会が開かれた。六月七日の「東京日日新聞」には、《米国の排日に奮起》して、内村鑑三・植村正久・小崎弘道が手を握り、アメリカからの資金援助を拒絶し、《純日本的キリスト教を創建》するという記事が大きく出た。そしてその夜、帝国ホテル内のダンス・ホールに壮士が乱入し、「在留米国宣教師の撤退、亡国淫風の舞踏の絶滅、米国製映画に対するボイコット、日米条約破棄」を要求するビラを撒いた。翌八日朝の新聞各紙は、この事件を「快挙」と報じた。そしてこの日、東京市内の映画館代表は、排日移民法が施行される七月一日から、米国映画上映を見合わせることを決議した。世論は激昂し、対米開戦論さえ唱えられていた。そうした中、谷崎の『痴人の愛』は、六月十四日を以て、「大阪朝日新聞」への連載を突如打ち切られた。ちょうど、連載は第十六章の途中で、アメリカかぶれの譲治とナオミが、ダンス・ホールに出入りした後、鎌倉に引っ越し、ナオミの性的ふしだらが譲治の目にもさらけ出された辺りだった。後年、谷崎は、対談「谷崎文学の底流」（「中央公論」昭和三十三・一）の中で、連載中止の原因を問われて、「「朝日新聞」が、理由を言わないんですけど、大体わかっていますよ。ちょうど今と同じように、アンチ・アメリカの気風が非常に盛んで、それで新聞社が困ったんでやめさしたんだと思います」と答えている。

谷崎は、排日移民法では、言わばとばっちりを食った側だった。しかし、だからと言って、谷崎が国民的な反米感情から影響を受けなかったとは断言できない。

谷崎は、大正九年十二月の『其の歓びを感謝せざるを得ない』では、チャップリンの喜劇からは《若々しい元気と活力とに充ち溢れた亜米利加の国民性》が分り、壮快な気分になると述べ、大正十二年一月の『アヹ・マリア』では、《日本人は日本の国の中でだけしきや暮せないのだ、亜米利加へ行つても支那へ行つても嫌はれるのだ》と、中国とアメリカの排日運動に触れつつも、アメリカ映画に関して、《あれらの眼の眩むやうな絢爛なフイルムは》、アメリカの《富の力が作り出す偉大な夢だ。》と賞賛していた。それが、大正十三年七月に排日移民法が施行された翌月の『洋食の話』では、洋食は不味く、英米人の洋食のテーブル・マナーは特にうるさ過ぎると批判し、同年十一月の『映画化された「本牧夜話」』では、日米両国の映画の悪口を言った挙句に、《亜米利加物は日本物より優れてゐるし、見た眼が面白いことは事実であるが、標準を高くして云へば傑作と云ふものは案外少い。だから其奴を無批判で受け入れ、それにかぶれるのは宜しくない。日本には日本で芸術の伝統があるのだから、映画に於いても寧ろその方を開拓すべきだ》と述べている。翌大正十四年十一月の『西洋と日本の舞踊』では、《盲目的な西洋芸術崇拝の弊》を言い、アメリカのデニ・ショウン一座など寄席芸に過ぎないとして、石井漠兄妹の舞踊を絶賛する。また、大正十五年二月の『一と房の髪』では、第一次大戦後、《亜米利加人と英吉利人が外の外人を追ひ払つて、東洋の商権を独占するやうになつてから（中略）彼等は同じ西洋人でも、アングロサクソン人種でなければ、自分等の仲間でないどころか、野蛮人であるかのやうに扱ふ》と、作中人物が、その《狭量な、不愉快な気風》を非難する。大正十五年十一月の『栗原トーマス君のこと』では、《とかくアメリカ帰りと云ふと、粗野な英語を喋るばかりで教育のない人が多いものだが》と言い、これは『細雪』中巻（三）（十八）（二十五）の板倉の評価でも繰り返される。さらに後年の『懶惰の説』（昭和五）では、《清潔と整頓とを文化の第一条件とする》《アメリカ人は鼻の穴から臀の穴まで、舐めてもい、やうにキレイに掃除をし、垂れる糞までが麝香のやうな匂を放つやうにしなければ、真の文明人ではないと云ひだすかも知れない。》などと揶揄している。『恋愛及び色情』（昭和六）でも、《クララ・ボウの》《イット》は《凡そ色気とは最も縁遠い》とし、《西洋の婦人の肉体は（中略）近く寄ると、肌理が粗く、うぶ毛がぼうぼうと生えてゐたりして、案外お座が覚める》と言い、《今日のやうなアメリカ式露出狂時代、――レヴユウが流行して女の裸体が一向珍しくも何ともない時代》に疑問を呈している。

谷崎がレニングラードの出版社プリボイに宛てた昭和四年頃の書簡で、『痴人の愛』はアメリカかぶれ批判だと説明しているのも、こうした反米感情を執筆当時に遡って投影した結果であろう。(注2)

右に挙げたものは、主に文化面についての非難であったが、『上海交遊記』（大正十五）になると、大分きな臭いものになって来る。

大正十五年一月、上海を訪れた谷崎は、田漢及び郭沫若から次の様な訴えを聞かされる。

われ〳〵の国の古い文化は、目下西洋の文化のために次第に駆逐されつゝある。（中略）外国の資本が流入して来て、うまい汁はみんな彼等に吸はれてしまふ。（中略）上海は殷賑な都会だとは云へ、そこの富力と実権とを握つてゐる者は外国人だ。

それに対して谷崎は、《外国の資本と云つても主に亜米利加と英吉利の金で、此れも世界中を席巻してゐる。》《日本にしたつてアングロサクソンの金力に支配されてゐるだらう。詰まり世界ぢゆうが、彼等にうまい汁を吸はれてゐる訳で、苦しんでゐるのは支那ばかりではないかも知れない。》と慰める。この様に、『上海交遊記』の谷崎は反英米的であり、同時に中国に対しては同情的であった。

谷崎は、大正十五年一月の『為介の話』で、《直隷派と反直隷派、張作霖と呉佩孚の関係》を主人公に解説させており、直隷派の背後に英米が、反直隷派の背後に日本があって、中国での権益を巡って鎬を削っていた事実も、恐らくは知っていたであろう。しかし、谷崎は、英米の帝国主義は批判しても、日本がアジアに対して行なう侵略・搾取は、正当ないしは必要やむを得ざる事と見なしていたらしい。そしてその事が、親中国的であった谷崎に、満州事変以降の日本の侵略戦争を肯定させる事になるのである。

谷崎はこの後、西洋的なものを低く評価し、日本的なものを称揚する態度を徐々に強めて行く(注3)。

例えば『上海見聞録』（大正十五）には、《自分の国の長所を捨て西洋の真似ばかりしようとする点（中略）今の日本は支那を笑へた義理でもなからう》という一節がある。『饒舌録』（昭和二）では、西洋文明の長所をいろいろと指摘しつつも、《東洋は東洋だけの文化を発達させせなければ、東洋人は生きて行かれないと云ふ気持を、近頃特に痛切に感じる》と言い、西洋の文脈が入って来る事によって、《現在の日本文は非常に煩はしい醜いものになつた。》と書いているし(注4)、『蓼喰ふ蟲』（その九）でも《昔の人は文法なんかは考へない》、『現代口語文の欠点について』（昭和四）でも、学校文法に関して、《明治年間は何事につけても西洋文物の模倣時代であつたから、文法迄が英語や仏語の直訳に終つたのは是非もないけれども、私たちの習つたやうな文法が今も教へられてゐるのだとしたら、全く有害にして無益なものである。（中略）もう今日は独創的な国文法がおこなはれてゐてもい丶頃である。》《国語の伝統的精神を発揚することは、東洋思想を尊重することである。徒らに左傾思想の取り締まりをするよりは、此の方がずつと有効ではないか。》などと述べている。

『文章読本』（昭和九）の「二　文章の上達法」「○文法に囚はれないこと」は、こうした考えの延長線上に書かれたもので、ここ迄は正論として置いても良いだろう。しかし、その「一　文章とは何か」「○西洋の文章と日本の文章」では、日本語の語彙が乏しいのは寡黙な国民性によるとして、次の様な例を挙げている。

> 我等日本人は戦争には強いが、いつも外交の談判になると、訥弁のために引けを取ります。国際連盟の会議でも、しば〳〵日本の外交官は支那の外交官に云ひまくられる。われ〳〵の方に正当な理由が十二分にありながら、各国の代表は支那人の弁舌に迷はされて、彼の方へ同情する。

昭和六年九月の満州事変・昭和七年三月の満州国建国・昭和八年三月の国際連盟脱退という一連の事件について、谷崎が日本の正当性を信じ切っていた事が良く判る。

また、同じ項の最後の所で、《西洋から輸入された科学、哲学、法律等の、学問に関する記述》が《日本語の文章では、どうしても巧く行き届きかねる》こと、一流雑誌に載る学者の論文が、《体裁は日本文》だが《外国文の化け物》で、《悪文の標本》であることを指摘し、《自分の国の国語を以て発表するのに不向きなやうな学問は、結局借り物の学問であつて》《早晩われ〳〵はわれ〳〵自身の国民性や歴史にかなふ文化の様式を創造すべきで》あること、《われ〳〵は今日迄に、泰西のあらゆる思想、技術、学問等を一と通り吸収し、消化し》《時代は最早我等が文化の先頭に立つて独創力を働かすべき機運に達してゐる》。《今後は徒らに彼等の模倣をせず、彼等から学び得たことを、何とかして東洋の伝統的精神に融合させつゝ、新しい道を切り開かねばなりますまい。》と説いている。これは正論と言えば正論だが、国粋主義的で危険な臭いも漂い始めている。

さらに、『職業として見た文学について』（昭和十）になると、《われ〳〵の国語は外国語に翻訳するのが困難であるから、世界の読者を顧客に持つことはむづかしいとは云ふものゝ、我が帝国の隆盛と、殖民地若しくは保護国の繁栄とを思ふ時、日本文化の光被する範囲もだん〳〵広くなりつゝある。斯く考へて来れば、小説家稼業は今後大いに発展の余地があり、我が国運の消長と運命を共にするものと云》えると、領土拡張主義的な発言が飛び出すまでになる。《我が帝国》といった言い方も、以前の谷崎には、殆ど見られなかったものである。

谷崎は、満州事変以後の国粋主義的な動きもむしろ歓迎していたらしく、昭和七年にファシズム宣言をした直木三十五に対しても好意的だった。『直木君の歴史小説について』（昭和八～九）では、《最近、フアッシズムの擡頭と共に国粋主義を口にする者が漸く多く、国文学の古典を再び新しい眼で見直さうとする傾向が見え出して、若い作家たちも以前のやうに歴史に冷淡でになくなつて来たらしく、もはや直木君の慨歎する程ではないかも知れない》と述べている。思えば谷崎は、『饒舌録』で既に、《立憲政治とか代議政体とか云ふやうなもの》が《果して日本の国民性に合致した政体であるかどうか》と疑問を投げ掛けていたのである。（注5）

昭和十年八月の『旅のいろ〳〵』では、東海道線のスティームが暑すぎる事に文句を付けるのに、《西洋人は馬鹿々々しく暑い室内で事務を取つたり談笑したりしてゐるのに毎々驚かされるのであるが、事に依ると日本の鉄道省には、日本人よりも西洋人に迎合しようとした明治時代の植民地根性が、未だに残存してゐるのでもあらうか。》と、八つ当たり気味に西洋への敵意を見せている。

昭和十一年一月の『翻訳小説二つ三つ』には、《近頃誰も口にすることだが、「現代日本文壇のレベルは、欧米のそれに比べて何等遜色あるものでない」》、《東洋に位する諸国の中ではひとり文運の盛んなることを誇つてゐる日本人》などと書いている。

『初昔』には、昭和十一年十月、五・一五事件に連座して服役中の愛郷塾主・橘孝三郎が、危篤の母に最後の別れに行き、《お前がお国のために尽してゐるなら何を云ふことがありませう》と言われたという記事を見て、貰い泣きをしそうになった事が出ているが、谷崎は橘の農本主義的ファシズム思想にも同情的だった可能性がある。『東京をおもふ』（昭和九）の最後で谷崎は、《われ〳〵の国の固有の伝統と文明とは、東京よりも却つて諸君の郷土に於いて発見される。（中略）東京は西洋人に見せるための玄関であつて、我が帝国を今日あらしめた偉大な力は、諸君の郷土に存するのだ。》と読者に呼び掛けているからである。こうした郷土主義的な考え方は、『友田と松永の話』（大正十五）あたりから表面化し、『蓼喰ふ蟲』（昭和三〜四）や『吉野葛』（昭和六）は、その流れの中で産み出されたものだった。

この時期にはまた、少年時代以来の天皇崇拝の傾向が、作品の中にまで顔を覗かせ始め、『乱菊物語』（昭和五）『吉野葛』(注6)では後南朝の史実を取り上げ、『蘆刈』（昭和七）では後鳥羽院を追慕している。谷崎の助手をしていた江田治江は、昭和五年八月末の或る夜、谷崎が書斎の灯りを消して月の光を浴びながら、菅原道真さながらに紫の衣を両手に捧げ持って、皇居を遥拝しているのを目撃した。谷崎は宮仕えをしていた伯母が拝領したこの紫衣を貰い受け、大切にしていたし、皇居について語る時には、「瑞雲棚引く千代田城の目出度さは申すも畏れ多いことながら」といった調子だったと言う（高木治江『谷崎家の思い出』）。『細雪』にも、《勿体なくも天子様のお膝元へ移住すると云ふのに》（上巻（二十一））とか、《瑞雲棚引く千代田城のめでたさは申すも畏いこと、して》（中巻（十四））などの表現が使われたり、シュトルツ父子と雪子と悦子が二重橋で最敬礼する場面（中巻（十四））が出て来たりする。(注7)

この頃の谷崎はまた、軍艦にも関心を示していて、確認できるものだけでも昭和五年十月、十一年十月の二度、観艦式を見に行き、昭和十一年の時には、軍艦に乗船させて貰った事を、十月三十一日付けの佐藤豊太郎宛書簡で報告している。

『乱菊物語』から『吉野葛』『盲目物語』『武州公秘話』『顔世』『聞書抄』と、谷崎が乱世の武将を好んで取り上げるようになるのも昭和五年から十年に掛けての事、戦国の武将・谷崎忠右衛門に谷崎家のルーツを求めた『私の姓のこと』も、昭和四年の文章である。

（二）日中戦争から太平洋戦争へ

それでは、昭和十二年七月七日から始まった日中戦争に対する谷崎の反応はどうか。『谷崎潤一郎家集』（昭和五十二）には、《南京陥落の日》と題した歌《南京の城おちゐると聞きながら宇治十帖をひもときてありぬ》と、《昭和十三年元旦》と題した歌《みいくさは南に北に勝つといふつちのえ寅の春を迎ふる》が収められている。そして昭和十二年十二月二十四日付け松子宛書簡には、小学生の娘・恵美子が学校へ提出する書初めの文句について、《時節柄「帝国万歳」などはいかゞでムいます。》と書き送っている。日中戦争を日本の侵略戦争とする考えなどは、微塵もなかったのである。

この当時、谷崎は『源氏物語』現代語訳に従事していて、その下訳が完成に近付いていたが、中央公論社の意見により、その出版は時局平定まで見合わせる事になった。谷崎は昭和十二年十二月十八日付け土屋計左右宛書簡の中で、その事に触れた上で、《尤も東洋文化発揚の意義が認められて来た時勢ですから、戦争さへ済めば前より一層有望と云ふ訳です》と付け加えている。

同様の考えは、昭和十四年一月に刊行された『潤一郎訳源氏物語』巻一序の、次の様な一節にも窺われる。

> 顧れば、足かけ四年前に私が筆を執り始めた頃とは、社会の状勢が著しく変り、今や我が国は上下協力して東亜再建の事業に邁進しつゝある。かう云ふ時代に、われ〳〵が敢て世界に誇るに足ると信ずるところの、われ〳〵の偉大なる古典文学の結晶を改めて現代に紹介することになつたのも、何かの機縁であるかも知れない。（注8）

国粋主義歓迎は、この頃の谷崎の一貫した態度なのである。

昭和十三年四月、モルガンお雪の帰国が新聞紙上を賑わすが、その際、谷崎は喜びの余り涙が止まらなかった事を『初昔』で回想した後、次の様に続けている。

蓋しあの当時はさつきも云ふ通り支那事変の第二年目で、国民の間に「真に日本的なるもの」を探求し愛慕する念が眼覚めつゝあり、一方反英米思想が熾烈ならんとしてゐた時代であつたから、一旦は降るアメリカに袖を濡らしたお雪が、翻然と日本人に復つて、少からぬ動産不動産の損害をも顧みず故国の懐へ飛び込んで来た行動には、大いに国民的共鳴を喚び起すものがあつた訳なので、さればこそ新聞があんなに持て囃したのでもあらう。とすると、あながち私一人が感動したのではなかつたかも知れない　　　　（「文芸春秋」昭和十七・七）

かつてアメリカを代表するモルガン財閥の御曹子に落籍されたお雪の帰国に、反米感情を刺激されたのは、谷崎も同じだった。幕末の横浜岩亀楼の遊女・喜遊が、金づくでアメリカ人の妾にされそうになった時、「露をだにいとふ大和の女郎花(をみなへし)降るあめりかに袖は濡らさじ」という歌を残して自殺したという伝説を踏まえているのも、その為である。だから右の引用部分は、『初昔』が戦後初めて活字になって、新書版全集二十三巻（昭和三十三）に収録された際に削除され、現在の全集でもその儘にされているのである。

翌昭和十四年一月、谷崎は雑誌「大大阪」「皇軍に捧ぐ感謝と慰問特輯号」に、『大阪人の「声」について』を寄せている。これは『私の見た大阪及び大阪人』の一節の再録に過ぎないが、谷崎潤一郎自筆の題と署名があり、協力の意志は明らかである。

昭和十五年の三月には、『純粋に「日本的」な「鏡花世界」』で、泉鏡花《先生こそは、われ〳〵の国土が生んだ、最もすぐれた、最も郷土的な、わが日本からでなければ出る筈のない特色を持つた作家として、世界に向つて誇つてもよいのではあるまいか。》と説く。

昭和十六年一月には、今春聴（東光）の『易学史』に序文を寄せて、《今は総べての東洋の古典が新しく見直されようとしてゐるのであるから、此の書は（中略）世間一般に取つても頗る時機を得た、有意義な出版であると云へる。》と述べている。もっとも、こうした序文には、出版の意義を大袈裟に言っておかないと用紙の確保が難しかった当時の出版事情による面もあり、幾分かは割引いて考えねばならない。

昭和十六年四月十一日には、京都帝大で開催された東亜文化協議会文学部会に参加し、周作人と語り合っている。東亜文化協議会は、昭和十三年八月、日本の傀儡政権だった王克敏の中華民国臨時政府と日本政府が、日中文化提携の中心機関として設置したものである。

同年十二月八日、遂に太平洋戦争の火蓋が切って落とされた。谷崎はこの日の朝、鮎子の産んだ初孫の顔を見に病院に行こうとしていて開戦の知らせを聞き、《ちよつと偕楽園に寄り、それから直ちに九段のK病院に行つて、初めて初孫の顔を見たので、昭和十六年十二月八日と云ふ日は、二重の意味で私には忘れられない日になつた》と、現行全集所収の『初昔』にはある。しかし、ここにも先の例と同様、新書版全集以来の削除があり、初出（「文芸春秋」昭和十七・九）では、《偕楽園へ寄つて、偕楽園主人の居間で待つてゐる間に、図らずも宣戦の詔勅の渙発を拝承し、それに関する東条首相の謹話を聞いた。座には久保田万太郎君や此の家の主人や故芥川龍之介の恩師であるところの前の東京府立第三中学校々長八田氏がをられた。私は支那料理の折包と共に異常な興奮を胸に抱いて九段のK病院に行き、初めて初孫の顔を見たので、昭和十六年十二月八日と云ふ日は、二重の意味で私には忘れられないめでたい日になつた。》（傍線・細江）となっていた。谷崎はこの感激を歌に詠み、十二月十四日付けで鮎子に宛てた葉書（生誕一〇〇年記念「谷崎潤一郎・人と文学」展図録所収）に、《たゝかひを宣らせ給へる詔下りし今日ぞ初孫を見る》《偉いなる時に生れてそだち行く子のおひ先よ光りかゞよふ》と書き送った。また十二月二十日付けで小島政二郎に宛てた書簡では、鮎子の出産に関連して、《まことに本年は源氏翻訳完成に重ねて此のよろこびあり外には皇軍赫々の捷報あり内外共に多事にて愈ゝ小生に取りては忘るべからざる年と相成申候》と述べている。

こうした感激と興奮をその儘に伝えてくれるのが、『シンガポール陥落に際して』である。これは、《無敵皇軍がシンガポールを陥れたと云ふ快報を耳にして》の所感を述べたもので、この様な《国民的感激》は、普通、一生に一度あるかないかであるのに、自分は日清・日露戦争に続いて、《畏くも昨年十二月八日宣戦の大詔を拝して以来、布哇及びマレー沖の海戦に於いて、香港及びマニラの占領に於いて、更に〳〵これを経験し、今又シンガポールの陥落を聞いてこれを経験するのである》と言い、《我が日本帝国が東洋の天地に打ち立てた赫々たる偉業の跡を振り返つて見ると、蕞爾たる東海の島帝国が一度起つて老大清国を膺懲してから、遂に今回の挙を以て、香港、フイリツピン、マレー方面よりアングロサクソン人の勢力を駆逐するに至る迄、皇軍の征くところは常に公明正大であつて、欧州人の侵略史に見るが如き不正残虐の事蹟を留めないのは、真に聖戦の名に負かずと云つてよい。》とし、倭冠や豊臣秀吉・真如法親王の先例を挙げて、《我が国に依る大東亜の解放と云ふことは決して偶然でない》とする。そして《衷心より帝国の万歳を叫び》、《御稜威の下、斯くの如き輝かしい戦果を齎した皇軍の労苦に満腔の謝意を表し、貴い犠牲となつた幾多の英霊に敬弔の誠を捧げる》。そして、最後に《将来の日本人たる者は、大東亜の文化を指導し福利を増進する使命が自分達の双肩にかゝつてゐることを覚悟》すべきである、と結んでいる。

この文章は、昭和十七年二月十五日、シンガポールのイギリス軍降伏を受けて、早くもその翌十六日の夜八時から、JOAKで和田アナウンサーによって朗読放送され、「文芸」三月号に掲載された。進んで書かれたものである事は疑いの余地がない。《皇軍の征くところは常に公明正大であ》るという信念は、『起てよ、亜細亜』以来、全く揺らい

でいない。ましてや反戦などという考えは、谷崎の頭に浮かぶべくもなかった。(注9)

昭和十七年六月、日本文学報国会が設立されると、谷崎も小説部会の名誉会員として参加する。

翌七月、斎藤清二郎の『文楽首の研究』の序を執筆。その中で谷崎は、《今の時局にかう云ふ研究的にして美術的な書籍の出版を見たことは（中略）此の未曾有の大戦に際しても一日として国粋文化の研鑽と発揚とを怠らざるわれ〳〵日本国民の、不撓不屈の精神を語るものであると云へよう。》と述べている。

同年十月一日、反高林で近くに住んでいた黒瀬隆志氏が入営する事になった。谷崎はその日、隣組の人達と一緒に日の丸の旗を振って、住吉神社か三宮まで見送った。出征兵士に対しては、いつも同じ様にして熱心に見送っていたと黒瀬氏は証言する。(注10)

同年十一月十日、東京で開かれた大東亜文学者大会出席の一行を大阪に迎えて、同大会閉会式を兼ねる大東亜文学者大講演会が、日本文学報国会・朝日新聞社共同主催で、午後一時より大阪中之島中央公会堂で開かれた。翌日の「東京朝日新聞」（三）面記事には、この時、《最後に日本文学報国会谷崎潤一郎氏が示唆に富む「所懐」を述べ、壇上、聴衆席ともに渾然たる〝戦ふ文学魂〟に融けあつて講演会を終つた》とある。また、谷崎の死に際して、昭和四十年八月六日「朝日新聞」「声」欄に掲載された西尾福三郎氏（自由業・63歳）の「谷崎潤一郎氏の思い出」によれば、《吉川英治氏が熱烈な語調だったに比し、谷崎さんは和服姿で、ゆう然として国策協力を説いていた。いかにも国文出身の作家らしい自然な態度だった。》という事である。

(三)『細雪』執筆中の谷崎

昭和十七年という年は、『細雪』の執筆が開始された年でもある。大谷晃一氏の『矢部良策と創元社　ある出版人の肖像』によれば、谷崎はこの年の二月頃、創元社の和田有司を反高林に呼んで、『細雪』の出版を打診した。しかし、執筆に五年かかると聞いて創元社は辞退し、結局、中央公論社が引き受けたと言う。「中央公論」への掲載が決まるのは、この年の秋(畑中繁雄「夢魔の一時期」新書版『谷崎潤一郎全集』月報19)、執筆開始もその頃である(座談会「細雪をめぐつて」(「文学界」昭和二十四・三)など)。『「細雪」回顧』(昭和二十三)などの回想によれば、何年何月にこういう事があったと年代記風に覚書にして、粗筋も終わりまで書いておき、大体は予定通りに書けたという事であるから、作品の本質は執筆開始時点で殆ど確定していたと言って良いだろう。だとすれば、『細雪』に日中戦争や太平洋戦争に対する批判が籠められる事は、あり得ない。

また、かつて中村真一郎氏は、戦争で《亡びつつある世界を、その昨日の完全な姿のままに再現したい衝動》が『細雪』を書かせたと論じ(「谷崎と『細雪』」「文芸」昭和二十五・五)、それ以後も同種の論が幾つかあった。が、少なくとも、予言者ならぬ谷崎に、日本の敗戦や、昭和十九年にB29が実戦配備されて、阪神間が空襲で焼野原となる事などが、この頃、予知できた筈はないのである。少なくとも、『細雪』の構想が固まった頃、昭和十七年の六月五～七日のミッドウェー海戦までは、日本軍は連戦連勝だった。

『細雪』には確かに失われ行くものへの愛惜があるが、そこで愛惜されているのは、散りやすい桜のような重子(雪子)と信子(妙子)の娘ざかりであり、また彼女たちと共に過ごす事の出来た時間そのものだった。しかしそれは、二人の結婚によって、『細雪』執筆以前に既に決定的に失われていたのである。『細雪』の末尾が、日米開戦などではなく、雪子と妙子の結婚であるのはその為である。また、それだからこそ、戦争の帰趨は定かでなくても、この時期に谷崎は、『細雪』の構想を完成し、執筆を始める事が出来たのである。

ところで、この年の六月から十一月まで、谷崎は『きのふけふ』(注11)を「文芸春秋」に連載するが、その中には、戦争に対するかなり踏み込んだ発言も含まれていた。だがその部分は、『きのふけふ』が戦後初めて活字になって『谷崎潤一郎随筆選集』第三巻（昭和二十六・七）に収録された際に削除され、現在の全集でも復元されていない。

例えば七月号掲載分には、郭沫若に関して次の様な記述があった。

私事と公事とを混同したり、感傷のために節義を曲げたりすることはよくないけれども、氏の如き東洋の古典に深い造詣のある文学者が、共産党の闘士となつたり、その共産党とも相容れない筈の重慶政権と手を握つてまで日本に楯を突いたりすると云ふのは、一時の物の間違ひであつて、何の日に(ママ)か氏がこれらの総べての過去を清算し、純東洋の詩人たる本来の境地に復る時があるやうな気がするのは、私一人の身勝手な期待であらうか。いや、これは全くのしろうと考へだけれども、その重慶政権にしてからが、近衛原則の確立と大東亜戦争の輝かしい発展を見た今日では、たゞ徒に意地で反抗してゐるだけで、何かのキツカケがあれば、蒋介石も豁然と大悟して昨日の非を悔いるどころか、嘗ての共産党に対する遣り口同様、忽ち矛を倒まにして、英米を向うに廻すのではないであらうか。東条首相の演説でも重慶を「弟」と呼びかけてゐるが、お互に兄弟の国であることが分つてゐながら喧嘩をして、狡猾なる第三者を利することぐらゐ馬鹿げた話はない。(注12)

《狡猾なる第三者》とは、勿論イギリス・アメリカの事である。この削除部分に続く《国と国との間もさうだが、個人と個人との間にしても、此の不自然なる絶交状態が、そんなにいつ迄も続き得るものとは、私には信じられないのである。》以下は、今は単に日中の平和友好を望むという意味にすり替えられているが、元は郭沫若および蒋介石に、一日も早く悔い改めて日本と手を結んでほしいという意味だった。谷崎が、日本の戦争を全面的に肯定していた事は明らかである。

戦時中、「中央公論」編集部にいた黒田秀俊が陸軍報道部の某中佐から聞いた所では、谷崎も《ひところは、対中国工作に一役買わせるべきだと、参謀本部の有力筋にねらわれたこともあった》（前掲・『知識人・言論弾圧の記録』）というが、それは『きのふけふ』のこうした発言の結果だった可能性が高い。（注13）

十月号掲載分では、映画製作者は画面に出て来る衣食住全般に、細心の注意を払うべきだと述べている所で、次の部分が削除された。

斯様なことは専門家は疾うに承知のことであらうが、近頃のやうに我が国の映画が共栄圏内の国々へ盛に輸出されて行く時代に於いて、――映画を通じてわれ〱日本人の各方面に於ける文化や生活様式を彼等に知らしめる必要のある時代に於いて、此のことは特に一層の深い意義を持つ。顧れば戦前アメリカ式の思想や文化が我が国を始め東亜方面の国々を風靡したかの観を呈した時代があつたが、あれなども、何もアメリカの優秀なる文学とか高遠なる哲学とかに影響されたのではなくて、主としてアメリカの映画の魅力、それも劇の面白さや俳優の演技の巧妙さよりも、彼等の生活様式の表面的な花やかさに魅せられた結果であることを思へば、今度はそれに代るものとして、我が国土の質実なる淳風美俗と明媚なる山容水色とを普く大東亜の人々の脳裡に印象づけなれば（ママ）ならない。

また、これに続く内田吐夢の話の内、《我が国の映画劇を共栄圏内の民衆に親しませようとする場合》という部分の「共栄圏内」を、『谷崎潤一郎随筆選集』では「東洋」、新書版全集からは「外国」に書き換えている。これは僅かな変更のようだが、以下の議論の趣旨を、共栄圏内への宣伝（その実質は植民地教育）の為という本来の論旨から、単に他国民との友好相互理解の為という意味に、総てすり替えてしまう事になる。(注14)だから例えば、その儘に残されている《イギリス人は（中略）出先の原住民にまで自国の流儀を押しつけようとするかに見えるが、われ〳〵も少しはさう云ふ図太さを見倣つた方がよい。どんなにわれ〳〵の生活様式が彼等に分りにくいと云つても（中略）是非共分らせて見せると云ふ自信を、われ〳〵自身が先づ持たなければならぬ。（中略）況や相手がわれ〳〵と一脈相通ずるところのある東洋の人々、共栄圏内の民衆であるにおいてをや》(注15)という部分も、イギリスのやり方を日本の植民地政策に取り入れよという本来の主張が、読み取りにくくなっている。

また、内田吐夢が、共栄圏内の民衆に特に分かりにくいのは、日本の和洋折衷の生活様式だ、と述べた事に関連して言及される《近頃やかましい国語国字の問題》なるものも、実は共栄圏内への日本語普及政策に関わるものであった事を忘れてはならない。『文芸年鑑　昭和十八年度版』によれば、昭和十七年には、二月に国語協会とカナモジカイが、大東亜圏内の文化建設工作の為に、日本語の初等教科書、各民族語と日本語とを対照させた会話辞典の編纂に着手したり、三月には、情報局・陸軍省・海軍省・文部省などが「対外日本語普及協議会」を開いて、「日本早わかり」のパンフレットを作る、などの事があり、六月には「中央公論」が、座談会「日本語の海外進出について」を掲載していたのである。

十一月号掲載分（これは削除されなかった）では谷崎は、《近頃文学者の街頭進出の機会が多くなるにつれ、作家は矢張書斎に立て籠つて本来の職域に於いて精進すべきだ、それが結局国家に対しても第一の御奉公になる、と云ふやうな説を強調する人も現れて来た。》として、賛否両論を紹介している。(注16)『きのふけふ』では、《これは一般的には執方がよいとも悪いとも云へない問題で、一人々々の作家について決定すべきものではあるまいか。》と述べ、自らの方針を明らかにする事は避けたが、この秋、丁度『細雪』の執筆を開始していた谷崎は、書斎に立て籠って『細雪』を書き上げる事こそが、自分に出来る国家への最大の御奉公だと考えていた可能性が高い。戦後『細雪』が完成した際、特別の製本をして天皇に献上したのも、そうした考えが背景にあったからであろう。(注17) ただしそれは、作品を通じて国民の戦意昂揚を図るという事ではなく、優れた芸術作品を生み出す事が、《国粋文化の（中略）発揚》（『文楽首の研究』序　昭和十七・七）になるという意味での奉公だった筈である。

とは言え谷崎も、国民の戦意昂揚には全く協力しなかったという訳でもない。『細雪』の連載が始まった昭和十八年、日本文学報国会が日蓮の辻説法に倣って発案した「建艦」を訴える第一回辻小説の企画に応じて、谷崎は『莫妄想』を執筆している。これは、兄弟の会話の形で、《ルーズベルトの大風呂敷に怯びえたり、奴等の飛行機が成層圏を飛んで来やしないかと恐れたりし》(注18)てはいけない事、元寇の時のように神風は吹くが、《天照皇大神は、我々が武備に最善の努力を致して、太平洋に敵を圧する戦艦や飛行機を続々と造り出すのをご覧になつてから神風を送つて下さる》のだから、先ず軍備増強に努力すべき事を説いたものであった。『莫妄想』は、辻小説・辻詩の計画を紹介する記事と共に、三月九日の「朝日新聞」（三）面に、原稿の写真版で掲載された。そしてその記事は、《銃後文芸陣にとつては、これが最初の職域奉公だ》として、辻小説・辻詩の原稿料と印税が、すべて建艦献金に廻される事を伝えるものだった。(注19)

ところが、こうした協力にも拘らず、四月に入って『細雪』は、陸軍報道部から「この戦時下に不謹慎極まる」との攻撃を受け、遂に雑誌掲載を禁止されてしまう。この件について谷崎は、敗戦後間もない時期の談話『〝細雪〟〝聞書抄〟について』(注20)（「新生日本」昭和二十一・六　＊全集未収録）で、《私としては、あの作品のどこが悪いのか、どこが反動的なのか、サッパリ様子が判りません。（中略）なにも反動的な思想があつたわけではなく（中略）なにも戦争にさしさわりはないと信じてゐたのですが》と語っている。敗戦後の情勢を考えれば、『細雪』は民主的・反戦的だったから弾圧を受けたのだと主張する方が賢明であった。にも拘らず谷崎は、反戦的意図が無かった事を、一生懸命、弁解したのである。後年の『「細雪」に就いて――創作余談（その一）』（昭和三十一）でも、《別に戦争反対の意見を書いてゐるわけではないし（中略）家庭的な話だけを書くぶんには差支へないだらう、と考へて書いた》と、その説明は一貫している。

実際、『細雪』には、谷崎の戦争肯定的立場を反映した部分は幾つかあるが、反戦的な発言はない。例えば、蒔岡家の人々が友達付き合いをするシュトルツ家は、ヒットラー支持のドイツ人であり、キリレンコ家の人々やウロンスキーは、反共主義の白系ロシア人である。上巻（二十四）では、貞之助が、これからの女子は銃後の任務に堪えるように剛健に育てて置かなければならないと考えるし、他にも《今日の非常時に不謹慎である》（中巻（一））《時局への認識が足りない》（中巻（二））等の表現を、貞之助や妙子が用いる所がある。下巻（二十五）では、幸子がシュトルツ夫人に《独逸の花々しい戦績は親交国民のわれ〳〵としても同慶の至りに堪へない》(注21)と書き送るし、下巻（二十六）には、蒔岡家では、貞之助が軍需会社に関係し出してから、家計の方も大分ゆとりが出来るやうになったと語られている。

連載中止後も、谷崎がその儘『細雪』の執筆に専念できたのは、一つには中央公論社の経済的支援の御蔭だが、反戦ないしは反国家的活動をしている訳ではないという安心感も、また与かって力あったに違いない。

昭和十八年の谷崎は、この後、八月二十五〜七日に開かれた大東亜文学者決戦大会に、参加したらしい(注22)。そして、翌昭和十九年七月には、『細雪』上巻を完成し、私家版二百部を出版する。これに対しても警察当局の弾圧はあったが、この私家版には、反戦の意図がないどころか、日中戦争をはっきりと肯定した部分さえあった。既によく知られている事だが、上巻（十七）のキリレンコの家での会話がそれである。水上勉氏の『谷崎先生の書簡』で紹介された昭和二十年九月二十九日付け嶋中雄作宛谷崎書簡に明らかなように、この部分は戦後、ＧＨＱの検閲を恐れて、削除・改変されている。

例えば、現行本文で《何にしても日本と支那とが仲が悪いのは困つたことですよ》となっている貞之助の発言は、この私家版では、《さあ、日本の政治家も何とかしたいのでせうけれども、何しろ支那はひどく日本を誤解してゐるのは困つたことですよ》となっていた。また、西安事件に関して、ウロンスキーとキリレンコは、蒋介石と中国共産党の間には密約が交わされていて、《彼等はきつと近いうちに日本に戦争をしかけて来る。多分今年のうち》と語っていた。この場面は、昭和十二年三月前半のお水取の最中という設定であるから、彼等は七月七日に始まる日中戦争を見事に予見した事になる。恐らくは谷崎自身も、密約説を信じていたのであろう。もっとも貞之助は、蒋介石は《まさか日本と戦争して勝てるとは思つてゐないでせう》、自分の命が助かりたいばかりに《負けるに極まつてゐる戦争に国民を駆り立てるなんて、日本人には考へられない心理だがなあ》と、この時点ではまだ半信半疑であるが、キリレンコは、《英吉利だつて蔭で蒋介石を嗾けてゐるかも知れませんよ。英吉利は共産党は嫌ひですけれども、日本の勢力を支那から追ひ払ふためには、嫌ひなものでも何でも利用します。あの国は狡いですからね》と言い、カタリナの母も、《世界ぢゆうで一番猾い国、英吉利ごぜえます》《露西亜、今迄何度も〳〵英吉利に欺されました。世界ぢゆうの国、英吉利に欺されます。》と反英感情を剝き出しにしていたのである。(注23)

ここに現われている考え方は、『起てよ、亜細亜』以来の谷崎の戦争観であると同時に、言わば当時の政府の公式見解でもあった。例えば、昭和十六年十二月八日の米国及び英国に対する宣戦布告の詔書では、次の様に述べられている。

中華民国政府曩ニ帝国ノ真意ヲ解セス濫ニ事ヲ構ヘテ東亜ノ平和ヲ攪乱シ遂ニ帝国ヲシテ干戈ヲ執ルニ至ラシメ

茲ニ四年有余ヲ経タリ幸ニ国民政府更新スルアリ帝国ハ之ト善隣ノ誼ヲ結ヒ相提携スルニ至レルモ重慶ニ残存スル政権ハ米英ノ庇蔭ヲ恃ミテ兄弟尚未タ牆ニ相鬩クヲ悛メス米英両国ハ残存政権ヲ支援シテ東亜ノ禍乱ヲ助長シ平和ノ美名ニ匿レテ東洋制覇ノ非望ヲ逞ウセムトス（中略）事既ニ此ニ至ル帝国ハ今ヤ自存自衛ノ為蹶然起ツテ一切ノ障礙ヲ破砕スルノ外ナキナリ

日本が日中戦争を敢えて「支那事変」と名付け、「戦争」とは呼ばず、宣戦布告さえしなかったのも、戦闘は中国の一部にある排日・抗日運動を止めさせ、真の日中友好関係を打ち立てる為だ、としていたからであった。そうした政府及びジャーナリズムの宣伝を谷崎が鵜呑みにしていた事については、説明の要はあるまい。

昭和十九年から二十年にかけての谷崎は、『細雪』執筆の傍ら、好戦的な歌を幾つか残している。『谷崎潤一郎家集』から拾ってみると、昭和十九年五月五日、永見徳太郎の初孫の初節句に寄せた歌《おほいなる時に生れて菖蒲太刀たゞに佩かんや日本男児は》、同年五月十九日、森田肇出征の国旗に寄せた歌《やすみしつゝ我が大君のしろしめす海の守りに征くかますらを》、また《ますらをは何か恐れん蒼蠅なす醜あめりかの醜のえびす等》《秋空は爆音たかし矛取りてますらたけをの征きたまふ日に》《たくましく戦ふ国の秋なれば都大路にそばの花咲く》（注24）が昭和十九年の歌として、《出英利君応詔》（注25）と題した歌《美作や神南備山のほとゝぎす雲井にあげよいさぎよき名を》が昭和二十年作として、収録されている。ただし、生前の谷崎はこれらの歌を公表せず、『疎開日記』や『都わすれの記』『歌々板画巻』などからも慎重に取り除いていた。

昭和十九年四月十四日、『疎開日記』によれば、谷崎は反高林時代の家主・後藤家に行くが、後藤靭雄氏の母堂の病室の《床に楠公筆蹟の拓本をかけ》てあることを《流石にゆかしく住みなしたり》と評している。《楠公筆蹟》の含意を説明する必要はあるまい。

九月六日、『疎開日記』によれば、水野柳人を訪ねる途中、岐阜で立ち寄った家の描写に《違ひ棚に英霊の写真あり（中略）両陛下を中心に明治大帝を始め、竹の園生のおん方々の肖像を集めたるもの額になりてかゝり居れり》とある。

九月十四日、谷崎は日本文学報国会の事務局長・中村武羅夫に出した返信の中で、《昨今の御職務さだめて御忙しき事なるべく折角邦家のため御健闘を祈居候（中略）御申越の件は単に名儀上の顧問にて宜敷候はゞ差支無之実務之儀は平に御ゆるし被下度小生も発表するしないは別として日々自己の仕事に精進致居候次第御諒察被下度候》と書いた。《御申越の件》は、日本文学報国会の顧問への就任依頼と推定されるが、名儀上だけなら差支えないと返答したのは、反戦の意志がなかったからである。(注26)《自己の仕事に精進》という表現は、『きのふけふ』の《作家は矢張書斎に立て籠つて本来の職域に於いて精進すべきだ》という一節を想い起こさせる。

『細雪』を禁止された谷崎が顧問とは不思議な気もするが、『蓼喰ふ蟲』は、皇軍慰問用としてどんどん増刷していた（対談「文芸放談」「朝日評論」昭和二十一・九）し、国家総動員法に基づく出版事業令によって設立された日本出版会が、昭和二十年二月四日に第二次非常用文芸図書として決めた十六点の中にも『春琴抄』が入る（大谷晃一『矢部良策と創元社　ある出版人の肖像』）など、谷崎のすべてが否定されていた訳ではなかった。

同年九月二十五日には、土屋計左右に絵葉書を送り、《比島方面や、戦果揚り国民の気分も秋晴れと共に幾分明く相成候》として、自作の歌《みんなみのはるけき海のた、かひをおもひつ、見る十五夜の月》を記している。(注27)

昭和二十年に入って、三月一日付けで土屋計左右に宛てた書簡には、《日本橋三越に愛国百人一首の歌と絵の展覧会あり、大伴旅人の絵を安田靫彦氏、(注28)歌を小生書かされ申候（中略）一度御覧被下度候》とある。これは、二月十七日から三月四日まで日本橋の三越本店で開催された日本文学報国会・日本美術報国会共催、毎日新聞社協賛、情報局後援の「愛国百人一首理念昂揚展覧会」の事で、「文芸報国」昭和二十年三月十日記事によれば、《本会（細江注・日本文学報国会のこと）並に美報会員中の大家どころに、加へて児玉文相、大達内相、緒方情報局総裁、松村大本営陸軍報道部長その他朝野の名士が、愛国の熱意をこめて、絵に筆に、米英撃滅の意気込みを現しただけあつて仲々の盛況であつた》と言う。

五月三日、『疎開日記』に《ヒットラー逝去》と記す。「逝去」が敬語であることは言うまでもない。

五月十日には、入院中の知人の息子の為に、『大東亜戦記録画集』を買い求めた事が、『疎開日記』に記録されている。(注29)

そして、岡山県津山市に疎開中の六月五日「合同新聞」（二）面に、「谷崎氏疎開」と題して、次のようなインタヴューが掲載された。(注30)

> 爆撃して来るB29の醜翼を見てゐるうち、私はつく〴〵神風特攻隊として出て行くいまの若い人が羨しくなつた、こちらへ疎開して以来心も落着いたのでしつかり勉強したいと思つてゐる一般では今度の戦争は口でこそ長期戦だといひながら実際は早く片づくと思つてゐるが、然し私は相当長期に亘るものと考へるのでまづ防空壕の完全なものを造り、自ら土を耕して自活の途を開き、進んで戦ひに勝つ苦しみ、生きる艱苦を〝今日千載一遇のこの機会に〟との気魄で乗り切りたい、然してあくまで皇国の必勝を信じ作家としての職域に邁進したいと思つてゐる

新聞紙に公表されるものであるから、本音をそのまま語ったものではないであろう。『疎開日記』から、谷崎が既に東京大空襲の惨状を見て来た事も、ドイツの無条件降伏を知っていた事も確認できる。『三つの場合』（二）「岡さんの場合」によれば、既に二十年三月二十四日に、谷崎は、「とうとう日本も負けましたな、これ以上ひどい目に遭

わないうちに早く降参することですな」と岡成志に言ったと言う。《皇国の必勝を信じ》は嘘であろう。

ただ、潤一郎は津山へ来る直前の五月十一日に魚崎の家で空襲を経験している。松子の「秋声の賦」(『倚松庵の夢』)によれば、「庭に掘られた狭い防空壕に松子・重子・信子・恵美子、従妹ら女ばかりの中の唯一の男だったが、一番恐怖感が強く、最も頼りにならなかった」と言う。インタヴューの米軍機への敵意は本物であろう。

また、昭和二十年二月二日付け土屋計左右宛書簡に、《戦争もこゝ一二年と存候へ共》云々と書いている所から見ると、敗戦は既に覚悟しつつも、まだ相当に時間がかかると思っていたのであろう。

そして、注目すべきは《作家としての職域に邁進したい》という言い方である。日本が敗戦を迎えようとも、自分は文学の道で職域奉公する。これだけは谷崎の本心であり、戦後になっても、基本的に変わることのなかった信念であったと私は思うのである。

八月十五日、『疎開日記』は、《十二時天皇陛下放送あらせらるとの噂をきゝ（中略）陛下の玉音をきゝ奉る。》とのみ記し、自らの心境は特に語っていない。

以上、谷崎が敗戦時まで一貫して日本の戦争を正当なものと信じ、勝利を祈っていた事を、ほぼ確認できたと思う。谷崎自身は、戦後の対談「文芸放談」(昭和二十一・九)で、記者が《日本の作家で本当に軍国主義者だとか、極端な戦争讃美者なんて人があるでせうか》と訊ねたのに対して、《まあないと思ふな。性格の弱さとか、さういふやうな所から自然とひきずり込まれた。——僕らだつて或る程度さうなんだから、ひとの事は言へないよ。》と答えて、或る程度、戦争讃美に引き摺り込まれた事は認めている。

谷崎が発表した昭和十九年から二十一年に掛けての『疎開日記』『越冬記』からは、連合国への敵意すら全く読み取る事が出来ないが、日付けが飛んでいる箇所が多く、都合の悪い所を伏せて発表した結果と見るべきだろう。戦中の『疎開日記』発表の時期（昭和二十一・十、二十二・二〜四、二十四・九）が、ＧＨＱによる公職追放（約二十万人）があり、文壇でも文学者の戦争責任追及が行われた時である事から考えると、そこには『細雪』『少将滋幹の母』執筆中の原稿料稼ぎの他に、身の潔白を証明しようとする意図も含まれていたかも知れない。谷崎は『A夫人の手紙』の発表をGHQに禁止され、『細雪』も禁止されないように書き直しているのだから、それぐらいは考えたであろう。（注31）

（四）『細雪』の中の戦争

以上見て来た事から、『細雪』に反戦的意図が無かった事は明らかだが、逆に戦意昂揚の意図もあり得ない事は、作品を読みさえすれば自ずと明らかである。しかし『細雪』は、《日支事変の起る前年、即ち昭和十一年の秋に始まり、大東亜戦争勃発の年、即ち昭和十六年の春、雪子の結婚を以て終る。》という『上巻原稿第十九章後書』の言葉からも窺える通り、わざわざ戦争下に時代を設定して書かれたものである。もとよりそれは、モデルとなった重子の結婚が、昭和十六年四月である事にもよる。が、もしその気があれば、小説全体をもっと平和な時代へスライドさせる事も出来た筈である。それをそうしなかった以上、谷崎は戦争を、作品の背景として避けようとはしなかったのである。だとすれば、『細雪』という作品世界の中で谷崎は、戦争にどの様な意味・役割を持たせようとしたのであろうか。

『細雪』は、その原題『三寒四温』が示していた様に、蒔岡家に交互に訪れる幸福と不幸、光と影を物語りながら、蒔岡家の緩やかな没落と離散の過程を辿る小説である。幸福の側には平穏な日常と、花見・月見・蛍狩・地唄舞・歌舞伎見物・旅行など、種々の華やかな行事があるが、それは『細雪』の片面に過ぎず、その反面で、大小様々の不幸が次々とヒロイン達に降り掛かる。幸子には黄疸・流産、悦子には神経衰弱・猩紅熱、妙子には阪神大水害・板倉の死・赤痢・死産、雪子には顔のシミ・本家と一緒に東京へ行かされる事・思わしい結婚が出来ない事。妙子の巻き起こすスキャンダルも、蒔岡家全体にとっての災難である。作品の最後では、本家はブルーマーの古いのでも何でも頂きますと言い出す程すっかり貧乏になり、妙子はバーテンと結婚して下層階級へ転落する。そして、雪子も結婚を悲しみ、下痢が止まらない所で作品は終わるのである。

谷崎には、『母を恋ふる記』『盲目物語』『猫と庄造と二人のをんな』など、美女が落魄流浪したり、年老いたり、悲惨な最期を遂げたりする作品系列があるが、(注32)こうして見ると、『細雪』は明らかにその系譜に連なる作品である。ただ、『細雪』の場合は、降り掛かる不幸が比較的ささやかなものである点に特色がある。大水害や病気や流産はあっても、蒔岡家からは死者は出ないし、本家こそ没落するものの、貞之助一家は最後まで優雅な暮らしを続けている。これは、『細雪』が比較的モデルの現実に近いリアリズム風の現代小説だからであろう。歴史小説でなら、例えば『盲目物語』のお市の方が死んでも、モデルの松子が死んだ様なショックはない。が、『細雪』では、ヒロイン達の不幸が、谷崎の愛するモデル達自身の不幸の様に感じられた為、極端な不幸は避けたのであろう。

従って『細雪』では、戦争はヒロイン達を襲う不幸の一つとして、一応、呼び出されてはいるものの、仲良くしていたシュトルツ一家を帰国させたり、本家の持ち株の価値を失わせたりする程度の被害しか与えず、戦死者はもとより、出征する親類縁者さえも居ないのである（ちなみに日中戦争による日本軍の死者は四十一万人、戦傷病者は九十二万人と言われている）。

『細雪』の中の戦争は、しかし、単に蒔岡家にとって実害がないというだけではない。言及される事すら稀であり、言及される場合にも、どこか遠い世界の出来事という印象しか与えないものとなっている。例えば、昭和十二年七月七日に日中戦争が勃発したという歴史的大事件も、『細雪』の中では、本家の東京への移住が決まり、鶴子が準備に追われる上巻（二十一）辺りに該当する筈だが、そこでは全く触れられず、上巻（二十三）で、本家の東京移住に付き合わされた雪子からの九月八日付けの手紙を読む次の様な場面で、漸くちらりと顔を覗かせるだけなのである。

幸子が此の手紙を受け取つた日の朝は、関西方面も一夜のうちに秋の空気が感じられる爽かさに変つてゐた。悦子が学校へ出て行つたあとで、彼女は貞之助とさし向ひに食堂の椅子にかけながら、我が艦上機が汕頭と潮州を空襲した記事を読んでゐると、台所で沸かしてゐる珈琲の匂が際立つて香ばしく匂つて来るのに心づいて、突然、「秋やなあ、――」と、新聞の面から顔を上げて、貞之助に云つた。

戦争は、あくまでも別世界の出来事であり、新聞記事だけが、その消息を伝えて来る。が、それすらも、秋の訪れの爽やかさに比べれば、取るにも足りない些事に過ぎないと、強調されているのである。或いは、戦争は秋空を彩る飛行機雲のイメージへ、見事に景物化されたとも評し得るだろう。開戦は言わば跨ぎ越され、その後の南京占領も武漢三鎮占領も、『細雪』には出て来ない。谷崎は、日本軍の戦果も犠牲も、中国人民の苦難も、共に無視しているのである。

しかし、『細雪』の時代の日本は、実際には戦争一色で、「中央公論」であれ「文芸春秋」であれ、戦争や国際情勢についての論説や座談会が誌面を飾らぬ月は殆どなかった。昭和十三年七月の阪神大水害の際にも、阪神間の御影に住んでいた歌人・川田順は、次の様な歌を詠んでいた。《我が家にも水が浸くかと潜山の激戦の日に怖れゐたりき》《戦場の夜寒厳しといふ記事は水害を免れし吾を衝ちにき》《山津波の土砂軒下にうづだかきこの街よりも今朝は兵発つ》《いつものごと大阪駅に降りしかば今朝の多さよ兵送るこゑ》（歌集『鷲』所収「銃後私帖」）。生活物資の欠乏や贅沢に対する取り締まりや非難も、昭和十三年以降は相当に厳しくなっていた筈だが、『細雪』を読んでいると、さほどにも感じられない。つまり『細雪』は、戦争に関する限り、当時の日本の現実を殆ど反映していないのである。(注33)勿論、谷崎が《平安朝の絵巻物から抜け出していらしつたやう》（昭和十一・五・六松子宛潤一郎書簡）と評した三姉妹の雅びな世界を守る為にも、戦争のざわめきを遠ざける事は必要だったに違いない。しかし、『細雪』の中から、ここまで戦争を排除する為には、かなりの勇気と確固たる信念が必要だった筈である。この点で谷崎を大いに励ましたのは、林語堂の『北京の日』だったらしい。

『北京の日』（原題"Moment in Peking"一九三九）は、鶴田知也の訳で昭和十五年一〜二月に刊行されており、『細雪』の創作ノート『続松の木影』（「中央公論」昭和五十九・十　＊全集未収録）の読後感記載箇所から、谷崎がこれを読んだのは同年四月頃、『細雪』の構想が固まる以前と推定できる。(注34)谷崎は『きのふけふ』（昭和十七・九）の中で、この作品の戦争に対する態度を次の様に紹介していた。

此の小説に扱はれてゐる四十年間と云ふものは、その間に北清事変、日露戦争、第一次世界大戦、満州事変、支那事変等々の大事件があり（中略）支那としては容易ならない大変動の時代でありながら（中略）人々は大体に於いて（中略）物静かに泰平を楽しんでゐるのである。此の物語の中では、人々が一場の話柄としてゞも政治を談じたり天下国家を論じたりするところが、全然ないと云ふのではないが、殆どない。周囲では世界戦争その他の大事件が起りつゝあるのであるから、それらが此の人々の社会や経済に相当の影響を及ぼしてゐる筈だけれども、さう云ふ影響はあまり表面には現れてもゐず、描かれてもゐない。(注35)

そして、『北京の日』の一節、《北京の古い文化を受けついだ生粋の北京人は（中略）落着いたゆつたりした生活を営んでゐた。（中略）永遠と瞬間とが一致したとでも言ふやうな生活、それが北京人の気質や生活の特徴であつた》

を引用して、作者は《支那と云ふ国が（中略）歴史の流れを超絶した悠久性を持つてゐることを》理解させようとして、この作品を書いたのかもしれない、と谷崎は結んでいた。

　もとより谷崎は、決して『北京の日』を全面的に賞賛している訳ではない。また、事実『北京の日』は優れた作品ではなく、『細雪』とも余り似ていない。しかし、谷崎がこの作品から受けた感銘は深く、読了後六年を経た戦後の対談「文芸放談」（昭和二十一・九）でも、記者から戦前と戦後の違いがはっきり作品の上に出て来なくてもいいのかと問われた時、《本当の東洋人の感情は、それでい、と思ひます、僕は。林語堂の「モメント・イン・ペキン」（中略）にも出て来ないでせう。（中略）僕は本当はさういふもんだらうと思ふ、東洋人の場合は。》と答えた程である。

　恐らく谷崎は、『細雪』の三姉妹に《歴史の流れを超絶した悠久性を》与える為には、敢えて戦乱の世の中を背景としながら、しかも少しもその影響を受けない《落着いたゆつたりした生活を営》ませる『北京の日』の行き方が、最も有効であると考え、『細雪』をその方針で貫いたのであろう。

　谷崎はまた、『きのふけふ』の中で、林語堂は『北京の日』で、《徹頭徹尾支那の旧い小説の手法を墨守してゐ》る。それは、《作者の主観と云ふものを匂はせないで（中略）平々淡々と叙述して行く純客観の態度である。》《もと〱支那の長篇写実小説と云ふものは、日本の源氏物語など丶同様、長いわりに事件のヤマや起伏や波瀾重畳と云ふことが少》いが、《その退屈で、同じやうなことが繰り返されるところに、いかにも実際世界の縮図らしい感じがある。》と述べていた。

　『細雪』で谷崎が目指したものは、恐らく支那の旧い長篇写実小説の手法による東洋流の作品に他ならなかった。

　ただし、谷崎は、『北京の日』より前に、『「つゆのあとさき」を読む』（昭和六・十一）や『翻訳小説二つ三つ（上・中・下）』（「読売新聞」昭和十一・一・二十九〜三十一）でも、純客観的描写の手法で様々な人物と出来事を風俗史・絵巻物のように淡々と描きながら、読者は自らそれを体験したような感慨を抱き、そこに人生の甘味・苦味・酸味を知るといった古い支那小説のような行き方に、関心を示していた。

谷崎は『「細雪」に就いて——創作余談（その二）』（「別冊文芸春秋」昭和三十一・八　＊全集未収録）で、「『細雪』では、阪神間を舞台にした一種の風俗絵巻の様なものを書いてみたいと思って色々な事件のメモを取っていた」と述べているし、談話『細雪について』(注36)でも、《全編に起伏のない、主観を全く出さぬ東洋流のものを書きたかつた》（傍線・細江）と『細雪』の作意を説明しているので、その構想準備段階から古い支那小説的行き方を念頭に置いていたのであろうが、特に戦争との絡ませ方について、『北京の日』から示唆を受けたということなのであろう。「三寒四温」という中国の気候を表わす言葉が、当初、題名として用意されていたのも、支那小説を意識した為であろう。

或いは谷崎は、昭和十七年、『きのふけふ』で共栄圏への宣伝映画について語り、『細雪』の執筆を始めた頃には、この様な書き方こそが東洋芸術の本道であり、共栄圏内の民衆にも共感され、国粋文化の発揚にも繋がるものだと信じていたのかも知れない。

いずれにせよ、『北京の日』及び東洋理解の当否に拘らず、『細雪』は芸術的傑作として、美しく成就された。谷崎の戦争観は、日中戦争及び太平洋戦争を正当なものとして肯定していた。しかし『細雪』は、戦争を背景として呼び出しつつ、それを超越する事を要求した。谷崎を芸術家として勝利させたのは、彼が作品の芸術的要求に忠実だった事であって、彼の戦争観でも道徳性でもなかったのである。

注

（1）大正九年十一月のカリフォルニア州排日土地法、大正十〜十一年のワシントン海軍軍縮条約と日英同盟破棄なども、多少は影響したかも知れない。

（2）国松夏紀「谷崎潤一郎とロシア」（「文芸論叢」昭和六十三・三）参照。ただし、大正十五年の『青塚氏の話』では、青塚氏と思しき人物の発言ではあるが、映画は《亜米利加の真似で差支へない、面白くさへありやあいいんだ》と言い、昭和二年の『ドリス』では、《亜米利加と云ふ国では、女の白いしなやかな体を飴細工か粘土のやうに心得てゐるらしい。（中略）それが実に愉快ではないか。》とアメリカに好意的である。谷崎の対欧米感情には、『支那趣味と云ふこと』や『饒舌録』が典型的に示しているように、愛憎の揺れがある。

（3）ただし、谷崎は、反英米感情を強めた後も、ドイツやフランス、就中フランスの芸術に対して好意を持ち続ける。最初の『源氏物語』現代語訳の時も、完成したらフランスへ行くという約束で、松子と重子はフランス語を習っていた（長尾伴七『京の谷崎』及び観世恵美子さんの直話による）。『細雪』で幸子と雪子がフランス語を習っているのは、その反映である。

（4）ただし、『饒舌録』では、《公平に見て今日迄のところでは、東洋よりも西洋の方が人類の進歩に寄与するところが多いやうに思はれる。》と理性的に冷静な判断を下している。本章では、谷崎にしては、珍しく西洋に対して批判的だったり国粋主義的だったりする発言を主に拾い集めているのであって、全体としては、谷崎はバランス感覚に優れた人で、当時の日本人の中では、西洋文化に対しても、東洋文化に対しても、偏狭になることのない優れた理解者だった事を、ここで確認して置きたい。

（5）ただし、こうした谷崎の発言の背後には、『饒舌録』で言及している大正十五年の松島遊廓疑獄事件や、『現代口語文の欠点について』で言及している昭和四年の一連の疑獄事件など、政党政治の腐敗に対する不信感があった事は、見逃すべきではない。

（6）『乱菊物語』の海龍王が後南朝の天皇の末裔と推定される事については、「『乱菊物語』論」（本書P871〜）参照。『吉野葛』の天皇崇拝については、「『吉野葛』論」【補説】（本書P656）参照。

（7）谷崎の天皇崇拝は一生を通じて変わらなかった。昭和二十四年文化勲章受章時の歌「神垣の糺の森をたちいで丶千代田の城にけふ参りたり」「勲章の胸にかゞやくけふの日よあはれ父母いまそかりせば」「人の世のまことそらごとこきまぜて文作りしを嘉し給ふか」「畏くも忝しや文学のために尽せと告らしたまひき」「現世の我が大君は現身の人にましますぞめでたかりける」（『谷崎潤一郎の書』より）と昭和二十六年十一月の『忘れ得ぬ日の記録』を例として挙げて置く。

（8）『中央公論社の八十年』によれば、『潤一郎訳源氏物語』は、昭和十四年二月、天皇・皇后・皇太后に献上された。

（9）『シンガポール陥落に際して』は、谷崎の生前は、全集にも単行本にも収録されなかった。なお、南京大虐殺など、皇軍の《不正残虐の事蹟》は、戦後の極東国際軍事裁判まで、一般の日本人には隠されていたので、谷崎も知らなかったであろう。例えば、石川達三の『生きてゐる兵隊』（昭和十三）が発禁になったのも、日本兵の残虐行為を描いた為だった。

(10) 市居義彬『谷崎潤一郎の阪神時代』参照。しかし、同書によれば、谷崎は松子が防空訓練に狩り出される事には抵抗した。また、今東光の『毒舌文壇史』（徳間書店）によれば、恐らく昭和十五年頃、華北交通会社に入って北京に居た鮎子の夫・竹田龍児を、国家の為に死を賭して踏み留まらせるべきだとする佐藤春夫を押し切って、帰国させた事実もある。つまり谷崎は、自分たちが戦争の犠牲になる事は、一切拒絶しようとしていた訳である。

(11) 『きのふけふ』という題は、同時並行的に連載されていた『初昔』が十年程前からの回想であるのに対して、極く最近の事を書くという意味である。内容も昭和十七年三月一日の永井荷風との対面から始まっていて、十一月号掲載分では「文芸春秋」十月号の菊池寛の「話の屑籠」に言及するなど、執筆するにつれて掲載して行ったと推定できる。

(12) この文章の背景を簡単に注記して置く。

谷崎は、郭沫若とは、大正十五年に上海で知り合っている。郭沫若は、共産党員として国民党の弾圧を避けるため、昭和三年から日本に亡命していたが、日中戦争勃発直後に帰国し、上海・武漢などで国民政府の下で抗日宣伝活動に従いつつ、創作と文学研究をも続けていた。ただし、谷崎が仄めかしているように、郭は重慶政権下では、文化工作委員会主席ではあったが、容共分子として圧迫されていた。彼の代表作『屈原』には、国民党による言論弾圧への抗議が籠められている。

《近衛原則》とは、昭和十三年十二月二十二日に、近衛文麿首相の所謂「第三次近衛声明」で示された日中戦争終結のための三つの条件、即ち「善隣友好・共同防共・経済提携」の「近衛三原則」である。ただし、近衛首相は、これに先立つ「第二次近衛声明」で、日本の戦争目的が日満支三国の提携による東亜新秩序建設にあるとしており、近衛三原則には、日本の植民地・満州国を中国が承認することや、中国国民政府が日本と協力して中国共産党と戦うことが含まれており、到底受け容れがたいものであった。

谷崎は《大東亜戦争の輝かしい発展を見た今日》と書いているが、この文章は、昭和十七年五月中に書かれたと考えられ、当時、日本軍は、破竹の勢いで進撃を続けていた。しかし、この文章が書かれた直後、六月五日から七日のミッドウェー海戦で、日本は四隻の主力空母を撃沈され、以後、戦局は日本にとって、次第に不利になって行くのである。

当時、中国は重慶に首都を置き、蒋介石が首班を務めていた。太平洋戦争勃発後、蒋介石は連合国の中国戦区最高司令官となり、英米から支援を受けていた。

中国では、孫文の時代に、国民党と共産党の協力（いわゆる国共合作）で中国の統一が図られたが、孫文の死後、蒋介石が一九二七年、四・一二クーデタで共産党を攻撃し、以後約十年間、内戦が続いた。《嘗ての共産党に対する遣り口》とはこれを指す。蒋介石は、日本の侵略は放置して、共産党と戦うことを優先させていたが、一九三六年十二月十二日の西安で監禁され、方針変更を強要された（これを西安事件と言う。この事件については、私家版『細雪』上巻（十七）の中で議論されるなど、谷崎潤一郎も関心を抱いていた）。翌年七月七日、日中戦争が始まると、国民党は内戦を停止し、抗日民族統一戦線（第二次国共合作）が成立する。しかし、この合作も不安定で、国民党による共産軍に対する軍事攻撃や政治的牽制が繰り返されていた。

(13)『中央公論社の八十年』によれば、黒田秀俊は昭和十三年十月に入社、十六年九月三十日から「中央公論」編集部員となり、十七年十月二十八日から十八年五月二十四日までは、陸軍報道部から南方へ派遣されていた。従って、報道部の中佐から話を聞いたのは、十七年秋頃ではなかったかと想像される。

(14)『文芸年鑑　昭和十八年度版』には、昭和十六年七月、情報局により内田吐夢と田坂具隆が支那事変記録映画編輯責任者とされた事や、昭和十七年九月、《南方に対する文化工作の重要な一部面なる南方映画工作処理について》次官会議で要綱を決定し、情報局が松竹・大映・東宝の一流技術者を総動員して南方向専門の劇映画を作る事になった事、などが出ている。ミッドウェーの敗戦以降、日本政府は、大東亜全域の精神力及び物質力を総動員しようと、昭和十七年十一月に大東亜省を発足させるなど、占領地諸民族に対する文化工作を急いでいたのである。

(15)《、共栄圏内の民衆》は、『谷崎潤一郎随筆選集』第三巻（昭和二十六・七）以降、削除されている。なお、本章に引用した以外にも、九月号と十月号掲載分に削除箇所がある。

(16)書斎に立て籠もる事を良しとした例として谷崎が挙げているのは、武者小路実篤の文章で、「大阪朝日新聞」昭和十七年八月八日の「文士の仕事—文章報国の道—」らしい。反書斎派として挙げられているは菊池寛の「話の屑籠」で、これは昭和十七年十月の「文芸春秋」に掲載された分である。

(17)『「細雪」に就いて——創作余談（その一）』（昭和三十一）によれば、《中央公論社で特製——組は同じだが、上質の紙で（中略）『細雪』の時は帙を——拵へて献本した。》と言う。時期は定かでないが、谷崎は、昭和二十四年四月九日、十二日、二十九日、五月二十日の中央公論社宛書簡で、宮中へ献上する『細雪』の箱のことを繰り返し問い合わせている。そして同年十一月号「観照」の座談会「六代目菊五郎の死を遶つて」では、「『細雪』は中央公論社で特別の箱を作って、もう天皇のお手元に届いた頃だと思う」と語っている。

(18) 高度七千メートル以上の亜成層圏と呼ばれる空域は、天候の変化もなく常に気流が安定し、空気が薄くて空気抵抗も小さいので、長距離を飛行するには大変都合がいい。しかし、酸素の薄い所を飛行するためには、高空でも機内の気圧を一定に保つ与圧装備と、エンジンの燃焼効率を保つために、空気を圧縮してエンジンの燃焼室に送り込む機械が必要である。が、そのどちらも日本では実用化できず、実用化に成功したアメリカが、高度一万一千四百メートルを飛行できるB29で、昭和十九年から日本を爆撃し、日本の迎撃機も高射砲も、その高さになすすべがなく、B29が投下した原爆二発と空襲で、合わせて、約五十万人の日本人が死亡し、約九百六十万人が罹災した。

(19) 『莫妄想』は、蓮沼門三・平沼騏一郎の修養団の機関誌「向上」（昭和十八・四）、及び日本文学報国会編『辻小説集』（昭和十八・七）に再録されたが、谷崎の生前は、谷崎の全集にも単行本にも収録されなかった。谷崎は、「莫妄想」を《北条時宗の師であつた禅宗の偉い坊さん》が元寇の際に《時宗の覚悟を促した言葉》としているが、これは無学祖元が弘安四年正月にこの三字を書いて時宗に示し、弘安の役を予言したという言い伝えによったものらしい（ただし「莫煩悩」が正しいとも言う）。谷崎は『芸談』でも、「莫妄想」という言葉こそ出していないが、《北条時宗は（中略）道元和尚だか道隆和尚だかに参禅して膽略を涵養したと云ふ》と、この逸話に言及している。なお、戦後の谷崎には、「莫煩悩」の関防印を使用した例がある。「莫妄想」は、もともとは中国唐代の禅僧・無業禅師の言葉と言う。

(20) 拙稿「谷崎潤一郎新資料紹介(3)」（「芦屋市谷崎潤一郎記念館ニュース」平成八・三）に全文を紹介しておいた。

(21) この言い回しは、時期はずれるが、日米開戦後、東条首相が「皇軍は各地に転戦、連戦連勝、まことに御同慶の至りであります」と決まり文句のように述べていた事を踏まえたものだろう。

(22) 「文学報国」昭和十八年九月十日号（三）面に掲載された「第二回大会会議員議席」一覧表の最後に谷崎潤一郎の名前がある。

(23) 現在の『細雪』にも、カタリナには《ヤンキー風ながさつさが》（上巻（十六））ない、女性へのお世辞は《英吉利仕込み》（上巻（二十二））、板倉は《亜米利加移民に共通な欠点を持つ粗野な青年》（中巻（二十五））など、反英米的言辞が残っている。逆に下巻（三十四）では、御牧は《亜米利加仕込みであるから、レディーに対しては礼儀に厚い》とされる。これは、敗戦の影響であろう。また、スパイ容疑を掛けられるスイス人のボッシュは、元はイギリス人・ヘイウェイだったものを、検閲を恐れて変更した事が、芦屋市谷崎潤一郎記念館が所蔵する昭和二十一年二月六日付け小滝穆宛谷崎書簡によって判る。

(24)『疎開日記』昭和十九年九月二十一日の、京都の川田順を訪ねた際の記述に《此の辺鋪装道路の路端にソバの畑ありソバの花が咲いてゐる》とあり、この後、間もなく作られたと思われるが、『疎開日記』には記載がない。『疎開日記』に歌が記されているケースはままあるから、この歌は好戦的と見て、削除したのかも知れない。

(25)出英利は、岡山県津山市出身の哲学者・出隆の次男。野原一夫の『回想太宰治』（新潮社）には、三島由紀夫がただ一度だけ太宰と会った昭和二十二年一月二十六日の会を準備した人物として登場する。

(26)谷崎が実際に顧問になったかどうかは確認できていない。

(27)この歌は、『都わすれの記』に単に「十五夜に」として収録され、『月と狂言師』ではこの歌を引用した後に、《それは此の先日本の国や自分の身がどうなるかと云ふ不安に怯えつゝ、ひとり大空に澄みわたる情ない月を歎いたので》と説明している。これは意味のすり替えであろう。

(28)歌は、『万葉集』巻六の九五六《やすみししわが大王の食す国は大和も此処も同じとぞ念ふ》である。

(29)この通りのタイトルの本は発見できなかった。「英文大阪毎日」学習号編輯局編『大東亜戦争記録画報』（大阪出版社　昭和十八・六）か？

(30)このインタヴューについては、『疎開日記』に記載がない。故意に伏せたのであろう。

(31)『三つの場合』の（二）「岡さんの場合」に、未発表分の日記を引用した例があり、発表に際して取捨選択が行なわれたことは確実である。

なお、昭和二十一年六月二十一日付けで、谷崎が中央公論社社長・嶋中雄作に送った『A夫人の手紙』の原稿は、飛行将校が出て来るせいか、GHQの民間検閲局によって発表を禁止されていたが、占領下の二十五年一月に発表された。これは、アメリカの占領政策が反共中心に変わった所謂「逆コース」の影響であろう。

(32)この種の作品の意味については、「『乱菊物語』論」（本書P871～）で、若干触れておいた。

(33)『「細雪」回顧』によれば、《自動車一つに乗せるにしても、その頃その辺で自動車が拾へたかどうか》など、《さういふ日附に関係したことを調べたり覚え書したりした》と言う。しかし、日付は正確であっても、人々の生活の中でその事が占める重みや意味が違っていれば、印象は全く別のものになる。その意味で、『細雪』は、当時の日本の一部上流階級の写実ではあっても、一般社会の忠実な写実でない事は、明らかだと思う。例えば、新潮文庫版『細雪』に付した私の注を見て頂ければ、蒔岡家の生活が、当時としてはいかに贅沢なものだったか、理解できる筈である。
(34)　詳しくは述べられないが、『続松の木影』の記載順序は、大体、年代順になっている。『北京の日』に関連するメモは二つあり、最初のものは《◎随筆孫文のこと、林語堂「北京の日」のこと》とあり、その後に《◎M夫人五月上旬奈良ホテルに泊り》云々というメモなどが来た後、二つ目の《◎「北京の日」読後感》が来る。そしてその直ぐ後に《◎M夫人、志賀家の婚礼の日の朝》云々というメモがあるのだが、これは昭和十五年五月十日の志賀直哉の次女・留女子の結婚式と推定できるし、さらに後の《◎歌舞伎座幕間のスピーカーの声》というメモの終わりには《(昭和十五年五月)》と年代が明記されている。以上から、谷崎が『北京の日』を読んだのは昭和十五年四月頃と判断した。
(35)　『きのふけふ』の『北京の日』についての谷崎の説は、『続松の木影』に簡単にメモされた内容を敷衍したものである。谷崎は、『北京の日』の続編『嵐の中の木の葉』(一九四一年刊、昭和二十六年竹内好訳)を読む事はなかったようだが、皮肉な事に、そこには日中戦争下の中国の苦難が描き出され、《われわれ国民は、日本人のやることを見た後では、この海をへだてた隣人を軽んずるだろう。そして(中略)憎しみは忘れられても、ケイベツは決して忘れられない》などと書かれていた。
(36)　昭和二十四年一月三日の「朝日新聞」(大阪版)(四)面に掲載された「朝日賞に輝く業績／美しい風俗絵巻／七ヶ年の労作「細雪」」と題する記事中の談話。全集未収録。拙稿「谷崎潤一郎全集拾遺雑纂」(「甲南女子大学　研究紀要」平成五・三)で全文を紹介しておいた。

【付記】　本章は、「甲南女子大学　研究紀要」(平成八・三)に発表したものに、今回、加筆したものである。

本章で私は、谷崎の戦時下の些細な言動を取り上げ、あげつらっているが、それは、谷崎および『細雪』が、反戦と芸術的抵抗の作家・作品であるという神話を打ち砕き、本当の谷崎と『細雪』を正しく理解したいと願っているが故に、敢えてそうしたのであって、谷崎を軽蔑したり、批判したりしているのではないし、『細雪』の価値を、少しでも割り引こうとするのでもない。昭和十年代の日本に瀰漫した驕りと慢心に、谷崎もまた影響を受けていたことは残念に思うが。

何事も、後から振り返って悪口を言うのは容易な事である。もし我々が明治の教育を受けて、あの時代に戦争を迎えていたら、果たして反対したであろうか。

私はまた、芸術は、道徳より次元の高いものだと信じているので、戦争に反対しようがしまいが、作品の価値とは無関係だと思っている。

また、芸術家は、或る時代の日本のインテリのように、政治・社会問題を取り上げ、民主主義を国民に教えるべきだとも思っていない。

以上、誤解を防ぐためにお断りして置く。

なお、『細雪』については、「昭和戦前期の谷崎潤一郎」(六)「イデア論の終焉（現実への回帰）」（本書P407～）や「谷崎潤一郎と詩歌」(五)「声と方言と」（本書P479～）でも、少しずつ論じて置いた。また、『細雪』のモデルについては、「モデル問題ノート」の『細雪』の項（本書P940～）を参照されたい。

第三章　谷崎家・江沢家とブラジル

この度、谷崎潤一郎の妹・伊勢さんの生涯、およびブラジルに移住した江沢家・谷崎家の人々について、また潤一郎の弟・得三氏に関連して、新たな事実を知る事が出来たので、ここに報告して置く。

今回の報告の内、江沢家については、江沢千恵さん、ブラジル関係については、伊勢さんのお嬢さんでブラジル・サンパウロ在住の三沢悦子さんのお手持ちの資料や、三沢さんがブラジルの林家・江沢家・谷崎家の親類縁者に問い合わせて集めて下さった資料に拠る所が大きい。また、得三氏関係については、潤一郎の妹・末さんの御子息・谷崎秀雄氏からの御教示にもっぱら依拠している。その他、綾部（旧姓・小瀧）瓔子さんからも御教示を得た。「パウリスタ新聞」に掲載された伊勢さんの「叔母の死」を入手できたのは、ブラジルの日本移民資料館の御蔭であった。これらの事実をここに記し、多大なる感謝の意を表します。

（一）谷崎潤一郎の妹・伊勢さんについて

既に知られている事柄に新事実を交えつつ、伊勢さん（以下、敬称略）の生涯の概略を以下に辿って見る事にする。

伊勢は明治三十二年十一月五日生まれ（三沢悦子さんによる）。本人の著書『兄潤一郎と谷崎家の人々』によれば、最初は葛飾の農家に里子に出され、潤一郎は父母と一緒に、または一人で代理として、里扶持や衣類などを持って、よく里親の所へ行ったらしい。伊勢は四歳の時に、妹・末とともに、子供のなかった葛飾小松川の叔父・谷崎万平の家に養女に遣られる。

伊勢が里親の所から連れて来られた日の事は、お京（＝園）の五月十八日付け日記という形で、精二の小説『妹』（「新潮」大正六・一）に記されているものが、事実に近いと思われる。

『兄潤一郎と谷崎家の人々』によれば、万平は、地底の水脈や鉱脈を掘り当てる仕事をしていた。伊勢は、小学校が休みの時などに、父母の家によく遊びに行っており、その折の潤一郎の想い出も書いている。

『妹』によれば、伊勢は、小学校を一年の時からずっと一番で卒業まで通したので、担任の先生が大層惜しがって、是非東京へ出して女学校へ入れろと万平に勧めたと言う。『妹』には、大正四年秋に、小学校を卒業した伊勢が、谷崎家に遊びに来た事が描かれている。精二は父母・終平（作中では弘治・八歳）と同居しつつ、原稿を書いており、養女にやられていた伊勢（作中ではお定）が二、三日泊まりに来、里親にも会いに行くという話である。この後、伊勢は向島（作中では品川）の潤一郎の所で四、五日遊んでから小松川に帰る事になっているが、潤一郎の家の描写はない。ただ、母が「あっちの兄さんは此の頃景気が好いから屹度芝居へでも何処へでも沢山連れて行ってくれるよ。」と言うのは、潤一郎が『お艶殺し』で儲けた事を知っての発言らしい。

『兄潤一郎と谷崎家の人々』によれば、潤一郎の妻・千代子が、『妹』の掲載された「新潮」を送ったので、伊勢はこれを読んで、精二に自分の不幸を訴える手紙を書いた。精二の小説『さだ子と彼』（「新潮」大正九・五）に、その手紙は引用されている。

『さだ子と彼』によれば、精二はこの手紙を読んで、父・倉五郎に伊勢を呼び戻す事を提案したが、倉五郎は今更返せとは言えないと反対した。翌大正七年、精二は結婚して別に家を持ち（「よみうり抄」二月二十一日）、伊勢を自分の方に引き取ろうと考えたが、これも倉五郎の不賛成で実現しなかった。しかし、年末に倉五郎が脳溢血で倒れたため、看護と家事手伝いのために、伊勢も呼び戻され、大正八年二月二十四日に倉五郎が死んだ後も、そのまま潤一郎の許に留まった。万平叔父も、そっちで嫁にやっても構わないと言った。

『さだ子と彼』に、潤一郎から大正八年十二月に聞いた話として書かれている事によれば、大正八年五月頃、潤一郎一家が伊香保に滞在中、後に伊勢と結婚する事になる青年紳士・中西周輔（三沢悦子さんによる。作中では河本）と同じ宿に泊まり合わせ、懇意になる。中西は潤一郎の部屋へ話しに来たり、伊勢や終平と散歩に出たりした。

『兄潤一郎と谷崎家の人々』によれば、伊香保へ行ったのは千代子が胸を患ったためで、最初、潤一郎が来る前に、A（中西）は潤一郎の愛読者でフェミニストでクリスチャンだと称して千代子に取り入り、千代子が伊勢を中西に紹介した。中西は有名な物産（三井物産）社員で、海外勤務の経験もあった。先妻とのトラブルで神経衰弱になり、転地療養に来ていた。

『さだ子と彼』によれば、中西はK市の高等商業出身だった（神戸高商の卒業生名簿にはない）。暑くなって来たので、潤一郎一家が伊香保から塩原へ転地すると、暫くして中西も移って来た（大正八年に伊香保・塩原に行った事は、同年五月六日付け瀧田樗陰宛書簡と八月十三日付け中根駒十郎宛書簡などによって確認される）。潤一郎は多忙のため、千代子か伊勢が相手をした。潤一郎一家は、秋になって塩原から帰京。中西も後から帰京し、その後もちょいちょいやって来て、千代子や伊勢と話し込んだり、伊勢・終平と一緒に散歩に出たりした。中西は精二より二つ三つ年上で、子供が二人あった。前の妻は家柄は良かったが、傲慢・不従順で虚栄心が強いため、合意の上、離婚したと言っていた。

『兄潤一郎と谷崎家の人々』では、結婚の話が出たのは伊勢の二十一歳の春（大正八年春）とされているが、『さだ子と彼』によれば、大正八年の十一月頃である。潤一郎は躊躇したが、中西から、頻りに伊勢に催促の手紙を寄越すので、潤一郎は、手紙は直接自分に宛てて出すよう言ってやった。潤一郎は気が進まなかったが、伊勢は結婚を強く望んだ。潤一郎はM社に居る親友・T氏（恐らく三井銀行の土屋計左右）に中西の評判を調べて貰った。その上で、十二月に精二を自宅へ呼んで、相談した。その時、潤一郎は、「信用ある人物を媒酌人に立てる事を条件に纏めようと思うがどうか。その前に先方の血統も是非調べてみなければ」、と言っていた。精二は血統より、相手の誠意・品性を調べるように言った。この頃、伊勢は、潤一郎が結婚に反対のため、小松川に帰っていたが、潤一郎は、O町（小田原）へ転居する直前、精二・万平叔父・伊勢を自宅に集めて再度話し合った。万平叔父は老後の生活補助を求め、潤一郎が中西に伝える事になった。

『兄潤一郎と谷崎家の人々』によれば、周囲はみんな反対だったが、「本人同士がよかったらそれでいい」という潤一郎の言葉で結婚が決まった。いかにも潤一郎らしい結婚観である。

大正九年一月二十九日付け精二宛潤一郎書簡には、《小松川より来書婚結（ママ）の事に相定まり節分までに先方にて可然媒酌人を立て結納取り交はす事に相成候》とあり、結婚が正式に決まった事が分かる。

『兄潤一郎と谷崎家の人々』によれば、潤一郎は伊勢の結婚費用を捻出するために、少なからぬ借金をして、その返済に長く苦しんだ。また『さだ子と彼』によれば、精二も毎晩遅くまで執筆して、お金を作った。

結婚式を間近に控えた大正九年三月三日付けで小田原から精二に宛てた潤一郎の全集未収録書簡が、青木正美氏によって紹介されている（「作家の手紙」（4）「彷書月刊」平成四・九）ので、ここに全文を写して置く。

拝啓

陳者御いせ結婚のこと、いまだ確定はせざれど多分来る三月十四日頃東京偕楽園にて式ならびに披露をすることゝなるべく、明日中西氏来訪その上にてシカと取り定め、又改めて御しらせ可致候

さて、支度の方は、結婚衣裳、その他新婚旅行等に必要なる衣類不段着、一と通りは当方にてすでに取りそろ

へ、来る十日に註文品全部出来の手筈になり居り候。お前の方にて簞笥を買はうかとの話なりしが、簞笥は小松川にて整へ、その他偕楽園等にても何か祝つてくれる由につき、万一同じ品物がカチ合つては不都合故、いつそ現金にて当方へ御送りなされ度、目下小田原にいせも居ること故、同女と相談何か必要なものを買ふか、或は当方の支払ひの一部に充てたくと存候。兎に角この手紙が着いたら、お前の方で都合つくだけの金を（150位でよし）為替で御送り下され度候。

右要用まで

三月三日　　谷崎潤一郎

精二殿

この手紙に対して精二は、「百五十円以上は難しい、それに今手許には八十円しかない」と書き送ったと見え、三月六日付けの精二宛潤一郎書簡で、潤一郎は、「それでいいから至急送れ、残りは十四、五日で結構」と言い送っている。『さだ子と彼』によると、結婚式の三日程前になって、精二は軽い盲腸炎を発病。精二夫妻は式を欠席する事にし、精二の家に集められていた簞笥・鏡台・衣類など、伊勢の嫁入り道具は、すぐに中西の家へ送り出した（『兄潤一郎と谷崎家の人々』によれば、中西と伊勢が結婚して初めて住んだ家は、精二の家（牛込区弁天町六）のすぐ近くだった）。

式の前日の夜遅く、伊勢は末と一緒に精二の家に来て一泊。式の日の朝、千代子が鮎子を連れて精二の家に来て、精二の妻と一緒に伊勢の着付けをして、自動車で出発した。式後、中西と伊勢は、すぐに京阪地方へ新婚旅行に旅立った。精二の小説『従妹』（「新潮」大正十三・四）によれば、新婚旅行先から、「昨日は奈良を見物し、宇治にて一泊いたしました。（中略）旅へ出て五日間が楽しく、だが夢の様に儚なくたってしまいました」という意味の葉書が来たと言う。

恐らくこの旅から帰った後、『兄潤一郎と谷崎家の人々』によれば、中西は式に招待できなかった会社の部下数人を帝国劇場に呼んで、披露を兼ねた観劇の宴を催した。

しかし、そうした幸福は長続きしなかった。結婚してみると、中西は先妻との間にもまだ問題を残しており、その上、他にも女性関係を作っていた。また、谷崎潤一郎の愛読者などと言っておきながら、家には一冊の文学書もなかった。そして、伊勢の学歴を承知で結婚して置きながら、伊勢の無学を嘲笑した。

大正十年五月十四日、中西と伊勢の間に長女・道子が誕生した（三沢悦子さんによる）。潤一郎は子供が一人の内に帰って来るように言ったが、伊勢にはその決心が付かなかった。

『従妹』によれば、大正十一年頃、中西は会社を解雇され、その後適当な勤め口も見つからないで、大正十二、三年頃は、保険会社の外交員の様な事をしていたが、生活はひどく窮迫していた。

『兄潤一郎と谷崎家の人々』によれば、中西は親戚の金を掻き集めて自分で事業を興したが、これも失敗した。潤一郎は数か月間、毎月月末に、一定額の生活費を伊勢に送った。

大正十二年、中西と伊勢の間に二番目の子供として、男の子が生まれた（三沢悦子さんによれば、正確な名前及び誕生の月日は分からないが、ゴーちゃんと呼ばれていた）。

『従妹』によれば、伊勢は男の子を産んだ後、精二の家に逃げて来た。男の子は、中西が渡さないので、置いて来た。伊勢は、中西と離婚してタイプライターでも習って自活したいと言った。精二はむしろ中西に同情的で、離婚には反対したが、暫く伊勢を家に置く事になった。その間に、男の子は風邪から肺炎を起こし、死亡した（三沢悦子さんによれば、大正十三年一月四日、医者の家に向かう人力車の上で、伊勢に抱かれて死んだと言う）。

この後、伊勢が兄・潤一郎のもとへ一旦身を寄せた事は、大正十三年三月九日付けで、兵庫県武庫郡六甲苦楽園万象館から出した潤一郎の精二宛書簡から分かる。潤一郎は精二とは逆に、夫婦の事は夫婦で決めるべきだとしつつも、離婚したいという伊勢を正当として支持していた。

伊勢は三月十八日に、その日付けの精二宛潤一郎書簡を持って、再び精二宅に戻る。そして、九月二十四日、中西と伊勢の間に三番目の子供としてヨーコという女の子が生まれる（三沢悦子さんによる）。

『兄潤一郎と谷崎家の人々』によれば、その後、（恐らく大正十四年に）半年程、伊勢は二人の娘を連れて、潤一郎の許へ逃げ帰っていた。潤一郎は弁護士を頼んで、伊勢と中西の離婚話を纏めようとしたが、中西が子供を渡さないため、伊勢は離婚を諦めた。

恐らくこの際であろう、大正十四年九月九日に京都市黒谷西住院より精二に宛てた潤一郎の書簡に、《おいせは先日自分の方から中西方へ帰りたいと云ひ出して、向うがあやまりにも迎へにも来ないのに行つてしまつた》と、不満気に書き送っている。

翌大正十五年九月二十四日、潤一郎は佐藤春夫に宛てた手紙の中で、伊勢が近くブラジルへ出発すると伝えている。『兄潤一郎と谷崎家の人々』によれば、中西は、潤一郎の従兄の谷崎平次郎一家がブラジルに移住した（後出）のを見て、農民でなくても移住できると知り、日本から逃げ出す気になったらしい。伊勢と中西は、雇用先が予め決まっている契約移民としてではなく、自由渡航者としてブラジルに渡った。この時、潤一郎と千代子は神戸港まで見送りに行った。千代子は一生懸命別れのテープを投げたが、潤一郎はテープを一本だけさもきまり悪そうに持って、なるたけ目を伊勢と合わせないようにしていたと言う。

今東光の「谷崎潤一郎論」（「不同調」昭和二・八）によれば、この時、潤一郎が袴を着けているのを今東光は見たと言う。

また、市居義彬氏の『谷崎潤一郎の阪神時代』所載の反高林で谷崎の隣に住んでいた楢崎猪敏夫妻の話によれば、楢崎夫妻の父が中西と知人だった関係で、中西と伊勢はブラジルへ渡る前、何日か楢崎家に泊まり、宝塚へ案内して貰ったりした。ところが、伊勢は「お早よう」などの挨拶もしなかった。また、神戸港へ見送りに行った時、千代子は涙を流して別れを惜しんでいるのに、潤一郎は「気を付けて行けよ」とも言わなかったと言う。

恐らくこれらは、一つには潤一郎のはにかみ癖のためであり、また一つには、このブラジル行きに、潤一郎が内心反対であったからでもあろう。昭和八年四月七日及び十一月十一日付け精二宛書簡にあるように、ブラジル渡航の際、潤一郎は伊勢に、中西と離縁するよう勧めたのに対して、伊勢は「子供と別れるのは厭だ、いかなる苦労も覚悟している」と言うので、潤一郎も仕方なく手を引いたのである。この事は、後に伊勢が「中西と別れてブラジルから帰りたいから金を送って欲しい」と依頼して来た時に、潤一郎がやや冷淡な態度を示す原因になったと思われる。それでも、昭和六年六月三日・昭和八年十一月十一日の精二宛潤一郎書簡にあるように、この時、ブラジルへ渡る船賃（旅費）は、（恐らく中西の分も）潤一郎が出したのである（ただし、『ブラジル日本移民史年表』（無明舎出版）によれば、ブラジル渡航移民全員の船賃及び移民会社の手数料は、大正十四年から日本政府が負担する事になった。とすれば、潤一郎が負担したのはその他の雑費だったのだろう）。

この当時、日本からブラジルへは、船で一ヶ月半から二ヶ月程かかったから、二人は九月の末か十月初めに出航して、十一月中旬に着いたと考えられる。

伊勢の「叔母の死」（「パウリスタ新聞」第７５２５号（一九七九・三・二十八）六面）によれば、ブラジルに着いた直後、伊勢がサントスからルスの駅に降りた途端、谷崎平次郎の妻・なかと思い掛けず邂逅し、「平次郎は馴れない百姓仕事で借銭が重なり、その返済のために一時日本に帰国している、その留守中に、なかの父・江沢藤右衛門は危篤状態になった、あなたが来ると分かっていたら止めたのに」と言われた。丁度その話の最中に、なかの兄（斉次郎）の子で十五、六歳（二男・晋二、明治四十四年一月二十七日生まれ）と十二、三歳（三男・桂三、大正三年十一月三日生まれ）の二人の少年が、藤右衛門の死を報せに来た。伊勢は翌日、藤右衛門の葬儀に参列した。後述するように、藤右衛門の死は大正十五年十一月二十一日であるから、伊勢のブラジル到着は、その数日前と推定できる。

なお、年代不明ではあるが、十月十一日付けの佐藤春夫の久世山上・堀口大学宛・谷崎善三郎持参書簡（臨川書店版『佐藤春夫全集』所収）に、「善三郎（平次郎の弟）が、ブラジルへ旅行中の身内の事で、堀口大学およびその父（九万一）に意見を聞き、出来れば御盡力を乞いたい」という趣旨の手紙が遺されている。

「久世山」とは、大正十四年九月から堀口大学と父・九万一が住んだ、当時の東京市小石川区小日向水道町一〇八番地附近の通称である。谷崎と佐藤は小田原事件で絶交していたが、大正十五年九月の十一日頃に和解し、同月二十四日には、先に述べた通り、伊勢のブラジル行きに言及した手紙を谷崎が出している。恐らく、この大学宛の手紙は大正十五年のもので、伊勢のブラジル行きに関連して、潤一郎の従兄・善三郎が、大正十三年にブラジルに渡った兄・平次郎を心配し、また伊勢のことも心配して、大正七年から五年間ブラジル公使をしていた九万一や、一緒にブラジルに行っていた大学に相談しようとし、潤一郎、次いで春夫が仲介の労をとったのであろう。或いは、平次郎の方から善三郎宛に、「叔母の死」に言うような借銭返済の相談があって、九万一の政財界に対する影響力に期待したのかもしれない。この相談の結果か、或いはその結果を待つまでもなく、平次郎は日本に向けて発ち、その為、伊勢がブラジルに着いた時には会えなかったということのようである。

『兄潤一郎と谷崎家の人々』によれば、中西と伊勢は、サンパウロまで行ったが、中西には農業をするつもりはなく、わずかな内職しか見付からなかったので、サンパウロから三十キロばかり離れたソロカバナ鉄道沿線の別荘の留守番のような仕事に付いた。

昭和二年五月五日付けの精二宛潤一郎書簡によれば、潤一郎はブラジルに帰る平次郎に、旅費や小遣いなど五、六百円を渡した上に、伊勢に送るお金をことづけたが、平次郎は伊勢に渡すべきお金を全額着服してしまったと言う（五、六百円は、今日の百数十万円に当たろう）。

同書簡についての精二の『明治の日本橋・潤一郎の手紙』の《註》によれば、伊勢が中西と別れ、子供を連れて帰国したいから旅費を送ってくれと言って来たので、伊勢と子供は精二が引き取って世話をするという条件で、潤一郎が伊勢に旅費を送ったが、丁度ブラジルで革命騒ぎが起こって通信が途絶したため、為替は伊勢の手許に届かず、返送されて来たと言う。また、『兄潤一郎と谷崎家の人々』によれば、別荘の留守番をして餓死寸前の生活をしていた時に、精二の名前で郵便為替が送られて来たが、革命騒ぎのせいで、四分の一しか届かず、残りは返送されてしまった事が、後になって分かったとある。しかし、ここで言う《革命騒ぎ》とは、ゼツリオ・ヴァルガスが、大統領選挙に敗れたあと、昭和五年十月から十一月の革命に成功して、臨時大統領に就任した時か、或いは昭和七年七月から十月にかけての所謂サンパウロ護憲革命を指す筈であり、精二・伊勢共に、後年の出来事と混同しているように思われる。昭和二年十月九日付けの精二宛潤一郎書簡に、《おいせの方へも平次郎氏に使ひこみをされてから、可哀さうだと思ひながらまだ送らずにゐる始末だ》とある事から、恐らくこの年には、精二が少額の郵便為替を送っただけだったと推定される。

潤一郎は、昭和二年九月一日付け精二宛書簡で、「ブラジルのお伊勢には、手紙を出して、考えを聞いて見るが、子を引き取るのはどうしても厭だ」と言っており、一方、伊勢は『兄潤一郎と谷崎家の人々』で、潤一郎から、子供を連れて帰らないという条件でなら一人分の旅費を送るという手紙を貰った事があると言っている。推測の域を出ないが、これはこの頃の事で、潤一郎には、子供を捨てない限り中西と離婚する事は出来ず、問題の解決にはならないという考えが強くあったのであろう。

昭和二年十月十日、三年前、中西と伊勢の間に生まれた三番目の子供・ヨーコが脳膜炎で死亡した（三沢悦子さんによる）。

『兄潤一郎と谷崎家の人々』によれば、死因は消化不良となっている。この後、伊勢は、中西宛に届いた先妻の手紙を読み、中西が先妻に復縁を迫っていた事実を知ると、絶望の余り、長女・道子を連れて家を出、近づく汽車に向かって土手を駆け上がろうとした所を日伯新聞の社員に抱き留められた。これが機縁となり、伊勢はサンパウロに出て、日伯新聞の炊事人となった。こうして中西と別居した伊勢は、その後、サンパウロで、日本人が経営している上地旅館で働くようになった（昭和八年の伯剌西爾時報社編『伯剌西爾年鑑』によれば、上地旅館はサンパウロ市内Rua Bonita 11-12にあった）。

石川達三の『心に残る人々』によれば、石川は、昭和五年の五月から六月にかけて、この上地ペンソンに滞在しているが、その際、或る邦字新聞記者から、ここで炊事をしている小母さんは潤一郎の妹だと教えられた。なお、その新聞記者は、伊勢は日本から来た亭主と別れて、今はペンキ屋の女房になっている、と語ったらしいが、事の真偽は不明である。

その後、昭和六年三月二十四日・五月十八日付けの精二宛潤一郎書簡、及び二十四日付け書簡についての『明治の日本橋・潤一郎の手紙』の《註》によれば、伊勢は再び、中西と別れ、子供を連れて帰国したいからと、旅費を送るように言って来た。が、潤一郎は丁度お金に困っていた時だったので、すぐには送金できなかった。この頃は、世界恐慌によるコーヒー豆の大暴落などで、ブラジル経済が大打撃を受けていた時なので、伊勢も見切りを付けて帰国しようとしたのかも知れない。

ところが、昭和六年五月下旬になって、伊勢は風邪から急性肺炎を起こし、危篤となってしまった。精二の「潤一郎追憶記」によれば、この時は、中西が早稲田大学宛に「イセキトクカネオクレ」と電報を寄越した。精二は雑誌社から百円を前借りし、潤一郎にも送金を頼んだ。これに対する潤一郎の返事が五月二十八日付け精二宛書簡で、「貯金もなく、今、高野山に来て居てどうする事も出来ないので、取り敢えず百円送ってやってくれ、五十円は来月中に

写真１　林貞一・伊勢・道子

精二に返す」というものであったが、この返事に対して精二は激怒して、「女房を質に置いても金を作れ」と書き送るなどの事があった。

この後、潤一郎は、同年六月二日に精二に五十円を送り、六月十五日付けの精二宛書簡でも、《御い勢病状よろしとの事何よりに存候帰国の旅費之事は（中略）少しでも早く工夫いたすべく候》と書き送っている。

その後も伊勢の処遇は、精二が繰り返し問題にしたらしく、潤一郎も昭和七年五月十五日・九月十四日や昭和八年四月七日・五月五日・八月七日付け書簡などで答えていたが、遂に十一月十一日付けの精二宛書簡で、潤一郎は精二と絶交するに至る。

『明治の日本橋・潤一郎の手紙』の《註》によれば、精二が伊勢とその娘を引き取って一生世話をするから二人の帰国の旅費だけ出してくれと頼んだのに対して、この頃、潤一郎はお金に困っていた事もあり、過去の経緯もあって、《帰国の旅費は当分調達の見込なし先づ来年あたりになつてみなければ分らぬといふより外なし（中略）小生としてはむしろ彼地に溜（ママ）まりて運命を開拓せんこと望ましく思ふ也》（昭和八・四・七）といった調子だったため、精二が腹を立て、潤一郎を怒らせるだけの相当烈しい非難の手紙を送った為と言う。二人の絶交は五年半続き、昭和十四年六月十四日に精二夫人・イクが死去した際、葬儀の案内がなかったにも関わらず、潤一郎が関西から上京・列席した事で、和解が成立した。

ところで、皮肉な事に、丁度この絶交事件が起こったのと同じ頃、ブラジルでは伊勢が、生涯の伴侶・林貞一を得

写真２　羽瀬商店。右端が羽瀬定男（羽瀬作良の弟）

て、目出度く昭和八年八月二十四日に式を挙げていたのである（写真１）。

　三沢悦子さんによると、伊勢と貞一の結婚を仲立ちしたのは、谷崎平次郎・なか夫妻である。貞一は、日本に居た時には平次郎の会社の従業員で、ブラジルにも平次郎一家と一緒に渡るなど、深い関係にあったのである。

　一方、中西周輔のその後については、今の所、不明である。『ブラジル日本移民史年表』によれば、昭和七年一月十四日に創刊された「日本新聞」の主筆に中西周甫が迎えられているが、これが伊勢の元の夫と同一人物かどうか、確証がない。同年表は、この人物が昭和十五年八月十六日サンパウロ市に設立された日本商業会議所の書記長になった事と、昭和二十五年に、『北パラナ国際植民地開拓十五周年史』という著書を刊行した事を記録している。

　貞一・伊勢夫妻には、昭和九年九月二十五日に長男・シンタロウが生まれたのを初めとして、以後、悦子・マサコ・レイコが生まれた。

　貞一が勤めていたのは、サンパウロ市イルスン・シンプリシアーナ街にあった羽瀬作良（さくろう）商店であった（写真２）。昭和三十四年十一月サンパウロ新聞社発行『輝ける人びと』などによれば、羽瀬作良は、明治二十七年五月、大分県生まれ。昭和二年二月に、サントス丸でブラジルに渡り、昭和十三年に日本製品の直輸入店を開いたと言う（『ブラジル日本移民史年表』によれば、昭和六十一年四月四日、九十二歳で死去）。

昭和十五年八月刊行の『在伯邦人職員録』には、羽瀬作良商店の従業員として、羽瀬定男（羽瀬作良の弟）・林貞一・谷崎徳三（谷崎平次郎・なか夫妻の次男）・谷崎正男（谷崎平次郎・なか夫妻の三男）などの名前が並んでいる。『兄潤一郎と谷崎家の人々』によれば、貞一・伊勢夫妻は、羽瀬商店のすぐ近くに住んでいた。が、第二次世界大戦の際、ブラジルが連合国側に立って参戦してから、敵性国家の人間として立ち退かされたと言う。『ブラジル日本移民史年表』によれば、これは昭和十七年一月二十九日に、ブラジルが日本を含む枢軸国との国交を断絶した後、同年二月二日と九月六日の二度にわたって、サンパウロ市内の日本人集中地域からの日本人立ち退き命令が発令された頃の事であろう。

戦後、昭和二十九年になって、羽瀬商店の羽瀬記代子という人が日本に来た際、潤一郎はこの人に、文化勲章受賞

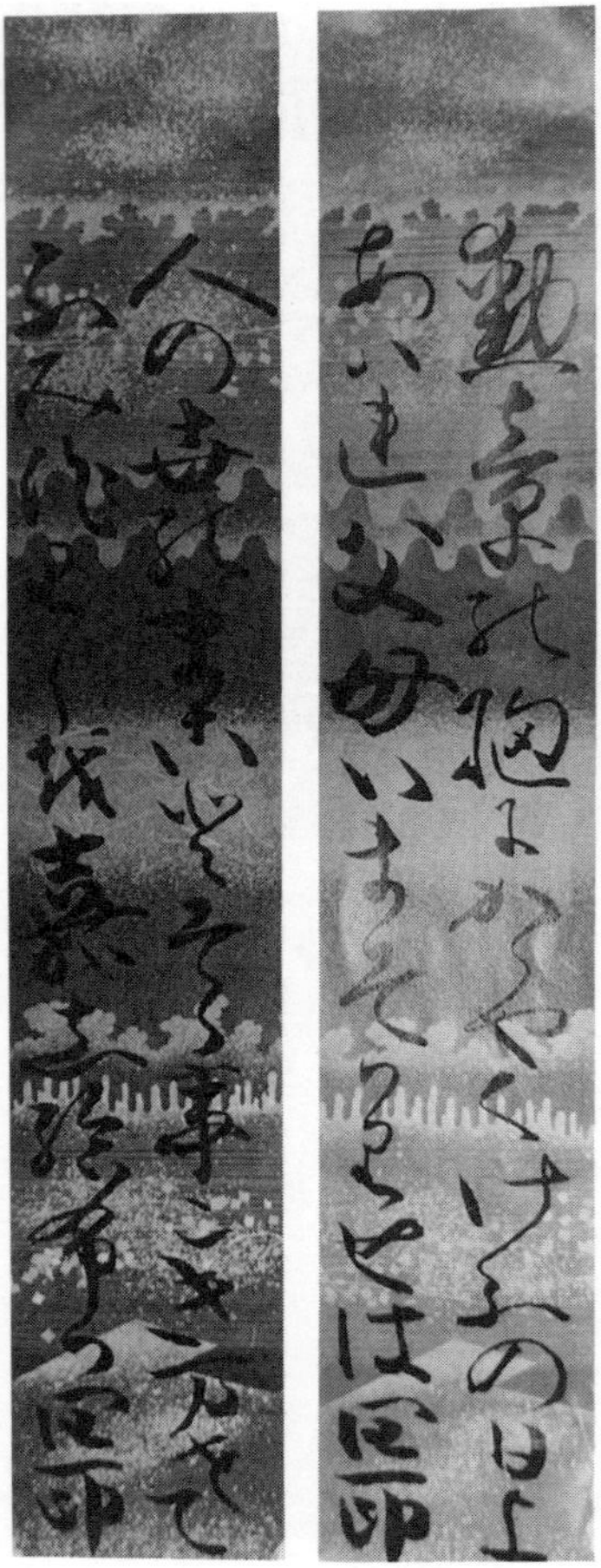

写真3　谷崎潤一郎自筆短冊

の際の短歌を短冊二葉に認めたものを託して、伊勢に贈っている（十月八日付け羽瀬記代子宛書簡参照）。伊勢に渡された短冊は、「勲章の胸にかゞやくけふの日よあはれ父母いまそかりせば」と、「人の世のまことそらごとこきまぜて文作りしを嘉し給ふか」の二葉で、今もブラジルの林シンタロウ宅にある（写真3）。

この他、昭和二十七年に「昭和壬辰孟春　谷崎潤一郎（雪後庵印）　道子様」と署名した谷崎訳『源氏物語』、昭和三十一～三年に伊勢の娘・柴田道子に送った潤一郎の年賀状や、三十三年の銀婚式の風呂敷（写真4）、「名にしおはは花よ都はわするとも世を佗人のわれな忘れそ　潤一郎」と揮毫した扇子、「ふるさとは田舎侍にあらされて昔の江戸の俤もなし　潤一郎」と揮毫した色紙などが遺されている。

昭和三十六年、伊勢は三十六年ぶりに日本を訪れる事になり、七月十日、アフリカ丸に乗船し、八月八日、横浜港に着いた（三沢悦子さん

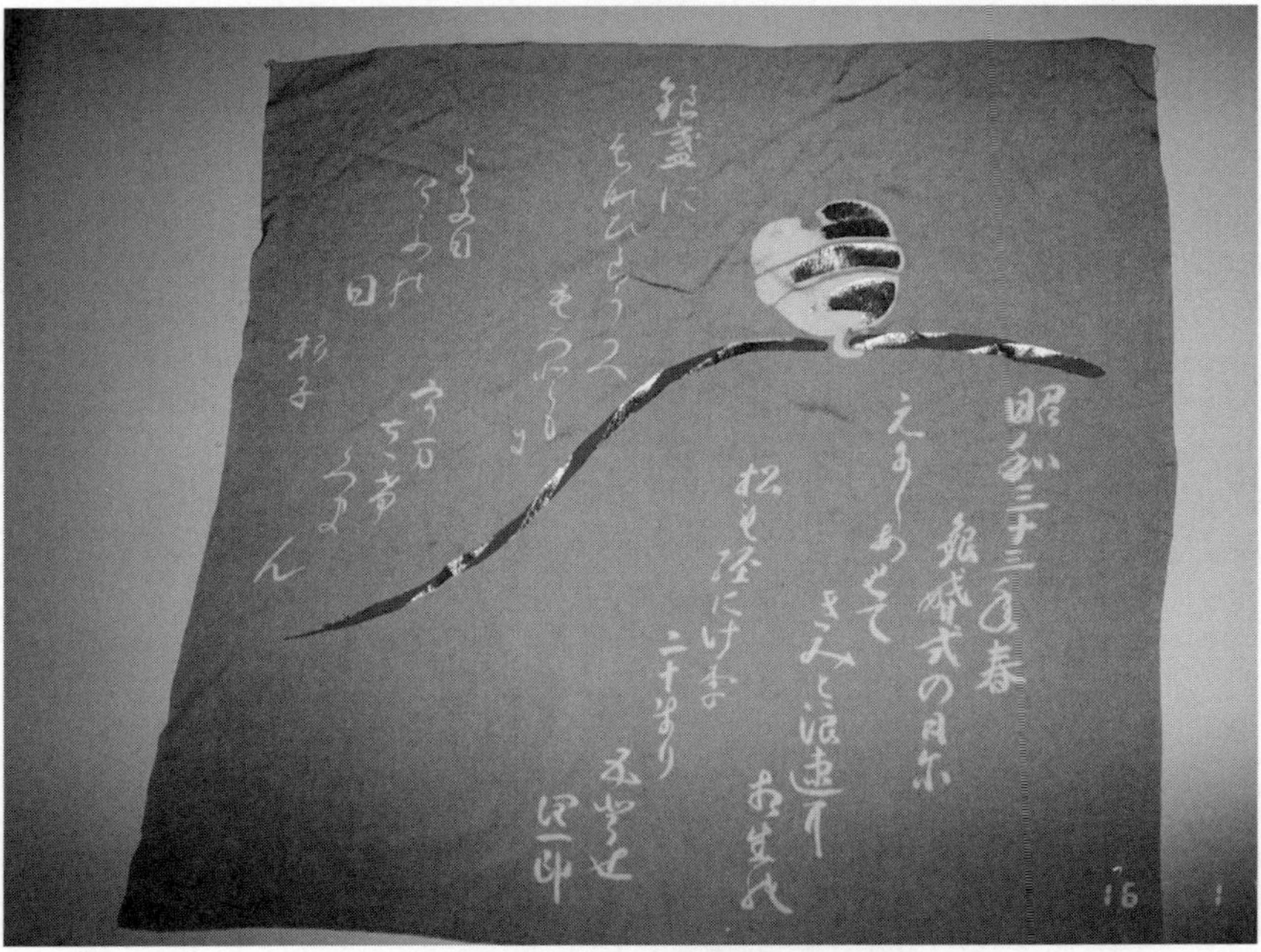

写真4　谷崎潤一郎・松子の銀婚式の風呂敷

による）。約二ヶ月半の滞在期間中の事は、『兄潤一郎と谷崎家の人々』に詳しい。

谷崎秀雄氏の日記によれば、この間、九月二十七日の夕方、神戸市東灘区深江の秀雄の家で、谷崎家の兄妹四人（得三・伊勢・末・終平）が顔を合わせた事があり、また、十月七日には、芦屋市の末の家で、伊勢と末夫妻・秀雄夫妻で夕食を共にした事があったと言う。

こうして、恐らく十一月上旬頃、松子や江沢栄一・久子（後出）らに見送られ、横浜港から船で帰途に就いた伊勢は、十二月十日、無事サンパウロに帰り着いた（三沢悦子さんによる）。

平成六年六月七日、伊勢さんは九十四歳で亡くなられた。

（二）谷崎平次郎氏一家について

谷崎平次郎氏（以下、敬称略）は、谷崎久兵衛・花の長男で、潤一郎からは従兄に当たる。しかし、その生涯についても、潤一郎との関係についても、残念ながら、未だ詳しい事は分かっていない。

今回、三沢悦子さんから提供された資料の中に、ブラジル渡航旅券関係の書類があり、それによって、平次郎は明治十四年十月六日生まれである事が判明した。また、昭和二十五年十一月十二日に撮影された平次郎と妻・なかの金婚式の写真（写真5）が遺されていたので、ここから逆算して、二人の婚礼の日取りは明治三十四年十一月十二日と推定できる。これは、この夫婦の長男が明治三十六年六月二十四日に生まれている事（ブラジル渡航旅券関係書類による）とも矛盾しない。

林伊勢の「叔母の死」によれば、この結婚は、中風で長く床に就いていた久兵衛の妻・花が明治三十四年六月二十

写真5　なか・平次郎

一日に亡くなり（享年四十四歳）、大きな店を抱えながら寡男暮らしをする不自由を解消するため、久兵衛一家の事情に通じている姪のなかに来て貰うのが適当と、久兵衛が独断で決めたものだったと言う（これは、久兵衛一家とその兄の江沢藤右衛門一家が、親密な交際を重ねていた事を証する事実でもある）。しかし、恋愛結婚でなかった為、平次郎は放蕩に走り、為に家運の傾きかけた所へ、関東大震災に遭って無一物となり、旧知の人に零落した姿を晒したくないという思いから、ブラジルに渡る事になったのだと言う。

平次郎の放蕩に関しては、例えば、潤一郎の『疎開日記』昭和十九年正月八日に、高木定五郎の第二夫人《Sさんは下谷の芸者にて予が従兄の、目下ブラジルにゐるH（平次郎）氏の馴染なりし事ありき、SさんはH氏を嫌ひて高木に靡くに至りしものなり》とあり、その一端を垣間見る事が出来る。

平次郎の結婚に関連して思い出されるのは、精二の『十二歳の時の記憶』（「万朝報」の懸賞小説に当選し、明治四十三・七・二十五〜二十六掲載）である。この小説によれば、主人公が十二歳（精二なら明治三十四年）の春の半ば過ぎに、蠣殻町の叔父（ママ）（久兵衛?）の家で、長男・啓造（平次郎?）の婚礼があり、主人公の父母（倉五郎・セキ?）が仲人を務め、主人公と叔父の娘・美代（隆?）が男蝶・女蝶の役をした事になっている。これは、大筋では事実ではないかと想像される。

久兵衛一家と倉五郎一家とは、終始密接な関係を保っていたようであるから、潤一郎と平次郎も親しかった筈である。

例えば、精二の小説『祖母』（「秀才文壇」大正六・一）には、精二が七つ八つの時分（明治二十九～三十年）、蠣殼町の本家の離れ座敷で、晩になると兄の春一（潤一郎）や従兄の仙造（善三郎？）が明礬水であぶり出しの絵を描き、精二と従姉のお増（富美子？）・お孝（隆？）が茶の間から廊下伝いにお札を持ってそれを買いに行く遊びをしていた事が語られている。また、精二の『生ひ立ちの記』（「早稲田文学」昭和十二・四～七）などによれば、潤一郎と精二は毎夕、久兵衛伯父さんの家へ風呂に入りに行っていた。ただし、平次郎は潤一郎より五歳年上だったので、一緒に遊ぶ事は少なかったかもしれない。

その後の平次郎と潤一郎の接点としては、大正十二年九月一日に起きた関東大震災の際、箱根から一旦関西に逃れた潤一郎が、家族を探しに来て、目黒の山本実彦邸で再会した（今東光『東光金蘭帖』による）後、東京府下杉並村の平次郎の許に、十日程、身を寄せた事が知られている。

平次郎の娘・今井栄子さんの証言によると、関東大震災の後には、潤一郎一家の他にも親戚が多数避難して来た。当時、平次郎一家は、荻窪駅のそばに大きな屋敷を構えていた。余震が来ると、そばの竹藪に駆け込んだ。また悦子さんによれば、平次郎夫人・なかは、《お千代さんは本当に美しい人だ、この様な時にも美しいのだから》と伊勢に語ったと云う。千代子夫人は親切で人柄がよかったので、なか・伊勢だけでなく、皆に愛されていたと言う。

平次郎は、父・久兵衛と一緒に、東京米穀商品取引所仲買人をしていたと思われるが、事業に失敗した上、震災の被害に遭ったため、その翌年に、一家を挙げてブラジルに移住する事になった。

平次郎の娘・今井栄子さんの証言によると、平次郎は、ブラジル移住を決意する前に、ブラジルから最近帰って来たトミオカという人と相談し、トミオカの手引きでブラジルに渡ったと言う。このトミオカについては未詳だが、『ブラジル日本移民史年表』に、《大正四年五月、富岡漸（すすむ）が、モジアナ線カニンデー駅サンタ・クルース農場で米作

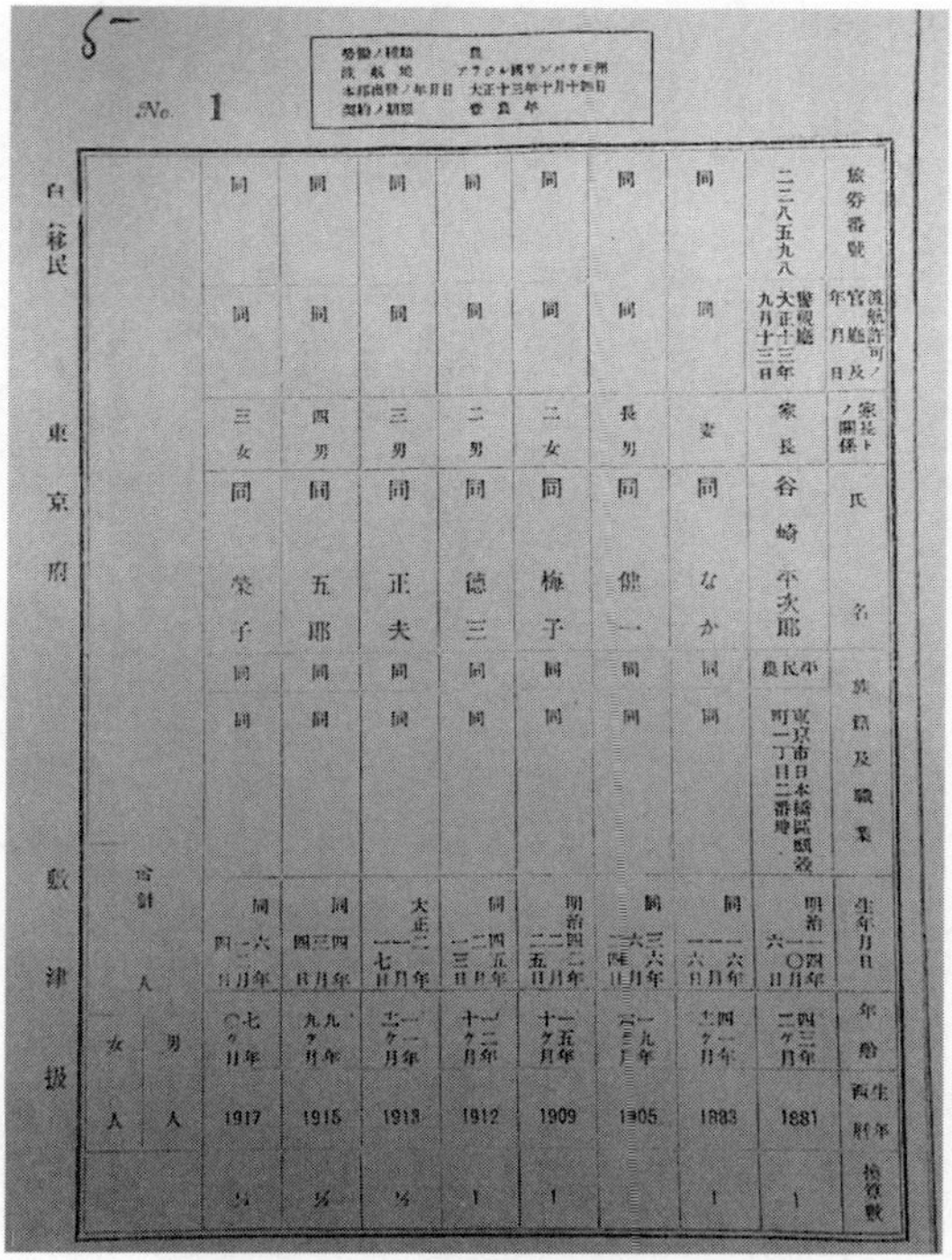

No. 1

勞働ノ種類	農
渡航地	ブラジル國サンパウロ州
本邦出發ノ年月日	大正十三年十月十四日
契約ノ期限	壹農年

旅券番號	渡航許可ノ官廳及年月日	家長トノ關係	氏名	族籍及職業		生年月日	年齡	西暦生年	枚數
二二八五九八	警視廳 大正十三年九月十三日	家長	谷崎平次郎	平民 農	東京市日本橋區蠣殻町一丁目二番地	明治[illegible]	[illegible]	1881	1
同	同	妻	同 なか	同	同	同 [illegible]	[illegible]	1883	1
同	同	長男	同 健一	同	同	同 [illegible]	[illegible]	1905	
同	同	二女	同 梅子	同	同	明治[illegible]	[illegible]	1909	1
同	同	二男	同 徳三	同	同	同 [illegible]	[illegible]	1912	1
同	同	三男	同 正夫	同	同	大正[illegible]	[illegible]	1913	½
同	同	四男	同 五郎	同	同	同 [illegible]	[illegible]	1915	½
同	同	三女	同 栄子	同	同	同 [illegible]	[illegible]	1917	½

合計　男　人　女　人

自費移民　東京府

写真6　ブラジル渡航旅券関係の書類

の請負を始める。この種の農業の先駆けとなる。》とある富岡であろうか。

今回、三沢悦子さんから提供されたブラジル渡航旅券関係の書類（写真6）によると、大正十三年九月十三日付けで、谷崎平次郎一家十一人と谷崎邦二に、警視庁から渡航許可が出ている。書類の記載によれば、「労働ノ種類」は「農」、「渡航地」は「ブラジル国サンパウロ州」、「本邦出発ノ年月日」は「大正十三年十月十四日」、「契約ノ期限」は「壹農年」となっている。書類の欄外には、「自費移民」の文字が印刷されている。

ブラジルへの日本人移民は、サン・パウロ州のコーヒー農場で、奴隷に代わる低賃金契約労働者として求められたものだった。従って、日本人移民の九割は、コーヒー農場のコロノ（colono）と呼ばれる契約労働者として移住した。契約年限はふつう一農年であるが、収穫期後の転職・転住は比較的容易だったと言う。平次郎一家も、一般の移民とほぼ同様であったと考えられる。

平次郎一家の家族の生年月日を写して置くと、

家長・谷崎平次郎　明治十四年十月六日
妻・なか　明治十六年一月十六日
長男・健一　明治三十六年六月二十四日
二女・梅子　明治四十二年二月二十五日
二男・徳三　明治四十五年二月十三日
三男・正夫　大正二年一月十七日
四男・五郎　大正四年三月四日
三女・栄子　大正六年十二月四日（現・今井）
四女・喜美子　大正十年二月六日
七男・英八郎　大正十一年五月三日
八男・昱雄　大正十二年七月九日

となる。「族籍及職業」欄にはすべて「平民農　東京市日本橋区蠣殻町一丁目二番地」とある。ただし、『兄潤一郎と谷崎家の人々』に、中西がブラジル移住を決意した理由として、平次郎一家が移住したのを見て、農民でなくても構わないと知った事を挙げている点や、伊勢の「叔母の死」で、馴れない百姓仕事で借銭が重なったとしている点などから、これは単に書類上、農民としただけと見るべきであろう。

同じ日に渡航許可の出ている谷崎邦二は、平次郎の甥と記載され、「族籍及職業」欄は「平民農　東京市日本橋区蠣殻町一丁目四番地」となっていて、平次郎一家とは番地だけが異なっている。「生年月日」欄には、明治三十三年九月十八日とある。

三沢悦子さんによれば、邦二は久兵衛・花の長女・きくの子で、平次郎一家の“attaché”のような事をしていた、脚が少し悪かったが、今思えばそれは結核性のものだったかも知れない、親切な人だったが、肺結核になり、独身のまま四、五十歳で亡くなったと言う。

平次郎一家が出発する直前の十月十日に、潤一郎が長崎の知人・永見徳太郎に宛てて、便宜をはかってくれるように依頼した手紙が遺されているので、大谷利彦氏の『続長崎南蛮余情』（長崎文献社）から全文を写して置く。

> 今度小生の従兄にあたる谷崎平次郎氏家族を引き連れ、南米ブラジルへ移住いたしますので、前に同国名誉領事をしてゐらしつた大兄にお目にかかり、もし何等か紹介状でも頂ければ便宜もあらうかと存じ、来る十四日神戸出帆メキシコ丸にて御地へ寄港の際、右平次郎氏小生の名刺を持参御宅へ参る筈ですが、何卒その節は御面倒ながら宜しく御取り計らひ下され度、右くれぐれもお願ひ申上げます

「めきしこ丸」は、大阪商船の移民船で、明治四十三年に建造され、大正十五年に引退した。三等船客二百人程度を乗せ、神戸から長崎を経て、南アフリカの喜望峰を回り、サントス・ブエノスアイレスに到着、帰りはパナマ運河経由で大西洋を横断していた（山田廸生『船にみる日本人移民史』中公新書）。

谷崎終平の『懐かしき人々』によれば、渡航前、平次郎一家が神戸の大きな宿屋に居た時、千代子が梅子に服を買ってやりたいから、と終平を迎えにやった事がある。

平次郎の娘・今井栄子さんによれば、平次郎一家は、この年十二月十七日にブラジルに上陸した。めきしこ丸で七十日程かかったと言う。また、江沢栄一氏夫人の千恵さんによれば、めきしこ丸に知人が居たため、一家は無料で行けたと言う。

ブラジル到着後の平次郎一家の動静については、未だ充分な調査が出来ていないが、昭和八年の伯剌西爾時報社編『伯剌西爾年鑑』の「在伯邦人住所録」によれば、サン・パウロ州ソロカバナ線（Linha Sorocabana）のオウロラ植民地（Col. Aurora）の所に、谷崎平次郎は、（農業）家族十二人・大正十五年渡伯・コロノとして記載されている。大正十五年渡伯となっているのは、一旦帰国して再渡伯したのが大正十五年だったからであろう。

日本のブラジル移民は、サン・パウロ州中部・北部の大農場地帯で数年間のコロノ生活を経た後、安価な開拓地に自分の土地を手に入れ、綿・野菜・コーヒーなどの独立小農となる事が多かったと言われている。しかし、平次郎一家は、この時点でまだ低賃金の農業労働者の生活から抜けられずに居たのである。

同住所録のサン・パウロ州ソロカバナ線プレシデンテ・ウェンセスラウ駅（Est. Presidente Wenceslau）の所にはまた、「谷崎健一（商業）大正十四年渡伯」、「谷崎邦三（教員）大正十三年渡伯」とある。健一は平次郎の長男が独立したもの、邦三は甥の邦二の誤植と見て間違いなかろう。

終平の『懐かしき人々』によれば、健一はブラジルで四十代で亡くなり、梅子もまた早死にだったと言う。平次郎の娘・今井栄子さんによれば、平次郎宛の潤一郎の書簡は遺されていない。仮に潤一郎が手紙を送っていたとしても、第二次大戦中、日本がブラジルの敵国となった際に焼き捨てられたであろう、とのお話であった。

（三）江沢家の人々について

谷崎平次郎一家と同じ日、恐らく同じ船で、江沢一家がブラジルに渡った。それは、周知のように、平次郎の父・久兵衛が、もともと江沢家から谷崎家に養子に入った人だったからである。

江沢家は、潤一郎にとっても父・倉五郎の実家に当たり、重要であるにもかかわらず、これまで余り詳しく調査された事がない。そこで、今回、新資料によって新たに判明した事実を交えつつ、以下に簡単に紹介して置く。

精二の『生ひ立ちの記』によると、江沢家は『八犬伝』で名高い里見氏から出た家柄で、里見氏の滅亡後、江戸へ出て商人となってから、倉五郎までだけでも八代続いた旧家であり、江沢家には清和天皇以来の系図が残っている筈だと言う。

今回の調査では系図は発見できなかったが、江沢家の菩提寺・善国寺にあった過去帳の写しを、千恵さんの御好意で拝見させて頂いた。その写しでは、初代と思しき正徳五年（一七一五）の男性の戒名と、その妻と思しき正徳三年（一七一三）の女性の戒名が最初となっており、歴代の当主と思しき人物（信士号の人物）を数えて行くと、久兵衛・倉五郎の父とされる秀五郎までで百五十六年間に十一人を数える事が出来る。これは、精二の言う八代より多いようだが、当主の死去した年代の間隔が、短い方では零年の場合が一回、二年の場合が二回、八年・十一年・十五年の場合が各一回あり、その中には兄から弟へ家督が相続されたケースが何回かはあったと想像されるので、精二の言う通り、実質は八世代ほどであったと考えられる。

江沢氏と里見氏との関係は確認できなかったが、里見氏は、里見忠義の時代、慶長十九年（一六一四）に、老中・大久保忠鏻（ただちか）が謀反を企てたと疑われた事件に連座して、伯耆の国倉吉に流され、滅亡しているので、江沢氏がそれから江戸へ出て商人になったという説も、かなりの説得力がある。善国寺の過去帳で、初代当主と思しき男性は正徳五年（一七一五）に没しているが、享年を七十歳と仮定すると一六四六年の生まれであり、ほぼ辻褄が合う。

一方また、潤一郎は、『朱雀日記』の「嵯峨野」の章で、江沢家の先祖は新田義貞の妾・江沢局であると述べている。これは江沢家所蔵の系図にその様な記載があったのであろうが、新田氏の祖は清和源氏の源義重、里見氏の祖は義重の次男・義俊であるから、新田氏と里見氏とは極めて近い関係にある。従って、江沢氏が里見氏の一族なら、江沢氏の女性が新田義貞の妾になった可能性は、充分考えられる。この点からも、里見氏出自説はかなり有力であると言って好いかも知れない（ただし、伊勢の「叔母の死」によれば、江沢の局は新田氏の子孫で、女官として宮中に出仕していた雪の朝、天皇から「香炉峰の雪は如何ならん」と訊かれて、直ちに御簾を掲げた機転によって御感を得、「江沢の局」の名を与えられた。以来、子孫は江沢を姓としたと言い伝えられている）。

江沢家は、江戸末期には玉川屋という屋号で酒屋を営み、土蔵を十一戸前も引き回した大きな構えだった（潤一郎『幼少時代』）と伝えられている。しかし、それはかなり幕末に近付いてからの事のようで、元禄六年（一六九三）の『諸国万物買物調方記』、享保十七年（一七三二）の『江戸砂子』、安永六年（一七七七）の『富貴地座位』などには、玉川屋の名前は見当たらない。それが、例えば文政七年（一八二四）刊行の『江戸買物独案内』になると、玉川屋を屋号とする商人としては、醤油酢問屋の項に、湯島横町玉川屋藤右衛門、神田旅籠町一丁目玉川屋長左衛門、本材木町四丁目玉川屋源七、赤坂伝馬町一丁目玉川屋兵四郎の名が見え、長左衛門は乾物問屋（卸）、源七は明樽問屋の項にもその名が挙げられているという躍進ぶりである。しかし、酒問屋の項にはまだ玉川屋の名前はない。

ところが、綾部瓔子さんからの御教示によると、『千代田区史』が引く嘉永四年（一八五一）の「諸問屋名前帳」では、地廻米穀問屋および脇店八ヶ所組米問屋として、長左衛門と永富町三丁目の玉川屋利右衛門、舂米屋として永富町一丁目の玉川屋利右衛門、地廻酒問屋として、長左衛門と藤右衛門、薪炭仲間として本銀町四軒屋敷の玉川屋金兵衛、番組両替屋として長左衛門と藤右衛門と旅籠町一丁目の玉川屋午之助が挙げられている（江沢家過去帳写しには、明治十三年に死亡している内神田旭町玉川銀次郎の戒名が挙がっているが、旭町は永富町二〜四丁目を明治二年に改称したものであるから、銀次郎は利右衛門家の家督を相続した後、没落し、藤右衛門家の墓に入ったか、と考えられる）。

ついで『千代田区史』が引く嘉永七年（一八五四）の江戸の富商からの御用金徴発の一覧表には、八月二十二日の所で長左衛門が二百両、藤右衛門が百両、翌二十三日の所で、旅籠町一丁目の玉川屋馬之助が五十両と出ている。

また、「風俗画報」207号（明治三十三）に引く文久元年（一八六一）「外神田高銘見立四天王」に挙げられている店の内、酒仲買（玉藤）・質見世（玉勘）・酒（玉新店）・酒乾物（玉川）は、玉川屋一族と推定される。玉藤は玉川屋藤右衛門の略称と見て間違いあるまい。

『千代田区史』が引く慶応年間の『江戸食物独案内』にも、酒の項に「升酒　外神田旅籠町　玉川」とある。恐らく、藤右衛門家は、嘉永四年以前に醤油酢問屋から酒問屋に転業したのであろう。

玉川屋の繁栄は、明治維新の頃まで続いたようで、篠田鉱造の『明治開化綺談』「神田ッ子の町内噺」（角川選書）が引く昭和十八年に八十三歳だった（一八六一年生まれの）広瀬老人の回想によれば、明治維新の頃まで、玉川屋一族は神田旅籠町の一郭を一族で占め、酒・乾物・茶・米・質などの店と土蔵を並べて、その辺りは玉川の辻と言われたと言う。

これほど栄えていた玉川屋一族が、藤右衛門家だけならともかく、すべて、しかも短期間に没落してしまったのは何故だろうか。綾部さんによると、「谷崎終平氏は、彰義隊の騒動や維新の混乱に巻き込まれた事がその原因であろうと、父・倉五郎から聞いた」と言う。それを受けて、綾部さん自身は、幕末の世直し一揆の頂点として慶応二年の五～六月と九月に神田を含む江戸の各地で起こった打ちこわしが原因ではないかと推定し、質屋・米屋・酒屋などは特に狙われやすかった事（『千代田区史』）をその理由に挙げておられる。どちらも充分に考えられる仮説と思う。

しかし、こと藤右衛門家に関する限り、没落の決定的要因は、潤一郎が『幼少時代』に述べている通り、久兵衛・倉五郎の父である十一代目江沢藤右衛門（秀五郎）夫妻が若死にした後、後見人が勝手に商売の切り盛りをし、使い込んだりした事にあるようである。

従来、この秀五郎夫妻の死亡時期が定かでなかったが、先に述べた過去帳の写しに、秀五郎の妻については、《遠

紹院妙性日耀信女　文久二戌七、八、相生町玉川秀五郎妻》、秀五郎については、《顕誠院行勤日秀信士　明治四未十二、四、玉川秀五郎事》とあり、明らかになった。

ところで、興味深い事に、この写しによると、秀五郎の死に先立つこと僅か二年の明治二年に、《芳寿院快節日義信士　明治二巳七、十五　玉川藤右衛門》と《遠修院了達日成信士　明治二巳十、十　玉川藤右衛門三十五（？判読困難）才》という二人の藤右衛門の戒名が並んでいる。恐らく前者は九代目藤右衛門で、秀五郎の父が老衰で亡くなったものであろう。そして、その僅か三ヶ月後に三十代の若さで亡くなったのは、秀五郎の兄に違いない。この事の傍証となるのは、安政六年十月十五日に秀五郎の三男・倉五郎が誕生しているのに、同じ年の過去帳に、《智岳教晴孩子　安政六未十一、八、　玉川藤右衛門娘》と記録されている女児が存在する事である。もしこれが藤右衛門＝秀五郎の娘だとすると、倉五郎は二卵性双生児で、女の子の方だけ約一ヶ月後に死亡したと考えねばならないが、この藤右衛門は秀五郎の兄の十代目で、兄弟に相次いで子供が産まれたと考えれば、自然に理解される。また、先に引いた秀五郎の妻の戒名への注記に《相生町玉川秀五郎妻》とあったのも、秀五郎は五男で、家督は兄が継いだ為、分家して相生町に別に家を構えていたと考えれば、自然に納得される。

恐らく藤右衛門家では、明治二年に九代十代の藤右衛門父子が相次いで死亡した為、急遽、五男の秀五郎が跡を継いだが、その秀五郎も二年後に若死にし、それが没落の主な原因となったのであろう。

秀五郎の兄の死亡年齢を三十五歳とすると、秀五郎は三十歳そこそこの若さで亡くなったと考えられ、秀五郎より九年早く文久二年（一八六二）に亡くなっている秀五郎の妻は、長男の十二代目藤右衛門（写真7）を産んだのが嘉永七年（一八五四）である事（後出・ブラジル渡航旅券関係の書類による）も考え合わせると、まだ二十代で亡くなった可能性が高い。

【注】精二の『生ひ立ちの記』では、「藤右衛門・久兵衛・倉五郎の両親は、共に三十代で死去し、財産は親類や番頭に横領さ

れ、倉五郎はどこかの商店の番頭をしていた」としている。

十代目藤右衛門には、先に挙げた女の子の他に、男の子が一人居たらしいが、その子も明治五年の所に《玉泉日光善童子　明治五申五、六　玉川藤右衛門子十三才》とその死亡が記録されている。

一方、秀五郎の子供たちは、明治四年の時点では、長男・十二代目藤右衛門が数え年十八歳、実之介（後の久兵衛）が十五歳、和助（後の倉五郎）は十三歳だった。潤一郎の『幼少時代』では、もっと幼なかったような印象を与えるが、事実はこの通りであった。

遺された江沢家の三兄弟の内、久兵衛は、四年後の明治八年、数え年十九歳で谷崎家の長女・花の婿養子となった（『大正三年米之理想』東京毎夕新聞社　大正二・十二・二十四）。そして、明治十六年には、倉五郎も、三女・セキの婿養子となり、潤一郎を生む事になるのである。

写真７　十二代目江沢藤右衛門

【注】　この二人が谷崎家の婿養子になった理由として、野村尚吾は、『伝記谷崎潤一郎』の［註］で、潤一郎の曾祖父・粂吉が霊岸島で酒問屋を営んでいた関係で、久右衛門は江沢家と親しかったのだろう、としている。妥当な説と思う。

それでは、秀五郎の長男・十二代目江沢藤右衛門は、どうなったのか。実は谷崎平次郎一家と共にブラジルに渡ったのが、この十二代目江沢藤右衛門一家なのであるが、そこに至る前に、これまで殆ど知られていなかったこの人物について、今回判明した事実を報告して置かねばならない。

写真8　神祇大史従七位・小中村清矩（51歳）

写真9　小中村清矩と妻・たつ子

三沢悦子さんから提供されたブラジル渡航旅券関係の書類によると、十二代目江沢藤右衛門は嘉永七年（＝安政元年　一八五四）十月十五日生まれである。

三沢悦子さんから提供された書類の中に、表紙に「明治四十一年八月十日　常修院妙晋日解信女　附けたり葬式前後之記事　江沢藤右衛門」と記された、藤右衛門がその妻・おしんの葬儀の後に記したらしい文書があるので、以下それによって記すと、藤右衛門は父・秀五郎を失った翌明治五年十一月、小中村清矩（一八二一〜九五、後に文学博士・東大教授・貴族院議員となる。写真8・9）の三女・おしん（嘉永六年（一八五三）八月二十五日生まれ。俗名・晋子）と結婚している。

小中村清矩については、戸籍簿が関東大震災で焼失しているとの事で、おしんの名は、昭和女子大学『近代文学研究叢書2』「小中村清矩」の家族の記載からも漏れている。この結婚がどの様な縁で結ばれたかは不明であるが、小中村家は江戸の商家で（野村尚吾『伝記谷崎潤一郎』に引く谷崎精二の談によれば、質屋だった）、清矩も三十二歳で家業を譲るまでは商業に従事していたから、その関係であろう。また、この時点ではまだ玉川屋一族の名望も、なお相当のものだった為であろう。

藤右衛門の手記によれば、おしんとの間に生まれた子供たちの生年月日は以下の通りである。

長男・神太郎（のちに馬之助を襲名）　明治七年六月
長女・澄子　次女・清子　明治九年二月十六日双子（命名は外祖父・小中村清矩が行い、「澄みわたる江沢のふち（淵・藤）の二た方に流れて清き生ひ先や見ん」と歌に詠んだ。）
次男・斉次郎　明治十二年十月十日
三女・仲子　明治十七年一月十八日（この生年月日は、何故かブラジル渡航旅券関係書類と約一年食い違っている。）

この内、長男・神太郎が襲名した馬之助とは、先に引いた嘉永四年「諸問屋名前帳」で、番組両替屋の項に名前の挙がっていた旅籠町一丁目の玉川屋午之助、および嘉永七年御用金徴発一覧表の馬之助の何代目かであろう。馬（午）之助は、住所から推して、長左衛門家の分家の当主に用いられた名ではないかと考えられる。しかし、この人は短命に終わり、江沢家過去帳写しに、《秋光院瑞雪日亮信士　明治33・10・28遠行院ノ子》と記載されている。享年二十七歳だった。

藤右衛門家の家督を継いだ斉次郎については、潤一郎の父・倉五郎と一緒に撮った写真が遺されており（写真10・11）、また、三女の仲子も、久兵衛の長男・平次郎に嫁いでおり、両家の親密さが窺われる。

藤右衛門の手記によれば、妻・おしんは、明治十三年一月から一年余り、明宮嘉仁（はるのみやよしひと）親王（明治十二年八月三十一

写真 10　谷崎倉五郎と江沢斉次郎

写真 11　江沢斉次郎

日生まれ。後の大正天皇）の乳人となっている。斉次郎を産んだ後だった事と、父の小中村清矩が国学者で、明治二年に太政官制度局で官制組織・即位大祀の取調べに当たったのを始めとして、この頃、文部省の『古事類苑』の編集、内務省社寺局御用掛・東京大学講師など、要職を兼務していた事から選ばれたのであろう。

以来おしんは、毎年大正天皇の誕生日に参殿し、帰途、従一位中山慶子局（明治天皇生母）邸及び柳原愛子（大正天皇生母）官邸に挨拶に伺った。明治三十三年五月十日、大正天皇の婚儀の節にも参賀し、御祝儀として金二十五円、御肴として白縮緬一反を賜った。明治三十四年四月二十九日、迪宮裕仁親王（後の昭和天皇）誕生の節にも、御祝いに参賀し、種々の下し物を賜った。明治四十年十月五日、中山慶子局薨去の節には参邸葬送し、御遺物として白羽二重袷一枚と碧明石袷一枚を賜っている。そして、明治四十一年八月十日、おしん死去に際しては、青山東宮職より祭祀料として金二十五円を賜った。

潤一郎は、おしんが拝領した紫の衣を所望して貰い受け、大切にしていたと言う（高木治江『谷崎家の思い出』）。また、昭和二十年七月一日付け久保一枝宛潤一郎書簡によれば、潤一郎はそうした拝領の品々を、『細雪』のお春どんのモデルである久保一枝さんに、すべて贈り与えたようである（江沢千恵さんの手元にも、大正天皇からのお下がりの品が遺されていると言う）。

藤右衛門の手記によれば、明治四十一年八月十日、おしんは急性腹膜炎のため、亡くなった。享年五十六歳。葬儀は十二日に執り行われ、午前八時出棺。牛込区神楽坂上善国寺にて葬儀の後、直ちに落合火葬場で荼毘に付された。たまたま七月に善国寺から池上本門寺に移されていた江沢家累代の墓地に、九月二十七日、四十九日の日に納骨された。「到来物一覧」とした中に、谷崎本店より茶切手弐円、谷崎倉五郎より金参円外にすし一重、谷崎久右衛門より金三拾円外に御寿司等一重・枝豆一重・造り花一対、皇太子殿下から金二十五円などと、細かく記録されている。

藤右衛門が結婚後、どんな職業によって生計を立てていたのかは、現時点では殆ど分かっていない。が、おしんの葬儀から二年後の明治四十三年二月に交詢社から刊行された『第十五版　日本紳士録』「東京の部」を見ると、江沢藤右衛門は、《料理業、本所区吉田町三六、所得税二一円、営業税七一円》と記載されている。江沢千恵さんによれば、これは肉料理の店で、いつから始めたのかは分からないが、余り長続きはしなかったらしい、との事である。

また、同じく千恵さんによれば、江沢斉次郎は、岩谷松平の煙草会社に勤務していた時期があったようだが、これもいつからいつまでか分からない。「岩谷天狗」の煙草は、明治十三年に始まり、明治三十八年の専売制実施に際して政府に買収されているから、この時点で辞めた可能性も高い。

なお、『第十五版　日本紳士録』にはまた、江沢姓の者が他に八人掲載されているが、その内神田連雀町に住む次の四名については、玉川屋の分家の子孫ではないかと想像される（ただし、江沢千恵さんは、江沢家の親戚の話は全く聞いた事がないと言う）。

《江沢由三郎　萬屋、青物商、神田区連雀町七、所得税四八円、営業税一二五円、電話・本八五〇》

《江沢幸吉　萬屋、青物商、神田区連雀町七、所得税五六円》
《江沢浅吉　萬屋、青物商、神田区連雀町一三、所得税五六円、営業税七七円》
《江沢浦吉　萬浦商店、青物商、神田区連雀町一五、所得税七五円、営業税八五円、電話・長本二二九一》

時期は前後するが、明治十三年七月刊『東京商人録』の「神田市場菓物青物問屋」の部にも、江沢姓の浦吉・浅吉・松五郎（連雀町七番地）・久蔵（連雀町十四番地）の名前がある。また、『千代田区史』に引く明治十三年五月七日付けの神田市場西組問屋附属仲買規約書に、仲買総代として署名しているのも神田区連雀町七番地の江沢松五郎である。松五郎については、明治十九年、神田川の柳原土堤跡地が、防火建築にすることを条件として貸し下げられた時の「拝借願」も遺されている（石川悌二『近代作家の基礎的研究』）。そして、江沢浦吉については、『千代田区史』の資料から、明治四年九月二十八日生まれで、大正十四年十一月二十九日から昭和四年十一月二十八日まで、神田区会議員（一級）を務めたことが分かる。連雀町の江沢家は、神田の青物市場で、長く勢力を保っていたらしいのである。

しかしながら、藤右衛門一家が結局ブラジルに移住しなければならなかった事から見ると、これらの人々は、藤右衛門一家に救いの手を差し伸べるほど、深い関係にはなかったと想像される。

料理業で一応の成功を収めていたらしい藤右衛門一家が、その後、何故ブラジルに移住せざるを得なくなったのか、その経緯は、今の所、判っていない。が、谷崎平次郎と江沢斉次郎が相談の上、一緒に渡航する事に決めたのであろう事は、疑いを入れない。

三沢悦子さんから提供されたブラジル渡航旅券関係の書類によると、先ず、警視庁から渡航許可が出たのは大正十三年八月二十日付けである。「労働ノ種類」「渡航地」「本邦出発ノ年月日」「契約ノ期限」自費移民である事などは、すべて谷崎平次郎一家と同じである。

江沢一家の「族籍及職業」欄には、すべて「平民農　東京府豊多磨郡渋谷大字中渋谷三百四十一番地」とある。ただし、先にも述べた通り、「農」とあっても、必ずしも農業を営んでいたとは限らないようである。

家族の生年月日を写して置くと、

家長・江沢斉次郎　明治十二年十月十日
妻・久子　明治二十年七月十九日
父・江沢藤右衛門　安政元年十月十五日
長男・栄一　明治四十二年九月十三日
二男・晋二　明治四十四年一月二十七日
三男・桂三　大正三年十一月三日
四男・四海（よつみ）　大正九年十一月十二日
二女・延子　大正七年一月二十六日
三女・菊枝　大正十二年十月二十一日

となる。

この内、藤右衛門については、江沢家過去帳写しに《遠行院厚徳日喜信士　大正15・11・21　伯国ニテ客死　江沢藤右衛門事七十四才》とあり、渡航から二年後に亡くなった事が分かる（実際の享年は七十三歳）。《遠行院》という戒名は、遠くブラジルまで行った事に因むものであろう。

千恵さんによれば、江沢藤右衛門は高齢で、本当は行きたくなかったのだが、娘のなかが谷崎平次郎と一緒に行くので、仕方なしに付いて行ったのだと言う。

江沢家の人々のブラジル移住後の動静については、未だ充分な調査が出来ていないが、千恵さんによれば、最初は農業をやったが、後にはサンパウロに出て、他の職業に従事したという事であった。

また、伊勢の「叔母の死」によれば、斉次郎一家は谷崎平次郎一家と一緒に渡伯し、同じ耕地に居たのだが、家族全員が風土病に冒され、労働に従事できなくなり、雇用者側も契約農年を免除してくれたので、藤右衛門死亡当時は既にサンパウロ市で生活していた。

事実、昭和八年六月十八日発行の伯剌西爾時報社編『伯剌西爾年鑑』の「在伯邦人住所録」によれば、長男・栄一はサンパウロ市 R. Conde Sarzedas 22 の日本新聞社社員、江沢斉次郎一家は、サンパウロ市 R. Oliveira Monteiro 2 で商業を営んでいる事になっている（この他、サンパウロ市 Rua da Liberdade 146 の日伯社社員に江沢才次郎の名があるが、関係は未詳）。

千恵さんによれば、その後、栄一は外務省の現地募集の試験を受けて、外務省の職員となった。

この年鑑では生きている事になっている斉次郎は、千恵さんによれば、昭和八年六月十日に亡くなった。享年五十五歳。戒名は寿量院法橋日斎信士である。千恵さんによれば、斉次郎の死因は腸チフスか何かであったらしい。

また、千恵さんによれば、斉次郎の妻・久子と長男・栄一は、第二次大戦中に、イタリアの交換船で、ポルトガルのロレンソ・マルケスを経由して日本に永住帰国し、共に八十一歳まで生きたと言う。

なお、千恵さんと栄一との結婚は、栄一の帰国後、戦後の事である。栄一は、戦後、潤一郎に料亭に食事などに呼ばれた事が何回かあったし、精二にも、栄一と千恵さんとで会いに行った事があると言う。谷崎正男（谷崎平次郎・なか夫妻の三男）が商用で日本に来て、食事会をした時には、潤一郎の娘・鮎子も参加したそうである。

（四）得三氏について

潤一郎の三弟・得三氏（以下、敬称略）の生涯については、まだまだ不明の点が多いのだが、従来知られている事に精二の『骨肉』（「不同調」大正十四・八）と谷崎秀雄氏から知り得た新事実を加え、以下にまとめて置く。

得三は、明治二十六年、倉五郎・セキの三男として生まれたが、すぐに千葉県東葛飾郡中山村の小泉家に里子に出された。

林伊勢の『兄潤一郎と谷崎家の人々』によれば、小泉家は大きな薬種屋だった。最初は里子だったが、小泉家では生まれて間もない一人子を亡くしたばかりだったので、可愛がられ、そのまま養子になった。

精二の『骨肉』によれば、精二は子供の時分、両親に連れられて、小泉家へ二、三度遊びに行った事があると言う。ところが、『兄潤一郎と谷崎家の人々』によれば、得三が十二、三歳の頃（時期は未確認）、養母が亡くなり、養父が悲しみの余り、酒に身を持ち崩し、家屋敷も手放さねばならなくなった。

この時期の事であろうか、『骨肉』によると、精二が小学校三、四年生で得三が七、八歳の頃、得三は谷崎家に戻って、暫くしょんぼり過ごしていた事があった。恐らく、養家が生活に困るようになった為であろう。しかし精二は、セキが「自分の生んだ子なのに、どういうものだかちっとも可愛くないんですよ」と髪結に語るのを耳にした。そして、得三は、結局また小泉家へ帰って行ったと言う。

『兄潤一郎と谷崎家の人々』によれば、得三の養父は、得三を浅草の或る大きな店に奉公に出し、その給金さえ前借りして酒代にするようになった。

多分この時期の事であろう、『骨肉』によると、精二が二十二歳の時、妹・園が死んだ後、という事は明治四十四年の後半に、神田区南神保町の家に得三（十九歳）が訪ねて来た事があった。丁度、セキと精二と潤一郎が居合わせた。その時、得三は何処かで古着屋の番頭をしているという話だった。年より大人びた商人らしい姿を見て、セキも「立派になったね」と感慨無量の態だった。それから大正十四年まで、得三とは音信不通になった。

『兄潤一郎と谷崎家の人々』によれば、得三が十五、六歳の頃（恐らくは十九歳の年か？）、朋輩に誘われて料理屋に行った所、その代金が店の品物を持ち出して作った金である事が分かり、得三も有罪にされた。それ以後、得三との音信は絶えた。伊勢が十二、三歳の頃（恐らくは明治四十五年頃）、セキが、得三は朝鮮に行ったという噂があると言って涙ぐんでいた事があったと言う。

ところが、大正十四年、丁度、伊勢が中西の許を逃げ出し、半年程、潤一郎の許へ身を寄せていた間に、二十年来行方不明だった得三から手紙が来て、その三日後ぐらいに訪ねて来た事があった。父・倉五郎にそっくりだった。その時の得三の身の上話によれば、仕事に困る事はなかったが、一、二年勤めていると結婚を勧められ、前科のある事を隠すために逃げ出さざるを得ず、独身のまま職を転々としていた。最近、養父が死んで一人になったため、肉親が恋しくなって訪ねて来た、という話だった。

『骨肉』によれば、精二は東京にいて、得三と直接は会わなかったが、潤一郎からの手紙で、得三が会いに来る事を聞いた。その数日後、今度は終平からの手紙で、訪ねて来た得三の様子を知った。それによれば、得三は大阪で肉体労働者のような生活をして居るらしかった。得三が訪ねて来た日は、たまたま園の祥月命日（六月二十四日）だったので、死んだ姉さんの引き合わせだと皆で噂しているとあった。その数日後には、得三自身からも精二に手紙が来た。

翌大正十五年四月五日付け精二宛潤一郎書簡には、得三はこの頃又大阪へ帰って来て、病気だと言って時々使いを

写真12　左から谷崎秀雄・河田末・秀雄の妻・河田幸太郎・秀雄の娘の真理子・小泉得三・林伊勢・谷崎終平

寄越しては金を借りに来る、とある。

これ以後、得三の動静は、再び長い間、分からなくなる。しかし、石川達三の『心に残る人々』によれば、昭和三十二、三年頃、石川は、新和歌の浦の旅館に泊まった際、そこの下足番をしている老人が、谷崎潤一郎の弟だという噂を聞いている。また、『兄潤一郎と谷崎家の人々』によると、昭和三十六年八月に日本を訪れた伊勢が、熱海に潤一郎を見舞った際、得三の事を訊くと、潤一郎は「得三は和歌の浦の宿屋で帳付けをしたり、客の荷物を運んだりしているが、年を取って働けないから老人ホームへ入りたいと言うので入れようと思う。が、どういうのかはっきり返事をしない。女がいるようだ。今度会う時に早く返事をするように伝えてくれ」と伊勢に頼んだ。

谷崎秀雄氏の日記によると、この後、九月二十七日の夕方に、神戸市東灘区深江の秀雄宅で、得三・伊勢・末・終平らが顔を合わせた（谷崎秀雄氏所蔵・写真12）。『兄潤一郎と谷崎家の人々』によれば、この時、伊勢は、得三に「老人ホーム問題について早く返事をするように」という潤一郎の伝言を伝えたが、伊勢の日本滞在中には結論は出なかった。しかし、伊勢がブラジルに帰って約一年後、昭和三十七年の末か三十八年の初め頃であろうか、得三がＭ県Ｅ浦の老人ホームから出した手紙が伊勢に届いたと言う。

【注】『兄潤一郎と谷崎家の人々』の「潤一郎、精二とその弟妹」の異稿と言うべきものが、『随想随筆・実録集―海外移民文芸シリーズ　南アメリカ編③コロニア作家16人集・コロニア文芸グループ』（大同出版社　平成七・二・二十）に「ある兄と妹」として収録されているが、そこではＭ県Ｅ浦は《明石の某》となっている。『兄潤一郎と谷崎家の人々』では、故意に所在を隠したものと見える。

谷崎秀雄氏のお話によれば、得三は、老人ホームに入る前、和歌山の新和歌浦の望海楼という旅館で下働きをしていた。正式の結婚もせず、独身だった。潤一郎が大変心配して、老人ホームに入居させた。その手続きは、潤一郎の指示を受けて、秀雄が行った。得三が入った老人ホームを入った順番に挙げると、①明石市太寺三丁目三一日本綜合老人ホーム、②熱海市汐見町国立熱海病院、③熱海市伊豆山厚生省年金老人ホーム寿楽荘、④小田原市蓮正寺七三一あしがり荘、⑤厚木市山際五三五河野病院、⑥神奈川県足柄上郡開城町金井島一九八三高台病院、となる。また、潤一郎は中央公論社の嶋中鵬二社長に依頼し、得三の老人ホームにおける諸費用・小遣いなどを、終身、中央公論社の負担において面倒を見て貰うという契約を結んだ。この契約は、潤一郎の死後も守られた。潤一郎には、この様な肉親思いの面があった、との事であった。

最後に、秀雄氏の御好意により、氏が所蔵されている潤一郎と松子の全集未収録書簡をここに紹介させて頂く事にする。これらの書簡によって、潤一郎が得三の老後を心配して、早く老人ホームに入居させようとしていた事、そして恐らくは昭和三十七年六月以降のそう遅くない時期に、得三が老人ホームに入った事が推測できるのである。

昭和三十七年五月十五日付け谷崎秀雄宛潤一郎書簡（熱海鳴沢から）・谷崎秀雄氏所蔵（秀雄氏の筆写による）

得三の件につき申し入れます

老人ホームに空室がなかつたら暫くアパートに住んでもいゝと云つたけれどもその場合君達の迷惑も察せられるのでアパート住ひは許可しないことに決めますよつて得三に次のやうに申し渡して下さい

一、アパートでもいゝと云つたけれども私の考へが変つた、やはりアパートはよろしくないと思ふので是非老人ホームに入つて貰ひたい

一、熱海の老人ホームは二ヶ所にあるが二ヶ所共満員で当分空室の出来る見込みはない　だから阪神間か垂水方面の空室のあるホームへ入つて貰ひたい　お梅さんが見付けて来たホームと云ふのが空いてゐるならそれにしたらいゝ是非さうしなさい

一、どこも空いてゐない場合にはどこかが空くまで現住所に止つてゐなさい　その間の生活費は送つてあげてもいゝが空いたら必ずすぐそこへ入つて貰ひたい

一、ホームが決りそこに住むやうに決定したらその上で私が面会する、それも熱海へ来ないでもよろしい夏か秋には私が京都へ行くからその時知らせる

右のやうに返事して直ぐ実行するやうに云ひ渡して下さい

返事を待つてゐます

五月十五日

谷崎潤一郎

谷崎秀雄様

【注】「お梅さん」は、秀雄氏によれば、昭和十年頃、打出時代の谷崎宅に奉公していた女中のお秋どん（本名・梅乃）で、退職後も、末と終生親交があった、と言う。

昭和三十七年六月一日付け谷崎秀雄宛潤一郎書簡（熱海鳴沢から）・谷崎秀雄氏所蔵（秀雄氏の筆写による）

二十八日付お手紙拝見。いろ〳〵御面倒をかけて有難う。誓約書別書の通りしたゝめたからこゝに封入します。今一人の保証人は御面倒ながら君にやつて貰うのがいゝと思ふのでお願ひする勿論形式上のことで何かの場合の責任は私が引き受けるから迷惑はかけない月々の仕送りの金は一万二千円と云ふことにする得三にぐず〳〵してゐないで一日も早くホームに入るやうに伝へて貰ひたい最初の一万二千円はいつ送金したらいゝのか通知があり次第ホーム宛に送金します

右要用のみ

五月三十日

谷崎潤一郎

谷崎秀雄様

得三には今年の秋に神戸へ行くからその時に神戸で会ふことにしたいと思つてゐる。その旨得三に云つておいて下さい。老人ホームの所番地電話番号知らせて下さい。

谷崎潤一郎

※同封されていた松子の手紙

（略）又得三さんの事に就きましては御煩労を相かけ済みませんでした御蔭様で大変良い処へ決まりまして伯父様も漸く気持が落着かれた様子ですさて保証人の署名を致しましたが続柄の点で一寸困つたのです。本当の関係を明かせば万一週間誌（ママ）に興味を持たれても不愉快な思ひをしなければなりません。このころの週間誌（ママ）については御承知の通り諸々へ取材に廻らせてゐる人があるさうですそれで考へさせられたのですが或は会長にだけ事実をお打ち明けすることにすればと思ふのですが幼い頃養子にやられ養家が没落の為不遇であつた事等を会長だけ御承知で秘して置いて戴ければ一番よいのですがその場合書類には続柄をどう書けばよいかゞ問題なので其の点会長に御相談願ひたくたゞの縁続き位に書いて戴くかそれとも提出の書類を誰にも見られないなら事実の関係を書いてもらつてよいのです

彼様なことを会長と御面談の上今後の面倒を見ていたゞきますやう宜敷お願ひ下さいませ近ければ私が参りましてお願ひ致したいのですが今家をあけること難かしいものですから万事御配慮願ひますこの事は秘書の人に書かせられませんので私が代筆致しました

かしこ

松子

小泉得三氏は、昭和六十三年五月十七日、九十五歳で亡くなられた。
潤一郎は、全くの個人主義者（エゴイスト）のように誤解している人もあるようだが、ここに紹介した以外にも、末や終平の面倒を見ている。精二が「潤一郎追憶記」（『明治の日本橋・潤一郎の手紙』）で、《兄が弟妹に対してよく尽したことは私も十分認める。》と書いたのは、十分理由のあることなのである。

【付記】　本章は、「甲南国文」（平成十一・三）に発表したものに、「甲南国文」（平成十二・三）で訂正と追加を加え、更に今回、加筆したものである。以下の【補説】は、「甲南女子大学　研究紀要」（平成六・三）に発表した「谷崎潤一郎全集逸文及び関連資料紹介」の中からの再録である。

【補説】

従来余りよく知られていなかった谷崎潤一郎の伯父・久兵衛の写真を発見したので、ここに紹介しておく。これは、大正二年十二月二十四日東京毎夕新聞社発行『大正三年　米之理想』と題する小冊子の末尾に、後に引く前書き「帝国の模範仲買人及正米師」を付して紹介された十七名の仲買人・正米師中、東京米穀商品取引所理事長・根津嘉一郎に次いで、第二番目に挙げられたものである。この事からも、その信望の厚さが分かるであろう。
なお、久兵衛は、初代・久右衛門亡き後の谷崎一族を支え、潤一郎にとっても学資を出して学業を続けさせてくれた大恩人だったが、この二年後に自殺している。大正四年八月四日の「東京朝日新聞」記事によれば、久兵衛は一日午後九時霊岸島発伊豆下田行き大正丸に乗り込んだが、翌日船が下田港に到着した時には居なくなっていた。野村尚吾の『伝記谷崎潤一郎』によれば、長男が相場に失敗して借財を作った責任を取って、入水自殺を遂げたのである。

谷崎終平の『懐かしき人々』によれば、この時、潤一郎はたまたま小田原の旅館で仕事をしていたので、遺体の片足だけが発見された時、立ち合う事が出来たという。精二の『暴風雨のあと』（「中央公論」大正五・十二）は、この事件を描いた私小説である。

＊　＊　＊

帝国の模範仲買人及正米師

本邦に於ける米穀商品仲買人及正米師は其数千を以て算ずべしと雖、安心して売買を委託するに足る可き信用あり、誠意ある仲買人及正米師に至ては、晨星の寥々も啻ならざるなり、左に掲ぐる諸氏は帝国の模範仲買人及正米師として、充分に信用を払ひ尊敬を捧ぐるに足る第一流の典型なり、此著偶々諸氏の善行美績を録して之を我読者に紹介するの機会を得たるを光栄とす

大正二年臘月中旬　編者識

東京米穀商品取引所仲買人

谷崎久兵衛君

我東京米商取引所割立以來仲買人委員長の榮職を双肩に擔ひて盛名赫々毎期賣買額最高を占め取引所より賞状賞品を受領せし事擧げ数ふべからず常に市人が尊敬と羨望の中心となれる人は仐印谷崎久兵衛君なり君は帝都の中央なる神田旅籠町に生まる舊姓江澤代々の素封家たり資性敦厚抱負絶大螢雪の苦を積む事十有餘年明治八年業を卒へて谷崎家に養子となり明治十一年三月東京米商會所仲買人となり幾何も無くして其役員に推選せらる明治十六年兜町蠣殻町の米商兩會所合併して東京米商會所となり二十六年株式會社東京米穀取引所と改稱し四十一年更に商品取引所と合併して現取引所の組織を見るに至る迄三十有餘年の久しきに亘りて能く現職に任じ完全に其職責を竭したる其功勞や偉なりと謂つべし君や居常質素を旨とし浮華を避け信用を重んじ業務に熱誠なり商運隆盛當代君の右に出づる者なき又た所以なきに非ず今や我米界益々多事ならんとす冀はくは斯界の爲に倍々貢献する所あれ

第二編　作品論編

第一部　谷崎作品の深層構造

第一章　『天鵞絨の夢』論

（一）

『天鵞絨の夢』は、「大阪朝日新聞」夕刊に、大正八年十一月二十七日から十二月二十日まで、月曜を除く毎日連載され、第二十一回「第三の奴隷の告白」の最終回「その九」で中絶した。現行のテクストは、作品集『天鵞絨の夢』（天佑社）所収本文に拠るもので、初出との異同は多く（注1）、本文末尾の《Sの記録は……》以下約二頁分は、単行本化に際しての加筆である。また、最終回本文の後には、次の様な連載中断に就いての釈明（＊全集未収録）が付載されている。

> 作者申す。此れで此の話の前篇は終りです。続き物の小説を、暮れから新年へ持ち越すのも変ですから此れで一と先づ筆を擱くことにいたします。いづれ機会を見て後篇を書くことにしませう。

これで見ると、谷崎は、この時点では、まだ《後篇を書く》つもりがあったらしい。そして、それは、七人の奴隷の告白から成る筈だったと考えられる。谷崎がこの作品を、全部で十人の奴隷の告白によって構成するつもりだった事は、稲沢秀夫氏が『聞書谷崎潤一郎』の「谷崎潤一郎十七回忌」で紹介している大阪朝日新聞調査部の文筆家への稿料控えに、《一金百五拾円也　野州塩原温泉門前宮本誠方　谷崎潤一郎　短篇小説「十人の奴隷の告白」》とあり、それがその時期から見て『天鵞絨の夢』の仮題であると考えられる事、(注2)また『天鵞絨の夢』末尾に《Sの記録はまだ此の外に七人の奴隷の口述を載せてゐる。》とある事から明らかだからである。

しかし、谷崎は結局この構想を断念する。どのような心境の変化がそこにあったのか、確かな事は分からないが、谷崎は、連載中断約一月後の大正九年一月三十日付け中根駒十郎宛書簡の中では、既に《「天鵞絨の夢」はあまり悪作故、その外の悪作と共に此れを一束して天佑社に与へることにいたし候》と述べるまでに至っている。そして、同年六月、短い追記を作品末尾に付して、一応の完成作として上梓して以降、谷崎は、二度と再びこの小説を出版させなかったのである。

『天鵞絨の夢』はこの様に、作者が自ら《悪作》として抹殺しようとした作品である。しかし、谷崎が最初に構想を立て、執筆した時には、それは少なからず実験的な意欲作だったのではないかと私には思える。従って、中絶作品を論じる事には自ら限界がある事を知りつつ、本章で私は、谷崎の最初の構想を可能な限り復元し、この作品の空間構造と語りの形式という二つの方向から、その実験性に迫って見たいと思うのである。

（二）

『天鵞絨の夢』の舞台となる温氏の別荘を空間として見た時、(注3)とりわけ特徴的なのは、蘭桂堂と玉液池が描き出す、入れ子状に重なり合った正方形のマンダラ的図像である。この同心的な図像が中心を強調するものである事は明らかであるが、エリアーデの『永遠回帰の神話』（未来社）によると、

「中心」の建造物にあらわれるシンボリズムは以下の如くにあらわれている。
1. 聖なる山——ここにおいて天地が相会う——は世界の中心に位する。
2. すべて寺院や宮殿——さらに拡大しすべての聖都や王の住処——は聖山であり、従って中心となる。
3. 天地の軸 axis mundi にあるゆえに、聖都、寺院などは、天、地、地下界の接合点と考えられる。

もし蘭桂堂と玉液池の描き出すマンダラが、世界の中心に位置する《宮殿》を表わすと考えて良いとすれば、琅玕洞とその上の玉液池はこの世界の中心にあり、そこを宇宙軸（axis mundi）が通っていると言う事が出来る筈である。この解釈は一見突飛なものに見えるかも知れないが、しかし、作者・谷崎が作中の多くの建物及び出来事をこの宇宙軸上（或いは少なくともその周辺）に集めようとしている事には、殆ど疑問の余地は無いのである。例えば、橄欖閣からは、蘭桂堂及び玉液池を、殆ど真上から見下ろせたかの様に書かれているので、厳密には鉛直上方にある筈はないけれども、橄欖閣もまた、ほぼこの軸上にあると言う事が出来る。また、《発端》に描かれている《楼閣》をもし橄欖閣と考えて良いとするならば、それは、葛嶺山頂にある葛洪仙人を祭った祠から《垂直の真下に屹立して居る》のだから、少なくとも語り手の言葉を文字どおりに受け取る限りは、葛嶺もまたこの軸上にある《聖なる山》という事になる訳である。

宇宙軸の特徴は、エリアーデの前掲書によれば、それが《聖なる》場所、《天、地、地下界の接合点》であり、《この軸にそって一つの世界から他の世界への道が開かれている》事にあるのだが、『天鵞絨の夢』の作中世界は、上から天上・空中・地上・水中・地下の五つの層から成っており、天上には太陽と月、空中には葛嶺と橄欖閣、水中には玉液池、地下には琅玕洞があると言える。また、最初に語り手が《上在天堂、下在蘇杭》という諺を持ち出すのも、天堂（天上の宮殿、又は極楽世界）の真下に温氏の〝地上楽園〟を出現させ、この二つを一本の軸で結び付けようとする構想の前触れのように思われる。

琅玕洞と葛嶺を結ぶこの一本の軸がもし本当に聖なる宇宙軸であるなら、この軸上で生じる変化には《一つの世界から他の世界への》移行としての聖なる性格が含まれていなければならないだろう。後篇が書かれた場合、どうなっていたか分からないが、少なくとも現行のテクストでは、作中の出来事の殆どが、この軸上で起こっている。しかも、どうやらそれらは、その場所にふさわしい聖なる性格を帯びさせられているらしいのである。

例えば、谷崎は《葛洪仙人が葛嶺の峰から天へ昇つた》としているのだが、葛嶺の名は、葛洪がそこで仙薬を作った事にちなむものではあっても、『西湖佳話』や『神仙伝』によれば、葛洪がここから登仙したという事実はないようである。してみると、谷崎のこの設定は、昇天即ち地上から天上への聖なる移行をこの宇宙軸に沿ってなさしめようとするフィクションである可能性が高い。しかも谷崎は、これに《仙人を祭つた小さな祠が（中略）今しも翩々たる翼をひろげて大空高く舞ひ昇らうとする小鳥のやうに眺められる》というイメージを付け加えている。この聖なる山では、祠自体もまた、言わば羽化登仙しようとしているのである。

天上への浮上というイメージは、玉液池にも現われる。玉液池の中を泳ぐ第二の奴隷（以下「少女」と略称する）の姿は《寺院の天井に描かれた天人》に譬えられるのだし、第一の奴隷（以下「少年」と略称する）は、《下界の人間が大空の星を慕ふやうに》その姿を仰ぎ見るのである。そして、第三の奴隷（以下「塔の奴隷」と略称する）は、その同じ姿を、《晴れ渡つた紺碧の空に雲の塊がふわりと一つ浮かんで居る》というイメージで捉えている。作者は玉液池の水の青さに幾度となく言及しているが、その青い水は、天の青空と通じ合うものなのである。

「第三の奴隷の告白」の中で、少女の屍骸が見せる不思議な変容もまた、玉液池が天上世界への通路である事を示している。

即ち、少女の屍骸は、まず玉液池の《底の方からふうわりと浮き上がつて来》る。この玉液池内での移動によって、屍骸が天上世界に空間的に接近する事は言うまでもないが、そればかりではなく、水面に浮上した屍骸は、同時にそこで、夜の天上世界の主宰者とでも呼ぶべき月と殆ど同じものへと変容するのである。その事は、塔の奴隷が、屍骸を《池に映つて居る月の影》と思い誤りかねなかったと言い、月と屍骸と《孰方が光の本体》か《分らなくなつて来るやうな気がし》たと語り、《その屍骸こそ》は、《月》或いは《月の女神の嫦娥だ》と述べている事からして明らかである。この月ないしは嫦娥への変容は、それが属する天上世界への移行に等しいと考えても大過ないだろう。

少女が月に住む不死の美女なる嫦娥に変身するこの池が、玉液池と名付けられているのは決して偶然ではない。何故なら、「玉液」とは、道家では、飲めば不老長寿を得るという液体の事だからである。死すべきものを不死のものへと変容させる液体の名をこの池に付けた時、作者はこの池を、地上のものを天上のものへと変容させる聖なる空間として構想していた筈なのである。

この少女の変容は、月への変身であると同時に、月による変身でもあった。その事は、この変身の起こる夜が、異常に月の美しい夜だったとされている事、《昔、葛洪仙人が葛嶺の峰から天へ昇つたと云ふのは、恐らくこんな晩ではなかつたらうか》と塔の奴隷が考えている事、そして何よりも屍骸が浮上する直前に、月が《折から中天にさしか丶つた》と書かれている事から、その様に推察されるのである。その時、月の光は玉液池の底にまで差し込み、少女の屍骸を照らし出していた筈である。少女の屍骸は言わば月の引力によって浮上し、玉液池の水面に《体を仰向けにして》横たわり、月と正対するのである。[注4]《中天にさしか丶つた神々しい大空の月輪》とは、宇宙軸上にある聖なる月の謂に他ならない。月もまた、宇宙軸上に位置を占める事によって、初めてその聖性を顕すのである。

（三）

『天鵞絨の夢』の作中で、最も中心的な位置を占めているのは、琅玕洞である。谷崎は、恐らく森鷗外訳『即興詩人』からその名前を取り、その構造については《座敷の天井をガラス張りにして水をたゝへ、中に金魚を泳がせて、下から眺めて喜んだりした、と云ふ》（『明治回顧』）山内容堂晩年のエピソードからヒントを得たと思われる。(注5) しかし、この部屋に於ける女王のあり方は、容堂と同列に論じられる様な金持ちの単なる気晴らしと言ったものでは決してないと私は考える。結論から先に言えば、私にはこの女王が、言わば〝太陽と死の女神〟である様に感ぜられるのだ。

この女王が太陽と関係付けられる理由は幾つかあるが、その一つは琅玕洞の構造である。この地下室は、太陽が中天に差し掛かった時にのみ、直射日光が差し込む様な構造になっている。それは、何か太陽崇拝の神殿を思わせる。しかも、女王は太陽と正対して寝台の上に横たわる。女王が眠るのは正午ではないが、日盛りという日本語が主として夏の午後を指して使われるように、女王の眠る《午後の一時か二時頃》からの《二時間か三時間ぐらゐ》は、やはり太陽の極盛時という印象を与える。

女王はその上、毎日、まるで太陽の様に規則的に琅玕洞に現われ、また太陽の様に規則的に去って行く。しかも女王は何故か《来る時は供をも連れずたつた一人で（中略）こつそりと、衣擦れの音さへも立てずに近寄つて来》る。そして《常に黙つて部屋へ入つて来て黙つて阿片の夢を貪つて、夢が破れゝば黙つて何処かへ帰つて行》く。こうした女王の振舞い全体に秘教的な儀式の匂いが立ち籠めている。そして、この部屋が女王の聖域である事は、少年が温氏に一度も会った事がないと陳述している事によっても裏書きされているのである。
太陽と正対する寝台の上で女王が眠る時、その眠りは、普通平凡な午睡ではない。それが証拠には、女王は目をつむっているにも拘らず、その目には天井の情景が映っている。そして、少女が死んだ時に女王が浮かべた《底気味の悪い薄笑ひ》は、この殺人が実際には毒薬によって為されたにも拘わらず、女王が魔術か念力の様なもので少女を殺害したかの様な印象を与える。それは、普通の眠りとは違った何か不思議な精神の一状態であり、その状態にある時には、ただ意思するだけで少女を殺害出来ても不思議はないのである。少年がそれを《魔睡》と呼ぶ意味も、一つにはここにあるに違いない。

琅玕洞に於けるこの様な女王の魔術的睡眠は、何かある神に捧げられているというよりは、むしろ自分自身が一種神的な存在となる為の変容の秘儀である様に思われる。少年が焚く安息香も、神としての女王に捧げられているという印象を与える。女王は宇宙軸上の最深部にあるこの琅玕洞の中で不思議な眠りを眠る事で、ついに一人の少女を犠牲(いけにえ)とする死の女神へと変貌を遂げるのではないだろうか。女王の夢の中では常に、「赤」が重要な構成要素となっていた。そして、その「赤」は、最後に少女の血の「赤」となる。してみると、この死の女神は実は最初から、血の「赤」に飢えていたのだとも言えなくはないのである。

眠りは一般に、一種の仮死状態だと言えるだろう。そして少年は、眠っている時の女王は、《体を死んだやうに静かに横へて居る》と述べていた。専ら眠りの為だけに捧げられたこの琅玕洞と嗜眠症的とも思えるこの女王には、確かに死の匂いが漂っている。

ノイマンの『グレート・マザー』（ナツメ社）によると、童話の中では《井戸が地下の世界、とくに地母の領分そのものへの門となっていることが多い》という。地母は勿論地下の死の女神と結び付く。そして、少女が〝井戸〟の様な玉液池の底に見出したのは、《まるで死人のやうに青ざめて居》る女王の姿であった。(注6) してみると、女王が宇宙軸上の、しかも地下界に位置を占めるという事は、彼女が死の女神であるという事、或いは少なくとも、彼女が琅玕洞にいる時は死の女神に変容するのだという事を、意味すると言って良いのではないだろうか。

少女が死んだ日の太陽の状態は、この死の女神が、やはり〝太陽と死の女神〟である事を暗示している様に、私には思われる。

その日は《今迄に嘗て例のないほど》太陽が燃え盛っていた。それは、少女を殺そうという女王の決意と無関係だったろうか。女王が殺意を抱いた時、太陽は砂漠のあの一切の生命を焼き滅ぼす様なぎらつく光を取り戻し、少女の体に照りつけたのではなかったか。この日の太陽は、単にいつもより明るかっただけではない。これ迄ついぞそういう事は無かったのに、その日に限り、少女の体は《黒雲》の様に影を落とした。この事は、太陽がこの日、琅玕洞の真上、即ち宇宙軸上にあった事を暗示するだろう。[(注7)] 月が、宇宙軸上に位置する時に少女の屍骸を変容させる様に、太陽もまた、宇宙軸上に位置する時に少女を殺害する聖なる力を顕わすのである。

語られる順序は後だが内容的には前に当たる部分で、塔の奴隷は少女の体を白い《雲の塊》に擬えていた。それがここでは《黒雲》に譬えられる。《黒雲》は、太陽の光を遮り、太陽を覆い隠そうとする。それは太陽の敵なのである。太陽＝女王は、黒雲＝少女を蹴散らす。そしてその後には、少女の血が、《火炎の渦が舞ひ狂ふやうに大きく広く燃え上がつて、彼女の姿を全く包んでしま》う。それはまるで、水の中で、赤い太陽が燃え上がったかの様である。こうしてみると、少女の死は、黒雲を蹴散らす太陽の勝利を意味しているとも考えられなくはないのである。

太陽と死が結び付く事は、意外に思われるかも知れないが、ハーディングの『女性の神秘』（創元社）によると、《暑い地方では、太陽は生命の敵であり、若い緑をしなびさせ、損なうと思われている》。またエリアーデの『宗教学概論1　太陽と天空神』（せりか書房）によると、《メキシコ人は、太陽の永続を願って、絶えず太陽に囚人を供犠する。囚人の血は太陽の弱まったエネルギーを更新するために流されるのである》。

太陽には、確かに無慈悲で残酷な所がある。それは月の様に満ち欠けの変形を蒙る事なく、常に同じ自己を激しく主張し続けるからでもあろう。気に入らない奴隷を楽しみ半分に殺害してしまうこの美貌の女王は、その様な意味でも、この作品の太陽と呼ばれる資格が充分あると私は思うのである。

（四）

琅玕洞には、外の世界を全く知らない一人の少年が居る。注目すべき事に、この少年は、父も母も知らない。彼が知っているのは、ただ女王だけであり、温氏ですら彼には未知の人なのである。この事は、彼にとって母は女王以外ではあり得ず、少年は温氏（＝父）に邪魔される事なく、物心付いて以来、母なる女王と二人っきりの人生を生きて来たのだという事を意味すると考えられる。（注8）

恐らく、少年が生まれて初めて少女に恋をした時、彼は思春期を迎え、母から独立しようとしていたのである。しかし、女王はその事を許さない。女王は、息子が自分以外の女性を愛する事を許さない〝恐ろしい母〟として、少女を毒殺してしまうのである。（注9）この様に考えてみると、琅玕洞は、ある意味でガラスの子宮の様なものだと言えるだろう。それは、母なる海であると共に羊水（注10）でもある暖かい、心地よい、青い水に包み込まれた理想の子宮である、と同時に、大人の男への成長を阻むガラスの牢獄でもある。

琅玕洞は、確かに或る一面に於いては地下の死の世界なのであるが、しかし、そこは明るく暖かくて、土の匂いがしない。そこでの午睡は、黄泉の国の暗く冷たい死と腐敗の眠りではなく、明らかに母とその暖かい胎内の子の幸せな夢見心地なのである。琅玕洞は、地下の死者たちの世界と地上の大人の男たちの生活との中間地帯であり、幼児の仮死的微睡（まどろみ）にふさわしいガラスの棺にして保育器とも言えるかも知れない。

甘美にして不毛な母子一体の場である琅玕洞及び玉液池は、従って、成長する事のない、反生命的な金属や鉱物結晶のイメージに満ちている。《七宝の香炉》、少女の《瑠璃》の様な肌、《黒水晶》の様な瞳、《鶏血石の斑点》の様な血、《エメラルド》《紅玉》《サファイア》《真珠》《金》《銀》《燐》等々。元来、蘭桂堂と玉液池が形作る入れ子型の正方形は、結晶体を連想させる凝縮と自己完結のイメージであり、琅玕洞の密室もまた、そうである。そして、それらは温氏の別荘を取り巻く白壁の塀によって、更に外から封じ込められている。結晶は自閉するもの、自己の内に閉じ籠るものであり、液体や気体の様に他者を包み込んだり、他者と溶け合ったりしない。液体・気体に対する固体、開かれた場所に対する閉じた空間には、自閉的完成のイメージがある。同じ水の中でも、海よりは湖、湖よりは池の方が、より圧縮されたイメージであるが、玉液池の水は、白大理石とガラスという二つの鉱物に封じ込められ、それ自身直方体の青い琅玕ないしは翡翠の如きものにまで圧し固められている。それはもはや自然の生命を孕んだ河や海の生動する水ではない。そしてそこに住む魚も、自然の魚ではなく、緋鯉や金魚の様な、鉱物めいた人工の魚なのである。それらの魚は、女王の夢の中では、たやすく赤い珊瑚樹へと石化してしまうし、少女の肉体もまた、そこでは《青い青い琅玕の宝玉の中に鏤められ》る。

塔の奴隷は、変容した少女の屍骸を《金剛石よりも美しい「永遠の光」を持つた宝石》に擬えるが、この様な死後の永遠の美も、不死の嫦娥も、自己完成であると同時に老化と成長という時間性の拒否でもある。恐らく、これら作中に頻出する自閉的なイメージの群は、結局の所、母子一体だった子宮内の無時間的楽園へ回帰したいという谷崎の自閉的な願望の現われであろう。(注11)『天鵞絨の夢』は、作品全体が神話的宇宙性を帯びているのだが、それは結局、母と子の密室を世界大に拡大したものなのである。谷崎が杭州という温暖の地に舞台を設定したのも、また、これらの結晶体に凍結の冷たさがなく、どこか血の温もりが感じられるのも、それらが母胎のメタフォアだからに違いないのである。

（五）

『天鵞絨の夢』は、法廷に於ける奴隷達の陳述を並列するという構成を取っている。これは、或る一つの建物に封じ込められ、極めて狭く視野を限られた奴隷達の、一人称限定視点からの物語を並列する事によって、立体的に作品世界を構築せんとする、それ自身も注目に値する一つの手法上の実験なのであるが、(注12)作者は、更にこれに加えて、それらの陳述に、明瞭な形式上の統一を与えるというもう一つの試みを行っている。即ち、それらは、いずれも「第〇の奴隷の告白」と題され、《備考》が付され、そして、失神と共に言わば〝溶暗〟になるという極めて特徴的な終わり方に統一されているのである(注13)（もっとも、「第二の奴隷の告白」の終わり方は、やや変形しているが）。単行本に於ける追加部分から察する所、谷崎は、元来、鸞鏡宮の番人・Kの告白をも書くつもりでいたらしいのだが、このKもまた、鸞鏡宮で《屢〻眼がくらんで卒倒した》とされている。思うに谷崎は、十人の奴隷の告白すべてを、この同じ形式で統一するつもりだったのではないだろうか。

もし、その構想が実現されていれば、そこに一種の〝構造的美観〟（『饒舌録』）が生じたであろう事は想像に難くない。私は先に、『天鵞絨の夢』に内在する結晶体偏愛の傾向を指摘したが、元来、結晶体とは、単純な同一構造を反復するものである。そして、谷崎が奴隷の告白の数を全部で十にしようとしたのも、一つには、同じ枠物語である『デカメロン』や『アラビアン・ナイト』の影響でもあろうけれど、やはり、十という数が十進法にとって、言わば一つの結晶単位となる様な、過不足のない完全な数だからであろう。告白する奴隷を様々な人種の男女五人ずつにしようとしたのも、完全無欠な結晶体的世界を目指した谷崎の意図の現われであると考えられる。

どうやら谷崎は、この作品を、それ自体、同一構造の反復からなる一つの結晶体たらしめようとしていたらしいのである。『天鵞絨の夢』には、従って、同一モチーフの反復が顕著に見られる。例えば、〝眠れる美女〟のイメージは、女王・少女の屍骸・失神した塔の奴隷によって反復されるし、天上への浮上ないしは超自然的な浮遊のモチーフは、葛洪及び彼を祭る祠、そして少女によって繰り返される。青・赤・白等の色彩の繰り返しも、恐らくは意図的なものであろう。そして、《蘭桂堂の御殿の廻廊》の《沢山の柱に》《一つづゝ》《白い鸚鵡》の入った《鳥籠》が下がっているというイメージは、鸚鵡がそれ自身、人語を鏡の如く復誦するものであるだけに、鸞鏡宮の無限に増殖する鏡像のイメージと共に、反復の反復をかたどるものとなっているのである。

恐らく谷崎は、同時代の文学に反逆する驚くべき形式主義的人工性の美学を、この野心的な作品によって打ち立てようと目論んでいた。(注14)それは、自然さを装った人工性とは異なるあからさまな反自然的結晶性の誇示となる筈だった。《人工の美も時には自然の美より優つて居る》という塔の奴隷の発言は、その事を暗示するものだと言って良いだろう。

この様な反自然的結晶美への憧れは、地上の退屈な日常的現実性を嫌悪し、聖なるもの・神的なるものに憧れるロマンチシズムの一つの形であろう。そうした谷崎の日常性からの脱出願望は、温氏の別荘という特殊空間の設定(注15)や天上へと向かう宇宙軸の設定等にも現われている。そして、それはまた、この作中に於いては、スペクタクルへの偏愛という形でも、現われているのである。

『天鵞絨の夢』には、全篇を通じて、いかにも人間的な、地上的なドラマの契機が、殆ど存在しない。例えば、奴隷達は、それぞれの持ち場となる空間に封じ込められていて、互いに言葉を交わすチャンスは全くないし、主人との会話すらも殆どない。ドラマの唯一つの契機である少年と少女の恋も、無残に踏み躙られ、少女の精神なき屍骸のみが、美しい変容のスペクタクルを演じるのである。この事は、この作品に於けるスペクタクルのドラマに対する優位を明瞭に示している。そして、それはまた、神的なもの・天上的なものの人間的・地上的なものに対する優位であり、美という神的なものの日常的な生に対する優位でもある。

『天鵞絨の夢』の中で起こる出来事の殆どは、宇宙軸上で生ずる聖なる変容のスペクタクルだと言える。葛洪昇天のイメージに先導される少女の天人化や嫦娥への変容。女王による魔術的殺人。それらはいずれも聖なるもの・神的なるもののエピファニーなのである。そしてそれら聖なるもの・神的なるものとは、谷崎にあっては、またしても、死の世界に住む失われた母の様々な相貌に他ならない。何故なら、〝太陽と死の女神〟とは一種の〝恐ろしい母〟であるし、月の女神・嫦娥もまた、『十五夜物語』やその他の作品から、母のもう一つの有り様と考えられるからである。(注16)『天鵞絨の夢』の二つの大きな特徴であるスペクタクル性と結晶性は、共に、母に至る二つの別の通路なのである。

考えて見れば、谷崎の文学世界は、一人の理想の女性(＝母)を求める一人の男性の物語の反復に他ならない。その様な谷崎文学全体の同心円的構造を『天鵞絨の夢』は、自らの作品構造としているのだ。《作者自身に特に嫌われる作品というものには、或る重要な契機が隠されていることが多い》(『新潮日本文学　第6巻　谷崎潤一郎集』解説　昭和四十五・四)。三島由紀夫のこの有名な評語は、実はこの作品についてこそ、言われるべきだったと私は思うのである。

注

(1)　例えば、初出では、温夫妻が実は日本人である事が、Sによって最初に明らかにされていた。なお外国人への変身というこのモチーフは、温氏の印度人への変装を経て、『鶴唳』・『鮫人』の林真珠・『痴人の愛』・『友田と松永の話』へと受け継がれて行く。

（2）稲沢氏によると、この稿料は大正八年九月の二十一〜二十七日の間に支払われている。思うに谷崎は、この時既に前篇をほぼ書き終えていたのではなかったか。そして、後篇を書き悩む内に、いつしか大作『鮫人』の執筆の方にのめり込んで行ったのではなかったか。私には、そのように想像されるのである。

（3）この別荘は、『金色の死』の、やはり湖畔にあった、岡村の所謂《芸術の天国》を引き継ぐものであろう。

（4）勿論、浮上のもう一つの原因はヴァイオリンにある。音楽による死者蘇生の例は、シェイクスピアの『冬物語』等にあり、谷崎がシェイクスピアを愛読した事は、『明治時代の日本橋』（＊全集未収録　永栄啓伸『谷崎潤一郎――資料と動向』所収）によって知られるので、影響関係も考えられなくはない。

（5）『ふるさと』にも同じ事が書かれている。容堂が《みめうるはしい女を攫まへては屋敷へ連れ込んだりした》事も、或いは温秀卿のモデルに成ったかも知れない。少なくとも『刺青』の背景に《土州屋敷》が取り入れられたのはこのせいであろう。また谷崎は、"Real Conversation"（「新思潮」明治四十三・十二）で、『ア・ルブウル』（A Rebours＝『さかしま』）に言及しているから、ユイスマンスの『さかしま』（第一章）で、主人公が居室の天井に、濃い青色の絹張りで円い天空を描き出し、その真ん中に、銀糸の熾天使（セラフィム）が舞い昇る姿を縫い取らせたことや、（第二章）の、食堂の外に水族館があり、小窓から機械仕掛けの魚や模造の海草が見える仕掛けから思い付いた可能性も考えられなくはない。「鸞鏡宮」も、『さかしま』（第一章）に出る四方の壁に鏡がはりめぐらされた寝室に示唆されたものかも知れない。また、『天鵞絨の夢』は逆に、宇野浩二の『夢見る部屋』に影響を与えた可能性もあると私は考えている。なお三田村鳶魚の「びいどろ昔」（『鳶魚随筆』）には、容堂以前に同様の座敷を作った例が二つ紹介されている。

（6）合理的には、水の青い色が映った結果だとも解釈出来る。谷崎は、神秘を描く場合には、しばしば合理的な解釈も可能であるようにしている。この作品の場合、他に少女の死、屍骸流出等の例がある。

（7）厳密に言えば、南北両回帰線の間でしか起こらない事であるが、ここではイメージだけを問題にする事にした。前述の月の南中についても同様である。

（8）女王が十七、八〜二十歳、少年が十六歳という設定とは矛盾するが、これは作者のインセスト願望の現われであろう。それにしても、谷崎は、母なるもののイメージを余りに早く持ち出し過ぎた。この作品が中絶してしまったのも、一つには、彼が一番書きたかった事を、真っ先に書いてしまったせいだと私は思う。

(9) 地上の生命を育むと共に、時にはその命を奪いもする前述の太陽もまた、恐ろしい母のイメージにふさわしいと言えるのではないだろうか。なお、太陽については「谷崎潤一郎とエディプス・コンプレックス」(一)④(オ)(viii)「月・太陽」(本書P195〜)、恐ろしい母については「同」(一)④(ウ)「母と同一視される作中の女性像の幾つかの類型」(本書P176〜)を参照されたい。

(10) 羊水回帰の願望については、「谷崎潤一郎とエディプス・コンプレックス」(一)④(オ)(iii)(え)「人魚」(本書P138〜)を参照されたい。

(11) 女王の夢に現われるミニチュア世界も、谷崎の自閉的世界への憧れの反映だろう。なお、「谷崎文学における分裂・投影・理想化」(三)「理想化」の(A)「ミニチュア世界」(本書P69)も参照されたい。

(12) 谷崎は、後年、『三人法師』を現代語訳しているが、『天鵞絨の夢』と同じように、最初の二人の法師の懺悔物語が、合わさって一つの事件の全貌を成すという語り方になっている点を評価した面もあったであろう。

(13) この手法は、実際に映画から示唆されたものであるかも知れない。

(14) 結晶が自然の産物である事は言うまでもないが、澁澤龍彥氏の言うとおり、結晶は《目に見える自然のなかのもっとも反自然的なもの》(「プラトン立体」『胡桃の中の世界』)だと私は考える。

(15) それは、単に中国という別世界に属するだけでなく、中国にありながら西洋的要素をも交えた混血児的な非現実空間である。温秀卿が上海に本邸を持ちながら、始終この別荘に来ていたという設定にも、温秀卿及び作者の現実脱出願望が現われている。

(16) 月については「谷崎潤一郎とエディプス・コンプレックス」(一)④(オ)(viii)「月・太陽」を参照されたい。

【付記】本章は、「国語と国文学」(平成元・五)に発表したものに、今回、加筆したものである。

第二章　『痴人の愛』論

――その白人女性の意味を中心に――

（一）

これまで中村光夫氏・伊藤整氏を始めとする数多くの学者・評論家によって『痴人の愛』論が書かれてきたが、『痴人の愛』に於ける白人女性の意味が取り立てて問題にされた事は一度もなかったようである。白人女性に対する譲治及び谷崎の憧れは、西洋崇拝の現われとして自明の事とされるのが常だったのである。しかしながら、谷崎文学に於ける白人女性の描かれ方を仔細に検討してゆくと、事はさほど簡単ではない事が分かってくる。

例えば『少年』の光子は、西洋館の中で洋服を身に纏い、西洋人に変身する事で、少年達を奴隷にする。一方『独探』の主人公は、軽井沢で白人女性に取り囲まれ、恐しさの余り逃げ出してしまう。また『人魚の嘆き』の人魚は白人女性のイデア、即ち理想にして原型であるが、この人魚は男に死を齎す不吉な存在でもある。『本牧夜話』のジャネットと『一と房の髪』のオルロフ夫人は無理心中を誘発するし、『白狐の湯』でローザに化けた狐もまた角太郎に死を齎す。「死」こそ齎さないが、『アヱ・マリア』のニーナは主人公に接触恐怖を感じさせ、失恋させるし、『肉塊』のグランドレンも主人公を社会的に破滅させる。そして『友田と松永の話』では、スーザンの白い肌が松永に死の恐怖を感じさせ、結局その為に彼はパリから日本に逃げ帰ってくるのである。

この様に白人女性が谷崎の男性主人公達にとって、憧れの対象であると同時に死や破滅や恐怖を齎す不吉な存在でもあるのは何故か。この問題を解く事なしには、『痴人の愛』という作品の意味もまた、正しく捉える事が出来ないと私は思うのである。

本来ならば、谷崎の作品に登場するすべての白人女性の描かれ方を、詳しく検討してみなければならないのだが、本章ではただ『女の顔』及び『アヱ・マリア』に簡単に論及するだけに止め、『痴人の愛』についてのみ、やや詳しく検討する事にしたい。

大正十一年一月、横浜で完全に西洋的なライフ・スタイルを実践していた谷崎は、『女の顔』の中で、自分にとって《一番崇高な感じ》がする女性は《空想の中で》思い浮かべる《若い美しい》母であると語っている。しかも谷崎はその一方で《女性が崇高に見える時は、その女性を恋ひしてゐる時です》とも言っている。この二つを結びつければ、谷崎は母に恋しているのだとも、恋人の内に母を見ているのだとも言う事ができる。この事はまた、谷崎の西洋崇拝が母性思慕と矛盾なく共存していたという事実を示している。

この文章でもう一つ興味深い点は、谷崎にとって《若い美しい》母は、《空想の中の女性》であって、中年以降の谷崎の母・セキはもとより、若き日のセキの実像にさえ、どの程度似ているのか定かでない事である。従って、谷崎の理想に適う若く美しい女性はすべて、谷崎によって、空想の中の母と同一視される可能性があるという事になる。しかも谷崎は『女の顔』の中で、バルザックの小説のヒロインや、クローズ・アップにされた西洋の映画女優を空想の母と同じく《崇高な感じ》を与える女性として挙げているのであるから、谷崎にとって白人女性が〝母〟の一種だった可能性は極めて高いと言わねばならない。

この可能性を更に強めるのは、『アヱ・マリア』の例である。この作品の主人公は、自分の《生命が永久に焦れ慕つて已まないところの、或る一つの完全な美の標的》即ち《白》を、聖母マリアだと考える。しかし、元来マリア崇拝は、西洋に於ける母性の神格化に他ならない。聖母マリアは、性欲から最も遠い場所に祭り上げられ、神聖化された白人の母なのである。従って、マリア崇拝は母性思慕の一形態となりうる。

実際『アヹ・マリア』に於いて、主人公が最初にマリアを仰ぎ見たのが《六つか七つぐらゐの頃》だったとされている事は、彼のマリア崇拝が実は母性思慕の変形である事を示している。また、主人公が《亡くなつた親》を《慕ふやうに、それの姿に恋ひこがれる》と語る事は、谷崎がマリアを死んだ母・セキと同種の存在と感じていた事の現われである。そして、主人公が自分の性欲の対象に《聖母マリア》を加えれば《罰が中りはしないか》と《畏れ》、《その徳を汚すのを恐れた》と語るのは、マリアに対してインセスト・タブーが強く働いている事の証左である。この様に、『アヹ・マリア』に於いてマリアが一種の母であるならば、主人公が《西洋の女》達に《マリアの俤》を見ている事も、当時の谷崎が白人女性の内に空想の母の俤を見ていた事の現われと解釈できるのである。(注1)

『アヹ・マリア』でもう一つ興味深い事は、主人公が、マリアと西洋の女達の関係を〝本体と影〟という比喩を使って説明している事である。

彼は様々なものに恋をしてきたが、《結局それらは「白」の一時の変形に過ぎない。私は始終それらを透してその後にある「白」を慕つた》のだと言う。《白》の《正体は容易に摑めないものだから》《どうかしてその姿を眼の前に見、手を以て触れて見たいと願ふ結果（中略）いろ〱な物が「白」に見えたのだ。尤も「白」に見えたとは云つても矢張それらの物の中に幾分か「白」の本質があつたには違ひない。本質と云つて悪ければ、一つの本体から投げるところのさま〲な影でゞもあつたであらう》と彼は解釈するのである。

しかし、作者・谷崎にとって、この本体の《白》は、本当はマリアではなく、空想の中の若く美しい、そして色の白い母そのものだった筈である。

恐らく谷崎の欲望は、理想化され、美化された空想の母に向けられていた。しかし、母はインセスト・タブーによって禁じられた対象であるから、谷崎は完全な「白」即ち本体の母そのものに到達する訳にはいかない。従って、彼の欲望は、幾分かでも母の性質即ち「白」の本質を分有する様々な対象即ち影の間を経めぐる他はなかった。『アヹ・マリア』から窺う事が出来るのはこの様な事態である。(注2)

谷崎の生涯を通じて「白」即ち母の本体の具体的内容は曖昧で流動的だったと想像できる。そしてその事が、谷崎の描く理想の女性像即ち母の影達の変化を可能にしたのだと思われる。が、大正のこの時期の谷崎にとっては、天上のマリアがこの母としての純度が最も高い存在であり、地上の白人女性がそれに次いで母に近く、日本人の中では白人に似た女性がその分だけ母に近い存在だった。そして、谷崎はこれらの女性に対して母に近い度合に応じた憧れと、同時にインセスト・タブーから来る恐怖を感じていた。この様に考える時、谷崎文学に於いて、白人女性が死や破滅や恐怖を齎す存在である理由がよく理解できるのである。(注3)

白人女性の方が日本人よりも母に近いという事は、一見奇妙に思われるが、谷崎の描くセキの最も重要かつ一貫した特徴はその色の白さであった。

また、セキは《五尺そこ〳〵》(『幼少時代』)の背丈しかなかったけれども、幼児の眼から見ると、母は大きく見えるものである。幼児期に見た若く美しい母に固着していた谷崎にとって、母なる女性は当然大柄でなければならなかったであろう。大柄な白人女性は、この点でも、小男だった谷崎に母として感じとられ易かったに違いないのである。(注4)

白人女性はまた、日本人とは明らかに別の世界の存在である。肌・瞳・髪の色・容貌・体型・言語・動作、すべて日本人とは明らかに異っている。従って、日本をこの世とすれば、白人はこの世の存在ではない。それはあの世の存在であり、従って一種の死の世界の存在なのである。白人女性の色の白さはこの印象に拍車をかける。なぜなら白は死の色だからである。恐らく天国の聖母マリアは、谷崎にとって、死の世界の住人たる白人女性の最も美化され、神聖化された姿だったであろう。

谷崎の母は、大正六年に亡くなっている。そして、母の若さと美しさは、その遥か以前から失われていた。谷崎にとって、若く美しい母は、所詮この世の存在ではありえなかった。天国の聖母マリアとこの世のものではない白人女性と死の世界に谷崎が幻視した若く美しい空想の母と――これらの死の世界の住人達は、谷崎の無意識の中で、恐らく一つに重なり合っていたのである。(注5)

（二）

これまで『痴人の愛』を論ずる際には、ただ西洋崇拝だけが問題とされ、母の問題は見落されてきた。確かに『痴人の愛』では、テクストの表層を見る限り、母性思慕のモチーフは目立っていない。しかし、谷崎にとって母が必ずしもセキではない事、また母は様々な程度で対象の内に含まれうるものである事を前提とする時、『痴人の愛』に於いても母性思慕が、実は西洋崇拝の背後に隠された主題である事が見えてくるのである。

例えば、譲治は白人女性の代用品としてナオミを選んだと第九章で自ら述べているが、『痴人の愛』に於いても白人女性が一種の母だったとすれば、白人女性の代用品とは即ち母の代用品という事になる。

『痴人の愛』には重要な白人女性が二人登場するが、その内の一人であるメアリー・ピックフォードは、顔の愛らしさ、清純な雰囲気と背の低さ（身長150㎝ちょっと）ゆえに、映画の中では年下の子供達の世話をする母親代わりのお姉さん役を演ずる事が多かった。第十五章で《メリー・ピクフォードは女団長にやならないぜ》と言われる通り、彼女のイメージは〝妖婦〟とではなく〝小さな母親〟と結びつくものだったのだ。(注6)従って、譲治がナオミの内にピックフォードの俤を見ていた事は、ナオミが母の代用品だった事の傍証となる。

『痴人の愛』に登場するもう一人の重要な白人女性はシュレムスカヤ伯爵夫人[注7]であるが、彼女は《背が五尺二寸といふ小男[注8]》（九）の譲治よりも《上背があり、踵の高い靴を穿いてゐるせゐか、一緒に踊るとちやうど》《頭とすれ〱に、彼女の露はな胸があ》って、ダンスの際、譲治はまるで母親に抱かれた子供の様に、夫人の《胸に抱きかゝへられてしま》う。この様に夫人が譲治より大きい事は、彼女が一種の母である事を暗示している。

譲治はまた、夫人と初めてダンスをした時の気持を次の様に語っている。

私はどんなに此の真つ黒な私の顔が彼女の肌に触れないやうに、遠慮したことでせう。その滑かな清楚な皮膚は、私に取つてはたゞ遠くから眺めるだけで十分でした。握手してさへ済まないやうに思はれたのに、その柔かな羅衣を隔てゝ彼女の胸に抱きかゝへられてしまつては、私は全くしてはならないことをしたやうで（中略）たま〱彼女の髪の毛一と筋が落ちて来ても、ヒヤリとしないではゐられませんでした。　（九）

この表現からも明らかなように、譲治にとって夫人の肉体は禁じられた対象であり、それに触れる事は《済まない》事、《してはならないこと》なのである。譲治は《遠くから眺めるだけで十分》と言うが、それは近付く事に対する恐怖感の裏返しの表現に他ならない。夫人の体は譲治にとって母の身体であり、それに近付き触れる事は、インセストに等しい罪なのである。

だから譲治は次の様に言う。

私があの時経験した恍惚とした心持は、恐らく普通の情欲ではなかつたでせう。「情欲」と云ふには余りに神韻漂渺とした、捕捉し難い夢見心地だつたでせう。

（十一）

『アヱ・マリア』の主人公が、《罰が中りはしないか》と《畏れ》てマリアを性欲の対象に加えなかった事、しかし本当はマリアこそが彼の性欲の真の対象たる母に最も近い存在だった事と、これは同じ事態である。

この母なるシュレムスカヤとナオミが似ていたかどうか、譲治は明らかには語っていない。しかし、譲治はこの《夫人の胸に抱かれて踊る》時、《全くナオミの存在を忘れ》（九）たと言う。殆どナオミの事ばかり書いている『痴人の愛』の中で、譲治がナオミを忘れるのは異数の事態である。これは、譲治にとって二人が共に一種の母であり、しかもシュレムスカヤの方が若く美しい母そのものにより近かった事を示していると考えられるのである。(注9)

譲治にとってナオミが、単に白人女性の代用品であるばかりでなく母の代用品でもあった事は、譲治とその母とナオミの関係を探る事によっても或る程度まで証明できる。

譲治は《幼い折に父を失ひ、母の手一つで育つた》（二十四）と言い、《私は過去を回想しても、自分が母に反抗したことや、母が私を叱つたことや、さう云ふ記憶を何一つとして持つてゐません。それは私が彼女を尊敬してゐたせゐもあるでせうが、寧ろそれより、母が非常に思ひやりがあり、慈愛に富んでゐたからです》と語る。譲治は母が自分に対していかに献身的な愛情を注いでいたかを物語り、二人の仲は《世間普通の親子以上であつた》と言う。

これは一見麗しい親子の仲らいの様でいて、実は現実離れしたエディプスのユートピアである。父と兄弟が居ない事は、母の愛を独占したいというエディプスの夢想の実現であって、妹が二人いるのは、言わばその申し訳の様なものである。しかもその上、譲治は母に一度も叱られた事がないと言うのだから、譲治の母は全く幼児的な意味で理想の母であり、譲治の欲望を限りなく認め許し、満たしてくれる存在だったと考えざるをえない。

この様な母を持つ子供が母との幼児的な関係に固着しなかったら、その方がむしろ不思議であろう。勿論、母に固着する人間の多くは、これ程までに理想的な関係を母との間に持っている訳ではない。谷崎自身もそうだった。彼には父も弟もあったし、『幼少時代』では、母にお灸を据えられた事を回想している。恐らく谷崎は、自分が持ちえなかった母との理想の関係を、小説の中で実現したのであろう。

谷崎と同じく譲治は母との幼児的な関係に固着し、従って幼児的な人格を持っている。その事は、彼が大人の女性と対等に付き合う事が出来ないという事実に良く現われている。彼が二十八歳になるまで《異性との交際》もできず、女《道楽》（一）も普通の見合い結婚もせず、自分より十三歳も年下の《小娘》を選んだのも、《お伽噺の家》（三）で幼児退行的な遊びの生活をするのも、フェティシズムの傾向を見せるのも、実はすべて、彼が幼児的で大人の女性を恐れていたせいなのである。

譲治は、正式な結婚には面倒な儀式的な手順を踏まねばならない事、見合いでは十分相手を知る事が出来ない事、少女との同棲には正式の結婚とは別の楽しみのある事などを挙げて正式な結婚をしない理由を説明するが、《一度や二度の見合ひで》（一）は、十分相手を知る事が出来ないと考える事自体が、そもそも大人の女性（自分と釣り合う年齢の女性）に対する恐怖心・警戒心の現われなのである。

譲治は第十一章で《私の眼にはナオミより外に女と云ふものは一人もありません。それは勿論、美人を見ればきれいだとは感じます。が、きれいであればきれいであるだけ、たゞ遠くから手にも触れずに、そうッと眺めてゐたいと思ふばかりでした》と言うが、これも譲治にとって美しい女はその分だけ母に近い女であるが故に、近付くのがこわいという事の裏返しの表現である。譲治は《ナオミより外に女》はいないと言うが、これも本当は、ナオミだけが母の代用品でありながら譲治に恐怖を感じさせなかったという事なのである。

母に固着する譲治は、大人の女性の内に母を求め、インセスト・タブーの為に大人の女性を恐れる。しかし、ナオミはまだ〝女〟ではなく、男の子の様な子供に過ぎなかったので、譲治は安心してナオミと接する事が出来たのである。

この様に、譲治がナオミを選んだ事は、母への固着の結果だったのだが、それでもそれは、母からの独立の第一歩であった。その証拠に、彼はナオミの事を母へは内緒にして、単に女中代りに雇った事にしている。母親に対して嘘をつき、秘密を持った事、そして初めてまがりなりにも異性と関係を持った事、これは譲治の遅れた思春期の徴候だった。

ナオミとの同棲を始めた夏、例年通り母の待つ郷里に帰省した譲治は、初めてこの帰省を《溜らなく》《単調で、淋し》（三）いと感じる。母に固着していた彼は、母のもとへ帰る事を、前年までは、決して《詰まらない》と感じなかったのである。譲治はこの変化の原因がナオミにある事を感じ、《此れが恋愛の初まりなのではないか知らん、と、その時始めて考へ》る。《そして母親の前を好い加減に云ひ繕つて、予定を早めて》帰ってくる。譲治がまたしても母に嘘をついた事、そしてそれが彼の初恋の始まりである事に注意すべきである。譲治はこの後、母が死ぬまでの間、ナオミとの結婚の承諾を求めに行った唯一度を除けば、もはや母の顔を見る事すらなかったようである（少くとも、テクストの中では、母子の出会いは語られていない）。彼は親孝行をしないばかりでなく、ナオミの衣裳代を捻出する為に、嘘をついて金を無心したりもする。これを甘えと考えるとしても、あれ程母に固着していた譲治が、かくも急速に母から離れ、母をないがしろにするようになったという事実、そして母への固着から脱すると同時にナオミへの固着が始まるという事実は、彼にとってナオミと母が同じ種類の存在だった事、ナオミは性欲の対象となしうる若く美しい母の代用品だった事を暗示している。

ナオミが譲治の母に似ていたかどうか、譲治は一切明らかにしていないが、谷崎の母・セキとの間には、幾つか共通点がある。

例えばセキが江戸っ児、特に深川っ児であった事は、『The Affair of Two Watches』『岡本にて』『雪後庵夜話』等によって知る事が出来るが、ナオミも浅草千束町で育った下町っ児である（ナオミ自身は旗本の子孫で下二番町で生まれたと言っているが、いずれにしても歴とした江戸っ児である事に変わりはない）。

セキはまた、お嬢さん育ちで家事をしなかった。その事は、『幼少時代』『当世鹿もどき』『或る時』等によって知る事が出来るが、ナオミも一切家事をしない。また、ナオミは色白であるが、これもセキの特徴である。

この様にナオミがセキと或る程度まで同一視されうる存在である事は、谷崎が無意識の内に、譲治に自己のインセスト願望を託した結果だと考えられるのである。（注10）

（三）

譲治とその母・ナオミ・シュレムスカヤ伯爵夫人の関係が最も集約された形をとって現われるのは、ナオミの変身の場面である。

譲治はナオミが変身する直前の部分で、母の死に直面した衝撃から、ナオミとの事を後悔し、《国に引っ込んで》《母親の墓守をしながら》《百姓にならう》（二十四）と考えていた。かつて母を捨ててナオミのもとへ走った譲治は、ナオミに捨てられ、ナオミを捨て、東京も立身出世の可能性も捨てて、無限に優しい保護者である死んだ母のもとへ逃げ帰ろうとしていた。それは一種の幼児退行に他ならなかった。

変身したナオミは、その譲治をして死んだ母を忘れしめる。そして譲治が一旦はそこに骨を埋めようとまで考えた先祖代々の土地を親不孝にも売り払わせ、その代金を自分に貢がせる。これは言わば〝母殺し〟であり、譲治が最終的に自らを産み育てた母への固着を葬り去った事を意味している。ナオミが譲治にそこまでさせえたのは、ナオミが変身する事で、譲治の死んだ母以上の魅力を持ちえたからでなくてはならない。そしてそれは、ナオミが譲治の死んだ母以上に魅力的な母になった事、若く美しい母に変身した事によって初めて可能になった筈なのである。

ナオミの変身が、母の代用品から若い美しい母そのものへの変身であった事は、二つの方向から確かめられる。一つには、変身したナオミが登場するこの場面と谷崎の旧作『母を恋ふる記』との類似によって、そして第二に、変身したナオミとシュレムスカヤ伯爵夫人との類似によって、である。

『母を恋ふる記』では、一年半程前に死んだ母が、若く美しい鳥追いの姿に変身して、谷崎の夢の中に現われる。一方ナオミは譲治の母が死んで約一と月後に譲治の前に変身した姿を現わす。(注11) 従って、変身したナオミは譲治の死んだ母の化身なのではないかと考えうる。

もしナオミが譲治の死んだ母の化身であるならば、彼女は死の世界からの来訪者としての印を身に帯びていなければならない筈であるが、これは実際に幾つか見出せる。しかもそれは、概ね『母を恋ふる記』の鳥追いと共通する特徴なのである。

例えば『母を恋ふる記』の鳥追いが一種の幽霊だった事は言うまでもないが、譲治もまた、変身したナオミを見て、《ナオミの魂が何かの作用で、或る理想的な美しさを持つ幽霊になつたのぢやないか知らん》(二十五)と考える。しかも『アヱ・マリア』に関連して先述した通り、作者・谷崎にとって、《理想的な美しさを持つ幽霊》が、死の世界に幻視された若く美しい母と同じものである可能性は極めて高いのである。

譲治はナオミの《肌の色の恐ろしい白さ》を強調するが、この白は死の色であろう。鳥追いについても、その肌の異常な白さが強調されていた。

また、『母を恋ふる記』の《私》は、《あの真白な肌の色が、どうも人間の皮膚ではなくて、狐の毛のやうに思はれる》と言うが、譲治もナオミの肩や腕を、《狐のやうに白い》と形容する。谷崎は第十三章でもナオミと狐との深い結びつきを暗示している。そして、谷崎に於いて狐のイメージが死んだ母のそれと容易に結びつくものだった事は、『吉野葛』によって明らかなのである。(注12)

『母を恋ふる記』のラストには、三味線の音が《彼の世からのおとづれの如く遠く遙けく響いてゐた》と書かれているが、譲治もナオミとの出会いを美しい音楽との出会いに譬えて次の様に言う。

　私の胸にはたゞ今夜のナオミの姿が、或る美しい音楽を聴いた後のやうに、恍惚とした快感となつて尾を曳いてゐるだけでした。その音楽は非常に高い、非常に浄らかな、此の世の外の聖なる境から響いて来るやうなソプラノの唄です。(二十五)

《此の世の外の聖なる境》とは恐らく天国の事であろう。譲治はナオミの肌を《天使のやうな純白な肌》と表現するのだから。

ナオミと鳥追いは、そのかぶり物に於いても顕著な共通性を見せている。

『母を恋ふる記』では次の様に描かれる。

　顔は暗い編笠の蔭になつてゐるのだけれど、それだけに一層色の白さが際だつて感ぜられる。蔭は彼女の下唇のあたりまでを蔽つてゐて、笠の緒の喰ひ入つてゐる頤の先だけが、纔かにちよんびりと月の光に曝されてゐる。その頤は花びらのやうに小さく愛らしい。さうして、唇には紅がこ、つ、て、りとさゝれてゐる。

ナオミの方は、次の様に描かれている。

眼深に被つた黒天鵞絨の帽子の下には、一種神秘な感じがするほど恐ろしく白い鼻の尖端と頤の先が見え、生々しい朱の色をした唇が際立つてゐました。(注13)

（二十五）

このかぶり物は、彼女らに折口信夫の所謂〝まれびと〟、岡正雄の所謂〝異人〟の如き雰囲気を纏わらせる。折口信夫は「国文学の発生（第三稿）」㈢「蓑笠の信仰」で、《笠を頂き蓑を纏ふ事が、人格を離れて神格に入る手段であつたと見るべき痕跡がある》と述べている。編笠をかぶる鳥追いは、一種の神としての〝まれびと〟であろう。(注14)そして、ナオミの帽子を一種の笠と考え、最初ナオミを《黒い、大きな、熊のやう》に見せたもの（恐らくは毛皮のコート）を一種の蓑と考える事が許されるならば、この年の暮（一年の終わりという特別の時期）に譲治を訪れて去ってゆく《不可解なえたいの分らぬ妖しい少女》に〝まれびと〟・〝異人〟のイメージを見る事は、十分可能だろう。(注15)

『母を恋ふる記』の鳥追いは、僅かに一夜の夢に現われるだけだった。ナオミが情欲の対象とならない禁じられた母に変身するのもただ一晩だけで、譲治はすぐにナオミに対して情欲を抱くようになった。(注16)鳥追いも変身したナオミも、共に死の世界（妣(はは)の国）からほんの一時この世を訪れた〝まれびと〟であり、死んだ母の束の間の化身だったのである。

ナオミのこの変身は、母への変身であると同時に、白人女性、とりわけシュレムスカヤ伯爵夫人への変身でもあった。その事は、譲治がナオミを《若い西洋の婦人》と見誤まる事によっても暗示されているが、更に明白な証拠となるのは次の一節である。

私の鼻は、その時何処かで嗅いだことのあるほのかな匂を感じました。あゝ此の匂、……海の彼方の国々や、(注17)

世にも妙なる異国の花園を想ひ出させるやうな匂、……此れはいつぞや、ダンスの教授のシユレムスカヤ伯爵夫人、……あの人の肌から匂つた匂だ。ナオミはあれと同じ香水を着けてゐるのだ。……（二十五）

譲治は夫人の匂について、以前次の様に語っていた。

「あの女アひでえ腋臭だ、とてもくせえや！」

と、例のマンドリン倶楽部の学生たちがそんな悪口を云つてゐるのを、私は後で聞いたことがあります(注18)（中略）しかし私にはその香水と腋臭との交つた、甘酸ツぱいやうなほのかな匂が、決して厭でなかつたばかりか、常に云ひ知れぬ蠱惑でした。それは私に、まだ見たこともない海の彼方の国々や、世にも妙なる異国の花園を想ひ出させました。（九）

第九章で、ナオミは譲治が夫人に対して抱いている感情に全く気付かなかった事になっていた。従って、ナオミが譲治を誘惑する為に、故意に香水を選んだとは考えにくい。それに、シュレムスカヤの場合は《香水と腋臭との交つた》匂であって、純粋の香水の匂ではなかった筈なのである。

ナオミの匂は、戦略ではなく、ナオミの変身に随伴して生じた副次的現象だったと考えるべきである。ナオミの肉体がシュレムスカヤと同じ種類のものに変質した結果、匂もそうなった。これは非科学的で信じ難い事だが、作者は読者にそれを信じる事を求めているのである。(注19)

ところで、この匂は、実は母とも密接な関連がある。例えば『幼少時代』で谷崎は、自分が《六歳ぐらゐまで母の乳を吸つた》事を述べた後で、《乳の味はそんなにおいしいとも感じなかつたが、生温かい母の懐の中に籠つてゐる甘つたるい乳の匂を嗅ぐことは好きであつた》と書いている。また、『母を恋ふる記』では、《潤一》と《母》が抱き合った時、《母の懐には甘い乳房の匂が暖かく籠つてゐた》とされている。その他『顕現』『乱菊物語』『少将滋幹の母』『夢の浮橋』等に於いても、主人公が母と再会したり、母の代用品となる女性を獲得したりする場面で、匂はその女性が母である事の印として用いられている。従って、シュレムスカヤと変身したナオミの匂もまた、二人が母である事の印だったと考えるべきなのである。

変身したナオミとシュレムスカヤの同一性を示すものとしては、匂の他にもう一つ別の証拠もある。それは、ナオミの変身と共に、譲治のナオミに対する感情も、その感情の言い表わし方までも、シュレムスカヤに対するそれと全く同じになってしまう事である。

譲治は言う。

もうさうなると情欲もなく恋愛もありません、……私の心に感じたものは、さう云ふものとは凡そ最も縁の遠い漂渺とした陶酔でした。（中略）もしも彼女の、あの真白な指の先がちよつとでも私に触れたとしたら、私はそれを喜ぶどころか寧ろ戦慄するでせう。（二十五）

ナオミの肉体は、変身と同時にもはや情欲の対象ではなくなり、譲治はナオミの肉体に触れる事をむしろ恐怖するようになる。変身したナオミが、シュレムスカヤ伯爵夫人であると同時に、インセスト・タブーによって禁じられた母でもある事は、もはや明らかであろう。

（四）

『痴人の愛』に於いて、インセスト・タブーは、単にシュレムスカヤや変身したナオミに対して働いているだけではない。譲治は普段のナオミとセックスする事は出来たけれども、それは単に可能だったというだけで、インセストの罪をなお完全に免れていた訳ではなかったのである。その証拠としては、処女だった頃のナオミよりも、セックスを知ってからのナオミの方が人間的に悪くなって行き、ついには娼婦化する事、譲治が《もう一度》セックスを知る前の《罪のない二人になつて見たいと、今でも私はさう思はずにはゐられません》（一）と語っている事、二人が初めてセックスを体験する場面の印象が、パパさんとベビーさんのスキンシップへと無害化されようとしている事、譲治が長いお預けの後、漸くセックスを許される《そして私とナオミとは、シヤボンだらけになりました》（二十七）という場面にも同じ印象がある事、譲治は肉欲に引き摺られながらも、それを《獣性》（十八）として自ら軽蔑している事、セックスがナオミを通じて譲治に経済的な犠牲を強い、嫉妬やお預けの苦しみを与え、最後には譲治をナオミの奴隷化する事、などを挙げる事が出来る。母の代用品とは言え、ナオミとのセックスは、やはりそれなりの罰によって償われねばならない罪だった。そして、譲治が罰を受けるのは、恐らく谷崎の無意識の罪悪感からくる自罰衝動の反映だったのである。

『痴人の愛』に於いて、譲治は、大人の女性に憧れながら男の子の様な小娘を得、上流階級に憧れながら最下層の銘酒屋の娘を、白人女性に憧れながら日本人を、レディーに憧れながら無教養で自惚れの強い娼婦の様な女を手に入れる。そして、西洋に憧れながら日本に住む。この様に、譲治は初めに目指していたのとは大きく異なる地点に辿り着く事になるのだが、それは単なる失敗ではなく、また作者の譲治に対する否定の意志の現われでもなく、実はインセストをめぐるアンビヴァレンツの結果だったと解釈できるのである。

譲治が意識的に目指していたもの、即ち大人の女性・上流階級・白人女性・レディー・西洋などは、いずれも譲治にとって手が届きにくい高みにあるものであるが故に、禁じられた対象である母のメタフォアになっていたと考えられる。従って、彼は無意識の内に、そこに辿り着いてしまう事を恐れ、その結果、彼が実際に手に入れるものは、インセスト・タブーが余り強く働かないが故に選ばれた粗悪な代用品としてのナオミだったのである。譲治は、少くともその意識に於いては、この粗悪な代用品を教育によって本物にまで高めようと志していた。しかし、譲治のナオミに対する意識的な教育的努力が、たちまち無意識的な反教育的行動（遊びの生活・甘やかし・おだて・賭事など）に取って代わられ、その結果ナオミがスポイルされるという事実を見ると、譲治は教育に失敗して目標を実現し損ねたというよりも、むしろ目標を実現してしまう事を恐れた結果、ナオミをスポイルして粗悪な代用品に留める事の方を無意識の内に望み、見事にそれに成功したのだ、と考えられるのである。

この点で傍証となるのは、『痴人の愛』と多くの共通点を有する『永遠の偶像』で、主人公の植村一雄は、ナオミそっくりの光子の教育に失敗して《すつかりだだツ児に》してしまうのだが、彼は、《又さうなるやうに、此方も望んで居たんですからね》と告白するのである。佐藤春夫の『この三つのもの』を信じるならば、谷崎は、ナオミのモデルとなったせい子についても《妖婦》にしようとはしたが、立派なレディーに教育しようとした事はなかったらしい。谷崎は自分の欲望を正しく自覚していたのだが、譲治にはそれを許さないのである。

譲治の西洋崇拝についても、同じ様なアンビヴァレンツが見出される。例えば譲治とナオミが住む《お伽噺の家》は、日本人の手になる贋の西洋館に過ぎないし、(注20) そこでの生活も、本当の西洋式の生活ではない。譲治はベッドを買う事すら、簡単に諦めてしまう。また、譲治がナオミに着せたがる服は、決して普通の洋服ではなく、《日本ともつかず、支那ともつかず、西洋ともつかないやうな》（五）服である。譲治はまた、決して本物の西洋人と結婚しようとはしないし、本当の西洋に住む事もない。横浜という贋の西洋で植民地的生活を送る事すら、譲治がそれを望んだからと言うよりは、むしろナオミに引き摺られた結果である。そして、作品末尾に於けるナオミの極端な西洋化を、譲治が本当に心から喜んでいるかどうかは、実はかなり疑わしいのである。(注21)

真の西洋には辿り着かず、贋の西洋に甘んじる傾向は作者・谷崎にも見られる。例えば、谷崎は、自作の主人公を白人系の女性と正式に結婚させる事は一度もないし、単に肉体関係を持つだけであっても、純粋な白人女性との例は殆どなく、混血児か亡命ロシア人との例が殆どである。(注22)また、谷崎は、主人公に西洋への憧れを屢々語らせたにもかかわらず、小説の中で西洋を描いた事も、主人公に西洋の土を踏ませた事も殆どなかった。(注23)谷崎自身も、何度も洋行を計画しながら、遂に一度も実行せず、代わりに横浜に住んだり、上海に出掛けたりしている。(注24)『痴人の愛』には、全体に贋物及び安物の匂が漂っているが、それは谷崎のこの様な母なる西洋に対するアンビヴァレンツの結果だったのである。

中村光夫氏は、その『谷崎潤一郎論』の中で、《谷崎の西洋に対する心酔は（中略）熱烈なわりに外面的であり、その知的な内容ははなはだ浅薄といふほかはない》と批判しているが、中村氏の西洋崇拝が谷崎より浅薄でないかどうかは、俄には断じがたい。谷崎の西洋崇拝は、もともと日本の知識人の知的な西洋崇拝とも、普通の日本人の西洋崇拝とも、その動機を異にしていた。それは、その本質に於いて、彼固有の母性思慕の一変異形（ヴァリエーション）だったのである。大正の谷崎が西洋崇拝のモチーフの上に彼固有の文学世界を築きえたのも、また、昭和になって西洋崇拝のモチーフを捨て去る事が出来たのも、この同じ理由によるのである。

注

（1）谷崎は『生れた家』『饒舌録』『幼少時代』に於いて、祖父の所持していたマリア像を少年時代に見た自らの体験を回想している。そして、『幼少時代』に於いては、その体験を自らのフェミニズムの起源の一つとして位置付けさえしている。これは、谷崎は、自分が崇拝したすべての女性を、それが日本人であっても、聖母マリアの似姿だと考えていたという事である。

（2）フロイトも、「「愛情生活の心理学」への諸寄与」の中で、母に固着する男性が、同一種類の女性からなる愛人の系列を形成する傾向について、私とほぼ同じ説明を与えている。

（3）白人女性以外でも、谷崎文学のヒロインには、男に死や破滅や恐怖を齎す者が多いが、それについても同様に考える事ができるだろう。「谷崎潤一郎とエディプス・コンプレックス」（一）④（エ）「インセスト的な罪悪感を投影された女性像」（本書P178～）を参照。

（4）谷崎は大柄の女性を好んだようで、『悪魔』の照子から『瘋癲老人日記』の颯子まで、その例は多い。「谷崎潤一郎とエディプス・コンプレックス」（一）④（イ）（ii）「肉付きのよい女性・大柄な女性」（本書P166～）を参照。

（5）谷崎の所謂古典回帰も、失われた過去の女人たちへの憧れという点で、死の世界の母への憧れの別の形での現われと言う事ができる。

（6）ウォーカー『ハリウッド　不滅のボディ&ソウル　銀幕のいけにえたち』（フィルムアート社）の第一部「女神たち」2「メアリー・ピックフォード」参照。ピックフォードは「小公女」「孤児の生涯（あしながおじさん）」「青春の夢（ポリアンナ）」のような明るく元気な少女の役で人気を博した。ピックフォードが三十二歳の時に、ファンたちが彼女に演じて欲しい役というアンケートに答えた結果は、シンデレラ・赤毛のアン・アルプスの少女ハイジ・不思議の国のアリスetc.だったと言う。ピックフォードは、《お伽噺の家》（三）で一緒に子供にかえるのに相応しい相手なのである。譲治がピックフォードに似たナオミを選んだのは、譲治が幼児退行の願望を強く持っていた事を示すものと言える。ちなみに、せい子の顔はピックフォードに似ていた。そして潤一郎には、幼児退行の願望が強かったようである。「谷崎潤一郎とマゾヒズム」（本書P77～）を参照。

（7）シュレムスカヤ伯爵夫人のモデルは、亡命ロシア人のバレリーナ、エリアナ・パヴロヴァであろう。エリアナは、大正九～十年頃から横浜の浅野物産二階や鶴見花月園ホールで社交ダンスの教師をしていたので（白浜研一郎『七里ケ浜パヴロバ館』文園社)、花月園によく行った谷崎が知る機会は充分あった筈だ。中沢まゆみの「日本人がジャズを口ずさんだ日」(「潮」昭和五十六・十二)によると、パヴロヴァは、タクトを持って、ロシア訛りの英語で「ワン・トゥー・ツリー・フォール!」と叫びつつ、容赦なくタクトでひっぱたく、相当厳しい先生であったらしい。

ついでながら、大仏次郎が、「横浜の谷崎氏」(『屋根の花』六興出版)で、横浜の馬車道通りの西川楽器店で、洋服姿の谷崎潤一郎と葉山三千子(せい子)を見掛けたと書いているが、西川楽器店は、二階がダンス教習所・一階が西洋楽器店兼喫茶店となっており、『痴人の愛』(八)の三田聖坂にある吉村西洋楽器店のモデルはこれである。

また、慶応のマンドリン倶楽部の学生たちが出て来るのは、慶応出身で慶応大学マンドリンクラブの創始者である田中常彦(明治二十三〜)と西川楽器店が、大正十年二月に露西亜舞踊劇協会を発足させて、エリアナ・パヴロヴァを支援していたという因縁からであろう(白浜研一郎前掲書)。

(8) 谷崎自身《身長五尺二寸と云ふ小兵》だった事は、『青春物語』によって知られる。なお『武州公秘話』の武州公や『瘋癲老人日記』の卯木督助も、身長五尺二寸とされている。

(9) 夫人を胸に抱いて踊るのではない事に注意すべきである。譲治はこの時、母の胸に抱かれる子供にかえっているのである。『乱菊物語』でも、上総介は胡蝶に対して《かうしてそなたに抱かれてゐると、何だか昔、お母様のふところに抱かれてゐた時分が想ひ出される》と言うのである。

(10) フロイトは、「「愛情生活の心理学」への諸寄与」第一章「男性に見られる愛人選択の特殊な一タイプについて」で、「母に性的に固着している男性は、浮気者・悪女・娼婦タイプなどを好む傾向がある。それは、母が、息子を裏切って父とセックスをする憎らしい悪女・娼婦だからである」と解釈している。また娼婦とのセックスについては、その責任を女の側に転嫁しやすいという利点がある。従って、そもそも譲治が千束町の銘酒屋の娘を妻に選んだのも、ナオミが大人の女に近付くにつれて次第に娼婦的な女性になるのも、インセストの罪を悪しき娼婦的女性の誘惑の結果として責任転嫁しようとする譲治及び作者の欲望の現われと解釈できるのである。「谷崎潤一郎とエディプス・コンプレックス」(一)④(エ)「インセスト的な罪悪感を投影された女性像」(本書P178〜)を参照。

なお、ナオミのモデルとなったせい子も、潤一郎の母・セキと顔が似ており、当時の基準からすると、幾分、不良少女的な傾向のある女性だったようである。

(11) ナオミの変身が、母の死後最初の訪問の際ではなく、二度目に起こる点に問題は残るが、一回目は譲治に見られた誘惑をしりぞける意志が、変身したナオミを見る事で失われたとして、変身の価値を強調したのだと考えたい。
(12)『少年』の光子は狐として退治されるし、『白狐の湯』にも狐が登場して白人女性に化ける。谷崎に於いて、狐は白人女性とも深く結びついているのである。
(13)ただし、ナオミの帽子のかぶり方には、こうすると黒い髪と瞳が隠れて西洋人に見られやすいという意味もある。これは『赤い屋根』に同様の例がある。
(14)折口信夫は「国文学の発生（第三稿）」㈣「初春のまれびと」で、鳥追いを〝まれびと〟の一種としている。なお、『徒然草』第十九段などからも知られる様に、かつては盂蘭盆だけでなく、歳末から正月にかけても、死者の霊魂がこの世に帰って来ると信じられていた。従って、死んだ母の霊がナオミの姿で年の瀬に現われたり、鳥追いの姿で正月に現われたりするのは、古い民俗信仰の再生として、充分理解できる事なのである。
(15)岡正雄は、「異人その他」で、《異人はその異人たることを表徴する杖及び「音」》を持っていたと述べている。鳥追いが弾く三味線が〝異人〟の印である事は言うまでもないが、譲治が《音楽》の比喩を持ち出すのも、変身したナオミの〝異人〟性を示すものと考えてよいだろう。
(16)一と晩限りの聖性示顕は、既に『少年』に於いて用いられた手法である。
(17)《海の彼方》は〝彼岸〟である。そして《想ひ出させる》という言い方は、そこが魂の原郷である事を暗示している。恐らくこの一節は、シュレムスカヤとナオミが共に妣の国からの来訪者である事を意味している。なお、『独探』にも、白人女性について、殆ど同じ表現が用いられている事を指摘しておく。
(18)夫人の匂を学生達に悪く言わせたのは、罪深い快楽を味わっている作者の後めたさの現われだろう。
(19)谷崎は、ナオミの変身を、化粧法などによって或る程度まで合理的に説明しているが、これは、神秘的な変身譚を近代の読者に受け入れさせる為の工夫であって、神秘の方に重点がある事は言うまでもない。谷崎の魔術的・神秘的なものに対する好みは、『少年』『魔術師』等、多くの作品に窺える。「躁鬱気質と谷崎潤一郎」（九）「躁的防衛と万能感」（本書P313〜）参照。
(20)しばしば誤解されているようだが、《お伽噺の家》と呼ばれている洋館は、画家のアトリエであって、外から見た所は確かに「文化住宅」風だが、中身は大違いだし、時期も違う。谷崎の作中には、『痴人の愛』以前にも、『饒太郎』（五）『金と銀』（三）『嘆きの門』（二）『永遠の偶像』などに、アトリエとして建てられた洋館が出て来ており、『痴人の愛』のそれも、同種のものである。一方、「文化住宅」とは、関東大震災後に、私鉄資本などによって、東京郊外に多数建てられるようになった、一部を洋間にした和洋折衷の住宅で、その主な特徴は、玄関脇の洋風応接間、玄関から奥へ向けて廊下を通し、その両側に部屋を配置して部屋の独立性を高めていること、赤や青の屋根瓦など、外観を洋風にしていることだった。

（21）初出では少くとも、譲治はナオミを西洋化し過ぎた事について、後悔を口にしている。また、国松夏紀「谷崎潤一郎とロシア」（「文芸論叢」昭和六十三・三）によれば、谷崎はレニングラードの出版社プリボイに宛てた昭和四年頃の書簡で、『痴人の愛』はアメリカかぶれ批判だと説明していると言う。しかし、昭和四年は日本回帰後であり、『痴人の愛』執筆当時の考えとは違っている可能性が高い。

大正十四年三月二十八日付け中根駒十郎宛書簡で、谷崎は『痴人の愛』が完成すれば、すぐにも洋行する意志を明らかにしている。また、『東京をおもふ』によると、谷崎は、箱根で関東大震災に遭遇した直後、「これで東京はきっと西洋的な街に変わる、そうなれば、十年後の日本の少女たちの肉体は、健やかな発育を遂げ、《姿も、皮膚の色も、眼の色も、西洋人臭いものになり、彼女たちの話す日本語さへが欧洲語のひゞきを持つ》だろうと予想し、その十年後を待ち遠しく思うと同時に、自分がもう十年若ければ、と思った」と言う。谷崎はこうした夢を胸に、箱根から沼津に出て、大阪行きの汽車に乗ったはずである。座談会「朝日時代の朝倉さん」（『朝倉さんを偲んで』）で、元大阪朝日新聞の小倉敬二は、（震災直後に）《寸断された東海道線を乗り継いでやって来たのが谷崎潤一郎や。（中略）最初に訪ねてきたのが朝日新聞で、僕が会ったんや。谷崎は『金が無いから貸してくれ。出来れば小説を書くからそれで精算させてもらえたら』というんや。それで原稿料を前渡しで書いたのが『痴人の愛』や。》と証言している。この時、谷崎は、「箱根で抱いた夢が十年後に実現するまでは、とても待っていられない。せめて小説の形ででも、今すぐ実現してやろう」という『痴人の愛』の構想を、既に胸に抱いて「朝日」と約束したに違いない。だから、譲治はナオミを西洋風の家で、洋服、洋食（特にビフテキ）と、海水浴などで活発に育て、《精神の方面では失敗したけれど、肉体の方面では立派に成功》（七）する事になるのだし、《今まではあまり類例のなかつた私たちの如き夫婦関係も、追ひ〳〵諸方に生じるだらう》と予言するのである。

大正十三～四年執筆の『痴人の愛』は、関西移住後に起稿されたにもかかわらず、東京・横浜だけを舞台にしている。『痴人の愛』連載中の大正十三年十一月に、雑誌「教育文芸」に掲載されたインタヴュー「作家訪問記　谷崎潤一郎氏」（拙稿「谷崎研究雑録」（「甲南国文」平成十・三）参照）でも、谷崎は関西に永住するつもりはない旨の発言をしている。それが、『痴人の愛』の連載終了後、大正十四年中にほぼ執筆を終えていたと思われる『友田と松永の話』になると、主人公は、西洋（およびそれに準ずるものとしての東京・横浜・上海）と関西との間で揺れ動いている。実生活でも、大正十四年十二月二十六日付け土屋計左右宛潤一郎書簡には、「将来、上海と日本と両方に家を置いて、行ったり来たりする」アイデアが書かれていた。しかし、大正十五年一、二月の上海旅行で幻滅したことが一つの切っ掛けとなり、同年七月五日付け土屋計左右宛書簡で、銭痩鉄に彫って貰った印・「摂州武庫郡岡本」の入手を報じた頃には、岡本に住み着く決意を固めつつあったと推測される。そして、昭和二年には、梅ノ谷の土地を購入し、家を建てる事になり、『顕現』『卍』『蓼喰ふ蟲』など、関西を舞台にした作品を書き始めるのである。

右のような経緯からも、『痴人の愛』が、谷崎の白人女性への憧れから生まれたものであることは間違いない。私は、『痴人の愛』ラストで、譲治は真の満足を得ていないと思うが、それは、白人女性＝母に対する譲治および谷崎のアンビヴァレンツのためだと思うのである。

なお、『東京をおもふ』の夢想の内、《出没するストリートウオーカー》については、『黒白』がその部分的な実現になっており、都会の《猟奇的な犯罪》の一部は、『青塚氏の話』『白日夢』『日本に於けるクリップン事件』などで、実現されたと見て良いだろう。

(22) 谷崎は『懶惰の説』で、《ロシア人が西洋人の中で最も東洋人に近い》と言っており、『本牧夜話』のジャネットはロシア系ユダヤ人（主人公はセシル・ローワンで日米混血）、『蓼喰ふ蟲』のルイズは朝鮮人とロシア人の混血、『一と房の髪』のオルロフ夫人と『アヹ・マリア』のニーナおよびソフィアも亡命ロシア人と、ロシア系の女性が多い（ただしニーナ、ソフィアとミスター・エモリに性関係はなく、オルロフ夫人の愛を求めるディック、ボブ、ジャックは三人とも混血児である）。『肉塊』のグランドレンも混血で、父がアメリカないしはブラジル人、母は日本人とポルトガル人の混血である。『白狐の湯』のローザは本物のフランス人かも知れないが、主人公と関係を持つのはローザに化けた狐である。唯一の例外はパリジェンヌのスーザンと関係を持つ『友田と松永の話』の松永であるが、彼はスーザンの白い肌が怖くなって、日本に逃げ帰ってくる。

(23) 『人面疽』はアメリカを舞台にするが、主人公は女性で、インセスト・タブーとは無関係である。『人魚の嘆き』は途中の船の中で終わってしまうし、『魔術師』の舞台は曖昧だが、恐らく植民地であろう。『金と銀』の青野はフランス帰りだが、フランスでの生活は描かれない。ここでも唯一の例外は、『友田と松永の話』の松永であるが、日本に逃げ帰る。

谷崎はインドへも行った事はないが、インドを舞台にした小説（『玄奘三蔵』『ラホールより』）。『金と銀』にも部分的に出る）を書いているし、『ハッサン・カンの妖術』では、《私が印度の物語を書くのは、印度へ行かれない為めなんです。》とさえ言う。『麒麟』や『人魚の嘆き』を書いたのも、まだ中国へ行く前だった。従って、洋行しなかった事は、西洋を描かない事の説明にはならないのである。

（24）谷崎の洋行願望は、『饒太郎』『独探』辺りから始まるが、ちょうど第一次世界大戦と重なったため、暫くは実現不可能だった。大戦終了後、谷崎は末弟・終平にフランス語教育を受けさせようとするなど、洋行を前提としてチャンスを窺っていたが、大正十二年一月三十日と大正十三年十二月十四日には、「読売新聞」で洋行の計画が具体的に報じられ、大正十四年三月二十八日中根駒十郎宛（夏か秋になりそう）、昭和二年一月二十七日土屋計左右宛（中国旅行への変更も考慮中）、同年四月四日嶋中雄作宛書簡（今年は家を建てるから洋行の暇はないだろう）でも、洋行の予定を伝えている。『雪後庵夜話』に「四十歳を越す頃まで、私の第一の夢は洋行にあった」とある事から、大体、昭和二年（数え年四十二歳）頃までは、洋行の願望が続いていたと考えられる。

なお、日本国内の外国的な土地である旧居留地に住む例としては、谷崎自身が横浜の本牧に住んで『本牧夜話』『アヱ・マリア』『肉塊』を書いた他、『嘆きの門』で築地居留地のそばに、『愛なき人々』でも、せい子をモデルとする玉枝にせがまれて築地居留地の洋館に住もうとする例がある。

【補説】『痴人の愛』で谷崎は、ナオミをメアリー・ピックフォード（セシル・デミル監督の映画には“Romance of the Redwoods”“The Little American”の二回だけ出た）にそっくりとし、「お伽噺の家」の壁には《亜米利加の活動女優の写真を二つ三つ吊る》（三）すなど、アメリカ映画を踏まえるという構想を、はっきり示している（Naomi という名前自体、大正十年に封切られたセダ・バラ主演のハリウッド映画「サロメ」の脇役の名前がヒントになった可能性もある）。数あるアメリカ映画の中でも、谷崎が『痴人の愛』で主として踏まえたのは、セシル・デミル監督の映画、中でも『アヱ・マリア』（４）で長々と言及している「アナトール」や「何故妻を換へる?」「愚か者の楽園」（いずれも日本では大正十一年封切り）などではないかと私は思う。

例えば、「アナトール」冒頭で新妻・ヴィヴィアン（グロリア・スワンソン）が夫・アナトール（ウオーレス・

リード）にいちゃつく場面で、字幕に“Papa, buckle Baby's shoes !”と、妻が夫をPapa、自分をBabyとする言い回しが出て来ることは、『痴人の愛』（五）で譲治とナオミが「ベビーさん」「パパさん」と呼び合うという設定のヒントとなった可能性がある。

譲治に甘ったれる時のナオミのイメージは、明らかに当時の普通の日本の夫婦を写したものではなく、「アナトール一冒頭のヴィヴィアンや、この映画以外でも同種のアメリカ映画の、男女が甘ったるいいちゃつきを見せる場面を意識して真似たものと思われる。また、ダンス・ホールその他での、堕落した女としてのナオミの言動は、「アナトール」のエミリー（ワンダ・ホーリー）の、例えば、アナトールに隠れて悪い女友達と酒を飲むシーンや、前の情夫とよりを戻してアナトールに絶縁されるに至る経緯などから、ヒントを得ているように思われる。

エミリーがヴァイオリンの練習をするシーンで、全く才能もなく、真面目に取り組もうともせず、先生を怒らせる所は、『痴人の愛』（六）で、譲治がナオミに英語を教えようとして、幻滅するという展開のヒントになったのではないだろうか。

また、譲治がナオミに《日本ともつかず、支那ともつかず、西洋ともつかないやうな》《新奇な》（五）服を着せようとするのは、デミル監督が、特に、「夫を変へる勿かれ」以降の映画の中で、女優達に一流デザイナーにデザインさせた奇抜なファッションをさせたことに谷崎が触発された結果かも知れない。

（八）で譲治は、ナオミに社交ダンスを習わせ、《立派に盛装させて社交界へ打つて出たら》と考えるが、そこで念頭に置かれている《社交界》なるものも、現実の日本の社交界（？）と言うより、デミルの映画などに描かれているアメリカの金持たちの社交界であろう。当時の日本の社交界（？）には、社交ダンスを踊る習慣などなかったのだから。

細かいことだが、キャバレーThe Green Fanで、エミリーが頭に鉢巻きのように巻いている物（リボン？）は、思う。

『痴人の愛』（十）で、井上菊子が眉毛を隠すために巻いているリボンの鉢巻のもとになっているのではないかと私は

『痴人の愛』（十四）以下で、ナオミとの生活をやり直そうと、鎌倉に転居する所や、（二十四）で、譲治が悔悟して田舎に骨を埋めようとする所も、アナトールとヴィヴィアンが、堕落した都会生活から離れようと、一緒に田舎に行く所と関係があるかも知れない。

また、「何故妻を換へる？」冒頭で、妻・ベス（スワンソン）の服の背中のホックを夫（トーマス・ミーアン）が嵌めようと苦労するシーンは、『痴人の愛』（四）で譲治がナオミの水着のボタンを嵌めるのに苦労する場面のもとになっていようし、『痴人の愛』（二十六）でナオミが唇に香水を塗るという手管は、「何故妻を換へる？」でサリー（ビーブ・ダニエルズ）がやっているのを見て、真似たものと私は思う。

谷崎は、少なくとも『痴人の愛』を書いた頃には、アメリカ映画、就中セシル・デミル監督作品のゴージャスで性的・享楽的な側面を愛好し、かなり影響を受けていたと考えるべきであろう。ただし、本論で述べたように、谷崎はデミルをそっくりに真似ようとして失敗したのではなく（真似ることに成功した所で何の意味があろうか？）、そのひどく安っぽい真似にしかならない所に妙味を見出しているのである。

谷崎は、『アヱ・マリア』で、「アナトール」と「何故妻を換へる？」に関して、《ド・ミルは女の足を映すのが好きなんだな》と書いているが、「男性と女性」などにも、女性の美しい足のクローズ・アップは繰り返し出る。『アヱ・マリア』の主人公は、フット・フェティシズム以外にも、《衣裳と道具に出来るだけ贅を盡して派手な映画を作る》ことを挙げて、《セシル・ド・ミル監督》が贔屓だと言うが、これは谷崎自身の気持ちだったに違いない。『本牧夜話』で谷崎に当たる主人公を「セシル・ローワン」としたのも、セシル・デミルにちなんだ可能性が考えられる。

『青塚氏の話』で、映画監督の中田は、《亜米利加の監督と同じ理想、同じ感覚で絵を作つてゐる》と評されているが、

ここで念頭に置かれている《亜米利加の監督》の一人は、間違いなくデミルである（他に、作中で名前の挙がっているストローハイムや、ルビッチュなども含まれるだろうが）。中田は「黒猫を愛する女」に由良子の入浴シーンを出したことになっているが、これは、"Old Wives for New"（一九一八、日本では「醒めよ人妻」と題して大正十年に封切られた）以来、デミル作品の売り物となっていたのだから（前掲・ウォーカー『ハリウッド　不滅のボディ&ソウル　銀幕のいけにえたち』参照）。

なお、谷崎は、『アヱ・マリア』で、「アナトール」を、快活・のんき・贅沢な青年の「亜米利加紳士栄華物語」だと評しているが、実際には、この映画の中で、アナトールは繰り返し幻滅させられるのであって、内容はむしろ女性不信の目立つ苦いものである。また、『アヱ・マリア』では、「アナトール」に《女の裸体の彫像》が出て来るとされているが、実際には、決して《裸体》ではなく、ギリシャ・ローマ風の tunic を着ている。『アヱ・マリア』の主人公は、映画を見ながら《知らず識らず話の筋とは関係のない自分勝手なさまぐ〳〵な夢を作り上げる。》と書かれているが、これは、谷崎自身にもかなり当て嵌まる事のようである。

また、『アヱ・マリア』でビーブ・ダニエルズは、《「誘惑の魔の女王」》《物凄い女のヴンパイア》としてのみ紹介されるが、「アナトール」の中ではそれは見せかけで、実際は、愛する男の命を救うためにお金を稼ごうとしている、この映画に出て来るどの女より純情可憐な女であることが、すぐに明らかにされている。谷崎は、『アヱ・マリア』の中でこそ、主人公に《これから後の話の筋がどんなであつたかを覚えてゐない》と言わせているが、それは作中でビーブ・ダニエルズを《物凄い女のヴンパイア》として置きたかったからそう言わせただけで、谷崎自身は決して忘れたりはしなかったに違いない。

【付記】　本章は、「国語と国文学」（昭和六十三・四）に発表したものに、今回、加筆したものである。【補説】は、今回新たに付け加えた。

なお、『痴人の愛』と排日移民法との関係については、「谷崎潤一郎と戦争」（一）「日清日露戦争から日中戦争まで」（本書P487〜）を参照されたい。

第三章　『日本に於けるクリップン事件』論

（一）

『日本に於けるクリップン事件』は、これまで芸術作品としてまともに論じられた事は、殆ど一度もなかった。これは、この作品に対する評価の低さを端的に物語るものと考えて良いだろう。それは、文体が簡潔で地味な面がある事と、それにもかかわらず、内容が猟奇的・推理小説的で、悪趣味・通俗的と見られやすい事、そして『春琴抄』前後の所謂〝日本回帰〞後の諸傑作との間に、連続性がない様に見える事などが、その原因となって来たのではないかと想像される。

確かに『日本に於けるクリップン事件』は、『春琴抄』やその前後の諸傑作に比すれば、一籌を輸すべき作品ではあるかもしれない。しかし、この作品は、実は当時の谷崎にとっては、新しい技法的実験を試みたかなりの野心作であったのだし、またその出来栄えも、谷崎の作品の中でそう悪い方でもないと私は考えている。しかもその上谷崎は、この種の作品に対してその後も野心を持ち続け、戦後、中絶作ではあるが、技法的に言って明らかに『日本に於けるクリップン事件』を受け継いだ作品『残虐記』を書こうとしたりもしている。この事は、谷崎がこの作品に於ける技法的実験に自ら価値を認めていた事を意味するだろう。『日本に於けるクリップン事件』の実験は、直ちに大きな成果を上げたとは言えないまでも、『痴人の愛』から『春琴抄』への橋渡しとなる重要な一里塚の一つではある。その事を、私は以下の論稿の中で、順次明らかにして行きたいと思う。

(二)

『日本に於けるクリップン事件』は、二つの事件から成る小説であるが、その内クリップン事件の方は、一九一〇年にイギリスで実際に起きた著名な殺人事件である。この事件について大正末年迄に英語圏で出た文献は、犯罪研究家の河合修治氏の御教示によると、"Trial of Hawley Harvey Crippen" edited by Filson Young, Notable British Trials Series, William Hodge & Co. Ltd. 1919、Harold Eaton "Famous Poison Trials" W. Collins Sons & Co. Ltd. 1923. 以下多数ある。[注1] 一方、大正年間に於ける日本語による詳しい紹介としては、小酒井不木の「西洋犯罪探偵譚―肉片の身許鑑定―」(「新小説」大正十二・七)や松本泰編『各国犯罪実録』(小西書店　大正十二・十二)等がある。[注2]

谷崎がこの事件を紹介するに当たって、いかなる文献を参考にしたのか、確かな所は分かっていない。が、少なくともクリップンをマゾヒストだとする文献は、私の調べ得た限りでは、ただフィルソン・ヤングとハロルド・イートンの前掲書だけであった。就中イートンのものには、谷崎の文章と類似した箇所のある点が注目される。

例えば "He belonged to the type that likes to be ordered about and tyrannised over by women—what Kraft-Ebbing would term a Masochist—and Mrs. Crippen provided plenty of scope for this passion." という一文は、『日本に於けるクリップン事件』の冒頭の一節に、また "……Crippen and Miss Le Neve went……to Dieppe for Easter, and it has been suggested that those portions of Belle Elmore's body which were missing when the remains were discovered, were taken by him on this pleasure trip and dropped overboard in midchannel." という一節や、"Whatever other claims Crippen may have to fame, he will, above all else, be remembered as the first criminal to be arrested through the medium of wireless."という一節も、それぞれ『日本に於けるクリップン事件』の中に類似の部分を見出す事が出来る。また、クリップンの刑事に対する陳述も、次の様に良く似ている。"……Crippen at once frankly admitted that the whole story was a lie. He declared that his wife had left him after a quarrel and, he suspected, had gone to an old lover of hers in America; so far as he knew she was alive and he had fabricated the story of her death in order to save his name and to silence the scandal which must have followed the publication of the truth." 谷崎はクリップンについて、《あのやうに細君の我が儘を大人しく怺へた紳士が、恐ろしい罪を犯す筈はないと云ふ風に、一時は思はれたのであつた。》と書いているが、これもイートンの"……he……according to the testimony of her friends, bore patiently with her outbursts of temper……/……to think of him as the perpetrater of a great crime, greatly executed, (seemed) preposterous."という一節に依拠した可能性がある。[注3]

また、イートンがヤングらとは逆に、クリップンが毒薬・ヒヨシンを、元来は性欲抑制剤として購入した可能性を認めている事も、かなり重要な谷崎との共通点である。もっとも谷崎の方は《性欲昂進剤》による毒殺としているのだが、谷崎は以前『神と人との間』で性欲昂進剤のスパニッシュ・フライを用いた完全犯罪を書いていた為に、この様な誤ちを犯したのではないかとも考えられる。[注4]

結局、今の所証明は出来ないし、また七月十二日という日付けが一致しない点にも問題は残るが、谷崎がイートンの著書を元来は『神と人との間』の為に毒殺方法を研究する目的で読み、そこで偶然クリップン事件を知って創作意欲をそそられた可能性もある、と私は考えている。[注5]

『日本に於けるクリップン事件』を構成する二つの事件の内、クリップン事件は実在の事件であった訳だが、もう一つの小栗事件についてはどうか。例えば中島河太郎氏は、小栗事件をも実在の事件だったと考えておられる。(注6)しかし、もし小栗事件が実在の事件なら、『日本に於けるクリップン事件』はもはや小説とは言えなくなるだろう。しかるに谷崎は、この小説を発表した翌月の『饒舌録』の中で、次の様に書いているのである。

いつたい私は近頃悪い癖がついて、自分が創作するにしても他人のものを読むにしても、うそのことでないと面白くない。事実をそのまゝ材料にしたものや、さうでなくても写実的なものは、書く気にもならないし読む気にもならない。

（「改造」昭和二・二）

（三）

この様に語っている谷崎が、《事実をそのまゝ材料にした》小説を書く筈はない。

『日本に於けるクリップン事件』は、「新潮」（昭和二・二）の合評会で芥川によって批判され、それが二人の論争の発端になったのだが、谷崎は同じ合評会で宇野浩二に《僕は詰らなかつた。第一、小説ぢやないし……》と評された『「九月一日」前後のこと』(注7)については《正に「あれは小説ではない」のだ。》と『饒舌録』（「改造」昭和二・三）で賛意を表したにもかかわらず、一方、芥川に対しては、《今度の「クリツプン事件」のやうなものでも、その構想は自分の内から湧き出したもので、借り物や一時の思ひつきではない。》（同）と自信に満ちた強い反発を見せていた。

もし『日本に於けるクリップン事件』が、二つの実在の事件を並べただけの《小説ではない》ものだったのなら、この様な反発は生まれ得なかった筈であろう。

これらの点から、小栗事件は、少なくとも事実をその儘紹介したものではないと考えられる。勿論、証明とはならないが、私が調べた限りでは、事件が起きたとされる時期の「大阪朝日新聞」・「大阪毎日新聞」には小栗事件の記事は見出せなかった。そもそも事件が起きたとされる大正十三年三月二十日は、『痴人の愛』の第一回分が「大阪朝日新聞」に掲載された日であるから、これは谷崎のいたずらである可能性が高い。一方、犯行露顕の日付けを八月十五日にしたのも、盂蘭盆に合わせたものと解釈すれば、納得出来るだろう。

これまでに管見に入った限りで、小栗事件と多少とも関連のありそうな事件は、弁護士の高山義三氏が「新青年」(大正十五・三〜四)で紹介している「打出二婦人殺し事件」だけだった。これは大正十四年四月四日、兵庫県武庫郡精道村打出若宮十三ノ一で下女二人が殺されたというもので、ごく在り来りの殺人事件ではあるが、地理的に言えば小栗の家があったとされる地点から約一・五キロ南西の郊外住宅地であり、当時同県同郡本山村北畑に住んでいた谷崎に小栗事件を着想させる上で、多少の影響を与えた可能性はある。しかし、もしなんらかのヒントを与えた事件がこの他にもあるとしても、小栗事件そのものは、やはり実在の事件ではなく、それらのヒントから谷崎が創作した架空の事件である筈だと私は考える。(注8)

(四)

小栗事件を実在の事件と錯覚させる事――それは、谷崎のこの作品に於ける目標の一つだったと思われる。

例えば、『日本に於けるクリップン事件』は、次の様に始まっている。

クラフト・エビングに依つて「マゾヒスト」と名づけられた一種の変態性欲者は（中略）女に殺されることを望まうとも、女を殺すことはなさゝうに思へる。しかしながら（中略）マゾヒストにして彼の細君又は情婦を、殺した実例がないことはない。たとへば……

この導入部は、明快な論理構造を持っている。即ち、最初に「マゾヒストは女を殺さない」という命題を否定されるべき俗論として提示した上で、その反証となるべき実例を以下に示そうというのである。作品冒頭に於けるこの論理構造は、作品後半に於ける小栗事件の紹介・導入をも動機付け、意味付けている。つまり、マゾヒストが女を殺した実例を、西洋と日本についてそれぞれ一つずつ紹介するという趣向（言うまでもない事であるが、趣向は即ち主題ではない）が、作品全体を統括するのである。別々の時に別々の場所で起こった二つの別の事件を並べたこの作品が、二つに分裂してしまう事を免れているとしたら、それは、一つには、この様な論理的な構成の御陰なのである。

ところで、この論理構造に於いて、クリップン事件と小栗事件は、反証という同じ資格で対等に並列されている。しかしながら、実の所、小栗事件の方は、本来この様に反証として用いる訳には行かない筈の、架空の事件なのである。従って、実在のクリップン事件と対等の資格で小栗事件を提示するというこの構成には、小栗事件を事実として読者に受け取らせようとする作者の巧妙な罠が隠されていると見るべきであろう。語り手が最初に提起して見せる俗論も、この様な構成を導く為の布石であり、言わば捨て石の様なものなのである。

谷崎は、この他にも様々な技巧を凝らして、小栗事件を実話に見せ掛けようと努めている。例えば語り手は、事件が京阪地方の新聞に報道されたとして、記事の見出しを引用する振りをして見せる。しかも、《東京の新聞は軽く取り扱つてゐたので、知らない人も多いに違ひない。》とか、《読者諸君のうちには（中略）二三の新聞に（中略）記事が隅ツこの方に小さく出てゐたのを、読まれた方もあるであらう。》等と述べて、記事は実際に出ていたのだが、不注意な読者はたまたまその記事を見落としたのであると、巧みに読者を納得させてしまうのである。(注9)

もっとも谷崎は、新聞を、小栗事件を実在の事件として印象付ける為に利用しているだけで、正確な事実を伝えるものとして用いている訳ではない。語り手は、《当時新聞にはいろ〱の記事が現はれたけれども（中略）徒らに誇張した形容詞を並べ（中略）「奸佞なる」犯罪を書き立てたのみで、あの事件が（中略）マゾヒストの殺人であると云ふ点に、特別な注意と理解を向けた新聞紙はなかつたやうに、考へられる。》と言う。つまり、新聞が代表しているのは言わば俗論であり、語り手が小栗事件を、それがかつて新聞紙上で取り上げられたにもかかわらず、《再び取り上げて読者の興味に訴へる》のは、正にその様な俗論を訂正する為に他ならない、とされるのである。(注10)

作者はここで、作品冒頭に於ける紹介・導入の動機付け、意味付けに加えて、更にもう一つの動機付けを与えている。即ち、小栗事件は、単にマゾヒストは女を殺さないという俗論を訂正する為ばかりでなく、事件そのものが、未だ正しく認識されていないが故に、改めて紹介・導入されるべき理由があると言うのである。作者は、ここでは新聞に、捨て石としての役目を果たさせている。

注意すべきは、この二つの動機付けが、いずれも真実の探求を名目とする点である。これは、客観的・実証的な真実探求の身振りをして見せる事で、読者の信用を勝ち取り、小栗事件を事実として読者に受け取らせようとする作者の戦略に他ならない。語り手が、《記録に基いて事実を集め、既に知られた材料を私一流の見方に依つて整理して見る》と言い、《与へられた事柄》以外には一切何も付け加えない事を予告するのも、《B家の主人》や《馬方》の法廷に於ける《證言》によって事件を記述する振りをして見せるのも、同じ戦略の一環である事は言うまでもあるまい。

語り手は、文体についても、《出来るだけ簡結(ママ)に、要約的に》書く事を予告しているが、これは《探偵小説的》な潤色は一切排するという事であり、語り手の信用性を益々高めるという効果を見越しての宣言である。

『日本に於けるクリップン事件』は実際に、簡潔に、要約的に、感情移入を排した文体で書かれているのだが、実は谷崎はこの当時、この様なスタイルに強い関心を持っていたのである。その事は、『饒舌録』（「改造」昭和二・三）に於ける『パルムの僧院』に関する次の様な一節によって知られる。(注11)

元来スタンダールと云ふ人はわざと乾燥な、要約的な書き方をする人で、それが此の小説では、だん〳〵読んで行くうちに却つて緊張味を帯び、異常な成功を収めてゐる。（中略）余計な色彩や形容があると何だか譃らしく思へるのに、骨組みだけで記録して行くから、却つて現実味を覚える。小説の技巧上、譃のことをほんたうらしく書くのには、――或はほんたうのことをほんたうらしく書くのにも、――出来るだけ簡浄な、枯淡な筆を用ひるに限る。此れはスタンダールから得る痛切な教訓だ。（中略）ツエンチの一族の物語は、恰も予審調書のやうな記述法を以てして、人物光景の躍動してゐること唯精妙と云ふの外はない。(注12)

谷崎は『日本に於けるクリップン事件』で、スタンダールから得た教訓を実地に生かそうと試みたに違いない。つまり《簡結に、要約的に》《予審調書のやう》に書く事は、《譃のことをほんたうらしく書く》為に意識的に選ばれた技法であると同時に、当時の谷崎にとっては、一つの野心的な文体実験でもあった筈なのである。

しかし、その野心作は、「新潮」合評会の席上で芥川に、《奇怪な小説だの、探偵小説だの、講談にしても面白いと云ふやうな筋を書いて、其の面白さが作品其物の芸術的価値を強めると云ふことはない》と批判され、《谷崎氏のは往々にして（中略）其筋の面白さで作者自身も惑はされることがありやしないか。》と疑念を投げ掛けられる。後の『文芸的な、余りに文芸的な』に於ける芥川の発言にはやや曖昧な所もあるが、どうやらこの時芥川は、谷崎の意図を理解出来ず、この小説を単に異常な筋の興味に作者自身も酔わされた結果、筋だけになってしまった小説と見たらしいのである。

確かに『日本に於けるクリツプン事件』では、谷崎の試みは、まだ必ずしも成功したとは言えなかった。その意味では、芥川の誤解には、やむを得ないものがあったと言えるだろう。実際、谷崎の実験が真に功を奏するまでには、東洋的簡潔というスタンダールとは別種の簡潔性をめぐる、なお数年に亙る沈潜を要したのである。(注13)

しかし、それでも、こうした技法的実験と文体的簡潔さへの志向が、『春琴抄』前後の谷崎を生む原動力の一つだった事を考え合わせると、谷崎がこの作品に於いて、初めて簡潔な文体への志向を顕著に示したという事実は、その語りの技法の方法的試行と共に、昭和の谷崎を考える上で、逸すべからざる点であろう。その意味で、『日本に於けるクリツプン事件』は、やはり昭和の円熟を導く突破口の一つであり、重要な一礎石だったと言われねばならないのである。

（五）

様々な技巧を駆使して《譃のことをほんたうらしく書く》事――そこに谷崎のこの小説に於ける文学的野心の一つがあった事は確かである。そして、谷崎が、クリップン事件と小栗事件との間に種々の類似を設けて両者を同じ資格で並べて見せたのも、第一義的には作品全体の統一性を保つ為の対位法的工夫であろうけれど、同時に、小栗事件を実話、即ち《第二のクリツプン事件》に見せ掛ける為の技巧でもあろう。具体的には、クリップン、コーラ、エセル・ル・ネーヴの三角関係は小栗、巴里子、カフェエ・ナポリの踊り児のそれに対応するし、クリップンと小栗が共にマゾヒストで、新しい情婦と一緒になる為に妻を殺害するという点も一致する。また、殺される女が女優である事、事件が深夜に起こる事、屍体も人形も（そしてこの人形は小栗にとって巴里子の屍体に等しいのだが）床下に隠される事、それらが最初の家宅捜索の際には発見されなかった事、警察の尋問に対して巧みな陳述をして、一旦は疑いが晴れる事、殺人から約五ヶ月後に恐怖心から無用の行動を取った為に犯行が露顕する事（クリップンは逃走、小栗は人形遺棄）、一片の肉塊が決定的な証拠となる事、等の細部も極めて良く似ている。(注14) そして、この作品は、末尾の一節で、いかにもそれがこの一篇のテーマだったと言わんばかりに、両者の平行関係を強調して終わっている。しかし、それにもかかわらず、事件全体が与える印象には大きな隔たりがある様に思われる。つまり、一口に言って、クリップン事件には余り異常さが感じられないのである。

例えば、情婦を持っている男（ただしマゾヒストではなく、ごく普通の男）が邪魔になった妻を殺害するという何処にでもありそうな事件と比較した時、クリップン事件に何か取り立てて変わった点があるだろうか。然るに一方小栗事件の方には、何か本質的に異様な所がある。

結論から先に言えば、この異様さの印象を齎しているのは、小栗事件の持つ本質的に露出狂的な性格である。

例えば、巴里子は髪を《断髪》にし、《洋服》を着る。しかも彼女は職業婦人で《共稼ぎ》をしている。これらの事実は、一見、彼女が時代の最先端、流行の最先端を行く新しい女、モダン・ガールの典型である事を意味している様に見える。しかしながら、彼女は職業婦人とは言っても、実はタイピストでも電話交換手でもなく、《歌劇女優》なのである。《歌劇女優》は、当時としては、決してまともな職業ではなかった。それは〝河原者〟の末裔であり、〝今阿国〟とでも呼ぶべき〝かぶき者〟だった。

一と度こういう視点に立つならば――そして、これは村人の視点であると共に、語り手の視点でもあるのだが――今迄良い意味での新しさと見えていたものも、たちまちその意味を変え、異様な新しさ、即ち〝ばさら〟・〝かぶき〟

の風俗と見えて来る。

巴里子は毎日犬を連れて散歩に出かけるのだが、彼女の意見によると、《犬と云ふものは、婦人が戸外を散歩する時の欠く可からざる装飾で（中略）成るべく剽悍な、獰猛な犬であればある程、それに護衛されながら行く婦人の容姿が、一と際引き立つて魅惑的な印象を与へる。》と云うのである。(注15) してみると、彼女は犬の運動の為ではなく、自分を魅惑的に見せる為に犬を連れて散歩するのである。彼女にとって散歩とは、自分を村人たちに見せつけ、見せびらかす事に他ならない。にもかかわらず、彼女は決してまともな服装はしないのである。

私は巴里子が有り合わせの服を着て出歩くのだとは考えない。むしろ、殊更に異様な姿をし、その異様さを大々的に誇示しているのだと考える。

彼女が何と説明しようと、西洋のまともなレディーは、例えばチェーホフの『犬を連れた奥さん』に見られる様に、小型犬やたかだかグレーハウンド程度を連れて歩く事はあっても、なるべく獰猛な大型犬を連れて歩こう等と考える筈はない。また、女持ちの傘ならともかく、《ステッキ》を振りながら仕事に出掛けるというのも異様である。(注16) 彼女は決してお淑やかなレディーたらんとしているのではないのだ。

かつて阿国歌舞伎や遊女かぶきでは、女が男装して刀を差し、かぶき者を演じた。巴里子の大型犬もステッキも、この男装のヴァリエーションと考えて良いだろう。刀も犬もステッキも、言わば〝ファルロス〟であって、《鞭のやうな細いステッキ》は、巴里子が男を鞭打つ事を暗示している。(注17) もし小型犬が、愛すべく弱々しい女性のメタフォアであるなら、獰猛な大型犬は、巴里子の危険な攻撃性・野獣性の表現に他ならないだろう。

『日本に於けるクリップン事件』は、一見モダニズム風の作品と見えるかも知れないが、作者は決して都市の先端的風俗を記録・再現しようとしているのではない。流行という多かれ少なかれ社会性を帯びたものではなく、何かもっと孤独に異様なものがそこには描き出されているのである。

もし、巴里子が都会に住んでいたら、彼女の異様さはこれ程目立たずに済んだろう。しかし、谷崎は彼女を淋しい村の中に、故意に住まわせる。

作者はこの舞台設定に於いて、村人と新しく引っ越して来た《都会人らしい若い夫婦》との間のコントラストを殊更に強調しようとしている。そこは《至つて淋しい場所》で、《昔から村に居住してゐる百姓以外には》新しく建てられた借家が二軒あっただけである。しかもその内の一軒にはまだ借り手がついていなかった。従って、先祖代々の村人達に対して、侵入者として異物とも言うべき異質な住民が、唯一軒だけ孤立して存在しているという状況がここにはある。

旧い日本の農民に囲まれた新しい都会人——旧い日本の農家に混じった《赤い瓦の文化住宅》——背景となる〝地〟が地味であればあるだけ、一層〝図〟のけばく\〳〵しい派手さが前景に押し出されて来る。こうした状況の下でなら、ごく普通在り来りの都会人ですら、些か異様に見えて来ざるを得ないだろう。しかも作者は、二人の異様さを一層強烈に隈取って見せる為に、更に、この夫婦のサド＝マゾ遊戯までも持ち出すのである。

サド＝マゾ遊戯に於ける男女の地位の転倒は、言うまでもなく異様である。しかし、この夫婦の場合、むしろもっと異様なのは、彼らが自分達の異様さを少しも隠そうとしない事である。

二人は村中で一番密閉性の高い文化住宅に住みながら、隣近所に響きわたる程の物音をたてる。サド＝マゾ遊戯に多少の物音は付き物であるとしても、彼らは明らかにそれを抑えようという意志を持っていない。彼らは隠れてこっそり楽しんでいるのではなく、また、罪の意識や恥の意識に責め苛まれ、見付かりはしないかとびくびくしているのでもない。彼らは明らかに、あからさまに堂々と、サド＝マゾ遊戯をやって見せる。むしろ、大々的に誇示しようとしているのではないかと疑われる位である。

こうして読者の前には、女の癖に女らしくなく、男を鞭打ち、傍若無人に異様な格好で出歩く現代の〝かぶき者〟

尾形巴里子と、男の癖に男らしくなく、女に鞭打たれて喜ぶ小栗由次郎の異様な姿が、毒々しい程の鮮やかさで浮かび上がって来る。

作者は二人の異様さを際立たせる為に、夫婦を他所者として好奇の目でただ外面だけから眺める村人たちの視点に自ら同化し、誤解をも含み込んだ村の噂だけを情報源として、彼らにアプローチしていく。谷崎は自分自身マゾヒストであったにもかかわらず、過去の多くの作品の場合とは違って、ここでは小栗に対して明確に距離を置いている。そして、無感動な中立的文体を用いて、読者が二人に感情移入する事なく、冷静な観察の対象としてのみ二人を眺めるように導くのである。

作者は更にこれらに加うるに、小栗夫妻と村人達との完全な絶縁を以てする。小栗夫妻がこの村に住み始めてから二ヶ月の間に、彼らが村人と一言でも言葉を交わしたという徴候は全く見当たらない。村の中で、二人は全く浮き上がった存在であり、また村の生活に溶け込もうという意志すら持っていない様に見える。村の中で、恐らくただ一軒だけ厳重に鍵のかかる文化住宅に住み、外出時及び夜には必ず鍵をかける二人のライフ・スタイルを、谷崎がさりげなく書き込んでいるのも、村人との断絶を印象付ける為であろう。

こうして村は、二つの異質な世界へと分断される。即ち、一方には言わば観客としての村人たちの好奇の視線と噂が有り、他方には言わば演技者としての小栗夫妻の沈黙と傍若無人の振舞いが有る。そして、事件発生以前には、両者をつなぐものは何もなかったのである。

こうした緊張状態を頂点にまで高め、そして破ったのが殺人事件である。馬方が小栗の家の《台所のガラス障子を破つて》突入する場面は、それまで壁に阻まれて外から想像されるだけだった家の中に、遂に村人の視線が押し入って、隠されていた秘密が公衆の面前にさらけ出される瞬間をとらえている。この時馬方が、そして彼と共に読者がそこに見出すのは、《赤裸にされ、鎖を以て両手と両足を縛られてゐる》小栗の異様な姿だった。

語り手は、動詞の受動態を多用する事によって、小栗の被害者性を、読者に強く印象付けている。彼は裸になったのではなく裸にされたのである。《彼は体ぢゅうを滅多矢鱈に打たれた》らしい。彼は鎖で縛られている。しかもそれは、犬の鎖だった。彼は犬の地位にまで貶められ、辱められている。一切の人間の尊厳を奪われ、あられもない姿で、馬方の、つまりは読者の視線の下にさらされている。この無防備さと従順なる受動性——何をされても抵抗出来ない、まるで強姦されるのを待っているかの様な姿勢——は極めて強烈な印象を与えるので、読者は彼を何らかの犯罪の犠牲者と錯覚せずにはいられない程である。この様な被害者性の大々的な露出は一体何を意味するのか。

例えば、澁澤龍彦氏は、「自己破壊の欲求」（『エロティシズム』）の中で、次の様に書いている。

他人（あるいは自分）の攻撃に身をさらし、自分の苦悩を大ぜいの人に見てもらいたいという欲望は、一種の自己顕示欲、エキジビショニズム（露出狂）と容易に結びつく。いわば自分が悲劇の主人公になり、周囲の見物人に対して、自分の運命をドラマティックに見せびらかすわけである。（中略）聖セバスティアンは自殺者ではないけれども、この青年を愛したロオマ皇帝の目の前で、杭につながれ、矢を射られ、ロオマの兵士たちに処刑された、そのドラマティックな最期は、大そう露出症的であり、のみならず、腹部に矢を射込まれて、のけぞった美青年の表情には、あのオナニスト特有の恍惚の表情がありありと窺えるのだ。

これは、美青年という所を除けば、正に小栗にぴったりの評言ではないか。ダブルベッドの上が即ち舞台だと言えるならば、ここで主役となって脚光を浴びているのは男の方であって、《寝台の脚下に》横たわっている女の方ではない。彼はそれまでサド＝マゾ遊戯に於いて、巴里子にサディストの役を演じさせていた。それがこの場面では、馬方の視線、その背後にある村人たちの視線、そして作者の想像の中では読者の視線がサディストの役を演じるのだ。

まるで聖セバスティアンの様に、小栗もまた裸にされ、手足を縛られている。そして彼は無数の視線に突き刺され、鞭打たれる。ここでは視線が矢と鞭の代わりをする。言わば視線のサディズムが、小栗（そして作者）によって導入されるのだ。

この寝室の場面は、一見小栗夫妻の隠されていた秘部（＝真実）が、村人たちによって力ずくでこじ開けられ、遂にあばき出されたという印象を与える。しかし、事実は全く逆なのである。村人を呼び込む事は、実は完全犯罪の為に小栗のなした予定の行動だったのだし、そこで開示されたものも、真実ではなかったのだ。村人たちは二重の意味で利用されただけなのである。即ち小栗の無罪の証人として。そしてサド＝マゾ・プレイ（遊戯＝演劇）に参加させる為に。

観客たる村人が何を目撃する事になるか、小栗はあらかじめ知っていた。何日も前から知っていた。村人の前に露出すべき異様な場面を、彼は自ら演出し、密かに練習を重ね、そして最後に実演したのである。

私は小栗事件を露出狂的と評しておいた。露出狂的なのは勿論小栗だけではなく、巴里子にもそうした傾向は顕著にあったし、またそうでもなければ、彼女は歌劇女優という職業を選びはしなかったであろう。しかし、何と言っても最も目立つのはこの場面である。一見地味なサラリーマンが、女優の妻よりも派手な芝居を演じるという意外な転倒がここにはある。小栗は単に巴里子を殺しただけではなく、異様性の露出に於ける主役の座を巴里子から奪い取ってもいたのである。

一般にサド＝マゾ遊戯と演劇との間には、根深いつながりがあるという事を、作者・谷崎は既に感じ取っていた。（注18）だから語り手も、マゾヒストは《心で軽蔑されると云つても、実のところはさう云ふ関係を仮に拵へ、恰もそれを事実である如く空想して喜ぶのであつて、云ひ換へれば一種の芝居、狂言に過ぎない。》等と芝居の比喩を使って語っていたのである。

小栗事件の前半は、それ自体、小栗によって筋書きを仕組まれた一つの劇であって、彼は脚本家と演出者と俳優を兼ねていたと言える。それは単に巧みな密室完全犯罪のトリックとして、即ち推理小説的＝通俗的なものとして理解されるべきものではないし、単にマゾヒストが女を殺したというだけの事件でもない。それは、マゾヒズムに固有の露出狂的・演劇的性格を顕著に示したという点で、極めて興味深い事件なのである。クリップン事件にこうした性質が全く欠けている事は、もはや断るまでもあるまい。

一般に、谷崎の文学を評価するに際しては、この種の異常な要素、変態的・猟奇的な要素をなるべく排斥ないしは黙殺しようとする傾向がある様に思われる。が、しかし、それでは谷崎理解を歪める事にならざるを得ない。芥川も、『日本に於けるクリップン事件』を《奇怪な小説》・《探偵小説》・《講談》に比し、《谷崎氏は美と云ふことと、華美と云ふことを、混同して居る》と言い、《味の濃いと云ふことと味の良いと云ふことは、筋が違ふ》（「新潮」昭和二・二）と批判して、この作品に谷崎の「詩的精神」を認める事を拒んだ。恐らく芥川は、この時、歌舞伎的なもの・グロテスクなもの・バロック的なもの、即ち総じて異端的なものに、美を感じる事が出来なくなっていたのだろう。しかし、異端は必ずしも低俗ではない。谷崎文学の一貫した本質は、むしろこうした異端の美の側にあり、小栗事件の異様性の中には、作者・谷崎の異様な夢と詩が込められていたのだという事を、我々は改めて確認せねばならないのである。

（六）

小説は小栗の破滅と共に終わる。そして、もし仮に死んだ巴里子の霊なるものがあったとしても、それはこの小栗の破滅によって慰められた筈である。だが、この小説は、それにもかかわらず、読者を安眠させはしないだろう。それは、この事件が、一体の無気味な人形と共に、読者の心に一つの消しがたい疑惑を残すからである。

その疑惑とは即ち、この人形が、実は巴里子の復讐とは無関係に、小栗だけではなく、今後も次々と男達を破滅させていく恐ろしいファム・ファタル（宿命の女）なのではないかという疑惑である。

勿論、作者はこの疑惑をこの小説の中で明確に肯定している訳ではない。だが、谷崎は、この疑惑に積極的に加担する様な幾つかの要素を、しかも故意に、この作品の中で与えていると私は思うのである。

例えば、ファム・ファタルは男を破滅させる存在だが、作者はこの人形に、現に一人の男を破滅させたという実績を与えている。そして、人形が突然《鎌倉扇ケ谷》というひどく掛け離れた場所に出現する事と、人形のその後が書かれていない事とは、この人形が、既にその作者・小栗の手にすら負えないものとなって、第二第三の犠牲者を求めて、自由に地上を徘徊し始めているのではないかという疑惑を呼び起こす。

ファム・ファタルはまた、男を魅惑し、破滅の淵へと誘惑出来る美しい女性でなければならないのだが、作者によれば、この人形は、《なか〳〵の美人》だった巴里子に似せて作られているのである。その上この人形は、小栗にとってこそ恐怖の対象でしかなかったけれども、巴里子を殺した訳ではないそれ以外の人々の前には、性的誘惑者として立ち現われる事も、充分可能だとされている。即ちこの人形は、事件と無関係な警官の眼には、まず何よりもダッチワイフとして映ったと書かれているのである。

この人形には実際、性的な魅力があると私も思う。しかし、その魅力は普通の女性のそれではない。一言にして言えば、それはネクロフィリックな魅力なのである。

実際、この人形を抱いて寝る男は、女のなまめかしい匂いに包まれるだろう。しかし、女の顔は、屍骸の様にひんやりと冷たいだろう。女は屍骸の様に、放心した目を見開いているだろう。そして、その男は、自分が屍姦の罪を犯しているのだと感じずにはいられないだろう。

これは決して私の勝手な想像ではない。何故なら、小栗にこの人形を女の屍体と同一視させたのは作者・谷崎なのだから。(注19)

中国志怪小説の女鬼や狐は男の精気を吸い取って死に至らしむるが、この人形も、察する所、その一族と思しい。喉笛を抉られた巴里子の人形は、血を吸われる事で自らも吸血鬼と化すという西洋の女吸血鬼をさえ連想させる。いずれにしても、この人形を抱いた男が破滅する事は、避けられそうにもない。

この事件の前半に於いて、人形は、巴里子殺害の為の小道具として、テクストの背後に潜在するだけだった。そしてそれは、主人たる小栗の支配下にある完全に従順な道具でしかなかったと想像される。しかし、事件後半部に於いては、人形は逆に、自分を造った主人を恐怖せしめ、遂には破滅させるものとなる。

興味深い事に、このパターン、即ち最初は従順だったものが、後には逆に主人を支配したり、破滅させたりするようになるというこの逆転のパターンは、谷崎の作中の男性主人公と女性主人公の間で、極めてしばしば繰り返されるものなのである。この事は、作者・谷崎にとっては、この人形こそが、一篇の女性主人公であった事を意味する筈である。

また、小栗事件は多くの点でクリップン事件と平行関係に置かれていて、巴里子はコーラに対応するが、人形はこの事件にしか登場せず、クリップン事件にはそれに対応するものが存在しない。この事もまた、人形が谷崎にとってこの小説で特に書きたかったものの一つである事を暗示するだろう。

小栗は恐怖の余り人形を捨てたが、谷崎の描く理想の女性の多くが男を支配したり、滅ぼしたりする女だった事を考えれば、ただ一人の男を鞭打つ事しか出来ず、逆に男に殺されてしまう巴里子より、男達を破滅に追いやるファム・ファタルとしての人形の方が、作者にとってはより魅力的な存在だったに違いないのである。これらの点からすると、人形は巴里子の単なる模造品ではなく、巴里子から独立した、むしろ巴里子以上に魅力的な、この作品の真の主人公・真の主題として考察されねばならないだろう。

谷崎の作品中には、美しい女性の人形・彫像・屍体等がしばしば登場するのだが、それらはどれも、インセスト願望を持つ谷崎にとって、都合の良い性的対象だったと考えられるのである（「谷崎潤一郎とエディプス・コンプレックス」（一）④（オ）（vi）「彫像・人形・屍体」（本書P194）を参照）。何となれば、人形等々とは本当の意味での性行為は出来ない。従って、それらはインセスト・タブーによって性行為を禁じられた対象、つまり母の肉体と等価な代替物と成り得るからである。美しい女性の屍体は、谷崎の死んだ母の肉体と容易に同一視され得るだろう。また人形と彫像は、その沈黙と放心した様なまなざし故に、人間とは別種の存在、別世界から人間界に紛れ込んで来た存在という印象を与える。しかも、それらは生命を持たないが故に、死を知らぬ永遠性を帯びた存在である。従って、人形と彫像は、死後の永遠の世界に住んでいると想像される谷崎の死んだ母と容易に結び付くのである。

作者は巴里子の人形について、その香水の匂いを特に強調していた。それは、小栗が人形を捨てざるを得なくなった直接の原因であり、言わば死を齎す匂いだった。

この香水は、小栗以外の人間にとっては、罪と破滅を齎す屍姦への甘い誘惑の匂いとなるだろう。そしてそれは、作者・谷崎にとっては、同時にインセストへの誘惑の匂いとも成り得るものなのである。何故なら、谷崎の小説に於いて、良い匂いは、主人公が母ないしは母と同一視される女性と出会う場面にしばしば用いられているからである（「谷崎潤一郎とエディプス・コンプレックス」（一）④（イ）（viii）「セキのエピソードを転用した例」（本書P175〜）を参照されたい）。

美しい女性の屍体が母の肉体の代替物であるならば、ネクロフィリアはインセストの代替行為と成り得るだろう。してみれば、谷崎は『日本に於けるクリツプン事件』の中で、自己の理想の人形を作り出したのだ。語り手が、小栗の破滅を以て物語を終わり、このネクロフィリックな恐怖と魅惑に満ちた人形の行く末を語らないのも、作者・谷崎が、この人形を永続させたいと願っていたからに違いない。

芥川との論争に際して谷崎は、《私が変なものや有邪気なものが好きなのは、実はもう少し深いところから来てゐる積りだ。》（『饒舌録』「改造」昭和二・三）と言明していたが、その《深いところ》に潜んでいたものは、実はこの様な母への願望だったに違いないのである。

注

（1）この他、Ethel Le Neve "Her Own Story; told by Herself" Lloyd's Weekly News of 6 & 13/Nov./1910.、Walter Dew "I Caught Crippen; memoirs of ex-Chief Inspector Walter Dew, Criminal Investigation Department of Scotland Yard"、J. C. Ellis "Black Fame; stories of crime and criminals" Hutchinson & Co. Ltd. 1926.、Michael Gilvert "Dr. Crippen"、M. Quinn Constantine "Dr. Crippen"、W. Harold Speer "The Secret History of Great Crimes" 等が、主なものである。

（2）谷崎は恐らく、自分より前に日本語による紹介があった事は、知らなかったと思われる。もし既に紹介があれば、この小説で改めて紹介する意味が薄れるからである。なお、谷崎以後の主なものを略記すると、ヤング編・村上常太郎訳『クリッペン事件』（改造社　昭和二・十二）、浜尾四郎「クリッペン事件の一挿話」（「文芸春秋」昭和三・三）、『世界大衆文学全集　第三十六巻　世界怪奇探偵事実物語集』（松本泰訳　改造社　昭和四・九）、『世界犯罪叢書　第四巻　情痴殺人篇』（松本泰著　天人社　昭和五・十）、牧逸馬「世界怪奇実話9　血の三角形」（「中央公論」昭和五・十）、浜尾四郎「クリッペン事件の真相」（「新青年」昭和十・九）等がある。

（3）谷崎が典拠の文章を殆ど変えずに用いる傾向については、「ハッサン・カン、オーマン、芥川」（本書Ｐ829〜）を参照されたい。

（4）小穴隆一の『二つの絵』によると、谷崎がこの殺人方法を知ったのは、彼が《殺人小説》（恐らく『神と人との間』）の《殺人方法を思案して、帝大に働いてゐた医者の友達》（恐らくは、当時、東大助教授だった杉田直樹）《に、医者の立場からみて、痕跡の残らぬ、従つて自殺か他殺かはつきり断定は下し得ない方法を取調べて貰つた》結果だった様である。この事は、当時谷崎が、完全犯罪の方法を調査しようとしていた事の、一つの証拠となるだろう。また、その調査は、『神と人との間』の連載が主人公毒殺の直前の部分で四か月中断していた間（大正十三・五～八）になされた可能性が高い。イートンの著書は一九二三年三月に初版が出ているので、この時には見る事が出来たと想像される。

（5）河野多恵子氏は、谷崎が「犯罪科学」によって、クリップン事件を紹介したと「シンポジウム昭和初年代の谷崎潤一郎」（「昭和文学研究」昭和五十四・十二）で述べておられるが、「犯罪科学」の創刊は昭和五年六月なので、これは何かの誤りである。

（6）「谷崎とミステリー」（荒正人編著『谷崎潤一郎研究』所収）、『日本推理小説辞典』（東京堂出版　昭和六十・九）等。

（7）「改造」（昭和二・一）創作欄に掲載されたが、フィクションではない。

（8）日本に於ける著名なサド＝マゾ殺人の実例としては、大正六年三月二日に、小口末吉がマゾヒストの妻・矢作ヨネを誤って殺害するという事件があったが、これはむしろ、江戸川乱歩の『D坂の殺人事件』のモデルであろう。

（9）新聞を利用するこの様な手法は、戦後の『残虐記』にも受け継がれている。

（10）この様に、架空の先行文献を不正確だと批判する事で、自分こそは真実を伝えるものだとうそぶく語り方（＝騙り方）は、後に『武州公秘話』や『春琴抄』『残虐記』等にも用いられている。

（11）谷崎は『饒舌録』（「改造」昭和二・二）の中で、《去年》つまり大正十五年に、スタンダールの“The Charterhouse of Parma”と“The Abbess of Castro”を読んだと言っている。また、大正十五年九月二十四日付け佐藤春夫宛書簡末尾で「『パルムの僧院』を読了した、驚くべき作品だ」と書いている。これは『日本に於けるクリップン事件』執筆以前と考えて差し支えないだろう。佐藤春夫の「潤一郎。人及び芸術」（「改造」昭和二・三）にも、「先日会った時、谷崎はスタンダールを推奨して措かなかった」とある。小島政二郎の『聖体拝受』（三十六）にも、谷崎が「トルストイの『戦争と平和』の戦場場面より、スタンダールの『パルムの僧院』の戦場場面の方がいい」と言っていたという証言がある。

（12）『現代口語文の欠点について』（昭和四・十一）や『春琴抄後語』（昭和九・六）でも、『饒舌録』と同趣旨の発言をしている。また、『文章読本』（昭和九・十一）「一　文章とは何か」の「〇実用的な文章と芸術的な文章」では、《裁判所の調書などは、最も芸術に縁の遠かるべき記録でありますが（中略）時には小説以上の感を催さしめることがあります。》と書いている。『日本に於けるクリップン事件』執筆前後に裁判所の調書も研究したのであろうか。

（13）『正宗白鳥氏の批評を読んで』（昭和七・七）の中で谷崎が、《仏蘭西のものが何処か東洋的の簡素と禅味に近づいて来たやうに感ぜられる》と述べている事は、谷崎がフランス文学の簡潔さを、東洋に通じるものと感じていた事の傍証になろう。

(14) この様に類似点が多すぎる事は、逆に、小栗事件が人工的に作られたものである事の一つの証拠となるであろう。

(15) 『蓼喰ふ蟲』でも谷崎は、高夏に類似の発言をさせている。なお、『瘋癲老人日記』の颯子も、大型犬を可愛がる事になっている。

(16) 谷崎は、せい子をモデルとする『赤い屋根』の繭子にも、同様の振舞いをさせていた。

(17) 谷崎は読んでいないと思われるが、大正七年十二月三日の「新愛知新聞」に掲載された「ロシアの娘気質（一）」と題する記事の中に、《見れば彼女は（中略）右手には短い鞭を持つて居る断（ママ）つて置くがこの鞭は意気地のない日本人の男の尻を鞭つ為に用意して居るのではない、此の辺の露西亜女のハイカラの多くが用ゆる一種のステッキと見るが至当である》というチタのロシア人娼婦についての記述がある。

(18) 『赤い屋根』でも、既にはっきりと書かれていた。

(19) 行李が盂蘭盆の日に開かれるという事も屍体という連想に関連するだろう。なお、江戸川乱歩の『人でなしの恋』でも、門野を死へと誘い込む人形は、《棺桶》の様な《長持》に入っている。そして乱歩は、随筆『人形』（「東京朝日新聞」昭和六・一）の中で、自分の人形愛の内に《死姦》の《心理が混つていないとはいへぬ。》と言明している。証拠はないが、私は、乱歩の『白昼夢』（「新青年」大正十四・七）が『青塚氏の話』及びもしかしたら『白日夢』に、『屋根裏の散歩者』（「新青年」大正十四・八増）が『黒白』に、『人でなしの恋』（「サンデー毎日」大正十五・七）が『日本に於けるクリップン事件』に、それぞれ多少の影響を与えた可能性もあると考えている。

【付記】本章は、「文学」（平成二・夏）に「人形・ネクロフィリア・母――『日本に於けるクリップン事件』論――」として発表したものに、今回、加筆したものである。

なお、マゾヒズムと露出症については、「谷崎潤一郎とマゾヒズム」の【追記】（本書P120～）も参照されたい。

第四章『吉野葛』論

――シンポジウム『吉野葛』より――

『吉野葛』について、私なりの解釈を提示させて頂き、御批判を仰ぎたいと思います。

『吉野葛』は、津村が、狐と関係のあるお和佐という女性と結婚する物語です。この事は、既に定説と言って良いでしょう。しかし、谷崎は何故、『吉野葛』で狐にこだわったのでしょうか？ 私は、この問題を考える所から、私の論を始めたいと思います。

私見によれば、谷崎は、母に対する近親相姦の願望を抱いていた人間です。しかし、この願望に対しては、インセスト・タブーが働きますので、その結果、谷崎の性的願望は、いつもアンビヴァレントなものにならざるを得ません。即ち、谷崎は、なるべく母に似た女性と近親相姦的な関係を結びたいと願う一方で、その様な関係を持つ事に対して恐怖や罪悪感を持たざるを得ないのです。谷崎が、大した悪事も働かないのに、自分を悪人だと感じ続けていたのも、こうした近親相姦の願望があったからだと思います。

『吉野葛』においても、津村の母と密接に結び付いているものには、すべておぼろな霞がかけられ、曖昧にされています。例えば、津村の母の記憶は極めて曖昧模糊としており、お和佐は、顔も性格も殆ど描かれません。これは、谷崎にとって、母は禁じられた存在であるが故に、はっきりと見えてはならないからでしょう。『陰翳礼讃』の美学も、その本当の意味は、ここにあると思います。

この様なアンビヴァレンツの結果、谷崎は、しばしば自分の作品の中で、母に当たる理想女性と主人公との間に、インセスト・タブーを表わす越え難い一線を引いております。この一線の引き方には、いろんな種類がありまして、『盲目物語』の様に、身分違いという形を取る場合もありますし、『春琴抄』の様に、盲人の世界と目あきの世界という形で一線を引く場合もあります。また、相手を白人女性や人魚、猫・鳥等の動物、人形等にする場合もあります。谷崎の小説は、こうして引かれた一線を越えるのか越えないのか、越えるとしたらどういう形で越えるのか、その結果どういう事が起こるのか、といった事を巡って展開されるのが常である訳です。

狐は、こうした一線の引き方の内、相手が動物である場合の一つです。狐は昔から美女に化けると言い伝えられておりますから、狐と美女は同一視しやすい。しかも、美女に化けた狐とセックスをした男は、精気を吸い取られて死ぬという言い伝えがありますので、その分、狐との一線は、ますます越え難い恐ろしい一線という事になります。一線を踏み越えた場合の罰が重いという事は、その分、相手が本物の母親に近いという事ですから、狐は本物の母親に極めて近い、従って、谷崎にとっては極めて魅力的な存在になる訳です。

谷崎にとっての狐のイメージが、この様に男を死に至らしめる恐ろしい美女としてのものであった事は、『白狐の湯』という作品で、白人女性に化けた狐が、主人公の精気を吸い取って殺す事からも明らかです。

それでは『吉野葛』ではどうでしょうか？　津村は《自分の母が狐であつてくれたらば》と言っていますから、狐が津村の死んだ母と結び付けられている事は、明らかです。また、津村は、自分にとっては母も妻も等しく「未知の女性」であると言って、母の血を引くお和佐と結婚するのですから、『吉野葛』が一種の近親相姦の物語である事も明白です。従って、谷崎がお和佐を密かに狐と同一視したのは、『吉野葛』を、狐との間に引かれていたインセスト・タブーの一線を、津村が踏み越える近親相姦の物語とする為の操作だったと理解できる訳です。

この様に見てきますと、『吉野葛』は、いかにも谷崎的な狐女房譚だという事で、話が済みそうなのですが、残念ながら、そう簡単には行かないのです。と言いますのは、私の理論によれば、近親相姦は、重大な罰を伴わない限り成就しない筈です。そして、狐が母であり得るのは、狐と人間の間に越え難い一線があり、それを踏み越えた男は死なねばならないからなのです。ところが『吉野葛』では、津村はお和佐と結婚後二十年経っても幸せに暮らしている。必然的に私の理論はここで破綻を来たす事になる。という事で、私は大変困ってしまうのです。

しかし、私には、自分の理論が間違っているとは思えません。また、谷崎の狐についてのイメージが、『白狐の湯』を書いた時と『吉野葛』の時とで、根本的に違ってしまったとも考えられません。谷崎の作品で、美しいヒロインたちが狐と同一視される箇所を含むのは、『少年』『母を恋ふる記』『痴人の愛』『白狐の湯』『顔世』ですが、これらの作品における狐のイメージに、変化は認められません。『吉野葛』より後に書かれた『顔世』にも、顔世の裸を覗き見た高師直が、《あのお姿は、よもや狐の仕業では。》と言って、死にそうになる場面があります。

そこで私は、『吉野葛』では、津村もまた狐なのではないか、という仮説を立てました。狐同士なら、精気を吸い取られたり死んだりしないのは当たり前ですから、津村もお和佐も狐であると言えるなら、『吉野葛』で二人の結婚がうまく行く事も、納得できるのです。

それでは、津村もまた狐であるという私の読みを、作品の中で証明できるかどうか、やってみましょう。

まず、津村の母の実家である昆布家が、狐憑きの家柄である事は、作中に明らかですから、津村の母やお和佐はもとより、津村自身もこの狐憑きの血を引いているのは、言うまでもありません。

また、東郷克美氏も「狐妻幻想」（「日本の文学」第１集　昭和六十二・四）で指摘しておられた事ですが、津村の母の出身地である国栖（くず）は、『古事記』の中で、「吉野の国巣の祖は尾ある人だった」と書かれている先住異民族の居住地です。このしっぽのある人に引っ掛けて、国栖の人々全体を、狐の子孫に見立てようと谷崎が考えていた可能性は、極めて高いと思います。とすれば、その意味でも、津村には狐の血が流れている事になります。「自天王」の章には、国栖では《今時に珍しい原始的な方法で》紙を作っているという記述がありますが、殊更に原始的な方法と言っている所にも、『古事記』の時代から変わっていないという含みがあるのかも知れません。

この国栖という村の名に、葛の葉狐が隠されている事は言うまでもありませんが、津村の母の実家の昆布という姓にも、狐の鳴き声コンが隠されていると私は考えます。また、昔から注目されている事ですが、作品の最後の橋の場面に出て来るコーン、コーンという下駄の響き、あれも、お和佐だけでなく津村とお和佐の両方が、狐である事を暗示するものと私は考えます。

『吉野葛』では、津村の祖母の手紙が重要な働きをしますが、その手紙については、次の様な興味深い描写がなされています。即ち、《その紙は、こんがりと遠火にあてたやうな色に変わつてゐた》《津村は（中略）その老人の皮膚にも似た一枚の薄い紙片の中に、自分の母を生んだ人の血が籠つてゐるのを感じた。》、と。

《こんがりと遠火にあてたやうな色》とは狐色でしょう。では、そこに《母を生んだ人の血が籠つてゐる》とはどういう事でしょうか？　これは直接には、「紙をすく時にひびあかぎれから流れ出た血が紙の中に混じっている」という意味だと考えられますが、暗に意味されているのは、祖母の細い血管が中を通っている皮そのものであるという事です。だからこそこの紙は、《老人の皮膚にも似た》と形容され、《床しくも貴い形見》とされているのです。津村は仔狐で、親は一枚の皮とも言うべき手紙を残して死んでしまった。それは、親を鼓の皮にされてしまった忠信狐と同じ状態である。津村が初音の鼓にこだわる事の意味は、この事抜きには理解できないでしょう。

この手紙はまた、津村の母も《肌身につけ、押し戴いたであらうことを思へば（中略）二重に床しくも貴い形見であつた》とされているので、祖母の皮であるだけでなく、母の皮でもあります。

また、この手紙は《「昔の人の袖の香ぞする」》ものだと言っているのは、『古今和歌集』の「五月待つ花橘の香を嗅げば昔の人の袖の香ぞする」を引いたもので、《袖の香》は、津村の母が手紙を肌に付けた時についた母の匂いを指し、《昔の人》は「昔の恋人」という意味ですから、津村は母を恋人としてその肌の匂いをかいだ事になる。つまり、ここには、母子相姦もまた暗示されている事になる訳です。

この祖母および母の皮としての手紙は、津村を母の故郷へ導き、お和佐と出会わせますが、その出会いも決して偶然ではなく、狐の導きであると考えられます。津村がお和佐を見染める時に、狐を暗示する《野菊のすがれた垣根の外に》立っていた事は、既に東郷克美氏が指摘しておられますが、その時彼女は、祖母の手紙に使われたのと同じ紙をすいています。また、津村が遂にその垣根、即ち最後の一線を踏み越える場面は、《その時、ふと注意を転じると、母家の左の隅の方に古い稲荷の祠のあるのが眼に這入つた。津村の足は思はず垣根の中へ進んだ。》と描写されています。「思わず進んだ」と書かれている以上、これは、稲荷の祠があるからここが母の実家だと理性的に判断して、意を決して垣根の中へ足を踏み入れたという事ではない。むしろ、稲荷即ち狐が、津村を引っ張り込もうと待ち構えていて、津村と眼が合った瞬間に引き寄せたから、津村はふらふらと一線を踏み越えたのだと言うべきでしょう。

また、「国栖」の章には、津村が母の実家を尋ね当てた時、狐はもう居なくなっていたが、その後、津村が生計の援助をするようになったので、昆布家が再び栄えるようになったというエピソードが出て来ますが、これは、狐は家を富ませるという信仰に基づくもので、津村が「帰って来た狐」である事の印と言えるでしょう。

ところで『吉野葛』には、この様な狐憑きの話にふさわしく、それ自身、狐に取り憑かれた様な非合理的な「因縁話」としての性格が与えられています。例えば作品冒頭では、語り手が、この話は、私が何故吉野へ行ったかという《因縁から説く必要がある。》と言い、「自天王」の章すべてを「因縁話」として性格付けています。また、「狐噲(こんかい)」の章で語り手は、《その岩の上で、津村が突然語り出した初音の鼓と彼自身に纏はる因縁》を、なるべく簡略に伝える事にしようと前置きしていますから、津村の長物語は、すべてこの「因縁話」として意味付けられているのです。

では、この「因縁話」の中心は何かと言いますと、それは、津村が幼児の時から狐に取り憑かれていたという事なのです。例えば、津村が四つか五つの時、母親らしき人物が弾いていた「狐噲」を《不思議に覚えてゐる》事、《「狐噌」と云ふ文字も意味も分る筈はなかつたのに、》《それが狐に関係のあるらしいことを、おぼろげながら悟るやうになつた》事、《葛の葉の子別れの場が頭に沁み込んでゐた》事、白狐の跡を慕うて追いかける安倍の童児の身の上を自分に引きくらべた事、《葛の葉を唄つた童謡》二つを覚えている事、等々であり、また、《信田の森へ行けば母に会へるやうな気がして》出かけた事、《自分の母が狐であつてくれたらばと思つ》た事、《せめて舞を習つて、温習会の舞台の上でゞも忠信になりたいと》考えた事、等々です。

『吉野葛』には、「葛の葉」に関連する唄や芝居が立て続けに引用されるので、何となく、津村の狐への思いも、自然なものである様に感じてしまうのですが、本当は、狐の出て来ない唄や芝居の方が多いのだし、大阪育ちの人間であっても、母を早く失った人間であっても、津村の様に狐に対して強い思い入れを持つという事は、殆どあり得ない筈なのです。その意味で、これはやはり、異様と言わねばなりません。

しかも津村は、ここに語られている時期には、自分の母と狐との間に、何等かの関係があるとは、全く思ってもみなかった事になっています。母の実家が狐憑きの家柄である事を津村が知ったのは、ずっと後になって、母に宛てた祖母の手紙を読んだ時が最初なのです。にもかかわらず、津村がこの様に、幼い時から強く狐に心を惹かれ続けて来たのは何故でしょうか？　津村はそれを、自分が以前訪れた事のあるくらがり峠の事が、祖母の手紙の中の歌に出て来るという偶然と比較して、もっと《奇(あや)しい因縁》、もっと不思議な偶然として物語っています。また、それだからこそ、これら一連の話は、《初音の鼓と彼自身に纏はる因縁》話と言われているのです。しかし、本当は、津村の体の中に、母と同じ狐憑きの血が流れているからこそ、何も知らない幼児の時分から、こんなにも強く、狐に心を惹かれたに違いないのです。ただ、谷崎は、その事を目立たせない為に、わざと「不思議な因縁だ」などと言って、とぼけて見せているだけなのです。

この様に、『吉野葛』において、津村が狐であるという事は、あからさまには語られておりませんが、谷崎が密かにその様な見立てを行なっていた事は、殆ど疑いないと思われます。

『吉野葛』は、これまで「葛の葉」の物語と同じく、人間が狐を妻とする狐女房譚だと思われて来たのですが、本当は、言わば狐が狐を妻とする物語だったのです。

そもそも、「葛の葉」を含めて、一般に狐女房譚と言われるものは、すべて動物報恩譚であって、命を助けて貰った狐が、恩返しに女房になり、一定期間を経て去って行くという話です。そして、狐女房譚では一般に、男は狐とセックスをしても、精気を吸い取られるとか死ぬとかいう事はないのです。しかし、谷崎は、禁じられた母のメタフォアでない様な狐、即ち男を死に至らしめない様な狐には、興味を持ち得ません。しかしまた、この話をハッピー・エンドにする為には、津村を死なせる訳には行きません。そこで谷崎は、『吉野葛』を、人間の男と雌狐が結婚する狐女房譚ではなく、人間の側にいた津村が、人間と狐の間に引かれていた一線を踏み越えて、向う側の狐の世界へ行ってしまう話にしたのです。

谷崎の作品中には、他にも、間に引かれていた一線を踏み越えて、向こう側の世界へ行ってしまう例があります。例えば『春琴抄』がそうです。春琴の属する盲人の世界と、佐助の属する目あきの世界の間には、越え難い一線があった訳ですが、最後に佐助は、自ら目を潰す事によって、向こう側の盲人の世界へ行ってしまう。『吉野葛』もそれと同じだと思います。

狐の世界へ行ってしまうという事は、普通は恐ろしい事である訳ですが、実は、作者・谷崎自身にもそうした奇怪な願望があったようで、『雪後庵夜話』では、「義経千本桜」の初音の鼓の《思ひつきを大変美しいと感ずる》と言い、《もしも被虐性の傾向のある私が仔狐だつたとすれば、》静御前が親狐の皮を張った鼓を弄んでいるが故に、却って《一層静を慕ひ、彼女に忠義を尽す気になるでもあらう。》と語っています。また、同じ『雪後庵夜話』の中で、谷崎は、「義経千本桜」故に吉野の花に憧れたと言い、《関西の花の名所へ行けば何処かその辺で若葉の内侍や静御前の幻に行き逢へるやうな気がし、或る時は自分が狐や権太になつて鼓や笛の音に誘はれてさまよひ出ることがあるやうに思つた。》とも語っています。

谷崎は、あからさまには書いておりませんが、狐の住む世界は、人間の住むこの世とは別の世界であり、津村および谷崎が死んだ母と一つになれる場所、即ち死後の世界のメタフォアだと言って良いでしょう。『春琴抄』においても、最後に佐助が到達する盲人の世界が、結局、死後の極楽のメタフォアである事は、かなりはっきりと書かれています。

『吉野葛』において、津村は吉野の山中に分け入り、そこで母なる白狐の化身とも言うべきお和佐と出会う事になっていますが、柳田国男が言っているように、日本人には、死者の魂は近くの山へ登って行くという民俗信仰があります。吉野は近畿地方で最大の山岳地帯ですから、そこは、関西を代表する死の空間だと言えるでしょう。『吉野葛』の中で、吉野の山中では時間が停止しているというイメージが出て来るのも、そこが死の世界だからでしょう。

また、「国栖」の章には、津村がくらがり峠でホトトギスを聞いたというエピソードが出てきますが、くらがり峠の向こう側は、吉野であり、ホトトギスは古来、死者の魂になぞらえられている訳ですから、津村はここで、死んだ母の声を聞いている事になり、吉野は死んだ母の住む場所というイメージが、ここでも強められる訳です。

母が死んで家を去って行くイメージは、子供を捨てて山に帰る葛の葉狐のイメージと、容易に重ね合わせる事が出来ますし、白は死の色で、白狐は死者の魂とも見なせるので、母が死んで白狐になって、吉野の山中に住んでいるというイメージが出て来ても、不思議ではないでしょう。実際、津村が「狐噲」の章で、《母が人間であつたら、もう此の世で会へる望みはないけれども、狐が人間に化けたのであるなら、いつか再び母の姿を仮りて現れない限りもない。》と言っている事から考えますと、津村は狐を、事実上、母の死後の姿・母の輪廻転生として考えているらしいのです。

ところで、谷崎にとって、白狐の白は、赤と対をなす色のようです。例えば『アヱ・マリア』には、白い人形と赤い人形を闘わせるというエピソードが出てきます。私の解釈によれば、赤は生命力で、生命力の一種である性的なもの、ペニス、乳首、充血、発情等も含意します。例えば『白狐の湯』には、ローザに化けた白狐の白い肘や脛に、真っ赤なルビーが填め込まれているというイメージが出てきますが、このルビーは、極めてエロチックな印象を与えます。それに対して、白は死の色で、生命力や性的なものの象徴である赤の対極ですから、性的抑圧を含意します。谷崎は、生涯を通じて白に執着した人間ですが、それは、白が谷崎の求めてやまない死んだ母、そして、性の対象とする事を禁じられている母にふさわしい、死と性的抑圧の色だったからでしょう。だから谷崎は、白に対して憧れと同時に恐怖を示します。母は近付きたいけれど、近付いてはならない存在だからです。谷崎が白人女性に対して憧れと恐怖を示すのも、白人女性の白い肌に対する反応なのです。

『吉野葛』では、白は、主に白い障子の紙という形で登場します。例えば、「狐噲」の章の「葛の葉子別れの場」に関する描写に、《母狐が秋の夕ぐれに障子の中で機を織つてゐる、とんからり、とんからりと云ふ筬の音》が出て来ますが、これは、障子の白い紙が母狐の姿を封じ込めているのだと解釈されます。津村が母を求めて出掛けて行った信田の森からの《帰り路に、ところ〴〵の百姓家の障子の蔭から、今もとんからり、とんからりと機を織る音が洩れて来るのを、此の上もなくなつかしく聞いた。》という一節も同様に考えて良いでしょう。

【注】『伊藤忠兵衛翁回想録』（伊藤忠商事　昭和四十九）の「明治末ノ織物問屋」の項に、《タマタマ当時ノ本店ノ前，現丸紅ノ構内ニアッタ土地ニ根津清助サントイッテ通称根津清，有名ナ矢形ノ商標ノオ店ガ，朝鮮ムケノ尺一木綿ノ製造兼販売ヲサレテオラレタ．タブン泉州辺ノ数軒ノ機屋トノ連携ニヨルモノトオモウガ，船積ミノ2日ホド前ワ，全店員ガ厚司ニムコウ鉢巻デ，荷受ケヲシタ生地木綿ノ荷造リガエヲサレル．ソレワサカンナモノデ，徹夜ナモノダカラ巡査ノ取締リモナク，早朝ニオキルト本町通リノ中央マデ荷物ガ積ンデアッタ》とある。『吉野葛』（「狐噲」）で、津村の母恋いを丁稚小僧たちの母恋いと結び付け、泉州和泉の国の葛の葉稲荷を訪ねた帰り路に、機を織る音を津村が聞くことにしたのは、執筆当時、谷崎の憧れの人だった

松子、或いはその夫・根津清太郎から聞いた話から思い付いたものであろう。なお、稲沢秀夫氏の『聞書谷崎潤一郎』によれば、「釣らうよ…」と「麦摘ウんで…」をやって見せたのも松子だったと言う。

また、津村がくらがり峠でホトトギスを聞く場面でも、《障子の外がほんのり白み初めたと思つたら》ホトトギスが鳴き始めたとされています。ホトトギスは死者の魂になぞらえられている訳ですから、ここでも障子は、死んだ母の姿を隠し、声だけを聞かせるものとなっている訳です。

『吉野葛』では、紙をすく白い水に浸かっていたお和佐の赤い手が、津村の心を捉えるという事になっていますが、この赤い手は、白い障子によって阻まれ続けていた母への性的欲望に対して、一つの通路が開かれた事の象徴と考えられます。

ところで、『吉野葛』には、上市の街並みの障子について、《そこに反射してゐる光線は、明るいながら眼を刺す程でなく、身に沁みるやうに美しい。》という描写がありますが、これは注目に値いします。というのは、この様に光りを眩しく反射しない白は、谷崎の所謂日本回帰の時代に特徴的に現われてくるものだからです。

例えば『友田と松永の話』には、パリで神経衰弱になり、パリジェンヌの白い肌に耐えられなくなった友田が、日本の女の黄色味を帯びた肌に次第に憧れを感じ始めると同時に、ピカピカ光る西洋の白い食器などに嫌悪を感じるようになる事が出て来ます。また、『陰翳礼讃』で谷崎は、西洋の紙と日本の紙を比較して、西洋の紙は食器と同様ピカピカ光るが、和紙はそうでないから心が落ち着く、と言っています。つまり、眼を刺す程には日光を反射しない障子の和紙は、白人女性と対比される日本女性のメタフォアなのです。白が禁じられた母のメタフォアである事は同じですが、それがピカピカと光を冷たく跳ね返す、インセストに対して拒否的な白から、柔らかく光を吸込む、インセストに対して許容的な、優しく暖かい白に変わった訳です。

恐らくこの変化は、谷崎が人間的に成熟し、母なる女性に対するインセスト的な性欲が弱められて行く過程と関わるものと考えられます。『吉野葛』で津村は、母の分身を獲得する事に成功しますが、この事と、『吉野葛』の紙が西洋の紙ではなく和紙である事とは、一見何の関係もない様でいて、実は深い繋がりのある事だったのです。

谷崎は、『吉野葛』の「妹背山」で、上市の町では、《何処の家でも障子の紙が皆新しい。（中略）その障子の色のすが〳〵しさは、軒並みの格子や建具の煤ぼけたのを、貧しいながら身だしなみのよい美女のやうに、清楚で品よく見せてゐる。》と、障子の紙を、そこに住む美女の肌と重ね合わせ、伏線としていました。谷崎が、紙漉きの村の紙漉きの家を、津村の母の出身地・実家として選び、そこで津村とお和佐が出会うことにしたのも、祖母の手紙を持ち出したのも、語り手に上市の町を歩かせ、障子に注意を向けさせたのも、「葛の葉」やくらがり峠に関連して障子に言及したのも、すべてが和紙＝女性とするための伏線だったのです（なお、『陰翳礼讃』で谷崎が、和紙を女性の白い肌のメタフォアとしていることについては、「肛門性格をめぐって」（本書Ｐ327～）、インセスト的な欲望の変遷については「谷崎潤一郎とエディプス・コンプレックス」（本書Ｐ149～）を参照されたい）。

さて、『吉野葛』の語り手は、津村と同様、二十歳以前に母を失い、妹背山で母を懐かしむ人物として設定されています。この語り手が、谷崎の分身の一人であると共に、津村の分身でもある事は言うまでもありません。しかし、『吉野葛』の旅を締め括るのは、それまで津村と行動を共にして来た分身的な語り手が、吊り橋の上でコーン、コーンと鳴いている津村狐とお和佐狐を、川原から羨ましげに見上げる場面です。この構図は、母を妻に出来た津村に対する作者・谷崎の羨望を、絵解きしたものと言えるでしょう。

津村とお和佐が渡る橋は、吉野川の両岸を結ぶ橋です。それは、吉野川に隔てられていた妹山と背山、歌舞伎の久我之助と雛鳥とは違って、津村とお和佐は一線を踏み越え、幸せに結ばれるということを象徴しています。越え難い一線は、この時、語り手及び谷崎と、津村およびお和佐との間に引かれたのです。

即ち、谷崎は、語り手（≒谷崎）に津村を、親友にして母恋いを共有する（そして今は共に旅する）一種の分身とさせ、その津村を狐の世界という別世界に行かせることで、人間の世界では不可能な、母子相姦に近い結婚を、罰なしで成就させると共に、語り手と津村の間に越えがたい一線を引くことで、言い訳とし、責任逃れとしたのです。

『吉野葛』は、津村夫妻の二十年後の幸福と、語り手の計画した歴史小説が書けずに終わった事実の報告を以て幕を閉じます。この語り手の小説の挫折は、材料不足ならぬ《材料負け》という説明から明らかな様に、彼が現実の吉野に幻滅したせいなどではあり得ません。また、『吉野葛』は、実際に谷崎が歴史小説を書こうとしたのが、母恋いものに化けたものだとする様な説は、母恋いものに変えたのなら、なぜ自天王の話を消さずに残したのか、といった最も単純な問いにも答える事が出来ません。語り手の小説の挫折は、何よりも、狐になり母と結婚できた津村の幸福を強調する為のフィクションとして読まれねばならないのです。

「入の波（しほのは）」で津村が《昆布家の人々を説き伏せ》ている間に、語り手が《三の公谷》で経験させられる悪戦苦闘は、作中では描かれない津村の説得の苦労の象徴的代行であるとともに、苦労が実を結ぶ津村と、無駄に終わる語り手との違いを強調する伏線ともなっているのです。

【補足】

二三、補足させて頂きます。

『吉野葛』は、全編至る所に、偽物と本物というモチーフの散りばめられた小説です。冒頭の南朝と北朝という二つの朝廷から始まって、「葛」と「国栖」、「あれが本当の妹背山」という母のささやき、釣瓶鮨屋、初音の鼓、「二人静」、「菜摘邨来由」とその写し、大谷氏の頭の中の静御前、津村の記憶の中の母、葛の葉姫と葛の葉狐、佐藤忠信と忠信狐、窪垣内（くぼかいと）の無数の昆布家、お和佐、自天王の影武者と続きます。勿論これは、偽物・化ける・狐という連想に結び付くものですが、より根本的には、本物の母の代りに偽物の母としてのお和佐を手に入れるというテーマの反復である訳です。

ところで、『吉野葛』のもとになった「葛の葉」の話は、本物の葛の葉姫が現われた為に、偽物の葛の葉狐が追い出されるという悲劇ですが、『吉野葛』の方は、本物の母の代りに偽物と結婚する事で、幸福になるという物語になっています。『吉野葛』がこの様に、ハッピー・エンドになり得たのは、谷崎が、「葛の葉」の作者とは逆に、本物は偽物によって代替可能だとしたからです。では、谷崎は何故、この様に偽物を贔屓にするのでしょうか？　それは、インセストがタブーである限り、谷崎は本物の母には決して到達できず、常に本物の代りに、母に似た偽物で我慢しなければならない立場にあったからです。

谷崎が真に心の満足を得る為には、偽物の母を本物の母と信じる必要がありました。谷崎が津村に、お和佐を「初音の鼓」と呼ばせているのも、一つには、お和佐は女中タイプで、偽物だとは分っているけれど、大谷氏が「初音の鼓」や静御前の位牌を本物と信じる様に、お和佐を母と信じる事で、偽物も本物に出来るという事なのでしょう。

しかし、谷崎の文体及び小説や随筆の構成が極めて論理的である事からも分るように、谷崎は本来、極めて理性的な人間でしたから、この様な嘘を信じる事は、谷崎自身には容易な事ではなかったでしょう。谷崎が繰り返し愚かという美徳を礼賛し、痴人や瘋癲老人を描いたのも、一つには、理性的過ぎる自分自身から逃げ出したいという願望の表われだったと思われます。谷崎が『吉野葛』で、愚直な農夫である大谷氏に好意を示すのも、その為でしょう。

次にもう一点、補足して置きたい事があります。それは、『吉野葛』における貴種流離のイメージについてです。吉野という土地は、貴種流離伝説の多い所で、『吉野葛』に出て来るものだけでも、壬申の乱の際の大海人（おおあま）皇子（天武天皇）、源平の合戦の際の維盛・義経・静御前、室町時代の後醍醐天皇から自天王に至る南朝・後南朝方の皇族達、等が挙げられますが、谷崎は、これらの貴種流離譚に、葛の葉狐が家を追われて山中へ落魄流浪するイメージと、旧家の娘だった津村の母が、家が没落した為に新町に遊女として売られるというイメージをも付け加えております。

また、お和佐の赤い手には、貧しさの中にあっても輝きを失わない聖なる生命力の発現という印象があり、これも貴種流離の一種と言えるかもしれません。

また、貴種流離譚とは逆に、卑しいものが神聖なものに変身するというイメージも、『吉野葛』には出て来ます。一つは、新町の遊女だったおすみが、津村家の御寮人になる事。一つは、田舎娘のお和佐が津村夫人になる事。そして、あからさまには語られていませんが、狐が葛の葉姫に化ける事と、白拍子の静が静御前に出世する事も、ここに入れてよいと思います。

貴種流離譚と、その逆の卑しいものが高貴なものに出世する話とは、どちらもかなり頻繁に谷崎文学に登場します。勿論それは、潤一郎と母・セキが実際に体験した谷崎家没落の反映でもある訳ですが、決してそれだけではないのです。

貴種流離とは、聖なるものが賤なるものへ転落する事ですが、聖なるものと賤なるものは、正反対でありながら、一般に、俗なるものからはみ出す事において一致し、容易に入れ替ります。例えば、貴種流離譚における賤なるものも、聖なるものが一時的に身をやつした仮りの姿に過ぎないのです。ところで、谷崎にとって最も神聖なものは、禁じられた母であり、賤なるものの代表的な存在は、谷崎が自らの性欲の捌け口となす事の出来る娼婦です。従って、聖なるものを、聖なる本質を失わせないまま賤なるものとする貴種流離譚は、手の届かぬ聖なる母を、賤なる娼婦にして手に入れたい谷崎の願望を託するに、極めて便利なものなのです。

実際、『二人の稚児』『無明と愛染』『乱菊物語』『蘆刈』等では、遊女が菩薩になりますが、菩薩は禁じられた母のメタフォアで、賤なる遊女は、禁じられた母の聖なる本質を持ちながら、手の届く所まで落ちて来た母の偽物という事が言えましょう。一般に谷崎のプラトニズムと言われているものも、その本質はこれと同じで、本体（イデア）は聖なるものとしての母、その影は、賤なるものに転落して来た母の似姿なのです。

谷崎が、『母を恋ふる記』で、自分の母に非人の鳥追い姿をさせ、新内流しをさせているのも、また、『吉野葛』で、津村の母の前身を遊女にし、『夢の浮橋』で、糺の義母・経子の前身を祇園の舞妓としているのも、母を手の届くものとする為です。津村の母についていては、その出身地・国栖についても、どうやら部落差別との関連があるようです。また、津村の母は、葛の葉狐と同一視される所がありますが、折口信夫は、「信太妻の話」で、葛の葉狐と被差別部落との関係を指摘しております。

『吉野葛』は、狐の物語ですが、狐は人間以下の賤なる生き物でありながら、人間以上の超能力も持ち、高貴な女性にも娼婦にも化ける存在です。谷崎が近親相姦の物語を展開するにあたって、吉野という貴種流離の地に舞台を設定し、狐と遊女を登場させたのは、それらが互いに極めてよく調和する事を、深く見抜いていたからであるに違いありません。

『吉野葛』に限らず、谷崎文学を理解する為には、この様に、近親相姦の問題が極めて大事なのですが、そもそも谷崎が、母に対して近親相姦の願望を抱くようになったのは、何故なのでしょうか? 私は、その原因の一つは、谷崎が幼い頃、乳母に育てられ、母と十分なスキンシップを持てなかった事にあるのではないかと推測しています。『少将滋幹の母』や『夢の浮橋』で、母に死なれた幼い主人公が、乳母と寝る事になっている事は、その傍証となるでしょう。谷崎は、幼い頃に、老婆だった乳母を母と認識していた為に、若く美しい母に対して性愛的な感情を持つようになってしまったというのが、現時点での私の仮説なのです。

『吉野葛』でも、津村は祖母に育てられ、津村の記憶の中で、祖母と母とは区別が付かない事になっていますが、この祖母は、谷崎の乳母の変形ではないでしょうか? 津村が馬方三吉の芝居で、乳母の重の井と姫君の両方に憧れるのも、乳母に母を、母に妻を見ていた谷崎のメンタリティの投影とも考えられます。また、津村が、祖母の死後百ヶ日の法要を済ました直後に国栖村を訪れるのも、お和佐が、母だけではなく、祖母の生まれ変わりでもある事を暗示しているようです。

津村が土蔵の中から発見する手紙の内、母のものは恋文であるのに対し、祖母のものは、母親として娘に与えた教訓です。この事からも、祖母に母親としての役割を担わせ、母には妻か恋人の役を演じさせる谷崎の精神構造が、透けて見えるように思います。

【補説】花田清輝以来、『吉野葛』に反体制的な匂いを嗅ぎ取ろうとする論がある（近年のものとしては、例えば小森陽一氏の『縁の物語―『吉野葛』のレトリック―』新典社　平成四）が、これは誤りである。自天王は、吉野の川上郷で、室町・江戸時代には、幕府を憚って若一王子として密かに祀られていた。つまり、反体制・異端であった。しかし、明治新政府は、川上郷の勤王の事跡を嘉し、明治天皇の御真影を下賜し、小松宮題額の自天王碑を建てている。南北朝正閏問題でも、異端として否認されたのは北朝の方だった。国定教科書には、明治四十四年以後、南北朝に代えて吉野朝という言葉が用いられるが、それは、南朝と言えば北朝の存在を認める事になるからであった。従って、谷崎が紛れもない天皇崇拝者だったという事実を別にしても、『吉野葛』に反体制的なニュアンスは存在し得ない。それは、『蘆刈』に後鳥羽院が出て来る事が、少しも反体制的でないのと同様である。

【付記】このシンポジウムは、平成四年十一月十四日、帝塚山短期大学で開催された日本近代文学会関西支部秋季大会で行なわれたもので、「国文学　解釈と鑑賞」（平成五・六）に掲載された。他の報告者は、たつみ都志氏と千葉俊二氏、司会は浅田隆氏であった。今回は、少しだけ手を入れ、【補説】を加えて収録した。

なお、「昭和戦前期の谷崎潤一郎」（本書P385～）の『吉野葛』に関連する箇所も参照されたい。

第五章『春　琴　抄』

――多元解釈および「深層のレトリック」分析の試み――

（一）始めに――本章の方法および目的について――

芸術作品というものは、読者受けを第一義とするものではなく、先ず何よりも作者自身のために創られるものであるはずだ。ならば、文学作品の真の理解のためには、その作品がそのような内容・形式を持って、その時点でどうしても書かれねばならなかった作者にとっての必然性が、作品の細部に渡ってまで充分に明らかにされねばならないであろう。しかし、これ迄の『春琴抄』論がこの要請に充分に応えて来たとは、私には思えない。

私の理解が正しければ、谷崎潤一郎にとって最大の問題は、早期に母・セキの愛を喪失したことと、それに伴って強い死の恐怖感を植え付けられたことであり、彼の文学および人生の根本的なテーマは、この母の喪失と死の恐怖を正しく乗り超えることにあった。『春琴抄』もそのために書かれたものであり、それが日本回帰の時期の松子との結婚を控えた時点でどの様にしてなされたかを、作品の細部に渡って具体的に明らかにして行くことが本章の目標の第一である。

ただし、その際、注意すべきことは、優れた芸術作品の場合、作品の意味および作者の欲望は、あからさまにテクストの表層に明示された意味に尽きるものではないということである。従来の作品解釈では、作家の意識的かつ一義的なメッセージだけを作品の意味と解する傾きがまだまだ強いように思うが、実際には、しばしばアンビヴァレントかつ／または（and/or）多義的な作者の無意識のモチーフや、読者の無意識に働き掛けるレトリックの方が遥かに重要なのである。この事は、実作者の間では、インスピレーションおよび表現の大切さの問題という形で古くから気付かれて来たし、読みの問題としては、行間を読み取ることや精読や繰り返し読むことの大切さとして、古くから言われて来た事でもある。

フロイトは、その著『夢判断』や『精神分析入門』等の中で、無意識の産物（例えば夢や症状や幻想など）の「顕在内容＝表向きの意味」は、「圧縮」「多元決定」されたものであり、その背後には、複数の無意識の意味＝「潜在内容」が隠されていることを説いていた。芸術作品は、作者の意識的現実認識と無意識の欲望の合作であるし、また芸術美には、無駄を切り捨て必要最小限の表現に圧縮する経済性が強く要求されているので、フロイトの「圧縮」「多元決定」の説は、当然当て嵌まると考えられる。

これを記号論的に言い換えると、本来、個々のシニフィアンとシニフィエの結び付きは、必然的かつ一対一的に決定されるものではない。しかし、芸術についての素人は、個々のシニフィアンに常識的かつ文脈的に適当と考えられるシニフィエを一対一的に当て嵌めて、作品を読もうとする。そして、それでも一応、作品の表面的な意味（顕在内容）は通じる。が、そうした遣り方では、「潜在内容」は明らかに出来ず、作品の真の意味が本当に分かったことにはならない。

私の考えでは、人間の無意識には、精神分析学で言うところの口唇期・肛門期・男根期などの発達段階（実際にはさらに細かく分割される）に対応する層と自我・超自我の一部があり、それぞれの層ごとに違った（そして超自我が検閲・歪曲する）欲望と意味があり、それらが圧縮されて、作品表層の一つのシニフィアンにまとめられるのである。従って、優れた作品においては、表層の個々のシニフィアンとその常識的なシニフィエ（顕在内容）の他に、更にその下に、無意識的なシニフィエ（潜在内容。また精神分析学の自由連想における連想群）が何層にも存在し、この表層と深層の合わさったものが、真の作品を成しているのである。そして、特に深層部分の価値、および表層と深層の結び付き方が優れているものが、真に優れた作品と言える。また、真に優れた芸術家とは、表層の常識的なシニフィエばかりでなく、無意識的な深層のシニフィエ群についてまで直観的に洞察し、適切にコントロールできる人間だと言える。

私の信じる所では、谷崎はそのような意味で優れた作家であり、『春琴抄』はそのような意味で優れた作品である。だとすれば、『春琴抄』を十全に論じるためには、テクストの深層に隠された何層にもわたる無意識の意味を、多元的に浮かび上がらせること（フロイトの所謂「多元解釈」）を目標とせねばならない。それは同時に、従来余り考えられて来なかった読者の無意識を操作するレトリック（これを私は「深層のレトリック」と呼んでいる）の分析を試みるということでもある。これが本章の目標の第二である。

その為、以下の論では、作品中の同じ一つの事柄を様々な違った意味に解釈する場合があるが、これは論者の混乱ではなく、一つに「圧縮」されて表現されたものを深層の複数の無意識の意味＝「潜在内容」に分解するためであることを、予めお断りして置く。

本章の目標の第三は、『春琴抄』における「ディフェンス」の巧みさを指摘することである。この問題は、主として本章の（五）「谷崎の文学的勝利の秘密」の中で展開することになるが、簡単に予告するならば、作家は一般に、自分が表現しようとするものが読者の反発や嫌悪感を惹き起こすことを予測し、それを防ぐために様々な手段を講じている。それを「ディフェンス」と呼ぶことにし、谷崎がそれを如何に巧みに行なっているかを可能な限り明らかにしたいということである。このことは、優れた芸術作品の技術的優秀性を解明する新しいレトリック体系構築のためにも、欠かせぬ視点になると私は考えている。

なお、『春琴抄』については、一時期、佐助犯人説や春琴自害説が唱えられたことがあったが、私は両説とも誤りと考えているので、本章では、犯人は語り手が述べている通り、佐助・春琴以外の謎の人物であることを前提とする。両犯人説に対する私の考えは、「『春琴抄』論争をめぐって」（本書P775～）で述べて置いたので、御参照頂ければ幸いである。

また、本章では、「谷崎潤一郎の母に対するアンビヴァレンツ」（本書P5～）・「谷崎文学における分裂・投影・理想化」（本書P53～）・「谷崎潤一郎・変貌の論理」（本書P363～）・「昭和戦前期の谷崎潤一郎」（本書P385～）の論旨を踏まえている所があるが、注記しなかった場合も多い。併せて御一読いただければ幸いである。

『春琴抄』の本文は、〇印によって二十七の部分（「節」と呼ぶことにする）に区切られているだけで、通し番号は付されていないが、本章では便宜的に通し番号を付け、引用文の後の（　）内に示して置いた。

（二）　母子分離の失敗から生じる諸問題

①クラインなどによる乳幼児の心理の素描

『春琴抄』の読解に入る前に、先ず読解の前提となる作者・谷崎の心理の本質を、メラニー・クラインなどの精神分析学に、私の解釈も交えて素描して置くことにする（クラインの学説は、誠信書房版『クライン著作集』に拠った）。

クラインに拠れば、誕生から生後三、四ヶ月までの乳児は、「妄想的・分裂的態勢」と呼ばれる原始的な心のメカニズムを持っている。この時期には、子供は自分と母をはっきり区別できず、また母を人格としては認識することができず、自分を満足させる物体＝乳房として感じている。そこで、母の乳房が自分を満足させてくれる時には「良い乳房」と認識して愛を感じ、万能感を抱き、そうでない時には「悪い乳房」と認識して、迫害される恐怖を感じたり、心の中で（ファンタジーにおいて）攻撃・破壊しようとする。しかし、三、四ヶ月頃を過ぎると、乳児は母と自分がそれぞれ別の存在であることに気付き始め、「良い乳房」も「悪い乳房」も同じ一人の母の一面である事を次第に理解し、受け容れるようになる。この時、子供は、母は自分のためだけにある便利な道具などではないこと、自分は母に依存している無力な弱者であること、母も万能ではないこと、母の愛も無条件のものではなく限りがあること、母は基本的に父の命令に従うこと（これは後のエディプス・コンプレックスの先駆となる）、などを受け容れねばならない（これは広い意味での「去勢」と言える）。この認識は、幼児に幻滅感・喪失感を一旦は与え、その為に抑鬱状態になる。故にこれを「抑鬱的態勢」と呼ぶ（一般に抑鬱の根源は喪失感である）。

またこの時、子供は自分が乳房＝母を傷付け、損なって来たというファンタジーに対して罪悪感を抱く。そして、自分の力で乳房＝母を修復しようとする。これをクラインはreparation（償い）と呼ぶ。同時に、母がしてくれた親切に対して感謝の気持が生まれる。そして、幼児は母子分離を受け容れ、自立した個人としての自分に誇りを持てるようになり、同性の親を手本にしつつ個性の完成へ向かう。この際、「良い母親イメージ」が幼児の心の中に確立されていて、母がいなくても、いる時と同じくらい安心できるようになっていることが大切である。[注1]こうして「妄想的・分裂的態勢」の心のメカニズムは弱まるが、完全に消えてなくなる訳ではない。

以上は健全な発育過程であるが、母子分離が早過ぎたり、母との愛情・信頼関係が不充分であった場合には、子供はかつての母子一体的な幻想や、母と／または（and/or）自分の万能感によって安心を得ようとする。そして、それを邪魔するもの（それは結局、象徴的な父なるもの＝ファルロスに収斂して行くのだが）を敵視し、排斥しようとする。男の子の場合、これは父に取って代わろうとするインセスト的な欲望に発展する場合もある。また、「妄想的・分裂的態勢」がいつまでも強く残るという症状が出る。

このような幼児（またはその心理を残したまま大人になった者）はまた、自分は充分に尊重されず、愛や母乳を充分に与えられていないと感じ、空虚感に苛まれる。そこで、外界にある良いものを飽くことなく貪り取り入れることで自分の空虚を満たし、万能感を得ようとして、攻撃的な態度に出るが、空虚感は消えず、満足できない。これがクラインの言うgreed（強欲さ）である。

また、自分に与えられない乳房＝母に対して（ひいては他人の所有に帰しているすべて良いものに対して）クラインの所謂envy（羨望）を向け、それを破壊しようとする攻撃的なファンタジーを抱く。が、一方でその事に対する罪悪感と、母などの報復に対する恐怖心・迫害妄想も生じる。

また、乳房＝母や父に依存しなければならない無力な自分の弱さを否認し、ひいては一般に他者への依存を否認し、自分は強くて誰にも依存する必要がないし、母も自分の所有物であるという万能感を抱こうとする。が、万能感が挫折すると、自分は全く無力だと感じてひどく落ち込む。

満足できない強欲さと、他者への依存を認めまいとする万能感は、親切にされても素直に感謝することが出来ない、という形でも現われる。

これらが、母子分離の際に問題のあった子供が、その後長く引きずる事になる症状の主なものである。

実際には、母子分離の際に全く問題がないということの方がむしろ稀なので、これらは殆ど誰にでも、少しは見られる症状であろう。性格に特別、問題のある人でなくても、多少の強欲さや羨望の傾向はあるものだし、（特に青春期の終わり頃までは）乳児的万能感にとらわれ、思い上がり、自分が人々に依存していることを忘れたり、他人を自分の便利な道具であると見なしたりすることもありがちなことである。

②谷崎の日本回帰と幼児心理

谷崎の場合は、早期に母・セキの愛を喪失したと感じており、従って、健全な発育過程を辿ることが出来ず、右に挙げたような種々の症状（幼児的傾向）を呈していた。

特に日本回帰以前の作品には、それが強く現われており、例えば「妄想的・分裂的態勢」は、男女の登場人物が善人と悪人に二分される傾向として現われる。母への愛は、母なる理想女性に殺され吸収され、合体するという母子一体的な幻想（『刺青』など）や、インセスト的な欲望となる。また、母と／または自分の万能感によって安心を得ようとする傾向は、母なる理想女性を強者・絶対的な存在として崇拝することや、自分自身が欲望を欲しいままにする特権を持つ特別の人間（天才など）であると考えたがることとして現われる。強欲さは、男性主人公や悪女たちが、極めて高い理想・愛（甘やかし）・セックス・食べ物・金などに対してしばしば示す。時には羨望から盗み・借金の踏み倒しや殺人が行なわれる場合もある。依存の否認の例としては、実生活では千代子を、作中では千代子をモデルとした女性を母として所有しつつ軽視・虐待したことが挙げられよう。一般に、この時期の谷崎文学の悪しきヒロイン達には、幼児的なエゴイストが多いのだが、それは谷崎自身の幼児的傾向の投影だったと考えて良い。

また、この時期の谷崎が、現実にも、また作中の男性主人公に投影する形ででも、悪人意識に苦しんだのは、インセスト的傾向と、欲求不満に発する乳房攻撃のファンタジーが彼にもたらした罪悪感の結果であり、同様の形で地震その他に対する恐怖症を示したのも、攻撃性が外界に投影され、攻撃される恐怖に変わった迫害妄想と、乳幼児期以来一貫して強かった死の恐怖の結果である。

この時期の谷崎には、強者となって幼少期に不当に奪われたものを力ずくで取り返そうとする傾向も強かった。その為、理想女性との関係においても、男としての体面を捨てにくく、また、無力な幼児に戻れば強者である母なる女性に完全に支配されてしまう、または捨てられるという恐怖感もあって、谷崎は小説の中ですら、容易に真の満足を得られなかった。その為、私が「日本回帰への（イデア論的）過渡期」と名付けた大正六年頃から昭和三年頃にかけては、谷崎は理想女性および自分自身について、弱さ（去勢）を受け容れることで安らぎを得ようとする日本回帰（＝大人への成長）の傾向と、それを拒否しようとする西洋志向や悪人・悪女志向との間で揺れ続けたのである（「谷崎潤一郎・変貌の論理」（本書P363〜）を参照）。

しかし、中年を迎え、一面では作家としての自信と充実感を深め、空虚感が弱まって来たこともあり、一方逆に、誰もが持つ能力・寿命の限界も実感させせられるにつれて、谷崎も次第に「万能感」「強欲さ」「依存の否認」などを放棄できるようになり、自分の我が儘から母なる千代子を失いそうになった小田原事件や、関西の風土および新しい母としての松子との出会いも影響して、遂に日本回帰が可能になったと考えられる。それは、言い換えれば、「良い母親イメージ」の確立に失敗したためにうまく行っていなかった母子分離をやり直し、より健全な大人に向けて成長したということである。

実際、日本回帰後の、特に「（イデア論的）日本回帰の時代」、即ち昭和三年頃から十年頃にかけての作品においては、母子分離に耐えるために、男性主人公が「良い母親イメージ」を心の中に確立することが、作中の最も重要な課題とされており、同時に、善悪二元論的な「妄想的・分裂的態勢」から「抑鬱的態勢」への成長（極端な悪人が登場しなくなること）、万能的な理想女性から多少なりとも人間的な弱さを含んだ理想女性への移行（広い意味での去勢の受け容れ）、男性主人公も天才・強者などの特権意識を持たない普通人になること、強欲・羨望の克服、感謝できるようになること、なども達成されている場合が殆どである。また、潤一郎の場合、早過ぎた母子分離は、保護者を奪われ、孤独のうちに死の危険にさらされるという恐怖感と深く結び付いていたので、日本回帰後は、死の恐怖も大いに和らぎ、老いを受け容れられるようになった（注2）。

今、詳しく論じることは出来ないが、この時期のヒロインたちを見ると、『蓼喰ふ蟲』（昭和三～四）のお久、『三人法師』（昭和四）の尾上殿、『乱菊物語』（昭和五）の胡蝶、『吉野葛』（昭和六）の津村の母と静御前、『盲目物語』（昭和六）のお市の方、『武州公秘話』（昭和六～七）の首装束の女、『蘆刈』（昭和七）のお遊さん、『春琴抄』（昭和八）の春琴、『顔世』（昭和八）の顔世、『聞書抄』（昭和十）の一の台の局、『猫と庄造と二人のをんな』（昭和十一）の猫など、いずれも「良い母親イメージ」と言え、しかも死亡するか、奪い去られるなどして失われつつ（＝母子分離）、男性主人公の心の中にイメージとして生き続けることになっているのである。随筆でも、『恋愛及び色情』（昭和六）と『陰翳礼讃』（昭和八～九）は、失われた幻（＝イメージ）としての良き（母なる）日本女性に永遠性を与えることを目指し、成功したものと言える。

この時期の作品や随筆には、それまでには余り見られなかった安らぎの雰囲気が濃厚に漂っているが、安らぎとは、もともと母に安心して守られているという状況のもとで発生する感情であり、これも潤一郎自身が「良い母親イメージ」の確立に成功した結果と考えて良いだろう。

ただし、これらは谷崎が健全な大人に幾分か近付いたということを意味するに過ぎず、谷崎が完全に普通人に成りきってしまうということは、良くも悪くも死に至るまで起こらなかった。

普通の男の子は、母子分離を達成した後、エディプス期に母に対して性的欲望を抱き、父による去勢の脅威によって母への欲望を断念し、父を理想として一人前の男に成長して行く。しかし潤一郎は、父・倉五郎を拒絶し、母・セキがファルロスを持つと見なし、セキによる去勢を望み、心の中でそれを受け容れ、ファルロスは母に捧げ（後には理想の女性たちに捧げ）、以後、死に至るまで一種の精神的女性（マゾヒスト）として生きるかわりに、インセスト的な性欲を維持し続けた。日本回帰後も、『春琴抄』を含め、死に至るまで父性的なものに対する拒否を貫き、強い母と二人っきりで、インセスト的・母子一体的関係のもとで生き死ぬことを最後まで理想とし続けた。そしてそれが、潤一郎を独創的な偉大な芸術家たらしめる大きな要因ともなったのである。

（三）春琴の「実像」の物語と谷崎自身の心の遍歴

『春琴抄』は、「（イデア論的）日本回帰の時代」に、先に述べたような意味で「良い母親イメージ」の確立を目指した作品の一つと見て良い。その意味では、春琴＝「良い母親イメージ」であり、佐助＝谷崎ということになる。しかし、この側面については、取り上げるべき問題が複雑多岐にわたるので、（四）「春琴の「虚像」の物語と谷崎の「異常に良い母親イメージ」」でゆっくり論じることにし、先に比較的単純な春琴のもう一つの側面について考えて置きたい。

と言うのは、『春琴抄』では、佐助の目を通して理想化された春琴の「虚像」と、春琴自身または第三者の目から見た「実像」とが並列的に描かれている（この書き方の効果については、（五）③（カ）「主観的幻想性」で取り上げる）。そして、「虚像」の春琴が「良い母親イメージ」を実現するものであるのに対して、「実像」の春琴の物語の方は、実は前項で述べた母の愛の喪失から日本回帰に至る谷崎の心の遍歴を、大筋でなぞったものと言えるのである。従って、この局面では、春琴は潤一郎なのである。

例えば春琴には、ナルチシズムとサディズム、及び《平気で体ぢゆうを人に洗はせて羞耻といふことを知ら》（十四）ないという露出症的傾向が見られる。精神分析学によれば、ナルチシズムは対象愛と、サディズムはマゾヒズムと、露出症は窃視症と対（つい）を為し、これらは同一の欲望の、主体と対象、能動性と受動性が入れ替わったものと言われている（フロイト「本能とその運命」）。谷崎においては、どちらかと言えば、対象愛・マゾヒズム・窃視症の傾向が優勢であるが、春琴にはそれらが裏返しに投影されていると考えられる。裏返しになるのは、『春琴抄』の基調はあくまでも佐助＝潤一郎が、春琴に対して対象愛・マゾヒズム、及び《春琴の肉体の巨細を知り悉》(十五)す窃視症を向ける事にあり、春琴にあっての自己愛（ナルチシズム）・サディズム・露出症は、佐助の春琴への愛・マゾヒズム・窃視症を補完する為のものだからである。[注3]

春琴の「実像」の物語は、春琴が《掌中の珠の如く、五人の兄妹達に超えて唯り寵愛》(三)されるという万能感的有頂天から、失明（これは去勢を象徴する）によって一挙に転落する所から始まるのだが、これは谷崎が母の愛を喪失した体験に対応するものと言える。従って、ここで佐助が犯人とする乳母は、口唇期段階の深層心理としては、先ず第一に、乳児としての潤一郎（＝春琴）を傷付けた「悪い乳房」としてのセキということになる。

しかし語り手は、春琴の不幸を《人の嫉み》に帰す佐助に、《春琴女の不幸を歎くあまり知らず識らず他人を傷つけ呪ふやうな傾きがあ》ることを指摘し、佐助（＝潤一郎）の羨望的な攻撃性が乳母に投影されていることを言外に匂わせている。この観点から言えば、乳母はむしろ、セキの乳房（掌中の珠のような丸い乳房としての春琴＝母）に羨望を向け、攻撃した幼い潤一郎自身ということになる。恐らくこれは両方が真実で、セキの乳房に対する潤一郎の愛憎の葛藤が、圧縮・反映されたものと理解すべきであろう。

乳母という仕事は、乳児に乳房を含ませる母の代理人でありながら、使用人として家族愛からは疎外されやすく、乳児を攻撃する「悪い乳房」と、乳房を攻撃する欲求不満の乳児の両方を象徴するにふさわしいものと言える。

また、失明の原因を《風眼》（淋病性結膜炎）とした設定は、父の性的ふしだらを暗示することで、春琴（＝潤一郎）と／または母なるものを去勢したエディプス的な父を、真の原因として非難し（その場合、乳母は父の代理人ということになる）、去勢（失明）を取り消そうとするエディプス的な潤一郎の願望を暗に反映したものであろう。[注4]

さて、佐助は春琴を理想化し、その価値を引き下げるものは一切否認しようとするので、失明によっても春琴の美貌は《円満具足し》（五）ており（即ち丸い乳房であり）、学業でも芸事でも才能（乳房の能力）は溢れんばかりであったとする（第二十二節で言う《白璧》《玉容》も丸い乳房と関連しよう。潤一郎が学校秀才だったこととも対応する）。

しかし春琴の両親は、当然の事ながら、娘を惨めな身体障害者と見ており、《対等の結婚はむづかしい》（十二）から佐助と結婚させようと考えるし、周囲も春琴を憐れんでいた。春琴自身も喪失の現実を正確に認識しており、その為《失明以来気むづかしく陰鬱にな》（五）るなど、喪失感による抑鬱を明瞭に示している（谷崎にも抑鬱的な側面があったことは、「谷崎潤一郎の母に対するアンビヴァレンツ」（本書P5～）および「躁鬱気質と谷崎潤一郎」（本書P263～）で述べて置いた）。

従って、その後の春琴は、《愛嬌に富み目下の者への思ひやりが深く（中略）陽気》（三）だった性格が一変して、日本回帰以前の谷崎と同じように、万能感を取り戻そうとする攻撃性、クラインの所謂羨望・強欲さ・依存の否認・感謝できない、などの特徴（普通、性格の悪さと評価されるもの）を次第に強く現わし始める。

攻撃性は、直接的には《人に弱味を見せまい馬鹿にされまいとの負けじ魂》（十三）や、《差別されるのを嫌》（二十）うこと、《己れの容色について並々ならぬ自信》を持ち《化粧に浮身を窶す》（十四）というナルチシズムなどに現われ（谷崎の強者たらんとする欲望やナルチシズムについては「谷崎潤一郎・変貌の論理」（本書P363～）を参照。また、少年時代に見せた暴力的攻撃性については、「谷崎潤一郎の母に対するアンビヴァレンツ」を参照）、健常者への羨望は、《失明以来だん〳〵意地悪にな》（十二）る所に現われている。また、強欲さは、《極端に吝嗇で欲張りで》（十八）弟子に多額の謝礼を要求すること、本家から多額の仕送りを受けて贅沢をほしいままにし（四）、《美食家》（十五）であること、などに現われている。（注5）

贅沢や美食は、谷崎にも顕著に見られる現象で、口唇期に充分に与えられなかった親の愛を、心理的に代償する為のものであろう。乳児にとっては、母乳という栄養物質が何より大切なので、強欲さは金銭や飲食物の快楽を貪ることに向けられやすい（早期に母の愛を失った太宰治が、津島家からの送金に頼り続け、薬物やアルコールに依存したのも同様の心理である）。谷崎の場合は、彼が理想の分身と認めた女性にも、しばしばこの傾向が認められる（『痴人の愛』のナオミなど）。

次に、他者への依存を否認し、感謝できないという傾向は、一般に気位の高い傲慢な印象を与える人物が必ず有している傾向で、春琴にはその印象が殊に強く、佐助に手曳き役をさせる理由を《誰よりもおとなしうていらんこと云へへんよつて》[注6]（五）と冷たく言い放つ所や、奉公人たちに対する無慈悲な態度（十八）など、その例は多い。

春琴は周りの者に感謝するどころか、万能の赤子たる自分に所属する人格なき母のように見なそうとし、例えば手曳きの佐助はまるで《一つの掌に過ぎない》（六）かのように扱う（しかし、佐助や語り手の見方を離れて考えるならば、手を引いて貰わねば歩けない春琴は、親に手を引いて貰うよちよち歩きの幼児そのものだとも言える。春琴のイメージを悪くしないために、この連想は作者によって抑えられているが）。《飲食起臥入浴上厠》（十四）まで面倒を見た佐助は、まさに乳児の言いなりになる道具としての母であった（幼少期の潤一郎が乳母や奉公人に見せた我が儘振りについては「谷崎潤一郎の母に対するアンビヴァレンツ」を参照）。

春琴はまた、《用をさせる時にもしぐさで示したり顔をしかめてみせたり謎をかけるやうにひとりごとを洩らしたりしてどうせよかうせよとはつきり意志を云ひ現はすことはなく、それを気が付かずにゐると必ず機嫌が悪い》という風に、言語以前の赤子が、万能感を持って、母親を思い通りに動かそうとするのと同様の振る舞いに出る。

春琴が佐助と肉体関係を生じつつ、佐助を《意識的には》《生理的必要品》（十三）として以上には見ず、結婚を拒否し、《夫婦らしく見られるのを厭ふこと甚し》かったというのも、道具としての扱いである。その癖、佐助が《年若い女弟子に親切にしたり》（十五）すると、嫉妬（羨望）せずにはいられない春琴だった。これは、春琴の側から言うならば、愛を認めただけでも佐助への依存が明らかになり、万能感が損なわれるために、それを完全に否認しようとしたものと理解される（佐助にとっては、春琴の冷淡さに、インセストの罰という意味があったことは、（四）②「インセスト的傾向と罰の乗り超え（エディプス期以降）」で述べる）。また、日本では、妻は夫のファルロスの支配に屈従するように要求されており、そのような去勢としての結婚は、春琴にとって（また佐助にとっても）受け容れ難いものだったからでもある。春琴が生まれた子を平気で捨てたのも、春琴の気持としては、佐助を夫として認めたくなかった為であろう（子捨ての他の含意については（四）①「過度の理想化と同一化（エディプス期以降）」などで後述する。これらにほぼ対応するのは、千代子＝母に対する依存を否認した谷崎の軽蔑的暴君的な態度である）。

また、春琴にとっては、《旧家の令嬢としての矜持》（十三）や鵙屋の富を誇る気持が、喪失感・劣等感を埋め合わせるものの一つとなっており、その事は、春琴が吝嗇であったにもかかわらず、《見えを飾り派手を喜び》《盆暮れの贈答等には鵙屋の娘たる格式を以て中々の気前を見せ》（十八）た事、そして《もと〳〵派手を競ふのは持ち前の負けじ魂に発してゐる》という語り手の説明などからも分かる（こうした虚飾的傾向は谷崎にはなかったようであるが、金持だった時代の谷崎家を誇り懐かしむ気持は、『幼少時代』などから透けて見える）。従って、この事も、《代々の家来筋に当る》（十三）佐助との結婚を《己れを侮辱すること》として恥じる理由の一つだったであろう。こうした高い身分へのこだわりは、春琴が佐助と一戸を構えた後も、《主従の礼儀》《を厳格にして》《それに悖ることがあれば》《容易に赦さ》ない、などの形で現われている。

春琴は恐らく、無意識のうちに健常者・佐助に対して劣等感を抱いていたのであろう。身分違いにこだわったのも、劣等感に対する防衛という面があったと思われる。

語り手は、春琴が《甘やかされて来た》（二十六）ことが《増上慢》を招いたとしているが、それは、適切に「去勢」が行なわれなかったという意味ではその通りで、例えば父母や春松検校はもっと厳しくすべきであったし、佐助の態度も悪影響を及ぼしたことは確かだが、春琴の性格が悪くなった真の原因は、やはり失明による喪失感に対する過剰な補償努力にあったと言うべきである（潤一郎にも、甘やかされた面があったことについては、『幼少時代』参照）。

　その春琴にとって、恵まれた音曲の才は、ファルロス（男根象徴）を勝ち取り、万能感を取り戻すための最良の手段となって行った。《春琴の三絃が男性的であつた》（十九）のは、一つにはその為でもある（潤一郎の場合、最初は学業、後には文学が、万能感を取り戻す攻撃の場であったから、『春琴抄』における音曲は、谷崎にとっての文学のメタフォアと言って良い）。

　春松検校は、春琴の天分を見出し、最初にファルロスを与え、さらに春琴を特別扱いし、甘やかし、《我が児以上に春琴の身を案じ》（四）、万能感を回復させてくれたという意味では、実父以上の父であった（潤一郎では、稲葉清吉先生にほぼ該当するか？）。だから春琴は、この父に次第に自らを似せて行き、芸名も春松検校から一字を与えられるという形で同一化する。[注7]

　春琴が佐助に対してサディスティックな《学校ごツこ》（九）を続けて孤独を紛らしたのも、後に《稽古振りの峻烈を以て鳴らしたのも》（十）、《子供がまゝごと遊びをする時は必ず大人の真似をする》ように父なる春松検校の《方法を踏襲した》同一化の結果であり、同時に厳しい（しばしば暴力的な）態度や師となって人の上に立つことそれ自体がファルロス的だからでもあった。

　しかし、その春松検校は、春琴が二十歳の時に亡くなり（十三）、同時に春琴は実父からも独立・別居し、以後、春琴を抑える父なるファルロスはなくなる。

　独立後の春琴は、佐助に代稽古はさせたが、特別の地位は認めず、門弟や女中には《佐助どん》（十五）と呼ばせ、下男同様に扱わせている（春琴自身は、佐助を弟子として以来、《「佐助どん」と云はずに「佐助」》（九）と呼んでいたにもかかわらず)。これは、佐助への依存を否認したかったからであると同時に、自分が音曲を教える最高の権威・権力(ファルロス)たらんとする欲望が余りに強く、佐助に一部でも譲る気になれなかったからであろう。

しかし、春琴が美濃屋利太郎や芸者の下地っ子などを撥(ファルロスの象徴)で打って怪我をさせたり(二十・二十一)、月謝などに《一流の検校と同等の額を要求》(十八)したりして《芸道にかけては自ら第一人者を以て任じ》(二十一)る攻撃的な姿勢は、弟子や同業者の恨みと羨望を買う。羨望に満ちた人間が、そこから逃れる方法として、「良いものを手に入れ見せびらかし、他者に羨望させる」という手段があり(『クライン著作集』5「羨望と感謝」など)、春琴が行なったのはまさにこれであるが、この方法は必然的に周囲の羨望を掻き立て、遂には攻撃を呼び起こしてしまう。春琴の遭難は、心理的にはこの様なメカニスムによる所があったと考えられる(他にインセストに対する罰などの意味も考えられるが、それについては(四)②「インセスト的傾向と罰の乗り超え(エディプス期以降)」で後述する)。

春琴はこのように、様々な方法で去勢を否認し、万能感を取り戻そうと努力し、半ばは成功していた。しかし、それは正常な大人の状態ではなく、言わば大きな赤ん坊の状態である為、世話をさせられる周囲の大人達にとっては迷惑至極であり、またファルロス的攻撃性ゆえに沢山の敵も作り出す事になったのである。こうして悲劇は起こるべくして起こった。

美貌の破壊が春琴にもたらしたもの――それは何よりも万能感の破壊であり、語り手の言い方で言うと、《天》(＝父なるもの)が《増上慢を打ち砕いた》(二十六)ということである。これは、春琴にとっては最初の失明＝去勢の反復であり、谷崎が繰り返し思い出さざるを得なかった母の愛の喪失に対応していよう。

しかし、佐助が失明という大きな犠牲を払ったことによって、春琴は初めて《感謝の一念より外何物もない》(二十三)という心境になることが出来、《佐助痛くはなかつたか》(二十四)と思いやりを示し、《ほんたうの心を打ち明けるなら今の姿を外の人には見られてもお前にだけは見られたうない》と愛を告白する。悲劇が心理的には成長の機会を提供し、感謝が可能になったのである。語り手が《禍を転じて福と化した》（二十五）と言い、また《災禍はいろ〳〵の意味で良薬とな》（二十六）ったと述べる所以である。

こうした成長が可能になったのは、火傷が彼女の自信・万能感的なナルチシズムの拠り所であった美貌を破壊し、本来なら幼少時に「抑鬱的態勢」へ移行する際に受け容れねばならなかった「去勢」を、今度こそは否応なしに春琴に受け容れさせたことと、佐助が失明を受け容れ、惜しみなく与える母の役を演じ、母子分離に必要な「良い母親イメージ」を提供したこと、佐助の失明の結果、春琴が無意識に抱いていた健常者・佐助に対する劣等感がなくなったこと、そして、春琴を母親的に世話して来た佐助の失明が、通常幼児が持つ「自分は乳房＝母を傷付け、損なって来た」という無意識のファンタジーを実現し、春琴に罪悪感を抱かせたこと、などの御蔭であろう。

この最後の点については、精神分析学で言う「顔と乳房・目と乳首の同一視」が働いている可能性も高い。(注8) 即ち、失明した佐助は、赤子の春琴によって乳首を破壊された乳房を表わし、その為に春琴に罪悪感を抱かせたと考えられるのである。

こうした春琴の成長は、谷崎が去勢＝弱さを受け容れて日本回帰したことに丁度対応する。春琴の美貌喪失＝去勢体験は、谷崎の方では、母なる千代子を失いそうになった小田原事件にほぼ該当しよう。そして、その後、新たに「良い母親イメージ」を提供したのが松子で、恐らく谷崎は、松子の（『春琴抄』執筆時点では事実上の）離婚（清治との別離なども含めて）および谷崎との貧乏生活（松子「源氏余香」『倚松庵の夢』参照）を、佐助の失明に対応するような大きな自己犠牲と見なし、母なる松子に感謝していたのであろう。

以後の春琴からは、空虚感・羨望・強欲・万能感などが消え、おおむね安らかに自足した心境にあったことは、佐助の世話になる際、以前とは違って、そこに《面倒を享楽してゐるものゝ如く言わず語らず細やかな愛情が交されてゐた》(二十五)ことなどから充分に感じ取れる所である(ただし、本当に幸福だったかどうかは疑問で、この点については(四)「春琴の「虚像」の物語と谷崎の「異常に良い母親イメージ」」の③「分離不安の克服と母子一体的関係の実現(口唇期)」で後述する)。

また、ファルロスへの飽くなき欲求がなくなったことは、例えば、以前は佐助に代稽古をさせても特別の地位を認めなかったのに、今は「琴台」という号を与え、師匠というファルロス的地位を手放したことに現われている。その結果、却って《弾絃の技巧》も上がり、作曲にも優れた作品を生み出しえたことは、恐らく、弱さを受け容れた日本回帰後に、却って傑作がたて続けに書けた谷崎の実感を反映したものであろう。春琴が優れた境地に到達しながら無名に終わったことも、谷崎のつもりとしては、ひどい不幸ではないと理解すべきであろう。(注9)

『春琴抄』の読者の多くは、恐らくこの春琴の成長に道徳的感銘を受けると思うが、それは、誰もが母子分離の際に多少の問題を抱え込み、春琴と同じ症状を多かれ少なかれ持っており、春琴の成長に感情移入できるからである。

しかし、(二)「母子分離の失敗から生じる諸問題」の②「谷崎の日本回帰と幼児心理」でも述べたように、潤一郎自身は、春琴のように健全・常識的な普通の大人になることは、この後も決してなかった。それでは何故、谷崎はこの様な春琴の「実像」の物語を書いたのか。

それは一つには、谷崎がもともと母を理想として育ったため、理想女性、この場合は春琴を自己と同一視し、自己を投影する傾向が強いせいであろう。

またもう一つには、『春琴抄』では、火傷以前に健全・常識的な普通の大人として春琴を支えていた佐助が、失明以降は非現実的な妄想の世界に入って行くため、春琴が我が儘・幼稚なままでは、全体として余りに幼児退行的になり、読者の理性と良識から離れすぎるからであろう。そこで谷崎は、春琴を大人へと成長させることでバランスを取り、大人になった春琴を理想の母として、佐助が赤子のような幸福を味わうというイメージに、説得力を持たせたのだろう。

しかし、最も大きな理由は、『春琴抄』が、理想の女性である松子との出会いという、谷崎にとって生涯最大の事件、生涯最大の転機において書かれたことにあろう。彼の人生の最大の課題＝失われた母の回復が、松子との結婚によって最終的に解決し、真の幸福・真の調和が実現すると見えた時に、谷崎は春琴の「実像」の物語という形で、自己の精神史を反復し、そこに調和的な結末を付けたいという欲望を抱いたのではなかったか。しかし、現実には、松子との恋愛ないしは結婚によっても、谷崎の問題は最終的に解決された訳ではなく、以後も谷崎文学は幾度かの変貌を閲する。そして、『春琴抄』は、彼の生涯において極めて例外的な作品となって残ったのである。

(四) 春琴の「虚像」の物語と谷崎の「異常に良い母親イメージ」

春琴の「実像」の物語が、谷崎が苦しんで来た問題の投影であったのに対して、『春琴抄』の言わば本筋をなす春琴の「虚像」の物語は、当然、谷崎の「良い母親イメージ」の投影である。その意味では、「虚像」の春琴が「良い母親イメージ」、佐助が潤一郎に当たるはずである。

事実、春琴と佐助の関係が、当時の松子（＝良い母親イメージ）と潤一郎の実際の関係を色濃く反映していることは、潤一郎の松子宛書簡や松子の回想類から既に周知の事実であり、詳しくは説かない。

また、佐助が潤一郎の分身であることは、昭和九年五月六日付け笹沼夫妻宛書簡で、《小生は春琴抄の佐助の如くにして生涯を送り度》いと述べていることや、谷崎が谷崎家の先祖の地と考えていた江州日野町（『私の姓のこと』昭和四）を佐助の出身地と設定したこと、温井家を谷崎家と同じ《日蓮宗》にしていること（一）などから、明白と言える。[注10]春琴の生家を道修町の薬種商と設定したのも、船場や道修町が、大阪町人の伝統文化を代表する地域であることもさることながら、むしろ日野が売薬で知られる土地柄であるために、日野出身の佐助を奉公させる都合から、逆に発想された可能性が高い（谷崎は普段、自分が設定した条件は、何重にも有効利用するのが常であるのに、『春琴抄』の中では、薬を商うことが何らの役割も果たしていないのは、一つにはその為であろうし、もう一つには、春琴・佐助が早々に家業を捨て去り、音曲の道に入ってしまう為でもある）。

佐助は、父母の許から遠く離れて丁稚奉公をするが、そこには幼くして母の愛を失った潤一郎の淋しさが、投影されていよう。作中には佐助が帰郷したという話もないし、佐助の父母は殆ど無視され、死んだも同然の扱いである。谷崎にも、十七歳から五年間にわたって父母の許を離れ、精養軒の北村家に書生奉公をした経験があり、谷崎にとってこの書生奉公は、幼児期における母の喪失を反復する大きな母子分離体験であった。それを実生活では松子との間で再現し、『春琴抄』では佐助に体験させて、北村家には居なかった理想の主人としての松子＝春琴を「良い母親イメージ」とすることで、幼児期における母の喪失を乗り超えようとしたのであろう。松子の『倚松庵の夢』に引用されている『春琴抄』執筆前後の書簡（注（6）参照）で、松子と主従関係になりたいと述べるついでに、その頃を懐かしんでいるのが、その証拠である。

従って、春琴は松子であると同時に、潤一郎の母・セキの理想化でもある。事実、春琴・松子・セキには、共に大商人の娘であり、しかも長女ではなく、セキは三女、春琴・松子は次女であるという共通点がある。また、三人とも美人姉妹（セキは三人、春琴・松子は四人姉妹）で、それぞれ姉妹の中でも一番の美人だったとされている。

その上、春琴とセキとは、ともに幕末維新を生き（三十五年のずれはあるが）、死因もともに心臓麻痺である。また、セキの命日が五月十四日であるのに対して、春琴（および佐助）の命日は十月十四日で、日は同じである。[注11]

外見面では、セキの身長が《やう〳〵五尺そこ〳〵》（『幼少時代』）だったのに対して、春琴も《五尺に充た》

(二) なかったとし、『幼少時代』で、セキは《深窓に垂れ籠めて暮らしてゐたので》今の人とは違う白さになったのかもしれないと説明するのに対して、春琴についても《奥深い部屋に垂れ込めて育つた》(五) 白さとしている。また、セキは《肉付が非常によかつた》(『幼年の記憶』) が、春琴も《肉づきが思ひの外豊か》(十五) だったとしている。セキの足のサイズは定かでないが、『瘋癲老人日記』九月五日の項では《母ノ足ハ予ノ掌ニ載ルクラヰニ小ナク可愛イカッタ》とされていて、春琴の足もまた、佐助の《手の上へ載る程》(十五) とされている。また、病的な《潔癖》(十四) 性も、二人の共通点である (『私の家系』。セキの潔癖性については、「肛門性格をめぐって」(本書P327〜) を参照)。

春琴は四人の子供を産み捨てたことになっているが、セキも、産んだ子供の内、得三・伊勢・末の三人を里子に出し、そのまま養子にやったし、終平も里子に出そうとしたが、事情あって取り止めにした (『親父の話』・『東京をもふ』・終平『懐かしき人々』)。

さらに、セキについては、死の直前に顔が丹毒で腫れ上がり、見るも無惨な有様になったことが、春琴の顔の火傷に再現されていると見るべきである (詳しくは④「セキの死の否認と谷崎の愛の修復力の神話化 (口唇期)」で述べる)。

以上の諸点から、春琴の「虚像」が、谷崎の母・セキを理想化して「良い母親イメージ」へと高めたものであることは、ほぼ確認できるだろう。

しかし、谷崎の場合、「良い母親イメージ」と言っても、健全な発達を遂げた人にとっての場合とは違った特徴がいろいろと含まれているので、この点を先ず明らかにする必要がある。そこで、以下、①「過度の理想化と同一化」②「インセスト的傾向と罰の乗り超え」③「分離不安の克服と母子一体的関係の実現」④「セキの死の否認と谷崎の愛の修復力の神話化」⑤「幸福の永続化」に分けて、谷崎の母に対する心理の特徴と『春琴抄』へのその現われを考察する事にしよう。

なお、①の理想化と②のインセスト的傾向は、主にエディプス期以降の心的構造に関わり、③の分離不安と母子一体的関係、および④の死の否認と愛の修復力、および⑤の幸福の永続化は、主に口唇期に関わるものである。

①過度の理想化と同一化（エディプス期以降）

通常、小児が母子分離を果たす時の「良い母親イメージ」とは、程々に優しく、時には怒る、ごく普通のお母さんというに過ぎない。しかし、谷崎の場合は、母に捨てられるという不安と、それに伴う死の恐怖が強過ぎたため、過度に理想化された「異常に良い母親イメージ」でなければ満足できなくなってしまった。クラインが「羨望と感謝」などで述べているように、過度の理想化をもたらすのは、愛する能力の強さではなく、「悪い乳房」に迫害されるという恐怖の強さなのである。根源が恐怖である事は、谷崎の理想女性またはその分身が、しばしば死や破滅をもたらす恐ろしい存在となる事の一因である。また、③「分離不安の克服と母子一体的関係の実現（口唇期）」で後述するように、佐助が春琴を完全に専有しなければならないのも、根源に恐怖があるからなのである。

クラインはまた、「羨望と感謝」などで、対象の過度の理想化には、羨望と破壊衝動から対象を守るという意味もある事を指摘している。潤一郎が女性を過度に理想化しようとする背景には、母の乳房に対して抱いた破壊衝動、また、谷崎自身が美しい女性になりたいという羨望から、相手の女性を守るという意味もあったに違いない。谷崎は、理想化した女性に対して、献身的に尽くそうとする傾向が強いが、精神分析学によれば、一般に過度の献身は、「反動形成」（或る衝動を打ち消すために、正反対の傾向を強めること）であって、相手に対して無意識の裡に抱いている憎悪・攻撃心を打ち消そうとする防衛メカニズムであると言われる。谷崎文学に、女性に対する羨望や破壊衝動が、時折、顔を覗かせるのはその為であろう。佐助の春琴に対する献身についても、その最も奥底には、羨望と破壊衝動が隠されていると見て良い（ただし、これは、佐助が春琴の顔を実際に破壊した犯人であるということでは全くない）。

谷崎はまた、乳児期の母子一体的関係に固着する余り、そこへ割って入ろうとする父を排除し、普通の男の子とは違って、母を理想像として成長した。この事は、父のファルロスを否認し、母にファルロスを与えようとする傾向と、母を理想の自己像（自我理想）として同一化しようとする傾向を生んだ。

こうして、谷崎の「異常に良い母親イメージ」には、強く＝ファルロス的で、若くて完全な美女で、しかも決して潤一郎を捨てない（出来れば不死の）存在という条件が付けられ、谷崎はその「異常に良い母親イメージ」に同一化することで、ファルロスと永遠の美と若さと幼児的万能感を獲得しようとすることになった。

また、潤一郎は現実の母・セキには冷たくされたと感じていた。幼い子供は一般に、親の方が悪くても、「悪いのは自分の方で、親は正しい」と考えることで、親の良いイメージを守ろうとするものなので、潤一郎の「異常に良い母親イメージ」には、冷たく、恐ろしいという条件が付け加わる場合が多く、自己の理想像であるにも関わらず、対等の関係になったり親しい打ち解けた関係にはならず、距離を置いて遠くから崇拝するという傾向も生んだ（この点については、インセストに対する恐怖感も関係する）。以上の諸点は、谷崎文学に一貫する特徴であり、谷崎文学が（民主的フェミニズム的な理想に基づくものであれ、封建的ファルロス的理想に基づくものであれ）通常の恋愛小説と本質的に異なる所以でもある。

一般的な心理として、「自我理想」には、自己愛的リビドーおよび万能感が大量に振り向けられる。その結果、自分自身はひどく無価値な存在になったように感じられるが、それが少しも苦痛にならない。それは、いやが上にも理想化した「自我理想」と心理的に同一化する事で、一旦そこに注ぎ込んだ自己愛および万能感を回収しているからである。この操作は、差し引きでは、自分の万能感を幻想において高めることになる。何故なら、通常の自己認識は、現実との客観的な摩擦のため、幻想的に昂揚することを阻止されるが、イメージに過ぎない「自我理想」は、現実と接触させずにどんどん高める事が出来るからである。大恋愛をしたり誰かの熱狂的なファンになると、心理的にハイになるのはその為である。

通常こうした心理は青年期に現われ、憧れの人（初恋の相手や同性の理想の先輩、スターや偉人など）を自分より優れた理想の存在として崇拝するが、中年になると次第にこういう事はなくなって行く。しかし、谷崎の場合は、この傾向が終生変わらず、最晩年にも千萬子を崇拝したことは、周知の事実である。

ただし、日本回帰の頃には、自分についても理想女性（異常に良い母親イメージ）についても弱さを受け容れられるようになりつつあって、それが日本回帰を可能にしたと考えられる。

しかし、松子との恋愛が昂進するにつれて、谷崎は心理的にハイになり、『恋愛及び色情』（昭和六）あたりから理想女性に強いファルロスを与える方向に揺り戻しが見られ、書簡などから見ると、大体昭和七年秋から『春琴抄』前後に掛けて、それが最高潮に達したようである（注12）。

その結果、この頃、谷崎は松子を若く美しく強い「自我理想」として、また冷たく恐ろしい所もある御主人様・御寮人様として、熱烈に崇拝するようになった（昭和七年十月七日付け松子宛書簡には、恐ろしい御主人様としての松子が現われている）。

また、同一化傾向も示し、例えば潤一郎は、すべてにわたって松子の生まれ育った関西に同化しようとし、食事も《大阪風になつて東京流は不味いもの、田舎臭いものとして卑しめ》（『雪後庵夜話』）、東京の友人は遠ざけ、父から受け継いだ谷崎姓を捨て、松子の森田姓を名乗ろうとし（「国民新聞」昭和九・十二・二十六記事）、家紋も森田家の唐花の家紋を使用し、後には佐助同様、家の宗旨であった日蓮宗を捨て、森田家の浄土宗に改宗し、松子と一緒のお墓に入った。

また、自分のファルロスを「自我理想」である松子に全面的に移譲し、佐助のように下男として松子に仕え、『盲目物語』の弥市と似た「順市」を名乗り、髪も短く坊主頭のようにし（これも去勢の象徴である）、また自分が優れた小説を書けるのはすべて松子の御蔭として（特に昭和七年秋の一連の松子宛書簡）、松子に依存する（倚る）事を意味する「倚松庵」を号とした。

もともと潤一郎は、芸術的天才を最大の拠り所とし、ファルロスとして、凡庸な父・倉五郎のファルロスを否認する傾向が強かったのだが、この当時の谷崎は、それさえも松子に与え、松子を母以上の母、父以上の父に祭り上げたのである。

この様な時期に書かれた為、『春琴抄』では、春琴にファルロスを与えようとする傾向が殊の外強くなっている（一方で、極端な去勢（失明と顔の破壊）もあるが、それについては本項末尾で論じる事にする）。

例えば、文章について、同じく松子を念頭に置いて書かれた『盲目物語』（昭和六）『蘆刈』（昭和七）と比較して見ると、『盲目物語』『蘆刈』は柔らかな和文調で、また、肉声を感じさせる易しい口語的な文体で書かれている。文字はひらがな中心であり、『蘆刈』の場合は、題の「あしかり」も訓読みで女性的、非ファルロス的である。ヒロインの名も、お遊さんのユウは、優雅・裕福に通じる優しく柔らかい音を持つし、お市の方も訓読みである。また、『蘆刈』は『大和物語』や『増鏡』などの女性的王朝風物語に言及し、『盲目物語』も物語伝統を意識して「物語」と銘打っている。

ところが『春琴抄』では、「鵙屋春琴伝」は言わば公式の文書を装ったもので、内容的にも真実より体面にこだわり、春琴を美化・讃美する傾向が著しく、文章的には漢文調擬古文体を採用している。恐らく漢文的要素は、それ自体が権威に結び付くファルロス的なものとして、ファルロス的な春琴像を強調するために採用されたものであろう。

また、語り手は、「鵙屋春琴伝」に比べると、美化を排してありのままの事実を受け容れようとする素振りを故意に示してはいるものの、実際には、内容的にも「鵙屋春琴伝」を結局は支持・補足するものであり、文体的にも、「鵙屋春琴伝」に比べれば口語的であるが、しばしば「〇〇曰く」「されば」「蓋し」「畢竟」などと漢文調の措辞を交え、適宜、助詞を省き、漢文的・ファルロス的要素が強い。

　文字も漢字中心であり、題の『春琴抄』も、ヒロインの春琴も、ともに音読みである。シュンの音は《俊敏》（六）・《峻烈》（十・二十）・《峻拒》（十二）などに結び付き、キンは、鶯の《コンと云ふ金属性の美しい余韻》（十六）に通じると共に、禁止などを連想させ、ファルロス的な印象がある（ただし、春と琴の意味内容は、美しく優しい女人を連想させ、春琴のもう一つの面を表わしている）。また、『春琴抄』という題名は、恐らく『「鵙屋春琴伝」抄』を縮めた言い方で、権威ある漢籍や仏典に対して注解を施す「抄物（しょうもの）」の伝統を踏まえている（後の『聞書抄』も、『「安積（あさか）源太夫聞書」抄』の意味であることは明白であろう）。

　また、漢文的要素は、『春琴抄』で重要な役割を果たす古風な仏教的な要素とも調和する。実際に、『春琴抄』の中でも、特に芸術や宗教や春琴の尊厳に関わる所で、漢文的措辞は多く用いられている。一方、春琴のありのままの姿や弱さを表現するような所では、話し言葉的な文体を用いて、それぞれに効果を上げている。特に第十一節で、現実の春琴の大阪弁《わてほんまに教せてやってるねんで、遊びごッちやないねん》云々を写した後、「鵙屋春琴伝」の文章《汝等妾を少女と侮り敢て芸道の神聖を冒さんとするや》云々と対比する所は、秀逸である。

　ヒロインの造型も、『盲目物語』のお市の方は《真如の月のかげ》、『蘆刈』のお遊さんは菩薩・いにしえの遊女（および暗に河面に映る満月）と重ねられ、宗教的な崇拝もあり、高貴な女性とされているが、現実と戦うような強さはなく、ともに周りの状況に流され、不幸になって行く弱い存在と言えるのに対して、春琴はファルロス志向が強く、自分の意志に従って生き抜き、敵を沢山作るような激しい性格にされている。この様に、同じ松子をモデルにして近い時期に書かれながら、両者は極めて対照的なのである（ただし、松子にはかなり演技力があり、両面を演じ分ける事が出来たようで、谷崎もそのことを含めて松子を評価していたと推測される）。

さて、春琴の造型を谷崎の「異常に良い母親イメージ」との関連で見て行くと、先ず春琴の美貌については、第二節以下に繰り返し語られている。また、衰えない若さについては、第二十節に、火傷事件直前の《当時三十七歳の春琴は実際よりも慥に十は若く見え》たとある（春琴自害論者は、春琴は美貌の衰えを気にしていたと、何の根拠もなく主張するのであるが）。春琴が子を産み捨て育てないことにも、春琴（および佐助）が子供っぽく若くあり続ける事を可能にする意味があろう。こうした若さの強調は、『盲目物語』『細雪』などにも見られるが、『春琴抄』の場合は、⑤「幸福の永続化（口唇期）」の（ア）「佐助の失明と目からの体内化」で後述するように、佐助の失明によって、春琴は永遠に美しい不死の存在と化す。

次に、冷たく恐ろしい母の理想化という側面であるが、『春琴抄』では、火傷以前の春琴の暴君性、殊にも春琴が稽古の際、怖い母のように佐助を折檻し、佐助が幼児のように泣くこと（九・十一）や、潔癖性・ナルチシズム（十四）・冷え症（十五）の冷たいイメージや、佐助が春琴の《笑ふ顔を見るのが厭であつた》（五）こと、《特別な意地悪さを甘えられてゐるやうに取り、一種の恩寵の如くに解した》（六）こと、などに現われていると言える。

また、（三）「春琴の「実像」の物語と谷崎自身の心の遍歴」でも述べたように、顔と乳房・目と乳首は同一視される場合があるので、失明した春琴は、赤子の潤一郎によって乳首を攻撃されたために授乳しなくなった冷たい乳房としてのセキを表わすとも考えられる。

春琴が生まれた子供をすべて捨て去ることも、冷たい母の理想化という側面を持とう。子捨てにはまた別の意味もあり、精神分析学によれば、普通の女性は、自分に欠けているファルロスを、夫（≒父の代理）の子供という形で手に入れようとするが、既にファルロスを完備している春琴は、子供など必要としないということでもあろう（その他の意味については、②「インセスト的傾向と罰の乗り超え（エディプス期以降）」で述べる）。

ただし、『春琴抄』では、火傷事件後、春琴は心を入れ替え、優しい母に変貌する事になっている。これは、谷崎の幼少期の問題が、部分的に解決されつつあることを示すものであろう。

次に、「自我理想」という側面から見てみると、佐助は谷崎同様、「自我理想」として春琴を《崇拝》（五）し、《九天の高さに持ち上げ百歩も二百歩も謙つて》（七）ファルロスを与えようとする傾向が強い。

『春琴抄』では、春琴自身にファルロス回復の欲望が強いことを既に見たが、佐助もそれを望み、実質的に佐助が書いた「鵙屋春琴伝」では、春琴は幼少時代《読み書きの道》でも《二人の兄をさへ凌駕したりき》（二）とか、《舞妓も及ばぬ》舞の才能があったとか、三味線の《天才》（二十六）とか、《春琴を見ること神の如くで》（二）、誇張した褒め方をしている。

また、父による去勢の象徴である失明に対しては、失明しても春琴の《容貌に何一つ不足なもの》（五）はなかった、と去勢を否認し、後々まで《佐助は自分の春琴に対する愛が同情や憐憫から生じたといふ風に云はれることを何よりも厭ひ》《眼明きの方がみじめ》《わしたちの方が片羽》とまで言い募った。(注13)

また、春琴が《勝気》（二十三）で、佐助を折檻するのに対し、佐助が《寔に意気地なくひいくと声を挙げ》（十一）たことや、春琴の妊娠に際しての二人の対照的な態度（十二）もまた、ファルロスが佐助から春琴に移されていることを強調するエピソードと言える。「佐助」という命名も、佐・助とも補佐・補助を意味する漢字であり、ファルロスを春琴に捧げる存在を暗示している。表題に春琴の名のみが出、佐助の名が出ないことも、一つにはこの事と関連する（他の意味については、（五）③（イ）「欲望の隠蔽・朧化、または準備工作」で述べる）。

佐助はまた、《何かにつけて彼女に同化しようと》（七）したと書かれている通り、谷崎同様「自我理想」としての春琴に激しく同一化し、同時に父なるものを排斥して行く。

例えば、佐助は《彼女の好むところのものを己れも好むやうになり》、春琴同様、三味線の練習を始め、遂には本来「自我理想」とすべき父の跡を継ぐことを放擲し、春琴を師とし手本として、音曲の世界に身を投じてしまう。また、押入の中で稽古するなど、盲目の春琴と《同じ暗黒世界に身を置くこと》を喜びとし、後には、春琴同様、失明し、《此れで漸うお師匠様と同じ世界に住むことが出来た》（二十三）と喜ぶ（なお、この失明＝去勢には、潤一郎が母・セキと同一化しようとして抱いた女性化願望の実現という意味もある。『春琴抄』には特に記述はないが、当時の検校は頭を剃っており、佐助についても、恐らく失明後、剃髪したことが想像され、これも去勢の象徴となる）。

宗旨も父祖代々の日蓮宗を捨て、春琴と同じ浄土宗に改宗し、墓所も春琴の隣に設け（一）、死ぬ時には、春琴と同じ月の同じ日（十月十四日）に死ぬ（二十七）、という徹底ぶりである。この最後の点については、現実の話としては出来過ぎで不自然だが、昔の話であることと、作品に漂う宗教的な雰囲気の影響で、違和感なく受け容れさせられる。

また、谷崎が自分の芸術を松子の御蔭としたがったように、『春琴抄』でも、佐助は春琴の手曳きになった御蔭で初めて音曲への耳が開かれ（七）、また、佐助が三味線を稽古していたことが露顕した際にも、春琴が佐助の才能を見出し、弟子とした結果、遂に佐助は《一介の薬種商として平凡に世を終》わるはずの所を、《一流の大家に》までなれたとされ、佐助のファルロスとも言うべき音曲の力も、すべて春琴から与えられた贈り物であるとされている。佐助自身も《自分の技は（中略）全くお師匠様の啓発に依つて此処まで来たのであるといつてゐた》（注14）。

クリス（Kris）が『芸術の精神分析的研究』（岩崎学術出版社）で指摘しているように、この様な芸術的才能発見の物語は、フロイトが「家族小説（family romance）」と呼んだものの一種で、現実の父を拒否し、理想の父と／または母（潤一郎の場合は松子）と同一化しようとするエディプス的な願望の現われである。この事が佐助が親元を離れていた時に起きているのも、実父に対する拒否を暗に表わすものと言える。

潤一郎が松子の御蔭を意味する「倚松庵」を号とし、春琴が春松を父以上の父として一字を貰い受けたように、佐助も春琴を父とし母とし、一字を貰って「琴台」（二十五）を芸名とした。(注15)「台」は春琴を下から支える意味であること、言うまでもない。佐助は春松検校の弟子でもあったが、春松からは一字も貰わなかったことにも注意を払うべきであろう。

一般に芸人の系譜関係では、父を中心とする血縁的家系的秩序は重んじられず、才能あるものを跡継ぎにする。その事も、父を排斥する谷崎が、『芸談』などで芸人に親近感を示し、『春琴抄』で芸人たちを主人公に選ぶ一因となっていよう。

最後にストーリーとの関連で言うと、春琴のファルロスは、特に『春琴抄』の前半では、春琴の美貌・天才・自己中心的でナルチスティックな強烈な性格などを通して表現されている。この段階では、佐助は弱虫・泣き虫であり、春琴に引きずられる常識的な努力家に過ぎないことによって、春琴と強い対照をなし、良い引き立て役になっている。

しかし、春琴が火傷事件でそのファルロス（語り手の言葉では《増上慢》（二十六））を打ち砕かれ、父なるもの（語り手の言葉では《天》）によって去勢されてしまうと、それまで春琴の蔭に控えていた佐助が、一躍主人公の位置に躍り出、バランスを回復する。そして、自ら失明することによって去勢の現実を頭から否認し、また去勢のために女らしく《大分気が折れて来た》春琴に対して、何としても《過去の驕慢な》即ちファルロス的な態度を取り戻させようと、《前よりも一層己れを卑下し》《自信を取り戻》させようとする。

また、④「セキの死の否認と谷崎の愛の修復力の神話化（口唇期）」と⑤「幸福の永続化（口唇期）」で述べるように、佐助の愛の修復力が神話的万能的に機能し、春琴の美貌は佐助の心の中で直ちに修復された上に、さらに理想的な美女・イデア・仏・太陽などへと高められて行く。その事によって、佐助自身も、妄想的な幸福感・万能感に酔い痴れるのである。

このように、『春琴抄』では、現実側からの攻撃に対して、佐助が春琴のファルロスを守り抜き、一層強力なものにして行くことが、ストーリーの中心ともなっているのである。

②インセスト的傾向と罰の乗り超え（エディプス期以降）

谷崎に母に対するインセスト的な欲望があったことについては、これまでにも何度か論じたことがあるので、ここでは省略する（「谷崎潤一郎とエディプス・コンプレックス」（本書P149～）を参照されたい）。

佐助にインセスト的な欲望があったことは、『春琴抄』には、明瞭には書かれていない。しかし、佐助と春琴の間には、主従の身分差と、目明きと盲人の差という形で、超えられない、或いは超えてはならない一線が予め引かれており、その事によって、春琴は佐助にとって性の対象とすることを禁じられた母であることが暗示されていると考えられる。（注16）

また、火傷事件によって春琴の気持が変わった後でも、佐助が春琴を入籍せず、墓に至るまで主従の身分差＝超えてはならない一線を維持しようと努めたのも、一つにはインセスト・タブーのためであり、また谷崎にとって理想の女性＝母は、息子である自分と対等になってはならず、自分より上位の存在でなければならないからだと考えられる。（注17）

また、二人の間に出来た四人の子供たちをすべて養子にやったのも、一つには、春琴が佐助の子を生んで育てれば、もはや春琴を佐助の母として見ることが出来なくなってしまうからであろう。この心理は谷崎にもあり、千代子との場合も子供を作るつもりはなかったし、妊娠した松子に中絶を強要したことについては、『雪後庵夜話』で、《私の子の母と云ふものになつたM子（＝松子）を考へると、彼女の周囲に揺曳してゐた詩や夢が名残りなく消え去つてしまふのを感じた》ことを理由の一つとして挙げている。

子を成し得ないことは、去勢の代わりとも考えられ、夏目漱石の『門』『こゝろ』などでは天罰として意味付けられており、春琴・佐助が子を成しつつ捨てたことには、インセスト的な罪に対する罪悪感と肯定的主張の両義的な含意が考えられる。

また、捨てられる子供たちは、谷崎の欲望においては母の愛を争うエディプス的ライヴァルとしての兄弟であり、それを四人も捨てたということは、母なる春琴（＝松子）がそれだけ佐助（＝潤一郎）を大事に思っていたという証拠であり、また、それだけ母子一体的関係を守ろうとする欲望が二人に強かったということでもあろう。(注18)

以上に加えて、この物語では二人の失明が極めて重要な位置を占めているのだが、失明はインセストの罰としての去勢を象徴する可能性が極めて高い。そもそもエディプス・コンプレックスの命名の由来となった「オイディプス王」の物語でも、オイディプスは父を殺して母と結婚した自分を罰するために、自ら目を潰している（眼球は睾丸と同一視される場合があるとも言われる）。『聞書抄』の順慶が、愛してはならない一の台の局を見まいとして目を潰したのに、失明後は《良心の制裁》がなくなって、却ってよく見えるようになってしまうのも、罰を受けた為に却ってインセスト的欲望の歯止めがなくなったという事であろう。

この時期、谷崎は『盲目物語』でも、松子をモデルとしたお市の方を、盲人・弥市にとっての禁じられた、かつ不可視の理想女性としていたし、同じく松子をモデルとした『蘆刈』のお遊さんも、慎之助にとって禁じられた、かつ顔が《うすものを一枚かぶつたやうにぼやけてゐて》はっきり見ることが出来ない存在としていたし、『顔世』では、顔世の顔を最後まで観客に見せないようにした。『春琴抄』でも、読者に対して、春琴の《風貌を想見する》（二）には、唯一枚の《朦朧たる》写真をたよるしかないとして、はっきり見えない存在としたのは、ヒロインを禁じられた母として提示するためであったろう。

してみれば、佐助が春琴と肉体関係を持てるのは、春琴がインセストの罰としての失明を予め引き受けていたからだと考えられる。勿論この場合、誘惑したのは春琴の方であり、だからこそ罰も春琴が予め引き受けたのである。日本回帰以前の谷崎の作品では、インセスト的な関係は、悪女が主人公を誘惑したために生じたとすることで、主人公の良心の苛責を軽減する場合が多かった。火傷以前の春琴が、佐助にとってはともかく、客観的には悪女として設定されているのも、一つにはその為であろう。

しかし、それなら謎の犯人が春琴を襲うのは何故なのか。これは、春琴の「実像」のレベルで考えるならば、羨望や恨みを受けるような春琴の言動のせい（春琴自ら招いたこと）であるが、インセストの局面、つまり谷崎にとっての無意識的な欲望の意味のレベルで考えるならば、本来、佐助（＝潤一郎）も負うべき責任を、春琴にのみ負わせていた状況に対する罰と考えられる。犯人の攻撃目標が春琴よりも実は佐助だった可能性を語り手が述べている（二十一）のも、その為であろう。佐助が《お師匠様を苦しめて自分が無事でをりましては何としても心が済まず罰が当たつてくれたらよいと存じ》（二十四）云々と語るのは、少なくとも谷崎の無意識的な欲望の意味のレベルでは、満更嘘ではなかったのである（なおここには、松子に貧しい生活をさせているという当時の谷崎の自己苛責と、その根源にある母の乳房を自分は損なったという幼児期以来の罪悪感も投影されていると考えられる）。

『卍』『蘆刈』や後年の『夢の浮橋』などでは、不倫な性関係に対して、世間の悪い噂が、言わば父なるファルロスの代理人として、関係を阻止しにやって来た。『春琴抄』の謎の犯人も、それが誰であろうと、機能的にはエディプス・コンプレックスにおける父なるファルロスの代理人であろう。犯人の動機が、春琴あるいは佐助に対する羨望と推定されるのも、母を専有する父に向けた息子のエディプス的羨望が投影されるからである。

火傷事件を受けて、佐助が自らの目を潰すことは、男根期的な無意識の欲望の次元では、本来佐助が受けるべきであったインセストの罰が、遅ればせながら実行されたことを意味する。だから、一旦春琴の顔に加えられた破壊攻撃は、本来それを向けられるべきであった佐助によって、今、失明という形で受けとめられた以上、すぐにも取り消されるべきはずのものである。佐助が《私さへ目しひになりましたらお師匠様の御災難は無かつたのも同然》と言う時、それは、春琴の美貌が現実に元通りになるという意味ではないが、谷崎の欲望の次元では、《無かつたのも同然》ではなく、実際に災難が取り消されることを意味していた、と理解すべきであろう。

実際、春琴の顔は、失明した佐助の心の中で、直ちに元通りになる。また、失明後の佐助は、以前は《肉体の交渉はありながら》（二十三）《生理的必要品》（十三）と見なされ、心は離れ離れであった春琴と、初めて心から一つになれる。これも、佐助が罪を償った結果であろう。

こうして二人のインセストは完全に許され、いかなる良心の呵責もなく、極楽のような幸福感に酔い痴れることが出来るようになる。ただし、もはや子供は生まれず（生まれたのは、三十七歳で火傷を負う以前の比較的若い頃のことと考えるべきであろう）、性関係も、母子一体のスキンシップ的なものへと無害化されている。

結局、佐助は、父なるファルロスの攻撃にもめげることなく、春琴とのインセスト的関係を貫き通したのである。それが谷崎自身の欲望の実現であったことは言うまでもない。

なお、『蘆刈』では、お遊さんの古曾部家、慎之助の芹橋家ともに微禄し、その事は二人のインセスト的関係に対する罰の一つとして解釈できる。その伝で考えると、『春琴抄』の鵙屋の没落も、春琴・佐助のインセスト的関係に対する罰と捉えられそうだが、そうではあるまい。『蘆刈』では、慎之助もお遊さんも不幸になるが、『春琴抄』では、春琴・佐助とも最終的には幸福になり、二人の関係は全面的に肯定されている。鵙屋の没落は、むしろ春琴の兄が仕送りを制限した事（十九）に対する罰であり、父なるファルロスの没落を表わすものと考えるべきであろう。春琴・佐助の墓が、鵙屋の墓より高い場所にあるのも、二人の幸福を没落した鵙屋＝父なるファルロスと対比する為と考えられる。

同時にまた、鵙屋が没落して《月々の仕送りも途絶えがちになつてゐ》《なければ何を好んで佐助は音曲を教えようぞ》（二十五）という一節があるように、そこには、没落する根津家・森田家から、潤一郎が松子を救い出し、《少しでも不便な思ひをさせまいと努め》た事実、また、いつも松子のそばにいたかったが、執筆して金を作らねばならないために、そうもいかなかった事実（例えば昭和九年十月五日付け松子宛書簡参照）が反映されてもいるのである。

③分離不安の克服と母子一体的関係の実現（口唇期）

谷崎は早期に母を喪失したと感じていたので、母の代わりを務める理想女性に対しても、再び失うことになるのではないかという不安感が強く、父・兄弟姉妹などのライヴァルや第三者を完全に排除して、二人だけの濃密な母子一体的関係を実現して安心を得ようとする傾向が殊に強かった。その為に谷崎が採る方法はいろいろあるが、その一つとして、理想女性にハンディーを与えたり、幼児化したりして、男性主人公が優位に立てるようにして不安を防衛することがしばしばあった（「谷崎潤一郎の母に対するアンビヴァレンツ」（四）④「捨てられ不安」（本書P42〜）を参照）。

丁度『春琴抄』執筆の頃には、千代子（昭和五）・丁未子（昭和七）との相次ぐ離婚が、母を喪失した記憶を呼び戻し、また理想的すぎる松子との結婚問題が、谷崎の捨てられ不安を掻き立てていたため、『春琴抄』では、春琴を松子同様強く理想化する一方で、ハンディーの与え方も極端に達し、春琴は失明させられ、美貌も破壊され、佐助に依存せずには生きられないまでにされているのである。[注19]

さらに、『春琴抄』ではこれに加えて、理想女性を自分の子供のように扱い、自分はその母親役となり、自己愛的リビドーは大部分理想女性に注ぎ込み、自分は卑下し、献身的に尽くしつつ、秘かに理想女性を自己と同一視して、注ぎ込んだ自己愛的リビドーを回収する、というもう一つの防衛方法も併せ用いられている。勿論、この様な方法を使えるのは、谷崎が母を理想とする女性的人格の持ち主だからである。[注20]

この方法には、幾つもの効果があるのだが、その第一は、自分が大人としての立場を取ることで、一応、幼児退行の欲望を克服できることである。しかし、同時に自分が理想女性の母親役となって献身的に尽くし、甘やかし、理想女性を幼児退行させることで（これは自己の幼児性の投影に当たる）、結果として、母子が入れ替わっただけの母子一体的な状況を作り上げ、幼児退行の欲望の方も秘かに満たすことが出来る。これが第二の効果である。しかも、第三の効果として、そこでは理想女性の方が幼児となり、母親役である自分に依存することになるので、分離不安を抑えることが出来る。また、第四の効果として、母子一体的関係まで退行することは、インセスト・タブーに対する安全弁ともなる。そして、第五の効果として、理想女性に、自分が幼児期に十分味わえなかった幼児的な快楽を与えることで、代理的な満足感を味わえることも大きかったと考えられる。『日本に於けるクリップン事件』に言われる通り、谷崎を含む《総べてのマゾヒストが》《浮気で、我が儘で、非常なる贅沢屋》の女を好み、甘やかすのは、そのためである。

一方、献身的に尽くす側は我慢に我慢を強いられる訳だが、我慢すればするほど（大便は溜め込むほど）快感が大きくなって戻ってくるという肛門期的な快楽がそこでは満たされる。(注21)

また、その他の効果としては、かつて冷淡な父母が暗に言った通り、自分が大便＝無価値で、父から去勢された無力な幼児であることを受け容れつつも、そういう自分を拒否しない理想女性を得るという喜びもあろう。そして、これは「妄想的・分裂的態勢」から「抑鬱的態勢」へ移行する際に必要な条件の一つ、自分が母に依存している無力な弱者であることを受け容れる事を可能にもする。

この方法は、せい子との実際の関係を発想の契機とし、『アヱ・マリア』（大正十二）『痴人の愛』（大正十三〜十四）『春琴抄』（昭和八）などに比較的強く現われている。(注22)

実生活でも、毎晩、丁未子をお風呂に入れて、足の先まで洗ったり（高木治江『谷崎家の思い出』）、松子に仕えて身の回りの世話を焼いたりした（松子『倚松庵の夢』）辺りに、そうした傾向が垣間見える。

日本回帰の直前直後にこれが用いられたのは、当時、谷崎に強かった天才・強者志向と強欲さや羨望を抑えるのに役立ったためであろう。そのメカニズムは、自分自身は無価値な存在に甘んじ、強欲（惜しみなく奪い取る）を抑え込み、反動形成して、反対物である献身（惜しみなく与える）に変える、というものである。

また、先に述べた我慢することの肛門期的な快楽は、『春琴抄』では、春琴への佐助の献身の他、「人形浄瑠璃の血まみれ修業」に出る芸人たちや《努力家》（七）佐助の芸への献身にも、うまく結び付けられている。春琴も芸人ではあるが、佐助と違って《天才肌》とする事で、《修行の苦しみといふものを知ら》（四）なかったことにし、口唇期的強欲さに徹するように設定したのは、巧みな処理と言えよう。

また、《学校ごツこ》（九）のエピソードは、サド・マゾヒズム的な幼児性欲が、そのまま音曲修行や師弟関係に変換・昇華される過程を、春琴については示すと同時に佐助については隠し、春琴についても、それは春松検校の真似に過ぎないと言い訳する見事な設定である。

昭和初年代の谷崎は、菊原琴治らの影響もあって、芸人の無欲謙虚な芸への献身に対する賞賛を『芸談』などで繰り返していたが、それは、芸人が芸に自己愛的リビドーのすべてを注ぎ込むことと、理想女性への献身とが、心理的なメカニズムにおいて同じだったからでもあろう。

かつては天才芸術家という形で守られてきた谷崎の幼児的万能感は、自らを芸人になぞらえることで、日本回帰のため、また「抑鬱的態勢」への成長のために一旦否定され、『春琴抄』においては、鈍根の努力家としての佐助にまで引きずり降ろされる。しかし、幼児的万能感は、天才肌の春琴に投影され、佐助はその春琴と一体化することで、自分自身の去勢も結局は取り消し、万能感も取り戻すという仕組みになっている。これを肛門性欲との関係で言うならば、『春琴抄』は、佐助という凡人が、一生をかけて我慢に我慢を重ねた結果、大きな勝利と幸福という巨大な大便を得る肛門性格的サクセス・ストーリーとも言えるだろう（この事は、『春琴抄』が、最終的にはむしろ佐助を主人公とする『佐助伝』となっている事とも関連する）。

　さて、『春琴抄』で、佐助が春琴の母としての役割を務めている面があることについては、既に（三）「春琴の「実像」」の物語と谷崎自身の心の遍歴」の所で、春琴の美貌が破壊される以前に、春琴が佐助を乳児の言いなりになる人格なき母として扱っていたこと、また春琴の火傷の際、佐助が失明を受け容れ、母子分離に必要な「良い母親イメージ」を提供したことを指摘して置いた。

　火傷以前の春琴には幼児性（＝悪女性）が目立ち、《飲食起臥入浴上厠》（十四）に至るまで佐助の世話になる所などは、殆ど赤子に近い。また、心理的にも、春琴は佐助や父母・使用人たちへの依存を否認し、乳児的な万能感・自己中心性にとどまり続けようとしていた。

　春琴の美貌が破壊された後も、この関係は、外見上は変わらない。しかし、春琴が母としての佐助に感謝できるように成長した結果、火傷後の春琴においては、もはや幼児の悪い面は払拭され、良い意味での幼児性だけになっている。

　例えば、以前、春琴は佐助に用をさせる時には、はっきり言わなくても分かることを要求していたが、それは全く自己中心的な我が儘でしかなかった。しかし、今や二人の間では、愛情豊かな母と良い赤子との間でのように（また愛し合う男女の間でのように）、言葉を使わなくても本当に心が通じ合うようになるのである。

　佐助が初めて春琴に自分が失明したことを伝える感動的な場面でも、佐助は《無言で相対し》（二十三）ているだけで、《唯感謝の一念より外何物もない春琴の胸の中を自づと会得することが出来》《心と心とが始めて犇と抱き合ひ一つに流れてゆくのを感じ》ることが出来たし、この場面の最後は、《佐助もう何も云やんなと》（二十四）言葉は不要であることを述べて、締め括られる。また、これ以後、佐助が春琴の世話をする時にも言葉は不要で、《云はず語らず細やかな愛情が交されてゐた》（二十五）とされる。

また、失明後の佐助は、春琴の肌触りの良さを特に強調するようになり、《眼が潰れると（中略）お師匠様の（中略）手足の柔かさ肌のつや〳〵しさ（中略）もほんたうによく分るやうになり眼あきの時分にこんなに迄と感じなかつたのがどうしてだらうかと不思議に思はれた》（二十六）と言うし、春琴の死後には《春琴の皮膚が世にも滑らかで》《踵の肉でさへ（中略）すべ〳〵して柔かであつた》（十五）ことを左右の人に誇ってやまない。語り手も、《視覚を失つた相愛の男女が触覚の世界を楽しむ程度は到底われ等の想像を許さぬものがあらう》（二十五）と言っている。これらは、春琴の肌が実際に滑らかだったことに加えて、科学的には、失った視覚を補うために他の感覚が研ぎ澄まされる生理現象として説明され得るだろうけれど、無意識的にはむしろ、佐助の失明後、二人の関係が、肌の滑らかな若い母と赤ん坊の理想的なスキンシップに近付いたことを意味するものとして理解すべきであろう。

写真の春琴の目鼻が、《一つ〳〵可愛い指で摘まみ上げたやうな小柄な今にも消えてなくなりさうな柔らかな》（二）ものであったとされ、体は小柄で、足は佐助の《手の上へ載る程》（十五）の小ささだったとされるのも、小児の顔立ち・体付きを思わせ、心を入れ替えた後の春琴の、良い子としての在り方を反映するものと考えられる（写真は火傷以前のもののはずではあるが、この点については⑤「幸福の永続化（口唇期）」の（ア）「佐助の失明と目からの体内化」で後述する）。

一方、《俄盲目》で《立ち居も儘なら》（二十四）ぬ佐助は、自身も赤子に戻ったと言える。従って、二人は互いに、同時に若い母でもあり赤ん坊でもあるような関係になったと見るべきであろう。だから、ここでは分離不安も、もはや完全に消え失せている。恐らくこうしたスキンシップと安心感は、幼少時代の谷崎には不充分にしか与えられておらず、それが長く谷崎の心の飢えとなっていたのであろう。(注23)

また、火傷の副次的効果として、春琴が外出できなくなり、《一室に垂れ籠めてのみ暮らすやうにな》（二十五）ったことに加えて、佐助も《出教授》に行かないようにした結果、二人は一日中、一つ屋根の下で過ごせるようになる。

ただ生計のため、弟子を教える間だけは別々の部屋に居なければならなかったが、たったそれだけの事でさえも二人にとっては苦痛であり、稽古の最中にも春琴はしばしば佐助を呼び、佐助も呼ばれると飛んで行った。こうして佐助は《唯二人（中略）蓮の台の上に住んでゐるやうな》（二十六）母子一体的関係の楽しみを極める。

そして、二人の死後には⑤「幸福の永続化（口唇期）」の（キ）「墓＝死の否認の完成」で述べるように）、二人は完全に自分たちだけの墓を築き、そこで片時もそばを離れることなく、永遠に二人だけの時間を楽しむことになる。こうして、いささか不健全なまでに自閉的な母子一体的関係が完成されるのである。

だが、この物語にはトリックがあり、本当を言うと、春琴の方の幸福はかなり割り引いて考えねばならないのである。何故なら、佐助の方は《お師匠様の御災難は無かつたのも同然》（二十四）と思えたし、内界の眼で美しい春琴を見ながら勝利感と幸福感に酔い痴れることも出来たであろうが、春琴の方は美貌の喪失を忘れられるはずもなかったからである。春琴が佐助に失明することを望んだのも、外出を断ち、誰にも会わず、弟子も教えず、《一室に垂れ籠めてのみ暮らすやうにな》（二十五）ったのも、てる女の前ですら《頭巾》を脱がなかったのも、自分の顔の恐ろしい醜さを決して忘れなかったからである。死の直前に雲雀を空へ放った時にも、人に見られぬ《中前栽》（二十七）からであって、かつてのように《物干台》（十七）からではなかった。

また、火傷後は人前に出られないため、天才演奏家としての道も完全に断たれ、弟子も育てられず、かと言って作曲家としてその名を知られた訳でもなく、《空しく埋れ果て》（十九）、五十八歳という若さで死んでしまう。もとより佐助が春琴の美貌を破壊した訳ではないが、佐助失明後の『春琴抄』に漂う幸福感と勝利感は、このような《現実の春琴》（二十六）を佐助が見ず、《観念の春琴》だけを見ることによって、初めて獲得されたものであることは、取り敢えず指摘して置かねばならない。

谷崎は、母なる理想女性を、決して自分を置いて逃げ出さない完全な専有物にしたがった。しかしそれは、相手の人格の独立を否定することに、結局は繋がる。事実、佐助は自分のイメージを損なわないために、火傷後の春琴に、《過去の驕慢な春琴》（二十六）であれという残酷かつ無理な要求を押し付けていた。

佐助は春琴をイメージとして（観念の春琴として）内界に所有しただけでなく（この点については⑤「幸福の永続化（口唇期）」の（ア）「佐助の失明と目からの体内化」で詳しく論じる）、結果的にではあるが、現実にも牢屋の中の囚人のように春琴を所有・支配し、火傷後の現実の春琴を、かつての春琴を演じる人形と化すことに成功したとも言える。

フロイトの「快感原則の彼岸」に、生後十八ヶ月の男の子が、母に置き去りにされるという苦痛な体験を克服するために、母を象徴する糸巻きを投げ捨てては取り戻す「Fort／Da（いない／いた）」遊びを繰り返すことで、自分を母に支配される対象から、母を支配する主体に変えたという事例が引かれている。[注24] 谷崎もまた、その幼児のように、かつて母に置き去りにされた苦痛な体験を克服するために、数え年四十八歳にして、佐助としての自分が、母を象徴する春琴を完全に支配・所有するという神話を作り上げたのである。そこには恐らく、自分を置き去りにしがちであったセキに対する報復も、幾分かは含まれていよう。だから、『春琴抄』を読んで最後に残るのは、佐助としての谷崎の万能感であって、春琴のそれでは決してないのである。

それを正当化する為に谷崎は、春琴の失明と顔の破壊が佐助以外の人間によってなされ、苦しんでいる春琴をむしろ佐助は熱烈な愛を以て救い支えたのだ、という言い訳を用意しており、それはそれで説得力を持つ。[注25] しかし、谷崎の無意識の欲望にまで遡って考えるならば、それは、かつて谷崎が千代子を所有しつつ、万能感によって軽視・虐待したことと、さほど大きく隔たるものではないのである（それだけ谷崎の分離不安が強かったからではあるが）。

ただし、佐助が見なかった暗い春琴を、作者・谷崎も見なかったのかと言えば、勿論それはそうではない。現に顔を人に見られまいとする春琴の行動を、谷崎ははっきり書いているのだから。

恐らく谷崎は、失明後の佐助の、現実を見ない事による妄想的な幸福によって、自分の欲望を十二分に実現しようとした。しかし、同時に現実もしっかりと書き込んで置かなければ、作品は安易な現実逃避に終わる。だから、佐助の見ない暗い春琴の現実を、さりげなく対置して置くことで、秘かにバランスを取ったのであろう。

④セキの死の否認と谷崎の愛の修復力の神話化（口唇期）

分離不安の強い谷崎は、母および自分の死についても、それを回避・否認したいという欲望が強かった。『春琴抄』の春琴の美貌の破壊と修復のエピソードは、実は深層においては、谷崎の母・セキの死の否認となっており、谷崎のこの欲望の実現になっていたと考えられる。

（四）「春琴の「虚像」の物語と谷崎の「異常に良い母親イメージ」」の初めに述べた通り、潤一郎の母・セキは、死の直前に顔が丹毒で腫れ上がり、黒い練り薬を塗られ、見るも無惨な有様になったことが『晩春日記』（大正六）等に記されている。

ところで、潤一郎はこの時、「丹毒はうつると怖いから母の看護に行かないのだ」と武林無想庵に言っていた（『むさうあん物語』四十巻）と言うし、『晩春日記』にも《むくつけく膿みたゞれたる顔を枕につけて、病床に喘ぎ悶ゆる母の姿は、想像するだに凄じく、身の毛の竦つやうに覚えて、蛎殻町の家を訪るゝに足すゝまず。》と書いている。そして、一時病状が軽快したのを見て、原稿を書きに伊香保へ出掛けた間に容態が急変し、母の死に目に会えなかった。これらは、潤一郎が母の死に罪悪感を抱く原因になったと思われる。

その証拠に、『晩春日記』にも、《こよひしも、母はいたましき病に悶え、妻は腫物に苦しむ児をいたはりつゝ、ありとも知らで、賭博に観劇に、ひねもす遊び暮しつる我こそは無情冷酷の人なるべけれ。》など、考ふるも神経衰弱の所業なりかし》《己のみかく安らかに夜を過すは、罪ふかき心地さへぞする》など罪悪感が現われている。『嘆きの門』

（大正七）では、前妻（モデルは千代子）の死に方をセキの死に方と似せて書き（ここには千代子とセキの同一視がある）、その葬儀の際に、《「あの奥様は旦那が殺したも同様だ」と云ふ路傍の人の悪評が（中略）夫の背中に浴びせられた。》と書いている。これは、セキを潤一郎が死なせたという罪悪感が現われたものだろう。また、『神と人との間』（大正十二〜十三）でも、添田（モデルは潤一郎自身）が、まるでセキの罰のように、腎臓炎のために顔が腫れ上がって死ぬことにしている。

春琴の顔の火傷は、このセキの死に様を再現しつつ、しかし春琴は生き延び、破壊された美貌も、少なくとも佐助の心の中では元通りに修復されることで、セキの死と潤一郎の罪を否認する谷崎の神話となったと考えられる。それは同時に、谷崎（＝佐助）の愛の力は死を乗り超えさせるという神話であり、また、松子（＝春琴）が死を乗り超えるという神話でもあったろう。

また、この時、谷崎の心の奥底では、口唇期的な母の乳房の破壊と修復というファンタジーも、同時に作動していたと考えられる。（三）「春琴の「実像」の物語と谷崎自身の心の遍歴」でも述べたように、精神分析学によれば、顔と乳房は同一視される場合がある。無惨な姿にされたセキ（および春琴）の顔は、谷崎自身が幼少期にセキの乳房に羨望に満ちた攻撃を向けたこと、その結果、セキ＝乳房が損なわれたこと、自分はそういう親不孝な悪人であり、だからこそ母に捨てられたのだ、という無意識の罪悪感を蘇らせる。日本回帰以前の谷崎がしばしば作中の主人公を悪人としていたのは、男根期のインセスト・タブーのせいでもあるが、口唇期のこうした罪悪感のせいでもあったと考えられる。佐助が春琴の遭難について自分の責任を言う（二十四）のも、こうした谷崎の悪人意識の投影という面があろう。

また、クラインの「分裂的機制についての覚書」（著作集4）・「羨望と感謝」（著作集5）などによれば、乳児は乳房に対する羨望から、排泄物や自分の悪い部分を母の乳房の中に突っ込もうとしたり、母を支配するために母の身体に侵入しようとしたりすると言う。これは、谷崎の場合、『少年』『柳湯の事件』『肉塊』などに見られる理想女性の顔（＝乳房）を汚そうとする攻撃や、『刺青』『人面疽』『鍵』『瘋癲老人日記』などに見られる男性主人公が悪を理想女性に注入して悪女化して行くという物語の形で現われている（セキの死以前であるが、『少年』の場合、《糞攻め》を受けても光子が顔を洗うと却って前より美しくなり、そのことが、理想の母＝女王となる資格とも解釈できる）。この観点から言えば、黒い練り薬を塗られたセキの顔と焼け爛れた春琴の顔は、潤一郎の肛門期的大便攻撃を受けたセキの乳房と無意識に同一視されていたと推定できるし、物語前半における春琴の性格の悪さも、潤一郎が自分の悪い部分を突っ込んだ結果と言える。

クラインによれば、幼児は母子分離を受け容れ、「抑鬱的態勢」へ移行する際に、母＝乳房を攻撃した事に対する罪悪感を抱き、自分の力で修復しようとする。しかし、母に愛されなかったと感じた乳児は、自分の愛情を悪いもの・無価値と感じてしまう。その為にこの修復がうまく出来るとは信じられなくなり、母子分離が困難になると言う。これは、谷崎が日本回帰以前に抱えていた大きな心理的問題の一つであった。

谷崎の日本回帰以前の作品で、男性主人公の愛が、概ねいつも悪女に向けられ、善良な女性を愛する場合も含めて、愛すれば愛するほど（『愛すればこそ』！）相手を損ない、ますます悪い結果を招くだけであったのも、谷崎が自分の愛を悪いものと感じていた為であろう。(注26)

しかし、日本回帰後の『春琴抄』では、谷崎は他のどんな作品でよりも力強く、自分の愛が良い力を持ちうることを主張しようとしている。

即ち、佐助のほの明るい視野に浮かぶ春琴の顔は、佐助の自己犠牲的な愛の力で魔術的に修復され、《二た月前迄の》《円満微妙な色白の顔》（二十三）に戻り、《仄白い円光》（二十四）を放つ。ここで用いられている《円満》と《円光》の二語は、口唇期的無意識においては、修復された丸い乳房を意味し、《色白》《仄白い》も乳房の色と言ってよい。

或いは、失明によって佐助は、言わば別世界へ新しく生まれ出たのであるから、ぼんやりとしか見えない春琴は、赤ん坊がこの世に生まれ出て最初に見る母の乳房と考えても良いだろう。

佐助はまた、事件後は《前よりも一層己れを卑下し奉公の誠を尽して》春琴が《昔の自信》（＝ファルコス）《を取り戻すやうに》（二十六）修復する。ここには、佐助が失明＝去勢によって切り離した自分のファルロスを、火傷で去勢された春琴に付け替えることによって、春琴のファルロス（＝《高慢の鼻》）を回復するという男根期的な幻想も含まれていよう（『刺青』でも、清吉は自らを犠牲（＝去勢）にして、娘に女郎蜘蛛の形のファルロスを与え、『痴人の愛』でも、譲治は自らを犠牲（＝去勢）にして、ナオミをおだてて自信＝ファルロスを持たせようとする）。そして二人は、前項で述べたような理想的な母子一体的関係を実現するのである。

こうした『春琴抄』のストーリーは、佐助の視点から要約するならば、春琴＝セキ＝母の乳房が、《諸人にすぐれてをられたばかりに一生のうちに二度までも》（三）佐助＝潤一郎ならぬ《人の嫉み》＝羨望によって破壊されたという責任転嫁の神話であり、同時に、破壊された乳房を、良い子である佐助＝潤一郎が、強い愛と自己犠牲的献身の力で完璧に修復したという神話でもある。そして、それは谷崎にとって、自分の愛がもはや悪いものではなくなったこと、かつて自分が傷付けたセキの乳房は修復でき、セキは死から蘇ったこと、その結果、谷崎の罪も帳消しになり、母に愛される良い子に生まれ変わったこと、を意味するものだったのである。（注27）

⑤幸福の永続化（口唇期）

春琴の美貌の破壊は、佐助の失明後の幻想において否認される。そして理想的な母子一体的関係が実現する。しかし、その幸福は、本来、永遠に続くものではない。一旦は乗り超えられたように見えた死が、やがて二人に襲いかかることは、人間には避けられない宿命だからである。

しかし、分離不安が強く、死を恐れてやまなかった谷崎は、春琴と佐助に不死性までも与え、二人の幸福を永遠のものにするという大それた野望を抱き、種々の策を弄して、少なくともイメージ的には成功を納めたのである。

以下、この為に谷崎が行なった策略の数々を一瞥して置こう。

（ア）佐助の失明と目からの体内化

佐助の失明には、これまで述べてきたような種々の意味があるのだが、二人の幸福を永続させるためにも、それが極めて重要な役割を果たすことになる。それは、イメージ的にではあるが、佐助が春琴を失うことを恐れる余り（即ち分離不安から）、言わば目から春琴をまる呑みにしてしまった（即ち母子一体化した）ということである。

これは、精神分析学的に言うと、口唇期における目からの「体内化（incorporation）」に当たる。「体内化」は、より発達した段階で用いられる「取り入れ（introjection）」や「同一化（identification）」の基になる心的メカニズムであるが、「取り入れ」や「同一化」が対象の抽象的な性質を心的に取り入れるだけなのに対して、「体内化」は、対象をその独立性を保ったまま体内に取り入れ、所有するという極めて原始的なファンタジーである。「体内化」は口以外にも、目や耳や皮膚（例えば抱き締め）などからもなされうる。特に乳児の場合、母と見つめ合うことは、愛情確認の中心的な手段の一つであるため、口唇期に母子関係に重い障害があると、「目からの体内化」＝母子一体化に固着し、窃視症になりやすいと言われている。（注28）

谷崎は窃視症とまでは言えないが、口唇期に母子関係に障害があった事が推測されるし、目を通して母なる理想女性と合体するというファンタジーは、比較的強く持っていた。例えば、禁じられた部屋に入る『少年』、『魔術師』、殺人現場を見る『白昼鬼語』『鶴唳』、首装束を見に行く『武州公秘話』、十五夜に月見の宴を開いているお遊さんを毎年覗き見しに行く『蘆刈』は、理想女性の「目からの体内化」と言えるし、入浴する理想女性を覗き見しようとする『白狐の湯』『乱菊物語』『顔世』『瘋癲老人日記』などは性倒錯としての窃視症である。また、妻や恋人の裸体を隅々まで完全に見尽くし記憶したいという欲望は、『熱風に吹かれて』『お才と巳之介』『永遠の偶像』『アヱ・マリア』『痴人の愛』『青塚氏の話』『鍵』のほか、《佐助の如きは春琴の肉体の巨細を知り悉して剰す所なきに至り》（十五）云々という『春琴抄』の一節にも、羨ましげに表わされている（谷崎文学が視覚的描写に優れているのも、こうした彼の性向と無関係ではあるまい）。

この他、ガラスに隔てられながら見る『人魚の嘆き』『天鵞絨の夢』、『肉塊』の中の人魚の映画、愛する女性を男性主人公がもの蔭からそっと見守るという『痴人の愛』『月の囁き』『少将滋幹の母』、『肉塊』の鉄公などのイメージもここに入れて好いだろう。逆に美しい女性のイメージを破壊するために、マイナスの映像を目に焼き付けようとする『少将滋幹の母』の平中・国経の不浄観的な試みも、ネガティヴな窃視症と言える。

また、理想女性に見守られながら死にたいという『白昼鬼語』『残虐記』（翻訳だが『画かんとする願望』（『ボードレール散文詩集』））や、首だけになって理想女性に見守られたいという『武州公秘話』は、逆に母の目から呑み込まれ、「体内化」されようとする例と考えられる（目からではないが、理想女性に顔を踏まれながら死ぬ『富美子の足』は、足からの「体内化」であり、『瘋癲老人日記』の墓の構想も、足を通じての合体願望と言えよう）。

谷崎の作中ではまた、男性主人公の好きな女性のタイプが、予めはっきりと脳裡に刻み込まれているとする設定がしばしば成されており（特に『金と銀』以降、『白昼鬼語』『アヱ・マリア』『肉塊』『青塚氏の話』など）、谷崎自身もそうであったことは、『佐藤春夫に与へて過去半生を語る書』から分かる。これは、谷崎が佐助同様、セキのイメージを目から「体内化」していたためと考えられるのである。

『春琴抄』の第二節で谷崎は、火傷事件の直前に写された春琴の写真なるものを読者に紹介するが、この写真は、佐助が春琴を「良い母親イメージ」として体内化する瞬間を記録したものと言って良いだろう。[注29] 春琴の顔の破壊は、佐助にとっては春琴の死＝母子分離に匹敵する事件であった。だから、その時、佐助は母子分離に耐えるために、《此の世で最後に見た》（二一）この写真とほぼ同じ春琴を、失明に先立って「良い母親イメージ」として目から呑み込み、確保したと考えられるのである。

この写真が朦朧としているのも、一つには、春琴のイメージが体内化され、佐助の専有物となり、作者にも読者にも手の届かない世界へと移行しつつあるからであろう（イデア論との絡みについては次の（イ）「イデア論」で述べる）。

また、この写真を撮った時の春琴は、まだ火傷以前の《驕慢な春琴》（二十六）だったはずなのに、それが《古い絵像の観世音》（二）のように慈悲を感じさせるとしたのは、合理的には、写真が古びて顔の線が柔らかく見えるようになったせいとも説明できるであろうけれども、理屈はともかく谷崎の意図としては、多少の無理を押してでも、読者の心の中にこの写真を、佐助にとっての慈悲深い「良い母親イメージ」の映像として刷り込みたかったからであるに違いない。

佐助が目を潰す場面の描写もまた、春琴の「目からの体内化」を具体的な行動の形で、読者に分かりやすく表現しようとしたものと考えられる。小道具として針が選ばれたのも、単に手に入りやすく、かつ黴菌が入りにくいというだけでなく、取り入れの方向性（外から中へ）と経路（目から脳へ）と、目の中へ異物（春琴）を呑み込むことの生々しい具体性を表現するために、針が最も効果的であるという事情もあったに違いない。

しかし、「体内化」は、母なる春琴の喪失を拒否し、完全に専有物と化すことにはなるが、それだけで取り入れた春琴が自動的に不死性を持つ訳ではない。そこで、失明のもう一つの効果が利用されることになる。それは、失明は、想像力によって現実を自由に変更することを可能にするという効果である。

佐助は最初、単に春琴の醜くなった顔を見ないために目を潰しただけなのであるが、想像力は死んでいないから、失明後は、想像の春琴を見るようになる。(注30)

健常者であれば、想像しただけのものと現実のものとをはっきり区別できるが、失明した佐助には現実が見えず、想像のイメージだけが見えるため、知らず識らず現実を無視して、願望通りの良いイメージを作り出し、見てしまうようになる。従って願望がそのまま現実になる。その為、佐助は自分の願望通りに春琴を理想化して行き、遂には不死の存在にまで変形してしまうのである。これが、死が現実に乗り超えられたかのような幻想を可能にするからくりである。(注31)

これが単純ながら意外に強力な説得力を持つのは、春琴を最初から熱烈に崇拝し、主人として仕えていた佐助のような男が失明した時、春琴を美化・理想化してしまうのは、心理的に極めて自然なことだからである。

谷崎には、ヒロインを神や仏になぞらえる作品が数多くあり、盲目の男性主人公の例も、これが初めてではない。しかし、『春琴抄』では、ヒロインの美貌が破壊されてしまうという他の作品にはない設定があり、他のどんな作品よりも、主人公に現実を否認せずにはいられない強い感情的動機がある。この事が、春琴が不死の存在にまで美化・理想化されることに、強い説得力を生じさせているのである。

逆に、谷崎は春琴にどうしても不死性を与えたかったからこそ、敢えてその顔を破壊し、それを失明した佐助の想像力で理想化させ、現実と混同させるというストーリーを案出したのだと言っても良い。

(イ)イデア論

しかし、死の乗り超えが佐助の幻想に過ぎないことが、余りに露わであれば、読者の嘲笑を買うだけに終わってしまうだろう。

そこで谷崎は、種々の方策を講じて読者を籠絡する。先に述べた春琴の写真もその一つで、写真にはもともと、その人物が今なお生き続けているような錯覚を生じさせる力がある。一方で、その写真が朦朧としていることは、幽霊やまぼろしのような死の世界の住人をイメージさせる。さらに、春琴の閉じた目に永遠不死の観音を感ずるとしたこと、しかもそれを佐助にではなく、客観的で信頼できるはずの語り手にさせていることが、読者に不死の春琴のイメージを刷り込むことになる。

しかし、これだけでは足りないので、さらに決定的な手段として導入されたのが、西洋において伝統と権威を保っているプラトンのイデア論である。(注32)

プラトンによれば、イデアの世界は、魂がそこから現実の世界に生まれ出、死後再び帰る永遠世界である。谷崎は、失明後の佐助が、客観的に実在する永遠のイデアの世界を実際に見るようになったとし、そこに春琴を住まわせることで、春琴の不死性にリアリティーを与えようとしたのである。

その為に谷崎は先ず、佐助は《外界の眼を失つた代りに内界の眼が開けた》（二十三）、《畢竟めしひの佐助は現実に眼を閉じ、永劫不変の観念境へ飛躍したのである》（二十六）などの言い方によって、失明後の佐助が実際にイデアの世界（＝観念境）を見るようになったか、或いはイデアの世界に到達したかのように描いて見せる。失明後の佐助の目に、春琴が《来迎仏の如く》（二十三）に見えたとしたのも、《此の世が極楽浄土にでもなつたやうに思はれ》（二十六）たとしたのも、一つには、佐助が永遠世界を見ているというイメージを補強するためである（なお、佐助が永遠のイデアの世界を見ている、或いはイデアの世界に自身も到達しているというイメージは、（キ）「墓＝死の否認の完成」で述べる佐助が春琴と共に不死性を獲得することを、イメージ的に支える支柱の一つともなっている）。

しかし、種を明かせば、この《内界》は永遠世界ではないし、そもそも客観的に空間として実在するものでさえない。それは誰もが持っている視覚的想像の次元に過ぎず、佐助の脳の中で作り上げられる虚の空間なのである。ただ、佐助が失明した結果、想像と現実の区別が付かなくなったことに加えて、《盲人の視野はほの明るいもの》（二十三）だと設定した効果で、めしいた眼にぼんやり写る世界が、空間的な広がりを持った客観的な永遠世界であるかのようにイメージされるだけなのである。(注33)

これはまた、先に説明した「目からの体内化」の傾向のもう一つの現われとも言え、佐助はイデアの世界を目から呑み込んで、体内に保持しているともイメージされる。

また、佐助の視野をほの明るいとしたことは、佐助の見ている永遠世界を、地獄的なものではなく良い世界とイメージさせ、イデアの世界と結び付けることにも役立っている。

また、具体的な外界の動きが見えない佐助の薄明の視野は、外界の時間の影響を殆ど受けなくなるため、時間が止まっている永遠の世界のように感じられることも、谷崎は計算に入れているであろう（『陰翳礼讃』の《書院の障子のしろ〴〵としたほの明るさ》に《悠久》を感じる場面に通じるものである）。

盲人にはまた、目だけ先に死んで、この世とは別の、死後の世界（または未来）を見ているというイメージがあることも、この結び付けに説得力を加えている。盲目の「いたこ」が死者の霊を呼び出すことが出来、ホメロスや琵琶法師たちが、盲人であるが故に失われた過去の英雄たちを見、語ることが出来たように、琵琶法師の遠い後継者である地唄の演奏家・佐助が、生きながら永遠のイデア世界を見ていても不思議はないという訳である。

また、第二節で、春琴の閉じた眼と仏菩薩の慈眼・慈悲をイメージ的に結び付けて置いたことは、失明すれば現世の煩悩・我執から解き放たれるというイメージを生み、佐助も失明によって、生臭い大人のセックスそのものからは浄められ、幼児性欲的な官能性や美的感受性は保持しつつも、霊化（spiritualize）され、イデアの世界に入ったという印象を助けるだろう。

谷崎はまた、春琴をまだ生きている内から佐助の見ているイデア世界に住まわせるために、イデア論の別の側面を利用している。

即ちプラトンによれば、イデアの世界にあるものは、完全無欠で永遠不滅であり、地上にあるものはすべて、イデアの不完全な写しに過ぎない。つまりすべてのものは、イデアの世界と現実の世界に二重に存在するのである。この御蔭で谷崎は、《現実の春琴》（二十六）がまだ生きている内から、完全で永遠な《観念の春琴》が、実際にイデアの世界に住んでいたとする事が出来たのである。

語り手は第二十七節で、《人は記憶を失はぬ限り故人を夢に見ることが出来るが生きてゐる相手を夢でのみ見てゐた佐助のやうな場合にはいつ死別れたともはつきりした時は指せないかも知れない》と述べている。これは、失明後の佐助が見ていたものが、春琴がまだ生きていた間も、既に《故人》の《記憶》に基づく《夢》のようなものであり、《観念の春琴》に他ならなかった事を言ったものである。

佐助は失明した際、《此れで漸うお師匠様と同じ世界に住むことが出来たと思》（二十三）うが、谷崎の設定では、この時彼が《内界の眼》で見たものは、既に言わば死後のイデア世界だった。だから、その時佐助が見た春琴は、死後のイデア世界から佐助の魂を迎えに来たという意味で《来迎仏の如く》であると同時に、既に《観念の春琴》でもあったはずである。それが、火傷で醜悪になった《現実の春琴》の顔ではなく、既に美しい完全な春琴になっていたのも、一つにはその為なのである。

イデア論は、先に取り上げた春琴の写真の説明にも、さりげなく取り入れられている。例えば、この写真は、佐助が《此の世で最後に見た》（二）春琴に近いものだったという言い方は、写真の春琴が、生（＝この世）と死（＝イデア世界）の境目で見られたものであることを暗示しようとしたものであろう。その春琴の目鼻が《今にも消えてなくなりさうな》のは、春琴が生きている内から、肉眼では見えないイデアの世界に溶け入ろうとしているというイメージを作り出すためであり、そこに《個性の閃めきがな》いのは、イデアはタイプであって個性ではないからであり、《古い絵像の観世音》を思わせるのは、イデアの春琴は、永遠不死の仏に近いからであり、それが《遠い昔の記憶の如くうすれてゐる》のは、春琴のイデア化が、《うすれ去る記憶を空想で補つて行く》という形で行なわれるからである。

また、この写真を撮った時の春琴は、まだ火傷以前の《驕慢な春琴》（二十六）だったはずなのに、それが《古い絵像の観世音》のように慈悲を感じさせるとしたのは、イデアの本質の上を、うつろいやすい不完全なメッキで覆った《現実の春琴》の背後から、時の風化を受けないその本質、イデアとしての春琴が浮かび上がって来たことを意味しているのであろう。

イデア論からすれば、写しに過ぎない《現実の春琴》が美貌を破壊され、或いは死んでも、本体としての《観念の春琴》は変わることなく、永遠に生き続ける。谷崎は、イデア論を利用することで、醜い《現実の春琴》を、破壊されることも死ぬこともあり得ない永遠不死で完全な美を体現した《観念の春琴》へとすり替えたのである。

谷崎がこの様にイデア論を利用しなければならなかったということは、裏を返せば、生身の春琴を、そのまま絶対的な聖なる存在・永遠不死の女性に仕立て上げることは、如何にしても無理があり、不可能だったということである。谷崎は結局、佐助が現実の春琴ではなく、イデアとしての想像の春琴を心の眼で見、崇拝することにしなければならなかった。

しかし谷崎は、同時に佐助をして、現実に手で触われる生身の春琴と心の目で見るイデアの春琴を混同・同一視させることによって、実質的には春琴の肉体を永遠不死のイデアの肉体にしてしまう。逆に、永遠のイデアとしての春琴に、肉体を与えてしまったと言っても良い。佐助が《現実の春琴を以て観念の春琴を喚び起す媒介とした》（二十六）とはそのことを指すのであるが、これは、谷崎の女性の肉体に対する激しい執着の現われである。恐らくそれは、谷崎にとって女性の肉体は、乳児だった潤一郎を死の恐怖から守ってくれたセキの肉体の象徴だったからであり、死の恐怖と分離不安を克服しようとする『春琴抄』においては、母の肉体もまた、不死・永遠でなければならなかったからである。

その事の別な現われとして、谷崎は、イデア論を導入して置きながら、春琴・佐助の魂を、死後、イデアの世界に昇天させてはいない。『春琴抄』における死後世界のイメージは、曖昧かつ分裂しているのだが、中心となるのは墓の場面であり、二人は死後、墓石を肉体として、この地上にとどまり続けていると見るべきなのである（この点については（キ）「墓＝死の否認の完成」で述べる）。

それはまた、谷崎がイデア論を本気で信じていなかったということでもある。谷崎は、（オ）「仏教」で取り上げる仏教のイメージと同様、単に便宜的にそれを利用しただけだったのである。

なお、発達心理学によれば、生後数ヶ月の間、赤子は視界から消えたものを、意識・思考の対象としない。しかし、生後九〜十ヶ月頃から、見えなくなったものが存在し続けるという「対象の永続性」の感覚が生まれ、心の中に対象のイメージを保つ能力が発達し始める。その結果、母が視野から消えても耐えられるようになり、後に（二、三歳頃）母子分離を可能にするマーラーの「対象恒常性」の前提条件となる（(二)①「クラインなどによる乳幼児の心理の素描」と注（1）参照）。また、直接知覚できない物事についての高度に抽象的な思考も、次第に可能になって行く。

プラトンのイデア論は、もともとこの「対象の永続性」を神話化し、思想化したものと言え、谷崎がイデア論に影響を受けた深層心理学的な理由の一つもここにあると推定できる。

【補説】 失明後の佐助が見た白い薄明の世界とレヴィンの「夢のスクリーン」説

西洋のイデア論では、イデアは曖昧模糊としたものではなく、極めて鮮明な輪郭を持つものとして考えられることが多い。谷崎がイデア論の影響を受けた作品でも、当初は、西洋的に鮮明に、そして色彩豊かに、理想の世界や理想女性を描いていた（一例として『金と銀』（第三章）で青野が《現実よりもはつきりと》見る《マアタンギイ》の幻や、『母を恋ふる記』の母の顔を挙げて置こう）。

しかし、日本回帰後になると、谷崎は、むしろ輪郭がはっきりしないもの、特に女性のほの白い顔に、強い執着を示すようになる。例えば、『蓼喰ふ蟲』のお福ちゃんと、作品末尾のお久の顔、『武州公秘話』（巻之四）の桔梗の方の顔、『蘆刈』のお遊さんの顔、『春琴抄』（二十三）末尾の仄白く浮かぶ来迎仏のような春琴の顔、『陰翳礼讃』の《闇の中に住む彼女たちに取つては、ほのじろい顔一つあれば、胴体は必要がなかつた》という一文、そして後年の『少将滋幹の母』末尾など。また、同じ時期に、谷崎が『吉野葛』で白い和紙に、『陰翳礼讃』で白い障子に、強い思い入れを示したことにも興味を惹かれる。

私には、佐助の失明後のイデア的世界が、ぼんやりとしたほの白い世界とされた事が、これらの事例と無関係とは思えない。

この問題を考える上で、参考になりそうなのは、B.D. Lewin の「夢のスクリーン」の理論である。レヴィンによると、「あらゆる夢は白い dream screen に映っている。スクリーンは、乳を飲んだ後、眠り込んだ子供が幻覚する母の乳房を象徴する。それは、眠りたいという欲望を満足させる。時に白い背景だけで視覚的内容を持たない夢が出現することがあるが、それはこのスクリーンのみが現われたものだ。」と言う（ラプランシュ／ポンタリス『精神分析学用語辞典』（みすず書房）など）。

また、C・ライクロフトは、「夢スクリーン研究」（『想像と現実』岩崎学術出版社）で、白いスクリーンだけの夢は、①おっぱいを飲んで母の胸で眠りたいという願望充足②母との対象関係を再建したいという試み③母の胸でこうむった欲求挫折に関連する不安を否認する防衛を表わすものとしている。

一方、谷崎の『夢の浮橋』では、主人公が母の乳を吸った想い出を、《懐ろの中は真つ暗だけれども、それでも乳房のあたりがぼんやりとほのじろく見える。》と言い、《生暖かい懐ろの中の甘いほの白い夢の世界（中略）母が亡くなつたと云ふことは、あの世界がなくなることであつたのか》と悲しみ、父が後妻を娶ると、《あの、ほの白い生暖かい夢の世界》が戻って来たと喜び、さらに成人後、義母の乳を吸った事から、《懐しい夢の世界》にとらわれて、疑似的な母子相姦に陥る。

この例からも、少なくとも谷崎にとっては、輪郭の定かでないほの白さは、乳児の視野一杯に広がった母の胸の残像と解釈して良かろう。そこに乳房と顔の同一視が働くと、ぼんやりしたほの白い顔のヒロインになり、夢のスクリーンとしてそれが働くと、失明後の佐助が見た白い薄明の世界や、『吉野葛』『陰翳礼讃』の白い和紙の世界になるのではないか（ちなみにフロイトは、『精神分析入門』第十講「夢の象徴的表現」で、紙を女性象徴としている）。失明後の佐助と春琴の世界が、失われた母子一体の至福の再現である事からも、こう解釈することが妥当だと私は考える。

西洋の輪郭鮮明なイデア論は、谷崎の母性思慕に引き寄せられた結果、ぼんやりとしたほの白い夢のスクリーンのようなものに変容させられたのである。それでもそれが、イデア論との結び付きを失わなかったのは、もともとイデアの世界は、魂の生まれ故郷でもあり、またその帰り着く死後の永遠世界でもあり、その意味で、谷崎の夢見る母なるものと、一致点があったからであろう。

なお、谷崎がイデア論を導入した初期段階では、天上の永遠世界と地上の人間世界との隔たりが、理想女性＝母に対する男性主人公のインセスト的な欲望の歯止めになっていた。だから、ヒロインは輪郭鮮明で良かった。ところが、日本回帰後は、西洋的な天上性を棄て、同じ地上で理想女性と結ばれ得るようにした代わりに、インセストの罪を隠蔽する新たな手段として、朦朧化・曖昧化が必要になった。特に、乳房に由来する朦朧とした白いスクリーン的な世界は、成人男女の性行為ではなく、乳児と乳房の口唇期的性愛を連想させるので、インセスト・タブーを回避するために、それが好んで用いられたのであろう。こうした事情も、輪郭不鮮明な白が好まれた理由として、ここに指摘して置く（日本回帰後の谷崎のイデア論の変容については、「谷崎潤一郎・変貌の論理」（五）「（イデア論的）日本回帰の時代」（本書Ｐ379〜）、「昭和戦前期の谷崎潤一郎」（二）「イデア論の地上化」（本書Ｐ390〜）を参照して頂きたい）。

（ウ）鳥

『春琴抄』の中で、春琴は様々の形で鳥と結び付けられているが、これも実は、春琴の死の否認と関連すると思われる。(注34) 何故なら、鳥は世界の諸民族において、また日本武尊の神話や日本の昔話の小鳥前世譚において、人間の死後の霊魂であるから。また、ウィニコットの「躁的防衛」（『児童分析から精神分析へ』岩崎学術出版社）によれば、気球・飛行機・魔法の絨毯・キリストが殺害されたあと復活昇天することなど、上昇のイメージは、死・喪失・依存から生じる抑鬱的不安を防衛する方法として用いられるからである。重力は現実の様々な不如意・制約とイメージ的に結び付いているので、それを断ち切り軽々と浮游するイメージが、万能感をもたらすのであろう。極めて不幸な幼少時代を送ったバリーが『ピーター・パン』を書いたこと、宮沢賢治の『銀河鉄道の夜』で、ジョバンニの父の行方不明・母の病気・経済的困窮・いじめなどから来る抑鬱を、空飛ぶ汽車が防衛すること、失った男らしさを取り戻すことを熱望していた三島由紀夫が、Ｆ104ジェット戦闘機に乗りたがったこと、などは、その一例と言える。

春琴の小鳥道楽は、実像としての春琴の心理に即して言うならば、喪失感に悩む暗い心を明るく軽くするための「躁的防衛」と言える。だから「天鼓」が囀ると春琴は機嫌良く、啼かないと《鬱々とする》（十六）のだし、雲雀を放つ時には、普段《黙々としてむづかしい表情をしてゐる》（十七）春琴が、《晴れやかに微笑んだり物を云つたり》して《美貌が生き〴〵と見え》るのである。また、春琴が《自分のほんたうの天分は舞にあつた》（三）としたのも、舞には鳥に通ずる軽快で躁的なイメージがあるからであろう。

しかしながら、谷崎は単に春琴が小鳥に慰めを求めているとしたのではなく、むしろ春琴自身が一種の鳥であることを、主張しようとしているのである。そうした事例としては、先ず第一に、春琴が「鵙」を姓に持ち、内弟子のてる女も「鴫」を姓に持つことを挙げねばならない（「鵙」は「はやにえ」で知られ、春琴の攻撃的な側面を表わすものであろう）(注35)。

また、春琴が天を目指して垂直に飛んで行く雲雀を愛し、《見えぬ眼を上げて鳥影を追ひつゝ》その声に《一心に聴き惚れてゐる》（十七）という情景は、春琴が言わば心の眼で、雲雀を見ると同時に天上の世界を見詰めているという印象を与え、さらにはその永遠のイデア（或いは神仏など）の世界こそが、雲雀および春琴の本来いるべき場所だと思わせ、両者の共通性と不死性を感じさせる(注36)。

また、春琴の死が、飼っていた雲雀が天に昇って戻って来なかったことを切っ掛けとしていることも、春琴の魂が雲雀とともに昇天してしまったかの如くに思わせる。

春琴はまた、雲雀以上に鶯、特に「天鼓」と強く結び付けられているが、その「天鼓」も実は谷崎によって、天上の不死の世界と深く結び付けられているのである。即ち「天鼓」の声は《迦陵頻迦を欺》くと評されるのだが、迦陵頻迦は極楽浄土に居る鳥で、顔は美女の如く、その声は非常に美しいとされ、仏の声の形容に用いられる。「天鼓」という名前も、打たなくても妙音を発すとされ、仏の説法に譬えられることもある天人の太鼓に由来する。

一方、春琴も顔と声が美しく、観音や来迎仏になぞらえられるなど、「天鼓」に似た所が多い。そもそも来迎仏は、空を飛翔するという点では鳥と同じである。

「天鼓」と春琴の類縁性を表わす設定としては、他に例えば、春琴の作曲における代表作が、《鶯の心を隠約の裡に語》（二十七）った「春鶯囀」である事が挙げられる。また、「春鶯囀」を奏でると、鶯の「天鼓」が嬉々として共に囀ったこと、春琴が「天鼓」を酷愛し、「天鼓」が啼くと機嫌が良かったこと、春琴の死後、佐助が《天鼓の啼く音を聞く毎に泣き》、《春鶯囀を弾いた》ことなども、春琴がいかに鶯に近かったかを示すものであろう。

また、「天鼓」は食べ物など、世話が大変で、奉公人より《ずつと大事にされてゐる》（十八）点、「天鼓」の啼く音が《人工の極致を尽くした楽器のやうで》（十六）、鶯ながら師匠として他の鶯を弟子に取りうる名鳥である点なども、春琴との類似点と言える。

なお、佐助と鳥が直接結び付けられることは殆どないが（例外は《片羽鳥》（二十五））、昇天のイメージは、佐助にも与えられている。もともと佐助は下男でありかつ目明きであるために、盲目の主人である春琴との間に、二重に超え難い一線があった。それを佐助は失明によって乗り超え、春琴と同じ世界にまで上昇し、さらに、この世と死後のイデア世界との境界線までも、生きたまま突破して、少なくとも語り手によれば、遂に《永劫不変の観念境へ飛躍したのである》（二十六）。この様に、佐助の失明は、一種の変身の魔術であり、この不如意な現実世界から脱出することを可能にする魔法のようなものであった。その意味では、『春琴抄』で真の意味で飛躍し飛翔しているのは春琴ではなく、むしろ佐助の方である。[注37] こうした常人には不可能な偉業を成し遂げた事によって、佐助は、春琴の火傷と自身の失明という過酷な運命を乗り超えた神話的英雄の風格をさえ帯び始め、（キ）「墓＝死の否認の完成」で述べるように、春琴と共に不死性を獲得する資格を勝ち得たと言えるのである。

（エ）音楽

鳥のイメージはまた、『春琴抄』においては、音楽とも深く結び付けられている。鳥には空を飛ぶというイメージの他に、良い声で囀るという音楽的なイメージが備わっているが、谷崎はこれを巧みに使い分け、鳥の上昇のイメージは、主に真っ直ぐに昇天する雲雀で代表させ、春琴の不死性と結び付ける一方、音楽的なイメージは、特に天才鶯の「天鼓」によって代表させ、春琴の天才的音楽性と結び付けているのである。

音楽には一般に、心を明るくし、浮き立たせるという効果があることから、実像としての春琴にとっては、鳥と同様、音楽にも、抑鬱に対する「躁的防衛」の意味があったと考えられる。失明の後、春琴が音曲に打ち込むようになったこと、さらに美貌を破壊された後に作曲を始めたことも、一つにはこの事に関わっているのであって、単に人から誉められることで万能感が得られるというファルロス的な面だけではなかったと考えるべきであろう。

しかし谷崎は、音楽を単なる慰めや気晴らし（躁的防衛）に留めるのではなく、さらにイデア論とも結び付け、春琴の不死性の補強に役立てているのである。

その為の第一の設定は、小倉敬二の「人形浄瑠璃の血まみれ修業」（十）を引いて、厳しい稽古が当時普通のものだったとしたことと、「鵙屋春琴伝」を引いて、《芸道の神聖》（十一）を説いたことである。これらは、音曲が神聖にして、すべてを犠牲として捧げるべき永遠の価値であることを暗示していた。

それは同時に、佐助に対する春琴の折檻を、芸道の高みへ佐助を引き上げるための慈母の愛の鞭と意味付けることにも役立っている。この点では、「人形浄瑠璃の血まみれ修業」に出る玉造が師匠に頭を叩き割られた時に砕け飛んだ人形の足を白木の箱に収め、《慈母の霊前に額づくが如く礼拝した》というエピソードも効果を挙げている。

第二のさらに重要な設定は、鶯の「天鼓」が、飼桶の障子を閉め、《紙の外からほんのり明りがさす》（十六）という状況においてしか啼かないとしたことである。これは、失明後の佐助のほの明るい視野に通じる状況であり、これによって、「天鼓」が啼く時には、「天鼓」もまたイデアの世界を見ているというイメージが作り出される。

さらに谷崎は、それに加えて、春琴に野生の藪鶯と「天鼓」の優劣を論じさせ、「天鼓」の囀りは《居ながらにして幽邃閑寂なる山峡の風趣》等々を《心眼心耳》に浮かばせるとした。この《心眼心耳》は、佐助の《内界の眼》と同じく、視覚的想像の次元に過ぎないのだが、「天鼓」がイデアの世界を見ているというイメージの影響を受け、かつ春琴が盲人であるせいもあって、イデアの世界を見るものとイメージされる。

さらに、野生の藪鶯の《天然の美》が、現実世界に実在するものであるのに対して、「天鼓」の《人工の美》は、実際にはそこにないものを《心眼心耳》に浮かばせるものであることが、容易にイデアの世界と結び付く。

また、《紅塵万丈の都門》の現実と対比される《桜》が咲き《渓流》が流れる《山峡の風趣》は、仙境・桃源郷のイメージを思い起こさせる。これは言わば東洋的な永遠世界≒イデアの世界と言える。「天鼓」の飼桶に、《支那から舶載したといふ》《山水楼閣の彫り》のある障子が嵌まっているのも、この事と関連しよう。

この桃源郷的なイメージはまた、第二十七節で説明される春琴の作曲した「春鶯囀」の世界とも基本的に同じであり、春琴は「春鶯囀」で、自分が見たイデアの世界を表現したということになる。「天鼓」の囀りがイデアの世界を呼び起こすのと同様に、《音曲の秘訣》をわきまえた春琴の曲も、イデアの世界を呼び起こすのである。

この事は、春琴の死後、第三世の天鼓が「春鶯囀」を聞いて、《生れ故郷の渓谷を想ひ（中略）慕つた》（二十七）という語り手の言葉によっても補強される。何故なら、イデアの世界は、そこから現実世界に魂が生まれ出る「魂の故郷」であり、天鼓はイデアの世界を想い慕っていると考えられるからである。従って、それに続く《佐助は春鶯囀を弾きつつ何処へ魂を馳せたであらう》という一節も、「佐助は春琴の住むイデアの世界へ魂を馳せた」の謂いである。その事は、この一節に続けて《触覚の世界を媒介として観念の春琴を視詰めることに慣らされた》佐助は《聴覚に依つてその欠陥を充たしたのであらう乎》とある事からも確証される。

こうして、「鶯の鳴き声と音曲は、永遠のイデアに通じる」というイメージが確立され、音曲の名手であり、かつ鶯の良き理解者であった春琴の不死性を補強することになるのである。

なお、春琴の音曲論は、谷崎のイデア的な文学論を展開したものでもあり、その意味でも注目される。『春琴抄』では明確に述べられてはいないが、文学もまた、音曲同様、視覚映像を直接提示することなく、文字・言葉を手掛かりに、想像力によって、実際にはそこにないものを《心眼心耳》に浮かばせるものであることは明らかだからである。

春琴の音曲論によれば、「天鼓」の素晴らしさも音曲の素晴らしさも（従って文学の素晴らしさも）、自分が現実には所有していない素晴らしい世界を、想像力（心眼心耳）において所有・支配できることにある。これは、佐助が春琴の美貌を目から体内化し、自分のものにしたのと同じで、「耳からの体内化」と言って良いだろう。

人間は、地球や宇宙に比べれば、虫けらよりちっぽけな存在に過ぎないが、自分より遥かに大きな世界を、イメージとして自己の内に呑み込んで、言わば体内化し、所有することが出来、好きな時に、それを想像力の力で蘇らせ、心眼心耳によって楽しむことも出来る。その時、人は自分というものが拡大し、大きな世界を所有・支配しているという万能感・昂揚感を感じる。芸術以外でも、例えば高い所に登って、美しい大きな風景を一望に収めた時などに起こる昂揚感は、その一例である。

恐らく、イデア論は、本来、目からの体内化と密接な関係を持っている。イデアは、プラトン以前には、動詞idein（見る）から派生した〈見た目の姿・形〉を意味するギリシア語だった。プラトンはそれを、感覚器官を通じてではなく、理性によって直接認識される真善美や数・大小等々の抽象的観念の意味に転用しようとしたが、図形のイデアや、この世の事物は〈美〉のイデアに似ていればいるほど美しいとする場合など、曖昧な所もあった。また、アリストテレスはプラトンのイデア概念を否定し、具体的な事物の内にある〈形相（エイドス）〉というプラトン以前のイデアに近い概念に置き換えた。以後の西洋哲学でも、イデアと視覚的イメージの区別はしばしば曖昧であった。

谷崎のイデアに対する理解も、現世の事物の原型となる理想的かつ永遠不滅の形・イメージというものだった。谷崎には現世的な美と快楽への執着が強く、彼がイデア論に惹かれ、それをしばしば比喩として用いたのも、イデア論が現世を否定せず、現世的事物を美化・永遠化するものだったからである。だから、例えば美しい女優を撮影して半永久的なものにした映画のフィルムが、『肉塊』や『青塚氏の話』などでは、イデアの比喩として用いられ得たのである。だとすれば、谷崎にとってのイデアの世界は、プラトン的なものと言うよりは、現世の事物の視覚的イメージを美化・永遠化しただけのものであり、人間の想像力がそのような形で現世を目から呑み込み体内化したものと言えるだろう。その意味では、谷崎にとって、現世的事物を美化・永遠化して所有させてくれる芸術というものと、イデアの世界とは、相通ずるものなのである。また、谷崎が『春琴抄』で、目からの体内化を重要なモチーフとしたのも、半ばはイデア論に唆かされた結果と言えよう。

『春琴抄』では、佐助が失明して、春琴を目から体内化し、イデア化・永遠化する所と、春琴の音曲論と、春琴・佐助が墓石となって大大阪市を眼下に見下ろす場面に、体内化・イデア化による勝利の昂揚感が強く現われている。その勝利は現実のものではなく、現実には所有していないものの体内化であり、現実には永遠でないものの永遠化・イデア化である。しかし、それを現実の勝利以上に素晴らしいことと感じない人間は、所詮芸術とは無縁の輩であろう。

現実には所有不可能なもの（例えば不死性や絶対的な理想）・喪失し回復できないもの（例えば幼少時代の失われた幸福）を、虚構において、また想像力によって回復・所有すること――これは、恐らく文学を含めてすべての芸術に備わる本質である。芸術を人々が必要とするのも、人間が現実にはしばしば無力であり、多くの喪失と挫折を体験せざるを得ないからであろう。プラトンの『饗宴』のエロス論でも、アリストファネスは、昔、人間は男男・男女・女女の三種類あって、手足はそれぞれ四本、顔は二つで、背中合わせの球体をなしていたが、神によって二つに切断されて今日の姿になったために、残りの半身を求めるようになったのだと言い、ソクラテスは、エロスの神は、常識とは逆に、美を欠いているからこそ美を求めるのだと説き、持っていないものを求めるという点では一致していた。

谷崎が文学でやろうとしたことも、幼少時代に失った幸福（母）を、想像の芸術において取り返すことだった。『春琴抄』でも、その事は、春琴が失明によって幼少時代の幸福を失った結果、琴三味線を志すという設定となって現われている。

近代の芸術家の殆どが、幼少時代に大きな喪失・外傷体験を持った人たちであるのも、偶然ではない。また、かつて多くの芸能が、被差別者・身体障害者など、現実の世界で多くのものを失った人間たちによって担われて来た意味もここにあったのであろう。春琴と佐助が、そうした芸能者の一人として設定されたのも、その為なのである。(注38)

（オ）仏教

イデア論は、『春琴抄』の死の否認に関して中心的な役割を果たしている。が、もともとが西洋の思想なので、これを前面に押し出せば、古い日本の物語としての『春琴抄』の調和は破れてしまう。谷崎が、作中でイデアをすべて《観念》（二十六・二十七）という翻訳語に置き換えたのも、少しでも違和感を減らすための苦肉の策に他ならなかった。「観念」は、もともと仏教の言葉で、「仏・浄土・真理などに思いを凝らすこと」を意味するので、佐助が心に思い浮かべる仏としての春琴とも、よく調和するのである。
谷崎が『春琴抄』で仏教を持ち出したのは、主としてイデア論を古い日本の風土にうまく溶け込ませる媒介役としてであった。特に浄土教は（少なくとも日本人の一般的理解においては）、死後の別世界（西方極楽浄土）を現世より上位に置き、そこにおける永遠の幸福を求めるものである点、イデア論との相性が良かったからである。しかも、浄土教は、現世において厳しい道徳的禁欲的要求をせず、誰でも簡単に極楽に行けるとしている点、そして極楽が比較的美しく官能的な世界として考えられている点、肉体的快楽に執着する谷崎とも相性が良かった。(注39)
さらに、松子の実家・森田家の宗旨がたまたま浄土宗であり、また浄土信仰とは異なるが、観音は古くから美女と結び付けて考えられており、佐助の春琴崇拝を宗教的信仰的なものにまで高めるのに役立つなど、他にも好都合な点はあった。

ただし、本来の浄土教には、諸行無常・厭離穢土という仏教に共通した現世否定の考えがつきまとうはずであるが、現世的欲望を永遠化したい谷崎は、浄土教のこの側面は無視黙殺することで処理した。

こうして谷崎は、『春琴抄』を浄土宗の寺の墓参りの話から始め、物語の拠り所としては「鵙屋春琴伝」という三回忌の配り物を設定し、作中には迦陵頻迦・天鼓・来迎仏・極楽浄土などの仏教用語を散り嵌め、末尾も（禅宗ではあるが）天竜寺峩山和尚の言葉で締めくくるなど、物語を仏教色で統一する事になる。

時代を幕末に持って行ったのも、一つには、まだ比較的仏教信仰が強かった時代にし、仏教的雰囲気で作品を包み込むことで、佐助の宗教的な春琴崇拝と死の否認を違和感なく読者に受け容れさせるという効果を得るためであろう（他には、読者の現実とは遠い世界へ持って行く事によって、理性的な批判が働きにくくするということが重要な要因であった）。

ただし、谷崎自身は、イデア論、仏教、その他いかなる宗教も本気で信じては居ず、単に便宜的に利用しただけだった。これは一つには、宗教と文学の間には、本質的に相容れないものがあるからでもあろう。シェイクスピアもドストエフスキーも、心の奥底ではキリスト教を信じていなかったからこそ、偉大な作家たりえたのである。

宗教は本来（信者のつもりとしては）現実的なものであり、この現実世界の唯一の正しい認識であることを断固主張するものである。だから、例えば浄土教を信じるということは、西方極楽浄土や阿弥陀如来が実在すると信じることである。それが他の宗教や科学と矛盾するならば、他の宗教や科学の方が間違っていると信じるか、浄土信仰を捨てるか、どちらかを選ばねばならない。しかし、谷崎はもともと理性的な人間であり、科学を捨てて宗教を取ることは出来なかった。

一方、文学は、最初からフィクション即ち現実ではないものと断った上で、作者の個性的なイメージを展開するものであって、文学に取り込まれたものは、すべてイメージであり、比喩に過ぎない（宗教的イメージも、この意味で利用されるだけである）。また、文学には、自分を現実の唯一の正しい認識と主張するつもりがない（もっとも、勘違いをする作家や読者が後を絶たないが）。従って、文学は現実と明らかに矛盾していても構わない（例えば、春琴が本当に永遠不死の仏になっても構わないのだが、谷崎は敢えてそこまでは書かなかった）。むしろ文学の使命は、その時代の現実や常識を超えることにあり、この意味でも、既成の宗教をそのまま受け容れることは出来ないのである。宗教文学という言葉は存在するが、これは自己矛盾であり、実際にはそれは通俗小説の一ジャンルであるか（例えば遠藤周作・三浦綾子の如く）、芸術としてなら、宗教的イメージを利用して、既成宗教とは異なる一種の宗教性（例えば死の乗り超えなど）を帯びた文学が存在しうるだけである。『春琴抄』はこの後者に当たる。

だから、例えば谷崎は、春琴を観音（二）や来迎仏（二十三）になぞらえ、極度に理想的かつ不死のイメージを与えようとするが、春琴が実際に観音であるとか来迎仏そのものであると主張している訳ではもとよりない。しかし、観音や阿弥陀如来を本気で信じている者から見れば、こうした比喩でさえ、仏菩薩に対する許し難い冒瀆行為と映るはずである。

また、佐助が日蓮宗から浄土宗に宗旨変えする（一）のは、単に春琴のそばを離れたくないためであって、信仰上の理由からではない。つまり、佐助にとっては（谷崎にとってと同様）宗教など、春琴に比べればどうでもいいものなのである。

谷崎にとって、死後の理想は、愛する理想女性とただ二人っきりになることであって、他者はすべて邪魔者だった。ところが、宗教上の神や仏は、多数の信者に共有されるものであって、一個人の専有物には決してならない。そこに、谷崎と宗教が相容れないもう一つの理由があった。谷崎は『恋愛及び色情』で、「自分の所有品であっても、人は女や仏像の前に跪く」、と述べていたが、谷崎の本音は、「自分だけの所有品でなければ跪く気になれない」という所にあったであろう。

従って、谷崎が春琴を来迎仏に譬える時には、本来、来迎仏に付き従うはずの菩薩・比丘衆その他のお伴たち（聖衆（しょうじゅ））は、余計な邪魔者としてあっさり切り捨ててしまう。佐助も春琴自慢はするが、それは春琴は自分だけのものという暗黙の前提に立って春琴の素晴らしさを人にも認めさせたいというだけであって、人々を信者として取り込み、言わば「春琴教団」のようなものを形成したいという欲望は見られない。

また、失明後の佐助が《此の世が極楽浄土にでもなつたやうに思はれお師匠様と唯二人生きながら蓮の台の上に住んでゐるやうな心地がした》（二十六）と言う場合も、《お師匠様と唯二人》であることが極楽のように素晴らしいというだけで、二人が本当に極楽の阿弥陀如来のもとで衆生に混じって暮らしたと言っている訳ではないし、そういう事は最後まで起こらないのである。二人は全くただ二人だけの墓を築き、そこで《恰も石に霊があつて今日もなほその幸福を楽しんでゐるやうである》とされており、二人の霊は墓を離れず、成仏もしてはいないと考えるべきである。(注40)浄土宗・来迎仏・極楽浄土などへの言及、それに、次に述べる日想観まで暗に取り入れているにもかかわらず、結結局それらは二人の死後の幸福を暗示するにとどまっている。それは文学としては当然のことであり、もし極楽往生などというステレオタイプな宗教的解決をそのまま受け容れたとしたら、『春琴抄』はもはや芸術的傑作ではなくなっていたに違いないのである。

（カ）太陽

谷崎は、春琴の理想化と死の否認の一環として、春琴に太陽のイメージを結び付けている。太陽は地球上の全生命の根源であり、夜には消滅したように見えても毎朝蘇るし、月のように満ち欠けすることもないので、世界中の民族から不死の存在として崇拝されている。

太陽はまた、浄土教とも深い関わりがあり、阿弥陀信仰には、イランの太陽神・ミスラ信仰の影響が強いと言われている。実際、浄土教の根本聖典の一つ『大無量寿経』では、阿弥陀如来の発する光明は、最尊第一にして諸仏の光明の及ぶこと能わざる所と強調され、無量光仏などの別名が挙げられている。また、浄土教の『観無量寿経』では、衆生が西方極楽浄土を見る十三の方法の第一として、西に沈む太陽を見る日想観が挙げられている。

谷崎は、明治三十六年の『無題録』で『大無量寿経』の一節を引用しているし、遠縁の（または稲葉先生の兄とも言う）目黒の寺の和尚から、種々の経典を借りて読んでいたらしいことが、『神童』・野村尚吾『伝記谷崎潤一郎』・大島堅造『春風秋雨八十年』（ダイヤモンド社）から窺える。谷崎は、こうして得た仏教についての知識からも、春琴と太陽を結び付ける気になったのであろう。(注41)

『春琴抄』では、失明直後の佐助が《春琴の顔のありかと思はれる仄白い円光の射して来る方へ盲ひた眼を向ける》（二十四）という一節が特に重要で、これによって、佐助の視野を《ほの明る》く照らしている光源が実は春琴の顔自体であり、失明後の佐助にとって、春琴が唯一の生きる力・希望・太陽であったことを暗示しているのである。『春琴抄』冒頭・墓参りのシーンは、この春琴＝光源というイメージと、遥かに呼応させることを意図して書かれている。それによれば、春琴の戒名は、《光誉春琴恵照禅定尼》と言い、春の恵み豊かに照らす太陽の光りを暗示していた。しかもこれは《春琴存生中》に、恐らく二人で相談して決めたものである。

また、春琴の墓は、下寺町から《生国魂神社のある》《高台へ続く斜面》の《中腹》にあるのだが、このロケーションは、太陽と春琴を強く結び付けることを主な狙いとして選ばれたものと考えられる。

と言うのも、《此処からずつと天王寺の方へ続いてゐる高台》は、西方を遥かに見渡せるため、古来「夕陽ヶ丘」と呼ばれ、鎌倉前期の歌人・藤原家隆がここに夕陽庵を営み、日想観を行なったように、春秋の彼岸の中日には日想観が行なわれる名所であった。中でも四天王寺は、その西門が西方極楽浄土の東門と正対していると言い伝えられ、西門から夕日が沈む方向を拝み、極楽往生を願う者が多かった。その一例として、謡曲「弱法師」には、盲目の俊徳丸が、天王寺からめしいた眼で夕日とその彼方の極楽を拝みながら、《われ盲目とならざりしさきは弱法師が常に見馴れし境界なれば》《淡路絵島須磨明石紀の海までも見えたり〳〵満目青山は心にあり》と歓喜する場面がある。『春琴抄』には、「弱法師」や日想観への直接の言及はないが、谷崎がそれらを知らなかったとは思えない。[注42] 春琴・佐助の墓を四天王寺と同じ高台の上に配置したことには、盲目の佐助が春琴を来迎仏（救済者）とし、光源＝太陽として、宗教的に見るという設定に、暗々裏に説得力を加える効果が期待されていたであろう。

冒頭の墓参りの時期が彼岸かどうかは明らかでないが、少なくとも谷崎は《折柄夕日が墓石の表にあか〳〵と照》っていたとすることで、暗に日想観に言及していたと言える。また、この夕日の場面には、高台の春琴の墓と、夕日および極楽浄土を、水平的に対峙させる意図があったと推測される。つまり、谷崎はこの事で、春琴を太陽と同格の存在へと高め、永遠不死とするとともに、春琴と佐助が西方極楽浄土に匹敵する幸福を享受していることを暗示したのである。

太陽はまた、世界の様々な民族によって神の目と見なされており、日本の太陽神・アマテラスも、イザナキがその目を洗った際に誕生したとされている。春琴を天空の大いなる眼としての太陽と同一視することには、春琴・佐助の失明を補償する意味も、恐らく無意識に含まれていると見て良いだろう。

なお、鳴沢てるの名前・《照》（第二十五節でこの漢字を当てている）も、太陽が照ることと関連するものであろう。中世には、能「葵上」の梓巫女・照日や、「花筐（はながたみ）」の狂女・照日前、説経節「小栗判官」の照手姫など、「照」が巫女的な女性の名によく用いられたらしい。古代には、ヒルメ（日の妻の意）と呼ばれる巫女が太陽神に仕えていたと言われているが、鳴沢照には、恐らく谷崎も殆ど無意識に、春琴＝太陽に仕える巫女の面影が、かすかに与えられているようである。

ところで、谷崎が理想女性を太陽ないし月の強い光と結び付けることは、何も春琴が最初ではなく、作家デビュー以来、沢山の例がある。代表的なものとしては、『刺青』『捨てられる迄』『法成寺物語』『肉塊』のヒロインたちの光る切れ長の目、『少年』『女人神聖』『永遠の偶像』『卍』の光子という名、『悪魔』の照子という名、『金と銀』の美の国の女王、『人魚の嘆き』『詩人のわかれ』『天鵞絨の夢』『アヱ・マリア』『肉塊』『白狐の湯』の光り輝く肉体を持つヒロインたち、『一と房の髪』の太陽獣・ライオンを思わせる紅い燃えるような髪のオルロフ夫人、などがある。

一方、日本回帰と関連して、比較的弱い理想女性については、弱い光の月と結び付けたり（『十五夜物語』『母を恋ふる記』『西湖の月』『月の囁き』『マンドリンを弾く男』『二月堂の夕』『盲目物語』『蘆刈』『少将滋幹の母』）、ぼんやりとほの白く光る顔（『蓼喰ふ蟲』『陰翳礼讃』）になったりする。

『春琴抄』は、春琴を春や夕方の太陽の比較的強い光と結び付けている点、日本回帰後としては例外的で、①「過度の理想化と同一化（エディプス期以降）」でも述べた通り、強いファルロスを与えようとする傾向の現われと言える。

ちなみに、月は欠けても再び満ち、満月は円い乳房に似ているので、乳児が破壊し修復する乳房の象徴ともなりうる。谷崎文学では、母子再会場面に満月がよく登場するが、その無意識の意味はここにあろう。例えば、『十五夜物語』では満月と死んだ母が同一視されているし、『母を恋ふる記』の母も満月と一緒に泣く。そして抱き合うと乳の匂いがする。『蘆刈』のお遊さんは、毎年、八月十五夜になると復活する。お遊さんが、慎之助に乳を飲ませ、《円いかほだちで》《十六七の時から四十六七になりますまで少しも輪郭に変りが》なかったと言われることも、欠ける事のない満月＝乳房を表わすのであろう。『少将滋幹の母』の再会シーンも月夜で、母の顔は満月のように円光に縁取られる。そして、幼い時に嗅いだのと同じ甘い匂いを嗅ぐ。これは乳の匂いを暗示する。

一方、母の喪失を月のない夜の海で表わした『不幸な母の話』のような例があり、春琴がその美貌を失う日が《三月晦日》（二十二）に設定されているのも、犯行には月のない夜の方が都合が良いことの他に、春琴＝満月が失われるというイメージと、春琴が、芸名からも、春に啼く鶯・雲雀との縁からも、「春」と強く結び付いていることとの兼ね合いから、旧暦の春の終わりの月のない夜にしたものと推察される。

（キ）墓＝死の否認の完成

これまでに挙げた策略、即ち佐助の失明・イデア論・鳥・音楽・仏教・太陽は、春琴に不死のイメージを与えるには有効だが、佐助自身の死を否認する力は極めて弱い。しかし、谷崎にとっては、佐助（＝潤一郎）も死ぬことなく、幸福が永続するのでなければ意味がない。そこで登場するのが、『春琴抄』冒頭の墓のイメージである。

この墓は、佐助が《春琴存生中に》《二つの墓石の位置、釣合ひ等》を定め、それが生前の二人の関係・姿を象徴的に再現するように設計したものであるから、普通の意味での墓である以上に、言わば二人のモニュメントであり、佐助の自己表現としての作品でもある。例えば、二人は実質的には夫婦であったにもかかわらず、佐助の墓は春琴とは《別な墓》になっており、《春琴にくらべて小さく且その墓石に門人である旨を記して死後にも師弟の礼を守つてゐる》。普通なら、愛する人と同じ一つの墓に入る所を、死後にまで師弟の一線を守り通そうとする——これには母子一体化とインセストについて、読者の批判をかわす意味もあろうけれども、今ここで注目したいのは、そこに現われた佐助の意志の強さである。生前も春琴に献身的に仕え続け、春琴のためなら自分の眼を潰すことさえ敢えてしたあの意志の強固さである。語り手はここで《遺志》という文字を宛てているが、生前の佐助の余りにも意志的な生き方に思いを致す時、読者はむしろ、佐助の意志が今も現に生き続けている、という印象を受けずにはいられまい。

さらに、約六尺（一・八メートル）と四尺（一・二メートル）という二人の墓石の大きさは、人間の大人の身長（佐助の方は跪いた時の身長）に近いために、春琴と佐助がそのまま石と化したような錯覚を引き起こす。語り手はその錯覚を強化するために、二人は《浅からぬ師弟の契りを語り合つてゐるやうに見える》と言い、また、佐助は春琴の傍らに《鞠躬如として侍坐》し、《恰も石に霊があつて今日もなほその幸福を楽しんでゐるやうである》と述べる。そして最後に語り手は、二人が本当に生きているかのように、春琴の墓前に跪き、佐助の墓石の《頭を愛撫》して見せるのである。

人間が石に化すという発想は、日本にも松浦佐用姫（まつらさよひめ）の望夫石の伝説に先例があるし、動物が石に化したという牛石・蛙石などの伝承も各地にある。また、一般に石を不死あるいは永生の象徴とみなす観念は、世界の多くの民族が持っているもので、日本にも記紀神話の磐長姫の話などがあり、日本人に比較的受け容れ易いものである。

さらにそこに、（カ）「太陽」で述べた夕陽および極楽浄土との水平的対峙が加わり、死後の幸福のイメージが強化される。夕陽には、太陽が二人を暖かく祝福しているというイメージもあろう。

こうしてこの墓参りの場面は、表向きは二人がとっくに死んでしまったことを語っていながら、実は暗に二人が永遠に死なず、また二度と再び離れることもなく（墓は別ではあるが）、二人っきりの愛の幸福を永久に楽しみ続けているというイメージを打ち立てているのである。それはあたかも、佐助の春琴に対する献身的かつ堅忍不抜の愛の意志が、遂には死をも乗り超え、永遠の生命と幸福を実現してしまったかのようである。

古来、日本人には、死者の魂は近くの山の中に昇って行き、そこから麓に住む子孫たちを見守り続けるという死後観念がある。春琴・佐助は子孫を見守ったりはしないが、その墓は、彼らが一生を送った大阪市中の高台（＃山）の斜面にあって、伝統的な死後観念とイメージ的に重なる部分がある。この事も、説得力を増す一因と思われる。

ただし、語り手が読者に提示している、佐助が墓石という形で肉体を保持し続け、死後も春琴に仕え、身の回りの世話をし続けているというイメージは、日本人の一般的な死後イメージとはかなり異なる。日本人の一般的な考え方としては、骨以外の肉体は死後すみやかに消滅すべきものであるし、死者の魂は現世的なものへの執着から解き放たれ、次第に個性を失い、集合霊としての祖霊の中に溶け入るべきものである。もし、現世への執着を断ち切れなければば、例えば異常な死に方をしたり、恨みを抱いて死んだりすると、御霊や鬼・天狗などになったり、幽霊として化けて出るようなことになり、本人にとっても苦しく辛いことと見なされる。これはしかし、裏を返せば、激しい生のエネルギーを保持したままで死ぬことが、死を乗り超えることを可能にする条件だ、ということでもある。佐助が不死を得たのも、その意味では、日本人の一般的な考え方の通り、春琴への異常な妄執ゆえに成仏できないからだ、とも言える。しかし、にも関わらず、二人が苦しまないのは、谷崎の考え方に、一般の日本人とは異なる所があるからである。

谷崎は、死を拒絶し、生き続けようとする強い執着を持っており、個性と肉体を失うことなく、現世的・肉体的な快楽を永遠に味わい続ける事を望んでやまない。もし谷崎が西洋人だったら、佐助と春琴が愛し合うポーズの、実物そのままの彫刻を墓に据え付けることにしたかも知れない。しかし、それはさすがの谷崎にも違和感があったし、ましてや日本の読者にはとても受け容れられない。そこで谷崎は、日本の墓石の抽象的な形態を受け容れつつ、そこに二人の肉体をイメージ的に重ねるという操作を行なうことで、佐助の失明以後、生臭い大人のセックスそのものからは浄められ、幼児性欲的な官能性だけを保持しているであろう二人の快楽と幸福が永続するという、日本の伝統を超え、西洋とも異なる新しいイメージを生み出すことに成功したのである。

このイメージはまた、死後も生前と同じ生活を営むものと信じた古代諸民族の死後観念に先祖帰りしたものとも言えなくはない。そして、春琴・佐助の墓は、そうした死後観念を持っていた古代エジプト・メソポタミア・中国・日本などで、死後も主人に仕え続けるために従者や妻が行なった殉死・殉葬（江戸初期の武士の殉死や、男女の心中もその変種である）を連想させなくもない。佐助は老衰で自然死を遂げているが、佐助が生前に行なった失明行為には、春琴への殉死・心中に準ずると感じさせるまでの、強い自己犠牲的側面が有るからであろう。

二人の墓にはまた、この他に、社会との対立関係を象徴するという機能も与えられている。即ちこの墓は、寺内の他のどの墓からも離れて、《斜面の中腹を平らにしたさゝやかな空地》という、全くただ二人だけの為の特別の場所に築かれている。それは、二人がすべての他人（家族・親族、自分たちの子供さえも含めて）を拒否し、ただ二人だけの愛の幸福に閉じ籠もったことを象徴するものなのである。

同時にそれはまた、二人が通常の「家」「夫婦」「親子」の在り方を拒否し、（佐助が敢えて温井家の墓に入らなかったこと、二人が敢えて入籍しなかったこと、春琴が主人、佐助が下男であり続けたこと、子供を悉く捨てて顧みなかったこと、春琴一人が贅沢な暮らしを続けたこと、などに代表されるように、）社会からは「異常」と見なされるインセスト的・母子一体的・サド＝マゾヒズム的関係を実現し、その結果、同時代の社会を敵に回すに至ったことをも象徴するものなのである。社会との敵対関係は、最も明瞭な形では、火傷事件によって示されていた（（五）③（ウ）「責任転嫁」で後述するように、谷崎がその犯人を特定しなかったのは、社会全体が二人を攻撃したという印象を作り出す為だった）。また、二人の関係に対する《鵙屋の奉公人共》（十三）や《裏面の消息を解する者》（二十一）の蔭口や、兄からの仕送りの制限（十九）、鵙屋の一族の者が《琴女の墓を訪ふこと》が《殆どない》という形でも表わされていた。

しかし、二人の墓は、大阪の中心部では唯一の高台・上町台地の斜面上に（谷崎、そして佐助と春琴によって）選定されていて、《鵙屋家代々の墓》よりも空間的に高い位置にあるばかりでなく、大阪全体を《脚下に》《見下し》ている。この位置関係が、現実社会からの攻撃・迫害に屈しなかった二人の勝利を誇らかに示すものであることは、言うまでもあるまい。

人生が勝利に終わるということは、それまで生き、努力した時間が、無駄に雲散霧消するのではなく、一つの具体的な形に結実し、残るということである。その意味で、二人が単に死を乗り超えただけでなく、現実世界に対して決定的な勝利を得たとされていることは、二人の幸福を完全ならしめるものである。

作者はまた、春琴・佐助の死後のイメージを余りに孤立した淋しいものにさせないように気を配り（二人は子供たちをすべて捨ててしまった為、どうしても淋しい感じになりがちなので）、その墓は、人里離れた高山ではなく、賑やかな大阪市中の、さして高くない台地の斜面に設け、死後も二人の魂が、地上で現世的な生の喜びを味わい続けているというイメージを作り出した。また、語り手に墓参りをさせ、鳴沢てるが《年に一二度》墓参りを続けていることをも記し、ラストには峩山和尚の評語なども持ち出して、春琴と佐助を支持する人々の存在を印象付けた。『春琴抄』という作品自体、二人の生き方を擁護し賛美する為にあると言っても過言にはなるまい。

以上見て来たように、二人の墓には、幾つもの異なった意味合いが含まれている。それが可能になったのは、もとより谷崎のイメージ操作の巧みさにもよるが、一つには、石というものが本来持っている多義性にもよるのである。即ち、石は、佐助の強固な意志や春琴・佐助の肉体や永遠不死の象徴ともなりうるし、また、英語に stone-blind・stone-deaf という言い方があるように、石は盲人としての二人の在り方、および周りの社会や現実に背を向け、自分たちの内なる世界に閉じ籠もった在り方を象徴することも出来る。また、細長い墓石の形は、力の象徴としてのファルロスも思わせる。作者および佐助が、佐助の墓石を春琴のそれより小さなものにして置いたのはその為であるし、墓石を高台に屹立させたのは、社会に対して二人の力を誇示する為であった。

石はまた、大地を母胎として生まれ出、自らは動くことが出来ないので、這うことも出来ない乳児を象徴できる。この観点から言えば、二人の墓は、巨大なファルロスを有する強い母＝春琴の庇護の許で、赤子の安らぎを得た佐助のモニュメントとも言えるし、また春琴・佐助ともに赤子にもどって幸福を味わう姿とも取れる。語り手が春琴の《墓前に跪いて恭しく礼を》することは、石のファルロスとしての意味を強め、一方、佐助の墓石の《頭を愛撫》することは、赤子のイメージを強化する役割を持っているだろう。

このようにして、石の多義性を見事に生かし切ることで、谷崎は、二人の墓のわずかな描写の中に、二人の勝利と幸福のすべての含意を封じ込めることが出来たのである。

なお、春琴・佐助の勝利には、谷崎が当時抱いていた日本の近代化に対する反抗の意図も籠められていたことを、見逃してはならない。即ち語り手は、《二つの墓石》が《永久に此処に眠つてゐ》て《今も浅からぬ師弟の契りを語り合つてゐ》て、永遠に変わらない美しい愛の世界に住んでいるのに対して、《今日の大阪は検校が在りし日の俤をとゞめぬ迄に変つてしまつた》こと、《墓が建てられた当時はもつと鬱蒼としてゐた》木々も、《現在では》《大ビルデイングが数知れず屹立する東洋一の工業都市》となった《大大阪市》の《煤煙で痛めつけられ》ていることを指摘することで、現実世界の方は転変常ならず、醜悪にして下等であることを強調し、二人の到達した世界は、単に幕末明治の大阪より優れていたばかりでなく、日本の近代化そのものの誤りを示すものでもあったとしているのである。

春琴の写真が、ほぼ江戸時代の終わりに当たる慶応元年に撮影されたと設定したことにも、春琴を失われた前近代の良さの象徴とする意味があろう。

佐助は同じ慶応元年に、《四十一歳》（二十五）で失明した事になっているが、四十一歳は潤一郎に当て嵌めると大正十五年、ほぼ関西移住・日本回帰・松子との出会いの時期に当たる。谷崎の日本回帰には、産業革命後の近代社会に反発し、中世への回帰を夢見たロマン主義的ユートピア志向の側面もあり、『春琴抄』ではその事が、工業都市・大阪に対する嫌悪や反時代的な芸人（手仕事的な職人芸）讃美という形で現われていると言える。失明後の佐助《の視野に》《過去の記憶の世界だけがある》（二十六）のは、谷崎自身が、昭和の日本の現実に背を向けたことを反映してもいるのである。

こうして、一連の見事なイメージ操作の結果、谷崎は春琴を失われることのない「良い母親イメージ」として確立した上に、春琴・佐助の死を否認し、二人の幸福を永続させ、しかも二人を近代日本の現実より上位に置くという大それた野望を、遂に達成した。そしてそれは、作者・谷崎にとっては、母の喪失と死の恐怖を正しく乗り超えるという、彼の文学および人生の根本的な課題に対する、「(イデア論的) 日本回帰の時代」における、模範的な解答ともなっていたのである。

(五) 谷崎の文学的勝利の秘密——読者に対するディフェンスを中心に——

谷崎は『春琴抄』で、望み通り、春琴・佐助の死の否認にほぼ成功した。また、春琴の理想化・父の排除・母子一体化・インセスト的な関係の実現、等々にも成功した。そのため、『春琴抄』は、谷崎の生涯の作品の中でも、現実に対する万能感的な勝利感・昂揚感・陶酔感が最も強く現われた作品となっている（これは、生涯最高の恋愛の頂点において書かれた事も一因と思われる）。

しかし、『春琴抄』が実現している父の排除・母子一体化・インセストなどは、社会の一般常識からすれば、禁止されるか強い非難を免れないもののはずである。また、死の否認や万能感、春琴を神仏のように崇拝することなどは、その非現実性を嘲笑されて当然のものであろう。にもかかわらず、『春琴抄』を敢えて軽蔑する者は殆ど居らず、発表当初から、文学史上稀に見る芸術的傑作として、高い尊敬と人気を勝ち得て来たのは何故か。それは、谷崎が様々な策を講じて、読者の非難や嘲笑を抑え込むことに成功しているからである。

谷崎に限らず、一般に芸術家は、作品を通して、社会に対して自分の欲望と価値観をぶつけようとするものであるが、それを生な形で行なえば、多かれ少なかれ反発や嫌悪感を招くか、或いは全く理解されない。何故なら、一般に芸術家は、特に欲望と価値観において個性的で、普通人とは異なっているからである。欲望の個性とは、本来は万人共通である無意識の諸要素の、組み合わさり方、強弱の塩梅の布置の特徴と考えて良いだろう。芸術家は、体質的に病弱・神経過敏であったり、幼少時代に常人とは異なった（しばしば不幸な）環境で育っていることが多く、それが彼らの欲望を特徴あるものにし、それがために、普通の大人として社会に適応することが困難になる。その為、彼らは現実とは別な非現実の作品世界で、自分の欲望を実現し、その作品を社会に受け容れさせるという形で自己を実現しようとする、と考えられる。

そこで、芸術家は一般に、作品の中に、社会の常識とは異なる自分の個性的な欲望と価値観を積極的に主張し実現して行くオフェンス（offense: ゲームにおける攻撃、罪を犯すこと、罪への誘惑の他、精神分析学で言う攻撃性 aggression や主張 assertion などの意味も含めた）的な部分の他に、受け手の反発や嫌悪を抑え込み、共感を勝ち取ろうとするディフェンス（defense: 精神分析学で言う防衛、ゲームにおける防御、被告の弁護などの意味を引っくるめた）的な部分を設けている。優れた芸術作品では、このディフェンス面もまた優れているはずであろう。

今ここで詳しく説明することは出来ないが、谷崎文学の場合、オフェンス面は少なからず過激・挑発的で、ロマン主義的非現実的欲望・価値観が強いことと、所謂変態性欲を描くことが多いために、読者の反感を誘いやすい。その為、谷崎文学では、ディフェンス面が、実に丹念に、また巧みに構築されている場合が多く、その事もまた、谷崎文学の芸術的優秀性の大きな要素となっている。本章では、これまで主として『春琴抄』のオフェンス的要素に説明を加えて来たので、以下では、ディフェンス面から、谷崎の文学的勝利の秘密に迫って見たい。

①「本当らしさ」

一般に、芸術作品を読者の非難から守る最も基本的・初歩的な防御策（ディフェンス）の一つは、「本当らしさ」である。精神分析学的に言うならば、それは、芸術作品を快感原則に基づくあからさまな白昼夢・幼稚なお伽噺に終わらせず、現実原則に合致する現実の出来事のような外見＝「本当らしさ」を付与することで、社会の非難をすり抜けさせるという戦術である（文芸用語としてのMotiv・Quietivは、それぞれ快感原則・現実原則に対応すると言えよう）。ただし、所謂ロマン主義的な作品では、「本当らしさ」はディフェンスとして用いられることが多いが、所謂リアリズム系の作品では、逆に「これが現実だ」と告発する形で、社会を攻撃する武器として用いられる事も多い。一方また、表現主義・シュルレアリスムなどの前衛芸術運動や、ブレヒトの異化効果、ルイス・キャロルのノンセンス文学、カフカのアレゴリー、現代詩などでは、「本当らしさ」による防衛をかなぐり捨てることで、現実に安住する人々の目を覚まさせようとするショック療法的な効果が目論まれている。

『春琴抄』の場合は、「本当らしさ」がディフェンスとして用いられているが、春琴・佐助の死を否認したり、春琴を神仏のように崇拝したりと、非現実的な側面の強い物語であるから、科学と現実を大切にする近代人のこの方面での強い要求を満たすのは、谷崎にとっても極めて難しかったようである。『春琴抄後語』で谷崎が、《私は春琴抄を書く時、いかなる形式を取つたらばほんたうらしい感じを与へることが出来るかの一事が、何よりも頭の中にあつた》と言っているのは、その為である。

それでは、谷崎はどのようにして「本当らしさ」を『春琴抄』に与えたのか。谷崎が行なったと思われる工夫の主なものを、以下に簡単に列挙して見よう。

先ず、初歩的なことではあるが、登場人物の心理を的確に、自然な推移をなすように描き出すということが挙げられる。『春琴抄』の場合は、それが「深層心理的教養小説」とでも呼んでみたい程に、幼少期の無意識の深層のレベルにまで届く深さでなされている。谷崎は『春琴抄後語』で、《春琴や佐助の心理が書けてゐないと云ふ批評に対して（中略）あれで分つてゐるではないかと云ふ反問を呈し》て居るが、これは当然過ぎるほど当然であった。[注43]

次に、ややトリッキーな工夫を挙げて行くと、先ず、語り手の「私」を谷崎自身と錯覚させることが第一に挙げられる。これに成功すれば、すべてを実話と思わせる事が出来るからである。谷崎はそのために、語り手に《作者》(十八・十九)と自称させ、谷崎の『私の見た大阪及び大阪人』を、語り手の書いたものとして持ち出させたり(十八)、谷崎の友人の佐藤春夫の説に言及させたり(二)している。しかし、言うまでもないことだが、実際には語り手は、谷崎の分身ではあっても、谷崎自身ではない。谷崎自身は、春琴の墓参りなど、したくても出来ないのだから。

次に、春琴・佐助の墓(一)と「鵙屋春琴伝」(二)と春琴の写真(二)の具体的な描写が、春琴と佐助が実在したという錯覚を生み出す。「鵙屋春琴伝」については、小倉敬二の「人形浄瑠璃の血まみれ修業」(十)や谷崎自身の『私の見た大阪及び大阪人』(十八)のような実在の文献を他にも持ち出すことによって、「鵙屋春琴伝」も実際にあったという印象を強めようとしている。

また、《作者の知つてゐる》(十九)(実際には架空の)浄瑠璃の三味線弾きや実在した豊沢団平が、春琴の演奏を聞いて批評したという嘘や、やはり実在した峩山和尚が佐助を批評したという嘘も、春琴・佐助が実在したという錯覚を与える。

語り手が、春琴の作曲した「春鶯囀」と「六の花」をてる女に聞かせて貰った(二十六)としたり、語り手が生き証人としてのてる女と実際に会って話を聞いたとしている点も、読者を欺く巧妙な手段となっている。

また、語り手に、真実を追究しようとする見せかけの姿勢を取らせ、「鵙屋春琴伝」を時に批判させたことは、語り手の信用性を増し、語り手が肯定したことはすべて事実と思わせる効果がある。ただし、真実を追究すると言っても、身振りとしてもっともらしければ良いだけなので、例えば語り手は、「鵙屋春琴伝」とは別に独自の調査・取材も加えたようなふりをするだけで、実際には、鴫沢てる女なる架空の人物からの伝聞以外には、具体的な情報源は何一つ明らかにしていない(明らかにしようもないのだが)。

また、語り手は、「鵙屋春琴伝」に対する批判として、乳母の犯行や春琴の舞の才能に疑問を付したり(三)、火傷が極めて軽かったという記述が嘘であることを暴露したり（二十二）しているが、火傷の実態以外は本質的な修正ではなく、理想化の行き過ぎをたしなめる程度のものに過ぎない。また、火傷の実態も、直接には《てる女その他二三の人》（二十二）から聞いた話であるにしても、その元は、「鵙屋春琴伝」とは別に佐助自身が《春琴の死後十余年を経た後に》《側近者に語つた》言葉（二十三）とされている。つまり谷崎は、語り手を本質的に佐助と異なる立場に立たせるつもりはないのである。谷崎が語り手に与えた役割は、余りに主観的・熱狂的で読者を白けさせかねない佐助に対して、客観的な立場を代表して本質的でない修正を加えつつ、実質的には佐助を追認し、読者を佐助に共感させることであった。だから、例えば冒頭の墓参りの場面でも、谷崎は語り手に春琴の《墓前に跪いて恭しく礼を》させ、佐助の墓石の《頭を愛撫》させることで、読者に対して佐助の生き方を肯定し、春琴を崇拝するよう促すようにさせていたのである。

この様に、語り手の批判は、あくまでも佐助を補完するものに過ぎないのだが、それでも語り手の真実を追究しようとする見せかけの姿勢は、この作品を推し進める唯一の駆動力だと言って良い。何故なら、『春琴抄』第二節以下の構成は、佐助が春琴を美化・理想化した春琴伝説としての「鵙屋春琴伝」の叙述に従って、春琴の誕生から死までを順に辿って行くことを基本としつつ、物語の興味は、そこに語り手が言わば科学的な史料批判を加え、鴫沢てる女らから得た新資料をもとに、解釈を変えたり、より詳しい事実を報告して行く所にあるからである。そしてそれは（『春琴抄』に引用された「鵙屋春琴伝」の叙述だけを拾い集めて通読して見れば明らかなように）、春琴伝説の背後に隠されていた理想的ならざる春琴の実像を暴き出す以上に、佐助という人物像を新たに重要人物としてあぶり出す作業に、結局はなっている。中でも、作品の最大の山場となる佐助の失明行為は、「鵙屋春琴伝」で、春琴の火傷後に偶然白内障に罹って失明しただけとされていたその叙述を覆すことによって、初めて読者の前に提示される訳であるから、『春琴抄』の語り手は、もともと、隠されていた佐助の英雄的犠牲的行為を引き出すためにに存在するのだと言っても良い位である。佐助の失明後の体験（永劫不変の観念境への飛躍など）は、そうした手続きを経て、間違いない真実として提示されるだけに、一層神話的となる。語り手はこの様に、春琴伝説批判を装うことで一層効果的に、春琴・佐助伝説を事実として読者に受け容れさせるための装置なのである。

次に、時代設定という面から言うと、春琴と佐助を大昔の人ではなく、三十年前、五十年前までは生きていた比較的近い時代の人たちとしたことが、話にリアリティーを与えている。(注44) その一方で、春琴と佐助の主従関係については、時代を身分・階級差別の厳しかった封建時代に持って行ったことが、読者を説得し、昔だったらこういう事もあったかも知れないという気持にさせる。特に、温井家にとって鵙屋家は《累代の主家》（五）であったという設定と、佐助は手引きとして春琴に直接仕えていた上に、春琴を三味線の師匠ともしていたという設定は、佐助が春琴に崇拝的な感情を持つことと、春琴が佐助との結婚を厭がることを、読者に納得させる。死を否認する宗教的な雰囲気についても、古い時代であることが読者を納得させる。

なお谷崎は、佐助と春琴を、文政八、十二年（一八二五、九）に誕生させ、天保八年（一八三七）に大阪で起きた大塩平八郎の乱、嘉永六年（一八五三）のペリー来航から江戸幕府の崩壊、明治維新の大改革という日本史上の一大転換期に時代を設定して置きながら、社会のどんな動きについても一言も触れていない（《写真術》（二）の輸入に触れたのが、殆ど唯一の例外である）。谷崎は、歴史上の一時代を史実に忠実に描く気など、毛頭ないのである。それは、社会の激動は、現実的なものへと読者の注意を引き付け、作品が持っている反現実的・宗教的方向性を損ない、また、火傷と失明以外には波瀾の少ない春琴と佐助の物語を、霞ませてしまうことにもなろうからである。社会には、ただ封建的・宗教的雰囲気を漂わせつつ、古ぼけたぼんやりした一色の背景として、おとなしく眠っていて貰わねばならなかった。断るまでもないことだが、作品のディフェンスに必要なのは、「本当らしさ」であって、史実ではないのである。

春琴への崇拝にリアリティーを与える上では、この他、盲人は健常者より劣る惨めな存在だという印象を与えないことが、極めて重要なポイントになる。この点では、小説は映画より楽である。映画ではややもすると、盲人の惨めさが画面に滲み出てしまいやすいが、小説では敢えて言及しなければ済む。また、春琴の美貌については、語り手に一貫して肯定させることと、写真の描写（二）や春琴をちやほやする男たちの挿話（十七・二十）で、説得力を加えている。

谷崎はまた、佐助が三味線の稽古の際に、押入の暗闇の中で春琴と同じ暗黒世界に身を置くことを喜んだというエピソードを設けることによって、失明はこの世で不自由な生活を送ることではなく、この世の外の別世界に住むことであると読者に感じさせ、後に佐助が失明によって春琴との間の一線を乗り超えて行くことと、失明後の佐助が死後の別世界を見ることを、自然に感じさせるようにしている。押入の稽古のエピソードはまた、春琴・佐助が携わっている音曲の世界も、盲人たちが住む別世界のものと感じさせる効果を持ち、ひいては芸術（芸道）の世界が、死後の永遠の世界に通ずる宗教的なものであることを、読者に納得させる効果を持つ。

この他、『春琴抄』では、「鵙屋春琴伝」の漢文調の古風な文章が、幕末維新の封建的・儒教的・仏教的な雰囲気を感じさせ、二人の人生も当時としては異常ではないという印象を生み出すのに役立っている。谷崎は、語り手にも、昭和にしては異例の漢文調の古風な言い回しを混ぜて使わせることで、幕末維新の雰囲気を壊さないようにさせ、リアリティーを保っている。

また、最初の創元社版の単行本では、わざ〳〵変体仮名の活字を一行に一つ二つと混ぜて使い、平仮名・片仮名が現行の字体に定められた「小学校令施行規則第1号表」（明治三十三）以前の時代の雰囲気を再現している。

また、谷崎が句読点を適当に省いたり、会話に「」を付けなかったりしたことは、テクストを読みにくくすることで、テクスト全体に何かもやもやしたものが掛かっているような、そしてそこにあるのは既に半ば幻の世界だという印象を創り出すのに役立っている。同時にそれは、盲人が杖で探りながら進むようなたどたどしい感覚を、巧みに模倣・再現する事にもなっている。また、読者も目をつぶって想像力を働かせるように誘う効果も上げている。

会話に「」を付けないことはまた、一人一人の発話者に際立った個性を認めないということであり、前近代的な雰囲気にマッチすると共に、春琴・佐助だけにスポットを当てて浮かび上がらせる効果もあろう。

これらの工夫の結果、春琴・佐助が実在したと思い込む読者も出、菊原琴治検校が二人の墓を探しに行ったという笑い話も生まれた。文壇でも、『春琴抄』発表直後の批評を見ると、半信半疑しつつも、或る程度は事実に基づくものと思った者が多かったようである。

②novellaとしての『春琴抄』

『春琴抄』ではまた、novella（イタリア語、原義は〈新奇なこと・ニュース〉）風のスタイルを採用することによって、前近代的な宗教的物語性を可能にするという工夫も行なわれている。

やや余談にわたるが、文芸学的に言うと、谷崎の生涯の作品の殆どは（『鮫人』などを除いて）、ヘーゲルやルカーチが規定した、近代市民社会の叙事詩として一つの時代・社会を描き出そうとする大がかりなRoman（ドイツ語）ではなく、比較的狭い範囲内における単一の事件を描くNovelle（ドイツ語）に属する。

Novelleは、Romanに見られるような事件展開の総体的完結性や性格の広汎な発展を欠く代わりに、緊密な構成を獲得しやすい。谷崎の作品に完成度の高いものが多いのも、一つにはこの為である。逆に、谷崎がバルザック、スタンダールなどにも関心を示しながら、Romanに挑戦することを殆どしなかったのは、芸術的完成度を重視した結果でもあろう（谷崎文学が、男女の二者関係にのみ焦点を合わせている事が、より大きな原因ではあるが）。

谷崎は、大正十五年にスタンダールの『パルムの僧院』『カストロの尼』『チェンチ一族』などに出会ってから、

Novelle の端緒である『デカメロン』らの novella が持っていた、意外な事件を素朴簡潔なスタイルで語るという性格を、復活させようと試みていた。『日本に於けるクリップン事件』『グリーブ家のバアバラの話』（昭和二）『カストロの尼』（昭和三）『三人法師』（昭和四）などはその筆馴らしであり、『吉野葛』『盲目物語』『紀伊国狐憑漆掻語』『覚海上人天狗になる事』（昭和六）から『蘆刈』『春琴抄』『韮崎氏の口よりシユパイヘル・シユタインが飛び出す話』『聞書抄』に至る諸作品（『夏菊』と戯曲は除く。『乱菊物語』『武州公秘話』は英語で言う romance＝伝奇的物語であろう）は、すべてその試みの延長線上にある。一見日本的に見えるこの時期の作品と言えども、実はその骨格には、西洋的なものが相当に浸透しているのである。

スタンダールおよび谷崎（またスタンダールの親友・メリメや、谷崎の友人・芥川龍之介や大正の森鷗外 etc.）がこの様なスタイルに心を惹かれたのは、スタンダールの時代のフランスではもはや不可能になっていたような（イタリアではまだ可能だったらしいが）情熱的な行動、《異常な出来事》（『饒舌録』）、宗教的な物語を《ほんたうらし》（『饒舌録』『春琴抄後語』）く書くためであった。[注45]

それは、文明史的に言うならば、産業革命と科学技術の進歩によって、人間の平均化と社会の管理社会化が進行し、英雄的な個性・情熱的な行動・運命的な偶然・信仰などが殆ど不可能になったことに対する反発と言えよう（『春琴抄』の反近代性については（四）⑤（キ）「墓＝死の否認の完成」でも述べた）。谷崎が昭和初期に『大菩薩峠』や直木三十五の大衆小説などに関心を示し、『乱菊物語』や『武州公秘話』などの romance を試みたのも、昭和十年に横光利一が『純粋小説論』で、中河与一が『偶然文学論』で、通俗小説の長所である偶然性の回復を説いたりしたのも、同様の理由からと考えられる。

『春琴抄』では、novella としての特徴は、①春琴の火傷と佐助の失明という《異常な出来事》を中心に据えた比較的短い作品であること、②novella でよく用いられる枠物語を、小規模ながら用いていること（語り手が墓参りをしたり、「鵙屋春琴伝」を手に入れたり、鳴沢てる女に話を聞いたりするなど）、③スタンダールが『カストロの尼』などで行なったような古文書に基づくというスタイルを使っていること、④『春琴抄後語』で言う《素朴な叙事的記載》、即ち novella 風の語り方を採用していること、に現われている。そして、それが、佐助の情熱恋愛と英雄的行動（失明）と宗教的奇蹟の物語に本当らしい感じを加えているのである。（注46）

④の novella 風の語り方に関して付け加えると、『春琴抄』では、本格小説的に春琴・佐助の心の動きを細かに分析したり、臨場感をもって生活の場面々々や二人の動作・表情を詳細に描写・再現したり、リアルな会話を延々と展開したりはしなかった（ただし、佐助が失明を報告する所など、特に大事な所では、必ずしも要約的な説明に終始している訳ではない）。これは、『春琴抄』が非現実的な宗教性の強い物語で、また、特に佐助の失明後は、佐助の現実離れした空想にのみ意味があるので、現実的日常的な場面が多いと、現実離れした部分との間にギャップを生じ、逆効果になるからである。また、現実離れした美・理想・聖なるもの・宗教性は、直接視覚的に描写するよりも、なるべく読者の想像に委ねた方がより理想的にイメージして貰え、効果的だからでもある。

後者の典型と言えるのは、春琴の写真をめぐる設定で、通常、小説の作者は、ヒロインの顔に何とか印象明瞭なイメージを与えようと努力するものなのに、谷崎はその逆を行って、《われ〳〵は此の朦朧たる一枚の映像をたよりに彼女の風貌を想見するより仕方がない》（二）と読者を突き放している。（注47）また、春琴の死後、《佐助はうすれ去る記憶を空想で補つて行くうちに此れとは全然異なつた一人の別な貴い女人を作り上げてゐたであらうか》と述べたり、音曲に関して《心眼心耳》（十六）を言うなどして、読者も佐助のごとく現実に対して目を閉じ、想像の力で理想のヒロインを作り上げるように、巧みに誘って行くのである。

宗教的なものは、無いもの・目に見えないもの（永遠女性・死者の霊魂・神仏など）をあると信じ、ありありと見てしまう想像力がなければ成り立たない。読者の想像力を大事にすることは、谷崎文学にほぼ一貫する特徴であるが、特に昭和に入ってからは、そこに一段の進歩が見られるのである。

③読者の批判意識を眠らせる更なる方法

「本当らしさ」は、しかし、芸術の最終目標ではない。芸術の最終目標は、作者の欲望と価値観を実現し、それを読者にも受け容れさせることであり、『春琴抄』にあっては、佐助と春琴の「死の否認」「母子一体化」「インセスト的な関係」「父の排除」「春琴の理想化」などに読者を共感させることである。そこで谷崎は、そのために更に幾つかの工夫を行なって、読者の批判意識を巧みに眠らせているのである。

（ア）イメージによる無意識の操作

先ず第一に、テクストの表層において、読者の常識的な人間観・道徳観等々に抵触しない意味に受け取れる言葉遣いをして、読者の意識の番犬を眠らせた上で、イメージの力で、表向き言明したこととは別の意味・ニュアンスを、読者の無意識にこっそり注ぎ込む、という手法が挙げられる。無意識は基本的に言葉（概念）以前のもので、イメージや感情・気分に反応するものなので、無意識を突き動かすためには、イメージの中に隠された意味を仕込み、超自我の検閲をすり抜けさせるのが効果的なのである。

例えば、「死の否認」について言うと、『春琴抄』では、春琴と佐助がとっくに死んでしまっていることを表向きは語りつつ、墓のイメージによって、暗に二人の死を否認する。語り手は、表向き二人は《永久に此処に眠つてゐる》（二）とも言っているが、そのすぐ後に、二人が決して眠っていないというイメージを展開して見せるのである。

「母子一体化」と「インセスト的な関係」については、二人は血縁上、母子ではないと表向きは語りつつ、イメージにおいては母子的な間柄であることを暗に語っている。また、二人は表向き主従の一線を生前も死後も守り通し、いるのである。

墓さえも別にした、と強調しつつ、実は普通では考えられないほど一体化していたことを、イメージにおいて語って

「父の排除」について言えば、春琴も佐助も、一度も父を排除しようとしたことなどないことに表向きはなってい

る。しかし、春琴の父は甘く、《つひぞ叱言をいつたこと》（十一）がなく、父として機能しておらず、春琴は、佐助

との関係から《奉公人共の示しが付か》（十三）ないという口実のもとに、二十歳の時に父と別居・独立してしまう。

また、佐助は秘かに三味線の独り稽古を続けながらも、《当初は、父祖の業を継ぐ目的で丁稚奉公に住み込んだ身

の将来これを本職にしようといふ覚悟も自信も》（七）なかったとされているが、独り稽古の発覚など一連の偶然の

事情から、結果的には父祖の業を捨て、更に家の宗旨を捨て、墓も春琴と二人だけの墓にするなど、父なるものを徹

底的に排除している。また、佐助は失明によって自らのファルロスさえも切り捨てており、春琴が父なるファルロス

をほぼ独占していることは明らかである。

春琴の失明や天罰としての火傷事件は、表向き父による去勢を象徴するものだが、それは佐助によって無効化され

てしまう。春琴の兄は、家督相続後仕送りを減らすが、それ以上の力は持たなかった。春松検校・豊沢団平・寃山和

尚らは、父なるものの一翼を担う権威者として登場しつつ、春琴または佐助を手放しで誉めるだけである。

そもそも、『春琴抄』という虚構の物語を、実話として通用させるような数々の工夫を谷崎が凝らした背景には、

この世を支配する父の秩序に反逆する贋金作り的・万能感的な快感に誘惑された面も、少なからずあったのではない

かと私は考える。

「春琴の理想化」については、春琴は失明した不具者であり、人格的にも欠点だらけで、火傷によって顔はぐちゃ

ぐちゃに潰され、お化けのようになっていることが暴露されていて、春琴は佐助にとって絶対的な存在であるだけで、

読者にとってはそうではないことが明確に示されている。しかし、にもかかわらず、イメージ操作の結果、めしいた

佐助が見ていた《観念の春琴》を、読者もまた受け容れさせられてしまうのである。

このような表向きの意味と、イメージの使い分けは、春琴にイデア・鳥・観音・来迎仏・太陽などの万能感的なイメージを結び付け、読者の無意識に浸透させながら、同時にそれは決して現実ではなく、あくまで比喩に過ぎないという表向きの建前も守る、という形でも行なわれている。比喩的イメージのこうした使用法は、谷崎が得意とする重要なテクニックの一つである。

このテクニックは、イメージが無意識的なもので、論理に従わないことを利用したものと言える。即ち、「AはまるでBのようだ」という比喩は、論理的には「しかし、AはBと全く同じという訳ではない」ということを同時に意味していなければならない。しかし、無意識的には「AはBと同じである」という意味になりうるのである。他の例を挙げると、例えば藤原定家の「見わたせば花ももみぢもなかりけり浦の苫屋の秋の夕暮れ」という歌では、論理的には《なかりけり》で花と紅葉のイメージは消えねばならないのに、実際には消えない。優れた文学は、このようなイメージの特徴を巧みに生かして使うものなのである。

（イ）欲望の隠蔽・朧化、または準備工作

次に、作者が欲望や考えをあからさまに主張すると、却って読者の反発を受けやすいような場合には、その欲望や考えを目立たないようにすることが、一つのテクニックとなる。

『春琴抄』の場合は、春琴一人を主人公として際立たせたその題名に、そもそも佐助（≒谷崎）が果たしている役割とその欲望を隠蔽するという目的がある。

作品本文の方でも、書き出しからいきなり《春琴、ほんたうの名は鵙屋琴》と春琴の名前から始め、終わり近くなるまで春琴を前面に押し出し、佐助が自ら失明する所で初めて、それまで脇役だった佐助が主人公に躍り出る（そし

て、ラストの峩山和尚は、逆に佐助のことしか言わない）という展開にしており、これも、佐助の生き方が真の主題であることを目立たせないという効果を意図したものである。

『春琴抄』ではまた、変態性欲的・官能的要素（サド・マゾヒズム、フット・フェティシズムなど）も、谷崎の作品にしては珍しい程に抑制されており、他の谷崎作品を知らない読者なら、殆ど気付かないぐらいにしてある。

例えば、フット・フェティシズムは、春琴の両足の爪を佐助が三日目毎に剪っていたこと（十四）や（ただし、正確に剪らされる大変さを強調）、冷え症の春琴の両足を佐助が《懐に抱いて温めた》（十五）ことや（ただし、佐助の胸が冷え切るとか、一度、頰を蹴られたことがあるなどとして、マイナスのイメージを強調）、また、春琴の足は佐助の《手の上へ載る程で》《踵の肉でさへ》《すべ〳〵して柔らかであつた》という佐助の老いの繰り言、ぐらいに留められており、しかもそれらは、春琴の《身の周りの世話》（十四）の大変さを説明し、《佐助の労苦真に察すべし》（十五）と説く文脈の中に、故意に嵌め込まれているのである。

また、サド・マゾヒズムについては、小倉敬二の「人形浄瑠璃の血まみれ修業」（十）を引いて、厳しい稽古は師の温情であり、春琴のそれは春松検校の物真似に過ぎないとし、《佐助も泣きはしたけれども》《無限の感謝を捧げ》（十一）ており、その涙のうちには《有難涙も籠つてゐた》と言い訳する。文中には、むしろあからさまに春琴の《嗜虐》（十・十九）的傾向を問題にする箇所があったり、春琴の弟子には、《真面目な玄人の門弟の中にも》（二十）ルソーのようなマゾヒストが居ただろうという記述があるのだが、却ってそれが、佐助はそういう（常識人の所謂）不潔な輩とは違って、誠心誠意プラトニックな純愛を捧げ、献身する人物だという印象を作り出すことに貢献しているのである。

次に、作品の構成で言うと、墓参りのシーンと春琴の写真を作品の第一、二節に持って来たことに、隠蔽の意味がある。

春琴・佐助の墓は、先にも述べた通り、二人を勝利者としたい作者の欲望を最も強く実現するものなのであるが、初めて読む読者は、まだ春琴・佐助についての予備知識を充分持たないため、墓の持つ深い含意を充分意識することは出来ない。しかし、それでも読者の無意識には、高台にある二つの墓石のイメージが流し込まれる。読者は従って、無意識の奥底でその含意を感じつつ、後を読んで行くにつれて、次第に作者の主張に無意識の奥底から共鳴して行くという仕組みになっているのである。逆に、もし墓の場面をラストに持って行ったとしたら、佐助の万能感は、余りに目立ち過ぎることになったであろう。

また、春琴の写真は、春琴を美化・絶対化したい作者の欲望の一端を洩らしたものであるが、ここでは、仏菩薩の慈悲を感じると言う一方で、むしろ写真がぼやけたものでしかないことの方を強調している。そして、続く第三節から二十一節にかけて縷々説明される春琴の性格の悪さによって、第一、二節の真の含意は、読者の無意識へと押しやられ、第二十三節以降で春琴が心を入れ替えるに至って、漸く再び意識に上って来るという仕組みになっているのである。

一般に、クライマックスと呼ばれる部分は、作者の欲望を最も強く実現するものなのであるが、これは作品の終わり近くに持って行くことが常識となっている。それは、作者の欲望のあからさまな表現に読者が出会うのを可能な限り遅らせ、クライマックスの前に、読者がそれを受け容れられるようになるべく多くの準備工作を施すためであり、また、しばしば非現実的・万能感的になってしまうクライマックスを、分量的にもなるべく僅かにすることで、読者の反発や疑惑を抑えるためでもある。また、クライマックスを最末尾に持って行かないのは、その後にアンチクライマックスを設けて、非現実的な作品世界を、現実の中に言わば軟着陸させるためである。

『春琴抄』でも、佐助が自ら失明するクライマックス・シーンは、全二十七節のうちの第二十三〜四節、字数に直すと残り僅かに七分の一ぐらいの所に置き、佐助の万能感に対する反発を抑えるようにしている。

さらに谷崎は、アンチクライマックスとなる最終第二十七節で、春琴と佐助の死という現実の厳しさを語り、末尾近くでは子捨てという二人の暗い現実（ルソーとの連想もあるか？）、そして捨てられた子供の方も《盲人の実父の許へ帰るのを嫌つた》という暗い現実を暴き出し、佐助の二十一年に及ぶ《孤独》を指摘し、現実原則への回帰を示す。そして、《在りし日の春琴とは全く違つた春琴を作り上げ愈々鮮かにその姿を見ていたであらう》佐助の主観性を改めて強調する。そうすることで、佐助の幸福、春琴の《祥月命日》に死んだ愛の奇蹟、八十三歳での大往生、峩山和尚の賞賛に対してバランスを取り、末尾も《読者諸賢は首肯せらる、や否や》と、読者に決定権を委ねる振りをして（もし「否」と言われたら、谷崎の負けということになるのだが）、佐助を賛美する真意をあからさまではなくしているのである。

（ウ）責任転嫁

次に、工夫の第三として、春琴・佐助が味わう万能感的な幸福感に対する読者の反発を抑えるために、「春琴・佐助はむしろ現実社会の被害者である」としたことが挙げられる。

谷崎は、その為に先ず火傷事件について、春琴には多少の責任があるとしても、佐助には何ら落ち度はないように描き、佐助を社会から一方的に不当な迫害を加えられた被害者に仕立て上げる（少なくとも佐助の意識のレベルでは）。

例えば、語り手が、犯人の候補として挙げた者たちについて、考えられるとした犯行の動機を見ると、振られた腹癒せの美濃屋の利太郎や商売敵の地唄の師匠や佐助を羨む者の場合は、明らかに犯人の方が悪いと思われる書き方だし、《芸者の下地ッ子》（二十一）の親の場合も、娘の髪の生え際に《ちよつぴり痕が附いたぐらゐを根に持つて一生相好が変る程の凄じい危害を与へたと云ふのは》《余り復讐が執拗に過ぎる》と、指摘している。

しかも谷崎は、故意に犯人を特定せず、春琴にはもともと沢山の敵が居り、佐助に対しても嫉む者たちがおり、《早晩春琴に必ず誰かゞ手を下さなければ済まない状態にあつた》とすることで、現実社会全体が、春琴・佐助を敵視し、攻撃したかのような印象を巧みに作り出しているのである。(注48)

もともと盲人には、罪もないのに不当に不幸にされ、現実社会の中で孤立させられているというイメージがあり、谷崎はそれも計算に入れているであろう。春琴は、失明（これも乳母の犯行の可能性が仄めかされ、被害性が強調されている）以降は家族の中でも《陰鬱》（五）《孤独》（九）であり、二十歳で別家してからは、師も友も家族もなく、家庭的社会的に孤立のイメージが強い。一方、佐助も故郷と家族を捨て、友もあった様子はなく、春琴同様に孤立していたように描かれている。火傷事件後も、二人の社会からの孤立は一層ひどくなるだけである。

これらに加えて、谷崎は、佐助はもともと謙虚で慎ましく、幼児的万能感を持つような人間ではなかったことを、春琴への奉公振りを通して予め描いて置き、失明後の春琴の理想化とそれに伴う幸福感も、佐助が望んで獲得したものではなく、春琴の顔を見ないように失明した所、現実の歯止めが掛からなくなったために、偶然に生じた結果に過ぎないとしている。(注49)こうして二人の幸福感は、ほぼ完全に免責される。

また、事件後の二人の母子一体的関係についても、春琴の火傷と佐助の失明によって強いられたやむを得ぬ結果という言い訳が成り立つようにし、非難を封じ込めているのである。

なお、日本回帰以前の谷崎は、父母に不当に迫害されたという被害感と怨みを抱いていた。『春琴抄』はそのことを、社会による春琴・佐助への不当な攻撃へと置き換えつつ、その攻撃をはね返し、最終的に勝利することによって、被害感を修復しようとしたものとも解釈できる。

（エ）補償性

工夫の第四は、前項・「責任転嫁」と密接に関連するものであるが、佐助の幸福感を、現実における極めて大きな喪失・被害に対する補償としたことである。

大きな犠牲を払った者・非常な不幸を体験した者には、それを補償するために、普通人には与えられないような大きな幸福が与えられてしかるべきだとする心情は、人類に普遍的に見られるものである。古くは、家を捨て社会を捨て禁欲的に生きた東西の出家修行者たち、また不当にも迫害され殺されてのち復活昇天したキリストや殉教者たちの物語、また生身の人間として苦難を体験した者が、その恨みを契機として慈悲を垂れる神になったという我が中世の『神道集』の物語などから、新しくは現代の映画・漫画・テレビドラマに至るまで、こうした心意は広く見出される。

春琴は佐助にとって、人生のすべてと言って良い存在だった。その春琴の美貌が破壊され失われてしまうということは、春琴にとってはもとより、佐助にとっても、人生のすべてを失うに等しい余りにも大きな犠牲であった。その悲しみを想像の世界で佐助が否認し、春琴の美化・理想化を押し進めたとしても、また佐助と春琴が極めて自閉的な母子一体的な関係を作り上げたとしても、さらには二人が不死と永遠の幸福を獲得したとしても、読者はそれを非難する気にはなれないのである。

なお、春琴が失明と火傷、佐助が失明という犠牲を払ったことは、前半で春琴が高慢であったり、二人が「父の排除」「母子一体化」「インセスト的関係」などの罪を犯していたとしても、既にその罰を受けて罪を償ったのだから、以後は許されるべきだ、という論理により、事件後の二人の幸福を読者が支持する一因になっていると思われる。

（オ）好感度

工夫の第五は、幸福感を得る佐助と春琴を、読者にとって好感の持てる存在としたことである。読者は好感の持てる人物の幸福は、許す気になれるからである。

その為に谷崎は、春琴を最初、高慢で気の強い、読者の反感を買う人物に設定する一方で、佐助はその高慢な春琴に献身的に仕える善良で気弱な男に仕立てる。そして、読者に嫌われやすい春琴の方は、残酷な火傷事件の犠牲者にすることで読者の同情を惹き、さらに、火傷後は春琴も心を入れ替えて好感の持てる人物になったとし、読者の支持を取り付ける。一方、佐助には、春琴のために我が目を潰すという大きな犠牲を払わせ、読者を感動させ、併せて、前半ではやや頼りなかった佐助に意志の強さまで付与する。その為、『春琴抄』は、谷崎の創作の中で、唯一、道徳的美談（＝非芸術）の趣さえ呈する程になっているのだが、勿論、谷崎は道徳的美談を書こうとした訳ではなく、読者に対する防衛に力を入れた（またその必要があった）結果に過ぎないのである。(注50)

（カ）主観的幻想性

工夫の第六は、佐助の幸福を、現実の中での客観的な勝利に基づくものとせず、あくまでも佐助の主観的幻想に過ぎないとしたことである。

読者は、現実の中での客観的な勝利に対しては厳しい疑い（または羨望）の目を向けるが、主観的幻想に過ぎないものには寛大だからである。

佐助の幸福感は、精神分析学的に言うと、暗い現実を否認する「躁的防衛」によって生じた躁状態に等しく、現実逃避そのものである。《お師匠様のお顔を変へて私を困らしてやると云ふなら私はそれを見ないばかりでござり升私さへ目しひになりましたらお師匠様の御災難は無かつたのも同然》（二十四）という佐助の言葉は、この事を明確に示している。

また、語り手の《畢竟めしひの佐助は現実に眼を閉じ、永劫不変の観念境へ飛躍したのである》（二十六）という言葉は、賞賛の意味で書かれているのだが、それは同時に、佐助の精神が現実を見失った結果、糸が切れた風船のように舞い上がり（＝《飛躍し》）、躁状態になってしまったことを暴露してもいる。佐助が感じたと言う「生きたまま《極楽浄土》に行ったような気分」も、躁状態そのものである。

通常、芸術作品の読者は、こうした主観的幻想への現実逃避を強く非難または嘲笑するものである。しかし、『春琴抄』では、佐助の現実逃避は意図的に行なったことではなく、失明したために現実が見えなくなった事と、強すぎる愛と崇拝感情のために、想像の中で春琴を知らず識らず理想化して行った結果であって、不可抗力の恕すべきものであることを読者に納得させ、非難・嘲笑を防ぐことに成功している。

また、語り手に現実の春琴の醜さをはっきり指摘させたことは、語り手への読者の信頼を強めさせると同時に、佐助に対して、読者の同情を向けさせる効果もある。

語り手の見ている現実の醜い春琴と、佐助の幻想の中の春琴を相交わらないように隔離し、それぞれ独立させ、並列させるということは、本来なら現実と衝突して、壊れてしまうはずの主人公及び作者の幻想（欲望）も維持しつつ、一方で現実は現実として認める語り手及び作者の理性も堅持するという高度なテクニックであり、『吉野葛』や『鍵』『瘋癲老人日記』などにも見られるものである。

（キ）別世界性

工夫の第七は、失明後の佐助の世界を、現実とは別の世界のように描き出したことである。現実社会に対して悪影響を及ぼさない別世界での出来事に対しては、読者は普段より遥かに寛容になるからである。この心理は、日常とは区別される祝祭時や旅先での欲望解放の風習や、異国に願望を投影するエキゾティシズムなどの形で、人類に普遍的に見られるものである。谷崎が関西移住後に大きな文学的成果を挙げえたのも、関西が東京の現実に対する別世界的な逃避空間として機能したことが一つの理由であった。

『春琴抄』では、佐助が三味線の稽古の際に、押入の暗闇の中で春琴と同じ暗黒世界に身を置くことを喜んだというエピソードがあることで、盲人は健常者とは別の世界に住むというイメージが与えられ、さらに佐助が失明後、イデアの世界に飛躍したとされることで、このイメージが強化されるのである。

この他、『春琴抄』では、時代を江戸・明治という別世界に持って行き、昭和の現実から切り離したことも、同様の効果を持っている（これは一般に歴史小説が共有する効果である）。

また、文章から句読点を省き、「」を付けず、読みにくくしたことや、春琴の写真のエピソードも、目の前にもやもやと陽炎がたつような感覚を生み出し、そこに表わされている世界が、既に半ば幻の世界、半ば別世界であることを感じさせ、効果を添えている。

（ク）謙虚さ

工夫の第八は、佐助の幸福感を、春琴を自分より偉大なものとして崇め奉った上で、秘かにそれを自己の分身・自分以上の自分と見なすことで万能感を取り戻すという心理的操作によって作られたものとし、佐助自身は極めて謙虚だとしたことである。

このような心理は、強力な人格神を信じているにもかかわらず謙虚な信者たちや、主君や国家のためなら死をも辞さないような自己犠牲的な忠誠者たちなどにも見られるもので、単純に自分を万能（英雄・スーパーマン・特権的存在 etc.）であるかのように感じる幼児的万能感よりは、遥かに成熟した大人のものとして、社会に受け容れられやすい。

しかも佐助は、春琴が現実に女王のように人々を支配したり、人々から崇拝されることは、望まなかった。春琴は佐助にとって絶対的なだけであり、二人ともそれで満足している。これは、現実を実際に支配しようとする宗教や思想や権力者などを信奉することに比べれば、はるかに万能感が弱く、謙虚で、普遍性のある態度と言える。

普通、主義者や信者は、自分の思想・宗教を宣伝して、他の人々をも改宗させようとし、従わない者には軽蔑や敵意を抱く。忠誠者は不忠者や敵国人を激しく攻撃する。しかし、佐助は自分の幸福感や春琴の素晴らしさを、僅かな側近以外には吹聴せず、「鵙屋春琴伝」も、三回忌の配り物であるからには、ごく少部数刷られただけと推定される。この様に、佐助が現実社会に対して、自分の幻想を押し付けようとしないことも、読者が佐助をそっとして置いてやろうという気になる理由の一つなのである。

ただし、佐助の謙虚さにも、実は裏がある。二人の墓は、現実社会に対する勝利のモニュメントとして、社会の片隅で、しかも無言の裡にではあるが、秘かにイメージ的に自己主張をし続けているからである。佐助に代わって谷崎が書いた『春琴抄』が、春琴・佐助であると同時に松子・潤一郎でもある二人の勝利を、一般社会に広く受け容れさせようと意図するものであることは、言うまでもない。

（ケ）愛の神話

最後に、二人が実現する万能感的な幸福と死の否認が、意識的には大人の男女の恋愛、無意識的には母子の愛という一対一の二者関係において実現されていることも、この神話的な物語が受け容れられやすい一因であろう。

何故なら、一般的に言って、早期の母子関係や大人の男女の性的愛情関係は、二人だけで強固に自閉的な世界を作り出す傾向が強い。また、この二つの二者関係は、一般に理性を圧倒する強烈な吸引力を持ち、対象の極端な理想化や万能感的な昂揚感、献身的な自己犠牲、相手の死の否認などを惹き起こすことが珍しくないからである。

佐助失明直後からの春琴の理想化も、愛する者と死別した際にはよくある心理現象の、極端に達したものと言える。また、例えば、「愛する故人は天国で自分を見守ってくれている」といった空想は、明らかな死の否認であるが、これもごくありふれたものであり、佐助が春琴をイデア世界の住人として見ることも、こうした心理の類型として受け容れやすい。

従って、『春琴抄』の万能感的な幸福感は、愛する者に対して多くの人が抱く感情がやや矯激に走ったものという程度で、充分理解・許容でき、むしろ羨ましく感じられることになるのである。

④技法面での残された問題——経済性——

最後に、『春琴抄』の技法上の素晴らしさの例を、あと一つだけ指摘して置こう。それは、全く無駄というもののない、極限まで圧縮された簡潔さである。

例えば、『春琴抄』では、春琴・佐助の失明という状況を作中で利用しているが、谷崎はこのただ一つの状況を、実にいろいろな意味で有効に用いている。その主なものを箇条書き風に列挙してみると、

一、超えがたい一線の象徴

・春琴の失明は、春琴と佐助の間に超えがたい一線を引いて置き、後に佐助がそれを乗り超えて春琴の世界に入って行くというドラマを可能にする。

二、ハンディー

・春琴の失明は、春琴が谷崎同様、幼児期の幸福を喪失する原因となる。

・また、春琴にハンディーを与え、身分違いの（またあらゆる点で春琴に劣るとされる）佐助との事実上の結婚を可能にする。

三、快楽の口実
・春琴の失明は、春琴を人形か赤子のように世話するというフェティシズム的、また母子一体的快楽を可能にする。
・また、春琴が盲目である御蔭で、佐助は春琴の肉体を隅々まで知ることになり、佐助の失明後は、春琴の手触りを十二分に楽しむことになる。
・また、佐助が春琴を完全に独占・支配することを可能にし、谷崎の捨てられ不安を防止する。
四、悪女になる原因
・春琴の失明は、春琴の性格を一変させ、悪女たらしめる事で、谷崎自身が抱えていた心の問題を表現できるようにする。
五、音曲への道
・春琴の失明は、春琴を音曲家にし、それが佐助をもその道に引き込み、谷崎の宗教観に加えて、それに関連する芸術観を表現することを可能にする。
六、去勢
・二人の失明は、インセストの罰としての去勢を象徴する。
・佐助の失明は、谷崎の女性化願望を実現する。
七、愛の証としての自己犠牲
・佐助の失明は、春琴への愛の証であり、重大な自己犠牲である。
八、目からの体内化
・針による佐助の失明行為は、春琴を目から体内化することの表現になっている。
九、イデア世界への通路

・佐助の失明は、生きながらにしてイデア世界を見る（またはそこに到達する）ことを可能にする。
十、現実の否認
・佐助の失明は、現実を見ないことによって、躁的な万能感の獲得を可能にする。
・また、春琴の現実を見ず、理想化・絶対化することを可能にする。
・また、日本の近代化に背を向ける谷崎の姿勢をも表現する。
十一、補償を受ける口実となる不当な被害
・佐助の失明は、春琴・佐助に対する不当な攻撃を象徴し、佐助が万能感をうることを容認させる。
・また、火傷後の春琴・佐助の関係の言い訳となる。
十二、傷付けられた乳首
・二人の失明は、乳児によって傷付けられた母の乳首または乳房を象徴する。
等々である。

この様に一つの設定を何重にも有効利用する経済性は、芸術的傑作の一つの条件である。無駄の多いだらしない作品は決して傑作とは呼べない。『春琴抄』はこの意味でも、傑作中の傑作なのである。

（六）終わりに——谷崎のオフェンスのラディカルさについて——

精神分析学は、本来患者を治療し、社会に適応できるようにさせるためのものであり、精神分析学者の中には、芸術もまたそうだとする者もある。例えばクリスやシェファー（Schafer）らは、芸術は（その他、遊び・性生活なども）、自我のコントロールのもとでなされる一時的かつ部分的な退行（自力で大人の日常に戻れる退行）であって、これは普遍的に見られる正常な現象であるばかりでなく、プラスの効果を持つ健全な良いものであると認めている。文学の場合で言うと、虚構の物語の読者・観客は、過去の自分の同様な喪失体験を無意識にやり直すことで、以前より巧みに処理し、より高い水準に自己の人格を高める機会を得るのだと言う。だから、成功の話だけでなく、大きな喪失を含む悲劇的な物語をも人々は好むという訳である。

これは一面の真実であり、『春琴抄』にも、確かに谷崎の発達過程のやり直しという側面があり、読者は谷崎の文章に導かれ、無意識の内に自分の母との関係やその他の喪失体験を生き直すことになるであろう。しかし、それなら『春琴抄』は完全に健全な作物かと言えば、それは決してそうではない。これ迄にも指摘したように、佐助は、健全とされる普通の大人の男には決してならなかったし、谷崎もまたそうだからである。

（五）「谷崎の文学的勝利の秘密」の最初でも述べたように、芸術家は、時代の現実に合わない個性的な欲望と価値観を、捨てることなく非現実の作品世界において実現するために芸術家になるのである。従って、芸術には確かに心理療法的な意味もあるが、それは作者および読者を同時代の社会に適応させることを目標とするものではない。むしろその真の目標は、同時代の社会の水準・制約（常識・道徳 etc.）を遥かに超え出た別の理想へと導くことであり、芸術の本質は、言わばその挑戦性（オフェンス）にこそある筈である。だから芸術は、これまでもしばしば反社会的・犯罪的なものと見なされ、それを生み出した社会と、多かれ少なかれ常に衝突を繰り返して来たのである。

谷崎の場合、その挑戦性（オフェンス）の根源は、早期に母の愛を喪失した結果、父のファルロスを拒絶し、母にそれを付与し、死を拒み、母子一体の快楽を永続させようとする欲望を抱いた所にある。しかし、それだけなら、世に多いマザコン少年の一人と言うに留まったであろう。谷崎が偉大な芸術家になれたのは、その根源的欲望を、近代文明に対する根源的な反省と結び付け、文化的普遍的な価値を有する反近代の思想にまで高め、それを高度な技術によって完璧に表現することに成功したからである。

谷崎の反近代とは何か。今はごく大雑把に概括するに留めるが、それは先ず第一に、「父なるものの排除」に関連して現われる。今日の世界では、法律上の男女平等化が推し進められつつあるが、それはしばしば女性の男性化に過ぎず、文化の根底には、ファルロス中心主義が根強くある。ところが、谷崎は父なるものを徹底的に排除・去勢し、母なるものにファルロスを付与しようとする。

『春琴抄』においても「父なるものの排除」が貫徹されていることは、既に指摘した所であるが、例えば、死生観について付け加えると、日本の伝統的な死生観の基本は、父から長男へと受け継がれる家の連続性に死からの救済を求めるものであって、家の祖先を大切にし、嫁を迎えて男子をなし、死後は御先祖様として子孫に祀られようとするものである。しかし谷崎はこれを拒絶し、愛する母なる女性と二人っきりの墓に閉じ籠ろうとする。(注51)当然、親孝行などの家の道徳も、男根的な武士道の価値観も、男らしさそのものも、また良妻賢母も内助の功も所謂女らしさも拒否する。ファルロスを有する女性が理想だからである。長らく日本人の道徳観の中枢を占めていた「忠義」も「献身」も、ただファルロスを有する女性＝母にだけ向けられる。

これはつまる所、一種の革命であろう。ファルロスは権力の象徴であり、それを男から女、と言うより各人の心の中の父性から男根的母性へと付け替えるということは、この世界を支える一人一人の心に対する最も過激＝根源的(radical)な革命だと言って良い。しかも、そこには如何なる強制も被害者もないのである。この事の射程がどれ程のものかは、現時点では見極めがたいが、少なくとも今後数百年にわたって、衝撃を与え続けることは間違いないと私は思う。

第二に谷崎は、独立し、尊厳を有する所謂「近代的自我」を否定する。独立も尊厳も自己をファルロス的に屹立させようとすることに他ならない以上、谷崎はこれを母＝人間離れした理想女性にしか認めまいとする。特に、独立・

尊厳と結び付き、無意識・真の欲望を抑圧する理性的道徳的セルフ・コントロールや、男らしさ・大人らしさ・紳士的などの外面を維持しようとする「体面」の価値は、強く否定する。そして母にファルロスを捧げて、自らは赤子に戻ること（＝反理性・独立と体面の全き喪失）、即ちマゾヒズムこそが、真の幸福であると説いている。理性を否定する『刺青』の《「愚」と云ふ貴い徳》も、『痴人の愛』『瘋癲老人日記』の痴人・瘋癲の幸福も、『芸談』に言う芸人の安住境も、『春琴抄』の下男・佐助の自己犠牲も、すべてこの意味である。

これもまた、各人の心の中での革命に他ならない。現に谷崎の作中では、しばしば最初健全な常識人のように見えていた主人公の心の中でクーデターが発生し、マゾヒスティックな人格へと人が変わってしまうではないか。「近代的自我」の否定は、ヨーロッパで発生した近代文明の根源的な見直しを求めるもので、思想的にも極めて重い意義を含んでいるのである。

第三に、しかし谷崎は一方で、前近代的な集団主義（共同体への一体感）も否定する。母との二者関係に固着している谷崎は、いかなる第三者もそこに割り込ませまいとする。従って、理想女性に対しては自己犠牲的であるが、同時に全く個人主義的で、広く世のため人のためとか、抽象的理念、または或る特定の集団や国家のために自己を犠牲にするような事は、一切拒絶するのである。ファシズム的なものであれ、マルクス主義的なものであれ、単にロマン主義的なものであれ、近代においてしばしば現われる理想の共同体への郷愁に、谷崎は一度も誘惑されることがなかった。これは、資本主義によって共同体的なものが解体され尽くした時代の本質を、谷崎が既に見切っていたためでもあろう。

第四に谷崎は、ひたすら無駄を省き、浪費を防ぎ、勤労と資本の蓄積と生存競争に集中し、強者たらん、有用な人材たらんとする（プロレタリア文学でさえもこれに立脚し、ブルジョアより体躯強健・勤勉・有用であることを誇っている所の）父性的・結果重視の資本主義的合理主義の精神にも強く反対し、快楽・浪費・贅沢、そして弱さ・柔弱さを肯定し続けた。(注52)また、コストダウンのために効率とスピードを追求する資本主義社会のせわしさに対して、良いものをゆっくり落ち着いて創り出し、また味わうことを重視した。

これらは谷崎の所謂日本回帰の一因ともなっており、『春琴抄』においては、それが昭和の工業都市・大阪に対する軽蔑という形で現われている。また、わざと読みにくくしてスピーディーな読書を妨げる『盲目物語』（普通、漢字を宛てる所を平仮名にした）や『春琴抄』の特殊な書法にも、父性的資本主義的合理主義の秩序に対するゲリラ的反抗という意味があろう。

もともと、日本文の句読法（、。「」？などの符号の使い方）は、基本的には明治時代に西洋から輸入された習慣であって、主として文章を読みやすくし、スピーディーに読めるようにすることや、文意を誤解されないようにする方向で用いられて来た。それは、基本的に、効率を尊び、結果を早く手に入れようとする資本主義的な価値観と、物事を白日の下に暴き出し、理性的に処理することを良しとする合理主義的な価値観に立脚するものと言える。しかし谷崎は、近代の価値観を批判し、宗教的・非合理的なもの、また理性に従わない肉体的なものを回復しようと試み続けていた作家であり、特に昭和に入っては、『陰翳礼讃』『文章読本』に代表されるように、ヴェールを掛けて隠したり、はっきり見えなくする方法に注目していた。『春琴抄』の句読法は、そうした方法的探求の一例と言える。

また、昭和期の方言使用（『卍』『猫と庄造と二人のをんな』『細雪』など）や、創元社版『春琴抄』（昭和八）で、収録の『春琴抄』『蘆刈』に混ぜ用いた変体仮名にも、父性的・管理社会的画一支配に対する反抗の意味があったに違いない。

昭和という時代は、資本主義が庶民レベルまで浸透し、大量生産・大量消費の大衆消費社会が始まった時で、文壇にはそれが、円本ブームや西洋の最新の流行に飛びつく軽薄なモダニズム文学や多作濫作として現われていた。そういう時代に谷崎は、殊更に非効率的な手作り・手書きの時代に戻ろうとし、原稿用紙も手刷りの自家製とし、墨を擦って毛筆で一日あたり僅かに二、三枚の原稿を書き、自著は『春琴抄』も含め、一つ一つ趣向をこらした特殊な装幀・造本で出版した。文章はゆっくり味わって読むべきものであり、書物もすみずみに凝らされた美的な工夫を楽しむべきものだという主張が、そこに籠められていた。そして、その作品の内容は、非合理で宗教的な女性崇拝の情熱であり、先に novella や romance に関して述べたような、管理社会以前の自由の回復であった。

以上は余りにも大雑把な概括に過ぎないが、谷崎の文学活動が、同時代のどんな文学思潮よりも、近代社会に対して極めて根源的に挑戦的なものだったことは、これだけでも充分明らかかと思う。

芸術には、本来、人間の条件に対する挑戦的な性格が許され、かつ求められている。即ち芸術は、科学法則や道徳や社会の様々な制約からの人間の自由を主張し、人間が生きることの賛歌となるべきものである。ただし、それは万人が実践すべき処方箋として提示されるのではなく、古来、特殊な英雄の、特殊な冒険的生涯として提示され、一般観客に心理的カタルシスと、認識の変化を齎すものとしてあった。

谷崎文学には、閉塞した現代社会を突き破り、未知の領域・禁じられたタブーの世界へ突き進もうとする冒険性・挑戦性があり、それが谷崎文学が一般読者からも支持される大きな原因になっていると思われる。

『春琴抄』で言うと、佐助は一見そう見えないかもしれないが、やはり冒険者である。もっとも彼の場合は、自ら意図することなく冒険に巻き込まれる。それは、大抵の人間なら敢えてしようとはしない自らの目を潰すという行為によって始まる。以後の佐助は、人類の中から選ばれて、未知の盲目の世界＝イデアの世界を探検する神話的英雄であり、人類の誰もが夢見つつ手に入れることの出来ない不死性を獲得し、無事生還する例外者である。

『春琴抄』は、完璧なディフェンスによって、一見穏当な美談に見える所もあるが、実際には、谷崎の作品の中でも恐らく最も挑戦的なものであり、その意味でも谷崎を代表する傑作と言わねばならないのである。

注

（1）マーラー（Mahler）の所謂「対象恒常性」である。二～三歳頃が一応の確立期だが、一生完成しないとされる。『乳幼児の心理的誕生』（黎明書房）などを参照されたい。

（2）これについては、「昭和戦前期の谷崎潤一郎」（本書P385～）で述べたように、イデア論に代えて地霊的死後観念を採用したことも、大いに関係していると考えられる。

（3）ナルチシズム・サディズム・露出症は、『痴人の愛』のナオミにも見られる（露出症は（十五）テストに顕著な例がある）。ナオミは、親の愛に恵まれず、最初は《陰鬱な、無口な児》だったとされ、春琴同様、母の愛を喪失した潤一郎自身が投影される傾向も強い。

（4）この設定のヒントとなったのは、風眼で失明し、富吉春琴を前名とした富崎春昇であろう。なお、菊原琴治検校の失明も、父の放蕩の結果ではないかと言われていた。

（5）春琴が、江戸時代にしては珍しく、魚・鳥など肉類を好んだこと（十五）は、谷崎好みの豊満な肉体を持つに至った原因でもある。『痴人の愛』の譲治も、ナオミにビフテキを食べさせたり、活発に運動をさせたりして、豊満な肉体を育てたことになっている。

（6）松子の「主おもむろに語るの記」（『蘆辺の夢』中央公論社）によれば、潤一郎が北村家に書生奉公をしていた頃、潤一郎は《無口で要らぬ御しゃべりをしなかった》ために信頼されていた。松子の『倚松庵の夢』所収「倚松庵の夢」に引かれている松子宛谷崎書簡に、《私は又苦学時代に書生奉公を致しました経験がござりますので再びその時代に戻つたやうな、若々しい、なつかしい気が致すのでござります》とあることからも、谷崎が『春琴抄』執筆当時、精養軒時代の自分を想い起こしながら佐助を書いていたことが推測される。

（7）「春松検校」は「シュンショウ検校」と読むべきである。地唄の世界では普通、「富崎検校」といった風に姓で呼び、富崎春昇の弟子が富山清琴を名乗るというように、姓の方で漢字一字を継承して行く（そして「富筋」といった風に呼ぶ）。その風習には反するが、『春琴抄』の第十三節には、春松は《己れの名の一字を取つて彼女に春琴といふ名を与へ》（傍点・細江）とあり、これは、「姓の方からではなく」という意味であろう。姓から一字を貰って名とするというのは、常識では考えにくい。また、鵙屋春琴から温井琴台へも、名の一字「琴」を嗣がせているので、この点からも、春松は号と見なすべきである。

なお、「春松」の「松」は、恐らく松子に由来する。春琴（＝潤一郎）にとって、春松（＝松子）が父になっているのは、潤一郎にとっての松子が父母を兼ねる存在だった事を反映するものであろう。また、春琴＝松子という局面から言うと、春琴の「琴」が、琴を弾く松子を象徴するのであろう。

（8）　Almansi "The face-breast equation" 'Journal of the American Psychoanalytic Association' 1960. など。乳児は母の乳房と顔を最もよく凝視するためと思われる。乳幼児に人気があるミッキーマウス・アンパンマン・ドラえもん etc. のキャラクターや、熊などの縫いぐるみ類に、乳房を思わせるような丸い顔の真ん中に、乳首のような丸い鼻のあるものが多いことも、一つの証拠となろう。実際に、幼児が縫いぐるみの鼻を、乳首のように口にくわえる行動も観察される。

（9）　春琴《の三味線には仕掛けがしてあるのではないか》（二十六）と弟子たちが疑ったというエピソードは、大阪四天王寺境内に建てられている谷崎作『菊原琴治碑文』＊全集未収録　拙稿「谷崎潤一郎全集拾遺雑纂」（「甲南女子大学　研究紀要」平成五・三）で紹介・解説して置いた）に見え、菊原検校について言われたことを転用したものである。これは、《名利を度外視し、世間を忘れて芸道に仕へると云ふ》（『芸談』）谷崎の理想の芸人だった菊原検校の境地にまで、春琴が到達したことを意味するのであろう。なお、谷崎に与えた菊原検校の影響については、「谷崎潤一郎と詩歌」（本書Ｐ467〜）、および拙稿「谷崎潤一郎関連資料・松阪青渓著『菊原撿校生ひ立の記』紹介」（「甲南国文」平成九・三）も参照されたい。

（10）　佐助の姓・温井は、能登の守護大名・畠山氏の有力家臣・温井一族から取られたものではないだろうか。この温井氏は、天正十年、本能寺の変を機に能登国石動山の一向宗徒と共に反乱を起こし、前田利家・佐久間盛政に鎮圧されている。『盲目物語』のための史料調査などの際に目に留め、使ったのではなかろうか。

（11）　ちなみに、春琴の誕生日・五月二十四日は、松子の誕生日（八月二十四日）とも潤一郎の誕生日（七月二十四日）とも日が同じであり、月はセキの命日と同じである。春琴の死亡年・明治十九年は、潤一郎の誕生年と一致し、春琴と松子は共に大阪の中心部で生まれ育ち、春琴の墓に松が植えてあるのは、松子を暗示するが、潤一郎も江戸の中心部で生まれ育った大商人の跡取り息子である等々、複雑な対応関係がある。これは、春琴がセキでも松子でも潤一郎でもあるためであろう。

なお、春琴の父・安左衛門の名は、松子の父・森田安松を念頭に置いて付けられたものであろう。また、春琴の母・しげ女（京都麩屋町跡部氏）は、第一には、同じ京都生まれの松子の母・シエを意識しつつ、そこに松子の妹・重子のイメージをも重ね合わせて付けられたものと私は考える。と言うのは、潤一郎はかつて、千代子・せい子の姉妹に、それぞれ母と性的誘惑者のイメージを割り振ることで、精神的な母恋いとインセスト的な性欲を使い分けようとしていた。松子・重子に対しても類似の現象があり、重子は長期に渡って根津家・谷崎家に同居し、家事や子育ては、松子よりむしろ重子が担当していたと言う。作中でも、『細雪』では雪子（≒重子）は母親似、幸子（≒松子）は父親似として対比されるし、『蘆刈』では、お遊さん・おしづの姉妹に、松子・重子を重ね合わせていた形跡がある。『春琴抄』ではそれが、母・しげ女対春琴の対比となったのであろう。

なお、鵙屋という屋号の由来としては、千利休の娘・お吟（鵙屋琴という命名に関係あるか？）の夫となった万代屋宗安（『武辺咄聞書』第七十九話では《鵙屋》と表記）、しげ女の旧姓・跡部氏の由来としては、盲目の神道家・跡部良顕などが考えられるが、さほど深い意味はないだろう。

（12）『饒舌録』（昭和二）に見られる歴史小説への志向も、日本回帰しよう、「抑鬱的態勢」に移行しようとする傾向に対して、潤一郎の中で起こった反動的な揺り戻しの現われで、善玉と悪玉が戦う「妄想的・分裂的態勢」へ退行し、戦国時代のスーパーマン・魔術師に化身することで、ファルロスと万能感を得ようとしたものと考えられる。谷崎が『乱菊物語』（昭和五）を自ら「大衆小説」と銘打ち、『武州公秘話』（昭和六〜七）も「新青年」に掲載したのは、既に「抑鬱的態勢」へ移行していた谷崎には、これらの歴史小説が幼児退行的なものであることが充分自覚されていたからであろう。ただし、『乱菊物語』と『武州公秘話』には、弱さを受け容れようとする日本回帰の傾向もまた、はっきりと現われているのである。

（13）ただし、こうした去勢の否認には、春琴の失明が象徴する所の、潤一郎（＝春琴）が母の愛を喪失した事実を否認する意味と、春琴の失明は即ち潤一郎が乳房を破壊した結果という無意識の罪悪感を防衛する意味も含まれていよう。

（14）佐助の三味線が露顕することは、フロイトが「失錯行為（parapraxis）」と名付けたもので、春琴の注意を引きたいという無意識の欲望が、意識的には偶然の失敗として現われたものと考えるべきであろう。

（15）佐助の号「琴台」は、『蘇州紀行』に出る蘇州郊外霊巌山頂にある西施弾琴の遺跡「琴台」にちなんだものかも知れない。だとすれば、谷崎は春琴を西施になぞらえたことになる。

（16）このような一線を設けることは、谷崎の他の作品にもしばしば見られる。例えば『人魚の嘆き』『盲目物語』『蘆刈』『聞書抄』『少将滋幹の母』等々。

（17）谷崎が、松子を「御主人様」「御寮人様」と呼び、自分は奉公人として仕えようとしていたのも、一つにはその為であろう。注（6）で引いた『倚松庵の夢』所収書簡の別の箇所でも、《私は、昔より御寮人様を崇拝し（中略）唯の一度も自分を対等に考へたことはございません》と書いている。

(18)『蘆刈』でも、お遊さんは慎之助への愛に没頭する余り、亡夫との一人息子・一を死なせてしまう。これは、慎之助がエディプス的ライヴァルに勝利したことを意味する。逆に『少将滋幹の母』では、母は滋幹を捨てて時平の許へ去り、別の子を生んでおり、滋幹の敗北ということになる。

(19) こうした側面があるために、春琴の美貌を破壊した犯人は実は佐助であるという妄説を唱える者もあるが、作者の心理の次元と作中における主人公の行動の次元を短絡的に混同した誤読であることは、虚心に作品を読みさえすれば明白である。

(20) この防衛方法は、ジェイコブソン（Jacobson）が『うつ病の精神分析』（岩崎学術出版社）の「重症型抑うつ患者の精神分析的治療における転移の問題」で紹介した症例にも見られる。恐らく谷崎は躁鬱気質なのであろう。躁鬱気質については、「躁鬱気質と谷崎潤一郎」（本書P263〜）を参照。

(21) 肛門期的欲望は、『春琴抄』の場合、春琴の下の世話を佐助がする（十四）といった形でも現われている。なお、谷崎の肛門性格的傾向については、「肛門性格をめぐって」（本書P327〜）を参照されたい。

(22) 野口武彦『谷崎潤一郎論』などに、『痴人の愛』に『源氏物語』の影響を見る説があるが、福田清人の質問に対して、谷崎は影響をはっきり否定していた（『十五人の作家との対話』中央公論社）。光源氏は、ミスター・エモリや譲治や佐助のように、相手を自分以上の理想的な存在と見なすファナティックな思い入れを以て紫の上を育てる訳ではないので、両者は別物と言うべきであろう。

(23) 谷崎は、『恋愛及び色情』で、《皮膚の美しさ、肌理の細かさ（中略）手ざはりの快感に於いて（中略）東洋の女が西洋に優つてゐる》と説いていた。これは、日本回帰に際して、日本女性の美質を無理にも見出そうとして考え出されたナショナリズムの論理で、『盲目物語』『春琴抄』という触覚的快楽を重視した盲人ものに谷崎が意欲を燃やす一つの大きな理由ともなったものである。が、その根源には、スキンシップへの欲望があったと解釈できる。

(24)『アヱ・マリア』の人形遊びのエピソードが谷崎の事実であるならば、それもまた、不在の母を、崇拝する人形という形で所有・支配する試みだったと言えよう。

(25) 佐助犯人説だとこの言い訳が成り立たなくなるので、作品の評価は大幅に下げざるを得ない。

(26) 親子関係や男同士の友情関係についても、谷崎には自分が相手を傷付ける事になるという固定観念があったらしく、『父となりて』では、《私のエゴイズムは骨肉の関係も親友の間柄も一切無視して顧みない。それ故私は、自分と他人とに不愉快な感を与へる事を恐れて、成るべく世間へ顔出しをしないやうに努めて居たのである。》と説明している。作中でも、『異端者の悲しみ』には、《自分の性格が我が儘で不道徳で、頗る非社交的に出来て居る事を》自覚して、深い友情を持とうとしない例がある。また、善良な友人などが悪人芸術家を援助することがますます悪い結果を招くケースが『前科者』『AとBの話』などにある。そして『前科者』の主人公は、《己はたしかに悪人》なのだから、《どうか其の積りで、己を出来るだけ（中略）遠ざけ（中略）ゆめ〳〵己に近づいたり、尊敬したりしてくれるな。》と読者に訴えるのである（ただし、実際の谷崎は、悪人ではないし、笹沼源之助・大貫晶川・佐藤春夫・上山草人ら、親しい友人も持っている。）

(27)　この修復のモチーフは、『武州公秘話』では、桔梗の方が、父の失われた鼻＝ファルロスを修復するために、武州公に夫・筑摩則重の鼻を切り取らせるエピソードとして登場する。これは、自分がかつて攻撃し、破壊した母の乳房を修復しようとする谷崎の欲望を桔梗の方に置き換え、父のファルロスを無意識に攻撃した男根的女性としての桔梗の方が、その罪悪感から今度は父の仇と思って夫を去勢するが、更にその罪悪感から、その後は夫に対して《慈愛深き母として、前半生の過誤と罪悪とを償ふ》reparation の物語としたものであろう。

また『蘆刈』は、先ずおしづがお遊さんのために慎之助との犠牲的な結婚をし、ついでお遊さんが我が子の命を犠牲に供し、最後に慎之助が自らを犠牲にしてお遊さんを再婚させ永遠女性とし、そしておしづのために犠牲的な結婚をする、というように、慎之助・おしづ・お遊さんが互いに大きな犠牲を払い合って、他を修復し合う話と言える。これは、当時の潤一郎（＝慎之助）・松子（＝お遊さん）・重子（＝おしづ）の関係をもとにしたものである。この他、『吉野葛』で、津村がお和佐を自分の母に似るように育てることも、落ちぶれた母としてのお和佐の修復と言えよう。

他の作家にもこうしたケースはあり、例えば森鷗外の『山椒大夫』のラストで《干した貝が水にほとびるやうに、両方の目に潤ひが出》、母の目が見えるようになる場面は、母の乳首・乳房の修復の一種と言える。ここで干からびていた目がみずみずしく潤いを回復することは、母の若返りをも暗示していよう。『山椒大夫』は鷗外の母・峰子が享年七十一歳で亡くなる一年二ヶ月前に発表されている。鷗外がこの時期に、長く暖めて来た『山椒大夫』という母の喪失と回復の物語を書く気になったのは、母の老衰と死の接近に刺激されたためであろう。

(28)　『鍵』（一月廿九日）の《眼ヲ以テソノ姿態ヲ貪リ食ヒ》という表現は、目からの「体内化（incorporation）」の口唇期的性格をよく示していて、口唇期に潤一郎と母との間に問題があった事を示唆している。

永井荷風・江戸川乱歩・三島由紀夫・安部公房・寺山修司などには窃視症の傾向が見られ、いずれも幼少期の母子関係に問題があったと推定できる。三島由紀夫にとっては、窃視はアンビヴァレントなものであり、一方では現実からの疎外・敗北、他方では現実に対する支配・勝利と結び付いている。例えば『豊饒の海』「天人五衰」では、醜い窃視者・本多繁邦と対をなすように、安永透が、ただひたすら海を見る仕事を《幸福》（三）と感じ、すべてを見尽くし《自明》《既知》と信じ、目による対象の支配に取り憑かれた登場人物として登場する。安永は同時に《何であれこの世界を頑固に認めない人間が好きだつた》と言われるように、現実を否認し、幼児的万能感に固着しているが、この傾向も、三島由紀夫には特に顕著である。

安部公房の場合、『壁』で目から吸い込むのが、砂漠であることは、象徴的である。恐らく安部公房には、母性・女性を含めて人間に対する根源的な不信感があり、無人の世界に憧れるのであろう。

(29) 昭和七年秋の松子宛書簡によれば、当時潤一郎は実際に松子の写真を大切に飾り、よく眺めていたようである。

(30) 佐助犯人説や春琴自害説は、佐助が失明すれば春琴の美貌が永遠化される事を、春琴や佐助が予知していた事を前提としているが、その様な奇怪な想念が幕末の庶民の頭に思い浮かぶとはとても思えないし、事実浮かんだとも書かれていない。少なくとも、盲人の世界は暗黒世界だと思い込んでいた佐助については、この前提は成り立たない。

(31) 佐助犯人説・春琴自害説は、春琴がアイドル歌手や美人女優のような意味で美人であり続け、年を取らなくなるのだと誤解し、また三十七歳の時点での春琴の現実の美貌が、写真のように佐助の頭に焼き付けられ、そのまま残ると誤読しているが、実際には、春琴は佐助の想像の世界で、永遠の生命を持つ仏やイデアのような人間以上の聖なる存在、現実の春琴とは別の存在に変えられてしまうのである。また、佐助の失明は、結果的に現世を離脱し、死後のイデア的別世界に入り込み、そこで永遠の幸福を手に入れる事を可能にするものであり、そこに作品の素晴らしさもある。『春琴抄』は、そのように反地上的・反現世的・宗教的な物語なのに、佐助犯人説・春琴自害説では、単なる純愛と自己犠牲のメロドラマと誤読しているのである。

(32) 谷崎は大正五年以降、イデア論に強い影響を受けていた。『春琴抄』の着想の切っ掛けになったのは、ハーディーの『グリーブ家のバアバラの話』だったと伝えられる（佐藤春夫「最近の谷崎潤一郎を論ず」）が、ハーディーにもイデア論の影響が強く（例えば、大澤衛『ハーディー文学の研究』（研究社）参照）、『グリーブ家のバアバラの話』にも、生身の人間と彫刻（≒イデアの永遠性）という対比が用いられている。これは偶然ではないだろう。

なお、谷崎が『グリーブ家のバアバラの話』を読んだ時期を推定するのは難しい（原著は一八九一年刊）が、顔が醜く変わったために捨てられる話は大正十一年七月「改造」の『本牧夜話』にある。また、特に注意すべきは大正十二年八月「婦人公論」の『神と人との間』（八）で、穂積が添田から妊娠した朝子を見せつけられ、自分にとって《女神の影像》であったものが破壊されたと感じ、また朝子が《子を生む機械》にされてしまうのではないかと恐れる所である。これは、比喩ではあるが、影像破壊を取り扱っている事と、子を生む機械のイメージが、ハーディーに由来する可能性が高い。『神と人との間』（五）で朝子が穂積の所へ逃げようとするエピソードも、『グリーブ家のバアバラの話』から来ているかも知れない。いずれにしても、谷崎がこれを読んだのは、大正十年か十一年頃ではないか、と私は推定したい。

『明治時代の日本橋』で谷崎は、『グリーブ家のバアバラの話』を翻訳する気になったのは、ジョージ・ムーアの批評を読んでだと言っている。『饒舌録』によれば、谷崎は《三十六七》歳（大正十、十一年）の冬の寒い夜、ムーアの『或る青年の告白』を徹夜で読んだと言い、その頃から《馬鹿にムーアが好きになつ》て、大正十五年には『エロイーズとアベラール』『ユリクとソラハ』を読んだと言っているので、ムーアの批評に導かれてハーディーに手を出す時期としても、大正十年以降なら辻褄が合う。

ついでながら、大正十五年の『青塚氏の話』は、「前篇」のみで中絶しているため、中田の死の本当の原因が、はっきりとは分からずじまいであるが、この作品も、理想の恋人とそっくりの人形を作る話なので、『グリーブ家のバアバラの話』が発想の元にあった可能性が高い。だとすれば、中田の死の本当の原因は、彼にとって生き甲斐であり、女神であった由良子が、青塚氏によってイメージ的に破壊されたことである可能性が高い。「後篇」には、それがもっと激しいグロテスクな形で展開される筈だったのであろうが、「前篇」でも既に検閲による伏せ字が多く、「後篇」を書き継ぐことは断念したのではないだろうか。

また、『武州公秘話』（巻之五）で、武州公が道阿弥の鼻を紅で塗り潰し、それを《一種の刺戟に用ひ》て、松雪院と《それを眺めながら睦言を交した》と云う重要なエピソードは、実は『グリーブ家のバアバラの話』で、《鼻も耳もな》くされたエドモンド・ウィロースの石像を、アプランドタワース卿が寝台の足元に置いて、バアバラと一緒に眺めたというエピソードと殆ど同じである。そして、松雪院が、翌晩からは武州公の誘いをはねつけ、後年《夫の浅ましい性生活を矯めようとしてひたすら神仏に祈願をこめつゝ、悲嘆と孤独の月日を送》ったという所は、『グリーブ家のバアバラの話』の、バアバラがショックの余り夫から離れられなくなり、八年で十一回も子供を生んで過労死するという展開とは異なるけれども、ショックを受けて不幸になるという点では同じなのである。

さしたる傑作とも思えない『グリーブ家のバアバラの話』が、谷崎にこれ程強い影響を与えたのは、男性の顔の破壊＝男根切除とそれを見ながらのセックスというイメージが、潤一郎の去勢願望に強く訴える所があったからであろうし（『武州公秘話』の場合）、また、理想の異性のイデア的イメージの破壊というテーマが、谷崎のイデア論に対する一つの挑戦となっていた為でもあろう（『神と人との間』『青塚氏の話』『春琴抄』の場合）。

(33)「盲人」という言葉には、明暗の区別がわかる程度のもの（明暗弁）や、眼前の手の動きがわかる程度の強度の弱視（手動弁）なども含めることが少なくない。しかし、所謂「全盲」の場合は、その視野は暗黒である。

(34) 谷崎文学では、理想女性と鳥を結び付ける例が、『鶯姫』『ハッサン・カンの妖術』『二人の稚児』『鶴唳』『少将滋幹の母』などに見られる。その他、『羹』『創造』『魔術師』『お才と巳之介』『金と銀』『富美子の足』『青い花』『アヱ・マリア』『痴人の愛』『乱菊物語』『盲目物語』『吉野葛』などにも、僅かではあるが、女性と鳥を結び付けるような描写が出て来る。これらも、理想女性を永遠不滅化したいという願望と関連すると考えて良いだろう。

(35) 鳩摩羅什訳の漢訳『阿弥陀経』では、西方極楽浄土には、《罪報所生》ではなく阿弥陀仏の《変化所作》である所の、種々の奇妙・雑色の鳥が住んでいるとして、白鵠・孔雀・鸚鵡・舍利・迦陵頻迦・共命の名を挙げている。この内、舍利は百舌鳥（もず）とも漢訳される。また、迦陵頻迦は、今日の Bulbul という鳥で、日本の藪鶯に似ているという説がある。また、サンスクリット原典の『阿弥陀経』には、迦陵頻迦はなく、代わりにクラーウンチャという鳥が挙げられているが、これは帝釈鴫の一種とされる。谷崎は、これらの事実を、『阿弥陀経』の注釈か望月信亨の『仏教大辞典』などで知り、春琴と鵙・鶯・鴫を結び付けようとした可能性がある。なお、ハーディーの『グリーブ家のバアバラの話』で、Grebe はカイツブリを意味するので、この事も多少の影響を与えた可能性がある。

(36) 谷崎文学には、「天上を見上げる女性」のイメージがしばしば登場する。『秘密』『人魚の嘆き』『艦褸の光』『母を恋ふる記』『或る調書の一節』『月の囁き』『肉塊』『ドリス』『顕現』など、いずれもイデア的な世界への憧れを暗示するものである。「谷崎潤一郎とエディプス・コンプレックス」（一）④（カ）（iv）「天上を見上げる女性像」（本書P205～）参照。

(37) 失明後の佐助は、体から魂だけが脱け出て、天上のイデア世界まで飛んで行くとも考えられ、所謂脱魂型シャーマンとの関連も考えられる。こうした魂の旅は、『金と銀』『ハッサン・カンの妖術』にも見られる。

(38) クラインは、「芸術作品および創造的衝動に表われた幼児期不安状況」（著作集1所収）の中で、失ったもの＝母を修復したいという欲望が創作衝動となった顕著な事例を例示している。

なお、二十世紀文学には、失われたもの（父母や神）が遂に回復され得ないことを描いた作品が多い。ジョイスの『ユリシーズ』・カミュの『異邦人』やカフカ・ベケットの諸作品など。谷崎は、失われたものの回復は描くが、それがイマジネーション＝妄想の世界でのものであり、現実の回復ではない、としている所に、二十世紀の大文学にふさわしい厳しい現実認識が示されているのである。

（39）浄土教の阿弥陀信仰は、もともとギリシア系の人々が多く住んでいた北西インドのクシャーナ朝において、ゾロアスター教系の太陽神信仰やオリエントのメシア思想の影響を受けて生まれたと言われている。ギリシアのイデア論や谷崎と相性がよいのも、偶然ではあるまい。

（40）谷崎が昭和三年頃、イデア論を修正し、日本古来の地霊的な死後観念を採用した事については、「昭和戦前期の谷崎潤一郎」（本書P385～）を参照されたい。

（41）『観無量寿経』には、阿闍世（あじゃせ）によって七重の室内に幽閉されていた頻婆娑羅（びんばしゃら）王の頂を、世尊（仏陀）が発した光が照らすと、王は《心眼》で世尊を見る事が出来たという一節がある。これも、『春琴抄』における《心眼》と関係があるかも知れない。また、『観無量寿経』の、日想観について述べたくだりに、夕陽の形が天空に懸かった太鼓（懸鼓）のごとくであるのを見よと述べていることは、《天鼓》という命名と、関係があるかも知れない。

（42）謡曲「弱法師」および日想観への谷崎の言及は、『所謂痴呆の芸術について』（昭和二十三）に見出されるが、谷崎は『乱菊物語』（昭和五）で謡曲「室君」、『吉野葛』（昭和六）で「二人静」、『蘆刈』（昭和七）で「小督」、『陰翳礼讃』（昭和八～九）で「皇帝」に言及しているので、『春琴抄』執筆当時、既に「弱法師」も知っていたと考えて良いだろう。

（43）この《反問》は、主として横光利一の「覚書七（作家の生活）」（「東京朝日新聞」昭和九・二）に対するものであろう。

横光利一は、「文芸春秋」（昭和八・十二）の「文芸復興座談会」で、《物質・生活が意識を決定するというマルキシズムと対決するために、芸術派は意識とは何かを考え出した。今一番の問題は、心理・精神が行動を決定するのか行動が心理・精神を決定するのかで、これを決定しないと小説は書けない》という意味の発言をしていた。谷崎は意識、または無意識の欲望と意識の葛藤が行動を決定するという立場であり、かつ意識も無意識の欲望も基本的に肯定・信頼していた。が、横光は信ずべきものを持ちえず、行動や他者との力関係が心理を決定するという基本的に間違った考えに基づき、当時の時代状況の中では現実的に見えた人間の無力さを表現することに終始した。その結果、谷崎は人間の本当の心理を無意識にまで遡って見事に表現しえたが、横光の方は、人工的に心理を歪曲することで、不自然に自意識的な一時期の知識人の不安を仮構することしか出来なかったのだ、と私は考えている。

(44)『春琴抄』で用いられた、語り手が古文書を批判的に分析し、真実を明らかにするというスタイルは、『武州公秘話』『聞書抄』などでも試みられているが、『春琴抄』ほどの本当らしさはない。それは一つには、『春琴抄』が幕末明治という比較的新しい時代の話であるのに対して、『武州公秘話』『聞書抄』は、歴史小説によく取り上げられる遠く戦国から江戸初期にかけての古い話だからである。

(45)芥川龍之介が『今昔物語集』『宇治拾遺物語』などの説話集やキリシタン文学によって行なったことも、同様の意図に基づく試みと言える。ただし、芥川は、しばしば近代的な心理の解剖に深入りして、却って作品の効果を損なっている。

(46)『春琴抄』以外では、①異常な出来事を中心とすることは、『日本に於けるクリツプン事件』『グリーブ家のバアバラの話』『カストロの尼』『三人法師』『盲目物語』『紀伊国狐憑漆搔語』『覚海上人天狗になる事』『蘆刈』『韮崎氏の口よりシユパイヘル・シユタインが飛び出す話』『聞書抄』などにも見られ、②枠物語は『吉野葛』『蘆刈』などにあり、③古文書に基づくというスタイルは『覚海上人天狗になる事』『聞書抄』にある他、『盲目物語』草稿や『武州公秘話』初出でも、冒頭に、古文書入手の経緯を語る枠物語があった。④novella風の語り方は、『日本に於けるクリツプン事件』『カストロの尼』『三人法師』などに見られる他、『饒舌録』(昭和二)『現代口語文の欠点について』(昭和四)などでも推奨されている。

(47)同様の着想は『顔世』でも試みられたが、戯曲では小説ほどはうまく行かず、作品自体が二番煎じ的なものだったせいもあって、アイデア倒れに終わった。

(48)佐助犯人説や春琴自害説では、春琴・佐助は社会の被害者ではなく、本人たちの物好きで勝手に自作自演の芝居を演じているに過ぎないことになる。その為、読者は二人の幼児的万能感・幸福感を容認できず、ただ馬鹿馬鹿しさだけを感じることになってしまう。

(49)注(30)を参照されたい。

(50)くどいようだが、佐助犯人説や春琴自害説では、犯人である佐助または春琴に読者が好感を持つことは困難であろう。

(51)潤一郎は東京にあった日蓮宗の父母の墓に入ろうとせず、京都の浄土宗の法然院に、愛する松子と重子とその夫・渡辺明という自分と自分のお気に入りだけが入る墓を作った。谷崎家の兄弟姉妹はもとより、自分の子孫を入れるつもりさえなかった。そして、愛する千萬子に墓守を頼んだ。どうやら潤一郎は、千萬子も死ねば、同じ墓に入れたいと望んでいたらしい。

(52)快楽・浪費・贅沢を肯定する心理的理由としては、潤一郎が幼少時代にセキに充分愛を注いで貰えなかったこと、また、生家没落のため、贅沢な暮らしが急に出来なくなったことから、それらを不当に奪われたという恨みがあって、倍にして取り返そうという気持になることが、挙げられる。また、弱さ・柔弱さを肯定するのは、潤一郎が父を拒絶し、母を手本として育ったため、女性的なものに価値を置くからである。

【付記】　本章は、「甲南国文」（平成十三・三）に「『春琴抄』―多元解釈およびレトリック分析の試み―」と題して発表したものに、今回、加筆したものである。

【資料】

『春琴抄』論争をめぐって

(一)「研究動向　谷崎潤一郎」より

何故か近年俄かに活発になっている『春琴抄』論争を最初に取り上げて置く必要がある。発端となったのは、佐助が春琴に火傷を負わせた真犯人だという野坂昭如氏の放言(「国文学」昭和五十三・八)で、それを千葉俊二氏が『鑑賞日本現代文学⑧谷崎潤一郎』(角川書店　昭和五十七・十二)で、三島佑一氏が「「春琴抄」と大阪の舞台」(「解釈」昭和六十三・二)と「『春琴抄』の構想―佐助犯行説考―」(「国語国文」平成元・二)で支持し、逆に永栄啓伸氏が「春琴抄―佐助犯人説私見―」(「芸術至上主義文芸」昭和六十一・十二)と「「春琴抄」の内実―黙契について―」(「昭和文学研究」平成元・七)、秦恒平氏が「春琴自害」(「新潮」昭和六十四・一)、安田孝氏が「叙法の探求――「武州公秘話」「春琴抄」」(「人文学報」平成元・三)で批判し、この内、秦氏と永栄氏が春琴が自ら熱湯を浴びたとする新説を出し、それに対して千葉氏が「カタリの罠―秦恒平「春琴自害」を駁す―」(「読者」平成元・夏)で反論し、最後に前田久徳氏が「物語の構造〈実例〉谷崎潤一郎『春琴抄』」(「国文学」平成元・七)、たつみ都志氏が「『盲目』というモチーフ」(「産経新聞夕刊」大阪版　平成元・八・十七)で両方の説を批判したというのが、論争のこれまでの経緯である。この内前田氏のものは、短いながらも卓抜な論で、作品構造を簡単に図解しつつ、両説を一蹴した手際には賛辞を呈したい。元来この両説は、研究とは呼べない体の勝手な憶説に過ぎず、共に論外なのだが、私も氏の驥尾に付して、私見の一端を述べて置く。

まず千葉氏に対して。春琴の美貌を愛して止まない佐助に、どうして春琴の顔に熱湯を注ぐ事が出来るのか。そんな事をしたら、その瞬間の苦痛に歪む春琴の醜い顔は、永久に佐助の眼底を去る事はあるまい。またもし彼が犯人なら、《お師匠様私はめしひになりました》という佐助は何としらじらしい奴か。またそれを聞いて感動する春琴は何という間抜けか。もっとも氏は、「カタリの罠」では「今では私も佐助犯人説に固執するつもりはない」と言明している。今後の変化を期待したい。三島氏は、谷崎に女性の美貌を破壊したいという願望がある事を一つの根拠とするが、それは作者が春琴の顔を破壊した事の説明にはなっても、佐助の犯行である事の証明にはならない。また氏は、佐助の犯行を長年春琴に虐待された事に対する復讐と解し（犯行を唆した愛人がいた可能性をも示唆し）、佐助が春琴を愛し、献身的に仕えるようになったのは火傷で春琴の気が折れてからだとするが、《もし春琴が災禍のため性格を変へてしまつたとしたらさう云ふ人間はもう春琴ではない》という『春琴抄』の記述一つ取っても、到底成り立ち得ない解釈である。永栄氏は《賊》＝犯人説を否定する為に、その場で湯を沸かす悠長さや有明行燈が消えていた事を言うが、行燈は自然に消える事もあるし、素人の《賊》なら明かりを持って侵入したとしても不自然ではあるまい。春琴が呻きながら静かに仰臥していた事も、《両足を十分に包んで寝る》習慣と重傷を負って半ば気を失った為と解釈すべきだろう。そもそも美貌を誇る春琴が何故敢えて自らを醜くするのか。老醜を避ける為なら、佐助が盲目になるだけで良い筈だし、作中には春琴が容貌の衰えを自覚したとする記述すらないのだ。醜くなった自分の顔を佐助に見られる危険性の極めて高い方法を春琴が選ぶのも不自然だ。秦氏は『春琴抄』を純愛物語と読み、春琴は自らの老いを自覚した上で佐助の愛を試そうとして乾坤一擲の《賭け》に出たのだとするが、その様な事がテクストの何処にも書かれていると言うのか。佐助のエゴイズムばかりを余りに強調する従来の読みに反発する心情は理解出来るが、氏の読みはまた余りにメロドラマ的である。

そもそも両説は、盲目になった佐助によって春琴のイメージが永遠化される事を自明の前提としているが、春琴や佐助がそうした事態を予想し、それを目指して失明したとは考えられない。二人は最初は、単に醜くなった春琴を見せぬように見ぬようにしようとしただけであり、内界の眼が開け、春琴のイメージが理想化されたのは予期せぬ結果だった筈である。両説はこの点でも共に誤っているのである。これ迄にも芥川の『藪の中』の真犯人が発見されたり、漱石の『こころ』の「奥さん」と「私」が再婚したりする様な珍事があったが、テクストを無視した妄説の跳梁跋扈には慨嘆せずにはいられない。

（二）「書評　永栄啓伸著『谷崎潤一郎論　伏流する物語』」より

永栄氏は、春琴自害説の根拠として、犯人が台所で湯を沸す場面の不自然さを言い、これは鳴沢てる女の証言を信じるなという作者のメッセージだと言われるのだが、私には、この部分を次の様に読んで何故悪いのか分らない。即ち、問題の日は晦日で月もないので、犯人は提灯で足許を照しながら春琴の家にやってきて、台所に忍び込むと火を起こし、湯を沸し、提灯の明りを頼りに春琴の顔に熱湯を注いで逃げた。佐助の部屋にあった有明行燈（永栄氏は春琴の部屋にあったと誤解している）は、犯行後に消したか、犯人の逃亡後、吹き込んだ風で消えた。春琴は眠っていたのと火傷がひどかったのとで、咄嗟に声も出せずに半ば気を失った。春琴は冷え症で、いつも《両足を十分に包んで寝る》から、あまり寝姿も乱れなかった。と、この程度に解釈して何故いけないのか。また、深夜に忍び込んで台所で湯を沸す以外に、身元を知られずに熱湯をかけるどんなうまい方法が他にあるというのか、永栄氏の教えを乞いたい。

そもそもこの記述は、谷崎が語り手に「鵙屋春琴伝」を引用させた上で、《事の真相を発くのに忍びないけれども此の前後の伝の叙述は故意に曲筆してゐるものと見る外はない》として《事実は（中略）中々の重傷だつたのである。》云々と語らせている、私が（中略）にした部分にある。最初に虚偽を提示し、それを批判する形で真相を明らかにする叙述の流れからして、「賊に関する記述だけが嘘で、大火傷は本当だ」とは読めないし、他には真相を明す部分も無い。「伝」もてる女の証言も、元は佐助の発言だが、内々に語った方が真相で、公表した方に美化があるのは自然であろう。

一方、永栄氏の説で真相とされるのは、私なりに補ってみると、大体次の様になる。

まず、春琴は自らの美貌の衰えに危機感を持っていた（しかし、そんな事は作品のどこにも書いてない）。そして、佐助を失明させる事で、自分の美を永遠化しようと考えた（これもどこにも書いてない）。そこで春琴は、先ず佐助に熱湯を沸させ、持って来させた上、次の間に下がらせ、佐助が熟睡するのを待って（お湯は冷めないようにしておいたのだろう）すべてを賊の仕業に見せかける為に（何故そう見せかける必要があるのかは分らないが）佐助の寝床の傍まで手探りで行って、有明行燈を消し（賊が侵入したと見せかける為に、雨戸を外すか何かもしたのだろうか?）、自ら熱湯をかぶると、静に仰臥した儘、佐助を起こすように（?）呻き声を上げる。しかし、佐助が目を覚ました頃には、春琴は苦痛の余り半ば気絶していた為、肝心要の絶対に見られてはならない筈の醜く変じた顔を、危うく佐助に見られそうになり、慌てて顔を隠そうとした、と云う事になる。

これがどうして台所で湯を沸す賊より自然なのか分らない。少なくとも賊の存在は、鴫沢てる女の証言だけでなく、語り手も佐助も一貫してはっきり認め、それを前提にして話が進められているのに対し、春琴が自分で熱湯をかぶった事を窺わせる記述などは、作中の何処にもないのである。

そもそも永栄氏は、佐助が失明すれば春琴の美しいイメージが永遠化されるという事を、春琴や佐助が予め熟知している事を前提にしているが、その様な奇怪な想念が幕末の庶民の頭に思い浮かぶとはとても思えないし、事実浮かんだとも書かれていない。少なくとも、盲人の世界は暗黒世界だと思っていた佐助については、この前提は成り立たない。寧ろ二人は、最初は単に醜くなった春琴を見ぬように、見せぬようにしようとしただけで、それが予期せぬ結果として、佐助の中での春琴のイメージの理想化・美化に繋がったと読むのが自然であろう。

しかし、たとえ百歩譲って、佐助を失明させれば自分のイメージを永遠化できると春琴が思っていた事にした所で、不自然さはやはり免れないのである。老醜を恐れるなら、いつもの春琴らしく、「佐助、明日から盲目におなり」と命令すれば済む筈なのに、春琴は何故そうしないのか。また、自分の美貌をあんなに大事にしていた春琴が、どうしてそれを、二度と再び表に出られなくなる程にまで破壊する気になったのか。佐助の失明を促す意味なら、少し傷付ければ済みそうなものだが、それでは佐助が目を潰してくれないとでも思ったのだろうか。また、春琴が佐助の居る所で熱湯をかぶれば、どう工夫した所で、醜く変じた自分の顔を佐助に見られてしまい、一切の努力が水泡に帰する可能性が極めて高いのに、何故その様な危険を冒したのか。《今の姿を（中略）お前にだけは見られたうない》という春琴の言葉が嘘でないなら、寧ろ佐助の居ない所で熱湯を浴び、他人の介抱を受け、白い繃帯姿になってから佐助と会うのが安全な手順ではないか。また、谷崎文学には、男の愛の喪失や美貌の衰えを恐れ、それを防ごうと躍起になるヒロインなど、後にも先にも出て来たためしはないのに、春琴だけがそうだというのも不審に堪えない。

また、永栄氏は、佐助の失明後、佐助と春琴が交わす会話、例えば《あの晩曲者が忍び入り辛き目をおさせ申したのを知らずに睡つてをりましたのは返すぐ〵も私の不調法》云々を、賊の仕業に見せたがっている春琴に、佐助が巧みに調子を合せている台詞だと言う。しかし、世間体を慮って、表向き賊の仕業だった事にしておく位なら理解できるが、佐助に対してまで、わざわざ有明行燈の火を消したり、《誰の恨みを受けて此のやうな目に遭うたのか》などと嘘を張り通す春琴の心理は解し難い。しかも、ここでの春琴の言葉、《私は誰の恨みを受けて此のやうな目に遭うたのか知れぬがほんたうの心を打ち明けるなら今の姿を外の人には見られてもお前にだけは見られたうないそれをようこそ察してくれました》（傍線・細江）は、春琴が初めて佐助への愛情を告白した重い台詞である筈だ。それが、前半（傍線部）は見栄を捨てきれずに吐いた嘘で、後半だけが見栄をかなぐり捨てて真情を吐露した部分だと解釈するのは、不可能であろう。

また、語り手が、春琴が如何に多くの人の恨みを買っていたかを縷々説明した部分は、いろんな人の恨みが積り積った挙げ句に遂に熱湯を浴びせられたから生きてくるので、老醜を恐れて自分でかぶったのでは、前の説明がみんな宙に浮いてしまう。また、佐助失明後の二人の生活を、語り手が《禍を転じて福と化した二人の其後の生活》と言えるのも、誰かに熱湯を浴びせられたからこそで、自分でかぶったのでは《禍を転じて》とは言えない筈である。

文学研究は、作家論においては作家の全生涯を通じてのすべての行動及び著述を、作品論においてはテクストのすべての字句を、それぞれ一貫した立場から統一的に説明する事を目指すものであるが故に、矛盾が一箇所でも発見された場合には、それだけでその説は学問的な生命を失うのである。その意味で、春琴自害説については、語り手の（春琴に対して）《天は痛烈な試錬を降して生死の巖頭に彷徨せしめ増上慢を打ち砕いた》云々という言葉と矛盾するという事実一つだけでも、既にその誤りである事は十分立証されているのである。もしそれを認めず、自説に都合の良い箇所だけに飽く迄も固執するとすれば、もはや学問とは袂を分ち、際限もない妄想の迷宮にはまり込む他あるまい。

ただし、『春琴抄』自体にも、こうした誤読を誘い出す要素があった事は事実である。それは、『春琴抄』が佐助と春琴だけの極めて自閉的な愛の世界であり、殆ど二人だけでストーリーも自己完結しているのに、春琴の火傷だけが例外となっている点である。しかもこの火傷は、盲目になって春琴と同化したいという佐助の宿願を実現する切っ掛けとなるなど、ストーリーの上で最も重要な転回点となっている。その様に大事な事件の主役を、不意に闖入してきた何者ともつかない第三者が演じると云う事に、一部の読者が不満を感じ、犯人を佐助か春琴にして、二人だけの物語として完成させたくなる気持ちは理解できる。しかもこの犯行は、春琴の美が老いによって失われる直前の、二人のどちらか或いは両方の意志に基づく行為と考えたくなるのだろう。永栄氏が春琴自害説に固執されるのも、勿論この様な事情があるからなのである。

しかし実際には、谷崎は、春琴に火傷を負わせる事だけは、どうしても春琴・佐助以外の誰かにさせざるを得ないと考えたからこそ、無理を押して、別の犯人を呼び込んだのである。谷崎が、犯人を確定しないで置いたのも、その事によって犯人の比重を軽くし、『春琴抄』を可能な限り春琴と佐助二人だけの物語として完結させたかったからであって、読者に真犯人探しをさせる為ではなかった。

永栄氏は、「あとがき」の中で、本書のモチーフは《昭和初年代の谷崎が、あえて曖昧な語りを使用し、読者に多様な読みを許すような物語を構築したのは、言葉の多義性を逆手にとって、展開される表層の物語の背後にもう一つ、読者の読みを通じて成立する物語空間を想定したのではないか、という仮説》であったと述べておられる。が、私の知る限り、谷崎文学には、場合によって細部を意図的にはっきりさせずにおいたり、どちらとも決めずにおいたりする事はあっても、作品にとって重要な基本的な事実関係が確定できないなどという例は一つもない。永栄氏は、『春琴抄』が、表層的な読みの他にもう一つ、春琴が自ら熱湯をかぶったという読みを含み持つと主張されるが、賊が犯人の場合と春琴が自分で熱湯をかぶった場合とでは、全く別の小説になってしまう。永栄氏は、谷崎が二重の読みを可能にする様な小説を書こうと意図していたのだと主張されるが、その様な小説を書く事は、いたずらに困難であるだけで、芸術的には何の意味もなく、谷崎ともあろうものが、何故その様なややこしい事を試みねばならないのか、私には全く見当も付かない。永栄氏は、谷崎がその様な試みをした事が明白な実例を挙げると共に、谷崎がその様な試みをするに至った動機や意図を、谷崎の評論などから跡付けて見せる義務があろう。

これ迄にも、『蘆刈』の葦間の男がお遊さんの子だとか、『夢の浮橋』の武が糺の子だとかいった愚劣な説が唱えられ、谷崎文学が歪曲されようとした事があった。私は、そうした浅薄な誤読によって、谷崎の苦心の芸術作品が冒瀆される事を黙視するに耐えない。永栄氏にも、文学とは無縁の妄想・曲解に災いされぬように、強く期待するものである。

【付記】本稿は、（一）は「昭和文学研究」（平成二・二）、（二）は「国語と国文学」（平成五・七）に発表したものから、今回、所謂『春琴抄』論争に関する部分を抜き出し、加筆したものである。『春琴抄』論争に対する私の立場を明らかにする為に、【資料】として掲載した。

第六章　不能の快楽
——『瘋癲老人日記』小論——

『瘋癲老人日記』のテーマは従来の谷崎文学と同じである。ディテイルにも繰返しがある。例えば颯子は浅草に居た事があり、無教育なのに賢く、外国語を勉強し、花が好きで、背中を拭かせて誘惑する所や唾液を一滴垂らすキスまで『痴人の愛』のナオミと殆ど同じである。女中を苛めて自分だけ贅沢し、動物を溺愛する所や石化のモチーフは『春琴抄』、菩薩になる所は『法成寺物語』『無明と愛染』『卍』等、アダリンを飲ませる所は『赤い屋根』、《颯チヤン！　痛イヨウ！》と叫ぶ所は『青い花』、足の裏に朱墨を塗る所は『少年』『鬼の面』『肉塊』『春琴抄』等で女性の顔を汚す・絵具を塗る・破壊する等の例と同じである。足の朱拓は『青塚氏の話』に前例がある。谷崎文学に頻出する人魚のモチーフも、シャワーや水泳、シンクロナイズド・スウイミングの形で登場する。

しかし、真の芸術家は、自らに固有のモチーフを一貫して追求するものであり、作品の価値は、芸術上の新しい試みの成功にのみある。この作品に於ける谷崎の芸術的野心は、不能になった老人の変態的性生活という従来と余り変らない趣向と、日記というかなり新しい趣向を、完全に、かつ豊かに調和させる事にあり、谷崎は見事にそれを成功させたのだから、これらは何等恥ではないのである。

谷崎は、戦前の或る時期から日記を付け続け、戦後はその一部を公表し、日記性の強い歌日記『都わすれの記』や『老後の春』『月と狂言師』を書いたり、宮田和一郎の『王朝三日記新釈』から『少将滋幹の母』『小野篁妹に恋する事』を書く等、日記への傾斜を示し続けていたし、考えて見れば、『細雪』がそもそも日記性を帯びた大作だった。

しかし、日記は本来、長編小説には不向きなスタイルで、古来、成功例は少ない。谷崎の場合も、『過酸化マンガン水の夢』は一日だけの短編だし、『鍵』は特定の他者に読ませる為に書かれた半ば虚構の日記であり、実質はラクロの『危険な関係』等に近い一種の書簡体小説で、『瘋癲老人日記』が初めての本格的な日記体小説の試みだったのである。

日記体に伴う困難は数々あるが、中でも、構成・ストーリー性を導入する事は、至難の業である。日記は偶然的な事件・感想の脈絡のない羅列となるのが自然だからである。谷崎は、この難関を突破する為に、様々な手段を工夫している。

例えば、作品全体に大雑把な構成を与える為に、谷崎は四季の移り変りを利用している。颯子と春久・老人との性的関係は、真夏の太陽のイメージと結びつけて六月から八月に集中させ、家族が軽井沢へ避暑に行った留守宅を恰好の舞台とし、また、シャワー・ルームを巧に用いている。九月になると、シャワーの季節が過ぎた事を口実に春久への言及は激減させ、秋の蟋蟀の鳴き声（実は老人の呼吸音）と共に母のモチーフ・幼児回帰のモチーフを前面に押出す。そして、冬が近付くにつれて、キシロカイン注射・墓地探し・入院と死のモチーフを顕在化させる。そして、冬籠りのような闘病生活の後、春の訪れと共に、再び老人の性的な夢想がプールの工事という形で甦ってくるように設定している。

こうした大枠に対して、日々の記事については、「何月何日何曜日（晴）今日私はこれこれの事をした」といったステレオタイプを避け、会話を導入する等、普通の日記の陥りがちな単調さを破りながらも、日記らしさを損うストーリーの連続的展開は殆ど放棄し、その代りに、一見テーマと無関係のようでいて、実は奥深い所でテーマと結びついて行くようなエピソード・イメージ・物の名等を巧に散りばめるという手段を用いている。

例えば、『瘋癲老人日記』には、昭和三十五年の様々な風俗や事実が巧に取込まれていて、谷崎はそれを、日記本来の記録性の現われの様に見せかけているのだが、谷崎の真の狙いが作品のモチーフの表現にそれを役立てる事にあるのは明らかだ。例えば、八月二十日に台風十四号が関東地方に接近したのは事実だが、谷崎は台風の目とキャッツ・アイを重ね合わせる事で（その為にわざわざ猫眼石と書いている）、恰もキャッツ・アイの魔力が台風を巻起こしたような印象を作り出している。

作品の始る六月十六日が、反＝安保デモで樺美智子が死んだ翌日である事は良く知られているが、この事と作中でのデモ隊への言及も、作者の政治的関心と老人の政治的無関心(注1)を表わすだけではなく、映画「黒いオルフェ」のリオのカーニヴァルのイメージと共に、社会を支えてきた既製秩序の崩壊と生＝性のエネルギーの噴出を暗示するものとなっている。勿論それは、家長として一家を取り締るべき立場の老人が、逆に家を破壊するという作品のストーリーに呼応するものなのである。

颯子の逗子へのドライブや葉山での海水浴、それにボクシング好きやタバコを吸う事等は、所謂太陽族映画への連想を意図するものであろう。颯子に「イカス」という流行語を使わせている事(注2)、谷崎が「太陽の季節」以来裕次郎のものは一度も欠かした事がない程のファンだった事(注3)からも、そう考えられる。太陽族が、夏の太陽と結びつく性＝生のエネルギーを爆発させる既製秩序の紊乱者と目されていた事は言うまでもないであろう。

作中で言及される映画「黒いオルフェ」・「太陽がいっぱい」・炎加世子の映画等(注4)も、単にこの年に封切られたというだけではなく、太陽をイメージさせ、かつ、「スリ」・沢村源之助・高橋お伝・「悪魔ノヤウナ女」・ボクシング、ピンキー・スリラー(注5)、それに「ヂヂイ・テリブル」という言い方で暗に言及されているコクトーの『恐るべき子供たち』等とあいまって、性と死と犯罪のイメージを颯子の周りに揺曳させる為の仕掛けとなっている。一方、久原房之助らの政治家や麻布狸穴以下の高級住宅地・避暑地等の名は、卯木一族のブルジョアぶりを印象付ける為に散りばめられているのである。

谷崎は伏線はもとより、イメージの取り合せにまで非常な注意を払う事で、日記に付き物の叙述の不連続性を維持しながら、作品に統一性を付与する事に成功している。

例えば、六月十八日の日記には鱧の梅肉が出てくるが、鱧の白は颯子の白い肉体を表わし(注6)、梅肉の紅との対照は、八月十六日の日記で、外人なみに白皙の颯子の胸に出来たV型の紅潮、十一月十二日の日記で、颯子が吸う煙草と颯子の白い指に対する赤いホールダーとマニキュアとルージュ、十一月十五日の日記の紅絹の裂と布団綿の対照を経て、白唐紙に朱の拓本にまで、イメージをこだまさせる。(注7)

鱧の白身で颯子の肉体を象徴させた事は、老人の性欲が、キスや足の指をしゃぶる事等、主に口唇期的手段で満たされるという老人の幼児退行のモチーフとも深く結びついているし、コントラストをなす紅は、性と死と犯罪のいずれとも密接に関連する血のイメージへと連想を結び、《血ヲ見ルト多少興奮スルワネ》という颯子の、アプレ・ゲール風高橋お伝のイメージとも響き合う。

谷崎は、この作品で、ゴツゴツした石の様な視覚的効果を持つ漢字カタカナを用い、無味乾燥と誤解される程にまで文章を簡潔にする事で、石の連想の下に、老人の漢詩・拓本趣味、石仏・仏足石はもとより、棟方志功の版画挿絵からコンクリート・ジャングルとしての東京や、颯子と老人のドライな個人主義までをも統括する事に成功している。永井荷風の名は、漢詩趣味とアメリカ的合理主義と老人の性と日記とを結びつける絶好のイメージとして呼出されているのだし、篆刻家・桑名鉄城も、(注8)石との関連で言及されるのである。

颯子が老人に買わせるキャッツ・アイも、女の魔性のメタフォアと言うべき猫の目を石化させたものである。谷崎は猫＝妖婦、犬＝男と考えている。だから、颯子は犬と一緒にドライブし、老人は犬のように颯子の食べ残しを食べ、犬に嫉妬する。谷崎は猫と犬の両方を愛し、昭和三十五年当時もペルシャ猫のペルを愛育していたのに、この作品に犬だけを登場させたのは、猫は颯子一人であるべきだからだ。

同じく石に関連する重要なものに、タイルのシャワー・ルームがある。これは、颯子の反＝母性、娼婦性に対応するもので、例えば、『蓼喰ふ蟲』で、要が薄暗い長州風呂という母性的空間で、お久を妻とする空想にふけるのと対照的である。しかし、これを谷崎の本質的かつ直線的な変化や進歩と考えるべきではない。谷崎においては、闇に隠された母と強烈な光で照し出される娼婦とが、同じ一つの根から別れ出た一対のタイプとして、常に同時に欲望の対象となっている。所謂日本回帰も西洋崇拝も、谷崎がその時々に、自分の中のいずれかの欲望を誇張・純化し、その可能性を突詰めてみたもので、これは絶えず枯渇を避け、新しい境地を切開こうとする作家的努力の結果なのである。

以上の様な工夫をしてもなお、普通なら、日記の持つ本来的な散漫さを克服する事は困難だったであろう。そこで谷崎は、この日記の筆者に極めて特殊な条件を与えている。即ち、老人は殆ど外出できず、外の世界で起こっている事柄に全く興味を示さない。老人の関心は、性に関する事柄、取分け颯子に集中する。それも、母として主婦として、また普通の女としての颯子の一面には全く触れず、自らの性的妄想に関連する事柄だけを取上げる。老人のこうした関心の狭さは、日記というスタイル故に、直ちに作品世界の狭さとなる。しかしその狭さが、この日記に、日記には普通有り得ない程の集中性・持続性を与えるのである。

谷崎は、日記体の持つ表現上の制約を乗越える為に、以上の他にも様々な工夫を行なっているが、そうする事で谷崎が活用しようとした日記体の効用の方も、実は、その同じ客観的描写力の欠如から齎されるものなのである。

日記は本来、せいぜい一、二時間で書けるものでなければならない為、その記述は簡略で、書き手にとって自明の事は、大抵省略される。しかし、その事が逆に、性という本来想像的な世界へ読者を誘い込む上で、一つの有力な手段ともなりうるのである。もっともその為には、読者の方も想像力を働かせながら、極めてゆっくりと、一語一語味わいながら読む必要がある。《予ハ二十分以上モ所謂ネツキングヲ恣(ほしいまま)ニシタ》という一文だけからその二十分間をリアルに想像し、プールの工事だけからシンクロナイズド・スウイミングをする颯子の白い脚を空想しなくてはならない。七月二十八日の日記で、春久が、銀座の東京温泉（女性によるマッサージ・サービス付き蒸気風呂）へ行く代りにシャワー・ルームを借りたいと言い、八月十八日の日記でミュージックホールのヌード・ショウで使われるサンダルヒールを颯子が履いているという事から、シャワー・ルームが限りなくいかがわしい空間のように思え、八月五日の日記で、女中が運ぶ二人分のコカ・コーラから、アメリカ風のドライな昼の明るい情事がイメージ出来なくては、この作品の本当の面白さは分らない。末尾に付された看護婦と医師の、これこそは本当に無味乾燥な手記は、老人の日記がいかにこの種の快楽に満ちているかを示す為に置かれているのである。(注9)

読者が味わうこの書かれないが故の想像の快楽は、実は老人が味わう快楽と同質のものである。何故なら、老人もまた、不能者であり、かつ身体が不自由であるが故に、実行よりも想像の世界に生きざるを得ず、その御蔭で、ほんの些細な事からも性的妄想をはびこらせる事が出来るからである。例えば老人は二階を覗きに行く事すら出来ないが(注10)故に、また三十分刻みのスケジュールに拘束されている為に、浴室の戸が締っているといった僅かの情報から、颯子と春久の情事を生き生きと想像できるのである。

老人は言わば性的妄想のエキスパートとして、率先して範を垂れる事で、読者にも性的想像力を働かせ、快楽を味わうように唆す。老いも死も、ここでは薬味に過ぎず、老人の肉体的条件は、恰も性的想像力に奉仕する為に在るかの如くである。老人が興奮するとすぐ血圧が上がってしまい、看護婦に分ってしまうというユーモラスな正直さは、老人の肉体が男性性器そのものとなっている事を思わせる。(注11)老人の左手も死後の骨も、マゾヒズムの性感帯に他ならない。本来マゾヒズムやフット・フェティシズムは、性的想像力なしには生まれないという事を考えるならば、こうした作品が書かれる必然性もまた理解されるであろう。

作品末尾で、老人の考えた仏足石は出来そうにもなく、老人の体はますます不自由であるが、にもかかわらず、老人の性的妄想が健在であるかぎり、老人は何も失っていない。拓本やプールの工事は、生身の颯子や仏足石よりも、想像を掻き立てる筈だからである。(注12)

そもそも『瘋癲老人日記』全体の主題は、老人が性的に不能である事から生じる強烈な性的妄想を描く事にあった。漢字カタカナ表記の読みにくさと、最小限の描写しかしない日記の特性は、こうした想像の快楽を読む行為の中に持ち来す為に選ばれたものであり、この工夫によって谷崎は、テーマとスタイルの完璧な調和という芸術にとって唯一絶対の目標を達成したのである。

ルネッサンス以降の遠近法絵画が、自らを透明なガラス窓に見せかける事でリアリティを確保しようとしたように、近代の文学は、曇りなき真実を直接に、かつすべて提示する透明な媒体となる事に憧れ、無表情な活字の背後に書き手と書き言葉の介在を忘却させようとしてきた。『盲目物語』から『瘋癲老人日記』に至る谷崎の表記の工夫は、そうした近代文学の虚構の客観性に対する最もラディカルな反省であり、反逆でもある。盲目となる事で欲望の目を開き、テクストの不透明さを強調する事で、見えないものに対する想像を掻き立てる。『陰翳礼讃』とは、日本論ではなく、一個の美的方法論なのである。

ラストの場面で、老人は、『金と銀』の青野のように、言葉（日記）を奪われ、言わば失語症となっている。だが、その事は老人の密閉された内面への読者の想像を無限に掻き立てるだけである。老人の不能に始まる物語は、語る事の不能において、見事にその円環を閉じたのである。

注

（1）『文壇よもやま話（下巻）』（青蛙房　昭和三十六・十二）所収の対談（昭和三十五年九月二十七日にＮＨＫラジオで放送されたもの）で、谷崎は日米安保反対運動について、「もし若ければ自分もやっただろう」と発言している。谷崎と雖も、政治に全く無関心だった訳ではなく、ただ創作のモチーフとしなかっただけの事である。

(2)「イカス」は、石原裕次郎主演映画から流行した言葉である。『谷崎潤一郎＝渡辺千萬子往復書簡』（中央公論新社）所収の昭和三十六年十一月四日付けの潤一郎宛千萬子書簡に、颯子のモデルである千萬子が使用した例がある。

(3) 谷崎松子『倚松庵の夢』所収「夏から秋へ」や楠林信正・角田秀雄「タフ・ガイの魅力――石原裕次郎の素描」（「週刊朝日」昭和三十三・二・九）による。野村尚吾『谷崎潤一郎　風土と文学』所収「雪後庵の思い出」によれば、潤一郎は自分の若い頃の顔が裕次郎に似ている事を自慢にしていた。

(4)「キネマ旬報」増刊『日本映画俳優全集・女優編』（昭和五十五・十二・三十一）などによると、炎加世子は十九歳で浅草東洋劇場に出演中の昭和三十五年四月二十八日に心中を図り、相手の男だけが死亡。同年八月に大島渚監督の映画「太陽の墓場」に主演し、野性的な肢体と週刊誌の対談での発言「セックスしている時が最高よ」が話題を集めた。

(5) 渡辺千萬子さんから伺った話とVincent Terrace "The Complete Encyclopedia of Television Programs, 1947-1976" NY: A. S. Barnes 7 Co., 1976と乾直明『ザッツTVグラフィティ　外国テレビ映画35年のすべて』（フィルムアート社）によると、これは昭和三十六年四月から毎週金曜の夜にABCで放映されていたアメリカのワーナー・ブラザーズ社製のテレビ番組「ローリング・トゥエンティーズ　マンハッタン・スキャンダル」（全四十五回）から、ごく一時期、使われた言葉と言う。
　この番組は、一九二〇年代のニューヨークを舞台に、ギャング団の悪事を暴く新聞記者と、それを手伝うクラブの美人歌手ピンキー・ピンカムの活躍を描いたもので、ピンキーの脚線美と、「ピンキーとプレイボーイズ」という歌と踊りが、お色気を醸し出していた。

(6)『過酸化マンガン水の夢』では、牡丹鱧の白い肉が春川ますみになる。

(7) 春久を黒人のように色黒としたのも、南国のイメージとの連想に加えて、颯子の白との対照をも考えての事であろう。

(8) 作中では桑野鉄城。なお、竹翠軒のモデル・香雪軒当主・長岡憲一氏の御話では、谷崎は昭和二十二年夏に初めて香雪軒を訪ね、やがて筆を作らせるようになった。この頃、桑名鉄城のものが多く売りに出ていて、後年、笹沼夫妻の金婚式に贈った九華堂（＝桑名鉄城）蔵の鉄斎画雙壽万年図の袱紗もこの頃買った。香雪軒の先代は、谷崎と同い年で大変親しくなった。
　昭和三十年十一月八日、祇園新橋白川橋畔（「大友」跡地）に建設された、吉井勇の歌「かにかくに祇園はこひし寝るときも枕の下を水の流るる」を刻んだ石碑の除幕式が行われて間もなくの秋に、谷崎は香雪軒に依頼し、祇園新地甲部組合理事長・中島勝蔵氏の許可を得て、この歌を黒と朱の拓本にとって、「後の雪後庵」の襖の装飾にした（佐々木墨彩堂に依頼して昭和三十二年四月六日に襖への張込みをして貰ったことが、谷崎の三月三十一日付け佐々木墨彩堂宛速達葉書から分かる）。谷崎はその後、香雪軒に立寄った際に、この間の拓本はどうやって取ったのかと質問し、長岡憲一氏の父親が朱墨（谷崎は専ら「玉龍冠」を使っていた。現在一挺一万円、暗い色の赤くち本朱）・硯・鄭板橋の書などを『瘋癲老人日記』十一月十五日の日記にある通りに勧めている間に、憲一氏がタンポを作って谷崎に渡した、とのことである。

(9) 「勝海医師病床日記抜粋」は、谷崎が昭和三十五年十月三十一日から十二月十二日まで心筋梗塞で東大病院に入院した際の主治医・桜井忠司氏が書いたものである。桜井氏が「千葉市医師会だより」に執筆された文章、および私が電話で確認したお話によれば、昭和三十七年初春に松子と重子が医局を訪ねて来て、「『瘋癲老人日記』末尾に医師の日記を書いて頂きたい、それも明日までに」と依頼し、『瘋癲老人日記』が掲載された前号までの「中央公論」を渡した。谷崎からの指示は、季節を合わせることぐらいであった。桜井氏はその夜、午前一時までかかって原稿を書き上げた。谷崎の病床日記はつけていたが、二、三参照した程度で、一々確認はせず、短時間で、記憶に従って書き上げた。天候については、桜井氏が適当にでっち上げたフィクション。翌日、原稿を受け取った谷崎は、「これは面白い」と言って、一言一句変えず、そのまま使ったと言う。

(10) 一階と二階との間の一線は、『少年』の西洋館（及びその原型となったサンマー体験）や『武州公秘話』の首装束の場面にもある。

なお、潤一郎は、京都へ行く時には、北白川の渡辺家の二階の和室二部屋を使用し、清治・千萬子夫妻は一階だけを使っていた（「インタビュー渡辺千萬子氏に聞く」「国文学」平成十・五）。この関係を逆にすれば、『瘋癲老人日記』の一階と二階の関係になる。

(11) 老人が日記を独りで書き上げられるように、谷崎は、自分とは逆に、老人の右手を健康にして置いたのである。

(12) 渡辺千萬子さんによれば、谷崎は老人を死なせるつもりだったが、千萬子さんの意見で生き延びさせた。実際の死よりも死を想像する快楽を採ったのである。

【付記】本章は、「国文学　解釈と鑑賞」（平成四・二）に「『瘋癲老人日記』小論―不能の快楽―」として発表したものに、今回、加筆したものである。

第二部　作品特殊研究

第一章　『象』・『刺青』の典拠について

（一）

谷崎潤一郎が早くから風俗考証に関心を持っていた事は、《新思潮に「刺青」の出るまでは》谷崎の《話が何時も有職故実の範囲を出なかつた事》で《寧ろ軽蔑してゐた。》という後藤末雄の回想（「谷崎君の性格の正体」「新潮」大正六・三）によって知られる。こうした考証癖は、彼の生涯を通じて変わらなかった特徴の一つだが、分けてもデビュー当初にはこの傾向が顕著で、『誕生』から『信西』に至る、時代を過去に取った五つの初期作品には、いずれも典拠に基づいた描写・表現がなされている。(注1) 本章では、従来余り典拠が指摘されていなかった『象』・『刺青』の典拠との比較検討を通じて、谷崎の考証癖の実態を解明すると共に、両作品の解釈にも立入るつもりである。

（二）

まず『象』の場合であるが、この作品は、享保十四年に、前年長崎に到着していた象が、陸路京・江戸に連れて来られ、天皇・法皇・将軍の叡覧・台覧に供せられたという史実と、櫟谷江通の漢詩（後述『詠象詩』所収）に《街頭白日見二全象一／都人奔走似二顚狂一／扶レ老携レ幼各争視》と詠われたような、その際の庶民の熱狂ぶりと、《山王の御祭礼の時、麹町より大象の作り物いだす事、この時のまねびなりといへり》という『武江年表』の誤伝（《麹町より朝鮮人来朝の形をなす、象を布にて作る》という『年中故事』巻之八や『東都歳時記』が正しい）と、この作り物の象が半蔵門に半分しか入らなかったので半蔵門という名が起こったという口碑伝説（史実ではない）（注2）とを混ぜ合わせて作ったもので、生きた象が山王祭に登場する等、史実を意図的に改変している部分も多いのだが、にも拘わらず、谷崎は、かなり綿密な史実の調査に則ってこの作品を書き上げているのである。

　まず、その冒頭近くに在る「町家の隠居」の科白の内、《何でも暹羅などゝ云ふ国では国王のお姫様始め、下々の女子供迄が牛馬同様に追ひ使つてると云ふ話を私は物の本で見た事がある。》という部分は、後で「俳諧の宗匠」の科白の中で、《上方ではもう詠象詩と云ふ、象の詩歌を集めたものが、出版になりました。》と言及されている『詠象詩』（享保巳（ママ）酉仲夏（十四年五月）京兆書肆二酉斎蔵版）所収の平仲緩の「考象」と題する文章の、《嘗聞二暹羅訳人之説一（中略）国人常駄レ象致レ遠惟其国王王娘駕毎用二大白象一》という一節に拠ったものと思われる。また、「町家の若旦那」の《彼は広南国から、鄭大成と云ふ人が、船へ乗せて持つて来たのだ。》という科白と、後の「町医者」の《長崎までは雌雄で来たのぢやが、雌は彼処で死亡つて、雄ばかりが生き残つたのぢや。》という科白は、同じ文章の《享保十三年七月長崎有レ象至広南船主鄭大成載レ舟来貢雌雄二生七歳九月雌斃》という一節に拠ったらしい。そして、《広南国》を説明した「町家の若旦那」の《年中春が続いて夏と冬のない所ださうだ。》という科白も、同じ文章の《暹羅（中略）常暖無二冬夏之気一》に典拠が有るようである。また、《伴れて来た人は福建の鄭大成だが、国は天竺の属国なのだ。》という「旗本の若侍」の科白は、同じ文章の《大成清福建漳州府人氏》及び《暹羅南天竺所属地》という一節に拠ったものと見られる。「出家」の科白に出て来る《和唐内》云々が近松の『国性爺合戦』に拠るものである事は言うまでもない。どうやら谷崎は、名前の類似から、鄭成功（和唐内）と鄭大成を暗に結び付けようとしたらしいのだが、史実の上では両者は無関係のようである。

さて、次は、「町医者」の科白の内、象の食べ物としては、《饅頭と笹の葉をやるのだそうぢや。》という部分であるが、これは神沢杜口の「其蜩庵随筆」（『珍書文庫　随筆大観』第二（明治四十三・八・二十五）所収）の《食物は饅頭笹の葉等なり》に拠ったと考えられ、同じく「町医者」の《潭数潭綿（たんすうたんめん）と云ふ広南人の象使ひが、鳶口を象の背に突き立て〻追ひ廻しても、一向痛がる様子もなかつたと云ふ事ぢや。》という科白も、同随筆中の、《象遣二人。名は潭数潭綿。広南人也。（中略）象遣。象に跨り鉄鉤を以て象の背に打立て〻是を扱ふに。其疵痛む体もなく。其夜星を見れば。疵直に癒と云。》という一節に拠ったようである。また、この「町医者」の科白の続きに《熊だつて虎だつて爪も立つまい。》とあるのは、或は、前掲・『詠象詩』所収・鳥山宗成の漢詩に《文雖（ハ）レ殊（ナリト）二虎豹（ニ）一力是（ハ）圧（レス）二羆熊（ヲ）一》とある事に触発されたのかもしれない。また、同じく「町医者」の科白に《象の糞は瘡毒の薬になります。》とあるのは、加藤曳尾庵の「我衣」（『燕石十種』所収）の《象の糞は（中略）痘瘡の薬とて売たれども、功を見たるもの一人も無し》という一節に、また《人があんまり馬鹿にすると、長い鼻で捲き上げて置いて、一と縊めにしめ殺すさうです。》とあるのは、「我衣」の《御浜にて飼付の者、常に御上より渡る飼草を減して養ひたり、依レ之象彼飼者を鼻にて巻て投殺せり》という一節に、それぞれ拠ったかと思われる。

次に《西京で天子様が叡覧遊ばした時には、あの象がちやんと前足を折つて、首を下げたと云ひます。》という「町医者」の科白と「俳諧の宗匠」の科白中に引用されている天皇と法皇の歌の典拠であるが、これは、柳原紀光の「閑窗自語」（今泉定介編『百家説林』（明治三十八〜三十九年増補刊行）所収）の中の、《象を宮中にめし入れて、中御門院御覧あり、台盤所のまへに引くとき、象まへあしを折りける、ちく類といへども、帝位のいとたふときをしりけむ、やむごとなき事なり、御製和歌に　時しあれば人の国なるけだものもけふ九重にみるがうれしさ（中略）又この日霊元院法皇の御所にひかせて御覧ありけるに（中略）御製やまとうた二首　めづらしくみやこにきざのからやまと過ぎしの山はいくちさとなる（一首略）》という一節がそうであると考えられる。

次に《唐人が彼の獣を伴れて来た時には鼠を鋼網の箱の中へ入れて、あてがつて置いたのです。すると象の奴め、鼠が網の外へ飛び出しては大変だと云ふので、唯もう一生懸命四本の足で箱を踏まへて其の方へばかり気を奪られて居るんですな。若しさうでもしないと、彼は游ぎが達者だから、海へ飛び込んで広南へ帰つて了ひますとさ。》という「町医者」の科白であるが、これもまた「閑窓自語」の《享保十四年、広南国より、象をわたし、術を聞きしに、このけものきはめて鼠をいむゆゑに、舟のうちにほどをはかり、はこのごときものをこしらへねずみを入れ、うへにあみをはりおくに、象これを見て、ねずみを外へいださじと、四のあしにて、かのはこのうへをふたぐ、これに心をいるるゆゑに数日船中にたつとぞ、しからざればこのけもの、水をもえたるゆゑに、たちまちうみをわたりて、かへるとなむ》という一節に依拠したものと考えられる。

又、象を見た「町家の隠居」が《黒とも白ともつきませんな。灰のやうな曖昧な色をしてますな。》と言うのも、「閑窓自語」の《このたびの象は灰色なり、白象にはあらず》という一節等に基づくものと思われる。

次に、「町家の若旦那」の《江戸でも追々団十郎が、象に因んだ狂言でも出すでせうな。》という科白であるが、これは、『日本社会事彙』第三版（後述）上巻の「市川家十八番」の項目解説の内、《【象引】享保十八年。始めて長崎より象の江戸へ来りしとき。二代目団十郎暫くの出に。其象を造り牽出せしに起る。》という一節か、または、石塚豊芥子の「寿十八番歌舞妓狂言考」（『新燕石十種』または「演芸画報」（明治四十一・十）所載・山田春塘「歌舞伎十八番考」（五）「象引」所引）によったかと思われる。

さて次は、祭礼の《お先行列》についての《突棒、指俣、錑を持ちたる同心三人真つ先に進み、同心五人朱槍を捧げ与力三人獅子に附き添ひて其の後につゞき、ついで獅子に附き添へる同心二人を左右に従へて若党二行、草履取一行、槍一行、挟箱一行、合羽籠一行、最後に再び突棒、指俣、錑を持てる同心三人、朱槍を持てる同心五人、獅子、榊の順序にて上手より下手へしづ〳〵と練つて行く。》という卜書、及び、《御跡行列》についての《日枝神社の神輿を先に立て丶、突棒、指俣、鋲の一行、朱槍五本獅子の一行、与力三人の一行、四行になりて進み、同心二人獅子二頭を左右に、若党二行、馬一行、挟箱一行、合羽籠一行、縦に列び、突棒、指俣、鋲、朱槍五本を殿(しんが)りにして下手へ歩み去る。》という卜書であるが、これは、《お先行列》の方の《槍一行》の後に「馬一行」、《合羽籠一行》の後に「同心小者」、《御跡行列》の《合羽籠一行》の後に「同心小者」、末尾の《朱槍五本》の後に「獅子」が脱落している以外は、幕府引き継ぎ書として現在も国会図書館が所蔵している『山王祭礼』（万延元年）なる文書（行列の配置を示し、同心・与力については姓名をも記したもの）の記載と、順序はもとより文字遣いに至る迄、極めてよく似ている。(注3)恐らく谷崎は、上野の帝国図書館で、この古文書を見付け、筆写したのであろう。

行列が出発して間もなくに《西尾様》の前を通り、半蔵門の手前で《内藤様》の前を通るという祭の行列の順路も、江戸図で調べたものと思われる。(注4)

『象』は、今日の読者の目には、片々たる一小品に過ぎないように見え、従って、作者・谷崎も気軽に書き流したものと決め込みかねないのであるが、これらの典拠の調査からも明らかなように、この作品は、当時の谷崎が大変な準備と努力の上に、上演を目指して作り上げた力作だったのである。

この時代の青年たちの例に洩れず、谷崎もまた、当時は、戯曲に対して相当の野心を抱いていた。その事は、第二次「新思潮」創刊以前に『信西』『誕生』を書いていた事、(注5)「新思潮」に『誕生』と『象』を先ず掲載した事、『麒麟』も戯曲になる筈だった事、(注6)結局発表されなかったが、この時期『嘘の力』『褒似』という戯曲や銀閣寺と義政を主題とした戯曲の構想もあった事等からも窺われる。(注7)(注8)また、饒舌子（瀧田樗陰）の「初対面録」（「中央公論」明治四十四・十一）によると、谷崎は《実は小説よりも脚本を書きたい。来年は脚本の方を真面目にやつて見る積りだ》と話したと言うし、「東京日日新聞」（明治四十四・十・十一）の「文壇の彗星谷崎潤一郎」という記事にも同じ事が出ている。第二次「新思潮」が小山内薫をリーダーとして発足し、自由劇場運動と密接な結びつきを持っていた事が、同人達に自作上演の可能性を夢見させていた事も見落してはならない。

恐らく谷崎は、地方出身者が多かった自然主義文壇に対して、この作品で、江戸っ子を誇示しようとしたのであろう。また、大のイプセン嫌いだった谷崎は、自然主義の貧しさ・暗さ・深刻ぶりに対して、明るく大らかな人生の楽しさを復権しようとする意図もあったと思われる。

象は麒麟などと同じく一種の霊獣で、『詠象詩』所収・山名霊淵の漢詩には《聖制盛二文化一／賢頌見二茂材一／太平楽レ有レ象／誰不レ歌二康哉一》とあり、石塚豊芥子の「豊芥子日記」巻之上（『近世風俗見聞集』3所収）には、《享保十四年己酉年、白象を貢時に御当代有徳院殿吉宗公、御代、賢君にましまして（中略）かゝる目出度御代なれば、漢土にも稀なる白象を、我朝へ献上せしなり》とある。谷崎が泰平の御代を愛した事は、『刺青』や『幇間』の冒頭を見ても明らかであろう。象の歩む泰平の江戸は、そうした谷崎に、享楽の夢を織るべき絶好の舞台を提供したのである。

『象』では、この他、群衆劇の試みや、式亭三馬風に科白だけで人物類型を描き分ける試み、最後に主人公が登場するのを待ち続けるという『誕生』『顔世』に通ずる作劇法など、谷崎なりの実験も、野心を持って行なっていたに違いない。『象』は、永井荷風が有名な「谷崎潤一郎氏の作品」で褒めた以外には、殆ど無視され続けて来たが、江戸文学や紅葉・漱石との連続性といった点からも、もう一度見直すに足る作品なのである。

（三）

次に『刺青』の場合であるが、その典拠は、『日本社会事彙』第三版下巻（経済雑誌社　明治四十一・十二）の「ホリモノ」（刺青）の項目であると推定できる。

この項目解説は、総計七千五百字程にもなる長文で、執筆者は不明であるが、その大部分が引用であり、中でもその約七割を占めるのは、明治二十九年八月二日から十六日にかけて、六回にわたって「毎日新聞」に新続連載された曙里逸人の「刺青考」からの引用である。しかし、連載当時、谷崎はまだ満十歳だから、直接の典拠は、やはり『日本社会事彙』とすべきであろう。

以下、『刺青』の中の刺青関係の記述を、便宜的に、時代・風俗的なものと刺青を彫る具体的な手順の二つに分けて、順次『日本社会事彙』との関係を検討して行く事にする。

時代・風俗的な記述は、『刺青』の冒頭第二段落に集中しているが、まず、《馬道を通ふお客は、見事な刺青(ほりもの)のある駕籠舁(かごかき)を選んで乗つた。》という一文は、『日本社会事彙』の【刺青をなす者】という項の《かの吉原に通ふ者多くは駕籠に乗る。乗るに必ず駕籠舁の刺青ある者を選ぶなり。》という箇所に拠ったものと思われる。《吉原に通ふ者》を《馬道を通ふお客》に変えたのは、やや通を気取ったのであろう。

次の《吉原、辰巳の女も美しい刺青の男に惚れた。》という一文も、同じ項の末尾の《芸娼妓などは刺青ある者を情郎とせざれば。自ら以て恥辱とするに至れり。》という箇所を踏まえ、具体的な地名を入れたものと思われる。

その次の《博徒、鳶の者はもとより、町人から稀には侍なども入墨(いれずみ)をした。》という一文は、特に典拠を必要とする程のものではないが、やはり同じ項の江戸町奉行・遠山左衛門尉の例が、《稀には侍なども》という一節の根拠になっているかもしれない。

その次の《時々両国で催される刺青会では参会者おの〳〵肌を叩いて、互に奇抜な意匠を誇り合ひ、評しあつた。》という一文は、【刺青の図】という項の中の《古老の話に。天保年間両国の某楼におきて。刺青会を催せしことありしが。》云々という一文と《或は意匠の新奇なるをもて誇るものあり。或は刺青の精密なるをもて誇るものあり。》という一文とをつなぎ合わせたものと思われる。

次は第三段落の《浅草のちやり文、松島町の奴平（やつへい）、こんこん次郎》であるが、これらは【刺青業者】という項の中に、《天保。嘉永》年間の名手として、この順序この表記で、その名が挙げられている。(注9)

谷崎は『刺青』の時代設定を故意に曖昧にし、漠然とユートピア的な夢の時代にして置こうとしたらしいのだが、それでも一応モデルとして谷崎の念頭に置かれていたのは、前項とこの部分及び《国貞》《岩井杜若（いはゐとじやく）》の名前から、概ね《天保年間》と考えて良いようである。《国貞》という名前は天明六年から天保十五年までで、以後は豊国を名乗り、五世半四郎が《杜若》を名乗るのは、天保三年から死亡する弘化四年までであるから、考証の厳密を貴ぶ谷崎は、天保三年から十五年までを一応念頭に置いていたのではないかと想像される。(注10)『象』に《平常（ふだん）から蒼蠅（うるさ）く茶屋や芝居の取締をしないが好い》という享保の改革に対する批判が出て来る事を考え合わせると、或は谷崎は、天保の改革直前の時期を考えていたのかもしれない。もしそうなら、この時代選択には、発禁を乱発する時の政府に対する谷崎なりの批判が密かに込められていたという見方も可能になろう。しかし谷崎の場合、その批判は飽く迄も、政府が国民の楽しみを妨げようとする事に対して向けられているだけである。谷崎が希求するのは、のどかな太平の御代である。従って、例えば土佐亨氏のように、刺青を、反権力・反体制の象徴と見る事は、行過ぎである。(注11)谷崎は、結局、天保の改革にも、刺青が幕府によって禁止されていた事実にも言及しなかったばかりか、むしろ逆に、恰も刺青を彫る人間が多数派であるかの如くに描いていて、刺青から少数派の異端性・反逆性を完全に抜き取っている。そこにはアウトローのいかがわしさや暗い情念すらも無いのである。元来谷崎には、権力に刃向かう事を良しとし、快とするような感性が無かった。『刺青』を「新思潮」に《載せる前に》《ある友人を通じて内務省の係の人に見て貰つた》上で、危ない部分を削除・改稿したらしいのも、(注12)『飈風』発禁に際して「東京日日新聞」掲載の談話でひたすら恐縮の意を表わしているのも（注13）、谷崎が積極的に権力と戦いたいと思っていなかった事の明らかな証拠である。『刺青』はあくまでも谷崎の美的な夢の表現であり、その反逆は政治的なものではなく、自然主義や儒教の禁欲的道徳に対する美的反逆と捉えるべきなのである。

さて、次は《達磨金(だるまきん)はぼかし刺(ぼり)が得意と云はれ、唐草権太（注14）は朱刺(しゆぼり)の名手と讃へられ、清吉は又奇警な構図と妖艶な線とで名を知られた。》という一文であるが、これも、同じ【刺青業者】という項の末尾の《当時すじ彫は彫岩。ぼかしは達磨金。朱は唐草権太なりとて。各其長ずる所をあげて賞美したり。》という一文に拠ったものと考えられる。恐らく谷崎は、《並木の彫岩は画に巧にして。みづからよく図案をつけてほりたり。》とも述べられていたこの彫岩を除き去り、その代わりに、ほぼこの人物に当たるような存在として清吉を設定し、嵌め込んだものと考えられる。《奇警な構図》は《画に巧にして》及び《よく図案をつけて》に対応し、初出では《妖艶な筆の趣》となっていたものを後に《妖艶な線》に改めたのは、《すじ彫》に、より一層近付けたのであろう。

次に、第四段落の、清吉が《もと豊国国貞の風を慕つて、浮世絵師の渡世(とせい)をして居た》とする部分であるが、【刺青の下画】という項には次のように書かれている。

【刺青の下画】は。大抵浮世絵師これを画きしなり。従来刺青は幕府の禁ずる所なれば。皆窃にこれを画きたり。故に其名は今明ならざれども。歌川国芳および其門人芳艶。芳虎などは。専画きたるが如し。葛飾北斎なども画きしことありといふ。豊原国周の話に。亀井戸豊国門人にては画く者甚だ稀なり（中略）といへり。刺青の上(ママ)画は。浮世絵師これを画くといへども。刺青師画心あるにあらざれば。彫ること能はざるなり。故に刺青師にてもまたよく。自ら画く者あり。

谷崎が、清吉を豊国国貞の画風を慕う元浮世絵師と設定したのは、刺青師には《画心》が必要だからという事の他に、国芳門人なら、画業と刺青の下画書きが簡単に両立できてしまうので、どうやら門人に刺青の下画書きを禁じていたらしい豊国派に清吉を所属させ、それが刺青に関わった為に破門され、刺青師に堕落したという風に設定するのが好都合と見たのが一つの理由ではないかと思う。

また、谷崎は、清吉を自己の分身とする為に、単に注文に応じるだけの職人ではなく、内的必然性によって作品を生み出す芸術家にしておく必要があったので、そういう理由からも、元浮世絵師としたのであろう。

しかし、谷崎が清吉を、紙の上の芸術家である浮世絵師から、生身の肉体を扱う刺青師に堕落した人間とした最大の理由は、谷崎が、文学という紙の上の芸術よりも、実生活の芸術化、言い換えれば、理想の女性と共に過ごす背徳的な享楽生活の実践に、より強い執着を感じていた事、そしてその事に、これは人間としてはもとより、芸術家としても堕落ではないかという、ある後ろめたさを感じていた事にあったのではないか、と私は考える。

例えば、君島一郎は、『朶寮一番室』に、《谷崎が盛んに書き出しているころ、どんな積りでこんなものを書くのかと彼にたずねたことがあった。すると彼は、俺は実際の生活が大事なんで、それが俺の芸術なんだ。好きな為たい放題の生活をしたいんだが、それにはもと手がいる。金がないと出来ないから書いて、そしてそのたしにする。楽しんで経験してそれを材料にしてまた書くんだ。遊んで楽しく暮して行くかねがあれば俺は別に書かないでもいいんだと。先ずこんな意味に聞き取れた。》と書き記している。また、谷崎自身『饒太郎』では、《小説の上で其の美を想像するよりも、生活に於いて其の美の実体を味ふ方が、彼に取つて余計有意味な仕事となつて居る。》《己のほんたうの創作は著述よりも実生活にあるのだ。己の芸術家たる所以は、己のライフ其の者に存して居るのだ。》と書いている。大正二年十月二十三日付け精二宛書簡には、《予は予のジニアスを悉く予の生活(ライフ)に費したり、予の著述には単にタレントを費したるのみ。》というワイルドの言葉を引用して、《去年から今年の夏へかけての僕の生活も殆ど此れと同様であつた。（中略）兎に角今日までの僕の生活に就いては、あまり後悔して居ない。僕に取つては life of art の方が art of life よりも重大であるから》と書かれている。最近公表された昭和六年一月二十日付け古川丁未子宛書簡でも、求婚に際して、《私の芸術の世界に於ける美の理想と一致するやうな女性――もしさう云ふ人が得られたら私の実生活と芸術生活とは全く一つのものになる。》《私はあなたの美に感化されたいのだ。あなたの存在の全部を、私の芸術と生活との指針とし、光明として仰ぎたいのだ。》と言っている。昭和九年十月五日付け松子宛書簡に、《生計の道さへつきますならば、喜んで文学などは放棄いたし、生活を以て直ちに芸術といたします。》と書いたのも、恐らく本心だったのであろう。

谷崎が演劇や映画に執着し続けたのも、そこに小説に較べて、より具体的な肉体が登場するからであろう。清吉が、紙の上だけの、しかし永遠に残る芸術作品を生み出す事よりも、生きた女のいずれは滅びゆく肉体に自分を賭けようとする所には、谷崎のこうした反＝芸術的とも言える考え方が、反映されているように思われる。『創造』という作品では、芸術作品の代りに、美男美女を結婚させて、絶世の美少年を造る芸術家が主人公となり、『金色の死』では、《最も貴き芸術品は実に人間の肉体自身也》という主人公の言葉が紹介され、《生ける人間を以て構成されたあらゆる芸術》からなる奇怪な《芸術の天国》が描かれている。『刺青』には、明らかにこれらの作品の萌芽が含まれているのである。(注15)

次に、刺青を彫る具体的な手順に関する記述であるが、まず、第四段落の《堪へ難い針先の苦痛を、一と月も二た月もこらへねばならなかつた。》という一節である。これは、【刺青師が刺青なす工銀】という項の中の《一人の刺青は大抵日数百日を費すなり。》という部分に、おおよそ対応している。

次に第五段落の《刺青のうちでも殊に痛いと云はれる朱刺、ぼかしぼり、――それを用ふる事を彼は殊更喜んだ。一日平均五六百本の針に刺されて》云々という部分だが、これは【刺青の手術】という項の中の《朱を入るゝ時は。

其痛み殊に甚し。》という一文と《ボカシは其痛み最も甚し。》という一文、及び《我慢強き者にても。一日に針数六七百突くを度とするなり。》という部分を踏まえていると思われる。《一日平均五六百本》としたのは、我慢強いものでも《一日六七百》が限度であるという事から、百を減じて平均値としたのであろう。

また、同じ文の後半《色上げを良くする為め湯へ浴(つか)つて出て来る人は、皆半死半生の体(てい)で清吉の足下に打ち倒れたまゝ、暫くは身動きさへも出来なかつた。》という部分と、娘の湯上り後の場面の《娘は湯上りの体を拭ひもあへず（中略）激しい苦痛に流しの板の間へ身を投げたまゝ、魘(うな)される如くに呻いた。》という部分や、《凡そ半時ばかり経(た)つて、女は洗ひ髪を両肩へすべらせ、身じまひを整へて上つて来た。さうして苦痛(くるしみ)のかげもとまらぬ晴れやかな眉を張つて》云々という部分は、同じ【刺青の手術】の《毎日刺青をなして後に。必らず入浴せしむるなり。入浴せざれば刺青のあがり宜しからざる故なり。されど其入浴の時は痛み最も甚だし。実に堪へ難き痛みをしのびつゝ。ソット風呂に入り。しかしてはひ出でゝうつ伏せになり。凡二十分間は身動きならず。口もきかれぬ痛みなり。》という一節を踏まえていると考えられる。娘の苦痛が《凡そ半時ばかり》で完全に消えたという設定も、《凡二十分間は身動きならず。口もきかれぬ》という所から割り出したのであろう。

次は清吉が娘に女郎蜘蛛の刺青をする場面である。まず《やがて彼は左手の小指と無名指と拇指の間に挿んだ絵筆の穂を、娘の背にねかせ、その上から右手で針を刺して行つた。》という部分であるが、これは、【刺青の手術】冒頭の《【刺青の手術】は。先づ左手の小指。くすり指および人さし指の間に。墨をつけたる筆を横にねせて挿みおき。右手に針を持ち。これを筆の上に載せかけて。突きながら直に墨を入るゝなり。》という部分と極めて良く似ている。ただし、指が一本だけ、人さし指から拇指に変わっている。これは恐らく、小指・くすり指・人さし指では筆を持つことが出来ないと考えて、谷崎が意図的に改変したのであろう。しかし、実際には、持つのではなく、掌を相手の背中に付けて、甲の方に筆を挿むのであるから、この改変は不要だった訳である。

次に《焼酎に交ぜて刺り込む琉球朱の一滴々々は、彼の命のしたゝりであつた。》という一文であるが、これは、同じ【刺青の手術】の中の《朱は琉球朱を焼酎にて解きて用ふるなり。》という一文に拠ったものである。

なお、谷崎は「ほりもの」に、「文身」等ではなく、当時は比較的珍しかった「刺青」という文字を充てて居るが、これも『日本社会事彙』がその文字遣いを採用していた事に示唆され、「刺青」が「青」をイメージさせる事もあって、採用したのであろう。

(四)

伊藤甲子之助氏の『心学庵高分子本』（私家本）によれば、谷崎は《刺青一編を作るにしても古事を探り古典を漁り玩味し咀嚼し構想を練り換骨奪胎して創作している。》そして、谷崎が《刺青を書いた時色々取り調べた興味ある話をきかせてくれた。》として伊藤氏が挙げている四つの話の内、《阿竹》と《蟹の阿角》の話は、『日本社会事彙』の【刺青をなす者】という所に、ほぼ同内容で出ているが、残りの二つはない。従って、谷崎が他の文献にも当たっていた事は、確実なのである。

このように谷崎は、『刺青』を書くに際して幾つかの文献に当たって調査を行い、史実を踏まえた正確な描写を行おうと努力したらしい。しかし、それは飽く迄も、現実から離れ、空想の世界へと離陸する為の下準備に過ぎない。だから、刺青の実際と比較すれば、リアリズムという点からは、やはり問題がない訳ではない。

例えば、玉林晴朗氏は、『文身百姿』（恵文社）の中で、『刺青』と実際の刺青を比較して、二つの相違点を指摘している。その第一は、清吉が《この清吉の針は飛び切りに痛え（いて）のだから》と自慢する点で、氏によると、上手な刺青師ほど痛みは少ないので、針が痛いのは自慢にはならない筈なのである。もう一つは、女郎蜘蛛の刺青が僅かに一昼夜の内に完成する点で、刺青は、そのように短い時間では、とても完成出来ないものだ、というのである。

興味深い事に、玉林氏が指摘しているこの二つの点は、実は、いずれも『刺青』のテーマに深くかかわっている。第一点は、清吉のサディズムを提示する目的で、作者が殊更に設定した部分であり、うっかりミスといったようなものでは全くない。第二点に至っては更に明らかであって、実は谷崎は、第四段落では《堪へ難い針先の苦痛を、一と月も二た月もこらへねばならなかつた。》と書いている。つまり谷崎は、刺青は普通、一晩では出来ないという事をよく知っていた訳である。にも拘らず、女郎蜘蛛の刺青に限り、一昼夜の内に完成する事にした。そこには、この刺青を普通ではないもの、一夜にして娘の人格を変容させる魔術的なものとする作者の意図がはっきり窺えるのである。

刺青によって人格が一変するという事は、言うまでもなく、科学的には有り得ない事である。しかし谷崎は、清吉の刺青を、娘の人格を変容させる魔術的なものとして描いた。それは、谷崎が、元来魔術的なものを好む浪漫的な作家だったからである。『刺青』は、娘の過去を表わす《末喜》の絵と、娘の未来を示す「肥料」の絵と、女郎蜘蛛の刺青の絵と、この三つの魔術的な絵によって彩られる物語であり、ポーの『楕円形の肖像』やワイルドの『ドリアン・グレイの肖像』の流れを汲む一種の絵画綺譚として読まれねばならない作品なのである。その事は、まず第一に、《末喜》の絵を見ている内に、娘の顔が《だん〳〵と妃の顔に似通(にかよ)つて来》る事、第二に、娘をモデルにして描いた訳でもないのに、「肥料」の女と《娘の顔と》が《寸分(すんぶん)違はぬ》事に現われている。(注16)

ポーの『楕円形の肖像』は、モデルになった女の命が絵に吸い取られ、絵の完成と同時に女が死んでしまうという話だが、それに対して『刺青』は、逆に刺青師の方が女郎蜘蛛の刺青に魂を吸い取られる話だと言って良い。作者が清吉の《年来の宿願》を、《己れの魂を刺り込む事》と最初に説明して置いたのも、こうした展開をさりげなく予告した伏線だったのである（清吉は自分が抜け殻になることまでは予期していなかったかも知れないが）。

清吉が刺青を施す作業を、作者は、《若い刺青師の霊は墨汁の中に溶けて、皮膚に滲むだ。焼酎に交ぜて刺り込む琉球朱の一滴々々は、彼の命のした丶りであつた。彼は其処に我が魂の色を見た。》と描いているが、これは、単なる比喩ではなく、文字通り彼の霊魂と生命が刺青に吸い取られて行く過程の表現と理解しなければならない。(注17) 清吉が《さす針、ぬく針の度毎に深い吐息をついて、自分の心が刺されるやうに感じた。》というのも、《その刺青こそは彼が生命のすべてゞあつた。その仕事をなし終へた後の彼の心は空虚であつた。》というのも、すべて文字通りの意味なのである。彼の針は、実際に彼の心を刺していた。彼の生命も霊魂も、刺青の中に全く吸い取られ、刺青完成後に残ったのは、清吉の抜け殻に過ぎなかったのである。

娘の性格が、刺青の前と後で一変してしまうのも、一つには、もともとサディスト的な傾向を有していた清吉の魂が、娘の体の中に入った結果だし、逆に清吉が、以前は《それを恐ろしがるのも、まあ今のうちだらうよ》と娘の変化を予言していたのに、いざ刺青が完成すると、娘の変化に驚くなど間の抜けた言動が目立つようになるのも、清吉の魂が抜けてしまった結果であると理解しなければならないのである。

刺青完成直後に、《己はお前をほんたうの美しい女にする為めに、刺青の中へ己の魂をうち込んだのだ》という《低く、かすれた声が部屋の四壁にふるへて聞えた。》というやや変則的な描写があるが、これなども、清吉が語っているというよりは、清吉の体から抜出た魂が語るような表現を目指したのではあるまいか。そして、その言葉に応じるように、娘が意識を取り戻し始め、その背中で《蜘蛛の肢》が《生けるが如く蠕動し》、《「苦しからう。体を蜘蛛が抱きしめて居るのだから」》という清吉の魂の声に、娘の眼が次第に輝き出す所で、清吉の魂は完全に蜘蛛の中に入り、娘との合体が、実質的に完成するのである。

或いは清吉という名前も、シセイのセイと語呂が合い、「青」の字を含み持つ事で、刺青に吸収されてしまう人物に相応しいものとして選ばれたのかも知れない。(注18)

もはや贅言は要すまいが、清吉は刺青完成の前や後に、何等かの別の仕方で（例えば、娘とのセックスの結果）犠牲になるのではない。[注19] 娘の《親方、早く私に背の刺青を見せておくれ、お前さんの命を貰つた代りに、私は嘸美しくなつたらうねえ》という言葉は、「《背の刺青》＝《お前さんの命》を貰って美しくなった」という意味で、セックスによって命を貰ったという意味に取るのは誤読である。それにこの言葉は、この直前の清吉の《己は（中略）刺青の中へ己の魂をうち込んだのだ》云々という発言を受けた娘の返事であり、だから「《お前さんの命》＝魂である《背の刺青を見せておくれ》」と言ったのである。

谷崎が、刺青完成と同時に清吉から魂が抜けてしまう事をはっきりさせなかったのは、恐らく、それでは絵画綺譚としての性格が余りに強くなり過ぎるからであろう。谷崎が強調したかったのは、男を犠牲にする素晴らしい悪女と、そういう悪女を清吉が望んで創り出したことであって、刺青、或いは絵画一般の不思議な魔力の方では無かったからである。

『刺青』に於いて、清吉は娘の最初の《肥料》になる。一見これは、娘が男を一方的に犠牲にして捨て去っただけのように見える。しかし、実は清吉は単なる被害者ではない。何故なら、先に引用した描写からも明らかなように、清吉の霊魂は刺青の中に吸い取られて、娘の中に生き続けているからである。

実は、これは谷崎の他の多くの作品についても言える事なのだが、谷崎の作品に於いて、男が女の為に自己を犠牲にする場合、男はしばしば、女を真の自己・理想の自己と見なしているのである。

例えば『痴人の愛』の譲治は、自分のダンスが《物笑ひの種になるほど下手糞だつたとしたところで、その下手糞は却つてナオミを引き立てることになるのですから、寧ろ私は本望なのです。》と言う。これは、譲治が醜い自己を仮のものに過ぎないと感じ、ナオミの内にこそ、真の自分が有ると感じているからであろう。ナオミは譲治を「パパさん」と呼び、譲治はナオミを「ベビーさん」と呼ぶが、譲治にとってナオミは、自慢の我が子に他ならなかったのである。

また、『少将滋幹の母』の国経は、《恋しい人を此の世に遺して死んだ人間が、草葉の蔭からその人の将来を絶えず見守つてやるやうに、自分は生きながら死んだと同じ心持になるのだ。さうしてやつたら（中略）彼女は恰（あたか）も、故人の墓に額づくやうな気持で（中略）泣いて礼を云つてくれるであらう。自分は何処か、彼女からは見えない所に身を隠して、余所ながら彼女のその涙を見、その声を聞いて余生を送る。》と考え、最愛の妻を時平に譲ってしまう。このように男たちが自分を平気で犠牲にして、美しい女性に尽くすのは、親が子供に自己の分身・身代わりを見て、自己犠牲的に子供の養育に熱中するのと同じ心理なのである。[注20]

以上の例では、理想の女性は単に心理的に理想の自己と見なされるだけであったが、『刺青』は、この一体化のモチーフが、刺青の魔術的な力によって現実のものとなっている例だと言えるだろう。これは、刺青が普通の絵とは違って、肉の内に食い入り、消しがたい痕跡を残すという事実を、巧みに利用したものと言ってよいだろう。[注21]

また、『刺青』の場合、刺青の魔術的な力は、二人を同時に道徳から解き放つ作用も併せ持っている。娘は、刺青の結果、それまでの《臆病な心を、さらりと捨て丶》、《隠れたる真の「己（おのれ）」》《われとわが心の底に潜んで居た何物か》に忠実に、ほしいままに男を犠牲にするファム・ファタルに変身するからである。

この変身は、麻酔剤による娘の眠りの内に起こる訳だが、麻酔は、言わば超自我を麻痺させ、意識の抑圧を打ち破る道具である。同様に、刺青が施される清吉の座敷も又、清吉（および読者）の超自我を麻痺させるような雰囲気に満たされている。即ち、ゆったりと流れる大川の水辺・うららかな春の日差し・夢のような月の光などがそれである。これらは作品冒頭の長閑でのんびりした時代という設定とあいまって、清吉（および読者）の抑圧された無意識の欲望を解き放つ条件となっている。例えば、娘を麻酔剤で眠らせ、本人の承諾無しにその身体に消しがたい刺青を施すことは、近代の常識的な人間観に従うならば、明らかな犯罪行為なのだが、読者は殆どそれを意識することさえ出来なくさせられるのである。

実は、『刺青』という作品は、その冒頭から末尾に至るまで、終始一貫、近代の常識的な人間観を否定し、読者の超自我を動揺させ、無意識を誘惑するように作られているのである。

賢より「愚」、勤労より美と享楽の方が幸福に繋がるとする冒頭が既にそうである。そして、男を苦しめることに清吉（と読者）が感じる《不思議に云ひ難い愉快》。これは、無意識の快楽だから、意識は訳が分からず、《不思議》としか考えられず、それを悪として意識できないのである。

次いで、清吉が理想の娘を顔ではなく足で見分けるという設定。顔は、意識の座である脳に最も近い所にあり、意識を表現する目や口もあり、普通、人格を代表するものと見なされている。一方、足は人体の中で最も下にあって、通常は、精神的機能を持たない汚い下等な部分とイメージされている。その足を顔より優位に置くことは、意識・超自我の価値を暗黙の内に否定し、汚いものとして抑圧されている無意識の欲望の価値を、読者に認めさせることになるのである。勿論、娘の足を極めて美しく描いている事も、読者を説得するのに効果を発揮する。また、最高の女は、足（無意識的には女性の有する男根を象徴する）で《男のむくろを踏みつける》女だとしている事、即ち、心優しい女性より悪女の方が価値があるとすることは、人格・人権尊重の近代的人間観を、言わば土足で踏みにじるものである。

清吉が娘に見せる絵の女が、近代以前の、人命軽視の時代の《末喜》であることも、「近代以前だから許される」という安全弁ともなり（『刺青』の時代を江戸に設定したことにも同様の効果がある）、しかし同時に、「近代以前に戻りたいと思わないか?」という悪魔の囁きともなるのである。この絵を見た途端に、娘の顔が《怪しくも》末喜の《顔に似通つて来》たことも、顔＝人間の意識・超自我・御立派な人格なるものの無力さ・嘘臭さを感じさせ、そこに「肥料」の女と《娘の顔と》が《寸分違はぬ》不思議も加わると、科学的現実の堅固さすら、こんな魔法のような透する。

ことが起こるのなら疑わしいと思わせ、無意識の欲望こそ本物という谷崎のメッセージが、読者の意識・無意識に浸透する。

娘を麻酔剤で眠らせることは、こうした準備の上に、「人格や人権なぞは、神聖不可侵視するには当たらない」という主張に、読者を同意させることになる。刺青を施す清吉の労苦の大変さと、娘がその結果を心から喜んでいる事も、この犯罪行為を正当化する。もともとこの娘が、かたぎの良家の子女ではなく、芸者になる女であったことも、読者の反発を抑えるのに役立っているだろう。また、作品全体が神話的・象徴的で、この娘も、名前すら与えられておらず、過去の経歴も殆ど描かれていない所から、現実の一人の女と言うよりも、末喜や「肥料」の女と同様、毒婦タイプそのものの象徴・抽象的な存在であることが、この話を現実の犯罪とは別次元で受け取るように、読者を促す面があろう。

ここで、刺青が背中に施されるのは、背中が普段、自分の目で見られない場所、即ち無意識の象徴だからである。また、女郎蜘蛛の図柄が選ばれたのは、蜘蛛のメスはオスよりはるかに体が大きく、オスと交尾した直後にオスを食べてしまうこと、名前が女郎＝娼婦を連想させること、巣を作って、油断している相手を捕まえ、糸で身動き出来ないように縛り上げ、生かしたままその血を吸うことが、悪女を連想させること、腹部に青黒色と黄色の横帯があり、色が派手でグロテスクであること、そして、無意識にも働き掛けうる象徴的な生物だからであろう(注22)。

そして最後に、春の朝日が、生まれ変わったこの女を祝福する頃には、読者は、この女がこれから男たちを次々と犠牲にするであろうことも、批判する気持を全く失ってしまうのである(注23)（女に清吉の《命を貰つた》と言わせせつつ、清吉を生かしていることも、読者の批判をかわす役に立っているだろう）。

『刺青』では、賢より愚、勤労より美・享楽、意識より無意識、男より女、顔より足、心優しい女性より男を犠牲にする悪女、といった具合に、常識的な価値観が次々と否定され、鮮やかに覆されて行くことが、ストーリーの節目とも構造とも魅力ともなり、作品のドラマ性の本質をも成しているのであるが、その根底にあるのは、以上のような、近代的人格観に対するラディカルな批判なのである。

典拠に関する今回の私の調査によっても明らかな通り、谷崎は空想の放恣に流れる事を恐れ、現実に付く事に腐心した訳だが、しかし、その芸術の本質は、やはり、現実を超えるこのような夢の実現にあったのである。典拠が在るとは言っても、『象』や『刺青』が谷崎の独創的な芸術作品であるという事実に些かの変わりもない事は、改めてここに断るまでもあるまい。

注

（1）予告のみで結局発表はされなかったが、戯曲『褒似』もまた、典拠を有するものとなる筈だったと思われる。

（2）「新潮」（昭和十四・六）の座談会「谷崎潤一郎研究」で、後藤末雄が『象』に関連して《半蔵門にはさういふ伝説がありますから》と発言している。岡本綺堂の『風俗江戸物語』にも、この伝説への言及がある。
なお、日枝神社の宝物殿に、楊洲周延画「千代田の御表　山王祭礼上覧」（明治三十年作）という三枚続きの錦絵がある。『少年』で同じ周延の「千代田の大奥」に言及している事から考えると、『象』は、もともとこの絵から発想された可能性もある。

（3）ただし、『山王祭礼』では、奴などの姓名は記載せず、「朱槍」と書いた後に、朱槍を持った奴の後に続くという意味で「同心誰それ」と書いてあるものを、谷崎は、同心が朱槍を持つという意味に誤解し、また、単に「突棒」「指俣」「鋲」と書いて、それを持つ奴の姓名を省略してあるのも、やはり同心が持つものと誤解して書いている。なお、同じく幕府引き継ぎ文書のうち『山王祭礼』（天保三年）に、麹町から象の練物を出したという記録が残されている。

（4）《西尾様》は、当時、名君として知られた横須賀藩主・隠岐守・西尾忠尚（ただなお）で、享保十七年に寺社奉行になっている。屋敷は日枝神社に近い現・千代田区霞ヶ関一丁目の合同庁舎一号館の辺り。享保元年「分道江戸大絵図」には、「西尾隠岐守」として出ている。

《内藤様》は、当時は安中藩主・丹波守・内藤政森で、屋敷は半蔵門に近い現・千代田区隼町の最高裁判所の辺り。享保十八年鱗形屋孫兵衛版の江戸図では、「内藤丹ハ」、文政元年「安見御江戸地図」では同じ場所に「内トウセツ、」として出ているが、弘化五年「永田町地図」では既に移転して無い。谷崎は享保頃の古地図を見たのであろう。

(5) 「帝国文学」（明治四十二・十一）の「帝国文学会広告」欄の内「新入会員」欄に、谷崎潤一郎・小泉鉄・和辻哲郎・立沢剛・松本軍彦・大貫雪之介の名を発見できた。谷崎は、この後間もなく、『誕生』を「帝国文学」に投稿したと思われる。

(6) 第二次「新思潮」（明治四十三・十二）「消息」欄に、谷崎が孔子を材料とした戯曲を書く事が出ている。

(7) 喜劇『嘘の力』は第二次「新思潮」（明治四十四・一）自由劇場号の広告に、戯曲『褒似』は「スバル」（明治四十四・五）戯曲号の広告や吉井勇の同号「編輯後」などに名前が見えるが、結局掲載されなかった

(8) 木村荘太「文人交遊記」（「改造」昭和十・七）。

(9) ただし傍点は無い。また、奴平には、所謂「胡蝶本」『刺青』（籾山書店　明治四十四・十二）から、「やつへい」というルビが付されるようになるが、『刺青』の初出と『日本社会事彙』にはルビが無く、「刺青考」の初出の方では、「やつこへい」となっている。この点からも、谷崎は、「毎日新聞」の方は見ていなかったと考えられる。

(10) ただし、《女定九郎》は、慶応元年初演である。

なお、『刺青』に挙げられた《女定九郎、女自雷也、女鳴神》の実演を谷崎が見ることは可能だった。即ち「女定九郎」は明治三十八年七月十四日演伎座、明治四十一年八月宮戸座、「女自雷也」は明治三十七年十二月三十一日新富座、「女鳴神」は明治三十八年九月一日宮戸座、明治四十年七月三十一日柳盛座、同年八月九日国華座、明治四十一年一月三十一日宮戸座で、それぞれ上演されている。

しかし、この三つの芝居も、「女〇〇」とつく他の江戸期の作品、例えば、歌舞伎の「女暫」「女清玄」「娼楠覗粧鑑（おんなくすのきよそおいかがみ）」舞踊「女助六」浮世草子「女大名丹前能」「女非人綴（つづれの）錦」読本「女水滸伝」黄表紙「女将門七人化粧」合巻「女合法恋修行者」人情本「婦女今川」なども、《美しい者は強者》だという価値観とは無縁である。恐らく谷崎は、その事を承知の上で、そうした価値観が常識だった時代が実際にあったと、読者に信じ込ませようと図ったのである。

(11) 「江戸文化圏の影」（「国文学」昭和五十八・三）。

(12) 後藤末雄「「新思潮」の話（三）」（「読売新聞」大正七・九・二十八）。『異端者の悲しみ』についても同様の経緯をへている事は、『異端者の悲しみはしがき』等によって分かる。昭和三十五年の池島信平・嶋中鵬二との座談会「文壇よもやま話」

によれば、戦後、『鍵』が国会で問題になった時も、谷崎は最初、執筆を断念しようとし、結局、構想を修正して書き上げた。

(13)「東京日日新聞」(明治四十四・十・十一)掲載の「文壇の彗星谷崎潤一郎」。この記事は、明里千章氏が発見された。

(14)『刺青』初出では《唐草権兵衛》。所謂「胡蝶本」『刺青』では、既に《唐草権太》に直されている事から、谷崎の単なる誤記と考えられる。

(15)「谷崎潤一郎・変貌の論理」(二)「始発期から西洋崇拝期へ」(本書P365〜)で、「(現世主義的)始発期」とした時期に、こうした特徴が顕著に現われていたが、大正五年のイデア論導入によって、こうした方向性は乗り超えられることになった。なお、『刺青』は、全く江戸的な世界で、西洋とは無関係のように見えるが、《すべて美しい者は強者であり(中略)誰も彼も挙(こぞ)つて美しからむと努めた》といった所には、ペイターの「ヴィンケルマン」(『ルネッサンス』所収)の《美をギリシア人ほど高く評価した民族はいない。(中略)エピカルモスの作とされている古い歌には、四つの願いが出てくるが、第一の願いは健康、第二の願いは美であった。そして、美がこれほどギリシア人に切望され尊ばれたので、美しい人はみなこの長所によって万人に知られることを求め、なかんずく芸術家に認めてもらいたがった。》以下の一節の反響が感じ取れる。

谷崎は『明治時代の日本橋』(＊全集未収録　永栄啓伸『谷崎潤一郎――資料と動向』所収)の「初めて買つた洋書」の項で、《ウォルター・ペーターのものなんかわりに早く買つた方》だと述べていて、恐らく一中時代に洋書で購入していた。谷崎のペイターへの言及は、『捨てられる迄』(大正三)『金色の死』(大正三)『ボオドレエルの詩』(大正五　＊全集未収録　拙稿「谷崎潤一郎全集逸文紹介1」(『甲南国文』平成三・三)参照)に見られる他、瀧田樗陰の「谷崎氏に関する「雑談二三」」(大正六)にも出ている。『金色の死』では、岡村が《希臘的精神の真髄を会得したものは、体育の如何に大切であるを感ぜずには居られない。》と説いており、『創造』(大正四)でも、《希臘のパルテノンのフリイズから抜け出して来たやう》な美少年と美少女を結婚させる。日本回帰後の『恋愛及び色情』(昭和六)でも、《西洋には遠く希臘の裸体美の文明があり、(中略)さう云ふ国や町に育つた婦人たちが、均整の取れた、健康な肉体を持つやうになるのは当然であつて、われ〳〵の女性が真に彼等と同等の美を持つためには、われ〳〵も亦彼等と同じ神話に生き、彼等の女神をわれ〳〵の女神と仰ぎ、数千年に溯る彼等の美術をわれ〳〵の国へ移し植ゑなければならない。今だから白状してしまふが、青年時代の私なぞはかう云ふ途方もない夢を描き、又その夢の容易に実現されさうもないのに此の上もない淋しさを感じた一人であつた。》と述べるなど、谷崎初期の肉体美志向への影響は、無視できない。

(16)　『刺青』初出では、末尾近くの《女は剣(つるぎ)のやうな瞳を輝かした。》の直後に《其の瞳には『肥料』の画面が映つて居た。》という一文があって、現行のテクストよりも、絵画綺譚としての性格が強かった。

(17)　この点については、既に永栄啓伸氏の指摘（「谷崎「刺青」覚書」「解釈」昭和五十二・三）があるにも拘わらず、これまで不当に軽視されて来たように思われる。
　なお、これらの表現が単なる比喩としても読めることは、比喩に過ぎないとして読者の意識的理性的検閲をかいくぐり、無意識に対して働き掛ける上で、役立っている。

(18)　「（九）「新思潮」の人々」の「第二次の「新思潮」――谷崎潤一郎」（「文章倶楽部」大正七・一）によれば、谷崎はその頃、蓬頭故に「今清心」と呼ばれていた。従って、清吉は「十六夜清心」の鬼薊清吉に由来する命名で、谷崎自身と考えるのが正解であろう。谷崎の恩師・稲葉清吉とは、ほぼ無関係と見て良い。

(19)　森安理文氏は、その『刺青』論の中で、《私たちは（中略）麻酔をかがされた女に向って施される長い一夜を、どのようにでも想像を通して享楽することもできる》（『谷崎潤一郎　あそびの文学』国書刊行会）と述べておられるが、少なくとも清吉が刺青を施す前、或は途中で娘と肉体関係を持ったとか、清吉の破滅はその結果だなどと想像する事は、作品を歪める事であり、絶対に認めてはならない事である。
　ただし、針＝男根象徴とし、針で色を注ぎ込む労苦全体を男性の性行為の象徴と見ることは出来る。谷崎が、セックスを一般に、女性に悪を注ぎ込み、自己の分身とする作業と感じていた可能性は、決して小さくないと私は思っている。

(20)　『月の囁き』の老人の、娘・綾子に対する在り方、『痴人の愛』（二十五）の《田舎の親父》や《許嫁の女に捨てられた男》の心理、『蘆刈』で別荘を覗き見る父子なども同様の例である。また『残虐記』の今里増吉や『夢の浮橋』の糺の父などにも、同様のモチーフがあると言って良いだろう。

(21)　合体の他の例として、『瘋癲老人日記』（七）の《彼女ノ意志ノ中ニ予ノ意志ノ一部モ乗リ移ッテ生キ残ル。》という一節なども挙げられる。また『人面疽』で、菖蒲太夫の《性質が一変して、恐ろしく多情な、大膽な毒婦になる》のは、人面疽となって取り付いた青年の復讐の為に過ぎない事にされているが、谷崎がこうした毒婦を好んだ事を考えれば、この場合も『刺青』と同じく、理想の美女の肉体に合体する例と言えなくはないだろう。

(22)　清吉が施した刺青の図柄が女郎蜘蛛である事は、谷崎がセキを理想とし、父・男性より強い男根を持つ女性（＝母）を求めていたことから理解できる。精神分析学者・アーブラハムの「夢の象徴としての蜘蛛」（『アーブラハム論文集』岩崎学術出版社）によれば、蜘蛛の体は、一面では女性陰部の形と毛を連想させ、その腹部は男根を連想させるので、「男根を持っている母」のイメージを表わす一方で、また、男性の男根を呑み込み、嚙み切ってしまう口としての膣（Vagina Dentata）的要素も持ちうるからである。

女郎蜘蛛の名が含意するもう一つのイメージは娼婦（＝女郎）性であるが、男を積極的に誘惑し、捨て去る娼婦の膣は、男の精気を吸い取ったり、男根を嚙み切ったりして、男に勝つ Vagina Dentata と無意識の内に見なされていたのであろう。なお、この蜘蛛の刺青は、男を捕まえる以前に、先ずこの娘を捕まえ、支配・所有して居る清吉の魂を表わしている面もある。その意味では、清吉（＝谷崎）の本質に含まれていた女性性とも関連している。

潤一郎がヒロインに男性性を与えたがっていたことは、この他、選ばれる娘が、《深川の料理屋平清（ひらせい）》の前で最初目撃され、後に深川の《芸妓（はおり）》の妹分になっていたとする設定からも推測できる。何故なら、深川芸者は、本来、男のものである羽織を着、男性的な気風で有名だったからである。

清吉を《深川佐賀町》に住まわせ、作品の主な舞台をここに置いたのも、女性的価値観が支配している時代という虚構や、男に勝つ男性化した女性という理想に少しでもリアリティーを持たせるためには、深川が最もふさわしい場所だったからである（なお、娘が深川芸者としての経験を積む以前に刺青を施すことにしたのは、そうしてこそこの娘が完全に清吉の作品となるからであろう）。

ついでながら、深川は、谷崎の母・セキの生まれ育った世界であるし、平清から駕籠で帰る娘は、江戸の金持の娘と考えられるので、その点でも、金持の娘だったセキと結び付くようである。

また、細かい事だが、清吉を訪ねた際、娘が持たされていた《たゝう》の《似顔画》が《岩井杜若》なのも、杜若即ち五代目岩井半四郎が、南北ものの生世話の悪婆役から、白井権八や荒事まで演じた男性的女方だった事によるのであろう。

ラストで女が《お前さんは真先に私の肥料（こやし）になつたんだねえ》と勝利の喜びに目を輝かす時、その瞳が《剣（つるぎ）のやうな》と形容されるのも、剣の持つ男根的攻撃性を特に含意したかったからに違いない。

(23)　清吉は、娘の足を《男のむくろを踏みつける足》と見、娘に「肥料」の絵を見せながら、《此処に斃れて居る人達は、皆これからお前の為めに命を捨てるのだ》と言い、娘も《お前さんの命を貰つた》《お前さんは真先に私の肥料（こやし）になつた》と言う。しかし、これは、末喜や「肥料」の絵の女のように、この娘が実際に多数の男たちを自らの手で殺害する殺人鬼になるという意味に取るべきではなく、他の所で《男の生血に肥え太り》とか《幾十人の男の魂を弄（もてあそ）んだ》などと書かれているのと同様、誘惑して男から金を巻き上げたり、社会的に破滅させたり、失恋させたり、心を弄んだりすることを誇張的に言っているものと受け取るべきである。そうでないと、娘が《命を貰つた》《肥料（こやし）になつた》と言っているのに清吉が生きていることが、解釈できなくなる。

なお、谷崎には、意識を失っているだけでまだ生きている人間を、《屍骸》《死んで居た》などと表現する癖があった（『恐怖時代』のト書き『月の囁き』『黒白』『乱菊物語』末尾などに例がある）。そうした死の観念の曖昧さが、『刺青』における死と生の区別を曖昧にした一因であろう。

【付記】 本章は、昭和六十三年十一月五日の東京大学国語国文学会大会に於いて、「『刺青』の典拠について」と題して口頭で発表したものを、加筆修正し、「甲南国文」（平成四・三）に一旦掲載し、今回さらなる加筆修正を施したものである。

なお、「谷崎潤一郎の母に対するアンビヴァレンツ」（四）③「悪人意識と反社会的攻撃性」（本書P28〜）・「比較文学ノート」のゾラの項（本書P919〜）も参照されたい。

第二章　『人魚の嘆き』の典拠について

谷崎潤一郎の『人魚の嘆き』に、これまで知られていなかった典拠のある事がこの度判明したので、ここに報告する。もっとも、典拠とは言っても、谷崎の場合は殆どが風俗考証に関するもので、ストーリー等は自らの独創である事は、この場合も例外ではない。

さて、その典拠とは即ち、中川忠英の『清俗紀聞』である。これは、中川忠英が長崎奉行として在任中、部下の唐通事たちを使って、清朝の商人たちに清国の習俗を問わせて作ったもので、寛政十一年（一七九九）八月に上梓された東都書林版が初版である。以下引用はすべて初版による。(注1)

同書跋文を見ると、執筆に協力した清の商人たちの名前が列記されているが、実は『人魚の嘆き』の主人公の名前《孟世燾》は、その中の《清国蘇州　孟世燾》なる商人の名前をそのまま使ったものである。もっとも、谷崎が利用したのは名前だけで、経歴等は、谷崎の創作である。ただし、《二万五千貫目》（約百二十五億円）の遺産を相続して放蕩に明け暮れ、最後には《女護の島》目指して《好色丸》で船出したまま行方知れずになるという西鶴の『好色一代男』の世之介の経歴などからは、多少の影響を受けているかも知れない。

谷崎は『人魚の嘆き』の時代を乾隆帝（在位一七三五～九五）の頃に設定しているが、(注2)これは、どうやら一つには、『清俗紀聞』の扱っている時代がそうだからであったらしい。また、作品の舞台を南京に設定したのも、一つには、『清俗紀聞』の「附言」に、《素より清国東西風を異にし南北俗を殊にすれば此編をもて普く清国の風俗と思ひ誤る事なかれ今崎陽へ来る清人多く江南浙江の人なれは斯に記す処も亦多く江南浙江の風俗と知るべし》と断られているからであったらしい。

さて、『清俗紀聞』の大きな特徴の一つは、多くの事物の中国音を片仮名で付記している点にある。現代の研究によれば、その発音は南京官話が江浙風になまったものであるらしいのだが、（注3）『人魚の嘆き』に使われている中国音は、この書と殆ど一致している。（注4）

例えば、『人魚の嘆き』の中で、中国音を付記してある酒の名前、即ち《甜くて強い山西の潞安酒》《蘇州の福珍酒》《湖州の烏程潯酒》と、中国音は付記されていないが、《淡くて柔かい常州の恵泉酒》は、それぞれ『清俗紀聞』巻之四「飲食」の、《○酒名大略　恵泉酒（常州出産　味淡し）　烏程潯酒（湖州出産）　福珍酒（蘇州出産）　潞安酒（山西出産　味　甜　酔易し）（注5）》云々という記述に拠ったものと考えられる。ただし、《北方の葡萄酒、馬奶酒、梨酒、棗酒から、南方の椰漿酒、樹汁酒、蜜酒の類に至るまで》という一節は、王逵著『蠡海集』「事義類」（『四庫全書』子部十・雑家類三）中《況又北方有葡萄酒、梨酒、棗酒、馬奶酒、南方有蜜酒、樹汁酒、椰漿酒》という一節を原拠とするものであるらしい。（注6）

また、《十月朝の祭》《孔夫子の聖誕》は、それぞれ『清俗紀聞』巻之一「年中行事」の《○十月朔日を十月朝といふ》云々《○十一月四日孔夫子の聖誕には人により堂上に聖像を祭り香燭をそなへ礼拝す》云々という記述に拠ったものと考えられる。

次に、谷崎がかなり詳しく描いている《燈夜》であるが、『人魚の嘆き』の《ちやうど一月の十三日――所謂上燈の日から十八日の落燈の日まで、六日の間を燈夜と唱へて、毎年戸々の家々では夜な夜な門前に燈籠を点じ、官庁や富豪の邸宅などは、楼上高く縮緬◎の幔幕を張り綵燈を掲げて、酒宴を設け糸竹を催します。》（傍点・細江）という一文は、『清俗紀聞』巻之一「年中行事」の《○正月十三日を上燈（中略）十八日を落燈といふ此六日の間を燈夜と唱へ十三日夜より家ゝの門前に燈篭を燃し官府富家の向は門前は勿論堂上または樓上などへ結綵とて紅縮綿を四方に張り（中略）種ゝの餝燈篭を燃し（割注省略）酒宴を設け家により糸竹等催す事あり》という記述と殆ど同じである。そして、『人魚の嘆き』の前引の文章に続く《又、市中目貫きの大通りには（中略）往来の片側から向う側の軒先へ、木綿の布を掩ひ渡して燈棚を造り、其れに紅白取り取りの燈籠をぶら下げます。さうして街上到る所に寄り集うた若者は（中略）龍燈馬燈獅子燈などを打ち振り打ち振り、銅羅を鳴らし金羅を叩いて練り歩くのです。》（傍点・細江）という文章と、少し後の《続いて後から、さまぐ〵な魚鳥の形に擬へた燈籠を翳しながら、所謂行燈の一団がやって来ます。》という文章、及び《彼の前には、数十人の行燈の人人が、五六間もあらうと云ふ大きい眼ざましい龍燈を擔ぎながら、数十挺の蝋燭を燃やして、えいやえいやと進んで行きます》（傍点・細江）云々という文章は、『清俗紀聞』の同じ巻の《又本町通大家富家住居の町筋には燈棚とて此方の軒より向の軒へ互に竹を渡し上に木綿の幔を掩ひ麻縄を垂種ゝの餝燈篭を掛燃し其外街上へは行燈とて若者ども打寄龍燈馬燈獅子燈など其外魚鳥の形色ゝ拵へ（割注省略）銅羅太鼓等をもつて囃し燈篭をつかひ町筋を踊り歩く尤趣向により装束等同からす就中竜燈は長さ四五間に造り数十挺の蝋燭を燃し数人にてつかふ》という文章に基づくものと思われる。中でも傍点を付した文字は、『人魚の嘆き』の現行のテクストでは、それぞれ《縮緬》《銅鑼》《金鑼》《数十梃》に直されているのだが、初出では完全に『清俗紀聞』の初版本と一致する（図版参照）。この事は、谷崎が初版本を見た事の、一つの証拠となろう。また、『人魚の嘆き』の《とある広小路の四つ角には、急拵への戯台が出来て（中略）傚戯を演じて居ます。》という一文は、『清俗紀聞』の同じ巻の《〇燈夜の間は市中の空地に戯台を拵へ傚戯を催す》に基づくものと思われる。一見して明らかなように、これらの例では殆ど逐字的に『清俗紀聞』の文章が流用されているのである。

『人魚の嘆き』では、燈夜の或る夕方、孟世燾が露台へ出ていると、《折柄其処へ通りかゝつた参々伍々の群集は、いづれもおどけた仮装行列の隊を組んで、恰も貴公子の憂愁を慰めるやうに、一と際高く足拍子を踏み歓呼の声を放

○醫家は神農の像へ年糕菓子菓物等を供へ礼拜し六日迄に收むる酒宴を設け親友などを招く事なし ○正月七日を人日 八日を穀日 九日を二豆日 十日を綿日と唱へ此四日天氣和晴なれバ豊年なりと云傳ふ七日ハ人の始て生れたる日ゆへ人日と唱ふよし故に浙江邊の人ハ竹量をもつて身體の量目をかけ秤に足を秤人といふ江南辺にてハ立夏の日にかふし夏痩せざる為なりといひ傳ふ ○正月十三日を上燈 十五日を元宵 十八日を落燈といふ此六日の間を燈夜と唱へ十三日の夜より家々の門前に燈籠を燃し官府富家の向ふ門前ハ勿論堂上にも又ハ楼上などへ結綵とて紅縐綿を四方に張り両端を拄或ハ上檻等より垂て又ハ花の様なる形に結びさげ種々の錺燈籠を燃し（燈籠ハ紗 縐綿 羅 或ハ硝子 貴 玉 羊角等にて）又ハ家により酒宴を設け家々にて糸竹等催す事なり

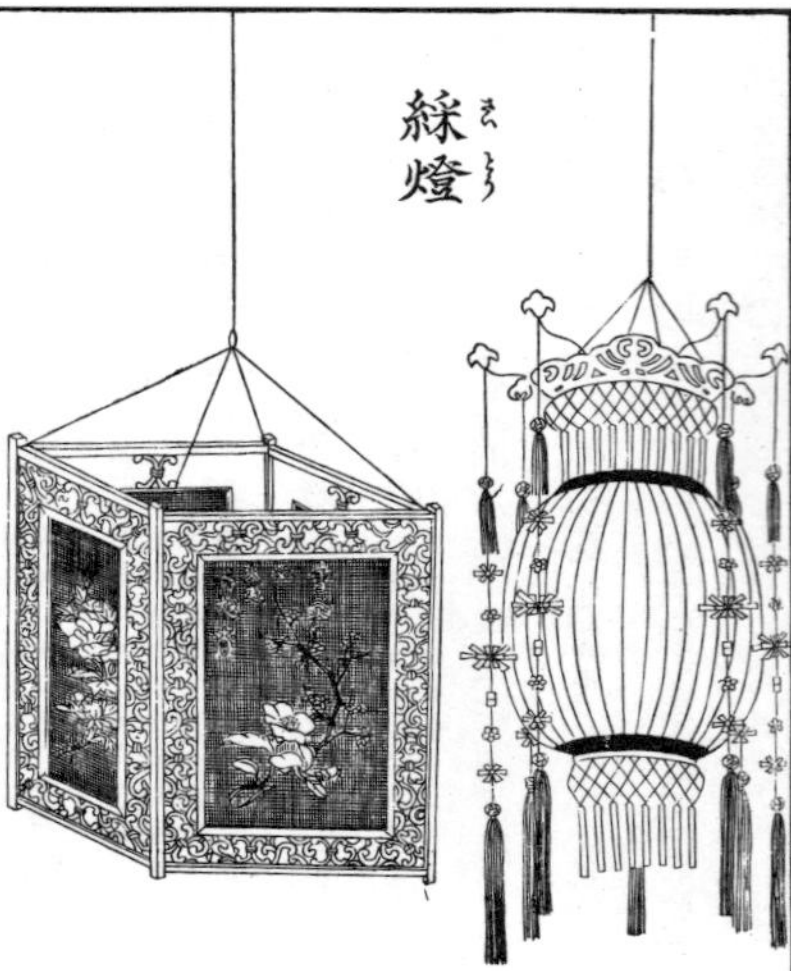

絲燈

年中行支　六

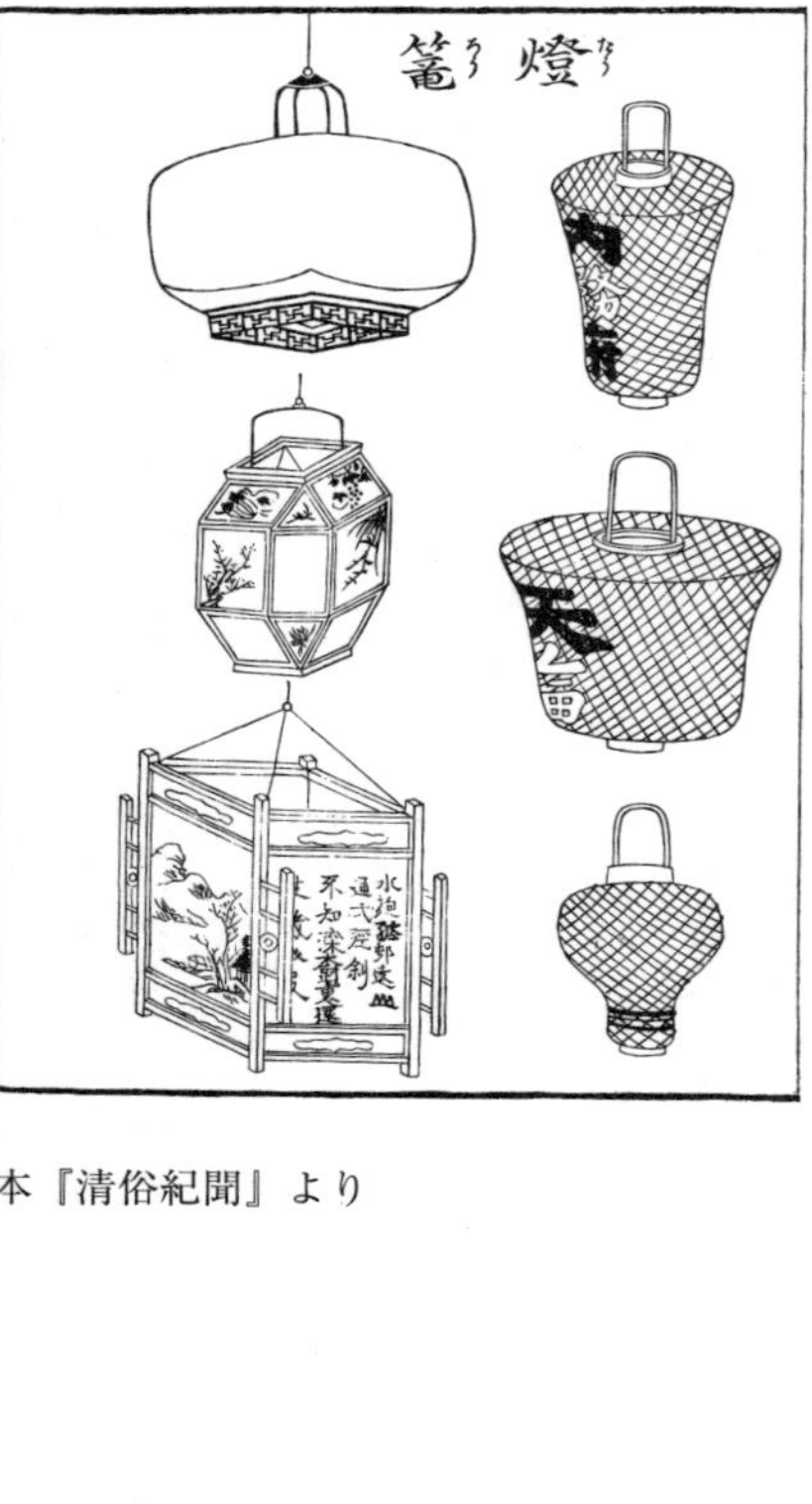

籠燈

○燈夜の間ハ市中にて空地に戯臺を拵へ倣戯を催す又本町通大家富家住居の町筋なれバ燈棚とて此方の軒より向の軒へ互に竹を渡し上に木綿の幔を掩ひ麻縄を張り種々の傍燈籠を掛燃し其外街上へハ行燈とて若者ども打寄龍燈馬燈獅子燈など其外魚鳥の形色々拵へ（竹にて形を作り紙にて張り彩色し内に数挺の蠟燭を点すなり）銅鑼太鼓等をならし囃し燈籠を持ち町筋を踊て歩く事なり其外向ふなる装束等同じからず就中竜燈ハ長さ四五間に造りて数十挺の蠟燭を燃し数人にてかつぐは右数多の行燈乃内或ハ大戸を加音れどの方へ行踊る事ある其府ハ酒肴を勧又銀を賜ふ事あり諸衙門辺なくハ庶人猥りに出入なる事を禁ずれども十五日上元の夜ハ燈籠見物の為めとて出入を許す是を放夜といふ別して賑熱にして十八日落燈の夜にそれぞれ終る

年中行支　七

国立国会図書館所蔵本『清俗紀聞』より

ちました。》と書かれているが、これも『清俗紀聞』の同じ巻に《右数多の行燈の内或は大戸知音などの方へ行踊る事あり》とある事に拠ったのであろう。

次に建物の構造であるが、『人魚の嘆き』には、《庁堂》《舗甎》《内房》《睡房》《露台》《舗面》《大門》《儀門》《内庁》等、『清俗紀聞』巻之二「居家」の説明に依拠したと思われるものが多い。中でも孟世燾の屋敷に《儀門》があるという設定には注意すべきである。巻之二には、《○儀門は官家に設く（中略）民家に儀門を設る事を得ず（中略）もつとも先祖官につきたるものなれば民家にても儀門を設く》とあり、また巻之九「賓客」にも、《儀門は平人制造する事を得ず官府衙門の外紳衿等の家にてこれを造る民間にはたとへ富家豪民たりとも大門一門ばかりにて儀門は禁制なり》とある。孟世燾は父が大官であったが故に、《儀門》のある屋敷に住めるのだという事を、谷崎は、実はここでほのめかしていたのである。また、孟世燾が《銀の煙管》で阿片を吸う事も重要である。何故なら、『清俗紀聞』巻之二「居家」に、煙管の《棹は（中略）竹にて（中略）高位高官の人は銀にて造りたるを用るもあり》とあり、《銀の煙管》を用いる事が、孟世燾の社会的地位の高さを示すものである事が分かるからである。

孟世燾が、人買いには《内房》で《睡房》に身を横たえたまま会い、阿蘭陀人には《内庁》で椅子に座って会うという事にも恐らく意味があろう。『清俗紀聞』によれば、客人とは、《庁堂》か《内庁》で会うのが正式であるから、孟世燾は人買いに対しては軽侮を、阿蘭陀人に対してはそれなりの敬意を示していると言って良いだろう。孟世燾が、人魚の入った水甕を《内房》に置いた事も、《綉房》に住まわせた七人の妾たちとは違って、人魚を正妻扱いにしている事の表現ととらえるべきであろう。

この他、『人魚の嘆き』には、《胡琴》《囲屏》《琵琶》《雲鑼》《月鼓》《花毯》《綉簾》《金羅》《榻》《布簾》等、家具調度品・楽器等の名前が見られるが、これらと《内房》《睡房》《燈籠》《綵燈》《燈棚》《行燈》《露台》《舗面》については、『清俗紀聞』に挿絵がある。

最後に、《総角》についてだが、角川書店の『日本近代文学大系30　谷崎潤一郎集』の「頭注」は、《二〇歳で成年に達するまでこの髪型を用いる。》としているが、これは『礼記』「冠義篇」の規定で、『清俗紀聞』巻之七「冠礼」には、《〇男子は三四歳より（中略）総角(ツヲンコ)に結ひ（中略）十三四歳になれば（中略）元服す》とある。従って、谷崎はこれに拠ったものと見るべきであろう。十三、四歳から《遊里の酒を飲み初め》たと考えた方が、清朝の世之介とでも言うべき主人公にはふさわしい筈である。

『人魚の嘆き』には、風俗を知ることで初めてテクストの意味を正当に理解出来る場合があるので、十分な注意が必要である。

注

（1）『帝国図書館和漢図書書名目録』第一編によると、明治二十六年十二月現在で、この本は所蔵されていたし、今でも国会図書館「古典籍資料室」で閲覧出来る。谷崎が創作に際してよく上野の図書館を利用していた事は、瀧田樗陰の「谷崎氏に関する『雑談二三』」（『新潮』大正六・三）等によって知られる。

（2）ただし、孟世燾が《香港からイギリス行きの汽船》に乗るのは、アヘン戦争後でないと時代が合わないが、単に谷崎の誤りとして理解しておく。

（3）「東洋文庫」版の解説による。

（4）若干の異同があるが、誤読や錯誤と思われる場合（例えば、テンヱー→てんやー）と、故意に日本化したと思われる場合（例えば、ウーヂンツインツイウ→うーぢんちんちゆう）に限られるようである。なお、現在の全集では、初出の倍近い数のルビが振られているが、初出では、ルビの内『清俗紀聞』の中国音を記したものがのべ十九あるのに対し、通常の字音を記したものは、竊玉偸香(せつぎよくゆかう)・喉曨(こうろう)・腮窩(さいわ)・白銀(はくぎん)・一人(いちにん)・壁(へき)・黄金(わうごん)・哎呦(がいいう)の八つに過ぎないので、その分だけ清の発音が目立つ事になる。

（5）（　）内は、原文割り注。

（6）『人魚の嘆き』に出る《鴆脳酒》は、『類書纂要』の《肅宗張皇后、専レ権、毎レ進レ酒常寘ニ鴆脳酒一》という一節に基づく。

粛宗（在位七五六〜六二）は、唐の玄宗皇帝の子で、安禄山の乱のため、玄宗の後を継いで即位した。張皇后は、太僕卿の李輔国と結んで権力をほしいままにしていたが、粛宗の死後、李輔国に殺された。《龍膏酒》は、蘇鶚の『杜陽雑編』の《順宗時、処士伊祁年、召入レ宮飲二龍膏酒一、此本烏弋山離国所レ献》という一節に基づく。順宗は八〇五年に即位したが、八ヶ月で退位した。これらの酒の名は、種々の類書（中国の百科全書）に出ているが、谷崎が何に拠ったかは確定できなかった。

また、中国の《人相学で貴ばれる新月眉》《柳葉眉》《伏犀鼻》《胡羊鼻》は、『麻衣相法大全（新刊校正増釈合併麻衣先生人相編）』巻二の「相眉」と「相鼻」（同種のものとして『麻衣相法全書』『新刊図像人相編』等がある）、または『三才図会』「身体」七巻「人相類」の眉図と鼻図、などに拠ったものかと思われる。例えば、『麻衣相法大全』では、新月眉は「大貴」「他年及第拝二朝堂一」、柳葉眉は「定須テラク三発達顕二揚名一」、伏犀鼻は「大貴」「班超英才」、胡羊鼻は「富貴」などと説明されている。

なお、小川陽一氏の『日用類書による明清小説の研究』（研文出版社）によれば、人相術は、明代・清代には広く国民に浸透しており、小説・戯曲などにも出て来ると言う。芥川龍之介は、「良工苦心」（大正七・一）で、谷崎の文章には中国の小説・稗史・雑劇からの影響も多いと言っているが、そうした幅広い読書の中で、新月眉・伏犀鼻等の言葉と出会った可能性もある。

【付記】本章は、「日本近代文学」（平成元・十）に発表したものに、今回、加筆したものである。
なお、「比較文学ノート」の『アラビアン・ナイト』の項（本書P917〜）も参照されたい。

第三章　ハッサン・カン、オーマン、芥川

谷崎潤一郎作『ハッサン・カンの妖術』に登場する同名の魔法使いと、この作品の中で言及されている《ジヨン・キヤメル・オーマン氏の印度教に関する著書》なるものの実在性については、これまで否定的な立場を取る研究者もあった様であるが、(注1)今回私は両者の実在を確認することが出来たので、ここに報告する。

先ず《オーマン氏》であるが、これはJohn Campbell Omanという人で、谷崎が作中に英文で引用している《印度教に関する著書》は、"The Mystics, Ascetics, and Saints of India" London, T. Fisher Unwinである（写真A参照）。谷崎は、このオーマン氏について、《嘗てラホールの大学に博物学の教授を勤め、印度の宗教や文学や風俗に就いて、数種の著述を試みた人である》と説明しているが、これは、原著扉の"formerly professor of natural science in the government college, Lahore／author of／"Indian Life, Religious and Social" "The Great Indian Epics"／"Where Three Creeds Meet" etc."という著者紹介文を、殆どそのまま翻訳したものと考えて差し支えないだろう（写真B参照）。

なお、谷崎は《博物学の教授》としているが、これは、"natural science"を"natural history"と錯覚した誤訳であると思われる。

谷崎が原文を英文のままで引用した箇所は全部で二つあるが、一九〇五年の第二刷では、最初の引用が原著第四章六十一頁五行目から七行目までと十二行目から十六行目まで、二番目の引用が同六十三頁二十七行目から三十行目ま

写真A　（表紙）

THE MYSTICS, ASCETICS, AND SAINTS OF INDIA

A Study of Sadhuism, with an Account of the Yogis, Sanyasis, Bairagis, and other strange Hindu Sectarians

BY

JOHN CAMPBELL OMAN

FORMERLY PROFESSOR OF NATURAL SCIENCE IN THE GOVERNMENT COLLEGE, LAHORE

AUTHOR OF

"INDIAN LIFE, RELIGIOUS AND SOCIAL" "THE GREAT INDIAN EPICS"

"WHERE THREE CREEDS MEET" ETC.

WITH ILLUSTRATIONS BY

WILLIAM CAMPBELL OMAN, A.R.I.B.A.

SECOND IMPRESSION

LONDON

T. FISHER UNWIN

PATERNOSTER SQUARE

1905

写真B （扉）

でにあたる（写真C参照）。

また、作品冒頭部分に於けるハッサン・カンについての記述は、すべて同書六十一頁から六十四頁までに依拠したものであり、谷崎は潤色などを加えることなく、原拠に忠実な紹介を行っているのである。

この書の発見によって、ハッサン・カンを谷崎の空想の産物と見做す従来の考えが全くの謬見であった事が明らかになった訳であるが、ただ作品後半に於けるハッサン・カンの宗教や哲学についての説明は、作中の《谷崎》が《私の読んだ本の中には、彼が時折ジンと称する魔神を呼び出して、不思議な術を行ふ事だけが記してあつたに過ぎないのです》と語っている通り、オーマンの著書には存在しない部分である。

『ハッサン・カンの妖術』には、これ以外にもオーマンの前掲書に依拠した部分が幾つか見出される。

先ず《マテイラム・ミスラ》という印度人の名前であるが、これは、オーマンの前掲書 Ch. IX の 2. The Sanyasi Swami Bhaskarananda of Benares. 二百十頁以下に登場する托鉢僧の本名から取ったものである。ただし、『ハッサン・カンの妖術』中のミスラ氏の経歴と、この托鉢僧の経歴との間には、何の関係もない。また、蔵前工業会に照会したところでは、大正五年頃に蔵前高等工業学校の電気科を卒業したインド人は、一人もいないとのことである。従って、今の所、このミスラ氏にモデルが有ったかどうかは不明とせざるをえない。

ミスラ氏が語る事柄の内、印度人にとっての苦行の意味の説明は、オーマンの前掲書第一章九頁から十頁までと第二章十九頁から二十頁まで、《マハバアラタの中にある二人の兄弟の話》は、同二十頁から二十一頁まで、《ウツタナバダ王の王子》の話は、同二十三頁から二十六頁まで、《デユリープ・シング》については、同書 Ch. IX の 8. A Sadhu of Royal Lineage—"Prince Bir Bhanu Singh." 二百二十六頁にそれぞれ依拠したものである。

なおハッサン・カンの世界観（コスモロジー）なるものは、おおむね『倶舎論』の「世間品」に拠ったものと思われるのだが、大正七年二月五日付け松岡譲宛芥川書簡によって、谷崎がこの時点ではまだ直接『倶舎論』を読んでいた訳ではなかった

circumstances to me, " I lost more than sixty rupees through that impostor. I have since learnt how he fooled me, but never a Nirmali *sadhu* has, since those days, had so much as a drop of water from my hand ! "

Some thirty years ago, or thereabouts, Calcutta knew and took much interest in one Hassan Khan, who had the reputation of being a great wonder-worker, though I believe only in one particular line, and his story may be fitly recorded here, as it was through the favour and initiation of a Hindu *sadhu* that this Muhammadan acquired the peculiar and very remarkable powers attributed to him.

Several European friends of mine had been personally acquainted with Hassan Khan, and witnessed his performances in their own homes. It is directly from these gentlemen, and not from Indian sources, that I derived the details which I now reproduce.

Hassan Khan was not a professional wizard, nor even a performer, but he could be persuaded on occasion to display to a small circle his peculiar powers, and this without any pecuniary reward. For example, he would call upon any person present at such a meeting to ask for some ordinary wine, and on the particular one being named would request him to put his hand under the table, or maybe behind a door, and, lo ! a bottle of the wished-for wine, with the label of some well-known Calcutta firm, would be thrust into the extended hand.

Similarly he would produce articles of food, such as biscuits or cakes, and cigars too, enough for the assembled company. On a certain occasion, so I was informed by one who was present, the supply of comestibles seemed to be exhausted. Several members seated round the table raised a laugh against Hassan Khan, and jeeringly challenged him to produce a bottle of champagne. Much agitated and stammering badly—he always had an impediment in his speech—Hassan Khan went into the verandah, and in angry tones commanded some unseen agent to bring the champagne at once. He had to repeat his orders two or three times, when, hurtling through the air, came the required bottle. It struck the magician on the chest with force, and, falling to the floor, broke into a thousand pieces.

写真C

事を知ることが出来る。

谷崎は、『ハッサン・カンの妖術』以外にも『玄奘三蔵』と『ラホールより』で、オーマンの著書を利用している。

先ず『玄奘三蔵』であるが、『ハッサン・カンの妖術』によると、谷崎はこの作品を書く為に、《アレキサンダア・カニンハム氏の印度古代地理とギンセント・スミス氏の「玄奘の旅行日誌」(The itinerary of Yuan Chwang)》を参照したと言う。私が調べた所では、前者は Alexander Cunningham の "The Ancient Geography of India" London, Trübner and co. 1871. 後者は Thomas Watters の "On Yuan Chwang's Travels in India (629-645 A. D.)," edited after his death, by T. W. Rhys Davids and S. W. Bushell 2Vols. 1904-5 London の下巻に付載された V. A. Smith の "The Itinerary of Yuan Chwang" の事であるが、この二著は、この作品を書く上でさ程役に立ったとも思えない。あまりにも当然の事ではあるが、むしろ『大唐西域記』の、それも主として第二巻から、暦・地名・国名・物品名などを学んでいる他、竹の垣根・石灰の壁、地面に牛糞を塗って清浄にする事、時節の花を蒔き散らす事など家に関する事や、肌に鬱金香を塗ったり、歯並を赤く染めたりする風俗、相手の足に口づけし、踵をなでるという敬礼の方法、(注2) 行者が骸骨の首飾をつける事などを谷崎は学んでいるのである。

谷崎はこの作品を書くにあたって、英訳の『リグ・ヴェーダ』や『ラーマーヤナ』・『シャクンタラー』なども参照したようである。(注3) エピグラフとして掲げられているのは『リグ・ヴェーダ』第十巻第九十八歌 "デーヴァーピ (Devāpi) の雨乞いの歌" の第十二詩節の全文であり、本文中に《「黄金の髪をなびかせて、七頭の馬に牽かせた黄金の戦車に駕する」シユリヤ神》とあるのは、同書第一巻第五十歌 "スーリア (Sūrya) の歌" の第八詩節に拠ったものである。その他、《女神プリチイギ》(Prthivī)・《旱魃の悪魔ヴリトラ》(Vrtra)・《雨雲の神パルヂヤナ》(Parjanya) などは、いずれも『リグ・ヴェーダ』の神々である。

『玄奘三蔵』には、『ラーマーヤナ』の英文による引用もあるが、これは Everyman's Library の "The Great Epics of

I

Ayodhya, the Righteous City

•Rich in royal worth and valour, rich in holy Vedic lore,
Dasa-ratha ruled his empire in the happy days of yore,

Loved of men in fair Ayodhya, sprung of ancient Solar Race,
Royal *rishi* in his duty, saintly *rishi* in his grace,

Great as INDRA in his prowess, bounteous as KUVERA kind,
Dauntless deeds subdued his foemen, lofty faith subdued his mind!

Like the ancient monarch Manu, father of the human race,
Dasa-ratha ruled his people with a father's loving grace,

Truth and Justice swayed each action and each baser motive quelled,
People's Love and Monarch's Duty every thought and deed impelled,

And his town like INDRA's city,—tower and dome and turret brave—
Rose in proud and peerless beauty on Sarayu's limpid wave!

Peaceful lived the righteous people, rich in wealth in merit high,
Envy dwelt not in their bosoms and their accents shaped no lie,

Fathers with their happy households owned their cattle, corn and gold,
Galling penury and famine in Ayodhya had no hold,

Neighbours lived in mutual kindness helpful with their ample wealth,
None who begged the wasted refuse, none who lived by fraud and stealth!

And they wore the gem and earring, wreath and fragrant sandal paste,
And their arms were decked with bracelets, and their necks with *nishkas* graced,

Cheat and braggart and deceiver lived not in the ancient town,
Proud despiser of the lowly wore not insults in their frown,

写真D

Ancient India" condensed into English verse by Romesh C. Dutt, London, J. M. Dent & Sons, Ltd. 1910.（写真D参照）か或はTemple Classics, 1899. の冒頭部分である。

この他、《ナアラダ》が『ラーマーヤナ』（『マハーバーラタ』や『シャクンタラー』にも登場するが）、《コキラ鳥》が『シャクンタラー』に由来すると考えられる。

以上の様に、『玄奘三蔵』はいくつもの書物を参照して書かれているし、谷崎自身が書名を挙げている場合も少なくないのだが、オーマンの著書に関しては、書名を挙げる事もなく、密かに利用されていたのである。

例えば《塗灰外道》のエピソードは、実はオーマンの前掲書第三章三十七頁から三十八頁までに拠ったものであるし、地面を匍って歩く苦行者のエピソードは同四十七頁から四十八頁まで、《針の蓆の仙人》のエピソードは同四十五頁、五十頁から五十一頁まで、及び同書Ch. IX 1. The Swinging Bairagi. 二百三頁から二百六頁まで、そしてラストの仙人の爪のエピソードは同書第三章四十六頁に拠っているのである。

同様に、『ラホールより』でも谷崎は、オーマンの著書を、密かに、しかも大々的に利用している。

即ち、にせ聖者の話がオーマンの前掲書Ch. IX 11. Yogis And Pious Women. 二百三十三頁から二百三十五頁までに拠っている他、ペスト蔓延をくいとめた聖者の話が同書第四章五十八頁及びCh. IX 4. A Yogi Who Protected Amritsar from the Plague. 二百十七頁から二百十八頁まで、火災を起こした聖者の話が同書第四章五十六頁から五十七頁まで、《シヤクンタラ姫の悲劇》が同書Ch. V(1) Sakoontala. 六十九頁から七十四頁まで（但、『シャクンタラー』は英訳で読んだ可能性も大きい）、二パイスの銅貨を金貨に変えた聖者の話が同書第四章六十頁、錬金術の道士に破門された青年の話が同五十九頁から六十頁まで、悪僧の女殺しの話が同書Ch. IX 13. Yogi Guests. 二百三十八頁から二百三十九頁まで、《ガリーブ、ダス》の話が同Ch. IX 3. Gareeb Das, an Urdhabahu Bairagi. 二百十四頁から二百十七頁まで、脱獄した政治犯の話が同Ch. IX 12. A Pseudo-Sadhu And His Advenues. 二百三十五頁から二百三十八頁まで、《シユリ、マヂ》の話が同書 Ch. X 2. Shri Maji, the Recluse of Annandgupha. 二百四十四頁から二百四十五頁、そして猛虎の餌食となった少女の話が同 Ch. X 3. Premi, a Young Sadhvi Who Embraced Christianity. 二百四十六頁に、それぞれ依拠している事が、今回の調査で判明したのである。

知らなければ谷崎の奔放な空想の産物と思われかねないこれらの話は、実はオーマンが実際に見聞した〝事実〟だったわけである。

この様に、谷崎はオーマンのこの著書を、しかもどうやらこの一冊だけを、何度もその作品に利用した。しかも、その利用の仕方は、大部分が出典を伏せた無断の翻訳・引用である。中でも極端なのは『ラホールより』で、この作品は殆どオーマンの著書の翻訳・抜粋に過ぎない。谷崎がこの作品を、全集はもとより、どんな単行本にも収録しなかったのは、さすがに気がとがめたからであろう。

オーマンの著書を利用するに際して、谷崎は殆どオーマンの文章に手を加えていない。勿論、完全な逐語訳という訳ではなく、適当に省略や要約は行っているのだが、話の筋や意味を改変・潤色する事は、全くしていないのである。谷崎には、オーマンの著書から何らかのテーマなりモチーフなりを攫んで、それを発展させて一つの独立した創作を産み出すという事は、遂になかったのである。

谷崎が、翻案と言える程のものすら一つも残さず、この様に翻訳・抄出に終始したという事実――これはインドの現実に対する事実尊重の念と、出典がある場合にはその出典に忠実に翻訳せずには気がすまない一種の律気さの所為であるように、私には思われる。この事はまた、事実や典拠、伝統や権威や科学的合理性など、物事の根拠となるものを結局の所大切にしていたらしい谷崎のメンタリティとも恐らく関係しているであろう。例えば谷崎が魔術的なものを愛した事は明らかな事実であるが、しかし、それは、或る特権的な時空間に於いてのみ出現するものだった。つまり、魔術的なものは、安定した日常的時空間を脅かす事なく、そこから隔離され、慎重に封じ込められていたのである。谷崎が一切の政治的権威に対して積極的な反逆の態度を示さなかった事、西洋という権威から中国や日本の伝統に回帰した事、或は『雨月物語』の「蛇性の婬」を極めて忠実にシナリオ化した事、『源氏物語』の忠実正確な翻訳への執念、私生活的事実に意外に密着していた創作活動、そして、地震という存在の根拠を揺がすものを極度に恐れていた事、などなどを私は想起するのである。[注4]

＊　＊　＊

オーマンと谷崎の関係については以上で終わるが、付け足りとして、このオーマンの著書と芥川の『魔術』との関係について一言触れておきたい。

『魔術』は、全体の構想をドン・ファン・マヌエルの『ルカノール伯爵』中の第11話「サンティアーゴのさる司祭長とトレードの大先生ドン・イリヤンに起りしこと」に取り[注5]、谷崎の『ハッサン・カンの妖術』とプーシキンの『スペードの女王』を部分的に利用して作られたものと考えられる。[注6] ところで、『魔術』には、ミスラ君が《唯、欲のある人間には使へません。ハッサン・カンの魔術を習はうと思つたら、まづ欲を捨てることです。》と言う一節があって、これが全篇の中心テーマとなっているのだが、『ルカノール伯爵』第11話にも、プーシキンの『スペードの女王』にも、この様な部分はない。『ルカノール伯爵』中の話は忘恩がテーマになっているが、魔術師と司祭長の両方に欲が有るからこそ忘恩が可能になるという点からいっても、この話は、欲の否定をテーマとする『魔術』とは本質的に異なるものと言わねばならない。しかるに一方オーマンの前掲書第四章六十四頁の二行目から九行目には、次の様な一節がある。

'Now,' he said, 'you have a power which you can exercise over everything upon which you can make the mystical sign I have taught you, but use your power with discretion, for my gift is qualified by the fact that, do what you will, the things, whatever they may be, acquired through your *familiar* spirit, cannot be accumulated by you, but must soon pass out of your hands.'

これは、ヒンズー教の僧侶がハッサン・カンに魔法を教えた後に語った言葉であるが、谷崎は〝欲の否定〟というモチーフには関心を持たなかったと見えて、この一節を『ハッサン・カンの妖術』に引用・紹介しなかった。従って、芥川は谷崎に教えられて、直接オーマンの前掲書を読み、この一節から欲を捨て去る事の困難という『魔術』の根本テーマを攫み取ったのではないかと私は疑っているのである。

とはいえ、勿論これは、揣摩憶測の域を出るものではない。ただ、芥川と谷崎との間で、情報交換や作品の題材の提供などが行われていたと仮定してみる事は、今後の両作家の研究に、何がしかの進展を齎さないでもないという考えから、敢えてここに憶説を付記したまでである。

注

（1）塚谷晃弘氏の「谷崎潤一郎の「妖術」―谷崎文学における思想性などへの一覚書―」（「国学院雑誌」昭和四十九・十一）。

（2）この敬礼の方法は、『詩人のわかれ』のラストでも用いられている。谷崎のフット・フェティシズムとも関連する事は言うまでもない。なお『詩人のわかれ』の例は、黒田日出男氏が『姿としぐさの中世史』（平凡社）で紹介している「春日権現験記絵」の例などとも似ており、興味深い。

（3）瀧田樗陰は「谷崎氏に関する『雑談（三）』」（「新潮」大正六・三）で、当時谷崎が“the Ramayana and the Mahabharata”を読んでいた事を報告している。恐らくこの本は、後出 Romesh C. Dutt の英訳で、樗陰が挙げているのは副題である。また樗陰は、“Anhuntala”という書名も谷崎が読んだものとして挙げているが、これは『シャクンタラー』の間違いではないかと思う。谷崎の『むさうあん物語序』によると、谷崎に初めて『ラーマーヤナ』の内容を教えたのは、武林無想庵だったようである。

（4）前引の文章で、樗陰は谷崎について、《何か歴史物でも書く時はなか〳〵細かい所までも研究する人で、「法成寺物語」とか今度の「鶯姫」とかを書くやうな場合には上野の図書館に通つて当時の建築やら美術やら風俗やらまで調べる。》と、その事実尊重の創作態度を伝えている。

また、今東光の『毒舌文壇史』によると、谷崎は今東光に向って、「作家というものは、主人公にジャガイモ一つ食わせるのにも、ちゃんと調べて安心して書かなくてはだめだ」と言ったそうである。

（5）大島正氏の「芥川龍之介とEl conde Lucanor」（「比較文学」昭和三十三・四）或は、『スペイン文学への誘い』第四章「ルカノール伯爵」（創世紀　昭和五十三・十）参照。なおこの話の訳は、『世界短編小説大系古代篇』（近代社　大正十四）及び『世界短篇文学全集8　ギリシア・ローマ　南欧古典』（集英社）にある他、ボルヘスによる「待たされた魔術師」と題する再話が『悪党列伝』（晶文社）にある。

芥川が『ルカノール伯爵』を知るに至った経緯は全く不明だが、James Yorkによる英訳が、"The Tales of the Spanish Boccaccio" と題して出版されているので（London, Gibbings. 1888.）、芥川は題名にひかれてこの本で読んだのではないかと私は想像している。なお、「新青年」（大正十四・四）で井上十吉が「近頃読んだもの」として『ルカノール伯爵』の簡単な紹介を行っている。

（6）ランプが回転する場面に限って言えば、或いは泉鏡花の『草迷宮』（三十三）から思い付いたのかも知れない。

【付記】本章は、「日本近代文学」（昭和六十三・五）に発表したものに、今回、加筆したものである。

第四章　『ドリス』と"Motion Picture Classic"

谷崎潤一郎の未完に終わった小説『ドリス』（「苦楽」昭和二・一、二、四）には、アメリカの映画雑誌"Motion Picture Classic"に掲載された広告が、全部で二十一種類、翻訳・紹介されている。[注1] そこで、今回私は、国立国会図書館及び私個人が所蔵するバックナンバーによって、それらの広告を同定する作業を行った。事前の予期に反して、これはなかなか厄介な仕事であった。と言うのも、『ドリス』を読んだ印象では、これらの広告は、すべて一回の"Motion Picture Classic"に掲載されているかのように感じられるのだが、それは谷崎が、恐らく故意に作り出した印象で、実際にはそうではなかったからである。また、広告の掲載・不掲載が案外に不規則である事、広告文が意外に頻繁に変化する事、しかも微妙な変化もある事、さらには会社名や所在地までが変化する事などが、困難に拍車を掛けた。なお、一九一七年五月以前と一九一八年八月・一九二一年三、四、八月・一九二二年十月号の"Motion Picture Classic"は結局手に入らず、さらに、少数ながら事故本もあったので、完全な調査は出来なかった。また筆者の見落しも有り得る事をここに御断りしておく。

以下、『ドリス』に登場する順に、"Motion Picture Classic"の当該広告の写真版と『ドリス』に於ける谷崎の紹介文を併載し、適宜説明を加えて行く事にする。

図版１

谷崎の紹介文①

「十五日間にて美しき血色となる」と云ふ見出しの下に美人の写真が附いてゐて、その文句には斯う書いてある。——

貴女の顔面より吹き出物、黒頭、白頭、赤色の斑点、拡大されたる毛孔、脂じみたる皮膚、及びその他の汚点をきれいに除去せらるべし。妾は貴女に、貴女が渇仰せらるるものより更に以上の、柔軟にして薔薇の如き、清楚にして天鵞絨の如き血色を与ふるを得。而も妾は僅かの日数にてなすことを得る也。妾の方法は独特にして、コスメチック、洗滌剤、軟膏、石鹼、塗り薬、硬膏、繃帯、マスク、蒸気噴出、マッサアヂ、ローラー、或はその他の器具を用ゐず。飲食の制限、断食等の必要なし。最も繊弱なる皮膚に施すも障害を起さず。御通知次第無代価にて小冊子を進呈す。決して御心配に及ばず。金銭無用。直ちに事実を得られよ。——シカゴ、ミシガン・ビルデイング六四六、ドロシー・レー。

▼図版１の広告は、“Motion Picture Classic”一九二五年三、七、十、十二月号に掲載されている。谷崎の訳は生硬だが、忠実な直訳であるのが御分り頂けるであろう。谷崎は、連絡先を《ミシガン・ビルデイング》と訳しているが、これは“Blvd.”を“bldg.”と混同した結果、生じた誤訳で、ブールヴァールが正しい。

谷崎の紹介文②

「たるんだ顔」と云ふ題の下には、又こんな記事が書いてある。――

下垂せる口、頬、二重頤は貴女を老人の如く見せしむ。皺とたるみとはあらゆる婦人の生命を衰亡に導くもの也。何故にそれらを除去せざるや？　「マアヴエル・リフタアス」は立ちどころに貴女の顔面に青春を持ち来たすべし、――外科的手段より有効に、――一生涯継続す、――断髪にても長髪にても着用可能、――他人に探知せらるることなし、――貴女がそれを貴女の顔面に取り附けられたる瞬間に奇蹟起らん、――貴女は貴女が二十歳の時の若々しき外貌を回復せん、――「マアヴエル・リフタアス」は滑り落ちることなし、――顔面のセメント質がそれを支へ、貴女が取り外さんと欲する時まで保持せらるべし。定価三弗。保證附。然らざれば代金を返附す。――カリフオルニア、ロス・アンジエルス、九番街、リユシル・フランシス製造会社。

▼これに対応する広告は、発見できなかった。

谷崎の紹介文③

「如何にして二重頤を除き、或は防ぐべきか」と云ふ一ぺーヂ大の広告には、女が頭から革紐のやうなもので頤を吊つてゐる写真が出てゐて、「デエヴイス式頤吊り器はあなたが眠つていらつしやる間、常にそうツとあなた

How a double chin can be reduced or prevented

Worn while you sleep

SO MANY women have found The Davis Chin Strap helpful in reducing double chin! In thousands of instances it has gently restored the trim contours of girlhood to chin and neck—while women slept.

A double chin makes a woman seem so careless of her appearance! Sagging face-muscles make a woman frequently seem older than she actually is. That mistaken idea cannot even be corrected by the most fashionable apparel.

The double chin is the accepted mark of careless middle age. It can be reduced or prevented simply by wearing The Davis Chin Strap at night.

This fits snugly and comfortably around the chin and crown of the head, *holding the facial muscles in their proper position,* during the hours that you sleep.

The constant support gives the muscles a rest during which they recover their earlier strength. It keeps excess fat from settling there while you sleep. In time, this simple treatment restores the more pleasing contour of earlier years.

The Davis Chin Strap stops mouth-breathing while you sleep—that unfortunate habit which causes the chin to droop and forms wrinkles at the mouth-corners. Physicians suggest it for children after throat and nose operations.

Get a Davis Chin Strap and wear it tonight. It fits like a glove and washes like a handkerchief. It will add immeasurably to your good health and spirits.

Cotton, $2.00; linen, $3.00; mesh, $4.00. Measure size around crown of head and point of chin. Buy it from any one of the dealers listed here, or send money order or check to

CORA M. DAVIS
Dept. S.C. 507 Fifth Avenue
New York City

To Drug Stores, Department Stores and Beauty Parlors—The Davis Chin Strap is so well advertised that it sells rapidly. Write for wholesale prices

These Stores Sell The Davis Chin Straps:

ASBURY PARK, N. J.
Steinback Co.
ATLANTIC CITY, N. J.
M. De'Hart, care Blackstone Hotel
Alice Wright, Boardwalk
BOSTON, MASS.
Dollie Donovan
Shepard Stores
BROOKLYN, N. Y.
A. I. Namm & Son
Abraham & Strauss
Liggett's Drug Stores
BUFFALO, N. Y.
William Hengerer
CLEVELAND, O.
Kathryn Ann, Euclid Bldg.
COLUMBUS, OHIO
Charles W. Lane, 90 North High St.
DANBURY, CONN.
Margaret English, 247 Main St.
DANVILLE, ILL.
Woodbury Drug Co.
DENVER, COLO.
Lewis & Son
DES MOINES, IOWA
Liggett's, 321 Sixth Ave.
DETROIT, MICH.
J. L. Hudson
FORT WAYNE, IND.
Betty Jean Co. Shop, 1306 S. Calhoun St.
FREEHOLD, N. J.
Elizabeth Nowack, Strand Theatre Bldg.
GRAND RAPIDS, MICH.
Friedman Spring Dry Goods Co.
GREEN BAY, WIS.
Stasia Norton, 411 N. Broadway
GREENSBURG, PA.
Mrs. M. I. Caudle, Coulter Building
HARTFORD, CONN.
G. Fox & Co.
LONG BEACH, CALIF.
Gertrude Lang
MALONE, N. Y.
The Misses Murray Beauty Shop
MINNEAPOLIS, MINN.
L. S. Donaldson Company
MORRISTOWN, N. J.
Dr. E. L. Ellsworth, Park Place
NEWARK, N. J.
L. Bamberger
NEW ORLEANS, LA.
Maison Blanche
NEW YORK, N. Y.
James McCreery & Co.
Saks & Co.
Stern Bros.
Gimbel Brothers
Hearn, 14th St. near 5th Ave.
Bloomingdale's
Barnett Bros., Columbus Ave. and 74th St. **and at all other dept. stores**
Liggett's Drug Stores
Hetherington, 53 E. 42nd St.
Kalish Pharmacies
Harlow & Luther, 46th and Broadway
Kane's, Broadway and 83rd
Rale Drug Co., Broadway and 79th
Schoonmaker, 42nd St. and Vanderbilt Ave., **and others.**
PASSAIC, N. J.
A. D. Yeagler, 240 Main St.
PATERSON, N. J.
Liggett's, 165 Market St.
PHILADELPHIA, PA.
Rita A. Kraus, 1615 Walnut St.
Pauline Campbell, 13th and Sansom St.
Strawbridge, Clothier
Lit Bros.
Geo. G. Evans, 1012 Market St.
PITTSBURGH, PA.
McGinnis Vanity Shop.
Joseph Horne Co.
May Drug Co.
McCullough Drug Co.
Scranton Dental Co.
PROVIDENCE, R. I.
The Sheppard Company
SAN DIEGO, CALIF.
Dr. C. C. Benden
SAN FRANCISCO, CALIF.
The Emporium
SANTA BARBARA, CALIF.
Sterling Drug Co.
SOUTH NORWALK, CONN.
Liggett's, 70 East Washington St.
UTICA, N. Y.
England & McCaffry
WASHINGTON, D. C.
Liggett's, 1006 F. Street, N.W.
Mrs. R. Gaddis, 67 Randolph Place, N.W.
WILLIAMSPORT, PA.
The Charlotte Shop, 248 Pine St.

図版2

の顔面筋肉を支へてをります。それは青春の美しい輪廓を再び得させせるばかりでなく、口で呼吸をすることを防ぎます。円い、滑らない頭部の附いてゐる簡単な頤吊り器です。木綿で出来てゐて、手袋のやうにぴつたりと嵌まり、ハンケチのやうに訳なく洗へます」とある。さうして本文に、――

デエヴイス式頤吊り器は万人の知れるところ。数千の婦人は二重頤を治し、壮年期の潑剌たる外貌に復せんがため一般に之を使用し、最も効果あることを認む。妾は有名なる紐育の一化学者と協力して数箇月の研究を積み、今や新たに若返り用クリームと皮膚収斂剤とを加へ、デエヴイス式頤吊り器の作用を一層改良し、増大することを得たり。………

それからまだ長々と効能書きや使用法が述べてあつて、代価は器具が二弗、若返り用クリームが一弗、収斂剤が一弗。発売元紐育五番街五〇七、コーラ・エム・デエヴイス。

▼これに完全に対応する広告は、発見できなかった。類似のもの（図版2）が、“Motion Picture Classic” 一九二三年五月号などに掲載されているが、若干の相違がある。

谷崎の紹介文④

「ノートックス」として「自然が為せる如く毛髪を染める」と云ふ薬剤がある。

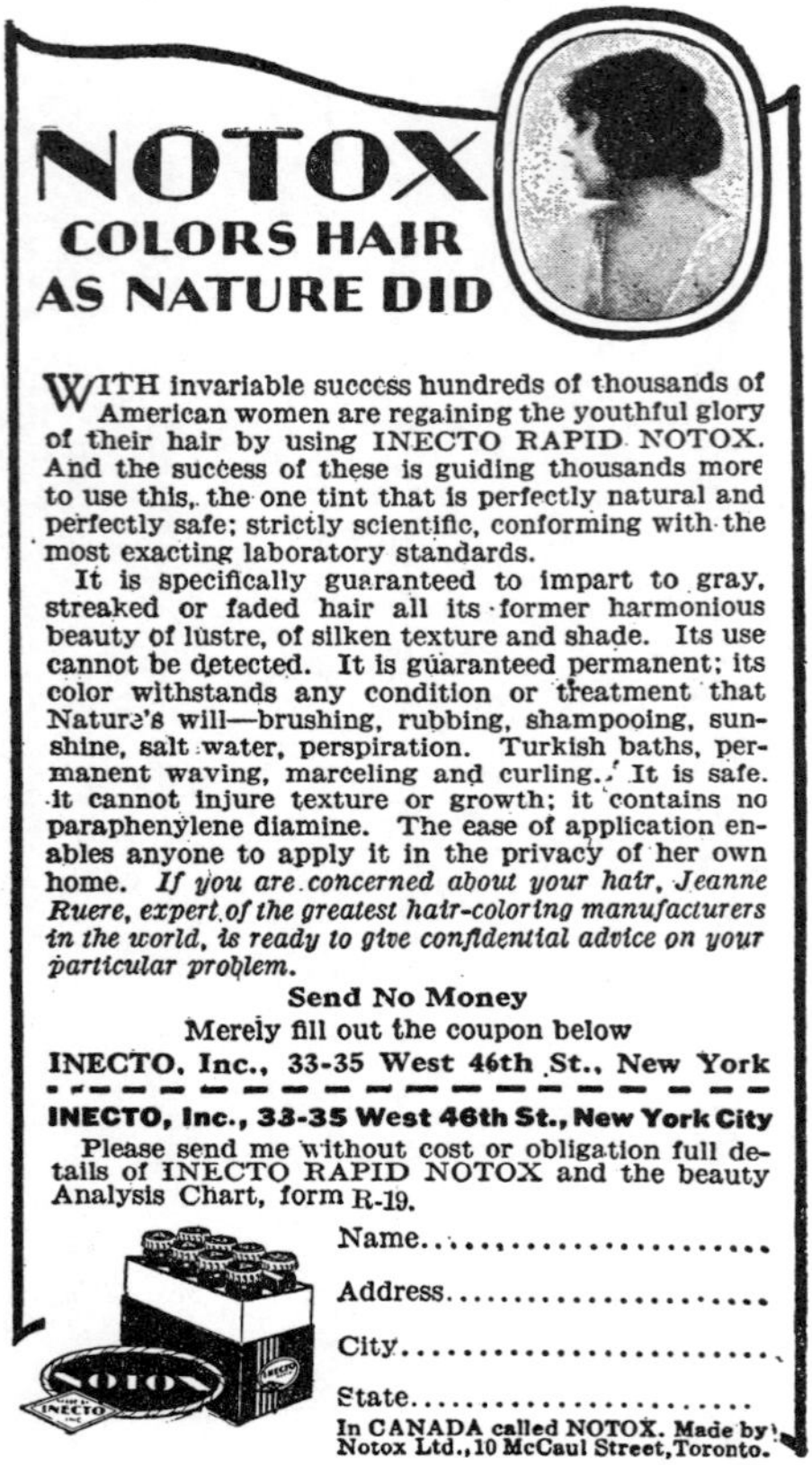

図版3

図版4

▼図版3の広告は、"Motion Picture Classic" 一九二六年十、十一、十二月号に掲載されている。

谷崎の紹介文⑤

「驚くべく迅速に、容易に胸廓を発達させるビユウテイバスト」と云ふものがある。「事実に於いて胸部と頸部とを発達せしむ。ポンプ療法、真空療法、又は過激なる運動を用ゐず。愚劣なる、或ひは危険なる方法にあらず。試験を経たる事実にして、極めて愉快に、有益に、奏効確実なる自然的方法也。若し貴女にして簡単なる規則を遵奉すれば断じて失敗することなし」だそうである。

▼図版４の広告は、“Motion Picture Classic”一九二三年十一月、一九二四年二、五、六、十二月、一九二六年四月号に掲載されている。

谷崎の紹介文⑥

「新式の帯を以て腰部と臀部とを十秒間に若返らす」と云ふのが、此れも一ページ大の広告で、その帯を着けた女の全身像があり、「腰」と「臀」と云ふ字が素晴らしく大きく印刷されてゐる。

ああ、遂に！　驚くべき嶄新なる科学的の帯は発見せられたり！　そは一瞬時に貴女の外形を改善し、貴女の腰と臀とを、殆んど見る間に若返らすべし。

▼図版５の広告は、“Motion Picture Classic”一九二四年四月号に掲載されている。

谷崎の紹介文⑦

「貴女の肉づきを改良せられよ。」――腕、脚、胸、若しくは全身にウオルタア博士のゴム締めを適用せらるべし。足頸を改良し、整形するためには足頸締めあり。足頸の寸法を申越されたし。定価一足七弗。ジユアン

Waist and Hips Reduced
in Ten Seconds With
New Kind of Girdle

The Moment You Put On This New Kind Of Girdle Your Waist And Hips Look Inches Thinner—And You *Get* Thin While Looking Thin, For This New Invention Produces The Same Results As An Expert Masseur. Makes Fat Vanish With Surprising Rapidity While You Walk, Play, Work or Sleep, Yet Does It So Gently That You Hardly Know It Is There. No More Heart-straining Exercises—No More Disagreeable Starving Diets—No More Harmful Medicines—No More Bitter Self-Denials.

The Madame X Reducing Girdle takes the place of stiff corsets and gives you with comfort Fashion's straight boyish lines. Makes you look and feel years younger.

AT last! A wonderful new scientific girdle that improves your appearance immediately and reduces your waist and hips almost "while you wait"! The instant you put on the new girdle the bulky fat on the waist and hips seems to vanish, the waist-line lengthens, and your body becomes erect, graceful, youthfully slender! And then—with every step you make, with every breath you take, with every little motion, this new kind of girdle gently massages away the disfiguring, useless fat—and you look and feel many years younger!

Look Thin While Getting Thin

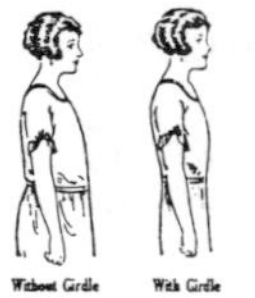

Improves your appearance instantly—works for you every second of day to reduce the excess fat.

Look More Slender At Once!

Think of it—no more protruding abdomen—no more heavy bulging hips. By means of this new invention, known as the Madame X Reducing Girdle, you can look more slender immediately! You don't have to wait until the fat is gone in order to appear slim and youthful! You actually look thin while getting thin! It ends forever the need for stiff corsets and gives you with comfort, Fashion's straight boyish lines!

Actually Reduces Fat

The Madame X Reducing Girdle is different from anything else you've seen or tried—far different from ordinary special corsets or other reducing methods. It does not merely draw in your waist and make you appear more slim; it actually takes off the fat, gently but surely!

The Madame X Reducing Girdle is built upon scientific massage principles which have caused reductions of 5, 10, 20 even 40 pounds. It is made of the most resilient rubber—especially designed for reducing purposes—and is worn over the undergarment. Gives you the same slim appearance as a regular corset without the stiff appearance and without any discomfort. Fits as snugly as a kid glove—has garters attached—and so constructed that it touches and gently massages every portion of the surface continually! The constant massage causes a more vigorous circulation of the blood, not only through these parts, but throughout the entire body! Particularly around the abdomen and hips, this gentle massage is so effective that it often brings about a remarkable reduction in weight in the first few days.

Those who have worn it say you feel like a new person when you put on the Madame X Reducing Girdle. You'll look better and feel better. You'll be surprised how quickly you'll be able to walk, dance, climb, indulge in outdoor sports.

Many say it is fine for constipation which is often present in people inclined to be stout.

For besides driving away excess flesh the Madame X Reducing Girdle supports the muscles of the back and sides, thus preventing fatigue, helps hold in their proper place the internal organs which are often misplaced in stout people—and this brings renewed vitality and aids the vital organs to function normally again.

Free Booklet Tells All

You can't appreciate how marvelous the Madame X Reducing Girdle really is until you have a complete description of it. Send no money in advance—just mail the coupon and learn all about this easy and pleasant way of becoming fashionably slender. Mail the coupon now and you'll get a full description of the Madame X Reducing Girdle and our reduced price, special trial offer.

Thompson Barlow Co., Inc.
Dept. G-204, 404 Fourth Avenue
New York

Thompson Barlow Co., Inc.
Dept. G-204
404 Fourth Avenue,
New York

Please send me, without obligation, free description of the Madame X Reducing Girdle and also details of your special reduced price offer.

Name..

Address..

City.............................. State..............

(Seven)

図版5

ヌ・エー・ジー・ウオルタア博士。紐育五番街三八九。

▼図版6の広告は、“Motion Picture Classic” 一九二三年九〜十二月号に掲載されている。なお、『ドリス』では、《ジユアンヌ・エー・ジー・ウオルタア博士》となっているが、《エー・ジー》は《エム・シー》の誤植であろう。

谷崎の紹介文⑧

「太き足頸は貴女の美を損ふ。貴女はきやしやなる足頸を所有するを得。」——リナア足頸締めは普通市場に

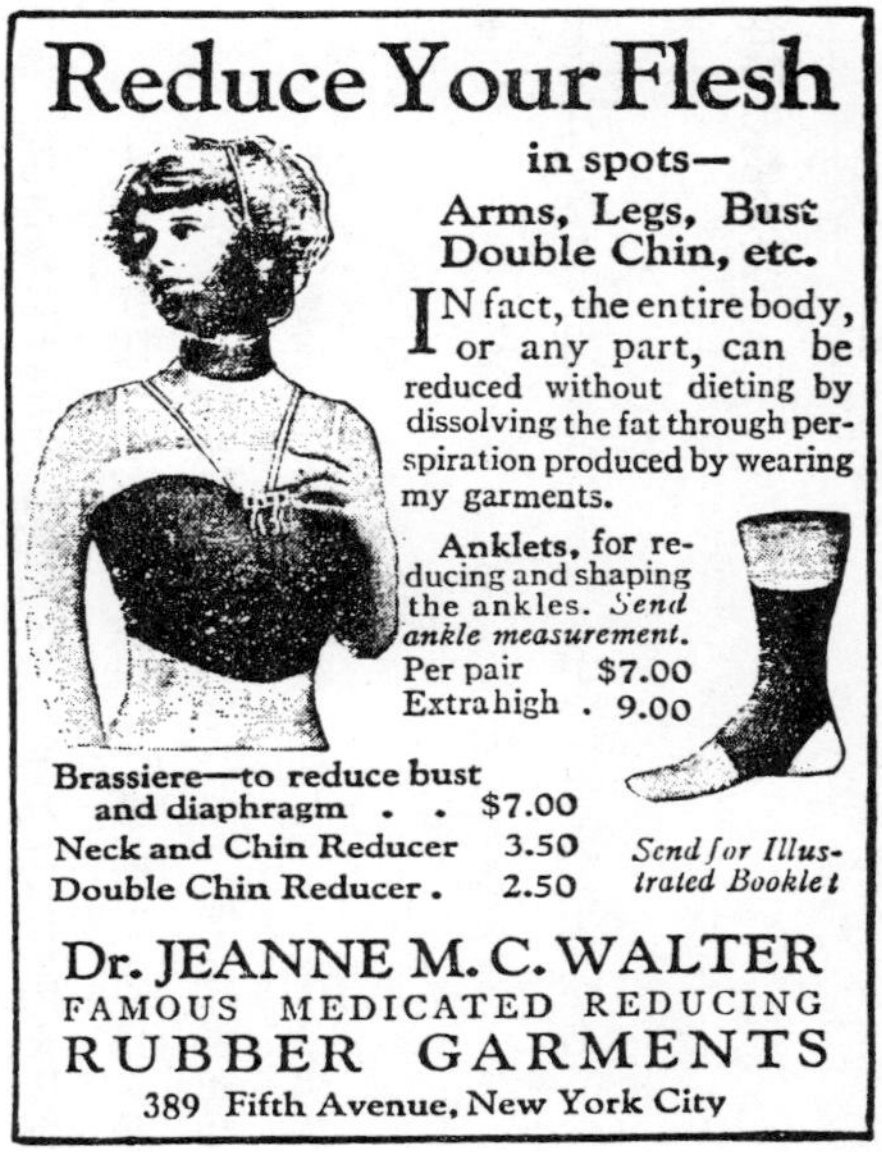

Reduce Your Flesh

Arms, Legs, Bust
Double Chin, etc.
IN fact, the entire body, or any part, can be reduced without dieting by dissolving the fat through perspiration produced by wearing my garments.
Anklets, for reducing and shaping the ankles. Send ankle measurement.
Per pair $7.00
Extra high . 9.00
Brassiere—to reduce bust and diaphragm . . $7.00
Neck and Chin Reducer 3.50
Double Chin Reducer . 2.50
Send for Illustrated Booklet
Dr. JEANNE M. C. WALTER
FAMOUS MEDICATED REDUCING

図版6

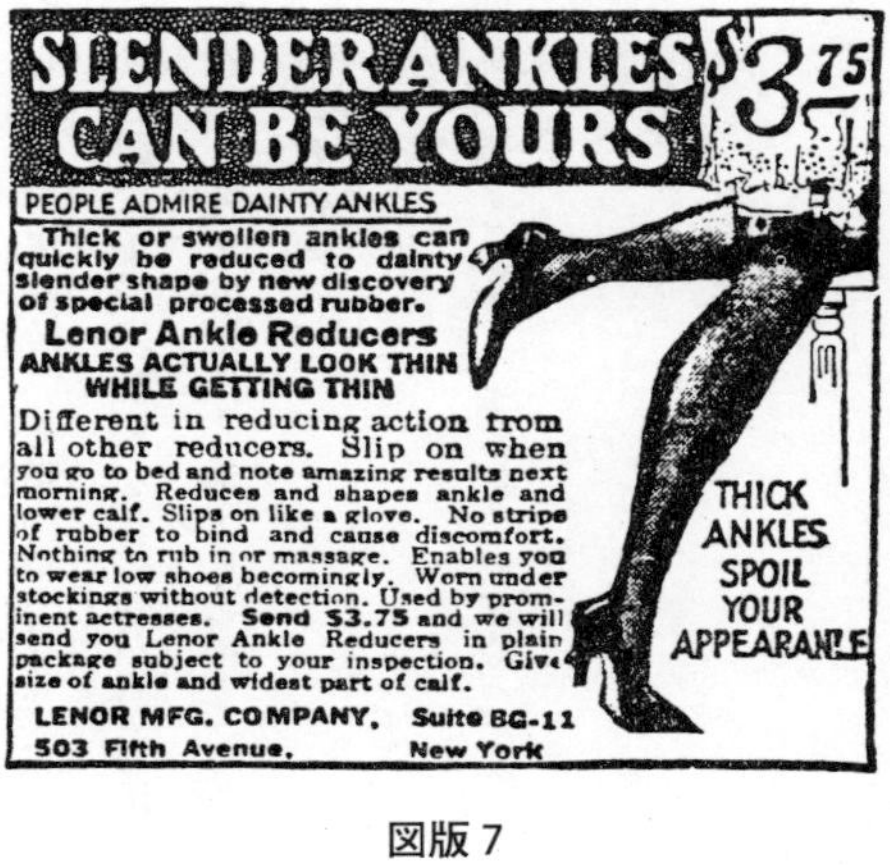
SLENDER ANKLES
CAN BE YOURS
$3.75
PEOPLE ADMIRE DAINTY ANKLES
Thick or swollen ankles can quickly be reduced to dainty slender shape by new discovery of special processed rubber.
Lenor Ankle Reducers
ANKLES ACTUALLY LOOK THIN
WHILE GETTING THIN
Different in reducing action from all other reducers. Slip on when you go to bed and note amazing results next morning. Reduces and shapes ankle and lower calf. Slips on like a glove. No stripe of rubber to bind and cause discomfort. Nothing to rub in or massage. Enables you to wear low shoes becomingly. Worn under stockings without detection. Used by prominent actresses. Send $3.75 and we will send you Lenor Ankle Reducers in plain package subject to your inspection. Give size of ankle and widest part of calf.
LENOR MFG. COMPANY, Suite BG-11
503 Fifth Avenue, New York
THICK
ANKLES
SPOIL
YOUR
APPEARANCE

図版7

ある売品とその選を異にす。それは単に肉を圧縮するのみならず、事実に於いて脂肪を去り、次第に、而も確実に、膨脹せる部分を改良す。薬品もしくはクリームにあらず。紐にて結ぶ必要なし。特に整形用のために考案せられたる純精のゴム製にして、他人に窺知せらるることなく、靴下の下に心地よく着用せらる。穿くにも脱ぐにも自在なること手袋の如し。――リナア製造会社、紐育五番街五〇三。

▼これに完全に対応する広告は、発見できなかった。類似のもの（図版7）が、"Motion Picture Classic" 一九二六年十月号などに掲載されているが、若干の相違がある。

谷崎の紹介文⑨

「若しも彼女の足頸がなかつたならば、彼女は美人であつたであらうに。」――たとへ容貌はいかに愛らしくとも、姿はいかに優雅なりとも、太き足頸を持てる婦人は真の美人たり難し。歩行せずして乗り物を用ふる近代の生活様式は、その代償として脂肪の堆積を購ひつつあり。此れは特に足頸に於いて顕著にして、無用なる脂肪組織が不恰好なる層を築き、自然のしなやかなる曲線を分厚に蔽ひ隠すに至る。マダム・ウイルマルト式療法の最も重要なる点は足頸整形用電気帯にして云々。定価二弗九十八仙。番外大型四弗九十八仙。紐育四十二番街、東十二号、マダム・ウイルマルト。

▼これに対応する広告は、発見できなかった。

HOW TO OBTAIN A PERFECT LOOKING NOSE!
IN THIS DAY AND AGE attention to your appearance is an absolute necessity if you expect to make the most out of life. Not only should you wish to appear as attractive as possible, for your own self-satisfaction, which is alone well worth your efforts, but you will find the world in general judging you greatly, if not wholly, by your "looks," therefore it pays "to look your best" at all times. Permit no one to see you looking otherwise; it will injure your welfare! Upon the impression you constantly make rests the failure or success of your life. Which is to be your ultimate destiny?
My newest greatly improved Nose Shaper "Trados Model 25," U. S. Patent, corrects now all ill-shaped noses without operation, quickly, safely, comfortably and permanently. Diseased cases excepted. Model 25 is the latest in Nose Shapers and surpasses all my previous Models and other Nose adjuster patents by a large margin. It has six adjustable pressure regulators, is made of light polished metal, is firm and fits every nose comfortably. The inside is upholstered with a fine chamois and no metal parts come in contact with the skin. Being worn at night it does not interfere with your daily work. Thousands of unsolicited testimonials on hand, and my fifteen years of studying and manufacturing Nose Shapers is at your disposal, which guarantees you entire satisfaction and a perfectly shaped nose. Write today for free booklet, which tells you how to correct ill-shaped noses without cost if not satisfactory.
M. TRILETY, Face Specialist　1897　Ackerman Building, BINGHAMTON, N. Y.
Also For Sale at First Class Drug Stores.

図版 8

谷崎の紹介文⑩

「如何にして完全なる形の鼻を得べきや」と云ふところには、いろいろな恰好の鼻が列んでゐる。「今日の時勢に於いて、貴女が成効せんと欲せば貴女の容貌の牽引力は絶対に必要なりとす。貴女は社会が、大部分貴女の容貌に依つて貴女を判断することを発見すべし」と云ふやうな処世哲学を述べてから、さてその次ぎに、――

予が最近に大改良を施したる整鼻器、合衆国専売特許「トラドス、モデル二十五号」は、手術を用ゐずして迅速に、安全に、愉快に、永久に、すべての不正形なる鼻を正しくす。それは六箇の締め着け器具にて組み立てられ、軽き、光沢ある金属製にして、堅固に、心地よく各人の鼻に密着す。内側は上製羊皮にて被はれたれば、金属の部分は直接皮膚に触れることなし。夜間着用せば貴女が仕事の妨げとならず。実験者の證明書数千通手元にあり。――美容術師エム・トライルテイー、紐育ビンガムトン、アツケルマン・ビルデイング一九六五。

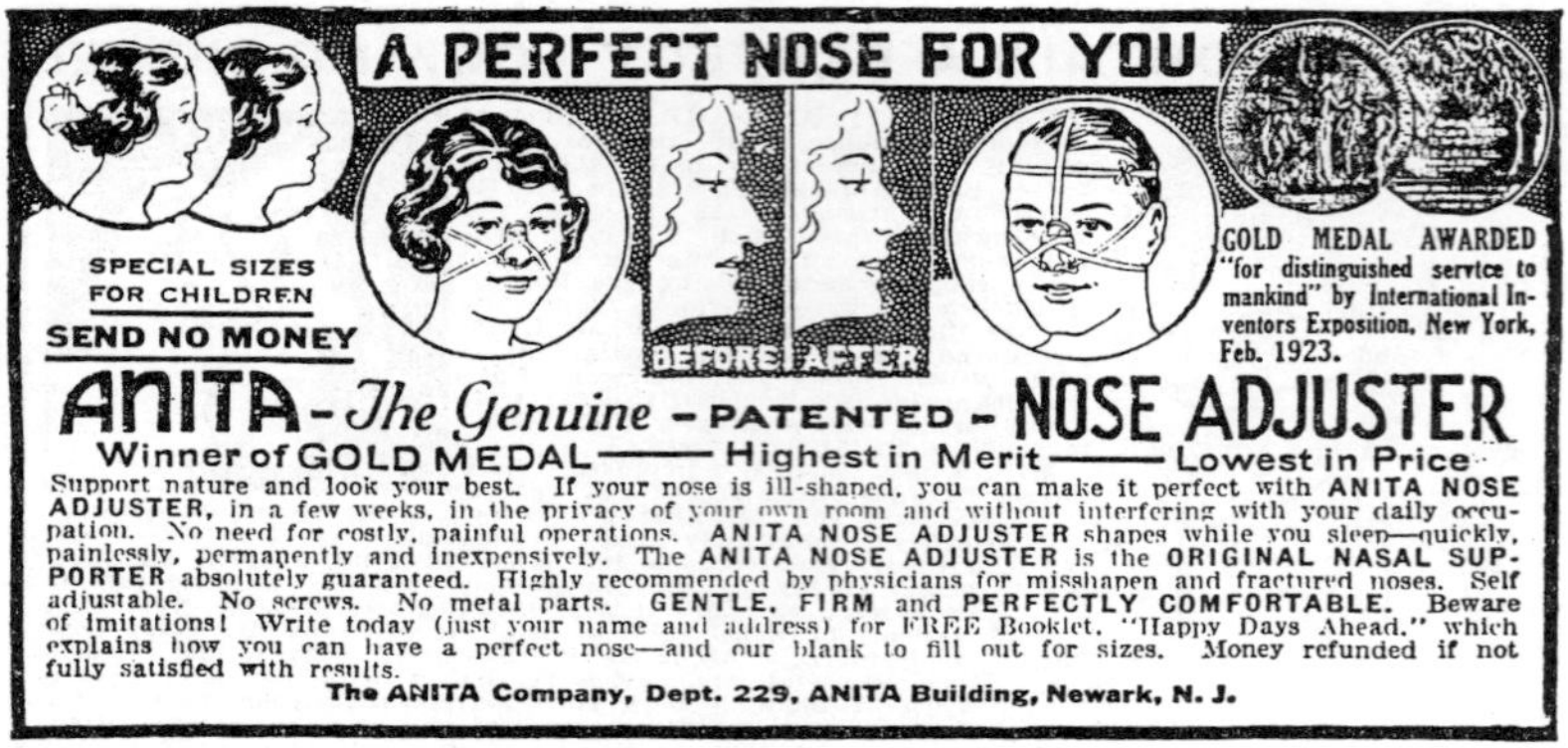

図版 9

▼これに完全に対応する広告は、発見できなかった。ほぼ同じ広告（図版8）が、"Motion Picture Classic" 一九二三年六、七月号にあるが、連絡先が "1897 Ackerman Building" になっている。

谷崎の紹介文⑪

「貴女は完全なる鼻を得べし。」――専売特許整鼻器「アニタ」は奏効確実にして定価至廉也。貴女は天成の美を培ひ、能ふ限り外貌を研かるべし。万一貴女の鼻の形に欠点あらば、貴女は「アニタ」整鼻器を以て、日中の業務を妨ぐることなく、秘密に、貴女の室内に於いて、一二週間に完全に整形することを得。高価にして苦痛なる手術の要なし。「アニタ」整鼻器は貴女が眠りつつある間に、迅速に、苦痛なく、永久に、而も安価に治療するなり。「アニタ」整鼻器は独創的の鼻支へにして絶対保険附なり。歪み、もしくは挫けたる鼻に対し、医師より多大の推讃を博す。取り付け自在。ネヂを用ゐず。金具を用ゐず。肌触りよく、丈夫にして寸毫も不快を与へず。模造品に注意せられよ！　御一報次第「幸福なる前途」と題する小冊子を無代にて贈呈す。――ニユジヤアシー、ニユウワアク、アニタ・ビルデイング二二九、アニタ会社。

西洋人は獅子ツ鼻を喜ぶと見えて、此の「アニタ」整鼻器の広告には、唇の方を覗いてゐる鼻と、それが上向きに直つたところとが図に画いてある。大方こんなのは猶太人の女が買ふのであらう。

▼図版９の広告は、“Motion Picture Classic”一九二四年二月号掲載のものと特定できる。と言うのは、この広告は、一九二三年十月から一九二四年十一月にかけて、ほぼ同じ広告を毎号掲載しているのだが、連絡先の内、“Dept.”の後の数字が、一月は129、二月は229、以下十二月の1229まで規則的に変化する。従って、谷崎が訳したのは二月号という事になり、この期間内では、一九二四年二月号以外にはない訳である。

Eyes that Sparkle Like April Dew
WHAT man has not felt the fascination of such eyes? How they thrill him in his waking hours, how haunting they are in his dreams!
Every girl can have attractive eyes if she will beautify her lashes. By darkening the lashes with WINX, she will increase the expressiveness of her eyes one hundredfold.
WINX is applied with the glass rod attached to the stopper of the bottle. It makes the lashes appear longer and heavier. Dries instantly, invisibly. Harmless, waterproof. Lasts for days, unaffected by perspiration or weeping at the theatre.
WINX (black or brown) 75c. To nourish the lashes and promote growth, use colorless Cream Lashlux at night. Cream Lashlux (black, brown or colorless) 50c. At drug, department stores or by mail.
Send a dime today for a generous sample of WINX. For another dime, you will receive a sample of PERT, the rouge that stays on until you remove it. Enclose coins.
ROSS COMPANY
232-A West 18th Street New York
WINX
Waterproof

図版10

谷崎の紹介文⑫

「四月の露の如く輝やく瞳」と云ふのがある。――

若き婦人は睫毛を美しくすることに依つて魅惑的なる眼を持つを得べし。「ウインクス」を以て睫毛を黒くせば、眼の表情は百倍も優らん。「ウインクス」は罎の栓に附属するガラス製の棒を以て塗る。睫毛は長く、重く見ゆべし。直ちに秘密に乾燥す。障害なく、能く水に堪ふ。数日間有効。発汗、もしくは劇場に於いて泣くことあるも効力を変ぜず。定価七十五仙。（黒色と褐色の両種あり。）睫毛に営養を与へ、その成長を促がすためには無色クリーム「ラッシユラックス」を夜間に用ふべし。クリーム「ラッシユラックス」定価五十仙。（黒色、褐色、無色。）紐育十七番街、西二四七号のB、ロッス会社。

▼これに完全に対応する広告は、発見できなかった。ほぼ同じ広告（図版10）が、"Motion Picture Classic" 一九二四年四月号にあるが、連絡先が異なる。この広告は、毎月その月にちなんだ文案に変るので、この文案は四月号と推定できる。

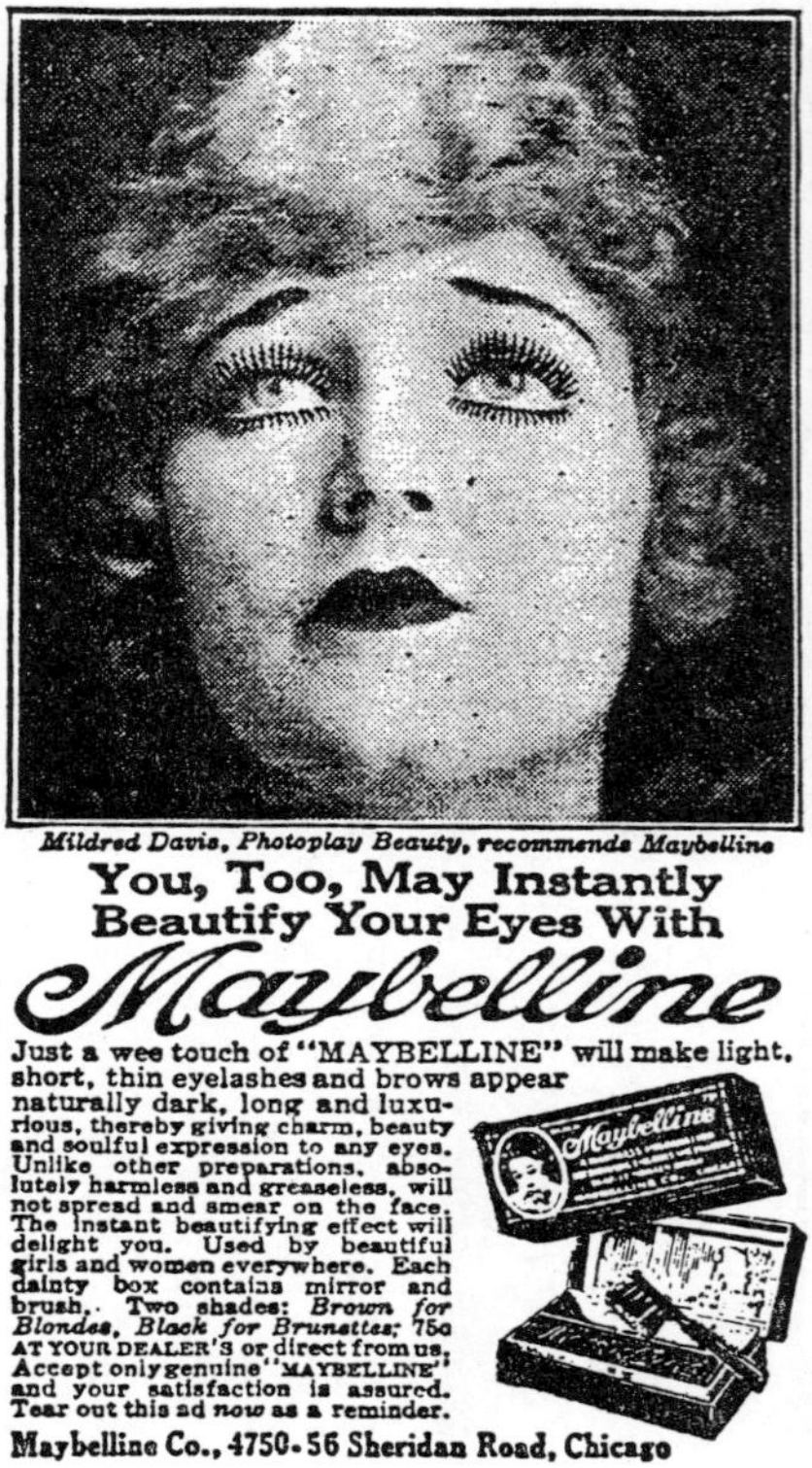

図版 11

谷崎の紹介文⑬

「貴女も亦、『メイベリン』を以て貴女の瞳を即座に美しくすることを得ん。」——ほんの少量の「メイベリン」は、軽き、短かき、薄き睫毛と眉毛とを、生れつき黒く、長く、豊かなるが如く見せしめ、斯くしていかなる眼にも美観と、魅惑と、生き生きとしたる表情を与ふ。他の品と異り、絶対無害にしてニチヤニチヤせず、流れ出したり顔を汚したりすることなし。その迅速なる効験は必ず貴女を喜ばすべし。至る所の美しき少女婦人達に愛用せらる。可愛らしき小函の中に鏡とブラシとを備ふ。ブロンド髪用褐色、ブリユネツト髪用黒色の二種あり。――シカゴ、シエリダンロード四七五〇、メイベリン会社。

▼図版11の広告は、“Motion Picture Classic” 一九二二年五月、一九二三年四月、一九二四年二月号に掲載されている。

図版12

谷崎の紹介文⑭

「当世娘の最新式睫毛美化法」――当世風の多くの娘たちの最近の発見は、その容貌に一層の美を加ふるところの、長く、濃く、光沢ある、縹渺たる睫毛を作り出す化粧法なりとす。彼女達は新式にして容易に観破せられざる液体を用ふ。そは旧式の固形物と異り、使用簡便にして瞬時に乾燥す。睫毛を黒く、実際よりも二倍も長く、重く見せしむ。此の液体は水を弾くが故に涙にも汗にも作用せられず。流れ出し、汚きしみとなり、もしくは摩擦して消ゆる等のことなし。薬名「ラツシユブラウ」。

我等は試験的に無代価を以て「ラッシユブラウ」溶液を贈呈し、同時に見本として眉毛と睫毛との成長を刺戟する「ラッシユブラウ」ポマードを封入すべし。――紐育カナル街四一七、ラッシユブラウ実験室。

▼図版12の広告は、"Motion Picture Classic" 一九二四年五月号に掲載されている。"flapper" を《当世娘》と訳している所が面白い。

谷崎の紹介文⑮

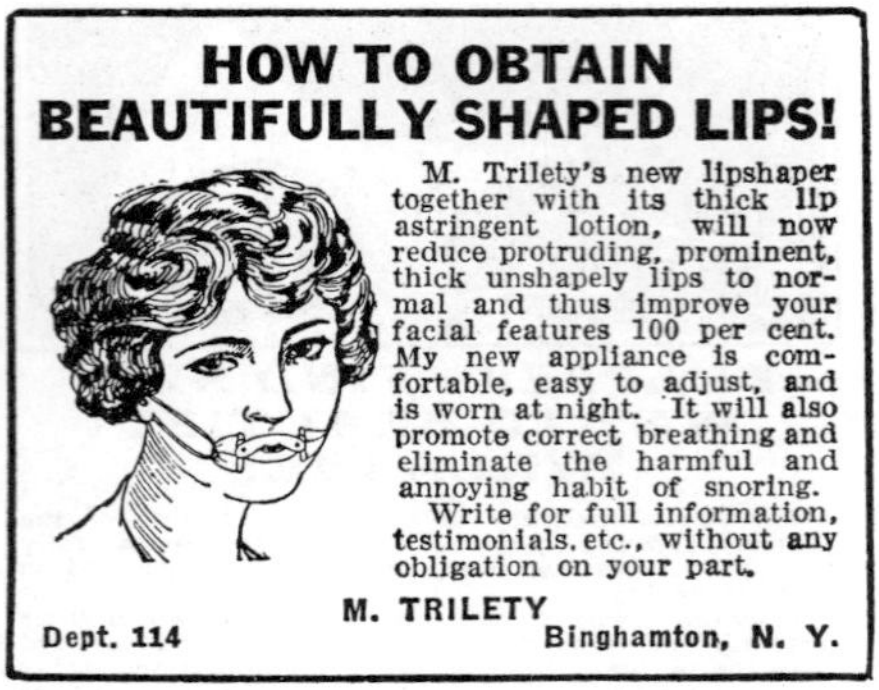

図版13

「如何にして唇の曲線を美化すべきか。」――トライルテイー氏新式唇整形器はその収斂性洗滌剤と共に、凸出せる唇、分厚に醜き唇を常態に復し、かくして貴女の容貌を百パーセントも美しくせん。此の新式器具は愉快にして取り附け自在、夜間に使用す。それは又呼吸のしかたを改善し、有害にして他人に迷惑なる鼾の習慣を矯正す。――紐育ビンガムトン、トライルテイー。

▼図版13の広告は、"Motion Picture Classic" 一九二五年五月、一九二六年一、三〜六、十二月号に掲載されている。

谷崎の紹介文⑯

図版14

「魔法手袋、――一夜にして貴女の手は白皙とならん。」――驚くべき科学的大発見！　イーガン博士の夜間用魔法手袋は、皮膚の荒れたる、赤くふくれたる、節くれ立ちたる手を、一夜のうちに白くしなやかに変化す。……試みにほんの一と晩着用せられよ。翌朝貴女は殆んど信じ難き程の一大変化を、貴女の手に於いて発見せん。三四回使用せらるれば貴女は一対の新しき手を持つに至らん。そは地質の中にある薬剤の動きにして、此の手袋は有名なるイーガン博士が完成せられたる溶液を含有するが故也。地質中の薬液は体温に依つて作用を起し、独特の効果を手に及ぼして、それを漂白し、柔軟ならしむ。手は白色に、――魅力ある自然の白色に、而して恰も天鵞絨の如くすべすべと滑かにならん。……イーガン博士魔法手袋一と組は、薬剤応用手袋一対、イーガン博士「ポーアラックス」一と壜、手袋用薬液一と壜、イーガン博士著「手の衛生」一冊より成り、美麗なる函に収めらる。「ポーアラックス」は手袋を着用せんとする時、予め塗抹する特別のクリームにして、之を以て毛孔を開き、薬剤の作用を旺盛ならしむ。手袋用薬液は一定期間使用の後に手袋の寿命を回復するものとす。定価一と組五弗なれども特に今回は一弗九十五仙。シカゴ、ステート街、南二二〇、エス・ジエー・イーガン博士。

▼図版14の広告は、"Motion Picture Classic" 一九二三年十二月、一九二四年六、七月号に掲載されている。

谷崎の紹介文⑰

「丈高くなられよ！」――貴女の身長を増加せられよ！　簡単にして自然に、容易なる方法也。貴女の身長を増加し、貴女の姿態を美しくせん。御通知次第説明書を進呈す。――ニユウジヤアシー、アトランテイツクシテイー、自然的美容法研究所。

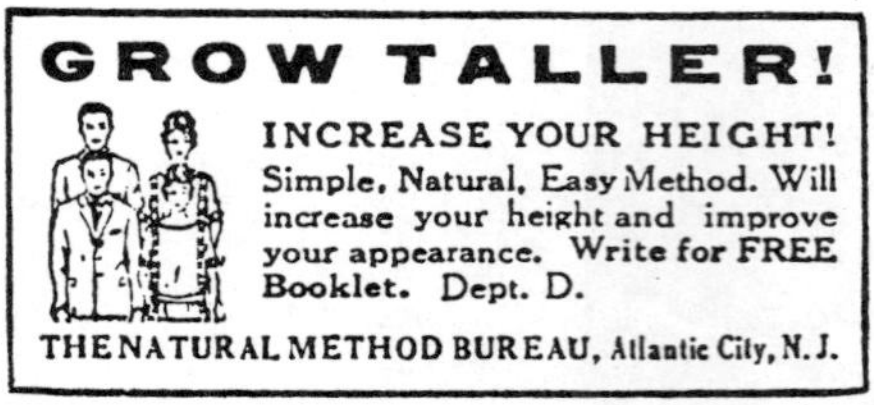

図版15

▼図版15の広告は、"Motion Picture Classic" 一九二四年十二月、一九二五年一月号に掲載されている。

谷崎の紹介文⑱

「わにまたを矯正せられよ。」――彎曲せる脚や膝を持てる婦人たちよ、予は今や短時間に確実安全にわにまたを矯正し、脚を真つ直ぐにする新式器具を売り出したり。苦痛なく、手術を用ゐずして、効果は迅速に永久也。最新「わにまた矯正器」モデル十八号。合衆国専売特許品。夜間使用。取り付け自在。――シカゴ、メイフィールド街、北六五〇、チヤアレス・コールマン教授。

▼これに対応する広告は、発見できなかった。

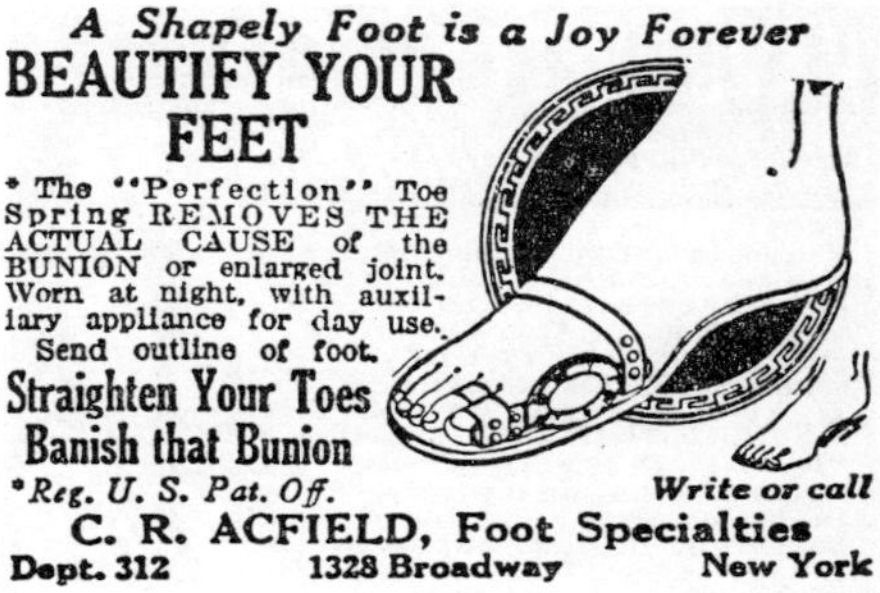

A Shapely Foot is a Joy Forever
BEAUTIFY YOUR FEET
* The "Perfection" Toe Spring REMOVES THE ACTUAL CAUSE of the BUNION or enlarged joint. Worn at night, with auxiliary appliance for day use.
Send outline of foot.
Straighten Your Toes
Banish that Bunion
*Reg. U. S. Pat. Off.
Write or call
C. R. ACFIELD, Foot Specialties
Dept. 312
1328 Broadway
New York

図版16

谷崎の紹介文⑲

「貴女の足の趾を真つ直ぐにし、趾の股の贅肉を除去せられよ。」――恰好よき足は永久の愉快也。貴女の足を美しくせられよ。足趾完成ゼンマイ器具は、趾の節々が太くなり股に炎腫が生ずるところの真の原因を除くことを得。夜間使用。昼間用補助器付。足の寸法を御通知あれ。――紐育ブロードウエー一三二八、足専門業、シー・アール・アクフイールド。

▼図版16の広告は、“Motion Picture Classic”一九二三年四、十月、一九二四年一、二、四月、一九二五年一～三、十一月、一九二六年一～三月号に掲載されている。

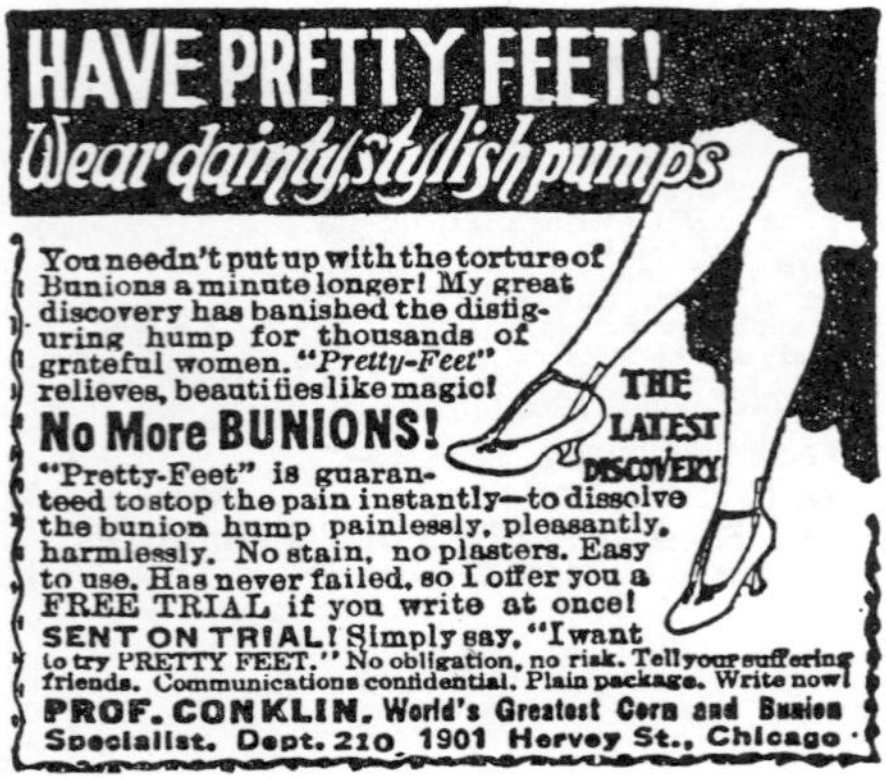

図版 17

谷崎の紹介文⑳

「愛らしき足を持ち、当世風のきやしやな舞踏靴を穿き給へ！」——「プレテイー・フイート」は安全に愉快に、何等の苦痛なく、趾の股の贅肉を溶解すること保證附也。膏薬にあらず。汚点を留めず。使用軽便。百発百中。御一報次第無代価にて試験用「プレテイー・フイート」を郵送す。通信は秘密を厳守す。人目につかぬやう包装す。唯今直に申し越されよ。——シカゴ、ハアヴイー街一九〇一、世界的贅肉及び炎腫専門家、コンクリン教授。

▼図版17の広告は、"Motion Picture Classic" 一九二四年六、九月号に掲載されている。

谷崎の紹介文㉑

「たこや豆に害はれざる完全なる足を持たれよ。」——流行と快惑とは、足が素直に、心地よく、当世風のきやしやな舞踏靴にピツタリ嵌まることを要求す。………貴女はそれらを最新式溶解剤「ペドダイン」を以て迅速に、無害に、愉快に除却することを得。………シカゴ、ラサル街、北一八六、ケイ実験室。

図版 18

▼図版18の広告は、“Motion Picture Classic”一九二四年六、十月、一九二五年一～三月号に掲載されている。

Ⓒ　Ⓑ　Ⓓ

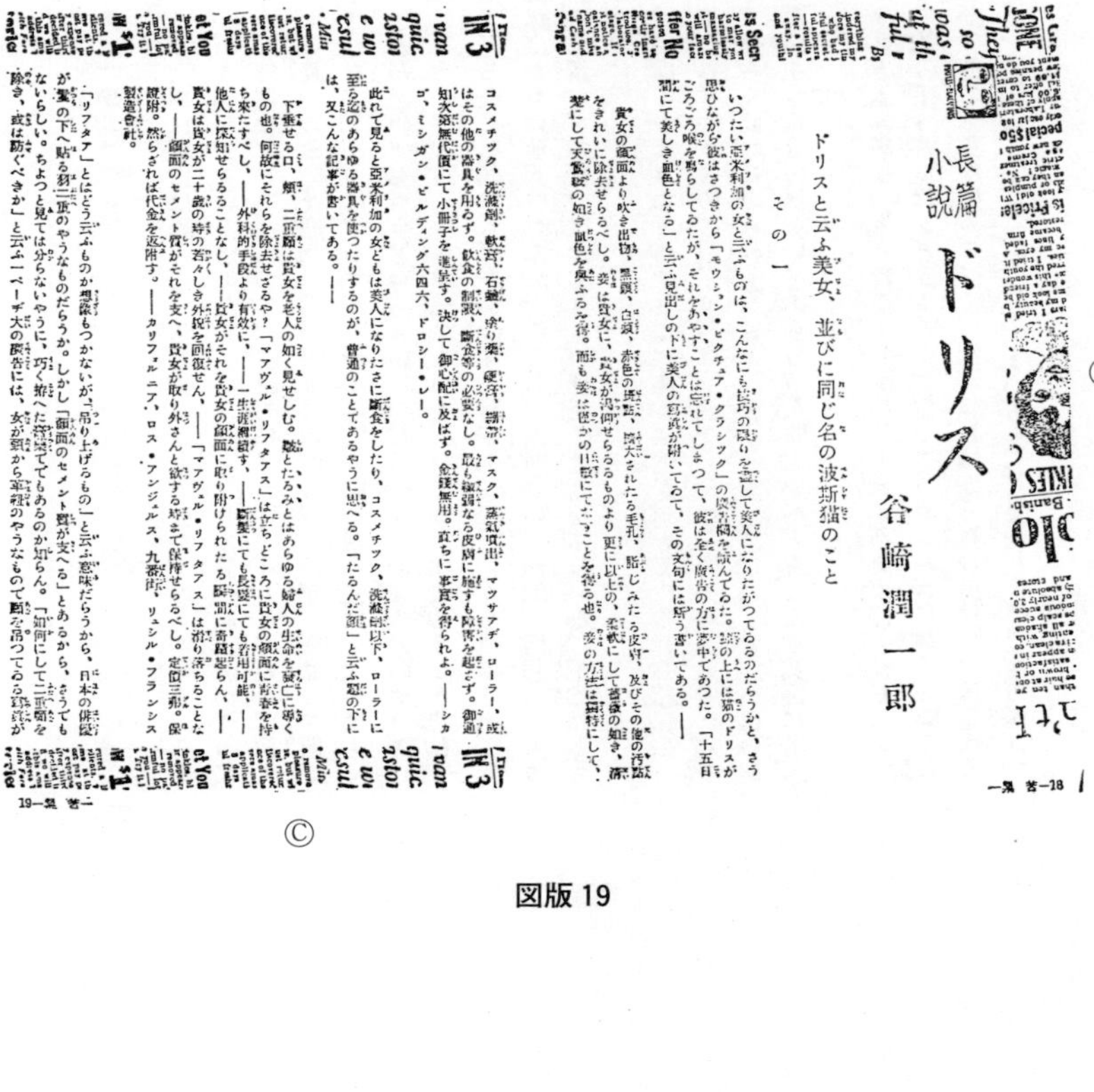

長篇小説

ドリス

谷崎潤一郎

ドリスと云ふ美女、並びに同じ名の波斯猫のこと

その一

いつたい亜米利加の女と云ふものは、こんなにも技巧の限りを盡して美人になりたがつてゐるのだらうかと、さう思ひながら彼はさつきから「モウション・ピクチュア・クラシック」の廣告欄を讀んでゐた。膝の上には猫のドリスがごろごろ喉を鳴らしてゐたが、それをあやすことは忘れてしまつて、彼は全く廣告の方に夢中であつた。「十五日間にて美しき血色となる」と云ふ見出しの下に美人の寫眞が附いてゐて、その文句には斯う書いてある。——

貴女の顔面より吹き出物、黒頭、白頭、赤色の斑點、擴大されたる毛孔、脂じみたる皮膚、及びその他の汚點をきれいに除去せらるべし。妾は貴女に、貴女が渇仰せらるるものより更に以上の、柔軟にして薔薇の如き、潔癖にして天鵞絨の如き血色を與ふるを得。而も妾は僅かの日數にてこれをなすことを得る也。妾の方法は獨特にして、コスメチック、洗滌劑、軟膏、石鹸、塗り薬、硬膏、繃帶、マスク、蒸氣噴出、マッサアヂ、ローラー、或はその他の器具を用ゐず。飲食の制限、斷食等の必要なし。最も纎弱なる皮膚に施すも障害を起さず。御通知次第無代價にて小冊子を進呈す。決して御心配に及ばず。金錢無用。直ちに事實を得られよ。——シカゴ、ミシガン・ビルディング六四六、ドロシー・レー。

此れで見ると亜米利加の女どもは美人になりたさに斷食をしたり、コスメチック、洗滌劑以下、ローラーに至る迄のあらゆる器具を使つたりするのが、普通のことであるやうに思へる。「たるんだ顔」と云ふ題の下には、又こんな記事が書いてある。——

下垂せる口、頬、二重顋は貴女を老人の如く見せしむ。皺とたるみとはあらゆる婦人の生命を衰亡に導くもの也。何故にそれらを除去せざるや？「マアヴェル・リフタアス」は立ちどころに貴女の顔面に若春を持ち來たすべし、——外科的手段より有效に、——一生涯繼續す、——晝間にても夜間にても着用可能、——他人に探知せらるることなし、——貴女がそれを貴女の顔面に取り附けられたる瞬間に奇蹟起らん、——貴女は貴女が二十歳の時の若々しき外貌を回復せん、——「マアヴェル・リフタアス」は滑り落ちることなし、——顔面のセメント質がそれを支へ、貴女が取り外さんと欲する迄まで保持せらるべし。定價三弗。保證附。然らざれば代金を返附す。——カリフォルニア、ロス・アンジェルス、九番街、リュシル・フランシス製造會社。

「リフタアス」とはどう云ふものか想像もつかないが、「吊り上げるもの」と云ふ意味だらうから、日本の俳優が鬘の下へ貼る羽二重のやうなものだらうか。しかし「顔面のセメント質が支へる」とあるから、さうでもないらしい。ちよつと見ては分らないやうに、巧く拵へた器械でもあるのか知らん。「如何にして二重顋を除き、或は防ぐべきか」と云ふ一ペーヂ大の廣告には、女が頸から革紐のやうなもので顋を吊つてゐる寫眞が

Ⓐ　Ⓒ

図版 19

長篇小説

ドリス 3

谷崎潤一郎

その二のつづき

兎にも角にも、さう云ふ日本には珍らしい猫であるから、彼のドリスを愛することは一と通りではないのである。その上波斯猫のいいことは、日本猫や歐洲猫のやうに敏捷でなく、いくらか魯鈍なところがあつて、亡國的に、おつとりとしてゐる。彼の書齋にはせいのひよろ長い青磁の花瓶だの、石膏の佛蘭西人形だのが、所嫌はず置き散らかしてあるけれども、ドリスはするすると靜かにその間を通り拔けて、一度もそんなものを倒したことがない。ちやうど育ちのいい、しとやかなお孃さんのやうで、或る場合には魯鈍どころか、人間よりも纖細な心づかひをするやうに見える。尤も一つ困つたことには、至る所に尾籠なものを排泄する癖があつて、いくら便器をあてがつてやつても、此ればかりは矯正されない。ここらが波斯猫の亡國的な所以であらうが、可愛くなると不思議なもので、彼はドリスの糞便の世話をするのを、億劫だとも不潔だとも思はなかつた。

『うん、よしよし、何處でも好きな所へやりな、あとは己が拭いてやるから。』

と、さう云つた工合に甘やかすので、ドリスは平氣で、極めて鷹揚に部屋のまん中へ垂れ流しをする。恐らく此れほど悠然と、女王の如き威厳を以て、支那絨毯の絢爛な敷き物の上へ糞尿をするものはないであらう。人間といへどもこんな贅澤は出來る筈がない。

そもそも此のドリスと云ふ猫は、もとは亞米利加のPと云ふ活動女優の愛猫であつて、それがどうして彼の手へ渡つたかと云ふのに、ロス・アンジエルスに住んでゐる彼の友人のAなる男が、彼の孤獨を慰めるべく、無理にP孃から貰ひ受けて、はるばる贈つて來てくれたのであつた。Aの手紙に依ると、P孃は非常にドリスを可愛がつ

図版 20

なお、『ドリス』の初出第一回（「苦楽」昭和二・一）と第三回（昭和二・四）には、それぞれ図版19、20のような装飾が用いられているが、第一回分の装飾は、“Motion Picture Classic”一九二六年十一月号掲載の広告（図版21）を、ⒶⒷⒸⒹ四つの部分に切り分けて構成したものである事が特定できる。

図版21

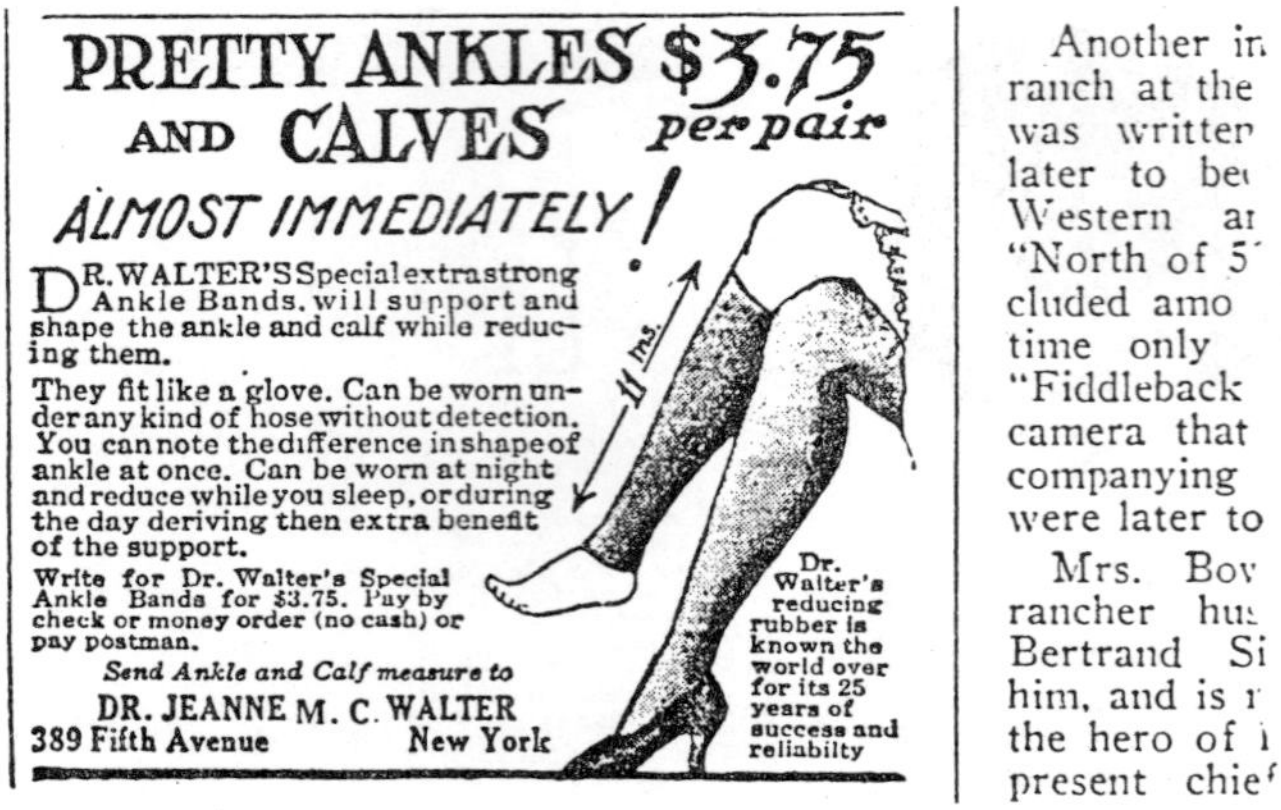

図版22

第三回分の装飾は、"Motion Picture Classic" 一九二七年三月号掲載の広告（図版22）と同種のものであるが、右側に広告の文字が見えるので、別の所から取ったものであろう。

以上の広告の分布を一覧表に纏めてみると、次頁のようになる。

この分布図から、谷崎が、遅くとも一九二三年十二月からこの雑誌を継続的に取っていた事、『ドリス』執筆の際には、手元にあった数年分のバックナンバーから、翻訳・引用する広告を選び出した事、などが推定できるのである。"Motion Picture Classic"は、『痴人の愛』のラストでナオミが読む事になっている他、『懶惰の説』（「中央公論」昭和五・五）にも言及があるから、その頃までは取り続けていたのであろう。

なおついでながら、『ドリス』初出の挿絵は、すべて中川修造の手になるもののようで、初出第二回（「苦楽」昭和二・二）に明記されている他、第一回の挿絵にも《S.N.》のイニシャルが入っている。第二回の挿絵「波斯猫写生図」は、当時谷崎が大阪毎日新聞の奥村梅皐（恒次郎）に貰って飼っていた純白のペルシャ猫[注2]を、谷崎宅へ出向いて写生したものらしい。『黒白』の挿絵を担当する一年以上前から、中川修造は谷崎と親しくなっていたのである。

（一覧表）

[注]　この表には、『ドリス』に於ける谷崎の広告紹介文と“Motion Picture Classic”の広告とが、完全に一致すると確認できたもののみを掲げた。表中の数字は、谷崎の紹介文に、細江が付した番号である。一回しか“Motion Picture Classic”に掲載されなかったと推定される広告の数字は、○で囲まなかった。『ドリス』第一回の装飾に使われた広告は、「装飾」とした。筆者未見の号には、×を付した。

年＼月	1	2	3	4	5	6	7	8	9	10	11	12
一九一七	×	×	×	×	×							
一九一八								×				
一九一九												
一九二〇												
一九二一			×	×				×				
一九二二					⑬					×		
一九二三				⑬ ⑲					⑦	⑦ ⑲	⑤ ⑦	⑦ ⑯
一九二四	⑲	⑤ 11 ⑬ ⑲		6 ⑲	⑤ 14	⑤ ⑯ ⑳ ㉑	⑯		⑳	㉑		⑤ ⑰
一九二五	⑰ ⑲ ㉑	⑲ ㉑	① ⑲ ㉑		⑮		①			①	⑲	①
一九二六	⑮ ⑲	⑲	⑮ ⑲	⑤ ⑮	⑮	⑮				④	④ 装飾	④ ⑮

『ドリス』は、「長編小説」と銘打たれながら、極々初めの所が書かれただけで中絶してしまった為に、そのストーリー・構想については殆ど何も分っていない。僅かに手がかりになりそうなのは、「ドリスと云ふ美女、並びに同じ名の波斯猫のこと」という長い副題と、作中で主人公が、映画「アメリカン、ヴィナス」(注3)の中に、一人の乙女がマネエヂヤアの指導を受けて、ミス・アメリカの標準体形にぴったり一致するように体を鍛え上げるというエピソードが

あった事を思いだし、《「己もあんな風なことがやつて見たいが、手近なところにさう云ふ女は居ないもんかな。居たらば己がマネエヂヤアになつてやるんだが。……」》と空想する所である。この部分からは、主人公がドリスというちょうど手頃な美女を得て、あたかも人形を造るように彼女の体を理想の体形に作り替えるという話の展開が一つ考えられるし、また、『青塚氏の話』と同じ様に、主人公が「ドリスと云ふ美女」の人形を造るという事も考えられる。いずれにしても、『ドリス』冒頭で、谷崎が"Motion Picture Classic"の広告を紹介したのは、こうしたテーマを展開する為の伏線としてであったと想像される。谷崎は、手元にあった数年分の"Motion Picture Classic"の中から、都合の良い広告ばかりを掻き集め、あたかもそれらが一冊の"Motion Picture Classic"の中に満載されているかのごとく見せかける事で、《亜米利加と云ふ国では、女の白いしなやかな体を飴細工か粘土のやうに心得てゐるらしい。(中略) 彼等は人形を造るやうに「女」を造る。》と読者にも思わせ、主人公のその後の行動にリアリティを与えようとしたに違いないのである。(注4)

人形というテーマは、『ドリス』の直前に、『青塚氏の話』や『日本に於けるクリツプン事件』等でも取上げていたもので、『蓼喰ふ蟲』へと繋がるこの頃の谷崎の関心事であった。就中、中絶した『青塚氏の話』との間には連続性があるようで、例えば、『青塚氏の話』は実体と影をめぐる分身譚であるが、『ドリス』もまた、ドリスという同じ一つの名を持つ猫と女の話であるから、恐らく一種の分身譚になる筈のものだったと思われる。また、この二つの作品は、共にアメリカ映画と深い繋がりを持っている。細かい事を言えば、『青塚氏の話』の中には「黒猫を愛する女」という映画が出て来て、由良子の飼猫が出演した事になっているが、猫のドリスもアメリカの映画女優・P嬢の愛猫で、映画にも一緒に出演した事になっている。或いはこのP嬢も、『青塚氏の話』で由良子と同じタイプとされているマリー・プレヴオストを密かに念頭に置いているのかも知れない。『ドリス』はこのように、『青塚氏の話』の一種の変奏であり、或る意味でのリメイクとなる筈だったと思われる。

『ドリス』はまた、谷崎が猫を主題として書いた最初の小説でもあるが、後の『猫と庄造と二人のをんな』が所謂日本回帰後の作品で、大阪風の庶民性を特徴とするのとは対照的に、西洋崇拝を基調とした作品になっている。しかし、《いくらか魯鈍なところがあつて、亡国的に、おつとりとしてゐる。》とか、《ちやうど育ちのいい、しとやかなお嬢さんのやうで、或る場合には魯鈍どころか、人間よりも繊細な心づかひをするやうに見える》というこのペルシャ猫の描写には、『細雪』下巻（四）で猫の様な鼾を搔いたりもするあの雪子を思わせる所がある。そう思ってみると、《ドリスは平気で、極めて鷹揚に部屋のまん中へ垂れ流しをする。恐らく此れほど悠然と、女王の如き威厳を以て、支那絨毯の絢爛な敷き物の上へ糞尿をするものはないであらう。》という設定も、勿論、『少年』以来谷崎文学に一貫して見られるスカトロジー趣味の現われに過ぎないのだが、『細雪』のラストで雪子を襲う下痢を思い出させなくもない。

この時期、谷崎文学におけるヒロインは、西洋的妖婦タイプの女性から、次第に人形や猫や女中の様な、主人公が比較的楽に思いどおりに出来るタイプ、或いは実際の肉交を生じない相手に変化して行く傾向を見せている。これは、谷崎の日本回帰へ向かう変化の一段階と思われ、『友田と松永の話』あたりから、次第に顕著になって行く傾向である。『ドリス』が西洋崇拝の作風を維持しながらも、『細雪』の雪子を思わせる猫を登場させている事は、谷崎のこうした転機を示す一つの兆候と見るべきであろう。

注

（1）『ドリス』には、《英京倫敦に於ける「猫の展覧、交換、並びに競売場」から発行する「家庭的愛玩猫」と題する冊子の、千九百二十一年版》なるものも引用・紹介されているが、これも実在していた事は、今東光の『毒舌文壇史』の次の様な一節から分かる。

「びっくりした話が幾つかあるんですけれども。例えば、「猫と庄造と二人の女（ママ）」を書いているときは、ネコを十匹以上も飼っておくというのは、このまえ話しましたけれども、そのときなんかも、押入れゴソゴソやっていると思うと、小さい英語の本を持ってくるんですよ。で、「こんな本、見たことあるかね」と言うんだ。こっちは、英語のそんな本見たことありっこないよ。「存じませんね」と言うと「これは、こないだ上海へ行ったとき、見つけた珍本だよ」。なんかネコに関する古い研究書なんだ。犬の本というのは、世界に非常に古くからあるが、ネコの本は少ないというんだね。「ネコをそんなに研究して、なにか役にたつんですか」って、ぼくが聞くと、「うん。おれが、ネコの小説書いて、日本のバカな批評家がどこか違っているなんて生意気なことを言ったら、ちゃんと出典を明らかにしてやっつけてやる」とこういう式なんだ。」

（2）「大阪朝日新聞」（大正十五・十一・二十三）記事「『猫の家』を訪ねて」・「サンデー毎日」（昭和二・六・十五）の谷崎の『猫を飼ふまで』（＊全集未収録　永栄啓伸『谷崎潤一郎――資料と動向』（教育出版センター）所収）・『モダニズム出版社の光芒　プラトン社の一九二〇年代』（淡交社）「第三部　雅俗を遊ぶ――編集者松阪青渓とその軌跡」（明尾圭造氏執筆）に引用・紹介されている高島屋発行「百華新聞」27号（昭和二・一・十一）の松阪青渓執筆（推定）記事「谷崎潤一郎氏と猫」に出て来る。

（3）『日本公開アメリカ映画総目録 1908-1941』および「キネマ旬報」（大正十五・九・一）によれば、この映画は「美女競艶」という題で、大正十五年九月に日本で公開された。

（4）もっとも、アメリカでは女が自分を作り替えようとするのだが、『ドリス』の主人公の場合は、男が女を自分の欲望に合せて作り替えるのである。

なお、参考の為に、「婦人の国」（大正十五・五）に掲載された座談会「近代的女性（モダン・ガール）批判」に於ける新居格の発言を紹介しておく。

「偶々『クラシックス』といふ活動写真の雑誌の広告欄を漫然と見ると、僕は非常に驚いてしまつたんだ。耳がかう拡がつてゐるのは大変無恰好だが、ブールネットとか何とかいふのをすればかういふ風に癒るとか、それから睫をどうとかする法が『この半面映像を立派にするために如何に巴里の婦人が金を費してゐるか。』といふやうな見出しで載つてゐるとか、それからこの脣のリップ、セーバーといふものを、何とかいふ人が発明して、厚ぼつたい脣をちやんとするとか、お終ひには腋の下だ。腋の下といふものは男はちよつと見て非常に感じるものだといふので、そこを軟かくするにはどういふ方法にするといゝとか、――僕はそれを見て驚いたね、……それからまだ足の踝をどうとかするといふのもあつたが、計算してみると、頭の先の髪の毛から眉毛から足の先まで、向ふの女達は随分いろんな工夫をするのだね。」

【付記】　本章は、「甲南女子大学　研究紀要」（平成四・三）に発表したものに、今回、加筆したものである。なお、“Motion Picture Classic”の図版に関しては、国立国会図書館所蔵本に拠った。

第五章　『乱菊物語』論

――典拠及び構想をめぐって――

（一）

『乱菊物語』については、これ迄にも、長野甞一『谷崎潤一郎――古典と近代作家』（明治書院）・三瓶達司『近代文学の典拠』（笠間書院）・宮内淳子『谷崎潤一郎―異郷往還―』（国書刊行会）の各氏によって典拠が指摘されて来たが、なお幾つかの典拠がある事を発見したので、以下に報告し、その意味も併せて論じて見たいと思う。

まず最初に紹介するのは、『備前軍記』（『国史叢書』「軍記類纂」大正五・六）である。『乱菊物語』は、永正十五年（一五一八）から大永元年（一五二一）にかけて、赤松義村と浦上村宗という歴史上実在の武将の間に起きた争いを中心的なストーリーとした歴史小説であるが、この赤松・浦上の史実に関しては、谷崎は主としてこの『備前軍記』に拠ったようである。

例えば主人公は、『応仁記』や『赤松記』等の歴史書に、赤松義村という名前で出て来る実在の人物であるが、『乱菊物語』では政村の名が使われている。これは『備前軍記』でそうなっている為と考えられる。

また、「小五月」（その一）には、赤松・浦上両家の家臣、合わせて二十一名の名が並んで出て来る所があるが、こ

れらは全部『備前軍記』に出るもので、かつその大部分は、他の歴史書等には出て来ないものである。[注1]

谷崎が、ここに多数の武将の名を並べて出しておいたのは、後篇がもし書かれれば、その冒頭近くに政村が村宗の三石城を攻撃する場面が出て来る筈だったと思われるので、その下準備というつもりもあったのだろう。

「小五月」（その一）には、陶山弥四郎が《生年十六歳》である事も出て来るが、これは、『備前軍記』巻第一「三石城攻めの事」に、永正十五年の時点で《生年十六歳》と出ているからであろう。因みに、『乱菊物語』前篇は、専ら永正十五年に作中の時間を置いているのである。

「小五月」（その一）にはまた、浦上因幡守村国が、《嘗ては一族の美作守を相手にして（中略）執権の地位を争奪し合つたことがある》と出るが、これも『備前軍記』巻第一「赤松臣両浦上、権を争ひ合戦の事」に、明応八年（一四九九）の事として出て来るのを踏まえたものと思われる。

『乱菊物語』では、「夢前川」（その四）で、久米十郎左衛門の邸内から、政村の愛妾・胡蝶が奪い去られ、それが原因で赤松と浦上が戦う事になっているが、『応仁記』『赤松記』等の歴史書には、政村と村宗とが不仲だったという以外には、特に両者の争いの原因は書かれていないので、これも『備前軍記』巻第一「浦上則宗病死、同村宗赤松に叛く事」の、《其頃、京都より小蝶[注2]といふ女を、政村呼下し、（久米）十郎左衛門が許に、預け置かれしを、》永正十五年夏、村宗に盗られ、赤松と浦上が戦う事になった、という記述に拠ったものと思われる。

ただし、『備前軍記』では、久米十郎左衛門が、村宗に対する私怨を晴らす為に、村宗の所望に任せて小蝶を渡した上で、政村には村宗に小蝶を盗み取られたと偽りの報告をして、両者を敵対させる事になっているが、『乱菊物語』では、村宗が自らの意志で政村から胡蝶を奪う事になっている。これは、政村と村宗の争いを、女を巡る争いにする為には、久米十郎左衛門の陰謀などというものは、焦点をぼやけさせるだけで余計だと考えて、谷崎が意図的に改変したものと思われる。

谷崎は、女性に対するもの以外の男の行動や心理を描く事には、余り興味を持てない作家だったし、また、一人の女性の為に払われる犠牲が大きければ大きい程、その女性の価値が高まるという発想もあったので、(注3)一人の女性の為に大名達が一国を賭けて争うという設定は、極めて魅力的なものだったと思われる。『乱菊物語』の他、戦国の武将が登場する『盲目物語』『武州公秘話』『顔世』でも、戦乱の原因を女性に求めているのは、その為であろう。しかし、『恋愛及び色情』で、《私などは（中略）歴史小説を書きたいと思ふことがしば〳〵であるが、いつも困るのはその人物をめぐる女性の動きがはっきり分からないことである》と言うように、日本の歴史資料には、一般に女性のことがあまり出て来ない。従って、『備前軍記』でこの小蝶のエピソードを見付けたことは、谷崎が政村をヒーロー、胡蝶をヒロインに据えようと決意する重要なポイントとなったと考えられるのである。(注4)

なお、この胡蝶については、『備前軍記』では、政村が都から女を迎えたという事実を簡単に記すのみであるのに対して、『乱菊物語』では、村宗もこれに対抗して都の女を呼び迎えようとし、美女を手に入れる為に久米十郎左衛門・沼田庄右衛門らが苦労する話や、美女比べをする話等が付け加えられている。これは、政村が胡蝶を手に入れるまでのストーリーを豊かにし、併せて京都を作品の舞台に取り込む為に谷崎が加えた潤色であろう。

谷崎はまた、『備前軍記』では永正九年春に死んだとされている村宗の父・則宗を、永正十五年の時点でも生きている事にしている。これは、村宗を親掛かりの儘にして置く事で、村宗・政村の争いを、冷徹非情な大人の政治的権力闘争ではなく、谷崎好みの幼児的な争いにしたかったからであろう。

この様に若干の改変はあるが、上記の他にも『備前軍記』に拠ったと考えられるものを列挙すると、政村の幼名を才松丸（史実は道祖松丸）とし、政則の養子になった時の年齢を七歳（史実は二十五歳）とする事（「二人侍」（その二）、『備前軍記』巻第一「政則卒去の事」）、村宗を則宗の次男（史実は則宗の甥・宗助の子で則宗の子・則景の養子）とし、嫡子の近江守宗助（史実は則宗の甥）が早世した為に家督相続人になったとする事（「二人侍」（その二）、

『備前軍記』巻第一「浦上則宗病死、同村宗赤松に叛く事」)、村宗の屋敷が置塩城下白子町にあったとする事(「夢前川」(その五)、『備前軍記』巻第一「浦上則宗病死、同村宗赤松に叛く事」)、赤松満祐が自害した場所を白旗城(史実は木山城)とする事(「夢前川」(その二)、『備前軍記』巻第一「備前守護幷赤松家興廃の事」)等がある。従って、『乱菊物語』は、恐らく後篇の構想も、基本的にはこの『備前軍記』に即したものとなる筈だったと思われる。

谷崎が、どういう切っ掛けでこの『備前軍記』を読む事になったのかは、はっきりとは分らないが、谷崎は、昭和四年の「中央公論」十〜十一月号に、『三人法師』の現代語訳を連載する際、『国史叢書』のテクスト(大正五・一二)に拠っている。そして、『国史叢書』の『三人法師』の入っている巻には、他に『安見太平記』『芳野拾遺物語』等、南朝関連の文献が収録されている。ここから想像するに、谷崎は、当時、南朝か後南朝に取材した歴史小説を書こうとしていて、『国史叢書』のこの巻を読み、その中で、偶々興味を引かれた『三人法師』を訳したのではないか。そして、同じ頃に、後南朝史と関係の深い赤松氏の事を調べる為に、同じ『国史叢書』に収められていた『備前軍記』を読み、これが『乱菊物語』の重要な典拠の一つになったのではないかと思われる。

次は、中山太郎の『売笑三千年史』(昭和二・十二)である。これについては、既に宮内淳子氏の指摘があったが、漏れた箇所があるので指摘して置く。それは、「二人侍」(その四)で、沼田庄右衛門が、京の遊女町の《地獄が辻から、加世が辻のあたりを(中略)杉なりの笠を目深に、尺八を腰にさし》て歩くと《ちよいと、寄つていらつしやいよ」/柿色の暖簾の内から、忽ちさういふ声がかゝる。》という場面である。これは、『売笑三千年史』「第六章　室町時代　第五節　売笑の中央集団から地方分布へ」に引用された「子守歌」の、《地獄が辻から加世が辻を見わたし(中略)すぎなりの笠をば深々と着そうて、吹けど吹かねど尺八、腰についさし(以下略)》という部分が典拠であると考えられる。また、《柿色の暖簾》は、同書第六章末尾の「遊女屋で用ゐた柿暖簾の由来(余白録の六)」を踏まえていると思われる。(注5)

次は、高野辰之の『日本歌謡史』（大正十五・一）であるが、谷崎がこの本を読んだ事は、『盲目物語』奥書にも明記されており、秀吉が隆達を呼んで細川幽斎が小鼓を打ったという辺りや、《生きてよも明日まで人のつらからじ…》という猿楽の曲舞（くせまい）「地主（じしゅ）」の一節は、この本に拠っている。また、『顕現』（その十二）の比叡山延暦寺の延年の舞関係の描写も、実は同書第四編「邦楽発展期　第三章　遊宴歌謡」が典拠である。

『乱菊物語』の「夢前川」（その五）には、盲御前が『曾我物語』を語る場面が出てくるが、これは、『日本歌謡史』第五編「邦楽大成期、前半時代」第五章に紹介されている謡曲「望月」の中で、安田庄司友治の妻が盲御前に化けて『曾我物語』を語る部分からの孫引きと推量される。『乱菊物語』で、《その女めくらは鼓を打ちながら》歌うとされているのも、『日本歌謡史』に、大鼓を打ちながら歌っている「七十一番職人画歌合」の女めくらの図が一緒に紹介されている事に示唆されたものであろう。『乱菊物語』には、他にも『狂言小歌集』『閑吟集』『宴曲集』の歌謡が出て来るが、その殆どは、この『日本歌謡史』からの孫引きではないかと疑われる。

次は御伽草子『ものくさ太郎』についてである。「室君」（その二）には、幻阿弥が家来達に邸をやると約束し、その邸を《先づ一町四方に築地を建て、な》《その三方に門があつてな》《門の中には十二間の遠侍九間の渡り廊下》《寝殿、釣殿、細殿、泉殿、梅壺、桐壺》《庭には泉水、池には反り橋》と描写する場面があるが、この描写は、『ものくさ太郎』冒頭の、《四面四町に築地を築き、三方に門を立て、東西南北に池を掘り、島を築き（中略）反橋をかけ（中略）十二間の遠侍、九間の渡り廊下、釣殿、細殿、梅壺、桐壺（中略）と、心には思へども、いろいろこと足らねば、ただ竹を四本立て、薦をかけてぞゐたりける。》という一節に基づくものである。『ものくさ太郎』の豪邸がただ頭の中だけのものであった事と、幻阿弥の家来達への約束が空手形に終る事が、対応させせられている事は言うまでもあるまい。（注6）

ところでこの、『ものくさ太郎』を下敷にするというアイデアは、中里介山の『大菩薩峠』から来たものではないかと思われる。昭和二年十一月三日から三年四月八日にかけて、「大阪毎日新聞」と「東京日日新聞」に連載された『大菩薩峠』の「めいろの巻」の中に、神主が『ものくさ太郎』のこの部分を朗読するのを、宇津木兵馬が感心しながら聞くという場面が出て来るからである。

谷崎が『饒舌録』の中で、スタンダールやムーアの歴史小説と共に『大菩薩峠』を賞賛した事は、周知の事実である。『直木君の歴史小説について』によれば、谷崎は、「新思潮」時代から、シェンキエヴィチ『クオ・ヴァディス』の様な歴史物の大作を書きたいと夢見続けていた。その夢を更に掻き立てたものの一つが、『大菩薩峠』だったのである。従って、その夢を『乱菊物語』によっていよいよ実現しようとするにあたって、『大菩薩峠』が参考にされた事は、十分あり得る事である。(注7)

が、同時に谷崎は、『饒舌録』の中で、『大菩薩峠』について、《京都から大和紀州地方を舞台にしたあたり、——特に「清姫の帯」のくだりなど、折角いゝ背景を使ひながら、もう少し繊細に書いてくれたらばと、聊か惜しいやうな気がする。》とも述べていた。『『近畿景観』と私』(「大阪毎日新聞」昭和十一・四・二十一)で谷崎が、《近畿地方から中国地方——わけても西は播州あたりから東は江州あたりまで、——恐らく日本の風景のうちでも最も日本的なるもの、最も古典に属するもの——それが甚だ私の詩魂を動かすのである。》と語っている事を考え合わせると、『乱菊物語』は、『クオ・ヴァディス』や『大菩薩峠』を意識しながら、関西の風土を十二分に生かしたいという野心を持って構想された歴史小説だったと推量されるのである。

（二）

谷崎は、この『乱菊物語』を自ら大衆小説と銘打ち、その『はしがき』では、《自由なる空想の余地》を求めて作品の時代と場所を選んだ、とまで述べていた。しかし、『乱菊物語』の中で、事実、自由に空想の羽根を伸ばしているかに見える挿話の中には、意外にも、空想ではなく、事実や文献に拠って書かれたものも含まれているのである。

例えば、「燕」（その一）以下に出て来る幻阿弥の手品は、朝倉無声の『見世物研究』（「中央公論」に大正十五年八月から断続連載後、昭和三年四月刊）の「伎術篇」が典拠である。日夏耿之介などは、「『乱菊物語』を読む」（『谷崎文学』）で、この手品を江戸時代のものではないかと疑っているが、これは誤解である。幻術、放下、めくらまし、品玉、手鞠、龍子、緒小桶、小切子、呑刀・履火・生花・屠人の術等の名前や方法は、すべて『見世物研究』で室町時代までに実在したとされているもので、その描写も同書に基づくものだからである。例えば、《小切子》が《長さ一尺ばかりの竹の棒》を《手玉に取つたり、拍子木のやうにカチカチ鳴ら》すものである事も、《緒小桶》が底無しの空桶から種々の品を取り出す手品である事も、《呑刀の術》が《二尺ばかりの刀》を呑み込み、また引き出すものである事（「燕」（その五））も、同書にある。

幻阿弥の手品の中でも、馬の尻の穴から腹の中に入って馬の口から出るという手品は、谷崎の空想の産物かと思われかねないものだが、実はこれも、「馬腹術」として『見世物研究』に紹介されているものなのである。

また、「燕」（その五）に、幻阿弥が鼠に変身する事が出てくるが、これも『見世物研究』に、果心居士が鼠に化けた話が紹介されている事に拠ったものであろう。

幻阿弥は、《梵天国へ押し渡り（中略）修行をいたし、又唐土は蛾眉山の巫女に仕へて幻術の奥儀を授か》ったと言っているが、これは『見世物研究』に、幻術は、元は印度に起こって、中国から日本に伝来したものとされている事からの思い付きであろう。

また、幻阿弥は、自分の幻術が《将軍家の御感にあづか》ったとも宣伝しているが、これも『見世物研究』に、『看聞日記』を引用して、将軍家上覧の例を挙げている事に基づくものと推量される。幻阿弥という名前も、『見世物研究』に、『建内記』等を引いて、石阿弥という手鞠の名手の事を述べている事と、幻術の幻に因んでの命名であろう。(注8)

「燕」（その一）には、幻阿弥が、将軍から特別に許されて、《緋の毛氈の鞍覆》を使っているという記述があるが、これは、『貞丈雑記』巻之十三「馬具の部」「火氈鞍覆の事四ヶ条」の内に、《赤き毛氈の鞍覆の事（中略）京都将軍の御物なる故、その時代禁制なり。》とある事に符合する。時の管領が細川高国（永正五年＝一五〇八年から大永五年＝一五二五年まで管領）だというのも、この場面は永正十五年なので、史実通りである。

次は、「海島記」（その一）に出て来る《海鹿馬》についてである。『乱菊物語』によれば、これは《海鹿と馬との間に出来た合ひの子》で、《海鹿を馬と交会させる時は、此の両方の長所を備へた動物が生れる。戦争の際、敏活に山野を馳駆し、河海を渡渉するためにはこれほど有利な乗り物はないので、現に徳川時代においても、姫路藩が家島群島中の一つである松島に馬を放牧したのは、彼等を海鹿と交会させるのが目的であつたといはれる》、と説明されている。

この《海鹿馬》は、これまで長い間、谷崎の自由奔放な空想の産物であると信じられて来たのだが、実はそうではない。大正四年八月二十日の「神戸又新日報」に載った「家島風俗四十四島（九）」という記事を見ると、家島諸島の中の松島について、江戸時代、《松島は藩の飼馬場に充てられ無数の軍馬が放たれてあつた、是は同島に海馬が棲息して居たので交尾せしめて海にも陸にも乗る事の出来る雑種の馬を得やうとしたので》云々と書かれている。勿論、谷崎は、この記事を知らなかったであろうが、こういう記事がある事からも分るように、当時、家島にはこういう伝承があったのである。「海馬」はセイウチで、アシカとは異なるが、恐らく谷崎は、家島に取材に行った際に、地元の人から《海鹿馬》の話を聞いて、作中に取入れたのだと思われる。

次は、「海島記」（その二）に出て来る《人喰ひ沼》についてである。『乱菊物語』には、《家島郡島にはかういふ沼が二つある。一つは男鹿島の南方に位する加島といふ小さな島に、もう一つはこの西島の南の岸に。》《これらの沼には綺麗な砂が満ちてゐる》《人がもしその美しい砂の中に足を踏み入れたら、瞬時にして砂はその人を埋めてしまひ、あれといいふ間に跡かたもなく姿が掻き消される。》と説明されている。

これも、谷崎の空想の産物の様に見えるが、実際に在る。これについては、庭山真綱編『兵庫県飾磨郡誌』（昭和二・十）の第二編第四章「家島村」第五節「名跡」第五項「人喰ひ沼」に、次の様な説明がある。

〇人喰ひ沼　男鹿の南中の加島に鹹水の一小沼あり、沼中は美麗なる砂に充されあるを以て、人若し此中に足を踏入るれば、瞬時にして砂中に吸込まれ、如何に悶くも上ること叶はず、遂に死に至るといふ、世人呼んで人喰ひ沼といへり。（郡名所旧跡誌）

恐らく谷崎は、地元の人にも聞いたのであろうが、『乱菊物語』の描写は『兵庫県飾磨郡誌』の描写と良く似ているので、直接この本を参考にして書いたものではないかとも思われる。

この推測を補強するのが、「海島記」（その三）の《家島の人口は現今と雖も全島を合して六七千人に過ぎない》という記述で、これは、『兵庫県飾磨郡誌』第二編第四章「家島村」第七節「家島村現勢」第二項「人口」の表に、本籍人口七〇四七人、現住人口六九一一人、とある事に基づくものと思われる。

その少し後の、《今の真浦――当時の間浦》という部分も、『兵庫県飾磨郡誌』第二編第四章「家島村」第二節「町村」第三項「真浦」の、《以前は間浦と書きしが、明治の初年（中略）改めて真浦の文字を用ふるに至りし也》という説明に基づくものと考えられる。また、その後にある、家島が《前にはたび〳〵海賊共の襲来を受けたり、時には全島を占領せられて土着の民の住むべき家がなくなつたり》したという記述も、『兵庫県飾磨郡誌』第二編第四章「家島村」第二節「町村」第一項「家島村」の、《天文弘治の頃より（中略）海賊日々に集まり、狼籍止む時なし、島民暫くは、さゝへけれども、半は網干の五本松といふ所に、移り居れり》という説明に拠ったものと推定できる。

なお、「夢前川」（その二）に出て来る《別るともぬるともなしにわが見つる夢前川を誰にかたらん》という歌は、『播州名所巡覧図絵』や『播磨鑑』では、初句が「別れても」となっているので、『兵庫県飾磨郡誌』の第二編第四章「家島村」第五節「名跡」第一項「夢前川」からの孫引きと推定される。

この他にも、『乱菊物語』には、細かい点で史実や現地踏査に則った記述・描写の例が少なくない。

例えば、「発端」（その二）の《酒はただ、／飲まねば須磨の浦さむし》という歌と、「小五月」（その三）の《鶯が／始めて都へ伊勢参宮》という歌、及び《先づ正月の初夢に》という歌については、真鍋昌弘氏が、「歌謡と小説――谷崎潤一郎作『乱菊物語』の場合――」（『口承文芸研究』昭和六十一・五）で、家島や室津にほぼ同様の伝承歌謡がある事を報告され、谷崎が現地で採録したものである可能性が極めて強くなった。

また、「海島記」（その二）には、西島について、《古事記の「おのころ島」はこの島のことだと、堅く信じてゐる島人もある》と書かれているが、家島出身の小説家・長尾良は、「島の生活（二）」（『コギト』昭和十六・七）の中で、自分も幼い頃、その様に教えられたと回想している。

「海島記」（その四）には、《七年に一度》の小五月祭の行列が、《閏五月中ノ酉ノ日》に行なわれるという記述があるが、兵庫県神職会編『兵庫県神社誌（中巻）』（昭和十三・三）の〔古老聞書〕に、《慶安五年の大祭典後七年毎に執行するを例とせしも此の例は確ならず日は五月五日又は五月十五日或は五月の中の酉の日（中略）に執行》とあるので、谷崎も、室津の古老からの伝聞によって書いたものと推定できる。

また、史実について言えば、「発端」（その二）に、《その頃（中略）勘合の符をだしてゐたのは、周防の太守大内氏であつた》とあるが、事実、永正十三年（一五一六）四月からは大内義興が出していたので、この物語の時期、即ち永正十五年には、この説明の通りである。また、「二人侍」（その二）には、《応仁のころには時の関白兼良公でさへ》《奈良へ逃げ延びた》とあるが、これは応仁二年（一四六八）八月十九日の史実である。

「海島記」（その三）には、苦瓜氏が、《間浦へ入津する他国の船から》税を《徴収するので、港が繁昌する時はこの収入が相当に大きい。》と書かれているが、これもこの時代の史実と合致する。ただし、苦瓜氏が、家島《群島中の金子島にある銅鉱を採掘》して財源としているという記述は、家島に嘗て久原鉱業の製錬所があった事にヒントを得た虚構ではないかと思われる。(注9)

また、「小五月」（その一）には、《二つ引両に左巴の定紋》が赤松家、《檜扇の定紋》が浦上家の家紋である事が出ているが、これは沼田頼輔の『日本紋章学』（大正十五・三）とも符合し、正確である。

地理についても、例えば「海島記」（その一）に、沖の唐荷島と中の唐荷島とは《潮が干いた時はつながつてしまふ》という記述があるが、揖保郡役所編『揖保郡地誌』（明治三十六）にも《此沖の唐荷島と中の唐荷島との間（中略）潮ひく時は相連れり》とある。また、その少し後には、《三島中で最も大きい地の唐荷でさへ周囲三百間ばかり》という記述があるが、『揖保郡地誌』にも《地の唐荷は（中略）三島中最も大きく（中略）周囲参百貳間》とあり、谷崎は、現地踏査に加えて、この書を参照した可能性もある。

「夢前川」（その一）には、置塩山城について、『播磨鑑』飾西郡名所旧蹟並和歌【雲井松】の項に基づく記述が(注10)

あって、その後に、城の《周囲が一里程もある》と書かれているが、これは、『播磨鑑』飾西郡古城跡並構居【置塩山城】の項の《村ヨリ四丁亥ノ方　高百五十間　総廻卅二丁半》という記述に依拠したものと思われる。一里は三十六丁だから、三十二丁半なら約一里と言える訳である。

谷崎は、自由奔放な空想をほしいままにする作家であるというイメージが一般にはあるようだが、それは正確ではなく、本当は、この様に史実乃至は文献を大変尊重する律義な作家なのである。谷崎自身も、『乱菊物語』の筆を執るに際しては、確かに自由奔放に空想を羽搏かせて見たいと考えていた。しかし、それにも拘らず、実際には、生来の慎重さから、入念な時代考証・現地調査なしには、作品を書く事は出来なかったのである。

（三）

『乱菊物語』は、前篇だけで中絶した為に、これ迄、全体の構想は不明に終っていた。ところが、今回私が発見した典拠の中には、その推定に役立つものが含まれていた。

その一つは、「室君」（その三）で、謎の若武者が敵に囲まれ、屏風を飛び越えて逃げる時に口遊む《七尺の屏風も、をどらばなどか越えざらん、羅綾の袂も、引かばなどか切れざらん》という句の典拠である。これは、先に言及した高野辰之の『日本歌謡史』第六編「邦楽大成期、後半時代」第一章「初期の歌謡」第六節「箏の組歌」二「組歌の由来」「菜蕗組の歌」の項が典拠となっている。(注11)

この句は元来は、張守節の『史記正義』が「刺客列伝」の荊軻の節に引いた『燕太子篇』にある故事で、秦の始皇帝が、刺客・荊軻に袂をつかまれ胸に剣を突き付けられた絶体絶命の時に、せめて琴を聴いてから死にたいと頼んだので、琴を弾かせた所、その歌に「羅縠の単衣、裂きて絶つべし、八尺の屛風、超えて越ゆべし」という句が出て来たので、始皇帝はその句に教えられ、袖を振り切り屛風を飛び越えて、難を逃れたという話が元になっている。従って、この句を口遊んで屛風を飛び越えた若武者は、自らを秦の始皇帝に擬えた事になる。中国の皇帝に匹敵する身分と言えば、日本では天皇その人しかない。つまりこの若武者は、この振舞いによって、北朝方の天皇ではなく、自分こそが真の天皇である事を、暗示したのだと解釈せねばならないのである。

この他にも、「室君」（その三）には、この若武者が、《室町将軍家ならでは召されぬ》筈の《赤地錦の直垂》[注12]を着ている事について、《おん身等ならば、公方の許しを得ずばなるまい。だが世の中に、公方より貴い侍も一人や二人はゐるかも知れぬ》と昂然と言い放つ場面がある。また、その少し前には、幻阿弥の幻術が、普通の人間には利くのに、この若武者だけには、何故か全く通じないという事も語られている。これらも、この若武者が、後南朝の天皇の知られざる末裔である事を意味するものであろう。この若武者が、《海龍王》と自ら「王」を名乗っている事や、「龍」が天子の象徴である事、南朝と村上水軍等の海賊が同盟関係にあったという歴史的事実等からも、そう考えられるのである。

『乱菊物語』が、他の中絶作と違って、戦前、遂に単行本化されなかったのも、天皇制に触れる危険性のせいだったかも知れない。

次に『乱菊物語』の構想の推定に関わるもう一つの典拠を紹介する。それは、「播州皿屋敷」である。谷崎は、『乱菊物語はしがき』で、題の由来を《主人公の主なる一人にお菊といふ女性がある》からだと説いたにも拘らず、結局お菊を登場させない儘に作品を中絶してしまった為、お菊は全く謎の女性になっていた。ところがつい最近になって、このお菊が「播州皿屋敷」のお菊に他ならない事を示す谷崎の書簡が稲沢秀夫氏によって発見され、『秘本谷崎潤一郎』第三巻（平成四・七）で紹介された。それは、『乱菊物語』の挿絵を担当する事になっていた北野恒富宛の、昭和四年十二月十三日付けの次の様な書簡である。

（前略）楠氏遺族を主にする事は止めまして播州皿屋敷即ち御菊伝説を骨子とし八方へ手をひろげるつもりで居ります、時代は永正頃より大永頃、後柏原帝時代将軍足利義澄――義稙、――義晴――の頃、舞台は播州一国が主で、（外に京都、近江、大和等）、将軍、大名（赤松、浦上、小寺、浮田等）室の遊女、書写山の僧、海賊、家島の砦、姫路城等出て参ります、参考書を御送りするとよいのですが今一寸手放しかねますので、そのうちあき次第御覧に入れます、新聞へ出るのは二月からださうです（以下略）

この書簡の発見によって、『乱菊物語』の後篇に「播州皿屋敷」が取り込まれる予定だった事は、確証されたと言えよう。しかしそれならば、谷崎は、今日一般に知られているあの「皿屋敷」を取り込むつもりだったのかと言うと、それはそうとは限らない。

実は播州には、一般に知られているのとは異なる「姫路皿屋敷」の伝説がある。今、その粗筋の必要な部分だけを、矢内正夫著『沿革考証　姫路名勝誌』（明治三十二）から私なりに要約して紹介すると、次の様になる。

〈弱冠十八歳の姫路城主・小寺則職に対して、青山鉄山らが謀反を企む。その鉄山らの動きを怪しんで、小寺家の忠臣・衣笠元信が、妾のお菊をスパイとして鉄山の許に送り込み、婢とする。お菊の通報により、鉄山一味が、増位山に於ける花見の席上、主君・小寺則職を毒殺しようと企んでいる事が分る。花見の当日、鉄山らは、家島にある飯盛山の城主・苦瓜助五郎元通の子、苦瓜五郎治通らの活躍で、一旦撃退されるが、浦上村宗らが鉄山に呼応して謀反を起こしたので、小寺則職は苦瓜五郎治通を頼って一旦家島に逃れる。青山鉄山は、浦上村宗と共に、赤松政村を室津に幽閉し、一時、栄華を極める。お菊は、町坪弾四郎に小寺家の重宝である十枚の皿の一枚を隠され、その屋敷に連れて行かれ、言い寄られるが、従わない為、遂に殺される。後に、苦瓜五郎治通らの活躍で、鉄山らは滅ぼされ、町坪弾四郎は、お菊の妹で室津の遊女となっていた花鳥と花月によって仇を討たれる。〉

谷崎が取り込もうとしたのは、此方の「皿屋敷」であろう。その証拠に、「海島記」（その三）には、家島の飯盛山城主・《苦瓜助五郎元道》に、《まだ元服を済まさない喝食姿の息子があり、それが時の姫路の城主小寺左京進則職の許に近習となつて仕へてゐた》という記述がある。この記述は、『乱菊物語』前篇に於いては全く何等の意味も持たず、この息子はこの後、二度と再び出て来ないのである。が、実はこれが苦瓜五郎治通であり、後で「皿屋敷」のストーリーを展開する為に敷かれた伏線だった訳である。

ところで、昭和五年二月十八日の「大阪朝日新聞」に出た「谷崎潤一郎氏播州路へ」と題する記事に、谷崎は、十七日朝から《皿屋敷のお菊神社、白鷺城と史蹟を廻つて古文書やいろんな古い史料を見て歩き、午後からは播州の古刹書写山へと足を伸した、これは「乱菊物語」の資料蒐集のためである》《書写の次には増井（ママ）温泉へ、それから室津へ、それから播州の離れ島、家島へ数日の旅を続けるのだそうだ》とある。谷崎が増位温泉へ足を運んだのは、「皿屋敷」の増位山の花見の場面を書く必要からだった事は間違いあるまい。また、前引の北野恒富宛の手紙の中で、小寺氏と姫路城が、『乱菊物語』の中に登場する予定になっていた事の意味も、後篇の「皿屋敷」に登場させる為と考えてみて、初めてすんなり理解できるものとなるのである。

（四）

『乱菊物語』に「皿屋敷」のお菊が登場するという事は、『乱菊物語』のクライマックスの一つは、お菊が責め殺される場面になる筈だったという事でもある。しかし、美女が責め殺されるというイメージは、谷崎よりも寧ろ鏡花の世界に相応しいように思われる。

興味深い事に、その鏡花には、『乱菊物語』と題の似た『乱菊』という小説がある。これは、美しい謎の女巡礼が、乱菊という名で加賀前田家の腰元となるが、それが実は一種の秘密工作員で、御家騒動を惹き起こすというものである。この小説は、「近江新報」（明治二十七）と「北陸新聞」（明治二十八）に掲載されただけで、長らく一般には読む事が出来なかった。しかし谷崎は、春陽堂版『鏡花全集』の参訂者に名を連ねていたので、この全集の巻一が出た昭和二年四月頃に、初めてこれを読んだ可能性があるのである。

この二つの作品を較べてみると、題が似ている他にも、お家騒動ものである事や、美しい女性がスパイとなって活躍する事等の共通点がある。また、「乱菊」という言葉は、「蘭菊」と同様、「狐」を導き出す言葉として用いられるので、鏡花の念頭にも谷崎の念頭にも、白狐の様な美女のスパイというイメージがあったのではないか、とも考えられる。少なくとも谷崎の方は、この頃『吉野葛』を構想中であったから、その可能性は高い。そうした事も、『乱菊物語』に女スパイ・お菊を取り入れるというアイデアを、魅力的なものに見せていたかも知れないのである。(注13)

この仮説が正しいとすれば、『乱菊物語』は、泉鏡花の影響を受けて、柄にもなく美女虐待シーンを取り入れようとして失敗した小説だと言えるかも知れない。お菊の責め場は、相当に陰惨なものになる事が避けられず、谷崎の作風に相応しいとは思えないからである。しかし、更に翻って考えてみると、実は美女虐待のテーマは、谷崎文学にとって、必ずしも場違いなものでもないのである。例えば『吉野葛』の津村の母の一族は山中で貧しい暮らしをしているし、『春琴抄』の春琴は、顔に熱湯を浴びせられる。『蘆刈』のお遊さんも別荘に打ち捨てられ、『三人法師』『盲目物語』『顔世』『聞書抄』のヒロインは、いづれも悲惨な最期を遂げている。大正期の谷崎には、千代子をモデルにした女性主人公を、虐待したり、殺したりする話も幾つかあった。美女が単に不幸になったり、落魄・流浪したり、年老いたりする例なら更に沢山ある。『人魚の嘆き』『母を恋ふる記』『アヱ・マリア』『猫と庄造と二人のをんな』『細雪』等々である。

これらは、所謂貴種流離譚に通ずるものと言える。それでは何故、谷崎文学に貴種流離のモチーフがしばしば現われるのか、と言うと、それは、高貴な女性が、谷崎にとって崇拝すべき聖なる母の象徴たりうると同時に、その貴種が不幸を堪え忍ぶ姿は、谷崎のインセスト的な性欲の罰を引き受け、償ってくれるものとイメージされるからである。谷崎が、愛する美女を虐待したり、落魄・流浪させたりする場合、彼はその事で、サディスティックな快楽を味わうのではない。マゾヒストは一般に、自分の苦しみを罪の償いと感じるものだが、谷崎は、苦しむ美女に心理的に同一化し、自己の分身としている為に、美女の苦悩によって、自分のインセストの罪までも浄化されるように感じているのである。(注14)

谷崎が、皿屋敷のお菊を『乱菊物語』に登場させようとした事は、この様な谷崎本来の志向から、さほど外れたものではない。従って、『乱菊物語』が中絶してしまった原因は、別にあると考えるべきであろう。私は、その原因の一つは、『乱菊物語』の構想が、途中で変化した事にあるのではないかと考える。

『饒舌録』から分かるように、谷崎は、大正十五年に《大分歴史小説を漁つて見》るなど、大掛かりな歴史小説執筆に意欲を燃やし、昭和二年の『顕現』、三年の『カストロの尼』、四年の『三人法師』と、少しずつ準備を積み重ねていた。その中から、自天王の史実を中核として、そこに楠氏遺族・後南朝方の海賊・高級遊女・幻術師らの空想的な物語を絡ませるという構想が育って来たのではないか。(注15)ただし、この時には、赤松氏はまだ悪役だった筈である。恐らくはこの状態で、谷崎が「朝日新聞」夕刊に初めての大衆小説を書く事が、朝刊の方に、菊池寛・里見弴・志賀直哉・佐藤春夫・山本有三がリレー式に長篇小説を連載する事と共に、昭和四年四月十二日の「大阪朝日新聞」（一面で、大きく報道された。(注16)ところがその後、赤松氏関係の史料を蒐める内に、先ず『備前軍記』、次いで「播州皿屋敷」を発見した為、それらを活かす為に、赤松政村を中心人物に据え、時代の合わない自天王は切り捨て、代りに南朝系の架空の皇族・海龍王をでっちあげた。これが、北野宛書簡が書かれた昭和四年十二月頃までの経緯ではないだろうか。(注17)

この様な経緯は、現在の『乱菊物語』にも痕跡を残している様に思われる。それは、この作品のプロットが、かげろふ・幻阿弥・海賊と不思議な蚊帳を中心とする部分と、赤松・浦上・胡蝶を中心とする『備前軍記』系の部分に分裂している事である。谷崎は、本来は別々だった二系統の話を、ダブル・プロットの形で処理しながら徐々に綯い合わせ、更にその上に、「播州皿屋敷」をも取り込もうとしたらしいのだが、未消化なまま連載を始めた為、遂に行き詰まったのであろう。

元来、谷崎は、多数の登場人物を描き分けるのが苦手だった。谷崎の文学は、男性主人公に自らの欲望を仮託し、女性主人公との間に理想的な関係を作らせる事を基本とするので、登場人物を増やすと、同じ種類の人物ばかりになってしまうか、谷崎が感情移入できない類型的な人物になってしまうというジレンマがあった。谷崎は、『乱菊物語』では、多少類型的になっても、絶世の美男・美女やスーパーマン的な人物を活躍させ、映画的な手法を駆使して、思う存分、カッコイイ爽快な物語を展開してみようとしたのだろうが、(注18)構想が途中で変化し、新しい人物が大量に加わって来た結果、遂に収拾が付かなくなったのだと思われる。良くも悪くも、作家・谷崎の本領は、中編小説にある事を示す挫折であった。

注

（1）それぞれの名前が出る箇所を指摘すると、赤松側の家臣では、浦上因幡守村国が『備前軍記』巻第一「赤松臣両浦上、権を争ひ合戦の事」に、清水甲斐守政国・秋津宮内秀国が巻第二「赤松政村入道して小塩退去の事」に、同弟十静坊・三上右京・同弟主馬・伊豆孫四郎・陶山弥四郎が巻第一「三石城攻めの事」に（ただし伊豆孫次郎）、牛窓源六・名倉玄蕃・同三郎四郎が巻第一「赤松陣へ夜討の事」に出る。浦上側の家臣では、宇喜多和泉守能家が巻第一「浦上宗助と松田合戦の事」に、真木越前守貞邦が巻第二「浦上宗久小塩へ内通　附　八塔寺炎上の事」に、宇野丹波守景恭が巻第一「赤松陣へ夜討の事」に、東条入道順格が巻第二「赤松政村再び三石城を攻めらる、事」に、仁科清十郎・吉田杢左衛門・河原又八郎・佐多荒平次・島村修理亮・菊野小隼人が巻第一「三石城攻めの事」に（ただし佐田荒平次）出ている。

（2）　後出・『兵庫県飾磨郡誌』「置塩城年表」には、永正十三年七月に村宗が政村の寵妾・胡蝶を奪ったと出ているので、ここから「胡蝶」という文字遣いだけを採用したのかも知れない。

（3）　『捨てられる迄』（九）の《彼の女の為めに破滅する男が、一人でも余計あればある程、ますます彼の女の歴史を飾る所以である。》という一節、『蓼喰ふ蟲』（その三）の《此だけの人間が、罵り、喚き、啀み、嘲るのが（中略）みんな一人の小春を中心にしてゐるところに、その女の美しさが異様に高められてゐた。》という一節などが、その例である。

（4）　赤松政村が早く母を亡くした事や妻と不和だった事も、谷崎が政村に感情移入する事を容易にしたと考えられる。

（5）　中山太郎の『売笑三千年史』の中で、谷崎の他の作品に影響を与えた可能性のある箇所を、ついでに列挙して置く。同書「第四章　平安時代　第三節　仏教の通俗化が売笑に及ぼせる影響」には、性空上人の前で遊女が菩薩に変じたという『十訓抄』の説話が引かれ、売笑を菩薩行とする民間信仰や、遊女自身の信仰があった事が出る。菩薩行については、同「第五節　京畿を中心とした遊女の生活」にも出る。同じ第五節には、大江匡衡『見遊女序』大江匡房『遊女記』も引かれている。これらが『蘆刈』の参考になったことは、ほぼ間違いない。

「第四章　平安時代　第二節　采女制度の崩壊と巫娼の末路」には、（植村正勝の）「諸州採薬記」に基づいて、大和葛城山麓の前鬼・後鬼の子孫のことが紹介されている。これは『吉野葛』の参考にされた可能性がある。

「第五章　鎌倉時代　第九節　陣中に招かれた遊女の新任務」には、首実験のことが出て、『おあんものがたり』のことも紹介されている。また「第六章　室町時代　第一〇節　都鄙に行渡れる男色の流行」には、「松隣夜話」によって、上杉謙信の男色のことが出る。これらは、『武州公秘話』の参考になった可能性が高い。

「第六章　室町時代　第一節　将軍の女房狩りと執権の宮廻り」には、高師直が塩谷高貞（ママ）の妻・顔世を奪おうとして高貞を攻め滅ぼしたこと、師直が「昔源頼政に賜りし菖蒲の前ほどの美人があらば、国の十ヶ国所領の二三十ヶ所なりとも交換しよう」と言ったことが出る。また、兼好法師が高師直のラブレター書きを務め、一種の幇間だったという記述が、ここと同「第五節　売笑の中央集団から地方分布へ」にある。これらも、『顔世』を書く切っ掛けになった可能性は、ある（『太平記』を、既に一度は読んで居たはずだが）。谷崎は、『太平記』巻二十一「塩冶判官讒死事」に基づいて『顔世』を書いているが、『乱菊物語』「小五月」（その二）で、十二人のそっくりな顔の傾城が並ぶシーンは、「塩冶判官讒死事」に出る、源三位頼政が菖蒲の前を賜った際、同じような十六歳ぐらいの美しい宮中の女房十二人の中から菖蒲の前を選べと言われて困ったというエピソードから思い付いたものかも知れない。

(6)　谷崎は、『懶惰の説』でも、『ものくさ太郎』のほぼ同じ箇所を引用している。

なお、『聞書抄』には、中山太郎『日本盲人史』への言及があり、谷崎は中山太郎の著書に関心を払っていたと見て良い。

(7)　『大菩薩峠』第十二巻「伯耆の安綱の巻」第一章以下に出る継母の為に顔を火で焼かれた「お銀様」の話は、『春琴抄』に影響を与えた可能性があると私は考えている。

(8)　作中に幻術を出す事は、『平妖伝』『女仙外史』等の中国小説から、『侠客伝』『白縫譚』等、江戸の読本・合巻を経て、谷崎に伝わった趣向であろう。

(9)　保田与重郎の「続家島紀行」（『コギト』昭和十五・五）に言及がある。

(10)　「夢前川」（その一）で、《御所桜》を城へ運んだ家臣の名を《橋本源之允守之（もりゆき）》とするのは、『播磨鑑』飾西郡名所旧蹟並和歌【雲井松】の項の《雲井の松は（中略）道中ノ固メは薬師寺次郎左衛門と申者守り（中略）御所桜は高サ四尺橋本源之允守之》云々という記述に拠ったものだが、これは、「橋本源之允、之を守る」と読むべき所であろう。

(11)　謡曲「咸陽宮」や、昭和三年十一月刊『日本歌謡集成』巻五「近古篇」第六「乱曲久世舞要集」の十三「二人御子　一名内海」にも類似の句はあるが、微妙に異なっている。

(12)　『貞丈雑記』巻之五「装束の部」「直垂の事廿二ヶ条」の内に、《紫・萌黄・紅は将軍家御用の色なる故、平人これを憚る云々。》とある事から、これは史実と考えられる。

(13)　「皿屋敷」のお菊は、妹二人が室津の遊女なので、美人三姉妹と考えられる。谷崎は美人姉妹が好きだったから、こういう所にも心を惹かれて、作品の構想を広げていったのではないか、とも想像できる。

(14)　「『春琴抄』」の（二）②「谷崎の日本回帰と幼児心理」（本書P663～）や、「『吉野葛』論」（本書P641～）の貴種流離譚についての解釈なども参照されたい。

(15)　楠氏遺族を出す事は、『吉野葛』や露伴の『運命』に言及されている馬琴の『侠客伝』にヒントを得たものだったかも知れない。

なお、潤一郎の妹・末の御子息・谷崎秀雄氏は、潤一郎が昭和四年二月末に、末の離婚問題を処理するために福山を訪れ、そこで海賊の話を聞いたのが、『乱菊物語』構想の切っ掛けだったという説を立てておられる。谷崎秀雄「鞆の浦（一）（二）」（「芦屋市谷崎潤一郎記念館ニュース」平成十一・六、十）参照。

(16)「本紙を飾る六大名篇」という見出しを付けたこの記事には、《谷崎潤一郎氏が本紙夕刊に大衆小説を連続執筆する（中略）この報はすでに文壇人間に伝へられ、一大警鐘として鳴りひゞいてゐる。谷崎氏は従来の大衆文芸に慊らず新しい大衆文芸への首途へ、決然諸大家のトップをきつて飛出して来たのだ。》と書かれている。この様な発表がなされたのは、谷崎の構想が既に或る程度纏まっていたからこそであろうが、題名が出されていない所から見て、『乱菊物語』の構想にはまだ不確定要素が残っていた、と私は考えた。

(17)一旦切り捨てられた自天王関係の調査資料は、後に『吉野葛』に取り込まれ、言わば廃品利用されたのだろうと私は考えている。

(18)昭和四年十二月二十日「大阪朝日新聞」（一）面に、佐藤春夫の『心驕れる女』（朝刊）と谷崎潤一郎の大衆小説『乱菊物語』（夕刊）を新春から同時連載するという広告が掲載された際に、《今まで大衆物に一指をも触れなかつた谷崎氏が大衆文芸に「一つの新しい型」を示すため他の既成作家に先んじて敢然としてスタートを切つた野望的な一大雄編である。時代もいはゆる幕末ではなく（中略）生きた史実と奔放怪奇な空想とを巧に綯ひまぜた頗る異色あるもので、スピードを主とした描写の新様式、事件展開の新手法は、今までの大衆文芸には見られない試みである。》と紹介されている。これは記者が書いたものではあるが、《スピードを主とした描写の新様式、事件展開の新手法》などは、谷崎が意識的に目指していた事であり、自ら指示して書かせたものであろう。谷崎は後に、『直木君の歴史小説について』で、『南国太平記』の《映画のカッティングの妙味》や《テムポの快さ》を賞しているが、自分も目指していたからこそ褒めたのであろう。

昭和初期の日本では、機械化・管理社会化・人間の平均化が進行し、英雄的な個性・情熱的な行動・運命的な偶然・信仰などが殆ど不可能な大衆消費社会になりつつあった。『乱菊物語』はそうした時代に反発しつつ、しかし流線型がはやったようなスピード時代の感覚を積極的に取り入れることで、英雄性や聖なるものを取り戻す試みだったと言えるだろう。

【付記】本章は、平成三年十月二十五日の日本近代文学会秋季大会で口頭発表したものだが、その後、その時の発表内容を裏付ける谷崎書簡が、稲沢秀夫氏によって公表されたので、それに伴う加筆修正を施して、「日本近代文学」（平成五・五）に掲載した。今回、少しだけ手を入れた。

第六章　偽作『誘惑女神』をめぐって

昭和六十年九月の「朝日新聞」および「週刊朝日」で、谷崎潤一郎の未発表自筆原稿として紹介され、話題になった『誘惑女神』は、実際には、谷崎の作品でも自筆でもなく、大正六年に倉田啓明なる一文士によって、谷崎の作風および筆蹟を模して偽造された贋物だったことを、このほど私は発見した。

その証拠の第一は、「東京日日新聞」（大正六・十二・十三　第七面）に掲載された次のような記事である。[注1]

●坪内博士、谷崎潤一郎両氏の名を騙る悪文士

◇原稿と手紙とを巧みに偽作して

◇新聞雑誌社より金円を詐取す

神田三崎町三の一芸美協会[注2]内倉田啓明（けいめい）は坪内逍遥博士並に谷崎潤一郎氏の名を騙り各所にて原稿料を詐取せり、倉田は立教中学出身にて江見水蔭氏の門下と自称し多少文壇に名を知らるゝものなり、去る十日谷崎潤一郎氏の知己なる我社員を騙り谷崎氏の創作なりと称して『誘惑女神（ゆうわくめがみ）』と題する約廿枚の原稿を送り同日

◆原稿料　領収証を使ひの者に持たせ金円を詐取せるが該原稿の文書並に領収書の筆蹟及び原稿売込の際電話にて交渉せる音声までも谷崎氏に酷似するまで巧妙を極めたり（下略）

昭和六十年に劇作家・松岡励子氏宅で発見された問題の原稿を私はまだ見ていない。しかし、それがここに言われる贋原稿そのものであることは、題名が完全に一致すること、原稿の枚数がほぼ一致すること(注3)などからまず間違いない。原稿に貼付されていた「大正七年押第一八五一号」という紙片も、水上勉氏の推測(注4)とは違って、恐らく詐欺事件で倉田が正式に裁判にかけられた際に、証拠物件として押収された時のものであろう。この原稿がなぜ松岡励子氏の御尊父・正男氏の所有に帰したのか、その詳細は不明だが、正男氏が東京日日新聞社に勤務されていたことから、その縁で入手されたものであることだけは、ほぼ確実である。

『誘惑女神』が倉田の偽作であることのもう一つの証拠は、この作品の中に、倉田が自らの旧作の一部分を転用したと思われる箇所が幾つか見出されることである。例えば『誘惑女神』の鳥仏師のせりふの内、《(水の流れを指示して)あれ御覧じませ。あの大河の源はこの遠い苦行の山より出で、平等海にそそぎゆく久遠の姿でござりまする。》という一節(注5)は、大正四年八月の「ARS」に発表された倉田の戯曲『オイロタス』の隠者・クリストフアーネスのせりふの内、《ユーフラチースの漁夫は知つてゐるだらう。あの大河の源は遠く苦行の山から出て、平等海に灑ぎゆくが、少しも流れは止(とゞま)つたことがない。もし疑ふものあらば、知識の相(すがた)を宿してゐる、あの大河の流れを想ひ起すがよい。》という一節によく似ている。また、『誘惑女神』の法提郎媛のせりふの内、《そなたは名も知らぬ果実のやうに繚々(ふさふさ)とした、わらはの乳房を弄んで白銀(しろかね)の針をば刺さうとしやつたのを忘れやつたか。氷のやうな月の照る夜、そなたはわらはをば、「やまとにはむらやまあれどとりよろふ」と歌はれた天の香具山の薬草園に伴ふて、茉莉花の匂ふ大理石(なめいし)のやうな、わらはの腕(ただむき)に抱かれたのを忘れやつたか。またそなたは黒曜石の降るやうな暗い夜、行けども尽きぬ小墾田の宮の廻廊(わたどの)で、瓔珞の糸が断れて甃石(いしたたみ)の上に落ちたとき、わらはの烏羽玉の黒髪を抜いて、繋いだのを忘れやつたか。またそればかりか斑鳩の宮で舞楽の催うしの日わらはは夢幻の衣を抛(う)つやうな舞を舞ひ、舞ひ疲れて倒れたとき、そなたは象牙の刀で、珊瑚の幹のやうなわらはの肌を傷つけて流れる血汐を吸ふたのを忘れやつたか。》という一節は、同じく『オイロタス』の妖女・アポリオンのせりふの次の一節とほぼ同じである。

　あなたは名も知らぬ果実のやうに、繚々としたわたしの乳房を弄んで、銀の針を刺さうとなさつたのを、お忘れになりましたか。あなたは氷のやうな月の照る夜、蜜蜂が花に誘はれるやうに、わたしを葡萄の園へお連れなさいまして、茉莉花（ママ）の匂ふ大理石のやうなわたしの腕に、接吻して下さつたのをお忘れになりましたか。またあなたは黒曜石の降るやうな暗い夜、行けども尽きない宮殿の廻廊で、瓔珞の糸が断れて甃石の上へ落ちたとき、黄金色したわたしの髪を抜いて、お繋ぎになつたのもお忘れになりましたか。まだそればかりか、輪舞円舞の催うしの日、あなたわたしは夢幻（ママ）の衣を抛つやうな舞を所望なされ、わたしが舞ひ疲れて床の上へ仆れたとき、あなた象牙の刀で、珊瑚樹のやうなわたしの肌を傷つけて、紅い唇のやうな瘢口から流れる、血の滴をお吸ひなさつたのさへお忘れになりましたか。

また、『誘惑女神』のト書の内、《みるみるその頰は珊瑚の色に輝き、眼の薄膜の黄いろい小繊維は、拡がつて閃光を撒き散らし、下脣は潤沢な生々しい瘢口のやうな紅味を帯び、頸筋には静脈血管の蒼白い緯が現はれて、性急な衝動は時として神経が集中し跳躍するやうである。》という一節は、大正四年九月の「ARS」に掲載された倉田の小説『稚児殺し』の、《彼は肌理の細い美しい手を出して、はあーッと呼吸を吹つ掛けて、ごし〳〵磨擦すると、肌膚は見る見る珊瑚の色に輝いた。その眼の薄膜の黄色い小繊維は拡がつて閃光を撒き散らし（ママ）、下唇は潤沢な生生しい痍口のやうな紅味を帯び、頸筋には静脈血管の蒼白い緯が現はれて、性急な衝動は時として神経が集中したり、跳躍するのであつた。》という一節を、殆どそのまま流用したものと考えられる。谷崎が倉田の作品を剽窃するはずはないのだから、こうした点から言っても、『誘惑女神』は谷崎の作品ではありえないのである。

秦恒平氏によると、『誘惑女神』の原稿には、《最終頁の欄外にペンで抹消した、それだけ毛筆の「第三幕　解脱葛城神」とある見せ消ち》（「週刊朝日」昭和六十・九・十三）があったという。一方、桜井均氏は、「奈落の作者―倉田啓明のこと―」（「素面」昭和四十四・十二）の中で、次のように書いておられる。

坪内逍遥の戯曲「役の行者」が発表になって間もない頃、啓明は「解脱葛城の神」という六世紀頃の大和を中心とした仏教的黎明期を主題に雄大な構想の戯曲を書いている。これは八十余枚の序曲と、本文の半ばで筆は中絶していたが、そしてその未完の原稿もまた震災のとき焼失してしまったが、若し完成していたら、すばらしい作品になっていただろうと思う。

桜井氏の亡くなった今日となっては、もはや確認は不可能だが、どうやら『誘惑女神』は、桜井氏の言う『解脱葛城の神』と同系統の草稿の一つであるらしい。倉田は、元来は自らの作品として発表するつもりだった戯曲の草稿の一部を書き直して詐欺に用いた。そのように私には想像されるのである。

前引・「東京日日新聞」記事の次のような続報（大正六・十二・十七　第七面）は、この想像を或る程度まで裏付けてくれるように思われる。

●悪文士遂に
収監さる

倉田啓明の余

罪発覚す

既記、坪内博士、谷崎潤一郎両氏の名を騙りて我が社員を初め他の新聞雑誌社より原稿料を詐取したる文士啓明（けいめい）事倉田潔（くらたきよし）（二七）は去る十日警視庁に引致され山田警部主任の下に取調べを受つゝありしが十六日午後文書偽造詐欺取財の

▽罪名の下に　収監され東京地方裁判所に送られ目下中村検事の係りにて取調中なり、彼は八月十五日坪内博士の紹介状を偽造して雑誌「黒潮」に「結搏葛城の神」を売り付けんとしたる外九月廿五日北原白秋の作なりと称して自作の「赤い電車」（注6）と偽造の北原氏の領収証とを持ち行き某新聞社より金数十円を詐取し十一月廿五日には自作の「愛の詩集」を山崎俊夫氏の作なりと称して某社より数十円を本月四日には赤坂溜池中外情勢研究社に

▽谷崎氏の名　を騙つて「誘惑女神（ゆうわくめがみ）」（注7）を持ち込みて金数十円を同十二日には駒込坂下町四五日本雄弁会に芥川龍之助（ママ）氏の名を騙りて（注8）「魔神結縄」にて金数十円を其の他谷崎氏の名を騙りて「結搏葛城の神」にて二新聞社と一雑誌社を騙り又坪内博士の紹介状を偽造し諸方を欺きたるものにて其の金を総て遊蕩費に充てゐたりと

この記事に見える『結搏葛城の神』と『魔神結縄』は、恐らく『解脱葛城の神』と同系統の草稿だったであろう。倉田はこの頃、『解脱葛城の神』の草稿群を利用して、頻繁に詐欺を繰り返していたのであり、『誘惑女神』もそうした草稿の一つだったらしいのである。

この倉田という男は、最後にはこのように全く弁護の余地のない悪質な詐欺常習犯に成り下がってしまったのだが、一時は文壇においてそれなりに活躍したこともあったようで、主要な新聞・雑誌に関する私の極めて不完全な調査によっても、明治四十五年（＝大正元年）には、「中央公論」「太陽」「新小説」「歌舞伎」「三田文学」「朱欒」「時事新報」「読売新聞」に計十五、大正二年には、「新小説」「雄弁」「くろねこ」「時事新報」「読売新聞」「やまと新聞」に計八、

大正三年には、「新小説」「読売新聞」に計四、大正四年には、「ARS」「読売新聞」「萬朝報」に計四、小説・戯曲・翻訳・雑文等を発表している。しかし、倉田の作家的天分・学識が、ともに三流以下であることは、それらの文章を一読すれば明らかである。主要新聞・雑誌への掲載回数が年々減少して行く傾向があり、大正五、六年にはどうやら零（ゼロ）になってしまうらしいのもそのせいであろう。詐欺事件を引き起したのも、一つにはこうした行き詰りからであった可能性が高いのである。（注9）

『誘惑女神』は、一読して明らかな駄作である。それにもかかわらず、これが谷崎の作品として罷り通ってしまったのは何故か。恐らく一つには、大正の谷崎には駄作が多いという必ずしも正しいとは言えない先入観のせいでもあろう。勿論、筆蹟鑑定のむつかしさと、それにもかかわらず、周囲の期待に添った結論を急いだことも原因の一つであろう。当時の新聞に当ってみなかった調査の杜撰さと文体的差異に対する鈍感さも非難されねばなるまい。しかし、何よりも重大なのは、倉田の事件が私を含めた谷崎文学研究者の間で、殆ど完全に忘れ去られていたことである。

今回の事件では、詐欺に用いられた原稿がそのまま保存されていたために、却って再び後世を欺くことになったわけである。このような事態が極めて稀にしか生じえないものであることは確かである。しかし、類似の事件が今後再び起らないという保証はない。我々は、今回のケースを良き教訓として、二度と再び偽作に欺かれることがないように、十分な注意を払わなければならないのである。

注

（1）同じ日の「時事新報」第六面にも、倉田の名前こそ出していないが、《◇文士連御用心　◇原稿料の詐取が頻々とある◇》と題した記事が出ている。

また、大正六年十二月十一日付けで、谷崎が朝日新聞の山本松之助に宛てて、「谷崎潤一郎の偽物が新聞社等を騙し稿料の被害が出ているので注意されたし」と書いた葉書が、八木書店「近代名家自筆物目録」（平成八・五）に掲載された。

佐藤春夫は「三十分間程」（「女性改造」大正十三・六）で、この事件に言及し、編集者に文学を見る目がない例証としている。

大正八年八月三十日の「時事新報」「文壇小話」欄には、《嘗て小説家谷崎潤一郎氏の名を騙つて、市内の某大新聞から若干の原稿料を捲き上げ、其の為めに大分痛い目に遭つた青年文士の倉田啓明君、其後大分時が経つて居るが、病癖が未だに矯らぬと見え、遂一両日前矢張り谷崎氏の名を騙つて、雑誌「解放」から原稿料を借りに懸つたが、富田砕花氏に観破されて、仕事はオヂヤンになつたと云ふ。》というゴシップが出ている。

（2）芸美協会についての詳細は不明だが、「文章世界」（大正六・十一）の「文界消息」欄に、《◎芸美協会試演会　長田秀雄氏を舞台監督として十月二十日から三日間丸の内保険協会に於てゾラ作『女優ナナ』を上場する》という予告が出ている。

（3）「週刊朝日」（昭和六十・九・十三）の秦恒平氏の解説「谷崎の「観念」表す貴重な資料」によれば、B4版四百字詰め市販原稿用紙で二十三枚。

（4）発禁で押収されたという推測。「谷崎潤一郎の反骨―「誘惑女神」を読む」（「中央公論」昭和六十・十一）にある。

（5）『誘惑女神』の引用は、すべて「週刊朝日」（昭和六十・九・十三）所収の本文に拠った。

（6）この作品は、大正六年九月九日の「読売新聞」日曜附録に山崎俊夫の名で掲載されている。

（7）現存する『誘惑女神』と同じものかどうか不明。

（8）芥川は、大正六年十二月十四日付け松岡譲宛葉書に、《ボクの名を騙つて雄弁で金をとつた奴がゐる黒潮でかたらうとしたやつと同一人だ物騒で仕方がない》と書いている。

（9）明治四十五年二月十一日の「読売新聞」日曜附録に谷崎潤一郎の名で掲載された〝Dream Tales〟なる作品も、私には偽作であるように思われるが、倉田がその犯人である可能性も小さくない。もしそうだとすると、倉田は早くから詐欺を働いていたということになる。

【付記】　本章は、「国文学　解釈と教材の研究」（昭和六十三・七）に発表したものに、今回、加筆したものである。

本章発表後に気付いた情報をまとめて記して置く。

明治書院『現代日本文学大年表　明治篇』によれば、倉田啓明は明治二十四年九月八日生まれである。

昭和四年七月号の雑誌「騒人」に倉田啓明が書いた「絶交縁起（鏑木清方君へ）」によると、鏑木清方の母・おこまさんと、倉田啓明の父はいとこ同士で、おこまさんの母（清方の祖母）・お福さんの実家の鉄砲洲稲荷の神主・鏑木家は、啓明の父を産んだ母の生家でもあり、この文章の十五、六年前までは、倉田家と鏑木家は親しく交際していて、啓明と清方とも親密な間柄だったと言う。しかし、啓明が金に困って清方秘蔵の歌麿の「絵本春の錦」を神田の和本屋へ売り飛ばしたせいか、清方の家の玄関子をつとめていた西田青坡を啓明が短刀で脅したせいか、或いは、清方夫人・お照さんに、啓明が道ならぬ恋をしているという売卜者の言を信じたせいか、絶縁された、という事であるが、真偽は確認できない。

事件後の、倉田の動静についても特に調べていないので、分からないが、たまたま管見に入った情報を紹介して置くと、

・大正十二年三月二十四日の「時事新報」文芸消息に、「倉田啓明は、兵庫県武庫郡西芦屋二六九へ転居」とある。
・吉田凞生氏の『評伝中原中也』によれば、倉田啓明は京都で成瀬無極が主宰する劇団「表現座」の中心人物となり、そこに中原中也の愛人として知られる長谷川泰子が入ったと言う。中也は大正十二年十二月に、「表現座」の稽古場へ行って、長谷川泰子と出会っている。
・大正十二年四月十八、十九日には、「東京朝日新聞」に「労農露西亜の神の問題」（上・下）を掲載。
・大正十二年七月には「表現」に『浄土』を発表。
・大正十四年八月には「苦楽」に寄稿。
・大正十五年一月には「新青年」に『死刑執行人の死』を発表。
・昭和二年から六年にかけては、雑誌「ワールド」「淑女」「朝日」「騒人」「上方食道楽」「道頓堀」「文芸倶楽部」「漫談」などに雑文類を寄稿している。

附録1　比較文学ノート

谷崎の作品で、外国や日本の文学作品や絵画、その他の文献などから影響を受けたのではないかと私が考えるものを、以下、先ず谷崎の作品の年代順に列挙し、その後、作家ごとに、ごく簡単に述べて置く。

「影響」にもいろいろあるが、谷崎文学の場合、その根幹となる部分の独創性は、まことに強く揺るぎないものである。従って、以下に挙げるものは、単に一時的、部分的なものか、着想のヒントになった程度のものに過ぎないことを、予めお断りして置く。

☆初期文章

詩歌関係については、「谷崎潤一郎と詩歌」（本書Ｐ467〜）で述べたので、それ以外について述べる。

（一）カーライル

『時代と聖人』『日蓮上人』『道徳的観念と美的観念』（明治三十五）には、カーライルの『英雄崇拝論』の影響がある。『日蓮上人』には、幸田露伴の『日蓮上人』の影響もあろう。

谷崎は『道徳的観念と美的観念』（明治三十五）『春風秋雨録』（明治三十六）『神童』『明治時代の日本橋』で『英雄崇拝論』に言及している他、『彷徨』『羹』『鶯姫』『芸術一家言』『恋愛及び色情』『同窓の人々』などでもカーライルの名前を出している。これは、カーライルが明治時代に重んぜられていた影響でもあるが、『幼少時代』の「稲葉清吉先生」・「小学校卒業前後」から、直接には稲葉清吉先生の影響だったことが分かる。

（二）高山樗牛

カーライルの後、代わってかなりの影響を谷崎に与えるようになったと見られるのは、高山樗牛である。谷崎は『夏日小品』以後、『現代口語文の欠点について』『青春物語』「神経衰弱症のこと、並びに都落ちのこと」で、高山樗牛のことをひどく悪く言うようになるが、それは照れ隠しであって、少年時代には、かなり愛読した形跡がある。

例えば、樗牛の『釈迦』（明治三十二年刊）については、遙か後年の座談会「回顧」（「文芸」昭和二十四・六）で、「名文だった。動かされた。」と回想している。事実『春風秋雨録』（明治三十六・十二）で、釈迦が《孤錫飄然南方恒河の大流を渡り、摩加陀国に入り》、その国王と問答するくだりは、樗牛の『釈迦』第九章「阿羅邏仙人」からの剽窃なのである。従って、『春風秋雨録』で《大聖釈迦が伝記をよむに及びて再煩悶の児となりけり》と言われている《釈迦が伝記》は、樗牛の『釈迦』と見て良い。そして、谷崎が樗牛に心を惹かれる原因となったのも、『春風秋雨録』に書かれた二種の煩悶だったと思われる。一つは、釈迦伝を読む前に、北村家の家庭教師をしている内に痛感させられるようになった貧富の差に対する憎しみ、もう一つは、人生を迷妄と断ずる仏教的虚無主義に対する哲学的煩悶である。

こうした愛読の現われとして、『春風秋雨録』と同時に発表された『歳末に臨んで聊（いささか）学友諸君に告ぐ』で谷崎は、ゾラ・正岡子規・尾崎紅葉らと並べて、樗牛のことも天才とし、その死を惜しんでいる。同年に『無題録』（明治三十六・九）を書いているのも、樗牛がしばしば「無題録」と題した文章を書いた影響かも知れない（有名な「吾人は須らく現代を超越せざるべからず」という言葉も、「太陽」（明治三十五・十）の「無題録」の中の一節である）。ただし、谷崎の『無題録』の内容は、本能主義批判なので、この時点では「美的生活を論ず」に反対だったのであろう。しかし、明治三十七年五月二十七日発表の『文芸と道徳主義』になると、「美的生活を論ず」と「日蓮上人とは如何なる人ぞ」に言及し、共感を示すようになる。友人・大貫晶川のこの頃の日記（明治三十七年五月二十六、七日）の中に、《谷崎氏、第二の樗牛氏》という呼び方が現われるのは、谷崎自身、第二の樗牛を以て任ずる位に熱を上げていたからであろう。そして、「美的生活を論ず」の影響は、『増鏡に見えたる後鳥羽院』（明治四十一）で、後鳥羽院を《美的生活を送れる貴公子》と評した辺りにまで、痕跡を残しているのである。

『増鏡に見えたる後鳥羽院』は、樗牛の『菅公伝』（明治三十三年刊）に言及しているのみならず、発想的にも『菅公伝』の影響が強い。『菅公伝』には、遙か後年の『蘆刈』『少将滋幹の母』でも言及しており、相当に強い印象を受けたようである。

『羹』（六）には、主人公・宗一が中学時代に『樗牛全集』を愛読したと出るが、『樗牛全集』は明治三十七年一月から三十九年四月にかけて刊行されたのが最初だから、谷崎自身は単行本・雑誌で愛読した事実を、変形してこう書いたと考えられる。

谷崎はまた、樗牛の感傷的な美文調からも、影響を受けたと思しく、『春風秋雨録』（明治三十六）・『うろおぼえ』『死火山』（明治四十）などには、それが感じ取れる。『死火山』を二条院讃岐の歌「わが袖は潮干に見えぬ沖の石の人こそ知らね乾くまもなし」で閉じたのも、樗牛の「わが袖の記」の影響の一つかも知れない（傍線・細江）。

（三）唯物史観

『増鏡に見えたる後鳥羽院』（明治四十一）には、《凡そ事件の発展、波瀾の所因を明確に了解せんには時の経済事情に通暁せざるべからず。（中略）若し夫れ歴史唯物論の見地より社会経済の変遷を骨子として国史を編みしものを求めんか、吾人は恐らくは失望に終るべし。》という一節があり、北条《義時は天下の英雄》、後鳥羽院は《政治に於いては話せぬお方也》という結論を出している。天皇崇拝の激しかった時代であるにもかかわらず、谷崎は一高時代、既に史的唯物論を知り、その価値を認めていたことが分かる。谷崎が後年、プロレタリア文学に対して冷淡であったのは、より高い見地に立っていたからであって、決して無知・無理解のせいではないのである。

谷崎が、史的唯物論をどのようにして知ったかは、残念ながら、突き止められなかった。ただ、河上肇が、「史学雑誌」（明治三十七・八）に「セーリグマン教授の『歴史の経済的説明』」を書き、三十八年にE・R・A・セリグマンの『新史観　歴史之経済的説明』（昌平堂川岡書店）を翻訳・刊行したり、東京帝大の坪井九馬三が、「史学雑誌」（明治三十八・一）に「史学と経済との関係」、同誌（明治四十・九、十）に「史家としてのマルクス」を掲載するなどの動きがあり、日本史にもともと関心が深かった谷崎は、こうした動きを敏感にキャッチしていたのではないかと推測する。谷崎の歴史好きは、日本史に取材した小説・戯曲を、『刺青』から『少将滋幹の母』まで、しばしば書いて居ることや『直木君の歴史小説について』、「中学時代、暇さえあれば関八州の古跡を調べに旅行して歩いた。」という『朱雀日記』の一節、また、「第二次「新思潮」創刊の頃、谷崎が有職故実の話ばかりするので、『刺青』が出るまで誰も谷崎を重く見ていなかった」という後藤末雄の回想（「新潮」（大正六・三）の「谷崎君の性格の正体」、「文章倶楽部」（大正六・十二）の「谷崎潤一郎氏はどんな人か?」）等から知られる所である。

なお、谷崎は、徳川夢声との対談「谷崎潤一郎素描―芸道漫歩対談6―」（「芸術新潮」昭和二十六・四）で、明治三十五年一月号「太陽」に掲載された大町桂月の「足利尊氏」が、足利尊氏を褒め、北朝正統論を唱えていたことに言及し、「この時期は、他にもそういう人が少なくなかったが、これ以前と以後は全く駄目」と発言している。ここからも、谷崎が早くから日本史に対して強い関心を抱き、天皇崇拝に災いされることなく、歴史を見る確かな目を培っていたことが分かるのである。

☆『信西』（明治四十四・一）

信西が星を恐れて土中に隠れるという設定は、典拠となっている『愚管抄』『平治物語』『平治物語絵詞』などにはない。大島真木氏は、「谷崎潤一郎の初期の創作方法」（「東京女子大学論集」昭和四十八・三）で、上田敏の『海潮音』のユゴー作「良心」が影響した可能性を説いている。私も可能性はあると思うが、確証はない。それに、ユゴーの作は良心の呵責がテーマで、死の恐怖をテーマとする谷崎とは異なる。私はむしろ、この星は、ハレー彗星から思い付いたものではないかという気がする。明治四十三年五月十九日にハレー彗星が接近した際には、地球がその尾の中を通過する時に、有毒ガスまたは大爆発によって人類が滅亡するという噂が流れ、日本では桶に水を張り、顔をつけて呼吸を止める練習が行われたり、欧米では地下室に目張りして閉じこもる試みがなされるなど、大きな騒ぎとなった。『信西』の構想は、ハレー彗星以前からあったことは間違いないが（例えば明治四十二年二月、茨城県助川町の偕楽園別荘に転地療養した時、既に『信西』の原稿を持っていたと言う浜本浩「大谷崎の生立記」（「文芸」昭和九・七））、『信西』が二幕物だった段階での大貫晶川宛の書簡（年代不明・『谷崎潤一郎全集』第二十五巻の書簡一五）では、（はっきりとは断定できないが）星を恐れて土中に隠れるという設定はまだなかったような印象を受ける。また、同書簡によれば、《第一幕ハ山の中、第二幕は加茂河原》で、第二幕では信西の魂魄が雷を落とす場面が中心となっていたようなので、信西が殺される過程で星を恐れるという挿話があったとしても、ごく軽い意味しか持っていなかったと推定できる。それが現在のような一幕物に改稿される際に、ハレー彗星から星を中心にするという思い付きが生まれたのではないか、と私は想像するのである。

☆『秘密』（明治四十四・十一）

吉田精一の「谷崎文学と西欧文学」（著作集十巻）は、ワイルドの『秘密を愛する女』の模倣としているが、むしろ、『ドリアン・グレイの肖像』のバジルの科白「現代生活を神秘化し、非凡化してくれるのは、秘密を持つこと以外にはなさそうだからね、どんなくだらぬことでも隠しておきさえすれば、魅力が増すというわけだ。だから僕は、ロンドンを離れて旅行に出る時には、絶対に行く先を知らせないことにしている。（中略）そのお蔭で自分の生活にロマンスと空想が生まれてくる」から発想したものではないかと私は思う。

また、主人公が目隠しをされて、人力車で女の家に向かう所のヒントになったのは、バルザックの『金色の目の娘』ではないだろうか。『金色の目の娘』には、主人公・アンリが恋人・パキタに目隠しをされて馬車で秘密の逢い引きの場所に運ばれるシーンがあるからである。

雨の中、人力車に相乗りするのは、セキと歌舞伎座からの帰途、人力車に相乗りした思い出（『幼少時代』「団十郎、五代目菊五郎、七世団蔵、その他の思ひ出」）が無意識に顔を出したものと思う。

☆『金色の死』（大正三・十二）

『金色の死』の末尾近くに、主人公・岡村は、《此の頃の露西亜の舞踊劇に用ひられるレオン、バクストの衣裳を好んで、或は薔薇の精に扮し、或は半羊神（フオオン）に扮し、或はカルナヴルの男に扮し（中略）Scheherazade（シエヘラザアド）の踊りに出て来る土人に変じて体中を真黒に染めたりしました。》という一節がある。これは、言うまでもなく、ディアギレフのロシア・バレエ（Ballet Russe）のことなのであるが、パリ初演を基準にすると、「カルナヴァル」「シェヘラザード」は一九一〇年、「薔薇の精」は一九一一年、「牧神の午後」が一九一二年である。谷崎はこのような最新情報を、一体どこから入手したのであろうか？

ロシア・バレエ団については、小山内薫「バレエ、リュッス」（「東京朝日新聞」大正二・八・九）、島崎藤村「露西亜の舞踏劇とダヌンチオの「ピサネル」」（「東京朝日新聞」大正二・九・一〜十）、雑誌「とりで」（大正二・二）、「仮面」（大正三・一、二）の紹介記事などもあるが、いずれも簡略すぎるので、主たる情報源とは考えられない。

出版物として購入可能だったものは、V. Svetlow のものをロシア語から仏訳した "Le ballet contemporain" Paris : Maurice de Brunoff, 1912 と "L'art decoratif de Leon Bakst" Paris : Maurice de Brunoff, 1913（この英訳版が "The decorative art of Leon Bakst" The Fine Art Society, London, 1913）、そして、Geoffrey Whitworth の "The Art of Nijinsky" Chatto & Windus, London 1913、A.E. Johnson の "The Russian ballet" London : Constable, 1913、Ellen Terry の "The Russian Ballet" Sidgwick & Jackson, London 1913 などである。後の三つは英語でもあり、バレエの内容を知るには便利なものであるが、バクストのデザインは見られないので、中心的な典拠となりうるのは、前二著（特に後者の英訳版）である。

本以外の可能性として考えられるのは、一九一二年末から翌年八月にかけてヨーロッパに視察に行った小山内薫からの情報である。小山内薫の「露西亜舞踊団と画家」（『小山内薫全集』第五巻所収・初出未詳）によれば、小山内は、パリのシャンゼリゼ劇場などで "Schêhērazade" "Le Carnaval" "Le Spectre de la Rose" "L'après-Midi d'un Faun" を観ている。従って、小山内に会って、直接話を聞いたり、写真・図版・参考資料（フランスで出た前掲の二著など）を見せて貰ったりしたかも知れない。大正三年六月五日「読売新聞」「よみうり抄」によれば、「紅葉館で、小山内薫の解説で、ロシアの舞踊劇を上映する」と出ているので、或いは谷崎も見に行ったかも知れない。また、田中栄三の『新劇その昔』「衰退期の新劇運動」の「「お艶殺し」と「泥の山」」によれば、小山内薫の家には、《外遊中に集めて来た、沢山の本や写真やプロ（グラム）やパンフレットなどが》あり、ニジンスキーの舞踊写真もあったという事だから、そうした資料も借覧できたかも知れない（ちなみに、石井漠も、小山内からロシア・バレエの話を聞いて、舞踊家になった)。

いずれにしても、谷崎は、バクストの強烈な色彩と、白人の王妃が黒人の奴隷と姦通し、殺されるという「シェヘラザード」の内容に、戦闘的・道徳破壊的な唯美主義と性の解放、そして死の衝動を見、共感したのであろう。岡村のロシア・バレエの真似がエスカレートした結果、岡村が死ぬというストーリーの展開は、その事を暗示しているようである。

なお、『金色の死』とロダン、アングル、ジョルジョーネ、クラナッハ、および活人画との関係については、「戦後の谷崎潤一郎」(二)「谷崎潤一郎とストリップ（或いはストリップ的なもの）との関連略年表」（本書P424〜）で、簡単に触れて置いた。

☆『神童』（大正五・一）

ラストで春之助が、《恐らく己は霊魂の不滅を説くよりも、人間の美を歌ふために生れて来た男に違ひない。》と考える所は、オスカー・ワイルドがアルフレッド・ダグラスとの同性愛の罪で、一八九五年から九七年にかけて投獄された後の心境を、フランク・ハリスに語った言葉を踏まえたものらしい。

私が見ることが出来たのはFrank Harris, “Contemporary Portraits” [First Series]. London: Metheun, 1915. New York: Kennerley, 1915. の中の“Oscar Wilde,”で、Frank Harrisに向かってWildeが語った次の言葉である。

“I was born to sing the joy and pride of life, the pleasure of living, the delight in everything beautiful in this most beautiful world, and they took me and tortured me till I learned sorrow and pity. Now I cannot sing the joy, Frank, because I know the suffering and I was never made to sing of suffering. I hate it and I want to sing the love-songs of joy and delight. It is joy alone which appeals to my soul. The joy of life and beauty and love—I could sing the song of Apollo the Sun-God, and they try to force me to sing the lament of the tortured Marsyas....”

This to me was his true and final confession. His second fall after leaving prison had put him “at war with himself.” This is, I think, the heart of truth about him;（以下略）

谷崎は、『神童』で聖人たらんとした主人公が、歓楽追求に逆戻りすることを、ワイルドと重ね合わせていたのであろう。

なお、Frank Harris の “The Life and Confessions of Oscar Wilde.” が一九一四年に New York の Duffield 社から出ているようだが、実物を確認できなかった。

Frank Harris の “Oscar Wilde: His Life and Confessions.” New York: Bretano's, 1916. の Chapter XXI. His Sense of Rivalry; His Love of Life and Laziness には、“Contemporary Portraits” と二、三の小異はあるが、同じ一節がほぼ同文で再録されている。

☆『魔術師』（大正六・一）

フロイトは、『精神分析入門』第十講「夢の象徴的表現」で、女子性器は複雑な局部構造を示すので、岩や森や水などのある風景として表現されることが多いと述べているが、『魔術師』で言及されているベックリン（Böcklin）の「死の島（Die Toteninsel）」は、臀部の二つの半球を連想させる茶色い二つの巨岩の間に、陰毛を連想させる黒い林がある島の、膣口に当たる部分へ、ペニスを思わせるような白衣の人物が小舟を乗り入れようとしている絵であり、死＝母の子宮への回帰という印象を与える。谷崎が『魔術師』の “The Kingdom of Magic” をこれに似たものとして設定したのは、その為であろう。ベックリンの「死の島」は、文字通り死の世界であるが、“The Kingdom of Magic” は中に入って見ると、異常な美と快楽の世界である。そのずれには、死を超えるエロス的快楽への谷崎の憧れが籠められていると私は考える。

同じく『魔術師』で言及されているセガンティーニ（Segantini）の「淫楽の報い（Il castigo delle Lussuriose）」は、子供を産むことを拒絶した女性に下される罰を描いたイタリアの詩"Nirvana"（十二世紀に Luigi Illica という修道士がインドの"Pangiavahli"を模して作った詩）にインスピレーションを得た絵で、厳しい冬のアルプスを背景に、空中に浮き漂っている二人の若い女性を描いたものである。セガンティーニは、七歳で母に死なれたせいもあって、母性を持たない娼婦的な女性に対する敵意を籠めてこの絵を描いたのだが、谷崎は、カーニバル的な乱痴気騒ぎの中で、群集に担がれて行く女性の描写に使用している。そこに、谷崎とセガンティーニの娼婦的な性に対する、一面、正反対の、しかし、深い所では共通していたかもしれないアンビヴァレントな見方が現われているようである。

なお、谷崎は『独探』（大正四・十一）で、《私は西洋の絵画や音楽に就いて冷淡であつた》が、《激しい西洋崇拝熱に襲はれ始め》てからは、《彼の国の絵画や音楽に接しても顫へつくやうな興奮を覚え》るようになったと言っている。創作の中で、西洋の絵画・彫刻に言及した例は、『金色の死』（大正三・十二　言及多数）からで、『創造』（ミケランジェロ）『人魚の嘆き』（ビアズリー）『魔術師』『女人神聖』（ミロのヴィーナス、ミケランジェロ、レオナルド・ダ・ヴィンチ、ドガ）『前科者』（ミケランジェロ）『金と銀』（シャバンヌ）『柳湯の事件』（カリエール）『鮫人』（ミケランジェロ）『永遠の偶像』（題がロダンの彫刻「永遠の偶像」から）『肉塊』（ミレー「オフィーリア」、ラファエロの天使）『痴人の愛』（ロダン）などがあるが、大正八年以降は、西洋絵画熱も冷めた感がある。

☆『人間が猿になつた話』（大正七・七）

この作中で、お染の胸の上に猿が据わっていて、体を動かすことも目を開けることも出来ない、という場面は、フュッスリ（Füssli）の猿のような Incubus が女性の胸の上に座っている「夢魔（Nightmare (The Incubus)）」という絵から発想したものであろう。

☆『鮫人』（大正九・一〜十）

伊藤整との対談「谷崎文学の底流」（「中央公論」昭和三十三・一）で谷崎は、「『鮫人』はいくらか『ガルガンチュア』みたいなものを書くという気持ちもあったが、しまいまではっきりまとまっていないで書き出したから、困った」と発言している。渡辺一夫の翻訳もまだなかった時代であるから、恐らく英訳で読み、牛飲馬食の書としての側面に触発され、『鮫人』（第一篇第一章）に登場する服部の《「意地穢な」》をもっと発展・展開する構想だったのであろう。そういう意味では、『美食倶楽部』（大正八・一）とも、近い関係にあったのである。

なお、谷崎は、永井荷風・辰野隆との座談会「好日鼎談」（「中央公論」昭和二十三・一）でも、「ラブレーみたいなやつを日本の古文で訳したら面白いだろう」と発言しており、ラブレーに対して長く好意を持ち続けていたことが分かる。

☆『蘇東坡』（大正九・八）

主要な種本は、墨浪子の『西湖佳話古今遺蹟』全十六巻の巻四「六橋才蹟」である。『西湖佳話古今遺蹟』を十時梅厓が訳した『通俗西湖佳話』（文化二年初刊）には省略されて出て来ない部分で、谷崎が『蘇東坡』に使用している箇所がある所から、『西湖佳話古今遺蹟』を直接参考にしていることは確実である。

谷崎が『西湖佳話古今遺蹟』に注目した最初は、この本の巻十五「雷峯怪蹟」が、上田秋成の「蛇性の婬」の種本だからだったかもしれない。佐藤春夫の「あさましや漫筆」（大正十三・十二）に、この随筆の執筆時から五年以上前に、芥川・谷崎と三人で議論した際に、谷崎が『雨月物語』の中では「蛇性の婬」を第一としていたことが記されていることを、傍証として挙げて置く。

『西湖佳話古今遺蹟』に基づいた箇所を、『蘇東坡』に出て来る順に指摘して置くと、先ず、第一幕の鄭容・高瑩の件がそれである（これは『通俗西湖佳話』にはない。以下、漢文の読み方については、甲南女子大学の森田浩一氏に、御教示を得た所がある）。

ここに出て来る詞《鄭荘好客（下略）》は、『全宋詞』では、第一巻「蘇軾」の「減字木蘭花」の項の最初に、《贈潤守許仲塗、且以「鄭容落籍、高瑩従良」為句首》と注記して収録されている。ただし、歌詞は、『全宋詞』では《鄭荘好客。容我尊前先堕幘。落筆生風。籍籍聲名不負公。高山白早。瑩骨冰膚那解老。従此南徐。良夜清風月満湖。》（傍点・細江）である。谷崎の『蘇東坡』では、尊を楼、幘を憤、膚を肌とし、籍を一つだけにしている。尊を楼、膚を肌とするのは『西湖佳話古今遺蹟』と一致するが、幘を憤とし、籍を一つだけにしたのは、単に写し間違いであろう（なお『西湖佳話古今遺蹟』では堕を墜とする）。

『蘇東坡』では、この歌詞を「木蘭花詞」の文句をもじったものとしているが、「減字木蘭花」の旋律形式（詞譜）に拠ったとすべき所であろう。

同じ第一幕で、毛沢民が、「皇帝が蘇東坡の詩を《李白と雖及び難し》と褒めた」と言う所は、『西湖佳話古今遺蹟』の神宗の言葉《李白有蘇軾之才、却没有蘇軾之学、以朕視之、還勝如李白》に基づく（これは『通俗西湖佳話』にはない）。

また、蘇東坡のせりふにある《都を立つ時に》《弟の子由》から《西湖の景色が美しくても決して詩を作っちゃいけません》と忠告されたという所は、『西湖佳話古今遺蹟』で、弟の子由が蘇東坡が《到杭州、旧性復発、又去做詩做賦、譏刺朝政、重起禍端》となることを心配し、いとこ（表兄）の文同が《北客若来休問答、西湖雖好莫吟詩》という詩句を贈ったことに基づく（これは『通俗西湖佳話』にもあり、『西湖佳話古今遺蹟』と語句は完全に同じである）。

また、毛沢民に請われて蘇東坡が餞別に与えることになっている近作の詩《湖光瀲灔晴るれば偏へに好し（下略）》は「飲湖上初晴後雨二首（其二）」として知られている詩であるが、「水光」を「湖光」としているなど、通常のテクストとは違っているので、引用は蘇東坡の詩集類からではなく、『西湖佳話古今遺蹟』からと推定される（この詩は『通俗西湖佳話』にもあり、『西湖佳話古今遺蹟』と詩句は完全に同じである）。

なお、この詩を毛沢民に贈ったという話は、『西湖佳話古今遺蹟』にはなく、谷崎の創作である。

続く呉小一と張二の件も、『西湖佳話古今遺蹟』に基づく（『通俗西湖佳話』にもあるが、蘇東坡が揮毫する扇子の数を、『西湖佳話古今遺蹟』は四十柄、『通俗西湖佳話』は二十柄とし、『蘇東坡』は四十本とするので、『西湖佳話古今遺蹟』に拠ったことが知られる）。

第二幕には、『西湖佳話古今遺蹟』に基づく所はない。

第三幕では、蘇東坡の唱う詞《碧澄々として（下略）》が『西湖佳話古今遺蹟』に基づく（この詞は『通俗西湖佳話』にはない）。ただし、《満籬嫩菊堆金》（傍点・細江）を、『蘇東坡』では《満籬の嫩菊金を集め》（傍点・細江）としている。また、『蘇東坡』で《簪花人は逐ふ、浄慈来訪の友／客は投ず霊隠寺》と訳している所は、《簪花人逐浄慈来／訪友客投霊隠寺》と切るべき所である。

続く朝雲との会話も、『西湖佳話古今遺蹟』に基づく（これは『通俗西湖佳話』にもある）。ただし、『西湖佳話古今遺蹟』では、朝雲は《性情不似楊花》《愛慕的是風流才子、鄙薄的是庸俗村夫》で、《一時有銭的舎人》からの身請けの話は往々あるが、みな断ってしまうという名妓で、蘇東坡は、それを聞き及んで酒席に呼び、遂に妾とした、と描かれているが、『蘇東坡』の朝雲は、親兄弟なく《独りぼつちで》《運が悪い》弱々しい憐れな女の印象が強くなっている。

次に群芳が歌う毛沢民の詞《涙は欄干を湿ほし（下略）》も、『西湖佳話古今遺蹟』に基づく（群芳・毛沢民関係のことは、『通俗西湖佳話』には一切出て来ない）。ただし、『蘇東坡』で《更に言語なうして空しく相窺ふ二細雨／残雲意緒なし、朝々暮々》（傍点・細江）としている所は、『西湖佳話古今遺蹟』では《更無言語、空相覰。／細雨残雲無意緒、寂寞朝朝暮暮。》（傍点・細江）で、《二細雨》の二は衍字、「寂寞」は脱漏で、句の切り方も不適切である。なお、この詞は、『全宋詞』では、第二巻「毛滂」（毛沢民の本名）の「惜分飛」の項の二番目に《富陽僧舎代作別語》と注記して出るが、《細雨》が《短雨》になっている。『欽定四庫全書』集部十・詞曲類一（1487—307）の『東堂詞』（毛沢民の詞集）では、《細雨》が《断雨》となっている。また、『東堂詞』では、注記が《富陽僧舎作別語贈妓瓊芳》となっている。『東堂詞』の「提要」には、「馬端臨（宋末・元初の学者）は（中略）『百家詩』の序を引き、称すらく、其の杭州法曹為りし時、妓に贈る詞「今夜山深き処、断魂分付す潮回り去れ」の句を以て蘇軾に賞せらる。」とあり、杭州で蘇軾と毛沢民とに交友があったことは、一応史実のようである。

次に、『西湖佳話古今遺蹟』では、蘇東坡が西湖の岸辺で客と宴会をし、そこに羣芳を呼んで歌わせると、《涙は欄干を湿ほし（下略）》を歌い、作者を問い詰めるという展開になっていて、蘇東坡と朝雲が船遊びをしていた時とした『蘇東坡』の設定は、谷崎の創意に出る。また、ここに脇役として顔を出す琴操は、『西湖佳話古今遺蹟』では、朝雲と仲の良い妓女で、蘇東坡が琴操に《仏性》のあることを見抜き、禅問答をして大悟・出家させたというエピソードの主人公である。が、谷崎は、蘇東坡の仏教的な側面は（また儒教的な側面も）無視している。

また、『西湖佳話古今遺蹟』では、毛沢民は、蘇東坡に呼び戻され、《詩酒盤桓月余》の後、任地に旅立ったが、蘇東坡に評価されたことで、にわかに名声を博し、官位も昇進したと書かれているが、『蘇東坡』では、名声や官位昇進の件は無視している。『蘇東坡』では、毛沢民が蘇東坡に引き留められて半月も出発を遅らせたことを開幕以前の出来事に転用し、第一幕で、毛沢民に都へ行くことを厭わせ、杭州に留まりたいと言わせたり、役人は《お上の命令でいつ何処へ転任するかも知れないんだから、まるで萍（うきくさ）のやうなものさ》と言わせるなど、反官脱俗の姿勢が著しい。

同様の思想は、この作中の蘇東坡自身の言動にも表わされている。実際の蘇東坡は、天下を救うことを使命として自覚する士大夫であり、王安石の新法と激しく対立する旧法党の中心人物の一人となり、一度は投獄され、二度流罪になった政治家である。このことは、『西湖佳話古今遺蹟』にも、はっきりと書かれている。また、西湖の湖底の泥をさらって洪水を防ぐと同時に、その泥で湖中に堤を築き、歩いて渡れるようにし、交通の便も図り、またこの大工事で多くの人々に仕事と賃金も与えるという優れた政治的手腕を示したことも、『西湖佳話古今遺蹟』には書かれている。が、そうした面は無視黙殺し、反官脱俗的な享楽的芸術家・酒仙で、無邪気な子供のような側面を持った人物として蘇東坡を描いた所に、谷崎の精神と理想が窺われるのである。

『蘇東坡』では、杭州府衙門内の聴堂という官の権威を表わすいかめしい大がかりな舞台装置に大きな意味があり、舞台での演技が、そうした官のしゃちこばった権威を骨抜きにし、笑い飛ばして行く所に、楽しさがあるのである。そして、その楽しさが、舞台装置の柱廊越しに見える《南国らしい麗かな青空》と西湖が象徴する地上楽園としての杭州・西湖のイメージに繋がって行く仕組みである。

（ついでながら、谷崎の戯曲では、大きな建物や大きな風景が重要な意味を持っている場合が多く、それが上演を困難にする一因ともなっている。そうした大きなものを取り込む傾向があるのは、もともと谷崎が戯曲を書く理由の一つが、言葉だけでは表現できない、また実際には見ることの出来ない歴史的過去などの風景を、舞台上に再現し、この眼で見たいという願望にあったからであろう。それが、後年、映画制作に乗り出す一因ともなったことは、『活動写真の現在と将来』（大正六）で、映画の《第三の長所》として、《限られた面積の舞台の上に組み立てる物と異り、いかなる雄大な背景でも、（中略）大規模な建築でも、欲するまゝに使用し得る》ことを挙げている所からも分かるのである。）

なお、毛沢民は実在の人物で、本名・毛滂、沢民は字であある。詳しい生涯などは分からないが、『欽定四庫全書』集部十・詞曲類一（1487―307）に『東堂詞』、『欽定四庫全書』集部三（1123―695）に『東堂集』が収録され、『四庫全書総目（四庫全書総目提要）』にごく簡単な考証がある。

☆『青塚氏の話』（大正十五・八〜十二）

複数の女性の良い所を寄せ集めて理想の美女を造るというモチーフは、古代ギリシャの画家・ゼウクシス（Zeux-is）が、ヘラの神殿のためにヘレネの絵を描いた時、近所の娘たちを裸にして検分し、一番良い部分を組み合わせて描いたというプリニウスの『博物誌』が伝える伝説、またはエフェソス神殿のためにディアナ像を描いたアペレスについての同様の言い伝えにアイデアを得た可能性もあるが、単にイデア論から発想した可能性もある。

☆この他、『象』『刺青』『人魚の嘆き』『ハッサン・カンの妖術』『ドリス』『乱菊物語』の典拠については、「『象』・『刺青』の典拠について」（本書P795〜）・「『人魚の嘆き』の典拠について」（本書P821〜）・「ハッサン・カン、オーマン、芥川」（本書P829〜）・「『ドリス』と"Motion Picture Classic"」（本書P841〜）・「『乱菊物語』論」（本書P871〜）をそれぞれ参照されたい。また、『日本に於けるクリップン事件』の典拠については、「『日本に於けるクリップン事件』論」（本書P619〜）を参照されたい。

中山太郎の『売笑三千年史』が谷崎に与えた影響については、「『乱菊物語』論」の注（5）（本書P889〜）に書いて置いた。

高野辰之の『日本歌謡史』が谷崎の『盲目物語』『乱菊物語』『顕現』に利用されたことは、「『乱菊物語』論」（一）（本書P871〜）で紹介した。

『顔世』と『太平記』巻二十一「塩冶判官讒死事」との関係については、「谷崎潤一郎とエディプス・コンプレックス」(二)⑤「松子と重子」(本書P240～)で簡単に触れて置いた。

林語堂の『北京の日』が『細雪』に与えた影響については、「谷崎潤一郎と戦争」(四)「『細雪』の中の戦争」(本書P513～)で論じた。

★佐藤春夫

谷崎は『佐藤春夫と芥川龍之介』などで、春夫から影響されたところが多いと言い、春夫の『月かげ』が『母を恋ふる記』に影響したと述べている。それ以外では、『魚の李太白』が春夫の『李太白』を踏まえている以外には、はっきりした影響関係は指摘しにくい。ただ、『鶴唳』には『西斑牙犬の家』の、『私』には『奇妙な小話』の、『友田と松永の話』には『指紋』の影響があるかもしれない。

また、『韮崎氏の口よりシユパイヘル・シユタインが飛び出す話』の題については、佐藤春夫の『どうして魚の口から一枚の金が出たか!?　といふ神聖な噺』からヒントを得た可能性が高い。

『鍵』『瘋癲老人日記』でカタカナを使用するに際しては、『文章読本』で言及した佐藤春夫の『陳述』が、先例として頭にあったであろう。

★『アラビアン・ナイト』

谷崎は、昭和五年一月の『世界最大の文学的宝庫』で、《バアトン訳は予の愛読書の一つ》と述べている。何時から愛読したかは不明だが、既に『秘密』に《アラビアンナイト》への言及があり、『ラホールより』『天鵞絨の夢』『鮫人』(第一篇第二章)『饒舌録』『蓼喰ふ蟲』(その四)以下、『嶋中君と私』にもある。『金色の死』には、ロシア・

バレエ団の「シェヘラザード」への言及があり、『アラビアン・ナイト』への間接的な言及となっている。

大正十五年四月十五日と五月二十三日付けの土屋計左右宛書簡から、この時、谷崎がバートン版を購入したことが知られるが、関東大震災で失ったためにもう一度買ったと私は考えたい。

『アラビアン・ナイト』の中でも、「シャハリマーン王の子バドル・バーシムとサマンダル王の娘の物語」別名「海王の娘ジュルラナールとその子バドル・バーシム王の物語」は、幾つかの点で、『人魚の嘆き』のヒントとなった可能性がある。この物語の冒頭で、ペルシャの老王・シャハリマーンは、後宮に百人もの美女を住まわせていながら、子供が一人も出来ないことを思い、愁いに沈んでいる。すると、門前に美女を連れた商人が来たので面会し、たちまち女の美しさに心を奪われ、高いお金を払って買い取る。王は丸一年の間、この女だけに通い詰めるが、女は一度も口をきかない。ある日、王が「言葉をかけてくれ」とかき口説き、「跡継ぎの息子が欲しい」と言った所、初めて女は口を開き、既に妊娠していること、そして、「自分は海の王の娘（人魚）で、兄と喧嘩をして、或る島の渚に座っている所を捕まえられ、売られたものだ」、と身の上を語る。

右の内、理由は違うが主人公が愁いに沈む所へ商人が来て人魚を高値で売る所、人魚の美しさ、人魚がなかなか口をきかない所、人魚が捕まり、売られた経緯などが、『人魚の嘆き』とよく似ている。

『アラビアン・ナイト』の物語の方は、まだまだ長く続き、人魚が生んだシャハリマーン王の息子のバドル・バーシムが十七歳の時、美しい人魚・ジャウハラ姫の噂を聞くや、まだ見ぬ姫に恋をして旅に出、数々の苦難を経て、遂に結ばれる所で終わる。この中では、バドル・バーシムがジャウハラ姫を求めて旅立つ所が、『人魚の嘆き』で、主人公がヨーロッパへ旅立つ所に影響した可能性がある。

この他、『金色の死』『魔術師』『天鵞絨の夢』などのハレム的な世界には、『アラビアン・ナイト』の影響もあるかも知れない。

★クラフト・エービングが谷崎の作品に影響を与えた可能性については、「谷崎潤一郎とマゾヒズム」の注（6）（本書Ｐ116〜）に書いて置いた。

★ゾラ

ゾラへの谷崎の言及は、おおむね好意的なものであり、しかも『歳末に臨んで聊（いささか）学友諸君に告ぐ』（明治三十四）、『前号批評』（「校友会雑誌」第百六十五号）の「シエレーを愛す——沙木菴君」（明治四十）と早くから見られ、『独探』『鬼の面』『亡友』『早春雑感』『或る時の日記』『「つゆのあとさき」を読む』『私の見た大阪及び大阪人』『芸談』『直木君の歴史小説について』『きのふけふ』『むさうあん物語序』『「刺青」「少年」など　創作余談（その二）』と続く。

佐藤春夫の「潤一郎。人及び芸術」（「改造」昭和二・三）によれば、谷崎はゾラの雄大な構想を評価していたし、佐藤春夫の「『夢』が訳されたに就て」（新潮社『世界文学全集』19巻「世界文学月報」昭和四・六）および「谷崎潤一郎研究」（「新潮」昭和十四・六）の宇野浩二の発言によれば、谷崎はゾラの『夢』を高く評価していた。

ゾラの直接的な影響としては、先ず『ナナ』（7）で、乞食や浮浪者のために全パリを腐敗解体させ、復讐する「金蝿」に譬えられたナナのイメージが、『刺青』の男社会全体を攻撃する女郎蜘蛛のイメージのもとになった可能性がある。また、『金と銀』末尾で、浅草オペラの舞台に現われた栄子の《肉体の魅力》に《満都の青年》が《先を争つて其の劇場へ殺到し》、《彼女の技芸の拙劣さや、出鱈目な踊り振りを指摘する者は一人もなかつた。》という所は、明らかに『ナナ』（1）を下敷きにしたものである。『鮫人』の浅草の描き方は、『早春雑感』でゾラの傑作と評している『パリ』に、浅草オペラの人々を描くという構想は、『ナナ』に触発された可能性がある。

ナナは、『痴人の愛』のナオミの肉体的魅力の描写全般に影響する所があったように、私には思える。その他、ナオミが貧民窟で育ったという設定は『居酒屋』から、『痴人の愛』（二十二）で、家出したナオミがマッカネルの所へ行って、シンデレラのように着飾っていたという所は、『居酒屋』（11）で、ナナが家出してすぐに金持の爺さんをつかまえ、綺麗に着飾っていたといった辺りから示唆を受け、『痴人の愛』（十五）でナオミが素っ裸で出歩く所は、『ナナ』（1）で、裸体で舞台に登場する辺りから影響を受けた可能性がある。

★セシル・B・デミル監督の映画が、谷崎の作品に影響を与えた可能性については、「『痴人の愛』論」の【補説】（本書P614〜）に書いて置いた。

『痴人の愛』以外でも、例えばデミルの「何故妻を換へる?」（大正十一・五・十二封切り）で、サリー（ビーブ・ダニエルズ）が硫酸か何かと思って、薬液（実は目薬）をベス（グロリア・スワンソン）の顔にかける場面が、『本牧夜話』で硫酸を使用する着想のもとになった可能性もある（似たような趣向の映画や通俗小説などが、他にもあった可能性もあるが）。

また、「何故妻を換へる?」では、前妻・ベスも後妻・サリーも犬嫌いで、夫（トーマス・ミーアン）と対立するが、ベスが別れた夫と再会した際に、「今は犬好きになった」と言って、犬を可愛がることが一つの切っ掛けとなって、よりが戻り、元の夫と再婚する。これは、『猫と庄造と二人のをんな』の着想の切っ掛けの一つになった可能性がある。

★ハーディーの『グリーブ家のバアバラの話』が谷崎の『神と人との間』『青塚氏の話』『武州公秘話』に与えた影響については、「『春琴抄』」の注（32）（本書P768〜）に書いて置いた。

★バルザックが谷崎に与えた影響については、先に『秘密』について述べたが、他にも、『女の顔』で言及されているバルザックの『絶対の探求』のジョセフィンが、『アヹ・マリア』と『肉塊』に影響を与えたことを、「谷崎潤一郎・変貌の論理」（四）「日本回帰への（イデア論的）過渡期」（本書Ｐ375～）で指摘して置いた。

『明治時代の日本橋』によると、谷崎は一高時代に、モーパッサン・バルザック・トルストイなど大陸ものの英訳を良く読んだと言う。また、佐藤春夫の「潤一郎。人及び芸術」によれば、春夫に勧められて、大正六、七年頃に、センツベリー監輯の英訳・バルザック全集を古本屋から探し出して来て読み耽けり、驚嘆したと言う（ただし、『辻潤全集』の年譜では、大正五年十月に辻潤から買い取ったとする）。座談会「谷崎文学の神髄」（「文芸」臨時増刊「谷崎潤一郎読本」昭和三十一・三）で谷崎は、『鮫人』にはバルザックの影響があると言い、バルザックが好きだったのは僅かな期間だった、と語っている。

バルザックへの言及は、比較的遅く、『鮫人』（第一篇第二章）から始まり、『或る時の日記』『芸術一家言』『アヹ・マリア』『饒舌録』『黒白』『佐藤春夫に与へて過去半生を語る書』『私の見た大阪及び大阪人』『正宗白鳥氏の批評を読んで』『芸談』『直木君の歴史小説について』座談会「春宵対談」（「塔」昭和二十四・五）座談会「回顧」（「文芸」昭和二十四・六）『創作余談』『伊豆山にて』と戦後まで長く続くが、名前を挙げるだけのことが多い。これは、欧米を代表する作家とは認めていたものの、強い関心を抱いた期間は短かかったからであろう。

なお、バルザックは、体型やエネルギッシュな所、また、暴君的な母に似た女性を妻に選んだ所など、谷崎との類似が多い点も興味深い（ドラクーリデス『芸術家と作品の精神分析』参照）。

★ペイターが谷崎に与えた影響については、「『象』・『刺青』の典拠について」の注（15）（本書Ｐ816）に書いて置いた。

★ベルグソン

谷崎は、「社会及国家」（大正四・十）に、ベルグソンの『夢』の一部を翻訳・掲載している（拙稿「谷崎潤一郎全集逸文紹介1」（「甲南国文」平成三・三）で全文を紹介した）。谷崎のベルグソンへの言及は、これ以外には『饒太郎』（大三・九）と『異端者の悲しみ』（大五・八脱稿）にしかないが、『異端者の悲しみ』には、『時と自由意志』について、その内容にまで立ち入った言及がなされている。従って、谷崎がベルグソンに関心を抱いていたのは、大正四、五年が中心で、その関心は長続きしなかったと想像出来る。思うにそれは、大正二年十月二十三日付け、及び大正四年九月十七日付け（『谷崎潤一郎全集』では大正五年とされている書簡三三）の精二宛書簡に語られている《芸術論》のための勉強の一環だったのだろう。

『夢』の影響は、『異端者の悲しみ』冒頭で、章三郎が昼寝の夢で白鳥を見ながら、《窓からさし込む初夏の真昼の明りが、仰向きに臥て居る自分の眼瞼の上に輝いて、それが此のやうな白鳥の夢となつて居る。あのぱたぱたと鳴る羽ばたきの音は大方風が吹くのであらう。》と解釈する辺りに現われている。大正五、六年の『病蓐の幻想』・『鶯姫』・『詩人のわかれ』や大正八年の『天鵞絨の夢』等で夢が重要な役割を果たして居るのも、ベルグソンの『夢』を読んだ影響かもしれない。

また、『夢』でベルグソンが、「人間は体験したすべてを細部に至るまで記憶している」と説いていることは、『肉塊』（十二）の《全体宇宙といふものが、此の世の中の凡べての現象が、みんなフイルムのやうなもので、刹那々々に変化はして行くが、過去は何処かに巻き収められて残つてゐるんぢやないだらうか？》という主人公の述懐に繋がっている可能性がある。

★ボードレールが谷崎に与えた影響については、「谷崎潤一郎と詩歌」（本書P467～）に書いて置いた。「谷崎潤一郎と詩歌」では、この他、バイロン、アルベール・サマン、謡曲などの影響についても、多少触れている。

なお、ボードレールは六歳の時、父を亡くし、その翌年、母が再婚したことに強いショックを受けた人である。この事は、谷崎との類似として興味深い。ボードレールと谷崎（それにワイルドも）がともに強い関心を示したE・A・ポーも、幼くして孤児になり、明らかにマザー・コンプレックスを持っていた。

谷崎が一時期、深く傾倒したスタンダールも、七歳で母を失い、自伝『アンリ・ブリュラールの生涯』で父への憎しみを語っている。

★ユイスマンス『さかしま』

第二次「新思潮」（明治四十三・十一）掲載の座談会“REAL CONVERSATION”（谷崎潤一郎・和辻哲郎・木村荘太）で、谷崎は《木村が今フランス語を勉強してるのはア、ルブウルが読みたいばつかりなんだそうだ。これがまづ手近な処でデゼッセントの気取り始めといふ訳なんだ》と発言している。これだけでは、既に英訳で読んでいたかどうか、判別は難しいが、ワイルドを愛読した谷崎だから、当時「デカダンスの聖書」と呼ばれたユイスマンスの小説『さかしま』を読んだ可能性は高い、と思う。

そこで『さかしま』が谷崎の作品に影響を与えた可能性が少しでもある箇所を、以下に列挙して置く（あくまで可能性がある、ということであって、影響したと断定するつもりはない）。

序章「略述」冒頭は次のように書き出される。

ルウルの城館に所蔵されている数枚の肖像画から判断すると、フロルッサス・デ・ゼッサントの一族は、往事、兵卒あがりの乱暴者や、傭兵くずれの荒くれ男たちから成っていた。古い額縁のなかに窮屈そうに嵌め込まれ、がっしりした肩を真一文字に突っ張った彼らは、そのじっと動かぬ眼と、新月刀のようにひねりあげた口髭と、胴の部分を弧状に反り返らせた巨大な貝殻のような甲冑につつまれた胸郭とで、見る者をおびやかした。

（訳はすべて澁澤龍彦氏）

これは、『武州公秘話』を、武州公と松雪院の肖像画の紹介から始めた処に影響した可能性がある。また、武州公の《南蛮胴》の鎧や、鎧が《窮屈さうに見える》辺りには、直接的な繋がりも感じられなくはない。谷崎が円地文子との対談「芸術よもやま話」（ＮＨＫラジオ第一放送　昭和三十・九・十三）で、『武州公秘話』は「西洋の中世期を頭において書きました。」と言っている点からも、『さかしま』の遠い記憶が影響を及ぼした可能性が考えられる。

序章「略述」に、デ・ゼッサントが、娼婦との愛欲放蕩に一時はのめり込むが、飽き果て陋巷に潜伏し、貧乏人の刺戟的な穢ならしさによって衰えた官能を鼓舞しようと試みたが、倦怠に圧しつぶされ、また、娼婦との放蕩によって健康が衰え、神経が過敏になり、医者に放蕩生活を止めるよう警告されたにもかかわらず、異常な愛・偏奇な快楽を夢み、実行した結果、遂に官能が麻痺状態に陥り不能と紙一重になる、という記述がある。これらは、『秘密』や『飇風』と関連するかも知れない。

序章「略述」の最後で、デ・ゼッサントは、右に記したような女性関係に対する不能と、世の中には自分と気の合う人間はいないと悟り、世の人間すべてを侮蔑するようになったことから、誰にも煩わされない生活を夢見て、パリの郊外フォントネエ・オー・ロオズの人里離れた場所に家を買い、ある日、誰にも転居先を告げずに引っ越す。この、世間から行方をくらます隠棲は、『秘密』と関連するかも知れない。

「第一章」に、かつて女たちをパリの家に招いていた頃には、薔薇色の印度繻子でつくった天蓋のごときものを垂らして、その布に漉された思わせぶりな光により、女たちの膚がやわらかい色調に染め出されるような寝室を工夫した、という記述がある。これは、『金と銀』（第三章）の「マータンギーの閨」のイメージに影響を与えた可能性がある。

また、パリのその寝室には、四方の壁に鏡がはりめぐらされ、薔薇色の寝台を無限の遠くにまで、ずらりと連続して反映するような仕掛になっていた、と書かれているが、これは、『天鵞絨の夢』末尾に出る「鸞鏡宮」にヒントを与えた可能性がある。

また、デ・ゼッサントは、フォントネエ・オー・ロオズの新しい居室の天井に、濃い青色の絹張りで円い天空を描き出し、その真ん中に、銀糸の熾天使（セラフィム）が舞い昇る姿を縫い取らせた、とあるが、これも『天鵞絨の夢』の琅玕洞にヒントを与えた可能性がある。

「第二章」に出る、食堂の外に水族館があり、船腹の舷窓のような小窓から、機械仕掛けの魚や模造の海草が見えるという仕掛けも、『天鵞絨の夢』の琅玕洞のヒントの一つになった可能性がある。

また、亀の甲羅を様々な宝石で飾り立てる所に、「猫目石」が登場するが、「猫目石」は、後年、『瘋癲老人日記』に登場する。

「第二章」にはまた、食堂の戸棚の中に並べられた小さな多数の酒樽からなる「口中オルガン」なるものが出て来る。これは、あちらで一滴、こちらで一滴と酒を味わい、それぞれの酒の味覚が楽器の音に対応していて、キュラソオはクラリネット、キュンメル酒はオーボエといった具合に音楽を奏で、それでもって内心の交響曲・絃楽四重奏・独奏曲などなどを奏する、というものである。『病蓐の幻想』に、虫歯の痛み方が音階をなし、それで好きな歌を奏でられるという空想が出て来るが、これが『さかしま』の影響である可能性は、極めて高いように思う。

しかも、『さかしま』では、「口中オルガン」に続いて、乱暴な歯医者に虫歯を抜かれた経験が語られているので、『病蓐の幻想』の虫歯の話とも、繋がっていそうである。

「第六章」には、デ・ゼッサントが、十六歳ばかりの厚紙製造工場で働いている少年に酒を奢り、娼婦を買ってやり、分不相応な贅沢を覚え込ませてから急に金を与えるのをやめれば、少年は金欲しさに盗みや人殺しをするようになるだろうから、そういう方法で、あの卑劣な社会に対して一個の敵を作ってやろう、と試みる所がある。このように社会に害毒を流す悪人を創り出そうとする例は、『刺青』『創造』『饒太郎』に見られるが、それらが『さかしま』から示唆を受けたものである可能性も、充分考えられる。

「第九章」で、デ・ゼッサントは、パリのサーカスの軽業師・ウラニア嬢のことを想い出す。彼女のイメージは、男女両性具有的であり、デ・ゼッサントは、女性化した自分とウラニア嬢が性を交換することを空想して興奮する。男女が性を交換するというこのモチーフは『捨てられる迄』に、両性具有者は『魔術師』にヒントを与えた可能性がある。

「第十二章」で、デ・ゼッサントが、自分だけのこの世で唯一の本を作ろうと、特殊な活字・紙・変形版の本を作らせる話が出るが、これは、谷崎が後年、特殊な活字・紙・変形版の本を作る上で（ただし、もちろん市販するのだが）、一つのヒントになった可能性はある。

「第十四章」で、デ・ゼッサントが、ポーのヒロイン・「モレラ」や「リジイア」などが、少年のような天使のような中性の胸を持ち、性を持っていないかのごとくである、としたことは、谷崎がポーに関心を抱く切っ掛けになった可能性もあるし、両性具有の『魔術師』を描くヒントになった可能性もある。

また、マラルメの詩を評した所で、多くの形容詞をずらずら並べないことの効果を説いていることは、谷崎が後年、『正宗白鳥氏の批評を読んで』および『文章読本』で、ドライサーの『アメリカの悲劇』に対して行なった批判を連想させる。谷崎のこの批判は、小林秀雄の「小説の問題1」（「新潮」昭和七・十一）を直接の切っ掛けにしているものではあるが、それ以前から『さかしま』を読んで考えていたことかも知れない。

★ワイルドの影響については、この「比較文学ノート」の『秘密』『神童』の項でも取り上げているが、その他、『象』・『刺青』の典拠について」（本書P795〜）で、『刺青』がポーの『楕円形の肖像』やワイルドの『ドリアン・グレイの肖像』の流れを汲む一種の絵画綺譚であることを説いた。

また、「谷崎潤一郎の母に対するアンビヴァレンツ」の注（19）（本書P48）で、『サロメ』の影響について述べた。「谷崎潤一郎と詩歌」の注（15）（本書P483）では、『少年』で、光子の永遠性を絵で表わしたのは、ワイルドの『ドリアン・グレイの肖像』から学んだものではないか、と述べた。

『白昼鬼語』で、死体を薬物に溶かすアイデアは、ワイルドの『ドリアン・グレイの肖像』から思い付いたもので、このことは、『捨てられる迄』から明らかである。

なお、オスカー・ワイルドの母は、アイルランド独立運動やフェミニズム運動にも参加した女傑で、強引な所があったようである。彼女は娘を望んでいたのに、男の子・オスカーが生まれたため、五歳ぐらいまで、オスカーに女の子の服を着せて育てた。オスカーは、父や兄とは不和で、妹を深く愛した。そして、大学生になって以後も、時に女装することがあったと言う。この様なワイルドの女性化傾向は、谷崎がワイルドに共感する一因となったに違いない。

【付記】 本稿は、今回、書き下ろしたものである。

附録2　モデル問題ノート

最初に知友関係のものを取り上げ、その後、谷崎の作品の年代順に、ごく簡単に述べて置く。確証のないものも、一応、書いて置いた。

谷崎の場合、一個人をそのまま写して登場人物とするようなことはないので、モデル問題の有効性はごく限られたものである。以下にモデルとして名を挙げる場合も、部分的なモデルに過ぎないことを、予めお断りして置く。

先ず、今東光とせい子との関係の概略をおさらいして置く。

★今東光関係

今東光がせい子との関係を書いた『女人転身』（第六次「新思潮」創刊号　大正十・二）によれば、東光がせい子を恋したのは《一昨年》即ち大正八年からである。佐藤春夫の『この三つのもの』によれば、大正九年晩春に、東光（作中名は橘繁雄）がせい子（同・お雪）と結婚したいと言い出し、春夫が谷崎にそのことを伝えたと言う。しかし、大正九年五月から谷崎は大正活映の脚本部顧問に就任し、八月にはせい子・岡田時彦が出演して『アマチユア倶楽部』の撮影が始まり、その終了後に、東光の『小説　谷崎潤一郎』によれば、せい子は時彦に求婚され、さらに潤一郎からも求婚されたため、東光との関係を絶ちたいと言い出し、『女人転身』によれば、十月二十六日を最後に四ヶ月間、会わなかった。そして翌大正十年一月十三日に、東光はせい子から時彦と結婚するつもりであること、潤一郎も勧めていることを告白され、一昨年（大正八年）来の恋を葬ることにした、と言う。

こうした関係から、今東光は谷崎の作中にせい子と共に何度もモデルとして登場している。研究者にとっては、常識に属することではあるが、『秋風』（大正八・十一）のＴ、『彼女の夫』（大正十一・四）の高村賛吉、『本牧夜話』（大正十一・七）のフレデリッキ・マツキ、『肉塊』（大正十二・一～四）の相沢は、恐らく今東光が主なモデルであろう。

この内、『秋風』については、林伊勢が『兄潤一郎と谷崎家の人々』「今東光氏」で、Ｓ子がせい子、Ｔは今東光であると証言しているし、信じて良いだろう。

ついでながら、『秋風』の中に、Ｔが安全剃刀でＳ子の顔を剃り、谷崎がＳ子の襟足を剃ってやるという所があるが、これは『痴人の愛』（二十七）のもとになった体験であろう。また、Ｓ子が『人魚の嘆き』をやって見せる所も、『肉塊』で人魚の映画を作るという設定のもとになったものであろう。

今東光は若い頃は美少年であり、谷崎家で「和製梅蘭芳（めいらんふぁん）」と呼ばれていたことが、今東光の「変化に富んだ表情」（「新潮」大正十三・二）から確認できるが、『秋風』のＴ＝東光も、《支那の姣童のやうな感じのする美少年》と表現されている。谷崎はこの《姣童》という言葉を『人魚の嘆き』で初めて用いた後、『秋風』、『天鵞絨の夢』（大正八・十一～二）（第一の奴隷の告白）の《備考》、『肉塊』（四）の相沢の《梅蘭芳に似てゐるつて云はれました》というセリフの所、で用いている。この言葉は中国では用いないようなので（この点については、甲南女子大学の森田浩一氏の御教示を得た）、或いは「嬌童」の書き換えかもしれない。

★笹沼源之助関係

笹沼源之助と谷崎潤一郎との交友関係の詳細は、拙稿「笹沼源之助・谷崎潤一郎交流年譜」（「甲南国文」平成十一・三）にまとめて置いた。そこに書いたことと重なるが、作品のモデル関係の部分だけを抜き出して置く。

『少年』が向島の笹沼別荘で書かれ、作中の稲荷祭が、偕楽園別荘の祭をモデルにして書かれたことは、『「刺青」「少年」など　創作余談（その二）』（「別冊文芸春秋」昭和三十一・十・二十八）から分かる。『幼少時代』にも出る用心駕籠遊びなど、偕楽園の物置部屋でした幼少時代の遊びも利用している。『少年』の萩原の英ちゃんという名前は、笹沼源之助を通じて友達だった後の音楽学校教授・ピアニスト・萩原英一の名を無意識に使ってしまったと、谷崎が『創作余談』に書いている。萩原英一は、笹沼と府立三中で同級で、のち、東京音楽学校を卒業して母校のピアノ科主任教授となった人である（笹沼宗一郎「序にかへて」『撫山翁しのぶ草』）。塙信一は、潤一郎自身をモデルにした所があることは、『幼少時代』から明らかである。その名前も、潤一郎を母が「じんち」と呼んでいた（『幼少時代』）ことによるものであろう。

『春の海辺』の素材は、笹沼喜代子夫人が、少々、潤一郎に惚れていて、噂が立ったこと（佐藤春夫『この三つのもの』（七章））らしい。

『饒太郎』で、饒太郎が借りて住んでいる別荘のモデルも、向島の笹沼別荘のようである。

『金色の死』の主人公・岡村君のモデルは、部分的には笹沼源之助であろう。笹沼は金持だったし、『撫山翁しのぶ草』の吉野錦三「想ひ出の一節」によれば、笹沼は、太ってはいたが、逆立ちや鉄棒の大車輪・逆車輪・宙返りなどが得意だったと言う。笹沼の高等工業での親友に岡村武雄という人が居る（笹沼宗一郎「序にかへて」『撫山翁しのぶ草』）ので、主人公・岡村君の名前は、ここから取った可能性もある。

『撫山翁しのぶ草』の笹沼宗一郎「序にかへて」によれば、笹沼源之助の高等工業在学中に、オーストリア人・シャッツマイヤーを向島の家に招いて、潤一郎と一緒にドイツ語の個人教授を受けたことがあったと言う。これが『独探』のオーストリア人・G——のモデルであろう。なお、芥川龍之介の未定稿「Karl Schatzmeyer と自分」の

Karl Schatzmeyerも同一人物であろう。「東京日日新聞」（大正六・四・三）「雑記帳」欄には、「谷崎潤一郎がドイツ語を習っていたドイツ人が、独探の嫌疑で退去命令を受けた。谷崎は独探ではないと信じて『独探』を書いたが、先日そのドイツ人から手紙が来た。アメリカの或る汽船会社の技師長をしていて、独探は事実らしいので、「これは一生の失策だ。」と頭を掻いている。」、という記事が出ている。

笹沼源之助が蔵前の高等工業電気工学科に進学した学歴は、『ハッサン・カンの妖術』のインド人・マティラム・ミスラの学歴のモデルであろう。また、『痴人の愛』の譲治の学歴のモデルともされたようである。譲治を栃木県出身としたのも、笹沼家が栃木県の出身であることと関係があろう。

『AとBの話』のAの母は、笹沼源之助の母・東がモデルと思われる。

笹沼源之助は、明治四十年代から、写真と映画撮影に凝っていた（笹沼宗一郎「序にかへて」『撫山翁しのぶ草』）。このことは、『肉塊』の主人公の造型に利用されている部分があろう。

★菊原琴治関係

谷崎は昭和二年六月一日から菊原琴治に地唄を習い始める（ＣＢＳソニーのレコード『菊原初子全集』解説書）。松阪青渓の『菊原撿校生ひ立の記』（琴友会　昭和十八・四　拙稿「谷崎潤一郎関連資料・松阪青渓著『菊原撿校生ひ立の記』紹介」（「甲南国文」平成九・三）も参照されたい）の「はしがき」によれば、谷崎は九つ継ぎの三味線を注文して稽古した。この三味線は、『蓼喰ふ蟲』（その九）で美佐子の父が使っている《棹が九つに折れて胴の中へ這入つてしまふ別製の》三味線のモデルである。同じく「はしがき」によれば、谷崎は文楽座へ、蒔絵の重詰に艶の良い一瓢を携えて通い、また、淡路に古風な人形を見に行ったりしたと言うが、これも『蓼喰ふ蟲』（その二）（その九）の元になった体験である。

同じく「はしがき」によれば、菊原検校は鶯や駒鳥を飼い、一時は小鳥屋ほど沢山飼っていたこともあったと言う。『春琴抄』の小鳥道楽の話も、菊原検校をモデルにしているようである。ただし、鷲尾洋三『忘れ得ぬ人々』によれば、鶯や雲雀に関する記述は、鳥取市に住む士族の一老人と、その友人の談話に基づくものだったと言う。

『菊原撿校生ひ立の記』によれば、菊原検校及びその弟・辰之助は共に四歳で失明している。『盲目物語』の弥市の失明を《四つのとき》としたのは、これに合わせたのかも知れない。

また、『菊原撿校生ひ立の記』では、検校の失明の原因を、父・播磨徳右衛門の放蕩のせいではないかとしている。これも、『春琴抄』で、春琴が風眼（淋菌）で失明したとする佐助の説と関連するかも知れない（ただし、四歳の時、風眼で失明し、富吉春琴を前名とした富崎春昇（大正元年十二月から改名）に由来する可能性も高い）。

また、菊原検校は、明治十九年十月十五日に二代目菊植検校に入門養子となっているが、このことは、春琴の死亡日を明治十九年十月十四日としたことと関連するかも知れない。二代目菊植検校の妻の法名・「順誉貞光禅定尼」も、春琴の法名・「光誉春琴恵照禅定尼」の参考になった可能性がある。

二代目菊植検校が、初代の死後に師事した二代目菊沢検校の稽古の厳しさは、春琴のそれに利用されている可能性がある。ちなみに、琴治の娘・菊原初子の『地歌ひとすじ』（ブレーンセンター）によれば、地唄の師匠はしばしば弟子を打擲（ちょうちゃく）したが、菊原琴治は、「自分は眼が悪いので、相手に怪我をさせてはいけないから。」と、手を挙げることは絶対にしなかった、と言う。谷崎は琴治からその話を聞きつつ、『春琴抄』では、敢えて春琴に打擲させ、トラブルを起こさせたのかも知れない。

佐助が春琴に蝋梅を触らせる場面は、菊原初子が、父に梅と蝋梅の区別を分らせようとしてしたことを用いたらしい。これは、菊原初子さんから私も直接聞いたし、平山城児『考証『吉野葛』谷崎潤一郎の虚と実を求めて』にも出る。

昭和三十一年三月、故菊原琴治検校の十三回忌に、大阪四天王寺境内に建てられた「検校菊原琴治君碑」の傍らの石碑に刻まれた谷崎潤一郎撰の碑文（拙稿「谷崎潤一郎全集拾遺雑纂」（『甲南女子大学　研究紀要』平成五・三）に翻刻・紹介して置いた）に、《君の生田流琴曲家としての名声は東京にまで鳴り君の三味線には仕掛がしてあると云ふ噂まで生じた程で大阪にその人ありとは中央楽壇の夙に認めるところであった》とあり、『春琴抄』で、佐助の弟子たちが、春琴の《三味線には仕掛けがしてあるのではないかなど、呟いたと云ふ》一節は、菊原琴治の三味線についての噂を転用したものと分かる。

なお、春琴の師・《春松検校》の名は、富崎春昇をヒントにした可能性がある。昭和二十九年の映画「春琴物語」では、「宮崎春松」としていた。地唄の世界では、姓の方で漢字一字を継承して行くし、呼ぶ時にも、普通「菊原検校」のように姓で呼ぶ。その風習には反するが、『春琴抄』では、春松は《已れの名の一字を取つて彼女に春琴といふ名を与へ》とあり、鵙屋春琴から温井琴台へも、名の一字・「琴」を嗣がせているので、春松（しゅんしょう）は号と見なすべきである。

★岸巌関係

岸巌は、青森県西津軽郡鰺ヶ沢町の出身で（岸巌の甥に当たる谷口尚武氏から頂いた戸籍謄本の写しによる）、幼時から秀才の評判が高く（谷口尚武『柏のつるに』私家版）、君島一郎『朶寮一番室』によれば、弘前中学を未曾有の成績で卒業した秀才で、一高英法科では谷崎と同級であり、共に文芸部委員だった。

『The Affair of Two Watches』（明治四十三・十）の登場人物の一人・「杉」は、法科で《青森のズウ〳〵音》という設定から、岸巌がモデルと推定される。

『あくび』（明治四十五・二）の「杉浦」も、《津軽》出身で《美少年》で小学校を《優等》で卒業し、《県立の中学》でも成績抜群であったただけでなく、一高の文芸部委員と設定されているので、岸巌に間違いないだろう。『あくび』末尾で、「杉浦」は《去年の秋、国許から許嫁を連れて来て、根岸の奥に一戸を構へ》た、とあるが、谷口氏から頂いた戸籍謄本の写しによると、明治四十五年五月二十日付けで、岸巌は市田たり（明治二十三年、青森県西津軽郡木造町生まれ）との結婚届けを出しており、同年九月十八日には、長男誕生の届けが出されている。多分、『あくび』に言う四十四年秋に同居を始め、出産が近付いたので、入籍したのであろう。君島一郎『朶寮一番室』によれば、市田家は素封家で、岸家とは郷里で相近くしていたと言う。二人が新居を構えた場所は、谷崎の『親不孝の思ひ出』『むかしばなし』（「社会及国家」昭和七・十一　＊全集未収録　拙稿「谷崎潤一郎全集逸文紹介2」（「甲南女子大学　研究紀要」平成三・三）に翻刻・紹介して置いた）によれば、根岸ではなく、向島の寺島村の借家であったらしい。ここに谷崎の他、一高時代からの友人たちが転げ込んで、「山塞」と称していたことは、『むかしばなし』に詳しく、『親不孝の思ひ出』や辰野隆の「夏日漫筆」（『スポーツ随筆』文寿堂）にも言及がある。

ついでながら、喜多壮一郎の「谷崎潤一郎氏と健脳丸」（「文芸春秋」昭和九・八）によれば、「喜多壮一郎の父が隠宅にするつもりで向島村に建てた家を、明治四十四年頃、帝大の学生兄弟が借りて、世話焼きの婆と住んでいた。そこへ毎日午後になると、下町の若旦那風の、お洒落だが体躯のずんぐりした、恐ろしくむっつりとした男が、時に人力車を飛ばして、遊びに来た。それが借家人と一高文芸部委員以来の親友で、当時売り出しの小説家・谷崎潤一郎であることが判った。借家証にも潤一郎が連帯保証人として自署していた。潤一郎は既に大学を辞め、『あくび』を書いていた頃。隣の婆さんや女中の噂では、谷崎は偕楽園別荘に居候していて、芸妓買いが大好きで、毎日健脳丸を一瓶づつ呑むという話だった。潤一郎は昼夜転倒した生活をしていたらしく、来ると徹夜で騒ぎ、よく怪しげな妓と相乗りで来た。」と回想されている。「帝大の学生兄弟」とは、岸巌と、その弟で、明治四十二年に蔵前の高等工業に入学した廉児を指すのであろう。

『羹』の「杉浦」については、君島一郎『朶寮一番室』・津島寿一『谷崎潤一郎君のこと』共に、岸巌と君島の合成としている。

★小林良吉関係

君島一郎の『朶寮一番室』によれば、谷崎と一高で同級だった小林良吉は、山形県最上郡古口村出身なので、同村出身者を主人公とする谷崎の『彷徨』執筆に、恐らく協力していると思われる。

また、津島寿一の『谷崎潤一郎君のこと』によれば、谷崎は津島に、『羹』の橘宗一のモデルは小林良吉だと語ったということである。

☆『小僧の夢』（大正六・三〜四）

露国美人・メリー嬢の魔術については、松旭斎天勝がモデルになっていると思われる。

天勝の『魔術の女王一代記』（かのう書房）によると、松旭斎天一・天勝一座は、明治三十八年九月二日〜十五日に歌舞伎座で帰朝披露公演を行い、天一の「大魔術、空中メスメリズム・鏡抜け」等を上演した。この「メスメリズム」は催眠術のことで、催眠術にかかった少女の体が硬直したまま空中に浮き上がり、ゆっくり回転するというものだった。手品の際の掛け声は、アメリカ流に「ワン、ツー、スリー！」を用い、天一は燕尾服にシルクハット、天勝は当時珍しい付けまつ毛にアイシャドーという化粧であった。天勝の「羽衣ダンス」では、紗の薄絹の「羽衣」にスパンコールをあしらい、二十歳の天勝のセミ・ヌードをちらつかせるというエロティシズムが爆発的人気を呼んだ。

また、田中栄三の「魔の女天勝の解剖」（「新小説」大正五・八）によると、天勝は《土井ビリケン作の奇術応用「鼠取り」といふ小笑劇》で、《メリイといふ令嬢に扮》したことがある。その時、幕間には、《土井ビリケンが黒ん坊に化けて日本の俗曲をヴァヰオリンを弾きながら唄》ったが、《如何にも好くニグロになりきつてゐ》たので、《見物は土井を本物の黒ん坊だと思つて了》ったということである。

なお、谷崎が天勝の舞台を見ていることは、『青塚氏の話』によって確かめられる。そして、『青い花』や『痴人の愛』（二十六）にも、天勝の舞台のイメージによったらしい部分がある。

『小僧の夢』では、催眠術が重要なモチーフとなっているが、これも、天一・天勝の影響だったと見て良いだろう。例えば、大正十年四月刊行の万国不思議研究会編『万国不思議研究教授書少年魔術全書』上巻に《実地応用催眠術（一名メスメリズム又は魔酔術）》の項目があるなど、手品の世界では、催眠術（メスメリズム）は相当一般化していたようである。

谷崎の作品で催眠術が出る『幇間』『秘密』は、当時の催眠術流行の影響かも知れないが、『魔術師』の場合は、手品との関連が明白である。天勝の舞台にインスピレーションを得た可能性も、なくはない（「メスメリズム」という言葉も催眠術という意味で使用している）。『痴人の愛』（六）で言うナオミの《動物電気》も、メスメリズムと関係がある（メスメリズムと動物電気の関係については、一柳廣孝『催眠術の日本近代』（青弓社）が参考になる）。

なお、『少年』の光子も手品めいたことをし、『乱菊物語』にも幻術師が登場し、後年、谷崎は、アマチュア奇術師・阿部徳蔵と親しくなり、『三つの場合』で取り上げるなど、谷崎に手品への関心があったことは、確かである。

☆『艦褸の光』（大正七・一・五）

「天才はあるが怠け者で、美術学校も退学して、放浪生活を送る」青年画家・Aは、才能を持ちながら、なかなか世に認められなかった親友・佐藤春夫をモデルとしたものであろう。

☆『人面疽』（大正七・三）

歌川百合枝のモデルはせい子と考えられるが、今東光の「本牧時代」（没後版『谷崎潤一郎全集』月報8）によれば、この頃、木蘇岐山の息子で、稀に見る醜男である木蘇穀（みのる）が、谷崎の原稿の清書役をしていた。それがヒントになったと言う（谷崎の『鶴唳』には、岐山への言及がある）。ちなみに、佐藤春夫は、大正八年六月十日付けの父・豊太郎宛書簡（臨川書店版『佐藤春夫全集』）で、木蘇穀のことを、友人で、一種詩人の風格ある人物として紹介している。また、本間晴編『文壇の人・舞台の人　漫談・思ひもよらぬ話』に、木蘇穀の「佐藤春夫氏の言葉」が収録されている。

前引・今東光の「本牧時代」によれば、谷崎は、『人面疽』の映画化に執着を持っていたと言うが、大正九年五月十一日の「キネマ旬報」に「『人面疽』近く製作予定」と出ており、さらに大正十年二月一日の「キネマ旬報」には、「『邪教』が三月封切り予定、『人面疽』が四月上旬封切り予定、『月の囁き』が五月撮影予定」と出ている。

☆『肉塊』（大正十二・一〜四）

ヴァイオラ・ダナ（Viola Dana　1897〜1987　ハリウッド女優）に似ているという俥屋の娘のモデルは、『港の人々』に出る芋屋の混血児の娘・F子であろう。ポルトガル人の血が入っているというグランドレンについては、『港の人々』に出るポルトガル人と黒人との混血美人に見えるY子が部分的にはモデルであろう。

☆『青塚氏の話』（大正十五・八〜十二）

岡田時彦の「時彦恋懺悔」（『現代ユウモア全集⑱漫談レヴィウ』）によれば、時彦は、大正活映の「葛飾砂子」で共演した女優・豊田由良子によって、大正十一年三〜八月、横浜の弘明寺の果物屋の二階に囲われ、その後、本牧宮原海岸に一家を構え、激しいセックスに疲労困憊したが、彼女が頓死してしまった、と言う。こうした出来事が、『青塚氏の話』の深町由良子の部分的なモデルになった可能性がある。

☆『日本に於けるクリップン事件』（昭和二・一）

昭和二年九月七日付け東京市外下渋谷六三六杉山茂丸方サバルワル宛書簡（芦屋市谷崎潤一郎記念館第12回特別展図録「志賀直哉と谷崎潤一郎」（平成五・七）で、私が翻刻・紹介したもの）で、谷崎は、元（カフェ）・パリジェンヌの売れっ子で、嘗て潤一郎に失恋の苦渋を舐めさせたさせた娘（じゅん子）が東京で落ちぶれていると聞いて、彼女に自分の献身的な愛を伝えてほしいと頼む熱烈な手紙を書き送っている。『日本に於けるクリップン事件』の小栗の新しい愛人・《カフェエ・ナポリの踊り児》のイメージは、時期的に見て、じゅん子だった可能性がある。

☆『夏菊』（昭和九・八〜九）

渡辺清治氏から私が伺った所を記すと、「《敬助》は多分、根津清太郎。ただし、《敬助》の写真道楽は多分、ライカを愛好していた嶋川信一（後に信子と結婚した人）から。根津清太郎は不器用で、カメラなどは全く駄目だった。しかし、根津清太郎には、《チットで昼飯》（その二の二）を食べるとか、松竹座の封切り映画を見に行くとか、ロータリークラブやオーナードライバーの昔馴染みと付き合いをするとかいう傾向はあった。歌舞伎の女形との交流はあったが、同性愛的傾向はなかった。《汲子》は多分、松子だが、重子をモデルにしている所もある。《由良子》は多分、信子。化粧品については、松子・重子・信子ともに詳しかった。《由太郎》は清治氏かどうか疑問。トマトや牛乳のことは清治氏には当てはまらない。月謝の高い小学校としては、「かいこうしゃ」というのがあったが、清治氏は行っていない。」、とのことだった。

森川喜助の友人・久保吉兵衛氏の証言によれば、大田垣蓮月尼・富岡鉄斎旧蔵の経机は、谷崎が実際に持っていたものである。谷崎は後に森川喜助に一旦売り払ったが、昭和十四年十一月二十四日付けの森川宛の手紙で、また買い戻したいと持ちかけている。この手紙と経机の写真とは、前引・芦屋市谷崎潤一郎記念館第12回特別展図録「志賀直哉と谷崎潤一郎」に掲載して置いた。

☆『猫と庄造と二人のをんな』（昭和十一・一、七）

武智鉄二の「谷崎潤一郎の人と文学」（「芸術至上主義文芸」昭和五十八・十二）によると、昭和八年に谷崎の末妹・須恵（末）と結婚した張り物屋・「張幸」こと河田幸太郎は、芦屋の武智家にもしょっちゅう出入りしていた。幸太郎は、『猫と庄造と二人のをんな』の庄造は、自分がモデルで、「おれのことがうまく書けている。」と言っていたという。ただし、須恵の御子息・谷崎秀雄氏によれば、幸太郎は猫は飼っていなかった。

渡辺清治氏によれば、庄造が《十三四の頃、夜学へ通ひながら西宮の銀行の給仕に使はれ、青木のゴルフ練習場のキャディーにも雇はれ、年頃になつてからはコックの見習を勤めたりした》という記述の内、コックは分からないが、他は大体、嶋川信一がモデルであろうと言う。

私（細江）は、庄造は本質的には谷崎潤一郎自身だと考えている。ただ、阪神間の庶民の暮らしを観察し、取り入れた部分があることは確かである。丁未子と松子を品子と福子のモデルとすることにも、私は賛成できない。

なお、「比較文学ノート」のセシル・Ｂ・デミル監督の項（本書Ｐ920）で、デミル監督の映画「何故妻を換へる?」が『猫と庄造と二人のをんな』の着想の切っ掛けの一つになった可能性に、触れて置いた。

☆『細雪』（昭和十八・一〜二十三・十）
一般に知られていないものに限って紹介する。

（一）外国人関係

①上巻（八）で、《半年ほど前から》（昭和十一年五月頃）裏の家に移って来たとされているドイツ人・《シュトルツ》一家のモデルは、シュルンボム（Schlumbom）一家である。一九五六年一月二十一、二十九日付けフリーデル・シュルンボム（Friedel Schlumbom）からの松子宛年賀状に同封された家族写真の裏書きによれば、シュルンボム家の子供たちは、Peter、Romi（Rosemarie）、Fritz、Kurt、Rico の五人であるが、『細雪』に出るのは、上の三人だけである。恵美子さんによれば、「Kurt はコーチェンと呼ばれていて、シュルンボム一家が帰国する時、七、八歳ぐらいだったが、リコはまだ生まれていなかった。ペーターは年齢が近い清治（『細雪』には登場しないが）と仲が良く、恵美子さんは同い年のルミーさんと仲が良かった。フリッツは余り遊びに来ず、コーチェンはよく来ていた。」とのことである。

神戸ドイツ学院に遺されている資料によれば、長男・ペーターは一九二八年一月五日生まれで、一九三四年、神戸ドイツ学院に入学。長女・ローゼマリーは、一九二九年六月二十二日生まれで、一九三五年入学。次男・フリッツは一九三〇年八月二十一日生まれで、一九三六年入学、となっている。

ペーターが昭和九年から通学しているので、当時は神戸近辺のどこか別の所に住んでいて、昭和十一年五月頃に谷崎家の裏に引っ越して来たと推定される。ただし、谷崎が反高林に転居したのは昭和十一年十一月だから、実際には『細雪』とは逆に、谷崎家の方が後から転居し、家主の後藤氏か、シュルンボム一家の誰か、または女中などから、彼等が半年前に引っ越して来たという話を聞いたのであろう。『細雪』中巻（十三）では、昭和十三年夏の時点で、

《シュトルツ》夫人が《夫はもとマニラで商売をしてゐたのが、二三年前に神戸へ渡つて来た》と言っているが、日本に来た時期は、もう少し前のはずである。

神戸ドイツ学院の資料によれば、神戸ドイツ学院の校舎は、この頃、神戸市神戸区北野町の“Club Concordia”というボーリング場の上にあった。のち、昭和十三年一月三十日から、神戸市神戸区北野町三丁目五十一番地に移った。経営母体は神戸ドイツ学院協会である。

また、神戸ドイツ学院の資料によれば、昭和十三年七月五日付けで、シュルンボム家の三人の子供たちは揃って退学し、ドイツに帰国したとなっている。この日付けは、『細雪』にも出る阪神大水害のまさに当日である。詳しい事情は分からないが、シュルンボム氏はこれ以前から帰国の準備を進めていた所、大水害を切っ掛けに、神戸ドイツ学院も夏期休業に入ったか何かで、その日付けで退学させたのであろう。

中巻（十三）では、昭和十三年八月二十四日に横浜港から船に乗る《シュトルツ》氏とペーターを見送りに、雪子（重子）と悦子（恵美子）が上京し、横浜港まで行くことになっているが、渡辺清治氏によれば、「実際には、重子・信子・清治氏の三人で横浜港に見送った。前日には、みんなで皇居など東京見物をした。この船は貨客船で、途中、清水港で積み荷に数日かかって、神戸に夜遅く着いた。恵美子は神戸港で見送った。」とのことである。後で、（二）「日本人関係」の③「お春関係」でも引くが、『谷崎潤一郎家集』に「八月十七日　東京に行き玉へる人の歯を病み玉ふときゝて」という詞書を付けた歌があり、この日以前から、松子・恵美子・お春が東京に居たことが確認できる。また、九月十日に上京した谷崎を、恵美子・お春が駅に出迎えたことも、『続松の木影』で確認できる。それなのに横浜まで見送りに行かないというのは不自然なので、八月二十四日という出航の日付けは、実際は七月中か八月上旬だったものをずらし、九月一日の台風の日付けに近付けたのであろう。

中巻（二十一）では、昭和十三年九月十五日に、《シュトルツ》夫人・ローゼマリー・フリッツが、プレジデント・

クーリッヂ号で帰国するのを、幸子（松子）、妙子（信子）、悦子（恵美子）が神戸港まで見送りに行き、妙子が、動き出したプレジデント・クーリッヂ号を評して、「百貨店が動き出したみたい。」と言ったことになっている。これについては、恵美子さんからも清治氏からも、「確かに見送りに行った。」と御確認頂いた。ただし、恵美子さんによれば、「百貨店が動き出したみたい。」と言ったのは、実際は恵美子さんだった。また、インゲという少女を「隠元豆」と蔭で呼んでいたことも、事実だと言う。また、『初昔』によれば、松子は九月二十三日まで東京にいた筈だから、九月十五日という日付けが事実通りだとしたら、松子は見送らなかった筈である。恵美子さんの記憶でも、松子は居なかったようだと言う。

中巻（二十一）には、《お秋》が《シュトルツ》邸の塀の外廻りの掃除を、ついでにしたことが原因で、《シュトルツ》家のアマ二人が辞めたことが出ているが、お春のモデル・久保一枝さんに伺った所では、これは一枝さんがしたことだったと言う。昭和十二年九月十三日付け重子宛潤一郎書簡に、この件が報告されている。

②上巻（十）（十八）等に出る、幸子と雪子がフランス語を習っているフランス人で、日本人の奥さんになっている《マダム塚本》のモデルは、画家・宮下貞之助の夫人・アリスで、重子が太平洋戦争勃発後までフランス語を習い続けていた先生である。ちなみに、『美術年鑑』（昭和四十五年版）には、《宮下貞之介氏（洋）43年11月5日食道ガンで逝去、六十二歳。川端画学校卒業、渡欧二回グランシヨミエールに学ぶ。東光会会員。》とある。逆算すると、明治三十九年（一九〇六）生まれで、『細雪』が始まる昭和十一年には、宮下貞之助は満三十歳ということになる。

③上巻（十六）以降に出る《カタリナ・キリレンコ》は、谷崎の『続松の木影』によれば、エドナ・シモノフがモデルである。武田寅雄『谷崎潤一郎小論』（桜楓社）に、「神戸港にエール・フランスの高谷隆次氏を見送った後の記念

撮影、左側から、信子、ミセス・シーモノフ、ミス・シーモノフ、松子、重子、根津清太郎」とした松葉清吾（後述・洋画家）の夫人・トヨ氏提供の写真がある。恵美子さんのお話では、多分、昭和七年夏以降、昭和九年春頃までの根津清太郎の青木時代に撮られたもので、高谷隆次氏は、松子と重子のフランス語の先生だった。重子は大のフランス贔屓で、高谷氏の没後は、前出・宮下アリスに、第二次世界大戦勃発後まで習い続けていた。

『細雪』上巻（十六）の説明では、《カタリナ》は、昭和十一年十二月頃から妙子の人形の制作の弟子になったことになっているが、人形制作は完全なフィクションで、松子らとの付き合いは、昭和九年以前まで遡るようである。

後でも述べるが、松葉清吾の夫人・トヨは、自宅で洋裁を教えていた時期がある（魚崎に住んでいた時）が、その教え方は、デザイン中心で、着る人の個性に合ったデザインを工夫することを教え、生徒はごく少数しか取らなかったと言う（後出・「画廊」経営者・大塚銀次郎の令嬢・（横田）富士子さんによる）。恵美子さんによれば、信子も一時期、トヨ夫人に洋裁を習っていた。また、エドナは、直ぐ後で述べるように、イギリスへ旅立つに際して、自分の写真を記念に松葉夫妻に遺して行った程、松葉夫妻と親しく、ひょっとすると、洋裁も習ったかも知れない。ともかく、このトヨ夫人の弟子の取り方が、妙子の人形制作とカタリナの弟子入りの、一つのモデルになったように、私には感じられるのである。

『続松の木影』によれば、エドナの兄のシモノフ（『細雪』には《キリレンコ》として出る）は、神戸で綿布の貿易商をしており、東京の美術学校（明治四十五年に岡田三郎助と藤島武二が設立した本郷絵画研究所。東京美術学校の予備校的存在になっていた）で松葉清吾と知り合っていたため、松葉氏が青木の家（後述・「ユーモラス・コーベ」記事によって、昭和七年夏から青木に住み始めたことは分かるが、そこを出た時期は未詳）から魚崎に移転する際、その家を譲り受けて住んだと言う。シモノフ一家と根津家の人々や谷崎との繋がりは、松葉氏を媒介として生じたものらしい。

上巻（十七）に、昭和十二年三月前半のお水取りの最中に、蒔岡一家がキリレンコ一家に晩餐に招かれる話が出るが、恵美子さんの証言によれば、ここに描かれていることはほぼ事実通りで、シモノフの家は、阪神青木駅のすぐ北側にあったということであるから、遅くとも昭和十二年には、もと松葉氏が住んでいた青木の家に住み始めていたことが分かる。昭和十三年の阪神大水害の際の七月七日付け重子宛潤一郎書簡には、《〇魚崎根津氏宅》についての報告に続けて《松葉氏の宅》の被害状況が報じられていて、この時、松葉氏が魚崎に住んでいたことが分かる。

武田氏の『谷崎潤一郎小論』には、またエドナの顔写真が掲載されていて、《1937.3.18》と年月日が注記されているが、私が実物を見せて頂いた所、写真には 'To my dear friends Mr & Mrs Matsuba 18／3／39 Adur Moss' と書き込まれていた。37と読むか39と読むかは微妙だが、渡辺清治氏に伺った所では、「エドナの写真は、旅立ちに際して遺して行ったもので、39が正しい。清治氏は、エドナを神戸港に見送りに行った。エドナにはイギリス国籍があった。」と言う。清治氏が見送りに行ったのは、満十四歳の時なので、その記憶は確かであろう。下巻（十二）では、《カタリナ》は昭和十四年三月末に日本を発ったことになっているから、出国直前に撮った写真だという清治氏の記憶と一致する。上巻（十六）に、《カタリナ》は上海でイギリス人と一度結婚している、とあるので、その時にイギリス国籍を取得し、イギリス名をAdur Mossとしていたのであろう。

中巻（二十九）に、《カタリナ》の好い人であるルドルフを《湯豆腐》と呼んでいたことが出るが、恵美子さんによれば、これも事実である。

中巻（三十）に出る《きつとお金持の男見付けて結婚します》という言葉も、松子の「雪片」（河出書房グリーン版日本文学全集第10巻『谷崎潤一郎・細雪（全）』昭和四十三・三）によれば、事実である。

下巻（十二）では、《カタリナ》が保険会社社長と結婚したことが、昭和十五年一月末に、キリレンコを通して蒔岡家に伝わるが、松子の「雪片」によって、この保険会社社長との結婚が事実通りであることを確かめられる。

下巻（三十四）では、《カタリナ》が昭和十五年九月に出した手紙を、十二月に受け取ったキリレンコから、お春がその内容を聞いて来る。その手紙には、「ドイツ軍がロンドンを空襲しているが、地下の防空壕に居るから安全」とあるが、この空襲は昭和十五年九月七日に始まったもので、史実通りである。また、松子の前掲・「雪片」に、「カタリナは、戦時中に英国に渡り、保険会社に勤め、間もなくそこの社長と結婚して、ここに暮していると私に便りがあった。其の絵葉書は、ディケンズの小説の中に出て来そうな森の中のお城で、多分領主であったのであろう。ここも空襲されるので、地下室で生活をしているというようなことが書かれていた。」とあり、キリレンコからお春が聞いて来たというのはフィクションのようだが、カタリナの手紙の内容は、実際の絵葉書の内容をそのまま使っているようである（清治氏によれば、シモノフ一家は、昭和十六年の初めに日本を出国したということなので、昭和十五年十二月にキリレンコが出て来るのも、事実を踏まえたものと言える）。

④上巻（十七）に「恋人に死なれて独身を守っている」と出る《ウロンスキー》については、詳しいことは分からないが、渡辺清治氏は、「記憶にある。子供心にも恋を失うことの悲しさを知った。」と仰っている。

⑤中巻（二十二）に出る《ヘニング夫人》のモデルは、マサコ（旧姓・タカムラ）Enderlein である。下巻（三十三）に《ヘニング夫人の娘フリーデル》として出るのは Hilda Enderlein（結婚後は Leonhardt）である（一九二〇〜）。私がヒルダさんから直接伺ったことと「朝日新聞」（平成二・十一・二十五）記事「二都物語（35）神戸と横浜」によると、「Enderlein 家は、一九二六年から三二年にかけて、岡本に住んでいたが、ヒルダの姉がジフテリアで死亡し、家が墓地の跡地に建っていたことが分かったため、一九三二年に六甲に転居し、一九四〇年までそこに住んでいた。ヒルダは十二歳から十七歳まで、芦屋に住むオソフスカ（Ossovska）に週二回バレーを習っていた。オソフスカは、

ペテルブルグのマリンスキー劇場の元バレリーナで、宝塚で教えていた。ヒルダはCanadian Academyを十八歳で卒業。一九四一年にドイツに帰国した。下巻（三十六）に出る手紙は、フリーデル・ヘニングから蒔岡夫人宛になっているが、実際は母・マサコに宛てたものだった。内容は事実通りのようであるが、《航海》とあるのは、多分、旅の意味のvoyageを誤訳したもので、手紙の記述からも、満洲国から陸路シベリア鉄道を経由してベルリンに到着したことは明らかである。手紙に出る《或る年老いた知人》はAlexander Von Deringerという人であり、《グスウスキー》はTatjana Gsovsky（平凡社『演劇百科大事典』に独立項目あり。一九〇二〜？　三十余りのバレエを振り付けた）。バレエ学校は《マイエルオットー街》（Meierottostrasse）から程近いFasanenstrasseにあった。ヒルダは後にSabine Ress Davidoffのバレエ団に入り、約四年間踊っていた」。

⑥中巻（三十一）に出るボッシュ氏については、余りよく分からない。昭和十三年九月二日重子宛潤一郎書簡（谷崎記念館所蔵　＊全集未収録）に、「シュルンボム家は既に引き払い、あとにジルバー家が入る」と書かれているので、一応、ジルバー氏がモデルと考えられる。しかし、中巻（三十一）で、ボッシュ氏から佐藤家（モデルは反高林の家の家主だった後藤氏）を介して言ってくる犬についての苦情は、市居義彬氏の『谷崎潤一郎の阪神時代』によると、実は谷崎自身の隣家の楢崎氏に対する苦情がモデルになっている。

なお、昭和二十一年二月六日付け小滝穆宛潤一郎書簡（谷崎記念館所蔵　＊全集未収録）によると、現在ボッシュ氏となっている部分は、元は《英人ヘイウェイ》となっていたものを、敗戦後、ＧＨＱの検閲を憚って瑞西人・ボッシュに変更したものである。

(二)　日本人関係

①雪子（重子）関係

恵美子さんによれば、「きあんちゃん」という呼び名は、信子が松子を「なかのねえちゃん」の意味で「なかんちゃん」、重子を「ちっこいねえちゃん」の意味で「ちこんちゃん」と呼んでいたことから類推して、潤一郎が創作したものである。

雪子（重子）の顔のシミは、上巻（十二）では、《左の眼の縁》《上眼瞼の、眉毛の下のところに》瀬越との見合い（昭和十一年十一月十六日）より《三月か半年ぐらゐ前》から現われ出した、とされているが、恵美子さんによれば、「場所は目の下だった。もし目の上にもあったとしても、目立つものではなかった。反高林に引っ越した時（昭和十一年十一月）には、もう目立って来て居た。」とのことである。

恵美子さんによれば、重子は三十回ぐらいお見合いをした。なかなか縁談が纏まらなかったのは、一つには余りに内気すぎたため。また一つには、重子自身、松子らと一緒に居たがり、嫁に行きたがらなかったからと言う。

『細雪』では、雪子は昭和十二年八月末から、本家と共に主に東京に住むことになっているが、恵美子さんによれば、「実際は、反高林に居ることの方が多かったぐらいである。重子も信子も、森田詮三（《辰雄》）と合わなかった。重子は反高林に帰りたがり、恵美子さんの発熱などを口実にすぐに帰って来るので、朝子が板挟みになって困ったと言う。潤一郎が詮三に宛てて、丁重な御詫びの手紙を書いている。重子は、渡辺明と結婚した後も、松子らの所へ帰りたがり、明が函館に行ったことを好いことにしていたぐらいである。」と言う。

恵美子さんによれば、「昭和十年から、恵美子さんは、先生についてピアノを習い始めた。家では重子がピアノや勉強を見てくれた。これは『細雪』にある通りである。松子・重子・信子ともに松本四郎にピアノを習った。重子は厳しかったので、恵美子さんは、時には重子が出掛けるとホッとし、「大きい姉ちゃんの帰りが遅い方がいい。」と言う時もあった。ただし、『細雪』にある通り、松子が出掛けても後追いせず、重子の時には後追いしたというのは事実だった。松子は潤一郎と一緒によく旅行し、恵美子さんは重子と留守番をすることもあった。一度は正月に、松子・重子・潤一郎が旅行に行っていて、信子とお春どんと過ごしたこともあった。」と言う。

②妙子（信子）関係

中巻（一）から、妙子が洋裁を習う《玉置徳子》の洋裁学院は、周知のように田中千代の洋裁研究所がモデルである。ただし、恵美子さんによれば、最初は松葉清吾夫人・トヨに習い、後に田中千代にも習ったと言う。始めた時期は定かでないが、昭和十三年六月九日付け重子宛潤一郎書簡に、《魚崎お嬢様》（信子）《は毎日相変らずミシンをやつていらつしやいます》と出ている。この頃は、松葉夫妻の家も魚崎にあったので、そのせいもあったのかも知れない。

なお、谷崎秀雄氏によると、前出・「張幸」の経営が行き詰まったため、昭和十年、河田幸太郎は東京へ職探しに行き、須恵は神戸の裁縫学校に入り、秀雄氏は谷崎に預けられた、と言う。この事も、モデルの一つとなったかも知れない。

中巻（八）の妙子および《玉置徳子》《弘》の遭難の話は、恵美子さんによれば、「「野寄」（現・神戸市東灘区西岡本の住吉川東岸の地域）の住吉川のすぐそばの家に住んでいた池田登美子さんが家に居て、そこへ、登美子さんの兄・保氏の息子・淳一が、水に追われて逃げて帰って来て、二人で体験したことを、谷崎が登美子さんから聞いて出来た、と信子が言っていた。」とのことである。昭和十三年七月七日付け重子宛潤一郎書簡に、《池田おとみさんの処は最もヒドク一家屋根に逃れて死を覚悟したさうであります》とあるのが、それである。同書簡に《魚崎根津氏宅は当日午後五時頃まで激流に隔てられて全く消息不明になり、ひどく心痛いたしましたが夕刻泥水の中をおみつどんと二人でお見舞に参りこいさんをお迎へして参りました。根津さんは大阪へ行つてをられたので無事でした。》とある。妙子の遭難の話が、夕方まで消息不明になったことを使った以外は、信子と殆ど無関係であることは、恵美子さんにも御確認頂いた。中巻（六）で、啓坊が妙子を心配して大阪から訪ねて来る所は、根津清太郎が大阪へ行って不在だったことを踏まえたフィクションであろう。

なお、中巻（八）で、妙子は《西洋映画の探偵劇で、探偵が》密室に閉じ込められ、水を注ぎ込まれて危機に陥る場面を思い出したことになっているが、恵美子さんによれば、「池田登美子さんは、当時としては大変にモダンな人で、外国の探偵映画も好きだったので、水害の際に探偵映画を連想することも有り得る。」というお話だった。

《玉置徳子》の洋裁学院の場所は、中巻（四）で《住吉川の岸から直径二三丁》、中巻（五）で、甲南女学校から少し西、省線（現・JR）の線路から南へ直径一丁ほどの所と説明されている。甲南女学校は、当時、本山村田中（現・神戸市東灘区田中町）にあったので、洋裁学院も現・田中町の四丁目か五丁目を想定しているのであろう。これは、池田登美子の家のやや南に当たる。

谷崎は、当時、甲南高等学校尋常科一年（現在の中学一年に当たる）だった富山康吉の作文「水害の思出」（甲南高等学校々友会編纂『阪神地方水害記念帳』昭和十三・十二）などを中心的な資料として、水害および貞之助の行動・体験を描いているのだが（この点については、既に和田実氏が「細雪の水害」（「神戸大学教養部紀要」昭和五十八・三）で指摘されている）、富山の作文中に、下校途中、甲南女学校へ逃げ込み、その二階の窓から見ると、濁流の《向ふの西洋館の家の一階が没して屋上へ家族が避難してゐるのが見えた。》という一節がある。谷崎はこの時、富山が見た西洋館を洋裁学院と見立てて、その所在地を決め、池田登美子の体験をそこに嵌め込んだのであろう。板倉が田中に住んでいる（下巻（九））ことにしたのも、洋裁学院に駆け付けられる所にする必要からであろう。

しかし、モデルとなった田中千代の洋裁研究所は、西村勝『田中千代　日本最初のデザイナー物語』（実業之日本社）によれば、最初、昭和七年に御影（現・神戸市東灘区住吉山手五丁目）の田中千代の自宅食堂で、「皐会」という洋裁塾を生徒六人で始めたのが発端で、生徒が増えたため、昭和九年からは、庭にアトリエを建てて、そこを教室にした。学校としての体裁を整えたのは、昭和十二年十月からで、校舎は本山村（現・神戸市東灘区本山北町五丁目）にあった。阪神大水害で被害を受けることもなかったようである。しかし、『細雪』で《玉置徳子》の私宅と学院が《行けく〵になつてゐた》（中巻（八））のは、或いは、田中千代が、「皐会」時代に、庭のアトリエを教室にしていたことに由来するのかもしれない。

また、《玉置徳子》は、《巴里で数年間修業をし》《神戸の某百貨店の婦人洋服部の顧問》（中巻（八））をしていたことになっているが、これは、田中千代が、昭和三年から六年にかけて、イギリス・スイス・ドイツ・アメリカなどで学び、昭和九年にパリのエコール・ドゥ・グェール・ラビーニュに学んだこと、昭和八年から阪急百貨店の婦人服部の初代デザイナーになっていたことからの設定であろう。

《玉置徳子》と田中千代のその他の違いを指摘して置くと、先ず、妙子は、未年生まれ（上巻（四））の雪子（明治四十年丁未生まれ）より四歳年下で、明治四十四年生まれ、《玉置徳子》は《妙子より七つ八つ年長》（中巻（八））とされているが、モデルの信子は明治四十三年生まれ、田中千代は明治三十九年生まれである。《玉置徳子》の夫は、《工学士で住友伸銅所の技師》（中巻（八））となっているが、田中千代の夫・薫は、経済地理学者で、神戸大学教授だった。また、《御影町の玉置家の親戚》（中巻（九））や、中巻（二十）に出る《玉置徳子》が昭和十四年一月から七、八月頃までパリへ洋行することになったので、妙子を連れて行ってくれるという話、中巻（二十三）の《玉置徳子》の洋行中止、阪急六甲の洋館を買って洋裁学院を再開する、などの話は、特にモデルのないフィクションと考えられる。田中千代は、昭和十三年にオランダ領東インド（現・インドネシア）、昭和十五年に東南アフリカと南アメリカを訪問しているが、無関係であろう。

下巻（十八）で、昭和十五年三月末に、妙子は鯖鮨にあたるが、これは、恵美子さんによれば事実で、西宮の勝呂病院に入院したと言う。昭和十四年十一月九日付けの鮎子宛潤一郎書簡に《こいさん日〻快方に向ひ居られ候》とあるのが恐らくこれで、時期は、『細雪』ではずらしてあるのだろう。なお、お春のモデル・久保一枝さんに伺った所では、「啓坊と妙子の隠れ家の話は根も葉もない作り事」である。

妙子は下巻（二十）で、阪神御影の《蒲原病院》へ入院するが、この病院のモデルが勝呂病院である。当時の院長・勝呂誉の長女・加村数代さんのお話によると、「松子の娘時代に、森田家のすぐ近くに高等学校の寮（下宿？）があり、松子の父・安松が、勝呂氏ら学生達を御馳走したりして面倒を見ていた関係で、娘時代からのお付き合いだった。『細雪』では、ドイツ留学費と病院開業費の一部を幸子らの父が負担したことになっているが、勝呂氏のドイツ留学は国費で、誰からも援助は受けておらず、病院開業の際には、根津清太郎らから資金援助を受け、開業後、返済したが、森田家からの資金援助は受けていない。」とのことだった。恵美子さんも子供の頃、怪我をした時、よく縫って貰ったし、松子も妊娠中絶の時に相談するなど、懇意だったと言う。下巻（九）に、お春の父が、痔の手術で、西宮恵比須神社近くの某肛門病院に入院するという話が出るが、久保一枝さんによれば、こういう事実はなく、恐らく、谷崎自身が昭和十二年に、肛門周囲炎で、西宮恵比須神社に近い勝呂病院に入院したことを、転用したのであろう。

下巻（二十六）に、昭和十五年十月初めに、雪子が妙子をやりこめる場面があるが、恵美子さんによると、「嶋川信一のことで信子が重子と大喧嘩してドアを叩き付けて出て行ったことがあった。その時、谷崎は二階の書斎に居て、後で聞いて、『細雪』に使ったのだと思う。」とのことだった。ただし、久保一枝さんに伺った所では、啓坊のモデルである根津清太郎から信子が金品を巻き上げたような事実はなかった。谷崎が反高林の家に書斎を建て増したのは、恵美子さんによれば、昭和十四年夏か秋ということなので、この姉妹喧嘩のモデルとなった出来事は、それ以前にあったものを、『細雪』では、故意にずらしたものらしい。

下巻（三十三）で、妊娠した妙子は、有馬温泉の「花の坊」に、お春と一緒に身を隠すが、これは久保一枝さんも恵美子さんも事実であると証言しておられる。ただし、「花の坊」ではなく、実際は「兵衛」だったようである。また、恵美子さんは、「《貞之助》（潤一郎）が《三好》（嶋川信一）の承諾を得るために、会って話をつけたのは事実であるが、《啓坊》（根津清太郎）に対して、手切れ金と口止め料を払ったようなことは無かった。」と仰っている。

下巻（三十七）で、「有馬からお春と神戸の船越病院に戻っていた妙子は、難産のため、陣痛促進剤を用いて出産するが、赤子は逆児で、出産時に院長の手が滑り、窒息死した。市松人形のような美しい女の子であった。」と描かれる。恵美子さんによれば、「これは大体事実通りである。病院は徳岡病院で、院長が潤一郎と一高で同級だったので選んだ。大変な難産で、陣痛微弱も院長の手が滑ったのも事実。『細雪』では女の子になっているが、死んだ子供は男の子で、綺麗な顔だった。」と言う。

徳岡氏は、『日本紳士録』（交詢社　昭和十一・四・十　第四十版）によれば、徳岡英医学博士・徳岡産科婦人科病院長で、病院は当時の葺合区（現・中央区）坂口五ノ四にあった。

③お春関係

上巻（九）で、お春が雪子の縁談のことを悦子に話したために叱られる場面があるが、お春のモデル・久保一枝さんは、「恵美子に縁談のことを話して叱られたことは、一度だけあったような気がする。」と仰っていた。

中巻（四）で、お春は、阪神大水害の日に、濁流の中、悦子を小学校まで迎えに行き、濁流の中を連れ帰る際、大きな役割を果たすことになっているが、昭和十三年七月七日付け重子宛潤一郎書簡に、《トーサンは当日朝登校なさらうとするところを私がおとめしましたので、ほんたうに恐い思ひもなさらずにすみました》とあるように、恵美子さんは登校していないので、これは、フィクションである。久保一枝さんから私が伺った所でも、「通学路の丸太橋が落ちて、谷崎家の前に流れて来ていたので、恵美子さんを休ませただけで、『細雪』にあるような大活躍はしていない。」とのことだった。

中巻（四）には、小学校までの往きに、お春が水の流れに足を取られないよう《蝙蝠傘を》《杖の代りに衝き》ながら貞之助の後をついて来る姿の描写があり、還りにはお春が《先頭を切つて》《激しい水の勢を体で割いて進んで行くその蔭に添ひながら》貞之助が悦子を背負って進むという描写があるが、これらは、前掲・富山作文に、先生が先に立って、生徒達が《一列になつて後からついて》水の流れを横切るが、《うつかりすると流される》ので、《夢中でかさをつきたて足をふんば》り、ようやく渡り切ったという叙述を利用したものと推定できる。

また、中巻（四）でお春を怒鳴りつけた《自警団員》の《八百常》は、和田実氏が前掲・「細雪の水害」で指摘されているように、甲南小学校の児童救助を手伝った人として前掲・『阪神地方水害記念帳』に挙げられている《空区八百徳主人別所徳治氏》に由来するフィクションであろう。或いは、中巻（二十二）に出る洋画家・《別所猪之助》の《別所》も、ここに由来するのかも知れない。

中巻（十四）で、昭和十三年八月二十七日に、悦子を杉浦博士に診て貰うために上京する幸子に付き添って、お春も上京することになっている。『初昔』にもこの事は、《八月の中旬に》松子・恵美子・お春が三人で上京した、と回想されている。『谷崎潤一郎家集』に、「八月十七日　東京に行き玉へる人の歯を病み玉ふとき丶て」という詞書を付けた歌があり、『初昔』によれば、その歌「初秋の身に沁む風よあづまなるわが思ふ人の歯には沁まざれ」は、この上京の時に電報で打ったものなので、『細雪』の八月二十七日上京という設定は、すぐに台風の話に入るために、事実より日付けを十日余りずらしたものと考えられる。実際には、この上京時には、松子の妊娠が発覚し、また九月十日に『源氏物語』現代語訳を一通り脱稿した谷崎が上京し、朝日・日日などの新聞に大きく取り上げられるなどの出来事があったのである。

一枝さんによれば、「中巻（十六）にあるように、小石川の森田家（『細雪』では、渋谷の蒔岡本家）で台風に遭い、家が揺れて怖かったので、隣の家に避難したのは事実。その時、子供たちをおんぶして行ったかどうかは記憶にない。森田朝子さん（『細雪』では鶴子）の家の女中さんと一緒に東京の観光バスに乗せて貰ったが、中巻（十八）のように、日光へは行っていない。」とのことだった。

なお、昭和十三年九月一日の台風の風が強かったことも事実で、森田家に居た重子が反高林の潤一郎に速達で報せたらしく、三日午前消印の潤一郎の重子宛の返信（＊全集未収録）が、谷崎記念館に遺されており、その中に、《昨日の夕刊に、大正六年の時よりも風速がひどかつたと出てゐました》とある。

中巻（三十一）で、悦子が猩紅熱にかかるが、これも一応事実である。ただし、昭和十六年一月二十三日と二月十六日付けの渡辺明宛潤一郎書簡（谷崎記念館所蔵　＊全集未収録）によって、一月に松子が猩紅熱になり、二月にかけて、潤一郎・恵美子も罹患したことが確認できる。『細雪』では、悦子だけがかかったことにして、時期も昭和十四年四月にずらしてある。一枝さんによれば、「夏休みか何かで来ていた清治も一緒にかかった。かさぶたをはがして、「手を消毒しなさい。」と叱られた。「水戸ちゃん」というあだ名の看護婦さんも、実際に居た。」と言う。「水戸ちゃん」というあだ名は、昭和十四年十二月封切りの映画「暖流」に、水戸光子が看護婦役で出演して、一躍人気女優になって以降のもののはずだから、その点からも、昭和十四年四月はフィクションと考えられる。

ちなみに谷崎は、古川緑波との対談「谷崎潤一郎映画を語る」（「映画グラフ」昭和二十三・三）で、贔屓の女優を問われて、「エロティックな感じでは水戸光子なんかだな。」と答える程、水戸光子が好きだった（この点については、恵美子さんにも御確認頂いた）。

猩紅熱の時期が、実際とはずれているので、中巻（三十一）で、大阪歌舞伎座で六代目菊五郎が「京鹿子娘道成寺」を踊るのを、悦子の猩紅熱のせいで、妙子以外は見に行けなかったというのも、当然フィクションということになる。

また、下巻（三十五）に、国島夫人が肺炎になったために御牧と雪子の結納が遅れるという設定があるが、これは、松子・潤一郎の猩紅熱のせいで渡辺明と重子の結納が遅れた事実を、作りかえて使ったものである。

下巻（十）で、昭和十四年九月二十四日、下寺町善慶寺で行われた蒔岡家の亡父十七回忌と亡母二十三回忌の席上、大工の棟梁・《塚田》がお春を口説くことになっている。この《塚田》のモデルは、恵美子さんによれば、板津金吾という人だった。『台所太平記』の《初》のモデルになった「ナツ」さんから私が伺った所によると、「反高林で、離れの書斎を作った時、お春とナツと鹿児島の子とが寝ている所へ、『細雪』に出てくる森田家の繋がりの大工の棟梁が、お春の所へ忍んで来た。」と言う。

ついでながら、《善慶寺》のモデルは、大阪市天王寺区上本町五丁目にある森田家の菩提寺・正念寺である。恵美子さんも、この時、出席されたと言う。

松子らの母・シエは、大正六年（一九一七）九月三十日に亡くなっているので、二十三回忌は事実通りだが、祥月命日からは六日前に当たる。また父・安松は昭和三年（一九二八）十二月十三日に亡くなっているので、十三回忌を一年繰り上げた形になる。享年も、下巻（八）では、父・五十四歳、母・三十七歳とするが、安松は六十五歳、シエは四十二歳である。また父が二十九歳、母が二十歳で結婚したという所は、安松が三十五歳、シエが二十三歳の時である。

下巻（十二）に、お春が幸子（松子）に琴を習ったことが出て来るが、一枝さんによれば、「これは事実で、稽古琴も貰ったが、捨ててしまって今はない。」とのことだった。

④上巻（六）に、《阪急御影の桑山邸にレオ・シロタ氏を聴く小さな集りがあ》ると出るが、渡辺清治氏によれば、「《桑山》は阪急御影に住んでいた「朝日新聞」の村山長挙（子爵・岡部長職の三男で、村山龍平の長女・於藤の婿養子となった。昭和八年十二月から朝日新聞社取締役会長、十五年五月から同社長）であろう。何かそんな話もチラッと記憶にある。当時のエリートはヨーロッパ志向で、自宅をサロンとして開放することが多かった。谷崎も知識人としてサロンに招待されたのだろう。」とのお話であった。ただし、恵美子さんは、「松子は村山氏と付き合いはなかった。」と仰っている。

⑤上巻（十六）で、妙子の人形の個展が、《神戸の鯉川筋の画廊》で催される。人形制作は完全なフィクションであるが、この《画廊》にはモデルがある。それは、元「大阪毎日新聞」記者・大塚銀次郎が、昭和五年七月から昭和十八年にかけて、神戸市元町駅下鯉川筋に開いていた「画廊」で、小磯良平・東郷青児・三岸好太郎らの展覧会が開かれ、文化人のサロンともなっていたものである。大塚銀次郎の「画廊生活満十年」（神戸画廊発行の図録「神光会」（昭和十六・七・三十）所収。この図録については、拙稿「谷崎研究雑録」（「甲南国文」平成十・三）で、やや詳しく紹介した）によれば、元々「画廊」は、「大阪朝日新聞」神戸支局長・朝倉斯道が gallery の語呂合わせで命名した大塚銀次郎の店の固有名であったが、次第に普通名詞化して行った為、大塚氏は店の名を「神戸画廊」と称するようになったと言う。「画廊」は、森鷗外の『即興詩人』などで、美術館の意味で用いられているが、洋画商の店という意味で使った所に、朝倉氏の創意があったのであろう。

なお、大塚銀次郎の御子息・学氏によると、銀次郎と谷崎は、関東大震災で谷崎が関西に避難して来た時に、銀次郎がいろいろ人を紹介したりした事から親しくなったようである。銀次郎が谷崎の家を訪ねたり、谷崎に誘われて、よく飲み食いにも行った。谷崎は朝倉氏とも親しく、三人で出掛けることもあった。また、谷崎が反高林の家を借りる際には、銀次郎が家主の後藤氏と親しかった関係で、保証人になったと言う。『朝倉斯道随想抄』（兵庫県社会福祉協議会）によれば、神戸三宮神社の境内にあったおでんや・「たぬき」が、朝倉氏・大塚氏の行きつけの店で、そこへ朝倉氏が谷崎夫妻を誘ったことから、谷崎もよく行くようになったらしい。谷崎丁未子「四月の日記の中から」（「婦人サロン」昭和六・六）、妹尾健太郎「猫のとりもつ縁」（『谷崎潤一郎文庫』月報2）にも、行きつけの店として出て来る。

⑥上巻（十六）の《南京町にある、表の店で牛豚肉の切売もしてゐる広東料理の一膳めし屋》《東雅楼》のモデルは「博愛楼」であろう。竹中郁の「書ききれぬ味のガイド」（仲郷三郎編『味・そぞろある記』のじぎく文庫）によれば、《きたない店がまえの、袖がさわれば豚の脂がつきそうなところを通って一室へ入るといった順序だった。というのは、博愛では表で豚や牛や腸詰を売っていたからである。そこが谷崎潤一郎氏のゆきつけだった。（中略）もちろん味がよいので谷崎氏はひいきなさったのだが、値も安かった。》とある。確かに、上巻（十六）で、奢るように言われた妙子は、《そんなら、東雅楼にしてんか、彼処が一番安いよつてに》と答えている。

なお、昭和十二年九月二十五日付け重子宛潤一郎書簡に、《博愛楼へ「支那を食ひに」》行ったことが記され、《（これはこいさんの表現）》と注記されている。また、妹尾健太郎「猫のとりもつ縁」（『谷崎潤一郎文庫』月報2）にも、谷崎の行きつけの店の一つとして、「博愛」の名前が挙げられている。

⑦上巻（二十二）で《亡くなつた父の妹に当る人で「富永の叔母ちゃん」と呼ばれてゐる老女》として登場し、中巻（二十三）・下巻（十）にも出る女性のモデルは、森田安松の妹・吉村文（ふみ）である。また、下巻（十）に富永の叔母の娘として名前が出る《染子》は、（布谷）章子である（共に恵美子さんによる）。

⑧山村舞関係

中巻（二）以下で、妙子らが山村舞を習う《鷺さく》のモデルが「えびらく」であることは、谷崎自身の『えびらくさんのこと』等から既に知られている所である。

中巻（二）に、《鷺さく》の稽古場が《島の内の畳屋町の狭い路次を這入つた芸者屋の二階にあつた》と書かれているが、昭和十一年からえびらくさんの内弟子になった山村楽正さんに伺った所では、これは事実で、「舞台も何もない畳敷きの部屋だった。」と言う。谷崎から頼まれて、えびらくさんに信子の舞の師匠を依頼する仲立ちをしたのは、雑誌「上方」の主宰者として有名な南木芳太郎だが、その昭和十一年三月三日の日記に、信子のえびらくさんへの弟子入りの式が、畳屋町三ツ寺筋北入の高田方で行なわれたことが出ている。

中巻（三）に出る《宗右衛門町から出てゐる》《二十三四歳の芸者》《里勇》のモデルは、恵美子さんによれば、えびらくさんの付き人としてよく反高林に来ていた大和屋の芸子・里繁さん（山村らく栄）がモデルである。この人のことは、雑誌「上方」（昭和十四・二）の小寺融吉「山村流の系譜」にも、えびらく門下の三人の名取の一人として出て居る。また、座談会「京舞を語る」（「邦楽と舞踊」昭和二十四・三）で谷崎が褒めている。

中巻（三）に出る山村流の名取の娘・《作こう》は、前掲・小寺融吉「山村流の系譜」に出る山村らく光がモデルであろう。

中巻（二十七）・下巻（十）に出る《さく以年》《作いね》のモデルは、山村楽正さんに伺った所では、えびらくさんの元妹芸者・山村らくいねだと言う。

中巻（二）で、《郷土会》は普段、《神杉と云ふ弁護士の未亡人の家》で行なわれていたことになっているが、モデルとなった十日会は、『えびらくさんのこと』にあるように、天下茶屋にあった貞本氏の家で行なわれていたので、

《神杉》＝貞本ということになる。ただし、御主人の貞本義保は、弁護士ではなく医師である（『日本紳士録』交詢社大正十四・十二・五　第二十九版による）。南木芳太郎の「山村舞鑑賞会記」（「上方」昭和六・一）に、《貞本の主人は山村舞の保存に就て熱心に尽力せられた擁護者であつたが、惜しくも一昨年物故せられた》とあることから、貞本氏は昭和四年に亡くなったことが分かる（貞本氏は「臨時食道楽会記」（「食道楽」昭和三・十二）には出ていた）。貞本夫人の名は、「山村らく師匠追慕座談会」（「上方」昭和十四・二）に、「てい」と出る。また、「上方」昭和十九年四月終刊号の「訃報」欄に、《貞本てい氏（前今宮町長義保氏未亡人）》として、昭和十八年十二月二十八日急逝と出ている。貞本氏は医師から今宮町長になったようで、大正十五年に出た『今宮町志』は、貞本氏の編纂である。

山村楽正さんのお話では、「貞本さんも南木芳太郎さんも知っている。貞本家には、『細雪』で言われているように、置き舞台があった。昭和十一年以降は、十日会は二、三ヶ月に一回、十日の日に行われていた。ごく内輪の会で、鬘なども付けず、衣装も特別のものではなかった。えびらくさんは、十日会以外の舞台に立つことは無かった。日中戦争勃発後、会と会との間隔が次第に伸びるというような影響は確かにあったと思う。」とのことだった。谷崎邸での十日会以前（恐らく日中戦争勃発後）、暫く会が開かれていなかったことは、『えびらくさんのこと』にも出ているので、事実であろう。

中巻（二）（三）で、昭和十三年六月五日（日曜）に芦屋の蒔岡家で行なわれる《郷土会》の舞の会は、同年五月十五日（日曜）に反高林の谷崎邸で行なわれた十日会の舞の会がモデルである。この日付けは、南木芳太郎の日記によって確認できた。『細雪』で、日付けを六月五日に変えたのは、阪神大水害から《ちやうど一箇月》（中巻（四））前にしたかったことが、主な理由であろう。

谷崎の南木芳太郎宛書簡（＊全集未収録）と南木氏の日記によれば、えびらくさんが谷崎邸に稽古に通い始めるのは、昭和十三年二月上旬からで、五月《二十日から一週間のあひだ》とする『細雪』の設定は、フィクションである。

南木氏の五月十五日の日記からは、谷崎邸での十日会が、午後三時に始まり六時半に終わったこと（『細雪』では《午後一時から五時頃まで》）、南木氏は遅れて来て途中から見たが、少なくとも「雪」「江戸土産」「茶音頭」ほか数番が舞われたこと、終了後、八時頃から、谷崎夫妻が《瀬尾氏》（妹尾健太郎のことであろう）・えびらくさんと南木氏を招待して、神戸で中華料理を御馳走したことが分かる。

なお、『えびらくさんのこと』および恵美子さんの証言によれば、えびらくさん自身がこの日「鉄輪」を舞ったはずだが、『細雪』には出ていない。山村楽正さんは、御自身も何か舞ったような記憶があると言う。

当日は、恵美子さんによれば、「『細雪』に書かれているように、応接間を見物席として食堂を舞台にした。客は十五人ぐらいだった。」とのことである。また、恵美子さんの記憶では、この日は重子も居合わせており、雪子が参加しなかったという『細雪』の設定は、フィクションである。

中巻（十二）には、八月上旬頃に《鷺さく》が亡くなる前後のことが出るが、南木氏の日記によれば、事実は八月九日に阪南病院に入院・危篤となり、同月十八日に亡くなった。享年五十八歳は概ね事実通りである（前掲・「山村らく師匠追慕座談会」によれば、えびらくさんは明治十三年生まれなので、厳密には五十九歳のはずである）。

妙子が見舞いに行った時のこととして、《鷺さく》の病室は《西日の当る暑さうな部屋で、お師匠さんは弟子の一人に看病されながらそこで淋しさうに臥てゐた。》とあるが、山村楽正さんに伺った所では、「この《弟子》は山村楽正さんで、付き添いは一人だけだった。病室はベッドではなく畳で、西日の当たる部屋だった。畳がすっかり変色して赤茶けていた。灯り（あか）は裸電球だった。谷崎潤一郎が見舞いに来たとは思われないが、正確だ。」とのことだった。

また、幸子と妙子がお悔やみに行ってみると、《鷺さく》の住居は、九山村（くやまむら）と言われた家柄の人とも思われぬ《侘びしい長屋のやうな家であつた。》と描かれているが、山村楽正さんによると、「平屋で屋根が隣と繋がってはいたが、長屋ではなかった。部屋は玄関の二畳と三畳・六畳だけ。稽古は富田屋でしていた。」と言う。

見舞いに行った後で妙子が語る《七月三十日に、或るお嬢さんに名取を許》した時のことや、お悔やみに行った時に出る、《鷺さく》が、初代《鷺さく》がやっていた《南地の演舞場の師匠》や《あしべ踊の振付》を断ったこと、そして、《お骨が焼けるのを待つてゐる間に》出た《鷺さく》の思出話として語られていることの殆どは、前掲・「山村らく師匠追慕座談会」に基づいている。ただし、《機会があれば東京へ打つて出ようと云ふ考が動いてゐたこと》と《本卦還りの歳になつたら南の演舞場を借りて花々しい会を催すのだと云つてゐたこと》は、『えびらくさんのこと』にも出ており、谷崎が直接えびらくさんから聞いた話である。

なお、『細雪』では、幸子が《鷺さく》の弔問にも葬儀にも出向いたことになっているが、③「お春関係」で中巻（十四）に関して引いた『谷崎潤一郎家集』の歌から、えびらくさんが亡くなった八月十八日には、松子は恵美子・お春どんと東京に居た事が分かっている。えびらくさんの葬儀は、十九日に阿倍野斎場で挙行され、『細雪』とは違って、谷崎自身が参列したことが、南木氏の日記から確認できる。

中巻（二十七）には、《山村さく師匠追善山村流舞の会》の案内状が出るが、これは、雑誌「上方」（昭和十四・二）に掲載されたものが元になっていて、「らく」が《さく》に、「十日会」が《郷土会》に、「上方郷土研究会」が《大阪》同人会》に変わっている以外は、ほぼ同じである。この時、信子が「雪」を舞ったことは、「上方」（昭和十四・三）の「萍水日記」によって、確認できる。

『細雪』では、悦子は、火曜なのでこの会を見に行けなかったことになっているが、恵美子さんによれば、「実は学校を休んで見に行った。潤一郎は平気で学校を休ませる人だった。」とのことである。

⑨板倉関係

《板倉》と《三好》は、主に、信子の恋人だった大東正信と、信子と結婚した嶋川信一を混ぜ合わせて作ったものといえる。《板倉》を写真師にしたのは、レッスン・プロゴルファーの嶋川信一が、大のカメラ道楽だったことに由来するものらしい。《三好》のバーテンダーという設定は、大東正信がレストラン・「ハイウエイ」を経営していたことから思い付いたものだろう。

《板倉》は、中巻（八）で大活躍をして妙子を救い出すが、このエピソードは、大東・嶋川両氏とは無関係である。《板倉》の行動の内、藤棚を利用して妙子を救出するくだりは、前掲・和田実氏の「細雪の水害」に説く通り、甲南小学校訓導・村田浅一の生徒救出をモデルとし、前掲・『阪神地方水害記念帳』や『甲南小学校、児童文集』を参考として、描いたもののようである。

中巻（三十三）で、《板倉》は乳嘴突起炎でひどく苦しみながら死ぬが、その描写は、昭和八年四月に大東正信が亡くなった時の状況に基づいているらしい。恵美子さんによれば、「松子たちから、ひどく苦しみ、あばれていると いう話を聞いた。青木に住んでいた時で、根津清太郎が信子を迎えに行って、恵美子さんと清治が外で待っていたら、二人が帰って来た。信子はひどくショックを受けた様子で、根津清太郎がいたわりながら連れて帰って来たシーンを今でも鮮明に覚えている。後年、信子から、痛さに暴れてベッドから転げ落ちた程だった、と聞いた。」とのことである。

⑩中巻（十五）（十九）の東大の《杉浦博士》は、谷崎の一高以来の友人・杉田直樹がモデルである。杉田直樹の御子息・全氏の御教示によれば、昭和十二年十月十三日付けの杉田直樹宛潤一郎書簡（＊全集未収録）に、恵美子に不潔物・黴菌等に対する強迫観念的な恐怖、母親に嘘をついたといった道徳的自責、不眠症などの症状が見られることが書かれており、同年十月十九日付け杉田直樹宛潤一郎書簡（日本近代文学館所蔵　＊全集未収録）から、同月十七日に、松子と恵美子が名古屋医科大学神経精神病学教室を訪ねて、杉田直樹の診察を受けたらしいことが分かる。そ

して、全氏の御教示によれば、同年十一月二十六日付け杉田直樹宛潤一郎書簡（＊全集未収録）では、ほぼ完治したことが報告されている。

『細雪』では、昭和十三年九月六日に東京で診て貰うことになっているが、これは、『初昔』に出る、昭和十三年八月中旬に、恵美子の神経衰弱症を専門の医師に診てもらう目的で、松子がお春どんを連れて上京した時のことをもとにしているらしい。恵美子さんによれば、この時は、小石川区白山御殿町の森田家の近所の開業医・山本氏に診て貰ったと言う。

恵美子さんによれば、「神経衰弱は小学校三年生の時（昭和十二年四月から翌年三月）が一番ひどかった。トンネルの中で、壁に血が流れているように見えるとか、汽車の中に乗っている時に、松子が毒だと言っていた彼岸花が窓の外に見えると、自分がそれを触ってしまったような気がする。東京の森田家の人たちと雨の日に傘をさして歩いていた時に、擦れ違った人に自分の傘が刺さったような気がした。潤一郎は、これを「気がする病」と呼んでいた。」と言う。昭和十二年九月二十五日付け重子宛潤一郎書簡に《トウさんの神経衰弱がだん〱昂じて》と報じられていて、重子が東京に行ってしまったことが、一因だったと考えられる。

なお、上巻（二十四）には、不潔恐怖症的な症状が描かれ、その原因として、幸子・雪子の躾け方が問題にされている。恵美子さんによれば、「これは、松子もそうだったが、重子が特にひどく、普段から消毒用のアルコールを持ち歩いていた。恵美子さんは重子や松子に手をアルコールで拭かれて育った。松子も重子も「箸に熱湯をかけなさい。」と、よく言った。」とのことである。

上巻（二十四）にはまた、悦子が西洋人形の腕に注射をする飯事遊びをしているのを見て、何という不健康な厭な遊びだ、と貞之助が思う所があるが、恵美子さんによれば、「この遊びは確かにした。しかし、潤一郎から厭な遊びだと言われたことはなかった。」とのことである。また、「上巻（二十五）に出る臭剝（しゅうぼつ）は実際に飲まされたし、中華料理も毎週一回食べに行っていた。」とのことである。

⑪中巻（二十二）で、妙子は玉置徳子の紹介で、パリに六年居たという洋画家・《別所猪之助》の夫人に、週三回で十円という特別安い月謝でフランス語を教えて貰う。この《別所猪之助》は、先述の松葉清吾がモデルのようである。松葉清吾は、逝去時の『日本美術年鑑』昭和五十六年版（東京国立文化財研究所）によれば、明治三十三年堺市生まれ、大正九年満二十歳の年に本郷絵画研究所に入り岡田三郎助に師事。大正十五年渡仏し、昭和七年までパリに滞在した。戦後、二科展で活躍した。ただし、画廊経営者・大塚銀次郎が編集発行していた「ユーモラス・コーベ」第七号（昭和七・七・十五）三面の「松葉氏の来住」という記事には、《国展系の画家松葉清吾氏は一昨年フランスから帰朝して郷里の堺市に住んでゐたが最近阪神沿線青木停留場の直ぐ前の洋館を借りて来住した》と出ている。石黒敬七の「在パリ日本美術家アトリエ巡礼　松葉清吾氏」（「サンデー毎日」昭和二・十・九）に、フランス語は松葉清吾より夫人のトヨの方が上手だとあり、《別所猪之助氏夫人に》（傍点・細江）習うとしたのは、その為であろう。ただし、信子がフランス語を習ったという事実はないようである。

また、石黒の文中に、「松葉夫人は裁縫の講習にも通っている」とあり、先述のように、信子がトヨ夫人に洋裁を習った理由が分かる。

⑫中巻（二十八）・下巻（十）に出る《幸子の琴の師匠である》《菊岡検校》の娘・《徳子》は、菊原琴治の娘・初子である。恵美子さんによれば、「太平洋戦争勃発以前の反高林時代（昭和十一年〜）に、松子は琴の稽古をしていて、菊原初子さんが月に二〜三回泊まり掛けで来て、よく夜遅くまで松子とおしゃべりをしていた。その時期ははっきりしないが、太平洋戦争が始まる少し前で、戦争で止めになった。」とのことである。

⑬下巻（一）～（七）で、螢狩とお見合いを兼ねて行く《菅野家》のモデルは、既に野村尚吾氏が「『細雪』の周辺」（『谷崎潤一郎　風土と文学』）で紹介しているように、岐阜県垂井町表佐の西の庄屋・飯沼家である。ただし、松子の「細雪余談」（『倚松庵の夢』）によれば、雪子の見合いの相手のモデルは別の時の人で、森田詮三の親戚（卜部）に招かれて会った人である。渡辺清治氏は、谷崎らと一緒にここに蛍狩りに行っており、それは『細雪』にある通り、昭和十四年六月九日だったように思う、と証言されている。

江戸後期の蘭方医・博物学者だった飯沼慾斎の生誕二百年記念誌編集委員会編『飯沼慾斎』所載の遠藤正治・北村二朗・水野瑞夫「飯沼慾斎の生涯」、および「飯沼家略系図」によると、飯沼家の遠祖は美濃の土岐氏に仕えた飯沼長常で、その子・長就が斎藤秀龍に仕え、その子・長継が織田信長・羽柴秀吉に仕えたものの、謀反の疑いを受けて自害したと言う。長継の子・長実と孫・長資は岐阜城主・織田秀信に仕えたが共に戦死し、長資の弟・長重の子孫は、尾張徳川家に仕えたと言う。表佐の飯沼家は、長継の弟・長行の子孫である。

ちなみに慾斎は、西村家に生まれたが、母が、長行の弟・長利の子孫に当たる大垣の飯沼家の出であった関係で、漢方医だった飯沼長顕の養子となったのである。大垣の飯沼家は、代々家伝の膏薬を販売していたが、この長顕以降、代々、医を業とするようになった。

下巻（三）に、《菅野》＝表佐の飯沼家は、《関ヶ原役の軍記物などにも名が出てゐる》とあるが、谷口克広氏の『織田信長家臣人名辞典』（吉川弘文館）によれば、飯沼長継のことは、『信長記』（小瀬甫庵・池田家本）に多く登場し、織田信孝に内通した疑いで秀吉に殺されたことが『美濃明細記』に出る他、その子・長実が関ヶ原の合戦前の岐阜城攻防戦で討ち死にしたことが、『尾濃葉栗見聞集』に出ている。

下巻（五）には、飯沼家は《大垣藩の侍医をしていた細香の家と》《交際があつたらしく、細香の父蘭斎の尺牘なども残つてゐる》といった話が出て来る。江馬細香の父・江馬蘭斎は、最初、漢方で藩医となり、後に蘭方医となって名声を博した人なので、地理的にも近く、漢方薬で知られた表佐の飯沼家と付き合いがあっても不思議はない。ただし、この点について、確認は出来なかった。ただ、『江馬細香来簡集』（思文閣出版）所収の、蘭斎から大垣藩医・江馬活堂に宛てた書簡や、蘭斎の養子で大垣藩医・江馬松斎から妻・柘植（蘭斎の娘、細香の妹）に宛てた書簡には、大垣の飯沼慾斎やその義弟・眼斎、従兄・長沖への言及はあった。

私が表佐在住の藤墳芳美氏らから伺った所では、「表佐の飯沼家は、婦人病の漢方薬・鼠人湯で全国に知られた旧家で、屋号は徹因庵（地元では、「てついなん」と呼ぶ）と言った。その屋敷は、敷地が全体で一万三千平方メートルもあった。《菅野やす》のモデルは、飯沼武一郎の未亡人・「かぎ」で、松子の姉・朝子の婿養子となった森田詮三の姉に当たる。飯沼武一郎は、昭和十年に亡くなり、「かぎ」は昭和十八年に亡くなった。その長男が徹（『細雪』では《耕助》）で、その妻が富子（『細雪』では《常子》）。二人の間には、長女・敬子、次女・千賀子、三女・寛子、長男・治が生まれたが、『細雪』では、六つぐらいの《惣助》と、まだ乳呑み子の妹・《勝子》の二人になっている。《爛柯亭》は、明治四十年に建てられたもので、十畳と八畳（下巻（三）では《八畳に六畳》）の二部屋からなる。昭和四十二年に競売に付され、今は郡上郡白鳥の長滝神社に移築されている。」とのことであった。下巻（三）では、爛柯亭は大正十四年に新築されたことになっているが、これはフィクションということになる。

飯沼家の屋敷の見取り図のコピーを、藤墳芳美氏から頂いたので、次ページに紹介して置く。下巻（一）に言う《宏壮な一郭》、（三）に言う《母屋へは「く」の字なりに中途で一つ曲つてゐる長い〳〵渡り廊下でつながつて》いる爛柯亭などの大体の見当が分かるであろう。下巻（五）で見合いをする部屋は、床の間のある《十二畳の座敷》とされているが、床の間付き八畳の座敷がモデルであろうか。

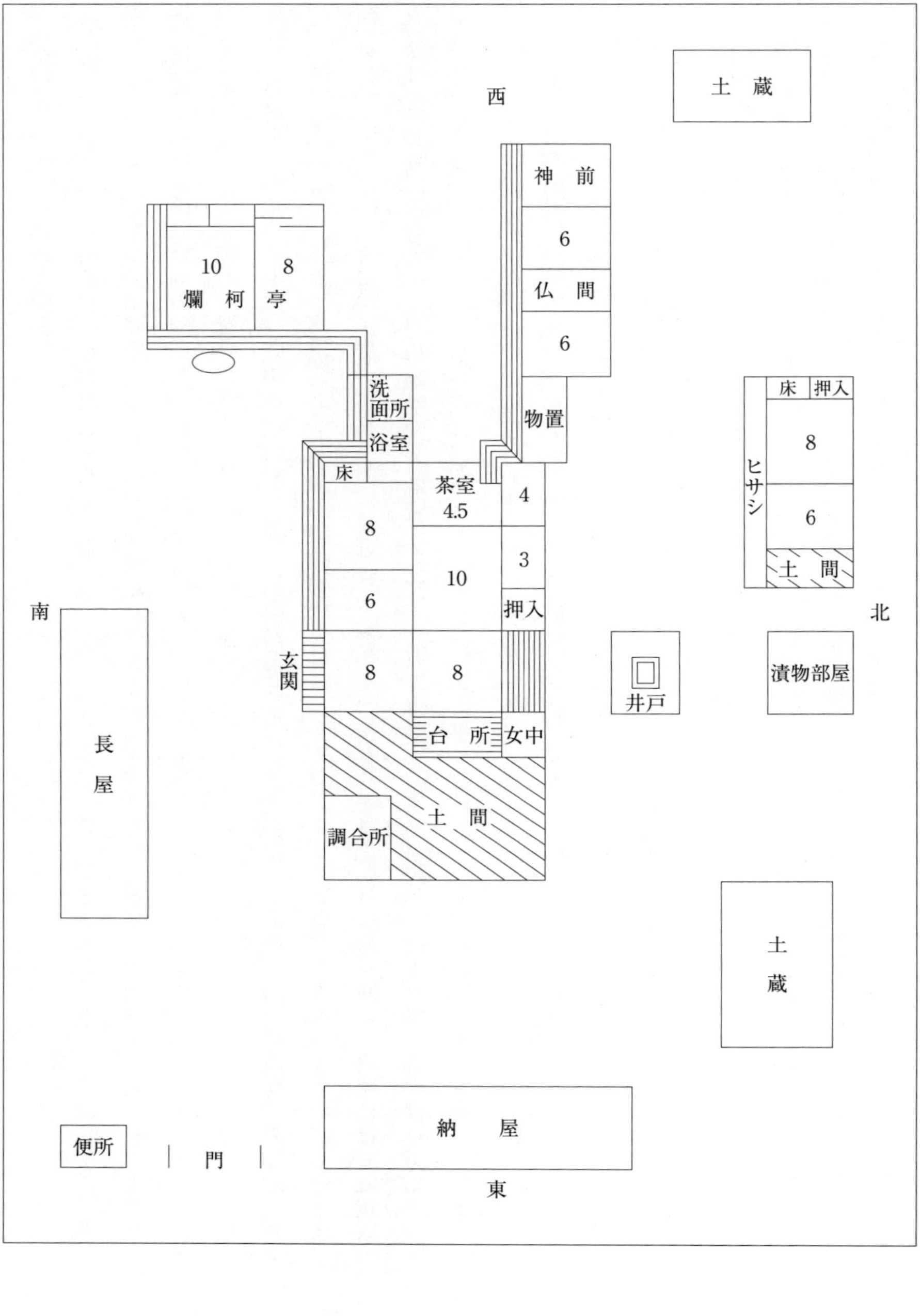

西
土蔵
神前
6
仏間
6
物置
4
3
押入
茶室
4.5
10
10
8
爛柯亭
洗面所
浴室
床
8
6
8
8
玄関
台所
女中
土間
調合所
南
長屋
北
床
押入
8
6
ヒサシ
土間
井戸
漬物部屋
土蔵
便所
門
納屋
東

⑭御牧実のモデル・渡辺明関係

基本的なことは、谷崎の『三つの場合』などによって、既に明らかにされているので、省略する。《御牧》は、下巻（二十七）で、道楽半分に建築設計をしている、と紹介されているが、これは、渡辺明の木材工芸家としての側面を《建築》に置き換えたものである。

中村圭介氏の「渡辺明」（『資生堂ギャラリー75年史』求龍堂）によれば、渡辺明は、アメリカ・南カリフォルニア大学で建築や美術工芸を学び、欧州や中南米を旅し、学術研究を重ねた後、昭和六年頃（『三つの場合』では昭和八年）、帰国後、芝西久保巴町で建築や木工芸品の設計制作を自営していた。そして、資生堂ギャラリーで、昭和十年四月九日〜十三日に「渡辺明氏第一回家具創作展覧会」、昭和十一年五月一日〜五日に第二回（この頃には、渡辺家具製作所は杉並区阿佐谷一丁目にあった）、昭和十二年十一月十九日〜二十三日に第三回家具創作展を開いている。中村氏によれば、「その作品は、実用的見地からユニークな形状の車を付けたり、分解式にするなど、優れたアイデアが目立つ。また、自ら彫刻を行い、鑿跡の鋭さが良く分かる」とのことである。

この内、第一回展については、『三つの場合』「明さんの場合」に言及されている雑誌「建築研究」五月号に、作品が写真と値段入りで、食堂・化粧室・客間・婦人室と、部屋ごとにセットで紹介されている。値段は、例えば、食堂の六人掛けの食堂テーブルと彫刻を施した椅子六脚とのセットが六百円、化粧室の三面鏡が二百五十円である。仮に当時の一円を今の二千円と計算すると、前者が百二十万円、後者が五十万円となり、当時の普通の日本人には、贅沢な買物だったと考えられる。

渡辺明は、昭和十三年、岡田三郎助を会長、大隅為三を副会長として（洪洋社「近代家具装飾資料」第二十輯（昭和十三・九））、梶田恵・林二郎と三人で工精会を結成し、第一回洋家具展を東京（同年五月）と大阪（同年十二月）の高島屋で開いた。洪洋社「近代家具装飾資料」第二十輯（昭和十三・九）と第二十八輯（昭和十四・八）は、それぞれ工精会第一回展、第二回展の代表的な出陳作品を収録した「工精会家具展集」になっているのだが、それで見ると、第一回の時は、数で言うと、林が半数、渡辺明と梶田が四分の一ずつ位の扱いになっている。渡辺明は、ディヴァンチェア、ビューローデスクと椅子、スペイン風の椅子とテーブル、スカンディナビア風の椅子とテーブルとイギリス十八世紀風飾り棚、揺り籃、籐製の椅子とティーワゴンが取り上げられている。第二十八輯解説によれば、《現代木工家具界に名声ある》三人の第一回作品展示会は、《工芸界に多大の反響を呼び起》こしたと言う。

しかし、第二回の時には、数で言うと、林・梶田が四割・三割に対して、渡辺明は一割程度に減っている。掲載されているのは、ソーイングテーブル、イタリア・ルネッサンス飾り椅子、ゴシック風ファイヤー・スクリーン（暖炉覆いのついたて）、籐のベランダ・セット、盛り器、状差しである。「近代家具装飾資料」の解説によれば、この第二回展では、《時節柄大作を差控えて、専ら小工芸に主力を注いだ》ということで、日中戦争下、贅沢品だった洋家具に対して、圧力がかかり始めていることが窺える。

この後、工精会は、昭和十五年二月にも作品展示会を大阪の高島屋で開いた。また、この年の五月四日から九日まで、高島屋で、梶田（二点）・林（三点）・河井寛次郎（一点）の六点を一組二百二十円で販売する工芸品頒布発表会も行なった（「読売新聞」昭和十五・五・二広告）。これは、林二郎の『ペザント・アートへ』（住まいの図書館出版局）によれば、渡辺明が途中で降りたため、代わりに河井寛次郎が参加したのだと言う。梶田は卓上電気スタンドなど、林は六角木彫り花生けなどを出品したが、東京と大阪の高島屋にそれぞれ百個納めるのが大変だったと言う。恐らく渡辺明は、大量生産できる態勢になかったため、参加を断念したのであろう。

昭和十六年には、木材等の材料を配給する東京木工芸作家協会が結成され、渡辺明も約七十人のメンバーの一人に選ばれるが、家具の公定価格が決定され、奢侈品が禁止されるなど、日中戦争の影響を受け、程なく休業した（中村氏による）。

この年一月中旬までに、反高林の谷崎邸で渡辺明と重子の見合いが行われ、事実上、結婚が決まったことは、一月二十三日付け渡辺明宛潤一郎書簡（谷崎記念館所蔵　＊全集未収録）によって分かる。これを大幅に変形して作られたのが、下巻（三十五）の昭和十六年一月八日、嵯峨の子爵邸での両家の顔合わせである。そしてこの年、四月二十九日、渡辺明と森田重子の結婚式が行なわれた。渡辺明は以後、太平洋戦争のせいもあって、笹沼源之助のライファン工業株式会社・函館船渠会社・日本羽毛会社・進駐軍などに勤め、木工家としての仕事を残すことなく、昭和二十四年に病死した。享年五十三歳だった。

前掲・『ペザント・アートへ』に付された柏木博氏の解説によれば、日本の洋家具デザインの草創期の主要な担い手たちは、梶田恵が明治二十三年生まれ、森谷延雄が明治二十六年、林二郎が明治二十八年生まれである。明治三十年生まれの渡辺明は、惜しくも大成はしなかったが、困難な時代の先駆者の一人だったのである。

なお、「近代家具装飾資料」第二十輯には、工精会第一回展に参考出品された岡田三郎助・大隅為三・山下新太郎・中上川三郎治の各氏が所蔵する洋家具類の写真も出ているが、この内、中上川三郎治は、三井財閥の中上川彦次郎の三男で、当時は千代田生命の取締役・鐘紡監査役などを務めていた。渡辺清治氏によれば、中上川は渡辺明のパトロン的存在となっていて、明は中上川邸の彫刻などもしていたとのことである。恐らく、その関係で参考出品もしたのであろう。三郎治の夫人・蝶子は鐘紡の社長・武藤山治の娘で、恵美子さんによれば、明・重子の仲人も、この中上川夫妻が務めた。『細雪』では国島夫妻に当たるが、モデルという程、密着した関係はない。

恵美子さんによれば、渡辺明のことは、谷崎は、「あれは御家人崩れだから。」と、身分的なことは気にしていなかった（「御家人崩れ」は、最初、柚登美枝が言い出したらしい。柚登美枝は松子の親友で、《井谷》母娘や《丹生夫人》ら幸子の友人たちの部分的なモデルらしい）。しかし、渡辺明の兄の松平康春のことは、「殿様」と呼んでいた。事実また、いかにも殿様という感じの人だった、と言う。

☆『A夫人の手紙』（昭和二十五・一）

谷崎は、昭和二十一年（年代推定）六月二十一日付け嶋中雄作宛書簡（谷崎記念館所蔵　＊全集未収録）で、『A夫人の手紙』の原稿を送付したようだが、占領軍の検閲で全文削除となり、昭和二十五年一月に「中央公論」に発表された。「京都の谷崎潤一郎」（「京都新聞」昭和六十一・十・二十二）によれば、GHQの検閲課は、全文削除の理由を、当時の「中央公論」編集長・畑中繁雄に、全く説明しなかった。また、GHQ民間検閲局に提出された『A夫人の手紙』の校正刷りは、アメリカ・メリーランド大学マッケルディン図書館に保存されていて、Suppress（出版禁止）の書き込みがあると言う。

谷崎は、伊藤整との対談「谷崎文学の底流」（「中央公論」昭和三十三・一）で、「『A夫人の手紙』は殆どそっくりあの通りのことがあった。そっくりそのまま松子の友達の手紙。その人の許しを得て、手を入れて発表した。他に書くことがなかったので書いた。」と発言している。事実、元になった飛行機の絵入りの手紙も遺されているが、投函の年月日は異なっている（内容は未見）。

恵美子さんから伺った所では、A夫人は、東洋陶器と日本陶器の社長・森村はじめ夫人・春子で、田所義治の娘。藤永田造船の永田三十郎の夫人は、春子の姉に当たる。春子は大磯で療養しており、俳句も実際に作っていたと言う。

ただし、『A夫人の手紙』末尾の俳句九句の内「羞らひて鮎の鮨食ふ女かな」以外は、『谷崎潤一郎家集』の昭和十九、二十、二十一年の各部に収録されているものか、その一部を変えただけのものである。「羞らひて」の句も、「三年前岐阜へ旅行した時、車中所見」という詞書があり、谷崎は、昭和十六年八月に岐阜県郡上八幡から飛騨高山に行っているので、自作である可能性が高い。

また、A夫人の長男が日大生で、徴用で群馬県太田へ行っているというのは、渡辺清治氏の事実を流用したものではないかと思う。

☆『鍵』（昭和三十一・一〜十二）

『鍵』（二月十八日）で、敏子は《マダム岡田》の家に移り住むが、私が千萬子さんから伺ったお話では、《マダム岡田》のモデルは、京都日仏学館館長・オーシュコルヌ氏の夫人だろう、とのことだった。ただし、『鍵』（三月十八日）などに描かれているような出来事が、オーシュコルヌ氏方であった訳でないことは、言うまでもない。

京都外国語大学から得た御教示によれば、オーシュコルヌ氏のフル・ネームは、Jean=Pierre Hauchecorne（1908〜95）で、一九三八年四月から一九六二年九月まで関西日仏学館教授、その後、京都外国語大学教授・名誉教授となられた。夫人はハツコさんである。

恵美子さんから伺った所では、「谷崎はオーシュコルヌ夫人を知っていて、よく話もしていた。日仏学館の方から催しがあると、谷崎の方に言って来た。谷崎も恵美子さんも映画を見に行ったり、音楽会に行ったりした。」、とのことだった。

☆『残虐記』（昭和三十三・二〜十一）

『谷崎潤一郎＝渡辺千萬子往復書簡』の千葉俊二氏の解説「〝瘋子〟を超えて」に引く千萬子さんの話では、谷崎は、能野マリちゃんの家に下宿していた被爆者の青年に取材し、話をよく聞いていたと言う。

また、私が恵美子さんから伺った所によれば、「信子のお友達で宗像さんという人が、勝山で暫く同居していた。その広島に宗像さんのお姉さんが住んでいたので、原爆が投下されて間もなく、宗像さんが広島へ様子を見に行き、その惨状を谷崎一家の前で詳しく語った。潤一郎も熱心に聞いていた。その後、宗像さんは、台湾か中国の人と結婚して、神戸そごうのすぐ裏に住んでいた。宗像さんの夫は、闇市などで財を成した人だった。『残虐記』の神戸三宮あたりの闇市のことは、信子を通して、宗像さんから聞いていたのではないか。」、とのことだった。

☆『台所太平記』（昭和三十七・十〜三十八・三）

お手伝いさん関係のモデルは、「婦人倶楽部」（昭和三十九・六）の写真入り記事「台所太平記の先生とモデル」や、伊吹和子『われよりほかに』（講談社）などで、既に知られているものが多い。しかも、谷崎は事実通りに書いているケースが多いようなので、プライヴァシーを配慮して、書かずに置く。が、「第二回」に出てくる青木のゴルフ練習場の教師・《新田》（嶋川信一）が《初》（ナツ）のヌード写真を撮ったという話で、撮られたのは実は「ナツ」ではなく、その従妹の《えつ》だったと、恵美子さんから伺ったので、「ナツ」さんの冤（えん）を雪（すす）ぐために書いて置く。

また、谷崎・渡辺・嶋川・観世らの一家は周知のこととして、その他のモデル関係を、以下に略記して置く（恵美子さんから教えて頂いたものを含む）。

木賀＝志賀直哉
島田一家＝布谷家
亀井＝中塚
中延はる＝久保一枝
T氏＝土屋計左右
かかりつけの医師・小島＝山口博
梨本藍雪＝橋本関雪
春山仙五郎＝茂山千五郎

巴屋＝児玉
山畑勝四郎＝高畠達四郎
小谷製作所の玉井良平＝小松製作所社長・河合良成
瀬川ミチオ＝佐川ミツオ
嘯月楼＝淙々園
第十八回で、谷崎が訪ねた銀座四丁目の三越の裏通りに住む友人＝保坂幸治
高嶺飛弾子＝高峰秀子
夏山源三＝松山善三

【付記】　本稿は、今回、書き下ろしたものである。

終わりに——謝辞——

本書は、私が十八年前から続けて来た谷崎研究に、取り敢えずの締め括りを付けたものであり、私にとっては、収録した論文一つ一つにいろいろな想い出と愛着がある。それらをこうした形でまとめさせて頂けた喜びは、言葉では言い表わし得ない。

本書が生まれたのは、何よりも谷崎潤一郎という偉大な作家の御蔭である。谷崎を完全に理解したい、谷崎の到達した高みに一歩でも近付きたいという思いが、これらの論考を私に書かせたのであるから。谷崎文学がさらに広く読まれ、さらに深く理解され、尊敬されるために、本書が少しでもお役に立つことを祈ってやまない。

私は谷崎を完全に理解するために、自分の主観をゼロ・白紙にするよう工夫と努力を続けて来た。もし谷崎という人が居なかったら、私は自分の主観・思い付きを得意げに振り回す浅薄な人間に終わったに違いない。研究するにつれて、ますます谷崎の本質的な頭の良さ・叡智を感じるようになった。《颯チヤン、颯チヤン、痛イヨウ！》と書き切る背後には、どれだけ深い人間理解があることか！

本書で私は、谷崎のような名文を書こうとはしなかった。谷崎ほどの文章の達人を知ってしまうと、真似ようという気持すら起こらない。曇りがちな我が頭脳を少しでも明晰にしようと、ただ簡潔に、論理的に、単純明快に書くことだけを心掛けているのだが、鈍根はいかんともしがたい。

本書の中で一々お名前を挙げることは出来なかったが、私の研究は、谷崎全集を出版された中央公論社の皆さんの御努力に支えられ、谷崎研究を推進されて来られた先学諸氏と、精神分析学者たち及びその日本への紹介者たちに多くのことを教えられて、初めて可能になったものである。また、谷崎潤一郎の御遺族の方々や、谷崎と親交のあった方、またはその御遺族の方々からも、しばしば貴重な資料や情報を御提供いただいた。私の研究が、少しでもその御恩返しになっていることを願う。

最後に、本書の出版が実現したのは、甲南女子学園からの「平成十五年度学術研究出版助成金」の御蔭である。また、本書に収録した論文には、「甲南国文」「甲南女子大学　研究紀要」に発表したものが多い。これは、枚数の多い論文でも載せて頂けることが大きな理由であった。このことも、甲南女子大学から受けた恩恵の一つである。

出版を引き受けて下さった和泉書院の皆さんにも感謝したい。私の我が儘で、当初の予定より大幅に紙数が増え、度重なる加筆・訂正があったにもかかわらず、常に迅速かつ良心的に対応して下さった和泉書院と亜細亜印刷株式会社の皆さんにも、心から御礼を申し上げる。本書が和泉書院に経済的損失をもたらさないことを願ってやまない。

■著者略歴

細江　光（ほそえ・ひかる）

昭和34年京都市生まれ。東京大学大学院修了。平成2年から甲南女子大学に勤務。本書以外に、谷崎潤一郎についての逸文・資料紹介多数。ほかに、芥川龍之介・森鷗外・太宰治・志賀直哉などについての論考がある。

近代文学研究叢刊 28

谷崎潤一郎
——深層のレトリック——

二〇〇四年三月三一日初版第一刷発行
（検印省略）

著　者　細江　光
発行者　廣橋研三
印刷所　亜細亜印刷
製本所　渋谷文泉閣
発行所　有限会社 和泉書院

大阪市天王寺区上汐五−三−八
〒五四三−〇〇〇二
電話　〇六−六七七一−一四六七
振替　〇〇九七〇−八−一五〇四三

装訂　濱崎実幸

ISBN4-7576-0251-0　C3395

══近代文学研究叢刊══

樋口一葉作品研究	橋本　威著	1	六二一六円
宮崎湖処子 国木田独歩の詩と小説	北野昭彦著	2	八四〇〇円
芥川文学の方法と世界	清水康次著	3	品切
漱石作品の内と外	高木文雄著	4	品切
島崎藤村　遠いまなざし	高橋昌子著	5	三八八五円
四迷・啄木・藤村の周縁　近代文学管見	高阪　薫著	6	三八八五円
日本近代詩の抒情構造論	松原　勉著	7	六三〇〇円
正宗敦夫をめぐる文雅の交流	赤羽　淑著	8	八八二〇円
賢治論考	工藤哲夫著	9	五二五〇円
まど・みちお　研究と資料	谷　悦子著	10	五二五〇円

(価格は5％税込)